W0319392

Oscar Wilde

Dorian Gray und andere Werke

Oscar Wilde

Dorian Gray und andere Werke

Aus dem Englischen von Alfred Brieger,
Alfred W. Fred, Kim Landgraf,
Hedwig Lachmann, Rudolf Lothar,
Max Meyerfeld, Wilhelm Schölermann,
Frieda Uhl und Paul Wertheimer

Anaconda

Die Texte dieser Ausgabe entstammen zum größten Teil der Edition Oscar Wilde: *Werke in zwei Bänden*. Hrsg. und eingeleitet von Arnold Zweig. Berlin: Th. Knaur Nachf. o. J. [1930]. Die Sammlung »Sätze und Lehren zum Gebrauch für die Jugend« wurde für diesen Band neu übersetzt. Wildes Einakter »Salome« erschien auf Deutsch zuerst im Insel Verlag in Leipzig: o. J. [1907]. Orthografie und Interpunktion wurden unter Wahrung von Lautstand und grammatischen Eigenheiten den Regeln der neuen deutschen Rechtschreibung angepasst.

FSC®
www.fsc.org
MIX
Papier aus verantwortungsvollen Quellen
FSC® C083411

Penguin Random House Verlagsgruppe FSC® N001967

Die Deutsche Nationalbibliothek verzeichnet diese Publikation in der Deutschen Nationalbibliografie; detaillierte bibliografische Daten sind im Internet unter http://dnb.d-nb.de abrufbar.

© 2021 by Anaconda Verlag, einem Unternehmen
der Penguin Random House Verlagsgruppe GmbH,
Neumarkter Straße 28, 81673 München
Alle Rechte vorbehalten.
Umschlagmotiv: Henri Lehmann (1814–1882),
»Portrait of Franz Liszt« (1839), Musée de la Ville de Paris,
Musée Carnavalet, Paris / Bridgeman Images
Umschlaggestaltung: www.katjaholst.de
Satz und Layout: Andreas Paqué, www.paque.de
Druck und Bindung: CPI Books GmbH, Leck
ISBN 978-3-7306-0983-5
www.anacondaverlag.de

Inhalt

Das Bildnis des Dorian Gray

Vorrede

Der Künstler ist der Schöpfer schöner Dinge.

Kunst offenbaren, den Künstler verbergen, ist das Ziel der Kunst.

Kritiker ist, wer seinen Eindruck von schönen Dingen in einer anderen Form oder in einem anderen Stoff wiederzugeben vermag.

Die höchste wie die niedrigste Form der Kritik ist eine Art Selbstbekenntnis.

Wer in schönen Dingen einen hässlichen Sinn entdeckt, ist verderbt, ohne liebenswürdig zu sein – was ein Fehler ist.

Wer in schönen Dingen einen schönen Sinn entdeckt, hat Kultur. Aus ihm kann noch etwas werden.

Das sind die Auserwählten, denen schöne Dinge einzig Schönheit bedeuten.

Es gibt weder moralische noch unmoralische Bücher. Bücher sind gut oder schlecht geschrieben. Sonst nichts.

Die Abneigung des 19. Jahrhunderts gegen den Realismus ist die Wut Calibans, der seine eigene Fratze im Spiegel sieht.

Die Abneigung des 19. Jahrhunderts gegen die Romantik ist die Wut Calibans, der sein Gesicht nicht im Spiegel sieht.

Das sittliche Dasein des Menschen gibt dem Künstler einen Stoff neben vielen anderen; die Sittlichkeit in der Kunst besteht jedoch im vollendeten Gebrauch unvollkommener Mittel.

Der Künstler hat niemals das Bedürfnis, etwas zu beweisen. Sogar das Wahre kann bewiesen werden.

Der Künstler hat keinerlei ethische Neigungen. Ethische Neigungen beim Künstler sind unverzeihliche Manieriertheit.

Es gibt nichts Krankhaftes in der Kunst. Der Künstler vermag alles auszudrücken.

Gedanken und Sprache sind für den Künstler Werkzeuge.

Laster und Tugend sind für den Künstler Stoffe.

Vom Gesichtspunkt der Form aus ist die Musik die höchste aller Künste. Vom Gesichtspunkt des Gefühls ist die Kunst des Schauspielers die höchste.

Alle Kunst ist zugleich Oberfläche und Symbol.

Wer unter die Oberfläche gräbt, tut es auf eigene Gefahr.

Wer das Symbol herausliest, tut es auf eigene Gefahr.

In Wahrheit ist der Betrachter, nicht aber das Leben ein Spiegel.

Gegensätze in den Urteilen über ein Kunstwerk beweisen seine Neuheit, Vielfältigkeit und Lebenskraft.

Wenn die Kritiker untereinander uneinig sind, ist der Künstler mit sich einig gewesen.

Man kann einem Menschen verzeihen, dass er etwas Nützliches schafft, solang er nicht verlangt, dass man seine Arbeit bewundert. Die einzige Entschuldigung für den, der etwas Nutzloses tut, liegt darin, dass man seine Schöpfung inbrünstig bewundert.

Alle Kunst ist gänzlich nutzlos.

Oscar Wilde

Erstes Kapitel

Das Atelier war erfüllt von starkem Rosenduft, und wenn der leichte Sommerwind die Bäume im Garten draußen bewegte, drang durch die offene Tür der schwere Geruch des Flieders oder der zartere Duft der Rotdornblüten.

Lord Henry Wotton lag auf einem Diwan mit persischen Satteltaschen und rauchte, wie gewöhnlich, unzählige Zigaretten. Von seiner Ecke aus konnte er gerade noch den Schimmer der honigsüßen und honigfarbenen Goldregenblüten sehen, deren zitternde Zweige kaum noch die Last ihrer flammenden Schönheit zu tragen schienen; dann und wann grüßten auch durch die langen Seidenvorhänge, die vor das große Fenster gezogen waren, fantastische Schatten vorbeifliegender Vögel. Das gab einen Augenblick eine japanische Stimmung und ließ den Liegenden an die Maler von Tokio denken mit den, wie aus blassem Bernstein geschnitzten Gesichtern, die mit den Mitteln einer Kunst, die nur unbeweglich sein kann, die Empfindung von Schnelligkeit und Bewegung hervorzubringen suchen. Das dumpfe Summen der Bienen, die ihren Weg durch das hohe, ungemähte Gras suchten oder mit zäher Beharrlichkeit um die goldbestäubten Trichter des wuchernden Geißblatts kreisten, ließ die Stille noch drückender erscheinen. Das dumpfe Brausen Londons wirkte wie die Basstöne einer fernen Orgel.

In der Mitte des Raumes lehnte auf einer aufrechten Staffelei das lebensgroße Bild eines ganz außerordentlich schönen Jünglings, und vor der Staffelei saß, ein paar Schritte weit entfernt, der Maler Basil Hallward, dessen plötzliches Verschwinden vor einigen Jahren so viel Aufsehen gemacht und zu so vielen merkwürdigen Vermutungen Anlass gegeben hat.

Während der Maler die graziöse und anmutige Gestalt ansah, die seine Kunst so kunstvoll gespiegelt hatte, schien ein heiteres Lächeln über sein Gesicht zu gehen und dort zu verweilen. Plötzlich aber fuhr er auf, schloss die Augen und presste die Finger auf die Lider, als fürchte er, aus einem seltsamen Traum zu erwachen, und suche, ihn im Gehirn festzuhalten.

»Es ist Ihr bestes Werk, Basil, das beste, was Sie je gemacht haben«, sagte Lord Henry matt. »Sie müssen es nächstes Jahr unbedingt in die Grosvenor-Galerie schicken. Die Academy ist zu groß und zu gewöhnlich. Immer, wenn ich hingegangen bin, waren entweder so viel Leute da, dass ich die Bilder nicht sehen konnte, was schlimm, oder so viel Bilder, dass ich die Leute nicht sehen konnte, was noch schlimmer war. Die Grosvenor-Galerie ist der einzig richtige Platz.«

»Ich glaube nicht, dass ich es überhaupt ausstellen werde«, antwortete der Maler und warf den Kopf in jener merkwürdigen Weise zurück, über die schon seine Freunde in Oxford gelacht hatten. »Nein – will es nicht ausstellen.«

Lord Henry zog die Augenbrauen hoch und sah den anderen durch die dünnen blauen Rauchwolken, die in fantastischen Wirbeln von der starken, opiumhaltigen Zigarette aufstiegen, erstaunt an.

»Überhaupt nicht ausstellen? Ja warum, mein Lieber? Haben Sie irgendeinen Grund dafür? Was für Käuze ihr Maler doch seid! Ihr tut alles Erdenkliche, euch einen Namen zu machen – habt ihr ihn dann endlich, scheint ihr nur das eine Bedürfnis zu haben, ihn wieder loszuwerden. Das ist sehr dumm von Ihnen, denn es gibt nur eine Sache auf der Welt, die peinlicher ist, als in aller Mund zu sein, *und* das ist: in niemandes Mund zu sein. Ein Bild wie das da gäbe Ihnen eine Stellung weit über allen jungen Leuten in England und würde die alten rasend machen, soweit alte Leute überhaupt noch einer Empfindung fähig sind.«

»Ich weiß, dass Sie über mich lachen werden, aber ich kann es nicht ausstellen. Wirklich nicht. Es ist zu viel von mir selbst darin.«

Lord Henry streckte sich auf dem Diwan und lachte.

»Ich habe ja gewusst, dass Sie lachen würden; es bleibt aber doch wahr.«

»Zu viel von Ihnen selbst? Auf mein Wort, Basil, ich hätte nie gedacht, dass Sie so eitel sind! Ich kann wirklich keine Ähnlichkeit entdecken zwischen Ihnen mit Ihrem rauen, strengen Gesicht und dem kohlschwarzen Haar und diesem jungen Adonis, der aussieht, als wäre er aus Elfenbein und Rosenblättern erschaffen. Mein lieber Basil, er ist ein Narziss, während Sie … Natürlich haben Sie ein geistvolles Gesicht und so weiter. Aber die Schönheit, die wirkliche Schönheit hört da auf, wo der geistvolle Ausdruck anfängt. Geist ist an sich eine Art Übermaß und zerstört die Harmonie jedes Gesichts. Sobald man sich hinsetzt, um zu denken, wird man nur Nase oder nur Stirn oder sonst etwas Gräuliches. Sehen Sie sich doch einmal alle die Leute an, die in gelehrten Berufen etwas geleistet haben. Sie sind alle ausgesprochen hässlich. Natürlich mit Ausnahme der Geistlichen. Aber die Geistlichen denken eben nicht. Ein Bischof sagt mit achtzig Jahren noch dasselbe, was er als achtzehnjähriger Bursch gesagt hat, und infolgedessen sieht er entzückend aus. Ihr geheimnisvoller junger Freund, dessen Namen Sie mir nie verraten haben, dessen Bild mich aber bezaubert, denkt niemals. Davon bin ich ganz überzeugt. Er ist so ein hirnloses, schönes Geschöpf, wie wir sie im Winter immer um uns haben sollten, wenn es keine Blumen zum Ansehen gibt, und im Sommer, wenn wir etwas brauchen, unseren Geist abzukühlen. Geben Sie sich keinen Illusionen hin, Basil: Sie sehen ihm ganz und gar nicht ähnlich.«

»Sie haben mich nicht verstanden, Henry«, antwortete der Künstler. »Natürlich sehe ich ihm nicht ähnlich – das weiß ich selbst. In Wirklichkeit wäre es mir gar nicht recht, wenn ich ihm ähnlich sähe. Sie brauchen gar nicht die Achseln zu zucken. Es gibt eine besondere Tragik der physischen und geistigen Vornehmheit, die dem Schicksal der Könige gleicht, deren Irrwegen in der Weltgeschichte man immer wieder nachspürt. Es ist besser, sich von seinen Nebenmenschen nicht allzu sehr zu unterscheiden. Die Hässlichen und die Dummen haben's am besten in dieser Welt. Sie können ruhig dasitzen und das Spiel begaffen. Sie wissen nichts von Siegen, aber auch Niederlagen bleiben ihnen erspart. Sie leben dahin, wie wir alle es sollten: ungestört, gleichgültig und ohne Missbehagen. Sie bringen anderen kein Unheil, empfangen kein Unheil von fremder Hand. Wir anderen müssen alle bezahlen: Sie für Ihren Stand und Reichtum, ich für meinen Geist, so viel ich davon habe, für meine Kunst, so viel sie wert ist, Dorian Gray für seine schöne Erscheinung, wir alle müssen für die Geschenke der Götter leiden, furchtbar leiden …«

»Dorian Gray? Heißt er so?«, fragte Lord Henry, durch das Atelier auf Basil Hallward zugehend.

»Ja, so heißt er. Ich wollte Ihnen eigentlich seinen Namen nicht nennen …«

»Aber warum nicht?«

»Ich kann Ihnen das nicht so genau erklären. Wenn ich einen Menschen sehr, sehr lieb habe, verrate ich seinen Namen keiner Seele. Das käme mir vor, als lieferte ich einen Teil von ihm aus. In mir wächst immer mehr die Vorliebe für alles Geheimnisvolle. Das scheint noch die einzige Art zu sein, wie man unser modernes Leben rätselhaft und wunderbar gestalten kann. Die gewöhnlichste Begebenheit wird entzückend, wenn man sie vor anderen verbirgt. Ich sage auch nie, wohin ich reise, wenn ich einmal wegfahre. Wenn ich's täte, wäre mein ganzes Vergnügen hin. Das mag eine alberne Gewohnheit sein, aber sie bringt doch ein wenig Romantik ins Leben. Sie halten mich jetzt wohl für sehr töricht?«

»Nicht im Geringsten«, antwortete Lord Henry. »Nicht im Mindesten, mein lieber Basil. Sie scheinen zu vergessen, dass ich verheiratet bin, und dass der Hauptreiz der Ehe ja darin liegt, dass beide Teile gezwungen sind, ein Leben der Täuschung und Verstellung zu führen. Ich weiß nie, wo meine Frau ist; meine Frau weiß nie, was ich mache. Wenn wir uns treffen – und wir treffen uns gelegentlich, wenn wir zu demselben Diner geladen sind oder einmal gleichzeitig zum Herzog aufs Land fahren –, erzählen wir uns die albernsten Geschichten mit dem ernsthaftesten Gesicht. Meine Frau kann das glänzend – ohne Frage weit besser als ich. Sie verwickelt sich nie in Widersprüche, was bei mir beständig vorkommt. Wenn sie mich aber dabei ertappt, macht sie mir nie eine Szene. Manchmal wünschte ich, sie tät es – aber sie lacht mich nur aus.«

»Ich hasse die Art, wie Sie über Ihre Ehe sprechen, Henry«, sagte Basil und ging auf die Tür zu, die in den Garten führte. »Ich glaube, Sie sind in Wirklichkeit ein sehr guter Ehemann und schämen sich dessen bloß. Sie sind überhaupt ein absonderlicher Mensch: Sie sagen nie etwas Moralisches und tun nie etwas Unmoralisches. Ihr Zynismus ist nichts als Pose.«

»Natürlichkeit ist nichts als Pose. Und zwar die ärgerlichste, die ich kenne«, rief Lord Henry lachend aus.

Die beiden jungen Männer gingen nun zusammen in den Garten hinaus und ließen sich auf einer langen Bambusbank nieder, die im Schatten eines hohen Lorbeerbusches stand. Die Sonnenlichter tanzten über die glatten Blätter. Im Grase zitterten weiße Gänseblümchen.

Nach einer Weile zog Lord Henry die Uhr und sagte leise: »Ich muss leider fort, Basil. Aber bevor ich gehe, müssen Sie mir noch die Frage beantworten, die ich vorhin an Sie gerichtet habe.«

»Was war das?«, sagte der Maler, die Augen fest zur Erde gerichtet.

»Sie wissen es sehr gut.«

»Ich weiß es nicht, Henry.«

»Gut, ich will also nochmals fragen: Erklären Sie mir, warum Sie Dorian Grays Bild nicht ausstellen wollen. Ich möchte aber den wirklichen Grund wissen.«

»Ich habe Ihnen den wirklichen Grund gesagt.«

»Nein, das haben Sie nicht getan! Sie haben gesagt, weil zu viel von Ihnen selbst darin ist. Das ist kindisch.«

»Henry«, sagte Basil Hallward und sah Lord Henry gerade in die Augen. »Jedes Porträt, das mit Empfindung gemalt ist, ist ein Bildnis des Künstlers, nicht der Person, die es darstellt. Diese ist nur der Anlass, die Gelegenheit. Nicht sie wird vom Maler enthüllt – der Maler offenbart auf der farbigen Leinwand sich selbst. Ich will also dies Bild nicht ausstellen, weil ich fürchte, ich habe darin das Geheimnis meiner eigenen Seele gezeigt.«

Lord Henry lachte. »Und was ist das?«, fragte er.

»Ich will es Ihnen sagen«, antwortete Hallward; in sein Gesicht aber trat ein Ausdruck peinlicher Verlegenheit.

»Ich bin gespannt, Basil«, fuhr sein Begleiter fort und sah ihn dabei an.

»Es ist nicht viel, Henry, und Sie verstehen es wohl kaum. Vielleicht glauben Sie mir nicht einmal.«

Lord Henry lächelte und betrachtete ein Gänseblümchen mit rosa angehauchten Blättern, das er, sich zum Gras bückend, gepflückt hatte. »Ich werde Sie gewiss verstehen«, erwiderte er, den Blick aufmerksam auf das kleine goldene, weiß gefiederte Rund der Blume gerichtet. »Und glauben? – Ich kann alles glauben, vorausgesetzt, dass es recht unwahrscheinlich ist.«

Der Wind schüttelte ein paar Blüten von den Bäumen und die schweren, vielgesternten Trauben der Fliederbüsche bewegten sich hin und her in der schwülen Luft. Eine Grille begann an der Gartenmauer zu zirpen und wie ein blauer Faden huschte eine lange, dünne Libelle auf ihren braunen Schleierflügeln vorbei. Lord Henry glaubte Basil Hallwards Herz pochen zu hören und war neugierig, was wohl kommen mochte.

»Die Geschichte ist sehr einfach«, sagte der Maler nach einer Weile. »Vor zwei Monaten war ich auf einem der Massenempfänge bei Lady Brandon. Sie wissen, wir armen Künstler müssen uns von Zeit zu Zeit in der Gesellschaft zeigen, um das Publikum daran zu erinnern, dass wir keine Wilden sind. Sie haben einmal zu mir gesagt: Im schwarzen Frack und weißer Krawatte kann selbst ein Börsenmensch zivilisiert aussehen. Nun denn, ich war etwa zehn Minuten da und sprach mit pompösen, aufgeputzten Witwen und langweiligen Mitgliedern der Academy, da merkte ich plötzlich, dass jemand mich anblickte. Ich wendete mich halb um und sah Dorian Gray zum ersten Mal. Ich spürte, wie ich blass wurde, als sich unsere Blicke begegneten. Ein merkwürdiges Angstgefühl überkam mich. Ich wusste, ich stand einem Menschen Aug in Auge gegenüber, dessen Persönlichkeit so stark auf mich wirkte, dass sie, wenn ich sie gewähren ließe, mich völlig in Besitz nehmen würde – mein ganzes Wesen, meine Seele, ja selbst meine Kunst. Ich hatte keinerlei Bedürfnis nach äußeren Einflüssen auf mein Leben. Sie wissen ja selbst, Henry, wie eigenwillig ich von Haus aus bin. Ich bin immer mein eigener Herr gewesen; war es wenigstens, bis ich Dorian Gray traf. Dann – aber ich weiß nicht, wie ich Ihnen das begreiflich machen soll. Irgendetwas schien mir zu sagen, dass ich an einem bedeutsamen Wendepunkt meines Lebens stand. Ich hatte das sonderbare Empfinden, dass das Schicksal die ausgesuchtesten Freuden und die ausgesuchtesten Schmerzen für mich bereithalte. Mich schauderte und ich wollte hinausgehen. Nicht das Gewissen hat mich dazu getrieben, sondern eine Art Feigheit. Ich bilde mir nichts darauf ein, diese Flucht versucht zu haben.«

»In Wirklichkeit sind Gewissen und Feigheit dieselbe Sache. Gewissen ist der Name, unter dem die Firma eingetragen ist – sonst gar nichts.«

»Ich glaube das nicht, Henry, und Sie glauben es auch nicht! … Einerlei nun, aus welchem Grund es geschah – es mag auch Stolz dabei gewesen sein, denn ich war früher sehr stolz –, ich eilte der Tür zu. Natürlich rannte ich Lady Brandon direkt in die Arme. ›Sie wollen doch nicht schon gehen, Mr. Hallward?‹, kreischte sie auf. Sie erinnern sich ihrer schrillen Stimme.«

»Ja, sie ist ein Pfau in allem, bis auf die Schönheit«, sagte Lord Henry, das Gänseblümchen mit seinen langen nervösen Fingern zerpflückend.

»Ich konnte sie nicht loswerden. Sie schleifte mich zu den königlichen Hoheiten hin, zu Leuten mit den höchsten Orden und zu ältlichen Damen mit gigantischen Diademen und Papageiennasen. Sie nannte mich ihren teuersten Freund. Ich hatte sie vorher nur ein einziges Mal gesehen, aber sie hatte sich in den

Kopf gesetzt, aus mir den Löwen der Saison zu machen. Ich glaube, damals hatte gerade ein Bild von mir Erfolg gehabt; wenigstens hatten die Zeitungen allerhand Geschwätz darüber gebracht, und das ist ja im neunzehnten Jahrhundert der Maßstab für unsere Unsterblichkeit … Plötzlich fand ich mich dem jungen Mann gegenüber, dessen Äußeres mich so sonderbar erregt hatte. Wir standen ganz nahe beieinander, berührten uns förmlich. Unsere Blicke trafen sich wiederum. Es war leichtsinnig von mir, aber ich bat Lady Brandon, mich ihm vorzustellen. Vielleicht war es doch nicht leichtsinnig, sondern einfach unvermeidlich. Wir hätten, auch ohne uns zu kennen, miteinander gesprochen. Gewiss. Dorian hat es mir nachher gesagt. Auch er fühlte, dass unsere Bekanntschaft Schicksalsbestimmung war.«

»Und wie hat Lady Brandon Ihnen den wunderbaren Jüngling beschrieben?«, fragte der Freund. »Ich weiß, es ist ihre Eigenart, von jedem ihrer Gäste eine kleine Charakteristik zu geben. Ich erinnere mich, wie sie mich einmal zu einem wild aussehenden alten Herrn mit hochrotem Gesicht brachte, dessen Brust mit Orden und Bändern behängt war, und mir in einem tragischen Flüsterton, der für alle Anwesenden hörbar war, die erstaunlichsten Einzelheiten über ihn ins Ohr zischelte. Ich lief einfach davon, denn ich entdecke meine Leute gerne selbst. Lady Brandon behandelt ihre Gäste genau, wie ein Auktionator seine Waren. Sie erklärt sie einem so lange, bis nichts mehr von ihnen übrig bleibt, oder sie sagt alles – bis auf das, was man wissen will.«

»Die arme Lady Brandon! Sie urteilen sehr hart über sie, Henry«, sagte Hallward zerstreut.

»Mein lieber Freund, sie wollte einen Salon gründen und hat es nur zu einem Restaurant gebracht. Wie könnte ich sie da bewundern? Aber sagen Sie endlich, was sie über Dorian Gray erzählt hat.«

»Ach, irgendwas wie ›Entzückender Junge – seine arme Mutter und ich waren unzertrennlich, kann mich absolut nicht erinnern, was er treibt – fürchte fast – gar nichts – o doch, er spielt Klavier – oder ist es Violine, lieber Mr. Gray?‹ Wir mussten beide lachen und wurden sogleich Freunde.«

»Lachen ist kein schlechter Anfang für eine Freundschaft, und es ist gewiss ihr schönstes Ende«, sagte der junge Lord und pflückte noch ein Gänseblümchen.

Hallward schüttelte den Kopf. »Sie haben keine Ahnung, was Freundschaft ist, Henry«, sagte er ganz leise. »Ebenso wenig, was Feindschaft ist. Sie haben gerne; mit anderen Worten: Wir sind Ihnen alle gleichgültig.«

»Wie furchtbar ungerecht von Ihnen!«, rief Lord Henry, schob seinen Hut zurück und sah zu den kleinen Wolken hinauf, die wie wirre Knäuel glänzend weißer Seide über die türkisblaue Halbkugel des Himmels zogen. »Ja, furchtbar ungerecht ist das von Ihnen. Ich mache große Unterschiede zwischen Menschen: zu Freunden wähle ich hübsche, zu Bekannten gutmütige, anständige und zu Feinden kluge. Man kann nämlich nicht vorsichtig genug in der Wahl seiner Feinde sein. Ich habe keinen einzigen, der ein Narr ist. Es sind sämtlich Leute von einer gewissen geistigen Höhe und darum schätzen sie mich auch alle. Bin ich sehr eingebildet? Ich glaube, ja.«

»Ich glaube auch, Henry. Aber nach Ihrer Einteilung käme ich lediglich unter die Bekanntschaften?«

»Mein lieber, alter Basil, Sie sind sicher mehr, weit mehr als eine Bekanntschaft.«

»Und weit weniger als ein Freund! Wohl eine Art Bruder?«

»Ach, Bruder! Bleiben Sie mir mit Brüdern gewogen! Mein ältester will nicht sterben und meine jüngeren tun offenbar auch nichts anderes.«

»Henry!«, rief Basil mit gerunzelter Stirne.

»Mein lieber Freund, ich meine das natürlich nicht ganz so ernst. Aber ich kann mir nicht helfen, ich verabscheue meine Verwandten. Ich vermute, das kommt daher, dass keiner von uns seine eigenen Fehler bei einem anderen vertragen kann. Ich halte es da durchaus mit den englischen Demokraten und ihrer Wut auf das, was sie die Laster der herrschenden Stände nennen. Die Massen fühlen, dass Trunksucht, Stumpfsinn und Unsittlichkeit ihre Spezialität sein sollten, und dass ihre Vorrechte verletzt werden, wenn sich einer von uns blamiert. Als der arme Southwark damals seinen Scheidungsprozess hatte, war ihre Entrüstung geradezu prachtvoll. Und trotzdem lebt meiner Meinung nach nicht der zehnte Teil des Proletariats anständig.«

»Ich stimme nicht einer einzigen Ihrer Bemerkungen bei, und, was mehr ist, Henry, ich fühle, dass Sie selbst an sie nicht glauben!«

Lord Henry strich sich den spitzen braunen Bart und stieß mit dem Ebenholzstock, an dem eine kleine Quaste hing, gegen die Kappe seines Lackstiefels.

»Wie englisch Sie sind, Basil! Sie machen heute zum zweiten Mal diesen Einwurf. Wenn man einem richtigen Engländer eine Idee mitteilt, was ja immer unbesonnen ist, fällt es ihm nicht im Traum ein, zu überlegen, ob die Idee richtig oder falsch ist. Das Einzige, was ihm von Belang scheint, ist, ob der Sprecher glaubt, was er sagt oder nicht. Aber der Wert eines Gedankens hat nicht das Geringste mit der Ehrlichkeit dessen, der ihn ausspricht, zu schaffen. Aller Wahrscheinlichkeit nach wird die Idee umso geistreicher sein, je unaufrichtiger der Mann ist. Dann haben nämlich weder seine Mängel, noch seine Wünsche, noch seine Vorurteile auf sie abgefärbt. Indes, ich habe nicht die Absicht, politische, soziale oder philosophische Diskussionen mit Ihnen zu führen. Mir sind Menschen lieber als Grundsätze und grundsatzlose Menschen überhaupt das Liebste auf der Welt. Erzählen Sie mir mehr von Dorian Gray. Wie oft sehen Sie ihn?«

»Jeden Tag. Ich wäre unglücklich, wenn ich ihn einen Tag nicht sähe. Er ist für mich einfach notwendig.«

»Merkwürdig! … Ich habe immer geglaubt, Sie kümmerten sich nie um etwas anderes als um Ihre Kunst.«

»Meine Kunst und er – das ist jetzt nur eins«, sagte der Maler ernsthaft. »Manchmal glaube ich, Henry, dass es nur zwei wichtige Epochen in der Weltgeschichte gibt. Die erste ist die Einführung einer neuen künstlerischen Technik und die zweite die Erscheinung eines neuen Kunsttypus. Was die Erfindung der Ölmalerei für die Venezianer war, das war das Gesicht des Antinous für die spätgriechische Plastik, und das wird das Gesicht Dorian Grays eines Tages für mich sein. Das, worauf es ankommt, ist nicht, dass ich ihn male, zeichne, skizziere. Natürlich habe ich das alles getan, aber er ist weit mehr für mich als ein Modell oder ein Mensch, der mir sitzt. Ich will gewiss nicht behaupten, dass ich unzufrieden mit dem bin, was ich nach ihm gemacht habe, oder dass seine Schönheit von einer Art ist, die die Kunst nicht ausdrücken kann. Es gibt überhaupt nichts, was die Kunst nicht ausdrücken kann, und ich weiß: was ich geschaffen habe, seitdem ich Dorian Gray kenne, ist gut, ja, das Beste, was mir je gelungen ist. Aber auf irgendeine sonderbare Weise – ich glaube nicht, dass Sie das verstehen werden – hat mir seine Persönlichkeit eine vollständig neue Art der Kunst, einen durchaus neuen Stil offenbart. Ich sehe jetzt die

Dinge ganz anders, ich empfinde sie anders, ich kann das Leben auf eine Art neu schaffen, die mir früher verschlossen war. ›Ein Traum von Form in den Tagen des Denkens‹ – wer hat das doch gesagt? Ich weiß nicht mehr, aber es ist genau das, was Dorian Gray für mich bedeutet. Was die bloße Anwesenheit dieses Knaben – denn für mich ist er kaum mehr als ein Knabe, wenn er auch schon über die zwanzig hinaus ist – für mich bedeutet, können Sie sich gar nicht vorstellen. Ohne selbst eine Ahnung davon zu haben, enthüllt er mir die Linien einer neuen Schule, einer Schule, in der die ganze Leidenschaft der Romantik enthalten ist und die ganze Vollkommenheit des griechischen Geistes. Die Harmonie von Seele und Leib – wie viel ist das doch! Wir in unserem Wahnsinn haben die beiden voneinander getrennt und haben einen Realismus erfunden, der gemein, und einen Idealismus, der leer ist. Henry, wenn Sie wüssten, was mir Dorian Gray ist! Erinnern Sie sich der Landschaft, die ich einmal gemalt habe, und für die mir Agnew eine so ungeheure Summe angeboten hat, und die ich doch nie weggeben wollte? Es ist sicher eine der besten Sachen, die ich je gemacht habe. Und warum ist sie das? Weil, während ich sie gemalt habe, Dorian Gray neben mir saß. Irgendein feiner Strom ging von ihm zu mir, und zum ersten Mal in meinem Leben entdeckte ich in dem simpeln Hügelland, das ich malte, das Wunder, nach dem ich immer gesucht hatte und das ich nie herausbringen konnte.«

»Basil, das ist ja eine ganz außerordentliche Geschichte! … Ich muss Dorian Gray kennenlernen.«

Hallward sprang von der Bank auf und ging im Garten hin und her. Erst nach einer Weile kam er zurück.

»Henry«, sagte er, »Dorian Gray ist für mich einfach ein künstlerisches Motiv. Möglich, dass Sie gar nichts an ihm finden – ich finde alles in ihm. Er ist nie mehr in meiner Arbeit gegenwärtig, als wenn sie in Wirklichkeit auch nicht einen Schatten von ihm enthält. Er ist für mich, wie ich Ihnen schon gesagt habe, die Anregung zu einem neuen Stil. Ich finde ihn in gewissen Linien wieder, in der Lieblichkeit und Zartheit gewisser Farben. Das ist alles.«

»Wenn das alles ist, warum wollen Sie dann sein Bild nicht ausstellen?«, fragte Lord Henry.

»Weil ich, ohne es zu wollen, den Ausdruck all dieser ganz merkwürdigen Künstlervergötterung hineingelegt habe. Natürlich habe ich Dorian nie etwas davon gesagt. Er hat von alledem keine Ahnung und soll auch nie etwas davon erfahren. Aber die Welt könnte es erraten; und ich will meine Seele ihren oberflächlichen, gierigen Blicken nicht entblößen. Mein Herz sollen sie nie unter ihr Mikroskop legen dürfen … Es ist zu viel von mir selbst in dem Bild, Henry – zu viel von mir selbst.«

»Dichter nehmen's nicht so genau wie Sie. Die wissen, dass Leidenschaft für den Absatz ihrer Bücher sehr günstig ist. Ein gebrochenes Herz verhilft heutzutage zu einer ganzen Reihe von Auflagen.«

»Ich finde das abscheulich von Ihren Dichtern!«, rief Hallward aus. »Ein Künstler soll Schönes schaffen, aber er soll nichts von seinem eigenen Leben hineinbringen. Wir leben in einer Zeit, in der die Menschen aus der Kunst eine Art Autobiografie machen wollen. Wir haben einfach den klaren Begriff der Schönheit verloren. Später einmal will ich der Welt zeigen, was sie ist, und deshalb soll sie mein Bild des Dorian Gray niemals sehen.«

»Ich glaube, Sie haben unrecht, Basil, aber ich will mit Ihnen nicht streiten. Nur die geistig leeren Menschen streiten überhaupt! … Sagen Sie, liebt Dorian Gray Sie sehr?«

Der Maler dachte einige Augenblicke nach, dann nach einer Weile sagte er: »Er hat mich gern. Ja, sicher, er hat mich gern. Natürlich schmeichle ich ihm fürchterlich. Ich empfinde eine ganz sonderbare Lust, ihm Dinge zu sagen, die mir später leidtun. In der Regel ist er auch entzückend zu mir und wir sitzen im Atelier und plaudern von tausend Dingen. Dann und wann ist er allerdings gräulich rücksichtslos und scheint große Freude daran zu finden, mich zu kränken. Dann, Henry, habe ich das Gefühl, dass ich meine Seele jemandem ausgeliefert habe, der sie behandelt wie eine Blume, die man ins Knopfloch steckt, ein Schmuckstück, mit dem man seine Eitelkeit befriedigt, einen Zierrat für einen kurzen Sommertag.«

»Sommertage, Basil, dauern im Gegenteil lange«, murmelte Lord Henry. »Aber vielleicht werden Sie seiner früher müde, als er Ihrer. Es ist sehr traurig, doch ohne Zweifel: Das Genie überdauert die Schönheit. Das erklärt auch, warum wir uns so viel Mühe geben, uns zu überbilden. In dem wilden Existenzkampf, den wir führen, wollen wir etwas Dauerhaftes haben, und so füllen wir unser Gehirn mit Plunder und Tatsachen an, in der dummen Hoffnung, auf diese Art unseren Platz zu behaupten. Der durch und durch gebildete Mann – das ist das moderne Ideal. Und das Gehirn dieses durch und durch gebildeten Mannes ist etwas Fürchterliches. Es gleicht einem Kuriositätenladen voll lauter absonderlicher, verstaubter Gegenstände, die alle über ihren wahren Wert ausgezeichnet sind … Immerhin, ich glaube, Sie werden früher müde werden als er. Eines Tages werden Sie Ihren Freund anschauen und finden, dass er etwas verzeichnet ist, oder Sie werden seine Farbe nicht mögen oder irgendetwas Ähnliches. Sie werden ihm dann in Ihrem Herzen bittere Vorwürfe machen und ganz ernsthaft davon überzeugt sein, dass er sich sehr schlecht gegen Sie benommen hat. Wenn er Sie dann das nächste Mal besucht, werden Sie völlig kühl und gleichgültig gegen ihn sein. Aber das wird sehr schade sein, denn es wird Sie selbst sehr verändern. Was Sie mir da erzählt haben, ist ein richtiger Roman. Man könnte es einen Kunstroman nennen. Das Schlimme beim Erleben von Romanen ist nur, dass man nachher so ganz unromantisch zurückbleibt.«

»Henry, bitte, sprechen Sie nicht so. Solang ich lebe, wird mich die Persönlichkeit Dorian Grays beherrschen. Sie können nicht empfinden, was ich empfinde – Sie verändern sich zu oft.«

»Ja, mein lieber Basil, das ist aber gerade der Grund, warum ich es empfinden kann. Treue Menschen kennen nur die alltägliche Seite der Liebe – die Treulosen allein begreifen die Tragödien der Liebe.« Bei diesen Worten zündete Lord Henry an einem zierlichen silbernen Büchschen ein Wachskerzchen an und begann eine Zigarette zu rauchen, mit selbstbewusster, zufriedener Art, als hätte er den Sinn der ganzen Welt in einem Satz zusammengefasst.

Man hörte ein leises Rascheln, das von den zwitschernden Sperlingen in den grünen, wie lackiert aussehenden Efeublättern kam, und blaue Wolkenschatten jagten einander über das Gras wie Schwalben. Wie hübsch war es doch in dem Garten! Und wie entzückend waren doch die Gefühlsregungen anderer Leute – viel entzückender als ihre Gedanken, wie es Lord Henry schien. Die eigene Seele und die Leidenschaften eines Freundes – das waren eigentlich die fesselnden Dinge des Lebens. Er stellte sich mit geheimem Vergnügen das langweilige Frühstück vor, das er durch seinen langen Besuch bei Basil Hallward versäumt hatte. Wenn er zu seiner Tante gegangen wäre, hätte er dort sicherlich Lord Goodbody getroffen und das ganze Gespräch hätte von Volksernährung und der Notwendigkeit von Musterwohnungen gehandelt. Jeder Stand hätte die Wichtigkeit gerade jener Tugenden gepredigt, die auszuüben in seinem eigenen Leben keine Notwendigkeit vorlag. Der Reiche hätte vom Wert der Sparsamkeit gesprochen und der Müßige mit ungemeiner Beredsamkeit über die Würde der Arbeit. Es war reizend, all dem entgangen zu sein.

Als Lord Henry an seine Tante dachte, fiel ihm etwas ein. Er wendete sich Basil zu und sagte: »Lieber Freund, eben erinnere ich mich.«

»Woran erinnern Sie sich, Henry?«

»Wo ich den Namen Dorian Grays schon gehört habe.«

»Wo war das?«, fragte Hallward, die Stirn leicht runzelnd.

»Sehen Sie mich nicht so böse an, Basil. Es war bei meiner Tante, Lady Agatha. Sie erzählte mir, sie habe einen wundervollen jungen Menschen entdeckt, der ihr im East End helfen wolle, und er heiße Dorian Gray. Ich muss zugeben, sie hat mir nie etwas darüber gesagt, dass er so hübsch ist. Frauen haben kein Verständnis für Schönheit; wenigstens anständige Frauen nicht. Sie sagte mir, dass er ein sehr, sehr wertvoller Mensch sei und einen prachtvollen Charakter habe. Ich stellte mir sofort ein Wesen mit Brille, dünnem Haar und grässlichen Sommersprossen vor, das auf ungeheuren Füßen herumstapft. Ich wünsche jetzt, ich hätte damals gewusst, dass es Ihr Freund ist.«

»Ich bin froh, dass Sie es nicht gewusst haben, Henry.«

»Warum?«

»Ich will nicht, dass Sie ihn kennenlernen.«

»Sie wollen nicht, dass ich ihn kennenlerne?«

»Nein!«

»Mr. Dorian Gray ist im Atelier, gnädiger Herr«, meldete der Diener, der eben in den Garten heraustrat.

»Jetzt müssen Sie mich vorstellen!«, rief Lord Henry lächelnd. Der Maler wendete sich seinem Diener zu, der blinzelnd in der Sonne dastand: »Bitten Sie Mr. Gray, zu warten, Parker, ich komme sofort.« Der Mann verbeugte sich und ging ins Haus zurück.

Dann sah Basil Lord Henry ins Gesicht.

»Dorian Gray ist mein teuerster Freund«, sagte er. »Er hat eine schlichte, schöne Seele. Ihre Tante hatte durchaus recht mit dem, was sie über ihn gesagt hat … Verderben Sie ihn mir nicht. Bemühen Sie sich nicht, Einfluss auf ihn zu bekommen, denn Ihr Einfluss wäre verderblich für ihn. Die Welt ist groß, und es gibt eine Menge köstlicher Geschöpfe auf ihr – nehmen Sie mir nicht den einzigen Menschen, der meiner Kunst ihren besonderen Reiz bietet. Mein künstlerisches Dasein hängt von ihm ab. Denken Sie daran, Henry, ich vertraue Ihnen.« Er sprach sehr langsam, die Worte schienen sich aus ihm gegen seinen Willen loszuringen.

»Was für Unsinn Sie reden!«, sagte Lord Henry lächelnd, nahm Hallward beim Arm und zog ihn fast ins Haus hinein.

Zweites Kapitel

Als sie eintraten, sahen sie Dorian Gray. Er saß am Klavier, den Rücken ihnen zugekehrt und blätterte in einem Bande von Schumanns »Waldszenen«.

»Sie müssen mir die Noten leihen, Basil!«, rief er aus. »Ich muss diese Musik lernen, sie ist einfach entzückend.«

»Dorian, das hängt ganz davon ab, wie Sie mir heute sitzen.«

»Es langweilt mich aber, Ihnen zu sitzen, und ich will gar kein lebensgroßes Bild von mir haben«, antwortete der Jüngling und schwang sich in dem Klaviersessel auf eine eigensinnige, ausgelassene Weise herum. Als er aber Lord Henry erblickte, stieg ein schwaches Rot einen Augenblick in seine Wangen und er fuhr auf. »Ich bitte um Entschuldigung, Basil, ich wusste nicht, dass Sie Besuch haben.«

»Das ist Lord Henry Wotton, Dorian, ein alter Freund von Oxford her. Ich habe ihm gerade erzählt, wie wunderbar Sie sitzen, und jetzt haben Sie mir alles verdorben.«

»Mir haben Sie das Vergnügen, Sie kennenzulernen, nicht verdorben, Mr. Gray«, sagte Lord Henry, ging auf ihn zu und gab ihm die Hand. »Meine Tante hat oft von Ihnen gesprochen. Sie sind einer ihrer Lieblinge und, wie ich fürchte, eines ihrer Opfer.«

»Ich stehe jetzt auf Lady Agathas schwarzer Liste«, antwortete Dorian mit einem komisch reuigen Blick. »Ich hatte ihr versprochen, sie letzten Dienstag nach einem Klub in Whitechapel zu begleiten, und habe dann die ganze Geschichte vergessen. Wir sollten dort miteinander vierhändig spielen – drei Stücke, wenn ich mich recht erinnere. Sie wird mir sicher schwere Vorwürfe machen, wenn sie mich das nächste Mal sieht. Ich habe direkt Angst, sie zu besuchen!«

»Ich werde Sie schon mit meiner Tante versöhnen. Sie ist Ihnen sehr zugetan, und ich glaube auch, es schadet nichts, dass Sie nicht da waren. Das Publikum hat vermutlich trotzdem gemeint, es sei vierhändig gespielt worden. Wenn sich Tante Agatha ans Klavier setzt, macht sie Lärm für zwei Personen.«

»Sie sprechen sehr schlecht von ihr und machen mir auch gerade kein Kompliment«, antwortete Dorian lachend.

Lord Henry sah ihn an. Ja, er war wirklich wunderbar schön, mit seinen fein geschwungenen dunkelroten Lippen, den offenen blauen Augen und dem welligen goldblonden Haar. In seinem Gesicht war ein Ausdruck, der sofort Vertrauen erweckte. Alle Aufrichtigkeit der Jugend lag darin und alle leidenschaftliche Reinheit der Jugend. Man fühlte, dass er bisher von der Welt noch unberührt war. Es war kein Wunder, dass ihn Basil Hallward anbetete.

»Sie sind viel zu reizend, um sich der Wohltätigkeit zu widmen, Mr. Gray – viel zu reizend!«, sagte Lord Henry, warf sich auf den Diwan und öffnete seine Zigarettendose.

Der Maler hatte inzwischen eifrig seine Farben gemischt und seine Pinsel zurechtgelegt. Er sah verärgert aus, und als er die letzte Bemerkung Lord Henrys hörte, blickte er zu ihm hin, zögerte einen Augenblick und sagte dann: »Henry, ich möchte das Bild heute fertig malen. Werden Sie es sehr grob von mir finden, wenn ich Sie bitte, uns jetzt allein zu lassen?«

Lord Henry lächelte und sah Dorian Gray an. »Soll ich gehen, Mr. Gray?«

»Bitte, bleiben Sie, Lord Henry, Basil hat heute einen schlechten Tag, und ich kann ihn nicht leiden, wenn er so ist. Außerdem möchte ich von Ihnen erfahren, warum ich mich nicht der Wohltätigkeit widmen soll.«

»Ich weiß nicht, ob ich Ihnen das sagen soll, Mr. Gray. Es ist eine so langweilige Sache, dass man nur ernsthaft darüber reden könnte. Aber jetzt, nachdem Sie mich gebeten haben, dazubleiben, gehe ich auf keinen Fall. Sie haben doch nichts dagegen, Basil? Sie haben mir so oft gesagt, dass es Ihnen angenehm ist, wenn die, die Ihnen sitzen, mit jemand plaudern können.«

Hallward biss sich auf die Lippe. »Wenn Dorian es wünscht, müssen Sie natürlich dableiben. Dorians Launen sind Gesetze für jedermann, außer für ihn selbst.«

Lord Henry nahm seinen Hut und seine Handschuhe. »Sie drängen mich ja sehr, lieber Basil, aber ich fürchte doch, ich muss gehen. Ich habe eine Verabredung mit einem Herrn im Orleansklub. Adieu, Mr. Gray! Kommen Sie doch gelegentlich einmal nachmittags zu mir in die Curzon Street. Um fünf Uhr treffen Sie mich fast täglich. Schreiben Sie mir, bitte, wann Sie kommen. Es würde mir sehr leidtun, Sie zu verfehlen.«

»Basil«, rief Dorian Gray. »Wenn Lord Henry Wotton geht, dann gehe ich auch. Sie sprechen ja nie ein Wort, wenn Sie malen, und es ist furchtbar langweilig, auf einem Podium zu stehen und immer freundlich auszusehen. Bitten Sie ihn, dazubleiben, ich bestehe darauf.«

»Bleiben Sie Dorian und mir zuliebe«, sagte Basil, die Augen fest auf sein Bild gerichtet. »Er hat ganz recht, ich spreche nie ein Wort, während ich arbeite, höre auch nie zu, und es muss sehr langweilig für die unglücklichen Menschen sein, die mir sitzen. Ich bitte Sie, dazubleiben.«

»Was wird aber aus meiner Verabredung im Orleansklub?«

Der Maler lachte. »Ich glaube, damit wird es keine Schwierigkeit haben. Setzen Sie sich nur wieder hin, Henry. Und jetzt, Dorian, gehen Sie aufs Podium. Bewegen Sie sich nicht zu viel und geben Sie auch nicht zu viel acht auf das, was Lord Henry sagt. Er hat einen sehr bösen Einfluss auf alle seine Freunde, mich allein ausgenommen.«

Dorian Gray bestieg mit der Miene eines jungen griechischen Märtyrers das Podium und schnitt, zu Lord Henry gewandt, eine komische Grimasse. Er hatte zu diesem Mann, der so ganz anders war als Basil, eine schnelle Neigung gefasst. Die beiden bildeten einen entzückend scharfen Gegensatz. Und dann hatte er ein so schönes Organ.

Ein paar Augenblicke später sagte Dorian: »Lord Henry, haben Sie wirklich einen so bösen Einfluss? Ist es so arg, wie Basil sagt?«

»Es gibt keinen guten Einfluss, Mr. Gray. Jeder Einfluss ist unmoralisch – unmoralisch vom wissenschaftlichen Standpunkt aus.«

»Warum?«

»Weil jemanden beeinflussen so viel ist wie anderen die eigene Seele leihen. Er denkt dann nicht mehr seine eigenen Gedanken, verzehrt sich nicht mehr an seinen eigenen Leidenschaften. Seine Tugenden sind gar nicht seine Tugenden. Seine Sünden – wenn es überhaupt so etwas wie Sünden gibt – sind nur geborgt. Er wird ein Echo für die Töne eines anderen, ein Schauspieler, der eine Rolle spielt, die nicht für ihn geschrieben ist. Der Sinn des Daseins ist: Selbstentwicklung. Die eigene Persönlichkeit voll zum Ausdruck zu bringen – das ist die Aufgabe, die jeder von uns hier zu lösen hat. Heutzutage hat jeder Angst vor sich. Die Menschen haben ihre heiligste Pflicht vergessen, die Pflicht gegen sich selbst. Natürlich sind sie mildtätig. Sie nähren den Hungernden, bekleiden den Bettler – ihre eigenen Seelen aber darben und sind entblößt. Der Mut ist unserem Geschlecht abhandengekommen. Vielleicht haben wir auch nie welchen besessen. Die Angst vor der Gesellschaft, die Grundlage jeder Sittlichkeit, und die Furcht vor Gott, das Geheimnis jeder Religion – das sind die zwei Kräfte, die uns beherrschen. Und doch …«

»Dorian, seien Sie bitte einmal brav und drehen Sie den Kopf eine Spur nach rechts«, sagte der Maler, in sein Werk vertieft; doch er hatte bemerkt, dass in des Jünglings Gesicht ein Ausdruck getreten war, den er vordem nie darin gesehen hatte.

»Und doch«, fuhr Lord Henry mit seiner tiefen musikalischen Stimme fort, während er die Hand in einer anmutigen Art, die er schon in der Schule gehabt hatte, bewegte. »Wenn nur die Menschen ihr eigenes Leben voll bis auf den letzten Rest leben würden, jedem Gefühl Gestalt, jedem Gedanken Ausdruck, jedem Traum Wirklichkeit geben wollten – ich bin überzeugt davon, dann käme in die Welt eine solche Summe von neuer Freude und Lust, dass wir alle die seelischen Krankheiten des Mittelalters vergäßen und zum hellenischen Ideal zurückkehrten. Ja, wir kämen vielleicht zu etwas Feinerem, Reicherem als dem Griechentum. Aber selbst der Tapferste unter uns hat Angst – vor sich selbst. Die Selbstverleugnung, die unser Leben zerstört, ist ein tragischer Überrest der Selbstverstümmelung der Wilden. Wir büßen für unsere Entsagungen. Jeder Trieb, den wir zu unterdrücken suchen, schwelt im Innern weiter und vergiftet uns. Der Körper sündigt nur einmal und ist dann mit der Sünde fertig, denn Tat ist immer Reinigung. Nichts bleibt dann zurück als die Erinnerung an eine Lust oder die Wollust der Reue. Die einzige Art, eine Versuchung zu bestehen, ist, ihr nachzugeben. Widerstehen Sie ihr, so erkrankt Ihre Seele vor Sehnsucht nach der Erfüllung, die sie sich selber verweigert hat, vor Gier nach dem, was nur die ungeheuerlichen Gesetze der Seele ungeheuerlich und ungesetzmäßig gemacht haben. Es ist gesagt worden, dass die großen Ereignisse der Welt im Gehirn vor sich gehen. Im Gehirn und nur im Gehirn werden auch die großen Sünden der Welt begangen. Sie, Mr. Gray, selbst Sie in Ihrer rosenroten Jugend, in Ihrer Jugendblüte, die wie weiße Rosen ist, selbst Sie haben schon Leidenschaften erlebt, die Ihnen Angst eingejagt haben, Gedanken gedacht, die Sie mit Schrecken erfüllt haben, wachend und schlafend Träume geträumt, deren bloße Erinnerung Ihre Wangen schamrot werden ließe …«

»Hören Sie auf!«, stammelte Dorian Gray. »Hören Sie auf, Sie machen mich ganz wirr. Ich weiß nicht, was ich zu alldem sagen soll. Es gibt eine Antwort, aber ich kann sie nicht finden. Sagen Sie nichts mehr! Lassen Sie mich nachdenken. Oder vielmehr, lassen Sie mich versuchen, nicht nachzudenken.«

Etwa zehn Minuten stand er bewegungslos, mit halb offenen Lippen und seltsam leuchtenden Augen da. Er war sich dumpf bewusst, dass ganz neue Einflüsse in ihm arbeiteten. Und doch schien es, als kämen sie in Wirklichkeit aus seinem eigenen Innern. Die wenigen Sätze, die Basils Freund zu ihm gesprochen hatte – ohne Zweifel zufällig hingeworfene Worte voll eigenwilliger Paradoxie – hatten eine geheime Saite seiner Seele berührt, die vordem nie getönt hatte, die er aber nun zittern, in seltsamen Schwingungen schwingen fühlte.

Bisher hatte ihn nur die Musik so aufgewühlt. Die Musik hatte ihn schon oft in Aufruhr gebracht. Aber Musik konnte man nicht mit dem Verstand erfassen … Sie schafft keine neue Welt, schafft eher ein neues Chaos in uns. Wie schrecklich die Worte sind! Wie klar, wie wirklich, wie grausam! Man kann ihnen nicht entrinnen. Und doch, welch tiefer Zauber steckt in ihnen! Sie scheinen die Kraft zu haben, formlosen Dingen plastische Gestalt zu geben, und sie besitzen eine eigene Musik, so süß wie die der Geige oder der Flöte. Einfache Worte vermögen das! Aber gibt es irgendetwas so Wirkliches wie Worte?

Es hatte in seiner Knabenzeit Dinge gegeben, die unbegreiflich gewesen waren. Jetzt erst verstand er sie.

Plötzlich bekam das Leben lodernde Farben. Nun schien es ihm, als sei er mitten durch Flammen gewandert. Warum hatte er es bisher nie gewusst?

Lord Henry beobachtete ihn mit einem feinen Lächeln. Er kannte genau den psychologischen Moment, in dem man kein Wort sagen durfte. Dieser junge Mensch interessierte ihn sehr. Die schnelle Wirkung seiner Worte hatte ihn in Erstaunen gesetzt; nun entsann er sich eines Buches, das er mit sechzehn Jahren gelesen und das ihm viel bis dahin Unbekanntes enthüllt hatte, und fragte sich, ob Dorian Gray wohl eine ähnliche Erfahrung erlebe. Er hatte auf gut Glück einen Pfeil abgeschossen. Hatte er ins Ziel getroffen? … Wie bezaubernd war doch dieser Jüngling!

Inzwischen malte Hallward mit jenem wunderbar breiten Strich weiter, der das Zeichen aller wahren Feinheit und Vollkommenheit ist; denn die können der Kunst nur aus der Kraft werden. Er merkte die wortlose Stille gar nicht.

»Basil, das Stehen macht mich müde!«, rief Dorian plötzlich aus. »Ich muss hinaus in den Garten und mich hinsetzen. Die Luft hier ist unerträglich drückend.«

»Lieber, es tut mir wirklich leid, dass ich Sie so plage. Wenn ich male, kann ich an sonst nichts denken. Aber Sie haben nie besser gesessen – Sie waren ganz ruhig. Und ich habe endlich den Ausdruck herausgebracht, den ich gesucht habe: die halb offenen Lippen und den Glanz in den Augen. Ich weiß nicht, was Ihnen Henry erzählt hat, aber sicher hat er Ihnen einen prachtvollen Ausdruck gegeben. Ich vermute, er hat Ihnen Komplimente gemacht. Sie dürfen ihm aber kein Wort glauben.«

»Nein, er hat mir nicht das geringste Kompliment gemacht. Vielleicht ist das der Grund, weshalb ich wirklich kein Wort von dem glaube, was er gesagt hat.«

»Sie wissen selbst, dass Sie jedes Wort davon glauben«, erwiderte Lord Henry, der ihn mit seinen weichen, träumerischen Augen ansah. »Wir wollen zusammen in den Garten gehen, es ist furchtbar heiß hier im Atelier. Basil, lassen Sie uns irgendetwas recht Kaltes zu trinken geben, irgendwas mit Erdbeeren.«

»Sofort, Henry. Bitte, klingeln Sie doch mal, und wenn Parker kommt, will ich ihm sagen, was Sie wünschen. Ich muss den Hintergrund hier noch fertigmachen; ich komme später nach. Halten Sie mir aber Dorian nicht zu lange fest. Ich war nie in besserer Stimmung zum Malen als heute. Dies Porträt wird mein Meisterwerk. Schon jetzt, wie es da steht, ist es mein Meisterwerk.«

Lord Henry ging in den Garten hinaus und fand Dorian Gray, wie er sein Gesicht in die großen kühlen Fliederdolden vergrub und fieberhaft ihren Duft einsog, als tränke er Wein. Er trat zu ihm und legte ihm die Hand auf die Schulter. »Sie haben ganz recht mit dem, was Sie da tun!«, sagte er leise. »Nichts hilft der Seele besser als die Sinne, wie auch den Sinnen nur die Seele helfen kann.«

Der Jüngling schreckte auf und trat einen Schritt zurück. Er war ohne Hut und die Blätter hatten seine wilden Locken aufgewühlt und all ihre goldenen Fäden verwirrt. In seinen Augen lag ein Schimmer von Furcht, wie ihn Menschen haben, die man jäh aus dem Schlaf weckt. Seine fein geschnittenen Nasenflügel zitterten und eine versteckte Erschütterung ließ die scharlachroten Lippen erbeben.

»Ja«, fuhr Lord Henry fort. »Das ist eines der großen Geheimnisse unseres Daseins: die Seele durch die Sinne heilen können und die Sinne durch die Seele … Sie sind ein wunderbares Geschöpf. Sie wissen von mehr Dingen, als Ihnen bewusst ist, und doch wissen Sie weniger, als Sie wissen sollten.«

Dorian Gray runzelte die Stirn, wandte den Kopf ab. Ein unwiderstehlicher Reiz zog ihn zu diesem großen anmutigen jungen Mann hin, der da neben ihm stand. Sein romantisches, olivenfarbiges Gesicht, der müde Ausdruck interessierte ihn. In seiner tiefen, schwermütigen Stimme lag etwas, das unbedingt gefangen nahm. Auch seine kühlen weißen, blumengleichen Hände zogen an. Sie bewegten sich bei seinen Worten, begleiteten sie wie Musik und schienen eine eigene Sprache zu sprechen. Aber er hatte auch Angst vor ihm und schämte sich dieser Furcht. Warum hatte ein Fremder kommen müssen, ihm die eigene Seele zu offenbaren? Er kannte Basil Hallward nun seit Monaten, aber diese Freundschaft hatte ihn nicht verändert. Jetzt war plötzlich jemand in sein Leben getreten, der ihm das Mysterium des Daseins zu enthüllen schien. Aber schließlich – wovor sollte er sich fürchten? Er war doch kein Schuljunge mehr, kein kleines Mädchen. Es war albern, Angst zu haben.

»Kommen Sie, setzen wir uns in den Schatten«, sagte Lord Henry. »Parker hat uns da was zum Trinken gebracht, und wenn Sie noch länger in der prallen Sonne stehen, werden Sie sich Ihren Teint verderben, und Basil wird Sie nie mehr malen. Sie dürfen sich wirklich nicht einbrennen lassen – das würde Ihnen schlecht stehen.«

»Was läge dran?«, rief Dorian Gray und setzte sich lachend auf eine Bank am Ende des Gartens.

»Alles läge dran – bei Ihnen, Mr. Gray.«

»Wieso?«

»Weil Sie so wundervoll jung sind, und Jugend das Einzige ist, was im Leben einen Wert hat.«

»Ich empfinde das nicht so, Lord Henry.«

»Nein, jetzt empfinden Sie es noch nicht. Später einmal, wenn Sie alt, runzlig und hässlich sind, wenn die Gedanken Furchen in Ihre Stirne gegraben haben, die Leidenschaft Ihre Lippen mit ihren schrecklichen Feuern verbrannt hat, dann werden Sie es empfinden, furchtbar empfinden. Jetzt bezaubern Sie alle Welt, Sie können hinkommen, wohin Sie wollen. Wird das aber immer so sein? … Sie haben ein wundervoll schönes Gesicht, Mr. Gray. Runzeln Sie nicht die Stirn. Es ist so. Und Schönheit ist eine Form des Genies – steht in Wahrheit noch höher als Genie, weil sie keinerlei Erläuterung bedarf. Sie ist eine der großen Wirklichkeiten der Welt, wie der Sonnenschein oder der Frühling oder der Abglanz jener silbernen Scheibe, die wir den Mond nennen, in dunklen Wässern. Man kann sie nicht bestreiten. Sie hat ein göttliches, über alles erhabenes Recht. Wer sie hat, ist ein Fürst. Sie lächeln? Ach, wenn Sie sie verloren haben, werden Sie nicht mehr lächeln … Die Leute sagen manchmal, Schönheit sei etwas Äußerliches. Vielleicht ist sie das. Aber zum Mindesten ist sie nicht so äußerlich wie das Denken. Für mich ist Schönheit das Wunder der Wunder. Nur die oberflächlichen Menschen urteilen nicht nach dem Äußeren. Das wahre Geheimnis der Welt ist das Sichtbare, nicht das Unsichtbare … Ja, Mr. Gray, die Götter haben es mit Ihnen gut gemeint. Aber was sie einem schenken, das rauben sie auch bald wieder. Sie haben nur ein paar Jahre, in denen Sie sich wirklich und vollkommen ausleben können. Wenn Ihre Jugend Sie verlässt, nimmt sie die Schönheit mit, und dann werden Sie plötzlich entdecken, dass keine Siege mehr auf Sie warten, oder Sie werden sich mit jenen traurigen Siegen begnügen müssen, die Ihnen die Erinnerung an die Vergangenheit bitterer als Niederlagen machen wird. Jeder Monat, der dahingeht, bringt Sie einem schrecklichen Ziele näher. Die Zeit ist eifersüchtig auf Sie und kämpft gegen die Lilien und Rosen Ihrer

Haut. Allmählich werden Sie fahl und hohlwangig, Ihre Augen werden stumpf blicken und Sie werden unsäglich leiden … Leben Sie Ihrer Jugend, solange sie da ist. Vergeuden Sie das Gold Ihrer Tage nicht, hören Sie nicht auf die Philister, mühen Sie sich nicht, hoffnungslosen Verfall zu verbessern oder Ihr Leben den Unwissenden, Niedrigen, den gemeinen Leuten hinzugeben! Das sind die kranken Ziele, die falschen Ideale unserer Zeit. Leben Sie! Leben Sie das wunderbare Leben, das in Ihnen ist! Versagen Sie sich nichts! Suchen Sie nach immer neuen Empfindungen! Fürchten Sie nichts … Ein neuer Hedonismus täte unserem Jahrhundert not. Sie könnten sein lebendiges Symbol sein. Mit Ihrer Persönlichkeit können Sie alles wagen. Die Welt gehört Ihnen – eine kurze Spanne lang … In dem Augenblick, da ich Sie sah, merkte ich, dass Sie keine Ahnung davon haben, was Sie sind, was Sie sein könnten. Aber so viel in Ihnen entzückte mich, dass ich Ihnen etwas über Ihre Natur sagen musste. Ich würde es als Tragik empfinden, wenn Sie sich wegwerfen wollten. Ihre Jugend währt ja nur so kurze Zeit – so unglaublich kurze Zeit. Die Wald- und Wiesenblumen welken, aber sie blühen wieder. Der Goldregen wird im nächsten Juni genauso gelb sein wie jetzt. In einem Monat hat die Klematis purpurne Sterne und Jahr für Jahr umschließt die grüne Nacht ihrer Blätter solche Purpursterne. Aber wir Menschen bekommen unsere Jugend nie wieder. Der Puls der Freude, der in dem Zwanzigjährigen schlägt, wird schlaff. Unsere Glieder versagen, die Sinne werden stumpf. Wir verfallen zu grauslichen Fratzen, werden gequält von der Erinnerung an Leidenschaften, vor denen wir zurückgescheut sind, und köstlichen Versuchungen, denen zu erliegen wir den Mut nicht hatten. Jugend, Jugend! … Es gibt nichts in der Welt als Jugend!«

Dorian Gray hörte zu, mit aufgerissenen Augen, staunend. Der Fliederzweig fiel aus seiner Hand auf den Kies. Eine Biene in ihrem Pelzkleid kam und umsummte einen Augenblick die Blüten. Dann kletterte sie eifrig auf den kleinen schmalgesternten Blumen herum. Er beobachtete sie mit jenem sonderbaren Interesse an gewöhnlichen Dingen, das wir zu zeigen suchen, wenn wir uns vor Dingen von hoher Bedeutung fürchten oder wenn wir durch ein neues Gefühl erschüttert werden, für das wir die Formel noch nicht gefunden haben. Oder wenn ein schrecklicher Gedanke unser Hirn bedrängt und Einlass begehrt … Nach einer Weile flog die Biene weg. Er sah sie in die bunte Trompete einer Winde kriechen. Die Blume schien zu erbeben – dann schwankte sie sanft hin und her.

Plötzlich erschien der Maler in der Tür des Ateliers und forderte sie durch kurze, wiederholte Zeichen auf, hereinzukommen. Sie wendeten sich rasch einander zu und lächelten.

»Ich warte!«, rief er. »Kommt! Das Licht ist wundervoll. Ihr könnt Eure Gläser ja mitbringen.«

Sie standen auf und schlenderten zusammen den Gartenpfad hinab. Zwei weißgrüne Schmetterlinge flogen hinter ihnen her und in dem Birnbaum an der Gartenhecke begann eine Drossel zu singen.

»Freut es Sie, mich kennengelernt zu haben, Mr. Gray?«, fragte Lord Henry und sah ihn an.

»Ja, jetzt bin ich froh darüber. Ich weiß nicht, ob ich's immer sein werde!«

»Immer – das ist ein unerträgliches Wort. Ich schaudere, wenn ich es höre. Die Frauen gebrauchen es so gern. Sie richten alle Abenteuer zugrunde, indem sie ihnen ewige Dauer geben wollen. Außerdem: es ist ein sinnloses Wort. Der einzige Unterschied zwischen einer Laune und einer Leidenschaft, die ein

Leben lang währt, ist – dass die Laune ein Weilchen länger dauert.«

Als sie ins Atelier traten, legte Dorian Gray seine Hand auf Lord Henrys Arm. »Lassen Sie also unsere Freundschaft eine Laune sein«, sagte er leise und errötete über seine eigene Kühnheit. Dann stieg er auf das Podium und nahm seine Stellung wieder ein.

Lord Henry warf sich in einen bequemen Rohrsessel und beobachtete ihn. Das Hin- und Herfahren des Pinsels auf der Leinwand gab den einzigen Ton, der die Stille unterbrach. Nur manchmal hörte man den Schritt Hallwards, wenn er zurücktrat, um sein Bild aus der Entfernung zu prüfen. In den schrägen Sonnenstrahlen, die durch die offne Tür einfielen, tanzte der Staub in goldenem Schimmer. Über dem ganzen Raum brütete der schwere Duft der Rosen.

Als eine Viertelstunde etwa vergangen war, hörte Hallward auf, zu malen, betrachtete Dorian eine lange Zeit, sah dann lange auf das Bildnis, während er fest in den Stiel seines großen Pinsels biss und die Stirne runzelte. »Es ist vollkommen fertig«, rief er endlich, bückte sich und schrieb in großen roten Lettern seinen Namen in die linke Ecke der Leinwand. Lord Henry ging hinüber und betrachtete das Bild genau. Ja, es war ein wunderbares Kunstwerk und auch wunderbar ähnlich.

»Lieber Freund«, sagte er. »Ich wünsche Ihnen von ganzem Herzen Glück. Es ist das beste Porträt der modernen Zeit. Mr. Gray, kommen Sie und sehen Sie sich selbst an!«

Der Jüngling schrak auf, wie aus einem Traum erweckt. »Ist es wirklich fertig?«, murmelte er, als er vom Podium herabstieg.

»Ganz fertig«, antwortete der Maler. »Sie haben heute prachtvoll gesessen. Ich bin Ihnen sehr, sehr dankbar.«

»Das ist nur mein Verdienst«, warf Lord Henry ein. »Nicht wahr, Mr. Gray?«

Dorian gab keine Antwort, sondern trat nur nachlässig vor sein Bild und wandte sich ihm zu. Als er es sah, zuckte er zusammen und seine Wangen röteten sich einen Augenblick vor Freude. Ein Ausdruck der Freude trat in seinen Blick, als erkenne er sich selbst jetzt zum ersten Mal. Bewegungslos stand er da, in Staunen versunken. Er wurde sich dunkel bewusst, dass Hallward zu ihm sprach, aber er fasste den Sinn seiner Worte nicht. Der Eindruck der eigenen Schönheit überkam ihn wie eine Offenbarung. Er hatte sie nie vorher empfunden. Basil Hallwards Komplimente hatte er nur für liebenswürdig übertriebene Freundschaftsbeteuerungen gehalten. Er hatte sie angehört, über sie gelacht, sie vergessen. Sein Wesen hatten sie nicht beeinflusst. Dann war Lord Henry Wotton gekommen mit seinem sonderbaren Hymnus auf die Jugend, seiner schrecklichen Warnung vor ihrer Kürze. Das hatte ihn aufgerüttelt, und jetzt, als er dastand und das Abbild der eigenen Lieblichkeit anschaute, blitzte in ihm die Erkenntnis auf, wie wahr diese Schilderung gewesen. Ja, der Tag musste kommen, da sein Gesicht faltig und verwittert, die Augen trüb und glanzlos, die Anmut seiner Gestalt gebrochen, entstellt sein würde. Das Scharlachrot seiner Lippen würde verfallen, das Gold des Haares sich wegstehlen. Er würde hässlich, grauenerregend, plump werden.

Als er daran dachte, durchdrang ihn ein scharfer Schmerz wie ein Messerstich und ließ jede Faser seines Wesens erbeben. Seine Augen wurden dunkel wie Amethyste und ein Tränenschimmer stieg in ihnen auf. Es war, als hätte sich ihm eine eiskalte Hand aufs Herz gelegt.

»*Finden* Sie es nicht gut?«, rief schließlich Hallward, ein wenig gereizt durch das Schweigen des Jünglings, dessen Sinn er nicht begriff.

»Natürlich findet er es gut«, sagte Lord Henry. »Wer würde das nicht? Es ist eins der größten Werke der modernen Kunst. Ich gebe Ihnen jeden Betrag dafür, den Sie verlangen. Ich muss es haben.«

»Es gehört nicht mir, Henry.«

»Wem gehört es denn?«

»Dorian natürlich«, entgegnete der Maler.

»Er hat wirklich Glück …«

»Wie traurig das ist«, flüsterte Dorian, der die Augen noch immer fest auf das Bild gerichtet hatte. »Wie traurig! Ich werde alt werden, hässlich, widerlich – aber dies Bild wird immer jung bleiben. Es wird nie über den heutigen Junitag hinaus altern … Wenn es doch umgekehrt sein könnte! Wenn ich es wäre, der ewig jung bliebe und das Bild altern könnte! Dafür, dafür gäbe ich alles. Ja, nichts in der Welt wäre mir dafür zu viel. Meine Seele gäbe ich dafür als Preis!«

»Dieser Tausch würde Ihnen wohl kaum passen, Basil«, rief Lord Henry lachend. »Das wäre hart für Ihr Werk.«

»Ja, ich würde mich ernstlich dagegen wehren, Henry«, sagte Hallward.

Dorian Gray wandte sich ihm zu und sah ihn an. »Ich bin überzeugt, das würden Sie tun, Basil, denn die Kunst ist Ihnen mehr als Ihre Freunde. Ich bedeute für Sie nicht mehr als eine grün schimmernde Bronzefigur. Kaum so viel vielleicht.«

Der Maler war starr vor Verwunderung. So zu sprechen war gar nicht Dorians Art. Was war geschehen? Er schien ganz zornig. Sein Gesicht hatte sich gerötet, die Wangen brannten.

»Ja«, fuhr er fort, »ich bedeute für Sie weniger als dieser Hermes aus Elfenbein oder der silberne Faun da. Die werden Sie immer schätzen. Wie lang aber werden Sie mich schätzen? Bis die erste Runzel mein Gesicht entstellt, vermutlich. Ich weiß es jetzt: Wenn man seine Schönheit, von welcher Art sie auch sei, verliert, hat man alles verloren. Ihr eigenes Gemälde da hat mich diese Weisheit gelehrt. Lord Henry Wotton hat ganz recht. Jugend ist das einzige auf der Welt, was einen Wert hat. Wenn ich einmal merke, dass ich alt werde, bringe ich mich um.«

Hallward wurde bleich und griff nach seiner Hand. »Dorian, Dorian!«, rief er. »Sagen Sie so etwas nicht. Ich habe nie einen Freund gehabt, der mir so viel war wie Sie, und werde nie einen haben. Sie können doch nicht auf leblose Dinge eifersüchtig sein, Sie, der Sie edler sind als irgendeins von ihnen.«

»Ich bin eifersüchtig auf jedes Ding, dessen Schönheit nicht stirbt. Ich bin eifersüchtig auf das Bild, das Sie von mir gemalt haben. Warum darf es behalten, was ich hergeben muss? Jeder Augenblick, der verstreicht, nimmt mir etwas und schenkt ihm etwas. Wenn es doch umgekehrt wäre! Wenn sich das Bild veränderte, und ich immer bleiben könnte, wie ich bin! Warum haben Sie es gemalt? Es wird mich einst verhöhnen, furchtbar verhöhnen.«

Heiße Tränen traten ihm in die Augen. Er riss seine Hand zurück und warf sich auf den Diwan. Dort vergrub er sein Gesicht in die Kissen, als bete er.

»Das ist Ihr Werk, Henry«, sagte der Maler bitter.

Lord Henry zuckte die Achseln. »Es ist nur der wirkliche Dorian Gray!«

»Das ist er nicht.«

»Wenn er es nicht ist, was habe ich mit alledem zu schaffen?«

»Sie hätten weggehen sollen, als ich Sie darum bat«, murmelte er.

»Ich blieb, weil Sie mich darum baten«, war Lord Henrys Erwiderung.

»Henry, ich kann nicht mit meinen beiden besten Freunden auf einmal Streit anfangen, aber ihr beide habt es so weit gebracht, dass ich das beste Stück Arbeit, das mir je gelungen ist, hasse, und ich werde es vernichten. Es ist schließlich nur Leinwand und Farbe. Ich will es nicht in drei Leben eingreifen und sie zerstören lassen.«

Dorian Gray hob sein goldenes Haupt von dem Kissen und blickte ihn mit bleichem Gesicht und tränenfeuchten Augen an, als Basil zu dem niederen Tischchen trat, das unter dem hohen, verhängten Fenster stand. Was wollte er dort? Seine Finger fuhren zwischen dem Wust von Blechtuben und trockenen Pinseln herum und suchten etwas. Ja, sie suchten die lange Spachtel mit der dünnen Klinge aus geschmeidigem Stahl. Endlich hatte er sie gefunden. Er wollte die Leinwand zerschneiden.

Mit einem erstickten Schluchzen flog der Jüngling von dem Sofa auf, sprang zu Hallward hinüber, riss ihm die Spachtel aus der Hand und schleuderte sie in den entferntesten Winkel des Ateliers. »Tun Sie es nicht, Basil, tun Sie es nicht«, schrie er. »Es wäre Mord.«

»Ich freue mich, dass Sie schließlich meine Arbeit doch schätzen, Dorian«, sagte der Maler kühl, als er sich von seinem Erstaunen erholt hatte. »Ich habe es nicht geglaubt.«

»Schätzen? Ich bin verliebt in das Bild, Basil. Es ist ein Teil von mir selbst – das fühle ich!«

»Schön, sobald Sie trocken sind, sollen Sie gefirnisst, gerahmt und nach Hause geschickt werden. Da können Sie mit sich anfangen, was Ihnen beliebt.« Er schritt durch den Raum und klingelte nach Tee. »Sie trinken doch Tee, Dorian? Sie auch, Henry? Oder haben Sie etwas gegen so einfache Genüsse?«

»Ich bete einfache Genüsse an«, sagte Lord Henry. »Sie sind die letzte Zuflucht komplizierter Menschen.

Aber für Szenen schwärme ich nicht, außer im Theater. Was für tolle Menschen seid ihr doch beide! Wer war es doch, der den Menschen als das vernünftige Tier definiert hat? Das war eine der unbedachtesten Definitionen. Der Mensch hat eine ganze Menge Eigenschaften, Vernunft aber gewiss nicht. Gott sei Dank, übrigens. Ihr beiden solltet euch aber wirklich nicht um das Bild zanken, sondern Sie sollten es lieber mir geben, Basil. Dieser dumme Bub will es eigentlich gar nicht, aber ich umso mehr!«

»Wenn Sie es einem anderen geben, Basil, verzeihe ich es Ihnen nie«, rief Dorian Gray. »Und ich gestatte niemand, mich einen dummen Buben zu nennen.«

»Sie wissen, Dorian, dass das Bild Ihnen gehört. Ich habe es Ihnen geschenkt, noch bevor es gemalt war.«

»Und Sie wissen, Mr. Gray, dass Sie ein wenig dumm waren, und dass Sie in Wahrheit gar nichts dagegen haben, an Ihre Jugend erinnert zu werden.«

»Heute früh hätte ich sehr viel dagegen gehabt.«

»Ja, heute früh. Seitdem haben Sie aber gelebt!«

Es klopfte an die Tür; der Diener trat mit einem besetzten Teebrett ein und stellte es auf einen kleinen japanischen Tisch. Man hörte ein Klappern von Tassen und Löffeln und das Summen eines ziselierten georgischen Teekessels. Zwei kugelige Porzellanschüsseln wurden von einem Lakai gebracht. Dorian Gray ging hin und schenkte den Tee ein. Die beiden Männer schlenderten langsam zum Tisch und sahen nach, was unter den Deckeln der Schüsseln war.

»Wir wollen heute Abend ins Theater gehen«, sagte Lord Henry. »Irgendwo muss doch was los sein. Ich habe zwar zugesagt, bei White zu dinieren, aber es ist nur ein alter Freund, der mich erwartet, und dem ich also ein Telegramm schicken kann, dass ich krank bin oder durch eine spätere Verabredung verhindert bin. Das würde ich für eine entzückende Entschuldigung halten, sie ist überraschend und aufrichtig!«

»Es ist so langweilig, sich den Gesellschaftsanzug anzuziehen«, murmelte Hallward. »Und wenn man ihn anhat, sieht man so gräulich aus.«

»Ja«, antwortete Lord Henry träumerisch. »Die Kleidung des neunzehnten Jahrhunderts ist abscheulich. Sie ist so düster, so deprimierend. Die Sünde ist noch das einzige Farbige im modernen Leben.«

»Sie sollten solche Dinge wirklich nicht vor Dorian sagen, Henry!«

»Vor welchem Dorian nicht? Vor dem, der uns Tee einschenkt, oder dem auf dem Bild?«

»Vor keinem von beiden.«

»Ich möchte gerne mit Ihnen ins Theater gehen, Lord Henry«, sagte der Jüngling.

»Dann kommen Sie doch. Und Sie auch, Basil, nicht wahr?«

»Ich kann wirklich nicht, ich habe eine Menge zu tun.«

»Dann müssen wir beide also allein gehen, Mr. Gray.«

»Ich freue mich riesig.«

Der Maler biss sich auf die Lippe und schritt, die Teetasse in der Hand, zu dem Bild hinüber. »Ich bleibe bei dem wirklichen Dorian hier«, sagte er traurig.

»Ist das der wirkliche?«, rief das Original und ging hin. »Bin ich wirklich so?«

»Ja, genau so sind Sie.«

»Wie wunderbar, Basil!«

»Sie sehen wenigstens jetzt so aus. Aber das Bild wird sich nie ändern«, seufzte Hallward. »Das ist sehr viel.«

»Was man heute für Wesens aus der Treue macht!«, rief Lord Henry aus. »Und dabei ist sie selbst in der Liebe eine rein physiologische Frage. Sie hat nicht das Mindeste mit unserem Willen zu tun. Junge Leute wären gerne treu und sind es nicht; alte wären gerne treulos und können es nicht. Das ist alles, was sich über dieses Problem sagen lässt.«

»Gehen Sie heute Abend nicht ins Theater, Dorian«, bat Hallward. »Bleiben Sie hier und speisen Sie mit mir.«

»Ich kann nicht, Basil.«

»Warum?«

»Weil ich Lord Henry zugesagt habe, mit ihm zu gehen.«

»Es wird Sie bei ihm nicht fördern, wenn Sie Ihre Versprechen halten. Er bricht seine immer. Ich bitte Sie, nicht zu gehen.«

Dorian Gray schüttelte lachend den Kopf.

»Ich beschwöre Sie.«

Der junge Mann schwankte und sah zu Lord Henry hinüber, der mit einem vergnügten Lächeln die beiden vom Teetisch aus beobachtete.

»Ich muss fort, Basil«, antwortete er.

»Schön«, sagte Hallward und ging zum Tisch hinüber, um seine Tasse wegzustellen. »Es ist schon ziemlich spät, und da Sie sich noch umziehen müssen, haben Sie keine Zeit zu verlieren. Adieu, Henry. Adieu, Dorian. Kommen Sie bald wieder. Kommen Sie morgen.«

»Bestimmt.«

»Aber nicht vergessen!«

»Nein, natürlich nicht!«, rief Dorian.

»Und … Henry!«

»Ja, Basil?«

»Denken Sie an das, was ich Ihnen sagte, als wir am Vormittag im Garten saßen.«

»Das hab ich vergessen.«

»Ich vertraue Ihnen.«

»Ich wollt, ich könnte mir selbst vertrauen«, sagte Lord Henry lachend. »Kommen Sie, Mr. Gray. Mein

Wagen steht unten, ich kann Sie an Ihrer Wohnung absetzen. Adieu, Basil! Es war ein sehr interessanter Nachmittag.«

Als sich die Tür hinter ihnen geschlossen hatte, warf sich der Maler auf den Diwan und ein schmerzlicher Zug trat in sein Gesicht.

Drittes Kapitel

Um halb eins am nächsten Tag schlenderte Lord Henry Wotton von der Curzon Street nach dem Albany hinüber, um seinem Onkel einen Besuch zu machen. Lord Fermor war trotz seiner etwas rauen Art ein heiterer alter Junggeselle, den die Welt einen Egoisten nannte, weil sie keinen besonderen Nutzen aus ihm ziehen konnte, den man aber in der Gesellschaft freigebig nannte, weil er den Leuten, die ihn amüsierten, zu essen gab. Sein Vater war Gesandter in Madrid gewesen, als die Königin Isabella noch jung war und man vom General Prim noch nichts wusste. Er hatte sich aber in einem Augenblick der Verärgerung aus dem diplomatischen Dienst zurückgezogen, weil man ihm den Botschafterposten in Paris nicht angeboten hatte, den zu fordern er sich durch seine Geburt, seine Trägheit, das gute Englisch seiner Berichte und seine ausschweifende Vergnügungssucht berechtigt glaubte. Der Sohn, der des Vaters Sekretär gewesen war, hatte mit ihm zugleich den Abschied genommen, was man damals für etwas töricht hielt. Als er ihm dann einige Monate später im Majorat nachfolgte, hatte er sich ernstlich der großen aristokratischen Kunst, absolut nichts zu tun, gewidmet. Er besaß zwei große Häuser in der Stadt, zog es aber vor, in einer Junggesellenwohnung zu wohnen, weil das weniger Umstände machte, und speiste meistens in seinem Klub. Er gab ein wenig auf die Ausbeutung seiner Kohlenminen im Midland-Bezirk acht und entschuldigte diese industrielle Tätigkeit mit dem Hinweis darauf, der einzige Vorteil, selbst Kohlenwerke zu besitzen, sei der, dass es durch sie einem Gentleman möglich werde, im eigenen Kamin Holz zu brennen. Politisch war er ein Tory, außer wenn die Tories an der Regierung waren; in diesem Fall schalt er sie unverhohlen radikales Gesindel. Er war der sprichwörtliche Held für seinen Kammerdiener, der ihn drangsalierte, und ein Schrecken für die meisten seiner Verwandten, die er drangsalierte. Nur England hätte ihn hervorbringen können, und er sagte immer, dass das Land mehr und mehr auf den Hund komme. Seine Grundsätze waren veraltet, aber für seine Vorurteile ließ sich manches sagen.

Als Lord Henry ins Zimmer trat, fand er seinen Onkel in einem rauen Jagdrock, eine Zigarre im Munde, mürrisch über der »Times« sitzen.

»Nun, Henry«, sagte der alte Herr. »Was führt dich so früh her? Ich habe immer geglaubt, dass ihr Dandies nie vor zwei Uhr aufsteht und nie vor fünf Uhr sichtbar werdet.«

»Reine Familienliebe, auf Wort, Onkel George; ich brauche etwas von dir.«

»Geld vermutlich!«, sagte Lord Fermor und zog ein saures Gesicht. »Also gut, setz dich und sag mir das Nötige. Ihr jungen Leute bildet euch heutzutage ein, dass Geld alles ist.«

»Ja«, murmelte Lord Henry, während er seine Blume im Knopfloch zurechtrückte. »Und wenn die jungen Leute älter werden, dann wissen sie, dass es so ist. Aber ich brauche kein Geld. Nur Leute, die ihre Rechnungen bezahlen, brauchen Geld, Onkel George. Ich zahle meine nie. Kredit ist das Vermögen eines jüngeren Sohnes und man kann glänzend davon leben. Außerdem kaufe ich immer bei Dartmoors Lieferanten und infolgedessen hab ich nie Scherereien. Was ich brauche, ist eine Auskunft, keine nützliche Auskunft natürlich, eine ganz wertlose Auskunft.«

»Ich kann dir alles sagen, was je in einem englischen Blaubuch gestanden hat, obwohl die Burschen heutzutag einen Haufen Unsinn zusammenschreiben. Als ich noch Diplomat war, lagen die Dinge besser. Aber ich höre, dass man jetzt aufgrund einer Prüfung Diplomat wird – was kann man da noch erwarten! Prüfungen sind der reine Humbug von Anfang bis zu Ende. Wenn ein Mensch ein Gentleman ist, weiß er genug; wenn er kein Gentleman ist, so mag er wissen, was er will, es hilft ihm nichts.«

»Mr. Dorian Gray hat nichts mit Blaubüchern zu schaffen«, sagte Lord Henry lässig.

»Mr. Dorian Gray, wer ist das?«, fragte Lord Fermor, seine buschigen weißen Augenbrauen zusammenziehend.

»Das will ich gerade von dir erfahren, Onkel George. Oder genauer gesagt, wer er ist, weiß ich. Er ist der Enkel des letzten Lord Kelso, seine Mutter war eine Devereux, Lady Margaret Devereux. Ich möchte, dass du mir etwas über seine Mutter sagst. Wie war sie? Wen hat sie geheiratet? Du hast doch so ziemlich alle Leute deiner Zeit gekannt, also wahrscheinlich auch sie. Ich interessiere mich im Augenblick sehr für Mr. Gray. Ich habe ihn erst ganz kürzlich kennengelernt.«

»Kelsos Enkel, Kelsos Enkel? … Natürlich, ich war mit seiner Mutter sehr intim. Ich glaube sogar, dass ich bei ihrer Taufe war. Sie war ein ganz außerordentlich schönes Mädchen, diese Margaret Devereux, und hat dann alle jungen Leute toll gemacht, weil sie mit einem jungen Burschen davongelaufen ist, der keinen

Heller hatte und nichts war, irgendein Subalternoffizier bei der Infanterie oder so etwas. Natürlich, ich erinnere mich jetzt der ganzen Geschichte, als wäre sie gestern geschehen. Der arme Kerl wurde dann bei einem Duell in Spa umgebracht, nur ein paar Monate nach der Hochzeit. Man erzählte damals eine hässliche Geschichte darüber. Es hieß, der alte Kelso hätte irgendeinen Schuft, einen Abenteurer, einen belgischen Kerl, gemietet, um seinen Schwiegersohn öffentlich zu insultieren, hätte ihn dafür bezahlt, einfach bezahlt, und dass dann dieser Kerl sein Opfer aufgespießt hätte, als wäre es eine Taube. Die Sache wurde dann natürlich vertuscht, aber freilich, Kelso musste im Klub eine Zeit lang sein Kotelett allein essen. Er brachte seine Tochter wieder mit, hat man mir erzählt, doch sie sprach nie mehr ein Wort mit ihm. Ja, ja, das war eine böse Geschichte. Das Mädel starb dann auch, kaum ein Jahr später. Sie hat also einen Sohn hinterlassen? Das hatte ich ganz vergessen. Was ist er für ein Bursch? Wenn er seiner Mutter ähnlich sieht, muss er ein hübscher Kerl sein.«

»Er ist sehr hübsch«, bestätigte Lord Henry.

»Ich hoffe, er wird in gute Hände kommen«, fuhr der alte Mann fort. »Er muss einen Haufen Geld zu erwarten haben, wenn Kelso seine Pflicht gegen ihn getan hat. Seine Mutter hat übrigens auch Geld gehabt, der ganze Selbysche Besitz fiel ihr durch ihren Großvater zu. Ihr Großvater hasste Kelso, hielt ihn für einen niederträchtigen Hund. Was er auch war. Er kam einmal nach Madrid, als ich dort war. Wahrhaftig, ich hab mich seiner schämen müssen. Die Königin pflegte mich nach dem englischen Aristokraten zu fragen, der immer mit den Kutschern über die Taxe stritt. Es wurde eine ganze Affäre draus gemacht. Ich wagte einen Monat lang nicht, bei Hof zu erscheinen.

Ich hoffe nur, er hat seinen Enkel besser behandelt als die Kutscher.«

»Darüber weiß ich nichts«, erwiderte Lord Henry. »Ich vermute aber, dass es dem jungen Mann an nichts fehlen wird. Er ist noch nicht volljährig. Selby gehört ihm, das weiß ich. Er hat es mir selbst gesagt. Und … seine Mutter war also sehr schön?«

»Margaret Devereux war eines der schönsten Geschöpfe, die ich je gesehen habe, Henry. Weshalb in aller Welt sie tat, was sie getan hatte, habe ich nie verstehen können. Sie hätte jeden Mann, den sie hätte haben wollen, heiraten können. Carlington war wahnsinnig verliebt in sie. Aber sie war romantisch. Alle Frauen dieser Familie waren es. Die Männer waren eine traurige Gesellschaft, aber, bei Gott, die Weiber waren wunderbar. Carlington lag auf den Knien vor ihr. Hat's mir selber gesagt. Sie lachte ihn aus, und doch gab es damals in London kein einziges Mädel, das nicht hinter ihm her gewesen wäre. Übrigens, da wir gerade von Mesalliancen reden: Was ist das für ein Unfug, den mir dein Vater erzählt? Dartmoor will eine Amerikanerin heiraten? Sind die englischen Mädels nicht gut genug für ihn?«

»Es ist gerade Mode, Amerikanerinnen zu heiraten, Onkel George.«

»Ich halte englische Weiber gegen die ganze Welt«, sagte Lord Fermor und schlug mit der Faust auf den Tisch.

»Die Wetten stehen zugunsten der Amerikanerinnen!«

»Sie halten nichts aus, hat man mir gesagt«, murmelte der Onkel.

»Ein langes Rennen pumpt sie aus, aber für eine Steeplechase sind sie glänzend. Sie nehmen die Hindernisse im Flug. Ich glaube aber nicht, dass Dartmoor Aussichten hat.«

»Wie ist die Familie?«, raunzte der alte Herr. »Hat sie überhaupt eine?«

Lord Henry schüttelte den Kopf. »Amerikanische Mädchen sind klug genug, ihre Eltern zu verbergen, wie englische Frauen ihre Vergangenheit«, antwortete er und stand auf, um wegzugehen.

»Ich vermute also, es sind Schweineschlächter.«

»Das hoffe ich, Onkel George, in Dartmoors Interesse. Man hat mir erzählt, Schweineschlachten soll der einträglichste Beruf in Amerika sein nach der Politik.«

»Ist sie hübsch?«

»Sie benimmt sich so, als ob sie es wäre. Das tun die meisten Amerikanerinnen und darin liegt das Geheimnis ihres Reizes.«

»Warum können diese amerikanischen Weiber nicht in ihrem Land bleiben? Sie behaupten doch immer, es sei das Paradies für die Frauen!«

»Das ist es auch, und darum wollen sie auch, genau wie einst Eva, möglichst schnell daraus fort!«, sagte Lord Henry. »Adieu, Onkel George. Ich komme zu spät zum Lunch, wenn ich noch länger bleibe. Ich danke dir für die Auskunft, um die ich dich gebeten habe. Ich habe immer das Bedürfnis, so viel wie möglich von meinen neuen Freunden zu hören und so wenig wie möglich von meinen alten.«

»Wohin gehst du zum Lunch?«

»Zu Tante Agatha. Ich habe mich mit Mr. Gray dort angesagt. Er ist ihr neuester Schützling.«

»Hm, sag der Tante Agatha, Henry, sie soll mich nie mehr mit ihrem Wohltätigkeitskram belästigen. Ich habe ihn über. Weiß Gott, das gute Frauenzimmer glaubt, ich habe nichts zu tun als Schecks für ihre albernen *Liebhabereien* auszuschreiben.«

»Abgemacht, Onkel George, ich werde es ihr sagen, aber es wird gar nichts nützen. Leute, die sich mit

Wohltätigkeit abgeben, verlieren alle Menschlichkeit; das ist ihre hervorstechende Eigenschaft.«

Der alte Herr nickte zustimmend und klingelte dem Diener. Lord Henry schritt durch die niedrigen Arkaden zur Burlington Street und lenkte dann seine Schritte in Richtung Berkeley Square.

Das also war die Geschichte von Dorian Grays Herkunft. So kunstlos sie ihm auch erzählt worden war, sie hatte ihn doch durch seltsame, geradezu moderne Romantik erschüttert. Eine schöne Frau, die alles für eine wahnsinnige Leidenschaft hingab. Ein paar wildglückliche Wochen, jäh abgebrochen durch ein scheußliches, heimtückisches Verbrechen. Monate stummen Todeskampfes und dann ein Kind unter Schmerzen geboren. Die Mutter vom Tod ereilt, der Knabe der Einsamkeit und der Tyrannei eines alten lieblosen Mannes ausgeliefert. Ja, das war schon ein recht interessanter Hintergrund. Er gab dem jungen Menschen Relief, machte ihn gewissermaßen noch vollkommener. Hinter jedem erlesenen Ding, das lebt, lauert eine geheime Tragik. Welten müssen kreisen, damit die kleinste Blume erblühen kann … Wie entzückend war doch Dorian am Abend beim Diner gewesen, als er mit glänzenden Augen, die Lippen in scheuem Vergnügen halb offen, im Klub ihm gegenübergesessen und die roten Lampenschirme das erwachende Wunder seines Gesichts in einen vollen reichen Ton getaucht hatten. Mit ihm sprechen, das war wie auf einer wundervollen Geige spielen. Er gab jedem Druck, jeder leisen Berührung des Bogens nach. Es lag ein unerhört aufregender Reiz darin, auf jemanden einzuwirken. Keine andere Tätigkeit kam dem gleich. Seine eigene Seele in eine schöne Form zu gießen und sie darin einen Augenblick lang verweilen zu lassen; seine eigenen Gedanken im Echo zurückzubekommen, bereichert durch die Töne der Leidenschaft und Jugend; sein eigenes Temperament in ein anderes zu versenken, als wäre es die allerfeinste Flüssigkeit, ein seltener Wohlgeruch: darin lag eine wahre Lust, vielleicht die allerbefriedigendste Lust, die uns übrig geblieben ist in einer so begrenzten und gewöhnlichen Zeit wie die unsere, in einer Zeit, die so materiell in ihren Genüssen ist und so gewöhnlich in ihren Zielen … Ein wundervoller Typus war dieser junge Mensch, den er durch einen so sonderbaren Zufall in Basils Atelier kennengelernt hatte, oder konnte jedenfalls in einen wunderbaren Typus zurechtgebogen werden. Anmut war sein Besitz und die holde Reinheit der Jugend und eine Schönheit, wie man sie sonst nur bei alten griechischen Statuen findet. Nichts gab es, was man nicht aus ihm machen konnte. Man konnte einen Titanen oder ein Spielzeug aus ihm machen. Wie schade, dass eine solche Schönheit dahinschwinden musste … Und Basil? Wie interessant war auch er für den Psychologen! Ein ganz neuer Kunststil, eine frische Art, das Leben anzuschauen, waren ihm auf das Seltsamste durch die bloße Gegenwart eines Menschen geschenkt worden, der von alledem nichts wusste. Er war für ihn der schweigsame Geist, der im Waldesdunkel wohnt und unsichtbar ins offene Feld hinaustritt, dann aber plötzlich, einer Dryade gleich, leibhaftig erscheint, weil in der Seele, die nach ihm begehrt hat, jene wundersame Vision erweckt worden ist, durch die allein außerordentliche Dinge offenbart werden; dann werden die bloßen Formen und Abbilder der Dinge gleichsam edler und bekommen eine Art von symbolischem Wert, als wären sie selbst nur Abbilder anderer vollkommener Formen, deren Schatten sie verwirklicht haben. Wie merkwürdig das alles doch war! …

Er erinnerte sich, dass er in der Geschichte so etwas gelesen hatte. War es nicht Plato, dieser Künstler der Gedanken, der als erster eine solche Analyse gegeben hat? War es nicht Buonarotti, der so etwas in den farbigen Marmor einer Sonettfolge gemeißelt hatte? In unserem Jahrhundert aber war es etwas Seltenes … Ja, er wollte versuchen, für Dorian Gray das zu sein, was dieser Jüngling, ohne es zu wissen, für den Maler war, der das prachtvolle Bildnis geschaffen hatte. Er wollte suchen, ihn zu beherrschen, hatte das in der Tat schon beinah fertiggebracht. Er wollte dieses Wunder mit seinem eigenen Geist erfüllen. Es war etwas Fesselndes in diesem Kind der Liebe und des Todes.

Plötzlich blieb er stehen und sah zu den Häusern hinauf. Er merkte, dass er an dem Haus seiner Tante bereits vorbeigegangen war, und ging lächelnd zurück. Als er in die etwas düstere Halle trat, sagte ihm der Diener, die Herrschaften seien schon beim Lunch. Er gab einem Lakai Hut und Stock und ging in den Speisesaal.

»Spät wie immer, Henry«, rief seine Tante, ihm zunickend.

Er erfand gewandt eine Entschuldigung, setzte sich auf den leeren Platz neben sie und sah sich um, wer noch da war. Dorian begrüßte ihn scheu vom Ende des Tisches und seine Wangen röteten sich leicht vor Freude. Gegenüber saß die Herzogin von Harley, eine Dame von bewunderungswürdig guter Konstitution und gutem Charakter, die jeder gern mochte, und deren Körper jenen imponierenden architektonischen Aufbau hatte, der von zeitgenössischen Geschichtsschreibern bei Frauen, die nicht gerade Herzoginnen sind, als Leibesfülle bezeichnet wird. Zu ihrer Rechten saß Sir Thomas Burdon, ein radikaler Abgeordneter, der im öffentlichen Leben seinem Parteichef Gefolge leistete, im privaten aber den besten Küchenchefs, der mit den Tories dinierte und mit den Liberalen stimmte, damit eine weise und wohlbekannte Lebensregel befolgend. Den Platz an ihrer Linken nahm Mr. Erskine of Treadley ein, ein alter feiner und gebildeter Herr, der allerdings die schlechte Gewohnheit hatte, immer zu schweigen, da er, wie er einmal Lady Agatha erklärte, schon vor seinem dreißigsten Lebensjahr alles gesagt hatte, was er überhaupt zu sagen hatte. Seine eigene Nachbarin war Mrs. Vandeleur, eine der ältesten Freundinnen seiner Tante, eine vollendete Heilige unter den Frauen, aber so entsetzlich schlampig, dass man bei ihrem Anblick immer an ein schlecht gebundenes Gebetbuch denken musste. An ihrer anderen Seite saß zu seinem Glück Lord Faudel, eine sehr mittelmäßige Intelligenz in mittleren Jahren, so kahl wie die Antwort eines Ministers auf eine Interpellation im Unterhaus. Mit ihm unterhielt sie sich in jener intensivernsten Weise, die, wie er selbst einmal bemerkte, der einzige unverzeihliche Irrtum ist, in den alle wirklich guten Menschen verfallen und dem keiner von ihnen völlig entgeht.

»Wir sprechen gerade über Dartmoor, Henry«, rief die Herzogin, ihm vergnügt über den Tisch zunickend. »Glauben Sie wirklich, dass er die berückende junge Dame heiratet?«

»Ich glaube, sie hat sich fest vorgenommen, ihm einen Antrag zu machen, Herzogin.«

»Wie schrecklich«, rief Lady Agatha aus. »Dann sollte wirklich jemand dazwischen treten.«

»Ich habe aus einer ganz ausgezeichneten Quelle, dass ihr Vater ein Schnittwarengeschäft in Amerika hat«, sagte Sir Thomas Burdon mit einer überlegenen Gebärde.

»Mein Onkel riet auf eine Schweineschlächterei, Sir Thomas.«

»Schnittwaren? Was sind amerikanische Schnittwaren?«, fragte die Herzogin, ihre großen Hände verwundernd erhebend und jede Silbe betonend.

»Amerikanische Romane«, antwortete Lord Henry und nahm von den Wachteln.

Die Herzogin machte ein verlegenes Gesicht.

»Beachten Sie ihn gar nicht, meine Liebe«, flüsterte ihr Lady Agatha zu. »Er meint nie, was er sagt.«

»Als Amerika entdeckt wurde«, sagte der radikale Abgeordnete und begann, eine Reihe langweiliger Tatsachen mitzuteilen. Wie alle Menschen, die ein Thema erschöpfen wollen, erschöpfte er seine Zuhörer. Die Herzogin seufzte und machte von ihrem Vorrecht, zu unterbrechen, Gebrauch.

»Ich wünschte zu Gott, es wäre überhaupt nie entdeckt worden«, rief sie aus. »Unsere Töchter haben heutzutage wirklich gar keine Chance mehr, und das ist sehr ungerecht.«

»Vielleicht ist trotz allem Amerika überhaupt nie entdeckt worden«, sagte Mr. Erskine. »Ich für meinen Teil würde eher sagen, man ist hinter seine Schliche gekommen.«

»Oh, ich muss gestehen, ich habe Exemplare seiner Bewohnerinnen gesehen«, antwortete zerstreut die Herzogin, »von denen, wie ich zugeben muss, die meisten ausgesprochen hübsch sind. Und außerdem ziehen sie sich sehr gut an, denn sie bekommen alle ihre Kleider aus Paris. Ich wollte, ich könnte mir das auch leisten.«

»Man sagt: wenn gute Amerikaner sterben, fahren sie nach Paris«, gluckste Sir Thomas, der einen großen Vorrat abgelegter Scherze hatte.

»In der Tat? Und wohin gehen schlechte Amerikaner, wenn sie sterben?«, fragte die Herzogin.

»Die gehen nach Amerika«, murmelte Lord Henry.

Sir Thomas runzelte die Stirn. »Ich fürchte, Ihr Neffe hat Vorurteile gegen dieses große Land«, sagte er zu Lady Agatha. »Ich habe es ganz bereist in Salonwagen, die mir von den Direktionen zur Verfügung gestellt wurden. Die Leute sind in diesen Dingen außerordentlich entgegenkommend. Ich versichere Sie, es ist direkt bildend, dieses Land zu bereisen.«

»Aber müssen wir wirklich Chicago besuchen, um unsere Bildung zu vervollständigen?«, fragte Mr. Erskine kläglich. »Ich fühle mich wirklich einer solchen Reise nicht gewachsen.«

Sir Thomas winkte mit der Hand ab. »Mr. Erskine of Treadley besitzt die Welt auf seinen Bücherregalen. Wir Menschen des praktischen Lebens lieben es, die Dinge zu sehen und nicht über sie zu lesen. Die Amerikaner sind ein außerordentlich interessantes Volk. Sie sind vollständig Vernunftmenschen. Ich denke, das ist ihr hervorstechendstes Charaktermerkmal. Ja, Mr. Erskine, ein ausschließlich von der Vernunft beherrschtes Volk. Ich versichere Sie, es gibt keinen Unsinn bei den Amerikanern.«

»Wie grässlich!«, rief Lord Henry aus. »Ich kann rohe Gewalt vertragen, aber rohe Vernunft ist mir zuwider. Ich finde immer, dass ihr Gebrauch unanständig ist. Vernunft ist so viel weniger wert als Geist.«

»Ich verstehe Sie nicht«, sagte Sir Thomas und wurde sehr rot.

»Ich verstehe Sie, Lord Henry«, murmelte Mr. Erskine lächelnd.

»Paradoxe sind ja an und für sich recht schön und gut …«, nahm der Baronet wieder das Wort.

»War das ein Paradoxon?«, fragte Mr. Erskine. »Ich habe es nicht dafür gehalten. Vielleicht war es doch eins; im Übrigen, der Weg zur Wahrheit scheint mit Paradoxen gepflastert zu sein. Um die Wirklichkeit auf die Probe zu stellen, müssen wir sie auf dem gespannten Drahtseil sehen. Erst wenn die Wahrheiten Akrobaten werden, können wir sie beurteilen.«

»O Gott, o Gott«, sagte Lady Agatha, »was für eine Art zu diskutieren ihr Männer doch habt! Ich verstehe kein Wort von dem, was ihr da redet. Mit dir, Henry, bin ich übrigens sehr böse. Warum versuchst du unseren lieben Mr. Dorian Gray vom East End abzubringen? Ich versichere dich, er würde für uns dort unschätzbaren Wert haben; den Leuten würde sein Spiel ganz außerordentlich gefallen.«

»Mir ist lieber, er spielt für mich«, rief Lord Henry lächelnd, sah den Tisch hinunter und fing einen fröhlichen Blick Dorians als Antwort auf.

»Aber die Leute in Whitechapel sind doch so unglücklich«, nahm Lady Agatha wieder auf.

»Ich kann mit allem möglichen Sympathie haben«, sagte Lord Henry, die Achseln zuckend. »Außer mit Leiden. Damit kann ich keine Sympathie haben. Es ist zu hässlich, zu schrecklich, zu niederdrückend. In der modernen Sympathie für die Leiden liegt etwas unglaublich Krankhaftes. Man sollte lieber mit Farben, mit der Schönheit, mit der Lebensfreude sympathisieren. Je weniger man über die traurigen Seiten des Lebens spricht, umso besser.«

»Und doch, das East End ist ein sehr wichtiges Problem«, bemerkte mit ernstem Kopfschütteln Sir Thomas.

»Sicher«, antwortete der junge Lord. »Es ist das Problem der Sklaverei, *und* wir versuchen es dadurch zu lösen, dass wir die Sklaven amüsieren.«

Der Politiker sah ihn mit einem forschenden Blick an. »Welche Änderung schlagen Sie also vor?«

Lord Henry lachte. »Ich habe überhaupt nicht das Verlangen, in England etwas zu ändern, höchstens das Wetter. Ich begnüge mich mit rein philosophischer Betrachtung. Da aber das neunzehnte Jahrhundert durch seinen übermäßigen Verbrauch an Sympathie Bankrott gemacht hat, so möchte ich vorschlagen, dass man sich an die Wissenschaft hält, um uns wieder auf die Beine zu bringen. Der Vorteil des Gefühles liegt darin, dass es uns auf Abwege führt, und der Vorteil der Wissenschaft liegt darin, dass sie mit Gefühlen nichts zu tun hat.«

»Aber auf uns liegen so schwere Verantwortlichkeiten«, warf Mrs. Vandeleur schüchtern ein.

»Entsetzlich schwere«, stimmte Lady Agatha ein.

Lord Henry sah zu Mr. Erskine hinüber. »Die Menschheit nimmt sich viel zu ernst, das ist die Todsünde der Welt. Wenn die Höhlenmenschen schon hätten lachen können, wäre die Weltgeschichte anders ausgefallen.«

»Ihre Worte richten mich auf«, trillerte die Herzogin. »Ich habe bisher immer ein starkes Schuldgefühl gehabt, wenn ich Ihre liebe Tante besucht habe. Ich nehme nämlich nicht das geringste Interesse an dem East End. In Zukunft werde ich ihr ins Gesicht sehen können, ohne zu erröten.«

»Erröten steht den Damen sehr gut«, bemerkte Lord Henry.

»Nur wenn man jung ist«, antwortete sie. »Wenn eine alte Frau wie ich errötet, dann ist es ein sehr schlechtes Zeichen. Ach, Lord Henry, ich wünschte, Sie könnten mir sagen, wie man wieder jung wird.«

Er dachte einen Augenblick nach. »Können Sie sich«, fragte er dann, sie über den Tisch fest ansehend, »irgendeines Irrtums entsinnen, den Sie in der Jugend begangen haben?«

»Leider einer ganzen Menge!«, rief sie aus.

»Dann begehen Sie sie wieder«, entgegnete er ernst. »Um seine Jugend zurückzubekommen, braucht man nur seine Jugendeselerien zu wiederholen.«

»Eine entzückende Theorie! Ich muss sie ausprobieren.«

»Eine gefährliche Theorie«, sagte Sir Thomas, seine dünnen Lippen zusammenpressend.

Lady Agatha schüttelte den Kopf, aber sie musste doch lachen. Mr. Erskine hörte still zu.

»Ja«, fuhr Henry fort. »Das ist eins der großen Geheimnisse des Lebens. Heutzutage gehen die meisten Leute an chronischem ›gesundem Menschenverstand‹ zugrunde, und erst, wenn es zu spät ist, entdecken sie, dass die einzigen Dinge, die man niemals bedauert, seine Fehler sind.«

Nun lachte der ganze Tisch.

Er spielte mit seinem Einfall und wurde übermütig; er warf ihn in die Luft und wandelte ihn ab; ließ ihn entwischen und fing ihn wieder auf; ließ ihn fantastisch glitzern und gab ihm Paradoxe als Flügel. Als er fortfuhr, erhob sich dieses Loblied der Narrheit zu einem philosophischen System; die Philosophie selber wurde dabei jung und tanzte, die tolle Musik der Genüsse als Begleitung, gleichsam in weinbeflecktem Gewand und mit Efeu bekränzt, wie eine Bacchantin über die Höhen des Lebens dahin und höhnte den plumpen Silen, weil er nüchtern war. Die Tatsachen flüchteten vor ihr wie erschreckte Waldbewohner. Ihre weißen Füße traten die ungefüge Kelter, an der der weise Omar sitzt, bis der schäumende Traubensaft in purpurnen Wellen um ihre nackten Glieder floss, oder in rotem Gischt über den dunklen, träufelnden Rand der Kufe rann.

Es war eine ganz außerordentliche Improvisation. Er fühlte die Augen Dorian Grays auf sich gerichtet, und das Bewusstsein, dass unter seinen Zuhörern einer war, den er zu fesseln wünschte, schien seinem Witz Schärfe und seiner Einbildungskraft Farbe zu geben. Er war sprühend, fantastisch, außer Rand und Band. Er bezauberte seine Zuhörer, zwang sie, aus sich herauszugehen, und lachend folgten sie der Pfeife des Rattenfängers. Dorian Gray wandte seinen Blick nicht von ihm und saß wie gebannt, während ein Lächeln auf seinen Lippen das andere ablöste, das Staunen in seinen dunklen Augen immer tiefer wurde.

Schließlich betrat im Gewand der Gegenwart die Wirklichkeit das Zimmer in der Gestalt eines Lakaien, der der Herzogin meldete, dass ihr Wagen vorgefahren sei. Sie rang die Hände in komischer Verzweiflung. »Wie unangenehm!«, rief sie aus. »Ich muss fort. Ich muss meinen Mann im Klub abholen und mit ihm zu irgendeiner albernen Sitzung bei Willis fahren, wo er präsidieren soll. Wenn ich zu spät komme, ist er sicher wütend, und in dem Hut, den ich aufhabe, könnte ich eine Szene nicht ertragen – er ist zu zart dazu, ein raues Wort würde ihn ruinieren. Nein, liebe Agatha, ich muss gehen. Adieu, Lord Henry, Sie sind ein ganz entzückender Mensch, allerdings fürchterlich demoralisierend! Ich weiß wirklich nicht, was ich zu Ihren Ansichten sagen soll. Sie müssen an einem der nächsten Abende mit uns speisen. Dienstag? Sind Sie Dienstag frei?«

»Für Sie würde ich jede andere Verabredung aufgeben, Herzogin«, sagte Lord Henry, sich verbeugend.

»Das ist sehr nett und sehr unrecht von Ihnen! Vergessen Sie also nicht zu kommen«, rief sie ihm zu und rauschte aus dem Zimmer, von Lady Agatha und den übrigen Damen begleitet.

Als Lord Henry sich wieder gesetzt hatte, kam Mr. Erskine zu ihm hinüber, zog seinen Stuhl dicht an ihn heran und legte die Hand auf seinen Arm.

»Sie reden wie ein Buch«, sagte er, »warum schreiben Sie keins?«

»Mr. Erskine, ich lese viel zu gern Bücher, als dass ich Lust hätte, eins zu schreiben. Gewiss möchte ich manchmal einen Roman schreiben, einen Roman, der so entzückend wäre wie ein persischer Teppich und ebenso unwirklich, aber in England gibt es ja kein lesendes Publikum außer für Zeitungen, Fibeln und Konversationslexika. Von allen Völkern der Welt haben die Engländer am wenigsten Sinn für die Schönheit der Literatur.«

»Ich fürchte, da haben Sie recht«, antwortete Mr. Erskine. »Ich selbst habe in früheren Jahren einmal literarischen Ehrgeiz gehabt, aber ich habe ihn längst aufgegeben. Und nun, mein lieber junger Freund, wenn Sie mir erlauben wollen, Sie so zu nennen, darf ich an Sie die Frage richten, ob Sie wirklich all das glauben, was Sie uns bei Tisch gesagt haben?«

»Ich habe ganz vergessen, was ich gesagt habe«, antwortete Lord Henry lächelnd. »War es sehr arg?«

»In der Tat, sehr arg. Ich glaube wirklich, dass Sie ein außerordentlich gefährlicher Mensch sind, und wenn unserer guten Herzogin einmal ein Unglück zustößt, so werden wir alle Sie in erster Linie dafür verantwortlich machen. Aber ich würde mit Ihnen gern einmal ein langes Gespräch über das Leben haben. Meine eigene Generation ist zu langweilig. Wenn Sie einmal londonmüde sind, kommen Sie doch nach Treadley und setzen Sie mir bei einem wunderbaren Burgunder, den zu besitzen ich glücklich genug bin, Ihre Philosophie der Genüsse auseinander.«

»Ich werde mich sehr freuen. Eine Einladung nach Treadley ist eine große Gunst. Es hat einen vollkommenen Wirt und eine vollkommene Bibliothek.«

»Sie werden seine Vorzüge vervollständigen«, antwortete der alte Herr mit einer höflichen Verbeugung. »Jetzt muss ich aber Ihrer ausgezeichneten Tante Adieu sagen. Ich bin im Athenäum fällig, es ist die Stunde, wo wir dort schlafen.«

»Sie alle, Mr. Erskine?«

»Vierzig in vierzig Fauteuils. Wir üben uns für eine künftige englische Akademie.«

Lord Henry stand auf. »Da geh ich doch lieber in den Park!«, rief er lachend.

Als er durch die Tür schritt, berührte ihn Dorian Gray am Arm. »Erlauben Sie mir, mitzukommen?«, flüsterte er.

»Ich dachte, Sie hätten Basil Hallward versprochen, ihn zu besuchen«, antwortete Lord Henry.

»Ich möchte lieber mit Ihnen kommen. Ja, wirklich, ich fühle, ich muss mit Ihnen kommen. Bitte, lassen Sie mich mitgehen und versprechen Sie mir, die ganze Zeit mit mir zu reden. Niemand kann so wunderbar sprechen wie Sie.«

Lord Henry lächelte. »Ich denke, ich habe für heute genug geredet. Alles, was ich jetzt möchte, ist, Leben sehen. Sie können mitkommen und es mit ansehen, wenn Sie wollen.«

Viertes Kapitel

Eines Nachmittags lag Dorian Gray in einem bequemen Sessel des kleinen Bibliothekszimmers in Lord Henrys Haus in Mayfair. Es war in seiner Art ein sehr hübscher Raum, hoch hinauf in olivenfarbigem Eichenholz getäfelt, mit einem cremefarbigen Fries und Stuckreliefs auf dem Plafond und mit einem ziegelfarbigen Teppich, auf dem persische Brücken mit langen Seidenfransen herumlagen. Auf einem Tischchen aus Atlasholz stand eine Figur von Clodion, und daneben lag eine Ausgabe der Cent Nouvelles, von Clovis Eve für Margarete von Valois eingebunden und mit jenen goldenen Gänseblümchen geziert, die die Königin als ihr Wappenzeichen gewählt hatte. Auf der Kaminplatte standen einige große blaue, chinesische Töpfe, in denen Papageientulpen leuchteten, und durch die kleinen, in Blei gefassten Felder der Fenster drang das aprikosenfarbene Licht eines Londoner Sommertages.

Lord Henry war noch nicht nach Hause gekommen. Er kam prinzipiell zu spät, da sein Grundsatz war, dass Pünktlichkeit einem die Zeit stehle. Der junge Mann sah etwas gelangweilt aus, als er mit nervösen Fingern in einer sorgfältig illustrierten Ausgabe von Manon Lescaut blätterte, die er in einem der Bücherständer gefunden hatte. Das abgemessene gleichförmige Ticken einer Louis-XIV.-Uhr machte ihn unruhig. Ein- oder zweimal kam ihm die Idee wegzugehen.

Endlich hörte er einen Schritt draußen und die Tür öffnete sich. »Wie spät Sie kommen, Henry!«, flüsterte er.

»Leider ist es nicht Henry, Mr. Gray«, antwortete eine schrille Stimme. Er sah sich um und sprang rasch auf die Füße.

»Ich bitte um Entschuldigung, ich …«

»Sie dachten, es sei mein Mann – es ist aber nur seine Frau. Ich muss mich schon selbst vorstellen. Ich erkenne Sie nach Ihren Fotografien. Ich glaube, mein Mann besitzt siebzehn.«

»Nicht siebzehn. Lady Henry.«

»Also dann achtzehn! … Übrigens habe ich Sie auch an einem der letzten Abende mit ihm zusammen in der Oper gesehen.« Während sie sprach, lachte sie nervös und beobachtete ihn mit ihren verschwommenen Vergissmeinnichtaugen. Sie war eine sonderbare Frau, deren Kleider immer so aussahen, als wären sie in einem Wutanfall entworfen und während eines Gewittersturms angezogen worden. Sie war in der Regel in irgendjemand verliebt, und da ihre Leidenschaft nie erwidert wurde, hatte sie sich ihre Illusionen bewahrt. Sie versuchte immer, sich ein pittoreskes Aussehen zu geben, erreichte aber nur ein unordentliches. Sie hieß Victoria und hatte eine krankhafte Neigung, zur Kirche zu gehen.

»Das war im ›Lohengrin‹, vermute ich, Lady Henry.«

»Ja, es war im entzückenden Lohengrin. Ich liebe Wagners Musik mehr als jede andere. Sie ist so laut, dass man sich die ganze Zeit unterhalten kann, ohne dass die anderen Leute hören, was man sagt. Das ist ein unschätzbarer Vorteil. Meinen Sie nicht auch, Mr. Gray?«

Von ihren dünnen Lippen kam wieder das abgebrochene nervöse Lachen und ihre Finger begannen mit einem langen Papiermesser aus Schildpatt zu spielen.

Dorian schüttelte lächelnd den Kopf. »Ich bedaure, Lady Henry, das ist nicht meine Meinung. Ich spreche nie, während man spielt – wenigstens nicht bei guter Musik. Wenn man schlechte Musik hört, ist man allerdings verpflichtet, sie durch ein Gespräch zu übertönen.«

»Das ist einer von Henrys Gedanken, nicht wahr, Mr. Gray? Ich bekomme Henrys Ansichten immer von seinen Freunden zu hören. Das ist die einzige Art, wie ich sie überhaupt höre. Aber Sie müssen nicht glauben, dass ich gute Musik nicht auch liebe. Ich vergöttere sie, aber ich fürchte mich vor ihr, sie macht mich zu romantisch. Ich habe Klavierspieler einfach angebetet, manchmal zwei auf einmal, versichert Henry. Ich weiß nicht, warum sie so anziehend auf mich wirken; vielleicht kommt es daher, dass sie Ausländer sind. Das sind sie doch alle, nicht wahr? Selbst die, die in England geboren sind, werden nach einiger Zeit Ausländer, nicht wahr? Das ist sehr geschickt von ihnen und eine Verbeugung vor der Kunst. Macht sie ganz kosmopolitisch, nicht wahr? Sie waren nie auf einer meiner Gesellschaften, nicht wahr, Mr. Gray? Sie müssen einmal kommen. Ich kann mir zwar keine Orchideen leisten, aber ich scheue keine Ausgabe, um Ausländer bei mir zu sehen. Sie geben den Räumen ein so malerisches Aussehen … Aber da ist Henry. Henry, ich habe dich gesucht, um dich etwas zu fragen – ich habe ganz vergessen, was es war … und Mr. Gray hier getroffen. Wir haben so nett über Musik geplaudert. Unsere Ansichten darüber sind ganz die gleichen. Nein; ich glaube, unsere Ansichten sind ganz die entgegengesetzten, aber er war entzückend. Ich freue mich sehr, ihn getroffen zu haben.«

»Das ist ja reizend, meine Liebe, ganz reizend«, sagte Lord Henry, seine dunklen geschwungenen Augenbrauen hebend und beide mit vergnügtem Lächeln ansehend. »Es tut mir leid, Dorian, dass ich mich verspätet habe. Ich war in der Wardour Street, um mir einen alten Brokat anzusehen, und musste stundenlang darum handeln. Die Leute kennen heutzutage den Preis von jeder Sache und den Wert von keiner einzigen!«

»Ich muss leider gehen!«, rief Lady Henry aus, ein verlegenes Schweigen mit ihrem albernen jähen Lachen unterbrechend. »Ich habe versprochen, mit der Herzogin auszufahren. Adieu, Mr. Gray. Adieu, Henry. Du speist wohl nicht zu Hause? Ich auch nicht, vielleicht sehen wir uns bei Lady Thornbury.«

»Ich vermute, meine Liebe«, sagte Lord Henry und schloss die Tür hinter ihr, als sie wie ein Paradiesvogel, der die ganze Nacht im Regen zugebracht, hinausgeflattert war, einen feinen Duft von Jasminblüten zurücklassend. Dann zündete er sich eine Zigarette an und warf sich auf das Sofa.

»Heiraten Sie nie eine Frau mit strohgelbem Haar!«, sagte er nach einigen Zügen.

»Warum nicht, Henry?«

»Weil sie zu sentimental sind.«

»Ich habe aber sentimentale Menschen gern.«

»Heiraten Sie überhaupt nie! Männer heiraten, weil sie müde, Frauen, weil sie neugierig sind; beide sind nachher enttäuscht.«

»Ich glaube nicht, dass ich heiraten werde, Henry, ich bin zu verliebt dazu. Das ist natürlich einer Ihrer Aphorismen. Ich übertrage ihn in die Wirklichkeit, wie alles, was Sie sagen.«

»In wen sind Sie verliebt?«, fragte Lord Henry nach einer Pause.

»In eine Schauspielerin«, sagte Dorian Gray errötend.

Lord Henry zuckte die Achseln. »Ein recht gewöhnlicher Anfang.«

»Sie würden das nicht sagen, wenn Sie sie gesehen hätten, Henry!«

»Wer ist's denn?«

»Sie heißt Sibyl Vane.«

»Nie von ihr gehört.«

»Niemand hat von ihr gehört. Später einmal werden die Menschen ihren Namen kennen! Sie ist ein Genie.«

»Mein lieber Junge, es gibt keine Frau, die ein Genie ist. Die Frauen sind ein dekoratives Geschlecht. Sie haben nie etwas zu sagen, aber sie sagen es entzückend. Die Frauen bedeuten den Sieg der Materie über den Geist, gerade so wie die Männer den Sieg des Geistes über die Moral bedeuten.«

»Henry, wie können Sie so etwas sagen?!«

»Mein lieber Dorian, es ist Wort für Wort wahr. Ich beschäftige mich jetzt mit der Analyse der Frauen, muss es also wissen. Das Thema ist nicht so schwer verständlich, wie ich anfangs geglaubt habe. Ich finde, dass es schließlich nur zwei Sorten von Frauen gibt, die hässlichen und die geschminkten. Die hässlichen sind sehr nützlich. Wenn Sie als ein respektabler junger Mann gelten wollen, brauchen Sie nur eine von ihnen zu Tisch zu führen. Die anderen sind einfach entzückend. Allerdings begehen sie meistens einen Fehler: schminken sich, um jung auszusehen. Unsere Großmütter schminkten sich, um dann geistreiche Dinge zu sagen. Rouge und Esprit gehörten zusammen. Das ist jetzt vorbei. Solange eine Frau es erreicht, zehn Jahre jünger auszusehen als ihre eigene Tochter, ist sie restlos glücklich. Was aber die Konversation anbelangt, so gibt es in ganz London höchstens fünf Weiber, mit denen zu reden sich lohnt. Und zwei von diesen fünf kann man nicht in anständige Gesellschaft führen. Na, einerlei – erzählen Sie mir was von Ihrem Genie! Wie lange kennen Sie sie schon?«

»Henry, Ihre Ansichten erschrecken mich!«

»Lassen Sie das nur sein. Wie lange kennen Sie sie also?«

»Ungefähr drei Wochen.«

»Und wo haben Sie sie aufgestöbert?«

»Ich will es Ihnen erzählen, Henry, aber Sie müssen nicht in einem hässlichen Ton darüber reden … Ich hätte übrigens das ganze Erlebnis nicht gehabt, wenn ich Sie nicht getroffen hätte. Sie haben mich mit einer wilden Begierde, alles im Leben kennenzulernen, erfüllt. Noch viele Tage nach unserer ersten Begegnung schien in meinen Adern irgendetwas in Aufruhr zu sein. Wenn ich im Park herumsaß oder Piccadilly hinunterschlenderte, pflegte ich jedem einzelnen Menschen, der an mir vorbeiging, ins Gesicht zu sehen und mit einer tollen Neugierde darüber nachzugrübeln, was für eine Art Leben er wohl führe. Einige von ihnen fesselten mich, andere machten mich schaudern. Es lag etwas wie ein erlesenes Gift in der Luft, ich sehnte mich nach Erlebnissen … Eines Abends gegen sieben Uhr nun entschloss ich mich, auf die Suche nach einem Abenteuer zu gehen. Ich hatte das Gefühl, dass dies graue schreckliche London, in dem wir leben, mit seinen Hunderttausenden von Menschen, mit seinen schmutzigen Sündern und seinen glänzenden Sünden, wie Sie einmal gesagt haben, etwas für mich in Bereitschaft halten müsse. Ich dachte an tausenderlei Dinge. Schon die Gefahr allein erfüllte mich mit Wonne. Ich erinnerte mich an das, was Sie mir an dem wunderbaren Abend, als wir das erste Mal zusammen speisten, gesagt haben, dass nämlich das Suchen nach Schönheit das eigentliche Geheimnis des Lebens sei. Ich weiß nicht, was ich erwartete, aber ich machte mich einfach auf, wanderte nach dem Osten und verlor bald meinen Weg in einem Wirrwarr von rußigen Straßen und schwarzen kahlen Plätzen. Gegen ein halb acht Uhr ging ich an einem lächerlich kleinen Theater vorbei, vor dem große flackernde Gasflammen brannten und grelle Zettel hingen. Ein grässlicher Jude in dem erstaunlichsten Rock, den ich je in meinem Leben gesehen habe, stand an der Tür und rauchte eine schlechte Zigarre. Er hatte fettige Locken und ein riesiger Diamant glitzerte mitten auf seinem schmutzigen Hemd. ›Eine Loge, Herr Graf?‹, fragte er mich und nahm mit pompöser Unterwürfigkeit den Hut ab. Er hatte etwas, Henry, das mich amüsierte. Er war grotesk scheußlich. Sie werden mich auslachen, ich weiß, aber ich ging wirklich hinein und zahlte eine ganze Guinee für die Proszeniumsloge. Ich kann mir auch heute noch nicht erklären, warum ich das getan habe, und doch, lieber Henry, wäre ich nicht hineingegangen, hätte ich den größten Roman meines Lebens versäumt! … Jetzt lachen Sie! Das ist abscheulich von Ihnen.«

»Ich lache nicht, Dorian, wenigstens nicht über Sie. Aber Sie sollten doch nicht sagen, dass das der größte Roman Ihres Lebens ist. Sagen Sie lieber, der erste Roman Ihres Lebens. Sie werden immer geliebt werden und Sie werden die Liebe immer lieben. Die grande passion ist das Vorrecht der Leute, die nichts zu tun haben. Sie ist das Einzige, wozu die müßigen Stände eines Landes gut sind. Haben Sie keine Angst, noch viel erlesenere Dinge warten Ihrer! Das ist erst der Anfang.«

»Glauben Sie, dass meine Natur so hohl ist?«, rief Dorian gekränkt.

»Nein, ich glaube, dass Ihre Natur so tief ist.«

»Wie meinen Sie das?«

»Mein lieber Junge, die Leute, die nur einmal in ihrem Leben lieben, das sind in Wirklichkeit die leeren Menschen. Was sie Treue nennen, nenne ich entweder Stumpfheit der Gewohnheit oder Mangel an Einbildungskraft. Treue ist im Gefühlsleben, was Konsequenz im Geistesleben ist: einfach ein Zugeständnis der Schwäche. Treue … Ich muss den Begriff einmal gelegentlich analysieren. Freude am Besitz ist darin enthalten. Es gibt eine Menge Dinge, die wir wegwerfen würden, wenn wir uns nicht fürchten müssten, dass ein anderer sie aufliest. Aber ich möchte Sie nicht unterbrechen, erzählen Sie weiter.«

»Ich saß also in einer schrecklichen kleinen Loge und ein ordinärer Vorhang starrte mir entgegen. Ich schaute hinter der Gardine hervor und sah mir das Haus an. Es war ein schäbiges Ding, ganz voll Amoretten und Füllhörnern, so wie ein billiger Hochzeitskuchen. Galerie und Parterre waren leidlich voll, aber die zwei Reihen elender Fauteuils vorne waren ganz leer, und auf dem Platz, der vermutlich der erste Rang genannt wird, war kaum ein Mensch. Weiber mit Orangen und Ingwerbier gingen herum und eine unglaubliche Menge von Nüssen wurde verzehrt.«

»Es muss also ganz so gewesen sein wie in den Glanztagen des britischen Dramas.«

»Ganz so, vermute ich, und sehr deprimierend. Ich begann, mich zu fragen, was ich eigentlich hier wollte, als mein Blick auf den Theaterzettel fiel. Was glauben Sie, Henry, welches Stück gespielt wurde?«

»Ich vermute, der ›Idiotenknabe‹ oder ›Blöde, aber unschuldig‹. Unsere Väter liebten diese Art Stücke, glaube ich. Je länger ich lebe, Dorian, desto stärker fühle ich, dass alles, was für unsere Väter gut genug war, für uns nicht mehr gut genug ist. In der Kunst, wie in der Politik, ›les grand-pères ont toujours tort‹.«

»Das Stück war gut genug für uns, Henry. Es war ›Romeo und Julia‹. Ich muss gestehen, dass mich die Aussicht, Shakespeare in einem so elenden Loch zu sehen, einigermaßen beunruhigte. Trotzdem interessierte mich die Sache. Jedenfalls entschloss ich mich, den ersten Akt abzuwarten. Zunächst begann ein schreckliches Orchester zu spielen, dass ein junger Hebräer, der an einem verstimmten Klavier saß, dirigierte, und das mich beinahe doch noch hinaus- getrieben hätte, schließlich ging aber der Vorhang in die Höhe und das Stück fing an. Romeo war ein feister, älterer Herr mit dick aufgemalten Augenbrauen, heiserer Tragödenstimme und einer Gestalt wie ein Bierfass. Mercutio war beinahe ebenso arg. Er wurde von dem Komiker gespielt, der Mätzchen eigener Erfindung einstreute und in der freundschaftlichsten Beziehung zum Parterre stand. Sie waren beide ebenso grotesk wie die Szenerie, und die sah aus, als käme sie aus einer Jahrmarktsbude.

Aber Julia! Henry, stellen Sie sich ein Mädchen vor, kaum siebzehn Jahre alt, mit einem kleinen blütengleichen Gesicht, einem schmalen griechischen Kopf mit dunkelbraunen Zöpfen, mit Augen wie veilchenblaue Quellen der Leidenschaft, mit Lippen wie Rosenblätter. Sie ist das entzückendste Wesen, das ich je in meinem Leben gesehen habe. Sie haben mir einmal gesagt, dass Pathos Sie nicht ergreift, aber dass Schönheit, Schönheit an sich, Ihre Augen mit Tränen füllen kann. Ich sage Ihnen, Henry, ich konnte dieses Mädchen kaum sehen, weil ein Tränenschimmer über meinen Augen lag. Und ihre Stimme! Ich habe noch nie eine solche Stimme gehört. Zuerst war sie sehr leise in tiefen Molltönen, deren jeder einzelne sich ins Ohr zu schmeicheln schien. Dann wurde sie etwas lauter und klang wie eine Flöte oder ein fernes Horn. In der Gartenszene hatte sie jenes berückende Schluchzen, das man hört, wenn die Nachtigallen singen, bevor es Tag wird. Später gab es dann Augenblicke, wo sie die ungestüme Leidenschaft von Geigen hatte. Sie wissen, wie eine Stimme einen erschüttern kann. Ihre Stimme und die Stimme von Sibyl Vane sind zwei Erlebnisse, die ich nie vergessen werde. Wenn ich meine Augen schließe, höre ich sie, und jede von beiden sagt etwas anderes. Ich weiß nicht, welcher ich folgen soll … Wie sollte ich sie nicht lieben? Henry, ich liebe sie. Sie ist mir alles im Leben. Abend für Abend gehe ich hin, um sie spielen zu sehen. An einem Abend ist sie Rosalinde und am nächsten ist sie Imogen. Ich habe sie im Düster einer italienischen Gruft sterben sehen, wie sie das Gift von den Lippen des Geliebten saugt. Ich bin ihrer Wanderung durch die Ardennenwälder gefolgt, als sie in einen hübschen Knaben mit Hose, Wams und zierlichem Barett verkleidet war. Sie war wahnsinnig und trat vor das Auge eines schuldigen Königs und gab ihm Raute zu tragen und bittere Kräuter zu kosten. Sie war unschuldig, und die schwarzen Hände der Eifersucht haben ihre Kehle, die zart ist wie ein Schilfrohr, zusammengepresst. Ich habe sie in jedem Jahrhundert und in jedem Kleid gesehen. Gewöhnliche Frauen sagen unserer Einbildungskraft nichts. Sie sind in ihre Zeit gebannt – kein Zauber kann sie verwandeln. Man kennt ihre Neigungen ebenso schnell wie ihre Hüte. Man findet sie überall. Es ist nichts Geheimnisvolles in ihnen. Sie reiten in der Früh in den Park und schnattern am Nachmittag beim Tee. Sie haben ihr stereotypes Lächeln und ihre eleganten Manieren, sie sind völlig durchsichtig. Aber eine Schauspielerin! Wie anders ist eine Schauspielerin! Henry, warum haben Sie mir nicht gesagt, dass das einzige Wesen, das geliebt zu werden verdient, eine Schauspielerin ist?«

»Weil ich zu viele von ihnen geliebt habe, Dorian.«

»Ja – aber sicher nur schreckliche Geschöpfe mit gefärbten Haaren und geschminkten Gesichtern.«

»Schmähen Sie gefärbte Haare und geschminkte Gesichter nicht. In ihnen liegt, manchmal wenigstens, ein ganz außerordentlicher Reiz«, sagte Lord Henry.

»Ich wollte jetzt, ich hätte Ihnen nie etwas von Sibyl Vane gesagt.«

»Sie konnten ja gar nicht anders, Dorian. Immer, Ihr ganzes Leben lang, werden Sie mir alles, was Sie angeht, sagen.«

»Ja, Henry, ich glaube, das ist wahr. Ich muss Ihnen alles sagen. Sie haben eine sonderbare Macht über mich. Wenn ich je ein Verbrechen begehen würde, käme ich zu Ihnen, es zu beichten. Sie würden mich verstehen.«

»Menschen wie Sie, Dorian, die ungebrochen, wie Sonnenstrahlen durchs Leben gehen, begehen keine Verbrechen. Aber ich danke Ihnen trotzdem für das

Kompliment. Und jetzt sagen Sie mir – wollen Sie so gut sein und mir mal die Streichhölzer herübergeben? Danke – welches sind Ihre jetzigen Beziehungen zu Sibyl Vane?«

Dorian Gray sprang mit geröteten Wangen und brennenden Augen auf.

»Henry, Sibyl Vane ist mir heilig!«

»Nur heilige Dinge sind wert, dass man nach ihnen greift, Dorian«, sagte Lord Henry in einem merkwürdig pathetischen Ton. »Warum sind Sie also böse über diese Frage? Sie wird Ihnen vermutlich ja doch eines Tages gehören. Wenn man liebt, betrügt man anfangs immer sich selbst und zum Schluss andere! Das nennt dann die Welt einen Roman. Auf jeden Fall nehme ich an: Sie haben sie doch kennengelernt?«

»Natürlich! … Schon am ersten Abend kam der grässliche alte Jude, als die Vorstellung aus war, in meine Loge und erbot sich, mich hinter die Kulissen zu führen und mich ihr vorzustellen. Ich war wütend darüber und sagte ihm, dass Julia seit Jahrhunderten tot sei und dass ihr Körper in einem Marmorgrabe zu Verona ruhe. Aus dem wilden Ausdruck des Erstaunens in seinem Gesicht schloss ich, dass er den Eindruck hatte, ich habe zu viel Champagner oder so etwas getrunken.«

»Kein Wunder!«

»Dann fragte er mich, ob ich für irgendeine Zeitung schreibe. Ich sagte ihm, dass ich nicht einmal eine lese. Das schien ihn fürchterlich zu enttäuschen, und er vertraute mir an, dass alle Theaterkritiker gegen ihn verschworen seien und dass jeder einzelne von ihnen käuflich sei!«

»Es sollte mich gar nicht wundern, wenn er damit ganz recht hätte. Nach ihrem Aussehen zu schließen, können allerdings die meisten von ihnen nicht gar so teuer sein.«

»Jedenfalls schienen sie trotzdem über seine Mittel zu gehen«, sagte Dorian lachend. »Als wir so weit im Gespräch waren, wurden die Lichter im Theater schon ausgelöscht und ich musste fort. Er wollte noch, dass ich einige Zigarren probiere, die er mir sehr warm empfahl. Ich dankte. Am nächsten Abend war ich natürlich wieder da. Als er mich sah, machte er eine tiefe Verbeugung und versicherte mir, ich sei ein hochherziger Kunstmäzen. Er ist ein sehr abstoßender Kerl, obwohl er eine außerordentliche Passion für Shakespeare hat. Er erzählte mir einmal mit stolzer Miene, dass er die fünf Bankrotte, die er bisher gemacht, einzig dem ›Barden‹ verdanke; so nannte er nämlich Shakespeare fortwährend. Er schien das für eine Auszeichnung zu halten.«

»Das ist es auch, mein lieber Dorian, sogar eine große Auszeichnung! Die meisten Leute werden bankrott, weil sie zu viel in der Prosa des Lebens anlegen. Sich durch Poesie ruiniert zu haben, ist eine Ehre. Aber wann haben Sie Miss Sibyl Vane zum ersten Mal gesprochen?«

»Am dritten Abend. Sie hatte die Rosalinde gespielt. Ich konnte nicht anders – ich musste hinter die Bühne gehen. Ich hatte ihr ein paar Blumen zugeworfen, und sie hatte mich angesehen; wenigstens bildete ich es mir ein. Der alte Jude war hartnäckig. Er schien fest entschlossen, mich hinter die Kulissen mitzunehmen – ich gab also nach. Eigentlich war es doch sonderbar, dass ich gar nicht den Wunsch hatte, sie kennenzulernen, nicht?«

»Nein, ich glaube das nicht.«

»Warum, lieber Henry?«

»Ich werde Ihnen das ein anderes Mal erklären. Jetzt möchte ich gern etwas Näheres von dem Mädchen wissen.«

»Von Sibyl? Oh, sie war sehr scheu und lieb. Sie ist wie ein Kind. Ihre Augen öffneten sich ganz weit in ungeheurem Staunen, als ich ihr sagte, was ich über ihr Spiel dachte, und sie schien sich ihrer eigenen Macht gar nicht bewusst zu sein. Ich glaube übrigens, wir waren beide etwas nervös. Der alte Jude stand grinsend an der Tür der verstaubten Garderobe und hielt uns beiden weitschweifige Reden, während wir dastanden und uns wie Kinder ansahen. Er fuhr fort, mich ›Herr Graf‹ zu nennen, sodass ich Sibyl versichern musste, ich sei keiner. Sie sagte ganz einfach zu mir: ›Sie sehen auch mehr wie ein Prinz aus. Ich will Sie den Märchenprinzen nennen.‹«

»Mein Wort, Dorian, Miss Sibyl versteht es, Komplimente zu machen.«

»Sie verstehen sie nicht, Henry. Sie hielt mich für eine Person in einem Theaterstück. Sie kennt das Leben nicht. Sie wohnt bei ihrer Mutter, einer verbrauchten, müden Frau, die am ersten Abend in einer Art von hochrotem Schlafrock die Lady Capulet gespielt hatte und aussieht, als hätte sie einmal bessere Tage gesehen.«

»Ich kenne diese Art, auszusehen, sie drückt mich nieder«, flüsterte Lord Henry, seine Ringe betrachtend.

»Der Jude wollte mir ihre ganze Lebensgeschichte erzählen, aber ich sagte, sie habe keinerlei Interesse für mich.«

»Sie haben ganz recht gehabt. Die Tragödien anderer Leute haben immer etwas unendlich Gemeines.«

»Sibyl ist das einzige Wesen in der Welt, an dem mir etwas liegt. Was geht es mich an, woher sie kommt! Von ihrem kleinen Kopf bis zu ihrem kleinen Fuß ist sie ganz und gar himmlisch. Jeden Abend meines Lebens gehe ich hin, sie spielen zu sehen, und an jedem Abend ist sie wunderbarer.«

»Das ist wohl auch der Grund, warum Sie jetzt nie mit mir speisen. Ich dachte mir gleich, dass Sie irgendeinen merkwürdigen Roman erleben. Ich hatte also recht, aber es ist nicht ganz, was ich erwartet habe.«

»Mein lieber Henry, wir sind jeden Tag entweder beim Frühstück oder beim Souper zusammen, und ich war mehrere Male mit Ihnen in der Oper«, sagte Dorian, verwundert seine blauen Augen aufreißend.

»Sie kommen aber immer schrecklich spät.«

»Ich muss doch jeden Abend Sibyl spielen sehen, wenn auch nur einen Akt lang. Ich dürste nach ihrem Anblick, und wenn ich an die wunderbare Seele denke, die sich in dem kleinen Elfenbeinkörper verbirgt, bin ich von Ehrfurcht erfüllt.«

»Wollen Sie heute Abend mit mir essen, Dorian?«

Er schüttelte den Kopf. »Heute Abend ist sie Imogen«, antwortete er. »Und morgen Abend Julia.«

»Und wann ist sie Sibyl Vane?«

»Nie.«

»Da wünsche ich Ihnen Glück.«

»Wie schrecklich Sie sind! … Alle großen Heldinnen der Welt sind in ihr zusammengedrängt. Sie ist mehr als ein Einzelwesen. Sie lachen, aber ich sage Ihnen, dass sie ein Genie ist. Ich liebe sie, und ich will, dass sie mich liebt. Sie, der Sie alle Geheimnisse des Lebens kennen, müssen mir sagen, durch welchen Zauber ich Sibyl Vane zur Liebe zwingen kann. Ich will Romeo eifersüchtig machen. Ich will, dass alle toten Liebhaber der Welt unser Lachen hören und traurig werden sollen. Ich will, dass ein Hauch unserer Leidenschaft ihren Staub wiederbelebt und ihre Asche zu Schmerzen auferweckt … O Gott, Henry, wie bete ich sie an!« Er ging, während er so sprach, im Zimmer auf und ab; rote hektische Flecken brannten auf seinen Wangen; er war furchtbar erregt.

Lord Henry betrachtete ihn mit erlesenem Genuss. Wie anders war er jetzt, als der verlegene, schüchterne Knabe, den er in Basil Hallwards Atelier kennengelernt hatte! Seine Natur hatte sich entwickelt wie eine Blume, hatte scharlachrot-flammende Blüten getragen. Aus ihrem geheimen Versteck war seine Seele hervorgebrochen und die Begierde war ihr auf halbem Weg entgegengekommen.

»Und was soll jetzt geschehen?«, sagte Lord Henry schließlich.

»Ich möchte, dass Sie und Basil an einem Abend mit mir kommen und sie spielen sehen. Ich habe nicht die leiseste Besorgnis über die Wirkung. Sie werden zugeben müssen, dass sie Genie hat. Dann müssen wir sie aus den Händen dieses Juden befreien. Sie ist noch drei Jahre, genauer zwei Jahre und acht Monate an ihn gebunden. Natürlich werde ich ihm etwas zahlen müssen. Wenn das alles in Ordnung ist, nehme ich ein Theater im Westen und bringe sie dort richtig heraus. Sie wird die Welt ebenso verrückt machen wie mich.«

»Das wird kaum möglich sein, mein lieber Junge.«

»Doch, sie wird es, denn sie hat nicht nur Kunst und vollendeten Kunstinstinkt, sie ist auch eine Persönlichkeit. Sie selbst haben mir ja oft genug gesagt, dass nur Persönlichkeiten und nie Prinzipien die Welt bewegen.«

»Schön, wann sollen wir also hingehen?«

»Lassen Sie mich nachdenken. Heute ist Dienstag, wollen wir morgen festlegen? Morgen spielt sie die Julia.«

»Abgemacht, also im ›Bristol‹ um acht Uhr – ich werde Basil mitbringen.«

»Bitte, nicht um acht Uhr, Henry, um halb sieben. Wir müssen dort sein, ehe der Vorhang hochgeht. Sie müssen sie im ersten Akt bei der Begegnung mit Romeo sehen.«

»Halb sieben, was für eine Tageszeit! Das wäre ungefähr ebenso geschmacklos, wie Abendbrot am Nachmittag zu essen oder einen englischen Roman zu lesen. Es muss mindestens sieben sein. Kein anständiger Mensch speist vor sieben. Sehen Sie Basil bis dahin? Oder soll ich ihm schreiben?«

»Der liebe Basil! Ich habe ihn eine ganze Woche lang nicht zu Gesicht bekommen. Das ist sehr hässlich von mir, da er mir mein Porträt in einem prachtvollen Rahmen, den er selber entworfen, geschickt hat. Obwohl ich etwas eifersüchtig auf das Bild bin, da es um einen ganzen Monat jünger ist als ich, muss ich doch zugeben, dass es mich entzückt. Ich glaube, Sie schreiben ihm lieber. Ich möchte ihn nicht allein sehen. Er sagt mir Dinge, die mich nervös machen. Er gibt mir nämlich gute Lehren.«

Lord Henry lächelte. »Die Menschen haben eine starke Neigung, gerade das zu geben, was sie selbst am notwendigsten hätten. Man kann das schon eine abgründige Freigebigkeit nennen.«

»Oh, Basil ist der beste Mensch, aber er scheint mir doch ein ganz klein wenig Philister zu sein. Seit ich Sie kenne, Henry, habe ich das entdeckt.«

»Mein lieber Freund, Basil legt alles, was an ihm entzückend ist, in seine Werke. Die Folge davon ist, dass er fürs Leben nichts übrig behält als seine Vorurteile, seine Grundsätze und seinen gesunden Menschenverstand. Alle Künstler, die ich kennengelernt habe und die persönlich anziehen, sind schlechte Künstler. Gute Künstler leben nur in ihren Schöpfungen und sind infolgedessen in ihrem Wesen vollständig uninteressant. Ein wirklich großer Dichter ist das unpoetischste Geschöpf auf der Welt – unbedeutendere Dichter aber sind immer bezaubernd. Je schlechter ihre Reime sind, desto malerischer sehen sie aus. Die bloße Tatsache, dass jemand eine Sammlung mittelmäßiger Sonette veröffentlicht hat, macht einen Menschen einfach unwiderstehlich. Er lebt die Gedichte, die er nicht schreiben kann. Die anderen schreiben die Gedichte, die zu leben sie nicht wagen.«

»Ich möchte wissen, ob das wirklich so ist, Henry«, sagte Dorian Gray, während er aus einer großen goldgefassten Flasche, die auf dem Tisch stand, etwas Parfüm auf sein Taschentuch goss. »Es wird wohl so sein, wenn Sie es sagen. Jetzt muss ich aber fort, Imogen wartet auf mich. Vergessen Sie nicht, morgen! Adieu!«

Als er den Raum verlassen hatte, sanken Lord Henrys schwere Lider herab, und er begann nachzudenken. Sicher hatten ihn bisher sehr wenige Menschen so interessiert wie Dorian Gray. Und doch verursachte ihm die Tatsache, dass der Jüngling eine andere Person kritiklos anbetete, nicht den leisesten Ärger oder die geringste Eifersucht. Er freute sich darüber. Das machte ihn nur zu einem noch interessanteren Studienobjekt. Die Methoden der Naturwissenschaft hatten ihn immer angezogen, aber der gewöhnliche Stoff dieser Wissenschaft war ihm trivial und belanglos erschienen. Deshalb hatte er zuerst sich selbst viviseziert, um dann schließlich andere zu vivisezieren. Das menschliche Leben schien ihm der einzige Gegenstand, der einer forschenden Untersuchung wert war. Verglichen damit war alles andere ohne Bedeutung. Allerdings, wenn man das Leben in seinem seltsamen Schmelztiegel aus Schmerz und Lust beobachten wollte, konnte man vorm Gesicht keine Schutzmaske gegen die Schwefeldämpfe tragen, die das Gehirn verwirren und die Fantasie mit wüsten Ausgeburten wirrer Träume erfüllen. Es gab so feine Gifte, dass man an ihnen erkrankt sein musste, um ihre Eigenheiten zu erkennen. Es gab so seltsame

Krankheiten, dass man sie durchgemacht haben musste, wenn man ihre Art begreifen wollte. Und doch, welch ein unendlicher Lohn wird einem dann zuteil! Wie wunderbar erscheint dann die ganze Welt! Die merkwürdig strenge Logik der Leidenschaft und das gefühlsmäßig gefärbte Leben des Geistes zu beobachten, zu beobachten, wo die beiden Linien sich nähern und wo sie sich trennen, an welchem Punkt sie sich schneiden und an welchem sie auseinanderstreben – das ist ein berauschender Genuss. Was liegt daran, wie viel man dafür bezahlen muss! Man kann nie einen zu hohen Preis für eine Erkenntnis geben.

Er war sich bewusst – und dieser Gedanke ließ seine achatbraunen Augen freudig aufleuchten –, dass durch gewisse Aussprüche von ihm, musikalische Worte, die er in musikalischem Tonfall gesagt, Dorian Grays Seele sich diesem unschuldigen Mädchen zugewandt und sich in Verehrung vor ihr geneigt hatte … In hohem Maße war der Jüngling seine Schöpfung. Er hatte ihn vorzeitig reif gemacht. Das war schon etwas. Die gewöhnlichen Menschen müssen warten, bis das Leben ihnen seine Geheimnisse offenbart – den wenigen, den Auserwählten aber werden die Mysterien des Daseins enthüllt, bevor der Schleier weggezogen ist. Manchmal erreicht das die Kunst, besonders die Dichtung, die ja unmittelbar auf die Leidenschaften und auf den Geist wirkt. Dann und wann aber nimmt eine komplizierte Persönlichkeit diesen Platz ein und erfüllt das Amt der Kunst, ist also auf ihre Weise tatsächlich ein leibhaftiges Kunstwerk, da ja das Leben ebenso seine vollendeten Meisterwerke schafft wie die Poesie, die Bildhauerei oder die Malerei.

Ja, dieser Jüngling war vor der Zeit erblüht. Er erntete, während es noch Frühling war. Den Pulsschlag und die Leidenschaft der Jugend besaß er noch und war doch schon sich seiner selbst bewusst. Es war entzückend, ihn zu beobachten. Mit seinem wunderschönen Gesicht, mit seiner wunderschönen Seele war er ein Wesen, das man anstaunen musste. Es lag nichts daran, wie das alles endete, wie das alles enden sollte. Er glich einer jener graziösen Gestalten in einer Pantomime oder einem Schauspiel, deren Freuden uns unendlich fern erscheinen, deren Leid aber unser Schönheitsgefühl erregt und deren Wunden wie rote Rosen sind.

Seele und Leib, Leib und Seele – wie geheimnisvoll sind sie beide! Animalisches ist in der Seele und der Leib hat seine Augenblicke der Vergeistigung. Die Sinne können veredeln und der Intellekt kann erniedrigen. Wer vermag zu sagen, wo die fleischlichen Triebe enden oder wo die seelischen Triebe beginnen? Wie leer sind die willkürlichen Erklärungen der Schulpsychologen! Und doch, wie schwierig ist, zwischen den Lehren der einzelnen Gruppen sich zu entscheiden! Ist die Seele ein Schatten, der im Haus der Sünde wohnt, oder ist in Wirklichkeit der Körper in der Seele eingeschlossen, wie Giordano Bruno es dachte? Die Trennung des Geistes vom Stoff ist ein Geheimnis und die Vereinigung von Geist und Stoff ist gleichfalls ein Geheimnis.

Er dachte darüber nach, ob wir je aus der Psychologie eine so exakte Wissenschaft machen können, dass auch die kleinste Quelle des Lebens uns offenbar würde. Wie jetzt die Dinge liegen, begreifen wir uns selbst nie und die anderen selten. Die Erfahrung hat keinerlei ethischen Wert. Sie liefert nur die Namen, die die Menschen ihren Irrtümern geben. Die Moralisten haben sie in der Regel als eine Art Warnung betrachtet, haben für sie eine gewisse ethische Wirksamkeit in der Bildung des Charakters in Anspruch genommen, haben sie als das Mittel gepriesen, das uns darüber belehrt, was wir tun und was wir vermeiden sollen. Aber in der Erfahrung liegt keinerlei treibende Kraft. Sie ist ebenso wenig eine wirkende Ursache wie das Gewissen. Alles, was sie in Wirklichkeit beweist, ist, dass unsere Zukunft ebenso sein wird wie unsere Vergangenheit, und dass wir die Sünde, die wir einmal mit Ekel und Widerstreben begangen haben, oft und dann mit Genuss wiederholen werden.

Er war überzeugt, dass die experimentelle Methode die einzige war, durch die man zu einer wissenschaftlichen Analyse der Leidenschaften kommen könne. Sicherlich war Dorian Gray hierfür ein geeignetes Objekt, das reiche und fruchtbare Erfolge zu versprechen schien. Seine plötzliche, wilde Liebe zu Sibyl Vane war eine psychologische Erscheinung von großem Interesse. Zweifellos war die Neugier stark dabei im Spiel, Neugier und die Begierde nach Erlebnissen – doch war sie trotzdem keine einfache, sondern eine sehr komplizierte Leidenschaft. Was in ihr von den rein sinnlichen Trieben der Jugend war, das hatte die Arbeit der Fantasie umgeformt, in etwas verwandelt, das dem Jüngling selbst ganz fern von allem Sinnlichen zu sein schien und das deshalb umso gefährlicher war. Gerade die Leidenschaften, über deren Ursprung wir uns selbst täuschen, beherrschen uns am allerstärksten. Unsere schwächsten Triebe sind die, über deren Natur wir uns klar sind. Es kommt oft vor, dass wir mit uns selbst Experimente anstellen und glauben, sie mit anderen zu versuchen.

Während Lord Henry noch von diesen Dingen träumte, wurde an der Tür geklopft; sein Diener trat ein und erinnerte ihn, dass es Zeit sei, sich zum Essen umzukleiden. Er erhob sich und sah auf die Straße hinab. Der Sonnenuntergang hatte die obersten Fenster der gegenüberliegenden Häuser in scharlachrotes Gold getaucht. Die Scheiben glühten wie Platten geschmolzenen Metalls. Der Himmel drüber glich einer welkenden Rose. Er dachte an das junge, lodernde Leben seines Freundes und dachte, wie das alles wohl enden würde.

Als er dann gegen halb eins nachts nach Hause kam, fand er ein Telegramm auf dem Tisch in der Halle. Er öffnete es und sah, dass es von Dorian Gray war, der ihm mitteilte, dass er sich mit Sibyl Vane verlobt habe.

Fünftes Kapitel

»Mutter, Mutter, ich bin ja so glücklich«, flüsterte das Mädchen und barg ihr Gesicht im Schoß der verblühten, müde aussehenden Frau, die, den Rücken gegen das grell eindringende Licht gekehrt, in dem einzigen Armstuhl saß, den ihr armseliges Wohnzimmer enthielt. »Ich bin so glücklich«, wiederholte sie. »Und du sollst auch glücklich sein.«

Mrs. Vane wurde unruhig und legte ihre dünnen, wachsbleichen Hände auf den Kopf der Tochter. »Glücklich?«, sagte sie schmerzlich. »Ich bin nur dann glücklich, wenn ich dich spielen sehe, Sibyl. Du darfst an nichts anderes denken als an dein Spiel. Mr. Isaacs ist sehr gut gegen uns und wir sind ihm Geld schuldig.«

»Geld, Mutter!«, rief sie aus. »Was liegt an Geld?! Liebe ist mehr als Geld!«

»Mr. Isaacs hat uns fünfzig Pfund Vorschuss gegeben, damit wir unsere Schulden zahlen und anständige Kleidung für James kaufen konnten. Das darfst du nicht vergessen, Sibyl. Fünfzig Pfund sind eine bedeutende Summe. Mr. Isaacs ist sehr anständig gewesen.«

»Er ist aber kein Gentleman, Mutter, und ich hasse die Art, wie er mit mir spricht«, sagte das Mädchen, stand auf und ging zum Fenster hinüber.

»Ich wüsste nicht, wie wir ohne ihn weiterkämen«, antwortete die alte Frau kläglich.

Sibyl Vane schüttelte den Kopf und lachte: »Wir brauchen ihn nicht mehr, Mutter, der Märchenprinz bestimmt jetzt unser Leben.« Dann schwieg sie. Eine Blutwelle ließ ihre Adern erbeben und färbte ihre Wangen dunkelrot. Der rasche Atem öffnete die Lippen, dass sie erzitterten; ein Sturm heißer Leidenschaft fegte über sie hin und bewegte die zierlichen Falten ihres Kleides. »Ich liebe ihn«, sagte sie schlicht.

Wie aus dem Munde eines Papageien kam ihr die Antwort: »Törichtes Kind, törichtes Kind!« Die Bewegungen knöcherner, mit falschen Ringen gezierter Finger machten diesen Ausruf noch grotesker.

Das Mädchen lachte wieder. In ihrer Stimme lag etwas wie die Freude des Vogels im Käfig. Ihre Augen fingen die Melodie dieses Lachens auf und wiederholten sie in ihrem Glänzen, dann schlossen sie sich einen Augenblick, als wollten sie ihr Geheimnis verbergen. Als sie sich wieder öffneten, lag der Nebelschleier eines Traumes auf ihnen.

Aus dem abgenützten Stuhl her kamen Worte der Weisheit von dünnen Lippen, mahnten zur Besinnung, zitierten aus jenem Buch der Feigheit, dem sein Autor den falschen Titel »Gesunder Menschenverstand« gegeben hat. Sie hörte nicht zu. Im Gefängnis ihrer Leidenschaft war sie frei. Ihr Prinz, der Märchenprinz war bei ihr. Sie hatte das Gedächtnis angerufen, um ihn sich neu zu schaffen. Sie hatte ihre Seele auf die Suche nach ihm geschickt und die hatte ihn ihr gebracht. Sein Kuss brannte wieder auf ihrem Mund. Ihre Augenlider waren warm von seinem Atem.

Dann änderte die Weisheit ihre Methode und sprach von Erkundigungen und Nachforschungen. Es mochte ja sein, dass der junge Mann reich war – wenn, dann aber müsste man ans Heiraten denken. An der Ohrmuschel des Mädchens brachen sich die Wellen weltlicher Schlauheit. Die Pfeile der Berechnung sausten an ihr vorüber. Sie sah, wie sich die dünnen Lippen bewegten, und lächelte.

Plötzlich fühlte sie das Bedürfnis zu sprechen. Das nichtssagende Geschwätz der Alten verwirrte sie. »Mutter, Mutter!«, rief sie aus. »Warum liebt er mich so? Ich weiß, warum ich ihn liebe. Ich liebe ihn, weil er ist, wie die Liebe selbst sein muss. Aber was findet er an mir? Ich bin seiner ja nicht wert. Und doch – warum kann ich nicht sagen – ich spüre, wie tief ich unter ihm stehe, aber ich fühle mich nicht gering. Nein – ich bin stolz, schrecklich stolz. Mutter, hast du meinen Vater so geliebt, wie ich den Märchenprinz liebe?«

Die alte Frau wurde bleich unter der dicken Lage Puder, die ihre Wangen bedeckte, und ihre trockenen Lippen zuckten in krampfendem Schmerz. Sibyl lief zu ihr, schlang ihre Arme um ihren Hals und küsste sie. »Verzeih mir, Mutter, ich weiß, es schmerzt dich, von meinem Vater zu sprechen. Aber es schmerzt dich nur, weil du ihn so geliebt hast. Sei nicht traurig. Heute bin ich so glücklich, wie du vor zwanzig Jahren warst. Ach, wenn ich doch immer so glücklich sein könnte!«

»Mein Kind, du bist viel zu jung, um an Liebe zu denken. Und dann, was weißt du von dem jungen Mann? Du kennst nicht einmal seinen Namen. Die ganze Sache ist höchst unpassend, und ich muss wirklich sagen, gerade jetzt, wo James nach Australien geht und ich an so viele Dinge zu denken habe, hättest du mehr Überlegung zeigen sollen. Immerhin, wie ich schon vorhin sagte, wenn er reich ist …«

»Ach, Mutter, Mutter, lass mich glücklich sein!«

Mrs. Vane blickte sie an und schloss sie mit einer jener verlogenen theatralischen Gesten, die dem Schauspieler so oft zur zweiten Natur werden, in die Arme. In diesem Augenblick öffnete sich die Tür und ein junger Mensch mit glattem braunem Haar kam ins Zimmer. Er war von untersetzter Gestalt, seine Hände und Füße waren groß und bewegten sich etwas schwerfällig. Er war nicht so fein gebaut wie seine Schwester, und man hätte kaum erraten können, dass zwischen beiden eine so nahe Verwandtschaft bestand. Mrs. Vane richtete ihre Augen auf ihn und vertiefte ihr Lächeln. Im Geist erhob sie ihren Sohn zur Würde eines Publikums. Sie war überzeugt, dass die Szene interessant war.

»Du könntest dir einige Küsse für mich aufheben, Sibyl«, sagte der junge Bursche mit gutmütigem Brummen.

»Du hast doch Küsse gar nicht mal gern, Jim!«, rief sie ihm zu. »Du bist ein schrecklicher alter Bär!« Dann lief sie durchs Zimmer und tätschelte ihn.

James Vane sah zärtlich seiner Schwester ins Gesicht. »Ich möchte mit dir spazieren gehen, Sibyl. Ich glaube nicht, dass ich das scheußliche London je wiedersehe. Ich mache mir auch gar nichts daraus.«

»Mein Sohn, du solltest so schreckliche Dinge nicht sagen«, flüsterte Mrs. Vane, während sie ein geschmacklos ausgeputztes Theaterkostüm seufzend aufnahm und es auszubessern begann. Sie fühlte eine kleine Enttäuschung, weil er sich nicht der Gruppe angeschlossen hatte. Das würde die malerische Wirkung der Szene erheblich gesteigert haben.

»Warum nicht, Mutter? Es ist mein Ernst.«

»Du kränkst mich, mein Sohn. Ich habe das Vertrauen, dass du von Australien mit Glücksgütern im Überfluss zurückkehrst. Ich vermute, es gibt dort keinerlei Gesellschaft, wenigstens nicht das, was ich Gesellschaft nennen würde; wenn du also ein Vermögen erworben hast, musst du zurückkommen und dich in London zur Geltung bringen.«

»Gesellschaft?!«, murmelte der junge Mann. »Davon will ich gar nichts wissen. Ich möchte nur so viel Geld verdienen, dass ich dich und Sibyl vom Theater wegnehmen kann. Ich hasse es.«

»Jim«, sagte Sibyl lachend, »wie unliebenswürdig du bist! Aber, willst du wirklich mit mir spazieren gehen? Das ist nett von dir. Ich habe schon Angst gehabt, dass du dich bei deinen Freunden verabschieden willst – bei Tom Hardy, der dir die grässliche Pfeife geschenkt hat, oder bei Ned Langton, der dich auslacht, weil du sie rauchst. Es ist sehr lieb von dir, dass du mir deinen letzten Nachmittag schenkst. Wohin wollen wir gehen? Wollen wir in den Park?«

»Dazu seh ich zu schäbig aus«, antwortete er stirnrunzelnd. »Nur die feinen Leute gehen in den Park.«

»Unsinn, Jim«, flüsterte sie und streichelte seinen Rockärmel.

Er zögerte noch einen Augenblick. »Na schön!«, sagte er schließlich. »Mach aber nicht zu lange mit dem Anziehen.«

Sie tanzte zur Tür hinaus. Man konnte sie singen hören, während sie die Treppe hinauflief, ihre kleinen Füße trippelten oben. Er ging zwei-, dreimal durch das Zimmer und wandte sich dann der schweigsamen Gestalt im Sessel zu.

»Mutter, sind meine Sachen fertig?«, fragte er.

»Alles in Ordnung, James«, antwortete sie, hielt aber die Augen auf ihre Arbeit gerichtet. Seit einigen Monaten schon fühlte sie sich unbehaglich, wenn sie mit ihrem rauen, ernsten Sohn allein war. Ihre im Grunde oberflächliche Natur wurde beunruhigt, wenn ihre Augen sich trafen. Sie fragte sich schon seit langer Zeit, ob er einen Verdacht habe. Das Schweigen, das entstand, da er nichts mehr sagte, wurde ihr unerträglich. Sie begann also zu klagen. Frauen verteidigen sich, indem sie angreifen, geradeso, wie sie durch plötzliches und unerwartetes Nachgeben angreifen. »Hoffentlich wirst du glücklich in deinem Beruf als Seemann, James. Du musst immer daran denken, dass es deine eigene Wahl war. Du hättest in ein Anwaltsbureau eintreten können. Anwälte sind ein sehr respektabler Stand und werden auf dem Land oft in den besten Familien eingeladen.«

»Ich hasse Bureaus und ich hasse Schreiber«, antwortete er. »Aber du hast ganz recht, ich habe mir mein Leben selbst gewählt. Alles, was ich sage, ist: Gib auf Sibyl acht, damit ihr kein Unglück zustößt. Mutter, du musst über ihr wachen!«

»James, du hast eine merkwürdige Art, mit mir zu reden. Natürlich wache ich über Sibyl.«

»Ich habe aber gehört, dass ein junger Mann jeden Abend ins Theater kommt, hinter die Bühne geht und mit ihr spricht. Ist das wahr? Wie verhält sich's damit?«

»James, du sprichst über Dinge, von denen du nichts verstehst. Wir in unserem Beruf sind gewöhnt, eine Menge höchst erfreulicher Aufmerksamkeiten zu empfangen. Ich selbst habe in früheren Zeiten viele Blumen bekommen. Das war allerdings zu einer Zeit, als man vom Spielen noch etwas verstand. Was Sibyl anbelangt, so kann ich im Augenblick nicht entscheiden, ob ihre Neigung ernst ist oder nicht. Es ist aber kein Zweifel darüber, dass der infrage stehende junge Mann ein vollendeter Gentleman ist. Er ist immer *ungemein höflich* zu mir. Er sieht auch aus, als wär er reich, und die Blumen, die er schickt, sind entzückend.«

»Bei alldem weißt du nicht einmal seinen Namen«, sagte der junge Mann scharf.

»Nein«, antwortete die Mutter mit gelassenem Gesichtsausdruck. »Er hat uns seinen wirklichen Namen noch nicht verraten. Ich finde das sehr romantisch. Wahrscheinlich ist er von Adel.«

James Vane biss sich auf die Lippen. »Gib auf Sibyl acht!«, schrie er. »Gib auf sie acht!«

»Mein Sohn, du kränkst mich ungemein. Sibyl steht dauernd unter meiner besonderen Obhut. Natürlich, falls dieser junge Gentleman vermögend ist, sehe ich keinen Grund, weshalb sie nicht eine Verbindung mit ihm eingehen soll. Ich bin fest überzeugt, er gehört zum hohen Adel. Er sieht ganz so aus, muss ich sagen. Er könnte eine brillante Partie für Sibyl werden. Sie würden ein entzückendes Paar sein. Seine Schönheit ist wirklich ganz außerordentlich. Jedermann bemerkt sie.«

Der junge Mann murmelte etwas vor sich bin und trommelte mit seinen derben Fingern gegen die Scheibe. Er hatte sich gerade umgewandt, um noch etwas zu sagen, als die Tür aufging und Sibyl rasch hereinkam.

»Was macht ihr beide denn für ernste Gesichter!«, rief sie. »Was ist denn los?«

»Nichts«, antwortete er. »Man muss doch schließlich auch mal ernst sein. Adieu, Mutter. Ich will um fünf Uhr essen. Alles ist eingepackt bis auf die Hemden, du brauchst dich also um nichts zu kümmern!«

»Adieu, mein Sohn«, antwortete sie mit einem Kopfnicken von erkünstelter Würde.

Sie ärgerte sich sehr über den Ton, den er ihr gegenüber angeschlagen hatte, und in seinem Blick lag etwas, das ihr Angst machte.

»Gib mir einen Kuss, Mutter«, sagte das Mädchen. Die blütengleichen Lippen berührten ihre verwitterten Wangen und wärmten ihre Kälte.

»Mein Kind, mein Kind!«, rief Mrs. Vane aus, zur Decke aufblickend, als suche sie den Beifall einer imaginären Galerie.

»Komm, Sibyl«, sagte der Bruder ungeduldig. Er konnte die affektierten Posen seiner Mutter nicht ausstehen.

Sie gingen hinaus in den schimmernden, windbewegten Sonnenschein und schlenderten die öde Euston Road hinab. Die Leute blickten verwundert auf den finsteren, schwerfälligen jungen Mann in dem groben, schlecht sitzenden Anzug, der ein so anmutiges, fein aussehendes Mädchen begleitete. Er glich einem Gemüsegärtner, der mit einer Rose in der Hand geht.

Jim runzelte von Zeit zu Zeit die Stirne, wenn er den forschenden Blick eines Fremden bemerkte. Er hatte die Abneigung dagegen, angestarrt zu werden, die geniale Menschen erst so spät im Leben bekommen und die den gewöhnlichen Mann nie verlässt. Sibyl dagegen wusste nichts von der Wirkung, die sie hervorbrachte. Ihre Liebe zitterte lachend auf ihren Lippen. Sie dachte an ihren Märchenprinzen, und um besser an ihn denken zu können, sprach sie nicht von ihm, sondern plauderte von dem Schiff, auf dem Jim wegfahren sollte, von dem Gold, das er sicher finden, von der geheimnisvollen Erbin, die er aus den Händen verruchter, rotblusiger Buschräuber retten würde. Denn er sollte nicht Matrose bleiben oder Landungsaufseher oder was er sonst jetzt werden würde. O nein! Das Matrosenleben war zu furchtbar. Man denke nur, in einem schrecklichen Schiff eingepfercht zu sein, während die rohen, hochgehenden Wellen immer eindringen wollen und ein heulender Wind die Maste niederwirft und die Segel zu langen, klatschenden Streifen zerreißt. Er sollte in Melbourne von Bord gehen, dem Kapitän höflich Adieu sagen und sofort nach den Goldfeldern wandern. Bevor noch eine Woche vergangen wäre, würde er auf einen großen Goldklumpen stoßen, auf den größten, der je entdeckt worden sei, und ihn in einem großen Wagen, den sechs berittene Polizisten bewachen würden, zur Küste schaffen. Die Buschräuber würden sie dreimal überfallen und nach einem ungeheuren Gemetzel zurückgeschlagen werden. Oder nein: Er sollte überhaupt nicht zu den Goldfeldern gehen. Das wäre eine schreckliche Gegend, wo die Leute sich betrinken und einander in Kneipen totschössen und furchtbar fluchten. Er sollte ein netter Schafzüchter werden, und eines Abends, wenn er nach Hause ritte, würde er der schönen Erbin begegnen, die gerade von einem Räuber auf einem Rappen entführt würde, ihm nachsetzen und sie befreien. Natürlich würde sie sich in ihn verlieben und er in sie. Er würde sie heiraten, nach Hause kommen und mit ihr in einem prachtvollen Haus in London leben. Ja, entzückende Dinge warteten auf ihn, aber er müsse auch sehr gut sein, nie zornig werden und nie sein Geld vergeuden. Sie sei nur ein Jahr älter als er, aber sie wisse so viel mehr vom Leben. Er müsse ihr auch ganz gewiss an jedem Posttag schreiben und jeden Abend beten, bevor er schlafen gehe. Gott sei sehr gut und werde über ihm wachen. Auch werde sie für ihn beten und in ein paar Jahren werde er reich und glücklich nach Hause zurückkehren.

Der junge Mann hörte ihr verdrossen zu und gab keine Antwort. Ihm tat das Herz weh, weil er von der Heimat wegmusste.

Aber das war es nicht allein, was ihn düster und mürrisch stimmte. Obwohl er gar keine Lebenserfahrung hatte, empfand er doch sehr lebhaft die Gefahr, die Sibyls Beruf mit sich brachte. Dieser junge Stutzer, der ihr den Hof machte, konnte nichts Gutes beabsichtigen. Er war ein vornehmer Mann, und das trug ihm Jims Hass ein, der ganz instinktiv war, für den er keinen bestimmten Grund angeben konnte, und der gerade darum umso stärker in ihm war. Er kannte auch die Oberflächlichkeit und die Eitelkeit seiner Mutter und sah darin eine ungeheure Gefahr für Sibyl und Sibyls Glück. Kinder lieben anfangs ihre Eltern, und wenn sie älter werden, urteilen sie über sie, und manchmal vergeben sie ihnen sogar.

Die Mutter! Seit Langem lastete eine Frage an sie auf ihm, der Gedanke an etwas, was er schweigend Monate hindurch mit sich herumgetragen hatte. Eine zufällige Bemerkung, die er im Theater aufgeschnappt hatte, ein geflüstertes Spottwort, das eines Abends, als er an der Bühnentür wartete, an sein Ohr gedrungen war, hatte eine Folge schrecklicher Vorstellungen in ihm entfesselt. Er erinnerte sich daran wie an den Hieb einer Reitpeitsche, der sein Gesicht getroffen. Seine Augenbrauen kniffen sich zu einer keilförmigen Furche zusammen und in einem plötzlichen schmerzlichen Krampf biss er in seine Unterlippe.

»Du hörst ja nicht ein Wort von dem, was ich sage, Jim!«, rief Sibyl aus. »Dabei mache ich die entzückendsten Pläne für deine Zukunft. Sag doch auch mal was!«

»Was soll ich sagen?«

»Dass du ein guter Bruder sein wirst und uns nicht vergisst«, antwortete sie, ihn anlächelnd.

Er zuckte die Achseln. »Es ist eher wahrscheinlich, dass du mich vergisst, als dass ich dich vergesse.«

Sie errötete. »Wie meinst du das, Jim?«, fragte sie.

»Du hast einen neuen Freund. Wer ist er übrigens? Warum hast du mir nichts von ihm gesagt? Er hat nichts Gutes mit dir vor!«

»Hör auf, Jim«, rief sie aus, »du darfst nichts gegen ihn sagen. Ich liebe ihn.«

»Und dabei weißt du nicht einmal seinen Namen«, erwiderte er. »Wer ist er? Ich habe ein Recht, das zu wissen.«

»Er heißt der Märchenprinz. Ist der Name nicht schön? O du dummer Bub, du sollst ihn nie vergessen! Wenn du ihn nur sehen würdest, müsstest du ihn für den wundervollsten Menschen auf der Welt halten. Eines schönen Tages wirst du ihn kennenlernen, wenn du von Australien zurückkommst. Du wirst ihn sehr lieb haben. Jeder Mensch hat ihn lieb und ich … liebe ihn. Ich wollte, du könntest heut Abend ins Theater kommen. Er wird da sein und ich soll die Julia spielen. Oh, wie ich sie spielen werde! Denk nur, Jim, lieben und die Julia spielen! Wissen, dass er dasitzt – ihm zur Freude spielen! … Ich fürchte, ich werde die Zuschauer erschrecken, sie erschrecken oder entzücken. Lieben heißt sich selbst übertreffen. Der arme grässliche Mr. Isaacs wird seinen Kumpanen an der Bar zuschreien, ich sei ein Genie. Das hat er ihnen schon immer als einen Glaubenssatz gepredigt, heute Abend wird er mich als eine Offenbarung verkünden. Ich fühle das, und all das ist sein Werk, nur sein, des Märchenprinzen, meines wunderbaren Geliebten, meines Gottes der Gnaden. Ich aber bin ein armes Ding. Arm – was liegt daran? ›Schleicht die Armut in ein Haus, fliegt die Lieb zur Tür hinaus.‹ Die alten Sprichwörter müssen umgeändert werden. Sie sind im Winter erfunden worden und jetzt ist's Sommer. Für mich Frühling, ein Tanz der Blüten unter blauem Himmel.«

»Er ist ein vornehmer Mann«, sagte Jim finster.

»Ein Prinz!«, rief sie mit melodischer Stimme. »Was willst du mehr?«

»Er wird dich knechten.«

»Ich erschrecke bei dem Gedanken, frei zu sein.«

»Du sollst dich vor ihm hüten.«

»Ihn ansehen, heißt ihn anbeten, ihn kennen, heißt ihm vertrauen!«

»Sibyl, er hat dich verrückt gemacht.«

Sie lachte und nahm seinen Arm. »Mein lieber alter Jim, du sprichst so, als wärst du hundert Jahre alt. Einmal wirst du selbst lieben, und dann erst wirst du wissen, was das bedeutet. Sieh mich nicht so brummig an! Du solltest dich bei dem Gedanken freuen, dass du mich glücklicher zurücklässt, als ich je vorher gewesen bin. Das Leben war bisher für uns beide hart, furchtbar hart und schwer. Aber jetzt wird's anders. Du gehst in eine neue Welt und ich habe eine neue gefunden … Da sind zwei Stühle, wir wollen uns hinsetzen und die eleganten Leute beobachten, die vorübergehen.«

Sie setzten sich mitten zwischen eine Menge Gaffer. Die Tulpenbeete längs des Weges flammten wie zuckende Feuerringe. Ein weißer Dunst wie eine zitternde Wolke von Irisstaub hing in der gleißenden Luft. Die hellfarbigen Sonnenschirme tanzten und wippten auf und ab wie riesengroße Schmetterlinge.

Sie veranlasste ihren Bruder, von sich, seinen Hoffnungen und seinen Plänen zu reden. Er redete nur zögernd und mühsam. Sie sprachen miteinander, wie Spieler sich bei einem Spiel die Points ansagen. Es drückte Sibyl nieder. Sie konnte ihm ihre Freude nicht mitteilen. Ein leichtes Lächeln, das seinen finsteren Mund verzog, war die einzige Antwort, die sie erhielt. Nach einiger Zeit verstummte sie ganz. Plötzlich erblickte sie einen Schimmer von goldenem Haar und lachende Lippen: In einem offenen Wagen fuhr Dorian Gray mit zwei Damen vorüber.

Sie sprang auf. »Da ist er!«, rief sie.

»Wer?«, fragte Jim Vane.

»Der Märchenprinz«, antwortete sie und blickte dem Wagen nach.

Er erhob sich rasch und packte sie rau am Arm. »Zeige ihn mir. Welcher ist es? Zeige ihn mir, ich muss ihn sehen!«, schrie er. Aber in diesem Augenblick fuhr gerade das Viergespann des Herzogs von Berwick vorbei, und als die Aussicht wieder frei war, hatte der Wagen den Park schon verlassen.

»Er ist fort«, murmelte Sibyl traurig. »Ich wünschte, du hättest ihn gesehen.«

»Ich wünschte es auch. Denn so wahr ein Gott im Himmel lebt, wenn er dir je ein Leid antut, bring ich ihn um!«

Sie sah ihn erschreckt an. Er wiederholte seine Worte. Sie schnitten durch die Luft wie ein Schwert. Die Leute um sie her fingen an, sie anzustarren. Eine Dame, die nahebei stand, kicherte.

»Komm fort, Jim, komm fort«, flüsterte sie ihm zu. Er folgte ihr mit störrischer Miene, als sie die Menge durchschritt. Er war zufrieden, dass er dies Gelübde getan hatte. Erst als sie die Achillesstatue erreicht hatte, drehte sie sich nach ihm um. In ihren Augen lag Mitleid, das auf ihren Lippen zu einem Lächeln wurde. Sie schüttelte den Kopf über ihn. »Du bist verrückt, Jim, ganz und gar verrückt. Ein böser Bub – sonst nichts. Wie kannst du etwas so Entsetzliches sagen? Du weißt ja gar nicht, was du sprichst. Du bist einfach eifersüchtig und unliebenswürdig. Ich möchte, dass du dich bald verliebtest. Liebe macht die Menschen gut – aber was du gesagt hast, war schlecht.«

»Ich bin erst sechzehn«, gab er zur Antwort. »Aber ich weiß, was ich zu tun habe. Mutter kann dir nicht helfen, die weiß nicht, wie man dich behüten muss. Ich wünschte jetzt, dass ich überhaupt nicht nach Australien gehen müsste. Ich denke sehr daran, die ganze Sache zu lassen. Ich täte es bestimmt, wenn meine Papiere nicht schon unterschrieben wären.«

»Du sollst nicht so ernsthaft reden, Jim. Du gleichst sonst einem von den Helden aus den dummen Melodramen, in denen Mutter so gern gespielt hat. Ich will mich mit dir nicht streiten. Ich habe ihn gesehen und ihn sehen ist ein vollkommenes Glück. Wir wollen nicht streiten. Ich bin ja überzeugt, dass du nie jemandem, den ich liebe, etwas antun wirst.«

»Nicht, solange du ihn liebst«, war die finstere Antwort.

»Ich werde ihn immer lieben!«, rief sie.

»Und er? …«

»Mich auch immer.«

»Das wäre sein Glück!«

Sie schrak vor ihm zurück. Dann aber lachte sie und legte die Hand auf seinen Arm. Er war ja doch nur ein Bub.

Am Marble Arch nahmen sie einen Omnibus, der sie bis dicht zu ihrer dürftigen Wohnung in Euston Road brachte. Es war schon fünf Uhr vorüber, und Sibyl musste sich noch ein paar Stunden niederlegen, bevor sie auftrat. Jim bestand darauf, dass sie es tat. Er sagte, er würde von ihr leichter Abschied nehmen, wenn die Mutter nicht dabei wäre. Sie würde sicher eine Szene machen und er hasste Szenen aller Art.

So nahmen sie in Sibyls Zimmer Abschied. Im Herzen des Jünglings glühte Eifersucht und ein grimmiger, mörderischer Hass auf den Fremden, der, wie ihm schien, zwischen sie getreten war. Als dann aber ihre Arme sich um seinen Hals schlangen und ihre Finger über sein Haar strichen, wurde er weich und küsste sie voll inniger Zärtlichkeit. Als er hinunterging, standen Tränen in seinen Augen.

Die Mutter wartete unten auf ihn. Als er eintrat, zankte sie über seine Unpünktlichkeit. Er gab keine Antwort, sondern setzte sich vor sein mageres Mahl. Die Fliegen summten um den Tisch herum und krochen über das fleckige Tischtuch. Durch den Lärm der vorbeirollenden Omnibusse und das Klappern der Wagen auf der Straße hindurch hörte er die monotone Stimme der Mutter, die ihm die wenigen Minuten, die ihm noch übrig blieben, vergällte.

Nach einer Weile schob er seinen Teller weg und stützte den Kopf in die Hände. Er fühlte, dass er ein Recht habe, alles zu erfahren. Wenn die Dinge lagen, wie er vermutete, hätte er es längst wissen müssen. Von Furcht niedergedrückt, beobachtete ihn die Mutter. Die Worte tröpfelten ihr mechanisch von den Lippen. In den Fingern zerknüllte sie ein zerrissenes Spitzentuch. Als die Uhr sechs schlug, stand er auf und ging zur Tür. Dort drehte er sich um und sah sie an. Ihre Blicke begegneten sich. In ihren Augen las er die flehentliche Bitte um Mitleid, die ihn wütend machte.

»Mutter, ich habe eine Frage an dich«, sagte er.

Ihre Augen irrten im Zimmer umher. Sie gab keine Antwort.

»Sag mir die Wahrheit – ich habe ein Recht, sie zu erfahren. Warst du mit unserem Vater verheiratet?«

Sie stieß einen tiefen Seufzer aus. Es war ein Seufzer der Erleichterung. Der schwere Augenblick, vor dem sie sich Tag und Nacht seit Wochen und Monaten geängstigt hatte, war endlich gekommen, und sie hatte auf einmal keine Furcht. Ja, es war gewissermaßen eine Enttäuschung für sie. Die gemeine Deutlichkeit der Frage verlangte eine deutliche Antwort. Die Situation war nicht in langsamer Steigerung herbeigeführt worden. Sie war brutal und erinnerte sie an eine misslungene Probe.

»Nein«, antwortete sie, erstaunt über die raue Einfachheit des Lebens.

»Dann war mein Vater ein Schuft!«, schrie der junge Mann, die Faust ballend.

Sie schüttelte den Kopf. »Ich wusste ja, dass er nicht frei war. Wir haben uns sehr geliebt, und wenn er am Leben geblieben wäre, hätte er für uns gesorgt. Sage nichts gegen ihn, mein Sohn, er war dein Vater und ein vornehmer Mann. Er hatte wirklich vornehme Verbindungen.«

Ein Fluch kam von seinen Lippen. »Meinetwegen ist es ja gleich – aber lass Sibyl nicht … Es ist auch ein vornehmer Mann, der sie liebt, nicht wahr? Oder er sagt es wenigstens! … Wahrscheinlich auch mit den besten Verbindungen! …«

Einen Augenblick lang überkam ein schreckliches Gefühl der Erniedrigung die alte Frau. Ihr Kopf sank herab. Mit zitternden Händen wischte sie sich die Augen. »Sibyl hat eine Mutter«, flüsterte sie. »Ich hatte keine.«

Der Jüngling war ergriffen. Er ging zu ihr hin, beugte sich nieder und küsste sie. »Es tut mir leid, wenn ich dich durch eine Frage nach meinem Vater gekränkt habe«, sagte er. »Aber ich konnte nicht anders. Jetzt muss ich fort. Leb wohl! Vergiss nicht, dass du jetzt nur noch ein Kind hast, um das du dich sorgen musst, und glaub mir: wenn dieser Mann meiner Schwester ein Leid antut, werde ich herausfinden, wer er ist, werde ihn verfolgen und ihn töten wie einen Hund. Ich schwöre es!«

Dieser toll aufgeregte Schwur, die leidenschaftlichen Bewegungen, die ihn begleiteten, die wahnsinnigen, melodramatischen Worte schienen der alten Frau das Leben wiederzugeben. Diese Atmosphäre war ihr vertraut. Sie atmete wieder freier und zum ersten Mal seit vielen Monaten bewunderte sie ihren Sohn. Sie hätte gern die Szene auf demselben Gefühlsniveau fortgesetzt, aber er unterbrach sie kurz. Die Koffer mussten heruntergebracht und ein wollenes Halstuch noch besorgt werden. Die Magd des Logierhauses rannte geschäftig hin und her. Mit dem Kutscher wurde gehandelt. So ging der Augenblick in gemeinen Einzelheiten unter. Mit einem abermaligen Gefühl der Enttäuschung ließ sie das zerrissene Spitzentaschentuch aus dem Fenster flattern, als ihr Sohn wegfuhr. Sie war überzeugt, dass eine große Gelegenheit versäumt worden sei. Sie tröstete sich damit, dass sie Sibyl sagte, wie trostlos ihr Leben nun sein werde, da sie jetzt nur ein einziges Kind habe, für das sie sorgen müsse. Dieser Satz war ihr im Gedächtnis geblieben, denn er hatte ihr gefallen. Von seinem Schwur sagte sie nichts. Er war zwar lebendig und dramatisch zum Ausdruck gekommen, aber sie hatte das Gefühl, dass sie eines Tages alle darüber lachen würden.

Sechstes Kapitel

»Sie haben die Neuigkeit vermutlich schon gehört, Basil?«, sagte Lord Henry am selben Abend, als Hallward in das kleine Zimmer im ›Bristol‹ trat, wo für drei zum Diner gedeckt war.

»Nein, Henry«, antwortete der Künstler, während er seinen Hut und seinen Rock dem sich verbeugenden Kellner gab. »Was ist los? Hoffentlich nichts Politisches, das mich nichts angeht. In dem ganzen Abgeordnetenhaus gibt es keine einzige Person, die man malen könnte, wenn auch einigen von ihnen etwas Firnis nicht schaden könnte.«

»Dorian Gray hat sich verlobt«, sagte Lord Henry und beobachtete den Maler, während er sprach.

Hallward schrak zurück und runzelte die Stirn. »Dorian verlobt?!«, rief er aus. »Unmöglich!«

»Es ist aber durchaus wahr.«

»Mit wem?«

»Mit irgendeiner kleinen Schauspielerin.«

»Ich kann es nicht glauben. Dazu ist Dorian doch viel zu vernünftig.«

»Dorian ist viel zu klug, lieber Basil, um nicht von Zeit zu Zeit eine Dummheit zu machen.«

»Heiraten ist kaum eine Sache, die man von Zeit zu Zeit tun kann, Henry.«

»Höchstens in Amerika«, erwiderte Lord Henry in lässigem Ton. »Aber ich habe ja nicht gesagt, dass er sich verheiratet hat. Ich sagte nur, er habe sich verlobt – und das ist ein großer Unterschied. Ich erinnere mich ganz genau daran, dass ich verheiratet bin, aber ich kann mich nicht entsinnen, je verlobt gewesen zu sein. Ich glaube fast, dass ich mich nie verlobt habe.«

»Aber denken Sie doch an Dorians Geburt, seine Stellung, sein Vermögen! Es wäre doch ganz sinnlos, wenn er so tief unter seinem Stand heiraten würde.«

»Wenn Sie wollen, dass er das Mädchen ganz bestimmt heiratet, brauchen Sie ihm das nur zu sagen, Basil. Dann tut er es sicher. Wenn ein Mann etwas ganz Dummes tut, so geschieht das stets aus den edelsten Motiven.«

»Ich hoffe nur, es ist ein anständiges Mädchen, Henry. Ich möchte Dorian nicht an irgendeine schlechte Kreatur gefesselt sehen, die ihn herabzieht und seinen Geist verdirbt.«

»Oh, sie ist mehr als anständig – sie ist schön«, sagte Lord Henry und nippte an einem Glas, in dem Wermut mit dem Saft *von bitteren Orangen* gemischt war. »Dorian sagt, dass sie schön ist, und in diesen Dingen irrt er sich nicht. Das Bild, das Sie von ihm gemalt haben, hat ihm das Urteil über die äußere Erscheinung anderer Menschen geschärft. Es hat unter anderem auch diesen glänzenden Erfolg gehabt. Wir sollen sie übrigens heute Abend sehen, wenn unser junger Freund seine Abmachung nicht vergisst.«

»Ist das Ihr Ernst?«

»Vollständig, Basil. Es würde mich elend machen, wenn ich je in meinem Leben ernsthafter sein müsste als jetzt.«

»Billigen Sie es denn, Henry?«, fragte der Maler, während er im Zimmer auf und ab ging und sich auf die Lippen biss. »Sie können es doch unmöglich billigen. Das Ganze ist eine törichte Verblendung.«

»Ich billige nie etwas und missbillige nie etwas, denn das ist eine ganz verkehrte Einstellung zum Leben. Wir sind nicht in die Welt geschickt, um unsere moralischen Vorurteile spazieren zu führen. Ich nehme nie Notiz von dem, was die gewöhnlichen Leute sagen, und ich mische mich nie in das, was nette Leute tun. Wenn mich eine Persönlichkeit fesselt, dann ist jede Ausdrucksform, die diese Persönlichkeit wählt, für mich ein Genuss. Dorian Gray verliebt sich in ein schönes Mädchen, das die Julia spielt, und will sie heiraten. Warum nicht? Wenn er Messalina zur Frau nehmen wollte, würde er darum nicht weniger interessant sein. Sie wissen, ich bin kein Verteidiger der Ehe. Der wirkliche Nachteil der Ehe ist, dass man durch sie uneigennützig wird – und selbstlose Menschen sind farblos. Es fehlt ihnen an Individualität. Immerhin, es gibt gewisse Temperamente, die durch die Ehe komplizierter werden. Sie behalten ihren eigenen Egoismus und dehnen ihn auf viele andere Egos aus. Sie sind gezwungen, mehr als ein Leben zu führen. Sie werden also feiner organisiert – und immer feiner organisiert zu werden, scheint mir der Sinn des menschlichen Lebens zu sein.

Aber abgesehen davon, jede Erfahrung hat ihren Wert, und was sich auch gegen die Ehe sagen lässt, eine Erfahrung ist sie bestimmt. Ich hoffe also, Dorian Gray wird dies Mädchen heiraten, wird sie sechs Monate lang leidenschaftlich anbeten und dann plötzlich von einer anderen angezogen werden. Das wäre ein prachtvolles psychologisches Problem.«

»Henry, nicht ein Wort von alledem meinen Sie ernst – das wissen Sie ja selbst. Wenn Dorian Grays Leben zerstört würde, wäre kein Mensch trauriger als Sie. Sie sind viel besser, als Sie sich machen!«

Lord Henry lachte. »Der Grund, weshalb wir so gut von anderen denken, ist einfach, dass wir Angst für uns selbst haben. Die Grundlage des Optimismus ist nichts als Angst. Wir halten uns für hochherzig, weil wir unserem Nachbar die Tugenden zuschreiben, aus denen für uns ein Vorteil erwachsen könnte. Wir rühmen den Bankier, damit wir unser Konto überschreiten können, und finden in dem Briganten gute Eigenschaften, weil wir hoffen, dass er unseren Geldbeutel verschonen wird. Was ich gesagt habe, ist mein voller Ernst. Ich verachte den Optimismus von ganzem Herzen. Was aber das zerstörte Leben angeht: Kein Leben ist zerstört, solange sein Wachstum nicht gehemmt ist. Wenn man Persönlichkeit verderben will, braucht man sie nur zu verbessern. Die Ehe allerdings, die ist töricht. Aber es gibt ja noch andere und interessantere Bindungen zwischen Mann und Frau. Natürlich werde ich eher zu diesen raten. Sie haben überdies den Reiz, in Mode zu sein. Da ist übrigens Dorian selbst. Er wird Ihnen mehr sagen können als ich.«

»Lieber Henry, lieber Basil, ihr müsst mir beide Glück *wünschen«, sagte der Jüngling*, während er den Abendmantel mit dem atlasgefütterten Überwurf auszog und den Freunden die Hände schüttelte. »Ich war nie im Leben so selig. Natürlich ist alles ganz plötzlich gekommen. Alles wirklich Schöne kommt plötzlich. Und doch scheint es mir, als sei es das einzige gewesen, wonach ich mich mein Leben lang gesehnt habe.« Er war rot vor Aufregung und Freude und sah außerordentlich hübsch aus.

»Ich hoffe, Sie werden immer sehr glücklich sein«, sagte Hallward. »Aber ich kann es Ihnen nicht verzeihen, dass Sie mir Ihre Verlobung nicht vorher mitgeteilt haben. Henry haben Sie davon verständigt.«

»Und ich kann es Ihnen nicht verzeihen, dass Sie zu spät zum Essen kommen!«, unterbrach Lord Henry lächelnd und legte seine Hand auf die Schulter des jungen Mannes. »Kommen Sie, wir wollen uns setzen und sehen, was der neue Küchenchef hier kann. Und dann sollen Sie uns erzählen, wie alles gekommen ist!«

»Da ist wirklich nicht viel zu erzählen!«, sagte Dorian, als sie sich um den kleinen Tisch gesetzt hatten. »Was geschah, war einfach genug. Als ich Sie gestern Nachmittag verließ, Henry, zog ich mich an, aß in dem kleinen italienischen Restaurant in der Rupert Street, das ich durch Sie kenne, und ging um acht Uhr ins Theater. Sibyl spielte die Rosalinde. Natürlich war die Szenerie gräulich und der Orlando völlig unmöglich. Aber Sibyl! Sie hätten sie sehen sollen. Als sie in ihren Knabenkleidern auftrat, war sie einfach wunderbar. Sie trug ein moosgrünes Samtwams mit zimtfarbenen Ärmeln, eine anliegende braune Hose, die unter den Knien kreuzweise geschnürt war, ein zierliches grünes Barett, an dem eine Falkenfeder mit einem Edelstein befestigt war, und einen dunkelrot gefütterten Mantel. Sie war mir nie so schön erschienen. Sie hatte all die zarte Grazie jener Tanagrafigur, die Sie in Ihrem Atelier haben, Basil. Das Haar rahmte ihr Gesicht ein, wie dunkle Blätter eine blasse Rose. Und dann ihr Spiel!

Nun, Sie werden sie ja heute Abend sehen. Sie ist einfach eine geborene Künstlerin. Ich saß wie bezaubert in der schmierigen Loge. Ich vergaß, dass ich in London, im neunzehnten Jahrhundert lebe. Ich war mit meiner Geliebten weit fort in einem Wald, den noch kein Mensch betreten. Nach der Vorstellung ging ich hinter die Szene und sprach mit ihr. Als wir nebeneinandersaßen, trat plötzlich in ihre Augen ein Ausdruck, den ich nie vorher gesehen hatte. Meine Lippen neigten sich ihr zu. Wir küssten uns. Ich kann Ihnen nicht beschreiben, was ich dabei empfunden habe. Es schien mir, als ob mein ganzes Leben in einen Augenblick rosenroter Lust zusammengepresst sei. Sie zitterte am ganzen Körper und bebte wie eine weiße Narzisse. Dann warf sie sich auf die Knie und küsste meine Hände. Ich weiß, dass ich Ihnen alles das nicht erzählen sollte, aber ich kann nicht anders. Natürlich ist unsere Verlobung tiefstes Geheimnis. Sie hat nicht einmal ihrer Mutter etwas davon verraten. Ich weiß nicht, was meine Vormünder dazu sagen werden. Lord Radley wird sicher wütend sein. Ist mir einerlei! In weniger als einem Jahr bin ich volljährig, und dann kann ich tun, was ich will. Hatte ich nicht recht, Basil, meine Liebe aus der Dichtung zu holen und meine Frau in Shakespeares Dramen zu suchen? Lippen, die Shakespeare reden gelehrt hat, haben mir ihr Geheimnis ins Ohr geflüstert. Rosalindens Arme lagen um meinen Hals und ich habe Julia auf den Mund geküsst.«

»Ja, Dorian, ich glaube, Sie hatten recht«, sagte Hallward langsam.

»Haben Sie sie heute schon gesehen?«, fragte Lord Henry.

Dorian Gray schüttelte den Kopf. »Ich habe sie im Ardennenwald verlassen und werde sie in einem Garten von Verona wiederfinden.«

Lord Henry schlürfte bedächtig seinen Champagner. »In welchem Augenblick haben Sie von Heirat gesprochen, Dorian? Und was sagte sie darauf? Oder haben Sie das ganz vergessen?«

»Mein lieber Henry, ich habe das nicht wie ein Geschäft behandelt und habe ihr auch keinen förmlichen Antrag gemacht. Ich sagte ihr, dass ich sie liebe, und sie sagte, sie sei nicht wert, mein Weib zu sein. Nicht wert! Und dabei ist mir diese ganze Welt nichts im Vergleich zu ihr.«

»Die Frauen sind wunderbar praktisch«, murmelte Lord Henry. »Viel praktischer als wir. In solchen Situationen vergessen wir oft, etwas vom Heiraten zu sagen, aber sie erinnern uns immer daran.«

Hallward legte die Hand auf seinen Arm. »Nicht doch, Henry. Sie kränken Dorian. Er ist nicht wie andere Männer. Er würde nie jemanden unglücklich machen. Seine Natur ist dazu zu fein.«

Lord Henry blickte ihn über den Tisch an. »Dorian ist nie böse auf mich«, antwortete er. »Ich habe aus dem besten Grund, den es überhaupt gibt, gefragt, aus dem einzigen Grund, der eine Entschuldigung für eine Frage ist: einfach aus Neugierde. Nach meiner Theorie sind es immer die Frauen, die einen Antrag machen, niemals die Männer. Natürlich mit Ausnahme des Mittelstandes – aber der ist ja auch eben nicht modern.«

Dorian Gray lachte und schüttelte den Kopf. »Sie sind unverbesserlich, Henry, aber man kann Ihnen nicht böse sein. Wenn Sie Sibyl Vane sehen, dann werden Sie fühlen, dass der Mann, der ihr ein Leid antun könnte, ein Tier sein muss, ein herzloses Tier. Ich kann es nicht begreifen, wie man ein Wesen, das man liebt, in Schande bringen kann. Ich liebe Sibyl Vane. Ich möchte sie auf einen goldenen Sockel stellen, und die ganze Welt sollte das Weib, das mir gehört, anbeten. Was ist

Ehe? Ein unwiderrufliches Gelübde, und Sie spotten deshalb darüber. Ach, spotten Sie nicht! Es ist ein unwiderrufliches Gelübde, das ich aussprechen will. Ihr Vertrauen macht mich treu, ihr Glaube an mich macht mich gut. Wenn ich bei ihr bin, verabscheue ich alles, was Sie mich gelehrt haben. Ich werde ein ganz anderer Mensch als der, den Sie kennen. Ich bin wie umgewandelt. und die bloße Berührung von Sibyl Vanes Hand lässt mich Sie vergessen und alle Ihre falschen, fesselnden, vergiftenden, entzückenden Theorien.«

»Und welches sind die Theorien?«, fragte Lord Henry, während er vom Salat nahm.

»Ihre Theorien über das Leben, über die Liebe, über den Genuss – kurz alle Ihre Theorien, Henry.«

»Genuss ist das Einzige auf der Welt, das eine Theorie wert ist«, antwortete er mit seiner langsamen, musikalischen Stimme. »Aber ich fürchte, ich kann sie nicht als mein geistiges Eigentum in Anspruch nehmen, denn sie gehört der Natur selbst an, nicht mir. Genuss ist der Prüfstein der Natur, das Zeichen ihrer Zustimmung. Wenn wir glücklich sind, sind wir immer gut; aber wenn wir gut sind, sind wir nicht immer glücklich.«

»Was verstehen Sie unter ›gut‹?«, rief Basil Hallward.

»Ja«, wiederholte Dorian, indem er sich in seinem Stuhl zurücklehnte und über die schweren rotblütigen Schwertlilien, die in der Mitte des Tisches standen, zu Lord Henry blickte. »Was verstehen Sie unter ›gut‹, Henry?«

»Gut sein, heißt mit sich selbst eins sein«, antwortete er, den dünnen Stiel seines Glases zwischen den feinen weißen Fingern drehend. »Schlecht sein, heißt mit anderen *übereinstimmen müssen.* Das eigene Leben, das ist es, worauf es ankommt, nicht aber das Leben unserer Nächsten. Wenn man das dringende Bedürfnis hat, ein

Pedant oder ein Puritaner zu sein, dann mag man den andern seine moralischen Ansichten ins Gesicht schleudern – in Wirklichkeit aber gehen sie einen gar nichts an. Abgesehen davon, der Individualismus hat wirklich die höheren Ziele. Die moderne Sittlichkeit besteht darin, dass man die Ansichten seiner Zeit annimmt. Nach meiner Überzeugung aber ist es für jeden Menschen von Kultur direkt unmoralisch, die Ansichten seiner Zeit anzunehmen.«

»Wenn man aber nur für sich selbst lebt, Henry, muss man dafür nicht einen schrecklichen Preis zahlen?«, fragte der Maler.

»Ja, heutzutage müssen wir alles überzahlen. Ich glaube, dass die wirkliche Tragödie der Armut die ist, dass die Armen sich nichts leisten können als Selbstverleugnung. Schöne Sünden, wie alle schönen Dinge, sind das Vorrecht der Reichen.«

»Man kann auch in anderer Münze zahlen als mit Geld.«

»In welcher Münze, Basil?«

»Ich meine, mit Gewissensbissen, mit Schmerzen, mit … kurz mit dem Gefühl der Erniedrigung.«

Lord Henry zuckte die Achseln. »Mein lieber Freund, mittelalterliche Kunst ist etwas Entzückendes, aber mittelalterliche Gefühle sind reichlich unzeitgemäß. Man kann sie natürlich noch in Romanen verwenden, denn die einzigen Dinge, die in Romanen zu verwerten sind, sind solche, die in der Wirklichkeit wertlos geworden sind. Glauben Sie mir, kein kultivierter Mensch bereut jemals einen Genuss und kein unkultivierter Mensch weiß, was Genuss ist.«

»Ich weiß, was Genuss ist!«, rief Dorian Gray. »Jemanden anbeten.«

»Das ist sicher besser, als angebetet zu werden«, antwortete Henry, während er mit einigen Früchten spielte. »Angebetet werden, ist peinlich. Die Weiber behandeln uns genau, wie die Menschheit ihre Götter. Sie beten uns an und quälen uns immer, irgendetwas für sie zu tun.«

»Ich würde eher sagen: alles, was sie von uns verlangen, haben sie uns zuerst geschenkt«, flüsterte ernst der Jüngling. »Sie schaffen die Liebe in uns, also haben sie ein Recht, sie dann zurückzuverlangen.«

»Das ist ganz richtig, Dorian«, rief Hallward.

»Nie ist etwas ganz richtig«, sagte Lord Henry.

»Das aber doch«, unterbrach Dorian. »Sie müssen zugeben, Henry, dass die Frauen den Männern das echte Gold des Lebens schenken.«

»Vielleicht«, seufzte er. »Aber unfehlbar verlangen sie es dann in kleiner Münze zurück. Das ist das Unangenehme dabei. Ein witziger Franzose hat einmal gesagt: ›Die Frauen regen uns an, Meisterwerke zu schaffen, und verhindern uns dann, sie auszuführen.‹«

»Henry, Sie sind schrecklich. Ich weiß wirklich nicht, warum ich Sie so gern habe.«

»Sie werden mich immer gern haben, Dorian«, antwortete er. »Wollen wir jetzt Kaffee trinken? Kellner, bringen Sie Kaffee, Fine-Champagne und Zigaretten. Nein, lassen Sie die Zigaretten, ich habe selbst welche. Basil, ich kann Ihnen nicht erlauben, eine Zigarre zu rauchen, Sie müssen eine Zigarette nehmen. Die Zigarette ist der vollendete Typus eines vollendeten Genusses: sie ist köstlich und lässt uns unbefriedigt. Was kann man noch mehr verlangen? … Ja, Dorian, Sie werden mich immer lieb haben. Ich bin für Sie der Inbegriff aller Sünden, die zu begehen Sie nicht den Mut haben.«

»Was für Unsinn Sie sprechen!«, rief der junge Mann, während er seine Zigarette an dem Feuer speienden Silberdrachen, den der Kellner auf den Tisch gestellt hatte, anzündete. »Wir wollen jetzt ins Theater fahren. Wenn Sibyl auftritt, werden Sie ein neues Lebensideal bekommen. Sie wird Ihnen etwas offenbaren, was Sie noch nicht kennen.«

»Ich habe alles kennengelernt«, sagte Lord Henry mit einem müden Blick in den Augen. »Aber ich bin immer bereit, eine neue Emotion zu erleben. Nur fürchte ich, dass es für mich derlei nicht mehr gibt. Immerhin, Ihr wunderbares Mädchen wird mich vielleicht erschüttern. Ich liebe die Schauspielkunst. Sie ist so viel wirklicher als das Leben. Wir wollen also gehen. Dorian, Sie kommen mit mir. Basil, es tut mir sehr leid, aber in meinem Wagen ist nur Platz für zwei. Sie müssen eine Droschke nehmen.«

Sie standen auf, zogen ihre Mäntel an und tranken den Kaffee stehend. Der Maler war schweigsam und in Gedanken versunken. Ein düsteres Gefühl lastete auf ihm. Diese Heirat gefiel ihm gar nicht, und doch schien sie ihm besser zu sein, als manches andere, was hätte geschehen können. Nach einigen Minuten gingen sie alle hinunter. Er fuhr allein, wie man es besprochen hatte, und betrachtete die glänzenden Lichter des kleinen Wagens, der vor ihm dahinrollte. Das seltsame Gefühl eines großen Verlustes überkam ihn. Er empfand, dass Dorian Gray für ihn nie mehr der sein würde, der er ihm bisher gewesen war. Das Leben war zwischen sie getreten … Vor seinen Augen wurde es dunkel und die Menschen wimmelnden, schimmernden Straßen verschwammen vor seinem Blick. Als der Wagen am Theater vorfuhr, schien es ihm, als sei er um viele Jahre älter geworden.

Siebentes Kapitel

Aus irgendeinem Grund war das Haus an diesem Abend dicht gefüllt, und der dicke jüdische Direktor, der sie an der Tür empfing, strahlte in einem öligen, unruhigen Lächeln, das von einem Ohr bis zum andern ging. Er begleitete sie zu ihrer Loge mit einer würdevollen Demut, die fetten, juwelenbedeckten Hände bewegend und in den höchsten Tönen sprechend. Dorian hasste ihn mehr als je. Er hatte das Gefühl, als hätte er Miranda besuchen wollen, und Caliban habe ihn erwartet. Dagegen hatte Lord Henry etwas für ihn übrig. Wenigstens behauptete er das, bestand darauf, ihm die Hand zu schütteln und ihm zu versichern, dass er stolz darauf sei, einen Mann kennenzulernen, der ein wirkliches Genie entdeckt habe und eines Dichters wegen bankrott geworden sei. Hallward unterhielt sich damit, die Gesichter im Parterre zu beobachten. Die Hitze war furchtbar drückend und der große Kronleuchter flammte wie eine ungeheure Dahlie mit Blättern aus gelbem Feuer. Die jungen Leute auf der Galerie hatten die Röcke und Westen ausgezogen und sie über die Rampe gehängt. Sie sprachen miteinander über das ganze Theater weg und teilten ihre Apfelsinen mit den Mädchen in billigem Putz, die neben ihnen saßen. Ein paar Weiber lachten unten im Parterre; ihre Stimmen waren schrecklich schrill und hässlich. Von der Bar her kam das Geräusch von Flaschen, die entkorkt wurden.

»Was für ein sonderbarer Ort, um seine Göttin zu entdecken«, sagte Lord Henry.

»Ja«, erwiderte Dorian Gray. »Hier habe ich sie gefunden. Und sie ist *eine* Göttin über allem Lebendigen. Wenn sie spielt, werden Sie alles vergessen. Diese gemeinen, rohen Leute mit ihren ordinären Gesichtern und ihren brutalen Bewegungen werden ganz umgewandelt, wenn sie auf der Bühne steht. Sie sitzen stumm da und beobachten sie, sie weinen und lachen, wie sie es will. Sie lässt sie tönen wie eine Geige. Sie vergeistigt sie, und man spürt dann, dass sie im Grunde vom selben Fleisch und Blut sind wie wir?«

»Vom selben Fleisch und Blut wie wir selber? Oh, ich hoffe doch nicht!«, rief Lord Henry, der mit seinem Opernglas die Leute auf der Galerie musterte.

»Achten Sie gar nicht auf ihn«, sagte der Maler. »Ich begreife, was Sie sagen wollen, und ich glaube an dieses Mädchen. Ein Mensch, den Sie lieben, muss wunderbar sein, und jedes Mädchen, das die Wirkung erzielt, die Sie beschreiben, muss fein und vornehm sein. Seine Zeit zu vergeistigen, das ist etwas Wertvolles. Wenn das Mädchen denen eine Seele geben kann, die bisher seelenlos gelebt haben, wenn sie in Menschen, deren Dasein bisher schmutzig und hässlich war, einen Sinn für Schönheit erwecken kann, wenn sie sie aus ihrer Welt des Eigennutzes losreißen und ihnen Tränen um Leiden entlocken kann, die nicht ihre eigenen sind, dann ist sie Ihrer Liebe wert, ja der Liebe der ganzen Welt. Sie haben vollkommen recht mit Ihrer Heirat. Ich habe es anfangs nicht so gesehen, jetzt aber gebe ich es zu. Die Götter haben Sibyl Vane für Sie geschaffen. Ohne sie wären Sie nur unvollständig gewesen.«

»Dank, Basil«, antwortete Dorian Gray und drückte ihm die Hand. »Ich wusste, dass Sie mich verstehen würden. Henry ist ein Zyniker – er erschreckt mich. Aber da kommt das Orchester. Es ist furchtbar, doch es dauert nur fünf Minuten, dann geht der Vorhang auf, und Sie werden das Mädchen sehen, dem ich mein ganzes Leben schenken will, und alles, was gut in mir ist.«

Eine Viertelstunde später betrat unter einem unglaublichen Beifallssturm Sibyl Vane die Bühne. Ja, sie war wirklich entzückend. Lord Henry schien sie eins der lieblichsten Geschöpfe, das er je gesehen hatte. Es war etwas von einem Reh in ihrer scheuen Grazie und ihren erschrockenen Augen. Ein leises Erröten wie das Abbild einer Rose in einem silbernen Spiegel trat auf ihre Wangen, als sie in das überfüllte und begeisterte Haus blickte. Sie trat ein paar Schritte zurück und ihre Lippen schienen zu zittern. Basil Hallward sprang auf und begann zu klatschen. Bewegungslos und wie einer, der träumt, saß Dorian Gray da und sah sie an. Lord Henry starrte durch sein Glas und flüsterte: »Entzückend! Entzückend!«

Die Bühne stellte die Halle in Capulets Haus dar und Romeo in seinem Pilgerkleid war mit Mercutio und seinen anderen Freunden aufgetreten. Die Musik schlug, so gut sie konnte, ein paar Akkorde an, und der Tanz begann. Mitten in dem Haufen von plumpen, schäbig angezogenen Schauspielern bewegte sich Sibyl Vane wie ein Geschöpf aus einer anderen Welt. Sie schwebte im Tanz, wie eine Blume auf dem Wasser schwimmt. Die Linien ihres Halses waren die Linien einer weißen Lilie. Ihre Hände schienen aus kühlem Elfenbein gemacht.

Und doch schien sie seltsam unbewegt. Sie verriet kein Zeichen der Freude, während ihre Augen auf Romeo ruhten. Die wenigen Worte, die sie zu sprechen hatte:

»Nein, Pilger, lege nichts der Hand zuschulden
Für ihren sittsam-andachtsvollen Gruß;
Der Heil'gen Rechte darf Berührung dulden,
Und Hand in Hand ist frommer Waller Kuss.«

mit dem kurzen Dialog, der folgt, sprach sie völlig gekünstelt und maniriert, die Stimme war wunderbar, aber der Ton vollständig falsch und unrichtig gefärbt.

Er nahm den Versen alles Leben und machte ihre Leidenschaftlichkeit unwahr.

Dorian Gray erbleichte, als er hinsah. Er war verlegen und erschreckt. Seine beiden Freunde wagten es nicht, ihm etwas zu sagen. Sie schien ihnen vollkommen talentlos zu sein. Sie waren furchtbar enttäuscht.

Aber sie fühlten, dass der Prüfstein für jede Julia die Balkonszene im zweiten Akt sei. Die warteten sie also ab. Wenn sie hier versagte, dann war nichts an ihr.

Sie sah reizend aus, als sie im Mondschein auftrat. Das konnte niemand leugnen. Aber das Theatralische ihres Spiels war unerträglich und wurde in jeder Szene ärger. Ihre Bewegungen waren lächerlich gekünstelt. Sie übertrieb das Pathos jedes Wortes, das sie zu sagen hatte. Die wundervollen Verse:

»Du weißt, die Nacht verschleiert mein Gesicht,
Sonst färbte Mädchenröte meine Wangen
Um das, was du vorhin mich sagen hörtest.«

deklamierte sie mit der peinlichen Genauigkeit eines Schulmädchens, das ein mittelmäßiger Vortragslehrer unterrichtet hat. Als sie über den Balkon lehnte und zu den herrlichen Versen kam:

… »Obwohl ich dein mich freue,
Freu' ich mich nicht des Bundes dieser Nacht:
Er ist zu rasch, zu unbedacht, zu plötzlich,
Gleicht allzu sehr dem Blitz, der schon vorbei,
Noch eh man sagen kann: es blitzt. – Schlaf süß!
Die Liebesknosp' mag warmer Sommerhauch,
Bis wir uns wiedersehn, zur Blum' entfalten.«

sprach sie die Worte, als enthielten sie keinerlei Sinn für sie. Keine Erregung war in ihr – ja, weit entfernt davon, erregt zu sein, schien sie ganz mit sich zufrieden. Es war einfach elende Theaterei. Sie versagte vollständig.

Selbst das gewöhnliche, ungebildete Publikum des Parterres und der Galerie verlor das Interesse am Stück. Sie wurden unruhig und begannen laut zu sprechen und zu zischen. Der jüdische Direktor, der hinten auf dem ersten Rang stand, stampfte mit den Füßen und fluchte vor Wut. Der einzige Mensch, den das alles nicht berührte, war das Mädchen selbst.

Als der zweite Akt zu Ende war, brach ein Sturm von Zischen los, und Lord Henry stand von seinem Stuhl auf und zog seinen Mantel an. »Sie ist wirklich wunderschön, Dorian«, sagte er, »aber sie kann nicht spielen. Wir wollen gehen.«

»Ich will das Stück bis zu Ende sehen«, antwortete der junge Mann mit erbitterter Stimme. »Es tut mir ungemein leid, dass ich Sie veranlasst habe, einen Abend zu vergeuden, Henry. Ich muss mich bei Ihnen beiden entschuldigen.«

»Mein lieber Dorian«, unterbrach ihn Hallward. »Ich glaube, Miss Vane war krank. Wir wollen an einem anderen Abend wiederkommen.«

»Ich wünschte, sie wäre krank«, erwiderte er. »Aber ich glaube, sie hat nur kein Gefühl und ist kalt. Sie hat sich völlig verändert. Gestern Abend war sie eine große Künstlerin, heute Abend ist sie nur eine gewöhnliche, mittelmäßige Schauspielerin.«

»Dorian, sprechen Sie nicht so über jemand, den sie lieben. Die Liebe ist etwas viel Wunderbareres als die Kunst.«

»Es sind beides nur Formen der Nachahmung«, bemerkte Lord Henry. »Aber wir wollen gehen. Dorian, Sie dürfen nicht länger hierbleiben. Es ist für unsere Moral nicht gut, schlechte Schauspielerei anzusehen. Ich glaube übrigens nicht, dass Sie Ihre Frau auftreten lassen werden. Was liegt also daran, dass sie die Julia spielt wie eine Holzpuppe! Sie ist wirklich entzückend, und wenn sie so wenig vom Leben weiß wie vom Theaterspielen, wird sie eine wundervolle Erfahrung für Sie sein. Es gibt nur zwei Arten fesselnder Menschen: solche, die alles wissen, und solche, die gar nichts wissen. Großer Gott, mein lieber Junge, machen Sie kein tragisches Gesicht! Das Rezept, ewig jung zu bleiben, ist einfach, nie eine Erregung zu haben, die einem schlecht bekommt. Kommen Sie mit Basil und mir in den Klub! Wir wollen Zigaretten rauchen und auf Sibyl Vanes Schönheit ein Glas trinken. Sie ist schön. Was können Sie noch mehr verlangen?«

»Gehen Sie, Henry«, rief der Jüngling. »Ich will allein sein. Basil, auch Sie müssen gehen. Könnt ihr denn nicht sehen, dass mir das Herz bricht?« Heiße Tränen traten ihm in die Augen. Seine Lippen bebten. Er rückte in die tiefste Ecke der Loge, lehnte sich an die Wand und barg das Gesicht in den Händen.

»Kommen Sie, Basil«, sagte Lord Henry mit seltsam zärtlicher Stimme; und die beiden Männer gingen zusammen hinaus.

Ein paar Augenblicke später flammten die Rampenlichter wieder auf und der Vorhang ging zum dritten Akt in die Höhe. Dorian Gray kehrte auf seinen Platz zurück. Er sah bleich, hochmütig, gleichgültig aus. Das Spiel schleppte sich weiter und schien kein Ende zu nehmen. Die Hälfte des Publikums ging weg, auf schweren Schuhen trampelnd, lachend. Die ganze Sache war ein Fiasko. Der letzte Akt wurde fast vor leeren Bänken gespielt. Als der Vorhang fiel, hörte man Zischen und höhnische Rufe.

Sobald es aus war, stürzte Dorian Gray hinter die Kulissen in die Garderobe. Das Mädchen stand allein da, ein triumphierendes Lächeln im Gesicht. Die Augen glänzten in leuchtendem Feuer. Ein Strahlen ging von ihr aus. Ihre halb geöffneten Lippen lächelten über ein Geheimnis, das ihnen allein gehörte.

Als er eintrat, blickte sie ihn an, und ein Ausdruck unsäglicher Lust erfüllte sie. »Wie schlecht ich heute Abend gespielt habe, Dorian!«, rief sie aus.

»Schrecklich«, antwortete er und sah sie voll Staunen an. »Schrecklich. Es war furchtbar. Bist du krank? Du hast ja keine Ahnung, wie es war. Keine Ahnung, was ich gelitten habe.«

Das Mädchen lächelte. »Dorian«, antwortete sie, seinen Namen behutsam, mit einer gedehnten Musik in der Stimme aussprechend, als wäre er den roten Blüten ihres Mundes süßer als Honig. »Dorian, du hättest das verstehen müssen! Aber jetzt begreifst du es doch?«

»Was soll ich begreifen?«, fragte er zornig.

»Warum ich heute Abend so schlecht gespielt habe. Warum ich immer schlecht spielen werde, warum ich nie mehr gut spielen kann.«

Er zuckte die Achseln. »Du bist gewiss krank. Wenn du nicht gesund bist, solltest du nicht auftreten. Du machst dich ja lächerlich. Meine Freunde haben sich gelangweilt. Ich habe mich auch gelangweilt.«

Sie schien nicht zu hören, was er sagte. Sie war außer sich vor Lust. Eine Ekstase des Glücks beherrschte sie.

»Dorian, Dorian«, rief sie aus. »Bevor ich dich kannte, war Spielen das einzig Wirkliche in meinem Leben. Nur auf der Bühne lebte ich. Ich hielt das alles für wahr. An einem Abend war ich Rosalinde, Portia am anderen. Beatrices Glück war mein Glück, und Cordelias Tränenschmerz war meiner. Alles glaubte ich. Die gewöhnlichen Leute, die mit mir spielten, schienen mir Götter. Die bemalte Leinwand war *für mich* die Welt. Ich kannte nichts als Schatten und sie waren mir die Wirklichkeit. Da kamst du, mein schöner Geliebter, und befreitest meine Seele aus ihrem Gefängnis. Du hast mich gelehrt, was die Wirklichkeit ist. Heute hab ich zum ersten Mal in meinem Leben die ganze Hohlheit durchschaut, den Lug, die Albernheit, den leeren Prunk, zwischen dem ich immer gespielt habe. Heute Abend wusste ich zum ersten Mal, dass dieser Romeo hässlich, alt und geschminkt ist, dass der Mond im Garten Trug, die ganze Umgebung ordinär war, und dass die Worte, die ich zu sprechen hatte, nicht wahr, nicht meine Worte sind, nicht die waren, die ich hätte sagen wollen. Du hast mir etwas Höheres geschenkt, etwas, von dem die Kunst nur ein Abglanz ist. Durch dich habe ich gelernt, was die Liebe in Wahrheit ist. Geliebter, Geliebter! Märchenprinz, Prinz meines Lebens! Ich bin der Schatten müde. Du bist mir mehr, als alle Kunst sein kann. Was hab ich mit diesen Puppen zu schaffen?! … Als ich heute Abend auftrat, konnte ich nicht begreifen, wie all das von mir abgefallen war. Ich hatte gedacht, ich würde wundervoll sein, und fand, dass ich durchaus versagte. Plötzlich dämmerte es dann meiner Seele, was all das bedeutet. Es war herrlich, das zu wissen. Ich hörte sie zischen und lächelte. Was wissen die von Liebe, wie unsere ist? Nimm mich fort, Dorian – nimm mich mit dir irgendwohin, wo wir allein sind. Ich hasse das Theater. Ich könnte vielleicht eine Leidenschaft darstellen, die ich nicht fühle, aber ich kann keine spielen, die in mir brennt wie Feuer. Ach, Dorian, Dorian, kannst du jetzt begreifen, was das alles bedeutet? Selbst wenn ich es fertigbrächte, wäre es Entweihung, Liebe zu spielen, während ich liebe. Du hast mir darüber die Augen geöffnet.«

Er warf sich auf das Sofa und wandte sein Gesicht ab. »Du hast meine Liebe getötet«, murmelte er.

Sie sah ihn staunend an und lachte. Er gab keine Antwort. Sie kam hin zu ihm und strich mit ihren kleinen Fingern über sein Haar. Sie kniete neben ihm nieder und presste seine Hand an ihre Lippen. Er schob sie weg und ein Schauder rann über seinen Körper.

Dann sprang er auf und ging zur Tür. »Ja«, rief er aus. »Du hast meine Liebe getötet. Früher hast du meine Fantasie angeregt, jetzt reizt du nicht einmal meine Neugierde. Du wirkst einfach nicht. Ich liebte dich, weil du ein wundervolles Geschöpf warst, weil du Genie und Geist besaßt, weil du die Träume großer Dichter erfülltest, den Schatten der Kunst Form und Körper gabst. All das hast du vernichtet. Jetzt bist du leer und dumm. Mein Gott, was für ein Narr war ich, dich zu lieben! Wie verrückt war ich! Jetzt bist du mir nichts. Ich will dich nie mehr sehen, nie mehr an dich denken. Ich will nie wieder deinen Namen aussprechen. Du weißt nicht, was du mir warst, früher einmal. Wie konnte ich einmal? … Ich ertrage es nicht, daran zu denken. Ich wünschte, ich hätte dich nie gesehen. Du hast die Romantik meines Lebens zerstört. Wie wenig kannst du von Liebe wissen, wenn du sagst, sie zerstöre deine Kunst. Ohne deine Kunst bist du ja nichts! … Ich hätte aus dir eine Berühmtheit gemacht, eine Leuchte, etwas ganz Großes. Die Welt hätte dich angebetet und du hättest meinen Namen getragen. Was bist du jetzt? Eine Schauspielerin dritten Ranges mit einem hübschen Gesicht.«

Das Mädchen wurde bleich und zitterte. Sie presste die Hände zusammen und ihre Stimme schien ihr in der Kehle stecken zu bleiben. »Das ist nicht dein Ernst, Dorian?«, flüsterte sie. »Du spielst mir etwas vor.«

»Spielen? Das überlass ich dir, das kannst du ja so gut«, entgegnete er bitter.

Sie erhob sich von den Knien und trat mit einem jammervollen, schmerzerfüllten Gesicht auf ihn zu. Sie legte die Hand auf seinen Arm und sah ihm in die Augen. Er stieß sie zurück. »Berühre mich nicht!«, schrie er.

Ein leises Stöhnen entrang sich ihr. Sie warf sich ihm zu Füßen und lag da wie eine zertretene Blüte. »Dorian, Dorian, geh nicht fort von mir!«, ächzte sie leise. »Es tut mir ja so leid, dass ich nicht gut gespielt habe. Ich dachte immer nur an dich. Aber ich will es wieder versuchen, wirklich, ich will es versuchen. Die Liebe zu dir kam so jäh über mich. Ich glaube, ich hätte nie von ihr gewusst, wenn du mich nicht geküsst hättest – wenn wir uns nicht geküsst hätten. Küss mich wieder, Geliebter. Geh nicht von mir! Mein Bruder … Nein, das nicht. Er meinte es ja nicht so. Er hat nur gescherzt … Kannst du mir den heutigen Abend denn nicht verzeihen? Ich werde fleißig sein und besser werden … Sei nicht grausam gegen mich, weil ich dich mehr liebe als irgendetwas auf der Welt. Es ist doch nur ein einziges Mal, dass ich dir nicht gefallen habe. Aber du hast ganz recht, Dorian. Ich hätte mich mehr als Künstlerin erweisen sollen. Es war töricht von mir. Und doch konnte ich nicht anders. Ach, geh nicht von mir, verlass mich nicht …«

Leidenschaftliches Schluchzen erschütterte sie. Sie kauerte auf der Erde wie ein wundes Tier, und Dorian Gray sah mit seinen schönen Augen auf sie herab, und seine feinen Lippen kräuselten sich voll Verachtung. Die Empfindungen von Menschen, die man nicht mehr liebt, haben immer etwas Lächerliches. Sibyl Vane schien ihm überspannt, melodramatisch. Ihre Tränen und ihr Schluchzen machten ihn nur nervös.

»Ich gehe«, sagte er schließlich mit seiner ruhigen, klaren Stimme. »Ich möchte nicht hart sein, aber ich kann dich nie wiedersehen. Du hast mich zu sehr enttäuscht.«

Sie weinte still, sagte nichts, aber kroch näher an ihn heran. Ihre kleinen Hände streckten sich ins Ungewisse aus und schienen ihn zu suchen. Er wandte sich um und ging aus dem Zimmer. Wenige Augenblicke später war er nicht mehr im Theater.

Wohin er ging, wusste er selbst nicht. Er erinnerte sich, durch schwach beleuchtete Gassen gewandert zu sein, an elenden, in tiefen Schatten liegenden Torwegen und gemein aussehenden Häusern vorbei. Weiber mit rauen Stimmen und schrillem Lachen hatten hinter ihm hergerufen. Betrunkene waren fluchend vorbeigetaumelt und hatten wie scheußliche Affen mit sich selbst gesprochen. Er hatte groteske Kinder auf den Stufen zusammengekauert gesehen, Schreien und Schimpfen aus düstren Höfen dringen hören.

Als der Morgen anbrach, fand er sich nahe bei Convent Garden wieder. Die Dunkelheit schwand. Der Himmel rötete sich in mattem Feuer und schimmerte einer Perle gleich. Mächtige Karren, angefüllt mit nickenden Lilien, rumpelten langsam die glatte leere Straße hinab. Die Luft war schwer vom Duft der Blumen, und ihre Schönheit schien ihm Linderung für seinen Schmerz zu bringen. Er ging auf den Markt und sah den Männern zu, die ihre Wagen entluden. Ein Mann in einem weißen Kittel bot ihm Kirschen an. Er dankte, wunderte sich, warum er kein Geld dafür annehmen wollte, und begann dann, sie zerstreut zu essen. Sie waren um Mitternacht gepflückt worden und die Kälte des Mondes war in sie eingedrungen. In langer Reihe brachten Burschen Körbe voll von gestreiften Tulpen, von gelben und roten Rosen, zogen an ihm vorbei und wanden sich durch die großen grünen Haufen von Gemüse. Unter den grauen, von der Sonne gebleichten Säulen der Halle lungerte ein Trupp von schmutzigen, barhäuptigen Mädchen, die warteten, bis die Versteigerung vorbei war. Andere sammelten sich um die auf- und zugehenden Türen des Kaffeehauses auf dem Platz. Die schweren Karrengäule glitten aus und stampften über die rauen Steine, ihre Glocken und Geschirre schüttelnd. Einige Fuhrleute lagen schlafend auf einem Stoß von Säcken. Mit irisfarbenen Hälsen und roten Füßen liefen überall Tauben umher und pickten Körner auf.

Nach einer Weile rief er eine Droschke an und fuhr nach Hause. Ein paar Augenblicke blieb er auf der Schwelle stehen, sah nach dem stillen Platz zurück, den leeren, geschlossenen Fenstern und den grellen Vorhängen. Der Himmel hatte jetzt die reine Farbe des Opals und die Dächer der Häuser glitzerten wie Silber. Von einem Schornstein der gegenüberliegenden Häuserreihe stieg eine dünne Rauchwolke auf, kräuselte sich wie ein violettes Band in die perlmutterfarbene Luft.

In der großen venezianischen Lampe, von der Barke irgendeines Dogen geraubt, die von der Decke der großen eichengetäfelten Eingangshalle herabhing, brannten noch drei flackernde Lichter, wie dünne blaue Flammenblüten in weißem Feuerrahmen. Er drehte sie aus, warf seinen Hut und seinen Mantel auf den Tisch und ging dann durch das Bibliothekszimmer zur Tür seines Schlafzimmers, eines großen achteckigen Raumes zu ebener Erde, den er in seinem neu erwachten Verlangen nach Luxus erst kürzlich hatte einrichten und mit kostbaren Renaissancegobelins bespannen lassen, die er in einer nie gebrauchten Dachstube in Selby Royal entdeckt hatte. Als er den Türgriff eben drehen wollte, fiel sein Blick auf das Bildnis, das Basil Hallward von ihm gemalt hatte. Erstaunt schrak er zurück. Dann ging er mit verstörtem Gesicht in sein Zimmer. Nachdem er die Blume aus seinem Knopfloch genommen hatte, schien er zu zögern. Schließlich ging er zurück, näherte sich dem Bild und musterte es. In dem matten, gedämpften Licht, das durch die cremefarbenen Seidenvorhänge drang, schien es ihm, als sei das Gesicht ein wenig verändert. Der Ausdruck war anders. Man hätte sagen können, dass ein Zug von Grausamkeit um den Mund war. Das war höchst seltsam.

Er drehte sich um, ging zum Fenster und zog den Vorhang in die Höhe. Der helle Morgen flutete nun durch den Raum und fegte die fantastischen Schatten in dunkle Winkel, wo sie zitternd liegen blieben. Aber der seltsame Ausdruck, den er in dem Gesicht des Bildes bemerkt hatte, schien zu bleiben, ja sich verstärkt zu haben. Das warme zitternde Sonnenlicht zeigte ihm den grausamen Zug um den Mund so klar, als sähe er sich in einem Spiegel, nachdem er etwas Hässliches getan hatte.

Er stampfte mit dem Fuß auf und nahm vom Tisch einen ovalen Spiegel, der von elfenbeinernen Liebesgöttern getragen wurde, eins der vielen Geschenke Lord Henrys. Eilig blickte er in die glatte Fläche. Aber kein Zug solcher Art verunstaltete seine roten Lippen. Was sollte das bedeuten?

Er rieb sich die Augen, trat ganz nahe an das Bild heran und musterte es wieder. An der Malerei selbst konnte man gar kein Zeichen irgendeiner Veränderung bemerken, und doch, es war kein Zweifel, dass sich der ganze Ausdruck verändert hatte. Es war keine Einbildung von ihm. Die Sache war nicht zu leugnen.

Er warf sich in einen Stuhl und begann nachzudenken. Jäh trat die Erinnerung an die Worte in sein Bewusstsein, die er in Basil Hallwards Atelier an dem Tag, an dem das Bild fertig wurde, gesagt hatte. Ja, er entsann sich ihrer jetzt ganz deutlich. Er hatte den tollen Wunsch ausgesprochen, dass er selbst jung bleiben möge und das Bild *statt seiner* altere; dass seine eigene Schönheit unbefleckt bleibe und das Antlitz auf der Leinwand die Last seiner Leidenschaften und Sünden trage; dass das gemalte Bildnis von den Linien der Leiden und Gedanken durchfurcht werde und er den zarten Reiz und die Lieblichkeit der Jugend, die ihm soeben bewusst geworden war, behalte. War sein Wunsch in Erfüllung gegangen? Solche Dinge gab es doch nicht! Nur daran zu denken, schien ungeheuerlich. Und doch, da stand das Bild vor ihm und hatte einen Zug von Grausamkeit um den Mund.

Grausamkeit! War er denn grausam gewesen? Das Mädchen war schuld, nicht er. Er hatte von ihr als von einer großen Künstlerin geträumt, hatte sie geliebt, weil er sie für groß gehalten hatte. Aber sie hatte ihn enttäuscht. Sie war seicht und seiner unwürdig. Und doch, ein Gefühl unendlichen Mitleids überkam ihn, als er jetzt daran dachte, wie sie zu seinen Füßen gelegen und wie ein kleines Kind geschluchzt hatte. Er erinnerte sich auch, mit welcher kühlen Gleichgültigkeit er sie beobachtet hatte. Warum war er so geschaffen worden? Warum war ihm eine solche Seele gegeben worden? Aber auch er hatte gelitten. In den drei schrecklichen Stunden, die das Stück gedauert hatte, hatte er Jahrhunderte von Schmerzen, Ewigkeiten von Qualen durchlebt. Sein Leiden war gewiss das ihre wert. Wenn er sie für die ganze Lebenszeit verwundet hatte, so hatte sie ihn für einen Augenblick vernichtet. Außerdem, die Frauen sind besser geeignet, Leiden zu tragen, als Männer. Sie leben von ihren Gefühlen, sie denken nur an ihre Gefühle. Wenn sie einen Geliebten nehmen, so ist es nur, um jemand zu haben, dem sie Szenen machen können. Lord Henry hatte ihm das gesagt und Lord Henry kannte die Frauen. Warum sollte er sich über Sibyl Vane beunruhigen? Sie bedeutete ihm ja jetzt nichts mehr.

Aber das Bild? Was sollte er dazu sagen? Es barg das Geheimnis seines Lebens und erzählte seine Geschichte. Es hatte ihn die Liebe zu seiner eigenen Schönheit gelehrt. Sollte es ihn jetzt lehren, seine eigene Seele zu hassen? Würde er es je wieder anblicken können?

Nein – es war ja alles nur eine Einbildung seiner verwirrten Sinne. Die fürchterliche Nacht, die er erlebt hatte, ließ Gespenster hinter sich. Eine fixe Idee, wie sie die Menschen in den Wahnsinn treibt, war plötzlich in seinem Gehirn erwacht. Das Bild konnte nicht anders geworden sein. Es war Irrsinn, das anzunehmen.

Und doch blickte es ihn an, das wunderschöne Gesicht durch das grausame Lächeln zerstört. Die blonden Haare leuchteten im frühen Sonnenlicht. Die blauen Augen trafen seine eigenen. Ein Gefühl von grenzenlosem Mitleid überkam ihn, nicht mit sich selbst, sondern mit dem gemalten Bild von sich. Schon hatte es sich verändert und würde sich immer mehr verändern. Sein Gold wird zum Grau erbleichen. Seine roten und weißen Rosen werden welken. Für jede Sünde, die er begehen wird, wird auf ihm ein Fleck hervortreten und die Schönheit besudeln. Aber er wird nicht mehr sündigen. Das Bildnis, verwandelt oder nicht, wird für ihn das sichtbare Wahrzeichen des Gewissens sein. Er wird jeder Versuchung widerstehen. Er wird Lord Henry nicht wiedersehen oder doch wenigstens nicht mehr seinen scharfsinnigen, giftigen Lehren lauschen, die damals in Basil Hallwards Garten zum ersten Mal in ihm die Leidenschaft für unmögliche Dinge erweckt hatten. Er wird zu Sibyl Vane zurückkehren, sie um Verzeihung bitten, sie heiraten und versuchen, sie wieder zu lieben. Ja, es war seine Pflicht, das zu tun. Sie musste noch mehr gelitten haben als er. Das arme Kind! Er war selbstsüchtig und grausam gegen sie gewesen. Aber sicher würde die Anziehung, die sie auf ihn geübt hatte, wiederkehren. Sie würden glücklich miteinander werden. Sein Leben mit ihr würde schön und rein sein.

Er stand von seinem Stuhl auf und stellte einen großen Schirm vor das Bildnis. Als er es anblickte, schrak er zusammen. »Wie schrecklich«, flüsterte er, schritt zur Glastür hinüber und öffnete sie. Er trat in den Garten hinaus, und als er auf dem Rasen stand, atmete er tief. Die frische Morgenluft schien all die düsteren Gefühle zu verjagen. Er dachte nur noch an Sibyl. Ein leiser Widerhall seiner Liebe kehrte zurück. Er wiederholte ihren Namen immer und immer wieder. Die Vögel, die in dem taubedeckten Garten sangen, schienen den Blumen von ihr zu erzählen …

Achtes Kapitel

Mittag war längst vorüber, als er erwachte. Der Diener war mehrmals auf den Fußspitzen in das Zimmer geschlichen, um zu sehen, ob er sich rühre, denn er hatte sich gewundert, dass sein junger Herr so lange schlafe. Schließlich klingelte es. Viktor trat leise herein mit einer Schale Tee und einem Stoß Briefe auf einem kleinen Tablett aus altem Sevresporzellan und zog die olivgrünen Atlasvorhänge, deren Futter blau schimmerte, von den drei großen Fenstern zurück.

»Monsieur hat heute Morgen gut geschlafen«, sagte er lächelnd.

»Wie viel Uhr ist es, Viktor?«, fragte Dorian Gray noch verschlafen.

»Ein Viertel zwei, Monsieur!«

Wie spät es war! Er richtete sich auf, nahm einige Schlucke Tee und sah die Briefe durch. Einer von ihnen war von Lord Henry und war heute Morgen von einem Boten gebracht worden. Er zögerte einen Augenblick und legte ihn dann zur Seite. Die anderen öffnete er zerstreut. Sie enthielten die gewöhnliche

Sammlung von Karten, Dinereinladungen, Einladungen zu Ausstellungen, Programme von Wohltätigkeitskonzerten und ähnlichen Aufforderungen, mit denen der junge Mann aus der Gesellschaft während der Saison jeden Morgen überschüttet wird. Es war auch eine recht große Rechnung dabei über ein Louis-XV-Toiletteservice aus getriebenem Silber, die er seinem Vormund zu schicken noch nicht gewagt hatte. Der war nämlich ein außerordentlich altmodischer Herr und konnte nicht begreifen, dass wir in einer Zeit leben, in der die unnötigen Dinge das einzig Notwendige sind. Dann war eine Reihe sehr höflich abgefasster Mitteilungen von Wucherern da, die sich erboten, ihm in kürzester Zeit jeden Geldbetrag zu den mäßigsten Zinsen zu leihen.

Ungefähr nach zehn Minuten stand er auf, zog einen eleganten Morgenanzug aus seidengestickter Kaschmirwolle an und ging in das onyxgepflasterte Badezimmer. Das kühle Wasser erfrischte ihn nach dem langen Schlaf. Er schien alles vergessen zu haben, was er durchgemacht hatte. Ein- oder zweimal überkam ihn die dunkle Empfindung, als hätte er irgendwie an einer seltsamen Tragödie teilgenommen, doch seine Erinnerung hatte die Unwirklichkeit eines Traumes.

Als er angezogen war, ging er in das Bibliothekszimmer und setzte sich zu einem leichten französischen Frühstück nieder, das auf einem kleinen runden Tisch nahe beim offenen Fenster gedeckt war. Es war ein wunderbarer Tag. Die warme Luft schien schwer von Wohlgerüchen. Eine Biene flog herein und summte um die blaue Drachenschale, die, mit schwefelgelben Rosen gefüllt, vor ihm stand. Er fühlte sich vollständig glücklich.

Plötzlich fiel sein Blick auf den Schirm, den er vor das Bild gestellt hatte, und er zuckte zusammen.

»Ist es Monsieur zu kalt?«, fragte der Diener, während er ein Omelett auf den Tisch stellte. »Soll ich das Fenster schließen?«

Dorian schüttelte den Kopf. »Mir ist nicht kalt«, murmelte er.

War es Wahrheit? Hatte sich das Bild wirklich verändert? Oder war es nur seine eigene Fantasie gewesen, die ihn einen Zug von Schlechtigkeit dort hatte erblicken lassen, wo vordem ein Zug der Freude gewesen war? Eine bemalte Leinwand konnte sich doch nicht verändern. Das war absurd. Das müsste er einmal Basil erzählen, der würde darüber lächeln.

Und doch, wie lebendig war die Erinnerung an das ganze Erlebnis! Zuerst in dem düsteren Zwielicht und dann im hellen Morgenschein hatte er den Zug von Grausamkeit um die entstellten Lippen gesehen. Er fürchtete sich förmlich davor, dass der Diener hinausgehen würde. Er wusste, sobald er allein war, würde er das Bild betrachten müssen, und er fürchtete sich vor der Gewissheit. Als der Diener den Kaffee und die Zigaretten gebracht hatte und sich umdrehte, um zu gehen, empfand er den ungestümen Wunsch, ihm zu sagen, er solle dableiben. Als sich die Tür hinter ihm schloss, rief er ihn zurück. Der Diener stand da und wartete auf seine Befehle. Dorian sah ihn einen Augenblick an. »Ich bin für niemand zu Hause«, sagte er mit einem leisen Seufzer. Der Mann verbeugte sich und ging hinaus.

Dorian stand nun vom Tisch auf, zündete eine Zigarette an und warf sich auf ein schwellend gepolstertes Sofa, das dem Schirm gegenüber stand. Es war ein ganz alter Schirm aus vergoldetem spanischen Leder, in das ein blumiges Louis-XIV.-Muster geschnitten und getrieben war. Er musterte ihn neugierig und fragte sich, ob der Schirm wohl schon früher einmal das Geheimnis eines Menschenlebens verhüllt habe.

Sollte er ihn überhaupt wegziehen? Warum ihn nicht einfach da stehen lassen? Was konnte ihm die Gewissheit helfen? Wenn die Sache wahr war, war es schrecklich. Wenn sie nicht wahr war, wozu sich darüber aufregen? Aber wie, wenn, durch das Schicksal oder durch einen blinden Zufall, andere Augen als die seinen dahinter spähten und die fürchterliche Wandlung sähen? Was sollte er tun, wenn Basil Hallward käme und sein eigenes Bild sehen wollte? Basil würde sicher kommen. Nein, die Sache musste untersucht werden, und zwar sofort. Alles würde besser sein als diese schrecklichen Zweifel.

Er stand auf und verschloss beide Türen. Er wollte wenigstens allein sein, wenn er die Maske seiner Schande betrachtete. Dann zog er den Schirm weg und sah sich selbst von Angesicht zu Angesicht. Es war vollständig wahr. Das Bildnis hatte sich verändert.

Er erinnerte sich später oft und nie ohne Verwunderung, dass er im ersten Augenblick das Bild mit einem rein wissenschaftlichen Interesse betrachtet hatte. Das eine solche Veränderung vor sich gegangen war, erschien ihm unglaublich, und doch war es eine Tatsache. Bestand irgendeine geheime Verwandtschaft zwischen den chemischen Atomen, die auf der Leinwand Form und Farbe angenommen hatten, und der Seele, die in ihm lebte? Konnte es sein, dass sie verwirklichten, was seine Seele dachte, dass sie zur Wahrheit machten, was sie träumte? Oder gab es eine andere, noch furchtbarere Erklärung? Er schauderte und fürchtete sich, ging zu dem Diwan zurück und lag nun da, das Bildnis in krankhaftem Schrecken betrachtend.

Eine Wirkung hatte es indes gehabt: Es hatte ihm klargemacht, wie ungerecht, wie grausam er gegen Sibyl Vane gewesen war. Noch war es nicht zu spät, das wiedergutzumachen. Sie konnte noch sein Weib werden. Seine unwahre, selbstsüchtige Liebe sollte einer höheren Empfindung Platz machen, sollte sich in eine edlere Leidenschaft wandeln. Das Bildnis, das Basil Hallward gemalt hatte, sollte sein Führer durchs Leben, sollte das für ihn sein, was Heiligkeit für die einen ist, Gewissen für die anderen, die Furcht vor Gott für uns alle. Es gab Schlafmittel für Gewissensbisse, Gifte, die das Sittlichkeitsgefühl einschläfern konnten. Hier aber war das sichtbare Symbol der Erniedrigung, die man durch Sündhaftigkeit erleidet. Hier war ein ewig gegenwärtiges Zeichen des Unheils, das Menschen der eigenen Seele zufügen.

Es schlug drei, dann vier, und die halben Stunden ließen das doppelte Zeichen erklingen, aber Dorian Gray rührte sich nicht. Er suchte die scharlachroten Fäden des Lebens zu entwirren und sie zu einem Muster zu verweben, einen Weg durch den blutigen Irrgarten der Leidenschaft, den er durchwanderte, zu finden. Er wusste nicht, was er tun, nicht, was er denken sollte. Endlich ging er zum Tisch und schrieb einen leidenschaftlichen Brief an das Mädchen, das er geliebt hatte, flehte sie an, ihm zu vergeben, und zieh sich des Wahnsinns. Er bedeckte Seite um Seite mit wilden Worten des Leids und noch wilderen des Schmerzes. Es liegt eine Wollust in Selbstanklagen. Wenn wir uns selbst schmähen, haben wir das Gefühl, dass kein anderer uns schmähen dürfe. Die Beichte, nicht der Priester, gibt uns Absolution. Als Dorian den Brief geendet hatte, fühlte er, dass ihm vergeben worden sei.

Plötzlich pochte jemand an die Tür. Er hörte Lord Henrys Stimme draußen. »Mein lieber Junge, ich muss Sie sehen. Lassen Sie mich gleich herein! Ich kann es nicht zugeben, dass Sie sich so abschließen!«

Er gab zuerst keine Antwort und blieb ganz still. Dann klopfte es nochmals, lauter. Ja, es war besser,

Lord Henry einzulassen, ihm zu erklären, dass er ein neues Leben anfangen wolle, mit ihm zu streiten, wenn ein Streit nötig würde, sich von ihm zu trennen, wenn eine Trennung unvermeidlich war. Er sprang auf, zog den Schirm hastig vor das Bild und schloss die Tür auf.

»Es tut mir alles so leid, Dorian«, sagte Lord Henry, als er eintrat. »Aber Sie dürfen nicht zu viel daran denken.«

»Meinen Sie an Sibyl Vane?«, fragte der Jüngling.

»Ja, natürlich«, erwiderte Lord Henry. Er sank dann in einen Stuhl und zog langsam die gelben Handschuhe von den Fingern. »Es ist gewiss schrecklich, wenigstens von der einen Seite aus gesehen, aber es war doch schließlich nicht Ihre Schuld. Sagen Sie, sind Sie nach der Vorstellung hinter die Bühne gegangen und haben mit ihr gesprochen, wie das Stück aus war?«

»Ja.«

»Ich hatte es erwartet. Haben Sie ihr eine Szene gemacht?«

»Ich war brutal, Henry, entsetzlich brutal. Aber jetzt ist alles wieder in Ordnung. Was geschehen ist, tut mir jetzt nicht mehr leid. Es hat mich Selbsterkenntnis gelehrt.«

»Ich bin sehr froh, Dorian, dass Sie es so nehmen. Ich fürchtete, Sie in Gewissensbissen und sich die hübschen lockigen Haare raufend zu finden.«

»Das alles habe ich durchgemacht«, sagte Dorian und schüttelte lächelnd den Kopf. »Jetzt aber bin ich vollkommen glücklich. Vor allem weiß ich jetzt, was das Gewissen ist. Nicht das, was Sie gesagt haben, sondern das Göttlichste in uns. Spotten Sie nie mehr darüber, Henry – wenigstens nie mehr *in meiner* Gegenwart. Ich will jetzt gut sein. Ich kann den Gedanken nicht ertragen, dass meine Seele hässlich wird.«

»Das ist wirklich eine entzückende künstlerische Grundlage der Ethik, Dorian. Ich wünsche Ihnen Glück dazu. Aber wie wollen Sie anfangen?«

»Indem ich Sibyl Vane heirate.«

»Sibyl Vane heiraten?«, schrie Lord Henry, stand auf und sah ihn mit verblüfftem Staunen an. »Aber mein lieber Dorian …«

»Ja, Henry, ich weiß, was Sie sagen wollen. Irgendetwas Entsetzliches über die Ehe. Sagen Sie es aber nicht. Sagen Sie mir nie mehr solche Dinge. Vor zwei Tagen habe ich Sibyl gebeten, mich zu heiraten. Ich werde ihr mein Wort nicht brechen. Sie wird meine Frau.«

»Ihre Frau, Dorian?! … Haben Sie denn meinen Brief nicht bekommen? Ich habe Ihnen heute früh geschrieben und das Schreiben durch meinen Diener hergeschickt.«

»Ihren Brief? Ja, ich erinnere mich. Ich habe ihn noch nicht gelesen, Henry. Ich fürchtete, dass etwas drinsteht, was ich nicht hören wollte. Sie schneiden das Leben in Stücke mit Ihren Epigrammen.«

»Dann wissen Sie also noch nichts?«

»Wovon sprechen Sie?«

Lord Henry ging zu Dorian Gray hinüber, setzte sich neben ihn, nahm seine beiden Hände und hielt sie fest. »Dorian«, sagte er. »Mein Brief – erschrecken Sie nicht – sollte Ihnen mitteilen, dass Sibyl Vane tot ist.«

Ein schmerzlicher Schrei kam von den Lippen des Jünglings. Er sprang auf und riss seine Hände aus denen Lord Henrys. »Tot! Sibyl tot! Es ist nicht wahr. Das ist eine furchtbare Lüge. Wie können Sie es wagen, das zu behaupten?!«

»Es ist wahr, Dorian«, sagte Lord Henry ernst. »Es steht in allen Morgenblättern. Ich schrieb Ihnen, Sie sollten niemand empfangen, bis ich komme. Es wird natürlich eine Untersuchung geben, aber Sie dürfen in die Sache nicht hineingezogen werden. Dinge dieser Art bringen einen Mann in Paris in Mode – hier in London haben die Leute aber zu viel Vorurteile. Hier darf man sich nie mit einem Skandal einführen. Man muss sich das aufheben, um im Alter noch zu wirken. Ich nehme an, in dem Theater weiß niemand Ihren Namen – dann ist nämlich alles in Ordnung. Hat Sie übrigens jemand in die Garderobe gehen sehen? Das ist noch eine wichtige Frage.«

Dorian antwortete zuerst nicht. Er war vor Schrecken gelähmt. Schließlich stammelte er mit erstickter Stimme: »Henry, eine Untersuchung, haben Sie gesagt? – Wie meinen Sie das? Hat sich Sibyl –? Henry, ich kann's nicht ertragen. Machen Sie's kurz. Sagen Sie mir alles, auf der Stelle!«

»Es war zweifellos kein Unfall, Dorian, wenn man es dem Publikum auch so darstellen muss. Es scheint, dass sie gegen halb eins ungefähr das Theater mit ihrer Mutter verlassen und dann plötzlich gesagt hat, sie habe oben etwas vergessen. Sie wartete einige Zeit auf sie, aber sie kam nicht wieder. Schließlich fand man sie tot auf dem Boden in ihrer Garderobe liegen. Sie hatte aus Versehen etwas getrunken, irgendetwas Grässliches, das man in den Theatern braucht. Ich weiß nicht genau, was es war, aber es muss entweder Blausäure oder Bleiweiß enthalten haben. Ich vermute, es war Blausäure, denn sie scheint im Augenblick tot gewesen zu sein.«

»Henry, Henry, ist das furchtbar!«, schrie Dorian.

»Ja, es ist natürlich sehr tragisch. Aber Sie dürfen in die ganze Sache nicht verwickelt werden. Ich habe im ›Standard‹ gelesen, dass sie siebzehn Jahre alt war. Ich hätte sie eher für noch jünger gehalten. Sie sah so kindlich aus und schien so wenig von der Schauspielerei zu verstehen. Dorian, Sie dürfen diese Dinge nicht an sich herankommen lassen. Sie müssen ausgehen und heute Abend mit mir speisen und nachher wollen wir in die Oper gehen. Die Patti singt und alle Welt wird da sein. Sie können in die Loge meiner Schwester kommen. Sie hat ein paar entzückende Frauen eingeladen.«

»Ich habe Sibyl Vane ermordet«, sagte Dorian halb zu sich selbst, »genauso ermordet, als hätte ich ihre zarte Kehle mit einem Messer durchschnitten. Und doch, sind darum diese Rosen weniger lieblich? Die Vögel singen genauso fröhlich im Garten. Und heute Abend soll ich mit Ihnen speisen und dann in die Oper gehen und vermutlich nachher irgendwo soupieren. Wie merkwürdig dramatisch das Leben ist! Wenn ich all das in einem Buch gelesen hätte, Henry, ich glaube, ich würde darüber geweint haben. Und dennoch jetzt, da es in Wirklichkeit geschehen ist, mir selbst geschehen ist, scheint es mir zu wunderbar, als dass ich darüber weinen könnte. Da liegt der erste leidenschaftliche Liebesbrief, den ich in meinem Leben geschrieben habe. Seltsam, dass mein erster Liebesbrief an ein totes Mädchen gerichtet ist! … Ob sie wohl noch etwas empfinden können, die bleichen, stummen Menschen, die wir die Toten nennen? Sibyl! Kann sie fühlen, etwas wissen, kann sie uns hören? Ach, Henry, wie habe ich sie einmal geliebt! Es scheint mir jetzt Jahre her zu sein. Sie war mir alles. Dann kam dieser schreckliche Abend. War es wirklich erst gestern Abend, als sie so schlecht spielte und mir fast das Herz brach? Sie hat mir alles erklärt. Es war furchtbar rührend – aber es machte gar keinen Eindruck auf mich. Ich hielt sie für dumm. Und dann geschah plötzlich etwas, was mich ängstigte. Ich kann Ihnen nicht sagen, was es war, aber es war furchtbar. Ich nahm mir vor, zu ihr zurückzukehren. Ich empfand, dass ich unrecht gehabt habe. Und jetzt ist sie tot. Mein Gott! Mein Gott! Henry, was soll ich tun? Sie kennen die Gefahr nicht, in der ich bin, und vor der mich nichts bewahren kann. Sie hätte es getan. Sie hatte kein Recht, sich umzubringen. Es war selbstsüchtig von ihr.«

»Mein lieber Dorian«, antwortete Lord Henry, während er eine Zigarette aus dem Etui nahm und ein Feuerzeug aus Goldbronze hervorholte. »Die einzige Art, auf die eine Frau einen Mann bessern kann, ist, ihn so furchtbar zu langweilen, dass er jedes Interesse am Leben verliert. Wenn Sie dieses Mädchen geheiratet hätten, wären Sie sehr unglücklich geworden. Natürlich hätten Sie sie gut behandelt. Menschen, die einem gleichgültig sind, kann man immer gut behandeln. Aber sie hätte bald herausgefunden, dass Sie vollständig gleichgültig gegen sie wären. Wenn eine Frau das bei ihrem Mann entdeckt, wird sie entweder schrecklich schlampig oder sie trägt sehr elegante Hüte, die der Mann einer anderen Frau zu bezahlen hat. Ich will nicht von dem gesellschaftlichen Missgriff sprechen, der schauderhaft gewesen wäre, und den ich selbstverständlich nie zugegeben hätte – aber ich versichere Sie, in jedem Fall wäre die Sache ein vollständiger Bankrott gewesen.«

»Das nehme ich auch an«, murmelte der junge Mann, während er mit furchtbar blassem Gesicht im Zimmer auf und ab schritt. »Aber ich glaubte, es sei meine Pflicht. Es ist nicht meine Schuld, dass diese schreckliche Tragödie mich verhindert hat, das Rechte zu tun. Ich erinnere mich, dass Sie einmal gesagt haben, ein sonderbares Schicksal schwebe über guten Vorsätzen – dass man sie nämlich immer zu spät fasse. Bei meinem ist es gewiss so.«

»Gute Vorsätze sind nutzlose Versuche, wissenschaftliche Gesetze umzustoßen. Ihr Ursprung ist lediglich

Eitelkeit. Ihr Erfolg ist vollkommen gleich null. Sie verschaffen uns dann und wann jene unfruchtbaren Lustempfindungen, die einen gewissen Reiz für schwache Menschen besitzen. Das ist alles, was man zu ihren Gunsten vorbringen kann. Sie sind nichts anderes als Schecks, die man auf eine Bank ausstellt, bei der man gar kein Konto hat.«

Dorian Gray schritt auf und ab und setzte sich dann neben Henry.

»Warum kann ich diese Tragödie nicht so empfinden, wie ich möchte?«, schrie er auf. »Ich bin doch nicht herzlos! Oder glauben Sie, dass ich es bin?«

»Sie haben zu viel törichte Streiche in den letzten vierzehn Tagen begangen, um ein Recht auf diesen Ehrentitel zu haben, Dorian«, erwiderte Lord Henry mit seinem sanften, melancholischen Lächeln.

Der Jüngling runzelte die Stirne. »Henry, ich mag diese Erklärung nicht. Aber ich bin trotzdem froh, dass Sie mich nicht für herzlos halten. Ich bin es gewiss nicht. Ich weiß, dass ich es nicht bin, und doch muss ich zugeben, dass die Sache, die da geschehen ist, mich nicht so ergreift, wie sie sollte. Es scheint mir nur ein wunderbarer Schluss für ein wunderbares Stück zu sein. Sie hat die schreckliche Schönheit einer griechischen Tragödie, in der ich eine große Rolle gespielt habe, in der ich selbst aber nicht verwundet worden bin.«

»Das ist eine interessante Frage«, sagte Lord Henry, dem es einen erlesenen Genuss bereitete, mit dem unbewussten Egoismus dieses jungen Menschen zu spielen. »Wirklich eine außerordentlich interessante Frage. Die wahre Erklärung ist wohl die: Es kommt oft vor, dass sich die wirklichen Tragödien des Lebens in einer so unkünstlerischen Form abspielen, dass sie uns durch die rohe Gewalt, ihre Zusammenhanglosigkeit, ihre alberne Sinnlosigkeit, ihre vollständige Stillosigkeit verletzen. Sie berühren uns genauso, wie uns die Gemeinheit berührt. Sie erwecken in uns den Eindruck einer sinnlos wirkenden Kraft und wir empören uns dagegen. Manchmal jedoch greift eine Tragödie, die künstlerische Schönheitselemente in sich trägt, in unser Leben ein. Wenn diese Schönheitselemente wirklich sind, so berührt die ganze Sache nur unseren Sinn für dramatische Wirkung. Wir entdecken dann plötzlich, dass wir nicht mehr die Darsteller, sondern die Zuschauer des Stückes sind. Oder eigentlich sind wir beides zugleich. Wir beobachten uns selbst, das bloße Bewundern des Schauspiels bezaubert uns. Im vorliegenden Fall: Was ist in Wahrheit geschehen? Jemand hat sich umgebracht, weil er Sie geliebt hat. Ich wollte, mir wäre je so ein Erlebnis zuteilgeworden. Ich wäre den ganzen Rest meines Lebens in die Liebe verliebt gewesen. Die Menschen, die mich angebetet haben – es waren ja nicht sehr viele, aber doch immerhin einige –, haben immer darauf bestanden, weiterzuleben, noch lange, nachdem ich aufgehört hatte, etwas für sie zu empfinden, oder sie aufgehört hatten, sich um mich zu kümmern. Sie sind dann dick und langweilig geworden, und wenn ich sie jetzt treffe, schwelgen sie sofort in Reminiszenzen. Was für ein furchtbares Gedächtnis die Weiber doch haben. Es ist etwas Schreckliches und offenbart einen unerhörten geistigen Stillstand. Man sollte das Farbige des Lebens als Ganzes in sich aufnehmen, aber sich niemals an Einzelheiten erinnern. Einzelheiten sind immer gewöhnlich.«

»Ich muss jetzt Mohnblumen in meinem Garten säen«, seufzte Dorian.

»Das ist gar *nicht notwendig*«, erwiderte sein Freund. »Das Leben selbst hat immer Mohnblumen vorrätig. Natürlich, dann und wann halten Gefühle an.

Ich habe einmal eine ganze Saison lang nichts als Veilchen getragen, als eine Art künstlerischer Trauer für einen Roman, der nicht sterben wollte. Schließlich ist er doch gestorben. Ich kann mich nicht mehr erinnern, was ihn umgebracht hat. Ich glaube, es war, weil sie mir vorschlug, die ganze Welt mir zu opfern. Das ist immer ein schrecklicher Augenblick. Er erfüllt einen mit den Schrecken der Ewigkeit. Also würden Sie es für möglich halten? Vor einer Woche saß ich bei Tisch bei Lady Hampshire neben der infrage kommenden Dame, und sie bestand darauf, die ganze Sache noch einmal durchzugehen, die ganze Vergangenheit wieder aufzugraben und in der Zukunft herumzustöbern. Ich hatte meinen Roman längst in einem Asphodelos-Beet begraben. Sie zerrte ihn wieder heraus und versicherte mir, ich habe ihr Leben zerstört. Ich fühle mich verpflichtet, zu konstatieren, dass sie trotzdem mit großem Appetit aß, sodass ich gar keine Gewissensbisse empfand. Aber welchen Mangel an Taktgefühl bewies sie doch! Der einzige Reiz der Vergangenheit liegt darin, dass sie vergangen ist. Aber Frauen wissen nie, wann der Vorhang gefallen ist. Sie verlangen immer einen sechsten Akt, und gerade, wenn das Interesse an dem Stück vollkommen vorüber ist, schlagen sie vor, weiterzuspielen. Wenn man sie gewähren ließe, bekäme jede Komödie einen tragischen Schluss und jede Tragödie würde mit einer Farce enden. Sie sind oft entzückend künstlich, aber sie haben gar keinen Sinn für die Kunst. Sie, Dorian, sind glücklicher als ich. Ich versichere Sie, nicht eine einzige Frau, die ich gekannt habe, hätte für mich getan, was Sibyl Vane für Sie getan hat. Gewöhnliche Frauen trösten sich immer. Einige von ihnen tun es, indem sie eine Vorliebe für schmachtende Farben entwickeln. Trauen Sie nie einer Frau, die Malvenfarbe trägt, wie alt sie auch sein mag, oder einer Frau über fünfunddreißig, die rosa Schleifen liebt. Das bedeutet immer, dass sie eine Vergangenheit haben. Andere finden einen starken Trost darin, plötzlich die guten Eigenschaften ihrer Männer zu entdecken. Sie schleudern einem ihr eheliches Glück ins Gesicht, als wäre das die fesselndste aller Sünden. Andere tröstet die Religion. Ihre Mysterien haben alle Reize eines Flirts, hat mir einmal eine Frau versichert – und ich kann das sehr gut verstehen. Übrigens macht nichts so eitel, als wenn einem gesagt wird, dass man ein Sünder ist. Gewissen macht Egoisten aus uns allen. Ja – es gibt wirklich Tröstungen, die Frauen im modernen Leben finden. Die wichtigste habe ich noch gar nicht einmal erwähnt.«

»Welche ist das, Henry?«, fragte der junge Mann gleichgültig.

»Natürlich der übliche Trost: einer anderen Frau ihren Anbeter nehmen, wenn man den eigenen verloren hat. In der guten Gesellschaft gibt das jeder Frau ihre Frische wieder. Aber wirklich, Dorian, wie anders als alle die übrigen Frauen, denen man begegnet, muss Sibyl Vane gewesen sein. Für mich liegt in ihrem Tod etwas ganz Wundervolles. Ich bin froh, dass ich in einem Jahrhundert lebe, in dem solche Wunder noch geschehen. Sie geben uns den Glauben an die Wirklichkeit jener Vorstellungen, mit denen wir sonst nur spielen: Romantik, Leidenschaft und Liebe.«

»Ich war furchtbar grausam gegen sie. Sie vergessen das.«

»Ich fürchte fast, Frauen schätzen Grausamkeit, ganz brutale Grausamkeit mehr als irgendetwas anderes. Sie haben wundervoll einfache Instinkte. Wir haben ihnen ihre Freiheit gegeben, aber sie bleiben trotzdem Sklavinnen, die den Blick *ängstlich* auf ihre Herren richten. Sie lieben es, beherrscht zu werden. Ich bin überzeugt, dass Sie ganz glänzend gewesen sind. Ich habe Sie nie wirklich böse gesehen, aber ich kann mir vorstellen, wie entzückend Sie dabei ausgesehen haben. Und außerdem, Sie haben mir vorgestern etwas gesagt, was mir damals nur ein fantastischer Einfall schien; jetzt sehe ich, dass es durchaus wahr war, und dass es der Schlüssel zu allem ist.«

»Was war das, Henry?«

»Sie haben zu mir gesagt, dass Sibyl Vane Ihnen alle romantischen Heldinnen verkörpert, dass sie an einem Abend Desdemona sei und am anderen Ophelia; wenn sie als Julia sterbe, erwache sie als Imogen zum Leben.«

»Sie wird jetzt nie mehr zum Leben erwachen«, flüsterte der Jüngling und barg sein Gesicht in den Händen.

»Nein, sie wird nie mehr zum Leben erwachen. Sie hat ihre letzte Rolle gespielt. Aber Sie müssen an den einsamen Tod in der jämmerlichen Garderobe denken wie an ein sonderbarschauriges Fragment einer Tragödie aus der Zeit König Jakobs, wie an eine wunderbare Szene von Webster, Ford oder Cyril Tourneur. Das Mädchen hat nie wirklich gelebt, darum ist sie auch nie wirklich gestorben. Für Sie war sie ja nicht mehr als ein Traum, ein Trugbild, das durch Shakespeares Dramen flatterte und sie durch ihre Gegenwart reizvoller machte, eine Flöte, durch die Shakespeares Musik noch reicher und froher klang. Im Augenblick, da sie das wirkliche Leben berührte, zerstörte sie es, und es zerstörte sie, und deshalb schied sie von hier. Trauern Sie um Ophelia, wenn Sie wollen. Streuen Sie Asche auf Ihr Haupt, weil Cordelia erwürgt wurde. Schmähen Sie den Himmel, weil die Tochter des Brabantio starb. Aber verschwenden Sie Ihre Tränen nicht um Sibyl Vane. Sie war weniger wirklich als jene.«

Es entstand ein Schweigen. Der Abend dunkelte im Zimmer. Still auf silbernen Füßen schlichen die Schatten aus dem Garten herein. Die Farben verblassten langsam überall.

Nach einer Weile sah Dorian Gray auf. »Sie haben mich mir selber klargemacht«, flüsterte er wie mit einem Seufzer der Erleichterung. »Alles, was Sie gesagt haben, habe ich auch gefühlt, aber ich habe mich davor geängstigt, und ich konnte es mir nicht klarmachen. Wie gut Sie mich kennen! Wir wollen von dem, was geschehen ist, nie mehr sprechen. Es war ein wundersames Erlebnis. Das ist alles. Ich möchte wissen, ob noch etwas so Wunderbares im Leben auf mich wartet.«

»Das Leben hält noch alles für Sie bereit, Dorian. Es gibt nichts, was Sie mit Ihrer außerordentlichen Schönheit nicht tun könnten.«

»Aber wenn ich nun hager und alt und runzlig werde, Henry? Was dann?«

»Ja dann«, sagte Lord Henry und erhob sich, um wegzugehen. »Dann, Dorian, würden Sie um Ihre Siege kämpfen müssen. Jetzt werden sie Ihnen noch dargebracht. Nein, Sie müssen schön bleiben. Wir leben in einem Zeitalter, das zu viel liest, um weise, und das zu viel denkt, um schön zu sein. Wir können Sie nicht entbehren. Jetzt müssen Sie sich aber anziehen und in den Klub fahren. Wir kommen sowieso schon zu spät.«

»Ich denke, ich treffe Sie lieber in der Oper, Henry. Ich bin zu abgespannt, um etwas zu essen. Welche Nummer hat die Loge Ihrer Schwester?«

»Siebenundzwanzig, glaube ich. Im ersten Rang. Sie finden ihren Namen an der Tür. Aber es tut mir leid, dass Sie nicht mit zum Diner kommen wollen.«

»Ich fühle mich *dazu nicht* aufgelegt«, sagte Dorian teilnahmslos. »Aber ich bin Ihnen schrecklich dankbar für alles, was Sie mir gesagt haben. Sie sind wirklich mein bester Freund. Niemand hat mich je so verstanden wie Sie.«

»Wir sind erst am Anfang unserer Freundschaft, Dorian«, erwiderte Lord Henry und schüttelte ihm die Hand. »Adieu. Ich hoffe, Sie vor halb zehn noch wiederzusehen. Vergessen Sie nicht: die Patti singt.«

Als er die Tür hinter sich geschlossen hatte, klingelte Dorian Gray. Nach ein paar Minuten kam Viktor mit den Lampen und ließ die Vorhänge herab. Er wartete ungeduldig, dass der Diener hinausginge. Er schien unglaublich lange Zeit zu allem zu brauchen.

Sobald der Diener draußen war, rannte er zu dem Schirm und zog ihn zurück. Nein, das Bild hatte sich nun nicht weiter verändert. Es hatte die Nachricht von Sibyl Vanes Tod erhalten, bevor er selbst darum gewusst hatte. Es kannte die Ereignisse des Daseins, so wie sie sich ereigneten. Der Zug sündiger Grausamkeit, der die feinen Linien des Mundes verunstaltete, war ohne Zweifel in demselben Augenblick aufgetaucht, als das Mädchen das Gift getrunken hatte. Oder war für das Bild die Wirkung der Tat gleichgültig? Nahm es nur von den Vorgängen in der Seele Kenntnis? Er war begierig, dies zu wissen, und hoffte, dass eines Tages eine solche Wandlung des Bildes vor seinen Augen vor sich gehen werde – er hoffte es und doch graute ihm davor.

Die arme Sibyl! Welchen Roman sie erlebt hatte! Oft hatte sie den Tod auf der Bühne dargestellt – jetzt hatte der Tod selbst sie berührt und weggeholt. Wie mochte sie jene grauenvolle letzte Szene gespielt haben? Hatte sie ihn sterbend verflucht? Nein; sie war ja aus Liebe zu ihm gestorben. Die Liebe sollte nun immer ein Heiligtum für ihn sein. Sie hatte für alles gebüßt durch das Opfer ihres Lebens. Er wollte nicht mehr daran denken, was er ihretwegen an jenem furchtbaren Theaterabend durchgemacht hatte. Wenn er an sie dachte, sollte es sein wie an eine wundersam tragische Gestalt, die auf die Weltbühne geschickt worden war, um die höchste Wirklichkeit der Liebe zu verkörpern. Eine wundersam tragische Gestalt? In seine Augen traten Tränen, als er sich ihres Kinderblicks, ihrer reizenden, fantastischen Gebärden, ihrer scheuen, zaghaften Anmut erinnerte. Er verscheuchte hastig diese Bilder und blickte wieder auf das Porträt.

Er fühlte, dass nun der Augenblick für ihn gekommen sei, zu wählen. Oder war die Wahl schon getroffen? Ja, das Leben selbst hatte an seiner statt entschieden – das Leben und sein unermesslicher Lebenshunger. Ewige Jugend, unendliche Leidenschaft, auserlesene, geheimnisvolle Genüsse, wilde Freuden, noch wildere Sünden – all das sollte er haben. Das Bildnis aber musste die Last seiner Schmach tragen: war es.

Ein schmerzliches Gefühl überkam ihn, als er an die Entweihung dachte, die dieses schönen Gesichts auf der Leinwand harrte. Einmal, in knabenhafter Parodie des Narzissus, hatte er die gemalten Lippen, die ihn jetzt so grausam anlächelten, geküsst oder doch getan, als ob er sie küsse. Morgen für Morgen hatte er vor dem Bild gesessen und seine Schönheit angestaunt; manchmal hatte er sich selbst gesagt, er sei in sein eigenes Bild verliebt. Sollte es sich nun mit jeder Laune, der er sich hingab, wandeln? Sollte es ein ungeheuerliches, widerliches Ding werden, das man im versperrten Winkel verstecken, vom Glanz der Sonne, die so oft das wallende Wunder seines Haares noch herrlicher vergoldet hatte, abschließen müsste? Wie schade! Wie schade!

Einen Augenblick dachte er daran, zu beten, dass die grauenhafte Beziehung, die zwischen ihm und dem Bild bestand, aufhören möge. Es hatte sich verwandelt, da er darum gebeten hatte; es mochte vielleicht, wenn er darum bäte, auch wieder unverändert bleiben. Und dennoch – wer, der vom Leben eine Ahnung hat, würde die Möglichkeit, immer jung zu bleiben, aufgeben, mochte die Möglichkeit noch so fantastisch, mit noch so schicksalsschweren Folgen verknüpft sein? Und überdies, stand es wirklich in seiner Macht? War wirklich jener Wunsch die Ursache dieser Stellvertretung? Konnte es nicht für die ganze Sache irgendeine merkwürdige, in der Wissenschaft begründete Ursache geben? Da Gedanken eine Wirkung auf einen lebenden Organismus ausüben, konnte es da nicht möglich sein, dass Gedanken auch auf tote, unorganische Dinge einwirkten? Mehr noch: Konnten nicht, ohne dass Gedanken oder bewusste Wünsche eingriffen, Objekte, die ganz außerhalb unserer Person stehen, im Einklange mit unseren Launen oder Leidenschaften schwingen …? Atom zu Atom in geheimer Neigung, seltsamer Verwandtschaft sprechen? Doch was lag schließlich an den Gründen? Er wollte nie mehr durch Gebet eine furchtbare Macht versuchen. Wenn dem Bildnis bestimmt war, sich zu wandeln, so sollte es sich wandeln. Daran war nicht zu rütteln. Warum sollte er zu tief in dies Geheimnis eindringen?

Es musste in der Tat ein hoher Genuss sein, diesen Vorgang zu beobachten. Er würde nun fähig sein, seinem Geist in alle seine Verstecke zu folgen. Dies Bild sollte ihm ein Zauberspiegel sein. Wie es ihm seinen Körper geoffenbart hatte, sollte es ihm nun die Seele enthüllen. Und wenn der Winter über das Bild hereinbrach, dann stand er noch immer an der schwanken Grenzlinie von Frühling und Sommer. Wenn sich das Blut aus dem Gesicht fortschlich und nur eine kreidebleiche Maske mit bleischweren Augen zurückließ, dann bewahrte er noch den Glanz der frühen Jugend. Kein Blütenreiz seiner Lieblichkeit sollte welken, kein

Blutschlag des Lebens aussetzen. Wie die Götter der Griechen würde er stark, behänd und heiter bleiben. Was lag daran, was aus dem gemalten Gesicht auf der Leinwand wurde? Er selbst blieb unversehrt – das war die Hauptsache.

Er zog den Schirm wieder vor das Bild und lächelte, während er es tat. Dann ging er in sein Schlafzimmer, wo der Diener schon auf ihn wartete. Eine Stunde später war er in der Oper und Lord Henry beugte sich über seinen Stuhl.

Neuntes Kapitel

Als er am nächsten Morgen beim Frühstück saß, trat Basil Hallward ein.

»Es freut mich sehr, dass ich Sie antreffe, Dorian«, sagte er ernsthaft. »Ich war gestern Abend hier, und da sagte man mir, dass Sie in der Oper seien. Ich habe natürlich gewusst, dass das unmöglich sei. Aber es wäre mir lieber gewesen, Sie hätten hinterlassen, wo Sie wirklich hingegangen sind. Ich habe einen schrecklichen Abend verbracht, halb in der Angst, dass eine Tragödie der andern folgen würde. Sie hätten mir telegrafieren sollen, als Sie die Nachricht erhielten. Ich habe es rein zufällig in der Abendausgabe des ›Globe‹ gelesen, die mir im Klub in die Hände kam. Ich bin sofort hierhergelaufen und war ganz unglücklich, dass ich Sie nicht zu Hause fand. Ich kann Ihnen gar nicht sagen, wie mir die Sache das Herz abdrückt. Ich weiß, was Sie leiden müssen. Aber wo waren Sie? Sind Sie hingefahren und haben die Mutter des Mädchens besucht? Einen Moment habe ich daran gedacht, Ihnen dorthin zu folgen. In der Zeitung stand die Adresse, irgendwo in Euston Road, nicht wahr? Aber ich hatte Angst, zudringlich zu sein, ohne doch das Leid mindern zu können. Die arme Frau! In was für einer Verfassung muss sie sein! Zumal die Tote ihr einziges Kind war! Was hat sie zu all dem gesagt?«

»Mein lieber Basil, wie soll ich das wissen?«, murmelte Dorian Gray, nippte etwas blassgelben Wein aus dem zarten, goldgeränderten Becher aus venezianischem Glas und blickte äußerst gelangweilt drein. »Ich war in der Oper. Sie hätten auch hinkommen sollen. Ich habe dort Henrys Schwester, Lady Gwendolen, kennengelernt. Wir waren in ihrer Loge. Sie ist äußerst charmant und die Patti hat göttlich gesungen. Sprechen Sie nicht von dem schrecklichen Ereignis. Wenn man über eine Sache nicht spricht, ist sie nicht geschehen. Henry hat ganz recht: Nur was man über sie äußert, gibt den Dingen ihre Wirklichkeit! … Nebenbei bemerkt, sie war nicht das einzige Kind der alten Frau. Es ist da noch ein Sohn, ein prächtiger Junge vermutlich. Aber er ist nicht beim Theater. Er ist Matrose oder so etwas Ähnliches … Aber nun erzählen Sie mir etwas von sich. Was malen Sie jetzt?«

»Sie sind wirklich in der Oper gewesen?!«, sagte Hallward sehr langsam und mit schmerzlicher Stimme. »Sie waren in der Oper, während Sibyl Vane tot in irgendeiner schmutzigen Stube lag? Sie können mir erzählen, dass andere Frauen charmant sind, und dass die Patti göttlich gesungen hat, bevor noch das Mädchen, das Sie geliebt haben, zum ewigen Schlaf im Grabe ruht? Denken Sie doch, Mensch, welche Schrecken auf den kleinen weißen Körper warten.«

»Hören Sie auf, Basil, ich will davon nichts hören!«, rief Dorian und sprang auf. »Sie dürfen über diese Dinge nicht zu mir sprechen! Was geschehen ist, ist geschehen. Die Vergangenheit ist vergangen.«

»Nennen Sie gestern die Vergangenheit?«

»Was hat die tatsächlich verstrichene Zeit damit zu tun? Nur dumme Menschen brauchen Jahre, um ein Gefühl zu überwinden. Ein Mensch, der Herr über sich selbst ist, kann über ein Leid ebenso leicht hinwegkommen, wie er eine neue Lust erfinden kann. Ich will nicht der Spielball meiner Gefühle sein. Ich will sie benützen, mich an ihnen freuen und sie beherrschen.«

»Dorian, das ist ja furchtbar. Irgendetwas hat Sie völlig verändert. Dabei sehen Sie noch genauso aus wie der wunderschöne Junge, der Tag für Tag in mein Atelier kam und mir für mein Bild saß. Aber damals waren Sie ein einfacher, natürlicher und liebenswerter Mensch. Sie waren das unverdorbenste Geschöpf auf der ganzen Welt. Ich weiß nicht, was jetzt über Sie gekommen ist. Sie sprechen, als hätten Sie kein Herz, kein Mitleid. Das ist natürlich Henrys Einfluss …«

Der junge Mensch wurde dunkelrot, ging zum Fenster hinüber, sah einige Augenblicke auf den grün schimmernden, von der Sonne übergossenen Garten. »Ich schulde Henry sehr, sehr viel, Basil«, sagte er schließlich. »Mehr als ich Ihnen schulde. Sie haben mich nur gelehrt, eitel zu sein.«

»Dafür bin ich genug gestraft, Dorian, oder werde es eines Tages sein.«

»Ich weiß nicht, was Sie damit meinen, Basil«, rief Dorian aus und drehte sich um. »Ich weiß nicht, was Sie wollen! Was wollen Sie?«

»Ich will den Dorian Gray wieder, den ich gemalt habe«, sagte der Künstler traurig.

»Basil«, erwiderte der Jüngling und legte ihm die Hand auf die Schulter. »Sie sind zu spät gekommen. Als ich gestern hörte, dass Sibyl Vane sich getötet hat …«

»Sich getötet? *Gott im Himmel*, ist das sicher?«, rief Hallward und sah ihn mit dem Ausdruck äußersten Schreckens an.

»Mein lieber Basil, Sie glauben doch nicht, dass es nur ein gewöhnlicher Unglücksfall war? Natürlich hat sie sich selbst umgebracht.«

Der ältere Mann vergrub sein Gesicht in den Händen. »Wie schrecklich!«, flüsterte er, und ein Schauer rann durch seine Glieder.

»Nein«, sagte Dorian Gray. »Es ist gar nichts Schreckliches daran – es ist nur eine der großen romantischen Tragödien unserer Zeit. Gewöhnlich führen Schauspieler das alltäglichste Leben. Sie sind gute Ehemänner, treue Frauen oder sonst irgendetwas Langweiliges. Sie verstehen, was ich meine – Kleinbürgertugend und lauter solche Sachen. Wie anders war Sibyl! Ihr Leben war ihre beste Tragödie. Sie war immer eine Heldin. Am letzten Abend, an dem sie spielte, an dem Abend, an dem Sie sie gesehen haben, spielte sie schlecht, weil sie die wirkliche Liebe kennengelernt hatte. Als sie dann aber ihre Unwirklichkeit erfuhr, starb sie an dieser Erkenntnis, wie wahrscheinlich Julia an ihr gestorben wäre. Sie tauchte wieder unter in das Reich der Kunst. Sie hat etwas von einer Märtyrerin. Ihr Tod hat alle pathetische Nutzlosigkeit des Märtyrertums, all seine vergeudete Schönheit. Aber, wie ich schon gesagt habe: Sie dürfen nicht glauben, dass ich nicht gelitten habe. Wenn Sie gestern in einem bestimmten Augenblick um halb sechs vielleicht, oder um drei viertel sechs, gekommen wären, dann hätten Sie mich in Tränen gefunden. Selbst Henry, der hier war und mir die Nachricht brachte, hat keine Ahnung, was ich durchgemacht habe. Ich litt unsäglich. Dann ging es vorüber. Ich kann ein Gefühl nicht wiederholen. Niemand kann das, außer sentimentalen Menschen. Sie sind furchtbar ungerecht gegen mich. Sie kommen her, mich zu trösten – das ist reizend von Ihnen. Sie finden mich schon getröstet –

da sind Sie wütend. Sie sind genau wie alle mitleidigen Menschen. Sie erinnern mich an eine Geschichte, die mir Henry von einem Philanthropen erzählt hat, der zwanzig Jahre seines Lebens geopfert hat, um irgendein Unrecht gutzumachen, oder ein ungerechtes Gesetz abzuändern – ich kann mich nicht mehr genau erinnern, was es war. Schließlich gelang ihm das und nichts konnte größer sein als seine Enttäuschung. Er hatte nun absolut nichts mehr zu tun, langweilte sich zu Tode und wurde ein unversöhnlicher Menschenfeind … Übrigens, mein lieber alter Basil, wenn Sie mich wirklich trösten wollen, so lehren Sie mich lieber, was geschehen ist, vergessen, oder es von der rein künstlerischen Seite anzusehen! Ist es nicht Gautier gewesen, der über die ›consolation des arts‹ geschrieben hat? Ich erinnere mich, dass ich einmal in Ihrem Atelier ein kleines, in Pergament gebundenes Buch in die Hand nahm und dort zufällig auf diesen entzückenden Ausdruck stieß. Ich bin ja nicht gerade wie der junge Mann, von dem Sie mir einmal in Marlow erzählt haben, der zu sagen pflegte, gelber Atlas könne ihn über alles Elend der Welt trösten – aber auch ich liebe schöne Dinge, die man in die Hand nehmen und anfassen kann. Alter Brokat, grün patinierte Bronzen, Lackarbeiten, Elfenbeinschnitzereien, eine schöne Umgebung, Luxus, Prunk: All das sind Dinge, die einem viel geben können. Aber die künstlerische Gesinnung, die sie schaffen oder zum Mindesten offenbaren, bedeutet mir mehr. Ein Zuschauer seines eigenen Lebens zu sein, wie Henry sagt, das ist der Weg, um den Schmerzen des Lebens zu entrinnen. Ich weiß, Sie sind erstaunt, dass ich so zu Ihnen spreche. Sie haben noch nicht bemerkt, *wie* ich mich entwickelt habe. Ich war ein Schulknabe, als Sie mich kennenlernten – jetzt bin ich ein Mann. Ich habe neue Leidenschaften, neue Gedanken, neue Ideen. Ich bin anders, aber Sie müssen mich trotzdem lieb haben. Ich habe mich verändert, aber Sie müssen trotzdem immer mein Freund bleiben. Natürlich habe ich Henry sehr gern. Aber ich weiß auch, dass Sie besser sind als er. Sie sind nicht stärker, dazu haben Sie zu viel Angst vorm Leben – aber Sie sind besser. Wie glücklich waren wir miteinander! Verlassen Sie mich nicht, Basil, und zanken Sie nicht mit mir. Ich bin, was ich bin – mehr kann ich nicht sagen.«

Der Maler war seltsam bewegt. Dieser junge Mensch war ihm unendlich teuer und seine Persönlichkeit war der große Wendepunkt seiner Kunst gewesen. Er konnte den Gedanken nicht ertragen, ihm noch mehr Vorwürfe zu machen. Seine Gleichgültigkeit war wahrscheinlich nur eine Laune, die vorübergehen würde. Es war ja so viel Gutes, so viel Edles in ihm.

»Schön, Dorian«, sagte er schließlich mit einem traurigen Lächeln. »Wir wollen nie mehr über die furchtbare Sache sprechen. Ich hoffe nur, dass Ihr Name nicht in Verbindung zu ihr gebracht wird. Die Untersuchung des Falls soll heute Nachmittag stattfinden. Sind Sie vorgeladen worden?«

Dorian schüttelte den Kopf und ein Zug von Unruhe ging über sein Gesicht bei der Erwähnung des Wortes »Untersuchung«. In all diesen Dingen lag etwas so Rohes und Gemeines. »Man kennt meinen Namen nicht«, antwortete er.

»Aber sie wusste ihn doch?«

»Nur meinen Vornamen, und den hat sie gewiss niemandem gesagt. Sie erzählte mir einmal, dass alle sehr begierig seien, zu erfahren, wer ich bin, und dass sie ihnen immer nur sagte, ich heiße der Märchenprinz. Das war sehr hübsch von ihr. Sie müssen für mich eine Zeichnung von Sibyl machen, Basil. Ich möchte von ihr mehr haben als die Erinnerung an ein paar Küsse und einige gestammelte, pathetische Worte.«

»Ich will es versuchen, Dorian, wenn ich Ihnen damit eine Freude mache. Aber Sie selbst müssen mir wieder sitzen. Ich komme ohne Sie nicht weiter.«

Dorian schrak zurück. »Ich kann Ihnen nie wieder sitzen, Basil, das ist unmöglich!«

Der Maler starrte ihn an. »Was für ein Unsinn, mein lieber Junge«, rief er. »Wollen Sie damit sagen, dass Sie das Bild, das ich von Ihnen gemacht habe, nicht gut finden? Wo ist es? Warum haben Sie den Schirm davorgestellt? Lassen Sie es mich sehen. Es ist das Beste, was ich je gemacht habe. Nehmen Sie den Schirm weg, Dorian. Es ist einfach eine Schande, dass Ihr Diener mein Bild so versteckt. Ich hatte gleich, wie ich eintrat, das Gefühl, der Raum sei ganz verändert.«

»Mein Diener hat nichts damit zu tun, Basil. Sie bilden sich doch nicht ein, dass ich ihn mein Zimmer für mich ordnen lasse? Er stellt manchmal die Blumen in die Gefäße, das ist alles. Nein, ich habe es selbst getan. Das Licht war zu grell für das Bild.«

»Zu grell? Das ist doch ganz unmöglich, mein Lieber! Es hat einen wunderbaren Platz. Lassen Sie mich sehen!«, und Hallward schritt auf die Ecke des Zimmers zu.

Ein Schrei des Schreckens entrang sich den Lippen Dorian Grays und er stürzte sich zwischen den Maler und den Schirm. Er sah ganz bleich aus.

»Basil«, sagte er, »Sie dürfen es nicht ansehen. Ich will es nicht!«

»Mein eigenes Bild nicht ansehen? Das ist doch nicht Ihr Ernst! Warum soll ich es nicht ansehen?«, rief Hallward lachend.

»Basil, wenn Sie versuchen, es anzusehen, gebe ich Ihnen mein Ehrenwort, dass ich, solange ich lebe, nie wieder mit Ihnen spreche. Es ist das mein völliger Ernst. Ich gebe Ihnen keinerlei Erklärung und Sie dürfen mich um keine bitten. Aber denken Sie daran: Wenn Sie den Schirm anrühren, dann ist alles zwischen uns vorbei.«

Hallward war wie vom Donner gerührt. Er sah Dorian Gray in sprachlosem Staunen an. So hatte er ihn nie vorher gesehen. Der Jüngling war vor Zorn bleich, seine Hände waren ineinander verkrampft, und seine Pupillen sahen aus wie blaue Feuerscheiben. Er zitterte am ganzen Leib.

»Dorian …«

»Sagen Sie nichts!«

»Aber was ist denn los? Ich sehe das Bild natürlich nicht an, wenn Sie es nicht wollen«, sagte der Maler ziemlich kühl, drehte sich um und ging zum Fenster. »Aber, ernsthaft gesprochen, scheint es mir reichlich verrückt, dass ich mein eigenes Bild nicht sehen soll, besonders, da ich es im Herbst in Paris ausstellen will. Ich werde es vielleicht vorher noch einmal firnissen müssen, werde es also eines Tages doch sehen. Warum also nicht heute?«

»Es ausstellen? Sie wollen es ausstellen?«, rief Dorian Gray, den ein seltsames Angstgefühl überkam. Sollte die ganze Welt sein Geheimnis erfahren? Sollte der Pöbel das Mysterium seines Lebens begaffen? Das war unmöglich. Dagegen musste etwas – er wusste noch nicht was – sofort geschehen.

»Ja! Sie haben doch wohl nichts dagegen. Georges Petit will meine besten Bilder in einer Kollektivausstellung in der Rue de Sèze vereinigen, die in der ersten Oktoberwoche eröffnet werden soll. Das Porträt wird nur einen Monat fort sein. Ich denke, so lange können Sie es leicht entbehren. Sie sind während dieser Zeit sowieso nicht hier, und wenn Sie es hinter einem

Schirm versteckt halten, kann Ihnen ja nicht allzu viel daran gelegen sein.«

Dorian Gray fuhr sich mit der Hand über die Stirn, auf der Schweißtropfen standen. Er fühlte, dass er in einer fürchterlichen Gefahr schwebe. »Sie haben mir vor einem Monat gesagt, dass Sie es niemals ausstellen würden«, rief er. »Warum haben Sie sich anders entschlossen? Ihr Menschen, die ihr für konsequent gelten wollt, habt genauso viel Launen wie alle anderen. Der einzige Unterschied ist, dass eure Launen recht sinnlos sind. Sie können nicht vergessen haben, dass Sie mir in feierlichster Weise versichert haben, nichts auf der Welt könne Sie bewegen, das Bild auf eine Ausstellung zu schicken. Sie haben übrigens zu Henry ganz dasselbe gesagt.« Er stockte plötzlich und ein Glanz kam in seine Augen. Er erinnerte sich, dass ihm Lord Henry einmal halb im Ernst und halb im Scherz gesagt hatte: »Wenn Sie einmal eine merkwürdige Viertelstunde erleben wollen, dann lassen Sie sich von Basil sagen, warum er Ihr Porträt nicht ausstellen will. Er hat es mir erzählt, und es war für mich eine Offenbarung.« Ja, vielleicht hatte auch Basil sein Geheimnis. Er wollte ihn auf die Probe stellen.

Er trat ganz nahe an ihn heran, sah ihm fest ins Gesicht und sagte: »Basil, jeder von uns hat ein Geheimnis. Sagen Sie mir das Ihre und ich werde Ihnen meines sagen. Welchen Grund hatten Sie damals, als Sie sich weigerten, mein Bild auszustellen?«

Der Maler zuckte gegen seinen Willen zusammen. »Dorian, wenn ich es Ihnen sagte, würden Sie mich wahrscheinlich weniger lieb haben, und gewiss würden Sie mich auslachen. Keines von beiden könnte ich ertragen. Wenn Sie wollen, dass ich nie mehr mein Bild ansehen soll, dann gebe ich mich zufrieden. Ich kann Sie selbst ja immer ansehen. Wenn Sie wünschen, dass die beste Arbeit, die ich je gemacht habe, vor der Welt verborgen bleibt, so finde ich mich auch damit ab. Ihre Freundschaft ist mir mehr wert als Ruhm und Anerkennung.«

»Nein, Basil, Sie müssen es mir sagen. Ich glaube, ich habe ein Recht darauf, es zu wissen.« Das Angstgefühl hatte ihn verlassen und der Neugierde Platz gemacht. Er war entschlossen, hinter Basil Hallwards Geheimnis zu kommen.

»Wir wollen uns setzen, Dorian«, sagte der Maler, der unruhig aussah. »Setzen wir uns und beantworten Sie mir ehrlich eine Frage. Haben Sie an dem Bild etwas Merkwürdiges bemerkt – etwas, das Ihnen anfangs wahrscheinlich nicht aufgefallen ist und das sich Ihnen dann plötzlich offenbart hat?«

»Basil!«, schrie der Jüngling, umklammerte die Lehnen seines Stuhles mit zitternden Händen und starrte ihn mit wilden, verstörten Augen an.

»Ich sehe, Sie haben es gemerkt. Sagen Sie nichts. Warten Sie, bis Sie hören, was ich zu sagen habe. Dorian, von dem Augenblick an, da ich Sie kennengelernt habe, hat Ihre Persönlichkeit einen ganz außergewöhnlichen Einfluss auf mich gehabt. Ich war von Ihnen beherrscht, meine Seele, mein Gehirn, meine ganze Kraft. Sie wurden für mich die sichtbare Verkörperung jenes unsichtbaren Ideals, dessen Erinnerung uns Künstlern wie ein köstlicher Traum erscheint. Ich habe Sie angebetet. Ich bin eifersüchtig auf jeden Menschen gewesen, mit dem Sie sprachen. Ich wollte Sie ganz für mich allein haben. Ich war nur glücklich, wenn ich bei Ihnen war. Wenn Sie fern von mir waren, waren Sie trotzdem in meiner Kunst gegenwärtig. Natürlich habe ich Ihnen nie etwas davon gesagt. Das wäre mir unmöglich gewesen. Sie hätten es auch nicht verstanden. Ich selbst habe es kaum verstanden. Ich wusste nur, dass ich Auge in Auge die Vollkommenheit gesehen hatte, dass sich die Welt meinen Augen als ein Wunder offenbart hatte – vielleicht als ein zu mächtiges Wunder, denn in solch wahnsinniger Anbetung liegt eine Gefahr. Nicht weniger die Gefahr, den Gegenstand der Anbetung zu verlieren als ihn zu behalten … Wochen um Wochen vergingen und ich lebte mehr und mehr ausschließlich in Ihnen. Dann kam eine neue Entwicklung. Ich hatte Sie als Paris in zierlicher Rüstung gezeichnet und als Adonis im Jägerrock mit glänzendem Speer. Bekränzt mit schweren Lotosblumen hatten Sie auf dem Bug von Hadrians Barke gesessen und in den grünen schlammigen Nil geblickt. Sie hatten sich über den stillen Teich eines griechischen Gehölzes gebeugt und im stummen Silberspiegel des Gewässers die Pracht Ihres eigenen Antlitzes gesehen. Und all das war gewesen, wie die Kunst sein soll: unbewusst, ideal, entrückt. Dann entschloss ich mich eines Tages, manchmal denke ich, es war ein schicksalsschwerer Tag, ein wundervolles Bildnis von Ihnen zu malen, so wie Sie wirklich waren, nicht im Kostüm toter Zeiten, sondern in Ihrem eigenen Kleid, in Ihrer eigenen Zeit. Ob es nun die Realistik der Methode war, oder der Zauber Ihrer Persönlichkeit, der mir so ohne jeden Schleier und Nebel entgegentrat, kann ich nicht sagen – aber ich weiß, dass mir bei der Arbeit jeder Pinselstrich und jedes Farbatom mein Geheimnis zu verraten schien. Ich hatte Angst, andere könnten die Abgötterei, die ich mit Ihnen trieb, entdecken. Ich fühlte, Dorian, dass ich zu viel gesagt, dass ich zu viel von mir in dieses Bild gelegt hatte. Damals war es, als ich den Entschluss fasste, das Bild nie auszustellen. Es kränkte Sie ein wenig, denn Sie verstanden eben *nicht*, was es für mich bedeutete. Henry, dem ich davon erzählte, lachte mich aus. Aber das machte mir nichts. Als das Bild fertig war und ich ihm allein gegenübersaß, fühlte ich, dass ich recht gehabt hatte … Ein paar Tage später, als es dann aus meinem Atelier fort war. und sobald ich den Zauberbann seiner Gegenwart überwunden hatte, kam ich mir verrückt vor, dass ich darin mehr gesehen hatte als die Tatsache, dass Sie sehr hübsch sind und ich malen kann. Auch jetzt noch halte ich es für einen Irrtum, anzunehmen, dass jemals die Empfindung, die man beim Schaffen hat, in dem Werk, das man schafft, zum Ausdruck kommt. Die Kunst ist immer viel abstrakter, als wir uns einbilden. Form und Farbe erzählen uns von Form und Farbe – von sonst nichts. Es scheint mir oft, dass die Kunst den Künstler viel mehr verbirgt als enthüllt … Als ich dann den Antrag aus Paris bekam, entschloss ich mich, Ihr Bild zum Mittelpunkt der Ausstellung zu machen. Es kam mir nicht einen Moment der Gedanke, dass Sie etwas dagegen haben würden. Ich sehe jetzt, dass Sie recht haben. Das Bild kann nicht ausgestellt werden. Sie dürfen mir wegen der Dinge, die ich gesagt habe, nicht böse sein, Dorian. Ich habe es früher einmal Henry gesagt: Sie sind geschaffen, um angebetet zu werden.«

Dorian Gray atmete tief auf. Seine Wangen bekamen wieder Farbe und ein Lächeln umspielte seine Lippen. Die Gefahr war vorüber. Für den Augenblick war er sicher. Doch er fühlte unermessliches Mitleid mit dem Maler, der ihm eben diese seltsame Beichte abgelegt hatte, und fragte sich, ob er selbst je so von der Persönlichkeit eines Freundes beherrscht werden könnte. Lord Henry hatte den Reiz, sehr gefährlich zu sein – aber das war auch alles. Er war zu klug und zu zynisch, als dass man ihn je wirklich gernhaben könnte. Würde es je einen Menschen geben, mit dem er diese seltsame Vergötterung treiben könnte? War das etwas, was ihm das Leben noch aufsparte?

»Es ist mir ein Rätsel«, fuhr Hallward fort, »dass Sie das dem Porträt angemerkt haben. Haben Sie wirklich etwas darin gesehen?«

»Ich habe etwas darin gesehen«, antwortete er. »Etwas, was mir sehr sonderbar erschien.«

»Und jetzt gestatten Sie mir wohl, es wieder einmal zu betrachten?«

Dorian schüttelte den Kopf. »Sie dürfen das von mir nicht verlangen, Basil. Ich kann Sie unmöglich vor das Bild lassen!«

»Aber später einmal werden Sie es mir doch erlauben?«

»Nie!«

»Gut … Vielleicht haben Sie recht. Und jetzt adieu, Dorian. Sie sind der einzige Mensch in meinem Leben gewesen, der wirklich Einfluss auf meine Kunst gehabt hat. Was ich je Gutes gemacht habe, schulde ich Ihnen … Ach, Sie können sich ja nicht vorstellen, was es mich gekostet hat, Ihnen all das zu sagen, was ich Ihnen gebeichtet habe.«

»Mein lieber Basil«, sagte Dorian. »Was haben Sie mir denn gebeichtet? Nichts, als dass Sie das Gefühl haben, mich zu sehr bewundert zu haben. Das ist gerade kein Kompliment.«

»Es sollte auch kein Kompliment sein. Es war eine Beichte. Jetzt, da ich sie abgelegt habe, kommt es mir vor, als hätte ich etwas verloren. Man sollte vielleicht seine Liebe nie in Worte kleiden.«

»Ihre Beichte hat mich enttäuscht.«

»Was haben Sie denn erwartet, Dorian? Sie haben doch sonst nichts in dem Bild gesehen? Es war doch sonst nichts in ihm zu sehen?«

»Nein, es war sonst nichts zu sehen. Warum fragen Sie das? … Aber Sie dürfen nie wieder von Anbetung sprechen. Das ist Wahnsinn. Wir beide sind Freunde, Basil, und wir müssen es immer bleiben.«

»Sie haben ja jetzt Henry«, sagte der Maler traurig.

»Ach – Henry!«, rief der junge Mann mit einem leichten Lachen. »Henry verbringt seine Tage damit, unglaubliche Dinge zu sagen, und seine Abende, unwahrscheinliche Dinge zu tun. Das ist genau das Leben, das ich führen möchte. Trotzdem glaube ich nicht, dass ich je zu Henry ginge, wenn ich in Leid wäre. Ich würde lieber zu Ihnen kommen.«

»Sie wollen mir wieder sitzen?«

»Das ist unmöglich.«

»Sie zerstören meine künstlerische Existenz, wenn Sie es mir verweigern. Kein Mensch begegnet zweimal seinem Ideal, selbst wenige nur einmal!«

»Ich kann Ihnen nicht erklären, warum, Basil, aber ich darf Ihnen nie wieder sitzen. Es liegt ein sonderbares Schicksal über meinem Bildnis. Es hat ein Leben für sich. Ich werde zu Ihnen kommen und werde mit Ihnen Tee trinken. Das wird genauso amüsant sein.«

»Für Sie sogar amüsanter, fürchte ich«, murmelte Hallward bekümmert. »Und jetzt adieu. Es tut mir leid, dass Sie mich nicht noch einmal das Bild sehen lassen wollen. Aber da kann man nichts tun. Ich verstehe sehr gut, was Sie dazu veranlasst.«

Als er das Zimmer verlassen hatte, lächelte Dorian Gray vor sich hin. Der arme Basil! Wie wenig wusste er doch von dem wahren Grund! Und wie seltsam war es, dass er, statt sein eigenes Geheimnis offenbaren zu müssen, fast durch einen Zufall erreicht hatte, dem Freund das seine zu entreißen. Wie viel erklärte ihm doch diese merkwürdige Beichte! Des Malers lächerliche Eifersuchtsanfälle, seine ungestüme Verehrung, seine übertriebenen Lobhymnen, sein manchmal so sonderbares Verstummen – all das verstand er jetzt, und er tat ihm leid. In einer Freundschaft, die so gefärbt war, glaubte er eine gewisse Tragik zu sehen.

Er seufzte und drückte auf die Klingel. Das Porträt musste um jeden Preis versteckt werden. Er konnte sich der Gefahr einer Entdeckung nicht noch einmal aussetzen. Es war wahnsinnig von ihm gewesen, das Ding überhaupt, wenn auch nur eine Stunde lang, in einem Zimmer zu lassen, zu dem jeder seiner Freunde Zutritt hatte.

Zehntes Kapitel

Als der Diener eintrat, sah er ihn forschend an und fragte sich, ob der wohl daran gedacht habe, hinter den Schirm zu blicken. Der Mann sah aber ganz harmlos aus und wartete auf seine Befehle. Dorian zündete eine Zigarette an, ging zum Spiegel hinüber und sah hinein. Er konnte darin Viktors Gesicht genau sehen. Es war eine bewegungslose Maske der Servilität. Von seiner Seite war also wohl nichts zu fürchten; doch er hielt es für das Beste, auf der Hut zu sein.

Sehr langsam sprechend, trug er ihm auf, der Haushälterin zu sagen, dass er sie sprechen wolle, und dann zum Rahmenmacher zu gehen, der sofort zwei Gehilfen schicken solle. Es schien ihm, als ob die Augen des Mannes, als er das Zimmer verließ, in der Richtung des Schirmes gingen. Oder war das nur eine Einbildung von ihm? …

Ein paar Augenblicke später trat Mrs. Leaf in ihrem seidenen Kleid, altmodische Zwirnhalbhandschuhe an den runzeligen Händen, in das Bibliothekszimmer. Er verlangte von ihr den Schlüssel zum Schulzimmer.

»Das alte Schulzimmer, Mr. Dorian?«, rief sie aus. »Das ist ja voller Staub. Ich muss es erst aufräumen und in Ordnung bringen lassen, bevor Sie da hineinkönnen. Es ist jetzt nicht in einem Zustand, in dem Sie es sich ansehen könnten. Wirklich nicht.«

»Ich will nicht, dass es aufgeräumt wird. Ich will nur den Schlüssel.«

»Sie werden sich mit Spinnweben beschmutzen, wenn Sie hineingehen. Es ist ja nahezu fünf Jahre nicht geöffnet worden, seit Seine Lordschaft gestorben ist.«

Er zuckte zusammen bei der Erwähnung seines Großvaters. Er gedachte seiner mit Hass. »Das macht nichts«, erwiderte er. »Ich will das Zimmer nur sehen – weiter nichts! Geben Sie mir also den Schlüssel.«

»Hier ist der Schlüssel, gnädiger Herr«, sagte die alte Dame, während sie den Bund mit zitternden, unsicheren Händen durchmusterte. »Hier ist der Schlüssel, ich werde ihn gleich vom Bund herunter haben. Aber Sie denken doch nicht etwa daran, dort hinaufzuziehen, gnädiger Herr, wo Sie es hier so gemütlich haben?«

»Nein, nein!«, rief er ungeduldig. »Ich danke. Das ist alles, was ich brauche.«

Sie blieb noch ein paar Augenblicke und schwätzte über verschiedene Haushaltsangelegenheiten. Er seufzte und sagte, sie solle alles nach ihrem Ermessen erledigen. Mit einem strahlenden Lächeln verließ sie das Zimmer.

Als die Tür zu war, steckte Dorian den Schlüssel in die Tasche und blickte sich im Zimmer um. Sein Auge fiel auf eine große purpurrote Atlasdecke mit schweren Goldstickereien, ein herrliches Stück venezianischer Arbeit aus dem siebzehnten Jahrhundert, das sein Großvater in einem Kloster bei Bologna entdeckt hatte. Ja, die eignete sich gut dazu, das schreckliche Ding zu verhüllen. Sie hatte vielleicht schon oft als Bahrtuch für Tote gedient. Nun sollte sie etwas verhüllen, das eine eigene Art der Verwesung besaß, ärger als die Verwesung des Todes selbst – etwas, das Schrecken verbreiten und doch nie sterben würde. Was die Würmer für den Leichnam sind, das würden seine Sünden für das gemalte Antlitz auf der Leinwand sein. Sie würden seine

Schönheit zerstören und seine Anmut aufzehren, es beflecken und schänden. Und doch würde es weiterleben, würde immer am Leben bleiben …

Er schauderte, und einen Moment lang bereute er, dass er Basil nicht den wahren Grund, warum er das Bild verstecken wollte, gesagt hatte. Basil hätte ihm helfen können, Lord Henrys Einfluss zu widerstehen und den noch viel vergiftenderen Kräften, die aus seiner eigenen Natur heraus wirkten. Die Liebe, die Basil ihm entgegenbrachte – denn es war eine wirkliche Liebe –, enthielt nur Edles und Vergeistigtes. Es war nicht jene rein physische Bewunderung, die ein Kind der Sinne ist und stirbt, wenn die Sinne müde werden. Es war Liebe, wie sie Michelangelo gekannt hatte und Montaigne, Winckelmann und selbst Shakespeare. Ja, Basil hätte ihn retten können. Aber jetzt war es zu spät. Die Vergangenheit konnte man immer vernichten. Reue, Verleugnung, Vergessen konnten das zuwege bringen. Aber der Zukunft konnte man nicht entrinnen. Er fühlte Leidenschaften in sich, die schrecklich ausbrechen, Träume, die ihre sündigen Schatten in Wirklichkeit verwandeln würden.

Er nahm die große purpurfarbene Decke vom Diwan und trat damit hinter den Schirm. War das Gesicht auf der Leinwand schon wieder hässlicher als vorher? Es schien ihm unverändert; und doch, der Hass, den er dagegen empfand, war noch verstärkt worden. Das goldene Haar, die blauen Augen, die rosenroten Lippen, das alles war da – nur der Ausdruck war verwandelt. Der war in seiner Grausamkeit erschreckend. Verglichen mit dem, was er hier an Vorwürfen und Tadel sah, waren die Vorhaltungen, die ihm Basil über Sibyl Vane gemacht hatte, leer gewesen, leer und ohne Bedeutung. Seine eigene Seele sah ihn von der Leinwand an und sprach ihm das Urteil. Ein schmerzlicher Zug glitt über sein Gesicht und er warf die prunkvolle Decke über das Bild. Währenddessen klopfte es an der Tür. Er kam hinter dem Schirm hervor, als der Diener eintrat.

»Die Leute sind hier, Monsieur.«

Er fühlte, dass er den Mann sogleich loswerden müsse. Er durfte auf keinen Fall wissen, wohin das Bild gebracht würde. Er hatte etwas Hinterlistiges und hatte nachdenkliche, verschlagene Augen. Dorian setzte sich an den Schreibtisch, kritzelte ein paar Zeilen an Lord Henry, in denen er ihn bat, ihm etwas zum Lesen zu schicken, und ihn daran erinnerte, dass sie sich um ein Viertel neun am Abend treffen wollten.

»Warten Sie auf Antwort«, sagte er, während er den Brief dem Diener gab. »Und lassen Sie die Leute eintreten!«

Nach zwei bis drei Minuten klopfte es wieder, und Mr. Hubbard, der berühmte Rahmenmacher aus der South Audley Street, kam mit einem ziemlich ungeschliffen aussehenden jungen Gehilfen herein. Mr. Hubbard war ein kleiner Mann mit blühendem Gesicht und rotem Bart. Seine Bewunderung für die Kunst hatte beträchtlich unter der hartnäckigen Geldlosigkeit der meisten Künstler gelitten, mit denen er zu tun hatte. In der Regel verließ er sein Geschäft nie, sondern wartete, bis die Leute zu ihm kamen. Aber bei Dorian Gray machte er immer eine Ausnahme. Es war etwas an Dorian, das jedermann entzückte. Ihn nur zu sehen, war schon ein Vergnügen.

»Was steht zu Diensten, Mr. Gray?«, fragte er und rieb seine fetten, sommersprossigen Hände. »Ich dachte, ich werde mir die Ehre geben, selbst herüberzukommen. Ich habe gerade ein Prachtstück von einem Rahmen auf einer Auktion erstanden. Alt-Florentiner Arbeit! Kam aus Fonthill, vermute ich. Wunderbar geeignet für ein religiöses Bild, Mr. Gray.«

»Es tut mir leid, dass Sie sich selbst herbemüht haben, Mr. Hubbard. Ich werde nächstens einmal vorbeikommen und den Rahmen ansehen, obwohl ich mich gerade jetzt nicht sehr für religiöse Kunst interessiere. Für heute möchte ich nur, dass ein Bild auf den Boden des Hauses getragen wird. Es ist ziemlich schwer, darum habe ich gebeten, dass Sie mir zwei von Ihren Leuten schicken sollten.«

»Macht keinerlei Umstände, Mr. Gray. Ich bin entzückt über jeden Dienst, den ich Ihnen leisten kann. Wo ist das Kunstwerk?«

»Dies da«, antwortete Dorian und schob den Schirm zurück. »Können Sie es hinaufbringen, Decke und Bild zusammen, genau so, wie es jetzt ist? Ich möchte nicht, dass es auf dem Weg hinauf beschädigt wird.«

»Wir werden's schon schaffen«, sagte der heitere Rahmenmacher und begann, unterstützt von seinem Gehilfen, das Bild von den langen Messingketten, an denen es aufgehängt war, loszumachen. »Und jetzt, Mr. Gray, wohin sollen wir es tragen?«

»Ich will Ihnen den Weg zeigen, Mr. Hubbard, wenn Sie so freundlich sein wollen, mir zu folgen. Oder vielleicht gehen Sie besser voraus. Es tut mir leid, aber es ist ganz oben. Wir wollen über die Haupttreppe gehen, die ist breiter.«

Er hielt ihnen die Tür auf. Sie gingen in die Halle hinaus und begannen den Aufstieg. Der kostbar geschnitzte Rahmen hatte das Bild sehr schwer gemacht, und hin und wieder legte Dorian mit Hand an, um zu helfen, wogegen dann Mr. Hubbard, der die echte Abneigung jedes wirklichen Handwerkers dagegen hatte, einen Gentleman etwas Nützliches tun zu sehen, lebhaft protestierte.

»Ein ziemliches Gewicht, das man da zu schleppen hat!«, stöhnte der kleine Mann, als sie endlich den letzten Treppenabsatz erreicht hatten, und trocknete seine feuchte Stirne.

»Ich bedauere, dass es so schwer ist«, murmelte Dorian, während er die Tür zu dem Zimmer aufschloss, das das seltsame Geheimnis seines Lebens bewahren und seine Seele den Blicken der Menschen verbergen sollte.

Er hatte die Stube tatsächlich länger als vier Jahre nicht betreten. Zuerst hatte er sie als Kind als Spielzimmer benutzt, dann, als er älter geworden war, als Studierzimmer. Es war ein großes schönes Zimmer, das der letzte Lord Kelso eigens hatte ausbauen lassen, weil er den jungen Enkel, den er wegen seiner merkwürdigen Ähnlichkeit mit seiner Mutter und auch noch aus anderen Gründen immer gehasst hatte, möglichst weit weg von sich halten wollte. Der Raum erschien Dorian kaum verändert. Da war der mächtige italienische Cassone mit den fantastisch bemalten Füllungen und den verblichenen goldenen Nischen, in denen er sich als Bub so oft versteckt hatte. Da der Bücherschrank aus poliertem Holz, noch angefüllt mit den Schulbüchern voller Eselsohren. An der Wand dahinter hing noch derselbe abgeschabte flämische Gobelin, auf dem ein verblichener König und eine Königin Schach im Garten spielten, während eine Schar von Falkenieren vorbeiritt, die auf ihren Panzerhandschuhen Jagdfalken mit der Kappe über dem Kopf trugen. Wie gut erinnerte er sich an alles! Jeder Augenblick seiner einsamen Kindheit kam ihm ins Gedächtnis zurück, während er sich umblickte. Er entsann sich der fleckenlosen Reinheit seines Knabenlebens, und es schien ihm furchtbar, dass gerade hier das schicksalsschwere Bildnis verborgen werden sollte. Wie wenig hatte er in jenen längst vergangenen Tagen an all das gedacht, was seiner noch wartete!

Aber kein anderer Raum im Haus war so sicher vor neugierigen Augen als dieser. Er hatte den Schlüssel und niemand außer ihm konnte hier eintreten. Hinter der purpurnen Decke mochte nun das gemalte Gesicht auf der Leinwand tierisch, gedunsen, unrein werden. Was lag daran? Niemand konnte es sehen. Auch er selbst wollte es nicht mehr sehen. Warum sollte er die grässliche Verderbnis seiner Seele beobachten? Er behielt ja seine Jugend – das war genug. Und außerdem, konnte nicht sein Charakter trotz alledem edler werden? Es war ja gar kein Grund dafür vorhanden, dass die Zukunft so schändlich sein werde. Die Liebe konnte wieder in sein Leben treten und ihn läutern und ihn vor den Sünden bewahren, die schon in seinem Geist und in seinem Blut zu gären schienen – jene seltsamen, nicht ausgesprochenen Sünden, denen gerade das Geheimnis Kraft und Reiz verlieh. Eines Tages würde vielleicht der grausame Zug von dem scharlachroten empfindlichen Mund wieder verschwinden und dann würde er der Welt Basil Hallwards Meisterwerk zeigen können.

Nein; das war unmöglich. Stunde um Stunde und Woche für Woche alterte das Bild auf der Leinwand. Es mochte der Hässlichkeit der Sünde entfliehen, aber die Hässlichkeit des Alters war ihm sicher. Die Wangen würden hohl und schlaff werden. Gelbe Krähenfüße würden die matten Augen umziehen und ihnen ein abstoßendes Aussehen geben. Das Haar musste seinen Glanz verlieren, der Mund einfallen oder herabsinken, blöde oder unappetitlich wirken, wie meist der Mund alter Leute. Der Hals würde zusammenschrumpfen, die Hände würden welk, von blauen Adern durchzogen werden, der Körper gekrümmt, wie er es bei seinem Großvater gesehen hatte, der immer so streng gegen seine Jugend gewesen war … Das Bildnis musste verborgen werden. Es ging nicht anders.

»Mr. Hubbard, bitte, bringen Sie es herein«, sagte er zaudernd und wandte sich um. »Es tut mir leid, dass ich Sie so lang habe warten lassen. Ich dachte an etwas anderes.«

»Es ist ganz angenehm, sich mal zu verschnaufen, Mr. Gray«, antwortete der Rahmenmacher, der noch immer nach Atem rang. »Wohin sollen wir es stellen?«

»Irgendwohin! … So – das genügt schon. Ich will es nicht aufgehängt haben. Bitte, lehnen Sie es nur gegen die Wand. Danke!«

»Darf man das Kunstwerk einmal betrachten?«

Dorian erschrak. »Es würde Sie doch nicht interessieren, Mr. Hubbard«, sagte er und sah den Mann fest an. Er fühlte, dass er sich auf ihn stürzen und ihn zu Boden werfen würde, wenn er es wagen sollte, die prunkvolle Decke, die das Geheimnis seines Lebens barg, zu lüften. »Ich brauche sonst nichts mehr. Ich danke Ihnen, dass Sie so freundlich waren, zu kommen.«

»Keine Ursache! Keine Ursache, Mr. Gray! Es ist mir immer eine Freude, etwas für Sie tun zu dürfen.«

Mr. Hubbard stapfte hinunter, gefolgt von seinem Gehilfen, der mit einem Ausdruck scheuer Bewunderung in dem rohen, hässlichen Gesicht nach Dorian zurückblickte. Er hatte nie einen so wunderschönen Menschen gesehen.

Als das Geräusch ihrer Schritte verhallt war, schloss Dorian die Tür zu und steckte den Schlüssel in die Tasche. Jetzt fühlte er sich sicher. Nie würde jemand das fürchterliche Ding sehen. Kein Auge als das seine würde je seine Schande erblicken.

Als er wieder in das Bibliothekszimmer trat, sah er, dass es gerade fünf Uhr war und dass der Tee schon gebracht worden war. Auf einem kleinen Tisch aus dunklem, wohlriechendem Holz, der reich mit Perlmutter eingelegt war, einem Geschenk von Lady Radley, der

Gattin seines Vormundes, einer übrigens hübschen Frau, die das Kranksein als Beruf erwählt und den vergangenen Winter in Kairo zugebracht hatte, fand er einen Brief von Lord Henry. Daneben lag ein in gelbes Papier gebundenes Buch, dessen Umschlag leicht abgenutzt und dessen Ecken abgegriffen waren, und die Nachmittagsausgabe der »St. James' Gazette«. Viktor war also zurückgekehrt. Dorian fragte sich, ob er den Leuten in der Halle wohl begegnet sei, als sie das Haus verließen, und aus ihnen herausgebracht habe, was sie gemacht hätten. Er würde sicher das Bild vermissen, hatte es ohne Zweifel schon vermisst, als er den Tee brachte. Der Schirm war nicht an seinen Platz zurückgestellt worden und ein freier Raum an der Wand war sichtbar. Vielleicht würde er den Menschen einmal in der Nacht ertappen, wie er nach oben schlich und versuchte, die Tür des Zimmers zu sprengen. Es war etwas Schreckliches, einen Spion im Haus zu haben. Er hatte von reichen Leuten gehört, die ihr ganzes Leben hindurch von den Erpressungen eines Dieners verfolgt wurden, der irgendeinen Brief gelesen oder ein Gespräch mit angehört, einen Zettel mit einer Adresse gefunden oder unter einem Kissen eine welke Blüte, einen Fetzen zerknitterter Spitze entdeckt hatte.

Er seufzte tief auf, goss sich etwas Tee ein und öffnete Lord Henrys Brief. Es stand nur darin, dass er ihm die Abendzeitung schicke und ein Buch, das ihn vielleicht interessieren werde, und dass er um viertel neun im Klub sein werde. Dorian öffnete gelangweilt die Zeitung und überflog sie. Ein Rotstiftstrich auf der fünften Seite zog seinen Blick auf sich. Die folgende Notiz war angestrichen:

»Leichenschau an einer Schauspielerin. Heute Morgen wurde von Mr. Danby, dem Bezirks-Leichenbeschauer, in der Bell Tavern, Hoxton Road, die Leichenschau über den Leichnam von Sibyl Vane, einer jungen Schauspielerin, die zuletzt am Royal Theatre, Holborn, engagiert war, abgehalten. Es wurde auf Tod durch einen Unglücksfall erkannt. Reges Mitgefühl erweckte die Mutter der Abgeschiedenen, die während ihrer Aussage sowie der von Doktor Birrel, der die Sektion der Leiche vorgenommen hatte, tief ergriffen war.«

Er runzelte die Stirn, zerriss das Blatt, lief im Zimmer auf und ab und warf die Stücke weg. Wie hässlich das alles war! Und was für eine schreckliche Wirklichkeit die Hässlichkeit den Dingen gab! Er ärgerte sich ein wenig, dass ihm Lord Henry den Bericht geschickt hatte. Auf alle Fälle war es albern von ihm, die Notiz mit Rotstift anzustreichen. Viktor hätte sie ja lesen können. Dazu verstand der Mann mehr als genug Englisch.

Vielleicht hatte er sie schon gelesen und Verdacht geschöpft. Aber schließlich – was lag daran? Was hatte Dorian Gray mit Sibyl Vanes Tod zu tun? Es war kein Grund zur Furcht. Dorian Gray hatte sie nicht umgebracht.

Sein Auge fiel auf das gelbe Buch, das ihm Lord Henry geschickt hatte. Er war begierig, was es sein mochte. Er trat an das kleine perlfarbene, achteckige Lesepult heran, das ihm immer wie das Werk seltsamer ägyptischer Bienen, die Silber statt Honig sammelten, erschienen war, nahm den Band, warf sich in einen Sessel und begann zu blättern. Nach einigen Augenblicken wurde er durch die Lektüre gefesselt. Es war das merkwürdigste Buch, das er je gelesen hatte. Es schien ihm, als zögen in erlesenem Kostüm zum zarten Klange der Flöten die Sünden der Welt pantomimisch an ihm vorüber. Dinge, von denen er unbestimmt geträumt hatte, wurden ihm plötzlich zur Wirklichkeit. Dinge, von denen er nie geträumt hatte, wurden ihm mählich enthüllt.

Es war ein Roman ohne Handlung und mit nur einer einzigen Figur. Eigentlich war es eine psychologische Studie über einen jungen Pariser, der sein Leben damit verbrachte, im neunzehnten Jahrhundert alle Leidenschaften und Wandlungen der Lebensgefühle in Wirklichkeit umzusetzen, die jedem Jahrhundert, dem eigenen ausgenommen, angehört hatten, und so in seiner eigenen Person die verschiedenartigsten Schicksale, die die Weltseele durchgemacht hatte, zu vereinigen. Wegen ihrer Künstlichkeit hatte er jene Entsagungen geliebt, die die Menschen in ihrer Torheit Tugend genannt haben, ebenso wie jene Empörungen der menschlichen Natur, die weise Leute noch jetzt Sünde nennen. Es war in jenem sonderbaren, reich geschmückten Stil geschrieben, den die Arbeiten einiger der feinsten Künstler der französischen Symbolistenschule haben: lebendig und dunkel zugleich, voll von Argotausdrücken und altertümlichen Wendungen, von technischen Ausdrücken und sorgsam gefeilten Umschreibungen. Es waren darin Vergleiche, so sonderbar wie Orchideen und auch so fein in den Farbentönen. Das Leben der Sinne war in den Ausdrücken der mystischen Philosophie beschrieben. Man wusste manchmal kaum, ob man von den geistigen Ekstasen eines mittelalterlichen Heiligen las oder die krankhafte Beichte eines modernen Sünders. Es war ein Buch voller Gift. Ein schwerer Weihrauchduft schien über den Seiten zu schweben und das Gehirn zu verwirren. Schon der Tonfall der Sätze, die feine Monotonie ihrer Musik mit ihrer Fülle von komplizierten Wiederholungen und fortschreitenden Bewegungen, die in der raffiniertesten Weise immer wiederkamen, erzeugten im Geist des Jünglings, als er von Kapitel zu Kapitel weiterlas, eine Art Träumerei, eine förmlich krankhafte Verträumtheit, die ihn den sinkenden Tag und die einfallenden Schatten nicht merken ließ.

Wolkenlos glänzte der kupfergrüne Himmel, an dem ein einziger einsamer Stern flimmerte, durch die Fenster herein. Er las bei diesem matten Licht, bis er nichts mehr sehen konnte. Dann, nachdem sein Diener ihn mehrere Male an die späte Stunde erinnert hatte, stand er auf, ging ins Nebenzimmer, legte das Buch auf den kleinen Florentiner Tisch, der immer neben seinem Bett stand, und begann sich zum Diner anzukleiden.

Es war fast neun Uhr, bevor er in den Klub kam, wo Lord Henry allein und sehr gelangweilt aussehend, dasaß.

»Es tut mir leid, Henry, dass ich mich verspätet habe!«, rief er aus. »Aber es ist nur Ihre Schuld. Das Buch, das Sie mir geschickt haben, hat mich so gefesselt, dass ich gar nicht gemerkt habe, wie die Zeit verstrich.«

»Ja, ich dachte mir, dass es Ihnen gefallen würde«, antwortete der Freund, sich vom Stuhl erhebend.

»Ich habe nicht gesagt, dass es mir gefällt, Henry. Ich habe gesagt, es fesselt mich. Das ist ein großer Unterschied.«

»Ah, haben Sie das auch schon herausgefunden?«, murmelte Lord Henry. Dann gingen sie in den Speisesaal.

Elftes Kapitel

Jahrelang konnte sich Dorian Gray von dem Einfluss dieses Buches nicht frei machen. Oder vielleicht wäre es richtiger, zu sagen: er suchte gar nicht, sich davon zu befreien. Er verschaffte sich aus Paris nicht weniger als neun Luxusausgaben der ersten Auflage, ließ sie in verschiedenen Farben einbinden, sodass sie zu seinen verschiedenen Launen und den wechselnden Einfällen seines Geistes passten, über die er zuweilen die Herrschaft völlig verloren zu haben schien. Der Held, der wunderbare junge Pariser, in dem das romantische und das wissenschaftliche Element auf eine so merkwürdige Weise vermischt waren, wurde für ihn eine Art vorausgeahnte Idealgestalt seiner selbst. In der Tat schien ihm das ganze Buch die Geschichte seines Lebens zu enthalten, geschrieben, bevor er selbst es noch gelebt hatte.

In einer Beziehung aber war er glücklicher als der fantastische Held des Romans. Er lernte nie – wozu er auch keinen Grund hatte – jene etwas groteske Angst vor Spiegeln, polierten Metallflächen und unbewegtem Wasser kennen, die den jungen Pariser so früh in seinem Leben überkam und durch den jähen Verfall einer Schönheit verursacht war, die, allem Anschein nach, vorher ganz außerordentlich gewesen war. Mit einer fast grausamen Lust – und vielleicht liegt in jeder Lust, wie sicher auch in jedem Genuss Grausamkeit – pflegte er den zweiten Teil des Buches zu lesen, der einen wirklich tragischen, wenn auch etwas übertriebenen Bericht von dem Leid und der Verzweiflung eines Menschen enthielt, der das verloren hatte, was er an sich, an anderen und an der ganzen Welt am höchsten schätzte.

Die wunderbare Schönheit, die einst Basil Hallward und nach ihm auch manchen anderen so bezaubert hatte, schien ihn nie zu verlassen. Selbst, wer die hässlichsten Dinge über ihn hörte – und von Zeit zu Zeit liefen sonderbare Gerüchte über seine Lebensweise in London um und wurden das Gespräch der

Klubs –, konnte nichts, was ihm zur Schande gereichte, glauben, wenn er ihn sah. Er behielt immer das Aussehen eines Menschen, der sich in der Berührung mit der Welt unbefleckt erhalten hat. Männer, die zoteten, wurden still, wenn Dorian Gray ins Zimmer trat. In der Reinheit seines Antlitzes lag etwas, das sie zurechtwies. Seine bloße Gegenwart schien in ihnen die Erinnerung an die Unschuld, die sie befleckt hatten, zurückzurufen. Sie staunten darüber, dass ein so reizender und anmutiger Mensch wie er dem Schmutz einer Zeit, die zugleich gemein und sinnlich war, hatte entgehen können.

Oft, wenn er von einer der geheimnisvollen und ausgedehnten Reisen zurückkehrte, die so merkwürdige Vermutungen unter seinen Freunden oder denen, die sich dafür hielten, veranlassten, schlich er hinauf in den verschlossenen Raum, öffnete die Tür mit dem Schlüssel, den er jetzt immer bei sich trug, und stand dann mit einem Spiegel vor dem Bildnis, das Basil Hallward von ihm gemalt hatte, und sah bald in das böse, alternde Antlitz auf der Leinwand, bald in das schöne junge Gesicht, das ihm aus der glatten Spiegelfläche entgegenlächelte. Gerade dieser grelle Kontrast erhöhte seinen Genuss. Er verliebte sich mehr und mehr in seine eigene Schönheit und interessierte sich mehr und mehr für die Verderbtheit seiner Seele. Er beobachtete mit peinlicher Sorgfalt und manchmal mit einem ungeheuerlichen, schrecklichen Lustgefühl die hässlichen Linien, die die runzlige Stirn durchfurchten oder sich um den starken, sinnlichen Mund zogen. Und manchmal fragte er sich, was wohl schrecklicher sei, die Zeichen der Sünde oder die Zeichen des Alters? Oder er hielt seine weißen Hände neben die groben, gedunsenen Hände auf dem Bild und lächelte. Er höhnte den verunstalteten Leib und die welken Glieder.

Dann aber gab es Augenblicke, in der Nacht, wenn er schlaflos in seinem zart durchdufteten Zimmer lag oder auch in der schäbigen Stube einer kleinen berüchtigten Kneipe nahe am Hafen, in der er unter einem angenommenen Namen und verkleidet zu verkehren pflegte, da er an das Elend dachte, das er über seine Seele gebracht hatte, mit einem Mitgefühl, das umso beklemmender wirkte, als es ganz selbstsüchtig war. Solche Augenblicke waren jedoch selten. Die Neugier auf das Leben, die Lord Henry zuerst in ihm geweckt hatte, als sie einst im Garten ihres Freundes zusammengesessen, schien mit der Befriedigung immer mehr zu wachsen. Je mehr er wusste, umso mehr wollte er wissen. Er hatte Anfälle eines tollen Lebenshungers, der immer rasender wurde, je mehr er ihn befriedigte.

Und doch war er nicht rücksichtslos, wenigstens nicht in seinen Beziehungen zur Gesellschaft. Ein- oder zweimal in jedem Monat während des Winters und an jedem Mittwochabend während der Saison öffnete er sein schönes Haus für die Welt, und dann waren die berühmtesten Musiker da, um seine Gäste mit den Wundern ihrer Kunst zu entzücken. Seine kleinen Diners, bei deren Vorbereitung Lord Henry immer half, waren ebenso sehr wegen der sorgsamen Auswahl und Sitzordnung der Eingeladenen wie wegen des erlesenen Geschmackes berühmt, der sich in der Tafeldekoration mit ihren wundervoll abgetönten Anordnungen exotischer Pflanzen, gestickter Tücher und alter Gold- und Silbergeräte ausdrückte. In der Tat gab es eine große Zahl, besonders von jungen Leuten, die in Dorian Gray die vollkommene Verkörperung eines Typus sahen oder zu sehen glaubten, von dem sie oft in Eton oder Oxford geträumt hatten, eines Typus, der die wirkliche Bildung des Gelehrten mit der Anmut, Vornehmheit und den vollkommenen Manieren des Weltmannes verband. Ihnen erschien er als einer aus der Zahl derer, von denen Dante sagt, sie suchen sich durch Anbetung der Schönheit zu vervollkommnen. Wie Gautier war er einer, für den »die sichtbare Welt existierte«.

Für ihn war sicher das Leben die erste, die größte Kunst, und alle übrigen Künste schienen ihm nur die Vorschulen dazu. Natürlich hatte auch die Mode, durch die das in Wahrheit Fantastische einen Augenblick Allgemeingut wird, und das Dandytum, das auf eigene Weise versucht, der Schönheit ein völlig modernes Gepräge zu geben, Reiz für ihn. Seine Art, sich zu kleiden, und die besonderen Stile, die er von Zeit zu Zeit aufnahm, hatten einen ausgesprochenen Einfluss auf die jungen Elegants der Bälle in Mayfair und des Pall-Mall-Klubs, die ihn in allem, was er tat, kopierten und seine anmutigen Geckereien, so wenig er sie selbst auch ernst nahm, nachzuahmen versuchten.

Während er aber nur zu bereit war, die gesellschaftliche Stellung, die sich ihm unmittelbar nach seiner Volljährigkeit bot, anzunehmen, und in der Tat einen besonderen Genuss in dem Gedanken fand, für das London seiner Zeit das zu werden, was für das Rom des Kaisers Nero der Verfasser des Satyrikon gewesen war, wünschte er doch im Innersten seines Herzens mehr zu sein als ein arbiter elegantiarum, den man über die Wahl eines Schmuckstückes, über das Binden einer Krawatte oder die Haltung des Stockes befragt. Er suchte eine neue Lebensführung darzustellen, die ihre begründende Philosophie und ihre geordneten Prinzipien haben und in der Vergeistigung der Sinne die höchste Vervollkommnung erreichen sollte.

Die Verehrung der Sinne ist oft und viel mit Berechtigung geschmäht worden, da die Menschen ein natürliches, instinktives Angstgefühl vor Leidenschaften und Empfindungen haben, die stärker scheinen als sie selbst und die sie sich bewusst sind, mit weniger hoch organisierten Lebensformen zu teilen. Und doch schien es Dorian Gray, als ob die wahre Natur der Sinne noch nie verstanden worden sei, und dass sie nur deshalb wild und tierisch geblieben seien, weil die Welt immer daran gedacht hätte, sie durch Aushungerung zu bändigen, oder durch Schmerzen zu töten, statt bestrebt zu sein, sie zu Elementen einer neuen, vergeistigten Welt zu machen, der ein edler Schönheitstrieb ihr Gepräge geben sollte. Wenn er auf den Gang der Menschen durch die Geschichte zurückblickte, verfolgte ihn das Gefühl eines unersetzlichen Verlustes. Wie viel war aufgegeben worden und im Ganzen so nutzlos! Es hatte wahnsinnige, eigenwillige Entsagungen gegeben, ungeheuerliche Formen der Selbstquälerei und der Selbstverleugnung, deren Ursprung die Furcht und deren Ergebnis Erniedrigung von unendlich schrecklicherer Art war, als jene nur eingebildete Erniedrigung, vor der die Menschen in ihrer Unwissenheit flüchten wollten, da doch die Natur in ihrer wunderbaren Ironie den Eremiten hinausjagt, dass er mit den wilden Tieren der Wüste speise, und dem Einsiedler die Tiere des Feldes zu Gefährten gibt.

Ja, es musste, wie Lord Henry es prophezeit hatte, ein neuer Hedonismus kommen, um das Leben neu zu schaffen und es von jenem strengen, hässlichen Puritanertum zu erretten, das in unseren Tagen eine sonderbare Auferstehung feiert. Gewiss sollte auch er dem Geist dienen; aber niemals sollte er eine Theorie oder ein System annehmen, das das Opfer eines leidenschaftlichen Erlebnisses forderte. Das Ziel dieses Hedonismus sollte die Erfahrung selbst sein, und nicht die *Früchte* der Erfahrungen, mochten sie nun süß oder bitter sein. Von dem Aszetentum, das die Sinne abtötet, oder von der gemeinen Ausschweifung, die sie abstumpft, sollte dies neue Leben nichts wissen. Aber es sollte die Menschen lehren, sich für die großen Momente des Lebens zu sammeln, da das Leben selbst doch nur ein Moment ist.

Fast jeder von uns ist schon einmal morgens aufgewacht, bevor es noch dämmert, entweder nach einer jener traumlosen Nächte, die uns fast in den Tod verliebt machen, oder nach einer jener Nächte voll Schrecken und missgestalteter Lust, wenn durch die Zellen des Gehirns Phantome flattern, die schrecklicher sind als die Wirklichkeit selbst, und die das lebendige Leben erfüllt, das in allem Grotesken lauert und das der gotischen Kunst ihre ewige Kraft gibt; denn diese Kunst, so möchte man glauben, ist besonders die Kunst derer, deren Geist durch krankhafte Träume verwirrt worden ist. Allmählich greifen bleiche Finger durch die Vorhänge, die zu erzittern scheinen. In schwarzen fantastischen Formen kriechen düstere Schatten in die Winkel des Zimmers und kauern dort nieder. Draußen regen sich die Vögel in den Zweigen, oder man hört den Schritt von Menschen, die an ihr Tagewerk gehen, oder das Seufzen und Stöhnen des Windes, der von den Bergen kommt und um das stille Haus fährt, als fürchte er, die Schläfer aufzuwecken und müsse doch den Schlaf aus seiner purpurnen Höhle rufen. Schleier um Schleier aus feiner dunkler Gaze hebt sich, allmählich erhalten die Dinge ihre Formen und Farben zurück, und wir sehen mit an, wie die Dämmerung der Welt ihre alte Gestalt zurückgibt. Die bleichen Spiegel bekommen die Kraft zurück, das Leben widerzustrahlen. Die flammenlosen Kerzen stehen, wo wir sie verlassen haben, und neben ihnen liegt das aufgeschlagene Buch, das wir studiert, oder die Blume auf Draht, die wir zum Ball getragen, oder der Brief, den zu lesen wir uns gefürchtet oder den wir zu oft gelesen haben. Nichts scheint uns verändert. Aus den unwirklichen Schatten der Nacht tritt das wirkliche Leben, das wir kannten, wieder hervor. Wir müssen es aufnehmen, wo wir es abgebrochen haben, und uns beschleicht das beklemmende Gefühl, dass wir unsere Energie weiter verbrauchen müssen in derselben ermüdenden Reihe stereotyper Gewohnheiten, oder vielleicht ein wildes Verlangen, dass sich unsere Augen eines Morgens über eine Welt öffnen möchten, die in der Dunkelheit der Nacht zu unserer Lust neu erschaffen worden wäre, eine Welt, in der die Dinge neue Formen und Farben hätten, verändert seien oder andere Geheimnisse bürgen, eine Welt, in der die Vergangenheit nur einen geringen oder gar keinen Platz hätte oder doch wenigstens in keiner bewussten Form von Verpflichtung oder Reue weiterlebte, da doch selbst die Erinnerung an die Freude ihre Bitterkeit hat und das Gedenken eines Genusses seinen Schmerz.

Die Schaffung solcher Welten schien Dorian Gray die wahre Aufgabe des Lebens oder wenigstens eine seiner wahren Aufgaben. Auf seiner Suche nach Empfindungen, die zugleich neu und genussreich wären und jenes Element der Seltsamkeit enthielten, das für die Romantik so wesentlich ist, nahm er oft Gedanken auf, die, wie er selbst genau wusste, seinem Wesen fremd waren, gab sich ihren feinen Einflüssen hin und ließ sie dann, wenn er ihre Farbe aufgesogen und seine intellektuelle Neugierde befriedigt hatte, mit jener sonderbaren Gleichgültigkeit wieder fallen, die sich sehr wohl mit einem wirklich glühenden Temperament verträgt, ja, nach der Meinung gewisser moderner Psychologen, oft eine Bedingung dafür ist.

Einmal ging das Gerücht, er wolle den römisch-katholischen Glauben annehmen, und der katholische Ritus besaß tatsächlich immer eine große Anziehungskraft für ihn. Das tägliche Messopfer, das in Wirklichkeit viel gewaltiger wirkt als alle Opfer der Alten Welt, erregte ihn ebenso sehr durch seinen hochmütigen Verzicht auf alle Sinnfälligkeit, wie durch die primitive Einfachheit seiner Elemente und das ewige Pathos der menschlichen Tragödie, die es zu versinnbildlichen sucht. Er liebte es, auf dem kalten Marmorboden niederzuknien und den Priester zu beobachten, wie er in seiner steifen blumengestickten Stola langsam mit weißen Händen den Vorhang vom Tabernakel wegzieht, oder die laternenförmige, edelsteingeschmückte Monstranz in die Höhe hebt, die jene bleiche Hostie enthält, die man manchmal für das wirkliche panis coelestis, das Brot der Engel, halten möchte – oder wie er, in den Gewändern der Christuspassion, die Hostie in den Kelch taucht und um seiner Sünden willen sich die Brust schlägt. Die rauchenden Weihrauchfässer, die ernste Knaben in ihren Spitzen- und Scharlachmänteln gleich großen vergoldeten Blumen in der Luft schwingen, übten einen tiefen Reiz auf ihn aus. Wenn er die Kirche verließ, pflegte er staunend die dunkeln Beichtstühle anzublicken, und dann sehnte er sich danach, im düstern Schatten eines solchen zu sitzen und den Männern und Frauen zu lauschen, die durch das abgenutzte Gitter die wahre Geschichte ihres Lebens flüsterten.

Aber er beging nie den Irrtum, seine geistige Entwicklung durch die förmliche Annahme eines Glaubens oder eines Systems zu hemmen oder irrtümlich für ein Haus, in dem man leben konnte, einen Gasthof zu halten, der nur zum kurzen Aufenthalt für eine Nacht taugt, oder gar nur für einige Stunden einer Nacht, in der keine Sterne leuchten und der Mond verborgen ist. Der Mystizismus mit seiner wunderbaren Kraft, gewöhnliche Dinge uns seltsam erscheinen zu lassen, und dem innerlichen Widerstreben, gegen alle äußere Gesetzmäßigkeit, das ihn immer zu begleiten scheint, reizte ihn einen Sommer lang. Dann neigte er sich den materialistischen Lehrern der deutschen Darwinistischen Bewegung zu und fand einen seltsamen Genuss darin, die Gedanken und Leidenschaften der Menschen auf eine perlengroße Zelle im Gehirn zurückzuführen, oder auf einen weißen Nerv im Körper, hatte seine Freude an der Vorstellung, dass Geist, ob krankhaft oder gesund, normal oder voller Gebrechen, von gewissen körperlichen Bedingungen durchaus abhängig sei. Aber, wie schon gesagt, keine Lebenstheorie war von irgendeiner Bedeutung für ihn, verglichen mit dem Leben selbst. Er fühlte innerlich, in welche Sackgasse alle verstandesmäßige Spekulation führt, wenn man sie von der Tat und dem Experiment trennt. Er wusste, dass die Sinne nicht weniger als die Seele ihre geistigen Geheimnisse zu offenbaren haben.

So studierte er einmal das Wesen der Wohlgerüche und die Geheimnisse ihrer Bereitung, destillierte schwer duftende Öle und verbrannte wohlriechendes Gummi aus dem Osten. Er erkannte, dass es keine Stimmung des Geistes gibt, die nicht ihr Seitenstück im sinnlichen Leben hat, und wollte die wirklichen Beziehungen zwischen beiden entdecken. Er wollte wissen, weshalb der Weihrauch den Menschen mystisch stimmt, Ambra die Leidenschaften aufrührt, Veilchenduft die Erinnerung an tote Liebe erweckt, der Moschus das Gehirn verwirrt, der Tschampak die Fantasie befleckt. Oft versuchte er, eine richtige Psychologie der Düfte auszuarbeiten und die bestimmten Einwirkungen süßlich riechender Wurzeln, duftender, vollsamiger Blüten, aromatischen Balsams, dunkler, wohlriechender Hölzer zu untersuchen: des Baldrians, der

Übelkeit erregt, der Hovenie, die wahnsinnig macht, und der Aloe, die imstande sein soll, die Schwermut der Seele zu vertreiben.

Zu anderen Zeiten wieder gab er sich ganz der Musik hin und veranstaltete in einem langen, verdunkelten Saal, dessen Wände aus olivgrünem Lack und dessen Decke rot und golden gemustert war, seltsame Konzerte, bei denen tolle Zigeunerinnen kleinen Zithern eine wilde Musik entlockten, oder ernste Männer aus Tunis in gelben Burnussen die straffen Saiten ungeheurer Lauten zupften, während grinsende Neger eintönig auf kupferne Trommeln schlugen, und schlanke, turbanbedeckte Inder auf scharlachroten Matten hockten, auf langen Schilf- oder Messingpfeifen bliesen und große Brillenschlangen oder schreckliche Hornvipern beschworen oder zu beschwören schienen. Zuweilen erregten ihn der grelle Rhythmus und die schrillen Dissonanzen barbarischer Musik, während Schuberts Anmut, Chopins süßes Schmachten oder selbst die mächtigen Harmonien Beethovens an seinem Ohr vorbeiklangen. Aus allen Teilen der Welt sammelte er die merkwürdigsten Instrumente, die sich finden ließen, in den Gräbern toter Geschlechter oder unter den wenigen wilden Stämmen, die noch die Berührung mit der westlichen Kultur überlebt haben, und er liebte es, sie zu betasten und zu versuchen. Er besaß eines jener mysteriösen Juruparis der Rio-Negro-Indianer, das die Frauen nicht anblicken dürfen und selbst junge Männer erst dann, wenn sie vorher gefastet und sich gegeißelt haben, die irdenen Klappern der Peruaner, die den schrillen Ton des Vogelschreies haben, Flöten aus Menschenknochen, wie sie Alphonso de Ovalle in Chile hörte, und die klingenden grünen Jaspissteine, die bei Cuzco gefunden werden und einen Ton von sonderbarer Süße hervorbringen. Er besaß bemalte

Kürbisse, in denen Kiesel rasselten, wenn man sie schüttelte; die lange Zinke der Mexikaner, in die der Spielende nicht hineinbläst, sondern durch die er die Luft einzieht; die raue »Ture« der Stämme am Amazonenstrom, die die Wachen ertönen lassen, welche den ganzen Tag auf hohen Bäumen sitzen, und die, wie man sagt, auf eine Entfernung von drei Meilen gehört werden kann; die »Teponaztli«, die zwei zitternde Zungen aus Holz hat, und auf die man mit Stöcken schlägt, die mit dem milchigen Saft gewisser Pflanzen eingerieben werden; die Yotlglocken der Azteken, die in Büscheln, wie Trauben, hängen, und eine große zylindrische Trommel, bespannt mit der Haut von großen Schlangen gleich jener, die Bernal Diaz sah, als er mit Cortez in den mexikanischen Tempel eintrat, und von deren wehklagendem Ton er uns eine so lebendige Beschreibung hinterlassen hat. Die fantastische Art dieser Instrumente wirkte berückend auf ihn, und er empfand einen sonderbaren Genuss in dem Gedanken, dass die Kunst, ebenso wie die Natur, ihre Ungeheuer hat, Dinge von bestialischer Gestalt und mit grässlichen Stimmen. Nach einiger Zeit wurde er allerdings ihrer wieder müde und saß dann wieder in seiner Loge in der Oper, entweder allein oder mit Lord Henry, hörte ergriffen und mit Genuss den Tannhäuser und erkannte in der Ouvertüre dieses großen Kunstwerks eine Darstellung der Tragödie seiner Seele.

Ein anderes Mal warf er sich auf das Studium der Edelsteine und erschien bei einem Maskenfest als Anne de Joyeuse, Admiral von Frankreich, in einem Kleid, das mit fünfhundertsechzig Perlen geschmückt war. Diese Neigung nahm ihn jahrelang gefangen; ja vielleicht kann man sagen, dass sie ihn nie verließ. Er verbrachte oft einen ganzen Tag damit, die verschiedenen Steine, die er gesammelt hatte, aus ihren Schachteln zu nehmen und wieder zu ordnen. Da war der olivgrüne Chrysoberyll, der im Lampenlicht rot wird, der Cymophan mit seinen drahtgleichen Silberlinien, der pistazienfarbene Peridot, rosenrote und weingelbe Topase, scharlachfarbene Karfunkelsteine mit zitternden vierstrahligen Sternen, flammenrote Kaneelsteine, orangefarbene und violette Spinelle und Amethyste mit ihren wechselnden Schichten von Rubinrot und Saphirblau. Er liebte das rote Gold des Sonnensteins, die perlfarbene Weiße des Mondsteins und die gebrochenen Regenbogenfarben des milchigen Opals. Er verschaffte sich aus Amsterdam drei Smaragde von außerordentlicher Größe und wunderbarem Reichtum der Farbe und besaß einen Türkis de la vieille roche, der den Neid aller Kenner erregte.

Er entdeckte auch wunderbare Geschichten, die sich an Edelsteine knüpften. In Alphonsos »Clericalis disciplina« war eine Schlange erwähnt, die Augen aus wirklichen Hyazinthsteinen hatte, und in der romantischen Geschichte Alexanders, des Eroberers von Emathia, hieß es, er habe im Tal des Jordan Schlangen mit Ringen aus wirklichen Smaragden, die ihnen auf dem Rücken wuchsen, gefunden. Im Gehirn eines Drachen befand sich, nach der Mitteilung des Philostratus, ein Edelstein, und dadurch, dass man ihm goldene Lettern und ein scharlachrotes Gewand vorhielt, konnte das Ungeheuer in einen magischen Schlaf versetzt und getötet werden. Nach der Meinung des großen Alchimisten Pierre de Boniface macht der Diamant den Menschen unsichtbar und der indische Achat ihn beredt. Der Karneol beschwichtigt den Zorn, der Hyazinth schläfert ein, und der Amethyst verscheucht den Weindunst. Der Granat vertreibt die Dämonen und der Hydrophit raubt dem Mond seine Farbe. Der Selenit nimmt mit dem Mond zu und ab, und der Melokeus, der die Diebe entdeckt, läuft nur an, wenn ihn das Blut junger Ziegen berührt. Leonardus Camillus hat einen weißen Stein gesehen, den man aus dem Gehirn einer eben getöteten Kröte genommen hatte und der ein sicheres Mittel gegen Vergiftung war. Der Bezoar, den man im Herzen des arabischen Hirsches findet, besitzt die Zauberkraft, die Pest zu heilen. In den Nestern arabischer Vögel kommt der Aspilat vor, der, nach der Angabe des Demokrit, seinen Träger vor jeder Feuersgefahr bewahrt.

Der König von Ceilan ritt bei seiner Krönungsfeier mit einem roten Rubin in der Hand durch seine Hauptstadt. Die Tore zum Palast Johannes des Priesters waren »gefertigt aus Karneol, in den das Horn der Hornviper eingeritzt war, was die Wirkung hatte, dass kein Mensch Gift hineinbringen konnte«. Über dem Giebel waren zwei »goldene Äpfel, die zwei Karfunkelsteine enthielten«, sodass das Gold am Tag glänzte und die Karfunkelsteine in der Nacht. In Lodges seltsamem Roman »Eine amerikanische Perle« heißt es, in dem Schlafzimmer der Königin konnte man gewahren »alle keuschen Frauen der Welt, getrieben in Silber, wie sie in schöne Spiegel aus Chrysolith, Karfunkelsteinen, Saphiren und grünen Smaragden blicken«. Marco Polo hatte gesehen, wie die Einwohner von Zipangu den Toten rosenfarbene Perlen in den Mund stecken. Ein Seeungeheuer erglühte in Liebe zu einer Perle, die ein Taucher ihm raubte und dem König Perozes brachte; es tötete dann den Dieb und trauerte sieben Monate über den Verlust des Edelsteins. Als die Hunnen den König in eine Grube gelockt hatten, warf er den Stein fort – so erzählt Prokopius die Geschichte –, und er wurde nie wieder gefunden, obwohl der Kaiser Anastasius fünf Zentner Goldstücke dafür bot. Der König von Malabar hatte einmal einem Venezianer einen Rosenkranz aus dreihundertundvier Perlen gezeigt, eine Perle für jeden Götzen, den er verehrte.

Als der Herzog von Valentinois, der Sohn Alexanders VI., Ludwig XII. von Frankreich besuchte, war nach der Angabe des Brantôme sein Pferd mit goldenen Blättern bedeckt, und sein Barett trug doppelte Reihen von Rubinen, die ein prächtiges Licht ausstrahlten. Karl von England ritt in Steigbügeln, die mit vierhunderteinundzwanzig Diamanten besetzt waren. Richard II. hatte einen Rock, der mit Balasrubinen besetzt war und den man auf dreißigtausend Mark schätzte. Hall beschreibt Heinrich VIII. auf seinem Weg zur Krönung nach dem Tower: Er trug »eine Jacke aus getriebenem Gold, die Brust bestickt mit Diamanten und anderen Edelsteinen, und um den Hals ein mächtiges Gehänge aus schweren Rubinen«. Die Favoritinnen Jakobs I. trugen Ohrringe aus Smaragden, die in Goldfiligran gefasst waren. Eduard II. schenkte dem Piers Gaveston eine Rüstung aus rotem Gold, mit Hyazinthsteinen besetzt, eine Halsberge aus goldenen Rosen, in die Türkise eingelassen waren, und eine mit Perlen »übersäte« Sturmhaube. Heinrich II. trug mit Edelsteinen besetzte Handschuhe, die bis zum Ellbogen reichten, und hatte einen Falkenierhandschuh, den zwölf Rubinen und zweiundfünfzig große Perlen zierten. Der Herzogshut Karls des Kühnen, des letzten Burgunderherzogs seines Geschlechts, war mit birnenförmigen Perlen behangen und mit Saphiren überstreut.

Wie erlesen war einst das Leben gewesen! Wie prächtig in seinem Pomp und Schmuck! Auch nur von dem Reichtum toter Zeiten zu lesen, war schon wunderbar.

Dann wieder wandte er seine Aufmerksamkeit Stickereien und Gobelins zu, die in den frostigen Räumen der nördlichen Völker Europas die Stelle der Fresken vertraten. Als er sich in dieses Thema versenkte – und er besaß immer eine außerordentliche Fähigkeit, sich für den Augenblick von jeder Sache, die ihn beschäftigte, ganz einnehmen zu lassen –, wurde er fast traurig bei dem Gedanken, dass die Zeit schöne und wunderbare Dinge zerstört. Er jedoch war diesem Fluch entronnen. Sommer folgte auf Sommer, die gelben Narzissen hatten geblüht und waren viele Male verwelkt, schreckliche Nächte wiederholten die Geschichte ihrer Schande – er aber blieb unverändert. Kein Winter zerstörte sein Antlitz oder befleckte seinen blütengleichen Reiz. Wie anders war das mit materiellen Dingen! Wohin waren sie gekommen? Wo war das krokusfarbene Gewand, auf dem die Götter die Giganten bekämpften, das von braunen Mädchen der Athene zur Freude gestickt worden war? Wo das große Zeltdach, das Nero über das Kolosseum in Rom hatte breiten lassen, dieses titanische Purpursegel, auf dem der Sternenhimmel dargestellt war und Apollo, der die weißen Hengste vor seinem Wagen mit goldenen Zügeln lenkt? … Er sehnte sich danach, die merkwürdigen Tischdecken zu sehen, die für den Sonnenpriester gefertigt und auf denen alle Leckerbissen und Speisen eingestickt waren, die man für ein Festmahl nur wünschen kann; das Bahrtuch des Königs Hilperich mit seinen dreihundert goldenen Bienen; die fantastischen Kleider, die die Entrüstung des Bischofs von Pontus erregten und auf denen »Löwen, Panther, Bären, Hunde, Wälder, Felsen, Jäger – kurz alles, was ein Maler von der Natur abmalen kann«, dargestellt war; und den Rock, den Karl von Orleans einmal getragen hat, auf dessen Ärmel die Verse eines Gedichtes gestickt waren, das begann: »Madame, je suis tout joyeux«, während die Noten dazu mit goldenen Fäden eingestickt waren und jeder Notenkopf – man machte sie damals noch viereckig – aus vier Perlen gebildet war. Er las von dem Zimmer, das man im Palast von Reims für den Gebrauch der Königin Johanna von Burgund eingerichtet hatte, »das ausgeschmückt war mit dreizehnhunderteinundzwanzig gestickten Papageien und gekrönt mit dem Wappen des Königs, dazu fünfhunderteinundsechzig Schmetterlingen, deren Flügel auf ähnliche Weise mit dem Wappen der Königin geschmückt waren, das Ganze in Gold gearbeitet«. Katharina von Medici hatte sich ein Trauerbett machen lassen aus schwarzem Samt, mit Mondsicheln und Sonnenscheiben bedeckt. Seine Vorhänge waren aus Damast, und auf dem goldenen und silbernen Grund waren Zweige und Girlanden gestickt, die Ränder waren mit Perlenstickereien eingefasst, und es stand in einem Zimmer, das mit Silbertuch bespannt war, auf dem die Devise der Königin in geschorenem schwarzem Samt angebracht war. Ludwig XIV. hatte in seinem Gemach goldgestickte, fünfzehn Fuß hohe Karyatiden. Das Staatsbett Sobieskis, des Königs von Polen, war aus Smyrna-Goldbrokat, und mit Türkisen waren die Verse aus dem Koran hineingestickt. Die Füße waren aus vergoldetem Silber, schön getrieben und reich mit Medaillons aus Email und Edelsteinen besetzt. Es war bei der Belagerung von Wien im türkischen Lager erbeutet worden und die Fahne Mohammeds war unter dem schimmernden Gold seines Baldachins angebracht.

So sammelte er ein ganzes Jahr lang die auserlesensten Muster von Textilkunst und Stickereien, die er auftreiben konnte. Er bekam zierliche Delhimusseline, in die goldene Palmblätter kunstreich eingewebt und die mit irisierenden Käferflügeln benäht waren; Gazen aus Dhaka, die man im Orient ihrer Durchsichtigkeit wegen »gewebte Luft«, »rinnendes Wasser« und »Abendtau« nennt; seltsam gemusterte Tücher aus Java; kunstvoll gearbeitete, gelbe chinesische Tapeten; Bücher, die in lohfarbigen Atlas oder hellblaue Seide gebunden, in die Lilienblüten, Vögel und Bilder hineingepresst waren; gewebte Schleier mit ungarischen Spitzen; sizilianische Brokate und steife spanische Samte; georgische Arbeiten mit ihren goldenen Münzen und japanische Fukusas mit ihrem grün getönten Gold und ihren wunderbar gefiederten Vögeln.

Er hatte auch eine besondere Vorliebe für kirchliche Gewänder, wie überhaupt für alles, was mit dem religiösen Ritual zusammenhing. In den langen Kästen aus Zedernholz, die die westliche Galerie seines Hauses einrahmten, hatte er viele seltene, schöne Proben des echten Gewandes der »Braut Christi« angehäuft, die sich in Purpur, in Edelsteine kleiden und in zartes Linnen den bleichen, abgezehrten Körper verhüllen muss, der ermattet ist von Leiden, die sie sucht, und verwundet von Schmerzen, die sie sich selbst bereitet hat. Er besaß einen prachtvollen Chorrock aus karminroter Seide und golddurchwirktem Damast, geziert mit einem fortlaufenden Muster aus goldenen Granatäpfeln, die auf sechsblättrigen Blüten saßen, und neben die auf jeder Seite ein Tannenzapfen in Staubperlen gestickt war. Die Goldborten waren in Felder geteilt, auf denen Szenen aus dem Leben der Jungfrau Maria dargestellt waren, und auf den Talarüberwurf war die Krönung der Jungfrau in farbiger Seide eingestickt. Es war dies eine italienische Arbeit aus dem fünfzehnten Jahrhundert. Ein anderer Chorrock war aus grünem Samt, bestickt mit herzförmigen Akanthusblättern, aus denen lang gestielte weiße Blüten hervorsprühten. Die Details waren in silbernen Fäden und farbigen Kristallen ausgearbeitet. Die Spange trug den Kopf eines Seraphs in erhabener Goldarbeit. Die Goldborten waren in roter und goldener Seide kunstvoll auf geblümtem Tuch gewebt und mit den Medaillons vieler Heiligen und Märtyrer geschmückt, unter denen der heilige Sebastian hervorragte. Er hatte auch Messgewänder aus ambrafarbiger Seide und blauer Seide, aus Goldbrokat und aus gelbem Seidendamast mit Goldstoff, bedeckt mit Darstellungen aus der Passion und der Kreuzigung Christi und mit Löwen, Pfauen und anderen Emblemen bestickt; Dalmatiken aus weißem Atlas und rosa Seidendamast, geziert mit Tulpen, Rittersporn und Lilienblüten; Altardecken aus scharlachrotem Samt und blauem Linnen; und viele Messdecken, Decktücher für den Abendmahlskelch und Schweißtücher. In den mystischen Diensten, zu denen diese Dinge verwandt wurden, lag etwas, das seine Einbildungskraft belebte.

Diese Schätze, wie überhaupt alles, was er in seinem wunderbaren Haus sammelte, waren für ihn nur Mittel zum Vergessen, Formen, durch die er für eine Zeit der Angst entrinnen konnte, die ihm oft fast zu groß erschien, als dass er sie hätte ertragen können. An die Wand des einsamen, verschlossenen Raumes, in dem er einen so großen Teil seiner Jugend verbracht hatte, hatte er mit seinen eigenen Händen das fürchterliche Bild gehängt, dessen veränderte Züge ihm die wahrhafte Erniedrigung seines Lebens zeigten, und darüber hatte er als Vorhang die Decke aus Purpur und Gold angebracht. Wochenlang ging er nicht dorthin, vergaß das grässlich gemalte Ding und hatte wieder sein leichtes Herz, seine wunderbare Fröhlichkeit, seine Kraft, sich leidenschaftlich ans Leben zu verlieren. Dann aber schlich er plötzlich in der Nacht aus dem Haus, ging an schaurige Orte in der Nähe von Blue Gate Fields und blieb dort tagelang, bis man ihn fortjagte. Nach seiner Rückkehr saß er dann vor dem Bild, einmal voll Hass gegen dieses und gegen sich selbst, ein anderes Mal aber erfüllt von dem Stolz auf das eigene Wesen, der der halbe Reiz der Sünde ist, und lächelte mit geheimer Lust den verunstalteten Schatten an, der die Last zu tragen hatte, die eigentlich für ihn bestimmt war.

Nach einigen Jahren konnte er es nicht aushalten, lange von England weg zu sein, und gab das Landhaus auf, das er in Trouville mit Lord Henry zusammen besaß, und ebenso das kleine weiß ummauerte Haus in Algier, wo sie mehr als einmal den Winter verbracht hatten. Er konnte es nicht ertragen, von dem Bild getrennt zu sein, das ein wesentlicher Teil seines Lebens war, und fürchtete auch, während seiner Abwesenheit könne irgendjemand in das Zimmer eindringen trotz den sorgfältig gearbeiteten Riegeln, die er an der Tür hatte anbringen lassen.

Trotzdem war er sich völlig bewusst, dass das Bild nichts verraten würde. Zwar bewahrte es unter all der Gemeinheit und Hässlichkeit seines Antlitzes noch eine deutliche Ähnlichkeit mit ihm, aber was konnte man daraus schließen? Er würde jeden auslachen, der versuchen wollte, ihn deswegen zu schmähen. Er hatte das Bild ja nicht gemalt. Was ging es ihn an, wie gemein und schändlich es aussah? Ja, selbst wenn er jemandem die Geschichte erzählte – würde man ihm denn glauben?

Und doch hatte er Angst. Manchmal, wenn er in seinem großen Haus in Nottinghamshire war und die eleganten jungen Leute seines Standes, die seinen Kreis bildeten, bei sich sah, und die Grafschaft durch den ausschweifenden Luxus und den prunkhaften Glanz seiner Lebensführung in Erstaunen setzte, verließ er plötzlich seine Gäste, eilte zurück in die Stadt, um nachzusehen, ob die Tür nicht nachgegeben habe, und ob das Bild noch da sei. Wie, wenn es jemand gestohlen hätte? Der bloße Gedanke daran erfüllte ihn mit kaltem Schrecken. Gewiss würde dann die Welt sein Geheimnis erfahren. Vielleicht ahnte sie es schon.

Während er nämlich viele bezauberte, gab es doch nicht wenige, die ihm misstrauten. Er wäre beinah einmal aus einem Westend-Klub herausballotiert worden, zu dessen Mitgliedschaft ihn seine soziale Stellung und Geburt vollständig berechtigten, bei einer anderen Gelegenheit, als er von einem Freund in den Churchillklub eingeführt worden war, seien, so erzählte man, der Herzog von Berwick und ein anderer Herr demonstrativ aufgestanden und hinausgegangen. Sonderbare Geschichten waren über ihn im Umlauf, als er sein fünfundzwanzigstes Jahr vollendet hatte. Man raunte sich zu, dass man ihn in einer elenden Kneipe in einem entlegenen Winkel von Whitechapel mit fremden Matrosen habe zechen sehen, und dass er mit Dieben und Falschmünzern Umgang habe und die Geheimnisse ihres Gewerbes kenne. Seine Gewohnheit, auf geheimnisvolle Weise manchmal zu verschwinden, wurde bekannt, und wenn er dann wieder in Gesellschaft erschien, flüsterten sich die Männer in den Ecken Bemerkungen zu oder gingen an ihm mit einem spöttischen Lächeln oder kühlen forschenden Augen vorüber, als hätten sie sich vorgenommen, hinter sein Geheimnis zu kommen.

Von solchen Unverschämtheiten und Versuchen, ihn zu provozieren, nahm er natürlich keine Notiz, und nach der Meinung der meisten Leute war sein offenes, heiteres Wesen, sein reizvolles, knabenhaftes Lächeln und die unendliche Grazie der wunderbaren Jugend, die ihn nie zu verlassen schien, an sich eine genügende Antwort auf die Verleumdungen – denn dafür hielt man die Gerüchte, die über ihn im Umlauf waren. Doch bemerkte man, dass häufig Menschen, die mit ihm sehr intim verkehrt hatten, ihn nach einiger Zeit zu meiden anfingen. Frauen, die ihn unbändig geliebt hatten und seinetwillen allen sozialen Vorurteilen getrotzt und die Konvention verachtet hatten, konnte man vor Scham und Entsetzen bleich werden sehen, wenn Dorian Gray eintrat.

Doch diese Skandale, die man sich zuraunte, erhöhten in den Augen vieler nur seinen seltsamen und gefährlichen Reiz. Auch sein großer Reichtum bot eine gewisse Sicherheit. Die Gesellschaft, wenigstens die zivilisierte Gesellschaft, glaubt nie gern etwas Schlechtes von denen, die zugleich reich und anziehend sind. Sie begreift instinktiv, dass Manieren wichtiger sind als Moral, und nach ihrer Meinung ist die höchste Ehrbarkeit weniger wert als der Besitz eines guten Küchenchefs. Schließlich ist es auch ein sehr armseliger Trost, wenn man hört, dass ein Mann, der einem ein schlechtes Diner mit elendem Wein gegeben hat, in seinem Privatleben unantastbar ist. »Selbst die größten Tugenden können nicht für lauwarme Vorgerichte entschädigen«, bemerkte Lord Henry einmal, als man über diese Sache sprach – und für seine Ansicht lässt sich vielleicht sehr viel sagen. Die Gesetze der guten Gesellschaft sind oder sollten doch dieselben sein wie die der Kunst. Form ist für sie das unbedingt Wesentliche. Sie sollte die Würde einer Zeremonie haben ebenso wie deren Unwirklichkeit, und die Unaufrichtigkeit eines romantischen Schauspiels mit dem Witz und der Schönheit verbinden, die für uns das Entzücken solcher Stücke ausmachen. Ist denn Unaufrichtigkeit wirklich etwas so Furchtbares? Ich glaube nicht. Sie ist nur ein Mittel, durch das wir unsere Persönlichkeit vervielfältigen können.

Das war wenigstens die Meinung Dorian Grays. Er wunderte sich über die fade Psychologie derer, die die

Individualität eines Menschen als etwas Einfaches, Beständiges, Verlässliches und Einheitliches auffassen. Für ihn war der Mensch ein Wesen mit unendlich vielen Leben und unzähligen Gefühlen, ein kompliziertes, vielgestaltiges Geschöpf, das eine seltsame Erbschaft überkommener Gedanken und Leidenschaften in sich trug und dessen Fleisch durchtränkt war von der ungeheuerlichen Krankheit der schon Verstorbenen. Er liebte es, durch die kahle, kalte Ahnengalerie seines Landsitzes zu schlendern und die Porträts all der verschiedenen Menschen zu betrachten, deren Blut in seinen Adern floss. Da war Philip Herbert, den Francis Osborne in seinen »Denkwürdigkeiten aus der Regierungszeit der Königin Elisabeth und des Königs Jakob« als einen Mann beschreibt, »den der ganze Hof seines hübschen Gesichtes wegen liebte, der es aber nicht lange behielt«. War es das Leben des jungen Herbert, das er manchmal führte? Hatte irgendein merkwürdiger Giftkeim von Körper zu Körper seinen Weg genommen, bis er ihn selbst erreicht hatte? War es irgendeine dumpfe Erinnerung an diese verwelkte Anmut gewesen, die ihn damals in Basil Hallwards Atelier so jäh, eigentlich ohne Grund, jenen wahnsinnigen Wunsch hatte aussprechen lassen, der sein Leben so verändert hatte? Dann war da in einem goldgestickten roten Wams, einem mit Edelsteinen geschmückten Überrock mit goldgesäumter Krause und Stulphandschuhen Sir Anthony Sherard; zu seinen Füßen lag seine Rüstung, silbern und schwarz. Was war das Vermächtnis dieses Mannes? Hatte ihm der Geliebte der Johanna von Neapel ein Erbteil von Sünde und Schande hinterlassen? Waren seine eigenen Handlungen nur die Träume, die der Tote nicht in Handlungen umzusetzen gewagt hatte? Hier lächelte von einer verblassten Leinwand Lady Elisabeth Devereux in ihrer Gazehaube, dem

Brustschmuck aus Perlen und den roten Schlitzärmeln. Sie hielt eine Blume in der rechten Hand und die linke umschloss eine emaillierte Halskette aus weißen und Damaszener Rosen. Auf einem Tisch an ihrer Seite lag eine Mandoline und ein Apfel. Auf ihren kleinen spitzen Schuhen saßen große grüne Rosetten. Er kannte ihr Leben und die seltsamen Geschichten, die man über ihre Liebhaber erzählte. Hatte er etwas von ihrem Temperament? Diese mandelförmigen Augen mit den schweren Lidern schienen ihn neugierig anzublicken. Wie war es mit George Willoughby mit seinem gepuderten Haar und seinen fantastischen Schönheitspflästerchen? Wie böse er aussah! Das Gesicht war mürrisch und düster, die sinnlichen Lippen schienen voll Verachtung zusammengekniffen. Feine Spitzenmanschetten fielen über die mageren gelben Hände, die mit Ringen überladen waren. Er war ein Stutzer des achtzehnten Jahrhunderts gewesen und in seiner Jugend ein Freund von Lord Ferrars. Wie war es mit dem zweiten Lord Beckenham, dem Genossen des Prinzregenten in seinen wildesten Tagen und einem der Zeugen bei seiner geheimen Heirat mit Mrs. Fitzherbert? Wie stolz und hübsch war er mit seinen kastanienbraunen Locken und der anmaßenden Haltung! Welche Leidenschaften hatte er ihm vermacht? Die Welt hatte ihn für verrucht gehalten. Er hatte die Orgien in Carlton House veranstaltet. Der Stern des Hosenbandordens strahlte auf seiner Brust. Neben ihm hing das Bild seiner Gemahlin, einer bleichen Frau mit schmalen Lippen in Schwarz. Auch ihr Blut kreiste in ihm. Wie merkwürdig schien das alles! Da war seine Mutter mit ihrem Lady-Hamilton-Gesicht und ihren feuchten, wie vom Wein benetzten Lippen – er wusste, was er von ihr hatte. Von ihr hatte er seine Schönheit und seine Leidenschaft für die Schönheit anderer. Sie lachte ihn an in ihrem weiten Bacchantinnenkleid. Im Haar trug sie Weinlaub, über den Becher, den sie hielt, schäumte purpurner Wein. Die Fleischtöne der Malerei waren verblasst, aber noch waren die Augen wunderbar in ihrer Tiefe und ihrem Farbenglanz. Sie schienen ihm überallhin zu folgen.

Aber man hatte Vorfahren in der Literatur ebenso gut wie in der eigenen Rasse, und viele von ihnen standen einem vielleicht näher in ihrer Art, in ihrem Temperament und hatten einen Einfluss, dessen man sich noch viel bewusster war. Es gab Zeiten, da es Dorian Gray erschien, als ob die ganze Weltgeschichte nur ein Bericht seines eigenen Lebens sei, nicht wie er es in der Tat und durch die Zufälle bestimmt lebte, sondern wie es seine Fantasie für ihn erschaffen hätte, so wie es in seinem Gehirn und in seinen Leidenschaften lebte. Er fühlte, dass er sie alle gekannt hatte, diese merkwürdigen, schrecklichen Gestalten, die über die Bühne des Lebens geschritten waren und der Sünde einen so hellen Glanz gegeben hatten und das Böse so reich an tiefen Reizen erscheinen ließen. Er fühlte, dass auf irgendeine geheimnisvolle Weise ihr Leben auch das seine gewesen sei.

Der Held jenes wunderbaren Romans, der sein Leben so beeinflusst hatte, hatte diesen merkwürdigen Einfall auch gekannt. Im siebenten Kapitel erzählt er, wie er, mit Lorbeer bekränzt, damit ihn der Blitz nicht treffe, als Tiberius in einem Garten von Capri gesessen und die schamlosen Bücher der Dichterin Elephantis gelesen habe, während Zwerge und Pfauen um ihn herumstolzierten und der Flötenspieler den Schwinger der Weihrauchpfanne verspottete; wie er als Caligula mit den grünblusigen Jockeys in ihren Ställen gezecht und aus einer elfenbeinernen Krippe zusammen mit einem edelsteinbestirnten

Rosse gegessen habe; wie er als Domitian durch einen Gang mit Marmorspiegeln gewandert sei und mit tief in ihren Höhlen liegenden Augen nach dem Widerschein des Schwertes gesucht habe, das seine Tage enden sollte, krank vor Langerweile, dem schrecklichen taedium vitae, das jene überkommt, denen das Leben nichts versagt hat; und wie er durch einen hellen Smaragd auf die blutroten Schlächtereien des Zirkus geblickt habe und dann in einer Sänfte, geschmückt mit Perlen und Purpur, von silberbeschlagenen Maultieren durch die Granatapfelstraße zu einem goldenen Haus getragen worden sei, und als er vorbeikam, die Leute habe »Nero Cäsar!« rufen hören; und wie er sich als Heliogabal das Gesicht geschminkt, unter Weibern am Spinnrocken gewebt und die Mondgöttin aus Karthago habe holen lassen, um sie in mystischer Ehe dem Sonnengott zu vermählen.

Immer und immer wieder las Dorian dieses fantastische Kapitel und die zwei anderen, die ihm unmittelbar folgten, in denen, wie auf wunderlichen Gobelins oder kunstreich gearbeiteten Emaillen, die gräulich schönen Gestalten jener dargestellt waren, die Laster und Blut und Überdruss zu Ungeheuern oder Narren gemacht hatte: Filippo, der Herzog von Mailand, der sein Weib getötet und ihre Lippen mit scharlachrotem Gift gefärbt hatte, damit ihr Geliebter von dem Leichnam, den er liebkoste, den Tod saugen möge; der Venezianer Pietro Barbi, bekannt als Paul II., der in seiner Eitelkeit den Beinamen Formosus annehmen wollte und dessen Tiara im Werte von zweimal hunderttausend Gulden mit einer furchtbaren Sünde erkauft worden war; Gian Maria Visconti, der mit Hunden lebende Menschen jagte, und dessen Leiche von einer Dirne, die ihn geliebt hatte, mit Rosen bedeckt ward; der

Borgia auf seinem Schimmel, der Brudermord neben ihm zu Ross, und sein Mantel mit dem Blute Perottos besudelt; Pietro Riario, der junge Kardinal-Erzbischof von Florenz, das Kind und der Liebling Sixtus' IV., dessen Schönheit nur noch von seiner Lasterhaftigkeit übertroffen wurde, und der Leonora von Aragon in einem Zelt aus weißer und karmesinfarbener Seide empfing, das voll Nymphen und Zentauren war, und der einen Knaben vergoldete, damit er bei dem Fest als Ganymed oder Hylas aufwarte; Ezzelin, dessen Schwermut nur durch den Anblick des Todes geheilt werden konnte, und der eine Leidenschaft für rotes Blut hatte, wie andere Menschen für roten Wein – den man den Sohn des Teufels nannte, und der seinen eigenen Vater beim Würfeln betrogen hatte, als er mit ihm um seine Seele spielte; Giambattista Cibo, der aus Hohn den Namen Innozentius annahm und in dessen erstarrte Adern ein jüdischer Arzt das Blut von drei Jünglingen spritzte; Sigismondo Malatesta, der Liebhaber der Isotta, der Herr von Rimini, dessen Bild in Rom verbrannt wurde, weil er ein Feind Gottes und der Menschen sei, der Polyssena mit einem Tuch erdrosselte, der Ginevra d'Este in einem Smaragdbecher Gift gab und einer schändlichen Leidenschaft zu Ehren, einen heidnischen Tempel zur Anbetung durch die Christen erbaute; Karl VI., der das Weib seines Bruders so ungestüm liebte, dass ihn ein Aussätziger vor dem Irrsinn, der ihn überkommen werde, warnte und der, als sein Geist krank geworden war und sich verwirrt hatte, nur durch sarazenische Karten, auf denen Liebe, Tod und Wahnsinn abgebildet waren, Linderung finden konnte; und in seinem gestickten Wams, seinem edelsteingeschmückten Barett und den akanthusgleichen Locken Grifonetto Baglioni, der Astorre mit seiner Braut umbrachte und Simonetto mit seinem Pagen, und dessen

Liebreiz so groß war, dass, als er sterbend im Sand von Perugia lag, seine Widersacher das Schluchzen überkam und Atalanta, die ihn verflucht hatte, ihn segnete.

In alledem war für Dorian ein schrecklicher Reiz. Er sah diese Gestalten bei Nacht, und auch am Tag verwirrten sie seine Fantasie. Die Renaissance kannte seltsame Arten, zu vergiften: durch einen Helm, den man aufsetzte, oder eine angezündete Fackel, einen bestickten Handschuh oder einen edelsteinbesetzten Fächer, eine vergoldete Riechbüchse oder eine Bernsteinkette. Dorian Gray war von einem Buch vergiftet worden. Es gab Augenblicke, in denen er die Sünde lediglich als eine Art ansah, seinen Schönheitsbegriff zu verwirklichen.

Zwölftes Kapitel

Es war am 9. November, dem Vorabend seines achtunddreißigsten Geburtstages, wie er sich oft nachher erinnerte.

Er ging gegen elf Uhr von Lord Henry, bei dem er gespeist hatte, nach Hause und war, da die Nacht kalt und neblig war, in einen schweren Pelz gehüllt. An der Ecke Grosvenor Square und South Audley Street ging im Nebel ein Mann sehr eilig an ihm vorbei, der den Kragen seines grauen Ulsters hochgeschlagen hatte. Er trug eine Reisetasche in der Hand. Dorian erkannte ihn. Es war Basil Hallward. Ein seltsames Angstgefühl, für das er keinen Grund angeben konnte, überkam ihn. Er ließ nicht merken, dass er ihn erkannt hatte, und ging rasch in der Richtung auf sein Haus weiter.

Aber Hallward hatte ihn gesehen. Dorian hörte, wie er auf dem Trottoir stehen blieb und ihm dann nacheilte. Ein paar Augenblicke später lag eine Hand auf seinem Arm.

»Dorian, was für ein außerordentlich glücklicher Zufall! Ich habe seit neun Uhr in Ihrem Bibliothekszimmer auf Sie gewartet. Schließlich habe ich mit Ihrem müden Diener Mitleid gehabt und ihn zu Bett geschickt, als er mich hinausließ. Ich fahre mit dem Mitternachtszug nach Paris und hatte den ganz besonderen Wunsch, Sie noch vor meiner Abreise zu sehen. Als Sie vorbeigingen, erkannte ich Sie oder vielmehr Ihren Pelz. Aber ich war doch nicht ganz sicher. Haben Sie mich nicht erkannt?«

»Bei dem Nebel, lieber Basil? Ich kann kaum die Straße hier erkennen. Ich denke, mein Haus ist irgendwo in der Nähe, aber ich bin ganz und gar nicht sicher. Es tut mir recht leid, dass Sie verreisen. Ich habe Sie ja eine Ewigkeit nicht gesehen. Aber Sie kommen doch wohl bald wieder?«

»Nein; ich bleibe sechs Monate von England fort. Ich will mir ein Atelier in Paris nehmen und mich dort einschließen, bis ich ein großes Bild, das ich im Kopf habe, fertig habe. Aber ich wollte nicht über mich mit Ihnen reden. Da sind wir an Ihrer Tür. Lassen Sie mich einen Augenblick eintreten – ich habe Ihnen etwas zu sagen.«

»Es wird mir eine große Freude sein. Aber versäumen Sie Ihren Zug auch nicht?«, sagte Dorian Gray langsam, als er die Treppe hinaufging und mit seinem Schlüssel die Tür öffnete.

Im Schein der Laterne, deren Licht mit dem Nebel kämpfte, sah Hallward auf die Uhr. »Ich habe noch eine Menge Zeit«, antwortete er. »Der Zug fährt zwölf Uhr fünfzehn und es ist erst elf. Um die Wahrheit zu sagen: Ich war gerade auf dem Weg in den Klub, um Sie zu suchen, als ich Sie traf. Mein Gepäck wird mich, wie

Sie sehen, nicht sehr aufhalten. Die schweren Sachen habe ich vorausgeschickt; hier in der Tasche ist alles, was ich bei mir habe. Die Victoria Station erreiche ich in höchstens zwanzig Minuten!«

Dorian sah ihn lächelnd an. »Für einen Maler von Welt eine merkwürdige Art, zu reisen! Eine Handtasche und einen Ulster! Kommen Sie herein, sonst dringt der Nebel ins Haus! Und merken Sie sich: Über Ernsthaftes wird nicht gesprochen. Nichts ist heutzutage ernst, wenigstens sollte es nichts sein.«

Hallward schüttelte, während er eintrat, den Kopf und folgte Dorian in die Bibliothek. Dort brannte in dem offenen Kamin ein helles Holzfeuer. Die Lampen waren angezündet und ein offener holländischer silberner Likörkasten stand mit ein paar Sodawassersiphons und großen geschliffenen Glasbechern auf einem kleinen eingelegten Tisch.

»Sie sehen, Ihr Diener hat es mir bequem gemacht, Dorian. Er hat mir alles gegeben, was ich wollte, sogar Ihre besten Zigaretten mit Goldmundstück. Er ist ein gastfreundliches Wesen. Ich mag ihn viel lieber als den Franzosen, den Sie früher hatten. Was ist übrigens aus dem geworden?«

Dorian zuckte die Achseln. »Ich glaube, er hat Lady Radleys Kammerjungfer geheiratet und sie in Paris als englische Schneiderin etabliert. Anglomanie ist, wie ich höre, drüben gegenwärtig sehr in Mode. Scheint mir recht albern von dem Franzosen, nicht wahr? … Er war übrigens, wie Sie sich erinnern werden, gar kein schlechter Diener. Ich mochte ihn zwar nie, aber ich hatte keinen Grund zur Klage. Man bildet sich eben oft ganz verrückte Dinge ein. Er war mir wirklich sehr ergeben und schien ganz traurig, als er fortging. Wollen Sie noch einen Brandy und Soda? Oder würden Sie lieber Rheinwein und Selterwasser haben? Ich nehme immer Rheinwein und Selterwasser. Es ist also gewiss welcher im Nebenzimmer.«

»Danke, ich nehme nichts mehr«, sagte der Maler, legte seine Mütze und seinen Mantel ab und warf sie auf die Reisetasche, die er in eine Ecke des Zimmers gestellt hatte. »Und jetzt, mein lieber Freund, möchte ich mit Ihnen ernsthaft sprechen. Runzeln Sie nur nicht so die Stirne – Sie machen es mir sonst nur noch schwerer.«

»Was soll das alles?«, rief Dorian verdrießlich und warf sich auf das Sofa. »Ich hoffe, es handelt sich nicht um mich. Ich habe heute Nacht genug von mir. Ich wünschte, ich wär ein anderer.«

»Es handelt sich um Sie«, antwortete Hallward mit seiner ernsten, tiefen Stimme. »Und ich muss mit Ihnen darüber sprechen. Ich werde Sie nur eine halbe Stunde aufhalten.«

Dorian seufzte und zündete eine Zigarette an. »Eine halbe Stunde!«, murmelte er.

»Das ist nicht zu viel von Ihnen verlangt, Dorian, da ich wirklich nur um ihretwillen rede. Ich halte es für notwendig, dass Sie endlich die Dinge wissen, die schrecklichen Dinge, die man sich über Sie in London erzählt.«

»Ich will absolut nichts davon wissen. Ich habe Klatsch über andere Leute sehr gern, aber Tratsch über mich interessiert mich gar nicht. Er hat nicht mehr den Reiz der Neuheit.«

»Es muss Sie aber interessieren, Dorian. Jeder Gentleman ist an seinem guten Ruf interessiert. Sie können doch nicht wollen, dass die Leute von Ihnen wie von einem niedrigen und gemeinen Menschen reden. Natürlich, Sie haben Ihre Stellung, Ihren Reichtum und so weiter – aber Stellung und Reichtum sind nicht alles. Auf mein Wort, ich glaube von den Gerüchten nichts. Wenigstens kann ich es nicht glauben, wenn ich Sie sehe. Die Sünde steht jedem Menschen auf dem Gesicht geschrieben – man kann sie nicht verbergen. Die Menschen schwatzen manchmal von geheimen Lastern. So etwas gibt es nicht. Wenn ein unseliger Mensch ein Laster hat, so erkennt man es an den Linien seines Mundes, an seinen herabfallenden Augenlidern, selbst an der Form seiner Hände. Jemand – ich will seinen Namen nicht nennen, aber Sie kennen ihn – kam voriges Jahr zu mir und wollte sich von mir malen lassen. Ich hatte ihn nie vorher gesehen und damals auch nie etwas von ihm gehört; erst seitdem hat man mir eine Menge von ihm erzählt. Er bot mir einen fabelhaften Preis. Ich habe ihn zurückgewiesen. An der Form seiner Finger war etwas, was ich hasste. Jetzt weiß ich, dass ich ganz recht mit dem hatte, was ich über ihn dachte. Das Leben, das er führt, ist fürchterlich. Aber von Ihnen, Dorian, mit Ihrem reinen hellen, unschuldigen Gesicht und Ihrer wunderbar unberührten Jugend kann ich nichts Böses glauben. Aber ich sehe Sie jetzt sehr selten – Sie kommen ja nicht mehr in mein Atelier –, und wenn ich nicht mit Ihnen zusammen bin und alle die grässlichen Dinge höre, die die Leute sich über Sie zuflüstern, dann weiß ich nicht, was ich sagen soll. Dorian, warum verlässt ein Mann wie der Herzog von Berwick im Klub das Zimmer, wenn Sie eintreten? Warum wollen so viele Leute in London nicht zu Ihnen kommen und Sie nicht mehr in ihr Haus laden? Sie waren doch früher mit Lord Staveley befreundet? Ich traf ihn vorige Woche bei einem Diner. Ihr Name wurde zufällig im Gespräch in Verbindung mit den Miniaturen genannt, die Sie der Dudleyausstellung geliehen haben. Staveley zog die Lippen kraus und sagte: Er mag ja einen sehr künstlerischen Geschmack haben, aber er ist ein Mann, den kein reines Mädchen kennenlernen sollte und mit dem keine anständige Frau im selben Zimmer bleiben sollte. Ich gab ihm zu bedenken, dass ich Ihr Freund sei, und fragte ihn, was er damit meine. Er sagte es mir – sagte es mir vor allen Leuten gerade heraus. Es war schrecklich. Warum ist Ihre Freundschaft solch ein Unglück für junge Leute? Da war der unselige Bursch in der Leibgarde, der Selbstmord begangen hat. Sie waren sein bester Freund. Da war Sir Henry Ashton, der England mit einem befleckten Namen verlassen musste. Sie und er waren unzertrennlich. Wie war es mit Adrian Singleton und seinem furchtbaren Ende? Wie mit dem einzigen Sohn des Lord Kent und seiner Karriere? Ich traf seinen Vater gestern in der St. James Street: Er schien von der Schande und dem Unglück gebrochen. Wie mit dem jungen Herzog von Perth? Was für ein Leben führt er jetzt? Welcher Gentleman will noch mit ihm verkehren?«

»Hören Sie auf, Basil! Sie sprechen von Dingen, von denen Sie nichts wissen«, sagte Dorian Gray, sich auf die Lippen beißend in einem Ton unsäglicher Verachtung. »Sie fragen mich, warum Berwick aus dem Zimmer geht, wenn ich eintrete. Er tut das, weil ich jeden Winkel seines Lebens kenne, nicht weil er etwas von mir wüsste! Wie kann bei dem Blut, das er in den Adern hat, seine Vergangenheit rein sein? … Sie fragen mich nach Henry Ashton und dem jungen Perth. Habe ich den einen seine Laster, den anderen seine Ausschweifungen gelehrt? Wenn Kents ungeratener Sohn sich sein Weib von der Straße holt, was geht das mich an? Wenn Adrian Singleton den Namen seines Freundes auf einen Wechsel schreibt, bin ich sein Hüter? Ich weiß, wie die Leute in England klatschen! Der Mittelstand führt seine moralischen Vorurteile bei plumpen Diners spazieren und tuschelt über das, was er die Ausschweifungen der Aristokratie nennt, um den Anschein zu erwecken, als ob er in der guten Gesellschaft verkehrt und mit den Leuten, die er durchhechelt, intim ist. In unserem Land genügt es, dass ein Mann Vornehmheit und Geist hat, damit sich jede gemeine Zunge an ihm wetzt. Was für eine Art Leben führen denn diese Leute, die die Moralischen spielen, selbst? Mein lieber Freund, Sie vergessen, dass wir im Mutterland der Heuchelei leben.«

»Dorian«, rief Hallward. »Darum handelt es sich nicht. Ich weiß selbst, wie schlecht es um England bestellt ist und dass die englische Gesellschaft verrottet ist. Gerade deshalb aber will ich, dass Sie gut sind – und das sind Sie nicht gewesen. Man hat das Recht, einen Mann nach der Wirkung zu beurteilen, die er auf seine Freunde ausübt. Ihre Freunde scheinen alles Gefühl für Ehre, für Tugend, für Reinheit zu verlieren. Sie haben sie mit einer wahnsinnigen Genusssucht angesteckt, durch Ihre Schuld sind sie so tief gesunken, und doch können Sie lächeln, wie Sie jetzt lächeln! … Und es kommt noch Schlimmeres! Ich weiß, dass Sie und Henry unzertrennlich sind. Schon aus dem Grund, wenn aus keinem anderen, hätten Sie den Namen seiner Schwester nicht zum Schimpfwort machen dürfen!«

»Nehmen Sie sich in acht, Basil. Sie gehen zu weit.«

»Ich muss sprechen und Sie müssen zuhören! Ja – Sie sollen zuhören. Als Sie Lady Gwendolen kennenlernten, hatte sie nicht der leiseste Hauch übler Nachrede berührt. Gibt es jetzt eine einzige anständige Frau in London, die sich mit ihr im Park zeigen würde? Ja – sogar ihre Kinder sind ihr genommen worden! … Dann sind da noch andere Geschichten – Gerüchte, dass man Sie in der Dämmerung aus schrecklichen Häusern hat herausschleichen sehen, dass Sie sich verkleidet in den elendesten Kneipen von London herumtreiben. Ist das wahr? Kann das wahr sein? Als ich es zum ersten Mal hörte, lachte ich. Jetzt höre ich es und schaudere. Wie ist es mit Ihrem Landhaus und dem Leben, das dort geführt wird? Dorian, Sie wissen nicht, was man alles über Sie sagt. Ich will nicht behaupten, dass ich Ihnen keine Predigt halten will. Ich erinnere mich nämlich, dass Henry einmal gesagt hat, jeder Mensch, der den Pastor spielen will, sagt zunächst immer, er wolle nicht predigen, und bricht dann sofort sein Wort. Ich will Ihnen eine Predigt halten. Ich möchte Sie ein solches Leben führen sehen, dass die Welt Sie achtet. Ich will, dass Sie einen reinen Namen und einen guten Ruf haben. Ich will, dass Sie sich von den grässlichen Menschen, mit denen Sie jetzt verkehren, losmachen. Zucken Sie nicht so mit den Achseln. Seien Sie nicht so gleichgültig. Sie üben einen wunderbaren Einfluss aus – lassen Sie ihn zum Guten und nicht zum Bösen wirken. Man sagt, Sie verderben jeden Menschen, mit dem Sie intim werden, und im Augenblick, da Sie ein Haus betreten, folge Ihnen Schande irgendeiner Art. Ich weiß nicht, ob das so ist oder nicht. Wie soll ich es auch wissen? Aber man sagt es von Ihnen. Man erzählt mir Dinge, die ich nicht mehr anzweifeln kann. Lord Gloucester war einer meiner besten Freunde in Oxford. Er hat mir den Brief gezeigt, den ihm seine Frau geschrieben hat, als sie allein in ihrer Villa in Mentone starb. Ihr Name war da in die fürchterlichste Beichte, die ich je gelesen habe, verwickelt. Ich sagte ihm, dass das lächerlich sei, dass ich Sie durch und durch kenne und dass Sie unfähig wären, so etwas zu tun. Doch kenne ich Sie denn? Immer wieder fragte ich mich: Kenne ich Sie denn? Bevor ich darauf eine Antwort geben kann, müsste ich Ihre Seele sehen.«

»Meine Seele sehen?«, murmelte Dorian Gray und stand vom Sofa auf, fast weiß vor Schrecken.

»Ja«, antwortete Hallward ernst in tiefschmerzlichem Ton. »Ihre Seele sehen! Aber das kann nur Gott.«

Ein höhnisches Lachen umspielte die Lippen des Jüngeren. »Sie sollen sie sehen, noch heute Nacht!«, rief er aus und nahm eine Lampe vom Tisch. »Kommen Sie, es ist ja das Werk Ihrer eigenen Hand. Warum sollen Sie es also nicht sehen? Sie können nachher allen Leuten davon erzählen, wenn Sie wollen. Niemand wird Ihnen glauben. Und wenn man Ihnen glaubte, würde man mich nur umso lieber haben. Ich kenne unsere Zeit besser als Sie, obwohl Sie so langweilig darüber schwätzen. Kommen Sie, sage ich. Sie haben genug über Verderbnis geredet. Jetzt sollen Sie sie von Angesicht zu Angesicht sehen.«

In jedem Wort, das er sprach, klang wahnsinniger Stolz. Er stampfte in seiner knabenhaften, unverschämten Art mit dem Fuß auf den Boden. Er empfand eine schreckliche Lust bei dem Gedanken, dass ein anderer jetzt sein Geheimnis teilen solle, und dass nun der Maler des Bildes, das der Ursprung all seiner Schande gewesen war, für den Rest seines Lebens mit der grässlichen Erinnerung an das, was er getan, belastet sein sollte.

Er trat näher zu ihm heran und sah ihm fest in die ernsten Augen. »Ja, ich werde Ihnen meine Seele zeigen. Sie sollen sehen, was, wie Sie glauben, nur Gott sehen kann.«

Hallward schrak zurück. »Das ist Blasphemie, Dorian. Sie dürfen solche Dinge nicht aussprechen. Sie sind schrecklich und sinnlos.«

»Glauben Sie?« Er lachte wieder.

»Ich weiß es. Was ich heute Abend gesagt habe, habe ich zu Ihrem Besten gesagt. Sie wissen, dass ich Ihnen immer ein zuverlässiger Freund gewesen bin!«

»Rühren Sie mich nicht an. Sagen Sie, was Sie noch zu sagen haben.«

Ein schmerzliches Zucken ging über das Gesicht des Malers. Er hielt einen Augenblick inne – jähes Mitleid überkam ihn. Welches Recht hatte er schließlich, in Dorian Grays Leben einzugreifen? Wenn er nur den kleinsten Teil von dem getan hatte, was die Gerüchte behaupteten – wie musste er gelitten haben! … Er richtete sich auf, ging zum Kamin hinüber und blieb dort stehen, versunken in den Anblick der brennenden Holzscheite mit ihrer schneeweißen Asche und ihren zuckenden Feuerherzen.

»Ich warte, Basil«, sagte der junge Mann mit harter, klarer Stimme.

Der Maler drehte sich um. »Was ich noch zu sagen habe, ist das: Sie müssen mir eine Antwort auf die fürchterlichen Anklagen geben, die gegen Sie erhoben werden. Wenn Sie mir sagen, dass sie von Anfang bis zu Ende unwahr sind, dann werde ich Ihnen glauben. Leugnen Sie doch ab, Dorian! Sagen Sie, dass nichts wahr daran ist! Können Sie nicht sehen, was ich durchmache? O Gott, sagen Sie nicht, dass Sie schlecht sind, verderbt und schändlich!«

Dorian lächelte. Er zog verächtlich die Lippen kraus. »Kommen Sie hinauf, Basil«, sagte er ruhig. »Ich führe ein Tagebuch meines Lebens, Tag für Tag, und es verlässt das Zimmer, in dem es geschrieben wird, niemals. Ich will es Ihnen zeigen, wenn Sie mit mir kommen.«

»Ich komme mit Ihnen, Dorian, wenn Sie es wollen. Ich sehe, dass ich meinen Zug versäumt habe. Aber daran liegt nichts – ich kann ja morgen fahren … Doch verlangen Sie nicht von mir, dass ich heute Nacht noch irgendetwas lese. Was ich will, ist eine einfache Antwort auf meine Frage.«

»Die soll Ihnen oben werden. Ich könnte sie Ihnen hier nicht geben. Sie werden nicht lange daran zu lesen haben.«

Dreizehntes Kapitel

Er verließ das Zimmer und begann, die Treppe hinaufzusteigen. Basil Hallward folgte ihm dicht auf dem Fuße. Sie gingen leise, wie es Menschen bei Nacht instinktiv tun. Die Lampe warf fantastische Schatten auf die Mauer und die Treppe. Der Wind, der sich erhoben hatte, ließ einige Fenster klappern.

Als sie den letzten Absatz erreicht hatten, stellte Dorian die Lampe auf den Boden, nahm den Schlüssel aus der Tasche und drehte ihn im Schloss. »Sie bestehen darauf, eine Antwort zu bekommen, Basil?«, fragte er mit leiser Stimme.

»Ja.«

»Ich freue mich, sie Ihnen geben zu können«, antwortete er lächelnd. Dann fügte er ziemlich hart hinzu: »Sie sind der einzige Mensch auf der Welt, der alles über mich wissen darf. Sie haben mehr mit meinem Leben zu schaffen gehabt, als Sie glauben.« Er nahm die Lampe, öffnete die Tür und ging voraus. Ein kalter Luftzug strich an ihnen vorbei und das Licht zuckte einen Augenblick in einer düstern gelben Farbe auf. Er erzitterte. »Schließen Sie die Tür hinter sich«, flüsterte er, während er die Lampe auf den Tisch stellte.

Hallward blickte sich erstaunt um. Das Zimmer sah aus, als sei es seit Jahren nicht bewohnt worden. Ein verblasster flämischer Gobelin, ein verhängtes Bild, ein alter italienischer Cassone, ein fast leerer Bücherschrank – das war, außer einem Stuhl und einem Tisch, die ganze Einrichtung. Als Dorian Gray eine halb niedergebrannte Kerze, die auf dem Kamin stand, angezündet hatte, sah er, dass der ganze Raum mit Staub bedeckt war und der Teppich durchlöchert. Eine Maus raschelte hinter der Täfelung. Dumpfer Modergeruch lag in der Luft.

»Sie glauben also, dass Gott allein die Seele sehen kann, Basil? Ziehen Sie den Vorhang zurück und Sie werden die meine sehen.«

Er sprach das mit einer Stimme, die kalt und grausam klang.

»Sie sind verrückt, Dorian, oder Sie spielen Komödie!«, murmelte Hallward stirnrunzelnd.

»Sie wollen nicht? Dann muss ich es selbst tun«, sagte der Jüngere, riss den Vorhang von der Stange und schleuderte ihn zu Boden.

Ein Schreckensschrei kam von den Lippen des Malers, als er im düstern Licht das grässliche Gesicht auf der Leinwand ihn angrinsen sah. In diesen Zügen war etwas, das ihn mit Ekel und Abscheu erfüllte. Gott im Himmel, es war ja Dorian Grays eigenes Antlitz, das er sah! Das Schreckliche, was es auch bedeuten mochte, hatte die prachtvolle Schönheit noch nicht ganz zerstört. Noch war etwas Gold in dem gelichteten Haar und etwas Scharlachrot auf dem sinnlichen Mund. Die verquollenen Augen hatten noch etwas von ihrem lieblichen Blau behalten, die edlen Linien waren von den geschwungenen Nasenflügeln und dem schön gebauten Hals noch nicht ganz verschwunden. Ja, es war Dorian selbst. Aber wer hatte das Bild gemalt? Er glaubte, den Strich seines eigenen Pinsels zu erkennen, und der Rahmen war von ihm selbst gezeichnet. Der Gedanke war ungeheuerlich und erschreckte ihn. Er nahm die brennende Kerze und hob sie gegen das Bild. In der linken Ecke stand sein eigener Name in großen zinnoberroten Lettern.

Es war irgendeine elende Parodie, eine niederträchtige, gemeine Satire. Er hatte dies Bild nicht gemalt. Und doch, es war sein eigenes Bild. Er wusste es jetzt. Ihm war, als ob sich sein Blut in einem Augenblick aus Feuer in starres Eis verwandelt hätte. Sein eigenes Bild! Was sollte das bedeuten? Warum hatte es sich verändert? Er drehte sich um und sah Dorian Gray mit den Augen eines Kranken an. Sein Mund zuckte und seine trockne Zunge schien keinen Laut hervorbringen zu können. Er fuhr sich mit der Hand über die Stirn. Sie klebte von feuchtem Schweiß.

Der junge Mann lehnte gegen den Kamin und beobachtete ihn mit jenem merkwürdigen Ausdruck, den man auf den Gesichtern von Menschen sieht, die von dem Spiel eines großen Künstlers gefesselt sind. In seinem Gesicht war weder wirklicher Schmerz noch wirkliche Lust – nur die Leidenschaft des Zuschauers und höchstens in den Augen ein triumphierendes Leuchten. Er hatte die Blume aus dem Knopfloch genommen und roch an ihr – oder tat doch so.

»Was bedeutet das?«, rief Hallward schließlich. Seine eigene Stimme klang ihm schrill und seltsam in die Ohren.

»Vor vielen Jahren, als ich noch ein Knabe war«, sagte Dorian Gray, während er die Blume in seiner Hand zerdrückte, »haben Sie mich kennengelernt, mir geschmeichelt und mich gelehrt, auf meine Schönheit eitel zu sein. Eines Tages stellten Sie mich einem Ihrer Freunde vor, der mir das Wunder der Jugend erklärte. Damals beendeten Sie gerade ein Bild von mir, das mir das Wunder der Schönheit offenbarte. In einem Augenblick des Wahnsinns – ich weiß noch jetzt nicht, ob ich ihn bedauere oder nicht –, sprach ich einen Wunsch aus, vielleicht würden Sie es ein Gebet nennen …«

»Ich erinnere mich. Wie gut erinnere ich mich! … Nein, das ist unmöglich. Das Zimmer ist feucht, Stockflecken sind in die Leinwand gekommen. In den Farben, die ich benutzt habe, war irgendein elendes Gift. Ich sage Ihnen, so etwas ist unmöglich.«

»Ach, was ist unmöglich?«, flüsterte Dorian, ging zum Fenster hinüber und presste seine Stirn gegen die kalte, nebelfeuchte Scheibe.

»Sie haben mir doch einmal gesagt, Sie hätten das Bild zerstört.«

»Das war ein Irrtum: es hat mich zerstört.«

»Ich kann nicht glauben, dass es meine Arbeit ist.«

»Erkennen Sie denn nicht Ihr Ideal darin?«, fragte Dorian bitter.

»Mein Ideal, wie Sie es nennen …«

»Wie Sie es nannten.«

»In dem war nichts Böses, nichts Schändliches. Sie waren für mich ein Ideal, wie ich ihm nie wieder begegnen werde. Das da aber ist das Gesicht eines Fauns.«

»Es ist das Gesicht meiner Seele.«

»Herr im Himmel, was für ein Ding habe ich angebetet! Es hat die Augen eines Teufels.«

»Ein jeder von uns trägt Himmel und Hölle in sich, Basil«, rief Dorian mit einer wilden, verzweifelten Gebärde.

Hallward wendete sich wieder dem Bild zu und starrte es an. »Mein Gott, wenn es wahr ist«, rief er aus. »Und wenn Sie das aus Ihrem Leben gemacht haben, dann müssen Sie noch schlechter sein als die, die gegen Sie sprechen, glauben.« Er hielt das Licht wieder vor die Leinwand und betrachtete sie. Die Oberfläche schien völlig unzerstört und so, wie er sie zum letzten Mal gesehen hatte. Von innen war also offenbar die Fäulnis, das Entsetzliche gekommen. Durch eine sonderbare innere Belebung zerfraß der Aussatz der Sünde die ganze Gestalt. Die Verwesung eines Leichnams in einem feuchten Grab konnte nicht so fürchterlich sein.

Seine Hand zitterte und die Kerze fiel aus dem Leuchter zu Boden und lag flackernd da. Er trat mit dem Fuß darauf und löschte sie aus. Dann warf er sich in den wackligen Stuhl, der neben dem Tisch stand, und vergrub sein Gesicht in den Händen.

»Großer Gott, Dorian, was für eine Lehre, was für eine furchtbare Lehre!«

Es kam keine Antwort, aber er konnte den andern am Fenster schluchzen hören.

»Beten Sie, Dorian, beten Sie«, flüsterte er. »Was war es doch, was man uns in unserer Kindheit gelehrt hat? ›Führe uns nicht in Versuchung! Vergib uns unsere Schuld! Nimm von uns unsere Missetat!‹ Wir wollen das zusammen beten. Das Gebet Ihres Stolzes ist erfüllt worden, das Gebet Ihrer Reue wird auch erfüllt werden. Ich habe Sie zu sehr geliebt. Dafür bin ich jetzt gestraft. Sie haben sich selbst zu sehr geliebt. Wir haben beide unsere Strafe.«

Dorian Gray drehte sich langsam um und sah ihn mit Tränen schimmernden Augen an. »Es ist zu spät, Basil«, stammelte er.

»Es ist nie zu spät, Dorian! Wir wollen niederknien und sehen, ob wir uns nicht an ein Gebet erinnern können. Steht nicht irgendwo geschrieben: ›Und wäre deine Sünde wie Scharlach, so will ich sie weiß machen wie Schnee‹?«

»Diese Worte haben für mich keinen Sinn mehr.«

»Still, sagen Sie das nicht, Sie haben schon genug Böses in Ihrem Leben getan. Mein Gott, sehen Sie nicht, wie uns das fürchterliche Ding anstarrt?«

Dorian Gray blickte nach dem Bild, und plötzlich überkam ihn ein zügelloser Hass auf Basil Hallward, als sei er ihm von dem Bild auf der Leinwand eingegeben, von diesen grinsenden Lippen in sein Ohr geflüstert worden. Die wilde Wut eines gehetzten Tieres wallte in ihm auf, und er hasste den Mann, der da an dem Tisch saß, mehr, als er jemals im Leben etwas gehasst hatte. Er sah sich grimmig um. Auf der Platte des bemalten Kastens, der ihm gegenüberstand, glitzerte etwas. Sein Blick fiel darauf. Er erkannte, was es war: ein Messer, das er vor Tagen einmal mit hinaufgenommen hatte, um ein Stück Schnur durchzuschneiden, und das er hier vergessen hatte. Er ging langsam darauf los, an Hallward vorbei. Sobald er hinter ihm stand, ergriff er das Messer und drehte sich um. Hallward machte in seinem Stuhl eine Bewegung, als wollte er aufstehen. Er stürzte sich auf ihn, jagte ihm das Messer tief in die große Halsschlagader und drückte den Kopf auf den Tisch nieder, immer und immer wieder zustoßend.

Man hörte ein unterdrücktes Stöhnen und den fürchterlichen Todeslaut eines Menschen, der in seinem Blut erstickt. Dreimal schlugen die ausgestreckten Arme zuckend hoch, fuhren grotesk steife Finger durch die Luft. Er stieß noch zweimal zu, aber der Mann rührte sich nicht mehr. Etwas begann auf den Boden zu tröpfeln. Er wartete einen Augenblick, den Kopf immer noch herabdrückend. Dann warf er das Messer auf den Tisch und lauschte.

Er konnte nichts hören als das eintönige Tröpfeln auf den fadenscheinigen Teppich. Er öffnete die Tür und trat auf den Flur hinaus. Das Haus war vollständig ruhig. Niemand war mehr auf. Über die Brüstung gebeugt, stand er einige Augenblicke da und sah hinab in die schwarze Dunkelheit. Dann zog er den Schlüssel aus dem Schloss, ging in das Zimmer zurück und schloss sich darin ein.

Der Tote saß noch immer in dem Stuhl mit gebeugtem Kopf über den Tisch gelehnt, mit gekrümmtem Rücken und langen fantastischen Armen. Wäre nicht der rote klaffende Riss im Nacken gewesen und die dunkle Lache, die sich allmählich auf dem Tisch ausbreitete, hätte man glauben können, der Mann schlafe bloß.

Wie schnell war das alles geschehen! Er fühlte sich merkwürdig ruhig, ging zur Balkontür, öffnete sie und trat hinaus. Der Wind hatte den Nebel zerrissen, und der Himmel sah aus wie der Schweif eines ungeheuren Pfaus, besetzt mit Myriaden von goldenen Augen. Er blickte hinab und sah, wie ein Polizist seine Runde machte und den langen Strahl seiner Laterne über die Türen der schweigsamen Häuser gleiten ließ. Das rotgelbe Licht eines vorbeifahrenden Wagens tauchte an der Straßenecke auf und verschwand dann. Ein Weib in einem wehenden Schal schob sich langsam an dem Gitter des Platzes entlang. Sie taumelte im Gehen. Dann und wann blieb sie stehen und blickte zurück. Einmal begann sie mit heiserer Stimme zu singen. Der Schutzmann ging auf sie zu und sagte etwas. Sie humpelte lachend davon. Ein scharfer Luftzug fuhr über den Platz. Die Gasflammen zuckten und wurden blau und die entlaubten Bäume schüttelten ihre schwarzen Zweige hin und her. Er schauderte und trat ins Zimmer zurück.

Als er die Tür erreicht hatte, drehte er den Schlüssel um und öffnete sie. Er blickte den Ermordeten nicht mehr an. Er fühlte, dass das Geheimnis der ganzen Sache darin bestehe, sich die Situation nicht klarzumachen. Der Freund, der das verhängnisvolle Bild gemalt hatte, dem er all sein Elend zu danken hatte, war aus seinem Leben verschwunden. Das musste genügen.

Dann dachte er an die Lampe. Es war eine sehr merkwürdige maurische Arbeit aus mattem Silber mit eingelegten Arabesken aus glänzend poliertem Stahl, besetzt mit ungeschliffenen Türkisen. Sie könnte von seinem Diener vermisst werden. Er könnte vielleicht danach fragen. Er zögerte einen Augenblick, dann ging er zurück und nahm sie vom Tisch. Er musste dabei den Leichnam ansehen. Wie ruhig er war, wie furchtbar weiß die schmalen Hände! Er sah aus wie eine grässliche Wachsfigur.

Nachdem er die Tür hinter sich geschlossen hatte, schlich er langsam hinunter. Das Holz der Treppen knarrte, schien im Schmerz aufzustöhnen. Er blieb mehrere Male stehen und wartete. Nein, alles war still. Nur den Widerhall seiner eigenen Schritte hörte er.

Als er wieder in seinem Bibliothekszimmer war, erblickte er die Tasche und den Mantel im Winkel. Die mussten irgendwo verborgen werden. Er öffnete ein Geheimfach, das in der Täfelung war, das Fach, in dem er seine eigenen Verkleidungen aufbewahrte, und schob die Sachen hinein. Er konnte sie später einmal verbrennen. Dann zog er seine Uhr aus der Tasche: Es war zwanzig Minuten vor zwei.

Er setzte sich hin und begann nachzudenken. Jahr für Jahr, fast jeden Monat, werden in England Menschen für das, was er getan hatte, gehenkt. Irgendein mörderischer Wahnsinn musste in der Luft gelegen haben. Irgendein blutroter Stern war der Erde zu nahe gekommen … Vor allem: Konnte man ihm etwas nachweisen? Basil Hallward hatte das Haus um elf Uhr verlassen. Niemand hatte ihn wieder zurückkommen sehen. Die meisten seiner Leute waren in Selby Royal. Sein Kammerdiener war schlafen gegangen … Basil war einfach nach Paris gefahren. Mit dem Mitternachtszug, wie es seine Absicht gewesen war. Bei seinen merkwürdigen Gewohnheiten, seiner Zurückgezogenheit würden Monate vergehen, bevor ein Verdacht wach würde. Monate! Alle Spuren konnten lange vorher beseitigt werden.

Plötzlich kam ihm ein Gedanke. Er zog seinen Pelz an, setzte seinen Hut auf und ging in die Halle hinaus. Dort blieb er stehen, da er den langsamen, schweren Tritt des Schutzmanns draußen auf dem Pflaster hörte und das Flackern der Laterne sich im Fenster spiegeln sah. Er wartete und hielt den Atem an.

Nach einigen Augenblicken zog er den Riegel zurück und schlüpfte hinaus, das Tor ganz leise hinter sich zumachend. Dann zog er die Klingel. Nach etwa fünf Minuten kam sein Diener, halb angezogen und sehr verschlafen.

»Es tut mir leid, dass ich Sie wecken musste, Francis«, sagte er eintretend, »aber ich habe meinen Hausschlüssel vergessen. Wie viel Uhr ist es?«

»Zehn Minuten nach zwei, gnädiger Herr«, sagte der Diener mit einem blinzelnden Blick auf die Uhr.

»Zehn Minuten nach zwei? So spät schon?! … Sie müssen mich morgen um neun Uhr wecken. Ich habe was zu tun.«

»Zu Befehl, gnädiger Herr.«

»Hat irgendjemand heute Abend nach mir gefragt?«

»Mr. Hallward. Er hat hier bis elf Uhr gewartet und ging dann weg, um seinen Zug nicht zu versäumen.«

»Das tut mir aber leid, dass ich ihn nicht noch gesehen habe. Hat er etwas für mich hinterlassen?«

»Nur, dass er von Paris aus schreiben würde, wenn er den gnädigen Herrn nicht im Klub treffen sollte.«

»Gut, Francis. Vergessen Sie nicht, mich morgen um neun zu wecken.«

Der Mann schlurfte in seinen Pantoffeln die Treppe hinab.

Dorian Gray warf Hut und Rock auf den Tisch und trat ins Bibliothekszimmer. Eine Viertelstunde ging er mit zusammengekniffenen Lippen auf und ab und dachte nach. Dann nahm er das Adressbuch von einem der Regale und begann darin zu blättern. »Alan Campbell – Hertford Street 152, Mayfair.« Ja, das war der Mann, den er brauchte.

Vierzehntes Kapitel

Am nächsten Morgen um neun Uhr kam sein Diener mit einer Tasse Schokolade herein und öffnete die Vorhänge. Dorian schlief noch ganz friedlich; er lag auf der rechten Seite, eine Hand unter seiner Wange. Er sah aus wie ein Knabe, der beim Spiel oder beim Lernen müde geworden ist.

Der Diener musste ihn zweimal an der Schulter berühren, bevor er aufwachte, und als er dann die Augen öffnete, ging ein leichtes Lächeln über seine Lippen, als wäre er noch in einem entzückenden Traum befangen. Er hatte aber überhaupt nicht geträumt. Seine Ruhe war weder von Bildern der Freude noch von Bildern des Schmerzes gestört worden. Doch die Jugend lächelt auch ohne Grund. Das ist einer ihrer größten Reize.

Er drehte sich um, stützte sich auf den Ellbogen und begann, die Schokolade zu schlürfen. Die milde Novembersonne strömte in das Zimmer. Der Himmel war klar, eine belebende Wärme lag in der Luft. Es war fast wie ein Maimorgen.

Allmählich schlichen sich die Geschehnisse der vergangenen Nacht auf leisen, blutbefleckten Sohlen in sein Gehirn und gewannen wieder eine fürchterliche Wirklichkeit. Er erschauerte bei der Erinnerung an alles, was er erlitten hatte, und einen Augenblick lang kehrte dasselbe sonderbare Hassgefühl gegen Basil Hallward wieder zurück, das ihn dazu getrieben hatte, den Freund, als er im Stuhl saß, zu töten; ihm wurde, trotz seiner Erregung, kalt. Der Tote saß noch da oben und jetzt im hellen Sonnenlicht. Wie schrecklich das war! Zu so grässlichen Dingen gehörte die Dunkelheit, nicht der Tag.

Er fühlte, dass er krank oder wahnsinnig werden würde, wenn er länger darüber nachdachte. Es gibt Sünden, deren Reiz mehr in der Erinnerung liegt als in dem Augenblick, da man sie begeht, und seltsame Siege, die dem Stolz mehr schmeicheln als der Leidenschaft, und dem Geist ein stärkeres Lustgefühl geben, als es die Sinne je gewähren können. Aber das Geschehen der Nacht war keins von diesen. Er musste die Vorstellung davon aus dem Gedächtnis vertreiben, sie mit Mohnsaft vergiften, sie ersticken, da sie ihn sonst ersticken würde.

Als es halb zehn schlug, fuhr er sich mit der Hand über die Stirn, stand dann rasch auf und zog sich mit fast noch größerer Sorgfalt als gewöhnlich an, indem er sehr viel Aufmerksamkeit auf die Wahl seiner Krawatte und seiner Nadel verwandte und seine Ringe mehrmals wechselte. Er verbrachte auch beim Frühstück lange Zeit, kostete verschiedene Platten, sprach mit seinem Diener über neue Livreen, die er für die Dienerschaft in Selby machen lassen wollte, und sah seine Briefe durch. Bei einigen lächelte er. Drei langweilten ihn; einen las er mehrmals und zerriss ihn dann mit einem leichten Ausdruck der Verärgerung im Gesicht. »Was für ein grässliches Ding das Gedächtnis einer Frau ist!«, hatte Lord Henry einmal gesagt.

Nachdem er noch eine Schale schwarzen Kaffees getrunken hatte, trocknete er sich die Lippen langsam mit einer Serviette ab, bedeutete dem Diener, zu warten, ging zum Schreibtisch hinüber und schrieb zwei Briefe. Einen steckte er in die Tasche, den anderen gab er dem Diener.

»Bringen Sie den in die Hertford Street 152, Francis, und wenn Mr. Campbell nicht in London ist, lassen Sie sich seine Adresse geben.«

Sobald er allein war, zündete er eine Zigarette an und begann gedankenlos auf einem Blatt Papier zu zeichnen – zuerst Blumen, dann architektonische Motive und schließlich menschliche Gesichter. Plötzlich bemerkte er, dass jedes Gesicht, das er zeichnete, eine fantastische Ähnlichkeit mit Basil Hallward zu haben schien. Er runzelte die Stirn, stand auf, ging zum Bücherschrank und nahm, ohne zu wählen, ein Buch heraus. Er war fest entschlossen, an das Geschehene nicht früher zu denken, als es unbedingt notwendig war.

Als er sich auf das Sofa ausgestreckt hatte, sah er auf den Titel des Buches. Es waren Gautiers »Émaux et Camées«, die Ausgabe von Charpentier auf Japanpapier, mit Radierungen von Jacquemart. Der Einband war aus zitronengelbem Leder mit einem Muster von goldenem Fächerwerk und überstreut mit Granatäpfeln. Es war ein Geschenk Adrian Singletons. Als er darin blätterte, fiel sein Auge auf das Gedicht über die Hand Lacenaires, die kalte gelbe Hand »du supplice encore mal lavée«, mit ihrem roten Flaumhaar und ihren »doigts de faune«. Er blickte auf seine eigenen weißen spitzen Finger und schauderte unwillkürlich zusammen. Dann las er weiter, bis er zu den wunderbaren Versen auf Venedig kam:

»Sur une gamme chromatique,
Le sein de perles ruisselant,
La Vénus de l'Adriatique
Sort de l'eau son corps rose et blanc.

Les dômes, sur l'azur des ondes
Suivant la phrase au pur contour,
S'enflent comme des gorges rondes
Que soulève un soupir d'amour.

L'esquif aborde et me dépose,
Jetant son amarre au pilier,
Devant une façade rose,
Sur le marbre d'un escalier.«

Wie schön doch diese Verse waren! Wenn man sie las, hatte man die Empfindung, in einer schwarzen Gondel mit silbernem Bug und lang herabhängenden Vorhängen durch die grünen Wasserstraßen dieser rosenroten und perlfarbigen Stadt zu gleiten. Schon die Zeilen allein sahen aus wie jene geraden türkisblauen Linien, die einem folgen, wenn man nach dem Lido hinausfährt. Das plötzliche Aufblitzen der Farben erinnerte an den Glanz jener Vögel mit opal- und irisfarbenen Hälsen, die um den schlanken, wie eine Wabe durchlöcherten Kampanile flattern oder mit so vornehmer Anmut durch die düstern, staubigen Arkaden stelzen. Zurückgelehnt mit halb geschlossenen Augen, sagte er immer und immer wieder zu sich:

»Devant une façade rose,
Sut le marbre d'un escalier.«

Das ganze Venedig war in diesen zwei Zeilen enthalten. Er dachte an den Herbst, den er dort verbracht hatte, und eine wunderbare Liebe, die ihn zu wahnsinnigen, entzückenden Torheiten getrieben hatte. Es gab wohl Romantik an jedem Ort. Venedig aber hatte, wie Oxford, den Hintergrund für Romantik bewahrt, und für die wahre Romantik ist der Hintergrund alles, oder doch fast alles. Einen Teil der Zeit war Basil mit ihm dort gewesen, ganz toll vor Bewunderung für Tintoretto. Der arme Basil! Was für eine schreckliche Art, zu sterben!

Er seufzte, nahm das Buch wieder auf und suchte zu vergessen. Er las von den Schwalben, die aus und einfliegen in dem kleinen Café in Smyrna, wo die Hadjis sitzen und ihre Bernsteinperlen zählen, und die Kaufleute im Turban ihre langen, quastenbehängten Pfeifen rauchen und ernst miteinander sprechen; er las von dem Obelisk auf der Place de la Concorde, der in seiner einsamen sonnenlosen Verbannung granitene Tränen weint und sich zurücksehnt nach dem heißen lotusbedeckten Nil, wo es Sphinxe gibt, rosenrote Ibisse und weiße Geier mit goldenen Klauen, Krokodile mit kleinen Beryll-Augen, die durch den grünen dampfenden Schlamm kriechen; er fing an, über die Verse nachzugrübeln, die dem kussbefleckten Marmor Musik entlocken und von jener sonderbaren Statue erzählen, die Gautier einer Altstimme vergleicht, von dem »monstre charmant«, das in dem Porphyrraum des Louvre steht. Aber nach einiger Zeit entfiel das Buch seiner Hand. Er wurde nervös und ein grässlicher Angstanfall überkam ihn. Was sollte geschehen, wenn Alan Campbell nicht in England war? Tage konnten unter Umständen vergehen, bevor er zurückkehrte. Vielleicht weigerte er sich, zu kommen. Was konnte er dann tun? Jeder Augenblick entschied über Leben und Tod.

Sie waren einmal sehr gute Freunde gewesen, vor fünf Jahren fast unzertrennlich. Dann war die Freundschaft plötzlich aus. Wenn sie sich jetzt in Gesellschaft trafen, lächelte nur noch Dorian Gray, niemals Alan Campbell.

Er war ein außerordentlich gescheiter junger Mann, wenn er auch kein wirkliches Gefühl für die Kunst hatte und das bisschen Sinn für die Schönheit der Poesie, das er besaß, vollständig von Dorian stammte. Die intellektuelle Leidenschaft, die ihn beherrschte, war die Wissenschaft. In Cambridge hatte er einen großen Teil seiner Zeit mit Arbeiten im Laboratorium verbracht und war mit einem guten Examen in den Naturwissenschaften abgegangen. Noch jetzt war er dem Studium der Chemie ergeben. Er hatte ein eigenes Laboratorium, in das er sich den ganzen Tag einzuschließen pflegte, zum großen Kummer seiner Mutter, die sich in den Kopf gesetzt hatte, dass er fürs Parlament kandidieren müsse und die die unklare Vorstellung hatte, ein Chemiker sei ein Mensch, der Rezepte ausführt. Außerdem war er ein ausgezeichneter Musiker und spielte Geige und Klavier besser als sonst Dilettanten. Die Musik war es auch, die ihn zuerst mit Dorian Gray zusammengebracht hatte – die Musik und die unerklärliche Anziehungskraft, die Dorian ausüben konnte, wenn er es wünschte, und auch oft ausübte, ohne sich dessen bewusst zu sein. Sie hatten sich bei Lady Berkshire eines Abends getroffen, als Rubinstein dort spielte, und man sah sie dann immer zusammen in der Oper und überall dort, wo gute Musik gemacht wurde. Achtzehn Monate dauerte diese Freundschaft. Campbell war stets entweder in Selby Royal oder am Grosvenor Square. Für ihn, wie für viele andere, war Dorian Gray die Verkörperung alles Wunderbaren und Reizvollen, das es im Leben gibt. Ob dann ein Streit zwischen ihnen vorgefallen war oder nicht, wusste niemand; aber plötzlich bemerkte man, dass sie kaum miteinander sprachen, wenn sie sich trafen, und dass Campbell aus jeder Gesellschaft, in der Dorian anwesend war, früh aufbrach. Er war verändert, merkwürdig melancholisch bisweilen und schien die Musik fast zu hassen; er spielte nie mehr und gab, wenn man ihn darum bat, als Entschuldigung an, die Wissenschaft beschäftige ihn so, dass er keine Zeit zum Üben habe. Das war auch sicher wahr. Er schien sich jeden Tag mehr für biologische Studien zu interessieren und sein Name war ein- oder zweimal in wissenschaftlichen Zeitschriften in Verbindung mit gewissen merkwürdigen Experimenten genannt worden.

Das war der Mann, auf den Dorian wartete. Jede Sekunde blickte er auf die Uhr. Als Minuten vergangen waren, wurde er furchtbar erregt. Schließlich stand er auf und begann im Zimmer hin und her zu gehen wie ein schönes Tier im Käfig. Er schritt weit aus und hatte etwas Lauerndes in seinem Gang. Seine Hände waren merkwürdig kalt.

Das Warten wurde unerträglich. Die Zeit schien auf bleiernen Füßen zu schleichen, während es ihm vorkam, als würde er von ungeheuren Stürmen einem jähen schwarzen Abgrund zugetrieben. Er wusste, was dort seiner harrte, er sah es leibhaftig, und schaudernd presste er die feuchten Hände auf seine brennenden Lider, als wolle er sein Gehirn der Sehkraft berauben und die Augäpfel in ihre Höhlen zurückdrängen. Umsonst. Das Gehirn hat seine eigene Nahrung, an der es sich mästet, und seine Fantasie, durch den Schrecken ins Groteske gesteigert, wand und krümmte sich vor Schmerz wie ein lebendes Wesen, tanzte wie eine wahnsinnige Puppe auf einem Schaugerüst und grinste ihn unter wechselnden Masken an. Dann blieb die Zeit auf einmal für ihn stehen. Ja, dieses blinde, langsam atmende Wesen kroch nicht mehr vorwärts, die Zeit war tot, und nun stürzten grässliche Gedanken hervor, zerrten eine gräuliche Zukunft aus dem Grab und zeigten sie ihm. Er starrte sie an. Der Schrecken versteinerte ihn.

Endlich öffnete sich die Tür und der Diener trat ein. Dorian sah ihn mit gläsernen Augen an.

»Mr. Campbell, gnädiger Herr«, sagte der Diener.

Ein Seufzer der Erleichterung kam von seinen trockenen Lippen und die Farbe kehrte in seine Wangen zurück.

»Bitten Sie ihn, sofort hereinzukommen, Francis.« Er fühlte, dass er wieder er selbst war. Der Anfall von Feigheit war vorüber.

Der Diener verbeugte sich und ging. Nach einigen Augenblicken trat Alan Campbell ein, mit finsterem Gesicht und sehr bleich. Seine blasse Farbe wurde durch das kohlschwarze Haar und die dunklen Augenbrauen noch betont.

»Alan, das ist lieb von Ihnen … Ich danke Ihnen, dass Sie gekommen sind.«

»Ich hatte die Absicht, nie wieder Ihr Haus zu betreten, Gray. Aber Sie schrieben, es handle sich um Leben oder Tod.«

Seine Stimme war kalt und hart, seine Sprache langsam und überlegt. Ein Zug von Verachtung lag in den forschenden Augen, die er fest auf Dorian richtete. Er behielt die Hände in den Taschen seines Astrachanpelzes und schien die Bewegung der Hand, die ihn begrüßt hatte, nicht bemerkt zu haben.

»Ja, es handelt sich um Leben oder Tod. Und für mehr als einen, Alan. Setzen Sie sich.«

Campbell nahm einen Stuhl am Tisch und Dorian setzte sich ihm gegenüber. Die Augen der beiden Männer trafen sich. In denen Dorians lag unendliches Mitleid. Er wusste, dass das, was er beabsichtigte, schrecklich sei.

Nach einem peinlichen Augenblick des Schweigens beugte er sich nach vorn und sagte sehr ruhig, die Wirkung jedes Wortes auf dem Gesicht des Mannes, den er hatte holen lassen, beobachtend: »Alan, in einem verschlossenen Giebelzimmer dieses Hauses, in einem

Zimmer, zu dem kein Mensch außer mir Zutritt hat, sitzt ein toter Mann an einem Tisch. Er ist jetzt seit zehn Stunden tot. Regen Sie sich nicht auf und sehen Sie mich nicht so an. Wer der Mann ist, warum er starb, wie er starb – das sind Dinge, die Sie nichts angehen. Was Sie zu tun haben, ist …«

»Hören Sie auf, Gray. Ich will nichts mehr wissen. Ob das, was Sie gesagt haben, wahr ist oder nicht, geht mich nichts an. Ich lehne es entschieden ab, in Ihr Leben verwickelt zu werden. Behalten Sie Ihre fürchterlichen Geheimnisse für sich! Sie interessieren mich nicht mehr.«

»Alan, sie werden Sie interessieren müssen. Dies eine wenigstens. Es tut mir sehr leid um Sie, Alan, aber ich kann Ihnen nicht helfen. Sie sind der einzige Mensch, der imstande ist, mich zu retten. Ich bin gezwungen, Sie in diese Sache zu ziehen. Ich habe keine Wahl. Alan, Sie sind ein Mann der Wissenschaft. Sie verstehen etwas von Chemie und solchen Dingen. Sie haben Experimente gemacht. Was Sie zu tun haben, ist, den Leichnam da oben zu zerstören, so zu zerstören, dass keine Spur von ihm übrig bleibt. Niemand hat diesen Menschen in mein Haus kommen sehen. Man vermutet ihn im Augenblick in Paris. Monatelang wird er nicht vermisst werden. Wenn er vermisst wird, darf keine Spur von ihm hier gefunden werden. Alan, Sie müssen ihn verwandeln, ihn und alles, was ihm gehört, zu einer Handvoll Asche machen, die ich in die Luft streuen kann.«

»Sie sind wahnsinnig, Dorian!«

»Ach – wie ich darauf gewartet habe, dass Sie mich wieder Dorian nennen!«

»Sie sind wahnsinnig, sage ich Ihnen – wahnsinnig, dass Sie sich einbilden, ich rühre auch nur einen Finger, um Ihnen zu helfen, wahnsinnig, dass Sie mir dies ungeheuerliche Geständnis machen. Was es auch ist, ich will nichts damit zu tun haben. Glauben Sie, ich setzte meine Ehre für Sie aufs Spiel? Was geht es mich an, was für ein Teufelswerk Sie angerichtet haben?!«

»Es war ein Selbstmord, Alan.«

»Das freut mich. Aber wer hat ihn dazu getrieben? Sie, vermute ich.«

»Weigern Sie sich noch immer, das für mich zu tun?«

»Natürlich weigere ich mich. Ich will absolut nichts damit zu tun haben. Es liegt mir gar nichts daran, was für ein Unheil über Sie kommt. Sie verdienen es sicher! Es würde mir durchaus nicht leidtun, wenn ich Sie entehrt, öffentlich entehrt sähe. Wie können Sie es wagen, mich, gerade mich von allen Menschen auf der Welt, in diese schrecklichen Dinge hineinzuziehen? Ich hätte geglaubt, Sie wüssten mehr vom Charakter des Menschen. Ihr Freund, Lord Henry Wotton, kann Sie nicht gerade viel Psychologie gelehrt haben, was er Sie auch sonst gelehrt hat. Nichts wird mich dazu bringen, auch nur einen Schritt zu tun, um Ihnen zu helfen. Sie sind an einen falschen Mann geraten! Gehen Sie zu Ihren Freunden, nicht zu mir.«

»Alan, es war Mord. Ich habe ihn umgebracht. Sie ahnen nicht, was ich durch ihn gelitten habe. Er hat mein Leben zu dem gemacht, was es geworden ist, es mehr zerstört als der arme Henry. Er mag das nicht gewollt haben, aber die Wirkung ist dieselbe.«

»Mord! Guter Gott, Dorian, sind Sie so weit gekommen? Ich werde Sie nicht anzeigen. Das ist nicht mein Amt. Aber auch, wenn ich mich nicht in die Sache mische, werden Sie gewiss gefasst werden. Niemand begeht ein Verbrechen, ohne dabei eine Dummheit zu machen. Ich will nichts damit zu tun haben.«

»Sie müssen etwas damit zu tun haben. Warten Sie noch einen Augenblick, hören Sie mich an. Nur anhören sollen Sie mich, Alan. Alles, was ich von Ihnen verlange, ist ein wissenschaftliches Experiment. Sie gehen in Spitäler und. Leichenhäuser, und das Schreckliche, was Sie dort tun, rührt Sie nicht. Wenn Sie in irgendeinem grässlichen Seziersaal oder in einem stinkenden Laboratorium den Mann auf einem blechbeschlagenen Tisch mit richtigen Abflussrinnen, in die das Blut fließen kann, liegen sähen, dann würden Sie ihn einfach als ein wunderbares Studienobjekt betrachten. Kein Härchen würde sich Ihnen sträuben. Sie hätten nicht das Gefühl, etwas Unrechtes zu tun. Im Gegenteil, Sie würden wahrscheinlich glauben, damit dem Menschengeschlecht eine Wohltat zu erweisen, die Summe der menschlichen Kenntnisse zu bereichern, den Wissensdrang zu befriedigen oder sonst etwas Ähnliches. Ich will nur, dass Sie etwas tun sollen, was Sie schon oft getan haben. In Wirklichkeit muss es viel weniger schrecklich sein, einen Leichnam zu zerstören, als das, was Sie gewöhnlich machen. Und bedenken Sie: Es ist der einzige Beweis gegen mich. Wenn der Körper entdeckt wird, bin ich verloren; und er wird gewiss entdeckt werden, wenn Sie mir nicht helfen.«

»Ich habe keinerlei Wunsch, Ihnen zu helfen. Sie vergessen das. Die ganze Sache ist mir einfach gleichgültig. Ich habe nichts mit ihr zu tun.«

»Alan, ich beschwöre Sie. Denken Sie an die Lage, in der ich mich befinde. Gerade ehe Sie gekommen sind, war ich fast ohnmächtig vor Schrecken. Vielleicht lernen Sie selbst eines Tages diesen Schrecken kennen … Nein, denken Sie nicht daran! Sehen Sie die Sache nur vom wissenschaftlichen Standpunkt an. Sie forschen doch sonst nicht nach, woher die Toten kommen, mit denen Sie experimentieren. Fragen Sie auch jetzt nicht. Ich habe Ihnen sowieso zu viel gesagt. Aber ich bitte Sie, tun Sie es. Wir waren doch einmal Freunde, Alan.«

»Sprechen Sie nicht von jenen Tagen, Dorian – die sind tot.«

»Die Toten verweilen manchmal. Der Mann oben geht nicht weg. Er sitzt am Tisch mit vorgebeugtem Haupt und ausgestreckten Armen. Alan! Alan, wenn Sie mir nicht zu Hilfe kommen, bin ich verloren. Man wird mich aufhängen, Alan. Begreifen Sie denn nicht? Man wird mich hängen für das, was ich getan habe.«

»Es hat keinen Sinn, diese Szene zu verlängern. Ich lehne es durchaus ab, etwas mit der Angelegenheit zu tun zu haben. Es ist wahnsinnig von Ihnen, mich darum zu bitten!«

»Sie lehnen meine Bitte also ab?«

»Ja.«

»Ich beschwöre Sie, Alan.«

»Das ist vergeblich.«

Wiederum kam der Ausdruck des Mitleids in Dorian Grays Augen. Dann streckte er die Hand aus, nahm ein Stück Papier und schrieb etwas darauf. Er überlas es zweimal, faltete es sorgfältig zusammen und schob es über den Tisch. Nachdem er das getan hatte, stand er auf und ging zum Fenster.

Campbell sah ihm verwundert nach, nahm dann das Papier und öffnete es. Als er es las, wurde sein Gesicht gespenstig bleich, und er fiel in seinen Stuhl zurück. Ein fürchterliches Gefühl der Schwäche überkam ihn. Ihm war, als ob sein Herz stillstände.

Nach zwei oder drei Minuten eines furchtbaren Schweigens drehte sich Dorian um, ging zu dem andern hin, stellte sich hinter ihn und legte ihm die Hand auf die Schulter.

»Es tut mir leid für Sie«, flüsterte er. »Aber Sie haben mir keine Wahl gelassen. Ich habe schon einen Brief geschrieben. Hier ist er. Sie sehen die Adresse. Wenn Sie mir nicht helfen, muss ich ihn abschicken. Sie wissen, was dann geschieht. Aber Sie werden mir helfen. Jetzt können Sie nicht mehr Nein sagen. Ich habe versucht, Ihnen das zu ersparen. Sie werden gerecht genug sein, das zuzugeben. Sie waren hart, scharf, beleidigend. Sie haben mich behandelt, wie kein Mensch je gewagt hat, mich zu behandeln – wenigstens kein lebender Mensch. Ich habe alles ertragen. Jetzt ist es an mir, Bedingungen zu diktieren.«

Campbell vergrub sein Gesicht in den Händen und schauerte zusammen.

»Ja, jetzt ist an mir die Reihe, Alan. Sie wissen, was ich verlange. Die Sache ist ganz einfach. Kommen Sie, regen Sie sich nicht auf. Die Sache muss geschehen – finden Sie sich damit ab!«

Ein Stöhnen kam von Campbells Lippen und er zitterte am ganzen Körper. Das Ticken der Uhr auf dem Kamin schien ihm die Zeit in einzelne Atome eines Todeskampfes zu zerteilen, von denen jedes zu schrecklich war, als dass er es hätte ertragen können. Er hatte das Gefühl, als ob ein eiserner Ring um seine Stirn langsam angezogen würde, als ob die Schande, mit der man ihn bedrohte, schon auf ihm läge. Die Hand auf seiner Schulter hatte das Gewicht von Blei. Sie war unerträglich. Sie schien ihn zu erdrücken.

»Alan, Sie müssen sich sofort entscheiden.«

»Ich kann es nicht tun«, sagte er mechanisch, als könnten Worte etwas ändern.

»Sie müssen. Sie haben keine Wahl. Zögern Sie nicht!«

Er überlegte einen Augenblick. »Ist eine Feuerstelle in dem Raum oben?«

»Ja, ein Gasofen mit Asbest.«

»Ich muss nach Hause gehen und Verschiedenes aus meinem Laboratorium holen.«

»Nein, Alan, Sie dürfen das Haus nicht verlassen. Schreiben Sie auf ein Blatt Papier, was Sie brauchen, und mein Diener wird einen Wagen nehmen und Ihnen die Sachen holen.«

Campbell kritzelte ein paar Zeilen, trocknete sie und schrieb auf das Kuvert den Namen seines Assistenten. Dorian nahm den Brief und las ihn sorgfältig durch. Dann klingelte er und gab ihn dem Diener mit dem Auftrag, so rasch als möglich zurückzukommen und die Sachen mitzubringen.

Als die Haustür ins Schloss fiel, zuckte Campbell nervös zusammen, stand von seinem Stuhl auf und ging zum Kamin hinüber. Er zitterte wie im Schüttelfrost. Nahezu zwanzig Minuten sprach keiner der beiden Männer. Eine Fliege summte laut durch das Zimmer und der Schlag der Uhr war wie der Fall eines Hammers.

Als es eins schlug, wandte sich Campbell um und sah, dass die Augen Dorian Grays mit Tränen gefüllt waren. In den reinen, edlen Zügen dieses traurigen Gesichts lag etwas, das ihn wütend machte. »Sie sind ehrlos, vollkommen ehrlos!«, flüsterte er.

»Ruhig, Alan. Sie haben mir das Leben gerettet«, sagte Dorian.

»Ihr Leben? Gott im Himmel, was für ein Leben ist das! Sie sind von Verderbnis zu Verderbnis geschritten und jetzt haben Sie im Mord den Gipfel erreicht. Wenn ich tue, was ich jetzt tun werde, was Sie mich zu tun zwingen, so denke ich gewiss nicht an Ihr Leben.«

»Ach, Alan«, murmelte Dorian seufzend. »Ich wünschte, Sie hätten den tausendsten Teil des Mitleids mit mir, das ich mit Ihnen habe.« Er drehte sich während dieser Worte um und blickte in den Garten hinaus. Campbell gab keine Antwort.

Etwa nach zehn Minuten klopfte es an die Tür und der Diener trat ein; er trug einen großen Mahagonikasten mit Chemikalien, dazu eine lange Rolle Stahl-

und Platindraht und zwei merkwürdig geformte Eisenklammern.

»Soll ich die Sachen hierlassen, gnädiger Herr?«, fragte er Campbell.

»Ja«, antwortete Dorian. »Es tut mir leid, Francis, aber ich habe noch einen Auftrag für Sie. Wie heißt doch der Mann in Richmond, der die Orchideen für Selby besorgt?«

»Harden, gnädiger Herr.«

»Richtig, Harden. Sie müssen gleich nach Richmond fahren, Harden selbst aufsuchen und ihm sagen, er soll doppelt so viel Orchideen schicken, als ich bestellt habe, und zwar so wenig wie möglich weiße. Eigentlich will ich überhaupt keine weißen. Es ist ein schöner Tag, Francis, und Richmond ist ein hübscher Ort, sonst würde ich Sie damit nicht belästigen.«

»Ganz, wie der gnädige Herr befehlen! Um wie viel Uhr soll ich zurück sein?«

Dorian sah Campbell an. »Wie lange wird Ihr Experiment dauern, Campbell?«, fragte er mit ruhiger, gleichgültiger Stimme. Die Gegenwart einer dritten Person im Zimmer schien ihm außerordentlich Mut zu verleihen.

Campbell runzelte die Stirn und biss sich auf die Lippen. »Es wird ungefähr fünf Stunden in Anspruch nehmen«, antwortete er.

»Dann genügt es, wenn Sie um ein halb acht zurück sind, Francis. Doch halt: Legen Sie meine Kleider zurecht – dann können Sie den Abend für sich haben. Ich speise nicht zu Hause, brauche Sie also nicht.«

»Ich danke, gnädiger Herr«, sagte der Diener und verließ das Zimmer.

»Alan, jetzt ist kein Augenblick zu verlieren. Wie schwer der Kasten ist! Ich werde ihn tragen, nehmen Sie die anderen Sachen.« Er sprach sehr rasch und in befehlendem Ton. Campbell fühlte sich völlig von ihm beherrscht. Sie verließen zusammen das Zimmer.

Als sie die oberste Treppe erreicht hatten, nahm Dorian den Schlüssel aus der Tasche und drehte ihn im Schloss um. Dann blieb er stehen. Ein verstörter Ausdruck kam in seinen Blick. Er schauderte. »Ich glaube, ich kann nicht hineingehen, Alan«, flüsterte er.

»Das ist mir ganz gleichgültig. Ich brauche Sie nicht«, sagte Campbell kalt.

Dorian öffnete die Tür zur Hälfte. Er sah, wie ihn das Gesicht seines Bildes im Sonnenlicht anschielte. Vor ihm lag auf dem Boden der herabgerissene Vorhang. Er erinnerte sich, dass er in der vergangenen Nacht zum ersten Mal vergessen hatte, die verhängnisvolle Leinwand zu verhüllen, und wollte eben vorwärtsstürzen, als er schaudernd zurückprallte.

Was war das für ein widerlicher roter Fleck, der nass und glänzend auf einer der Hände schimmerte, als hätte die Leinwand Blut geschwitzt? Wie schrecklich das war! In diesem Augenblick schien er ihm weit schrecklicher als das schweigsame Wesen, das, wie er wusste, über den Tisch gebeugt war, das Wesen, dessen grotesker, missgestalteter Schatten auf dem befleckten Teppich ihm zeigte, dass es sich nicht bewegt hatte, sondern noch so war, wie er es verlassen hatte.

Er holte tief Atem, öffnete die Tür etwas weiter und ging mit halb geschlossenen Augen und abgewendetem Kopf rasch hinein, entschlossen, den Toten gar nicht anzusehen. Er bückte sich dann, nahm den Vorhang aus Gold und Purpur auf und warf ihn über das Bild.

Dann blieb er stehen, voll Angst, sich umzudrehen, und seine Augen richteten sich auf das verschlungene Tapetenmuster. Er hörte Campbell den schweren Kasten hereinbringen, die Eisenklammern und die anderen Sachen, die er für seine fürchterliche Arbeit verlangt hatte. Er fragte sich, ob Campbell und Basil Hallward einander wohl gekannt hätten, und wenn ja, welche Meinung sie voneinander gehabt hätten.

»Lassen Sie mich jetzt allein«, sagte eine strenge Stimme hinter ihm.

Er drehte sich um und lief hinaus, eben noch gewahrend, dass der Tote auf dem Stuhl zurückgelehnt worden war, und dass Campbell in ein gelb schimmerndes Gesicht starrte. Als er hinunterging, hörte er, wie der Schlüssel im Schloss umgedreht wurde.

Es war lange nach sieben Uhr, als Campbell wieder in das Bibliothekszimmer trat. Er war bleich, aber vollständig ruhig. »Ich habe getan, was Sie von mir verlangt haben«, sagte er leise. »Und jetzt adieu. Wir wollen uns nie wiedersehen.«

»Sie haben mich vor dem Untergang gerettet, Alan. Ich werde Ihnen das nicht vergessen«, sagte Dorian schlicht.

Sobald ihn Campbell verlassen hatte, ging er nach oben. Ein schrecklicher Geruch von Salpetersäure herrschte im Zimmer. Aber der Leichnam, der am Tisch gesessen hatte, war fort.

Fünfzehntes Kapitel

Am selben Abend um ein halb neun Uhr wurde Dorian Gray, der aufs Sorgsamste angezogen war und im Knopfloch einen großen Strauß Parmaveilchen trug, von sich tief verbeugenden Lakaien im Salon der Lady Narborough gemeldet. Auf seiner Stirn zitterten die überreizten Nerven, und er fühlte eine wahnsinnige Erregung, aber seine Gebärde, als er sich über die Hand der Dame des Hauses beugte, war ebenso leicht und anmutig wie stets. Vielleicht sieht man nie so gelassen und sicher aus, als wenn man eine Rolle spielen muss. Gewiss hätte niemand, der Dorian Gray an diesem Abend sah, geglaubt, dass er soeben eine Tragödie durchgemacht habe, die so schrecklich war wie irgendeine unserer Zeit. Diese fein geformten Finger konnten doch nie ein Messer zum Mord umklammert haben, diese lächelnden Lippen nie Gott und die Tugend geschmäht haben. Er selbst musste sich über die Ruhe seines Benehmens wundern. Einen Augenblick fühlte er lebhaft die grauenvolle Lust eines Doppellebens.

Es war nur eine kleine Gesellschaft, ziemlich eilig von Lady Narborough veranstaltet, einer sehr gescheiten Frau mit Spuren einer wirklich bemerkenswerten Hässlichkeit, wie Lord Henry zu sagen pflegte. Sie war einem unserer langweiligsten Botschafter eine ausgezeichnete Frau gewesen, und nachdem sie ihren Gemahl, wie es sich geziemte, in einem marmornen Mausoleum, das nach ihren eigenen Zeichnungen erbaut worden war, beigesetzt und ihre Töchter an reiche, ziemlich ältliche Männer verheiratet hatte, widmete sie sich jetzt den Genüssen französischer Romane, französischer Kochkunst und französischen Esprits, wenn sie ihn bekommen konnte.

Dorian war einer ihrer besonderen Lieblinge, und sie sagte ihm immer, sie sei sehr froh darüber, ihm nicht früher im Leben begegnet zu sein. »Ich weiß, mein Lieber, ich hätte mich fürchterlich in Sie verliebt«, pflegte sie zu sagen. »Und hätte Ihnen schlankweg die Rose von der Brust zugeworfen. Es ist ein großes Glück, dass man zu der Zeit noch gar nicht an Sie dachte. Wie damals die Dinge lagen, habe ich nicht einmal die unschuldigste Liebelei gehabt. Aber das war *nur die* Schuld Narboroughs. Er war fürchterlich kurzsichtig, und es ist gar kein Vergnügen, einen Mann zu betrügen, der nie etwas sieht.«

Ihre Gäste an diesem Abend waren ziemlich langweilig. Die Sache war, so erklärte sie Dorian hinter einem sehr schäbigen Fächer: Eine ihrer verheirateten Töchter sei plötzlich unerwartet zu Besuch gekommen und habe, was die Dinge noch ärger machte, ganz einfach ihren Mann mitgebracht. »Ich finde das sehr unfreundlich von ihr, mein Lieber«, flüsterte sie ihm zu. »Natürlich bin ich jeden Sommer mit ihnen zusammen, wenn ich von Homburg zurückkomme. Aber eine alte Frau wie ich muss eben manchmal frische Luft haben, und außerdem rüttle ich sie dann etwas auf. Sie haben keine Ahnung, was für ein Leben sie dort führen – das reine, unverfälschte Landleben. Sie stehen früh auf, weil sie so viel zu tun haben, und gehen früh zu Bett, weil sie so wenig zu denken haben. In der ganzen Umgegend hat es seit der Zeit der Königin Elisabeth keinen Skandal gegeben, und infolgedessen schlafen sie alle miteinander nach dem Diner ein. Sie sollen aber nicht neben einem von den beiden sitzen, Sie sollen neben mir sitzen und mich amüsieren.«

Dorian flüsterte ein anmutiges Kompliment und sah sich im Zimmer um. Ja, es war in der Tat eine langweilige Gesellschaft. Zwei von den Anwesenden hatte er noch nie gesehen, und die anderen – da war Ernest Harrowden, eine jener Mittelmäßigkeiten in mittleren Jahren, denen man in Londoner Klubs so häufig begegnet, die keine Feinde haben, die aber keiner ihrer Freunde leiden kann; dann Lady Ruxton, ein aufgeputztes Weib von siebenundvierzig Jahren mit einer Hakennase, die sich immer anstrengte, sich zu kompromittieren, aber so ausgesprochen hässlich war, dass zu ihrem großen Leidwesen kein Mensch etwas Schlechtes von ihr glauben wollte; Mrs. Erlynne, eine aufdringliche Null mit einem entzückenden Lispeln und venezianisch rotem Haar; Lady Alice Chapman, die Tochter der Wirtin, eine schlecht gekleidete, langweilige Person mit einem jener charakteristischen englischen Gesichter, an die man sich nie mehr erinnert, wenn man sie einmal gesehen hat; und ihr Mann, ein rotwangiger, weißbärtiger Mensch, der, wie so viele seiner Kaste, sich einbildete, dass übertriebene Jovialität für den vollständigen Mangel an Einfällen entschädigen könne.

Es tat ihm beinahe leid, dass er hergekommen war, bis Lady Narborough mit einem Blick auf die große goldene Pendeluhr, die sich in geschmacklosen Linien auf dem mauve-behängten Kamin spreizte, ausrief: »Wie hässlich von Henry Wotton, zu spät zu kommen! Ich habe heute früh auf gut Glück zu ihm hinübergeschickt, und er hat fest versprochen, mich nicht sitzen zu lassen.«

Es war für Dorian wenigstens ein Trost, dass Henry kommen sollte, und als sich die Tür dann öffnete und er seine langsame, musikalische Stimme irgendeine läppische Ausrede bezaubernd vorbringen hörte, schwand sein Unbehagen.

Trotzdem konnte er bei Tisch nichts essen. Platte nach Platte ließ er unberührt vorübergehen. Lady Narborough schalt ihn unaufhörlich, weil sie darin »eine Beleidigung für den armen Adolphe sah, der das ganze Menu eigens für ihn zusammengestellt habe«. Dann und wann blickte Lord Henry zu ihm hinüber, erstaunt über sein Schweigen und sein zerstreutes Wesen. Von Zeit zu Zeit füllte der Diener sein Glas mit Champagner. Er trank hastig und sein Durst schien zu wachsen.

»Dorian«, sagte Lord Henry schließlich, als man das Chaud-froid herumreichte. »Was ist heute Abend mit *Ihnen* los? Sie sind ja ganz verstimmt.«

»Ich glaube, er ist verliebt«, sagte Lady Narborough. »Und hat Angst, es mir zu sagen, aus Furcht, mich eifersüchtig zu machen. Er hat auch ganz recht – ich würde es bestimmt sein!«

»Liebe Lady Narborough«, flüsterte Dorian lächelnd. »Ich bin seit einer ganzen Woche nicht verliebt gewesen – genau gesagt, nicht, seitdem Madame de Ferrol fort ist.«

»Wie ihr Männer euch in diese Frau verlieben könnt!«, rief die alte Dame. »Ich kann das wirklich nicht verstehen.«

»Sie begreifen es nur deshalb nicht, weil sie Sie an die Zeit erinnert, als Sie noch ein kleines Mädchen waren, Lady Narborough«, sagte Lord Henry. »Sie ist das einzige Band zwischen uns und Ihren kurzen Kleidern.«

»Sie erinnert sich wirklich nicht an meine kurzen Kleider, Lord Henry. Aber ich erinnere mich sehr gut an sie in Wien vor dreißig Jahren und wie dekolletiert sie damals war.«

»Sie ist noch immer dekolletiert«, antwortete er und nahm eine Olive in seine schlanken Finger. »Und wenn sie ein sehr schönes Kleid anhat, sieht sie aus wie eine Luxusausgabe eines schlechten französischen Romans. Sie ist wirklich wunderbar und voller Überraschungen. Ihre Begabung für Familienliebe ist ganz außerordentlich. Als ihr dritter Mann starb, wurde ihr Haar vor Trauer ganz goldgelb.«

»Wie können Sie so etwas sagen, Henry!«, rief Dorian.

»Es ist eine höchst romantische Erklärung«, meinte die Wirtin lächelnd. »Aber ihr dritter Mann, Lord Henry? Sie wollen doch nicht sagen, dass Ferrol ihr vierter ist?«

»Doch, Lady Narborough!«

»Ich glaube kein Wort davon.«

»Dann fragen Sie Mr. Gray. Er ist einer ihrer intimsten Freunde.«

»Ist es wahr, Mr. Gray?«

»Sie selbst sagt es, Lady Narborough«, erwiderte Dorian. »Ich fragte, ob sie wie Margarete von Navarra die Herzen ihrer Männer einbalsamiert und am Gürtel trägt. Sie sagte mir, sie tue das nicht, weil keiner von ihnen überhaupt ein Herz gehabt habe.«

»Vier Männer! Auf mein Wort, das ist trop de zêle.«

»Trop d'audace habe ich ihr gesagt!«

»Oh, sie hat wirklich Mut, mein Lieber. Und was für ein Mensch ist Ferrol? Ich kenne ihn nicht!«

»Die Männer sehr schöner Frauen gehören zur Verbrecherklasse«, sagte Lord Henry und nippte an seinem Wein.

Lady Narborough schlug nach ihm mit dem Fächer. »Lord Henry, ich wundere mich wirklich nicht mehr, dass alle Welt darüber klagt, wie schlecht Sie sind.«

»Welche Welt sagt das?«, fragte Lord Henry, seine Augenbrauen hebend. »Es kann höchstens die Nachwelt sein, denn diese Welt und ich stehen ausgezeichnet miteinander.«

»Alle meine Bekannten sagen, dass Sie sehr schlecht sind!«, rief die alte Dame, den Kopf schüttelnd.

Lord Henry blickte einige Augenblicke ganz ernsthaft drein. »Es ist wirklich ungeheuerlich«, sagte er schließlich. »Dass die Leute heutzutage herumgehen und hinter unserem Rücken Dinge über uns sagen, die durchaus und vollständig wahr sind.«

»Ist er nicht unverbesserlich?«, rief Dorian und beugte sich in seinem Stuhl vor.

»Ich hoffe«, sagte die Wirtin lachend. »Aber im Ernst, wenn Sie alle Madame de Ferrol in dieser lächerlichen Weise anbeten, werde ich mich noch einmal verheiraten müssen, um wieder in Mode zu kommen.«

»Sie werden sich nie wieder verheiraten, Lady Narborough«, unterbrach sie Lord Henry. »Sie waren zu glücklich. Wenn eine Frau sich wieder verheiratet, so tut sie es, weil sie ihren ersten Mann verabscheut hat. Wenn ein Mann sich wieder verheiratet, weil er seine erste Frau angebetet hat. Die Frauen versuchen ihr Glück, die Männer setzen das ihre aufs Spiel.«

»Narborough war durchaus nicht vollkommen!«, rief die alte Dame.

»Wenn er es gewesen wäre, hätten Sie ihn nicht geliebt, teure Frau«, war die Antwort. »Die Frauen lieben uns um unserer Fehler willen. Wenn wir genügend davon haben, vergeben sie uns alles, sogar unseren Geist. Ich fürchte, Sie werden mich nie wieder zum Diner einladen, nachdem ich das gesagt habe, Lady Narborough, aber es ist trotzdem wahr.«

»Natürlich ist es wahr, Lord Henry. Wenn wir Frauen euch nicht um eurer Fehler willen liebten, wohin kämet ihr? Nicht ein einziger von euch würde verheiratet sein – ihr wärt eine Gesellschaft unglücklicher Junggesellen. Das heißt, bei Ihnen würde das keinen großen Unterschied ausmachen. Heutzutage leben alle Ehemänner wie Junggesellen und alle Junggesellen wie Ehemänner.«

»Fin de siècle«, flüsterte Lord Henry.

»Fin du globe«, entgegnete die Wirtin.

»Ich wollte, es wäre fin du globe«, seufzte Dorian. »Das Leben ist eine große Enttäuschung.«

»Aber, mein Lieber!«, rief Lady Narborough und zog ihre Handschuhe an. »Sagen Sie mir nur nicht, dass Sie das Leben erschöpft hätten. Wenn ein Mann das sagt, weiß man, dass das Leben ihn erschöpft hat. Lord Henry ist ein sehr schlechter Mensch, und ich wünsche manchmal, ich wäre es auch gewesen. Aber Sie sind geschaffen, um gut zu sein – Sie sehen so gut aus. Ich muss für Sie eine hübsche Frau finden. Lord Henry, meinen Sie nicht, dass Mr. Gray heiraten sollte?«

»Ich sage ihm das auch immer, Lady Narborough«, erwiderte Lord Henry mit einer Verbeugung.

»Dann müssen wir uns also nach einer guten Partie für ihn umsehen. Ich werde den Adelskalender heute Nacht sorgfältig durchgehen und eine Liste der infrage kommenden jungen Damen aufstellen.«

»Mit ihrem Alter, Lady Narborough?«, fragte Dorian.

»Natürlich mit ihrem Alter – höchstens ein wenig retuschiert. Aber man darf nichts übereilen. Ich will, dass es genau das ist, was die ›Morning Post‹ eine passende Partie nennen würde, und ihr sollt beide glücklich werden.«

»Was für einen Unsinn die Menschen doch über glückliche Ehen reden!«, rief Lord Henry. »Ein Mann kann mit jeder Frau glücklich sein, solang er sie nicht liebt.«

»Was für ein Zyniker Sie sind!«, rief die alte Dame, schob ihren Stuhl zurück und nickte Lady Ruxton zu. »Sie müssen recht bald wiederkommen und mit mir speisen. Sie sind wirklich eine wunderbare Nervenstärkung, viel besser als alles, was mir mein Hausarzt verschreibt. Sie müssen mir sagen, was für Leute Sie treffen wollen. Es soll ein entzückender Abend werden.«

»Ich liebe Männer, die eine Zukunft, und Frauen, die eine Vergangenheit haben«, antwortete er. »Oder meinen Sie, dass auf diese Weise nur eine Damengesellschaft zustande käme?«

»Ich fürchte fast«, sagte sie lachend, während sie aufstand. »Ich bitte vielmals um Entschuldigung, Lady Ruxton«, fuhr sie fort. »Ich habe nicht bemerkt, dass Sie Ihre Zigarette noch nicht aufgeraucht haben.«

»Das tut nichts, Lady Narborough. Ich rauche sowieso viel zu viel. Ich werde mich in Zukunft einschränken müssen.«

»Bitte tun Sie das nicht, Lady Ruxton«, sagte Lord Henry. »Mäßigung ist eine unangenehme Sache. Genug ist so schlecht wie eine Mahlzeit, mehr als genug ist so gut wie ein Fest.«

Lady Ruxton sah ihn neugierig an. »Lord Henry, Sie müssen einmal an einem Nachmittag kommen und mir das erklären. Es klingt wie eine verlockende Theorie«, sagte sie, während sie aus dem Zimmer rauschte.

»Bleiben Sie mir ja nicht zu lange bei Politik und Klatsch sitzen!«, rief Lady Narborough von der Tür aus. »Sonst geraten wir uns oben sicher in die Haare!«

Die Herren lachten und Mr. Chapman stand feierlich von dem Ende des Tisches auf und setzte sich oben an. Dorian Gray wechselte seinen Platz und setzte sich neben Lord Henry. Mr. Chapman begann mit sehr lauter Stimme über die parlamentarische Lage zu sprechen. Er kläffte seine Gegner an. Das Wort »doktrinär« – ein Wort voller Schrecken für den britischen Geist – tauchte von Zeit zu Zeit in seinen Wutausbrüchen auf. Eine alliterierende Vorsilbe diente ihm als Redeschmuck. Er hisste den Union Jack am Mast des Gedankens. Die angestammte Dummheit der Rasse – gesunder englischer Menschenverstand, nannte er sie wohlwollend – wurde als das Hauptbollwerk der Gesellschaft hingestellt.

Lord Henry zog lächelnd die Lippen kraus. Er drehte sich um und blickte Dorian an.

»Geht es Ihnen besser, mein Freund? Sie schienen beim Diner nicht in Ordnung zu sein.«

»Ich fühle mich ganz wohl, ich bin nur etwas müde.«

»Sie waren gestern Abend entzückend. Die kleine Herzogin betet Sie an. Sie hat mir erzählt, dass sie nach Selby kommt.«

»Sie hat mir versprochen, am zwanzigsten zu kommen.«

»Wird Monmouth auch da sein?«

»Natürlich, Henry.«

»Er langweilt mich fürchterlich, fast so sehr wie er sie langweilt. Sie ist sehr klug, eigentlich zu klug für eine Frau. Ihr fehlt der unbeschreibliche Reiz der Schwäche. Die Tonfüße machen erst das Gold des Götzen wertvoll. Ihre Füße sind sehr hübsch, aber es sind keine Tonfüße. Weiße Porzellanfüße, wenn Sie wollen. Sie sind schon im Feuer gewesen, und was das Feuer nicht zerstört, härtet es. Sie hat ihre Erfahrungen hinter sich.«

»Wie lange ist sie verheiratet?«, fragte Dorian.

»Sie sagt, eine Ewigkeit. Nach dem Adelskalender sind es wohl zehn Jahre. Aber zehn Jahre mit Monmouth müssen für sie eine Ewigkeit plus zehn Jahre gewesen sein. Wer kommt sonst noch?«

»Die Willoughbys, Lord Rugby und seine Frau, unsere Wirtin, Geoffrey Clouston, die gewöhnliche Gesellschaft. Ich habe auch Lord Grotrian gebeten.«

»Ich habe ihn sehr gern«, sagte Lord Henry. »Viele Leute können ihn nicht leiden, ich finde ihn aber reizend. Dass seine Kleidung manchmal etwas überladen ist, macht er dadurch wieder gut, dass er immer übergebildet ist. Er ist ein ganz moderner Typus.«

»Ich weiß nicht, ob er kommen kann, Henry. Vielleicht muss er mit seinem Vater nach Monte Carlo.«

»Was für eine Plage doch die Familie ist! Sehen Sie nur zu, dass er kommt! … Übrigens, Dorian, Sie sind gestern Abend sehr früh weggegangen. Sie haben uns vor elf Uhr verlassen. Was haben Sie dann getan? Sind Sie direkt nach Hause gegangen?«

Dorian sah rasch zu ihm hinüber und runzelte die Stirn. »Nein, Henry«, sagte er schließlich. »Es war schon fast drei, als ich nach Hause kam.«

»Waren Sie im Klub?«

»Ja«, antwortete er. Dann biss er sich auf die Lippen. »Nein, das stimmt nicht, ich war nicht im Klub. Ich bin nur so herumgebummelt. Ich habe vergessen, was ich getan habe. Wie neugierig Sie sind, Henry! Sie wollen immer wissen, was man getan hat. Ich will immer vergessen, was ich getan habe. Wenn Sie die genaue Zeit wissen wollen, ich bin um halb drei nach Hause gekommen. Ich hatte meinen Torschlüssel vergessen und mein Diener musste mir öffnen. Wenn Sie eine Zeugenaussage zu meinen Gunsten wünschen, können Sie ihn ja fragen.«

Lord Henry zuckte die Achseln. »Mein lieber Freund, was soll mir daran liegen? Wir wollen in den Salon hinauf. Nein danke, Mr. Chapman, keinen Sherry! … Dorian, Ihnen ist etwas zugestoßen. Sagen Sie mir, was es ist. Sie sind heute Abend nicht Sie selbst.«

»Kümmern Sie sich nicht um mich, Henry. Ich bin gereizt und schlecht gelaunt. Ich komme morgen oder an einem der nächsten Tage zu Ihnen. Bitte, entschuldigen Sie mich bei Lady Narborough. Ich gehe nicht mehr hinauf. Ich gehe nach Hause. Ich muss nach Hause gehn!«

»Schön, Dorian. Ich hoffe, ich sehe Sie morgen zum Tee. Die Herzogin kommt.«

»Ich will versuchen zu kommen, Henry«, sagte er und verließ das Zimmer.

Als er nach Hause fuhr, merkte er, dass das Angstgefühl, das er erstickt zu haben glaubte, wiedergekehrt war. Lord Henrys zufällige Fragen hatten ihm die Ruhe genommen und er brauchte seine Kaltblütigkeit. Es gab noch Dinge, die Gefahr bringen konnten und vernichtet werden mussten. Er schauerte zusammen. Der Gedanke, sie nur zu berühren, war ihm furchtbar.

Und doch musste es geschehen. Er war sich darüber klar, und als er die Tür seines Bibliothekzimmers verschlossen hatte, öffnete er das geheime Fach, in das er Basil Hallwards Mantel und Tasche versteckt hatte. Ein mächtiges Feuer brannte. Er legte noch einige Scheite Holz nach. Der Geruch der glimmenden Kleider und des verkohlten Leders war entsetzlich. Er brauchte drei viertel Stunden, um alles zu verbrennen. Schließlich fühlte er sich schwach und krank, und nachdem er einige algerische Räucherkerzen in einer durchbrochenen Kupferpfanne angezündet hatte, wusch er sich die Hände mit einem kühlen, moschusduftenden Essig.

Plötzlich schrak er zusammen. Seine Augen wurden merkwürdig hell und er nagte nervös an der Unterlippe. Zwischen zwei Fenstern stand ein großer Florentiner Ebenholzschrank, mit Elfenbein und blauem Lapislazuli eingelegt. Er beobachtete ihn, als wäre er ein lebendes Wesen, das fesseln und ängstigen könne, als schließe er etwas ein, das er zugleich sehnsüchtig begehrte und hasste. Sein Atem ging schnell. Eine wilde Gier überkam ihn. Er zündete eine Zigarette an und warf sie sofort wieder weg. Seine Augenlider senkten sich so tief, dass die langen Wimpern fast die Wangen berührten. Aber er sah den Schrank immer wieder an. Schließlich erhob er sich von dem Sofa, auf dem er gelegen hatte, ging zum Schrank, schloss ihn auf und berührte eine geheime Feder. Ein dreieckiges Fach kam langsam zum Vorschein. Seine Finger bewegten sich instinktiv ihm entgegen, griffen hinein und fassten etwas. Es war eine kleine chinesische Schachtel aus schwarzem Lack mit goldenen Tupfen, sehr sorgfältig gearbeitet, die Ecken mit gekrümmten Wellenlinien geziert, an seidenen Schnüren hingen runde Kristalle und Troddeln aus Metalldraht. Er öffnete sie. Eine grüne glänzende, wachsartige Masse von eigenartig schwerem und durchdringendem Geruch lag darin.

Er zögerte einige Momente mit einem seltsam unbeweglichen Lächeln auf dem Gesicht. Dann schauerte er zusammen, obwohl die Luft im Zimmer fürchterlich heiß war, straffte sich auf und sah nach der Uhr. Es fehlten zwanzig Minuten an zwölf. Er legte die Schachtel zurück, schloss die Türen des Schrankes und ging in sein Schlafzimmer.

Als die metallenen Schläge der Mitternacht durch die dumpfe Luft zitterten, schlich Dorian Gray in ordinären Kleidern, ein Tuch um den Hals, leise aus dem Haus. In der Bond Street fand er einen Wagen mit einem guten Pferd. Er winkte dem Kutscher und sagte ihm mit leiser Stimme eine Adresse.

Der Mann schüttelte den Kopf. »Das ist zu weit für mich«, brummte er.

»Da haben Sie einen Sovereign. Sie sollen noch einen halben haben, wenn Sie rasch fahren.«

»Schön, Herr!«, antwortete der Mann. »In einer Stunde sind wir da.« Nachdem er sein Geld eingesteckt hatte, drehte er um und fuhr rasch der Themse zu.

Sechzehntes Kapitel

Ein kalter Regen begann zu fallen. Die flackernden Laternen sahen im tropfenden Nebel gespenstisch aus. Zahlreiche Schenken wurden gerade geschlossen und dunkle Männer und Frauen standen in einzelnen Gruppen vor den Türen. Aus einigen Wirtschaften drang das Geräusch fürchterlichen Lachens. In anderen schimpften und grölten Betrunkene.

In den Wagen zurückgelehnt, den Hut in die Stirn gezogen, beobachtete Dorian Gray mit gleichgültigen Blicken das gemeine Elend der Großstadt. Dann und wann wiederholte er sich die Worte, die ihm Lord

Henry an jenem ersten Tag, als sie sich kennengelernt hatten, gesagt hatte: »Man muss die Seele durch die Sinne, die Sinne durch die Seele heilen.« Ja, das war das Geheimnis. Er hatte es oft versucht und wollte es jetzt wieder versuchen. Es gab Opiumkneipen, wo man Vergessen kaufen konnte. Orte des Grauens, wo die Erinnerung an alte Sünden durch den Wahnsinn neuer zerstört wurde.

Der Mond hing tief am Himmel wie ein gelber Schädel. Von Zeit zu Zeit streckte eine große unförmige Wolke einen langen Arm nach ihm aus und verbarg ihn. Die Gaslaternen wurden seltener und die Straßen enger und düsterer. Einmal verlor der Kutscher den Weg und musste eine halbe Meile zurückfahren. Das Pferd dampfte, als es in die Pfützen patschte. Die Seitenfenster des Wagens waren mit grauem Dunst beschlagen.

»Die Seele durch die Sinne heilen und die Sinne durch die Seele …« Wie ihm die Worte in den Ohren klangen! Ja, seine Seele war todkrank. Konnten die Sinne sie wirklich heilen? Unschuldiges Blut war vergossen worden. Welche Buße konnte es dafür geben? Ach, dafür gab es keine Sühne! Aber wenn auch Vergebung unmöglich war, Vergessen war doch möglich. Und er war fest entschlossen, zu vergessen, die ganze Sache auszulöschen, sie zu zertreten, wie man eine Natter, die einen gebissen hat, zertritt. Welches Recht hatte Basil denn gehabt, zu ihm zu sprechen, wie er es getan hatte? Wer hatte ihn zum Richter über andere gemacht? Er hatte Dinge gesagt, die schrecklich waren, furchtbar, unerträglich.

Der Wagen rollte weiter und weiter und schien ihm mit jedem Schritt langsamer zu fahren. Er riss die Klappe auf und rief dem Kutscher zu, schneller zu fahren. Der grässliche Hunger nach Opium fing an, in ihm zu nagen. Seine Kehle brannte, die feinen Hände krampften sich nervös ineinander. Er schlug wie toll mit seinem Stock auf das Pferd los. Der Kutscher lachte und schwang die Peitsche. Er lachte zur Antwort und der Mann schwieg.

Der Weg schien nicht zu enden, die Straßen waren wie das Netz einer ausgestreckt daliegenden Spinne. Die Eintönigkeit wurde unerträglich, und als der Nebel dichter wurde, empfand er Furcht.

Dann fuhren sie an einsamen Ziegeleien vorüber. Der Nebel wurde hier leichter und er konnte die merkwürdigen, flaschenförmigen Trockenöfen mit ihren orangefarbigen fächerartigen Feuerzungen sehen. Ein Hund bellte, als sie vorüberfuhren, und weit weg in der Dunkelheit schrie eine Möwe im Flug. Das Pferd stolperte in einer Radspur, machte einen Seitensprung und fing dann an, zu galoppieren.

Nach einiger Zeit verließen sie den Lehmweg und der Wagen ratterte durch schlecht gepflasterte Gassen. Die meisten Fenster waren dunkel, dann und wann aber sah man die Silhouetten fantastischer Schatten hinter einem erleuchteten Fenster. Neugierig blickte er nach ihnen. Sie bewegten sich wie ungeheuerliche Marionetten, obwohl sie Gebärden machten wie lebende Wesen. Er hasste sie. Ein dumpfer Zorn kochte in seinem Herzen. Als sie um eine Ecke bogen, kreischte ihm ein Weib aus einer offenen Tür etwas zu, und zwei Männer rannten fast hundert Meter hinter dem Wagen her. Der Kutscher schlug nach ihnen mit der Peitsche.

Man sagt, die Leidenschaft führe die Gedanken im Kreis umher. In fürchterlicher ewiger Wiederholung formten die zerbissenen Lippen Dorian Grays jene feinen Worte von der Seele und den Sinnen wieder und wieder, bis er in ihnen den vollsten Ausdruck seiner Stimmung gefunden und so durch die Zustimmung des Verstandes Leidenschaften gerechtfertigt hatte, die auch ohne solche Rechtfertigung sein Gefühl beherrscht hätten. Von Zelle zu Zelle seines Gehirns schlich der eine Gedanke. Wilde Lebensgier, noch schrecklicher als jeder andere menschliche Hunger, gab jedem zitternden Nerv und Muskel frische Kraft. Das Hässliche, das er einst verabscheut hatte, weil es den Dingen Wirklichkeit gibt, wurde ihm jetzt aus demselben Grunde teuer. Das Hässliche war das einzig Wirkliche. Das rohe Geschrei, die ekelhafte Kneipe, die wilde Heftigkeit eines zügellosen Lebens, die tiefe Verkommenheit der Diebe und Verbrecher waren in der intensiven Wirklichkeit ihrer Eindrücke mehr vom Leben erfüllt als alle anmutigen Formen der Kunst, die Traumschatten der Dichtung. Sie waren das, was er zum Vergessen brauchte. In drei Tagen würde er frei sein.

Plötzlich hielt der Wagen mit einem Ruck am Ende einer schwarzen Gasse. Über den niedrigen Dächern und den Zacken der Schornsteine konnte man die schwarzen Masten von Schiffen sehen. Fetzen von weißem Nebel hingen wie gespenstische Segel in den Rahen.

»Hier herum muss es wohl irgendwo sein?«, fragte die raue Stimme des Kutschers.

Dorian schrak auf und blickte sich um. »Schon gut«, antwortete er, stieg hastig aus, gab dem Kutscher das Geld, das er ihm versprochen hatte, und ging rasch dem Kai zu. Hier und da flammte eine Lampe am Heck eines großen Kauffahrers. Das Licht zitterte und glitzerte in den Pfützen. Ein roter Schein kam von einem Überseedampfer, der Kohlen lud. Das schlüpfrige Pflaster sah aus wie ein nasser Gummimantel.

Er ging rasch nach links zu und blickte sich dann und wann um, ob ihm niemand folgte. Nach sieben oder acht Minuten erreichte er ein kleines schäbiges Haus, das zwischen düsteren Fabriken eingekeilt war. In einem der obersten Fenster war Licht. Er blieb stehen und klopfte auf eine besondere Art an.

Nach einer kleinen Weile hörte er Schritte im Flur und die Kette wurde losgemacht. Die Tür öffnete sich ruhig, und er trat hinein, ohne ein Wort zu der kauernden, unförmigen Gestalt zu sagen, die sich in den Schatten drückte, als er vorbeiging. Am Ende des Flurs hing ein zerlumpter grüner Vorhang, der in dem stürmischen Luftzug, der von der Straße hereingedrungen war, hin und her flatterte. Er schob ihn beiseite und trat in einen langen, niedrigen Raum, der aussah, als wäre er früher ein Tanzsaal dritten Ranges gewesen. Grell flackernde Gasflammen, die sich stumpf und entstellt in den fliegenbeschmutzten Spiegeln ihm gegenüber widerspiegelten, hingen rundherum an den Wänden. Schmierige Reflektoren aus geripptem Zinn befanden sich hinter ihnen und brachten zitternde Lichtreflexe hervor. Der Boden war mit ockerfarbigen Sägespänen bedeckt, die an einzelnen Stellen zu Schmutz zertreten waren und in denen sich schwarze Ringe von vergossenen Getränken abzeichneten. Ein paar Malaien kauerten vor einem kleinen Kohlenofen, spielten mit knöchernen Spielmarken und zeigten, wenn sie sprachen, ihre weißen Zähne. In einer Ecke, den Kopf in die Hände vergraben, lümmelte sich ein Matrose über den Tisch, und an dem bunt bemalten Büfett, das eine ganze Seite des Zimmers einnahm, standen zwei hagere Weiber und lachten über einen alten Mann, der mit einem Ausdruck des Ekels die Ärmel seines Rockes bürstete. »Er denkt, er hat sich Läuse geholt«, lachte die eine, als Dorian an ihnen vorüberging. Der Mann sah sie erschreckt an und begann zu wimmern.

Am Ende des Raumes war eine kleine Stiege, die in eine dunkle Kammer führte. Als Dorian rasch die drei wackligen Stufen hinaufging, schlug ihm der schwere Geruch des Opiums entgegen. Er holte tief Atem und seine Nasenflügel zitterten vor Lust. Als er eintrat, sah ihn ein junger Mann mit weichem Blondhaar an; er beugte sich gerade über eine Lampe, an der er eine lange, dünne Pfeife anzündete, und nickte zögernd.

»Sie hier, Adrian?«, flüsterte Dorian.

»Wo soll ich sonst sein?«, antwortete er gleichgültig. »Keiner will ja mehr mit mir sprechen.«

»Ich dachte, Sie hätten England verlassen?«

»Darlington wird nichts gegen mich tun. Mein Bruder hat den Wechsel schließlich gezahlt. George spricht auch nicht mehr mit mir … Es liegt mir nichts daran«, fügte er seufzend hinzu. »Solang man das Zeug da hat, braucht man keine Freunde. Ich glaube, ich habe zu viel Freunde gehabt.«

Dorian zuckte zusammen und sah sich nach den grotesken Wesen um, die da in so fantastischen Stellungen auf den zerlumpten Matratzen lagen. Die verdrehten Glieder, der klaffende Mund, die starren, glanzlosen Augen zogen ihn unwiderstehlich an. Er kannte das seltsame Paradies, in dem sie ihr Leid vergaßen, und die dumpfe Hölle, die sie das Geheimnis einer neuen Lust lehrte. Und doch ging es denen da besser als ihm. Ihn hielten seine Gedanken gefangen. Die Erinnerung zerfraß wie eine fürchterliche Krankheit seine Seele. Von Zeit zu Zeit glaubte er die Augen Basil Hallwards auf sich gerichtet zu sehen. Er spürte, dass er hier nicht bleiben konnte. Die Anwesenheit von Adrian Singleton störte ihn. Er wollte irgendwo sein, wo niemand wusste, wer er war. Er wollte sich selber entfliehen.

»Ich gehe in das andere Lokal«, sagte er nach einer Weile.

»Auf der Werft?«

»Ja.«

»Die tolle Katze ist sicher dort. Sie wollen sie jetzt hier nicht mehr haben.«

Dorian zuckte die Achseln. »Ich habe die Weiber, die einen lieben, satt. Weiber, die einen hassen, sind viel interessanter. Übrigens ist das Zeug dort besser.«

»So ziemlich dasselbe.«

»Mir schmeckt's besser. Kommen Sie mit, wir wollen etwas trinken. Ich muss etwas nehmen.«

»Ich mag nichts«, flüsterte der junge Mann.

»Kommen Sie nur.«

Adrian Singleton stand träge auf und folgte Dorian zum Büfett. Ein Mischling in zerfetztem Turban und schäbigem Ulster grinste ihnen einen widerlichen Gruß zu, als er zwei Gläser und eine Brandyflasche vor sie hinstellte. Die Weiber schwankten herbei und begannen zu schwatzen. Dorian drehte ihnen den Rücken zu und sagte leise etwas zu Adrian Singleton.

Ein Grinsen, gekrümmt wie ein malaiischer Dolch, verzerrte das Gesicht eines der Weiber. »Wir fühlen uns sehr geehrt heute Nacht«, höhnte sie.

»Um Gottes willen, redet nicht mit mir!«, schrie Dorian und stampfte mit dem Fuß auf den Boden. »Was wollt ihr? Geld? Da! Aber sprecht kein Wort mehr zu mir!«

Zwei rote Funken blitzten einen Moment in den verquollenen Augen des Weibes auf, dann verloschen sie wieder und ließen sie stumpf und verglast erscheinen. Sie warf den Kopf zurück und raffte mit gierigen Fingern die Münzen auf dem Bartisch zusammen. Ihre Gefährtin beobachtete sie neidisch.

»Es hat keinen Zweck«, sagte Adrian Singleton seufzend. »Ich will nicht mehr zurück. Was liegt daran? Ich bin hier ganz glücklich.«

»Wollen Sie mir schreiben, wenn Sie etwas brauchen?«, fragte Dorian nach einer Weile.

»Vielleicht.«

»Dann gute Nacht!«

»Gute Nacht!«, antwortete der junge Mann, schritt die Treppe hinauf und wischte sich den ausgedörrten Mund mit dem Taschentuch ab.

Dorian schritt zur Tür, einen schmerzlichen Zug im Gesicht. Als er den Vorhang beiseitezog, kam ein gräuliches Lachen von den geschminkten Lippen des Weibes, das sein Geld genommen hatte. »Da geht der Teufelsbraten!«, stieß sie mit einer rauen Stimme hervor.

»Der Teufel soll dich holen!«, antwortete er. »Wenn du mich noch mal so nennst!«

Sie schnippte mit den Fingern. »Der Märchenprinz willst du genannt sein, was?!«, schrie sie hinter ihm her.

Bei diesen Worten sprang der schläfrige Matrose auf und blickte sich wild um. Das Geräusch der zufallenden Tür schlug an sein Ohr. Er stürzte hinaus, als ob er den anderen verfolgen wolle.

Dorian Gray ging rasch in dem stäubenden Regen den Kai entlang. Das Zusammentreffen mit Adrian Singleton hatte ihn seltsam bewegt, und er fragte sich, ob der Untergang dieses jungen Lebens wirklich seine Schuld war, wie ihm Basil Hallward mit so schändlicher Beschimpfung gesagt hatte. Er biss sich auf die Lippen und einige Augenblicke verdüsterte sich sein Blick. Aber schließlich, was ging es ihn an? Das Dasein war zu kurz, als dass man die Last fremder Sünden auf seine Schultern nehmen konnte. Jedermann musste sein eigenes Leben leben und seinen eigenen Preis für das Leben zahlen. Das einzige Unglück war, dass man so oft für jedes einzelne Vergehen zu zahlen hatte. Man musste immer und immer wieder zahlen. In seinem Verkehr mit dem Menschen schloss das Schicksal die Rechnung nie ab.

Die Psychologen sagen, dass es Augenblicke gibt, in denen das Verlangen nach Sünde oder dem, was die Welt Sünde nennt, einen Menschen so beherrscht, dass jeder Nerv des Körpers, jede Zelle des Gehirns von fürchterlichen Trieben erfüllt zu sein scheint. Männer und Frauen verlieren in solchen Augenblicken die Freiheit ihres Willens. Sie bewegen sich wie Automaten ihrem schrecklichen Ende zu. Die Wahl ist ihnen genommen, und das Gewissen ist entweder tot, oder, wenn es überhaupt lebt, so lebt es nur, um der Empörung Reiz und dem Ungehorsam einen besonderen Zauber zu verleihen. Denn alle Sünden sind, wie die Psychologen uns zu sagen nicht müde werden, Sünden des Ungehorsams. Als jener hohe Geist, der Morgenstern des Bösen, vom Himmel fiel, da fiel er als Rebell herab.

Verhärtet, die Gedanken allein auf das Böse gerichtet, mit beflecktem Geist, einer Seele, die nach Empörung lechzte, eilte Dorian weiter und beschleunigte seine Schritte immer mehr. Als er aber in einen düsteren Torweg einbog, der ihm oft genug als abgekürzter Weg zu dem übel berüchtigten Ort, den er jetzt aufsuchen wollte, gedient hatte, fühlte er sich plötzlich von rückwärts gepackt. Bevor er Zeit hatte, sich zu verteidigen, wurde er gegen eine Mauer geworfen und sein Hals von einer brutalen Hand umspannt.

Er kämpfte wie ein Wahnsinniger um sein Leben und mit furchtbarer Anstrengung machte er sich aus den ihn umklammernden Fingern frei. Einen Augenblick später hörte er den Hahn eines Revolvers knacken und sah den glänzenden, glatten Metalllauf gerade gegen seinen Kopf gerichtet und die dunkle Gestalt eines kleinen untersetzten Mannes vor sich.

»Was wollen Sie?«, keuchte er.

»Bleiben Sie stehen!«, sagte der Mann. »Wenn Sie sich rühren, schieße ich Sie nieder!«

»Sie sind wahnsinnig. Was habe ich Ihnen getan?«

»Sie haben das Leben Sibyl Vanes vernichtet!«, war die Antwort. »Und Sibyl Vane war meine Schwester. Sie hat sich getötet. Ich weiß es. Ihr Tod ist aber Ihre Schuld. Ich habe geschworen, dass ich Sie dafür töten werde. Jahrelang habe ich Sie gesucht – ich hatte ja keinen Anhaltspunkt, keine Spur. Die zwei Menschen, die Sie mir hätten beschreiben können, waren tot. Ich wusste nichts von Ihnen als den Kosenamen, den sie Ihnen gab. Den habe ich heute Nacht durch Zufall gehört. Machen Sie Ihren Frieden mit Gott! Heute Nacht müssen Sie sterben.«

Dorian Gray wurde fast ohnmächtig vor Furcht. »Ich habe sie nie gekannt«, stammelte er. »Ich habe nie von ihr gehört. Sie sind verrückt.«

»Sie täten besser, Ihre Sünden zu beichten, denn, so gewiss ich James Vane bin, so gewiss sollen Sie jetzt sterben.«

Es war ein schrecklicher Augenblick. Dorian wusste nicht, was er sagen oder tun sollte.

»Auf die Knie!«, knurrte der Mann. »Ich gebe Ihnen eine Minute, Ihren Frieden mit Gott zu machen, nicht mehr! Ich muss heute Nacht noch an Bord, ich fahre nach Indien – aber vorher muss unsere Angelegenheit erledigt werden! … Eine Minute, nicht eine Sekunde länger!«

Dorians Arme sanken herab. Vom Schrecken gelähmt, wusste er nicht, was er tun sollte. Plötzlich zuckte eine jähe Hoffnung durch sein Gehirn. »Warten

Sie!«, schrie er. »Wie lang ist es her, dass Ihre Schwester gestorben ist? Rasch, sagen Sie!«

»Achtzehn Jahre«, sagte der Mann. »Warum fragen Sie mich? Was haben die Jahre damit zu tun?!«

»Achtzehn Jahre!«, lachte Dorian mit einem triumphierenden Ton in der Stimme auf. »Achtzehn Jahre! Führen Sie mich unter die Laterne da und sehen Sie mir ins Gesicht!«

James Vane zögerte einen Augenblick und begriff nicht, was er meinte. Dann packte er Dorian Gray und schleifte ihn aus dem Torweg.

So trübe und flackernd auch das windverwehte Licht war, es genügte doch, ihm den furchtbaren Irrtum, in dem er befangen zu sein schien, zu zeigen. Das Antlitz des Mannes, den er töten wollte, hatte all den Blütenreiz der Jugend, all die unbefleckte Reinheit der Jugend. Er schien kaum älter als ein Jüngling von zwanzig Sommern, kaum älter, als die Schwester damals gewesen, als sie vor so vielen Jahren Abschied genommen hatten. Es war klar, dass das nicht der Mann war, der ihr Leben zerstört hatte.

Er ließ ihn los und taumelte zurück. »O Gott, o Gott!«, rief er aus. »Und ich hätte Sie beinah ermordet!«

Dorian Gray holte tief Atem. »Sie waren dicht daran, ein furchtbares Verbrechen zu begehen, Mann«, sagte er mit einem strengen Blick. »Lassen Sie sich das eine Warnung sein, die Rache nicht selbst zu übernehmen.«

»Verzeihen Sie mir, Herr!«, stammelte James Vane. »Ich habe mich täuschen lassen. Ein Wort, das ich zufällig in der verfluchten Kneipe gehört habe, hat mich auf die falsche Spur geführt.«

»Sie sollten lieber nach Hause gehen und den Revolver wegtun, sonst kommen Sie noch in Ungelegenheiten«, sagte Dorian, drehte sich um und ging langsam die Straße hinunter.

James Vane stand schaudernd da. Er zitterte von Kopf bis zu den Füßen. Nach einer kleinen Weile trat ein schwarzer Schatten, der längs der triefenden Wand hingeglitten war, ins Licht hinaus und kam verstohlen dicht zu ihm heran. Er fühlte eine Hand, die sich auf seinen Arm legte, und sah sich mit jähem Ruck um. Es war eines der Weiber, die an der Bar getrunken hatten.

»Warum haben Sie ihn nicht umgebracht?«, stieß sie hervor, ihr hageres Gesicht ganz nahe an dem seinen. »Ich wusste, dass Sie ihm folgten, als Sie aus der Kneipe fortrannten. Sie Narr! Sie hätten ihn umbringen sollen. Er hat einen Haufen Geld und ist so schlecht als irgendeiner.«

»Er ist nicht der Mann, den ich suche«, antwortete er. »Und ich will keines Menschen Geld. Ich will das Leben eines Menschen. Der Mann, dessen Leben ich will, muss jetzt an die vierzig sein. Der da ist kaum mehr als ein Knabe. Ich danke Gott, dass sein Blut nicht an meinen Händen klebt.«

Das Weib stieß ein bitteres Lachen aus. »Kaum mehr als ein Knabe?!«, höhnte sie. »Mensch – es ist fast achtzehn Jahre her, dass der Märchenprinz mich zu dem gemacht hat, was ich jetzt bin!«

»Das ist eine Lüge!«, schrie James Vane.

Sie hob ihre Hand zum Himmel. »Bei Gott, ich sage die Wahrheit!«, rief sie.

»Bei Gott?«

»Sie können mich kaltmachen, wenn es nicht so ist. Er ist der Schlimmste von allen, die herkommen. Man sagt, er habe sich dem Teufel für ein schönes Gesicht verkauft. Es sind nahe an achtzehn Jahre, dass ich ihn getroffen habe. Seitdem hat er sich kaum verändert. Ich umso mehr«, fügte sie mit schmerzlichem Lächeln hinzu.

»Können Sie das beschwören?«

»Ich schwöre es«, wiederholte heiser ihr dünner Mund. »Aber verraten Sie mich ihm nicht«, winselte sie. »Ich habe Angst vor ihm. Geben Sie mir ein paar Groschen fürs Nachtquartier.«

Mit einem Fluch stürzte er davon und rannte bis zur Straßenecke. Aber Dorian Gray war verschwunden. Als er zurückblickte, war auch das Weib schon weg.

Siebzehntes Kapitel

Eine Woche später saß Dorian Gray in dem Wintergarten von Selby Royal und sprach mit der hübschen Herzogin von Monmouth, die mit ihrem Gatten, einem müde aussehenden Mann von sechzig Jahren zu seinen Gästen gehörte. Es war um die Teezeit, und das warme Licht der großen spitzenverhängten Lampe, die auf dem Tisch stand, erleuchtete das erlesene Porzellan und das gehämmerte Silber des Tafelgeschirrs. Die Herzogin schenkte den Tee ein; ihre weißen Hände bewegten sich zierlich zwischen den Tassen, und ihre vollen roten Lippen lächelten über etwas, was Dorian ihr zugeflüstert hatte. Lord Henry lehnte sich in einen Rohrsessel, der mit Seide überzogen war, zurück und sah sie an. Auf einem pfirsichfarbenen Diwan saß Lady Narborough und tat, als ob sie auf die Beschreibung höre, die der Herzog von einem seltenen brasilianischen Käfer gab, den er seiner Sammlung einverleibt hatte. Drei elegante junge Leute boten den Damen Kuchen an. Die Gesellschaft bestand aus zwölf Personen und für den nächsten Tag wurden noch mehr erwartet.

»Worüber sprecht ihr beide?«, fragte Lord Henry, während er zu dem Teetisch hinüberging und seine Tasse hinsetzte. »Ich hoffe, Dorian hat Ihnen von meinem Plan, alles umzutaufen, erzählt, Gladys. Ich glaube, es ist eine ausgezeichnete Idee.«

»Aber ich will keinen anderen Namen, Henry«, erwiderte die Herzogin und sah ihn mit ihren wundervollen Augen an. »Ich bin ganz zufrieden mit dem, den ich habe, und ich denke, auch Mr. Gray kann mit dem seinen zufrieden sein.«

»Meine liebe Gladys, ich möchte beide Namen um keinen Preis ändern, denn sie sind beide vollendet! Ich dachte auch in der Hauptsache an Blumen. Gestern zum Beispiel pflückte ich mir eine Orchidee für mein Knopfloch. Es war eine prachtvoll gesprenkelte Blume, so wirkungsvoll wie die sieben Todsünden. In einem gedankenlosen Augenblick fragte ich einen der Gärtner, wie sie heiße. Er sagte mir, es sei ein schönes Exemplar einer Robinsoniana oder irgendeine ähnliche grässliche Bezeichnung. Es ist eine traurige Wahrheit, aber wir haben die Fähigkeit, den Dingen schöne Namen zu geben, verloren. Und doch sind Namen alles. Ich rege mich nie über Handlungen auf. Mein einziger Kampf geht um Worte. Das ist auch der Grund, weshalb ich den vulgären Realismus in der Literatur hasse. Der Mann, der imstande ist, einen Spaten einen Spaten zu nennen, sollte gezwungen werden, selbst einen zu handhaben. Das ist die einzige Sache, zu der er gut wäre.«

»Wie sollen wir Sie also nennen, Henry?«, fragte sie.

»Er heißt Fürst Paradox«, sagte Dorian.

»An dem Namen muss ihn jeder sofort erkennen!«, rief die Herzogin.

»Ich will ihn nicht«, sagte Lord Henry lachend, während er in einen Fauteuil sank. »Einer solchen Etikette kann man nie wieder entgehen. Ich weise den Titel zurück.«

»Könige können nicht abdanken«, antworteten ihm schöne Lippen.

»Sie verlangen also, dass ich meinen Thron verteidige?«

»Ja.«

»Ich sage die Wahrheiten von morgen.«

»Ich ziehe die Irrtümer von heute vor«, antwortete sie.

»Sie entwaffnen mich, Gladys!«, rief er, indem er sich von ihrer übermütigen Laune anstecken ließ.

»Ich nehme Ihnen nur Ihren Schild, Henry, nicht Ihren Speer.«

»Ich kämpfe nie gegen die Schönheit«, sagte er mit einer leichten Bewegung seiner Hand.

»Das ist Ihr Hauptfehler, Henry, glauben Sie mir. Sie schätzen die Schönheit viel zu hoch ein.«

»Wie können Sie das sagen? Ich gebe gern zu, dass ich es für besser halte, schön zu sein als gut. Aber auf der anderen Seite ist niemand eher bereit zuzugeben als ich, dass es besser ist, gut zu sein als hässlich.«

»Hässlichkeit ist also eine der sieben Todsünden?«, fragte die Herzogin. »Wie steht es nun um das Gleichnis von den Orchideen?«

»Hässlichkeit ist eine von den sieben Tod-Tugenden, Gladys. Sie als gute Tory dürfen sie nicht unterschätzen. Das Bier, die Bibel und die sieben tödlichen Tugenden haben aus England gemacht, was es ist.«

»Sie lieben also Ihre Heimat nicht?«, fragte sie.

»Ich lebe ja in ihr.«

»Damit Sie sie besser kritisieren können.«

»Wollen Sie, dass ich mir das Urteil Europas über meine Heimat zu eigen mache?«, fragte er.

»Was sagt man denn von uns?«

»Dass Tartüff nach England ausgewandert ist und dort einen Laden aufgemacht hat.«

»Ist das Wort von Ihnen, Henry?«

»Ich schenke es Ihnen.«

»Ich könnte nichts damit anfangen. Es ist zu wahr.«

»Sie brauchen keine Angst zu haben. Unsere Landsleute fühlen sich von einer wahren Bemerkung nie getroffen.«

»Sie sind zu praktisch.«

»Eher gerissen als praktisch. Wenn sie ihr Hauptbuch aufmachen, dann gleichen sie Dummheit durch Reichtum und Laster durch Heuchelei aus.«

»Und doch haben wir große Dinge vollbracht.«

»Große Dinge sind auf unsere Schultern gelegt worden, Gladys.«

»Wir haben ihre Last aber zu tragen vermocht.«

»Nur bis zur Börse.«

Sie schüttelte den Kopf. »Ich glaube an unsere Rasse!«, rief sie.

»Sie repräsentiert das Überleben des Rücksichtslosen.«

»Sie hat das Zeug zur Entwicklung.«

»Der Verfall reizt mich mehr.«

»Und die Kunst?«, fragte sie.

»Ist eine Krankheit.«

»Die Liebe?«

»Eine Einbildung.«

»Religion?«

»Der moderne Ersatz für den Glauben.«

»Sie sind ein Skeptiker!«

»Niemals – denn Skeptizismus ist der Anfang des Glaubens.«

»Was sind Sie denn?«

»Definieren heißt beschränken.«

»Geben Sie mir den Ariadnefaden.«

»Fäden reißen. Sie würden Ihren Weg in dem Labyrinth verlieren.«

»Sie verwirren mich. Wir wollen von etwas anderem sprechen.«

»Unser Wirt ist ein entzückendes Gesprächsthema. Vor vielen Jahren nannte man ihn den Märchenprinzen.«

»Oh, erinnern Sie mich nicht daran!«, rief Dorian Gray.

»Unser Wirt ist recht unangenehm heute Abend«, antwortete die Herzogin und wechselte die Farbe. »Er denkt wohl, Monmouth habe mich nur aus wissenschaftlichen Gründen geheiratet, weil ich das beste Exemplar eines modernen Schmetterlings bin.«

Dorian lachte. »Ich hoffe doch, er wird Sie nicht auf Stecknadeln aufspießen, Herzogin.«

»Das besorgt meine Kammerjungfer zur Genüge, Mr. Gray, wenn sie sich über mich ärgert.«

»Und worüber ärgert sie sich bei Ihnen, Herzogin?«

»Über die trivialsten Dinge, Mr. Gray. In der Regel, wenn ich zehn Minuten vor neun nach Hause komme und sage, dass ich um halb neun angezogen sein muss.«

»Wie unvernünftig von ihr! Sie sollten ihr kündigen!«

»Ich traue mich nicht, Mr. Gray. Sie erfindet meine Hüte. Erinnern Sie sich an den Hut, den ich auf Lady Hilstones Gartengesellschaft getragen habe? Sie erinnern sich natürlich nicht, aber es ist nett von Ihnen, dass Sie so tun. Also – der war geradezu aus nichts gemacht. Alle guten Hüte werden aus nichts gemacht.«

»Wie jeder gute Ruf, Gladys!«, unterbrach Lord Henry. »Jeder Erfolg, den man erzielt, schafft uns einen Feind. Man muss mittelmäßig sein, wenn man beliebt sein will.«

»Nicht bei den Frauen«, sagte die Herzogin und schüttelte den Kopf. »Und die Frauen regieren die Welt. Ich versichere Sie, wir können Mittelmäßigkeiten nicht vertragen. Wir Frauen, hat einmal jemand gesagt, lieben mit den Ohren, während ihr Männer mit den Augen liebt, wenn ihr überhaupt lieben könnt.«

»Es scheint mir, dass wir überhaupt nichts anderes tun«, flüsterte Dorian.

»Ach Sie, Mr. Gray, Sie lieben nie wirklich«, antwortete sie mit spöttischer Trauer.

»Meine liebe Gladys!«, rief Lord Henry. »Wie können Sie das sagen? Die romantische Liebe lebt von der Wiederholung und die Wiederholung verwandelt eine Begierde in Kunst. Übrigens, jedes Mal, wenn man liebt, ist es das erste Mal, dass man überhaupt liebt. Die Verschiedenheit des Objektes verändert die Einzigkeit der Leidenschaft nicht – sie verstärkt sie nur. Wir können im Leben bestenfalls nur ein einziges großes Erlebnis haben, und das Geheimnis des Lebens ist es, dieses Erlebnis so oft wie möglich zu wiederholen.«

»Selbst, wenn es eines ist, das einen verwundet hat, Henry?«, fragte die Herzogin nach einer Pause.

»Dann erst recht«, entgegnete Lord Henry.

Die Herzogin wandte sich um und sah Dorian Gray mit einem seltsamen Blick an. »Was sagen Sie dazu, Mr. Gray?«, fragte sie.

Dorian zögerte einen Augenblick. Dann warf er den Kopf zurück und lachte. »Ich gebe Henry immer recht, Herzogin.«

»Selbst wenn er unrecht hat?«

»Henry hat nie unrecht, Herzogin.«

»Und macht seine Weisheit Sie glücklich?«

»Ich habe nie das Glück gesucht. Wer braucht Glück? Ich habe den Genuss gesucht.«

»Und gefunden, Mr. Gray?«

»Oft, zu oft.«

Die Herzogin seufzte. »Ich suche Frieden«, sagte sie. »Und wenn ich jetzt nicht gehe und mich anziehe, finde ich ihn heute Abend nicht mehr!«

»Erlauben Sie, dass ich Ihnen ein paar Orchideen hole, Herzogin!«, rief Dorian, sprang auf und ging den Wintergarten hinab.

»Sie flirten ganz schändlich mit ihm«, sagte Lord Henry zu seiner Cousine. »Sie sollten sich lieber in Acht nehmen. Er kann sehr bezaubern.«

»Wenn er das nicht könnte, gäbe es keinen Kampf.«

»Sind sich also zwei Griechen begegnet?«

»Ich bin auf der Seite der Trojaner. Sie fochten für ein Weib.«

»Aber sie wurden besiegt.«

»Es gibt ärgere Dinge als gefangen genommen werden«, erwiderte sie.

»Sie lassen dem Pferd die Zügel schießen.«

»Das Tempo macht das Leben«, war die Antwort.

»Ich werde heute Abend etwas in mein Tagebuch schreiben.«

»Was?«

»Dass ein gebranntes Kind das Feuer liebt.«

»Ich bin noch nicht einmal versengt. Meine Flügel sind unberührt.«

»Sie benützen sie zu allem, nur nicht zum Fliegen.«

»Der Mut ist von den Männern zu den Frauen gewandert. Er ist ein neues Erlebnis für uns.«

»Sie haben eine Rivalin.«

»Wen?«

Er lachte. »Lady Narborough«, flüsterte er. »Sie betet ihn an.«

»Sie machen mir Furcht. Altertumswerte sind für uns Romantiker stets gefährlich.«

»Romantiker? Sie benützen alle Methoden der exakten Wissenschaft.«

»Die Männer haben uns erzogen.«

»Aber nicht erklärt.«

»Geben Sie eine Erklärung für uns als Geschlechtswesen«, forderte sie heraus.

»Sphinxe ohne Geheimnisse.«

Sie sah ihn lächelnd an. »Wie lange Mr. Gray wegbleibt«, sagte sie. »Wir wollen gehen und ihm helfen. Ich habe ihm nicht einmal die Farbe meines Kleides angegeben.«

»Sie müssen Ihr Kleid seinen Blumen anpassen, Gladys.«

»Das wäre eine vorzeitige Übergabe.«

»Die romantische Kunst beginnt mit der höchsten Steigerung.«

»Ich muss mir eine Möglichkeit zum Rückzug offen halten.«

»Wie die Parther?«

»Sie fanden Schutz in der Wüste. Ich könnte das nicht.«

»Frauen haben nicht immer die Wahl«, antwortete er. Aber er hatte den Satz noch kaum zu Ende gesprochen, als aus dem äußersten Winkel des Wintergartens ein unterdrücktes Stöhnen kam, dem das dumpfe Geräusch eines schweren Falles folgte. Alle schraken auf. Die Herzogin stand reglos vor Schrecken da. Mit angstvollem Blick stürzte Lord Henry durch die wehenden Palmen und fand Dorian Gray mit dem Gesicht auf den Ziegeln des Bodens liegend in einer todesähnlichen Ohnmacht.

Er wurde sofort in den blauen Salon gebracht und auf eines der Sofa gelegt. Nach kurzer Zeit kam er zu sich und sah sich erstaunt um.

»Was ist geschehen?«, fragte er. »Ach ja – jetzt fällt mir's ein. Bin ich hier sicher, Henry?« Er begann zu zittern.

»Mein lieber Dorian«, antwortete Lord Henry. »Sie haben nur eine Ohnmacht gehabt. Sie müssen sich übermüdet haben. Sie sollten nicht zum Diner kommen. Ich will Ihre Stelle vertreten.«

»Nein, ich will selbst kommen«, sagte er, während er sich mühte, auf den Füßen zu stehen. »Ich komme lieber herunter. Ich darf nicht allein sein.«

Er ging in sein Zimmer und zog sich an. Als er bei Tisch saß, war in seinem Benehmen eine wilde, unruhige Lustigkeit; dann und wann aber überlief ihn ein Angstschauer, wenn er sich erinnerte, dass er, gegen das Fenster des Wintergartens gepresst wie ein weißes Tuch, das Gesicht James Vanes, der ihm auflauerte, erblickt hatte.

Achtzehntes Kapitel

Am nächsten Tag verließ er das Haus nicht; er verbrachte den größten Teil der Zeit in seinem Zimmer, erschüttert von einer wilden Todesfurcht und doch dem Leben selbst gegenüber gleichgültig. Das Bewusstsein, verfolgt, gejagt, aufgespürt zu werden, begann ihn zu beherrschen. Wenn die Vorhänge nur im Wind erzitterten, schrak er zusammen. Die toten Blätter, die gegen die Butzenscheiben geweht wurden, schienen ihm seine eigenen vergeblichen Entschlüsse und wilden Gewissensbisse zu sein. Wenn er die Augen schloss, sah er wieder das Gesicht des Matrosen, wie es durch das nebelbeschlagene Glas blickte, und das Entsetzen schien ihm noch einmal die Hand aufs Herz zu legen.

Aber vielleicht war es nur seine Fantasie gewesen, die die Rache aus der Nacht heraufbeschworen und die grässlichen Gestalten der Straße sich vorgestellt hatte. Das wirkliche Leben war ein Chaos, aber die Einbildungskraft arbeitete mit einer furchtbaren Logik. Die Einbildungskraft hetzte die Gewissensbisse hinter der Sünde her, die Einbildungskraft zeugte aus jedem Verbrechen neue scheußliche Ungeheuer. In der gewöhnlichen Welt der Tatsachen werden die Schlechten so wenig bestraft wie die Guten belohnt. Der Erfolg gehört den Starken. Unglück trifft die Schwachen. Das ist alles … Übrigens, wäre ein Fremder um das Haus herumgeschlichen, so hätte ihn einer der Diener oder Wächter entdeckt. Wären irgendwelche Fußstapfen auf den Beeten gefunden worden, so hätten es die Gärtner gemeldet. Ja, es war nur eine Einbildung gewesen. Sibyl Vanes Bruder war nicht zurückgekommen, um ihn zu töten. Er war auf seinem Schiff fortgesegelt, um in irgendeinem winterlichen Meer zu scheitern. Vor ihm war er sicher. Der wusste nicht, wer er war, konnte es nicht wissen. Die Maske der Jugend hatte ihn gerettet.

Und doch, wenn es auch bloß Einbildung gewesen war, wie schrecklich war der Gedanke, dass das Gewissen so fürchterliche Phantome erstehen lassen, ihnen sichtbare Form geben und sie vor unseren Augen bewegen konnte! Was für ein Leben würde er führen, wenn Tag und Nacht die Schatten seiner Verbrechen aus stillen Winkeln nach ihm spähen, ihn von geheimen Verstecken aus höhnen, ihm in die Ohren flüstern würden, wenn er beim Mahl saß, ihn mit eisigen Fingern weckten, wenn er schlief! Als dieser Gedanke durch sein Hirn zuckte, wurde er blass vor Schrecken, und die Luft um ihn her schien ihm plötzlich kälter zu sein. In welcher wild-wahnsinnigen Stunde hatte er den Freund umgebracht?! Wie gespenstisch war schon allein die Erinnerung an diese Szene! Er sah jetzt alles wieder. Jede grässliche Einzelheit kam mit erhöhtem Schrecken ihm ins Gedächtnis zurück. Aus den schwarzen Höhlen der Zeit, schrecklich und in Scharlachrot gehüllt, erstand das Bild seines Verbrechens … Als Lord Henry um sechs Uhr eintrat, fand er den Freund schluchzend, wie wenn ihm das Herz brechen wollte.

Erst am dritten Tag wagte er auszugehen. In der klaren tannendurchdufteten Luft des Wintermorgens schien etwas zu liegen, das ihm seine Fröhlichkeit und seine Lebenslust wiedergab. Aber nicht nur die physischen Bedingungen seiner Umgebung hatten diesen Wechsel veranlasst. Sein innerstes Wesen hatte sich gegen das Übermaß von Angst empört, das seine sonst vollendete Ruhe vollkommen zu zerstören versucht hatte. Bei feinen, empfindlich organisierten Naturen ist das immer so. Für ihre heftigen Leidenschaften gibt es nur ein Biegen oder Brechen. Entweder sie erschlagen einen Menschen, oder sie sterben selbst. Oberflächliche Leiden, oberflächliche Liebe können weiterleben, große Liebe und große Leiden werden durch ihre eigene Fülle vernichtet. Außerdem war er vollkommen davon überzeugt, dass er das Opfer einer durch Schrecken verwirrten Einbildungskraft gewesen war, und sah jetzt auf seine Angst mit einer Art Mitleid und nicht geringer Verachtung zurück.

Nach dem Frühstück ging er eine Stunde mit der Herzogin im Garten spazieren und fuhr dann durch den Park, um mit einer Jagdgesellschaft zusammenzutreffen. Ein leichter Reif lag wie Salz auf dem Rasen. Der Himmel sah aus wie eine umgestülpte blaue Metallschale. Eine dünne Eisschicht deckte den seichten, schilfbewachsenen Teich.

Am Eingang des Tannenwaldes erblickte er Sir Geoffrey Clouston, den Bruder der Herzogin, der eben zwei abgeschossene Patronen aus seiner Flinte stieß. Er sprang aus dem Wagen, sagte dem Groom, er solle nach Hause fahren, und ging dann durch das welke Farnkraut und das raue Gestrüpp auf seinen Gast zu.

»Gute Jagd gehabt, Geoffrey?«, sagte er.

»Nicht besonders, Dorian. Die meisten Vögel sind wohl nach den Feldern gewechselt. Vielleicht wird es am Nachmittag besser, wenn wir in ein anderes Revier kommen.«

Dorian schlenderte neben ihm her. Die starke, aromatische Luft, die braunen und roten Lichter, die im Wald flimmerten, die heiseren Schreie der Treiber, die von Zeit zu Zeit laut wurden, und der scharfe Knall der Flinten, der dann folgte, das alles fesselte ihn und erfüllte ihn mit einem Gefühl wunderbarer Freiheit. Ein unbekümmertes Glück, das Hochgefühl froher Unbesorgtheit erfüllte ihn.

Plötzlich sprang aus dem dürren vorjährigen Gras, vielleicht zwanzig Meter von ihnen entfernt, ein Hase auf, die schwarz gesprenkelten Löffel hoch erhoben und die langen Hinterläufe nach vorn werfend. Er lief nach einem Erlendickicht. Sir Geoffrey riss das Gewehr an die Schulter. Aber in den anmutigen Bewegungen des Tieres lag etwas, das Dorian auf seltsame Weise entzückte, und er rief:

»Schießen Sie ihn nicht, Geoffrey, lassen Sie ihn leben!«

»Was für ein Unsinn, Dorian«, sagte sein Begleiter lachend, und als der Hase in das Dickicht setzte, schoss er. Man hörte zwei Schreie: den Schrei eines verwundeten Hasen, der schrecklich ist, und den Schrei eines sterbenden Menschen, der weit furchtbarer ist.

»Herr Gott, ich habe einen Treiber getroffen!«, schrie Sir Geoffrey. »Wie kann so ein Esel auch vor die Büchsen laufen! Hört auf zu schießen!«, rief er, so laut er konnte. »Ein Mann ist verwundet.«

Der Obertreiber kam mit einem Stock in der Hand herbeigelaufen.

»Wo, Herr? Wo ist er?«, schrie er. Im selben Augenblick hörte das Schießen auf der ganzen Linie auf.

»Hier!«, antwortete Sir Geoffrey ärgerlich und rannte auf das Dickicht zu. »Warum, ums Himmels willen, halten Sie Ihre Leute nicht zurück? Jetzt ist die ganze Jagd für heute zum Teufel.«

Dorian beobachtete die Leute, wie sie in die Erlenpflanzung eindrangen und die biegsamen, schwankenden Zweige zur Seite stießen. Nach ein paar Minuten kamen sie wieder heraus und trugen einen Körper ins Freie. Er wandte sich entsetzt ab. Es schien ihm, als folge ihm das Unglück überallhin. Er hörte Sir Geoffreys Frage, ob der Mann wirklich tot sei, und die bejahende Antwort des Treibers. Der Wald schien sich jäh mit Gesichtern zu beleben. Man hörte das Getrampel von unzähligen Füßen und das leise Summen von Stimmen. Ein großer Fasan mit kupferfarbiger Brust flog flatternd durch die Äste über ihren Köpfen.

Nach einigen Augenblicken, die ihm, verstört wie er war, endlose schmerzliche Stunden schienen, fühlte er eine Hand auf seiner Schulter. Er schrak zusammen und wandte sich um.

»Dorian«, sagte Lord Henry. »Ich würde den Leuten lieber sagen, dass die Jagd für heute zu Ende ist. Es macht keinen guten Eindruck, wenn wir weiter jagen!«

»Ich wollte, sie wäre für immer zu Ende«, antwortete er bitter. »Die ganze Sache ist grässlich und grausam. Ist der Mann …?« Er konnte den Satz nicht vollenden.

»Ich fürchte«, antwortete Lord Henry. »Er hat die ganze Ladung in die Brust bekommen. Er muss sofort gestorben sein. Kommen Sie, wir wollen nach Hause gehen.«

Sie schritten nebeneinander auf die Allee zu, vielleicht fünfzig Meter, ohne zu sprechen. Dann sah Dorian Lord Henry an und sagte mit einem tiefen Seufzer: »Henry, das ist ein böses Vorzeichen, ein sehr böses Vorzeichen.«

»Was?«, fragte Lord Henry. »Ach so – der Unglücksfall! Mein lieber Freund, dagegen kann man nichts machen. Der Mann hatte ganz allein Schuld – warum ist er vor die Flinten gelaufen?! … Übrigens ist das nicht unsere Sache – für Geoffrey ist es natürlich ziemlich unangenehm. Es geht nicht an, Treiber niederzupfeffern. Die Leute denken dann, dass man ein Sonntagsjäger ist – und Geoffrey ist es nicht, sondern schießt ganz ordentlich. Aber es hat keinen Sinn, über die Sache weiter zu reden.«

Dorian schüttelte den Kopf. »Es ist ein böses Vorzeichen, Henry. Ich habe das Gefühl, dass einem von uns etwas Schreckliches zustoßen wird. Mir selbst vielleicht«, fügte er hinzu und fuhr sich mit der Hand über die Augen, wie einer, der Schmerzen hat.

Der Ältere lachte. »Die einzige schreckliche Sache in der Welt ist Langeweile, Dorian. Das ist die einzige Sünde, für die es keine Vergebung gibt. Aber wir werden darunter schwerlich zu leiden haben, außer wenn die guten Leute noch beim Diner über die Sache schwätzen. Ich muss ihnen sagen, dass das Thema tabu ist. Und Vorzeichen? … So etwas gibt es nicht. Das Schicksal schickt uns keine Herolde. Es ist zu weise oder zu grausam dazu. Übrigens, was auf der Welt sollte Ihnen geschehen, Dorian? Sie haben alles, was ein Mann wünschen kann. Es gibt niemand, der nicht gern mit Ihnen tauschen würde.«

»Es gibt niemand, mit dem ich nicht tauschen würde, Henry. Lachen Sie nicht so. Ich spreche die Wahrheit. Der armselige Bauer, der da gerade gestorben ist, ist besser dran als ich. Ich habe keine Angst vor dem Tod. Vor dem Sterben ängstige ich mich. Die ungeheuerlichen Flügel des Todes scheinen rings um mich her in der bleiernen Luft zu schweben. Herr im Himmel, sehen Sie denn nicht, dass dort hinter dem Baum ein Mann auf mich lauert, mich beobachtet?«

Lord Henry sah in die Richtung, in die die zitternde Hand wies. »Ja«, sagte er lächelnd. »Ich sehe, dass der Gärtner auf Sie wartet. Er will Sie wohl fragen, welche Blumen Sie heute für die Tafel wünschen. Wie lächerlich nervös Sie sind, mein Lieber! Sie müssen mal zu meinem Arzt gehen, wenn wir wieder in London sind.«

Dorian seufzte erleichtert auf, als er den Gärtner näher kommen sah. Der Mann zog den Hut, blickte zuerst zögernd auf Lord Henry und holte dann einen Brief heraus, den er seinem Herrn übergab. »Ihre Gnaden hat mir aufgetragen, auf Antwort zu warten«, flüsterte er.

Dorian steckte den Brief in die Tasche. »Sagen Sie Ihrer Gnaden, dass ich selbst komme«, sagte er kühl. Der Mann drehte sich um und ging rasch dem Haus zu.

»Wie gerne die Frauen gefährliche Dinge tun!«, sagte Lord Henry lachend. »Es ist eine ihrer Eigenschaften, die ich am meisten bewundere. Jede Frau ist bereit, mit jedem Menschen auf der Welt zu flirten, solang andere Leute zuschauen.«

»Wie gerne Sie gefährliche Dinge sagen, Henry! In diesem Fall aber sind Sie auf dem Holzweg. Ich habe die Herzogin sehr gern, aber ich liebe sie nicht.«

»Die Herzogin liebt Sie sehr, aber Sie haben sie weniger gern. Sie beide passen also ausgezeichnet zusammen.«

»Was Sie da sagen, ist Klatsch, Henry, und man hat eigentlich nie eine Grundlage für Klatsch.«

»Die Grundlage für jeden Klatsch ist die Verlässlichkeit der Unmoral«, sagte Lord Henry und zündete sich eine Zigarette an.

»Sie würden jeden von uns opfern, Henry, um ein Epigramm zu machen.«

»Die Welt legt sich freiwillig auf den Opferaltar«, war die Antwort.

»Ich wollte, ich könnte lieben!«, rief Dorian, einen tiefen, pathetischen Ton in der Stimme. »Aber es scheint, ich habe die Kraft zur Leidenschaft verloren, und vergessen, wie man begehrt. Ich habe mich zu sehr auf mich selbst konzentriert. Meine eigene Persönlichkeit ist eine Last für mich geworden. Ich möchte fliehen, weggehen, vergessen. Es war albern, dass ich überhaupt hierhergekommen bin. Ich glaube, ich werde nach Harvey telegrafieren, man soll die Jacht instand setzen. Auf einer Jacht ist man sicher.«

»Vor was sicher, Dorian? Sie haben Sorgen. Warum sagen Sie mir nicht, was es ist? Sie wissen, dass ich Ihnen helfen möchte.«

»Ich kann es nicht sagen«, antwortete er traurig. »Ich vermute, es ist alles nur Einbildung. Der Unglücksfall hat mich aus dem Gleichgewicht gebracht. Ich habe die schreckliche Ahnung, dass mir etwas Ähnliches zustoßen wird.«

»Was für ein Unsinn!«

»Ich hoffe, es ist Unsinn, aber ich habe nun einmal das Gefühl. Ach, da kommt die Herzogin und sieht aus wie Artemis in einem Tailor-made-Kostüm. Sie sehen, wir sind zurück, Herzogin.«

»Ich habe schon alles gehört, Mr. Gray«, antwortete sie. »Der arme Geoffrey ist fürchterlich aufgeregt. Wie seltsam, dass Sie ihn gebeten haben, den Hasen nicht zu schießen!«

»Ja, es war sehr merkwürdig. Ich kann nicht einmal sagen, was mich zu der Bitte veranlasst hat! Irgendeine Laune, vermute ich. Es sah so entzückend aus, das kleine Wesen. Aber es tut mir leid, dass man Ihnen von dem Mann erzählt hat. Es ist ein peinliches Thema.«

»Es ist ein langweiliges Thema«, unterbrach Lord Henry. »Es hat keinerlei psychologischen Wert. Wenn noch Geoffrey die Sache absichtlich getan hätte, dann wäre er interessant. Ich würde gern jemand kennenlernen, der einen wirklichen Mord begangen hat.«

»Wie schrecklich von Ihnen«, antwortete die Herzogin. »Nicht wahr, Mr. Gray? Henry, Mr. Gray ist krank. Er wird ohnmächtig.«

Dorian hielt sich mit aller Kraft aufrecht und lächelte. »Es ist nichts, Herzogin!«, sagte er. »Meine Nerven sind sehr in Unordnung – das ist alles. Ich fürchte, ich bin heute Morgen zu viel gegangen. Ich habe nicht gehört, was Henry gesagt hat. War es sehr arg? Sie müssen mir es ein anderes Mal erzählen. Ich muss Sie jetzt verlassen und mich hinlegen. Sie entschuldigen mich, nicht wahr?«

Sie waren an die große Treppe gekommen, deren Stufen aus dem Wintergarten auf die Terrasse führten. Als die Tür hinter Dorian geschlossen war, drehte sich Lord Henry um und sah die Herzogin mit seinen müden Augen an. »Lieben Sie ihn sehr?«, fragte er.

Sie gab eine Weile keine Antwort, sondern stand, die Landschaft betrachtend, da. »Ich möchte es selber wissen«, sagte sie schließlich.

Er schüttelte den Kopf. »Wissen wäre ein Unglück. Nur die Ungewissheit hat Reiz. Der Nebel macht die Dinge wunderbar.«

»Man kann aber in ihm den Weg verlieren.«

»Alle Wege führen schließlich auf denselben Punkt, meine liebe Gladys.«

»Wie heißt der?«

»Enttäuschung.«

»Sie war mein Debut im Leben«, seufzte sie.

»Sie kam mit einer Krone zu Ihnen.«

»Ich bin der Herzogskrone überdrüssig.«

»Sie steht Ihnen gut.«

»Nur in der Öffentlichkeit.«

»Sie würde Ihnen fehlen«, sagte Lord Henry.

»Ich werde mich ja von keiner Zinke trennen.«

»Monmouth hat Ohren.«

»Alter ist schwerhörig.«

»War er nie eifersüchtig?«

»Ich wollte, er wäre es gewesen.«

Er blickte sich um, als suche er etwas.

»Was suchen Sie?«, fragte sie.

»Den Knopf Ihres Floretts«, antwortete er. »Sie haben ihn fallen lassen.«

Sie lächelte.

»Ich habe noch die Maske.«

»Sie macht allerdings Ihre Augen noch schöner«, war die Antwort.

Sie lachte wieder. Ihre Zähne sahen aus wie weiße Kerne in einer scharlachroten Frucht.

Oben in seinem Zimmer lag Dorian Gray auf einem Sofa, Schrecken in jeder Fiber seines zuckenden Körpers. Das Leben war plötzlich für ihn eine so schwere Last geworden, dass er sie nicht mehr tragen konnte. Der grässliche Tod des unglücklichen Treibers, der in dem Dickicht wie ein wildes Tier erschossen worden war, schien ihm selbst den Tod vorauszusagen. Er war fast ohnmächtig geworden bei dem zynischen Scherz, den Lord Henry rein zufällig gemacht hatte.

Um fünf Uhr klingelte er seinem Diener und gab ihm den Auftrag, die Koffer für den Nachtschnellzug nach London zu packen und den Wagen auf halb neun zu bestellen. Er war entschlossen, nicht noch eine Nacht in Selby Royal zu schlafen. Es war ein Ort der bösen Vorzeichen. Der Tod ging dort am hellen Tag um. Das Gras des Waldes war mit Blut befleckt.

Dann schrieb er ein paar Zeilen an Lord Henry, teilte ihm mit, dass er in die Stadt fahre, um seinen Arzt zu konsultieren, und bat ihn, seine Gäste während seiner Abwesenheit zu unterhalten. Als er gerade den Brief in ein Kuvert steckte, klopfte es an die Tür, und der Diener teilte ihm mit, dass der Obertreiber ihn sprechen wolle. Dorian runzelte die Stirn und biss sich auf die Lippen. »Lassen Sie ihn herein«, murmelte er nach einigem Zögern.

Als der Mann eingetreten war, nahm Dorian sein Scheckbuch aus einer Lade und legte es vor sich hin.

»Ich vermute, Sie kommen wegen des Unglücksfalles von heute Morgen, Thornton«, sagte er und nahm eine Feder.

»Ja, Herr«, antwortete der Waldhüter.

»War der arme Kerl verheiratet? Hatte er für Angehörige zu sorgen?«, fragte Dorian mit einem gelangweilten Gesicht. »Wenn ja, möchte ich nicht, dass sie in Not geraten, und will ihnen jede Summe geben, die Sie für notwendig halten.«

»Wir wissen nicht, wer er ist, gnädiger Herr. Deshalb habe ich mir die Freiheit genommen, herzukommen.«

»Sie wissen nicht, wer er ist?«, sagte Dorian gleichgültig. »Wie meinen Sie das? War es nicht einer von Ihren Leuten?«

»Nein, Herr, ich habe ihn nie früher gesehen. Er sieht aus wie ein Matrose.«

Die Feder fiel aus Dorian Grays Hand, und er hatte das Gefühl, als höre sein Herz plötzlich zu schlagen auf. »Ein Matrose?!«, schrie er auf. »Sagten Sie, ein Matrose?«

»Ja, gnädiger Herr. Er sieht aus wie ein Matrose, die beiden Arme tätowiert und überhaupt die ganze Art …«

»Hat man irgendetwas bei ihm gefunden?«, fragte Dorian, beugte sich vor und sah den Mann mit erstaunten Augen an. »Irgendetwas, das seinen Namen verrät?«

»Nur Geld, gnädiger Herr – nicht viel, und einen sechsläufigen Revolver. Keinerlei Namen. Der Mann sieht sonst anständig aus, aber etwas roh. Wir halten ihn für einen Matrosen.«

Dorian sprang auf die Füße. Eine furchtbare Hoffnung durchzuckte ihn. Er klammerte sich wie wahnsinnig an sie. »Wo ist der Leichnam? Rasch, ich muss ihn sofort sehen.«

»Er liegt in einem leeren Stall drüben bei den Wirtschaftsgebäuden, gnädiger Herr. Die Leute wollen so etwas nicht in ihren Häusern haben. Sie sagen, ein Leichnam bringt Unglück.«

»Gehen Sie sofort hin und warten Sie dort auf mich. Sagen Sie einem der Stallknechte, er solle mein Pferd herbringen. Nein, lassen Sie das – ich werde selbst in den Stall gehen – es geht schneller so!«

Kaum eine Viertelstunde später galoppierte Dorian die lange Allee, so rasch er konnte, hinunter. Die Bäume schienen an ihm in gespenstischem Zuge vorbeizufliegen und wilde Schatten über den Weg zu werfen. Einmal scheute die Stute vor einem weißen Pflock und warf ihn fast ab. Er peitschte sie mit der Gerte auf den Hals. Sie durchschnitt die dunkle Luft wie ein Pfeil. Die Steine stoben unter ihren Hufen.

Schließlich erreichte er den Hof, auf dem zwei Männer warteten. Er sprang aus dem Sattel und warf einem von ihnen die Zügel zu. In dem fernsten Stall schimmerte ein Licht. Irgendetwas schien ihm zu sagen, dass der Leichnam dort liege, und er ging rasch auf die Tür zu und legte die Hand aufs Schloss.

Dann zögerte er einen Augenblick, da er fühlte, dass er vor einer Entdeckung stand, die ihm entweder das

Leben neu geben oder es zerstören würde. Schließlich stieß er die Tür auf und trat ein.

Auf einem Haufen von Säcken im entferntesten Winkel lag der tote Körper eines Mannes, bekleidet mit einem rauen Hemd und blauen Hosen. Ein geblümtes Taschentuch war über sein Gesicht gebreitet. Eine elende Kerze, in eine Flasche gesteckt, flackerte daneben.

Dorian Gray schauerte zusammen. Er fühlte, dass er mit eigener Hand dieses Taschentuch nicht wegziehen könne und rief nach einem der Leute.

»Nehmen Sie das Ding vom Gesicht weg – ich will es sehen«, sagte er und musste sich dabei an dem Türpfosten festhalten.

Als es der Knecht getan hatte, machte Dorian einen Schritt nach vorn. Ein Freudenschrei kam von seinen Lippen. Der Mann, der im Dickicht erschossen worden war, war James Vane.

Er stand einige Minuten da und sah auf den Leichnam nieder. Als er nach Hause ritt, waren seine Augen voll Tränen, denn er wusste jetzt, dass er sicher war.

Neunzehntes Kapitel

»Es hat gar keinen Sinn, mir zu sagen, dass Sie jetzt gut werden wollen!«, rief Lord Henry und tauchte seine weißen Finger in eine rote, mit Rosenwasser gefüllte Kupferschale. »Sie sind vollkommen, wie Sie sind. Bitte ändern Sie sich nicht.«

Dorian Gray schüttelte den Kopf. »Nein, Henry, ich habe zu viele grässliche Dinge in meinem Leben getan. Ich will keine mehr tun. Ich habe gestern mit den guten Taten begonnen.«

»Wo waren Sie denn gestern?«

»Auf dem Land, Henry. Ich wohne jetzt ganz allein in einem kleinen Gasthof.«

»Mein lieber Freund«, sagte Lord Henry lächelnd. »Auf dem Land kann jeder Mensch gut sein. Es gibt dort keine Versuchungen. Das ist auch der Grund, warum Leute, die nicht in der Stadt wohnen, so vollständig unzivilisiert sind. Zivilisation ist wahrhaftig nicht leicht zu erlangen. Es gibt nur zwei Wege zu ihr. Der eine ist Bildung – der andere Verderbtheit. Die Leute auf dem Land haben zu beiden keine Gelegenheit, deshalb kommen sie nicht vorwärts.«

»Bildung und Verderbtheit?«, wiederholte Dorian. »Ich habe beide kennengelernt. Es scheint mir jetzt schrecklich, dass sie je zusammen gefunden werden, denn ich habe ein neues Ideal, Henry. Ich will mich ändern. Ich glaube, ich habe mich schon geändert.«

»Sie haben mir noch nicht gesagt, was Ihre gute Handlung war. Oder sagten Sie, dass Sie mehr als eine getan haben?«, fragte der Freund, während er eine kleine rote Pyramide Erdbeeren mit großen Samenkörnern auf seinen Teller schüttete und durch einen muschelförmigen Sieblöffel weißen Zucker darüberstreute.

»Das kann ich Ihnen sagen, Henry. Es ist eine Geschichte, die ich keinem anderen erzählen würde. Ich habe jemanden geschont. Das klingt sehr eitel, aber Sie verstehen, was ich meine. Sie war sehr schön und Sibyl Vane seltsam ähnlich. Ich glaube, das war der erste Reiz, den sie auf mich ausübte. Sie erinnern sich doch noch an Sibyl? Wie lang das her ist! Also Hetty gehört natürlich nicht unserem Stand an. Sie ist nur eine Dorfschöne. Aber ich habe sie wirklich geliebt. Ich weiß es bestimmt, dass ich sie geliebt habe. Den ganzen wunderbaren Mai, den wir jetzt gehabt haben, hindurch habe ich sie zwei- oder dreimal in der Woche besucht. Gestern erwartete sie mich in einem kleinen Obstgarten. Die Apfelblüten fielen immer wieder auf ihr Haar herab und sie lachte. Wir wollten heute früh in der Dämmerung zusammen fortgehen. Plötzlich entschloss ich mich, sie so blumengleich unberührt zu verlassen, wie ich sie gefunden hatte.«

»Ich vermute, die Neuheit der Empfindung muss Ihnen ein ganz außerordentliches Lustgefühl verschafft haben, Dorian«, unterbrach Lord Henry. »Aber ich kann Ihre Idylle für Sie zu Ende erzählen. Sie gaben ihr gute Lehren und brachen ihr das Herz. Das war der Anfang zu Ihrer Besserung.«

»Henry, Sie sind schrecklich. Sie dürfen so furchtbare Dinge nicht sagen. Hettys Herz ist nicht gebrochen. Natürlich weinte sie und so weiter – aber keine Schande liegt auf ihr. Sie kann weiterleben wie Perdita in ihrem Garten, wo Pfefferminzkraut und Ringelblumen blühen.«

»Und einem treulosen Florizel nachweinen«, rief Lord Henry lachend und lehnte sich in seinem Stuhl zurück. »Mein lieber Dorian, Sie haben die sonderbarsten Knabenlaunen. Glauben Sie, dieses Mädchen wird jemals mit einem Mann seines eigenen Standes zufrieden sein? Vermutlich wird sie sich eines schönen Tages mit einem rohen Fuhrmann oder einem grinsenden Bauernlümmel verheiraten – aber die Tatsache, dass sie Sie gekannt und geliebt hat, wird sie lehren, ihren Gatten zu verachten, und sie wird unglücklich sein. Wenn ich die Sache vom moralischen Standpunkt aus betrachte, kann ich also nicht finden, dass Ihre Entsagung sehr wertvoll war. Selbst als Anfang steckt nichts dahinter. Außerdem, woher wissen Sie, dass Hetty nicht in diesem Augenblick auf einem sternbeglänzten Mühlteich treibt, von lieblichen Wasserlilien umkränzt wie Ophelia?«

»Ich kann das nicht aushalten, Henry. Erst spotten Sie über alles und dann deuten Sie die ernsthaftesten Tragödien an. Es tut mir jetzt leid, dass ich Ihnen davon erzählt habe. Es ist mir auch gleich, was Sie sagen. Ich weiß, ich habe recht gehandelt. Die arme Hetty! Als ich heute früh an der Farm vorüberritt, sah ich ihr Gesicht am Fenster, weiß wie einen Jasminzweig. Wir wollen nicht weiter darüber sprechen, und Sie sollen nicht versuchen, mir einzureden, dass die erste gute Handlung, die ich seit Jahren getan habe, das erste kleine Opfer, das ich gebracht habe, in Wirklichkeit eine Art Sünde ist. Ich will mich jetzt bessern. Und ich werde mich bessern. Erzählen Sie mir etwas von sich. Was geht in der Stadt vor? Ich war seit Tagen nicht im Klub.«

»Die Leute sprechen noch über das Verschwinden des armen Basil.«

»Ich sollte denken, sie wären dessen allmählich müde geworden«, sagte Dorian, während er sich etwas Wein einschenkte, mit leichtem Stirnrunzeln.

»Mein lieber Freund, sie reden erst seit sechs Wochen davon. Das englische Publikum ist wirklich der geistigen Anstrengung, mehr als ein Gesprächsthema alle drei Monate zu haben, nicht gewachsen. Immerhin, es hat in der letzten Zeit Glück gehabt. Es hat meine eigene Scheidung und Alan Campbells Selbstmord erlebt. Jetzt hat es ›das geheimnisvolle Verschwinden eines Künstlers‹. In Scotland Yard behauptet man steif und fest, dass der Mann mit dem grauen Ulster, der mit dem Mitternachtszug am neunten November nach Paris fuhr, der arme Basil war, und die französische Polizei erklärt, dass Basil nie in Paris angekommen sei. Ich vermute, man wird uns etwa in vierzehn Tagen erzählen, dass er in San Franzisko gesehen worden ist. Es ist sonderbar, aber von jedem Menschen, der verschwindet, sagt man uns, dass er in San Franzisko gesehen worden ist. Das muss also eine entzückende Stadt sein, die alle Reize des Jenseits besitzt.«

»Was glauben Sie, ist mit Basil geschehen?«, fragte Dorian, hielt seinen Burgunder gegen das Licht und wunderte sich, dass er über die Sache so ruhig sprechen konnte.

»Ich habe nicht die leiseste Ahnung. Wenn Basil es für gut hält, sich zu verbergen, so ist das nicht meine Sache. Wenn er tot ist, so will ich nicht mehr an ihn denken. Der Tod ist das Einzige, was mich in Schrecken versetzt. Ich hasse ihn.«

»Warum?«, fragte der Jüngere müde.

Lord Henry führte die vergoldete gitterförmige Öffnung eines Riechbüchschens an die Nase und sagte dann: »Ja, weil man heutzutage alles überleben kann, nur nicht den Tod. Der Tod und die Gewöhnlichkeit sind die beiden einzigen Tatsachen des neunzehnten Jahrhunderts, die man nicht wegerklären kann. Wir wollen den Kaffee im Musikzimmer trinken. Dorian, Sie müssen mir Chopin vorspielen. Der Mann, mit dem meine Frau durchgegangen ist, spielte wunderbar Chopin. Die arme Viktoria! Ich habe sie sehr gern gehabt. Das Haus ist ohne sie recht einsam. Natürlich, das Eheleben ist nur eine Gewohnheit, eine schlechte Gewohnheit. Aber man bedauert den Verlust selbst der schlechtesten Gewohnheiten. Vielleicht bedauert man die am meisten. Sie sind ein so wesentlicher Teil unserer Persönlichkeit.«

Dorian sagte nichts, sondern stand vom Tisch auf, ging in das Nebenzimmer, setzte sich ans Klavier und ließ seine Finger über das weiße und schwarze Elfenbein der Tasten gleiten. Als der Kaffee gebracht worden war, hörte er auf, zu spielen, sah zu Lord Henry hinüber und sagte:

»Henry, ist Ihnen nie der Gedanke gekommen, dass Basil ermordet worden ist?«

Lord Henry gähnte. »Basil war sehr beliebt und trug immer eine billige amerikanische Uhr – warum hätte man ihn also ermorden sollen? Er war nicht klug genug, um Feinde zu haben. Gewiss, er hatte ein wunderbares Genie als Maler. Aber ein Mensch kann malen wie Velasquez und doch unerhört geistlos sein. Basil war wirklich ziemlich dumm. Er hat mich nur ein einziges Mal interessiert, und das war, als er mir vor vielen Jahren einmal erzählte, dass er eine so ungestüme Leidenschaft für Sie habe und dass Sie das Leitmotiv seiner Kunst seien.«

»Ich habe Basil auch sehr gerngehabt«, sagte Dorian mit traurigem Klang in der Stimme. »Aber sagen denn die Leute nicht, dass er ermordet worden ist?«

»Ja, in einigen Zeitungen steht es. Es scheint mir aber durchaus nicht wahrscheinlich. Ich weiß, dass es fürchterliche Orte in Paris gibt, aber Basil war nicht der Mensch, dorthin zu gehen. Er war nicht neugierig. Das war sein Hauptfehler.«

»Was würden Sie sagen, Henry, wenn ich Ihnen gestände, dass ich Basil ermordet habe?«, fragte der Jüngere. Nachdem er das ausgesprochen hatte, beobachtete er ihn scharf.

»Mein lieber Freund, ich würde sagen, Sie nehmen eine Pose an, die nicht zu Ihnen passt. Jedes Verbrechen ist ordinär, so wie alles Ordinäre ein Verbrechen ist. Die Fähigkeit, einen Mord zu begehen, liegt nicht in Ihnen, Dorian. Es sollte mir leidtun, wenn ich Ihre Eitelkeit durch dieses Urteil verletze, aber ich versichere Sie, es ist wahr. Das Verbrechen ist ein ausschließliches Vorrecht der niederen Stände. Ich will damit durchaus keinen Tadel aussprechen. Ich vermute, dass das Verbrechen für sie ist, was die Kunst für uns, einfach eine

Methode, sich außergewöhnliche Empfindungen zu verschaffen.«

»Eine Methode, sich Empfindungen zu verschaffen? Glauben Sie etwa, dass ein Mensch, der einmal einen Mord begangen hat, imstande wäre, dasselbe Verbrechen zu wiederholen? Das wollen Sie mir doch nicht einreden?!«

»Alles wird zu einem Vergnügen, wenn man es öfters tut!«, rief Lord Henry lachend. »Das ist auch eines der wichtigsten Geheimnisse des Lebens. Dennoch bin ich der Meinung, dass der Mord immer ein Fehler ist. Man sollte nie etwas tun, worüber man nicht nach dem Essen reden kann. Aber wir wollen jetzt den armen Basil sein lassen. Es wäre mir angenehm, wenn ich glauben könnte, dass er ein so romantisches Ende genommen hat, wie Sie durchblicken lassen; aber ich kann es nicht. Ich vermute, er ist auf einer Seinebrücke vom Omnibus ins Wasser gefallen, und der Kondukteur hat die ganze skandalöse Geschichte vertuscht. Ja, ich glaube wirklich, dass das sein Ende war. Ich sehe ihn jetzt auf dem Rücken liegen in dem trüben grünen Wasser, und die schweren Barken fahren über ihn hin, und lange Tangfäden verwickeln sich in sein Haar. Übrigens glaube ich nicht, dass er noch viel Gutes geschaffen hätte. In den letzten zehn Jahren ist seine Malerei recht mäßig geworden.«

Dorian seufzte, Lord Henry ging im Zimmer auf und ab und begann dann einem merkwürdigen Papageien aus Java, einem großen grau gefiederten Vogel mit rotem Schopf und Schwanz, der sich auf einer Bambusstange schaukelte, den Kopf zu streicheln. Als seine spitzen Finger ihn berührten, ließ er die weiße Haut seiner runzligen Lider über die schwarzen verglasten Augen fallen und begann hin- und herzuschwingen.

»Ja«, fuhr er fort, während er sich umdrehte und sein Taschentuch aus der Tasche nahm. »Seine Malerei war ganz heruntergekommen. Ich hatte den Eindruck, als ob sie etwas eingebüßt hätte. Sie hat ihr Ideal verloren. Als ihr beide aufhörtet, intime Freunde zu sein, hörte er auf, ein großer Künstler zu sein. Was hat Sie eigentlich auseinandergebracht? Ich vermute, er langweilte Sie. Wenn das der Fall war, dann hat er es Ihnen nie verziehen. Das ist eine Gewohnheit langweiliger Menschen. Was ist übrigens aus dem wunderbaren Porträt geworden, das er von Ihnen gemalt hat? Ich kann mich nicht erinnern, es je wiedergesehen zu haben, seit er es beendet hat. Ja, ich erinnere mich jetzt, Sie haben mir vor Jahren erzählt, Sie hätten es nach Selby geschickt und es sei unterwegs gestohlen oder verloren worden. Haben Sie es nie wiederbekommen? Wie schade! Es war tatsächlich ein Meisterwerk. Ich erinnere mich, dass ich es kaufen wollte. Ich wünschte, ich hätte es getan. Es gehörte in Basils beste Zeit. Seitdem waren alle seine Arbeiten jene merkwürdige Mischung von schlechter Malerei und guten Absichten, die einen Mann berechtigt, ein repräsentativer britischer Künstler genannt zu werden. Haben Sie eigentlich deswegen annonciert? Sie hätten das tun sollen.«

»Ich kann mich nicht mehr erinnern«, antwortete Dorian. »Ich glaube, ich habe es getan. Aber, um die Wahrheit zu sagen, ich habe das Bild nie gemocht. Es tut mir leid, dass ich ihm gesessen habe. Schon die bloße Erinnerung daran ist mir verhasst. Warum sprechen Sie davon? Es hat mich immer an ein paar merkwürdige Zeilen aus einem Theaterstück erinnert – aus Hamlet, glaube ich. Wie heißen sie doch gleich?

›Gleich dem Bild eines Leides,
ein Antlitz ohne Herz.‹ –

Ja, so war es.«

Lord Henry lachte. »Wenn ein Mann das Leben künstlerisch behandelt, dann ist sein Hirn das Herz«, antwortete er und ließ sich in einen Sessel fallen.

Dorian Gray schüttelte den Kopf und schlug ein paar zarte Akkorde auf dem Klavier an. »Gleich dem Bild eines Leides, ein Antlitz ohne Herz«, wiederholte er.

Der ältere Freund saß zurückgelehnt und sah ihn mit halb geschlossenen Augen an. »Übrigens, Dorian,« sagte er nach einer Weile, »was nützte es dem Menschen, wenn er die ganze Welt gewönne und – wie heißt die Stelle doch? – nähme Schaden an seiner Seele?«

Die Musik brach jäh ab. Dorian fuhr auf und starrte seinen Freund an. »Warum fragen Sie mich das, Henry?«

»Mein lieber Freund«, sagte Lord Henry und zog verwundert die Augenbrauen in die Höhe. »Ich habe Sie gefragt, weil ich dachte, Sie könnten mir eine Antwort geben. Das ist alles. Ich ging letzten Sonntag durch den Park, und nahe bei dem Marble Arch stand eine kleine Gruppe schäbig aussehender Menschen, die irgendeinem ordinären Straßenprediger lauschten. Als ich vorüberging, hörte ich, wie der Mann seinen Zuhörern diese Frage entgegenschrie. Die Sache berührte mich geradezu dramatisch. London ist sehr reich an sonderbaren Wirkungen dieser Art. Ein nebelfeuchter Sonntag, ein ungeschlachter Christ in einem Regenmantel, ein Kreis von kränklich blassen Gesichtern unter zerrissenen, tropfenden Regenschirmen, und der wundervolle Satz, von schrillen, hysterischen Lippen in die Luft geschmettert – das war in seiner Art wirklich sehr gut, geradezu eine Offenbarung. Ich dachte einen Augenblick daran, dem Propheten zu sagen, dass die Kunst eine Seele habe, aber nicht der Mensch; doch er hätte mich wohl doch nicht verstanden.«

»Nein, Henry. Die Seele ist eine furchtbare Wirklichkeit. Sie kann gekauft und verkauft und umgetauscht werden. Sie kann vergiftet werden oder vervollkommnet. In jedem von uns lebt eine Seele. Ich weiß es.«

»Sind Sie dessen ganz sicher, Dorian?«

»Ganz sicher.«

»Dann muss es eine Einbildung sein. Die Dinge, von deren Wahrheit man ganz fest überzeugt ist, sind nie wahr. Das ist das Schicksal des Glaubens und die Weisheit der Romantik. Wie ernst Sie sind! Seien Sie nicht so ernsthaft! Was haben Sie oder ich mit dem Aberglauben unserer Zeit zu tun? Nein, wir haben den Glauben an die Seele aufgegeben … Spielen Sie mir etwas vor. Spielen Sie ein Notturno, Dorian, und während Sie spielen, erzählen Sie mir mit ganz leiser Stimme, wie Sie sich Ihre Jugend erhalten haben. Sie müssen irgendein Geheimnis besitzen. Ich bin nur zehn Jahre älter als Sie, und ich bin runzlig, welk und gelb. Sie sind wirklich ein Wunder, Dorian. Sie haben nie entzückender ausgesehen als heute Abend. Sie erinnern mich an den Tag, an dem ich Sie zum ersten Mal gesehen habe. Sie waren damals etwas frech, sehr scheu und ganz außergewöhnlich. Seitdem haben Sie sich natürlich verändert, aber nicht im Aussehen. Ich wünschte, Sie würden mir Ihr Geheimnis verraten. Meine Jugend zurückzubekommen, würde ich alles auf der Welt tun, außer mir Bewegung machen, früh aufstehen oder ein ehrsames Leben führen. Jugend, nichts kommt ihr gleich! Es ist absurd, von der Unwissenheit der Jugend zu reden. Die einzigen Leute, deren Meinung ich jetzt mit einigem Respekt anhöre, sind die, die viel jünger *sind als ich selbst*. Die scheinen mir weit voraus zu sein. Das Leben hat ihnen seine letzten Wunder enthüllt. Den Alten widerspreche ich immer. Ich tue es aus

Prinzip. Wenn Sie einen von ihnen um seine Meinung über etwas, das gestern geschehen ist, fragen, dann gibt er Ihnen feierlich Aufschluss über die Meinungen, die im Jahre 1820 umliefen, als die Leute hohe Halsbinden trugen, an alles glaubten und absolut nichts wussten. Wie hübsch das ist, was Sie spielen! Ich möchte wissen, ob es Chopin in Majorka geschrieben hat, während das Meer die Villa umklagte und der Gischt gegen die Fensterscheiben klatschend sprühte. Es ist prachtvoll romantisch. Was ist es für ein Segen, dass es eine einzige Kunst wenigstens gibt, die nicht Nachahmung ist! Hören Sie nicht auf. Ich brauche heute Abend Musik. Ich bilde mir ein, dass Sie der junge Apollo sind und ich Marsyas, der Ihnen zuhört. Dorian, ich habe auch meine Sorgen, von denen nicht einmal Sie etwas wissen. Die Tragödie des Alters ist nicht, dass wir alt sind, sondern dass wir jung sind. Ich bin jetzt manchmal ganz erschrocken, wie aufrichtig ich sein kann. Ach, Dorian, wie glücklich Sie sind! Was für ein erlesenes Leben haben Sie gelebt! Sie haben tief aus allen Quellen getrunken! Sie haben die Trauben an Ihrem Gaumen zerdrückt. Nichts ist Ihnen verschlossen geblieben. Und all das ist Ihnen nicht mehr gewesen als der Klang der Musik. Es hat Sie nicht zerstört. Sie sind heute noch derselbe.«

»Ich bin nicht derselbe, Henry.«

»Ja, Sie sind derselbe. Ich frage mich, wie Ihr Leben weitergehen wird. Verderben Sie es nicht, indem Sie entsagen. Jetzt sind Sie ein vollkommener Typus. Machen Sie sich nicht selbst unvollkommen. Sie sind jetzt ganz fehlerlos. Sie brauchen den Kopf nicht zu schütteln. Sie wissen es selbst. Und dann, Dorian, betrügen Sie sich nicht selbst. Das Leben wird nicht vom Willen oder von Motiven beherrscht. Das Leben ist eine Angelegenheit der Nerven und Muskeln und der langsam herangebildeten Zellen, in denen sich die Gedanken verbergen und die Leidenschaft ihre Träume träumt. Sie mögen sich noch so sehr einbilden, sicher zu sein, und sich für stark halten. Ein zufälliger Farbenton in einem Zimmer oder am Morgenhimmel, ein sonderbarer Geruch, den Sie einmal geliebt haben und der versteckte Erinnerungen weckt, eine Zeile aus einem vergessenen Gedicht, auf die Sie plötzlich stoßen, ein paar Töne aus einem Musikstück, dass Sie längst nicht mehr spielen – glauben Sie mir, Dorian, von solchen Dingen hängt unser Leben ab. Browning hat einmal darüber geschrieben, aber unsere eigenen Empfindungen lehren es uns sehen. Es gibt Augenblicke, da durchzuckt mich der Geruch von weißem Flieder, und ich muss den sonderbarsten Monat meines Lebens wieder durchleben. Ich wollte, ich könnte mit Ihnen tauschen, Dorian. Die Welt hat gegen uns beide gewettert, aber sie hat Sie immer angebetet. Sie wird Sie immer vergöttern. Sie sind der Typus dessen, was unsere Zeit sucht und was sie fürchtet, gefunden zu haben. Ich freue mich sehr, dass Sie nie irgendetwas getan haben, nie eine Statue gemeißelt oder ein Bild gemalt oder irgendetwas aus sich heraus produziert. Das Leben war Ihre Kunst. Sie haben sich selbst in Musik gesetzt. Ihre Tage sind Ihre Sonette.«

Dorian stand vom Klavier auf und fuhr sich mit der Hand durchs Haar. »Ja, das Leben ist köstlich gewesen«, sagte er leise. »Aber ich werde dieses Leben nicht mehr führen. Und Sie sollen mir nicht mehr solche überspannten Dinge sagen. Sie wissen nicht alles von mir. Ich glaube, wenn Sie alles wüssten, würden selbst Sie von mir gehen. Sie lachen … Lachen Sie nicht!«

»Warum haben Sie aufgehört zu spielen, Dorian? Gehen Sie wieder ans Klavier und spielen Sie mir noch mal das Notturno. Betrachten Sie den großen honigfarbenen Mond, der jetzt in der dunklen Luft schwebt. Er wartet, dass Sie ihn bezaubern, und wenn Sie spielen, wird er sich der Erde nähern. Sie mögen nicht? Dann wollen wir in den Klub gehen. Es war ein reizender Abend und wir müssen ihn schön beenden. Bei White wartet jemand, der Sie durchaus kennenzulernen wünscht: der junge Lord Pool, der älteste Sohn von Bournemouth. Er kopiert schon Ihre Krawatten und hat mich angefleht, ihn Ihnen vorzustellen. Er ist ganz entzückend und erinnert mich sogar ein wenig an Sie.«

»Hoffentlich nicht«, sagte Dorian mit einem traurigen Blick in den Augen. »Aber ich bin heute Abend müde, Henry. Ich gehe nicht mehr in den Klub. Es ist fast elf und ich will früh zu Bett.«

»Bleiben Sie. Sie haben nie so schön gespielt wie heute Abend. In Ihrem Anschlag lag etwas Wunderbares. Mehr Ausdruck, als ich je von Ihnen gehört habe.«

»Das ist, weil ich gut werden will«, antwortete er lächelnd. »Ich bin schon etwas verändert.«

»Für mich können Sie sich nie ändern, Dorian«, sagte Lord Henry. »Wir beide werden immer Freunde sein.«

»Und doch haben Sie mich einmal mit einem Buch vergiftet. Ich sollte Ihnen das nicht vergeben. Henry, versprechen Sie mir, dass Sie nie mehr dieses Buch jemand leihen werden. Es stiftet Unheil.«

»Mein lieber Junge, jetzt fangen Sie wirklich an, Moralpredigten zu halten. Bald werden Sie herumgehen wie ein Bekehrter, ein Wanderprediger, und die Menschen vor all den Sünden warnen, deren Sie müde geworden sind. Aber dazu sind Sie viel zu entzückend. Und außerdem hat es keinen Zweck. Sie und ich, wir sind, was wir sind, und werden immer sein, was wir sein werden. Und vergiftet werden durch ein Buch –

das gibt es nicht. Die Kunst hat keinen Einfluss auf das Handeln, sie vernichtet das Bedürfnis, zu handeln. Sie ist auf eine herrliche Art steril. Bücher, die die Welt unmoralisch nennt, sind die Bücher, die der Welt ihre eigene Schande vorhalten. Das ist alles. Aber wir wollen nicht weiter über Literatur reden. Kommen Sie morgen zu mir! Ich will um elf ausreiten. Wir könnten zusammen reiten und ich nehme Sie dann zum Lunch zu Lady Branksome mit. Sie ist eine entzückende Frau und will Ihren Rat über ein paar Gobelins, die sie kaufen möchte. Vergessen Sie nicht, zu kommen. Oder wollen wir mit unserer kleinen Herzogin zusammen lunchen? Sie sagt, sie sieht Sie jetzt nie mehr. Sind Sie Gladys müde geworden? Ich dachte es mir. Ihre kluge Zunge geht einem auf die Nerven. Aber jedenfalls kommen Sie um elf.«

»Soll ich wirklich kommen, Henry?«

»Auf jeden Fall. Der Park ist jetzt reizend. Ich glaube, solchen Flieder hat es seit dem Jahr nicht gegeben, als ich Sie kennenlernte.«

»Gut. Ich werde also um elf hier sein«, sagte Dorian. »Gute Nacht, Henry!«

Als er auf der Türschwelle war, zögerte er einen Augenblick, als hätte er noch etwas zu sagen. Dann seufzte er und ging fort.

Zwanzigstes Kapitel

Es war eine wunderschöne Nacht, so warm, dass er den Überrock über den Arm nahm und nicht einmal das Seidentuch um den Hals legte. Als er, eine Zigarette rauchend, nach Hause schlenderte, gingen zwei Herren im Frack an ihm vorüber. Er hörte, wie der eine dem anderen zuflüsterte: »Das ist Dorian Gray.« Er erinnerte sich, wie er sich früher gefreut hatte, wenn man ihn sich zeigte, anstarrte oder über ihn sprach. Jetzt war er es müde, seinen Namen zu hören. Der halbe Reiz des Dorfes, in dem er kürzlich so häufig gewesen war, lag darin, dass niemand dort wusste, wer er war. Er hatte dem Mädchen, das er zur Liebe verlockt hatte, oft gesagt, dass er arm sei, und sie hatte es ihm geglaubt. Einmal hatte er ihr gesagt, dass er schlecht sei, doch sie hatte ihn ausgelacht und geantwortet, schlechte Menschen seien immer alt und hässlich. Was für ein Lachen sie hatte! Wie das Singen einer Drossel klang es. Und wie hübsch war sie in ihren Kattunkleidern und den großen Hüten gewesen! Sie wusste nichts, aber sie besaß alles, was er verloren hatte.

Als er nach Hause kam, wartete der Diener auf ihn. Er schickte ihn zu Bett, warf sich auf das Sofa in dem Bibliothekszimmer und begann über einiges von dem, was ihm Lord Henry gesagt hatte, nachzudenken.

War es wirklich wahr, dass man nie anders werden konnte? Er fühlte eine brennende Sehnsucht nach der makellosen Reinheit seiner Jugend – seiner rosenweißen Jugend, wie Lord Henry einmal gesagt hatte. Er wusste, dass er sich befleckt hatte, seinen Geist mit Verderbnis erfüllt und sein Gewissen mit Schrecken; dass er einen verderblichen Einfluss auf andere gehabt und eine schreckliche Lust bei solchem Tun verspürt hatte; dass von allen Leben, die das seine gekreuzt hatten, es die schönsten und meistversprechenden gewesen waren, die er in Schande gebracht hatte. Aber war das alles unabänderlich? Gab es keine Hoffnung mehr für ihn?

Ach, in was für einem ungeheuerlichen Augenblick von Stolz und Leidenschaft hatte er gebetet, dass das Bildnis die Last seiner Tage tragen und er den ungetrübten Glanz ewiger Jugend bewahren möge. Das

Gebet war an all seinem Unglück schuld. Es wäre besser für ihn gewesen, wenn jede Sünde seines Lebens ihre sichtbare und schnelle Strafe mit sich gebracht hätte. In der Strafe lag Läuterung. Nicht »Vergib uns unsere Schuld!«, sondern »Züchtige uns für unsere Missetaten« sollte das Gebet des Menschen zum allgerechten Gott lauten! …

Der merkwürdig geschnitzte Spiegel, den ihm Lord Henry vor so vielen Jahren geschenkt hatte, stand auf dem Tisch, und die weißgliedrigen Liebesgötter umlachten ihn wie ehedem. Er nahm ihn, so wie er es in jener schrecklichen Nacht getan hatte, als er zum ersten Mal die Wandlung auf dem Bildnis bemerkt hatte, und mit unruhigen, tränenfeuchten Augen blickte er in die glatte Fläche. Einmal hatte ihm jemand, der ihn wahnsinnig geliebt hatte, in einem tollen Brief zum Schluss geschrieben: »Die Welt ist anders geworden, weil Du aus Elfenbein und Gold gemacht bist. Die Linien Deiner Lippen schreiben die Weltgeschichte aufs Neue.« Diese Sätze kamen ihm ins Gedächtnis und er wiederholte sie immer und immer wieder. Er hasste jetzt seine eigene Schönheit und warf den Spiegel auf den Boden und bohrte seinen Absatz in die silbernen Splitter. Seine Schönheit war es, die ihn zugrunde gerichtet hatte, seine Schönheit und die Jugend, um die er gefleht hatte. Wären sie nicht gewesen, sein Leben hätte fleckenlos sein können. Die Schönheit war für ihn nur eine Maske gewesen, die Jugend nur ein Hohn. Was war denn die Jugend im besten Fall? Eine grüne, unreife Zeit, eine Zeit alberner Launen und krankhafter Einfälle. Warum hatte er ihre Tracht angelegt? Die Jugend hatte ihn zugrunde gerichtet.

Es war besser, nicht an die Vergangenheit zu denken, die nichts ändern konnte. Er musste an sich selbst und seine Zukunft denken. James Vane war in einem namenlosen Grab auf dem Kirchhof in Selby eingescharrt. Alan Campbell hatte sich eines Nachts in seinem Laboratorium erschossen, aber das Geheimnis, das ihm aufgezwungen worden war, hatte er nicht verraten. Die Erregung über Basil Hallwards Verschwinden würde bald vorübergehen, ja, sie ging schon vorbei. Er war jetzt vollständig sicher. Es war auch nicht der Tod Basil Hallwards, der am schwersten auf seinem Gemüt lastete. Es war der lebendige Tod seiner eigenen Seele, der ihn bedrückte. Basil hatte das Bildnis gemalt, das sein Leben verdorben hatte. Er konnte ihm das nicht vergeben. Das Bild allein hatte alles getan. Basil hatte unerträgliche Dinge zu ihm gesprochen und doch hatte er sie geduldig ertragen. Der Mord war nur der Wahnsinn eines Augenblicks gewesen. Alan Campbells Selbstmord war sein eigener Entschluss gewesen. Er hatte ihn veranlasst, ihn ging er nichts an!

Ein neues Leben! Das war es, was er brauchte. Das war es, worauf er wartete. Ja, er hatte es schon begonnen. Ein unschuldiges Wesen hatte er jedenfalls geschont. Nun wollte er nie wieder die Unschuld in Versuchung bringen. Er wollte gut sein.

Als er an Hetty Merton dachte, fragte er sich, ob sich das Bild in dem verschlossenen Raum oben wohl geändert habe. Es konnte sicher nicht mehr so schrecklich sein, wie es gewesen war. Vielleicht, wenn jetzt sein Leben rein würde, könnte es möglich sein, dass jedes Zeichen böser Leidenschaften aus dem gemalten Antlitz gelöscht wurde. Vielleicht waren die Zeichen des Bösen schon verschwunden. Er wollte hinauf und nachsehen.

Er nahm die Lampe vom Tisch und schlich sich hinauf. Als er die Tür aufriegelte, huschte ein frohes Lächeln über sein seltsam junges Gesicht und verweilte einen Augenblick auf seinen Lippen. Ja, er wollte gut sein, und das grässliche Ding, das er hatte verbergen müssen, würde dann keinen Schrecken mehr für ihn haben. Ihm war, als wäre diese Last schon von ihm genommen.

Ruhig trat er ein, schloss die Tür hinter sich, wie das seine Gewohnheit war, und zog den Purpurvorhang von dem Bildnis. Ein Schrei voll Schmerz und Empörung kam von seinen Lippen. Er konnte keine Änderung sehen, außer dass in den Augen ein schlauer Ausdruck war und um den Mund die verlogenen Züge des Heuchlers. Das Ding war ekelhaft, vielleicht noch widerlicher als vorher, und der scharlachrote Tau, der die Hand befleckte, schien heller, mehr wie frisch vergossenes Blut. Er zitterte. War es also nur Eitelkeit gewesen, die ihn veranlasst hatte, seine einzige gute Tat zu begehen? Oder die Begierde nach einer neuen Sensation, wie Lord Henry mit seinem spöttischen Lachen angedeutet hatte? Oder der leidenschaftliche Hang, eine Rolle zu spielen, aus dem wir manchmal Dinge tun, die edler sind als wir selbst? Vielleicht all das zusammen? … Warum war der rote Fleck jetzt größer, als er gewesen war? Er schien sich wie eine fürchterliche Krankheit über die runzligen Finger ausgebreitet zu haben. Es war Blut auf den gemalten Füßen, als wäre es herabgetropft – Blut selbst auf der Hand, die das Messer nicht gehalten hatte. Sollte er bekennen? Sollte das heißen, dass er bekennen sollte? Sich selbst angeben und zum Tode geführt werden? Er lachte auf. Er fühlte, dass der Einfall ungeheuerlich sei. Und dann, selbst wenn er bekannte, *wer würde ihm glauben*? Nirgends war eine Spur des Ermordeten. Alles, was ihm gehörte, war zerstört. Er selbst hatte, was unten war, verbrannt. Die Welt würde einfach sagen, dass er wahnsinnig geworden sei. Sie würden ihn irgendwo einsperren, wenn er bei seiner Erzählung blieb … Und doch, es war seine Pflicht, zu bekennen, öffentlich Buße zu tun, das Urteil der Gesellschaft auf sich zu nehmen. Es gab einen Gott, der die Menschen zwang, auf Erden so gut wie im Himmel ihre Sünden zu bekennen. Nichts sonst würde ihn reinigen, ehe er seine Sünde bekannt hätte. Seine Sünde? Er zuckte die Achseln. Der Tod Basil Hallwards lastete nur wenig auf ihm. Er dachte an Hetty Merton. Dieser Spiegel seiner Seele, auf den er blickte, war ein ungerechter Spiegel. Eitelkeit? Neugier? Heuchelei? War sonst nichts in seiner Entsagung gewesen? Es war noch etwas darin gewesen. Er glaubte es wenigstens. Aber wer konnte das sagen? … Nein, es war sonst nichts gewesen. Aus Eitelkeit hatte er sie geschont. Aus Heuchelei hatte er die Maske der Güte getragen, aus Neugier hatte er Entsagung versucht. Jetzt erkannte er es.

Aber sollte dieser Mord ihn sein ganzes Leben verfolgen? Sollte er immer die Last seiner Vergangenheit tragen müssen? Sollte er lieber bekennen? Niemals. Es gab nur einen Beweis gegen ihn: Das Bildnis selbst, das war ein Beweis. Er wollte es zerstören. Warum hatte er es so lange aufbewahrt? Früher einmal hatte es ihm ein Vergnügen bereitet, zu beobachten, wie es sich änderte, wie es alterte. In der letzten Zeit hatte er diese Lust nicht mehr gespürt. Es hatte ihm den Schlaf der Nacht gestohlen. Wenn er fort war, übermannte ihn Schrecken, dass ein anderes Auge es erblicken könnte. Es hatte Melancholie in seine Leidenschaften gegossen. Die bloße Erinnerung daran hatte ihm manchen frohen Augenblick vergällt. Es hatte die Rolle des Gewissens für ihn gespielt. Ja, es war sein Gewissen gewesen. Er wollte es zerstören.

Er sah sich um und erblickte das Messer, das Basil Hallward erstochen hatte. Oft genug hatte er es gereinigt, sodass kein Fleck mehr darauf war. Es war blank und glänzte. So wie es den Maler getötet hatte, sollte es des Malers Werk töten und alles, was es bedeutete. Es sollte die Vergangenheit töten. Wenn die erst tot war, würde er frei sein. Es sollte dieses ungeheuerliche Seelenleben töten und ohne seine grässlichen Warnungen würde er Frieden haben. Er ergriff es und durchbohrte damit das Bildnis.

Ein Schrei ertönte und ein Fall. Der Schrei war in seinem Todesröcheln so schrecklich, dass die erschreckten Diener aufwachten und aus ihren Zimmern stürzten. Zwei Herren, die auf dem Platz unten vorübergingen, blieben stehen und sahen an dem großen Haus empor. Sie gingen weiter, bis sie einen Schutzmann trafen, und kamen mit ihm zurück. Der Mann zog mehrmals die Klingel, aber es erfolgte keine Antwort. Bis auf ein Licht in einem der Giebelfenster war das Haus vollkommen dunkel. Nach einiger Zeit ging er weg, stellte sich unter einen Torweg in der Nähe und wartete.

»Wem gehört das Haus, Schutzmann?«, fragte der ältere der beiden Herren.

»Mr. Dorian Gray«, antwortete der Schutzmann.

Sie sahen einander an, gingen weiter und lachten. Einer von ihnen war Sir Henry Ashtons Onkel.

Drinnen in den Dienerräumen flüsterten die halb angezogenen Leute leise miteinander. Die alte Mrs. Leaf weinte und rang die Hände. Francis war bleich wie der Tod.

Nach einer Viertelstunde holte er den Kutscher und einen der Lakaien und schlich hinauf. Sie klopften, aber es kam keine Antwort. Sie riefen. Alles war still. Nachdem sie schließlich vergeblich versucht hatten, die Tür zu sprengen, kletterten sie auf das Dach und ließen sich auf den Balkon herab. Die Fenster gaben leicht nach. Ihre Riegel waren alt.

Als sie eintraten, sahen sie an der Wand ein wunderbares Bildnis ihres Herrn hängen, so wie sie ihn zuletzt gesehen hatten, in all der Pracht seiner köstlichen Jugend und Schönheit. Auf dem Boden lag ein toter Mann im Frack mit einem Messer im Herzen. Er war welk, runzlig und abscheuerregend von Angesicht. Erst als sie die Ringe sahen, erkannten sie, wer es war.

Lord Arthur Saviles Verbrechen und andere Geschichten

Lord Arthur Saviles Verbrechen
Eine Studie über die Pflicht

I

Es war Lady Windermeres letzter Empfang vor Ostern und Bentinck-House war noch voller als gewöhnlich. Sechs Kabinettsminister waren direkt vom Morgenempfang des Unterhauspräsidenten gekommen mit allen ihren Sternen und Ordensbändern, alle die hübschen Frauen trugen ihre schönsten Toiletten, und am Ende der Gemäldegalerie stand die Prinzessin Sophia von Karlsruhe, eine gewichtige Dame mit einem Tatarenkopf, mit kleinen schwarzen Augen und wundervollen Smaragden, die sehr laut ein schlechtes Französisch sprach und maßlos über alles lachte, was man zu ihr sagte. Es war gewiss ein wundervolles Gemisch von Menschen. Pairsfrauen in all ihrer Pracht plauderten liebenswürdig mit extremen Radikalen, volkstümliche Prediger sah man neben hervorragenden Skeptikern, ein ganzer Trupp von Bischöfen folgte Schritt für Schritt einer dicken Primadonna von Zimmer zu Zimmer, auf der Treppe standen einige Mitglieder der Königlichen Akademie, die sich als Künstler gaben, und es hieß, dass zeitweise der Speisesaal mit Genies geradezu vollgepfropft sei. Alles in allem war es einer von Lady Windermeres schönsten Abenden und die Prinzessin blieb bis fast halb zwölf Uhr.

Kaum war sie fort, kehrte Lady Windermere in die Gemäldegalerie zurück, wo gerade ein berühmter Nationalökonom einem unwillig zuhörenden ungarischen Virtuosen einen feierlichen Vortrag über die wissenschaftliche Theorie der Musik hielt, und begann mit der Herzogin von Paisley zu plaudern. Sie sah wundervoll schön aus mit ihrem herrlichen, elfenbeinweißen Hals, ihren großen Vergissmeinnichtaugen und den schweren Flechten ihres goldenen Haares. Es war wirklich reines Gold, ihr Haar, nicht die blasse Strohfarbe, die sich heute den edlen Namen des Goldes anmaßt, nein, es war Gold, wie es in Sonnenstrahlen verwebt ist oder in seltenem Bernstein ruht. Und dieses Haar gab ihrem Gesicht gleichsam die Umrahmung eines Heiligenbildes, doch nicht ohne den berückenden Zauber einer Sünderin. Sie war ein interessantes psychologisches Studienobjekt. Sie hatte sehr früh die große Wahrheit entdeckt, dass nichts so sehr wie Unschuld aussieht wie ein leichtfertiges Benehmen. Und durch eine Reihe von leichtsinnigen Streichen, von denen die Hälfte ganz harmlos war, hatte sie sich alle Vorrechte einer Persönlichkeit erworben. Sie hatte mehr als einmal ihren Gatten gewechselt und der Adelskalender belastete ihr Konto mit drei Ehen. Da sie aber niemals ihren Liebhaber gewechselt hatte, hatte die Welt längst aufgehört, über sie zu klatschen. Sie war nun vierzig Jahre alt, hatte keine Kinder, aber die ausschweifende Freude am Vergnügen, die das Geheimnis ist, jung zu bleiben.

Plötzlich sah sie sich eifrig im Zimmer um und sagte mit ihrer klaren Altstimme: »Wo ist mein Chiromant?«

»Ihr was, Gladys?«, rief die Herzogin und sprang unwillkürlich auf.

»Mein Chiromant, Herzogin. Ich kann jetzt ohne ihn nicht leben.«

»Liebe Gladys, Sie sind immer so originell«, murmelte die Herzogin und versuchte sich zu erinnern, was ein Chiromant eigentlich sei, wobei sie hoffte, es sei nicht dasselbe wie Chiropodist.

»Er kommt regelmäßig zweimal in der Woche, um meine Hand anzusehen«, fuhr Lady Windermere fort. »Und interessiert sich sehr dafür.«

»Großer Gott!«, sagte die Herzogin zu sich selbst. »Es ist also doch eine Art Chiropodist, wie schrecklich! Hoffentlich ist es wenigstens ein Ausländer – dann wäre es doch nicht ganz so schlimm.«

»Ich muss ihn Ihnen vorstellen.«

»Ihn mir vorstellen?«, rief die Herzogin. »Ist er denn hier?« Und sie suchte ihren kleinen Schildkrotfächer und einen sehr ramponierten Spitzenschal, um im gegebenen Augenblick zum Fortgehen bereit zu sein.

»Natürlich ist er hier, ich würde nicht daran denken, ohne ihn eine Soiree zu geben. Er behauptet, ich hätte eine rein psychische Hand, und dass ich, wenn mein Daumen nur ein ganz kleines Stückchen kürzer wäre, eine unverbesserliche Pessimistin geworden wäre und heute in einem Kloster säße.«

»Ach so«, sagte die Herzogin und atmete erleichtert auf. »Er ist ein Wahrsager, nicht wahr? Und prophezeit er Glück?«

»Auch Unglück«, antwortete Lady Windermere. »Und zwar eine ganze Menge. Nächstes Jahr zum Beispiel bin ich in großer Gefahr, sowohl zu Wasser als zu Lande. Ich habe also die Absicht, in einem Ballon zu leben, und werde jeden Abend mein Essen in einem Korb heraufziehen. Das steht alles auf meinem kleinen Finger geschrieben oder in meiner Handfläche, ich weiß nicht mehr genau.«

»Aber das heißt doch die Vorsehung versuchen, Gladys.«

»Meine liebe Herzogin, die Vorsehung kann heutzutage sicher schon der Versuchung widerstehen. Ich glaube, dass jeder Mensch einmal im Monat in seiner Hand lesen lassen müsste, um zu wissen, was er nicht tun darf. Natürlich tut man es doch, aber es ist so hübsch, wenn man gewarnt wird. Und wenn jetzt nicht gleich jemand Herrn Podgers holt, so werde ich ihn wohl selbst holen müssen.«

»Gestatten Sie, dass ich ihn hole«, sagte ein schlanker, hübscher junger Mann, der in der Nähe stand und dem Gespräch mit heiterem Lächeln zugehört hatte.

»Ich danke Ihnen vielmals, Lord Arthur, aber ich fürchte, Sie werden ihn nicht erkennen.«

»Wenn er ein so wunderbarer Mensch ist, wie Sie sagen, Lady Windermere, kann ich ihn wohl kaum verfehlen. Sagen Sie mir nur, wie er aussieht, und ich schaffe ihn sofort zur Stelle.«

»Er sieht durchaus nicht wie ein Chiromant aus – das heißt, er sieht weder mystisch, noch esoterisch, noch romantisch aus. Er ist ein kleiner untersetzter Mann mit einem komischen, kahlen Kopf und einer großen goldenen Brille. So ein Mittelding zwischen einem Hausarzt und einem Provinzadvokaten. Es tut mir sehr leid, Sie zu enttäuschen, aber es ist nicht meine Schuld. Die Leute sind immer so langweilig. Alle meine Pianisten sehen genau wie Dichter aus und alle meine Dichter wie Pianisten. Ich erinnere mich, dass ich in der vorigen Saison einmal einen schrecklichen Verschwörer zu Tisch eingeladen habe, der schon eine ganze Menge Menschen in die Luft gesprengt hatte und immer ein Panzerhemd trug und einen Dolch in seinem Rockärmel verbarg. Und denken Sie sich, als er ankam, sah er just aus wie ein netter alter Pastor und riss den ganzen Abend Witze. Natürlich – er war sehr unterhaltend, aber ich war schrecklich enttäuscht. Und als ich ihn wegen des Panzerhemdes befragte, lachte er bloß und sagte, dafür sei es zu kalt in England. Ach – da ist ja Herr Podgers. Herr Podgers, Sie müssen der Herzogin von Paisley die Hand lesen. Herzogin, ziehen Sie den Handschuh aus. Nicht den linken, den anderen!«

»Liebe Gladys, ich weiß wirklich nicht, ob das ganz recht ist«, sagte die Herzogin und knöpfte zögernd einen ziemlich schmutzigen Glacéhandschuh auf.

»Das sind interessante Dinge nie«, sagte Lady Windermere. »On a fait le monde ainsi. Aber ich muss Sie vorstellen. Herzogin, das ist Herr Podgers, mein Lieblingschiromant. Herr Podgers, das ist die Herzogin von Paisley, und wenn Sie sagen, dass ihr Mondberg größer ist als der meine, dann glaube ich Ihnen nie wieder.«

»Ich bin sicher, Gladys, dass in meiner Hand nichts Derartiges ist«, sagte die Herzogin ernsthaft.

»Euer Gnaden haben ganz recht«, sagte Herr Podgers und blickte auf die kleine fette Hand mit den kurzen, dicken Fingern. »Der Mondberg ist nicht entwickelt. Aber die Lebenslinie ist jedenfalls ausgezeichnet. Bitte, beugen Sie ein wenig das Gelenk. Danke. Drei deutliche Linien auf der Rascette. Sie werden ein hohes Alter erreichen, Herzogin, und werden außerordentlich glücklich sein. Ehrgeiz – sehr mäßig, Intelligenzlinie nicht übertrieben. Herzlinie …«

»Jetzt seien Sie einmal indiskret, Herr Podgers!«, rief Lady Windermere.

»Nichts wäre mir erwünschter«, sagte Herr Podgers und verbeugte sich. »Wenn die Herzogin jemals dazu

Anlass gegeben hätte. Aber ich muss leider sagen, dass ich nichts anderes sehe als eine große Beständigkeit der Neigung, verbunden mit einem strengen Pflichtgefühl.«

»Bitte, fahren Sie nur fort, Herr Podgers«, sagte die Herzogin und sah sehr vergnügt drein.

»Sparsamkeit ist nicht die letzte von Euer Gnaden Tugenden«, fuhr Herr Podgers fort, und Lady Windermere brach in lautes Lachen aus.

»Sparsamkeit hat sein Gutes«, bemerkte die Herzogin gnädig. »Als ich Paisley heiratete, hatte er elf Schlösser und nicht ein einziges Haus, in dem man wohnen konnte.«

»Und jetzt hat er zwölf Häuser und nicht ein einziges Schloss!«, rief Lady Windermere.

»Ja, meine Teure«, sagte die Herzogin. »Ich liebe …«

»Den Komfort«, sagte Herr Podgers. »Und die Errungenschaften der Neuzeit, wie Warmwasserleitungen in jedem Schlafzimmer. Euer Gnaden haben ganz recht. Komfort ist das Einzige, was unsere Kultur uns zu geben vermag.«

»Sie haben den Charakter der Herzogin bewundernswürdig getroffen, Herr Podgers – jetzt müssen Sie uns aber auch den Charakter Lady Floras enthüllen.« Und auf ein Kopfnicken der lächelnden Hausfrau erhob sich ein hochgewachsenes Mädchen mit rötlichem Haar und hohen Schultern verlegen vom Sofa und streckte ihm eine lange knochige Hand mit spatelförmigen Fingern entgegen.

»Ah, eine Klavierspielerin, wie ich sehe«, sagte Herr Podgers. »Eine ausgezeichnete Pianistin, aber vielleicht nicht sehr musikalisch. Sehr zurückhaltend, sehr ehrlich. Sie lieben Tiere sehr.«

»Sehr wahr!«, rief die Herzogin und wandte sich Lady Windermere zu. »Das ist vollkommen wahr. Flora hält in Macloskie zwei Dutzend Collies und würde auch unser Stadthaus in eine Menagerie verwandeln, wenn der Vater es erlauben würde.«

»Wie ich es mit meinem Haus jeden Donnerstagabend tue«, rief Lady Windermere lachend. »Nur habe ich Salonlöwen lieber als Collies.«

»Das ist Ihr einziger Fehler, Lady Windermere«, sagte Herr Podgers mit einer pompösen Verbeugung.

»Wenn eine Frau ihre Fehler nicht mit Reiz umkleiden kann, ist sie bloß ein Weibchen«, war die Antwort. »Aber Sie müssen uns noch einige Hände lesen. Bitte, Sir Thomas, zeigen Sie doch Herrn Podgers die Ihre!« Und ein lustig dreinschauender alter Herr mit einer weißen Weste kam heran und hielt eine dicke, raue Hand hin, deren Mittelfinger sehr lang war.

»Eine Abenteurernatur. Sie haben vier lange Reisen hinter sich und eine vor sich. Sie haben dreimal Schiffbruch gelitten. Nein, nur zweimal – aber die Gefahr eines Schiffbruchs droht Ihnen auf der nächsten Reise. Streng konservativ, sehr pünktlich. Sie sammeln mit Leidenschaft Kuriositäten. Eine schwere Krankheit zwischen dem sechzehnten und achtzehnten Jahr. Große Erbschaft nach dem dreißigsten Jahr. Große Abneigung gegen Katzen und Radikale.«

»Außerordentlich!«, rief Sir Thomas aus. »Sie müssen unbedingt auch die Hand meiner Frau lesen.«

»Ihrer zweiten Frau«, sagte Herr Podgers ruhig und hielt Sir Thomas Hand noch in der seinen fest. »Ihrer zweiten Frau. Es wird mir ein Vergnügen sein.« Aber Lady Marvel, eine melancholisch aussehende Dame mit braunem Haar und sentimentalen Wimpern, lehnte entschieden ab, sich ihre Vergangenheit oder Zukunft enthüllen zu lassen. Und was Lady Windermere auch versuchte, nichts konnte Monsieur de Koloff, den russischen Botschafter, dazu bewegen, auch nur seine

Handschuhe auszuziehen. Ja, viele schienen sich zu fürchten, dem seltsamen kleinen Mann mit dem stereotypen Lächeln, der goldenen Brille und den glänzenden Kugelaugen gegenüberzutreten; und als er der armen Lady Fermor klipp und klar vor allen Leuten erklärte, dass sie gar keinen Sinn für Musik habe, aber in Musiker vernarrt sei, fühlte man allgemein, dass Chiromantie eine sehr gefährliche Wissenschaft sei und dass man sie nur unter vier Augen betreiben dürfe.

Lord Arthur Savile aber, der von Lady Fermors unglückseliger Geschichte nichts wusste und Herrn Podgers mit großem Interesse beobachtet hatte, war furchtbar neugierig, sich aus der Hand lesen zu lassen, und da er sich etwas scheute, sich in den Vordergrund zu drängen, so ging er durch das Zimmer hinüber zu Lady Windermeres Platz und fragte sie mit reizendem Erröten, ob sie wohl glaube, dass Herr Podgers ihm den Gefallen tun würde.

»Gewiss, gewiss«, sagte Lady Windermere. »Dazu ist er ja hier. Alle meine Löwen, lieber Lord Arthur, sind dressierte Löwen, die durch den Reifen springen, wenn ich es ihnen befehle. Aber ich sage Ihnen im Voraus, dass ich Sybil alles wiedererzählen werde. Sie kommt morgen zum Lunch zu mir – wir haben über Hüte zu reden –, und wenn Herr Podgers herausfinden sollte, dass Sie einen schlechten Charakter oder Anlage zur Gicht haben, oder dass Sie bereits eine Frau besitzen, die irgendwo in Bayswater lebt, so werde ich sie das alles bestimmt wissen lassen!«

Lord Arthur lächelte und schüttelte den Kopf. »Ich fürchte mich nicht«, sagte er, »Sybil kennt mich so gut, wie ich sie kenne.«

»Ach, das tut mir eigentlich leid. Die passende Grundlage für eine Ehe ist gegenseitiges Missverstehen. Nein, ich bin durchaus nicht zynisch. Ich habe bloß

Erfahrung gesammelt, was übrigens fast auf dasselbe hinauskommt … Herr Podgers, Lord Arthur Savile ist furchtbar neugierig, was in seiner Hand steht. Aber erzählen Sie ihm nicht, dass er mit einem der schönsten Mädchen Londons verlobt ist, denn das hat bereits vor einem Monat in der Morning-Post gestanden!«

»Liebe Lady Windermere«, rief die Marquise von Jedburgh. »Lassen Sie Herrn Podgers nur noch einen Augenblick hier! Er hat mir eben gesagt, dass ich zur Bühne gehen würde, und das interessiert mich schrecklich.«

»Wenn er Ihnen das gesagt hat, Lady Jedburgh, werde ich ihn gewiss sofort abberufen. Kommen Sie gleich herüber, Podgers, und lesen Sie Lord Arthurs Hand.«

»Schön«, sagte Lady Jedburgh und verzog etwas das Mündchen, als sie vom Sofa aufstand. »Wenn man mir nicht erlauben will, zur Bühne zu gehen, will ich wenigstens Publikum sein.«

»Natürlich, wir sind alle Publikum«, sagte Lady Windermere. »Und nun, Herr Podgers, erzählen Sie uns etwas recht Hübsches. Lord Arthur ist einer meiner besonderen Lieblinge.«

Als aber Herr Podgers Lord Arthurs Hand erblickte, erblasste er ganz merkwürdig und sagte gar nichts. Ein Schauer schien ihn zu schütteln, und seine großen buschigen Augenbrauen zuckten konvulsivisch auf eine ganz seltsame, erregte Art, wie immer, wenn er sich in einer schwierigen Situation befand. Dann traten große Schweißtropfen auf seine gelbe Stirn wie giftiger Tau und seine dicken Finger wurden kalt und feucht.

Lord Arthur entgingen natürlich diese merkwürdigen Zeichen von Aufregung nicht und zum ersten Mal in seinem Leben empfand er Furcht. Sein erster Gedanke war, aus dem Zimmer zu stürzen, aber er bezwang sich. Es war besser, das Schlimmste zu erfahren, was es auch sein mochte, als in dieser fürchterlichen Ungewissheit zu bleiben.

»Ich warte, Herr Podgers«, sagte er.

»Wir warten alle«, sagte Lady Windermere in ihrer raschen, ungeduldigen Art, aber der Chiromant gab keine Antwort.

»Wahrscheinlich soll Arthur auch zur Bühne gehen«, sagte Lady Jedburgh. »Und da Sie vorhin gescholten haben, traut sich Herr Podgers nicht, es zu sagen.«

Plötzlich ließ Herr Podgers Lord Arthurs rechte Hand fallen und ergriff seine linke; um sie zu prüfen, beugte er sich so tief herab, dass die goldene Fassung seiner Brille die Handfläche zu berühren schien. Einen Augenblick legte sich das Entsetzen wie eine bleiche Maske über sein Gesicht, aber er fand bald seine Kaltblütigkeit wieder und sagte mit einem Blick auf Lady Windermere und mit einem erzwungenen Lächeln: »Es ist die Hand eines reizenden jungen Mannes.«

»Das stimmt natürlich«, antwortete Lady Windermere. »Aber wird er auch ein reizender Ehemann werden? Das möchte ich gern wissen.«

»Das ist die Bestimmung aller reizenden jungen Männer«, sagte Podgers.

»Ich glaube nicht, dass ein Ehemann gar zu reizend sein sollte«, murmelte nachdenklich Lady Jedburgh. »Das ist zu gefährlich.«

»Mein liebes Kind, Ehemänner sind niemals reizend genug!«, rief Lady Windermere. »Was ich aber wissen möchte, sind Einzelheiten. Einzelheiten sind nämlich das Einzige, was interessant ist. Was wird also Lord Arthur begegnen?«

»In den nächsten Monaten wird Lord Arthur eine Reise machen …«

»Seine Hochzeitsreise natürlich.«

»Und eine Verwandte verlieren.«

»Doch hoffentlich nicht seine Schwester«, sagte Lady Jedburgh mit kläglicher Stimme.

»Bestimmt nicht seine Schwester«, sagte Herr Podgers mit einer abwehrenden Handbewegung. »Bloß eine entfernte Verwandte.«

»Ich bin schrecklich enttäuscht«, sagte Lady Windermere. »Da habe ich ja morgen Sybil gar nichts zu erzählen. Kein Mensch kümmert sich doch heutzutage um entfernte Verwandte – die sind schon seit Jahren aus der Mode. Jedenfalls werde ich ihr aber raten, ein schwarzes Seidenkleid bereitzuhalten. Es macht sich immer gut in der Kirche … Nun wollen wir zu Tisch gehen. Gewiss ist alles schon aufgegessen worden, aber vielleicht finden wir doch noch etwas warme Suppe. François war sonst ein Meister in Suppen, aber er beschäftigt sich jetzt so viel mit Politik, dass gar kein Verlass mehr auf ihn ist. Ich wünschte, General Boulanger würde endlich Ruhe geben. Sie scheinen etwas abgespannt, Herzogin?«

»Nicht im Geringsten, teure Gladys«, antwortete die Herzogin und wackelte zur Tür. »Ich habe mich ausgezeichnet unterhalten, und der Chiropodist, ich meine der Chiromant, ist sehr interessant. Flora, wo kann mein Schildpattfächer nur sein? O, vielen Dank, Sir Thomas! Und mein Spitzenschal, Flora? O, ich danke Ihnen, Sir Thomas, Sie sind sehr liebenswürdig.« Und die würdige Dame kam endlich die Treppe hinunter und hatte ihr Riechfläschchen bloß zweimal fallen lassen.

Die ganze Zeit über hatte Lord Arthur Savile am Kamin gestanden mit einem Gefühl des Schreckens, mit dem lähmenden Vorgefühl kommenden Unheils. Er lächelte traurig seiner Schwester zu, als sie an Lord Plymdales Arm vorüberkam, reizend anzuschauen mit ihrem roten Brokatkleid und ihren Perlen, und er hörte kaum, als Lady Windermere ihn aufforderte, mit ihr zu kommen. Er dachte an Sybil Merton, und der Gedanke, dass etwas zwischen sie treten könnte, füllte seine Augen mit Tränen.

Wer ihn ansah, hätte glauben können, die Nemesis habe den Schild der Pallas gestohlen, um ihm das Medusenhaupt vorzuhalten. Er schien in Stein verwandelt und sein Gesicht war marmorn in seiner Melancholie. Er hatte das verfeinerte Luxusleben eines jungen Mannes von Rang und Vermögen geführt, ein Leben, wunderbar frei von hässlicher Sorge, herrlich in seiner knabenhaften Unbekümmertheit. Zum ersten Mal war ihm das furchtbare Geheimnis des Schicksals zum Bewusstsein gekommen, der schreckliche Sinn des Verhängnisses.

Wie wahnsinnig und schrecklich ihm all das erschien! Konnte irgendein furchtbares sündiges Geheimnis, ein blutrotes Zeichen des Verbrechens in seiner Hand geschrieben stehen, in Hieroglyphen, die er selbst nicht zu lesen vermochte, die aber ein anderer zu entziffern verstand? War es nicht möglich, diesen drohenden Dingen zu entgehen? Waren wir denn nichts anderes als Schachfiguren, die eine unsichtbare Macht bewegt, nichts anderes als Gefäße, die ein Töpfer formt, wie es ihm beliebt, um sie mit Schmach oder Ehre zu füllen? Sein Verstand empörte sich dagegen, und doch fühlte er, dass irgendeine Tragödie über ihm hing und dass ihm plötzlich beschieden war, eine unerträgliche Last zu tragen. Wie glücklich sind doch Schauspieler! Sie haben die Wahl, ob sie in der Tragödie oder Komödie auftreten wollen, ob sie leiden oder lustig sein, lachen oder Tränen vergießen wollen. Aber im wirklichen Leben ist das so ganz anders. Die meisten Männer und Frauen sind gezwungen, Rollen durchzuführen, für die sie gar nicht geeignet sind. Unsere Güldensterns spielen uns den Hamlet vor und unsere Hamlets müssen scherzen wie Prinz Heinz. Die Welt ist eine Bühne, aber das Stück ist falsch besetzt.

Plötzlich trat Herr Podgers ins Zimmer. Als er Lord Arthur erblickte, fuhr er zusammen, und sein grobes, dickes Gesicht wurde ganz grünlich gelb. Die Augen der beiden Männer begegneten sich und einen Augenblick herrschte Schweigen.

»Die Herzogin hat einen ihrer Handschuhe hier vergessen, Lord Arthur, und hat mich gebeten, ihn ihr zu bringen«, sagte endlich Herr Podgers. »Ach, ich sehe ihn da auf dem Sofa. Guten Abend.«

»Herr Podgers, ich muss darauf bestehen, dass Sie mir eine Frage, die ich an Sie stellen will, aufrichtig beantworten.«

»Ein anderes Mal, Lord Arthur, die Herzogin wartet. Ich muss wirklich gehen.«

»Sie werden nicht gehen. Die Herzogin hat keine Eile.«

»Man darf Damen nie warten lassen, Lord Arthur«, sagte Herr Podgers mit seinem matten Lächeln. »Das schöne Geschlecht wird leicht ungeduldig.«

Um Lord Arthurs fein gezeichnete Lippen spielte eine stolze Verachtung. Die arme Herzogin hatte für ihn in diesem Augenblick nicht die geringste Bedeutung. Er ging auf Herrn Podgers zu und hielt ihm seine Hand entgegen.

»Sagen Sie mir, was Sie hier gesehen haben«, sagte er. »Sagen Sie mir die Wahrheit. Ich muss sie wissen. Ich bin kein Kind.«

Herrn Podgers Augen blinzelten hinter der goldenen Brille, und er trat unruhig von einem Fuß auf den andern, während seine Finger nervös mit einer dicken Uhrkette spielten.

»Warum glauben Sie denn, Lord Arthur, dass ich mehr in Ihrer Hand gesehen habe, als ich Ihnen gesagt habe?«

»Ich weiß es und bestehe darauf, dass Sie mir sagen, was es war. Ich werde Ihnen natürlich diesen Dienst bezahlen. Ich gebe Ihnen einen Scheck auf hundert Pfund.«

Die grünen Augen blitzten einen Augenblick auf und dann wurden sie wieder trübe.

»Guineen?«, sagte Herr Podgers endlich leise.

»Gewiss. Ich sende Ihnen morgen den Scheck. Wie heißt Ihr Klub?«

»Ich bin in keinem Klub. Das heißt, momentan nicht. Meine Adresse ist … Aber gestatten Sie mir, Ihnen meine Karte zu geben.« Und Herr Podgers zog aus seiner Westentasche eine goldgeränderte Visitenkarte und überreichte sie Lord Arthur mit einer tiefen Verbeugung. Auf der Karte stand:

Mr. Septimus R. Podgers berufsmäßiger Chiromant 103 a West Moon Street

»Meine Sprechstunden sind von zehn bis vier«, murmelte Herr Podgers mechanisch. »Familien haben ermäßigte Preise.«

»Schnell, schnell«, rief Lord Arthur, ganz blass im Gesicht, und hielt ihm die Hand entgegen. Herr Podgers blickte sich unruhig um und dann zog er die schwere Portiere vor die Tür. »Es wird einige Zeit dauern, Lord Arthur, wollen Sie sich nicht lieber setzen?«

»Rasch, rasch!«, rief Lord Arthur wieder und stampfte ärgerlich mit dem Fuß auf das Parkett.

Herr Podgers lächelte, zog aus seiner Brusttasche ein kleines Vergrößerungsglas und wischte es sorgfältig mit seinem Taschentuch ab.

»Ich stehe ganz zu Ihrer Verfügung«, sagte er.

II

Zehn Minuten später stürzte Lord Arthur Savile mit entsetzensbleichem Gesicht, mit Augen, aus denen der Schrecken starrte, aus dem Haus, brach sich Bahn durch die Menge pelzumhüllter Lakaien, die unter der großen gestreiften Markise herumstanden und nichts zu sehen und zu hören schienen. Die Nacht war bitterkalt und die Gaslaternen rings auf dem Platz flatterten und zuckten im scharfen Winde. Aber seine Hände waren fieberheiß und seine Stirn brannte wie Feuer. Er ging weiter und weiter, fast schwankend wie ein Betrunkener. Ein Schutzmann sah ihm neugierig nach, als er an ihm vorübergegangen war, und ein Bettler, der aus einem Torweg herauskroch, um ihn um ein Almosen anzusprechen, schauderte zusammen, denn er sah einen Jammer, der größer war als der seine. Einmal blieb er unter einer Laterne stehen und betrachtete seine Hände. Er glaubte Blutspuren auf ihnen zu entdecken und ein schwacher Schrei brach von seinen zitternden Lippen.

Mord – das war es, was der Chiromant da gesehen hatte. Mord! Die Nacht selbst schien es zu wissen und der einsame Wind heulte es ihm ins Ohr. Die dunklen Ecken der Straße waren davon voll. Von den Dächern der Häuser grinste er ihn an.

Zuerst kam er zum Park, dessen dunkles Gehölz ihn festzubannen schien. Er lehnte sich müde gegen das Gitter, kühlte seine Stirn am feuchten Metall und horchte auf das zitternde Schweigen der Bäume. »Mord! Mord!«, wiederholte er immer wieder, als ob die Wiederholung den Schrecken des Wortes mindern könnte. Der Klang seiner eigenen Stimme ließ ihn erschauern, aber er hoffte fast, dass das Echo ihn höre und die schlafende Stadt aus ihren Träumen wecke. Er fühlte ein tolles Verlangen, einen der zufällig Vorübergehenden festzuhalten und ihm alles zu sagen.

Dann ging er durch die Oxford Street in enge, hässliche Gässchen. Zwei Weiber mit geschminkten Gesichtern spotteten, als er vorüberging. Aus einem dunklen Hof kam der Lärm von Flüchen und Schlägen, gefolgt von schrillem Geschrei, und zusammengesunken auf feuchten Torstufen sah er die verkrümmten Gestalten der Armut und des Alters. Ein seltsames Mitleid überkam ihn. War diesen Kindern der Sünde und des Elends ihr Ende vorherbestimmt, wie ihm das seine? Waren sie wie er bloß Puppen in einem ungeheuerlichen Theater?

Und doch war es nicht das Geheimnis, sondern die Komödie des Leidens, die ihn ergriff, seine absolute Nutzlosigkeit, seine groteske Sinnlosigkeit. Wie schien doch alles zusammenhangslos, wie bar jeder Harmonie! Er war bestürzt über den Zwiespalt zwischen dem schalen Optimismus des Tages und den wirklichen Tatsachen des Lebens. Er war noch sehr jung.

Nach einiger Zeit fand er sich vor der Marylebone-Kirche wieder. Die schweigende Landstraße glich einem langen Band von glänzendem Silber, in das zitternde Schatten hier und da dunkle Flecken einzeichneten. Weit in der Ferne wand sich eine Linie flackernder Gaslaternen, und vor einem kleinen ummauerten Haus stand ein einsamer Wagen, dessen Kutscher eingeschlafen war. Er ging hastig in Richtung Portland Place und sah sich ab und zu um, als fürchte er, verfolgt zu werden. An der Ecke der Rich Street standen zwei Männer und lasen einen kleinen Anschlagzettel an einem Zaun. Ein merkwürdiges Gefühl der Neugier überkam ihn und er ging hinüber. Als er näher kam, traf sein Blick das Wort »Mord«, das da mit schwarzen Lettern gedruckt stand. Er fuhr zusammen und ein dunkles Rot schoss in seine Wangen. Es war eine Bekanntmachung, die eine Belohnung aussetzte für jede Nachricht, die dazu führen könnte, einen Mann von mittlerer Größe zwischen dreißig und vierzig Jahren festzunehmen, der einen weichen Hut, schwarzen Rock und karierte Hosen trug und eine Narbe auf der rechten Wange hatte. Er las den Steckbrief wieder und immer wieder und dachte darüber nach, ob der unglückliche Mensch gefangen werden würde und wieso er wohl verwundet worden sei. Vielleicht würde auch einmal sein eigner Name so an den Mauern Londons zu lesen sein! Vielleicht würde auch auf seinen Kopf eines Tages ein Preis gesetzt werden.

Der Gedanke erfüllte ihn mit namenlosem Grauen. Er wandte sich ab und eilte hinaus in die Nacht.

Er wusste kaum, wohin er ging. Er erinnerte sich dunkel, dass er durch ein Labyrinth schmutziger Häuser wanderte, dass er sich in einem riesigen Spinnennetz finsterer Straßen verlor, und es dämmerte schon, als er sich endlich auf dem Piccadilly-Platz befand. Als er dann langsam heimwärts, dem Belgrave-Platz zu, ging, begegnete er den großen Marktwagen auf dem Weg nach Covent Garden. Die Fuhrleute in den weißen Röcken mit ihren lustigen, sonnengebräunten Gesichtern und den derben Krausköpfen gingen mit festen Schritten neben ihren Wagen her, knallten mit der Peitsche und riefen dann und wann einander etwas zu. Auf einem großen grauen Pferd, dem Leitpferd eines lärmenden Gespanns, saß ein pausbäckiger Junge mit einem Strauß von Primeln an seinem abgenutzten Hut, hielt sich mit seinen kleinen Händen an der Mähne fest und lachte. Und die großen Haufen von Gemüse auf den Wagen, die sich vom Morgenhimmel abhoben, glichen großen Haufen von grünem Nephrit, die sich von den roten Blättern einer wunderbaren Rose abheben.

Lord Arthur fühlte sich merkwürdig bewegt – er wusste selbst nicht, warum. Es lag etwas in der zarten Lieblichkeit des aufdämmernden Morgens, das ihn mit merkwürdiger Gewalt ergriff, und er dachte an all die Tage, die in Schönheit anbrechen und im Sturme enden. Und welch ein seltsames London sahen diese Bauern mit ihren rauen, fröhlichen Stimmen und ihrem nachlässigen Gehabe! Ein London, frei von der Sünde der Nacht und dem Rauch des Tages, eine bleiche, gespenstische Stadt, eine öde Stadt der Gräber. Er fragte sich, was sie wohl von dieser Stadt dächten, ob sie irgendetwas wüssten von ihrem Glanz und ihrer Schande, von ihren wilden, feuerfarbenen Freuden und ihrem schrecklichen Hunger, von all ihren guten und bösen Taten vom Morgen bis zum Abend. Wahrscheinlich war ihnen die Stadt nur der Markt, auf den sie ihre Früchte und Gemüse brachten, um sie zu verkaufen und wo sie höchstens einige Stunden verweilten, bis sie wieder die immer noch schweigenden Straßen, die noch schlafenden Häuser hinter sich ließen. Es machte ihm Vergnügen, sie zu beobachten, wie sie vorüberzogen. Rau wie sie waren mit ihren schweren, genagelten Schuhen und ihrem schwerfälligen Gang, brachten sie ein Stück Arkadien mit sich. Er fühlte, dass sie mit der Natur gelebt hatten und dass die Natur sie den Frieden gelehrt hatte. Er beneidete sie um alles, was sie nicht wussten.

Als er den Belgrave-Platz erreicht hatte, war der Himmel blassblau, und die Vögel begannen in den Gärten zu zwitschern.

III

Als Lord Arthur erwachte, war es zwölf Uhr, und die Mittagssonne strömte herein durch die elfenbeinfarbenen Seidenvorhänge seines Zimmers. Er stand auf und blickte aus dem Fenster. Ein trüber Glutnebel hing über der großen Stadt und die Dächer der Häuser flimmerten wie mattes Silber. In dem schimmernden Grün unten auf dem Platz huschten einige Kinder gleich weißen Schmetterlingen hin und her, und auf den Bürgersteigen wimmelte es von Leuten, die in den Park gingen. Niemals war ihm das Leben schöner erschienen, niemals schien alles Böse weiter von ihm entfernt.

Dann kam sein Kammerdiener und brachte ihm eine Tasse Schokolade auf einem Tablett. Nachdem er sie ausgetrunken hatte, schob er eine schwere Portiere von pfirsichfarbenem Plüsch beiseite und ging ins Badezimmer. Das Licht fiel sanft von oben durch dünne Scheiben von durchsichtigem Onyx und das Wasser im Marmorbecken schimmerte wie ein Mondstein. Er stieg rasch hinein, bis die kühlen Wellen ihm Brust und Haare benetzten, und dann tauchte er auch den Kopf unter, als wolle er die Flecken irgendeiner schmachvollen Erinnerung von sich abspülen. Als er herausstieg, fühlte er sich fast beruhigt. Das ausgezeichnete physische Wohlbefinden des Augenblicks beherrschte ihn, wie dies oft bei sehr fein gearteten Naturen der Fall ist, denn die Sinne können, wie das Feuer, ebenso gut reinigen wie zerstören.

Nach dem Frühstück warf er sich auf den Diwan und zündete sich eine Zigarette an. Auf dem Kaminsims, gerahmt in köstlichen alten Brokat, stand eine große Fotographie von Sybil Merton, wie er sie zum ersten Mal auf dem Ball von Lady Noel gesehen hatte.

Der schmale, entzückend geschnittene Kopf war leicht zur Seite geneigt, als könne der zarte Hals, schlank wie ein Rohr, die Last so vieler Schönheit nicht tragen. Die Lippen waren leicht geöffnet und schienen zu süßer Musik geschaffen. Und all die zarte Reinheit der Jungfräulichkeit blickte wie verwundert aus den träumerischen Augen. Mit ihrem leichten, sich an den Körper schmiegenden Kleid aus Crêpe de Chine und ihrem breiten, blattförmigen Fächer glich sie einer jener kleinen zarten Figuren, die man in den Olivenwäldern bei Tanagra findet. Ein Hauch griechischer Grazie lag auch in der Stellung und Haltung. Und doch war sie nicht »petite«. Sie war einfach von vollendetem Ebenmaß, eine Seltenheit in einer Zeit, wo so viele Frauen entweder überlebensgroß oder zu klein sind.

Als Lord Arthur jetzt das Bild ansah, erfüllte ihn das furchtbare Mitleid, das der Liebe entspringt. Er fühlte, dass sie zu heiraten mit dem Verhängnis des Mordes, das über seinem Haupt schwebte, ein Verrat wäre, gleich dem des Judas, ein Verbrechen, schlimmer als je ein Borgia es erträumt. Welches Schicksal würde ihrer harren, wenn jeder Augenblick ihn rufen konnte, das zu erfüllen, was in seiner Hand geschrieben stand? Welches Leben würden sie führen, indes seine unheilvolle Bestimmung in der Waagschale des Fatums lag! Die Heirat musste um jeden Preis verschoben werden. Dazu war er unbedingt entschlossen. Fest entschlossen, obwohl er das Mädchen liebte und die bloße Berührung ihrer Fingerspitzen, wenn sie beisammensaßen, ihm jeden Nerv in wunderbarer Wonne erbeben ließ; er erkannte klar, was seine Pflicht war und war sich bewusst, dass er nicht das Recht hatte, zu heiraten, ehe er den Mord begangen hatte. War es einmal geschehen, dann konnte er mit Sybil Merton vor den Altar treten und sein Leben in ihre Hände legen, ohne fürchten zu müssen, unrecht zu handeln. War es einmal geschehen, so konnte er sie in seine Arme schließen, und sie würde niemals für ihn erröten, niemals den Kopf in Schande beugen müssen. Aber geschehen musste es erst, und je früher, desto besser für beide.

Viele Männer in seiner Lage hätten gewiss den Blumenpfad der Liebeständelei den steilen Höhen der Pflicht vorgezogen. Aber Lord Arthur war zu gewissenhaft, um den Genuss dem Prinzip vorzuziehen. Seine Liebe war mehr als bloße Leidenschaft. Und Sybil war ihm ein Symbol für alles Gute und Edle. Einen Augenblick hatte er einen natürlichen Widerwillen gegen die Tat, die ihm aufgezwungen war, aber das ging rasch vorüber. Sein Herz sagte ihm, dass es keine Sünde, sondern ein Opfer wäre; seine Vernunft erinnerte ihn daran, dass ihm kein anderer Weg offen stünde. Er hatte zu wählen zwischen einem Leben für sich selbst und einem Leben für andere, und so schrecklich zweifellos die Aufgabe war, die er erfüllen musste, er wusste doch, dass er den Eigennutz nicht über die Liebe triumphieren lassen dürfe. Früher oder später werden wir alle vor dieselbe Entscheidung gestellt, wird uns dieselbe Frage vorgelegt. An Lord Arthur trat sie früh im Leben heran – ehe sein Charakter von dem berechnenden Zynismus der mittleren Jahre verdorben war, bevor sein Herz zerfressen war von dem oberflächlichen Modeegoismus unserer Tage, und er zögerte nicht, seine Pflicht zu tun. Zu seinem Glück war er kein bloßer Träumer, kein müßiger Dilettant. Wäre er das gewesen, würde er gezögert haben wie Hamlet, und die Unentschlossenheit hätte seinen Willen gelähmt. Aber er war eine durch und durch praktische Natur. Das Leben bestand für ihn mehr im Handeln als im Denken. Er besaß das Seltenste auf Erden, gesunden Menschenverstand.

Die wilden, verworrenen Empfindungen der vergangenen Nacht waren mittlerweile fast vollständig verschwunden, und er blickte beinahe mit einem Gefühl von Scham auf seine kopflose Wanderung von Straße zu Straße, auf den wütenden Aufruhr in seiner Seele zurück. Gerade die Wahrheit seiner Qualen ließ sie ihm jetzt unwirklich erscheinen. Er fragte sich verwundert, warum er so töricht gewesen sei, gegen das Unvermeidliche zu toben und zu rasen. Die einzige Frage, die ihn jetzt zu quälen schien, war, wen er umbringen sollte; denn er war nicht blind gegen die Tatsache, dass der Mord, wie die Religionsübungen der heidnischen Welt, ebenso ein Opfer verlangt wie einen Priester. Da er kein Genie war, hatte er keine Feinde, und er fühlte auch, dass es jetzt nicht an der Zeit wäre, irgendeine persönliche Antipathie oder Ranküne zu befriedigen, dass vielmehr die Aufgabe, die ihm auferlegt war, eine große und tiefe Feierlichkeit erforderte. Er setzte also auf einem Blatt Papier eine Liste seiner Freunde und Verwandten auf und entschied sich nach langer Überlegung für Lady Clementina Beauchamp, eine gute alte Dame, die in der Curzon Street wohnte und die seine Cousine zweiten Grades von Mutterseite her war. Er hatte Lady Clem, wie alle in der Familie sie nannten, immer sehr gerngehabt, und da er selbst sehr wohlhabend war – er hatte bei seiner Volljährigkeit den ganzen Besitz Lord Rugbys geerbt –, so bestand nicht die Möglichkeit, dass man ihm gemeine Geldinteressen an ihrem Tod unterschieben könnte. Je mehr er über die Sache nachdachte, desto mehr schien sie ihm die richtige zu sein, und da er fühlte, dass jeder Aufschub unrecht gegen Sybil sein würde, entschloss er sich, sofort seine Vorbereitungen zu treffen.

Zuallererst musste natürlich die Angelegenheit mit dem Chiromanten geordnet werden; er setzte sich also an einen kleinen Sheratonschreibtisch, der am Fenster stand, und schrieb einen Scheck über hundertfünf Pfund, zahlbar an Herrn Septimus Podgers aus, steckte die Anweisung in einen Umschlag und gab seinem Diener den Auftrag, ihn in die West Moon Street zu bringen. Dann telefonierte er den Stall nach seinem Wagen an und zog sich zum Ausgehen an. Bevor er das Zimmer verließ, warf er noch einen Blick auf Sybil Mertons Bild zurück und schwor sich zu, dass, was auch kommen möge, er sie nie wissen lassen würde, was er jetzt um ihretwillen tue; er würde vielmehr das Geheimnis seiner Selbstaufopferung immer in seinem Herzen verborgen halten.

Auf dem Weg zu seinem Klub ließ er vor einem Blumenladen halten und schickte Sybil einen wundervollen Korb mit Narzissen, mit entzückenden weißen Blütenblättern und starren Fasanenaugen. Als er in seinem Klub ankam, ging er sofort in das Bibliothekszimmer, klingelte dem Diener und ließ sich ein Glas Selterswasser mit Zitrone und ein Buch über Toxikologie bringen. Er war sich vollkommen darüber klar, dass Gift das beste Mittel für sein schwieriges Unternehmen sei. Jede persönliche Gewaltanwendung widerstrebte ihm durchaus, und überdies wollte er Lady Clementina entschieden nicht auf eine Weise umbringen, die öffentliche Aufmerksamkeit erregen konnte. Der Gedanke, bei Lady Windermeres Empfängen zum Löwen des Tages gemacht zu werden oder seinen Namen in den Spalten gemeiner Gesellschaftsklatschblätter zu finden, war ihm ein Gräuel. Außerdem musste er an Sybils Eltern denken, die ziemlich altmodische Leute waren und sich vielleicht der Heirat widersetzen könnten, wenn es jetzt irgendeinen Skandal gab; trotzdem war er vollkommen davon überzeugt, dass, wenn er ihnen den wahren Sachverhalt mitteilen würde, sie die

Ersten wären, die Motive, die ihn zur Tat getrieben hatten, zu würdigen. Alles war also dazu angetan, ihn zur Wahl von Gift zu bestimmen. Das war sicher, ruhig und unfehlbar, und man vermied dabei alle peinlichen Szenen, gegen die er, wie die meisten Engländer, eine eingewurzelte Abneigung hatte.

In der Giftkunde aber waren seine Kenntnisse gleich null, und da der Diener in der Bibliothek nichts darüber finden konnte als Ruffs Führer und Baileys Magazine, sah er selbst in den Büchergestellen nach und stieß schließlich auf eine hübsch gebundene Ausgabe der Pharmacopoea und ein Exemplar von Erskines Toxikologie, herausgegeben von Sir Mathew Reid, dem Präsidenten der Königlichen Physikalischen Gesellschaft und einem der ältesten Mitglieder des Klubs, in den er irrtümlich anstelle eines andern aufgenommen worden war – ein Versehen, das das Komitee so geärgert hatte, dass es, als der richtige Mann erschien, ihn einstimmig durchfallen ließ. Lord Arthur kannte sich in den Fachausdrücken der beiden Bücher gar nicht aus und begann schon bitter zu bereuen, dass er in Oxford nicht fleißiger die klassischen Sprachen studiert hatte, als er im zweiten Band von Erskine einen sehr interessanten und vollständigen Bericht über die Eigenschaften des Akonits fand, der in ziemlich klarem Englisch geschrieben war. Das schien ihm gerade das Gift zu sein, das er brauchte. Es wirkte schnell – seine Wirkung wurde sogar augenblicklich genannt –, vollkommen schmerzlos, und, wenn man es in einer Gelatinekapsel nahm, wie dies Sir Mathew empfahl, schmeckte es keineswegs unangenehm. Er notierte sich also auf seiner Manschette die für einen letalen Ausgang notwendige Dosis, stellte die Bücher auf ihren Platz zurück und schlenderte in die St. James Street zu Pestle und Humbeys, dem großen Chemikaliengeschäft. Herr Pestle, der die Aristokratie immer selbst bediente, war einigermaßen überrascht über den Auftrag und murmelte in sehr untertäniger Weise etwas über die Notwendigkeit einer ärztlichen Verordnung. Als ihm aber Lord Arthur erklärte, dass er das Gift für eine große dänische Dogge brauche, die er töten müsse, weil sie Zeichen beginnender Tollwut zeige und den Kutscher bereits zweimal in die Wade gebissen habe, war er vollkommen zufriedengestellt, beglückwünschte Lord Arthur zu seinen ausgezeichneten Kenntnissen in der Toxikologie und ließ das Gewünschte sofort herstellen.

Lord Arthur legte die Kapsel in eine hübsche kleine Silberbonbonniere, die er in der Bond Street in einer Auslage sah, warf die hässliche Pillenschachtel von Pestle und Humbey weg und fuhr sofort zu Lady Clementina.

»Ei, Monsieur le mauvais sujet!«, rief die alte Dame, als er ins Zimmer trat. »Warum hast du dich denn so lange nicht bei mir blicken lassen?«

»Meine teure Lady Clem, ich hatte wirklich keinen Augenblick Zeit«, sagte Lord Arthur und lächelte.

»Willst du damit vielleicht sagen, dass du den ganzen Tag herumläufst, um mit Sybil Merton Einkäufe zu machen und Unsinn zu schwatzen. Ich verstehe gar nicht, warum die Menschen so viel Wesens davon machen, wenn sie heiraten. Zu meiner Zeit dachte kein Mensch daran, aus diesem Anlass öffentlich oder heimlich zu girren und zu schnäbeln.«

»Ich versichere dir, ich habe Sybil seit vierundzwanzig Stunden nicht gesehen, Lady Clem. Soweit ich in Erfahrung bringen konnte, ist sie ganz und gar in den Händen ihrer Modistinnen.«

»Natürlich – das ist auch der einzige Grund, warum du einer alten hässlichen Frau wie mir einen Besuch machst! Dass ihr Männer euch doch nicht warnen lasst! On a fait des folies pour moi – und heute sitze ich da, ein armes rheumatisches Wesen mit einem falschen Scheitel und schlechter Laune! … Wahrhaftig, wenn mir nicht die liebe Lady Jansen die schlechtesten französischen Romane schicken würde, die sie auftreiben kann, ich wüsste nicht, was ich mit meinem Tag anfangen sollte. Ärzte taugen gar nichts, höchstens Honorare können sie einem abpressen. Nicht einmal mein Sodbrennen können sie heilen.«

»Ich habe dir ein Mittel dagegen mitgebracht, Lady Clem«, sagte Lord Arthur ernst. »Ein ganz ausgezeichnetes Mittel. Ein Amerikaner hat es erfunden.«

»Weißt du, ich liebe amerikanische Erfindungen nicht sehr, Arthur. Eigentlich ganz und gar nicht. Neulich habe ich ein paar amerikanische Romane gelesen, die waren der reine Unsinn.«

»Dies Mittel ist aber durchaus nicht unsinnig, Lady Clem. Ich versichere dir, es wirkt außerordentlich. Du musst mir versprechen, es zu versuchen.« Und Lord Arthur zog die kleine Büchse aus der Tasche und übergab sie ihr.

»Die Büchse ist wirklich reizend, Arthur. Ist das ein Geschenk? Das ist aber wirklich lieb von dir. Und das ist das Wundermittel? Es sieht aus wie ein Bonbon. Ich werd es gleich mal nehmen.«

»Um Gottes willen, Lady Clem«, rief Lord Arthur und hielt ihre Hand fest. »Tu das nicht. Es ist ein homöopathisches Mittel. Wenn du es nimmst, ohne Sodbrennen zu haben, kann es dir nur schaden. Du musst warten, bis du einen Anfall hast und es dann nehmen. Der Erfolg wird dich überraschen.«

»Ich möchte es aber gleich nehmen«, sagte Lady Clementina und hielt die kleine durchsichtige Kapsel mit dem darin schwimmenden Tropfen Akonit gegen das Licht. »Es schmeckt gewiss ausgezeichnet. Doktoren hasse ich, aber einnehmen tue ich ganz gern. Also meinetwegen, ich werde mir's aufheben bis zum nächsten Anfall.«

»Und wann wird der sein?«, fragte Lord Arthur eifrig. »Bald?«

»Ich hoffe, diese Woche nicht mehr. Gestern früh ging es mir sehr schlecht. Aber man weiß ja nie.«

»Aber du wirst doch sicher noch einen Anfall vor Ende des Monats haben, Lady Clem?«

»Das befürchte ich leider. Aber wie mitfühlend du heute bist, Arthur! Sybil hat wirklich einen sehr guten Einfluss auf dich! Jetzt musst du aber gehen, denn ich habe ein paar sehr langweilige Menschen zum Essen eingeladen, die nicht die geringste Skandalgeschichte kennen, und wenn ich jetzt nicht mein Schläfchen mache, bin ich bestimmt nicht imstande, während des Essens wach zu bleiben. Leb wohl, Arthur, grüß Sybil von mir und vielen Dank für das amerikanische Mittel.«

»Du wirst nicht vergessen, es zu nehmen, Lady Clem, nicht wahr?«, sagte Lord Arthur und stand von seinem Stuhl auf.

»Gewiss nicht, mein Junge. Es war sehr nett von dir, dass du an mich gedacht hast, und ich werde dir schreiben, wenn ich noch mehr davon nötig habe!«

Lord Arthur verließ das Haus in froher Laune und mit dem Gefühl ungeheurer Erleichterung.

Am Abend hatte er eine Unterredung mit Sybil Merton. Er sagte ihr, dass er plötzlich in eine furchtbar schwierige Situation geraten sei, in der weder Ehre noch Pflicht ihm gestatte, zurückzutreten. Er sagte ihr, dass die Hochzeit verschoben werden müsse, denn ehe er sich nicht aus seinen furchtbaren Verpflichtungen gelöst habe, sei er kein freier Mann. Er bat sie, ihm zu vertrauen und wegen der Zukunft keine Zweifel zu hegen. Alles würde wieder in Ordnung kommen, nur Geduld sei notwendig.

Das Gespräch fand im Wintergarten bei Mertons in Park Lane statt, wo Lord Arthur, wie gewöhnlich, zum Diner geblieben war. Sybil war ihm nie glückstrahlender erschienen, und einen Augenblick war Lord Arthur versucht gewesen, feige zu sein, an Lady Clementina wegen der Pille zu schreiben und es bei dem festgesetzten Hochzeitstermin zu lassen, als ob es überhaupt keinen Menschen namens Podgers auf der Welt gäbe. Aber sein besseres Ich gewann doch die Oberhand, und selbst als Sybil sich ihm weinend in die Arme warf, wurde er nicht schwach. Ihre Schönheit, die seine Sinne erregte, rührte auch an sein Gewissen. Er fühlte, dass es unrecht wäre, ein so herrliches Leben um einiger Monate willen zu zerstören.

Er blieb fast bis Mitternacht mit Sybil beisammen, tröstete sie und ließ sich von ihr trösten. Am nächsten Morgen reiste er nach Venedig, nachdem er in einem männlich entschlossenen Brief Herrn Merton die notwendige Verschiebung der Hochzeit mitgeteilt hatte.

IV

In Venedig traf er seinen Bruder, Lord Surbiton, der eben in seiner Jacht von Korfu angekommen war. Die beiden jungen Leute verbrachten zwei wundervolle Wochen zusammen. Des Morgens ritten sie auf dem Lido oder glitten in ihrer schwarzen Gondel die grünen Kanäle auf und ab. Am Nachmittag empfingen sie Besuche auf ihrer Jacht. Und am Abend dinierten sie bei Florian und rauchten ungezählte Zigaretten auf der Piazza. Aber Lord Arthur war nicht glücklich. Jeden Tag studierte er die Totenliste in der Times, immer in der

Erwartung, auf Lady Clementinens Todesnachricht zu stoßen, aber jeden Tag wurde er enttäuscht. Er begann zu fürchten, dass ihr irgendein Unfall zugestoßen sei, und bedauerte oft, dass er sie daran gehindert hatte, das Akonit zu nehmen, als sie so begierig darauf war, die Wirkung des Mittels zu erproben. Auch Sybils Briefe, so voll von Liebe, Vertrauen und Zärtlichkeit sie auch waren, klangen oft sehr traurig, und manchmal war ihm zumute, als sei er von ihr für ewig geschieden.

Nach vierzehn Tagen hatte Lord Surbiton von Venedig genug und beschloss, längs der Küste nach Ravenna zu fahren, da er gehört hatte, es gäbe dort wundervolle Gelegenheit, Wasserhühner zu schießen. Lord Arthur weigerte sich anfangs entschieden, mitzukommen, aber Surbiton, den er sehr gernhatte, überzeugte ihn schließlich, dass er, wenn er allein bei Danieli bliebe, sich unfehlbar zu Tode mopsen würde, und so fuhren sie denn am Morgen des 15. bei einer kräftigen Nordostbrise und ziemlich rauer See ab. Die Jagd war ausgezeichnet, und das Leben in freier Luft färbte wieder Lord Arthurs Wangen; aber um den 22. herum wurde er wieder ängstlich wegen Lady Clementina, und Surbitons Gegenvorstellungen zum Trotz reiste er mit der Bahn nach Venedig zurück.

Als er vor den Stufen des Hotels aus der Gondel stieg, kam ihm der Hotelwirt mit einem Haufen Telegramme entgegen. Lort Arthur riss sie ihm aus der Hand und öffnete sie. Alles war nach Wunsch gegangen. Lady Clementina war ganz plötzlich in der Nacht des 17. gestorben.

Sein erster Gedanke galt Sybil, und er telegrafierte ihr, dass er sofort nach London zurückkehre. Dann befahl er seinem Kammerdiener, alles für den Nachtzug einzupacken, schickte dem Gondoliere etwa das Fünffache der Taxe und eilte leichtfüßig und frohen Herzens auf sein Zimmer. Dort erwarteten ihn drei Briefe. Der eine war von Sybil, voller Sympathie und Teilnahme, die anderen waren von seiner Mutter und von Lady Clementinens Anwalt. Es schien, dass die alte Dame noch am Abend mit der Herzogin gespeist hatte; sie hatte alle Welt durch ihren Witz und Geist entzückt, war aber frühzeitig nach Hause gegangen, da sie über Sodbrennen klagte. Des Morgens fand man sie tot in ihrem Bett. Sie hatte offenbar keinerlei Schmerz erduldet. Man hatte sofort nach Sir Mathew Reid geschickt, aber es war natürlich nichts mehr zu machen gewesen, und so sollte sie am 22. in Beauchamp Chalcote begraben werden. Einige Tage vor ihrem Tod hatte sie ihr Testament gemacht. Sie hinterließ Lord Arthur ihr kleines Haus in der Curzon Street mit seiner ganzen Einrichtung, mit ihrem ganzen persönlichen Besitz und allen Gemälden mit Ausnahme ihrer Miniaturensammlung, die sie ihrer Schwester, Lady Margarete Ruffort, vermachte, und ihr Amethystenkollier, das Sybil Merton erhalten sollte. Der Besitz hatte keinen großen Wert. Aber Herr Mansfield, der Anwalt, drängte, dass Lord Arthur so rasch als möglich heimkehre, da eine ganze Menge Rechnungen zu bezahlen wären, weil Lady Clementina nie rechte Ordnung in ihren Geldangelegenheiten gehalten hätte.

Lord Arthur war sehr gerührt, dass Lady Clementina so gütig seiner gedacht habe, und er fühlte, dass eigentlich nur Herr Podgers daran schuld sei. Aber seine Liebe zu Sybil brachte jedes andere Gefühl zum Schweigen, und das Bewusstsein, dass er seine Pflicht getan habe, gab ihm Ruhe und Frieden. Als er in Charing Cross ankam, fühlte er sich vollkommen glücklich. Die Mertons empfingen ihn sehr liebenswürdig. Sybil ließ sich von ihm hoch und heilig versprechen, dass er nun nichts mehr zwischen sie treten lassen würde, und die

Hochzeit wurde auf den 7. Juni festgesetzt. Das Leben schien ihm noch einmal so hell und schön und sein alter Frohsinn kehrte zurück.

Eines Tages aber ging er mit Lady Clementinens Anwalt und Sybil in das Haus in der Curzon Street. Er verbrannte Pakete vergilbter Briefe und sie kramte aus Schubladen allerhand merkwürdiges Zeug. Plötzlich schrie das junge Mädchen ganz entzückt auf.

»Was hast du gefunden, Sybil?«, sagte Lord Arthur und sah lächelnd auf.

»Diese entzückende kleine Silberbonbonniere, Arthur. Ist sie nicht reizend? Holländische Arbeit, nicht wahr? Sei so gut und gib sie mir. Ich weiß ja doch, dass mir Amethyste nicht stehen werden, ehe ich nicht über achtzig bin.«

Es war das Büchschen, in dem das Akonit gewesen war.

Lord Arthur schrak zusammen und ein schwaches Rot stieg in seine Wangen. Er hatte seine Tat schon fast völlig vergessen, und es schien ihm ein merkwürdiges Zusammentreffen, dass Sybil, um derentwillen er all die furchtbare Angst durchgemacht, nun die Erste war, die ihn an sie erinnerte.

»Natürlich kannst du es haben, Sybil. Ich habe es selbst Lady Clem geschenkt.«

»Oh, ich danke dir, Arthur. Und nicht wahr, ich darf das Bonbon auch haben? Ich wusste gar nicht, dass Lady Clementina Süßigkeiten gernhatte. Ich glaubte immer, sie sei dazu viel zu intellektuell.«

Lord Arthur wurde totenbleich und ein furchtbarer Gedanke schoss ihm durchs Gehirn.

»Ein Bonbon, Sybil – was meinst du damit?«, sagte er mit leiser, heiserer Stimme.

»Es ist nur eins im Büchschen, ein einziges. Aber es sieht schon ganz alt und staubig aus, und ich habe durchaus nicht die Absicht, es zu essen. Aber – was ist dir denn, Arthur, du bist ja ganz blass geworden?!«

Lord Arthur sprang auf und ergriff das Büchschen. Darin lag die bernsteinfarbene Kapsel mit dem Gifttropfen. Lady Clementina war also eines ganz natürlichen Todes gestorben!

Die Entdeckung warf ihn fast um. Er schleuderte die Kapsel ins Feuer und sank mit einem Schrei der Verzweiflung aufs Sofa.

V

Herr Merton war einigermaßen unwillig, als er von einer zweiten Verschiebung der Hochzeit hörte, und Lady Julia, die bereits ihre Toilette für die Hochzeit bestellt hatte, tat alles, was in ihrer Macht lag, um Sybil zur Lösung des Verlöbnisses zu bewegen. So sehr aber auch Sybil ihre Mutter liebte, sie hatte nun einmal ihr Leben in Arthurs Hände gelegt, und nichts, was Lady Julia auch sagen mochte, konnte ihren Glauben an ihn erschüttern. Lord Arthur brauchte Tage, bis er über die furchtbare Enttäuschung wegkam, und eine Zeit lang waren seine Nerven total erschöpft. Aber sein ausgezeichneter Menschenverstand machte sich bald wieder geltend, und sein gesunder, praktischer Sinn ließ ihn nicht lange darüber im Zweifel, was nun zu tun sei. Da er mit dem Gift einen so vollkommenen Misserfolg gehabt hatte, musste er jetzt die Sache offenbar mit Dynamit oder einem anderen Explosivstoff versuchen.

Er sah also nochmals die Liste seiner Freunde und Verwandten durch, und nach sorgfältiger Überlegung entschloss er sich, seinen Onkel, den Dechanten von Chichester, in die Luft zu sprengen. Der Dechant, ein hochgebildeter und sehr gelehrter Mann, war ein großer Liebhaber von Uhren und besaß eine wundervolle Uhrensammlung (vom fünfzehnten Jahrhundert bis zur Gegenwart), und Lord Arthur glaubte nun, dass dieses Steckenpferd des guten Dechanten ihm eine ausgezeichnete Gelegenheit biete, seinen Plan auszuführen. Wie und woher sich aber eine Höllenmaschine verschaffen – das war freilich eine andere Sache. Im Londoner Adressbuch fand er keine Bezugsquelle dafür angegeben, und er fühlte, dass es ihm wenig nützen würde, sich an die Polizeidirektion zu wenden, da man dort über die Bewegungen der politischen Partei, die mit Dynamit argumentierte, immer erst nach einer Explosion etwas erfuhr und auch dann noch herzlich wenig.

Plötzlich dachte er an seinen Freund Rouvaloff, einen jungen Russen von höchst revolutionärer Gesinnung, den er bei Lady Windermere im Laufe des Winters kennengelernt hatte. Es hieß, dass Graf Rouvaloff eine Geschichte Peters des Großen schreibe, und dass er nach England gekommen sei, um die Dokumente zu studieren, die sich auf den Aufenthalt des Zaren als Schiffszimmermann in diesem Land beziehen. Aber man glaubte allgemein, dass er ein nihilistischer Agent sei, und zweifellos war seine Gegenwart in London der russischen Botschaft nicht sehr angenehm. Lord Arthur fühlte, dass das gerade der Mann sei, den er brauche, und so fuhr er denn eines Morgens zu ihm nach Bloomsbury, um von ihm Rat und Hilfe zu erbitten.

»Sie wollen sich also ernstlich mit Politik beschäftigen?«, sagte Graf Rouvaloff, als Lord Arthur ihm den Zweck seines Besuchs genannt hatte. Aber Lord Arthur, der jede Prahlerei hasste, fühlte sich verpflichtet, ihm mitzuteilen, dass er nicht das geringste Interesse an sozialen Fragen habe und die Höllenmaschine bloß für eine Familienangelegenheit brauche, die nur ihn allein angehe.

Graf Rouvaloff sah ihn einige Augenblicke verblüfft an; als er aber dann merkte, dass er ganz ernsthaft blieb, schrieb er eine Adresse auf ein Stück Papier, zeichnete es mit seinen Anfangsbuchstaben und reichte es ihm dann über den Tisch hinüber.

»Die Polizei würde ein hübsches Stück Geld dafür bezahlen, diese Adresse zu erfahren, mein lieber Freund.«

»Aber sie soll sie nicht kriegen«, lachte Lord Arthur. Er schüttelte dem Russen warm die Hand, lief die Treppe hinunter und befahl, nachdem er einen Blick auf das Papier geworfen hatte, dem Kutscher, nach dem Sohoplatz zu fahren.

Dort schickte er den Wagen weg und ging die Greek Street hinunter, bis er zu einem Platz kam, der Bayles Hof genannt ist. Er ging durch den Torweg und befand sich in einer merkwürdigen Sackgasse, in der sich offenbar eine Wäscherei befand, denn ein Netzwerk von Wäscheleinen war von Haus zu Haus gespannt, und weiße Wäsche flatterte in der Morgenluft. Er ging bis zum Ende der Sackgasse und klopfte an ein kleines grünes Haus. Nach einiger Zeit, während der an jedem Fenster des Hofes ein dichter Schwarm neugieriger Gesichter erschien, wurde die Tür von einem Ausländer mit groben Zügen geöffnet, der ihn in einem sehr schlechten Englisch fragte, was er wünsche. Lord Arthur reichte ihm das Papier, das Graf Rouvaloff ihm gegeben hatte. Als der Mann es sah, verbeugte er sich tief und bat Lord Arthur, in ein sehr schäbiges Zimmer zu ebener Erde einzutreten; einige Minuten später trat geschäftig Herr Winckelkopf, wie er in England genannt wurde, ins Zimmer, mit einer sehr fleckigen Serviette um den Hals und einer Gabel in der linken Hand.

»Graf Rouvaloff hat mir eine Empfehlung an Sie gegeben«, sagte Lord Arthur mit einer leichten Verbeugung. »Und ich möchte gern in einer geschäftlichen Angelegenheit eine kurze Unterredung mit Ihnen haben. Mein Name ist Smith, Robert Smith, und ich möchte mir bei Ihnen eine Explosionsuhr verschaffen.«

»Es freut mich sehr, Sie zu sehen, Lord Arthur«, sagte der muntere kleine Deutsche lachend. »Blicken Sie nicht so bestürzt drein. Es ist meine Pflicht, jedermann zu kennen, und ich erinnere mich, Sie eines Abends bei Lady Windermere gesehen zu haben. Die Gnädige befindet sich doch hoffentlich wohl? … Wollen Sie mir nicht das Vergnügen machen, mir Gesellschaft zu leisten, indes ich mein Frühstück beende? Es gibt eine wundervolle Pastete, und meine Freunde behaupten, dass mein Rheinwein besser ist als irgendein Tropfen auf der deutschen Botschaft.«

Und ehe Lord Arthur seine Überraschung, erkannt worden zu sein, überwunden hatte, saß er schon im Hinterzimmer, schlürfte den köstlichsten Markobrunner aus einem blassgelben Römer mit dem kaiserlichen Monogramm und plauderte in der freundschaftlichsten Weise mit dem berühmten Verschwörer.

»Explosionsuhren«, sagte Herr Winckelkopf, »eignen sich nicht sehr für den Export ins Ausland. Selbst wenn es ihnen gelingt, den Zoll zu passieren, ist der Bahndienst so unregelmäßig, dass sie gewöhnlich losgehen, bevor sie ihren Bestimmungsort erreicht haben. Wenn Sie aber so etwas für den eigenen Bedarf nötig haben, kann ich mit einer ausgezeichneten Ware dienen und garantiere Ihnen, dass Sie mit der Wirkung zufrieden sein werden. Darf ich fragen, für wen das Ding bestimmt ist? Sollte es für die Polizei bestimmt sein oder für irgendjemand, der mit der Polizeidirektion in Verbindung steht, so kann ich zu meinem großen Leidwesen nichts für Sie tun. Die englischen Detektive sind in der Tat unsere besten Freunde, und ich habe immer gefunden, dass wir tun können, was wir wollen, wenn wir uns nur auf ihre Dummheit verlassen. Ich möchte keinen von ihnen missen.«

»Ich versichere Sie«, sagte Lord Arthur, »dass die Sache mit der Polizei nicht das Geringste zu schaffen hat. Die Uhr ist für den Dechanten von Chichester bestimmt.«

»O du meine Güte! Ich hätte gar nicht gedacht, dass Sie in religiösen Fragen so radikale Ansichten haben, Lord Arthur! Nur wenige junge Leute denken heute so.«

»Ich fürchte, Sie überschätzen mich, Herr Winckelkopf«, sagte Lord Arthur und errötete. »Ich kümmere mich gar nicht um theologische Dinge.«

»So handelt es sich also um eine reine Privatsache?«

»Um eine reine Privatsache!«

Herr Winckelkopf zuckte die Achseln, verließ das Zimmer und kam nach einigen Minuten zurück mit einer runden Dynamitpatrone in der Größe eines Pennystückes und einer hübschen kleinen, französischen Uhr, auf der eine vergoldete Figur der Freiheit stand, die mit dem Fuß die Hydra des Despotismus zertrat.

Lord Arthurs Gesicht leuchtete auf, als er die Uhr sah. »Das ist gerade, was ich brauche. Nun sagen Sie mir nur, wie die Geschichte losgeht.«

»Ach – das ist mein Geheimnis«, sagte Herr Winckelkopf, indem er seine Erfindung mit einem Blick berechtigten Stolzes betrachtete. »Sagen Sie mir nur, wann die Uhr explodieren soll, dann werde ich die Maschine auf die Sekunde einstellen.«

»Also heute ist Dienstag, und wenn Sie die Uhr gleich wegschicken können? …«

»Das ist unmöglich. Ich habe für einige Freunde in Moskau eine Menge wichtige Sachen zu erledigen. Aber ich kann sie morgen wegschicken.«

»Oh, das ist früh genug«, sagte Lord Arthur höflich. »Dann wird sie morgen Abend oder Donnerstag früh zugestellt. Also nehmen wir als Moment der Explosion Freitag Punkt zwölf Uhr Mittag. Um diese Stunde ist der Dechant immer zu Hause.«

»Freitagmittag«, wiederholte Herr Winckelkopf und machte eine Notiz in ein großes Hauptbuch, das auf einem Schreibtisch beim Kamin lag.

»Und nun lassen Sie mich wissen«, sagte Lord Arthur, von seinem Sitze aufstehend, »was ich Ihnen schuldig bin.«

»Es ist eine solche Kleinigkeit, Lord Arthur, dass ich nichts daran verdienen will. Das Dynamit kommt auf sieben Schilling ein Sixpence, die Uhr macht drei Pfund zehn, Emballage und Porto fünf Schilling. Es ist mir ein Vergnügen, einem Freund des Grafen Rouvaloff gefällig zu sein!«

»Und Ihre Mühe, Herr Winckelkopf?«

»Oh – durchaus nicht! Es ist mir wirklich ein Vergnügen. Ich arbeite nicht für Geld. Ich lebe nur für meine Kunst.«

Lord Arthur legte vier Pfund, zwei Schilling und sechs Pence auf den Tisch, dankte dem kleinen deutschen Herrn für seine Liebenswürdigkeit, und, nachdem es ihm gelungen war, eine Einladung zu einem kleinen Anarchistentee für den nächsten Sonnabend abzulehnen, verließ er das Haus und ging in den Park.

In den nächsten zwei Tagen war er in einem Zustand höchster Erregung, und Freitag um zwölf Uhr fuhr er in seinen Klub, um auf Nachrichten zu warten. Den ganzen Nachmittag schlug der dumme Portier Telegramme aus allen Teilen des Landes an, mit Resultaten von Pferderennen, Urteilen in Ehescheidungssachen, dem Wetterbericht und ähnlichen Dingen, während auf dem schmalen Band im Telegrafenapparat langweilige Details über eine Nachtsitzung im Unterhaus und eine kleine Panik an der Börse erschienen. Um vier Uhr kamen die Abendblätter, und Lord Arthur verschwand in der Bibliothek mit der Pall Mall, der St. James Gazette, dem Globus und dem Echo unter dem Arm, zur ungeheueren Entrüstung des Colonel Goodchild, der den Bericht über die Rede lesen wollte, die er am Morgen im Mansion House gehalten hatte – über das Thema der südafrikanischen Missionen und über die Zweckmäßigkeit schwarzer Bischöfe in jeder Provinz –, und der aus irgendeinem Grund ein tiefes Vorurteil gegen die Evening News hatte. Aber keine der Zeitungen enthielt die geringste Anspielung auf Chichester und Lord Arthur fühlte, dass das Attentat misslungen sein müsse. Das war ein furchtbarer Schlag für ihn und eine Zeit lang fühlte er sich ganz niedergedrückt. Herr Winckelkopf, den er am nächsten Tag aufsuchte, erging sich in Entschuldigungen und bot ihm zum Ersatz ganz kostenlos eine andere Uhr an oder eine Schachtel mit Nitroglyzerinbomben zum Selbstkostenpreis. Aber Lord Arthur hatte alles Vertrauen zu den Sprengstoffen verloren, und Herr Winckelkopf selbst gab zu, dass heutzutage alles so verfälscht werde, dass man selbst Dynamit kaum in gutem Zustand erhalten könne. Der kleine deutsche Herr räumte zwar ein, dass etwas in der Maschinerie nicht gestimmt haben müsse, aber er gab die Hoffnung doch nicht auf, dass die Uhr noch losgehen könnte, und zitierte als Beispiel einen Barometer, den er einmal an den Militärgouverneur von Odessa geschickt habe, und der so eingestellt worden war, dass er in zehn Tagen explodieren sollte, aber erst nach etwa drei

Monaten losging. Allerdings wurde, als das Barometer endlich losging, nur ein Hausmädchen in Stücke zerrissen, denn der Gouverneur hatte die Stadt bereits seit sechs Wochen verlassen. Aber es war dadurch doch wenigstens festgestellt, dass Dynamit als zerstörende Kraft unter der Kontrolle der Maschine ein mächtiger, wenn auch etwas unpünktlich wirkender Faktor ist. Lord Arthur war durch diese Bemerkung einigermaßen getröstet, aber auch hierin drohte ihm bald eine Enttäuschung, denn als er zwei Tage später die Treppe hinaufstieg, rief ihn die Herzogin in ihr Boudoir und zeigte ihm einen Brief, den sie eben aus dem Dechanat erhalten hatte.

»Jane schreibt entzückende Briefe«, sagte die Herzogin. »Du musst wirklich ihren letzten lesen. Er ist genauso gut wie die Romane, die wir aus der Leihbibliothek bekommen.«

Lord Arthur riss ihr den Brief aus der Hand. Er lautete folgendermaßen:

»Dechanat Chichester,
den 27. Mai.

Teuerste Tante!

Ich danke Dir vielmals für den Flanell für die Dorcas-Gesellschaft und auch für das Baumwollzeug. Ich bin ganz Deiner Meinung, dass es Unsinn ist, wenn die Leute hübsche Sachen tragen wollen, aber alle sind nun einmal heute so radikal und unreligiös, dass es ihnen schwer begreiflich zu machen ist, wie unpassend es ist, sich so zu kleiden wie die besseren Klassen. Ich weiß wirklich nicht, wohin wir noch kommen werden. Wie Papa so oft in seinen Predigten sagt: Wir leben in einer Zeit des Unglaubens.

Wir haben großen Spaß mit einer Uhr gehabt, die ein unbekannter Verehrer am letzten Donnerstag Papa geschickt hat. Sie kam in einer frankierten Holzschachtel aus London. Papa meint, der Absender müsse jemand sein, der seine bemerkenswerte Predigt: ›Ist Zügellosigkeit Freiheit?‹ gelesen hat, denn auf der Uhr steht die Figur eines Frauenzimmers, und Papa sagte, dass sie die Freiheitsmütze auf dem Kopf trage. Ich fand die Figur nicht gerade sehr passend, aber Papa sagte, sie sei historisch, und so ist wohl alles in Ordnung. Parker packte die Uhr aus und Papa stellte sie auf den Kaminsims im Bibliothekszimmer. Dort saßen wir alle Freitagvormittag, und gerade, als die Uhr zwölf schlug, hörten wir ein schnarrendes Geräusch. Eine kleine Rauchwolke kam aus dem Postament der Figur, die Göttin der Freiheit fiel herunter, und ihre Nase zerbrach am Kaminvorsetzer. Marie war ganz außer sich, aber die Sache war so komisch, dass James und ich in Lachen ausbrachen und auch Papa seinen Spaß daran hatte. Als wir die Geschichte näher untersuchten, fanden wir, dass die Uhr eine Art Weckuhr ist. Wenn man sie auf eine bestimmte Stunde einstellt und ein bisschen Schießpulver und ein Zündhütchen unter einen kleinen Hammer legt, geht sie los, wann man will. Papa sagte, sie dürfe nicht im Bibliothekszimmer bleiben, weil sie zu viel Lärm mache. So nahm sie Reinhold mit ins Schulzimmer und macht dort den ganzen Tag nichts als kleine Explosionen. Glaubst Du, dass Arthur sich über so eine Uhr als Hochzeitsgeschenk freuen würde? Ich glaube, dass diese Uhren in London jetzt in Mode sind. Papa meint, dass sie sehr viel Gutes stiften könnten, denn sie zeigten, dass die Freiheit keinen Bestand habe, sondern fallen müsse. Papa sagt, dass die Freiheit zur Zeit der französischen Revolution erfunden worden ist. Wie schrecklich! …

Ich gehe jetzt in die Dorcas-Gesellschaft, wo ich den Leuten Deinen sehr lehrreichen Brief vorlesen werde. Wie wahr, liebe Tante, ist doch Dein Gedanke, dass sie in ihrer Lebensstellung keine gut sitzenden Kleider zu tragen brauchen. Ich muss wirklich sagen, dass ihre Sorge für die Kleidung einfach unsinnig ist, da es doch so viele wichtigere Dinge gibt, sowohl in dieser Welt, wie in jener. Ich freue mich sehr, dass der geblümte Popelin so gut gehalten hat und dass Deine Spitzen nicht zerrissen sind. Ich werde jetzt die gelbe Seide tragen, die Du so lieb warst mir zu schenken – bei Bischofs am Mittwoch –, und ich glaube, sie wird sich sehr gut machen. Meinst Du, dass ich Schleifen nehmen soll oder nicht? Jennings sagt, dass jetzt alle Welt Schleifen trägt, und dass der Jupon plissiert sein müsse. Gerade hat Reinhold wieder eine Explosion gemacht, und Papa hat befohlen, dass die Uhr in den Stall geschafft wird. Ich glaube, dass Papa sie nicht mehr so gernhat wie anfangs, obwohl er sich sehr geschmeichelt fühlt, dass man ihm solch ein hübsches und geistvolles Spielzeug geschickt hat. Es zeigt eben wieder, dass die Leute seine Predigten lesen und Nutzen aus ihnen ziehen.

Papa schickt beste Grüße, ebenso James, Reinhold und Maria. Ich hoffe, dass es Onkel Cecil mit seiner Gicht besser geht und bleibe, teure Tante, Deine Dich innigst liebende Nichte

Jane Percy.

PS: Bitte sage mir Deine Meinung über die Schleifen. Jennings bleibt dabei, dass sie Mode sind.«

Lord Arthur blickte so ernst und unglücklich auf den Brief, dass die Herzogin in Lachen ausbrach.

»Mein lieber Arthur«, rief sie. »Ich werde dir nie wieder Briefe von jungen Damen zeigen. Was soll ich aber zu der Uhr sagen? Das ist ja eine großartige Erfindung, ich möchte auch so eine haben.«

»Ich halte nicht viel davon«, sagte Lord Arthur mit einem traurigen Lächeln, küsste seiner Mutter die Hand und verließ das Zimmer.

Als er oben in seinem Zimmer war, warf er sich auf das Sofa, und seine Augen füllten sich mit Tränen. Er hatte getan, was in seinen Kräften stand, um einen Mord zu begehen, aber beide Male war es ihm misslungen, und nicht durch seine Schuld. Er hatte versucht, seine Pflicht zu tun, aber es schien, als ob das Schicksal sich selbst untreu geworden wäre. Ihn bedrückte die Erkenntnis, dass gute Vorsätze nutzlos waren, dass jeder Versuch, korrekt zu sein, vergeblich war. Vielleicht wäre es besser, das Verlöbnis ein für alle Mal zu lösen? Gewiss – Sybil würde leiden, aber Leid konnte einer so edlen Natur wie der ihren nichts anhaben. Und er selbst? Es gibt immer einen Krieg, in dem ein Mann sterben kann, immer eine Sache, für die ein Mann sein Leben opfern kann, und da das Leben keine Freude mehr für ihn hatte, hatte der Tod keine Schrecken mehr für ihn. Das Schicksal sollte nur selbst sein Urteil vollziehen – er würde keinen Finger mehr rühren, ihm dabei zu helfen! …

Um halb acht kleidete er sich an und ging in den Klub. Surbiton war da mit einer Menge junger Leute und er musste mit ihnen speisen. Ihr triviales Gespräch und ihre faulen Witze interessierten ihn nicht, und als der Kaffee aufgetragen worden war, erfand er eine Verabredung, um fortzukommen. Als er den Klub verlassen wollte, übergab ihm der Portier einen Brief. Er war von Herrn Winckelkopf, der ihn einlud, ihn am nächsten Abend zu besuchen und sich einen Explosivschirm anzusehen, der losging, wenn man ihn öffnete. Es sei die allerneueste Erfindung und eben erst aus Genf gekommen. Er riss den Brief in Stücke. Er war entschlossen, keine weiteren Versuche mehr zu machen. Dann ging er hinunter zum Themse-Ufer und saß stundenlang am Fluss. Der Mond blickte durch eine Mähne lohfarbener Wolken, wie das Auge eines Löwen, und zahllose Sterne funkelten im weiten Raum wie Goldstaub, ausgestreut über eine purpurne Kuppel. Dann und wann schaukelte sich eine Barke auf dem trüben Strom und schwamm dahin mit der Flut, und die Eisenbahnsignale wechselten von Grün zu Rot, wenn die Züge ratternd über die Brücke fuhren. Nach einiger Zeit schlug es zwölf Uhr vom hohen Westminsterturm und bei jedem Ton der dröhnenden Glocke schien die Nacht zu erzittern. Dann erloschen die Eisenbahnlichter, nur eine einsame Lampe brannte weiter und glühte wie ein großer Rubin an einem Riesenmast, und der Lärm der Stadt wurde schwächer.

Um zwei Uhr stand er auf und schlenderte in Richtung Blackfriars. Wie unwirklich alles aussah! Wie in einem seltsamen Traum! Die Häuser auf der anderen Seite des Flusses schienen aus der Finsternis emporzuwachsen. Es war, als hätten Silber und Schatten die Welt neu geformt. Die mächtige Kuppel der St.-Pauls-Kirche ragte undeutlich aus der dunklen Luft auf wie eine Wasserblase.

Als er sich der Nadel der Kleopatra näherte, sah er einen Mann über die Brüstung gelehnt, und als er näher kam, blickte der Mann auf, und das Licht einer Gaslaterne fiel voll auf sein Gesicht.

Es war Herr Podgers, der Chiromant! Das fette, schlaffe Gesicht, die goldene Brille, das matte Lächeln, der sinnliche Mund waren nicht zu verkennen.

Lord Arthur blieb stehen. Eine glänzende Idee zuckte ihm durch den Kopf und leise trat er hinter Herrn Podgers. Im Nu hatte er ihn bei den Füßen gepackt und in die Themse geworfen. Ein rauer Fluch, ein hohes Aufspritzen – dann war alles still. Lord Arthur blickte ängstlich nach unten, aber er sah vom Chiromanten nichts mehr als einen hohen Hut, der sich in einem Wirbel des mondbeschienenen Wassers drehte. Nach einiger Zeit versank auch der Hut und keine Spur von Mr. Podgers war mehr sichtbar. Einen Augenblick glaubte er zu sehen, wie die dicke, unförmige Gestalt aus dem Wasser nach der Treppe bei der Brücke griff, und eine furchtbare Angst, dass wieder alles misslungen sei, überkam ihn, aber es stellte sich als eine bloße Einbildung heraus, die vorüberging, als der Mond hinter einer Wolke hervortrat. Endlich schien er die Bestimmung des Schicksals erfüllt zu haben! Ein tiefer Seufzer der Erleichterung hob seine Brust und Sybils Namen kam auf seine Lippen.

»Haben Sie etwas fallen lassen, mein Herr?«, sagte plötzlich eine Stimme hinter ihm.

Er wandte sich um und sah einen Polizisten mit einer Blendlaterne.

»Nichts von Bedeutung, Wachtmeister!«, antwortete er lächelnd, rief einen vorüberfahrenden Wagen an, sprang hinein und befahl dem Kutscher, nach dem Belgrave-Platz zu fahren.

Während der nächsten Tage schwankte er zwischen Hoffnung und Furcht. Es gab Augenblicke, in denen er fast glaubte, Herr Podgers müsse jetzt ins Zimmer treten, und dann fühlte er wieder, dass das Schicksal nicht so ungerecht gegen ihn sein könne. Zweimal ging er zur Wohnung des Chiromanten in der West Moon Street, aber er brachte es nicht über sich, die Glocke zu ziehen. Er sehnte sich nach Gewissheit und fürchtete sie gleichzeitig.

Endlich kam die Gewissheit. Er saß im Rauchzimmer seines Klubs, trank seinen Tee und hörte zerstreut zu, wie Surbiton vom letzten Couplet in der Gaiety erzählte, als der Diener mit den Abendblättern hereinkam. Er nahm die St.-James-Zeitung zur Hand und blätterte verdrossen darin, als eine merkwürdige Überschrift seinen Blick fesselte:

»Selbstmord eines Chiromanten.«

Er wurde blass vor Aufregung und begann zu lesen. Der Artikel lautete:

»Gestern früh um sieben Uhr ist der Leichnam des Herrn Septimus R. Podgers, des berühmten Chiromanten, bei Greenwich, gerade gegenüber dem Shiphotel, ans Ufer gespült worden. Der Unglückliche wurde seit einigen Tagen vermisst und in chiromantischen Kreisen war man seinetwegen in größter Besorgnis. Es ist anzunehmen, dass er infolge einer, durch Überarbeitung verursachten, geistigen Störung Selbstmord begangen hat, und in diesem Sinne hat sich auch heute Nachmittag die Totenschaukommission ausgesprochen. Mr. Podgers hatte soeben eine große Abhandlung über die menschliche Hand vollendet, die demnächst erscheinen und gewiss großes Aufsehen erregen wird. Der Verstorbene war 65 Jahre alt, und es scheint, dass er keine Verwandten hinterlassen hat.«

Lord Arthur stürzte aus dem Klub, die Zeitung noch immer in der Hand, zur großen Verwunderung des Portiers, der ihn vergeblich aufzuhalten suchte, und fuhr sofort nach Park-Lane. Sybil sah ihn vom Fenster aus kommen, und eine innere Stimme sagte ihr, dass er gute Nachrichten bringe. Sie lief hinunter, ihm entgegen, und als sie sein Gesicht sah, wusste sie, dass alles gut stünde.

»Meine liebe Sybil«, rief Lord Arthur. »Wir heiraten morgen!«

»Du dummer Bub – die Hochzeitskuchen sind ja noch nicht einmal bestellt!«, sagte Sybil und lachte unter Tränen.

VI

Als drei Wochen später die Hochzeit stattfand, war St. Peter gedrängt voll von einer wahren Horde eleganter Leute. Der Dechant von Chichester vollzog die heilige Handlung in eindrucksvollster Weise, und alle Welt war einig, dass man nie ein hübscheres Paar gesehen habe als die Braut und den Bräutigam. Aber sie waren mehr als hübsch, denn sie waren glücklich. Keinen Augenblick bedauerte Lord Arthur, was er um Sybils willen alles erlitten hatte, während sie ihrerseits ihm das Beste gab, was eine Frau einem Mann geben kann: Anbetung, Zärtlichkeit und Liebe. Für sie beide hatte die Realität des Lebens seine Romantik nicht getötet. Sie fühlten sich immer jung.

Einige Jahre später, als ihnen bereits zwei schöne Kinder geboren worden waren, kam Lady Windermere zu Besuch nach Alton Priory, einem entzückenden alten Schloss, das der Herzog seinem Sohn zur Hochzeit geschenkt hatte. Und als sie eines Nachmittags mit Lady Arthur unter einer Linde im Garten saß und zusah, wie das Bübchen und das kleine Mädchen gleich munteren Sonnenstrahlen auf dem Rosenweg spielten, nahm sie plötzlich die Hände der jungen Frau in die ihren und sagte:

»Sind Sie glücklich, Sybil?«

»Teuerste Lady Windermere, natürlich bin ich glücklich. Sind Sie es nicht?«

»Ich habe keine Zeit, glücklich zu sein, Sybil. Ich habe immer den letzten Menschen gern, den man mir vorstellt. Aber gewöhnlich habe ich gleich von den Leuten genug, wenn ich sie näher kennenlerne.«

»Ihre Löwen genügen Ihnen also nicht mehr, Lady Windermere?«

»O Gott, nein. Löwen sind höchstens gut für eine Saison. Sind einmal ihre Mähnen geschnitten, sind sie die dümmsten Wesen auf Erden. Überdies benehmen sie sich meist sehr schlecht, wenn man nett zu ihnen ist. Erinnern Sie sich noch an den grässlichen Herrn Podgers? Er war ein schrecklicher Schwindler. Natürlich ließ ich mir nichts merken, und selbst wenn er Geld von mir borgte, verzieh ich ihm – nur, dass er mir den Hof machte, konnte ich nicht vertragen. Er hat es tatsächlich so weit gebracht, dass ich die Chiromantie hasse. Ich schwärme jetzt für Telepathie – das ist viel amüsanter.«

»Sie dürfen hier nichts gegen die Chiromantie sagen, Lady Windermere. Das ist der einzige Gegenstand, auf den Arthur nichts kommen lässt. Ich versichere Ihnen, dass es ihm damit vollkommen ernst ist.«

»Sie wollen doch damit nicht etwa sagen, dass er wirklich daran glaubt, Sibyl?«

»Fragen Sie ihn doch selbst, Lady Windermere – da ist er.« Lord Arthur kam den Garten herauf mit einem großen Strauß gelber Rosen in der Hand und seine zwei Kinder umtanzten ihn.

»Lord Arthur!«

»Ja, Lady Windermere.«

»Wollen Sie mir wirklich einreden, dass Sie an Chiromantie glauben?«

»Ganz gewiss glaube ich daran!«, antwortete der junge Mann lächelnd.

»Aber warum denn?«

»Weil ich der Chiromantie das ganze Glück meines Lebens verdanke«, murmelte er und warf sich in einen Korbsessel.

»Was verdanken Sie ihr, lieber Lord Arthur?«

»Sybil«, antwortete er und überreichte seiner Frau die Rosen und schaute in ihre blauen Augen.

»Was für ein Unsinn!«, rief Lady Windermere. »Ich habe in meinem ganzen Leben noch nicht solchen Unsinn gehört.«

Das Gespenst von Canterville

Eine hylo-idealistische Novelle

I

Als Hiram B. Otis, der amerikanische Botschafter, Schloss Canterville kaufte, sagte man allgemein, dass er eine sehr große Dummheit begehe, denn es sei kein Zweifel, dass es im Schloss spuke. Lord Canterville selbst, der ein Mann von peinlichem Ehrgefühl war, hielt es für seine Pflicht, diese Tatsache Herrn Otis gegenüber zu erwähnen, als sie über die Kaufbedingungen sprachen. »Wir selbst haben das Schloss nicht mehr bewohnt«, sagte Lord Canterville, »seit meine Großtante, die verwitwete Herzogin von Bolton, einen furchtbaren Nervenanfall erlitt, von dem sie sich nie mehr recht erholt hat, weil zwei Totenhände sich ihr auf die Schulter legten, als sie sich eben zum Diner ankleiden wollte. Ich fühle mich verpflichtet, Ihnen zu sagen, Herr Otis, dass das Gespenst tatsächlich von mehreren lebenden Mitgliedern meiner Familie gesehen worden ist, ebenso auch vom Pfarrer der Gemeinde, dem Reverend Augustus Dampier, der Mitglied des King's College in Cambridge ist. Nach dem unglückseligen Ereignis mit der Herzogin wollte keiner unserer jüngeren Dienstboten bei uns bleiben, und meine Frau konnte sehr oft bei Nacht kaum schlafen wegen der geheimnisvollen Laute, die aus dem Korridor und der Bibliothek kamen.«

»Mylord«, antwortete der Gesandte. »Ich übernehme die Einrichtung und das Gespenst zum Taxwert. Ich komme aus einem modernen Land, wo man alles haben kann, was für Geld zu kaufen ist. Und da unsere jungen Leute sehr flink und unternehmungslustig sind und Ihnen Ihre besten Schauspielerinnen und Primadonnen entführen, so nehme ich an, dass, wenn es wirklich so etwas wie ein Gespenst in Europa gäbe, wir es schon längst bei uns zu Hause entweder in einem Museum oder in einer Schaubude haben würden.«

»Ich fürchte, dass das Gespenst existiert«, sagte Lord Canterville lächelnd. »Wenn es auch den Lockungen Ihrer unternehmenden Impresarios noch entgangen ist, so ist es doch seit drei Jahrhunderten wohlbekannt, seit dem Jahre 1584 nämlich, und es erscheint immer, ehe ein Mitglied unserer Familie stirbt.«

»Das pflegt der Hausarzt auch zu tun, Lord Canterville! Es gibt keine Gespenster, und ich glaube auch nicht, dass zugunsten der englischen Aristokratie die Naturgesetze aufgehoben werden!«

»Sie sind offenbar sehr aufgeklärt in Amerika«, antwortete Lord Canterville, der die letzte Bemerkung des Herrn Otis nicht ganz verstanden hatte. »Und wenn ein Gespenst im Haus Sie weiter nicht stört, ist ja alles in Ordnung. Nur bitte ich Sie, nicht zu vergessen, dass ich Sie gewarnt habe.«

Einige Wochen später war der Kauf perfekt, und am Ende der Saison bezog der Botschafter mit seiner Familie das Schloss Canterville. Frau Otis, die als Fräulein Lukretia R. Tappan (West 53. Straße) eine berühmte New Yorker Schönheit gewesen war, war nun eine recht hübsche Frau in den besten Jahren, mit klugen Augen und einem prächtigen Profil. Viele amerikanische Damen nehmen, wenn sie ihr Heimatland verlassen, den Schein chronischer Kränklichkeit an, weil sie glauben, das sei eine Art europäischer, verfeinerter Kultur. Mrs. Otis jedoch war nie in diesen Irrtum verfallen. Sie erfreute sich einer ausgezeichneten Gesundheit und war voll frischer Lebenskraft. In vieler Hinsicht war sie ganz und gar englisch, und sie bot ein ausgezeichnetes Beispiel für die Tatsache, dass wir wirklich heute mit Amerika alles gemeinsam haben, natürlich mit Ausnahme der Sprache. Ihr ältester Sohn, den die Eltern in einem Anfall von Patriotismus Washington getauft hatten, was er immer lebhaft bedauerte, war ein blondhaariger, nett aussehender junger Mann, der seine Eignung für den amerikanischen diplomatischen Dienst dadurch bewiesen hatte, dass er in drei aufeinanderfolgenden Saisons den Kotillon im New-Port-Kasino angeführt hatte, und der selbst in London als ausgezeichneter Tänzer bekannt war. Gardenien und der Pairskalender waren seine einzige Schwäche. Sonst war er außerordentlich vernünftig. Miss Virginia E. Otis war ein junges Mädchen von fünfzehn Jahren, schlank und reizend wie ein Reh und mit einer schönen Offenheit in den großen blauen Augen. Sie war eine wundervolle Reiterin und war einmal mit dem alten Lord Bilton auf ihrem Pony um die Wette geritten, zweimal rund um den Park; sie hatte das Rennen mit anderthalb Pferdelängen gewonnen, gerade gegenüber der Achillesstatue, zum großen Entzücken des jungen Herzogs von Cheshire, der auf der Stelle um sie anhielt und in derselben Nacht, in Tränen gebadet, von seinen Vormündern nach Eton zurückgeschickt wurde. Nach Virginia kamen die Zwillinge, die man gewöhnlich das »Sternenbanner« nannte, weil sie sich bei ihren Raufereien immer gegenseitig hin- und herschwenkten. Es waren entzückende Jungens und, mit Ausnahme des würdigen Botschafters selbst, die einzig wahren Republikaner in der Familie.

Da das Schloss Canterville sieben Meilen von Ascot, der nächsten Eisenbahnstation, entfernt liegt, hatte Herr Otis nach dem Wagen telegrafiert, und sie fuhren in bester Laune ab. Es war ein herrlicher Juliabend und die Luft war geschwängert von dem Duft der Fichtenwälder. Dann und wann hörte man eine Holztaube, die sich an ihrer eigenen süßen Stimme ergötzte, oder man sah tief im rauschenden Farn die glänzende Brust eines Fasans. Kleine Eichhörnchen blinzelten von den Buchen herunter, als sie vorbeifuhren, und die Kaninchen rannten durch das Unterholz davon, über die moosigen Wurzeln, die weißen Schweifchen in der Luft. Als der Wagen in die Schlossallee einbog, bedeckte sich der Himmel plötzlich mit Wolken, eine merkwürdige Stille lag mit einem Mal in der Luft. Ein großer Schwarm Krähen flog schweigend über die Häupter der Familie hinweg, und ehe sie das Haus erreichten, fielen einige schwere Regentropfen.

An der Treppe stand eine alte Frau, um die Herrschaften zu empfangen, sauber in schwarze Seide gekleidet, mit einem weißen Häubchen und einer Schürze. Das war Frau Umney, die Haushälterin, die Frau Otis auf Lady Cantervilles inständige Bitten in ihrer früheren Stellung belassen hatte. Sie machte vor den Ankommenden einen tiefen Knicks und sagte in wunderlicher, altmodischer Art: »Ich biete Ihnen auf Canterville den Willkomm.« Sie folgten ihr und gingen durch die schöne Tudorhalle in die Bibliothek, einen langen, niedrigen, mit schwarzem Eichenholz getäfelten Raum, an dessen Ende sich ein großes Fenster aus buntem Glas befand. Hier war zum Tee für sie gedeckt, und, nachdem sie ihre Überkleider abgelegt hatten, setzten sie sich und begannen sich umzuschauen, während Frau Umney sie bediente.

Plötzlich erblickte Frau Otis einen tiefroten Fleck auf dem Fußboden, gerade vor dem Kamin, und ohne daran zu denken, was der Fleck bedeute, sagte sie zu Frau Umney: »Ich glaube fast, hier ist etwas vergossen worden.«

»Ja, gnädige Frau«, antwortete die alte Haushälterin mit leiser Stimme. »Blut ist an dieser Stelle vergossen worden.«

»Wie schrecklich«, rief Frau Otis. »Ich mag aber keinen Blutfleck in meinem Wohnzimmer. Der Fleck muss sofort entfernt werden!«

Die alte Frau lächelte und antwortete mit derselben geheimnisvollen Stimme: »Es ist das Blut von Lady Eleonore Canterville, die auf dieser Stelle hier von ihrem eigenen Gatten, Sir Simon de Canterville, im Jahre 1575 ermordet wurde. Sir Simon überlebte sie noch um neun Jahre und verschwand dann plötzlich unter sehr merkwürdigen Umständen. Sein Leichnam ist nie gefunden worden, aber sein schuldiger Geist spukt noch im Schloss. Der Blutfleck ist von Touristen und anderen Leuten viel bewundert worden und kann nicht entfernt werden.«

»Das ist ja alles Unsinn!«, rief Washington Otis. »Pinkertons patentiertes Steinputzmittel und Universal-Flecken-Reiniger werden damit sofort fertig werden.« Und ehe es die entsetzte Haushälterin verhindern konnte, lag er schon auf den Knien und rieb eifrig den Boden mit einem kleinen Stift, der aussah wie eine schwarze Seife. Einige Augenblicke später war keine Spur des Blutflecks mehr zu sehen.

»Ich wusste ja, Pinkerton würde seine Schuldigkeit tun!«, rief er triumphierend und sah sich im Kreise der bewundernden Familie um. Aber kaum hatte er die Worte gesprochen, als ein furchtbarer Blitz das dunkle Zimmer erhellte, und ein schrecklicher Donnerkrach sie alle aufschreckte. Frau Umney fiel in Ohnmacht.

»Welch ein schauerliches Klima!«, sagte der amerikanische Botschafter ruhig und zündete eine lange Zigarre an. »Ich fürchte fast, die Alte Welt ist so übervölkert, dass es hier nicht genug anständiges Wetter für jeden gibt. Ich war immer der Meinung, dass Auswandern das einzige ist, was ihr übrig bleibt!«

»Mein teurer Hiram«, sagte Frau Otis, »was kann man mit einem Frauenzimmer anfangen, das in Ohnmacht fällt?«

»Mach ihr dafür einen Lohnabzug wie für zerbrochenes Glas«, sagte der Botschafter. »Du wirst sehen, dann wird sie nicht mehr in Ohnmacht fallen.« Einige Augenblicke später kam Frau Umney wieder zu sich. Sie war zweifellos außerordentlich aufgeregt und warnte Herrn Otis vor einem Unglück, das über das Haus kommen müsse.

»Ich habe mit meinen Augen Dinge gesehen, dass die Haare jedes Christenmenschen zu Berge stehen würden, und viele, viele Nächte hindurch habe ich kein Auge geschlossen wegen der schrecklichen Dinge, die sich hier abspielen.« Aber Herr Otis und seine Gattin versicherten der ehrlichen Seele, dass sie sich vor Gespenstern gar nicht fürchteten, und nachdem die Haushälterin den Segen der Vorsehung auf ihre neue Herrschaft herabgefleht und wegen Erhöhung ihres Gehaltes einiges gesprochen hatte, schlich sie wankend auf ihr Zimmer.

II

Der Sturm wütete furchtbar die ganze Nacht hindurch, aber es ereignete sich nichts Besonderes. Als die Herrschaften aber am nächsten Morgen zum Frühstück herunterkamen, fanden sie den schrecklichen Blutflecken wieder auf dem Boden. »Pinkertons Fleckenreiniger kann unmöglich schuld daran sein«, sagte Washington. »Denn ich habe ihn wiederholt erprobt, da muss das Gespenst dahinterstecken.« Er rieb also den Fleck ein zweites Mal fort, aber am nächsten Morgen war er wieder da. So auch am dritten Morgen, obwohl Herr Otis selbst die Bibliothek am Abend zugeschlossen und den Schlüssel mitgenommen hatte. Die ganze Familie interessierte sich jetzt für den Fall. Herr Otis begann anzunehmen, dass er doch wohl die Existenz von Gespenstern zu schroff geleugnet habe. Frau Otis sprach die Absicht aus, Mitglied der Psychischen Gesellschaft zu werden, und Washington schrieb einen langen Brief an die Herren Myers und Podmore über die Wiederkehr blutiger Flecke, wenn sie mit einem Verbrechen in Zusammenhang stehen. In der folgenden Nacht wurden alle Zweifel über die tatsächliche Existenz von Phantomen endgültig beseitigt.

Der Tag war warm und sonnig gewesen und in der Abendkühle fuhr die ganze Familie aus. Sie kamen erst um neun Uhr nach Hause und nahmen ein leichtes Abendbrot ein. Das Gespräch berührte Gespenster in keinerlei Weise, sodass nicht einmal die primären Bedingungen empfänglicher Erwartung gegeben waren, die sehr oft dem Erscheinen psychischer Phänomene vorangehen. Die Gesprächsstoffe waren, wie ich später von Herrn Otis selbst gehört habe, durchgängig die gleichen wie in der gewöhnlichen Konversation gebildeter Amerikaner der besseren Klasse, so zum Beispiel die riesige Überlegenheit von Miss Fanny Davenport über Sarah Bernhard als Schauspielerin; die Schwierigkeit, selbst in den besten englischen Häusern Buchweizenkuchen und Maisbrei zu erhalten; die Bedeutung von Boston für die Entwicklung der Weltseele; die Vorzüge der Rundreisebilletts und die Feinheit des New Yorker Akzents im Vergleich zu dem schleppenden Londoner Dialekt. Übernatürliches wurde mit keiner Silbe erwähnt, und niemand fiel es ein, auf Sir Simon de Canterville in irgendeiner Weise anzuspielen. Um elf Uhr zog sich die Familie zurück und um halb zwölf waren alle Lichter ausgelöscht. Einige Zeit später wurde Herr Otis durch ein merkwürdiges Geräusch im Korridor vor seiner Tür geweckt. Es klang wie ein Klirren von Metall und schien mit jedem Augenblick näher zu kommen. Er stand sofort auf, zündete ein Streichhölzchen an und schaute auf die Uhr. Es war gerade ein Uhr. Er war ganz ruhig und fühlte nach seinem Puls, der durchaus nicht beschleunigt war. Das merkwürdige Geräusch dauerte fort und gleichzeitig hörte er deutlich den Schall von Tritten. Er schlüpfte in seine Pantoffel, nahm ein langes, schmales Fläschchen aus seinem Toilettenkasten und öffnete die Tür. Sich gerade gegenüber sah er im blassen Mondlicht einen alten Mann von schrecklichem Aussehen. Seine Augen waren wie rot glühende Kohlen, langes graues Haar fiel in wirren Strähnen über seine Schultern, seine Kleider von uraltem Schnitt waren schmutzig und zerrissen, und von seinen Hand- und Fußgelenken hingen schwere rostige Fesseln.

»Mein werter Herr«, sagte Herr Otis. »Ich muss Sie dringend bitten, Ihre Ketten zu ölen und habe zu diesem Zweck eine kleine Flasche von Tammanys Aurora-Haaröl mitgebracht. Man behauptet, dass es schon bei einmaliger Anwendung wirke, und auf dem Umschlag finden Sie eine ganze Reihe beglaubigter Atteste von unseren bedeutendsten einheimischen Geistlichen. Ich lege Ihnen das Fläschchen hier zu dem Leuchter und werde Ihnen mit Vergnügen mehr davon liefern, wenn Sie es benötigen.« Mit diesen

Worten legte der Botschafter der Vereinigten Staaten das Fläschchen auf einen Marmortisch, schloss die Tür wieder und ging zur Ruhe.

Einen Augenblick stand das Gespenst von Canterville bewegungslos da, in erklärlicher Entrüstung. Dann warf es die Flasche wütend auf den glatten Boden, floh den Korridor hinunter, stieß dumpfe Seufzer aus und verbreitete ein geisterhaftes, grünes Licht. Und gerade als es die große Eichentreppe erreichte, flog eine Tür auf, zwei kleine weiß gekleidete Wesen erschienen, und ein großes Kissen sauste knapp an seinem Kopf vorüber. Es war offenbar keine Zeit zu verlieren, und so nahm er rasch seine Zuflucht zur vierten Dimension und verschwand durch das Getäfel, und das Haus wurde wieder vollkommen ruhig.

Nachdem es ein kleines verborgenes Zimmer im linken Flügel erreicht hatte, lehnte es sich gegen einen Mondstrahl, um wieder zu Atem zu kommen, und dann begann es seine Lage zu überdenken. Niemals in einer glänzenden und ununterbrochenen Laufbahn von dreihundert Jahren war es so tief beleidigt worden. Es dachte an die Herzogin-Witwe, die es so furchtbar erschreckt hatte, als sie in Spitzen und Diamanten vor dem Spiegel stand; es dachte an die vier Hausmädchen, die hysterische Krämpfe bekommen hatten, als es sie bloß durch die Vorhänge eines der Fremdenzimmer angrinste; es dachte an den Pfarrer des Kirchspiels, dessen Kerze es einmal ausgeblasen hatte, als er eines Nachts spät aus der Bibliothek kam und der seitdem in der Behandlung Sir William Gulls stand, ein hilfloses Opfer nervöser Störungen; es dachte an die alte Madame de Tremouillac, die, als sie eines Morgens aufwachte und sah, wie ein Skelett im Lehnstuhl am Kamin saß und ihr Tagebuch las, durch einen Anfall von Gehirnentzündung sechs Wochen ans Bett gefesselt war, nach ihrer Genesung sich mit der Kirche aussöhnte und jede Verbindung mit dem notorisch skeptischen Herrn von Voltaire abbrach. Es erinnerte sich an jene furchtbare Nacht, als der böse Lord Canterville in seinem Ankleidezimmer gefunden wurde, nach Atem ringend und den Karobuben in der Kehle, und wie er, kurz bevor er starb, beichtete, dass er Charles James Fox mit ebendieser Karte um fünfzigtausend Pfund im Spiel betrogen habe, und schwur, dass das Gespenst ihn gezwungen habe, sie zu verschlucken. Alle seine Großtaten fielen ihm jetzt ein, angefangen vom Haushofmeister, der sich in der Speisekammer erschoss, weil er sah, wie eine grüne Hand ans Fenster klopfte, bis zur schönen Lady Stutfield, die immer ein schwarzes Samtband um den Hals tragen musste, um die Spur von fünf Fingern, die dort in ihre weiße Haut gebrannt waren, zu verbergen, und die sich schließlich im Karpfenteich am Ende der Königsallee ertränkte. Mit dem enthusiastischen Egoismus des wahren Künstlers ging es alle seine berühmten Leistungen durch, und lächelte bitter, als es sich seiner letzten Erscheinung als »Roter Ruben oder der erwürgte Säugling«, seines Debüts als »der hagere Gibeon, der Blutsauger von Bexley Moor« erinnerte, und als es an das Furore dachte, das es eines wundervollen Juniabends erregte, bloß weil es mit seinen eigenen Knochen auf dem Tennisplatze Kegel spielte. Und nun, nach alldem, kamen die verfluchten Amerikaner und boten ihm Aurora-Haaröl an und warfen ihm Kopfkissen an den Schädel. Es war ein ganz unerträglicher Zustand – zumal noch nie ein Gespenst so behandelt worden war. So beschloss es, sich zu rächen und verblieb bis zum Morgengrauen in der Pose tiefen Nachdenkens.

III

Als sich die Familie Otis am nächsten Morgen beim Frühstück traf, besprach man die Erscheinung des Geistes sehr ausführlich. Der Botschafter der Vereinigten Staaten hatte sich natürlich ein bisschen geärgert, als er sein Geschenk verschmäht sah. »Ich wünsche nicht«, sagte er, »dass das Gespenst irgendwie beleidigt wird, und muss sagen, dass ich, wenn ich bedenke, wie lang es schon im Haus ist, es nicht sehr höflich finde, ihm Kissen an den Kopf zu werfen« – eine sehr richtige Bemerkung, die aber, zu meinem Leidwesen muss ich sagen, die Zwillinge nur zu lautem Lachen reizte. »Andererseits«, fuhr er fort, »werden wir wohl gezwungen sein, wenn es wirklich das Aurora-Haaröl nicht benutzen will, ihm seine Ketten wegzunehmen. Es ist ganz unmöglich, zu schlafen, wenn vor dem Schlafzimmer so ein Spektakel herrscht.«

Den Rest der Woche blieben sie übrigens ungestört, und die einzige Sache, die ihre Aufmerksamkeit erregte, war die stete Wiederkehr des Blutflecks auf dem Fußboden der Bibliothek. Das war umso sonderbarer, als Herr Otis jede Nacht die Tür verschloss und die Fenster sorgfältig verriegelte. Auch die chamäleonartige Farbe des Flecks veranlasste vielerlei Kommentare; an manchem Morgen war er von einem tiefen, fast indischen Rot, dann wieder Karminrot, dann von einem satten Purpur, und als sie eines Tages herunterkamen, um nach dem schlichten Ritus der Freien Amerikanischen Reformierten Bischöflichen Kirche die Morgenandacht zu halten, fanden sie den Fleck in einem tiefen Smaragdgrün. Dieser kaleidoskopische Wechsel unterhielt die Familie natürlich sehr und jeden Abend wurden Wetten daraufhin abgeschlossen. Die Einzige, die an dem Spaß nicht teilnahm, war die kleine Virginia, die aus irgendeinem unerklärlichen Grund beim Anblick des Blutfleckes immer einigermaßen erregt war und morgens, als er smaragdgrün war, fast zu weinen begann.

Zum zweiten Mal erschien das Gespenst eines Sonntags Nacht. Kurz nachdem alle zu Bett gegangen waren, wurden sie plötzlich durch einen furchtbaren Krach in der Halle aufgeschreckt. Sie stürzten die Treppe hinunter und fanden, dass eine schwere alte Rüstung sich von ihrem Platz gelöst hatte und auf die Steinfliesen gefallen war. In einem hochlehnigen Stuhl aber saß das Gespenst von Canterville und rieb sich die Knie, einen Ausdruck heftigen Schmerzes im Gesicht. Die Zwillinge hatten nämlich ihre Blasrohre mitgebracht und sofort zwei Schrotkörner auf den Geist mit einer Treffsicherheit abgeschossen, die nur durch lange und sorgfältige Übung an einem Schreiblehrer gewonnen werden kann. Der Botschafter der Vereinigten Staaten aber legte den Revolver auf ihn an und forderte ihn nach guter kalifornischer Sitte auf, die Hände hoch zu halten. Der Geist sprang mit einem wilden Wutschrei empor und fegte wie ein Nebel an ihnen vorüber, wobei er Washington Otis' Kerze auslöschte und sie alle in tiefer Finsternis zurückließ. Als er oben auf der Treppe war, erholte er sich und beschloss, seine berühmt gewordene dämonische Lache anzuschlagen. Bei mehr als einer Gelegenheit hatte sie sich ihm nämlich schon als sehr nützlich erwiesen. Man erzählte sich, dass sie Lord Rakers Perücke in einer Nacht gebleicht habe, und Tatsache war, dass drei von Lady Cantervilles französischen Gouvernanten ihretwegen vorzeitig gekündigt hatten. Er lachte also sein schreckliches Lachen, dass das alte Gewölbe wider- und widerhallte. Kaum aber hatte sich das furchtbare Echo verloren, als sich die Tür öffnete und Frau Otis in einem lichtblauen

Schlafrock erschien. »Ich fürchte, Ihnen ist nicht ganz wohl«, sagte sie. »Ich habe Ihnen darum eine Flasche von Doktor Dobells Tinktur mitgebracht. Wenn Sie Leibschmerzen haben, wird die sicherlich helfen.« Der Geist blickte sie wütend an und begann sofort seine Vorbereitungen zu treffen, um sich in einen großen schwarzen Hund zu verwandeln, eine Leistung, deretwegen er mit Recht berühmt war und der der Hausarzt immer die unheilbare Verstandesschwäche von Lady Cantervilles Onkel, des ehrenwerten Thomas Horton, zuschrieb. Der Schall sich nähernder Schritte aber ließ ihn sein furchtbares Vorhaben nicht ausführen, und so begnügte er sich damit, schwach zu phosphoreszieren. Er verschwand mit einem tiefen Kirchhofstöhnen, gerade, als die Zwillinge auf ihn zukamen.

Als er auf sein Zimmer kam, brach er völlig zusammen und wurde die Beute heftigster Gemütsbewegung. Die Pöbelhaftigkeit der Zwillinge, der krasse Materialismus von Frau Otis waren ihm natürlich sehr peinlich – was ihn aber am meisten bekümmerte, war, dass er nicht mehr imstande gewesen war, den Kettenpanzer zu tragen. Er hatte gehofft, dass selbst moderne Amerikaner beim Anblick eines Gespenstes in Rüstung erschauern würden, wenn aus keinem anderen vernünftigen Grund, so doch mindestens aus Respekt für ihren Nationaldichter Longfellow, über dessen graziösen, anziehenden Versen er selbst manche langweilige Stunde verbracht hatte, wenn die Cantervilles in der Stadt waren. Überdies war es seine eigene Rüstung. Er hatte sie mit großem Erfolg im Kennilworth-Turnier getragen und die jungfräuliche Königin selbst hatte ihn dazu beglückwünscht. Als er sie aber heute angelegt hatte, war er völlig von dem Gewicht des schweren Brustpanzers und des Stahlhelmes niedergedrückt worden und war hart auf das Steinpflaster aufgeschlagen, wobei er sich beide Knie zerschunden und sich die Knöchel der rechten Hand gebrochen hatte.

Einige Tage lang war er vollkommen krank und verließ sein Zimmer nur, um den Blutfleck wieder sauber herzustellen. Aber er genas, da er sich sehr schonte, und beschloss nun, einen dritten Versuch zu machen, um den Botschafter der Vereinigten Staaten und seine Familie zu erschrecken. Er wählte Freitag, den 17. August, für sein Erscheinen und verbrachte den größten Teil des Tages damit, seine Garderobe durchzusehen. Endlich entschloss er sich zu einem großen Schlapphut mit einer roten Feder, hüllte sich vom Hals bis zu den Knöcheln in ein wallendes Leichentuch und nahm einen rostigen Dolch. Gegen Abend kam ein heftiger Regensturm auf, und der Wind war so stark, dass alle Fenster und Türen im alten Haus rasselten und klirrten. Das war just das Wetter, das er liebte. Sein Aktionsplan war folgender: Er wollte ruhig in Washington Otis' Zimmer gehen, ihn vom Fußende seines Bettes aus anrufen und sich dann zu den Klängen einer leisen Musik dreimal den Dolch in den Hals stoßen. Er hegte gegen Washington einen besonderen Groll, weil er wusste, dass er es war, der den berühmten Canterville-schen Blutfleck mit Pinkertons Fleckenreiniger bearbeitete. Hatte er dann den tollköpfigen und leichtsinnigen Menschen in einen Zustand abgründigen Schreckens versetzt, wollte er in das Zimmer gehen, das der Botschafter der Vereinigten Staaten mit seiner Frau bewohnte. Dort wollte er seine kaltfeuchte Hand auf Frau Otis' Stirn legen, während er ihrem zitternden Gatten die schrecklichen Geheimnisse des Beinhauses ins Ohr flüsterte. Was die kleine Virginia betraf, so war er noch nicht ganz entschlossen. Sie hatte ihn nie besonders beleidigt und war hübsch und nett. Einige tiefe Seufzer aus dem Kleiderschrank würden, dachte er, mehr als genug sein, und wenn sie dabei nicht erwachte, so könnte er ja noch mit zuckenden Fingern nach der Bettdecke grapschen. Den Zwillingen aber war er entschlossen, eine ordentliche Lektion zu erteilen. Zunächst wollte er sich natürlich auf ihre Brust setzen, um ihnen das schreckliche Gefühl des Albdrückens beizubringen. Dann wollte er, da ihre Betten ganz dicht beieinanderstanden, sich zwischen sie stellen, in Form eines grünen eiskalten Leichnams, bis die Furcht sie lähmte, und schließlich war es seine Absicht, das Leichentuch abzuwerfen, um mit weißen gebleichten Knochen und rollendem Auge im Zimmer umherzuhuschen, etwa in der Art des »Stummen Daniel, oder des Skeletts des Selbstmörders« – einer Rolle, die er mehr als einmal mit großem Erfolg durchgeführt hatte, und die er für ganz ebenso gut hielt wie seine berühmte Rolle »Martin der Wahnsinnige, oder das Geheimnis mit der Larve«.

Um halb elf Uhr hörte er, wie die Familie zu Bett ging. Eine Zeit lang beunruhigte ihn noch das wilde Gelächter der Zwillinge, die sich offenbar mit der leichtherzigen Fröhlichkeit von Schuljungen vergnügten, ehe sie Ruhe fanden. Aber ein Viertel nach elf war alles still, und als es Mitternacht schlug, machte er sich auf den Weg. Die Eule schrie vor den Fensterläden, die Raben krächzten auf dem alten Taxusbaum, und der Wind wanderte seufzend um das Haus wie eine verlorene Seele – die Familie Otis aber schlief unbekümmert um ihr Schicksal, und Regen und Sturm übertönten das regelmäßige Schnarchen des Botschafters der Vereinigten Staaten. Der Geist trat verstohlen aus der Täfelung mit einem bösen Lächeln um seinen grausamen, runzligen Mund, der Mond verbarg sein Antlitz in einer Wolke, als er am großen Erkerfenster vorüberschlich, wo sein eigenes Wappen und das seines gemordeten Weibes in Gold und Blau schimmerten. Weiter und weiter glitt er wie ein böser Schatten, und die Finsternis selbst schien ihm voll Ekel auszuweichen, wenn er vorbeischritt. Einmal glaubte er, dass ihn jemand rief und blieb stehen; aber es war bloß das Bellen eines Hundes in der Roten Meierei, und er ging weiter und murmelte seltsame Flüche aus dem sechzehnten Jahrhundert. Dann und wann schwang er seinen rostigen Dolch in der mitternächtlichen Stille. Endlich erreichte er die Ecke der Galerie, wo das Zimmer des unglückseligen Washington lag. Einen Augenblick blieb er stehen. Der Wind ließ ihm seine langen grauen Locken ums Haupt flattern und warf das grauenhafte Leichentuch des toten Mannes in grotesk fantastische Falten. Dann schlug die Uhr ein Viertel, und er fühlte, dass seine Zeit gekommen sei. Er lächelte innerlich und ging um die Ecke; aber kaum hatte er dies getan, da taumelte er mit einem jammervollen Schreckensruf zurück und verbarg sein bleiches Gesicht in den langen Knochenhänden. Ihm gerade gegenüber stand ein schreckliches Gespenst, bewegungslos wie ein Standbild und hässlich wie der Traum eines Irren. Sein Kopf war kahl und glänzend, sein Gesicht war rund, fett und weiß, und ein hässliches Lachen schien auf seinen Zügen zu einem ewigen Grinsen erstarrt zu sein. Aus den Augen schossen Strahlen eines scharlachroten Lichtes, der Mund glich einem tiefen Feuerschlund, und ein gräuliches Gewand, dem seinen gleich, verbarg in schweigendem Schnee die gigantische Gestalt. An seiner Brust war ein Plakat mit merkwürdigen, altertümlichen Schriftzügen befestigt, offenbar eine Schandrolle, die Aufzählung wilder Sünden, eine schreckliche Liste von Verbrechen. In der rechten Hand hielt er einen krummen Säbel aus funkelndem Stahl hoch erhoben.

Da er noch niemals ein Gespenst gesehen hatte, war er natürlich furchtbar erschrocken, und nach einem zweiten hastigen Blick auf das schreckliche Phantom floh er zurück in sein Zimmer, wobei er immer auf sein langes, flatterndes Leichentuch trat. Während er den Korridor entlanghuschte, warf er noch den rostigen Dolch in die Reitstiefel des Botschafters, wo der Haushofmeister ihn am nächsten Tag fand. Als er in der Einsamkeit seines Zimmers angekommen war, warf er sich auf sein schmales Feldbett und verbarg sein Gesicht unter der Decke. Nach einiger Zeit aber erwachte der alte tapfere Geist derer von Canterville in ihm, und er beschloss mit dem andern Gespenst zu reden, sobald der Tag grauen würde. So ging er denn, als die Dämmerung die Hügel in Silber tauchte, zu dem Platz zurück, wo er zum ersten Mal das entsetzliche Phantom erblickt hatte. Jedenfalls, dachte er, sind zwei Gespenster besser als eines, und dass er mithilfe seines neuen Freundes besser mit den beiden Zwillingen fertig werden würde. Als er die Stelle erreichte, bot sich ihm ein furchtbarer Anblick. Irgendetwas war offenbar mit dem Gespenst passiert, denn das Licht war vollständig aus seinen Augenhöhlen geschwunden, der funkelnde Säbel war seiner Hand entfallen, und es lehnte in einer gekrümmten und unbequemen Haltung an der Wand. Er stürzte vorwärts und nahm es in seine Arme. Da fiel zu seinem Entsetzen der Kopf ab und rollte auf den Boden, der Körper fiel hintenüber, und er hielt in seinen Händen eine weißwollene Bettdecke, einen Kehrbesen, ein Küchenmesser; ein ausgehöhlter Kürbis lag zu seinen Füßen. Unfähig, die merkwürdige Umwandlung zu verstehen, griff er in fieberischer Hast nach dem Plakat und las im grauen Morgenlicht die furchtbaren Worte:

Der Geist der Otis.
Einzig echter, unverfälschter Originalspuk.
Vor Nachahmung wird gewarnt!
Gesetzlich geschützt!

Mit einem Mal wurde ihm die ganze Sache klar. Er war genarrt, gefoppt, verhöhnt worden. Aus seinen Augen blitzte der altberühmte Blick der Cantervilles. Er schlug die zahnlosen Kiefer zusammen, erhob die fleischlosen Hände über dem Haupt und schwur, getreu der farbenprächtigen Phraseologie der alten Schule, dass, ehe denn der Hahn zum zweiten Mal gekräht habe, Ströme von Blut fließen müssten, und der Mord auf schweigenden Sohlen über die Schwelle treten würde.

Kaum aber hatte er seinen schauerlichen Eid vollendet, als vom rot geziegelten Dach einer nahen Scheune ein Hahn krähte. Er lachte ein langes, tiefes und bitteres Lachen und wartete. Stunde um Stunde wartete er – aber aus irgendeinem unerklärlichen Grund krähte der Hahn nicht wieder. Endlich, um halb acht, verscheuchte ihn die Ankunft der Hausmädchen von seinem schrecklichen Wachposten, und er stapfte zurück in sein Zimmer und gedachte seiner nutzlosen Hoffnung und seiner vereitelten Absicht. Dann zog er einige alte Bücher über das Rittertum zurate, in die er ganz vernarrt war, und fand, dass, sooft dieser Eid gebraucht worden war, der Hahn stets ein zweites Mal gekräht habe. »Fluch und Verdammnis treffe das ungebildete Tier«, murmelte er. »Aber ich sehe den Tag kommen, da ich mit meinem starken Speer ihm die Brust durchbohre und er für mich ein zweites Mal krähen muss – sei es auch im Tode.« Dann zog er sich in seinen bequemen Bleisarg zurück und blieb dort bis zum Abend.

IV

Am nächsten Tag war der Geist sehr schwach und müde. Die furchtbare Aufregung der letzten vier Wochen begann sich bemerkbar zu machen. Seine Nerven waren vollkommen zerrüttet, und bei dem geringsten Lärm fuhr er zusammen. Fünf Tage blieb er auf seinem Zimmer und entschloss sich, endlich den Blutfleck auf dem Fußboden des Bibliothekzimmers aufzugeben. Wenn die Familie Otis ihn nicht haben wollte, verdiente sie ihn offenbar nicht. Das waren sicherlich Leute, die auf einer sehr tiefen, materialistischen Lebensstufe standen und die ganz unfähig waren, den symbolischen Wert sinnlicher Phänomene zu begreifen. Die Frage übersinnlicher Erscheinungen und die Entwicklung von Astralkörpern war ja schließlich auch eine ganz andere Sache und ging ihn wirklich nichts an. Es war jedoch seine heilige Pflicht, einmal in der Woche auf dem Gang zu erscheinen und vom hohen Glasfenster herab jeden ersten und dritten Mittwoch eines jeden Monats etwas herabzumurmeln, und er konnte sich diesen Verpflichtungen anständigerweise nicht entziehen. Gewiss war sein Leben sehr böse gewesen, aber wenigstens in allen Dingen, die mit dem Übernatürlichen zusammenhingen, war er immer sehr gewissenhaft. An den nächsten drei Sonnabenden ging er also wie gewöhnlich zwischen Mitternacht und drei Uhr den Gang auf und ab, vermied es aber sorgfältigst, gesehen und gehört zu werden. Er zog die Stiefel aus, trat, so leicht er konnte, auf dem alten wurmstichigen Fußboden auf, trug einen großen schwarzen Samtmantel und benützte eifrig Aurora-Haaröl, um seine Ketten zu ölen. Ich muss allerdings zugeben, dass er es nur sehr schwer über sich gewann, diese letzte Vorsichtsmaßregel zu benützen. Eines Abends jedoch schlüpfte er, während die Familie bei Tisch saß, in das Schlafzimmer des Herrn Otis und nahm die Flasche fort. Er fühlte sich anfangs etwas gedemütigt, aber später war er klug genug, einzusehen, dass doch sehr viel zugunsten der Erfindung sprach und, bis zu einem gewissen Grad, diente sie ja auch seiner Absicht. Aber trotz alledem blieb er nicht unbelästigt. Überall waren über den Gang Stricke gespannt, über die er in der Dunkelheit stolperte, und einmal, als er gerade als »Schwarzer Isaak oder der Jägersmann von Hogley Woods« verkleidet war, kam er schwer zu Fall, weil er auf einen fettbeschmierten Streifen geriet, den die Zwillinge vom Eingang des Gobelinzimmers bis zur Eichentreppe gezogen hatten. Diese Kränkung machte ihn so wütend, dass er sich entschloss, noch einmal einen letzten Versuch zu machen, um seine Würde und seine soziale Stellung zu wahren. So entschloss er sich denn, die frechen Bengel in der nächsten Nacht in seiner berühmten Rolle als »Junker Rupert oder der kopflose Graf« zu besuchen.

Seit mehr als siebzig Jahren war er nicht mehr in dieser Verkleidung erschienen – zum letzten Mal, als er die hübsche Lady Barbara Modnish durch sein Erscheinen so erschreckt hatte, dass sie plötzlich ihr Verlöbnis mit dem jetzigen Großvater des Lord Canterville löste und sich von dem hübschen Jack Castleton nach Gretna Green entführen ließ. Sie hatte damals erklärt, dass nichts auf der Welt sie veranlassen könnte, in eine Familie zu heiraten, bei der so schauerliche Phantome im Zwielicht auf der Terrasse spazieren gingen. Der arme Jack wurde später in Wandsworth von Lord Canterville im Duell erschossen, und Lady Barbara starb an gebrochenem Herzen in Tunbridge Wells, bevor das Jahr um war. Alles in allem war es also ein großer Erfolg für ihn gewesen. Es war aber eine außerordentlich schwierige »Maske« – wenn ich einen solchen Theaterausdruck in Verbindung mit einem der größten Geheimnisse des Übernatürlichen oder, um einen mehr wissenschaftlichen Ausdruck anzuwenden, des Übersinnlichen, gebrauchen darf –, und es nahm ihn drei Stunden in Anspruch, seine Vorbereitungen zu treffen. Endlich war alles in Ordnung und er war mit seinem Aussehen sehr zufrieden. Die schweren ledernen Reiterstiefel, die zum Kostüm gehörten, waren freilich ein bisschen zu weit für ihn, und er konnte bloß eine von den beiden Sattelpistolen finden, aber schließlich genügte das ja auch. Ein Viertel nach ein Uhr glitt er aus der Wandverkleidung heraus und schlich den Gang hinunter. Als er das Zimmer der Zwillinge erreichte, das, wie ich erwähnen will, nach der Farbe seiner Vorhänge das »Blaue Schlafgemach« genannt wurde, fand er die Tür nur angelehnt. Da er sich einen effektvollen Auftritt sichern wollte, öffnete er sie weit: Da fiel ein schwerer Wasserkrug von oben auf ihn herab, durchnässte ihn bis auf die Haut und verfehlte nur um wenige Zoll seine linke Schulter. Im selben Augenblick hörte er ein unterdrücktes Lachen aus dem Doppelbett. Sein Nervenschock war so groß, dass er, so schnell er konnte, sofort in sein Zimmer zurücklief, und den nächsten Tag lag er mit einem schweren Schnupfen fest im Bett. Das Einzige, was ihn bei der ganzen Sache tröstete, war, dass er seinen Kopf nicht mitgenommen hatte, sonst hätten die Folgen sehr ernst für ihn sein können.

Er gab nun jede Hoffnung, dieser rohen Amerikanerfamilie Schrecken einzujagen, auf und begnügte sich, regelmäßig in leichten Morgenschuhen durch die Gänge zu schleichen, mit einem dicken, roten Tuch um den Hals, aus Furcht vor Erkältung, und einer kleinen Armbrust in der Hand, falls er von den Zwillingen angegriffen würde. Den letzten Schlag erhielt er am 19. September. Er war die Treppe bis zur großen Eingangshalle hinuntergegangen, in der sichern Annahme, dass er dort jedenfalls unbelästigt bleiben würde. Er unterhielt sich damit, satirische Bemerkungen über die großen Fotografien des Botschafters und seiner Gattin zu machen, die jetzt die Stelle der großen Familienbilder der Cantervilles eingenommen hatten. Er war einfach, aber sauber in ein langes Leinentuch gekleidet, das nur ganz leicht mit Kirchhofmoder befleckt war, hatte seinen Unterkiefer mit einem Streifen gelben Linnens hochgebunden und trug eine kleine Laterne und eine Totengräberschaufel. Er war also im Kostüm »Jonas des Gruftlosen oder des Leichenschänders von Chertsey Barn«, einer seiner glänzendsten Darbietungen, an die zu denken die Cantervilles alle Ursache hatten, denn sie war der wirkliche Grund ihres Streites mit ihrem Nachbarn, dem Lord Rufford. Es war etwa ein Viertel nach zwei Uhr morgens, und, soweit er feststellen konnte, rührte sich nichts. Als er nun auf die Bibliothek zuging – er wollte doch einmal sehen, ob von dem Blutfleck nicht noch eine Spur geblieben wäre –, sprangen plötzlich aus einem dunklen Winkel zwei Gestalten, die wild die Arme über den Köpfen zusammenschlugen und ihm »Buh« ins Ohr schrien.

Von einem unter diesen Umständen nur ganz natürlichen Schrecken gepackt, stürzte er auf die Treppe zu, aber dort erwartete ihn Washington Otis mit der großen Gartenspritze. So von allen Seiten von Feinden umstellt und in die Enge getrieben, verschwand er in dem großen eisernen Ofen, der zu seinem Glück nicht geheizt war, und musste seinen Heimweg durch Kamine und Schornsteine antreten, sodass er in seinem

Zimmer in einem furchtbaren Zustand, schmutzig, unordentlich und in heller Verzweiflung, ankam.

Seitdem wurde er nicht mehr auf nächtlichen Streifzügen gesehen. Die Zwillinge lauerten ihm noch bei verschiedenen Gelegenheiten auf und bestreuten jede Nacht die Gänge mit Nussschalen, zum großen Ärger ihrer Eltern und der Dienstboten, aber es hatte keinen Erfolg mehr. Es war ganz klar, dass die Gefühle des Gespenstes zu tief verletzt waren, als dass sie ihm ein ferneres Erscheinen gestattet hätten. Herr Otis nahm also seine große Arbeit über die Geschichte der demokratischen Partei wieder auf, an der er schon seit vielen Jahren arbeitete, Frau Otis arrangierte eine wundervolle Tombola, die die Bewunderung der ganzen Grafschaft erregte. Die Jungens spielten Poker, Lacrosse und andere amerikanische Nationalspiele, und Virginia ritt auf ihrem Pony in der Umgegend umher, begleitet von dem jungen Herzog von Cheshire, der die letzten Tage seiner Ferien auf Canterville verbrachte. Man nahm allgemein an, dass der Geist fortgegangen sei, und Herr Otis schrieb in diesem Sinne auch einen Brief an Lord Canterville, der in seiner Antwort seine große Freude über diese Neuigkeit aussprach und der würdigen Gattin des Herrn Botschafters seine besten Wünsche übermittelte.

Die Familie Otis irrte sich aber, denn das Gespenst war noch immer im Haus. Wenn man es auch beinah einen Invaliden nennen konnte, so war es doch durchaus nicht gesonnen, die Dinge auf sich beruhen zu lassen, umso weniger, als es gehört hatte, dass sich unter den Gästen der junge Herzog von Cheshire befand, dessen Großonkel, Lord Francis Stilton, einst um hundert Guineen mit dem Colonel Carbury gewettet hatte, dass er mit dem Gespenst von Canterville Würfel spielen werde. Man hatte ihn am nächsten Morgen auf dem Boden des Spielzimmers in einem so hilflosen, paralytischen Zustand gefunden, dass er, obwohl er ein hohes Alter erreichte, sein Leben lang nichts anderes mehr sagen konnte als »Doppel-Sechs«. Die Geschichte war seinerzeit sehr bekannt geworden, aber, natürlich mit Rücksicht auf die Gefühle der beiden edlen Familien, wurde allseitig versucht, sie zu vertuschen. Ein genauer Bericht aller Umstände findet sich jedoch im dritten Bande der »Erinnerungen an den Prinzregenten und seine Freunde« von Lord Klatsch. Der Geist hatte also ein Interesse daran, zu zeigen, dass er seinen Einfluss auf die Stiltons noch nicht verloren habe, mit denen er übrigens auch entfernt verwandt war. Seine rechte Cousine war nämlich in zweiter Ehe mit dem Sieur de Bulkeley verheiratet gewesen, von dem, wie ja wohl allgemein bekannt ist, die Herzoge von Cheshire in gerader Linie abstammen. Demzufolge traf er denn seine Vorbereitungen, um Virginias kleinem Anbeter in seiner berühmten Rolle als der »Vampirmönch oder der blutlose Benediktiner« zu erscheinen, eine Rolle, die so schrecklich war, dass die alte Lady Start-up, die ihn in ihr sah (dies geschah in der furchtbaren Neujahrsnacht des Jahres 1764), in ein mark- und beindurchdringendes Geschrei ausbrach, das mit einem heftigen Schlagfluss endigte. Sie starb drei Tage später, nachdem sie die Cantervilles enterbt hatte, die doch ihre nächsten Anverwandten waren, und ihr gesamtes Vermögen ihrem Londoner Apotheker hinterließ. Im letzten Augenblick jedoch hinderte die Furcht vor den Zwillingen den Geist daran, sein Zimmer zu verlassen, und der kleine Herzog schlief in Frieden unter dem großen, reich geschmückten Baldachin im »Königlichen Schlafzimmer« und träumte von Virginia.

V

Einige Tage später ritten Virginia und ihr blondlockiger Kavalier über die Brockleywiesen. Sie hatte sich dort beim Sprung über eine Hecke ihr Reitkleid so sehr zerrissen, dass sie sich bei ihrer Heimkehr entschloss, die Hintertreppe zu benutzen, um nicht gesehen zu werden. Als sie am Gobelinzimmer vorüberlief, dessen Tür zufällig offen stand, glaubte sie jemanden darin zu sehen, und in der Annahme, dass es das Kammermädchen ihrer Mutter sei, das manchmal seine Näharbeit dort verrichtete, blickte sie hinein, um es zu bitten, ihr Kleid auszubessern. Zu ihrer großen Überraschung war es jedoch der Geist von Canterville, der am Fenster saß und zusah, wie das blasse Gold der gelb gewordenen Blätter langsam zur Erde sank und die roten Blätter toll die lange Allee hinuntertanzten. Sein Haupt hatte er in die Hand gestützt und seine ganze Stellung verriet tiefste Niedergeschlagenheit. Ja, so verlassen und hinfällig sah er aus, dass die kleine Virginia, deren erster Gedanke gewesen war, fortzulaufen und sich in ihr Zimmer einzuschließen, von Mitleid erfüllt wurde und beschloss, den Versuch zu machen, ihn zu trösten. So leise trat sie auf, und so tief war seine Schwermut, dass er ihre Anwesenheit nicht bemerkte, bis sie ihn ansprach.

»Sie tun mir sehr leid«, sagte sie. »Aber meine Brüder gehen morgen nach Eton zurück, und wenn Sie sich gut aufführen, wird Sie dann niemand mehr kränken.«

»Es ist albern, von mir zu verlangen, dass ich mich gut aufführen soll«, antwortete er und blickte voller Erstaunen auf das hübsche kleine Mädchen, das gewagt hatte, ihn anzusprechen. »Vollkommen albern. Ich muss mit meinen Ketten rasseln und durch Schlüssellöcher heulen und bei Nacht herumwandern, wenn Sie das meinen; das ist ja mein einziger Lebenszweck.«

»Das ist durchaus kein Lebenszweck, und Sie wissen sehr gut, dass Sie böse gewesen sind. Frau Umney hat uns, gleich am Tag unserer Ankunft, erzählt, dass Sie Ihre Frau ermordet haben.«

»Das räume ich ein«, sagte der Geist trotzig. »Aber das ist eine reine Familienangelegenheit und geht niemanden etwas an.«

»Es ist aber sehr unrecht, jemand zu töten!«, sagte Virginia, die zuweilen einen süßen puritanischen Ernst hatte, der ihr von irgendeinem neuenglischen Ahnen überkommen war.

»Ach – ich hasse die wohlfeile Härte abstrakter Ethik! Mein Weib war sehr unschön, stärkte nie ordentlich meine Halskrausen und verstand nichts von der Küche. Da hatte ich einmal in Hogley Wood einen Bock geschossen, einen prächtigen Spießer, und wissen Sie, wie sie ihn auf den Tisch brachte? … Na, reden wir jetzt nicht mehr davon, denn alles ist ja vorüber. Aber ich glaube nicht, dass es sehr nett von Ihren Brüdern ist, mich verhungern zu lassen, selbst wenn ich auch meine Frau getötet habe.«

»Verhungern? O Herr Gespenst – ich wollte sagen, Sir Simon, haben Sie Hunger? Ich habe ein Sandwich in meiner Schublade, möchten Sie es haben?«

»Nein, ich danke, ich esse um die Zeit niemals! Aber es ist doch sehr liebenswürdig von Ihnen, und Sie sind viel netter als Ihre übrige, schrecklich rohe, pöbelhafte, unanständige Familie.«

»Halt!«, schrie Virginia und stampfte mit dem Fuß auf. »Sie sind roh und schrecklich und pöbelhaft, und was die Unanständigkeit betrifft, so wissen Sie sehr gut, dass Sie mir die Farben aus meinem Malkasten gestohlen haben, um den lächerlichen Blutfleck in der Bibliothek aufzufrischen. Erst haben Sie alles Rot, sogar das Karmin genommen, sodass ich keinen Sonnenuntergang mehr malen konnte, dann nahmen Sie Smaragdgrün und Chromgelb, und schließlich ließen Sie mir nichts mehr als Indigo und Chinesisch-Weiß, sodass ich nur noch Mondscheinszenen malen kann, die immer so traurig machen und gar nicht leicht zu malen sind. Ich habe Sie nie verraten, obwohl ich mich sehr geärgert habe. Übrigens war die ganze Sache höchst lächerlich, denn wer hat je von smaragdgrünen Blutflecken gehört?«

»Das ist schon richtig!«, sagte der Geist fast schüchtern. »Aber was sollte ich machen? Es ist heutzutage sehr schwer, sich wirkliches Blut zu verschaffen. Und da Ihr Bruder ja immer wieder mit seinem Universal-Fleckenreiniger anfing, wusste ich mir keinen anderen Rat, als Ihren Malkasten zu benützen. Was nun die Farbe angeht, so ist das immer eine Geschmackssache. Die Cantervilles zum Beispiel haben blaues Blut, das blaueste Blut in England. Aber ich weiß, ihr Amerikaner legt auf solche Dinge keinen Wert.«

»Das verstehen Sie nicht, und überhaupt, das Beste, was Sie tun können, ist auszuwandern und Ihre Kenntnisse zu erweitern. Mein Papa wird sehr gern Ihnen freie Überfahrt verschaffen, und wenn auch auf allem Geistigen ein hoher Zoll liegt, werden Sie beim Zollamt keine Schwierigkeiten haben, denn die Beamten dort sind lauter Demokraten. Und wenn Sie erst einmal in New York sind, werden Sie sicher einen großen Erfolg haben. Ich kenne eine Menge Menschen, die gerne hunderttausend Dollar geben würden, wenn sie einen Großvater haben könnten – für ein Hausgespenst aber wäre ihnen keine Summe zu hoch.«

»Ich glaube nicht, dass mir Amerika gefallen würde.«

»Wahrscheinlich, weil wir keine Ruinen und alte Scheußlichkeiten haben«, sagte Virginia spöttisch.

»Keine Ruinen? Keine Scheußlichkeiten?!«, antwortete der Geist. »Sie haben doch Ihre Marine und Ihre Manieren!«

»Guten Abend! Gleich gehe ich zu Papa und bitte ihn, den Zwillingen eine Woche Extraurlaub auszuwirken.«

»Ach bitte, gehen Sie nicht, Fräulein Virginia«, rief er. »Ich bin so einsam und unglücklich, und ich weiß wirklich nicht, was ich anfangen soll. Ich möchte so gerne schlafen und kann nicht.«

»Das ist Unsinn. Sie brauchen bloß zu Bett zu gehen und das Licht auszulöschen. Es ist manchmal sehr schwierig, wach zu bleiben, besonders in der Kirche, aber es macht doch keinerlei Schwierigkeit, einzuschlafen. Sogar Wickelkinder können das und die sind doch wahrhaftig nicht sehr klug.«

»Ich habe seit dreihundert Jahren nicht geschlafen«, sagte er traurig, und Virginias schöne blaue Augen öffneten sich weit vor Verwunderung. »Dreihundert Jahre lang habe ich nicht geschlafen und ich bin so müde!«

Virginia wurde ganz ernst und ihre feinen Lippen zitterten wie Rosenblätter. Sie näherte sich ihm, kniete an seiner Seite nieder und blickte in sein altes verwittertes Gesicht.

»Armes, armes Gespenst«, murmelte sie. »Haben Sie gar kein Plätzchen, wo Sie schlafen könnten?«

»Weit von hier, jenseits des Tannenwaldes«, antwortete er mit leiser, verträumter Stimme, »liegt ein kleiner Garten. Dort wächst hohes und dichtes Gras, und darin blühen die großen weißen Sterne des Schierlings, und die Nachtigall singt die ganze Nacht. Sie singt die ganze Nacht, und der kalte, kristallne Mond schaut herab, und der Taxusbaum breitet seine mächtigen Arme über die Schläfer.«

Virginias Augen trübten sich mit Tränen und sie barg ihr Gesicht in den Händen.

»Sie meinen den Garten des Todes«, flüsterte sie.

»Ja, ich meine den Tod! Der Tod muss so schön sein! In weicher brauner Erde zu liegen – und das Gras wogt über unserem Kopf und man horcht auf die Stille. Und es gibt kein Gestern und kein Morgen. Man vergisst die Zeit, vergisst das Leben und hat Frieden. Sie können mir helfen. Sie können mir das Tor zum Haus des Todes öffnen, denn die Liebe ist mit Ihnen, und die Liebe ist stärker als der Tod.«

Virginia zitterte, ein kalter Schauer rann über ihren Rücken, und einige Augenblicke lang herrschte Schweigen. Es war ihr, als träume sie einen schrecklichen Traum.

Dann sprach das Gespenst wieder und seine Stimme klang wie das Seufzen des Windes:

»Haben Sie schon einmal die alte Prophezeiung auf dem Fenster in der Bibliothek gelesen?«

»O ja, sehr oft!«, rief das kleine Mädchen und sah auf. »Ich kenne sie sehr gut. Sie ist in seltsamen schwarzen Buchstaben geschrieben und ist sehr schwer zu lesen. Es sind bloß sechs Zeilen:

Wenn die Maid im goldnen Haar
Betet den Sünder der Sünde bar,
Wenn der Baum erstarrt und tot,
Blüte trägt in Weiß und Rot,
Wird es hier im Haus still,
Friede über Canterville!

Aber ich weiß nicht, was das bedeutet.«

»Das bedeutet«, sagte er traurig, »dass Sie um meiner Sünden willen mit mir weinen müssen, denn ich habe keine Tränen, und dass Sie mit mir für mein Seelenheil beten müssen, denn ich habe keinen Glauben. Und dann, wenn Sie immer lieb und gut und edel gewesen sind, wird der Engel des Todes sich meiner erbarmen. Sie werden schreckliche Gestalten in der Dunkelheit sehen, und schauerliche Stimmen werden Ihnen ins Ohr flüstern, aber es wird Ihnen nichts geschehen, denn gegen die Reinheit eines Kindes sind die Mächte der Hölle machtlos.«

Virginia antwortete nicht, und der Geist rang die Hände in wilder Verzweiflung, während er auf ihr gebeugtes goldenes Haupt niedersah. Plötzlich stand sie auf; sie war sehr bleich, und ein seltsames Licht leuchtete in ihren Augen. »Ich fürchte mich nicht«, sagte sie fest. »Ich will den Engel bitten, dass er sich Ihrer erbarme.«

Er stand mit einem schwachen Freudenruf von seinem Sitz auf, nahm ihre Hand in die seine, beugte sich mit altmodischem, höfischem Anstand über sie und küsste sie. Seine Finger waren kalt wie Eis und seine Lippen brannten wie Feuer, aber Virginia schwankte nicht, als er sie durch das dämmerige Zimmer führte. In die verblasste grüne Tapete waren kleine Jäger eingestickt. Sie bliesen in ihre troddelgeschmückten Hörner und winkten ihr mit ihren kleinen Händen zu, umzukehren. »Kehre um, kleine Virginia«, riefen sie. »Kehre um!« Aber der Geist umklammerte ihre Hand noch fester, und so schloss sie die Augen vor den Warnern. Schreckliche Tiere mit Eidechsenschwänzen und Glotzaugen blinzelten sie vom geschnitzten Kaminsims herab an und murmelten: »Hüte dich, kleine Virginia, hüte dich – sonst werden wir dich niemals wiedersehen.« Aber der Geist glitt noch schneller vorwärts und Virginia hörte nicht auf die Stimmen. Als sie das Ende des Zimmers erreicht hatten, blieb er stehen und murmelte einige Worte, die sie nicht verstehen konnte. Sie öffnete die Augen und sah, wie die Mauer gleich einem Nebel verschwamm – eine große schwarze Höhle öffnete sich vor ihr. Ein bitterkalter Wind schlug ihr entgegen, und sie fühlte, wie etwas sie an ihrem Kleid zog. »Rasch, rasch«, rief der Geist. »Sonst ist es zu spät.« Im nächsten Augenblick hatte sich die Täfelung wieder hinter ihnen geschlossen, das Gobelinzimmer war leer.

VI

Zehn Minuten später läutete die Glocke zum Tee, und da Virginia nicht herunterkam, schickte Frau Otis einen Diener hinauf, sie zu holen. Nach kurzer Zeit kam er zurück und meldete, dass er Fräulein Virginia nirgends finden könne.

Da es ihre Gewohnheit war, jeden Abend in den Garten zu gehen, um Blumen für die Tafel zu holen, war Frau Otis anfangs durchaus nicht ängstlich. Als es aber sechs Uhr schlug und Virginia noch immer nicht erschien, wurde sie doch sehr besorgt und schickte die Jungens aus, Virginia zu suchen, während sie selbst und Herr Otis jeden Raum im Haus durchforschten. Um halb sieben kamen die Jungens zurück und sagten, dass sie nirgends eine Spur von ihrer Schwester hätten finden können. Nun waren alle furchtbar aufgeregt, und niemand wusste, was jetzt zu tun sei. Plötzlich erinnerte sich Herr Otis, dass er vor einigen Tagen einer Zigeunerbande die Erlaubnis gegeben hatte, ihr Lager im Park aufzuschlagen. Er machte sich also sofort nach Blackfell Hollow auf, wo sie, wie er wusste, lagerten. Sein ältester Sohn und zwei Knechte begleiteten ihn. Der kleine Herzog von Cheshire, der ganz außer sich vor Besorgnis war, bat dringend, man möge ihn auch mitnehmen, aber Herr Otis wollte davon nichts wissen, denn er fürchtete, es könnte eine Rauferei geben. Aber als sie an Ort und Stelle ankamen, zeigte es sich, dass die Zigeuner schon fort waren. Ihr Aufbruch musste plötzlich erfolgt sein, denn das Feuer brannte noch, und einige Teller lagen im Gras. Herr Otis befahl Washington und den beiden Knechten, sofort die ganze Gegend abzusuchen, lief selbst nach Hause und telegrafierte an alle Polizeiinspektionen der Grafschaft und bat, nach einem kleinen Mädchen zu fahnden, das von Wegelagerern oder Zigeunern entführt worden sei. Dann befahl er, sein Pferd zu satteln, bestand darauf, dass seine Frau und die drei Knaben essen sollten, und ritt mit einem Reitknecht die Straße nach Ascot hinunter. Aber kaum war er ein paar Meilen geritten, da hörte er, dass jemand hinter ihm hergaloppierte. Er blickte sich um und sah, wie der kleine Herzog, hochrot im Gesicht und ohne Hut, auf seinem Pony angesetzt kam. »Herr Otis, Herr Otis«, stieß der Knabe hervor. »Ich kann nicht essen, bevor Virginia nicht gefunden ist. Bitte, seien Sie nicht böse auf mich – aber, wenn Sie unserer Verlobung im vorigen Jahr zugestimmt hätten, wäre das alles nicht geschehen. Nicht wahr, Sie schicken mich nicht zurück? Ich kann nicht zurück, ich will nicht zurückgehen.«

Der Botschafter musste über den hübschen jungen Heißsporn lächeln und war sehr gerührt von seiner Ergebenheit für Virginia. So beugte er sich vom Pferd nieder, klopfte ihm freundlich auf die Schulter und sagte: »Also Cecil, wenn Sie nicht umkehren wollen, müssen Sie wohl mit mir kommen. Aber ich muss Ihnen in Ascot einen Hut kaufen.«

»Ach – zum Henker mit meinem Hut, ich will Virginia haben!«, rief der kleine Herzog lachend, und sie galoppierten zur Eisenbahnstation. Dort fragte Herr Otis den Stationsvorsteher, ob ein Mädchen, auf das die Beschreibung Virginias passe, auf dem Bahnsteig gesehen worden sei. Aber er konnte nichts erfahren.

Der Stationsvorstand depeschierte an alle Stationen der ganzen Linie und versicherte ihm, dass genaueste Nachforschungen nach ihr angestellt werden würden. Nachdem Herr Otis in einem Laden, der eben geschlossen werden sollte, für den kleinen Herzog einen Hut gekauft hatte, ritt er weiter nach Bexley, einem Dorf, das ungefähr vier Meilen entfernt war. Man hatte ihm gesagt, dass dies ein wohlbekannter Aufenthaltsort von Zigeunern sei, da dort eine große Gemeindewiese wäre. Hier trommelten sie den Landpolizisten heraus, konnten aber nichts von ihm erfahren, und nachdem sie über die ganze Wiese geritten waren, wandten sie ihre Pferde heimwärts und erreichten das Schloss gegen elf Uhr, todmüde und ganz verzweifelt. Washington und die Zwillinge erwarteten sie beim Pförtnerhaus mit Laternen, da die Allee sehr dunkel war. Nicht die leiseste Spur von Virginia war gefunden worden. Man hatte die Zigeuner auf den Brockleywiesen festgehalten, aber sie war nicht bei ihnen, und sie hatten ihren plötzlichen Aufbruch damit erklärt, dass sie sich im Datum des Jahrmarkts in Chorton geirrt hätten und dann Hals über Kopf aufgebrochen wären aus Angst, zu spät zu kommen. Sie waren ganz entsetzt, als sie von Virginias Verschwinden hörten, denn sie waren Herrn Otis sehr dankbar dafür, dass er ihnen erlaubt hatte, im Park zu lagern. Vier von ihnen blieben sogar zurück, um suchen zu helfen. Der Karpfenteich war abgelassen worden, man hatte wiederholt das ganze Schloss durchsucht, aber alles ohne jeden Erfolg. Es war klar, dass Virginia, mindestens für diese Nacht, verloren war. In einem Zustand tiefster Niedergeschlagenheit gingen Otis und die Knaben zum Haus hinauf, gefolgt von dem Reitknecht mit den zwei Pferden und dem Pony. In der Halle fanden sie eine Gruppe verängstigter Dienstboten, und auf dem Sofa in der Bibliothek die arme Frau Otis ganz außer sich vor Schrecken und Angst, der die alte Haushälterin die Stirn mit Eau de Cologne kühlte. Herr Otis drang sofort darauf, dass sie etwas zu sich nehme, und bestellte das Abendbrot für die ganze Gesellschaft. Es war ein melancholisches Mahl, niemand sprach ein Wort, und selbst die Zwillinge waren ganz gedrückt und niedergeschlagen, denn sie liebten ihre Schwester sehr. Als sie vom Tisch aufstanden, schickte Otis, trotz den inständigen Bitten des kleinen Herzogs, alle zu Bett. In der Nacht könne man doch nichts mehr unternehmen, und am nächsten Morgen wolle er an die Polizeidirektion in London depeschieren, dass man ihm sofort einige Detektive herschicke. Gerade, als sie aus dem Speisezimmer heraustreten wollten, begann es vom Kirchturm Mitternacht zu schlagen, und als der letzte Ton verhallt war, hörten sie einen furchtbaren Krach und einen plötzlichen schrillen Schrei. Ein schrecklicher Donnerschlag erschütterte das ganze Haus, eine überirdische Musik flutete durch die Luft, die Wandtäfelung oben im Treppenhaus flog mit einem dumpfen Geräusch auf, und auf dem Treppenabsatz erschien sehr bleich und weiß, mit einem kleinen Schmuckkästchen in der Hand, Virginia. Alle stürzten gleichzeitig auf sie zu. Frau Otis schloss sie leidenschaftlich in die Arme, der Herzog erstickte sie beinahe mit heftigen Küssen, und die Zwillinge vollführten einen wilden Kriegstanz um die Gruppe.

»Ums Himmels willen, Kind, wo bist du gewesen?«, sagte Herr Otis fast böse, da er glaubte, dass sie irgendeinen närrischen Streich ausgeführt habe. »Cecil und ich sind überall herumgeritten, um dich zu suchen, und deine Mutter hat sich fast zu Tode geängstigt. Du darfst in Zukunft nie wieder solche Streiche spielen.«

»Höchstens dem Gespenst, höchstens dem Gespenst«, brüllten die Zwillinge und machten Bocksprünge.

»Mein Liebling, Gott sei Dank, dass wir dich gefunden haben, du darfst uns nie mehr verlassen«, murmelte Frau Otis, küsste das zitternde Kind und strich mit der Hand über ihr wirres Goldhaar.

»Papa«, sagte Virginia ruhig. »Ich war bei dem Geist. Er ist tot – du musst mitkommen und dir ihn ansehen. Er war sehr schlimm, aber er hat schließlich alles bereut, was er getan hat, und mir dieses Kästchen mit wundervollen Juwelen gegeben, bevor er starb.«

Die ganze Familie starrte sie in stummer Verblüffung an, aber sie blieb ganz ruhig und ernst; sie drehte sich um und führte sie alle durch die Öffnung in der Täfelung einen engen, geheimen Gang hinunter. Washington folgte mit einer brennenden Kerze, die er vom Tisch genommen hatte. Endlich kamen sie an eine große eichene Tür, die mit rostigen Nägeln beschlagen war. Virginia berührte sie, und da flog sie in ihren schweren Angeln auf. Nun waren sie in einem kleinen niedrigen Zimmer mit einer gewölbten Decke und einem kleinen vergitterten Fenster. In die Wand war ein riesiger Eisenring eingelassen, und daran war ein dürres Skelett angekettet, das der Länge nach auf dem Steinboden ausgestreckt lag und mit seinen langen, fleischlosen Fingern nach einem altmodischen Teller und einem Krug zu greifen schien, die so standen, dass es sie nicht mehr erreichen konnte. Das Gefäß war offenbar früher einmal mit Wasser gefüllt gewesen, denn grüner Schimmel bedeckte seine Innenseite. Auf dem Teller lag nichts als eine dünne Staubschicht. Virginia kniete neben dem Skelett nieder, faltete ihre kleinen Hände und begann, leise zu beten, während die anderen verwundert die furchtbare Tragödie betrachteten, deren Geheimnis ihnen jetzt enthüllt war.

»Hallo«, rief plötzlich einer der Zwillinge, der aus dem Fenster gesehen hatte, um sich zu vergewissern, in welchem Flügel des Hauses das Zimmer eigentlich lag. »Seht nur, der alte verdorrte Mandelbaum blüht wieder – ich kann seine Blüten ganz deutlich im Mondenlicht erkennen!«

»Gott hat ihm vergeben«, sagte Virginia ernst, als sie sich erhob, und ein wunderbarer Glanz schien ihr Gesicht zu verklären.

»Welch ein Engel sind Sie!«, sagte der junge Herzog und legte seinen Arm um ihren Hals und küsste sie.

VII

Vier Tage nach diesen merkwürdigen Vorfällen bewegte sich ein Leichenzug um elf Uhr nachts aus dem Schloss Canterville. Der Leichenwagen wurde von acht Rappen gezogen, deren jeder auf dem Kopf einen großen Busch nickender Straußfedern trug, und der Bleisarg war bedeckt mit einer prächtigen Purpurdecke, auf der das Wappen derer von Canterville in Gold eingestickt war. Neben dem Leichenwagen und den Trauerkutschen schritten Diener mit brennenden Fackeln und die ganze Prozession war ungemein stimmungsvoll. Lord Canterville war der Hauptleidtragende. Er war eigens aus Wales gekommen, um dem Leichenbegängnis beizuwohnen, und saß im ersten Wagen mit der kleinen Virginia. Dann kam der Botschafter der Vereinigten Staaten mit seiner Frau, dann Washington und die drei Jungens, und im letzten Wagen saß Frau Umney. Da sie mehr als fünfzig Jahre ihres Lebens von dem Gespenst geschreckt worden war, so hatte sie ein

Recht, ihm die letzte Ehre zu erweisen. In einer Ecke des Friedhofes war ein tiefes Grab gegraben worden, gerade unter dem alten Taxusbaum, und Reverend Augustus Dampier sprach das Leichengebet in eindrucksvollster Weise. Als diese Zeremonie beendet war, löschten die Diener nach alter Sitte der Familie Canterville ihre Fackeln aus, und bevor der Sarg ins Grab hinuntergelassen werden sollte, trat Virginia vor und legte ein großes Kreuz aus weißen und roten Mandelblüten darauf. In diesem Augenblick kam der Mond hinter einer Wolke hervor und überflutete mit seinem stillen Silberlicht den kleinen Friedhof und in einem fernen Busch begann eine Nachtigall zu singen. Virginia gedachte der Schilderung, die ihr der Geist vom Garten des Todes gegeben hatte, ihre Augen füllten sich mit Tränen, und sie sprach während der Heimfahrt kaum ein Wort.

Am nächsten Morgen hatte Herr Otis mit Lord Canterville, bevor dieser in die Stadt zurückkehrte, ein Gespräch über die Juwelen, die der Geist Virginia gegeben hatte. Sie waren ganz prachtvoll, besonders ein Rubinenhalsband mit altvenezianischer Fassung, ein Meisterwerk aus dem 16. Jahrhundert. Der Wert der Kostbarkeiten war so bedeutend, dass Herr Otis einige Skrupel hatte, ob er seiner Tochter erlauben dürfe, sie anzunehmen.

»Mylord«, sagte er. »Ich weiß, dass in diesem Land sowohl Landbesitz als auch Schmuckstücke Familiengut sind, und es ist mir ganz klar, dass diese Juwelen Erbstücke Ihrer Familie sind, oder doch sein sollten. Ich muss Sie also darum bitten, sie mit nach London zu nehmen und sie als einen Teil Ihres Vermögens zu betrachten, der Ihnen unter gewissen, sonderbaren Umständen zurückerstattet worden ist. Meine Tochter ist noch ein Kind und hat, wie ich mit Freude sagen kann, wenig Interesse an solchen Kostbarkeiten eines müßigen Luxus. Meine Frau, die, wie ich sagen darf, von Kunstdingen etwas versteht – sie hatte nämlich den Vorzug, als junges Mädchen mehrere Winter in Boston zu verbringen –, hat mir mitgeteilt, dass diese Juwelen einen großen Geldwert besitzen und, wenn man sie verkaufen wollte, einen hohen Preis erzielen würden. Unter diesen Umständen, Lord Canterville, werden Sie, dessen bin ich sicher, zugeben, dass es für mich unmöglich ist, diese Dinge im Besitz eines Mitgliedes meiner Familie zu belassen. All dieses eitle Flitterwerk und dieser Kram, so sehr sie vielleicht der Würde der britischen Aristokratie dienlich und nötig sind, können ganz und gar nicht am Platz sein bei Menschen, die in den strengen und, wie ich glaube, unsterblichen Prinzipien republikanischer Einfachheit erzogen sind. Ich sollte vielleicht noch erwähnen, dass Virginia mit ihrer Erlaubnis sehr gerne das Kästchen behalten würde als Erinnerung an Ihren unglücklichen, aber irregeleiteten Ahnherrn. Da es sehr alt und infolgedessen sehr reparaturbedürftig ist, so werden Sie vielleicht geneigt sein, ihre Bitte zu erfüllen. Ich muss offen gestehen, dass ich einigermaßen davon überrascht bin, dass eines meiner Kinder in dieser Weise mit dem Mittelalter sympathisiert. Ich kann es mir nur durch die Tatsache erklären, dass Virginia in einem Ihrer Londoner Vororte geboren worden ist, kurz nachdem meine Frau von einer Reise nach Athen zurückgekehrt war.«

Lord Canterville hörte die Rede des würdigen Botschafters mit großem Ernst an und strich nur hier und da seinen grauen Schnurrbart, um ein unfreiwilliges Lächeln zu verbergen. Als Herr Otis zu Ende war, schüttelte er ihm herzhaft die Hand und sagte: »Mein werter Herr! Ihre entzückende kleine Tochter hat meinem unglückseligen Ahnherrn Sir Simon einen sehr großen Dienst geleistet, und ich und meine Familie stehen tief in ihrer Schuld für ihren gewiss wunderbaren Mut. Die Juwelen gehören selbstverständlich ihr. Ja, ich glaube, wenn ich herzlos genug wäre, sie ihr wegzunehmen, der tolle alte Bursche würde in vierzehn Tagen aus seinem Grab steigen, um mir mit seinen Teufeleien das ganze Leben zu verbittern. Was aber die Erbstückfrage betrifft: Nur das ist ein Erbstück, was als solches in einem Testament oder einem anderen gesetzlichen Dokument bezeichnet worden ist – die Existenz dieser Juwelen aber war völlig unbekannt. Ich versichere Ihnen, dass ich nicht mehr Anrecht auf sie habe als Ihr Hausknecht. Und wenn Fräulein Virginia heranwächst, wird sie sicherlich ganz froh sein, hübsche Dinge zum Tragen zu haben. Überdies vergessen Sie, Herr Otis, dass die Einrichtung und das Gespenst im Preis des Schlosses inbegriffen waren, und dass also alles, was dem Geist gehörte, in Ihren Besitz übergegangen ist, da Sir Simon, welche nächtliche Tätigkeit er auf den Gängen auch entwickelt hat, gesetzlich tot war, und Sie sein Eigentum durch Kauf erworben haben.«

Herr Otis war einigermaßen verwirrt durch Lord Cantervilles Weigerung und bat ihn, seinen Entschluss nochmals zu überdenken; aber der gutmütige Pair blieb fest und brachte endlich den Botschafter dazu, seiner Tochter die Erlaubnis zu geben, das Geschenk des Gespenstes zu behalten. Und als im Frühjahr 1890 die junge Herzogin von Cheshire anlässlich ihrer Vermählung bei Hofe vorgestellt wurde, erregten ihre Juwelen allgemeine Bewunderung. Denn Virginia bekam ihre Adelskrone – das ist die Belohnung für alle guten kleinen Amerikanerinnen – und heiratete ihren jugendlichen Anbeter, sobald er großjährig geworden war. Sie waren beide so reizend und sie liebten einander so sehr, dass alle Welt von der Partie entzückt war – mit Ausnahme der alten Marquise von Dumbleton, die versucht hatte, den Herzog für eine ihrer sieben unverheirateten Töchter zu kapern und zu diesem Zweck nicht weniger als drei opulente Diners gegeben hatte, und merkwürdigerweise mit Ausnahme des Herrn Otis. Herr Otis hatte den jungen Herzog persönlich sehr gerne, aber in der Theorie war er ein Gegner aller Titel und fürchtete, um seine eigenen Worte zu gebrauchen, »dass unter dem entnervenden Einfluss einer vergnügungssüchtigen Aristokratie die wahren Prinzipien republikanischer Einfachheit in Vergessenheit geraten könnten«. Aber seine Einwände wurden vollständig überstimmt, und ich glaube, dass es in ganz England weit und breit keinen stolzeren Mann gab als ihn, als er, seine Tochter am Arm, den Chorgang der St.-Georgs-Kirche am Hanover-Platz entlangschritt.

Als die Flitterwochen vorüber waren, zogen der Herzog und die Herzogin auf das Schloss von Canterville. Und am Tag nach ihrer Ankunft gingen sie nachmittags hinüber zum einsamen Friedhof unter den Tannen. Es hatte manche Schwierigkeiten gegeben, bis man sich über die Inschrift auf Sir Simons Grabstein einigte. Schließlich aber hatte man sich entschlossen, nichts darauf zu setzen als die Anfangsbuchstaben seines Namens und die Verse vom Fenster in der Bibliothek. Die Herzogin hatte einige schöne Rosen mitgebracht, die sie über das Grab streute. Und nachdem sie einige Zeit davor gestanden, wanderten sie zu den Ruinen der alten Abtei. Dort setzte sich die Herzogin auf eine gestürzte Säule, und ihr Mann legte sich ihr zu Füßen, zündete eine Zigarette an und schaute in ihre wunderbaren Augen. Plötzlich warf er die Zigarette fort, nahm ihre Hand und sagte: »Virginia – eine Frau soll vor ihrem Gatten keine Geheimnisse haben.«

»Mein teurer Cecil, ich habe keine Geheimnisse vor dir.«

»Doch, doch!«, antwortete er lächelnd. »Du hast mir nie erzählt, was sich ereignet hat, während du mit dem Geist eingeschlossen warst.«

»Ich habe es niemandem erzählt, Cecil«, sagte Virginia ernst.

»Das weiß ich, aber mir sollst du es sagen!«

»Bitte, frage mich nicht, Cecil, ich kann es dir nicht sagen! Armer Sir Simon! Ich verdanke ihm so viel! Ja, lache nicht, Cecil – es ist so! Er hat mich gelehrt, was das Leben ist und was der Tod bedeutet und warum die Liebe stärker ist als beides.«

Der Herzog stand auf und küsste seine Frau zärtlich.

»Behalte dein Geheimnis so lange, wie ich dein Herz besitze!«, murmelte er.

»Das hast du immer gehabt, Cecil.«

»Und vielleicht erzählst du alles einmal unseren Kindern?«

Virginia errötete.

Die Sphinx ohne Geheimnis
Eine Radierung

Eines Nachmittags saß ich vor dem Café de la Paix und betrachtete den Glanz und die Schäbigkeit des Pariser Lebens und bewunderte hinter meinem Glas Wermut das merkwürdige Panorama von Stolz und Armut, das sich vor mir entwickelte. Da hörte ich, wie jemand meinen Namen rief. Ich wandte mich um und sah Lord Murchison. Wir waren einander nicht begegnet, seitdem wir vor beinah zehn Jahren zusammen in der Schule gesessen hatten, und so war ich denn entzückt, ihn wiederzusehen, und wir schüttelten uns warm die Hände. In Oxford waren wir gute Freunde gewesen. Ich hatte ihn riesig gerngehabt, denn er war sehr hübsch, gradsinnig und anständig. Wir pflegten von ihm zu sagen, dass er gewiss der beste Kerl wäre, wenn er nur nicht immer die Wahrheit spräche. Aber ich glaube, wir bewunderten ihn ehrlich, gerade wegen seiner Offenherzigkeit. Ich fand ihn ziemlich verändert. Er sah ängstlich und zerstreut aus und er schien über irgendetwas in Zweifel zu sein. Ich dachte mir, das könne kein moderner Skeptizismus sein, denn Murchison war durch und durch Tory und glaubte so fest an den Pentateuch wie an das Oberhaus. So schloss ich denn, dass es sich offenbar um eine Frau handele, und fragte ihn, ob er schon verheiratet sei.

»Ich verstehe Frauen zu wenig«, antwortete er.

»Mein lieber Gerald«, sagte ich. »Frauen wollen geliebt, aber nicht verstanden sein.«

»Ich kann nicht lieben, wo ich nicht vertrauen kann«, antwortete er.

»Ich glaube, es gibt ein Geheimnis in deinem Leben, Gerald«, rief ich aus. »Erzähle es mir doch!«

»Wollen wir nicht zusammen eine Spazierfahrt machen? Hier ist mir's zu voll«, antwortete er. »Nein, keinen gelben Wagen, lieber eine andere Farbe. Ja, der dunkelgrüne dort ist mir recht.« Und einige Augenblicke später fuhren wir den Boulevard in der Richtung nach der Madeleine hinunter.

»Wohin wollen wir?«, sagte ich.

»Wohin du willst«, antwortete er. »Zum Restaurant im Bois. Wir werden dort dinieren und du wirst mir von dir erzählen.«

»Ich möchte erst etwas von dir hören«, sagte ich. »Erzähle mir dein Geheimnis.«

Er zog ein kleines silberbeschlagenes Saffianetui aus der Tasche und reichte es mir. Ich öffnete es – es enthielt die Fotografie einer Frau. Sie war hoch und schlank und sah seltsam malerisch aus mit ihren großen träumerischen Augen und dem offenen Haar. Sie sah aus wie eine Hellseherin und war in einen kostbaren Pelz gehüllt.

»Was hältst du von dem Gesicht?«, fragte er. »Kann man ihm trauen?«

Ich betrachtete es aufmerksam. Das Gesicht sah aus wie das eines Menschen, der ein Geheimnis hat, aber ich hätte nicht sagen können, ob dies Geheimnis gut oder böse ist. Ihre Schönheit war eine aus vielen Geheimnissen gebildete Schönheit – eine Schönheit psychischer, nicht plastischer Natur –, und das schwache Lächeln, das ihre Lippen umspielte, war viel zu überlegen, als dass es wirklich süß hätte sein können.

»Nun«, rief er ungeduldig, »was sagst du zu ihr?«

»Eine Gioconda in Zobel«, antwortete ich. »Erzähl mir doch Näheres von ihr.«

»Nicht jetzt«, sagte er. »Nach Tisch.« Und er begann, von anderen Dingen zu sprechen.

Als der Kellner uns den Kaffee und die Zigaretten gebracht hatte, erinnerte ich Gerald an sein Versprechen. Er stand auf und ging zwei- oder dreimal auf und ab, ließ sich dann in einen Lehnstuhl fallen und erzählte mir folgende Geschichte.

»Eines Abends«, sagte er, »ging ich nach fünf Uhr die Bond Street hinunter. Es herrschte ein furchtbares Gewirr von Wagen und der Verkehr stockte fast völlig. Ganz nahe am Bürgersteig stand ein kleiner gelber Einspänner, der aus irgendeinem Grund meine Aufmerksamkeit erregte. Als ich daran vorüberging, blickte mich das Gesicht an, das ich dir eben gezeigt habe. Es fesselte mich sofort. Die ganze Nacht und den ganzen nächsten Tag über dachte ich daran. Ich lief die verflixte Straße immer auf und ab, guckte in jeden Wagen und wartete auf den gelben Einspänner. Aber ich konnte ma belle inconnue nicht finden, und schließlich begann ich zu glauben, dass es nur ein Traum gewesen sei. Etwa eine Woche später dinierte ich bei Madame de Rastail. Das Diner war auf acht Uhr angesetzt, aber um halb neun wartete man noch immer im Salon. Endlich öffnete der Diener die Tür und meldete eine Lady Alroy. Es war die Frau, die ich gesucht hatte. Sie kam sehr langsam herein, sah aus wie ein Mondstrahl in grauen Spitzen, und zu meinem unbeschreiblichen Entzücken wurde ich aufgefordert, sie zu Tisch zu führen. Als wir uns gesetzt hatten, bemerkte ich ganz unschuldig: ›Ich glaube, ich habe Sie vor einiger Zeit in der Bond Street gesehen, Lady Alroy.‹ Sie wurde sehr blass und sagte leise zu mir: ›Bitte, sprechen Sie nicht so laut, man könnte Sie hören.‹ Ich fühlte mich sehr unbehaglich, dass ich mich so schlecht bei ihr eingeführt hatte, und stürzte mich kopfüber in ein Gespräch über das französische Theater. Sie sprach sehr wenig, immer mit derselben leisen, musikalischen Stimme und schien immer Angst zu haben, dass jemand zuhören könne. Ich verliebte mich leidenschaftlich, wahnsinnig in sie, und die unbeschreibliche Atmosphäre des Geheimnisses, die sie umgab, erregte aufs Heftigste meine brennende Neugier. Als sie fortging – und sie ging sehr bald nach dem Diner fort –, fragte ich sie, ob ich ihr meinen Besuch machen dürfe. Sie zögerte einen Augenblick, sah sich um, ob jemand in der Nähe sei und sagte dann: ›Ja – morgen um drei Viertel fünf.‹ Ich bat Madame de Rastail, mir etwas über sie zu sagen, aber alles, was ich erfahren konnte, war, dass sie Witwe sei und ein wunderschönes Haus in Park Lane besitze. Als dann irgendein wissenschaftlicher Schwätzer eine lange Abhandlung über Witwen begann, um an Beispielen zu beweisen, dass die Überlebenden stets die zur Ehe Geeignetsten seien, stand ich auf und ging nach Hause.

Am nächsten Tag erschien ich in Park Lane pünktlich zur angegebenen Stunde, aber der Kammerdiener sagte mir, dass Lady Alroy eben ausgegangen sei. Ich ging in meinen Klub, unglücklich und voller Unruhe. Nach langer Überlegung schrieb ich ihr einen Brief, in dem ich anfragte, ob es mir erlaubt sei, an einem anderen Tag mein Glück zu versuchen. Einige Tage lang erhielt ich keine Antwort, aber endlich bekam ich ein kleines Briefchen, in dem stand, dass sie Sonntag um vier Uhr zu Hause sein würde, und das folgendes sonderbare Postskriptum enthielt: ›Bitte, schreiben Sie mir nicht mehr hierher. Ich werde Ihnen den Grund bei unserem Wiedersehen sagen.‹ Am Sonntag empfing sie mich und war entzückend. Als ich fortging, bat sie mich, wenn ich ihr *wieder* einmal schreiben würde, den Brief an Mrs. Knox, per Adresse Whittakers Buchhandlung, Green Street, zu senden. ›Es gibt Gründe, warum ich in meinem Haus keine Briefe empfangen kann‹, sagte sie.

Den ganzen Winter hindurch sah ich sie sehr oft und die Atmosphäre des Geheimnisses verließ sie nie. Manchmal glaubte ich, sie sei in der Gewalt irgendeines Mannes, aber sie sah immer so unnahbar aus, dass ich diese Meinung bald aufgab. Es war für mich sehr schwer, zu irgendeinem Ergebnis zu kommen, denn sie glich jenen seltsamen Kristallen, die man in Museen findet, und die einen Augenblick ganz klar und dann wieder ganz trüb sind. Endlich entschloss ich mich, ihr einen Antrag zu machen. Ich war ganz krank und erschöpft von dem fortwährenden Geheimnis, mit dem sie alle meine Besuche und die wenigen Briefe, die ich ihr sandte, umgab. Ich schrieb ihr also in die Buchhandlung, um sie zu fragen, ob sie mich am nächsten Montag um sechs Uhr empfangen könne. Sie antwortete mit ›Ja‹, und ich war im siebenten Himmel des Entzückens. Ich war ganz behext von ihr – trotz dem Geheimnis, dachte ich damals, wegen des Geheimnisses, weiß ich jetzt. Nein, es war die Frau selbst, die ich liebte. Das Geheimnis beunruhigte mich, machte mich toll. Warum hat der Zufall mir auf die Spur geholfen?«

»Du hast es also entdeckt!«, rief ich aus.

»Ich fürchte, fast«, antwortete er. »Urteile selbst.

Als der Montag kam, ging ich mit meinem Onkel frühstücken und etwa um vier Uhr war ich in der Marylebone Road. Wie du weißt, wohnt mein Onkel am Regents-Park. Ich wollte nach Piccadilly und schnitt den Weg ab, indem ich durch eine Menge armselige, kleiner Straßen ging. Plötzlich sah ich vor mir Lady Alroy, tief verschleiert und eilenden Schrittes. Als sie zum letzten Haus der Straße kam, ging sie die Stufen hinauf, zog einen Drücker aus der Tasche, öffnete und trat ein. Hier ist also das Geheimnis, sagte ich zu mir selbst. Ich stürzte vor und betrachtete das Haus. Es schien eine Art Absteigequartier zu sein. Auf der Türschwelle lag ihr Taschentuch, das sie hatte fallen lassen. Ich hob es auf und steckte es in die Tasche. Dann begann ich darüber nachzudenken, was ich tun solle. Ich kam zu dem Schluss, dass ich kein Recht hätte, ihr nachzuspionieren, und fuhr in meinen Klub. Um sechs machte ich ihr meinen Besuch. Sie lag auf dem Sofa, in einem silberdurchwirkten Schlafrock mit einer Spange von seltsamen Mondsteinen, die sie immer trug. Sie sah entzückend aus. ›Ich freue mich, Sie zu sehen‹, sagte sie. ›Ich war den ganzen Tag nicht aus.‹ Ich sah sie ganz verblüfft an, dann zog ich ihr Taschentuch aus meiner Tasche und übergab es ihr.

›Sie haben dieses Taschentuch heute Nachmittag in der Cumnor Street verloren, Lady Alroy‹, sagte ich sehr ruhig. Sie sah mich ganz erschrocken an, machte aber keine Bewegung, das Taschentuch zu nehmen. ›Was haben Sie dort getan?‹, fragte ich. – ›Welches Recht haben Sie, mich das zu fragen?‹, antwortete sie. – ›Das Recht eines Mannes, der Sie liebt. Ich kam hierher, um Sie zu bitten, meine Frau zu werden.‹ Sie verbarg ihr Gesicht in den Händen und brach in eine Tränenflut aus. ›Sie müssen mir alles sagen‹, fuhr ich fort. Sie stand auf, blickte mir voll ins Gesicht und sagte: ›Lord Murchison, ich habe nichts zu sagen.‹ – ›Sie wollten dort jemand treffen‹, schrie ich, ›das ist Ihr Geheimnis.‹ Sie wurde schrecklich bleich und sagte: ›Ich wollte niemand treffen.‹ – ›Können Sie nicht die Wahrheit sagen?‹, rief ich aus. ›Ich habe sie gesagt‹, antwortete sie. Ich war toll, außer mir. Ich weiß nicht, was ich ihr gesagt habe, aber es waren furchtbare Dinge. Endlich stürzte ich aus dem Haus. Sie schrieb mir am nächsten Tag einen Brief. Ich sandte ihn ihr uneröffnet zurück und fuhr mit Alan Colville nach Norwegen. Nach einem Monat kam ich zurück, und das Erste, was ich in der Morgenpost las, war die Todesnachricht von Lady Alroy. Sie hatte sich in der Oper erkältet und war fünf Tage später an einer Lungenentzündung gestorben. Ich schloss mich ein und sah niemanden. Ich hatte sie wahnsinnig geliebt. Großer Gott, wie habe ich dieses Weib geliebt!«

»Du gingst natürlich in die Straße und in das Haus«, sagte ich.

»Ja«, antwortete er.

»Eines Tages ging ich in die Cumnor Street. Ich konnte einfach nicht anders – der Zweifel quälte mich. Ich klopfte an die Tür und eine würdig aussehende Dame öffnete mir. Ich fragte, ob sie nicht ein Zimmer zu vermieten hätte. ›Ja, Herr!‹, sagte sie. ›Mein Salon ist eigentlich vermietet, aber ich habe die Dame seit drei Monaten nicht gesehen. Und da das Zimmer nicht bezahlt ist, können Sie es haben.‹ – ›Ist das diese Dame?‹, fragte ich und zeigte ihr das Bild. ›Gewiss!‹, rief sie aus. ›Das ist sie. Und wann kommt sie denn zurück?‹ – ›Die Dame ist tot‹, antwortete ich. ›O mein Gott‹, sagte die Frau. ›Sie war meine beste Mieterin. Sie hat mir drei Guineen die Woche bezahlt, um ab und zu hier im Salon zu sitzen.‹ – ›Traf sie jemand?‹, fragte ich. Aber die Frau versicherte mir, dass sie immer allein kam und niemand traf. ›Was, um Gottes willen, hat sie dann hier getan?‹, rief ich aus. ›Sie saß bloß im Salon, las Bücher und trank manchmal eine Tasse Tee‹, antwortete die Frau. Ich wusste nicht, was ich sagen sollte, und so gab ich ihr einen Sovereign und ging. – Was glaubst du, hat das alles bedeutet? Glaubst du, dass die Frau die Wahrheit gesagt hat?«

»Gewiss glaube ich das«, antwortete ich.

»Warum ist Lady Alroy dann aber hingegangen?«

»Mein lieber Gerald«, antwortete ich. »Lady Alroy war einfach eine Frau mit der Manie für das Geheimnisvolle. Sie hat das Zimmer aus Vergnügen daran genommen, tief verschleiert hingehen zu können und sich einzubilden, sie sei eine Romanheldin. Sie hatte die Leidenschaft der Geheimnistuerei, aber sie selbst war bloß eine Sphinx ohne Geheimnis.«

»Glaubst du das wirklich?«

»Ich bin davon überzeugt«, antwortete ich.

Er nahm das Saffianetui aus der Tasche, öffnete es und blickte auf das Bild. »Wer weiß?«, sagte er endlich.

Der Modellmillionär

Wenn man nicht reich ist, hat es keinen Sinn, ein netter Junge zu sein. Romantik ist das Vorrecht der Reichen, nicht der Beruf der Arbeitslosen. Der Arme muss praktisch und prosaisch sein. Es ist besser, ein sicheres Einkommen zu haben, als die Leute zu bezaubern. Das sind die großen Wahrheiten des modernen Lebens, die Hugo Erskine niemals erkannte. Armer Hugo! In intellektueller Beziehung, das muss ich zugeben, war er freilich nicht von großer Bedeutung. Er hat nie in seinem Leben ein glänzendes oder auch nur ein bissiges Wort gesagt – aber er sah wunderhübsch aus mit seinem krausen braunen Haar, seinem fein geschnittenen Profil und seinen braunen Augen. Er war ebenso beliebt bei Männern wie bei Frauen, und er hatte jede Tugend, nur nicht die, Geld machen zu können. Sein Vater hatte ihm seinen Kavalleriesäbel und eine »Geschichte des spanischen Erbfolgekriegs« in fünfzehn Bänden hinterlassen. Hugo hing den ersteren über seinen Spiegel und stellte die letzteren auf ein Regal zwischen Ruffs Führer durch London und Bailys Magazine und lebte von zweihundert Pfund im Jahr, die eine alte Tante ihm aussetzte. Er hatte alles versucht. Er war sechs Monate auf die Börse gegangen; aber was soll ein Schmetterling zwischen gierigen Raubtieren anfangen? Etwas längere Zeit war er Teehändler gewesen, aber Pekko und Souchong langweilten ihn bald. Dann hatte er versucht, herben Sherry zu verkaufen. Das ging nicht – der Sherry war etwas zu herb. Endlich war er nichts weiter als ein entzückender, harmloser junger Mann mit einem vollendeten Profil, aber ohne Beruf.

Um das Übel voll zu machen, war er überdies verliebt. Das Mädchen, das er liebte, war Laura Merton, die Tochter eines pensionierten Obersten, der seine gute Laune und seine gute Verdauung in Indien verloren hatte und keines von beiden je wiederfand. Laura betete Hugo an, und er war bereit, ihre Schuhbänder zu küssen. Es gab kein hübscheres Paar in London, aber sie besaßen zusammen keinen Heller. Der Oberst hatte Hugo sehr gern, wollte aber nichts von einer Verlobung wissen.

»Kommen Sie zu mir, mein Junge, wenn Sie einmal zehntausend Pfund besitzen – dann werden wir weitersehen«, pflegte er zu sagen; und an solchen Tagen blickte Hugo sehr sauer drein und Laura musste ihn trösten.

Eines Morgens, als er gerade auf dem Weg nach dem Hollandpark war, wo die Mertons wohnten, kam ihm der Gedanke, einen guten Freund, Alan Trevor, zu besuchen. Trevor war ein Maler. Es gelingt heutzutage wirklich wenig Leuten, dies nicht zu sein. Aber er war auch ein Künstler und Künstler sind doch schon etwas seltener. Äußerlich war er ein seltsam grober Bursche mit einem sommersprossigen Gesicht und einem roten wilden Bart. Wenn er aber seinen Pinsel in die Hand nahm, war er ein wirklicher Meister, und seine Bilder waren sehr gesucht. Er war anfangs von Hugo lediglich seiner äußeren Vorzüge wegen entzückt gewesen. »Die einzigen Leute, mit denen ein Maler verkehren sollte«, pflegte er zu sagen, »sind Leute, die dumm und schön sind, Leute, die anzusehen ein künstlerischer Genuss ist, und bei denen der Geist ausruht, wenn man mit ihnen spricht. Männer, die Dandys sind, und Frauenzimmer, die süß sind, regieren die Welt oder sollten es wenigstens.« Als er aber Hugo besser kennenlernte, gewann er ihn ebenso lieb wegen seines frischen, heiteren Wesens und seiner sorglosen, noblen Natur; und so hatte er ihm erlaubt, ihn jederzeit in seinem Atelier zu besuchen.

Als Hugo eintrat, war Trevor gerade dabei, die letzte Hand an ein wundervolles, lebensgroßes Bildnis eines Bettlers zu legen. Der Bettler selbst stand auf einer erhöhten Plattform in einer Ecke des Ateliers. Es war ein vertrocknetes, zerknittertes altes Männchen mit einem Gesicht wie Pergament und mit einem sehr kläglichen Ausdruck in den Zügen. Über seine Schulter war ein elender brauner Mantel geworfen, ganz zerfetzt und zerlumpt. Seine plumpen Schuhe waren geflickt, und mit einer Hand stützte er sich auf einen derben Stock, mit der anderen hielt er seinen zerschlissenen Hut nach Almosen hin.

»Welch ein verblüffendes Modell!«, flüsterte Hugo, als er seinem Freund die Hand schüttelte.

»Ein verblüffendes Modell?!«, schrie Trevor mit der ganzen Kraft seiner Stimme. »Das will ich wohl meinen! Solchen Bettlern begegnet man nicht alle Tage. Eine trouvaille, mon cher, ein lebender Velasquez! Beim Himmel – was für eine Radierung hätte Rembrandt nach ihm gemacht.«

»Armer, alter Kerl!«, sagte Hugo. »Wie elend er aussieht! Aber für euch Maler muss ja sein Gesicht ein wahres Vermögen bedeuten.«

»Gewiss«, antwortete Trevor. »Sie können ja schließlich nicht verlangen, dass ein Bettler glücklich aussieht.«

»Wie viel bekommt ein Modell für eine Sitzung?«, fragte Hugo, nachdem er sich bequem auf den Diwan niedergelassen hatte.

»Einen Schilling für die Stunde.«

»Und wie viel bekommen Sie für ein Bild, Alan?«

»Na – für das da bekomme ich zweitausend.«

»Pfund?«

»Guineen. Maler, Poeten und Ärzte rechnen immer nur nach Guineen.«

»Das Modell sollte eigentlich eine Tantieme bekommen!«, rief Hugo lachend. »Es hat eine ebenso schwere Arbeit wie Sie.«

»Unsinn, Unsinn! … Sehen Sie nur, was mir das Farbenauftragen allein schon für Mühe macht, und glauben Sie, es ist nichts, so den ganzen Tag vor der Staffelei zu stehen? Sie haben leicht reden, Hugo, aber ich versichere Ihnen, dass es Augenblicke gibt, wo die Kunst fast die Würde der Handarbeit erreicht. Aber jetzt stören Sie mich nicht – ich habe noch sehr viel zu tun! Nehmen Sie eine Zigarette und verhalten Sie sich ruhig.«

Nach einiger Zeit kam der Diener herein und sagte Trevor, dass der Rahmenmacher ihn zu sprechen wünsche.

»Laufen Sie nicht davon, Hugo«, sagte er, als er hinausging. »Ich bin im Augenblick zurück.«

Der alte Bettler benützte die Abwesenheit Trevors, um sich ein wenig auf der hölzernen Bank, die hinter ihm stand, auszuruhen. Er sah so verloren und elend aus, dass Hugo Mitleid mit ihm haben musste. Er suchte in seinen Taschen, um zu sehen, was er an Kleingeld bei sich habe. Er fand aber nur einen Sovereign und einige Kupfermünzen. »Armer, alter Kerl«, sagte er zu sich selbst. »Er braucht das Geld nötiger als ich. Für mich bedeutet das allerdings vierzehn Tage lang keinen Wagen.« Er ging durch das Atelier und schob den Sovereign in die Hand des Bettlers.

Der alte Mann sah verwundert auf und ein schwaches Lächeln zuckte um seine vertrockneten Lippen. »Danke, Herr«, sagte er, »danke.«

Dann kam Trevor zurück, Hugo nahm Abschied und errötete dabei ein wenig über seine Tat. Er verbrachte den Tag mit Laura, sie schalt ihn liebenswürdig wegen seiner Extravaganz, und dann musste er zu Fuß heimgehen. Gegen elf Uhr abends ging er noch in den Paletteklub, und dort fand er Trevor, der einsam im Rauchzimmer saß und Rheinwein mit Selterswasser trank.

»Nun, Alan, haben Sie Ihr Bild fertigbekommen?«, sagte er und zündete sich eine Zigarette an.

»Fix und fertig und eingerahmt, mein Junge«, antwortete Trevor. »Sie haben übrigens eine Eroberung gemacht. Das alte Modell, das Sie gesehen haben, ist ganz und gar in Sie verschossen. Ich musste ihm alles über Sie erzählen, wer Sie sind, wo Sie wohnen, wie hoch Ihr Einkommen ist, was für Aussichten Sie haben.«

»Mein lieber Alan«, rief Hugo. »Wenn ich jetzt nach Hause komme, wird er mich sicher schon erwarten. Sie machen hoffentlich nur Scherz? Der arme Jammergreis! Ich wünschte, ich könnte etwas für ihn tun. Es muss schrecklich sein, wenn man gar so elend ist. Ich habe Stöße von alten Kleidern zu Hause – glauben Sie, dass er was davon gebrauchen könnte? Seine Fetzen fielen ihm ja schon in Stücken vom Leibe.«

»Aber er sieht prachtvoll darin aus«, sagte Trevor. »Nicht um alles in der Welt würde ich ihn im Frack malen. Was Sie Fetzen nennen, nenne ich romantisch. Was Ihnen jammervoll erscheint, ist für mich pittoresk. Übrigens werde ich ihm von Ihrem Anerbieten Mitteilung machen.«

»Alan«, sagte Hugo ernsthaft. »Ihr Maler seid doch ein herzloses Pack.«

»Eines Künstlers Herz ist sein Kopf«, antwortete Trevor. »Und überdies besteht unser Beruf darin, die Welt zu verwirklichen, wie wir sie sehen, nicht sie zu verbessern, weil wir sie kennen. A chacun son metier! Und nun sagen Sie mir, wie es Laura geht. Das alte Modell hat sich ungemein für sie interessiert.«

»Wollen Sie damit etwa sagen, dass Sie ihm von ihr erzählt haben?«, fragte Hugo.

»Gewiss hab ich das getan! Er weiß alles über den eigensinnigen Oberst, die liebliche Laura und die fehlenden zehntausend Pfund.«

»Sie haben also einem alten Bettler alle meine Privatverhältnisse erzählt?!«, rief Hugo und wurde sehr rot und ärgerlich.

»Mein lieber Junge«, sagte Trevor und lächelte. »Dieser alte Bettler, wie Sie ihn nennen, ist einer der reichsten Männer in Europa. Er könnte morgen ganz London zusammenkaufen, ohne sein Konto zu überziehen. Er hat ein Haus in jeder Hauptstadt, speist von goldenen Schüsseln und kann, wenn es ihm gerade einfällt, Russland verhindern, Krieg zu führen.«

»Wie meinen Sie das?«, fragte Hugo erstaunt.

»Wie ich es sage«, antwortete Trevor. »Der alte Mann, dem Sie heute in meinem Atelier begegnet sind, ist Baron Hausberg. Er ist ein guter Freund von mir, kauft alle meine Bilder und hat mir vor einem Monat den Auftrag gegeben, ihn als Bettler zu malen. Que voulez-vouz? La fantaisie d'un millionaire! Und ich muss sagen, er sah wundervoll aus in seinen Lumpen, oder besser gesagt in meinen Lumpen; ich habe die ganze Garnitur einmal alt in Spanien gekauft.«

»Baron Hausberg?!«, rief Hugo. »Allmächtiger – und ich hab ihm einen Sovereign gegeben!« Und er sank, ein Bild des Jammers, in den Lehnstuhl.

»Sie haben ihm einen Sovereign gegeben?!«, brüllte Trevor und konnte sich vor Lachen nicht halten. »Mein lieber Junge, Sie werden Ihr Geld nie wiedersehen. Son affaire c'est l'argent des autres.«

»Sie hätten mir das aber auch vorher sagen können!«, schmollte Hugo. »Dann hätt ich mich nicht so zum Narren gemacht.«

»Na, hören Sie mal, Hugo!«, sagte Trevor. »Erstens konnte ich nicht annehmen, dass Sie so sorglos mit Almosen um sich werfen! Ich verstehe, dass man einem hübschen Modell einen Kuss gibt, aber einem hässlichen Modell einen Sovereign – nein, das geht über meinen Horizont. Überdies war ich tatsächlich an diesem Tag für niemanden zu sprechen. Als Sie kamen, wusste ich nicht, ob Hausberg eine offizielle Vorstellung passen würde. Sie wissen ja – er war nicht gerade in full dress.«

»Für was für einen Trottel muss er mich halten!«, sagte Hugo.

»Aber durchaus nicht! Er war, nachdem Sie uns verlassen hatten, in der denkbar besten Laune. Er lachte immer in sich hinein und rieb fortwährend seine alten verrunzelten Hände. Ich verstand nicht, warum er sich so für Sie interessierte. Aber nun kapiere ich es. Er wird den Sovereign für Sie anlegen, Hugo, Ihnen alle sechs Monate Ihre Zinsen zahlen und bei jedem Diner den kapitalen Spaß erzählen.«

»Ich bin ein unglücklicher Teufel«, brummte Hugo. »Das Beste ist, ich gehe zu Bett. Bitte, Alan, erzählen Sie niemandem die Geschichte – ich könnte mich sonst nicht mehr auf der Straße sehen lassen!«

»Unsinn, die Sache wirft auf Ihren philanthropischen Geist das beste Licht, Hugo. Und jetzt laufen Sie nicht davon! Nehmen Sie noch eine Zigarette und dann schwätzen wir über Laura, so viel Sie wollen!«

Aber Hugo wollte nun einmal nicht bleiben, sondern ging nach Hause, und es war ihm sehr unbehaglich zumute. Alan Trevor aber blieb zurück und lachte sich halb tot.

Als Hugo am nächsten Morgen beim Frühstück saß, brachte ihm das Mädchen eine Karte, auf der unter dem Namen Monsieur Gustave Naudin geschrieben war: »De la part de M. le Baron Hausberg.« – »Er kommt offenbar, um meine Entschuldigung entgegenzunehmen«, sagte Hugo zu sich selbst. Und er ließ den Fremden hereinbitten.

Ein alter Herr mit goldener Brille und grauem Haar trat ein und sagte mit leicht französischem Akzent: »Habe ich die Ehre, mit Monsieur Erskine zu sprechen?«

Hugo verbeugte sich.

»Ich komme vom Baron Hausberg«, fuhr er fort, »und der Baron …«

»Ich bitte Sie, mein Herr, ihm meine aufrichtigsten Entschuldigungen zu übermitteln«, stammelte Hugo.

»Der Baron«, sagte der alte Herr mit einem Lächeln, »hat mich beauftragt, Ihnen diesen Brief zu bringen«; und er reichte ihm ein versiegeltes Kuvert.

Auf dem Briefumschlag stand geschrieben: »Ein Hochzeitsgeschenk für Hugo Erskine und Laura Merton von einem alten Bettler.« Und darin lag ein Scheck auf zehntausend Pfund.

Als sie heirateten, war Alan Trevor Brautführer, und der Baron hielt beim Hochzeitsmahl eine Rede.

»Es gibt wenig Millionärmodelle«, bemerkte Alan, »aber wahrhaftig – Modellmillionäre sind noch seltener.«

Das Bildnis des Herrn W. H.

I

Ich hatte mit Erskine in seinem hübschen kleinen Haus in Birdcage Walk zu Mittag gegessen, und nun saßen wir im Bibliothekszimmer bei Kaffee und Zigaretten, als die Frage der literarischen Fälschungen aufs Tapet kam. Ich kann mich jetzt nicht mehr erinnern, wie wir auf dieses einigermaßen seltsame Thema gerieten, aber ich weiß, dass wir lange über Macpherson, Ireland und Chatterton debattierten, und dass ich bei dem letzten die Meinung verfocht, seine sogenannten Fälschungen seien nichts anderes als der Ausdruck eines künstlerischen Wunsches nach vollkommener Darstellung, dass es uns nicht zukomme, mit dem Künstler wegen der Bedingungen, unter denen er uns sein Werk vorführen wolle, zu rechten, und dass, da alle Kunst schließlich bis zu einem gewissen Grad eine Art des Handelns darstelle, einen Versuch, seine Persönlichkeit gewissermaßen in der Sphäre der Einbildungskraft, außerhalb der Zufälligkeiten, der Hindernisse und der Grenzen des täglichen Lebens zur Geltung zu bringen, es die Vermengung eines ethischen mit einem ästhetischen Problem bedeute, wenn man einen Künstler wegen einer Fälschung zur Rechenschaft ziehe.

Erskine, der bei Weitem älter als ich war und mir mit der heiteren Nachsicht eines Vierzigers zugehört hatte, legte mir plötzlich die Hand auf die Schulter und sagte:

»Was würden Sie von einem jungen Mann halten, der über ein bestimmtes Kunstwerk eine besondere Theorie hätte, an seine Theorie glaubte und, um sie zu beweisen, eine Fälschung beginge?«

»Das ist etwas ganz anderes«, antwortete ich.

Erskine schwieg einen Augenblick und betrachtete die dünnen grauen Rauchringel, die von seiner Zigarette aufstiegen. »Allerdings«, sagte er nach einer Pause. »Das ist etwas anderes.«

Es lag etwas im Ton seiner Stimme, vielleicht eine leichte Spur von Bitterkeit, das meine Neugier reizte. »Haben Sie jemanden gekannt, der das getan hat?«, fragte ich.

»Ja«, antwortete er und warf seine Zigarette ins Feuer. »Es war ein guter Freund von mir, Cyril Graham. Er bezauberte die Menschen – war aber sehr dumm und sehr herzlos. Er hat mir übrigens die einzige Erbschaft hinterlassen, die ich je in meinem Leben gemacht habe.«

»Und was war das?«, rief ich aus.

Erskine stand von seinem Sitz auf, ging zu einem hohen, eingelegten Schrank, der zwischen den beiden Fenstern stand, schloss ihn auf und kam zurück mit einem kleinen Gemälde auf Holz in einem alten und etwas beschmutzten Rahmen aus der Zeit der Königin Elisabeth.

Es war das Porträt eines jungen Mannes in ganzer Figur im Kostüm des ausgehenden 16. Jahrhunderts, an einem Tisch stehend, die rechte Hand auf ein geöffnetes Buch gestützt. Er schien ungefähr siebzehn Jahre alt und war von ganz außerordentlicher, wenn auch augenscheinlich etwas weibischer Schönheit. Wäre nicht das Kostüm gewesen und das kurz geschnittene Haar, so hätte man wirklich glauben können, dass dieses Antlitz mit seinen verträumten, sehnsüchtigen Augen, mit seinen zarten roten Lippen das

Gesicht eines Mädchens sei. In seiner Technik und besonders in der Art, wie die Hände behandelt waren, erinnerte das Bild an die späteren Werke von François Clouet. Das schwarzsamtene Wams mit seinen fantastischen Goldspitzen und der pfauenblaue Hintergrund, von dem es sich wundervoll abhob und durch den es eine so leuchtende Farbenwirkung gewann, waren völlig in Clouets Stil. Die beiden Masken der Tragödie und der Komödie, die etwas konventionell an einem Marmorsockel hingen, zeigten die harte, strenge Pinselführung – so verschieden von der leichten Grazie der Italiener –, den der große flämische Meister auch am französischen Hof niemals ganz verloren hat und der an und für sich immer ein charakteristisches Merkmal nordischer Art geblieben ist.

»Das ist ein entzückendes Bild!«, rief ich aus. »Aber wer ist dieser wunderbare junge Mann, dessen Schönheit uns die Kunst so glücklich bewahrt hat?«

»Es ist das Porträt von W. H.«, sagte Erskine mit einem traurigen Lächeln. Vielleicht war es bloß ein zufälliger Lichteffekt, aber mir kam es vor, als glänzten Tränen in seinen Augen.

»W. H.?«, rief ich aus. »Wer war W. H.?«

»Erinnern Sie sich nicht?«, antwortete er. »Sehen Sie doch das Buch an, auf dem seine Hand ruht.«

»Ich sehe Schrift darauf, aber ich kann sie nicht entziffern«, antwortete ich.

»Nehmen Sie dieses Vergrößerungsglas und versuchen Sie, zu lesen«, antwortete Erskine, und dasselbe traurige Lächeln spielte um seinen Mund.

Ich nahm das Glas, schob die Lampe etwas näher und begann die schwierige Handschrift zu buchstabieren.

»Dem einzigen Schöpfer der nachfolgenden Sonette …«

»Großer Gott«, rief ich. »Ist das Shakespeares W. H.?«

»Das war er nach Cyril Grahams Meinung«, murmelte Erskine.

»Aber es gleicht doch nicht im Geringsten Lord Pembroke«, antwortete ich. »Ich kenne die Penshurst-Bilder sehr gut. Ich habe sie erst vor einigen Wochen gesehen.«

»Glauben Sie also wirklich, dass die Sonette an Lord Pembroke gerichtet sind?«, fragte er.

»Ich bin davon überzeugt«, antwortete ich. »Pembroke, Shakespeare und Mrs. Mary Fitton sind die drei Personen der Sonette. Darüber kann kein Zweifel herrschen.«

»Ich bin ganz Ihrer Meinung«, sagte Erskine. »Aber ich dachte nicht immer so. Ich glaubte sogar – ja, ich glaubte wirklich eine Zeit lang an Cyril Graham und seine Theorie.«

»Und worin bestand diese Theorie?«, fragte ich, während ich das wundervolle Bild betrachtete, das bereits begonnen hatte, mich in ganz merkwürdiger Weise zu fesseln.

»Das ist eine lange Geschichte«, sagte Erskine und nahm mir das Bild fort – mit einer fast heftigen Bewegung, wie es mir damals vorkam. »Eine sehr lange Geschichte, aber wenn es Sie interessiert, will ich sie Ihnen erzählen.«

»Mich interessiert jede Theorie über die Sonette!«, rief ich. »Aber ich glaube nicht, dass ich leicht zu einer neuen Anschauung bekehrt werden kann. Der Gegenstand hat aufgehört, ein Geheimnis zu sein. Ja, ich wundere mich, dass er jemals ein Geheimnis gewesen ist.«

»Da ich selbst nicht an die Theorie glaube, will ich Sie ja gar nicht bekehren«, sagte Erskine lachend. »Aber vielleicht interessiert Sie die Sache.«

»So erzählen Sie doch«, sagte ich. »Wenn die Geschichte nur halb so entzückend ist wie das Bild, bin ich mehr als zufrieden.«

»Ich muss«, sagte Erskine und zündete sich eine Zigarette an, »meine Geschichte damit beginnen, dass ich Ihnen etwas über Cyril Graham selbst erzähle. Er und ich waren Schulkameraden in Eton. Ich war ein oder zwei Jahre älter als er, aber wir waren dicke Freunde und arbeiteten und spielten immer zusammen. Wir spielten natürlich viel mehr als wir arbeiteten, aber ich kann nicht sagen, dass ich das bedaure. Es ist immer ein Vorzug, keine gar zu solide, praktische Erziehung genossen zu haben, und was ich auf den Spielplätzen in Eton gelernt habe, ist für mich ebenso nützlich gewesen wie das, was mir später in Cambridge beigebracht worden ist. Ich muss Ihnen noch sagen, dass Cyrils Eltern tot waren. Sie ertranken bei einem schrecklichen Jachtunglück in der Nähe der Insel Wight. Sein Vater hatte im diplomatischen Dienst gestanden und war mit der einzigen Tochter des alten Lord Crediton verheiratet gewesen, der nach dem Tod seiner Eltern Cyrils Vormund wurde. Ich glaube nicht, dass Lord Crediton sich viel aus Cyril gemacht hat. Er hat es seiner Tochter nie verziehen, dass sie einen Mann ohne Titel geheiratet hatte. Er war ein sonderbarer alter Aristokrat, der wie ein Obsthöker fluchte und die Manieren eines Bauern hatte. Ich erinnere mich, ihn einmal bei unserer Schulfeier gesehen zu haben. Er knurrte mich an, schenkte mir einen Sovereign und sagte mir, ich solle kein ›verfluchter Radikaler‹ werden wie mein Vater. Cyril liebte ihn nicht sehr und war herzlich froh, den größten Teil seiner Ferien bei uns in Schottland verbringen zu dürfen. Eigentlich harmonierten sie überhaupt nicht. Cyril empfand ihn als Bär, und er fand Cyril weibisch. Cyril war in der Tat in vielen Dingen weibisch, wenn er auch ein sehr guter Reiter und ein glänzender Fechter war. Er erhielt sogar einen Fechtpreis, bevor er Eton verließ. Aber er hatte sehr lässige Manieren und war nicht wenig eitel auf sein Äußeres und außerdem hatte er eine starke Abneigung gegen Fußball. In Eton liebte er es immer, sich zu kostümieren und Shakespeare zu rezitieren, und als wir Primaner wurden, trat er sofort dem Liebhabertheaterklub als Mitglied bei. Ich erinnere mich, dass ich auf seine Schauspielerei direkt eifersüchtig war. Ich war ganz vernarrt in ihn, vielleicht weil wir in vielen Dingen so ganz verschieden waren. Ich war ein ziemlich unbeholfener, schwächlicher Junge mit sehr großen Füßen und dem ganzen Gesicht voll Sommersprossen. Sommersprossen findet man in schottischen Familien ebenso regelmäßig wie die Gicht in englischen. Cyril pflegte zu sagen, dass er von beiden die Gicht vorziehe, denn er legte immer einen unsinnig hohen Wert auf die persönliche Erscheinung und hielt einmal einen Vortrag in unserem Debattierklub, um zu beweisen, dass es wertvoller sei, gut auszusehen als gut zu sein. Er war in der Tat von wunderbarer Schönheit. Leute, die ihn nicht mochten, Philister, Professoren und junge Leute, die sich für die theologische Laufbahn vorbereiteten, pflegten zu sagen, er sei nur hübsch. Aber es lag doch bedeutend mehr in seinem Gesich, als bloße Anmut. Ich glaube, es war das herrlichste Wesen, das ich je gesehen habe, und nichts übertraf die Grazie seiner Bewegungen und den Reiz seiner Manieren. Er bezauberte jeden, bei dem es sich verlohnte, und außerdem noch eine Menge Leute, die es nicht wert waren. Er war oft eigensinnig und unverschämt und ich hielt ihn für schrecklich unaufrichtig. Das schrieb ich hauptsächlich auf Rechnung seiner unmäßigen Begierde, zu gefallen. Armer Cyril! Ich sagte ihm einmal, dass er sich mit sehr billigen Triumphen begnüge, aber da lachte er bloß. Er war schrecklich verwöhnt. Ich glaube, alle reizvollen Menschen sind verwöhnt – das ist das Geheimnis ihrer Anziehungskraft.

Ich muss Ihnen noch etwas über Cyrils Schauspielkunst sagen. Sie wissen, dass keine Schauspielerinnen im Liebhabertheaterklub spielen dürfen. Wenigstens war es so zu meiner Zeit. Ich weiß nicht, wie es jetzt damit steht. Natürlich wurde Cyril immer für die weiblichen Rollen genommen, und als man einmal ›Wie es euch gefällt‹ aufführte, spielte er die Rosalinde. Es war eine wunderbare Aufführung. Cyril Graham war wirklich die einzig vollkommene Rosalinde, die ich je gesehen habe. Ich kann Ihnen unmöglich die Schönheit, die Zartheit, die Durchgeistigung seiner ganzen Erscheinung beschreiben. Es war ein ungeheurer Erfolg und das schreckliche kleine Theater war jeden Abend gedrängt voll. Selbst wenn ich das Stück heute lese, muss ich an Cyril denken. Als ob es für ihn geschrieben worden wäre! Im letzten Semester promovierte er und kam dann nach London, um sich für die diplomatische Karriere vorzubereiten. Aber er arbeitete nie etwas. Er verbrachte seine Tage mit dem Lesen der Shakespeare'schen Sonette und seine Abende im Theater. Er war natürlich ganz wild darauf, zur Bühne zu gehen. Nur mit großer Mühe konnten Lord Crediton und ich ihn davon abbringen. Vielleicht würde er heute noch leben, wenn er damals zur Bühne gegangen wäre. Es ist immer dumm, einen Rat zu geben, aber es ist ganz und gar verderblich, einen guten Rat zu geben. Ich hoffe, Sie werden diesen Unsinn nie begehen. Wenn Sie es tun, werden Sie es immer bereuen.

Doch ich will zum Kern meiner Geschichte kommen. Eines Tages erhielt ich einen Brief von Cyril, worin er mich bat, abends in seine Wohnung zu kommen.

Seine Wohnung in Piccadilly war reizend, mit Aussicht auf den Greenpark. Da ich ihn jeden Tag zu besuchen pflegte, war ich überrascht, dass er sich die Mühe nahm, zu schreiben. Natürlich ging ich zu ihm und fand ihn in einem Zustand großer Erregung. Er sagte mir, dass er endlich das wahre Geheimnis der Shakespeare'schen Sonette entdeckt habe, dass alle Fachleute und Kritiker bisher eine ganz falsche Fährte verfolgt hätten, und dass er der Erste sei, der, rein intuitiv, herausgebracht habe, wer W. H. in Wahrheit gewesen sei. Er war außer sich vor Freude und konnte vor Aufregung lange Zeit mir seine Theorie nicht auseinandersetzen. Endlich brachte er einen Haufen Notizen herbei, nahm sein Exemplar der Sonette vom Kamin, setzte sich nieder und hielt mir einen langen Vortrag über die Sache.

Er wies zunächst darauf hin, dass der junge Mann, an den Shakespeare diese seltsam leidenschaftlichen Gedichte gerichtet habe, jemand gewesen sein müsse, der einen wesentlichen Einfluss auf die Entwicklung seiner dramatischen Kunst gehabt haben müsse, und dass man das weder von Lord Pembroke noch von Lord Southampton behaupten könne. Wer immer es aber auch sei, es könne niemand von hoher Geburt gewesen sein, wie dies sehr klar aus dem 25. Sonett hervorgehe, in dem Shakespeare sich in Gegensatz zu denen stelle, die ›großer Fürsten Günstlinge‹ seien. Er sage dort ganz klar:

›Lass die, so in der Gunst der Sterne stehn,
Mit Titelprunk sich blähn und lauter Ehre;
Ich, fern von solchem Glanz, will ungesehn
An dem mich freun, was ich zumeist verehre.‹

und ende das Sonett, indem er sich zu dem niederen Stand, der ihm so lieb ist, beglückwünsche.

›Drum glücklich ich! Ich lieb' und bin geliebt,
Wo ich nie wank' und nichts beiseit mich schiebt.‹

Cyril erklärte, dass dieses Sonett ganz unverständlich sei, wenn man annehmen wolle, dass es an den Grafen Pembroke oder den Grafen Southampton gerichtet sei, zwei Männern, die zuhöchst im Rang in England standen und mit Recht ›große Fürsten‹ genannt werden durften. Und um seine Ansicht zu unterstützen, las er mir das 124. und 125. Sonett vor, in denen Shakespeare uns sagt, dass seine Liebe nicht ›ein Kind von Rang‹ sei, dass sie nicht ›leidet unter eitlem Prunk‹, wohl aber ›errichtet sei fern vom Zufall‹. Ich hörte mit großem Interesse zu, denn ich glaube nicht, dass diese Bemerkung schon jemals gemacht worden ist. Was aber dann folgte, war noch viel seltsamer und schien mir damals die Sache vollkommen zu Pembrokes Ungunsten zu entscheiden. Wir wissen von Meres, dass die Sonette vor 1598 geschrieben worden sind, und das 104. Sonett berichtet uns, dass Shakespeares Freundschaft für W. H. bereits drei Jahre dauerte. Nun sei aber Lord Pembroke, der 1580 geboren wurde, nicht vor seinem 18. Jahr, das heißt nicht vor 1598, nach London gekommen, während Shakespeares Bekanntschaft mit W. H. 1594, spätestens aber 1595, begonnen haben müsse. Shakespeare könne also Lord Pembroke erst kennengelernt haben, nachdem er die Sonette geschrieben habe.

Cyril betonte auch, dass Pembrokes Vater nicht vor 1601 starb, indes aus dem Verse

›Ihr hattet einen Vater, lasst den Sohn es künden‹

hervorgehe, dass der Vater W. H.s im Jahr 1598 tot war. Überdies sei es unsinnig, anzunehmen, dass ein Verleger der damaligen Zeit – und die Vorrede stammt von der

Hand des Verlegers –, die Kühnheit gehabt hätte, William Herbert Grafen von Pembroke mit Herrn W. H. anzusprechen. Der Fall von Lord Buckhurst, den man einmal Mr. Sackville nenne, sei durchaus kein überzeugendes Beispiel, denn Lord Buckhurst sei kein Pair gewesen, sondern bloß der jüngere Sohn eines Pairs mit einem sogenannten Höflichkeitstitel, und die Stelle in Englands Parnass, wo von ihm gesprochen wird, ist keine formelle und feierliche Widmung, sondern bloß eine zufällige Erwähnung. So wurden Lord Pembrokes angebliche Ansprüche von Cyril mit leichter Hand zerstört, und ich saß ganz verwundert da. Mit Lord Southampton hatte Cyril noch weniger Mühe. Southampton wurde in sehr jungen Jahren der Liebhaber von Elisabeth Vernon, sodass er keine Aufforderung, sich zu verheiraten, brauchte; er war nicht schön; er ähnelte nicht seiner Mutter wie W. H.

›Wie du ein Spiegel deiner Mutter scheinst,
Der ihren holden Mai ihr ruft zurück.‹

Und vor allem war sein Vorname Heinrich, indes die Wortspiele im 135. und 143. Sonett beweisen, dass der Vorname von Shakespeares Freund derselbe war wie sein eigener, nämlich William.

Mit den übrigen Hypothesen unglückseliger Kommentatoren, dass W. H. ein Druckfehler für W. S. sei und William Shakespeare bedeute, dass ›Mr. W. H. all‹ gelesen werden müsse: Mr. W. Hall, dass Mr. W. H. Mr. William Hathaway sei, dass nach ›wünscht‹ ein Punkt gemacht werden müsse, sodass W. H. als der Schreiber und nicht als der Angesprochene bei der Widmung erscheine, wurde Cyril in sehr kurzer Zeit fertig. Es ist auch nicht der Mühe wert, seine Gründe anzuführen, obwohl ich mich erinnere, dass ich hellauf lachte, als er mir, gottlob nicht im Original, einen Auszug von dem Kommentar eines Deutschen namens Barnstorff vorlas, der behauptete, dass Mr. W. H. niemand anders sei als ›Mr. William Himself‹. Er gab auch keinen Augenblick zu, dass die Sonette etwa nichts anderes wären als bloße Satiren auf die Dichtungen von Drayton und John Davies von Hereford. Ihm, wie übrigens auch mir, erschienen sie als Gedichte von ernster und tragischer Bedeutung, die Shakespeare der Bitterkeit seines Herzens abrang und mit dem Honig seiner Lippen versüße. Noch weniger wollte er zugeben, dass sie bloß eine philosophische Allegorie bedeuten sollten, und dass sich Shakespeare in ihnen an sein ideales Ich wende oder an das Ideal der Mannhaftigkeit, den Geist der Schönheit, die Vernunft, das göttliche Wort oder an die katholische Kirche. Er fühlte, wie wir tatsächlich alle fühlen müssen, dass die Sonette an ein Individuum gerichtet sind – an einen bestimmten jungen Mann, dessen Persönlichkeit aus irgendeinem Grunde Shakespeares Seele mit erschreckender Freude und nicht minder schrecklicher Verzweiflung erfüllt haben muss.

Nachdem er auf diese Weise den Weg gleichsam freigelegt hatte, bat mich Cyril, alle vorgefassten Meinungen, die ich vielleicht über das Thema hätte, einmal beiseitezulassen und seiner Theorie unvoreingenommen Gehör zu schenken. Das Problem, das er lösen wollte, war folgendes: Wer war der junge Mann aus den Tagen Shakespeares, der, ohne von edler Geburt oder auch nur von edler Wesensart zu sein, von ihm in Ausdrücken von so seltsamer, leidenschaftlicher Verehrung angeredet wurde, dass wir uns fast fürchten, an den Schlüssel zu rühren, der das Geheimnis des Dichterherzens öffnet? Wer war der Mann, dessen körperliche Schönheit so groß war, dass sie der Eckstein von Shakespeares Kunst wurde, die wahre Quelle seiner Begeisterung, die Verkörperung seiner Träume? Ihn bloß wie den Gegenstand gewisser Liebesgedichte betrachten, heißt die ganze Bedeutung der Gedichte verkennen, denn die Kunst, von der Shakespeare in seinen Sonetten spricht, ist nicht die Kunst der Sonette selbst, die er als etwas Geringes und Nebensächliches betrachtete, sondern es ist die Kunst des Dramatikers, auf die er immer wieder anspielt; und er, von dem Shakespeare sagt:

›Mir bist du alle Kunst, und meine Rohheit
Hebst du so hoch wie der Gelehrten Hoheit.‹

er, dem er Unsterblichkeit verspricht,

›Dank meiner Feder lebt von dir die Kunde,
Wo Lebenslust meist lebt, im Menschenmunde.‹

war sicherlich niemand anders als der jugendliche Schauspieler, für den er Viola und Imogen schuf, Julia und Rosalinde, Portia und Desdemona und selbst Kleopatra. Das war Cyril Grahams Theorie, die, wie Sie sehen, allein aus den Sonetten selbst abgeleitet war, und deren Annahme weniger von überzeugenden Beweisen oder äußeren Zeugnissen abhing als von einer Art künstlerischer und geistiger Intuition, durch die allein, wie er behauptete, die wahre Bedeutung der Gedichte erfasst werden könne. Ich erinnere mich, dass er mir das schöne Sonett vorlas:

›Kann meine Muse Stoffs zu wenig haben,
Solang du lebst? Du strömst in mein Gedicht
Dein eignes Thema, lieblich und erhaben;
Dafür genügen Alltagsverse nicht.
O dir allein muss aller Dank verbleiben,
Wenn Lesenswertes du entdeckst in mir;

Wer ist zu stumm, dir ein Gedicht zu schreiben,
Wenn unsre Dichtkunst Licht empfängt von dir!
Die zehnte Muse sei, zehnmal so hehr
Wie jene neun, zu denen Reimer flehen,
Und wer dich anruft, Rhythmen schaffe der
Unsterblich, die in fernster Frist bestehen!‹

und dabei betonte, wie vollständig es seine Theorie bestätige. Und so ging er tatsächlich sorgfältig alle Sonette durch und zeigte, oder glaubte wenigstens zu zeigen, dass nach seiner neuen Erklärung Dinge, die bisher dunkel, schlecht oder übertrieben erschienen waren, nun klar, vernünftig und von hoher künstlerischer Bedeutung wurden und Shakespeares Auffassung von den wahren Beziehungen zwischen der Kunst des Schauspielers und der Kunst des Dramatikers erläuterten.

Es ist natürlich klar, dass in Shakespeares Ensemble ein wunderbarer jugendlicher Schauspieler von großer Schönheit gewesen sein muss, dem er die Darstellung seiner edlen Heldinnen anvertraute. Shakespeare war nämlich ebenso sehr praktischer Theaterdirektor wie fantasievoller Poet. Cyril Graham hatte nun den Namen dieses jungen Schauspielers entdeckt. Es war Will oder, wie er ihn zu nennen liebte, Willie Hughes. Den Vornamen fand er selbstverständlich in den Wortspielsonetten 135 und 143. Der Zuname war ihm zufolge verborgen in der achten Zeile des 20. Sonetts, wo W. H. beschrieben wird als:

›A man in hue, all Hues in his controlling.‹

In der Originalausgabe der Sonette ist »Hues« mit einem großen Anfangsbuchstaben und in Antiqua gedruckt, und, wie er annahm, bewies das klar, dass hier ein Wortspiel beabsichtigt war, und seine Ansicht erhielt eine kräftige Unterstützung durch die Sonette, wo merkwürdige Wortspiele mit den Worten ›use‹ und ›usury‹ gemacht werden. Natürlich war ich sofort bekehrt und Willie Hughes wurde für mich eine ebenso wirkliche Persönlichkeit wie Shakespeare selbst. Den einzigen Einwand, den ich gegen diese Theorie erhob, war, dass der Name Willie Hughes in der Liste der Schauspieler der Shakespeareschen Gesellschaft nicht vorkommt, wie sie in der ersten Folioausgabe abgedruckt ist. Aber Cyril wies darauf hin, dass gerade das Fehlen von Willie Hughes' Namen auf der Liste seine Theorie erst recht unterstütze, denn es werde aus dem Sonett 86 klar, dass Willie Hughes Shakespeares Gesellschaft verlassen hatte, um in einem Konkurrenztheater aufzutreten, wahrscheinlich in irgendeinem Stück von Chapman. Darauf beziehe sich, was in seinem großen Sonette über Chapman Shakespeare zu Willie Hughes sage:

›Als deine Gunst begann sein Lied zu feilen,
Da schwand mein Stoff, da lahmten meine Zeilen.‹

Der Ausdruck ›your countenance filled up his line‹ beziehe sich offenbar auf die Schönheit des jungen Schauspielers, die Chapmans Versen Leben und Wirklichkeit und neue Reize gab. Und derselbe Gedanke komme noch einmal vor im 79. Sonett:

›Als ich allein noch anrief deine Gunst,
Floss meinem Lied allein dein Anmutschatz!
Nun aber welkt die Anmut meiner Kunst,
Die Muse, krank, macht einer andern Platz.‹

und in dem unmittelbar vorangehenden Sonett, wo Shakespeare sagt:

›Dass nun die ganze Zunft, wie ich's begann,
Gedichte ausstreut unter deinem Schutze.‹

Das Wortspiel mit den Worten ›use‹ und ›Hughes‹ sei natürlich ganz klar und die Phrase ›Gedichte ausstreut unter deinem Schutze‹ bedeute: ›durch deine Mitwirkung als Schauspieler ihre Stücke vor das Publikum bringt.‹

Es war ein wundervoller Abend und wir saßen fast bis zur Morgendämmerung und lasen die Sonette immer wieder. Nach einiger Zeit begann ich jedoch einzusehen, dass, ehe die Theorie in überzeugender Form der Welt vorgelegt werden könne, es notwendig sei, für die Existenz des jugendlichen Schauspielers Willie Hughes einen einwandfreien Beweis zu schaffen. Nur in diesem Falle war ein Zweifel an seiner Identität mit W. H. nicht mehr möglich. Misslang aber dieser Beweis, dann war es freilich nichts mit der Theorie. Ich setzte dies sehr ernsthaft Cyril auseinander, der sich einigermaßen über meine, wie er es nannte, philiströse Anschauung ärgerte und sehr bittere Worte brauchte. Aber ich nahm ihm das Versprechen ab, dass er in seinem eigenen Interesse seine Entdeckung nicht früher veröffentlichen werde, ehe sie nicht über jeden Zweifel erhaben sei. Wochenlang durchsuchten wir die Matrikeln in den Kirchen der Stadt, die Alleyn-Mss. in Dulwich, das Record Office, die Akten des Lord Chamberlain – kurz alles, was eine Andeutung von Willie Hughes hätte enthalten können. Natürlich fanden wir nichts und mit jedem Tag schien mir die Existenz von Willie Hughes problematischer zu werden. Cyril war in einem schrecklichen Zustand und ging, in der Absicht, mich zu überzeugen, die ganze Frage Tag für Tag von Neuem durch. Aber ich sah die eine Lücke in der Theorie, und ich wollte mich nicht überzeugen lassen, ehe nicht die tatsächliche Existenz von Willie Hughes, dem Schauspielerknaben aus der Zeit der Königin Elisabeth, allen Zweifeln und Spitzfindigkeiten zum Trotz, erwiesen wäre.

Eines Tages verließ Cyril London, um seinen Großvater zu besuchen, wie ich damals glaubte. Aber später hörte ich von Lord Crediton, dass dies nicht der Fall gewesen war. Vierzehn Tage später erhielt ich ein in Warwick aufgegebenes Telegramm von ihm, worin er mich bat, bestimmt abends um halb acht Uhr mit ihm zu speisen. Als ich bei ihm eintrat, sagte er zu mir: ›Der einzige Apostel, der keinen Beweis verdient hat, war der heilige Thomas, und der heilige Thomas war der einzige Apostel, dem er zuteilwurde.‹ Ich fragte ihn, was er damit meine. Er antwortete, dass er nicht nur imstande sei, die Existenz eines jugendlichen Schauspielers namens Willie Hughes im 16. Jahrhundert nachzuweisen, sondern auch das unumstößliche Zeugnis erbracht habe, dass dies der W. H. der Sonette sei. Er wollte mir im Augenblick nichts mehr sagen. Nach dem Essen aber brachte er mir feierlich das Bild, das ich Ihnen vorhin gezeigt habe, und erzählte mir, dass er es ganz zufällig entdeckt habe, angenagelt im Inneren einer alten Truhe, die er in einem Pächterhaus in Warwickshire gekauft habe. Die Truhe selbst, ein sehr feines Stück elisabethanischer Arbeit, hatte er natürlich mitgebracht, und in der Mitte des Deckels waren die Anfangsbuchstaben W. H. unzweifelhaft eingeschnitzt. Das Monogramm hatte seine Aufmerksamkeit erregt, und er sagte mir, dass die Truhe schon einige Tage in seinem Besitz gewesen sei, ehe er daran gedacht habe, das Innere sorgfältig zu prüfen. Eines Morgens nun habe er bemerkt, dass die eine Seite der Truhe viel dicker als die andere sei und bei näherer Prüfung auf dieser Seite ein eingefügtes und eingerahmtes Holzbild entdeckt.

Er hatte es herausgenommen – es war das Bild, das jetzt da auf dem Sofa liegt. Es war sehr schmutzig und ganz mit Schimmel bedeckt. Aber er reinigte es und sah zu seiner großen Freude, dass das, was er schon so lange gesucht hatte, ihm nun durch einen reinen Zufall in die Hände gefallen war. Da war ein authentisches Porträt von W. H., die Hand auf das Widmungsblatt der Sonette gestützt, und auf dem Rahmen selbst konnte man undeutlich in schwarzen Unzialbuchstaben auf einem verblassten Goldgrund den Namen des jungen Mannes lesen: ›Master Wil. Hews.‹

Was sollte ich nun sagen? Ich dachte selbstverständlich nicht einen Moment daran, dass Cyril Graham mir einen Streich spielen wollte, oder dass er versuchte, seine Theorie mithilfe einer Fälschung zu beweisen.«

»Aber ist es denn eine Fälschung?«, fragte ich.

»Natürlich«, sagte Erskine. »Es ist eine sehr gute Fälschung, aber darum nicht weniger eine Fälschung. Damals glaubte ich, dass Cyril ganz ruhig über die Sache denke. Aber ich erinnere mich, dass er mir mehr als einmal gesagt hat, er selbst brauche keinen Beweis und dass er an seine Theorie auch ohne Beweis glaube. Ich lachte darüber und sagte ihm, dass ohne Beweis seine Theorie nicht haltbar sei, und ich beglückwünschte ihn in warmen Worten zu seiner wunderbaren Entdeckung. Wir beschlossen dann, dass das Bild gestochen oder faksimiliert werden solle, um als Titelblatt für Cyrils Neuausgabe der Sonette zu dienen. Drei Monate lang tat ich nichts anderes, als jedes Gedicht Zeile für Zeile durchzugehen, bis wir jede Schwierigkeit des Textes oder des Sinnes gelöst hatten. Eines unglückseligen Tages war ich in einem Kupferstichladen in Holborn, wo ich oberhalb des Pultes einige wundervolle Radierungen hängen sah. Sie gefielen mir so sehr, dass ich sie kaufte, und der Ladenbesitzer, ein Mann namens

Rawlings, sagte mir, dass ein junger Maler namens Edward Merton sie gemacht habe, ein sehr geschickter Mensch, aber arm wie eine Kirchenmaus. Einige Tage später suchte ich Merton auf, nachdem ich seine Adresse von dem Kupferstichhändler erfahren hatte, und ich fand einen blassen, interessanten jungen Mann mit einer etwas gewöhnlich aussehenden Frau – seinem Modell, wie ich später erfuhr. Ich sagte ihm, wie sehr ich seine Radierungen bewundert hätte, was ihn offenbar sehr freute, und bat ihn, mir noch einige von seinen anderen Sachen zu zeigen. Als wir seine Mappe durchblätterten, die ganz voll war mit wirklich entzückenden Sachen – Merton hatte eine sehr zarte und anmutige Nadelführung –, entdeckte ich plötzlich eine Zeichnung des Bildes von W. H. Kein Zweifel war möglich. Es war fast wie ein Faksimile. Der einzige Unterschied war der, dass die beiden Masken, Tragödie und Komödie, nicht an der Marmortafel hingen, wie auf dem Bild, sondern auf dem Boden zu Füßen des jungen Mannes lagen. ›Wo ums Himmels willen haben Sie das her?‹, sagte ich. Er wurde etwas verlegen und antwortete: ›Ach – das ist nichts. Ich wusste gar nicht, dass das in dieser Mappe ist. Es hat gar keinen Wert.‹ – ›Das ist doch das Ding, das du für Herrn Cyril Graham gemacht hast!‹, rief seine Frau. ›Und wenn der Herr es zu kaufen wünscht, lass es ihm doch.‹ – ›Für Herrn Cyril Graham?‹, wiederholte ich. ›Haben Sie das Bildnis des Herrn W. H. gemalt?‹ – ›Ich verstehe nicht, was Sie meinen‹, antwortete er und wurde sehr rot. Die ganze Geschichte war furchtbar peinlich. Die Frau verriet alles. Ich gab ihr fünf Pfund, als ich wegging. Ich darf jetzt nicht daran denken .... Natürlich war ich wütend. Ich ging sofort nach Cyrils Wohnung, wartete dort drei Stunden, bis er kam, allein mit der schrecklichen Lüge, die mich quälte. Ich sagte ihm sofort, dass ich seine Fälschung entdeckt hätte. Er wurde sehr bleich und erwiderte: ›Ich tat es einzig und allein Ihretwegen. Sie wollten sich nicht anders überzeugen lassen. Das berührt die Wahrheit meiner Theorie durchaus nicht.‹ – ›Die Wahrheit Ihrer Theorie?‹, rief ich aus. ›Davon wollen wir doch lieber gar nicht sprechen! Sie selbst haben nie daran geglaubt, sonst hätten Sie nicht eine Fälschung begangen, um sie zu beweisen.‹ Es fielen erregte Worte zwischen uns, wir stritten heftig. Vielleicht wurde ich ungerecht. Am nächsten Morgen war er tot.«

»Tot?«, rief ich.

»Ja, er erschoss sich mit einem Revolver. Einige Tropfen Blut spritzten auf den Rahmen des Bildes, gerade dort, wo der Name geschrieben steht. Als ich kam – sein Diener hatte sofort nach mir geschickt –, war die Polizei bereits an Ort und Stelle. Er hatte einen Brief für mich hinterlassen, der offenbar in der größten Aufregung und Geistesverwirrung geschrieben war.«

»Was stand darin?«, fragte ich.

»Es stand darin, dass er unbedingt an Willie Hughes glaube und dass die Fälschung des Bildes nur mir zuliebe geschehen sei und nicht im Geringsten die Richtigkeit seiner Theorie zweifelhaft mache. Und dass er, um mir zu zeigen, wie fest und unerschütterlich sein Glaube in die ganze Sache sei, er sein Leben dem Geheimnis der Sonette zum Opfer bringen wolle. Es war ein törichter, toller Brief. Ich erinnere mich, dass er zum Schluss sagte, er lege jetzt die Theorie von Willie Hughes in meine Hände, und es sei nun meine Aufgabe, sie der Welt bekannt zu geben und das Geheimnis von Shakespeares Herzen zu enthüllen.«

»Das ist ja eine sehr tragische Geschichte!«, rief ich aus. »Aber warum haben Sie den Wunsch des Toten nicht erfüllt?«

Erskine zuckte die Achseln. »Weil die Theorie vom Anfang bis zum Ende Unsinn ist«, antwortete er.

»Mein lieber Erskine«, sagte ich und stand auf. »Sie haben in der ganzen Sache durchaus unrecht. Die Theorie ist der einzige vollkommene Schlüssel zu Shakespeares Sonetten, der bis heute gefunden worden ist. Jedes Detail stimmt. Ich glaube an Willie Hughes.«

»Sagen Sie das nicht«, erwiderte Erskine sehr ernst. »Ich glaube, diese Idee bringt Unglück mit sich – und Vernünftiges lässt sich für sie auch nichts sagen. Ich habe die ganze Sache gründlich untersucht und versichere Sie, die Theorie ist durch und durch irrig. Bis zu einem gewissen Punkt mag sie einleuchtend sein – aber dann ist auch alles aus. Um Gottes willen, lieber Freund, nehmen Sie sich nicht der Sache Willie Hughes' an – Ihr Herz wird darüber brechen.«

»Erskine«, antwortete ich. »Es ist Ihre Pflicht, die Theorie der Welt vorzulegen. Tun Sie es nicht, so werde ich es tun. Dadurch, dass Sie die Sache unterdrücken, verunglimpfen Sie das Andenken Cyril Grahams, des letzten und glänzendsten Märtyrers der Literatur. Ich beschwöre Sie, geben Sie ihm, was ihm gebührt. Er starb für eine Sache – lassen Sie ihn nicht umsonst gestorben sein.«

Erskine sah mich ganz überrascht an. »Das Gefühl für die Sache reißt Sie fort«, sagte er. »Sie vergessen, dass eine Sache nicht notwendigerweise wahr sein muss, weil ein Mensch für sie gestorben ist. Ich war Cyril Graham ein treuer Freund. Sein Tod war ein furchtbarer Schlag für mich, den ich jahrelang nicht verwunden habe. Ich glaube, dass ich ihn überhaupt nicht verwunden habe. Aber Willie Hughes? Was ist uns Willie Hughes? Er hat niemals gelebt. Und der Welt die Sache vorlegen? Die Welt glaubt, dass ein zufällig losgegangener Schuss Cyril Graham getötet hat. Den einzigen Beweis für seinen Selbstmord enthielt sein Brief an mich und von diesem Brief hat die Öffentlichkeit nie etwas erfahren. Bis auf den heutigen Tag glaubt Lord Crediton, dass die ganze Sache nur ein unglückseliger Zufall war.«

»Cyril Graham hat sein Leben einer großen Idee geopfert«, antwortete ich. »Und wenn Sie nicht von seinem Märtyrertum berichten wollen, so erzählen Sie wenigstens von seinem Glauben.«

»Sein Glaube«, sagte Erskine, »galt einer Sache, die falsch war, einer Sache, die ein Unsinn war, einer Sache, die kein Shakespeareforscher nur einen Augenblick ernst nehmen kann. Die Theorie würde ausgelacht werden. Machen Sie sich nicht zum Narren, folgen Sie nicht einer Spur, die nirgends hinführt. Sie gehen von der Existenz einer Person aus, deren Existenz gerade das ist, was bewiesen werden soll. Überdies weiß heute jeder, dass die Sonette an Lord Pembroke gerichtet waren. Die Sache ist ein für alle Mal entschieden.«

»Die Sache ist nicht entschieden!«, rief ich. »Ich will die Theorie dort aufnehmen, wo Cyril Graham sie verlassen hat, und ich werde der Welt beweisen, dass er recht hatte.«

»Sie Tor!«, sagte Erskine. »Gehen Sie nach Hause – es ist zwei Uhr vorbei, und denken Sie nicht mehr an Willie Hughes. Es tut mir leid, dass ich Ihnen überhaupt etwas erzählt habe, und es täte mir sehr leid, Sie zu einer Sache bekehrt zu haben, die ich selbst nicht glaube.«

»Sie haben mir das größte Geheimnis der modernen Literatur erschlossen«, antwortete ich. »Und ich werde nicht ruhen noch rasten, bis nicht Sie, bis nicht die ganze Welt erkannt hat, dass Cyril Graham der feinste Shakespeareforscher unserer Tage gewesen ist.«

Als ich durch den St. James-Park heimging, dämmerte der Morgen gerade über London. Die weißen Schwäne lagen schlafend auf dem glatten Spiegel des Sees und der schlanke Palast hob sich purpurn gegen den blassgrünen Himmel ab. Ich dachte an Cyril Graham und meine Augen füllten sich mit Tränen.

II

Es war zwölf Uhr vorbei, als ich erwachte. Die Sonne fiel in langen, schrägen Balken von Goldstaub durch die Vorhänge ins Zimmer. Ich sagte meinem Diener, dass ich für niemand zu Hause wäre. Nachdem ich eine Tasse Schokolade und ein Brötchen genommen hatte, holte ich mein Exemplar der Shakespeare'schen Sonette vom Bücherbrett und begann sie sorgfältig durchzugehen. Jedes Gedicht schien mir Cyril Grahams Theorie zu bekräftigen. Mir war, als läge meine Hand auf Shakespeares Herz und als könnte ich jeden einzelnen Schlag der pulsierenden Leidenschaft zählen. Ich dachte an den wunderbaren, jugendlichen Schauspieler und aus jeder Zeile blickte mir sein Gesicht entgegen. Ich erinnere mich, dass mir zwei Sonette besonders auffielen, das 53. und das 67. In dem ersteren beglückwünscht Shakespeare Willie Hughes zu der Vielseitigkeit seiner Schauspielkunst, zur großen Reihe seiner Rollen, die von der Rosalinde bis zur Julia und von der Beatrice bis zur Ophelia geht und sagt zu ihm:

> Aus welchen Stoffen schuf dich die Natur,
> Dass *tausend* fremde Schatten dich begleiten?
> Ein Schatten folgt uns, jedem einer nur;
> Dir folgt der Schatten aller Herrlichkeiten.

Die Verse wären völlig unverständlich, wenn sie nicht an einen Schauspieler gerichtet wären, denn das Wort »Schatten« hatte zu Shakespeares Zeiten eine bühnentechnische Bedeutung. »Das beste dieser Art sind bloß Schatten«, sagt Theseus von den Schauspielern im Sommernachtstraum, und es gibt zahlreiche ähnliche Anspielungen in der damaligen Literatur. Die beiden Sonette gehörten offenbar zu den Werken, in denen Shakespeare das Wesen der Schauspielerkunst, das merkwürdige und seltene Temperament, das dem vollendeten Schauspieler eigen ist, erörtert. »Wie kommt es«, sagt Shakespeare zu Willie Hughes, »dass du so viele Persönlichkeiten in dir hast?« Und dann legt er dar, dass seine Schönheit jede Form und Art der Fantasie zu verwirklichen scheine, dass sie jeden Traum der Schöpferkraft verkörpert – ein Gedanke, der noch weiter im nächsten Sonett ausgeführt wird, in dem Shakespeare, mit dem schönen Gedanken beginnend:

> O wie viel schöner wird die Schönheit doch,
> Wenn sie der holde Schmuck der Wahrheit hebt!

uns darauf aufmerksam macht, wie die Wahrheit der Schauspielkunst, die Wahrheit der sichtbaren Darstellung auf der Bühne, das Wunder der Dichtung erhöht, ihrer Anmut Leben gibt und ihrer idealen Form Wirklichkeit verleiht. Und doch fordert Shakespeare im 67. Sonett Willie Hughes auf, die Bühne zu verlassen mit all ihrer Künstlichkeit, ihrem falschen Spiel des geschminkten Gesichts und unwahren Kostüms, mit ihren unmoralischen Einflüssen und Verlockungen, ihrer Ferne von der wahren Welt der edlen Tat und der aufrichtigen Rede.

> O warum lebt er heut in kranker Welt,
> Mit seiner Gegenwart das Laster zierend,

Wo Sünde Vorschub nun durch ihn erhält,
Mit seinem Umgang sich herausstaffierend?

Wo falsche Schminke nachäfft seine Wangen
Und seinem Leben stiehlt ihr totes Rot,
Wo dürft'ge Schönheit, um gleich ihm zu prangen,
Gemalte Rosen sucht in ihrer Not?

Es mag seltsam erscheinen, dass ein so großer Dramatiker wie Shakespeare, der seine eigene Vollendung als Künstler und Mensch auf dem idealen Boden der Bühnenkunst und des Bühnenspiels wohl kannte, in solchen Ausdrücken vom Theater geschrieben hat. Aber wir müssen uns daran erinnern, dass in den Sonetten 110 und 111 uns Shakespeare zeigt, dass auch er der Puppenwelt müde war und dass er sich schämte, sich selbst »zum Narr vor den Leuten« gemacht zu haben. Das 111. Sonett ist besonders bitter:

Schilt auf Fortunen für mein übles Leben,
Die schuld'ge Göttin, die mich Armen zwingt,
Dass sie zum Leben Bessres nicht gegeben
Als Pöbeldienst, der Pöbelsitten bringt.

Drum trägt mein Nam' ein Brandmal eingebrannt;
Drum geht mein Wesen fast in dem verloren,
Worin es wirkt, wie eines Färbers Hand.
Fühl Mitleid denn und wünsch mich neugeboren.

Und so gibt es anderwärts viele Andeutungen desselben Gefühls, Stellen, die allen Shakespeareforschern vertraut sind. Ein Punkt machte mir sehr großes Kopfzerbrechen, als ich die Sonette las, und es dauerte Tage, bis ich die richtige Deutung fand, die Cyril Graham selbst verfehlt zu haben schien. Ich konnte nicht verstehen, wieso es kam, dass Shakespeare einen so großen Wert auf die Verheiratung seines jungen Freundes legte. Er selbst hatte jung geheiratet und das Ergebnis war höchst unglücklich gewesen – es schien also nicht wahrscheinlich, dass er von Willie Hughes verlangte, den gleichen Irrtum zu begehen. Der jugendliche Schauspieler, der die Rosalinde spielte, hatte von der Ehe und von den Leidenschaften des wirklichen Lebens nichts zu erwarten. Die früheren Sonette schienen mir durch ihre merkwürdige Aufforderung, Kinder zu zeugen, einen falschen Ton zu haben. Die Erklärung des Geheimnisses kam mir ganz plötzlich und ich fand sie in der merkwürdigen Widmung. Diese Widmung lautet bekanntlich folgendermaßen:

»Dem alleinigen Erzeuger
dieser nachstehenden Sonette
Mr. W. H. wünscht alles Glück
Und jene Unsterblichkeit
verheißen von
unserm ewig lebenden Dichter
der wohlwollende Unternehmer
beim Beginne T. T.«

Einige Forscher haben angenommen, dass das Wort »Erzeuger« in der Widmung nichts anderes bedeute als den Mann, der die Sonette dem Verleger Thomas Thorpe verschafft habe; aber diese Annahme ist längst aufgegeben, und die höchsten Autoritäten sind darüber einig, dass das Wort im Sinne eines Inspirators genommen werden muss, und die Metapher eine Analogie zum physischen Leben ist. Nun fand ich, dass dieselbe Metapher von Shakespeare in allen Gedichten gebraucht wird, und das führte mich auf den richtigen Weg. Schließlich machte ich meine große

Entdeckung. Die Ehe, die Shakespeare Willie Hughes vorschlägt, ist die »Ehe mit der Muse«, ein Ausdruck, der in dieser Form im 82. Sonett vorkommt, wo er tief erbittert über den Abfall des jugendlichen Schauspielers, für den er seine besten Rollen geschrieben hatte, und dessen Schönheit ihn im Banne hielt, die Klage mit den Worten beginnt:

»Du bist ja meiner Muse nicht vermählt.«

Die Kinder, die zu erzeugen er ihn beschwört, sind nicht Kinder von Fleisch und Blut, sondern die unsterblichen Kinder unvergänglichen Ruhmes. Der ganze Zyklus der ersten Sonette ist nichts anderes als Shakespeares Bitte an Willie Hughes, zur Bühne zu gehen und Schauspieler zu werden. »Wie unfruchtbar und nutzlos ist deine Schönheit«, sagt er, »wenn sie nicht genützt wird.«

Wann vierzig Winter erst dein Haupt berennen
Und in der Schönheit Plan Laufgräben ziehn,
Wer wird dein Jugendstaatskleid dann noch kennen,
Und den zerfetzten Rock, wer achtet ihn?

Befragt alsdann: »Wo blieb all deine Zier?
Wo deines Frühlings stolzes Eigentum?«
Zu sagen: »In den hohlen Augen hier«,
War' allverzehr'nde Schmach und Bettelruhm.

Du musst etwas in der Kunst schaffen; mein Vers »ist dein und von dir geboren«. Hör nun auf mich und ich will »Rhythmen hervorbringen, unsterblich, die in fernster Zeit bestehen«. Und du wirst mit den Formen deines eigenen Bildes die Fantasiewelt der Bühne bevölkern. Diese Kinder, die du haben wirst, fährt er fort, werden nicht verwelken wie sterbliche Kinder, sondern du wirst in ihnen und in meinen Stücken leben.

»Schaff dir ein andres du zuliebe mir,
Dass Schönheit leb' im dein'gen oder dir.«

Ich sammelte alle Stellen, die diese Auffassung zu bestätigen schienen, und sie machten auf mich einen starken Eindruck und bewiesen mir, wie vollendet Cyril Grahams Theorie in Wahrheit war. Ich sah auch, dass es ganz leicht sei, die Verse, in denen er von den Sonetten selbst spricht, von jenen abzusondern, in denen er von seinen großen dramatischen Werken spricht. Das war ein Punkt, der bisher von allen Forschern, bis auf Cyril Graham, übersehen worden war. Und doch war es einer der wichtigsten Punkte in der ganzen Reihe der Gedichte. Shakespeare selbst war seinen Sonetten gegenüber mehr oder weniger gleichgültig. Er wollte seinen Ruhm nicht auf ihnen begründen. Sie bedeuten ihm die »leichte Muse«, wie er es nennt, und sie waren, wie Meres erzählt, nur bestimmt, unter wenigen, sehr wenigen Freunden von Hand zu Hand zu gehen. Andererseits war er sich durchaus des hohen künstlerischen Wertes seiner Stücke bewusst und zeigt ein edles Selbstvertrauen in sein dramatisches Genie. Wenn er zu Willie Hughes sagt:

Nie aber wird dein ew'ger Sommer schwinden,
Noch jene Schönheit missen, die du hast;
Nie wird der Tod im Schattenreich dich finden,
Wann dich die Zeit in ew'ge Verse fasst.
Solang noch Menschen atmen, Augen sehn,
Lebt dies und gibt dir Leben und Bestehn.

Der Ausdruck »ew'ge Verse« spielt offenbar auf eines der Stücke an, das er ihm damals schickte, und die letzten zwei Zeilen beweisen seinen Glauben, dass seine Stücke immer gespielt werden würden. In seiner Anrufung der dramatischen Muse – in den Sonetten 100 und 101 – finden wir dasselbe Gefühl.

»Wo bist du, Muse, dass du säumst so lange,
Dem, was dir alle Macht gab, Lob zu weihn?
Verbrauchst du deine Glut in eitlem Sange,
Verdunkelst dich, um Schlechtem Glanz zu leihn?«

ruft er aus, und dann beginnt er der Herrin der Tragödie und Komödie wegen ihrer »Vernachlässigung der Wahrheit in den Farben der Schönheit« Vorwürfe zu machen, und sagt:

»Schweigst du, weil er des Lobs dich überhebe?
O leere Ausflucht! Deines Amtes ist,
Dass er sein gülden Grabmal überlebe,
Und Lob ihm werde bis zur fernsten Frist.
Ans Werk denn, Muse! Wie, das lehr' ich dir,
Dass ihn die späte Zukunft kennt wie wir.«

Vielleicht aber ist das 55. Sonett das, in dem Shakespeare diesem Gedanken den vollsten Ausdruck verleiht. Anzunehmen, dass die »mächt'gen Verse« in der zweiten Zeile sich auf das Sonett selbst beziehen, hieße Shakespeares Absicht vollständig missverstehen. Es schien mir, nach dem ganzen Charakter des Sonetts zu schließen, höchstwahrscheinlich, dass ein bestimmtes Stück gemeint sei und dass dieses Stück kein anderes sei als »Romeo und Julia«.

Kein gülden Fürstenbild, kein Marmelstein
Wird diese mächt'gen Verse überleben;

Sie werden dir ein hell'res Denkmal sein
Als Quadern, die vom Schmutz der Zeiten kleben.
Ob Zwietracht stürzt der Häuser fest Gemäuer,
Ob wüster Krieg die Statuen niederrennt,
Kein Schwert des Mars, kein fressend Kriegesfeuer
Tilgt deines Ruhms lebendig Monument.
Trotz Tod und feindlicher Vergessenheit
Sollst du bestehn, soll Raum dein Name finden
Noch in den Augen allerfernster Zeit,
Bis die Geschlechter dieser Welt verschwinden.
Bis am Gerichtstag du dich selbst erhebst,
Wohnst du im Auge Liebender und lebst.

Es ist außerordentlich interessant zu beobachten, wie hier, wie auch anderwärts, Shakespeare Willie Hughes Unsterblichkeit in einer den Menschen sichtbaren Form verspricht, d. h. im Rahmen des Theaters, in einem Stück der Schaubühne.

Zwei Wochen arbeitete ich eifrig an den Sonetten, ging kaum aus und nahm keine Einladung an. Jeden Tag glaubte ich etwas Neues zu entdecken und Willie Hughes schien mir im Geist gegenwärtig zu sein, eine alles beherrschende Persönlichkeit. Mir kam vor, als stünde er im Schatten meines Zimmers, so gut hatte Shakespeare ihn gezeichnet mit seinem goldenen Haar, mit seiner zarten, blütengleichen Grazie, seinen verträumten, tief liegenden Augen, seinen feinen, beweglichen Lippen und seinen weißen Lilienhänden. Selbst sein Name bezauberte mich. Willie Hughes! Willie Hughes! Wie viel Musik liegt in diesem Namen! Ja, wer anders als er konnte Herr-Herrin von Shakespeares Leidenschaft sein (Sonett 20/2), der Herr seiner Liebe, dem er Untertan war (Sonett 26/1), der zarte Liebling der Natur (Sonett 126/9), die Rose der ganzen Welt (Sonett 109/14), der Herold aller Frühlings reize (Sonett 1/10), gehüllt in das stolze Staatskleid der Jugend (Sonett 2/3), der zarte Knabe, den zu hören süßer Musik gleichkommt (Sonett 8/1) und dessen Schönheit das Kleid, von Shakespeares Herzen war (Sonett 22/6), wie der Eckstein seiner dramatischen Kunst. Wie bitter erscheint nun die ganze Tragödie seines Abfalls und seiner Schmach, einer Schmach, die er süß und lieblich machte durch den bloßen Zauber seiner Persönlichkeit (Sonett 35/1), aber die trotzdem eine Schmach blieb. Da ihm aber Shakespeare vergab, sollten wir ihm nicht auch vergeben? Ich wollte nicht an das Geheimnis seiner Sünde rühren.

Dass er Shakespeares Theater verließ, war eine andere Sache, und ich durchforschte sie mit großer Mühe. Schließlich kam ich zu dem Schluss, dass Cyril Graham sich geirrt hatte, als er annahm, der dramatische Nebenbuhler des 80. Sonetts sei Chapman. Es ist offenbar Marlowe, der hier gemeint ist. Zurzeit, als die Sonette geschrieben wurden, konnte ein Ausdruck wie »der stolze Vollsegel seines gewaltigen Verses« nicht auf Chapman angewendet werden, wenn er auch auf den Stil seiner späteren Stücke anwendbar gewesen wäre. Nein: Marlowe war offenbar der dramatische Nebenbuhler, von dem Shakespeare in so lobendem Ton sprach. Und jeder »gütige, vertraute Geist, der nächtlich mit Klugheit ihn betrügt«, war der Mephistopheles seines Doktor Faustus. Zweifellos war Marlowe bezaubert von der Schönheit und Grazie des jugendlichen Schauspielers und lockt ihn von Blackfriars Theater fort, damit er den Gaveston in seinem »Eduard II.« spiele. Dass Shakespeare das gesetzliche Recht hatte, Willie Hughes in seiner Truppe zurückzuhalten, geht aus dem Sonett 87 hervor, wo er sagt:

»Leb wohl! Du weißt, dein Wert ist viel zu groß,
Als dass ich dauernd dich besitzen könnte;
Der Freibrief deines Wertes spricht dich los;
Erloschen ist die Pacht, die mir dich gönnte.
Durch deine Schenkung wardst du meine Habe,
Und wie verdient' ich je so reiche Spende?
Der Rechtsgrund fehlt in mir für solche Gabe,
Und folglich ist's mit meinem Recht zu Ende.
Du gabst dich mir, unkundig deines Wertes,
Wohl auch getäuscht in mir, der ihn empfangen.
Nun ist die Schenkung als ein aufgeklärtes
Versehen an dich selbst zurückgegangen.
So hab ich dich gehabt, wie Träum' entweichen,
Im Schlaf ein König, wachend nichts dergleichen.«

Ihn, den er nicht durch Liebe halten konnte, wollte er nicht durch Gewalt festhalten. Willie Hughes wurde ein Mitglied von Lord Pembrokes Truppe und vielleicht hat er im offenen Hof der Red Bull Tavern die Rolle von König Eduards zartem Liebling gespielt. Nach Marlowes Tod scheint er zu Shakespeare zurückgekehrt zu sein, der, was auch seine Teilhaber über die Affäre gesagt haben mögen, nicht zögerte, dem jungen Schauspieler die Eigenwilligkeit und den Verrat zu verzeihen.

Wie vortrefflich hat übrigens Shakespeare das Temperament des Schauspielers gezeichnet! Willie Hughes war einer von denen, »die nicht das tun, was sie am meisten zeigen und, andere rührend, selbst ungerührt bleiben wie Stein«.

Er konnte Liebe spielen, aber er konnte sie nicht fühlen, er konnte Leidenschaft darstellen, ohne sie zu empfinden.

»Bei vielen liest man gleich, was sich begeben
In Launen, Runzeln, finstrem Angesicht.«

Aber mit Willie Hughes stand es nicht so. »Dich aber«, sagt Shakespeare in einem Sonett voll wilder Anbetung,

»Dich aber hat der Himmel so geschaffen,
Dass süße Liebe stets dein Aug' erfüllt,
Und welche Abgrund' auch im Herzen klaffen,
Dein Blick nur Süßigkeit von dort enthüllt.«

In seinem »unbeständigen Geiste«, in seinem »falschen Herzen« war es leicht, die Unaufrichtigkeit und den Verrat zu erkennen, die gewissermaßen unzertrennlich sind von der künstlerischen Natur, ebenso wie die Sehnsucht nach unmittelbarer Anerkennung, die alle Schauspieler kennzeichnet. Und doch war Willie Hughes darin glücklicher als andere Schauspieler, denn er sollte die Unsterblichkeit kennenlernen. Untrennbar verknüpft mit Shakespeares Stücken, war es ihm bestimmt, in ihnen fortzuleben.

»Dein Name wird fortan unsterblich leben;
Ich, einmal tot, sterb' ab für alle Zeit;
Mir wird die Erd' ein Grab wie andern geben;
Dir ist der Nachwelt Aug' als Gruft geweiht.
Mein feines Lied wird dann dein Grabmal sein,
Und unerschaffne Augen werden's lesen:
Ruhm, der erst sein wird, preist dereinst dein Sein,
Wann alle Atmer dieser Zeit verwesen.«

Dann waren da endlose Anspielungen auf Willie Hughes' Macht über die Zuhörer, die »Gaffer«, wie Shakespeare sie nennt. Aber vielleicht die vollkommenste Schilderung seiner wunderbaren Beherrschung der dramatischen Kunst steht in der »Klage des Liebenden«, wo Shakespeare von ihm sagt:

Er ist ein Inbegriff von feinen Stoffen,
Die sich in jede Form beliebig fügen;
Bald wild und kühn, bald blass und wie betroffen,
Bald schlau versteckt, bald ungestüm und offen,
Versteht er's stets aufs Beste, zu betrügen,
Ihm stehen Schamrot, Ohnmacht, bleicher Schreck
Sogleich zu Diensten, je nach seinem Zweck.

Auf seiner Zunge wachten oder schliefen
Die Gründe zur Entscheidung schwerer Fragen,
Sein Blick durchmaß im Nu des Denkens Tiefen,
Er wusste rasch das rechte Wort zu sagen;
Der Hörer weinte, lachte vor Behagen,
Wie's ihm gefiel, denn seines Geistes Kraft
Beherrschte spielend jede Leidenschaft*.

Einmal glaubte ich auch, dass ich wirklich Willie Hughes in der Literatur der elisabethanischen Zeit gefunden hätte. In einer wundervoll plastischen Schilderung der letzten Tage des großen Grafen Essex, erzählt uns sein Kaplan Thomas Knell, dass der Graf in der Nacht, bevor er starb, »William Hewes« rufen ließ, seinen Musiker, damit er auf dem Spinett spiele und singe. »Spiele«, sagte er, »mein Lied, Will Hewes, und ich will selbst es singen.« Das tat er denn auch mit großer Freudigkeit, »nicht wie ein klagender Schwan, der mit niedergeschlagenen Augen seinen Tod beklagt, sondern wie eine süße Lerche, die ihre Flügel hebt und die Augen aufschlägt zu Gott, und, sich empor zum kristallnen Himmel schwingend, mit nimmermüdem Gesang die blaue Höhe erreicht.« Gewiss war der Knabe, der vor dem sterbenden Vater von Sidneys Stella Spinett spielte, kein

* Übersetzung von Wilhelm Jordan.

anderer als Willie Hughes, dem Shakespeare die Sonette widmete und der, wie er selbst sagt: »Musik dem Ohre war«. Aber Lord Essex starb 1576, als Shakespeare erst zwölf Jahre alt war. Sein Musiker konnte unmöglich mit dem W. H. der Sonette identisch sein. Vielleicht war Shakespeares junger Freund der Sohn des Spinettspielers. Es war immerhin etwas, entdeckt zu haben, dass William Hewes ein elisabethanischer Name war. In der Tat schien der Name Hewes mit Musik und Bühne eng verknüpft zu sein. Die erste englische Schauspielerin war die reizende Margaret Hewes, die Prinz Rupert so toll liebte. Was ist wahrscheinlicher, als dass zwischen ihr und Graf Essex' Musiker der Schauspielerknabe der Shakespearestücke stand? Aber wo waren die Beweise, die Verbindungsglieder? Ich konnte sie leider nicht finden. Es schien mir, als stünde ich immer an der Schwelle der vollkommenen Aufklärung, aber ich konnte sie niemals wirklich überschreiten.

Meine Gedanken schweiften bald von Willie Hughes' Leben zu seinem Tod. Ich grübelte oft darüber nach, wie wohl sein Ende gewesen sein könnte.

Vielleicht war er einer jener englischen Komödianten, die 1604 übers Meer nach Deutschland gingen und vor dem großen Herzog Heinrich Julius von Braunschweig spielten, der selbst ein Dramatiker von nicht geringem Rang war, und am Hof jenes seltsamen Kurfürsten von Brandenburg, der so für Schönheit schwärmte, dass er von einem reisenden griechischen Kaufmann dessen Sohn für sein Gewicht in Bernstein gekauft und zu Ehren seines Sklaven Feste gegeben haben soll, das ganze schreckliche Hungerjahr 1606/07 hindurch, als das Volk vor Entkräftung auf den Straßen starb, und sieben Monate lang kein Regen fiel. Wir wissen jedenfalls, dass Romeo und

Julia 1613 in Dresden herauskam, gleichzeitig mit Hamlet und König Lear, und gewiss war niemand anders als Willie Hughes im Jahr 1615 die Totenmaske Shakespeares durch einen Herrn aus dem Gefolge des englischen Botschafters überbracht worden, ein bleiches Abschiedszeichen des großen Dichters, der ihn so heiß geliebt hatte. Es lag in der Tat etwas besonders Bestrickendes in dem Gedanken, dass der jugendliche Schauspieler, dessen Schönheit ein so starkes Lebenselement in dem Realismus und der Romantik von Shakespeares Kunst gewesen war, zuerst den Samen der neuen Kultur nach Deutschland gebracht hat und so in seiner Weise der Vorläufer jener Aufklärung des 18. Jahrhunderts war, jener glänzenden Bewegung, die, wenn auch von Lessing und Herder begonnen und von Goethe zur höchsten und vollkommenen Höhe gebracht, in nicht geringem Maß von einem anderen Schauspieler, nämlich Friedrich Schröder, gefördert wurde, der das Volksbewusstsein aufrüttelte und durch die Mittel gespielter Leidenschaften und szenischer Darstellungen die intime und lebendige Verbindung zwischen Literatur und Leben zeigte. War dem so – und gewiss sprach nichts unbedingt dagegen –, so war es nicht unwahrscheinlich, dass Willie Hughes einer jener englischen Komödianten war (mimae quidam ex Britannia, wie die alte Chronik sie nennt), die in Nürnberg bei einem plötzlichen Volksaufstand erschlagen und dann heimlich in einem kleinen Weinberg außerhalb der Stadt von einigen jungen Leuten begraben wurden, »die Vergnügen an ihren Darbietungen gefunden und von denen einige Unterweisung in den Geheimnissen der neuen Kunst gesucht hatten«. Gewiss konnte für den, von dem Shakespeare gesagt hatte, »du bist meine ganze Kunst«, kein passenderer Begräbnisort gefunden werden als dieser kleine Weinberg vor den Stadtmauern. War nicht auch die Tragödie aus den Leiden des Dionysos entstanden? War nicht das helle Gelächter der Komödie mit seiner sorglosen Fröhlichkeit und seinen schlagfertigen Antworten zuerst von den Lippen sizilianischer Winzer erklungen? Hatten nicht die purpurnen und roten Flecken des schäumenden Weines auf Gesicht und Gliedern die erste Anregung zu dem Reiz und Zauber gegeben, der in der Verkleidung liegt? Hatte sich nicht auf diese Weise der Wunsch, sein Selbst zu verbergen, der Sinn für den Wert der Objektivität in den rohen Anfängen der Kunst gezeigt? Wo er aber auch begraben liegen mochte – ob in dem kleinen Weinberg vor dem Tor der gotischen Stadt oder auf einem dunklen Londoner Kirchhof, mitten im Lärm und Treiben unserer großen Stadt, kein schimmerndes Denkmal bezeichnet die Stätte, da er ruht. Sein wahres Grabmal war, wie Shakespeare gesagt hat, der Vers des Dichters, sein Denkmal die Unsterblichkeit des Dramas. So war es auch bei andern gewesen, deren Schönheit ihrer Zeit schöpferische Anregung gegeben hat. Der elfenbeinerne Körper des bythinischen Sklaven modert im grünen Schlamm des Nils, und auf den gelben Hügeln des Kerameikos ward die Asche des jungen Atheners verstreut. Antinous aber lebt in der Bildhauerkunst und Charmides in der Philosophie.

III

Als drei Wochen vergangen waren, entschloss ich mich, Erskine energisch zu mahnen, dem Andenken Cyril Grahams Gerechtigkeit widerfahren zu lassen und der Welt seine wunderbare Deutung der Sonette vorzulegen – die einzige Deutung, die das Problem vollständig löse. Ich habe leider keine Abschrift meines Briefes mehr, noch konnte ich das Original zurückerhalten – aber ich erinnere mich, dass ich die Sache genau darlegte und Bogen um Bogen mit der leidenschaftlichen Wiederholung aller Argumente und Beweise füllte, die meine Nachforschungen mir eingegeben hatten. Es schien mir, als ob ich dadurch nicht allein Cyril Graham den ihm gebührenden Platz in der Literaturgeschichte anweise, sondern als ob ich auch die Ehre Shakespeares von der hässlichen Erinnerung an eine platte Intrige reinige. Ich legte meine ganze Begeisterung in den Brief – ich legte meinen ganzen Glauben hinein.

Aber kaum hatte ich ihn abgeschickt, als eine merkwürdige Reaktion bei mir eintrat. Es war mir, als hätte ich meine Fähigkeit, an die Willie-Hughes-Theorie der Sonette zu glauben, damit vollkommen eingebüßt, als wäre etwas gleichsam von mir abgefallen, und als wäre mir die ganze Sache nun vollständig gleichgültig. Wodurch das veranlasst war? Das ist schwer zu sagen. Vielleicht hatte ich eine Leidenschaft erschöpft, indem ich den vollständigen Ausdruck dafür gefunden hatte. Gefühlskräfte haben, wie die Kräfte des physischen Lebens, ihre bestimmten Grenzen. Vielleicht bringt die bloße Anstrengung, einen anderen zu einer Theorie zu bekehren, in irgendeiner Form den Verzicht auf die Kraft, selbst an sie zu glauben, mit sich. Vielleicht war ich einfach der ganzen Sache müde, und mein Verstand war wieder fähig, leidenschaftslos zu urteilen, nachdem die Begeisterung ausgebrannt war. Wie dem auch sei – es war so, und ich kann es nicht erklären; jedenfalls wurde Willie Hughes plötzlich für mich ein bloßer Mythos, ein müßiger Traum, die kindische Fantasie eines jungen

Mannes, dem es, wie den meisten Feuergeistern, mehr darum zu tun war, andere zu überzeugen als selbst überzeugt zu werden.

Da ich Erskine in meinem Brief einige ungerechte und harte Dinge gesagt hatte, entschloss ich mich, ihn sofort zu besuchen und mich bei ihm wegen meines Benehmens zu entschuldigen. Ich fuhr also am nächsten Morgen nach Birdcage Walk und fand Erskine in seinem Bibliothekszimmer, das falsche Bild Willie Hughes' vor sich.

»Mein lieber Erskine«, sagte ich. »Ich komme, mich bei Ihnen zu entschuldigen.«

»Sich zu entschuldigen?«, fragte er. »Wofür?«

»Wegen meines Briefes«, antwortete ich.

»In Ihrem Brief steht nichts, was Sie nicht hätten sagen sollen«, sagte er. »Im Gegenteil, Sie haben mir den größten Dienst erwiesen, der in Ihrer Macht liegt – Sie haben mir gezeigt, dass Cyril Grahams Theorie vollkommen richtig ist.«

»Sie wollen doch damit nicht etwa sagen, dass Sie an Willie Hughes glauben?«, rief ich aus.

»Warum nicht?«, entgegnete er. »Sie haben mir die Sache bewiesen. Glauben Sie, ich kann den Wert von Beweisen nicht schätzen?«

»Aber es gibt ja überhaupt keinen Beweis!«, stöhnte ich und sank in einen Sessel. »Als ich Ihnen schrieb, stand ich unter dem Einfluss einer ganz törichten Begeisterung. Die Geschichte von Cyril Grahams Tod hatte mich gerührt, seine romantische Theorie hatte mich geblendet, das Wunderbare und Eigenartige der ganzen Idee hatte mich gefangen genommen. Jetzt sehe ich, dass die ganze Theorie auf einer Täuschung aufgebaut ist. Der ganze Beweis für das Dasein von Willie Hughes ist das Bild da vor Ihnen und dieses Bild ist eine Fälschung. Lassen Sie sich doch nicht durch ein bloßes Gefühl in dieser Sache hinreißen. Was auch die Romantik zu der Willie-Hughes-Theorie zu sagen haben mag, die Vernunft hat nichts mit ihr zu schaffen.«

»Ich verstehe Sie nicht«, sagte Erskine und schaute mich ganz verblüfft an. »Sie haben mich durch Ihren Brief überzeugt, dass Willie Hughes tatsächlich gelebt hat. Warum haben Sie Ihre Ansicht geändert? Oder war alles, was Sie mir geschrieben haben, nur ein Scherz?«

»Ich kann es Ihnen nicht erklären«, sagte ich. »Aber ich sehe jetzt ein, dass zugunsten von Cyril Grahams Theorie nicht das Geringste vorgebracht werden kann. Die Sonette sind an Lord Pembroke gerichtet. Verlieren Sie um Gottes willen Ihre Zeit nicht mit dem törichten Versuch, einen jungen Schauspieler aus der elisabethanischen Zeit zu entdecken, der niemals gelebt hat, und aus dem Phantom einer Puppe den Mittelpunkt der Shakespeare'schen Sonette zu machen.«

»Ich sehe, dass Sie die Theorie nicht verstehen!«, antwortete er.

»Mein lieber Erskine«, rief ich. »Ich sollte sie nicht verstehen? Mir ist's, als hätte ich selbst sie erfunden! Gewiss hat Ihnen mein Brief doch gezeigt, dass ich nicht bloß in die ganze Sache eingedrungen bin, sondern dass ich Beweise jeder Art beigebracht habe. Die einzige Lücke in der Hypothese ist der Umstand, dass sie die Existenz einer Person voraussetzt, deren Existenz eben der Gegenstand des Streites ist. Wenn wir annehmen, dass es in Shakespeares Truppe einen jungen Schauspieler namens Willie Hughes gegeben hat, dann ist es nicht schwer, ihn zum Mittelpunkt der Sonette zu machen. Da wir aber wissen, dass es keinen Schauspieler dieses Namens am Globe-Theater gegeben hat, ist es müßig, die Sache weiterzuverfolgen.«

»Aber das ist ja gerade, was wir nicht wissen«, sagte Erskine. »Es ist allerdings richtig, dass sein Name in der Liste der ersten Folioausgabe nicht vorkommt. Aber, wie Cyril ausführte, ist das eher ein Beweis für die Existenz von Willie Hughes als gegen sie, wenn wir uns erinnern, wie verräterisch er Shakespeare wegen eines dramatischen Nebenbuhlers verlassen hat.«

Wir debattierten stundenlang, aber nichts, was ich sagte, konnte Erskines Glauben an Cyril Grahams Hypothese erschüttern. Er sagte mir, dass er die Absicht habe, sein Leben dem Beweis der Theorie zu widmen, dass er entschlossen sei, dem Andenken Cyril Grahams Gerechtigkeit widerfahren zu lassen. Ich beschwor ihn, lachte ihn aus, ich bat, ich flehte – alles umsonst. Endlich schieden wir, nicht gerade im Bösen, aber sicherlich mit dem Schatten einer Verstimmung zwischen uns. Er hielt mich für einfältig, ich ihn für töricht. Als ich ihn wieder aufsuchen wollte, sagte mir sein Diener, er sei nach Deutschland gereist.

Zwei Jahre später übergab mir der Portier in meinem Klub einen Brief mit einer ausländischen Postmarke. Er war von Erskine und im Hotel d'Angleterre in Cannes geschrieben. Als ich ihn gelesen hatte, war ich starr vor Schrecken – wenn ich auch nicht glaubte, dass er toll genug sein könnte, sein Vorhaben auszuführen. Der Kern des Briefes war, dass er auf jede Weise versucht habe, die Willie-Hughes-Theorie zu beweisen und dass ihm dies missglückt sei. Und da Cyril Graham sein Leben für die Theorie geopfert habe, so sei er auch entschlossen, sein eigenes Leben für dieselbe Sache hinzugeben. Die letzten Worte des Briefes lauteten: »Ich glaube noch immer an Willie Hughes. Wenn Sie diesen Brief erhalten, werde ich durch eigene Hand für die Sache Willie Hughes gestorben sein – für seine Sache und für die Sache von Cyril Graham, den ich durch meinen leichtsinnigen Zweifel und meinen törichten Mangel an Glauben in den Tod getrieben habe. Die Wahrheit war Ihnen einst offenbar, aber Sie haben sie verworfen. Sie steht jetzt wieder vor Ihnen, befleckt mit dem Blut von zwei Menschen – wenden Sie sich nicht von ihr ab.«

Es war ein schrecklicher Augenblick. Mich lähmte Grauen und doch konnte ich dem Brief nicht glauben. Der schlimmste Gebrauch, den ein Mensch von seinem Leben machen kann, ist, es einer theologischen Glaubenslehre zu opfern. Aber für eine literarische Theorie zu sterben? Es schien mir unmöglich.

Ich sah das Datum nach: Der Brief war eine Woche alt. Ein unglückseliger Zufall hatte mich einige Tage dem Klub ferngehalten, sonst hätte ich den Brief noch rechtzeitig bekommen und Erskine retten können. Vielleicht war es aber noch nicht zu spät. Ich eilte nach Hause, packte meine Sachen und fuhr mit dem Nachtzug von Charing Cross ab. Die Reise war unerträglich. Ich glaubte, sie würde nie ein Ende nehmen.

Sofort nach meiner Ankunft fuhr ich in das Hôtel d'Angleterre. Man sagte mir, dass Erskine zwei Tage vorher auf dem englischen Friedhof begraben worden sei. Es lag etwas furchtbar Groteskes über der ganzen Tragödie. Ich sprach allerlei wildes Zeug und die Leute in der Halle blickten mich neugierig an.

Plötzlich kam Lady Erskine in tiefer Trauer durch die Vorhalle. Als sie mich sah, kam sie auf mich zu, murmelte etwas über ihren armen Sohn und brach in Tränen aus. Ich führte sie auf ihr Zimmer. Ein älterer Herr erwartete sie dort. Es war der englische Arzt. Wir sprachen ausführlich über Erskine, aber ich sagte nichts über die Motive, die ihn zum Selbstmord getrieben hatten. Es war klar, dass er seiner Mutter nicht gesagt hatte, was ihn zu einer so furchtbaren, so wahnsinnigen Tat getrieben habe. Endlich stand Lady Erskine auf und sagte: »George hat Ihnen etwas zur Erinnerung hinterlassen, etwas, was er sehr hoch schätzte. Ich hole es Ihnen.«

Kaum hatte sie das Zimmer verlassen, wandte ich mich zum Arzt und sagte: »Welch ein furchtbarer Schlag muss das für Lady Erskine gewesen sein. Ich wundere mich, dass sie es so trägt.«

»Oh, sie wusste seit Monaten, was kommen musste«, antwortete er.

»Sie wusste es seit Monaten?«, rief ich. »Aber warum hat sie ihn dann nicht daran gehindert?! Warum hat sie ihn aus den Augen gelassen? Er muss ja wahnsinnig gewesen sein!«

Der Arzt starrte mich an. »Ich weiß nicht, was Sie meinen«, sagte er.

»Wie?«, rief ich. »Wenn eine Mutter weiß, dass ihr Sohn im Begriff ist, Selbstmord zu begehen …?«

»Selbstmord?«, antwortete er. »Der arme Erskine hat keinen Selbstmord begangen. Er starb an Auszehrung. Er kam hierher, um zu sterben. Gleich, als ich ihn sah, wusste ich, dass keine Hoffnung war. Der eine Lungenflügel war fast ganz zerstört und der andere schon sehr stark angegriffen. Drei Tage vor seinem Tod fragte er mich, ob für ihn noch Hoffnung bestände. Ich sagte ihm aufrichtig, wie die Sache stünde und dass er nur einige Tage zu leben habe. Er schrieb mehrere Briefe, war vollkommen gefasst und blieb bis zum Ende bei Bewusstsein.«

In diesem Augenblick trat Lady Erskine ins Zimmer, mit dem unglückseligen Bild von Willie Hughes in der Hand. »Als Georg im Sterben lag, bat er mich, Ihnen dies zu geben«, sagte sie. Als ich das Bild entgegennahm, fiel eine Träne von ihr auf meine Hand.

Das Bild hängt jetzt in meinem Bibliothekszimmer und meine künstlerischen Freunde bewundern es sehr. Sie sind darüber einig, dass es kein Clouet, sondern ein Ouvry ist. Ich habe ihnen die wahre Geschichte des Bildes nie erzählt. Aber manchmal, wenn ich es betrachte, glaube ich doch, dass sich manches für die Willie-Hughes-Theorie der Shakespeare'schen Sonette sagen ließe.

Deutungen

Der Kritiker als Künstler

Ein Dialog

Nebst einigen Bemerkungen über den Wert des Nichtstuns

I. Teil

Personen: Gilbert und Ernst
Szene: Die Bibliothek eines Hauses in Piccadilly, von der aus man den Green Park überblickt

Gilbert (am Klavier): Mein lieber Ernst, worüber lachst du?

Ernst (aufblickend): Über eine prächtige Geschichte, die ich eben in diesem Band Erinnerungen, der auf deinem Tisch liegt, gelesen habe.

Gilbert: Was für ein Buch ist es? Ah – ich sehe schon! Ich hab es noch nicht gelesen. Taugt es etwas?

Ernst: Nun, ich habe, während du spieltest, nicht ohne Vergnügen darin geblättert, obwohl ich in der Regel kein Freund moderner Memoiren bin. Erinnerungen werden *gewöhnlich* von Leuten niedergeschrieben, die sich überhaupt nicht mehr zu erinnern vermögen, oder die nie etwas des Erinnerns Wertes getan haben. Das erklärt ohne Zweifel ihre weite Verbreitung. Dem englischen Publikum wird stets behaglich zumute, wenn eine Mittelmäßigkeit zu ihm spricht.

Gilbert: Jawohl, unser Publikum ist wunderbar duldsam. Es verzeiht alles – nur nicht das Genie. Doch ich muss gestehen, mir gefällt jede Art von Memoiren. Und zwar um ihrer Form wie um ihres Gegenstands willen. In der Literatur ist der reine Egoismus von besonderem Reiz. Darin liegt für uns der Zauber von Briefen so verschiedener Persönlichkeiten wie Cicero und Balzac, Flaubert und Berlioz, Byron und Madame de Sévigné. Wo immer wir ihm begegnen – es ist merkwürdigerweise ziemlich selten der Fall –, müssen wir ihn willkommen heißen; wir verlieren ihn nicht leicht aus dem Gedächtnis. Die Menschheit wird Rousseau stets dafür lieben, dass er seine Sünden nicht dem Priester, sondern der Welt gebeichtet hat. Die schlummernden Nymphen, die Cellini in Bronze für das Schloss des Königs Franz geschaffen hat, selbst der grün-goldene Perseus, der in der offenen Loggia zu Florenz dem Mondlicht jenes todesstarre Entsetzen zeigt, das einst Leben zu Stein gewandelt hat: Diese Bildwerke haben der Welt nicht mehr Vergnügen gewährt, als Cellinis Selbstbiografie, in der dieser Erzschuft der Renaissance die Geschichte seines Glanzes und seiner Schmach erzählt. Die Meinungen, das Wesen, die Taten eines Mannes fallen wenig ins Gewicht. Er mag ein Skeptiker sein, wie der adlige Sieur de Montaigne, oder ein Heiliger, wie der verbitterte Sohn der Monika – sobald er uns seine Geheimnisse offenbart, ist er stets imstande, unser Ohr zu bezaubern und unseren Lippen Schweigen zu gebieten. Die

Art des Denkens, die Kardinal Newman vertreten hat – wenn man den Versuch, geistige Probleme dadurch zu lösen, dass man die Herrschaft des Verstandes leugnet, überhaupt eine Art des Denkens nennen darf – diese Methode wird und kann schwerlich von Dauer sein. Aber die Welt wird nie müde werden, dieser geängsteten Seele zuzuschauen, wie sie von Finsternis zu Finsternissen weiterschreitet. Das einsame Kirchlein zu Littlemore, in dem »der Hauch des Morgens dumpfig weht und wenige Gläubige sich versammeln«, wird uns stets teuer sein. Immer, wenn man das gelbe Löwenmaul auf dem Wall von Trinity blühen sieht, wird man dieses gottseligen Studenten gedenken, der in der steten Wiederkehr der Blumen die prophetische Kunde fand, dass er für immer mit der Gnadenmutter vereint bleiben werde – eine Prophezeiung, die der Glaube sehr kluger- oder sehr törichterweise nicht in Erfüllung gehen ließ ... Ja, in der Selbstbiografie liegt ein unwiderstehlicher Zauber. Der arme, einfältige, eingebildete Herr Sekretär Pepys hat sich in den Kreis der Unsterblichen hineingeschwätzt. Da er sehr wohl wusste, dass indiskretes Ausplaudern des Mutes besserer Teil ist, läuft er geschäftig in dieser Versammlung umher in seinem »purpurnen Flauschrock mit goldenen Knöpfen, Schnüren und Tressen«, den er uns so gern beschreibt. Er schwätzt zu seinem eigenen und zu unserem unendlichen Vergnügen über den indischblauen Unterrock, den er für sein Weib gekauft hat, über den »guten Schweinebraten« und das »köstliche französische Kalbsfrikassee«, das er so gerne aß, über sein Bowlingspiel mit Will Joyce, sein Umherschwärmen um alle schönen Frauen. Er erzählt, wie er am Sonntag Hamlet rezitierte, wie er an

Wochentagen die Bratsche spielte und dergleichen langweilig-alltäglicher Dinge mehr … Selbst im wirklichen Leben ist der Egoismus nicht ohne Reiz. Wenn die Leute über andere reden, sind sie gewöhnlich langweilig. Erzählen sie uns dagegen über sich selbst, so werden sie beinahe immer interessant. Wenn man ihnen in dem Augenblick, wo sie uns langweilen, so leicht den Mund schließen könnte, wie man ein Buch zuklappt, dessen man müde geworden ist, dann wäre an den meisten nichts auszusetzen.

Ernst: In diesem »Wenn«, würde Probstein sagen, liegt ungemeine Kraft. Schlägst du aber im Ernst vor, jeder solle sein eigener Boswell sein? Was sollte aus den emsigen Leuten werden, die das Material für Lebensbeschreibungen und Erinnerungen sammeln?

Gilbert: Was ist aus ihnen geworden? Sie sind geradezu die Pest dieser Zeit. Jeder Mann von Bedeutung findet heutzutage seine Jünger, und immer ist es Judas, der seine Biografie schreibt.

Ernst: Aber! … lieber Freund!

Gilbert: Ich fürchte, ich habe recht. Früher pflegten wir unsere Heroen zu Heiligen zu erheben. Jetzt ist es Sitte, sie dem Pöbel gleichzustellen. Billige Volksausgaben großer Werke sind vielleicht etwas sehr Köstliches, aber billige Ausgaben bedeutender Menschen sind einfach abscheulich.

Ernst: Darf ich fragen, Gilbert, auf wen du da anspielst?

Gilbert: Ach – auf alle unsere Literaten zweiten Ranges. Wir werden von einer Klasse von Menschen heimgesucht, die nach dem Tod eines Dichters oder Malers zugleich mit dem Leichenbestatter das Haus stürmen, von Leuten, die vergessen, dass sie nur eine Aufgabe haben: sich ganz still zu verhalten. Aber sprechen wir nicht von ihnen. Sie sind die Leichenschänder der Literatur. Der eine rafft den Staub, der andere die Asche an sich, die Seele aber bleibt außerhalb ihres Bereichs! … Und nun will ich dir Chopin vorspielen, oder ziehst du Dvořák vor? Soll ich dir eine Fantasie von Dvořák spielen? Sein Stil ist leidenschaftlich, seltsam farbig.

Ernst: Nein; mich verlangt jetzt nicht nach Musik. Die Musik ist viel zu unbestimmt. Überdies habe ich gestern Abend die Baronin Bernstein zu Tisch geführt, und so reizend die Dame sonst ist, sie hat ununterbrochen von Musik gesprochen, als wäre die wirklich in deutscher Sprache geschrieben. Nun, wie immer Musik auch klingen mag, sie klingt erfreulicherweise keineswegs, auch nicht im entferntesten, wie deutsch. Der Patriotismus äußert sich zuweilen auf wirklich erniedrigende Art. Nein, Gilbert, spiele nicht mehr. Dreh dich um und plaudere mit mir. Plaudere mit mir, bis der weißhörnige Tag ins Zimmer steigt. In deiner Stimme liegt etwas Bezauberndes.

Gilbert (sich vom Klavier erhebend): Ich bin nicht in der Stimmung, heute Nacht zu plaudern. Warum lächelst du so abscheulich? Es ist wirklich so. Wo sind die Zigaretten? Ich danke. Wie köstlich sind diese gelben Narzissen! Sie scheinen aus Bernstein und kühlem Elfenbein geschnitzt zu sein. Sie gleichen den Gebilden griechischer Kunst aus der besten Zeit … Was ist das nun für eine Geschichte in den Bekenntnissen des »reuezerknirschten Akademikers«, die dich so sehr belustigt hat? Erzähl sie mir. Wenn ich Chopin gehört habe, fühl ich mich seltsam erregt, als hätte ich über Sünden geweint, die ich niemals begangen habe, über Tragödien getrauert, die mich nichts angingen. Ich glaube, die Musik übt immer diese Wirkung aus. Sie ruft in uns eine Vergangenheit wach, von der man bis dahin nichts wusste, sie erfüllt uns mit der Empfindung von Leiden, die unseren Tränen bisher verborgen blieben. Ich kann mir vorstellen, dass jemand, der bis dahin ein ganz alltägliches Leben geführt hat, zufälligerweise seltsame Musik vernimmt und dann plötzlich entdeckt, dass seine Seele, ihm selbst unbewusst, furchtbare Erfahrungen durchgemacht, schrecklichen Jubel, wild romantische Liebe, furchtbare Entsagungen erlebt hat … Erzähle mir also die Geschichte, Ernst. Ich brauche Aufheiterung.

Ernst: Ach – die Sache ist durchaus nicht von Bedeutung. Ich meine nur, diese Geschichte gibt ein gutes Beispiel für den wahren Wert der landläufigen Kunstkritik. Eine Dame soll nämlich einst den »reuezerknirschten Akademiker«, wie du ihn nennst, sehr ernsthafterweise gefragt haben, ob sein berühmter »Frühlingstag in Whiteley« oder »Das Warten auf den letzten Omnibus« oder andere ähnliche Bilder ganz mit der Hand gemalt seien?

Gilbert: Nun, wurden sie denn mit der Hand gemalt?

Ernst: Du bist ganz unverbesserlich. Aber reden wir ernsthaft: Worin besteht der Nutzen der Kunstkritik? Warum überlässt man nicht den Künstler ganz sich selbst, damit er – geht sein Streben dahin – eine neue Welt erschaffe, oder die bestehende, bekannte nachbilde, deren wir alle wohl längst überdrüssig wären, wenn sie nicht die Kunst mit ihrem feinen Geist der Auswahl und Auslese gleichsam für uns reinigte und ihr für einen Augenblick eine gewisse Vollkommenheit gäbe. Ich glaube, die Fantasie verbreitet um sich, oder sollte doch eine Atmosphäre der Einsamkeit um sich verbreiten; sie schafft am besten in der Stille und Abgeschlossenheit. Warum soll der Künstler durch das schrille Geschrei der Kritik aus seiner Ruhe gestört werden? Wie kommen

Leute, die selbst nicht imstande sind, etwas zu schaffen, dazu, den Wert einer Schöpfung zu beurteilen? Was wissen sie davon? Ist der Sinn eines Kunstwerks leicht zu erkennen, dann ist die Erklärung überflüssig …

Gilbert: Ist dagegen das Werk unverständlich, dann ist jede Deutung von Übel.

Ernst: Das hab ich nicht behauptet.

Gilbert: Du hättest es aber behaupten sollen! Heutzutage hat man uns so wenig Geheimnisse übrig gelassen, dass wir nicht auf ein einziges verzichten können. Ich glaube, die Mitglieder der »Browning-Gesellschaft« verschwenden ebenso wie die Theologen der liberalen kirchlichen Partei und die Autoren der »Sammlung von Lebensbeschreibungen großer Schriftsteller« ihre Zeit damit, dass sie an ihrer Gottheit so lange herumerklären, bis von ihr nichts übrig bleibt. Da ist eine Stelle bei Browning, aus der man die Hoffnung schöpfen könnte, er sei ein Mystiker gewesen; sogleich gibt man sich Mühe zu zeigen, dass er hier nur unklar war. Da ist eine andere Stelle, aus der man schließen könnte, dass er etwas zu verbergen hatte – sie klären uns sogleich auf, dass er nur sehr wenig zu enthüllen hatte. Ich spreche aber nur von den einzelnen, aus dem Zusammenhang gehobenen Werken. Als Gesamterscheinung betrachtet, war dieser Mann groß. Er war nicht vom Rang der Olympier, die ganze Unvollkommenheit der Titanen haftete ihm an. Es fehlte ihm der Überblick und ein Sänger war er nur selten. Sein Werk zeigt die Spuren des Kampfes, heftiger Erregung und Anstrengung. Er ging nicht vom Gefühl aus und formte es, er wurzelt vielmehr im Gedanklichen und verschwimmt im Chaos. Dennoch war er groß. Man hat ihn einen Denker genannt – er war sicherlich stets von Gedanken bewegt, und immer dachte er laut. Aber es war nicht das Denken, das ihn reizte, vielmehr waren es die Vorgänge, die das Denken anregen. Die Maschine war es, die er liebte, nicht das Produkt der Maschine. Der Weg, auf dem der Tor zu seiner Torheit gelangt, war ihm so wert wie die letzte Weisheit des Weisen. Der subtile Mechanismus des Geistes übte auf ihn solchen Reiz aus, dass er die Kunst der Sprache gering schätzte und auf sie als ein unvollkommenes Instrument des Ausdrucks herabblickte. Der Reim, das köstliche Echo, das im gewellten Hügelland der Musen den Ton gebiert und ihn widerklingen lässt, der Reim, der in den Händen des wirklichen Künstlers nicht bloß ein sinnliches Element metrischer Schönheit, sondern auch ein geistiges des Denkens und der Leidenschaft wird – denn er lockt vielleicht neue Stimmungen, neue Gedankengänge hervor oder lässt durch süße und betörende Gewalt des Klangs die goldene Pforte aufspringen, an die selbst die Fantasie vergebens pochte – der Reim, der das Stammeln des Menschen zur Sprache der Götter erheben kann, der Reim, die einzige Saite, die wir der griechischen Leier hinzugefügt haben – der Reim wurde in Robert Brownings Hand zur grotesken Missgeburt. Er machte sein Dichten zuweilen zur Maskerade eines kleinen Komödianten, er gab ihm allzu oft den Schein eines Pegasusreiters, der einhergaloppiert, die Zunge in die Backen gepresst. Manchmal verletzt er durch seine schrecklichen Dissonanzen. Ja, wenn seine Musik nur durch Zerreißen der Saiten seiner Laute zu gewinnen vermag, zerreißt er sie; sie schlagen misstönend zusammen, und keine attische Zikade lässt sich, die zitternden Flügel melodisch schwingend, auf dem elfenbeinernen Horn nieder, den Rhythmus vollkommen zu machen oder die Intervalle zu mildern. Und doch war er groß; formte er gleich die Sprache zu unedlem Lehm um, er hat daraus Männer und Frauen gebildet, die leben. Kein Zweiter reicht so dicht an Shakespeare heran. Shakespeare vermochte mit Myriaden Lippen zu singen, Browning konnte durch tausend Munde stammeln. Noch jetzt, da ich nicht gegen ihn, sondern für ihn spreche, gleiten durch den Raum die Schatten seiner Gestalten. Schleicht da nicht Fra Lippo Lippi, die Wangen glühend von eines Mädchens heißem Kuss? Hier steht der furchtbare Saul, in seinem Turban schimmern die fürstlichen, großen Saphire. Da ist Mildred Tresham und der spanische Mönch, das Antlitz gelb vor Hass, und Blougram und Ben Ezra und der Bischof von St. Praxed. In der Ecke kauert des Setebos Brut. Sebald blickt, da er Pippas vorübergleitenden Schritt vernimmt, auf das wilde Antlitz der Ottima; ihn ekelt vor ihr, vor der eigenen Sünde, vor sich selbst. Bleich wie der weiße Atlas seines Wamses blickt der melancholische König mit träumerischen Verräteraugen auf den allzu treuen Strafford hin, der seinem Verderben entgegengeht. Andrea erschauert, da er in dem Garten das Pfeifen seiner Vettern hört, er bittet sein edles Weib, hinabzugehen … Ja, Browning war groß. Und wie wird er in der Menschheit Erinnerung fortleben? Als Dichter? Nein, nicht als Dichter. Man wird ihn als einen, der in Versen zu fabulieren wusste, im Gedächtnis behalten, vielleicht als den vornehmsten Versfabulisten, den wir je besaßen. In seiner Empfindung für die dramatische Situation hat er keinen Rivalen. Kann er auch die Probleme, die er selbst aufrollt, nicht lösen – er hat doch wenigstens Probleme hingestellt. Vermag ein Künstler mehr? Als Schöpfer von Gestalten steht er dem zunächst, der Hamlet schuf. Wäre er klar und bestimmt gewesen, er hätte neben ihm stehen dürfen. Der einzige, der den Saum seines Gewandes berühren darf, ist George Meredith. Meredith ist ein Browning in Prosa, aber auch Browning ist Prosaiker. Er bediente sich der Poesie als eines Mittels, Prosa zu schreiben.

Ernst: In dem, was du sagst, ist manches Richtige, doch sagst du nicht alles. In manchen Punkten bist du ungerecht.

Gilbert: Es ist schwer, dort, wo man liebt, nicht ungerecht zu sein. Aber kehren wir zu unserem Ausgangspunkt zurück. Was meintest du noch?

Ernst: Einfach dies: In den besten Tagen der Kunst hat es keine Kunstkritik gegeben.

Gilbert: Diese Bemerkung muss ich schon einmal gehört haben, Ernst. Sie hat die Lebenszähigkeit eines Irrtums und ist so langweilig wie ein alter Freund.

Ernst: Sie spricht die Wahrheit aus. Ja, schüttle nur spöttisch den Kopf. Sie spricht völlig die Wahrheit. In den besten Tagen der Kunst gab es keine Kunstkritik. Der Bildhauer schlug aus dem Marmorblock den großen, weißen, geschmeidigen Hermes, der in ihm schlief. Die Polierer und Vergolder gaben der Statue Färbung und Glätte. Als die Welt sie erblickte, ward sie von Ehrfurcht erfasst und verstummte … Er goss die glühende Bronze in die Sandform, der Strom roten Metalls kühlte sich zu edlen Linien ab und zeigte im Umriss den Leib eines Gottes. Durch Email oder geschliffene Juwelen gab er den blinden Augen Leben. Die hyazinthengleichen Locken kräuselten sich unter seinem Stichel. Und wenn dann der Sohn der Leto im dämmrigen, freskengeschmückten Tempel, oder in der Säulenhalle, die im Sonnenlicht glänzte, auf dem Piédestal stand, fühlten die Vorüberschreitenden, ἁβρῶς βαίνοντες διὰ λαμπροτάτου αἰθέρος, eine neue Macht habe von ihrem Leben Besitz ergriffen. Träumerisch oder mit dem Gefühl seltsam beseligender Freude kehrten sie heim und machten sich an ihre Tagesarbeit, oder sie wanderten vielleicht durch die Pforte der Stadt zu jener Wiese, wo die Nymphen spielten, dort, wo der junge Phädrus die Füße netzte. Auf dem weichen Gras, unter den schlanken, im Winde raunenden Platanen, unter dem blühenden agnus castus gelagert, sannen sie über die Wunder der Schönheit nach und schwiegen in ungewohnter Ehrfurcht. In jenen Tagen war der Künstler frei. Aus dem Bach holte er mit seinen Fingern den zarten Ton. Mit einem kleinen Stäbchen aus Holz oder Bein bildete er daraus Formen, so köstlich, dass man sie den Toten als Spielzeug mitgab; wir finden sie noch in den düstern Grabgewölben der gelblichen Hügelgehänge Tanagras – noch liegt auf Haar und Lippe und Gewand das matte Gold, das erblassende Rot. Auf eine frisch getünchte, rötlich glänzende oder durch Milch und Safran getönte Wand malte er eine Gestalt, die mit ermattetem Fuß über die purpurnen, weiß besternten Asphodeloswiesen dahineilte: Polyxena, Priamus' Tochter, »in deren Lidern des trojanischen Krieges Geheimnis schlief«. Oder er stellte den Odysseus dar, den weisen, listenreichen, mit straffen Seilen an den Mastbaum gebunden, um ohne Gefahr dem Gesang der Sirenen zu lauschen, oder wie er an dem Gestade des klaren acherontischen Stroms dahinwandelte, dort, wo die Geister der Fische über den Kies gleiten. Oder er malte die Perser in ihrer Tracht, mit *Hosen und Mitra*, wie sie vor den Griechen bei Marathon flohen, oder wie die Schnäbel der Galeeren in der kleinen salaminischen Bucht sich ineinander hakten. Er zeichnete mit silbernem Stift und Holzkohle auf Pergament und wohlbereitetes Zedernholz. Auf Elfenbeingrund und rosafarbene Terrakotta malte er mit Wachs, das er in Olivenöl flüssig und durch glühendes Eisen fest machte. Das Holzgetäfel, der Marmor, die Leinwand erglänzten herrlich, wenn sein Pinsel darüberfuhr. Und das Leben verstummte, da es sich widergespiegelt fand, kein Laut wagte sich hervor. Ihm war in der Tat das ganze Leben zu eigen: Von den Kaufleuten, die auf dem Marktplatz saßen, bis zu den in Mäntel gehüllten, auf dem Hügel lagernden Schäfern; von den Nymphen, versteckt in Lorbeerhainen, und den Faunen, die um die Mittagsstunde flöten, bis zu dem König, den Sklaven auf Öl schimmernden Schultern in der schmalen, durch einen grünen Vorhang geschlossenen Sänfte trugen und mit Pfauenfedern fächelten. Männer und Frauen, das Antlitz freudig oder kummervoll bewegt, zogen an ihm vorüber: Der Künstler warf einen Blick auf sie und kannte ihr Geheimnis. Durch Farbe und Form schuf er eine neue Welt.

Auch das ganze Gebiet der Kleinkunst beherrschte der Künstler. Er hielt den Edelstein wider die drehende Scheibe – da ward auf dem Amethyst das purpurne Lager des Adonis sichtbar, auf dem geäderten Sardonyx jagte Artemis mit ihren Hunden. Er hämmerte aus dem Gold Rosen und band sie zum Halsschmuck oder Armband zusammen. Er hämmerte aus dem Gold Kränze für Siegerhelme, den Saum für tyrische Kleider, Masken für die toten Könige. Auf der Rückseite des silbernen Spiegels stellte er Thetis dar, wie sie von ihren Nereiden geleitet wird, oder die liebessieche Phädra mit ihrer Amme, oder Persephone, die, Erinnerns müde, den Mohn in ihr Haar flicht. Der Töpfer saß in seiner Hütte, und blütengleich erwuchs unter seinen Händen die Vase aus der drehenden Scheibe. Er schmückte Fuß und Stiel und Griff der Vase mit zarten Olivenblattmustern, oder mit Blätterwerk des Akanthus, oder mit gekrümmten, schaumgekrönten Wellen. Dann malte er in schwarzen und roten Farben Knabengestalten im Ringkampf oder Wettlauf, Helden in voller Rüstung, die von ihrem muschelartig geformten Wagen sich über die bäumenden Rosse beugen – ihre Schilde zeigen seltsame Wappen, ihre Visiere sind merkwürdig geformt. Er malte Götter, die beim Gastmahl sitzen oder Wunder verrichten, Heroen in ihrem Siegesjubel oder ihrem Weh. Zuweilen ätzte er mit zarten, rötlichen Linien auf weißem Grunde den sehnsüchtigen Bräutigam und die Braut. Eros umschwebt sie, einem der Engel des Donatello ähnlich, ein kleines, lachendes Ding mit vergoldeten oder azurnen Flügeln. Auf die Rückseite grub er vielleicht den Namen seines Freundes. ΚΑΛΟΣ ΑΛΚ'ΙΒΙΑΔΗΣ oder ΚΑΛΟΣ ΧΛΡΜΙΛΗΣ – solche Worte künden uns die Geschichte seiner Tage. Vielleicht zeichnete er auf den Rand des weiten, flachen Bechers den äsenden Hirsch oder den ruhenden Löwen, wie die Fantasie es ihm gebot. Von dem kleinen Salbölfläschchen lacht uns Aphrodite, die sich eben putzt, entgegen, und Dionysus tanzt, umgeben von nackt-geschmeidigen Mänaden, um den Weinkrug, bloßen, weinbenetzten Fußes, während der greise Silen satyrgleich die Glieder auf üppigen Fellen spreizt oder den magischen, von einem Tannenzapfen gekrönten Stab schwingt, den dunkler Efeu umkränzt. Und niemand kam, den Künstler bei seinem Werk zu stören. Er ward durch kein gedankenloses Geschwätz verwirrt. Er wurde nicht durch Meinungen geplagt. An den Ufern des Ilyssus, mein lieber

Gilbert, gab es keine albernen Kunstkongresse, die den Provinzialismus in die Provinzen tragen und die Mittelmäßigkeit lehren, den Mund aufzureißen. An den Ufern des Ilyssus gab es keine öden Kunstzeitschriften, worin betriebsame Leute über Dinge schwätzen, die sie nicht verstehen. An den schilfumwachsenen Ufern dieses Flüsschens gab es nicht jenen lächerlichen Journalismus, der sich den Richterstuhl anmaßt, während er sich auf der Anklagebank verteidigen sollte. Kunstkritiker gab es bei den Griechen nicht.

Gilbert: Du bist ganz entzückend, Ernst, aber deine Anschauungen sind durchaus falsch. Ich fürchte, du hast dem Gespräch von Leuten gelauscht, die älter sind als du selbst. Das ist stets gefährlich. Du wirst, wenn du diese Gewohnheit dauernd annimmst, merken, dass man dadurch jede geistige Entwicklung unterbindet. Was den modernen Journalismus angeht: Ich bin nicht zu seiner Verteidigung bestellt. Er rechtfertigt sein Bestehen nach dem großen Darwinschen Grundsatz, dass das Gemeinste sein Dasein behauptet. Ich habe es nur mit der Literatur zu tun.

Ernst: Was ist aber der Unterschied zwischen Literatur und Journalismus?

Gilbert: Zeitungen kann man nicht lesen, die Literatur wird nicht gelesen. Das ist der ganze Unterschied. Deine Behauptung, die Griechen hätten keine Kunstkritiker besessen – sei versichert, ist völlig absurd. Man könnte mit mehr Recht sagen: Die Griechen waren ein Volk von Kunstkritikern.

Ernst: Wirklich?

Gilbert: Ja, ein Volk von Kunstkritikern. Doch möcht ich durchaus nicht das entzückend unrichtige Gemälde zerstören, das du von dem Verhältnis des hellenischen Künstlers zu dem Geist seines Zeitalters entworfen hast. Was sich nie zugetragen hat, genau zu beschreiben, ist nicht bloß das recht eigentliche Amt des Geschichtsschreibers, sondern das unveräußerliche Vorrecht eines jeden, der Begabung und Kultur besitzt. Noch weniger wünsche ich, eine gelehrte Unterhaltung zu führen – das maßt sich nur der Unwissende an, und der geistig Unbeschäftigte macht daraus seinen Beruf. Das sogenannte veredelnde Gespräch aber ist nichts als ein alberner Versuch der noch alberneren Philanthropen, auf solche Weise den gerechten Groll der verbrecherischen Klassen zu entwaffnen. Nein, ich will dir lieber einen tollen, scharlachnen Traum Dvořáks vorspielen. Die bleichen Figuren des Teppichs lächeln uns an, die schweren Augenlider meines bronzenen Narzissus sind zum Schlummer geschlossen. Keine feierlichen Erörterungen worüber auch immer, ich bitte dich. Ich bin mir nur allzu sehr bewusst, dass wir in einer Zeit geboren sind, die nur die Langweiligen ernst nimmt. Ich lebe unaufhörlich in der Angst, nicht missverstanden zu werden. Würdige mich nicht dazu herab, dir nützliche Kenntnisse zu vermitteln. Erziehung ist ja etwas ganz Wunderbares, doch muss man sich von Zeit zu Zeit erinnern, dass nichts Wissenswertes gelehrt werden kann. Ich sehe durch den Spalt im Fenstervorhang den Mond; er gleicht einem Stück getriebenen Silbers. Goldenen Bienen gleich drängen sich die Sterne um ihn. Der Himmel ist ein kantiger, gehöhlter Saphir. Komm, lass uns gehen, schreiten wir in die Nacht hinaus. Denken ist wundervoll, aber noch wundervoller ist abenteuerliches Erleben. Wer weiß, vielleicht treffen wir den Prinzen Florizel von Böhmen, vielleicht hören wir die herrliche Kubanerin, die uns erzählt: Ich bin nicht, was ich scheine.

Ernst: Du bist schrecklich eigensinnig. Ich bestehe darauf, dieses Thema mit dir zu erörtern. Du hast gesagt, die Griechen seien ein Volk von Kunstkritikern gewesen. Was haben sie uns Kunstkritisches hinterlassen?

Gilbert: Mein lieber Ernst, selbst wenn kein einziges kunstkritisches Fragment aus hellenischen oder hellenistischen Tagen auf uns gekommen wäre, gälte nicht minder die Wahrheit: Die Griechen waren ein Volk von Kunstkritikern. Sie haben die Kritik der Kunst, wie jede andere Kritik erfunden. Was verdanken wir schließlich den Griechen in erster Linie? Einfach den kritischen Geist. Und mit diesem kritischen Geist, den sie in Fragen der Religion und der Wissenschaft, der Ethik und Metaphysik, der Politik und Pädagogik bekundeten, haben sie auch Kunstfragen behandelt. Sie haben uns in der Tat das lückenloseste aller der Welt geoffenbarten kritischen Systeme der beiden höchsten und edelsten Künste hinterlassen.

Ernst: Was sind für dich die beiden edelsten und höchsten Künste?

Gilbert: Das Leben und die Literatur. Das Leben und der vollendete Ausdruck des Lebens. Die Grundsätze der Lebensführung, die die Griechen aufgestellt haben, wagen wir in einem Zeitalter nicht zu verwirklichen, das, wie das unsere, durch falsche Ideale verderbt ist. Die für die Literatur geltenden Grundsätze, wie sie uns die Griechen aufbewahrt haben, sind in mancher Beziehung so fein, dass wir sie kaum zu verstehen vermögen. Sie erkannten sehr wohl, dass die vollendetste Kunst die ist, die den Menschen in seiner ganzen unendlichen Mannigfaltigkeit widerspiegelt. Darum haben die Griechen ihre Kritik der Sprache, die sie nur als künstlerisches Material ansahen, zu einer

Vollendung geführt, an die wir mit unserem System der Betonung der logischen oder durchs Gefühl hervorgehobenen Stellen kaum heranreichen. Sie erforschten beispielsweise die metrischen Elemente der Prosa so gründlich-wissenschaftlich, wie ein moderner Musiker Harmonie- und Kontrapunktlehre studiert. Noch dazu, dies versteht sich beinahe von selbst, mit weit schärferem ästhetischen Instinkt. Sie hatten mit dieser Methode, wie mit allem, was sie unternahmen, völlig recht. Seit der Erfindung der Buchdruckerkunst, und seitdem das Lesen unter den mittlern und niedrigen Bevölkerungsschichten dieses Landes sich in so schädlicher Weise verbreitet hat, herrscht in unserem Schrifttum die Neigung vor, sich immer mehr ans Auge, immer weniger ans Ohr zu wenden. Doch ist gerade das Gehör der Sinn, dessen Wohlgefallen, vom Standpunkte der reinen Kunst geurteilt, geweckt werden sollte. Nur an dem, was dem Ohr gefällt, an seine Regeln sollte man sich halten. Selbst das Werk Mr. Paters, der, im Ganzen betrachtet, die englische Prosa am vollendetsten unter uns allen meistert, gleicht zuweilen mehr einem Stück Mosaik als einem musikalischen Gebilde. Hier und da entbehren seine Worte der echten rhythmischen Lebendigkeit und jener vornehmen Freiheit und reichen Wirkung, die solch rhythmisches Leben hervorbringt. Wir haben ja das Schreiben zur endgültigen Kunstform erhoben, wir betrachten es als absoluten Endzweck. Den Griechen bedeutete das Schreiben nichts anderes, als eine Form chronologischer Aufzeichnung. Ihr Prüfstein war immer das gesprochene Wort in seinen musikalisch-metrischen Beziehungen. Die Stimme war das Kunstmittel, das Ohr übte Kritik. Ich habe mir schon manchmal gedacht, ob nicht die Erzählung von der Blindheit Homers vielleicht wirklich ein Kunstmythos ist. Entstanden in den Tagen kritischer Betrachtung, soll er uns vielleicht daran erinnern, dass ein großer Dichter nicht bloß immer ein Seher ist – freilich nicht so sehr ein Seher mit leiblichen Augen, wie mit den Augen der Seele – sondern auch ein wahrer Sänger, einer, der seinen Sang aus Musik webt, der jede Zeile immer wieder und wieder so lange laut vor sich hinspricht, bis er das Geheimnis ihrer Melodie erfasst, bis er die lichtbeschwingten Worte ins Dunkel singt. Ob ich nun damit im Recht bin oder nicht, das eine ist gewiss: Englands großer Dichter hat seiner Blindheit, als einem Anlass oder einer wesentlichen Ursache, viel von der majestätischen Haltung, dem klangvollen Glanz seiner spätem Verse zu danken. Als Milton nicht mehr zu schreiben vermochte, begann er zu singen. Wer legt an »Comus« den Maßstab, mit dem man »Simon den Kämpfer« oder das »Verlorene –« oder das »Wiedergewonnene Paradies« messen darf? Der erblindete Milton hat nur nach dem Klang der Stimme gedichtet, wie jeder dichten sollte. Dadurch wurde aus dem Rohr, der Flöte – denn das war er in seinen Anfängen – die mächtige, stimmenreiche Orgel, deren grausend widerhallende Klänge die Pracht des homerischen Verses zeigen, wenn sie sich auch nicht um seinen schnellen, leichten Gang bemühen. So ist sein Werk ein unvergängliches Erbgut des englischen Schrifttums. So zieht er strahlend durch alle Zeiten, weil er sie überstrahlt. So ist er ewig bei uns, in seiner Kunstform ein Unsterblicher. Jawohl, das Schreiben hat den Schriftstellern viel Schaden gebracht. Wir müssen uns wieder an die Stimme halten. Sie bildet unsern Prüfstein. Dann wird es uns vielleicht gelingen, manche der Feinheiten griechischer Kunstbeurteilung zu würdigen. Gegenwärtig sind wir noch keineswegs so weit. Manchmal überfällt mich, wenn ich ein Stück Prosa niedergeschrieben habe, das ich bescheidenerweise für völlig fehlerlos halte, der furchtbare Gedanke, dass ich mich vielleicht unziemlicher Sprachverweichlichung durch den Gebrauch trochäischer und tribrachyscher Rhythmen schuldig gemacht habe. Dieses Verbrechen wirft ein gelehrter Kritiker des Augusteischen Zeitalters mit gerechter Strenge dem glänzenden, wenn auch manchmal paradoxen Hegesias vor. Es überläuft mich kalt, wenn ich mir das vorstelle. Ich frage mich oft, ob die wundervoll-sittliche Wirkung der Prosa jenes entzückenden Schriftstellers, der einmal in einer Stimmung rücksichtsloser Offenheit wider den unkultivierten Teil unserer Gesellschaft die schreckliche Lehre verfocht, das Betragen bedeute drei Viertel des Lebens – ich frage mich, ob seine Wirkung nicht eines Tages dadurch völlig vernichtet werden könnte, dass man die Entdeckung macht, dass seine Päone an unrichtiger Stelle stehen.

Ernst: Ach – jetzt sprichst du nicht ernst.

Gilbert: Wie soll man ernst bleiben, wenn man allen Ernstes die Behauptung hört, die Griechen hätten keine Kunstkritiker gehabt?! Ich könnte die Ansicht, der schöpferische Geist der Griechen sei in der Kritik untergegangen, begreifen. Aber dass jenes Volk, dem wir den kritischen Geist danken, niemals Kritik geübt haben sollte – diese Anschauung verstehe ich nicht. Du verlangst doch wohl von mir nicht einen Überblick der griechischen Kunstkritik von den Zeiten Platos bis zu Plotin. Dazu ist die Nacht allzu lieblich. Der Mond würde, wenn er uns hörte, noch mehr Asche als bisher auf sein Antlitz streuen … Erinnere dich nur an ein vollendetes, kleines, kritisch-ästhetisches Werk, an Aristoteles' Poetik! In der Form ist es keineswegs vollendet, denn es ist schlecht geschrieben. Vielleicht stellt es nur eine Zusammenfassung von Notizen für eine Kunstvorlesung dar oder von einzelnen Fragmenten, die für ein umfänglicheres Buch bestimmt waren. In der Stimmung und dem Ton der Behandlung aber ist es ganz vollkommen. Die sittliche Wirkung der Kunst, ihre Bedeutung für die Kultur, ihre Wichtigkeit für die Charakterbildung, diese Fragen waren bereits durch Plato ein für alle Mal entschieden. Hier wird aber die Kunst nicht vom moralischen, sondern vom rein ästhetischen Gesichtspunkt betrachtet. Auch Plato hatte sich selbstverständlich mit vielen ausgesprochen künstlerischen Themen befasst: mit der Bedeutung der Einheit für ein Kunstwerk, der Notwendigkeit von Klang und Harmonie, dem ästhetischen Wert der Erscheinungsformen, mit der Beziehung der sichtbaren Künste zur äußeren Welt und der Dichtung zur Wirklichkeit. Er war vielleicht der erste, der in die Seele des Menschen jenen Wunsch pflanzte, den wir noch nicht befriedigt haben, den Wunsch, den Zusammenhang zwischen Schönheit und Wahrheit zu erkennen und den Rang der Schönheit in der sittlichen und geistigen Ordnung des Weltalls. Die Probleme des Idealismus und Realismus erscheinen vielleicht manchem in jener abstrakt metaphysischen Sphäre, in die Plato sie verlegt, etwas unfruchtbar. Übertrage sie aber in die Sphäre der Kunst, dann wirst du finden: Sie sind noch immer lebendig und sinnvoll. Vielleicht ist es Plato bestimmt, als Schönheitskritiker weiterzuleben, vielleicht gewinnen wir eine neue Philosophie, wenn wir nur den Namen seiner Denksphäre ändern. Aristoteles jedoch beschäftigt sich, wie Goethe, mit der Kunst hauptsächlich in ihren sichtbaren Offenbarungen. Er betrachtet beispielsweise die Tragödie und untersucht ihren Stoff, nämlich die Sprache, ihren Gegenstand, das Leben, die Methode, nach der sie arbeitet, das ist die Handlung, ihre Voraussetzungen, nämlich die Aufführung auf dem Theater, er forscht nach ihrem logischen Aufbau, der Verwicklung, ihrem ästhetischen Endergebnis, der Einwirkung auf den Schönheitssinn durch die Erregung der Leidenschaften Furcht und Mitleid. Diese Reinigung und Vergeistigung der Natur, die er Katharsis nennt, ist, wie Goethe bemerkt, von durchaus ästhetischer, keineswegs, wie Lessing annahm, von moralischer Art. Aristoteles erforschte in erster Linie den Eindruck, den das Kunstwerk hervorruft, er versucht, diesen Eindruck zu zergliedern, seinen Ursprung aufzufinden, sein Entstehen aufzudecken. Als Physiologen und Psychologen war ihm die Tatsache wohlbekannt, dass das gesunde Fortbestehen einer Kraft in ihrer Betätigung liegt. Die Fähigkeit für ein leidenschaftliches Gefühl besitzen und es nicht wirklich zu durchleben heißt, sich selbst begrenzen, nicht zu seiner Fülle reifen. Des Lebens mimisches Schauspiel, das uns die Tragödie zeigt, reinigt das Herz von manchem »gefährlichen Stoff«. Dadurch, dass man den Gefühlen hohe und würdige Gegenstände darbietet, wird der Mensch selbst gereinigt und vergeistigt. Und nicht nur dies – er wird auch in edle Gefühle eingeweiht, von denen er sonst vielleicht nichts erfahren hätte. Das Wort Katharsis enthält, wie mir manchmal scheint, eine Anspielung auf die Zeremonien der Einweihung. Zuweilen möchte ich sogar glauben, dass dies die einzig wahre Bedeutung des Wortes ist … Ich gebe hier natürlich nur eine Skizze des Buches. Aber du siehst bereits, wie viel ästhetische Kritik es enthält. Wer sonst als ein Grieche wäre fähig gewesen, die Kunst so scharf zu zergliedern? Nach der Lektüre dieses Buches wundert man sich nicht länger darüber, dass Alexandria sich so ganz und gar der Kunstkritik ergab, dass die künstlerischen Temperamente jener Zeit jede Frage des Stils und der Technik untersuchten, und dass man über die großen akademischen Malerschulen, wie etwa die Schule von Sikyon, die die erhabene Tradition der Antike zu bewahren suchte, nicht minder heftig diskutierte, als über die Realisten und Impressionisten, deren Ziel es war, das Leben der Gegenwart widerzuspiegeln. Auch über die ideale Richtung in der Porträtmalerei oder die künstlerische Bedeutung des Epos in einer Zeit, die so modern war wie diese, oder über das Stoffgebiet des Künstlers hat man damals Betrachtungen angestellt. In der Tat, ich fürchte, auch die unkünstlerischen Naturen jener Tage waren in Literatur und Kunst emsig am Werke, denn der Plagiatsbeschuldigungen gab es endlos viele. Solche Anklagen werden aber stets von den dünnen Lippen der Unfähigkeit, oder von den verzerrten Mäulern jener erhoben, die zwar keine eigene Art besitzen, aber Ansehen dadurch zu gewinnen hoffen, dass sie laut hinausschreien, sie seien bestohlen worden. Ich versichere dir, mein lieber Freund, die Griechen schwätzten über Maler genauso viel, wie man dies heutzutage tut. Sie hatten ihre Privatansichten, Ausstellungen gegen Entree, Kunst-Handwerkergilden, ihre präraffaelische und ihre naturalistische Bewegung, ihre Vorlesungen über Kunst. Sie schrieben ganz gewiss Essays über Kunst, sie hatten Kunsthistoriker und Archäologen und den ganzen Plunder. Ja noch mehr: Theaterunternehmer nahmen auf ihren Gastspielen ihre Theaterreferenten mit und zahlten ihnen sehr ansehnliche Honorare für lobende Artikel. Man sieht, alles, was unserem modernen Leben das Gepräge gibt, verdanken wir den Griechen. Das Unzeitgemäße stammt aus dem Mittelalter. Die Griechen haben uns das System der Kunstkritik überliefert. Wie fein ihr kritischer Instinkt gewesen ist, mag man aus der Tatsache schließen, dass das Material, das sie kritisch am sorgsamsten durchforschten, wie ich schon sagte, die Sprache war; denn der Stoff, dessen sich der Maler oder der Bildhauer bedient, ist im Vergleich mit dem Worte dürftig. Aus den Worten tönt nicht nur Musik, die nicht minder süß ist als der Klang der Viola und Laute – Farben leuchten auch daraus, so reich, so lebendig, wie die Farbenglut, die die Leinwand der Venezianer und Spanier für uns so lieblich macht. Den Worten ist Plastik eigen, gerundete Fülle, nicht minder als der Bronze oder dem Marmor. Aber auch Denken und Leidenschaft und Geistigkeit strömt aus den Worten – und diese gehören den Worten allein. Hätten die Griechen nur die Sprachkritik geschaffen, sie wären schon deswegen allein die größten Kunstkritiker der Welt. Die Prinzipien der höchsten Kunst kennen heißt, die Prinzipien aller Künste kennen … Ich merke aber, der Mond hat sich hinter eine schwefelfarbene Wolke verborgen. Aus lohgelber Sturmmähne schimmert er wie das Auge des Löwen. Er fürchtet, ich werde dir von Lucian und Longinus, von Quintilian und Dionysius, von Plinius und Fronto und Pausanias, von all den Männern erzählen, die in der Antike über Kunstthemen geschrieben oder gesprochen haben. Er sei unbesorgt. Ich bin meines Forschens in dem dunkeln, dumpfen Abgrund der Tatsachen müde. Nun bleibt mir nichts übrig als die göttliche μονόχρονος ἡδονή einer neuen Zigarette. Zigaretten haben wenigstens das eine Reizvolle: Sie gewähren uns keine Befriedigung.

Ernst: Nimm eine von den meinen. Sie sind ziemlich gut. Ich beziehe sie direkt aus Kairo. Unsere Attachés taugen nur zu einem: Sie versehen ihre Freunde mit ausgezeichnetem Tabak … Allein, da der Mond sein Antlitz verborgen hat, lass uns wieder ein wenig plaudern. Ich gebe gerne zu: Was ich über die Griechen sagte, ist ein Irrtum gewesen. Sie waren, wie du ausgeführt hast, ein Volk von Kunstkritikern. Ich räume es ein und bedauere sie fast ein wenig. Denn die schöpferische Gabe steht höher als die kritische. Die beiden können wirklich nicht miteinander verglichen werden.

Gilbert: Dieser Gegensatz ist ein ganz willkürlicher. Ohne kritisches Vermögen ist noch nie eine Kunstschöpfung, die solche Bezeichnung verdient, hervorgebracht worden. Du sprachst vorhin von dem feinen Sinn für Auswahl, dem zarten Instinkt für die Auslese, wodurch der Künstler das Leben für uns verwirklicht und ihm für einen Augenblick Vollendung leiht. Nun, dieses Empfinden für die Auslese, dieser feinfühlende Takt für das Ausscheiden ist nichts anderes als die kritische Fähigkeit in einer ihrer wesentlichsten Äußerungen. Wer dieser kritischen Fähigkeit ermangelt, vermag in der Kunst überhaupt nichts Schöpferisches hervorzubringen. Arnolds Definition der Literatur als einer Kritik des Lebens ist in der Form nicht sehr glücklich, doch zeigt er damit, wie scharf er die Bedeutung des kritischen Elements in jeder Kunstschöpfung erkannt hat.

Ernst: Ich meine, große Künstler schaffen unbewusst, sie sind »weiser, als sie selbst wissen«, wie Emerson, glaub ich, irgendwo bemerkt.

Gilbert: Das ist in Wirklichkeit nicht so, Ernst. Alle feine Arbeit der Fantasie ist bewusst und überlegt. Kein

Dichter singt, weil er singen muss, wenigstens kein großer Dichter. Ein großer Dichter singt, weil er singen will. So ist es jetzt, so ist es immer gewesen. Wir sind manchmal geneigt, zu glauben, jene Stimmen, die in den Dämmerzeiten der Dichtung tönten, seien einfacher, frischer, natürlicher als die unserer Tage gewesen. Wir meinen, jener Welt, worauf der Blick der früheren Dichter fiel und durch die sie schritten, sei etwas Poetisches ursprünglich eigen gewesen, das fast unverändert in Gesang hinübergleiten konnte. Jetzt liegt der Schnee dicht auf dem Olympos, seine schroff zerklüfteten Abhänge sind frostig-unfruchtbare Heide. Vor Zeiten aber – so träumen wir – streiften die weißen Füße der Musen am Morgen den Tau von den Anemonen, und zur Abendstunde nahte Apoll und sang im Tal den Schäfern sein Lied. Doch da leihen wir anderen Zeiten nur, was wir für unsere Zeit ersehnen oder zu ersehnen glauben. Unser historischer Sinn ist da in einem Irrtum befangen. Jedes Jahrhundert ist, soweit es Dichtungen hervorbringt, ein künstliches Jahrhundert, und das Werk, das uns die natürlich einfache Frucht seiner Zeit scheint, ist stets das Ergebnis höchst bewussten Wollens. Glaube mir, Ernst, es gibt keine Kunst ohne Selbstbewusstsein. Selbstbewusstsein aber und kritischer Geist sind das nämliche.

Ernst: Ich sehe, worauf du hinauswillst – es liegt viel Wahres darin. Doch wirst du gewiss zugeben, dass die großen Dichtungen der Frühzeit, die primitiven, namenlosen, zusammenfassenden Dichtungen mehr der Volksfantasie als der Fantasie eines einzelnen entsprungen sind?

Gilbert: Nicht als sie Poesie wurden, nicht als sie die herrliche Form empfingen – denn es gibt keine Kunst ohne Stil und keinen Stil ohne Einheit. Einheit aber setzt das Individuum voraus. Homer fand ohne Zweifel für sein Werk alte Balladen und Mären vor, wie Shakespeare Chroniken, Schauspiele und Novellen, aus denen er schöpfen konnte; doch boten sie ihm bloß das Rohmaterial. Er bediente sich ihrer und gestaltete sie zum Gesang. Sie wurden sein eigen, denn er war es, der ihnen Lieblichkeit gab. Sie waren aus Klängen gebaut:

»Und so gar nicht gebaut,
Und drum gebaut für immer.«

Je länger man Leben und Literatur studiert, desto deutlicher empfindet man, dass hinter allem Wundervollen die Persönlichkeit steht, dass nicht der Augenblick den Menschen, sondern der Mensch seine Zeit erschafft. Ich neige in der Tat der Anschauung zu, dass alle Mythen und Legenden, von denen wir meinen, sie seien dem Wunderglauben, dem Grauen, der Einbildungskraft eines Stamms, eines Volks entsprungen, einem einzelnen, erfinderischen Kopf ihr Entstehen verdanken. Die erstaunlich begrenzte Zahl dieser Mythen scheint eine solche Schlussfolgerung nahezulegen. Verlieren wir uns aber nicht in Fragen der vergleichenden Mythologie. Halten wir uns an die Kritik. Was ich ausführen möchte, ist folgendes: Ein Zeitalter, das der Kunstkritik entbehrt, ist entweder eins, dessen Kunst sich hieratisch-starr auf die Wiedergabe herkömmlicher Typen beschränkt oder das überhaupt keine Kunst besitzt. Es hat kritische Zeitalter gegeben, die, in der gewöhnlichen Bedeutung des Wortes, unschöpferisch gewesen sind – Zeitalter, in denen der menschliche Geist sich damit beschäftigte, die Schätze seiner Schatzkammer zu ordnen, das Gold vom Silber zu scheiden, das Silber vom Blei, die Juwelen zu zählen, den Perlen Namen zu geben. Allein, es gab nie eine schöpferische Zeit, die nicht zugleich eine kritische gewesen wäre. Denn der kritische Geist ist es, der neue Formen findet. Alles Schaffen neigt dazu, sich selbst zu wiederholen. Dem kritischen Instinkt allein danken wir jede neu auftauchende Schule, jede neue Form, die die Kunst bereitfindet. Es gibt wirklich nicht eine Kunstform unserer Zeit, die uns nicht der kritische Geist Alexandrias überliefert hätte; dort wurden diese Formen entweder befestigt oder ersonnen oder zur Vollendung gebracht. Ich sage Alexandria nicht bloß, weil der griechische Geist dort die höchste Bewusstheit gewann und schließlich sich im Skeptizismus und Theologie verlor, sondern weil Rom aus dieser Stadt, nicht aus Athen, seine Vorbilder bezog. Und nur durch ein gewisses Fortleben der lateinischen Sprache ist uns Kultur überhaupt erhalten geblieben. Als zur Zeit der Renaissance griechisches Schrifttum über Europa aufdämmerte, war der Boden dafür in mancher Richtung vorbereitet worden. Lassen wir aber solch historische Einzelheiten; sie ermüden immer und sind gewöhnlich ungenau. Die allgemeine Bemerkung genüge, dass wir dem kritischen Geist der Griechen die Kunstformen verdanken. Ihm verdanken wir Epik und Lyrik, das Drama in all seinen Entwicklungsstufen, die Burleske mit eingeschlossen, wir danken ihm das Idyll, den romantischen, den Abenteuerroman, den Essay, den Dialog, die Rede, leider auch die Vorlesung – diese sollte man ihm vielleicht nicht verzeihen –, und das Epigramm in der ganzen, umfassenden Bedeutung des Wortes. In der Tat, wir danken ihm jede Form außer dem Sonett – doch finden sich auch dazu bereits in der griechischen Anthologie einige merkwürdige gedankliche Parallelen – außer dem amerikanischen Journalismus, zu dem es nirgendwo Parallelen gibt, und außer der im unechtschottischen Dialekt gehaltenen Ballade, die jüngst einer unserer emsigsten Skribenten zur Grundlage einer endgültigen und einmütigen Bewegung machen wollte, deren Ziel es sein sollte, unseren Dichtern zweiten Rangs das wirklich romantische Gepräge zu verleihen. Jede neue Richtung beklagt sich, so scheint es, über die Kritik, doch ihr allein verdankt sie ihr Entstehen. Der nur schöpferische Trieb erneuert nicht, er schafft nach alten Formen.

Ernst: Du hast über die Kritik als einen wesentlichen Teil des schöpferischen Geistes gesprochen; ich schließe mich jetzt deiner Theorie völlig an. Was soll uns aber die Kritik außerhalb des Schaffens? Ich habe die törichte Gewohnheit, periodische Zeitschriften zu lesen, und ich glaube, der größte Teil der Kritik von heute ist völlig wertlos.

Gilbert: Das gilt auch von den meisten schöpferischen Werken unserer Tage. Die Mittelmäßigkeit hält der Mittelmäßigkeit die Waage, Unfähigkeit klatscht ihrer Schwester Beifall – dieses Schauspiel gewährt uns Englands künstlerische Geschäftigkeit von Zeit zu Zeit. Doch empfinde ich, dass ich hier nicht ganz gerecht bin. In der Regel sind die Kritiker – ich spreche natürlich von den Kritikern höheren Ranges, von denen, die für die Wochenschriften schreiben – weit gebildeter als die, deren Werke sie zu rezensieren haben. Dies entspricht völlig dem, was man erwarten darf, denn das Kritisieren erfordert unendlich mehr Bildung als das Schaffen.

Ernst: Wirklich?

Gilbert: Gewiss. Jeder kann einen dreibändigen Roman verfassen. Dazu bedarf es nur völliger Unkenntnis des Lebens und der Literatur. Für den Rezensenten, meine ich, liegt die Schwierigkeit darin, irgendeinen Maßstab für die Beurteilung zu finden. Der Stillosigkeit gegenüber ist ein solcher Maßstab natürlich unmöglich. Die armen Rezensenten werden offenbar dazu herabgewürdigt, den literarischen Polizeigerichten als Reporter zu dienen. Sie müssen lediglich die Taten der künstlerischen Gewohnheitsverbrecher registrieren. Man hört oft, sie läsen die Werke, die sie kritisieren sollen, nicht einmal zu Ende. Das tun sie in der Tat nicht. Sie sollten es wenigstens nicht. Würden sie diese Dinge lesen, dann müssten sie für den Rest ihrer Tage ausgesprochene Menschenhasser werden. Es ist auch keineswegs nötig. Um den Jahrgang und die Güte eines Weines zu erkennen, braucht man nicht das ganze Fass auszutrinken. Man wird in einer halben Stunde sehr leicht ein Urteil darüber gewinnen, ob ein Buch etwas oder gar nichts taugt. Wahrhaftig, zehn Minuten genügen dem, der Formgefühl besitzt. Wozu durch einen dicken Band waten? Man kostet nur, das genügt völlig – es ist mehr als genug, sollte ich meinen. Ich weiß, es gibt viele redliche Handwerker auf dem Felde der Malerei und der Literatur, die der Kritik ihre Berechtigung ganz absprechen. Diese Leute haben ganz recht. Ihre Werke stehen mit dem Zeitalter in keinem geistigen Zusammenhang. Sie erwecken in uns nicht eine neue Nuance der Freude. Sie bieten uns keinen Ausblick auf ein neues Gebiet des Denkens, der Leidenschaft, der Schönheit. Man sollte gar nicht über sie sprechen. Man sollte sie der verdienten Vergessenheit überlassen.

Ernst: Aber mein Lieber – verzeih, wenn ich dich unterbreche –, deine Leidenschaft für die Kritik führt dich wohl ein gutes Stück zu weit. Selbst du wirst zugeben müssen: Es ist viel schwerer, etwas zu tun, als darüber zu reden.

Gilbert: Schwerer, etwas zu tun, als darüber zu reden? Keineswegs. Dies ist ein grober, weit verbreiteter Irrtum. Es ist viel schwieriger, über etwas zu reden, als es zu tun. In der Sphäre des äußerlich-tätigen Lebens liegt das natürlich klar zutage. Jeder kann Geschichte machen – nur ein bedeutender Mensch aber vermag sie zu schreiben. Es gibt keine Art des Tuns, keine Art Gemütsbewegung, die wir nicht mit den niedrigeren Lebewesen teilten. Nur durch die Sprache erheben wir uns über sie oder auch über die Mitmenschen – durch die Sprache allein, und sie ist die Mutter des Denkens, nicht sein Kind. Das Handeln ist wirklich immer leicht. Tritt es uns in der übertriebensten, der Form stetiger Tätigkeit, als Fleiß entgegen, dann bedeutet es einfach die Zuflucht jener, die sonst nichts zu tun haben. Nein, Ernst, reden wir nicht davon. Das Handeln ist immer etwas Blindes. Es hängt von äußerlichen Einflüssen ab, es wird von unbewussten Trieben in Bewegung gesetzt. Alles Handeln muss seinem Wesen nach unvollkommen sein, denn es wird durch den Zufall beschränkt, es kennt im Voraus seine Richtung nicht, es führt immer zu einem anderen Ziel als dem vorgesetzten. Fantasiemangel bildet seine Grundlage. Es ist die letzte Zuflucht derer, die nicht zu träumen verstehen.

Ernst: Du behandelst die Welt wie einen gläsernen Ball. Sie ruht in deiner Hand, sie muss sich nach deiner Stimmung drehen. Du tust nichts anderes, als die Geschichte umschreiben.

Gilbert: Das eben ist unsere einzige Pflicht der Geschichte gegenüber – wir müssen sie umschreiben. Das ist keine der geringsten Aufgaben des kritischen Geistes. Haben wir einmal die wissenschaftlichen Gesetze, die das Leben beherrschen, ganz durchgeforscht, dann werden wir finden, dass es nur einen gibt, der in Selbsttäuschungen noch weit befangener ist als der Träumer – der Tatenmensch. Er kennt in der Tat weder den Ursprung seiner Handlungen noch deren Ergebnisse. Er glaubt, Dornen auf einem Felde gesät zu haben, doch wir ernten Wein darauf. Der Feigenbaum, den er zu unserer Freude gepflanzt hat, ist so unfruchtbar wie die Distel und noch bitterer. Nur weil die Menschheit niemals wusste, wohin sie schritt, hat sie noch immer vermocht, ihren Weg zu finden.

Ernst: Du bist also der Meinung, in der Sphäre des Handelns sei Zielbewusstheit nur Täuschung?

Gilbert: Weit schlimmer als Täuschung. Lebten wir lange genug, die Resultate unserer Handlungen zu erblicken, wie leicht könnte es geschehen, dass die, die sich die Guten nennen, unter dumpfen Gewissensbissen dahinsiechten und dass die so genannten Bösen ganz geschwellt wären von stolzer Freude. Was wir tun, es sei das Geringste, gerät in die große Maschine des Lebens. Sie zermalmt vielleicht unsere Tugenden zu Staub und nimmt ihnen den Schimmer des Werts. Aus dem, was wir Verbrechen nennen, formt sie das Element einer neuen Kultur – einer Kultur, herrlicher, glanzvoller als irgendeine, die uns vorausging. Allein, der Mensch ist der Sklave des Wortes. Man ereifert sich wider den so genannten Materialismus und vergisst, dass es keinen materiellen Fortschritt gibt, der nicht die Welt vergeistigt hätte, und dass fast jedes geistige Erwachen die Kräfte der Welt in vergeblichen Hoffnungen, unfruchtbarer Sehnsucht, in leeren oder hemmenden Glaubensbekenntnissen verbraucht hat. Was man gemeinhin »Sünde« nennt, bildet ein wesentliches Element des Fortschritts. Ohne sie würde die Welt stagnieren, alt oder farblos werden. Durch ihre Neugierde vermehrt die Sünde die Erfahrung der Rasse. Durch ihr starkes und bewusstes Betonen des Individuellen bewahrt sie uns vor der Eintönigkeit des Typischen. In ihrem Verwerfen der landläufigen Moralbegriffe ist sie mit der höheren Ethik eins. Und die »Tugenden« erst! Was sind »Tugenden«? Die Natur, erzählt uns Renan, kehrt sich wenig an Keuschheit. Der Schande der Magdalenen, nicht ihrem Keuschsein danken die Lukretien von heute vielleicht ihre Unbeflecktheit. Die Mildtätigkeit, das haben selbst die zugeben müssen, in deren Glaubensbekenntnis dieser Begriff einen großen Platz einnimmt, ruft eine Menge Unheil hervor. Schon die Tatsache, dass wir mit einem solchen Ding wie einem Gewissen begabt wurden, diese Tatsache, über die man so viel schwätzt, auf die man so stolz ist, beweist die Unvollkommenheit unserer Entwicklung. Das Gewissen muss ganz im Instinkt versinken – früher werden wir nicht erlesen sein. Durch Selbstverleugnung hemmt man einfach das Fortschreiten des eigenen Wesens. Selbstaufopferung ist nur ein Überbleibsel der Selbstverstümmelung aus barbarischer Zeit, ein Rest jener uralten Anbetung des Leidens, die in der Geschichte der Menschheit einen so furchtbar breiten Raum behauptet, die noch jetzt Tag für Tag ihre Opfer heischt, der noch immer Altäre in unserem Lande errichtet werden. Tugend! Wer weiß genau, was dieses Wort besagt? Du nicht. Auch ich nicht. Niemand. Es schmeichelt unserer Eitelkeit, dass wir den Verbrecher töten. Würden wir ihm das Weiterleben gestatten, er könnte uns eines Tages beweisen, wie viel wir durch sein Verbrechen gewonnen haben. Es ist gut für die Seelenruhe des Heiligen, dass er den Märtyrertod erduldet. So wird er davor bewahrt, zu schauen, wie schrecklich die Ernte ist, die seiner Saat entsprießt.

Ernst: Gilbert, du stimmst ein raues Lied an. Kehren wir zu den lieblicheren Gefilden der Dichtung zurück. Was war es doch, was du vorher gesagt hast? Es sei schwerer, über etwas zu reden, als es zu tun.

Gilbert (nach einer Pause): Jawohl – ich sprach, glaube ich, diese einfache Wahrheit aus. Du siehst jetzt gewiss ein, dass ich Recht habe? Der Mensch ist, wenn er handelt, eine Puppe. Wenn er schildert, wird er ein Poet. Darin liegt das ganze Geheimnis. Es war leicht genug, auf den sandigen Schlachtfeldern des sturmumflatterten Ilion den geschnitzten Pfeil vom bemalten Bogen zu schnellen oder den mächtigen, eschenen Speer wider den aus Häuten und Erz gefügten Schild zu schleudern. Es fiel der ehebrecherischen Königin leicht, die tyrischen Teppiche vor ihrem Gebieter auszubreiten und dem im Marmorbad Liegenden das purpurne Netz übers Haupt zu werfen und ihren glattwangigen Liebsten zu rufen, dass er durch die Maschen mit dem Dolch das Herz treffe, das in Aulis hätte brechen sollen. Selbst für Antigone, die der Tod als Bräutigam erwartete, war es leicht, durch die verpestete Luft des Mittags den Hügel hinanzusteigen und mit sanfter Erde den nackten, unglücklichen Leichnam, der kein Grab hatte, zu bedecken. Was ist jedoch über die zu sagen, die solche Taten beschrieben? Die ihnen Leben verliehen, ihnen für immer Dauer gegeben haben? Sind sie nicht größer als jener Mann und jenes Weib, von denen sie künden? »Hektor, der süße Recke, ist tot«, und Luzian berichtet, wie Menippus in der Düsternis der Unterwelt den bleichenden Schädel der Helena erblickte, und wie er sich wunderte, dass um eines so grauenhaften Gebildes willen all die gehörnten Schiffe ausfuhren, all die herrlich gepanzerten Helden dahinsanken, all die betürmten Städte in Staub zerfielen. Dennoch erscheint jeden Morgen die schwanengleiche Tochter der Leda auf den Zinnen und blickt auf das Kriegsgetümmel nieder. Graubärtige Greise bewundern ihre Lieblichkeit, und sie steht an der Seite des Königs. In seinem Gemach aus buntem Elfenbein liegt ihr Buhle. Er putzt seine zierliche Rüstung und streicht über den scharlachroten Helmbusch. Mit Schildknappen und Pagen schreitet ihr Gatte von Zelt zu Zelt. Sie erblickt sein blondes Haar, sie hört oder meint wenigstens seine klare, kalte Stimme zu hören. Unten im Hof legt der Sohn Priamos den ehernen Panzer an. Die weißen Arme der Andromache sind um seinen Nacken geschlungen. Er stellt den Helm zu Boden, damit ihr Kind nicht erschrecke. Hinter den gestickten Vorhängen seines Zeltes sitzt Achill in wohlduftendem Gewande, während der Freund seiner Seele den Harnisch von Gold und Silber anschnallt, um in den Kampf zu ziehen. Einem seltsam geschnitzten Kästchen, das Mutter Thetis ihm an sein Schiff gebracht hat, entnimmt der Gebieter der Myrmidonen den geheimnisvollen Kelch, den Menschenmund nie berührt hat; er reinigt ihn mit Schwefel und füllt ihn mit frischem Wasser. Er wäscht die Hände, er füllt mit schwarzem Wein die glatte Höhlung des Kelchs und gießt das dicke Blut der Trauben auf den Boden, zur Ehre dessen, den barfüßige, prophetische Priester zu Dodona anbeteten. Zu ihm fleht er, unwissend, dass er vergeblich fleht, und dass unter den Händen zweier trojanischer Helden, des Euphorbus, des Panthous Sohn, dessen Liebeslocken mit Gold durchflochten waren, und des Priamiden, des löwenbeherzten, Patroklus, der Gefährte der Gefährten, sein Schicksal erfüllen muss. Sind diese Gestalten Phantome? Helden des Nebels und der Wolken? Schatten in einem Lied? Nein – sie leben wirklich. Handeln! Was ist Handeln? Im Augenblick tatkräftiger Entfaltung erstirbt es schon. Handeln ist ein niedriges Zugeständnis an die Tatsachen. Die Welt wird durch den Sänger für den Träumer geschaffen.

Ernst: Solange du sprichst, muss ich dir recht geben.

Gilbert: Ich spreche wahr. Auf dem zu Staub zerfallenen Festungsgemäuer Trojas liegt die Eidechse wie ein Gebilde aus grüner Bronze. Die Eule hat ihr Nest in Priamus Palast gebaut. Über die leere Heide ziehen Schaf- und Ziegenherden mit ihren Hirten; dort, wo auf der öligen, weinfarbenen Seeflut, dem οἶνοψ πόντος, wie Homer sie nennt, die rot gestreiften mächtigen Galeeren der Danaer mit Kupfer schimmerndem Bug schwammen, sitzt jetzt der einsame Fischer im kleinen Boot und achtet auf den zitternden Kork seines Netzes. Und doch werden jeden Morgen die Tore der Stadt weit aufgetan, und zu Fuß oder in rossegezogenen Wagen ziehen die Krieger in die Schlacht und spotten der Feinde hinter ihrer eisernen Vermummung. Den Tag über fechten sie grimmig. Sinkt aber die Nacht herab, dann glühen die Fackeln in den Zelten, und der Dreifuß raucht in der Halle. Gestalten, die im Marmor oder auf der Leinwand leben, kennen vom Dasein nur einen einzigen köstlichen Augenblick, der allerdings in die Ewigkeit reicht, aber auf den einen Ton der Leidenschaft oder ruhiger Betrachtung gestimmt ist.

Die der Dichter ins Dasein ruft, haben unzählige freudige und schreckliche Empfindungen. Mut und Verzweiflung, Jauchzen und Kummer sind ihnen eigen. Die Zeiten wandeln im frohen oder ernsten Gepränge, die Jahre gleiten beschwingten oder schweren Schrittes an ihnen vorüber. Sie haben ihre Jugend, ihre Mannheit, ihre Kindheit und ihr Alter. Um die heilige Helene webt immer jene Dämmerung, in der Veronese sie am Fenster sah. Durch die Morgenluft bringen ihr die Engel das Symbol des Leidens ihres Gottes. Der kühle Morgenwind hebt die goldenen Fäden von ihrer Stirn. Auf jenem kleinen Hügel bei Florenz, wo die Liebenden des Giorgione lagern, leuchtet noch immer die nämliche Mittagssonne im Zenit. So erschlaffend ist diese Sommersonne, dass das schmächtige, nackte Mädchen kaum das klare, gerundete Glas in den Marmorbrunnen zu tauchen vermag und die schmalen Finger des Lautenschlägers träg auf den Saiten ruhen. Zwielicht spielt noch immer um die tanzenden Nymphen, die Corot um die silbernen Pappeln Frankreichs schweben ließ. Im ewigen Zwielicht gleiten sie dahin, diese zarten, durchsichtigen Gestalten. Ihre weißen, gleitenden Füße scheinen mit ihrem Tritt das tauige Gras kaum zu streifen. Aber jene Gestalten, die durch das Epos, das Drama, den Roman schreiten, sehn im Kreise der Monate die jungen Monde wechseln und verrinnen, sie können den Zug der Nacht vom Abend- bis zum Morgenstern belauschen, den wechselnden Tag mit seinem Gold und seinen Schatten, vom Sonnenaufgang bis zum Sonnenniedergang beobachten. Für sie blühen und welken die Blumen wie für uns, und die Erde, die grüngelockte Göttin, wie Coleridge sie nennt, wechselt zu ihrer Freude ihr Gewand! Die Statue gewährt einem einzigen Augenblick der Vollendung Dauer. Dem Bild auf der Leinwand wohnt nichts Geistiges inne, es wächst und entwickelt sich nicht. Diese Gebilde kennen zwar nicht die Schauer des Todes, aber nur deshalb nicht, weil sie wenig vom Leben wissen. Denn die Geheimnisse des Lebens und Sterbens werden nur denen offenbar, nur denen allein, die der Kreislauf der Zeit berührt, die nicht nur Gegenwart, sondern auch Zukunft in sich tragen, die auch vergangener Ruhm, vergangene Schmach zu erheben oder zu stürzen vermag. Bewegung, dieses Problem der sinnfälligen Künste, kann nur durch die Literatur getreu verwirklicht werden. Nur die Literatur zeigt uns den Leib in seiner Hast, die Seele in ihrer Unrast.

Ernst: Jawohl, ich verstehe jetzt, was du meinst. Aber das eine ist sicher: Je höher du den schaffenden Künstler stellst, einen desto niedrigeren Rang muss der Kritiker einnehmen.

Gilbert: Wieso?

Ernst: Weil das Beste, das er uns zu gewähren vermag, nichts ist als ein Widerhall reicher Musik, ein blasser Schatten klar umrissener Formen. Das Leben mag in der Tat ein Chaos sein, wie du gesagt hast. Vielleicht sind seine Martyrien armselig, seine Heldentaten unedel. Vielleicht ist es wirklich Aufgabe der Dichtung, aus dem Rohstoff äußerlichen Daseins eine Welt zu schaffen, die wunderbarer, dauernder, wahrhaftiger sein wird als jene, worauf das gemeine Auge blickt, worin die gemeine Natur ihre Vollendung sucht. Doch sicherlich, wenn diese neue Welt durch den Geist und die Kraft eines großen Künstlers einmal geschaffen ist, dann wird sie so vollkommen sein, dass dem Kritiker zu tun nichts übrig bleibt. Ich verstehe jetzt sehr wohl und räume bereitwillig ein, dass es viel schwerer ist, über etwas zu reden, als es zu tun. Doch scheint mir, dass dieser gesunde und verständige Grundsatz, der unser Empfinden so außerordentlich beruhigt, den jede Literaturakademie der Welt zu ihrem Wahlspruch wählen sollte, bloß die Beziehungen zwischen Kunst und Leben angeht, keineswegs die, die vielleicht zwischen Kunst und Kritik bestehen.

Gilbert: Aber ist nicht die Kritik selbst eine Kunst? Wie die künstlerische Schöpfung der Arbeit des kritischen Geists bedarf und ohne ihn – man darf es sagen – durchaus nicht bestehen kann, so ist die Kritik selbstschöpferisch in der höchsten Bedeutung des Wortes. Die Kritik ist in der Tat sowohl schöpferisch als unabhängig.

Ernst: Unabhängig?

Gilbert: Jawohl, unabhängig. Die Kritik darf von irgendeinem niedrigen Gesichtspunkte der Nachahmung oder Ähnlichkeit so wenig beurteilt werden wie das Werk des Dichters oder bildenden Künstlers. Die Kritik nimmt dem kritisierten Kunstwerke gegenüber die nämliche Stellung ein wie der Künstler gegenüber der sichtbaren Welt der Form und Farbe, oder der unsichtbaren Welt der Leidenschaft und des Denkens. Der Kritiker bedarf, um seine Kunst zur Vollendung zu bringen, nicht einmal des vornehmsten Materials. Alles dient seinen Zwecken. Wie Gustave Flaubert aus den gemeinen und sentimentalen Liebesgeschichten der albernen Frau eines kleinen Landarztes in dem schmutzigen Dorfe Yonville-l'Abbaye bei Rouen ein klassisches Werk zu schaffen vermochte, ein Meisterwerk des Stils, so kann der echte Kritiker aus Dingen von sehr geringer oder gar keiner Bedeutung ein Werk von makelloser Schönheit und Tiefe des Gedankens hervorbringen –

etwa aus den Gemälden der Königlichen Akademie dieses oder irgendeines Jahres, aus den Gedichten von Mr. Lewis Morris, aus den Romanen Ohnets oder den Komödien von Mr. Arthur Jones, vorausgesetzt, dass es ihm Freude macht, seine Aufmerksamkeit auf solche Dinge zu lenken, vielmehr zu verschwenden. Warum sollte er es nicht? Trübheit lockt immer den Glanz unwiderstehlich hervor, Dummheit ist die ewige »bestia trionfans«, die die Klugheit aus ihrer Höhle ruft. Was bedeutet einem so schöpferischen Künstler, wie es der Kritiker ist, das Thema? Nicht mehr und nicht minder, als es dem Erzähler und dem Maler bedeutet. Wie diese kann er seinen Motiven überall begegnen. Die Behandlung allein ist das Entscheidende. Es gibt nichts, was nicht Stimmungs- oder Wirkungsmöglichkeiten in sich bärge.

Ernst: Ist aber die Kritik wirklich eine schöpferische Kunst?

Gilbert: Warum sollte sie es nicht sein? Sie hat ihre Materialien und bringt sie in Formen, die zugleich neu und entzückend sind. Was kann man von der Dichtung mehr sagen? Ich möchte die Kritik eine Schöpfung innerhalb der Schöpfung nennen. Wie die großen Künstler von Homer und Äschylus bis zu Shakespeare und Keats ihre Stoffe niemals direkt dem Leben entnommen haben, sondern in Mythen und Legenden und alten Erzählungen danach suchten, so benutzt der Kritiker Stoffe, die die anderen gewissermaßen für ihn gereinigt und denen sie bereits dichterische Form und Farbe gegeben haben. Ja noch mehr. Ich möchte behaupten: Die höchste Form der Kritik ist – da sie zugleich die reinste Form persönlicher Empfindung darstellt – schöpferischer als das Schaffen, denn sie kann nur an sich selbst gemessen werden, nur in ihr liegt ihre Daseinsberechtigung; sie ist, wie die Griechen sagen würden, in und für sich selbst ein Zweck. Sicherlich ist sie niemals durch irgendwelche Fesseln der Lebensechtheit geknebelt. Keine unedle Rücksicht auf die Wahrscheinlichkeit, dieses feige Zugeständnis an die endlos langweiligen Wiederholungen unseres privaten und öffentlichen Lebens, behindert sie. Von der Dichtung mag man an die Wirklichkeit appellieren. Über der Seele gibt es kein höheres Gericht.

Ernst: Über der Seele?

Gilbert: Ja, über der Seele. Die höchste Kritik ist nämlich in Wahrheit nichts anderes als der Bericht über die eigene Seele. Darum ist sie bezaubernder als die Geschichte; sie beschäftigt sich ja nur mit dem Schriftsteller selbst. Sie ist fesselnder als die Philosophie, denn ihr Gegenstand ist sinnfällig, nicht begrifflich, wirklich, nicht unbestimmt. Sie ist die einzige eines gebildeten Menschen würdige Form der Selbstbiografie; sie beschäftigt sich ja nicht mit den Ereignissen, sondern mit den Gedanken eines Lebens, nicht mit den greifbaren Tatsachen oder Zufälligkeiten des Daseins, sondern mit den Geistesstimmungen, den Leidenschaften der Seele. Die alberne Eitelkeit der Schriftsteller und Künstler unserer Tage, die zu glauben scheinen, die wichtigste Aufgabe des Kritikers bestehe darin, über ihre mittelmäßigen Werke zu schwätzen, bildet für mich eine Quelle steten Vergnügens. Das Beste, was man über den größten Teil unserer modernen schöpferischen Kunst sagen kann, ist etwa, dass sie nicht ganz so gemein ist wie die Wirklichkeit. Der Kritiker mit seinem feinen Unterscheidungsvermögen, seinem ausgebildeten Instinkt für zarte Verfeinerung wird darum lieber in den silbernen Spiegel oder durch den gewobenen

Schleier blicken. Er wird sein Auge von dem Wirrwarr und dem Geschrei des wirklichen Lebens abwenden, mag auch der Spiegel getrübt, der Schleier zerrissen sein. Er kennt kein anderes Ziel als dieses: seine Eindrücke aufzuzeichnen. Für ihn werden Bilder gemalt, Bücher geschrieben, für ihn wird der Marmor geformt.

Ernst: Ich glaube, ich habe bereits eine andere Theorie über das Wesen der Kritik gehört.

Gilbert: Jawohl – sie ist von einem Mann aufgestellt, dessen teures Bild wir alle ehrfürchtig im Gedächtnis bewahren. Der Klang seiner Flöte hat ja einst Proserpina aus ihren sizilischen Gefilden fortgelockt, sodass ihre weißen Füße, und nicht vergeblich, die Primeln von Cumnor bewegten. Er hat gesagt, das wahre Ziel der Kritik sei, die Dinge so zu sehen, wie sie in Wirklichkeit sind. Dies ist jedoch ein sehr großer Irrtum, der von der vollkommensten Form der Kritik keine Notiz nimmt, der rein subjektiven Kritik, die sich nur bemüht, das in ihr selbst schlummernde Geheimnis, nicht das Geheimnis der andern zu enthüllen. Denn die Kritik in ihrer höchsten Form beschäftigt sich mit der Kunst nur insoweit, wie sie Eindrücke wachruft, keineswegs, sofern sie sich bemüht, etwas auszudrücken.

Ernst: Ist dem wirklich so?

Gilbert: Ganz gewiss. Wer kümmert sich darum, ob Mr. Ruskins Anschauungen über Turner begründet sind oder nicht? Was liegt daran? Seine schimmernde, wundervolle Prosa, so glühend, so voll wundersam flammender Farben in dem adeligen Schwung ihrer Beredsamkeit, so reich in ihren durchdachten symphonischen Klängen, so sicher und treffend in der feinen Wahl des Haupt- und des Beiworts – diese Prosa ist ein nicht geringeres Kunstwerk als einer jener herrlichen Sonnenuntergänge, die auf verblichener Leinwand in der Galerie Englands verwesen und verderben. Ja, ein größeres Kunstwerk, möchte man meinen – nicht nur deshalb, weil die nicht geringere Schönheit dieses Werkes dauernden Bestand besitzt, sondern weil dieses Werk eine buntere Fülle von Stimmen in uns wachruft. Seele spricht zu Seele in diesen mächtigen, lange nachhallenden Kadenzen, nicht durch Form und Farbe allein – durch sie allerdings völlig –, sondern auch durch die Ausdrucksmittel des Geistes und der Empfindung, durch erhabene Leidenschaft und den noch erhabeneren Gedanken, durch intuitive Einsicht und dichterische Absicht. Ja, dies Werk Ruskins ist größer, wie denn die literarische Kunst überhaupt die größte ist. Wer fragt, ob Mr. Pater in das Bildnis der Mona Lisa Dinge hineingelegt hat, an die Leonardo auch nicht im Traume dachte? Der Maler ist vielleicht wirklich nur der Sklave eines archaischen Lächelns gewesen, wie manche meinen. Sooft ich aber die kühlen Galerien des Louvre durchschreite und vor jener seltsamen Gestalt stehe, »die in ihrem Marmorstuhle lehnt, umgeben von einem Halbrund fantastischer Felsen, wie in mattem Licht der Meerestiefe«, flüstere ich mir selber zu: »Sie ist älter als jene Felsen, in deren Mitte sie ruht; dem Vampir gleich ist sie schon lange gestorben, sie hat die Geheimnisse der Gruft erfahren. Sie ist in tiefe Meere hinabgetaucht und bewahrt um sich deren ermattetes Licht; sie hat um seltsame Gewebe mit Kaufleuten des Orients gefeilscht; sie ist Leda, die Mutter der trojanischen Helena, und die heilige Anna, Marias Mutter, gewesen. Und all dies war für sie nicht mehr als Lauten- und Flötenklang; es prägt sich nur in den zart gegrabenen Linien des wechselnden Mienenspiels aus, es hat ihr bloß Lider und Hände gestreift.« Und ich sage zu meinen Freunden: »Jenes Wesen, das so seltsam neben den Wassern emporstieg, drückt aus, was die Menschen nach einer Wanderung durch Jahrtausende endlich herbeisehnen.« Und einer antwortet: »Ihr ist der Blick eigen, der auf jedes Ende der Welt fiel, darum sind ihre Lider ein wenig müde.« So wird das Gemälde für uns wunderreicher, als es in Wirklichkeit ist. Es entschleiert uns ein Geheimnis, das ihm selbst fremd geblieben; der Klang der geheimnisvollen Prosa tönt in unser Ohr so süß, wie der Laut des Flötenspielers, der den Lippen des Gioconda jene feinen, verderblichen Furchen lieh. Du fragst, was Leonardo geantwortet haben würde, wenn ihm jemand von diesem Bilde erzählt hätte: »Alle Gedanken und Erfahrungen der Welt haben an diesem Werk mit ihrer ganzen Kraft gebildet und geformt, um seinen Ausdruck zu verfeinern, noch mehr zu beseelen: griechischer Sensualismus, römische Lüsternheit, der Traum des Mittelalters mit seinem übersinnlichen Streben und seinen verzückten Leidenschaften, die Wiederkehr der heidnischen Welt, die Verbrechen der Borgias?« Er hätte vermutlich geantwortet, er habe das alles gar nicht im Sinn gehabt, sondern nur an eine gewisse Anordnung der Linien und Massen gedacht, an neue und seltsame Farbenzusammenklänge von Blau und Grün. Und eben deshalb stellt eine solche Kritik, von der ich sprach, die höchste Form der Kritik dar. Sie nimmt das Kunstwerk nur zum Ausgangspunkt für eine neue Schöpfung. Sie gibt sich keineswegs endgültig zufrieden – nehmen wir das wenigstens für einen Augenblick an –, die wirkliche Absicht des Künstlers zu erforschen. Und darin hat sie völlig recht, denn der Sinn einer schönen Schöpfung liegt zumindest so sehr bei dem Betrachter, wie in der Seele dessen, der sie schuf. Ja, durch den Betrachter selbst findet erst das Werk die ungezählten Möglichkeiten seiner Deutung. Erst durch den Betrachter wird das Werk wundervoll und gewinnt ungeahnte Zusammenhänge mit der Zeit, sodass es ein Stück unsers Selbst wird, ein Sinnbild dessen, was wir erfleht haben, oder dessen, wovon wir fürchten, dass es unserem Flehen gewährt werde. Je länger ich nachdenke, mein lieber Ernst, umso deutlicher wird es mir: Die Schönheit der sichtbaren Künste beruht, wie die Schönheit der Musik, in erster Linie auf dem Empfinden, das sie in uns erweckt. Sie wird durch das Überwiegen geistiger Absichten des Künstlers leicht getrübt, denn das Werk führt, wenn es einmal vollendet dasteht, ein unabhängiges Leben für sich selbst; es kann anderen eine Botschaft künden, die der Künstler ihm nicht auf die Lippen gelegt hat. Manchmal ist es mir wirklich, wenn ich der Tannhäuser-Ouvertüre lausche, als sähe ich den edlen Ritter, wie er zart das blumenübersäte Gras betritt, als vernähme ich die Stimme der Venus, die aus der Bergeshöhle nach ihm ruft. Ein anderes Mal spricht mir diese Musik von tausend anderen Dingen: von mir selbst und meinem eigenen Leben vielleicht oder von dem Dasein der anderen, jener anderen, die man liebte und die zu lieben man überdrüssig ward. Oder von den Leidenschaften, die man durchlebte, oder von jenen, die man nicht durchlebte und darum ersehnt hat. Zur Nacht erfüllt uns diese Musik vielleicht mit dem ΕΡΩΣ ΤΩΝ ΑΛΥΝΑΤΩΝ, der »Amour de l'impossible«, die wie ein Wahn viele überfällt, die außerhalb des Bereichs des Leidens in Sicherheit zu leben vermeinen, bis sie plötzlich am Gift unendlicher Sehnsucht erkranken. Im unermüdlichen Einherjagen hinter dem, was sie nie erreichen werden, ermatten sie endlich, sinken hin oder straucheln. Und morgen werden diese Töne gleich der Musik, von der uns Aristoteles und Plato berichten, der edlen dorischen Musik der Griechen, uns lindernd wie ein Arzt berühren. Sie werden uns ein Heilmittel wider den Kummer reichen und die verletzte Seele heilen, sie werden »die Seele in Einklang mit allen rechten Dingen wiegen«. Und was für die Musik gilt, gilt für die anderen Künste nicht minder. Die Schönheit bietet Deutungen, so zahlreich wie die Stimmungen des Menschen. Die Schönheit ist das Sinnbild der Sinnbilder. Die Schönheit enthüllt uns alles, da sie nichts besagen will. Zeigt sie uns ihr eigenes Antlitz, dann hat sie uns die ganze feuerfarbene Welt geoffenbart.

Ernst: Darf man aber ein derartiges Werk überhaupt noch kritisch nennen?

Gilbert: Es ist der Gipfel der Kritik, denn es handelt nicht bloß vom einzelnen Kunstwerk, sondern von der Schönheit selbst. Es füllt eine Form, die der Künstler selbst vielleicht leer ließ, die er nicht erfasste, oder nicht völlig erfasste, mit Wundern.

Ernst: Diese höchste Kritik ist also schöpferischer, als das Schaffen selbst? Die erste Aufgabe der Kritik wäre demnach, wenn ich deine Theorie recht verstehe, das Objekt anders zu sehen, als es in Wirklichkeit ist?

Gilbert: Jawohl, das ist meine Theorie. Den Kritiker soll das Kunstwerk bloß zu einem neuen, eigenen Werke anregen, das keineswegs notwendigerweise offenkundige Ähnlichkeit mit dem kritisierten Werke zeigen muss. Dies eben ist das Kennzeichen der herrlichen Form: Man kann, was immer man will, in sie legen und darin erblicken, was man zu erblicken wünscht; die Schönheit, die dem geschaffenen Werke den allgemeingültigen ästhetischen Wert verleiht, macht aus dem Kritiker selbst einen schöpferischen Geist. Sie flüstert ihm tausend Dinge zu, die nicht in der Seele dessen lebendig waren, der die Statue gebildet oder das Bild gemalt oder den Edelstein geschnitten hat. Oft hört man von solchen, die weder das Wesen höchster Kritik, noch den Reiz höchster Kunst erfassen, die Meinung, der Kritiker schreibe am liebsten über solche Gemälde, die Anekdoten malerisch behandeln, und Szenen aus der Literatur- oder Weltgeschichte darstellen. Dem ist keineswegs so. Gemälde dieser Art wirken nämlich viel zu sehr auf den Verstand. Im Ganzen genommen, stehen sie auf der Stufe von Illustrationen und sind, selbst von diesem Standpunkt, ein Missgriff. Sie entfachen keineswegs die Fantasie, sondern setzen ihr Schranken. Das Reich des Malers ist ja, wie ich früher ausgeführt habe, von dem des Dichters durchaus verschieden. Diesem gehört das ganze Leben in seiner Fülle und Ganzheit; nicht nur die Schönheit, die man erblickt, sondern auch jene, die man erlauscht, nicht bloß die vorüberflatternde Anmut der Form oder der erbleichende Glanz der Farbe, vielmehr das ganze Reich des Empfindens, der ganze Umkreis des Denkens. Der Maler findet seine Begrenzung darin, dass er uns das Geheimnis der Seele bloß in der Maske des Leibes zu zeigen vermag. Ideen kann er nur durch herkömmliche Zeichen versinnbildlichen; nur durch den körperlichen Ausdruck vermag er, sich dem Psychologischen zu nähern. Und wie unvollkommen wird dann eine solche Darstellung! In dem zerrissenen Turban des Mohren sollen wir den edlen Zorn Othellos, in einem alten, im Sturm herumirrenden Narren den wilden Wahnsinn Lears erblicken! Und doch vermag man es nicht, diesen

Leuten, so scheint es, Einhalt zu gebieten. Die meisten unserer älteren englischen Maler vergeuden ihr traurig verlorenes Leben damit, dass sie ins Land der Dichtung einbrechen. Sie verderben sich ihre Stoffe dadurch, dass sie sie plump behandeln, dass sie sich mühen, die Wunder des Unsichtbaren, den Glanz des niemals Geschauten durch sichtbare Form und Farbe wiederzugeben. Ihre Gemälde sind darum natürlich unerträglich langweilig. Sie haben die sichtbaren Künste zu gemeinverständlichen Künsten herabgewürdigt und wenn etwas überhaupt nicht verdient, beachtet zu werden, so ist es das Gemeinverständliche. Ich behaupte keineswegs, dass Dichter und Maler nicht den nämlichen Gegenstand behandeln dürfen. Sie haben es stets getan und werden davon nicht lassen. Doch mag der Dichter nach seinem Gutdünken malerisch sein oder nicht – der Maler muss Maler bleiben. Er muss sich beschränken und zwar nicht auf das, was er in der Natur wahrnimmt, sondern auf das, was auf der Leinwand wahrgenommen werden kann. Darum, mein lieber Ernst, werden Gemälde solcher Art den Kritiker niemals wirklich fesseln. Er wird den Blick von diesen weg zu Kunstwerken wenden, die ihn sinnen und träumen und dichten machen, zu solchen Werken, die ihn geheimnisvoll anregen, die ihm zu sagen scheinen: Es gibt auch von uns ein Entrinnen in eine weitere Welt hinaus. Man hat oft behauptet, die Tragödie des Künstlerlebens bestehe darin, dass der Künstler sein Ideal nicht zu verwirklichen vermöge. Doch liegt die wahre Tragödie, die den Schritten der meisten Künstler folgt, darin, dass sie ihr Ideal allzu sehr verwirklichen. Ist es einmal verwirklicht, dann ist es seiner Wunder, seines geheimnisvollen Duftes beraubt, es wird wieder zum Ausgangspunkt für ein neues, von dem früheren verschiedenes Ideal. Darum ist die Musik der vollkommenste Typus der Kunst. Die Musik vermag nie, ihre letzten Geheimnisse zu entschleiern. So erklärt sich zugleich der Wert der Beschränkung in der Kunst. Der Bildhauer leistet gern auf die nachahmende Kraft der Farbe, der Maler auf die wirklichen Maße Verzicht. Durch solchen Verzicht können beide die allzu deutliche Wiedergabe der Wirklichkeit und damit die bloße Nachahmung und die allzu deutliche, nur verstandesgemäße Darstellung des Gedankens vermeiden. Eben durch ihre Unvollkommenheit erreicht die Kunst die vollendete Schönheit. Nur so wendet sie sich nicht an die Fähigkeit des Wiedererkennens oder der Vernunft, sondern allein an den ästhetischen Sinn. Dieser betrachtet Vernunft und Erkennen als Etappen der Wahrnehmung, ordnet jedoch beide dem reinen, synthetischen Eindruck des Kunstwerks als eines Ganzen unter. Mag auch das Werk noch andere Erregungselemente in sich schließen, es bedient sich ihrer Vielfältigkeit nur, dem letzten Eindruck reichere Einheit zu gewähren. Du begreifst also die Gründe, aus denen der geschmackvolle Kritiker jene allzu deutlichen Arten der Kunst ablehnt, die bloß eine Botschaft zu bringen haben und dann nichtssagend und unfruchtbar werden. Du begreifst, warum er sich lieber solchen Formen zuwendet, die Traum und Stimmung erwecken und durch ihre unwirkliche Schönheit alle Deutungen wahr und keine Deutung als die letzte erscheinen lassen. Einige Ähnlichkeit mag das schöpferische Werk des Kritikers allerdings mit dem Werk verbinden, das ihn zu seiner Schöpfung angeregt hat. Doch ist es jene Ähnlichkeit, die besteht – nicht zwischen der Natur und dem Spiegel, den der Landschafts- oder Figurenmaler ihr angeblich vorhält – sondern zwischen der Natur und dem Gemälde des dekorativen Künstlers. Wie auf den blumenlosen persischen Teppichen Tulpe und Rose wirklich blühen – ein lieblicher Anblick –, obwohl sie darauf nicht in sichtbarer Gestalt und Linie wiedergeformt sind, wie Perlen- und Purpurfarben der Seemuschel in der Markuskirche in Venedig widertönen, wie die gewölbte Decke der wundervollen Kapelle zu Ravenna herrlich vom Gold und Grün und Saphir des Pfauenschweifes schimmert, wenn auch die Vögel der Juno nicht durch den Raum fliegen – so reproduziert der Kritiker das Werk, das er beurteilt, nicht durch bloßes Nachbilden, und ein großer Teil des Reizes der Kritik liegt eben darin, dass er dies verschmäht. Auf diese Weise enthüllt uns der Kritiker nicht nur den Sinn, sondern auch das Geheimnis der Schönheit. Er gießt jede Kunst in die literarische Form um und löst so das Problem der Kunsteinheit. Ich merke jedoch, es ist Zeit zum Abendessen. Jetzt wollen wir uns ein wenig mit dem Chambertin und den Ortolanen unterhalten. Dann gehen wir dazu über, die Kritiker als Interpreten zu betrachten.

Ernst: Ach – du gibst also zu, dass man dem Kritiker zuweilen gestatten darf, ein Ding so zu sehen, wie es in Wirklichkeit ist?

Gilbert: Ich weiß es nicht ganz bestimmt. Vielleicht gebe ich das nach Tisch zu – es kommt auf die Wirkung des Abendessens an.

Der Kritiker als Künstler
Ein Dialog

II. Teil

nebst einigen Bemerkungen über die Notwendigkeit, alles zu erörtern
Dieselben Personen
Dieselbe Szene

Ernst: Die Ortolanen waren wundervoll, am Chambertin war nichts auszusetzen. Und nun, kehren wir zu unserem Ausgangspunkt zurück.
Gilbert: Ach – genug davon! Ein Gespräch sollte an alles rühren, doch sich in nichts vertiefen. Plaudern wir über »Moralische Entrüstung, ihre Ursache und Heilung«, ein Thema, über das ich zu schreiben gedenke. Plaudern wir über das »Fortleben des Thersites« – nämlich in den englischen Witzblättern. Plaudern wir über irgendetwas, was uns in den Weg läuft.
Ernst: Nein! Ich möchte über den Kritiker und die Kritik diskutieren. Du sagtest mir, die höchste Kritik beschäftigte sich mit der Kunst, nicht soweit sie etwas ausdrücke, sondern sofern sie Eindrücke hervorrufe. Die Kritik sei demnach zugleich schöpferisch und unabhängig selbst eine Kunst und stehe dem schöpferischen Werk so gegenüber, wie dieses nur zur sichtbaren Welt der Form und Farbe oder

zur unsichtbaren Welt der Leidenschaft und des Denkens steht. Nun, sage mir: Ist der Kritiker nicht manchmal ein wirklicher Ausleger?

Gilbert: Ja, der Kritiker ist auch, wenn sein Wunsch dahin geht, ein Ausleger. Er kann von seiner Gesamtauffassung eines Kunstwerks zur Analyse oder Erklärung des Werkes selbst übergehen. In dieser niedrigen Sphäre – ich halte sie für niedriger – kann viel Schönes gesagt und getan werden, doch wird die Deutung des Kunstwerks keineswegs immer seine Aufgabe bilden. Vielleicht wird er sich vielmehr bemühen, das Geheimnis des Werkes zu vertiefen, um das Werk und seinen Schöpfer den Schleier des Wunders zu breiten, der den Göttern und den Anbetenden gleich teuer ist. Gewöhnlich fühlen sich die Leute »in Zion schrecklich behaglich«. Sie nehmen sich vor, mit den Dichtern Arm in Arm zu wandeln. Sie haben eine glatte, aus der Unwissenheit entspringende Art zu fragen: »Warum sollten wir lesen, was über Shakespeare und Milton geschrieben ist? Wir können ja die Schauspiele und Dichtungen selbst lesen. Das genügt.« Aber das Verständnis Miltons bildet, wie einmal der selige Rektor von Lincoln bemerkte, nur den Lohn für ein höchst intensives Studium. Wer Shakespeare wirklich verstehen will, muss die Zusammenhänge begreifen, in denen Shakespeare mit der Renaissance und der Reformation, mit dem Zeitalter Elisabeths und dem Zeitalter Jakobs stand. Er muss vertraut sein mit der Geschichte des Kampfes um die Herrschaft zwischen der alten klassischen Form und dem neuen Geist der Romantik, des Kampfes zwischen den Schulen Sidneys, Daniels und Jonsons und der Schule Marlows und Marlows größeren Sohnes. Er muss wissen, welche Stoffe Shakespeare zur Verfügung standen, er muss die Art und Weise kennen, wie Shakespeare sie benutzte. Er muss die Voraussetzungen theatralischer Darstellung im sechzehnten und siebzehnten Jahrhundert, deren Beschränkungen und Freiheitsmöglichkeiten beherrschen, ebenso die literarische Kritik in den Tagen Shakespeares, ihre Ziele, ihre Methode, ihre Grundsätze. Er muss die englische Sprache in ihrem Wachstum, den Blankvers und den gereimten Vers in seinen verschiedenen Entwicklungsstufen studieren. Er muss das griechische Drama und den Zusammenhang zwischen der Kunst des Schöpfers Agamemnons und Macbeths durchforschen. Mit einem Wort, er muss imstande sein, das London der Elisabeth mit dem Perikleischen Athen zu verknüpfen, er muss Shakespeares wahre Stellung in der Geschichte des europäischen Dramas, ja der Weltliteratur kennen. Der Kritiker wird ohne Zweifel Ausleger und Ausdeuter sein, doch wird er die Kunst nicht als Rätselsphinx betrachten, deren dumpfes Geheimnis ein Wanderer erraten und enthüllen kann, dessen Füße verwundet sind und der seinen eigenen Namen nicht kennt. Er wird vielmehr die Kunst als eine Göttin ansehen, deren Geheimnis zu vertiefen sein Amt, deren Majestät in den Augen der Menschen noch wunderreicher erscheinen zu lassen sein Vorrecht ist.

Und hier, Ernst, ereignet sich etwas Seltsames. Der Kritiker wird in der Tat ein Erklärer sein, aber keineswegs in dem Sinn, dass er nur in anderer Form eine Botschaft verkündet, die auf seine Lippen gelegt ward. Denn, wie nur durch die Berührung mit der Kunst fremder Nationen die Kunst eines Landes jenes persönliche und gesonderte Gepräge, das wir Nationalitäten nennen, gewinnt, so vermag in seltsamer Verkehrung der Kritiker nur durch die Vertiefung seines eigenen Ichs die Persönlichkeit und das Werk anderer zu deuten. Und je tiefer seine Persönlichkeit in die Auslegung eingeht, desto wirklicher wirkt sie, desto befriedigender, überzeugender und wahrer.

Ernst: Ich hätte angenommen, die Persönlichkeit sei ein störendes Element.

Gilbert: Keineswegs. Sie ist ein notwendiges Element der Enthüllung. Wer andere zu verstehen begehrt, muss das eigene Ich vertiefen.

Ernst: Was ist demnach das Ergebnis?

Gilbert: Ich will es dir sagen; vielleicht wird, was ich meine, durch ein bestimmtes Beispiel am deutlichsten. Ich meine, dass der literarische Kritiker allerdings den obersten Rang einnimmt, da er über den weiteren Kreis, den umfassenderen Blick, den vornehmeren Stoff gebietet. Doch hat jede Kunst gewissermaßen ihre vorbestimmten Kritiker. Der Schauspieler ist der Kritiker des Dramas. Er zeigt uns das Werk des Dichters unter neuen Voraussetzungen und durch die ihm eigentümliche Methode. Das ist das geschriebene Wort; durch Bewegung, Gesten, Tonfall der Stimme enthüllt er uns seinen Sinn. Der Sänger, der Flöten- und Lautenspieler sind die Kritiker der Musik. Der Radierer nimmt dem Gemälde die glühenden Farben; doch zeigt er uns eben durch das Anwenden eines neuen Materials die wahren Farbeneigentümlichkeiten des Werks, seine Tönungen und Vorzüge, die Beziehungen seiner Massen: So wird er auf diesem Weg zum kritischen Beurteiler des Werkes. Ein Kritiker ist ja nur, wer uns ein Kunstgebilde in einer von diesem Gebilde selbst verschiedenen Form klarlegt, und die Verwendung eines neuen Materials bildet ebenso sehr ein kritisches wie ein schöpferisches Element. Auch die

Bildhauerkunst hat ihre Kritiker. Entweder sind dies, wie in Griechenland, Edelsteinschneider oder auch Maler, Mantegna zum Beispiel, der bestrebt war, die Herrlichkeit plastischer Linien und die symphonische Würde des feierlichen Zuges von Basrelieffiguren auf die Leinwand zu übertragen. Aus all diesen Beispielen schöpferischer Kunstkritik erhellt das eine klar: Die Persönlichkeit ist eine wesentliche Voraussetzung jeder wirklichen Kunsterklärung.

Wenn Rubinstein Beethovens »Sonata Appassionata« spielt, gibt er uns nicht bloß Beethoven, sondern sich selbst; und so gibt er uns Beethoven ganz – Beethoven, der uns durch eine reiche künstlerische Natur nahegebracht, der uns durch diese starke neue Persönlichkeit selbst wundervoll lebendig wird. Spielt ein großer Schauspieler Shakespeare, dann machen wir dieselbe Erfahrung: Seine eigene Individualität wird zu einem lebendigen Teil der Auslegung. Man hört zuweilen, Schauspieler gäben uns ihren Hamlet, nicht den Hamlet Shakespeares. Diese schiefe Bemerkung – denn das ist sie –, wird leider selbst von jenem entzückenden und anmutigen Schriftsteller wiederholt, der sich jüngst aus der erregten Sphäre der Literatur in den Frieden des »Hauses der Gemeinen« geflüchtet hat, ich meine den Autor von »Obiter Dicta«. Sicherlich, ein Wesen wie Shakespeares Hamlet gibt es überhaupt nicht. Wenn »Hamlet« etwas von der Bestimmtheit eines Kunstwerkes an sich hat, so ist ihm auch die ganze Dunkelheit, die dem Leben anhaftet, zu eigen. In jedem Melancholiker lebt ein Hamlet.

Ernst: Also so viele Hamlets als es Melancholiker gibt?

Gilbert: Jawohl! Und wie die Kunst der Persönlichkeit entspringt, so kann sie sich nur auch der Persönlichkeit enthüllen. Wenn diese beiden Voraussetzungen zusammentreffen, entsteht die wahre, auslegende Kritik.

Ernst: Der Kritiker, als Erklärer betrachtet, gibt uns demnach nicht weniger, als er empfängt? Er leiht so viel, wie er borgt?

Gilbert: Er wird uns stets das Kunstwerk in irgendwelchem neuen Zusammenhang mit unserem Zeitalter zeigen. Er wird uns stets daran erinnern, dass große Kunstwerke lebendige Wesen sind – dass sie in der Tat die einzigen Wesen sind, die leben. Er wird sich dessen völlig bewusst sein, ja ich bin überzeugt, dass mit dem Fortschreiten der Kultur, mit unserer höheren Entwicklung die erlesenen Geister jederzeit, die kritischen, gebildeten Geister, gewiss immer weniger Anteil am wirklichen Leben nehmen werden. Ihr Bestreben wird sein, ihre Eindrücke nur aus dem, was die Kunst berührt hat, zu schöpfen. Denn das Leben hat schrecklich wenig Formgefühl. Mit seinen Katastrophen sucht es auf ungeschickte Art die Schuldlosen heim. Um die Komödien des Lebens spielt ein gewisser grotesker Humor; seine Tragödien gipfeln in possenhafter Wirkung. Man wird immer verwundet, wenn man ihm nahe kommt. Die Dinge währen immer zu lange oder nicht lange genug.

Ernst: O armes Leben! Armes Menschenleben! Wirst du nicht einmal von seinen Tränen gerührt? Ein römischer Dichter sagt uns, sie bilden einen Teil seines Wesens.

Gilbert: Sie rühren mich nur allzu sehr, fürchte ich. Denn, blickt man auf sein Leben zurück, wie es einmal in seiner ganzen Empfindungsfülle so lebendig war, von solch glühenden Augenblicken der Entzückung oder des Jubels erfüllt, dann scheint es Traum und Täuschung. Was sind die unwirklichen Dinge? Jene Leidenschaften sind es, die einmal wie Feuer in uns glühten! Was sind die unglaublichen Dinge? Jene, die wir einst so aufrichtig glaubten. Was ist das Unwahrscheinliche? Was man selbst getan hat. Nein, Ernst, das Leben narrt uns mit Schatten wie der Leiter einer Marionettenbühne. Wir erflehen vom Leben Freude. Die wird uns zuteil, aber in ihrem Gefolge sind Verbitterung und Enttäuschung. Ein edler Kummer kreuzt unseren Pfad – von ihm erwarten wir die Purpurwürde der Tragödie unseres Daseins. Allein auch dieser Kummer gleitet an uns vorbei. Nichtiges tritt an seine Stelle, und in einer grauen, stürmischen Dämmerstunde oder an einem Abend voll Duft und silbernem Schweigen entdecken wir mit Schrecken an uns selbst, dass wir stumpfen Sinns das Wunderbare betrachten, dass wir ohne Empfindung das Gold schimmernde Lockenhaar betrachten, das wir einmal so wild geliebt, so toll geküsst haben.

Ernst: Das Leben ist also verfehlt?

Gilbert: Vom künstlerischen Standpunkt betrachtet, gewiss. Und eben das, was das Leben vom künstlerischen Gesichtspunkt hauptsächlich als etwas Verunglücktes erscheinen lässt, ist das nämliche, was dem Leben seine gemeine Sicherheit gewährt: die Tatsache, dass man die nämliche Empfindung niemals genau zu wiederholen vermag. Wie verschieden ist das alles in der Welt der Kunst! In einem Fach des Bücherregals hinter dir steht »Die göttliche Komödie«. Ich weiß, wenn ich dieses Buch bei einer gewissen Stelle aufschlage, dann werde ich mit grimmem Hass wider einen erfüllt, der mir nie Übles tat, ich werde von heftiger Liebe für einen erfasst, den ich nie erblicken soll. Es gibt keine Stimmung, keine Leidenschaft, die die Kunst uns nicht einflößen könnte. Wer ihr Geheimnis ergründet hat, vermag vorher zu sagen, welcher Art unsre Erfahrungen sein werden. Wir können unseren Tag, wir können unsere Stunde wählen. Wir können zu uns selbst sagen: »Morgen zur Dämmerzeit werden wir mit dem feierlichen Virgil durchs Tal der Todesschatten schreiten.« Und sieh da! Die Dämmerung findet uns in dem dunklen Wald, der Mantuaner steht an unserer Seite. Wir wandern durch das Tor mit der Inschrift, die jede Hoffnung tötet; wir erblicken mitleidig oder freudig die Schrecken einer anderen Welt. Die Heuchler ziehen vorüber mit ihren bemalten Gesichtern und ihren Kappen aus vergoldetem Blei. Aus den unaufhörlich wehenden Stürmen, die ihn vor sich hertreiben, blickt uns der Lüstling entgegen. Wir sehen den Ketzer sein Fleisch zerreißen, den Vielfraß vom Regen gepeitscht. Wir brechen die dürren Zweige vom Baum im Haine der Harpyen, und jeder dunkel gefärbte, vergiftete Ast tropft im bitteren Jammer vor unseren Augen rotes Blut und schreit jammervoll. Aus feurigem Horn redet Odysseus zu uns. Der große Gibelline erhebt sich aus seiner Flammengruft, und wir empfinden für einen Augenblick selbst den Stolz, der über die Martern dieses Grabes triumphiert. Durch die düstere, purpurne Luft fliegen die, die die Welt durch die Schönheit ihrer Sünden geschändet haben. In der Grube der ekeln Krankheit, den Leib von Wassersucht geschwellt, einem ungeheuerlichen Klumpen ähnlich, liegt Adamo di Brescia, der Falschmünzer. Er fleht uns an, die Geschichte seines Elends zu vernehmen. Wir hemmen unseren Schritt, und mit trocknen, weit geöffneten Lippen erzählt er uns, wie er Tag und Nacht von jenen klaren Wassern träumt, die durch kühle, tauige Rinnen die grünen Hügel von Casento hinabströmen. Sinon, der falsche Grieche von Troja, verspottet ihn. Er schlägt ihn ins Antlitz, und sie ringen. Wir stehen säumend, wie gebannt durch ihre Schmach. Da schilt Virgil und geleitet uns zu der von Riesen umtürmten Stadt, wo der gewaltige Nimrod in sein Horn stößt. Hier erwarten uns wieder neue Schrecklichkeiten. Im Gewande Dantes und mit dem Herzen Dantes eilen wir ihnen entgegen. Wir schreiten über die Sümpfe des Styx, und Argenti schwimmt durch die Schlammwogen ans Boot heran. Er ruft uns, wir werfen ihn zurück. Wir vernehmen seine tiefe Verzweiflung und atmen froh, und Virgil lobt uns um unseres Hohnes Härte. Wir überschreiten die kalte Kristallflut des Cocytus, worin die Verräter gleich Halmen im Eise stecken. Unser Fuß stößt wider den Kopf des Bocco. Er will uns seinen Namen nicht nennen. Wir reißen sein Haar mit vollen Händen aus dem schreienden Schädel. Alberigo bittet uns, das Eis, das auf seinem Antlitz lastet, zu zerbrechen, damit er ein wenig weine. Wir versprechen es ihm, er kündet uns seine schmerzliche Geschichte, doch wir halten unser Versprechen nicht und schreiten weiter. Solche Grausamkeit ist unsere Pflicht – denn was ist gemeiner, als Mitleid mit den Verdammten Gottes? Im Rachen Luzifers erblicken wir den Mann, der Christus verraten hat, und im Rachen Luzifers den, der Cäsar erschlug. Wir zittern und eilen fort, wieder die Sterne zu schauen.

Im Fegefeuer ist die Luft freier, und der heilige Berg steigt ins reine Licht des Tages. Da winkt uns Frieden; auch all denen, die hier eine Zeit lang hausen, ist ein wenig Freude gewährt. Doch gleitet, bleich vom Gift der Maremma, Madonna Pia an uns vorüber und Ismene; auf ihrem Antlitz brütet noch der Kummer der Erde. Seele nach Seele lässt uns ihre Reue oder ihre Freude mitempfinden. Er, den die Trauer seiner Witwe den süßen Wermut des Leids trinken lehrte, erzählt uns von Nella, die auf einsamem Lager betet. Aus dem Munde des Buonconte erfahren wir, wie eine einzige Träne einen sterbenden Sünder aus der Gewalt des Teufels erretten kann, Sordello, der vornehme und hochmütige Lombarde, betrachtet uns von Weitem mit dem Blick eines ruhenden Löwen. Kaum erfährt er, Virgil sei ein Bürger Mantuas, so fällt er auf den Rücken. Ihm wird Kunde, er sei der Sänger Roms, da sinkt er ihm zu Füßen. In jenem Tal, dessen Gras, dessen Blumen schimmernder sind als geschliffener Smaragd und indisches Holz, strahlender als Scharlach und Silber, singen, die einst auf Erden Könige waren. Allein Rudolf von Habsburgs Lippen öffnen sicht nicht zu dem Gesange der andern, Philipp von Frankreich schlägt sich an die Brust, und Heinrich von England sitzt in Einsamkeit. Wir gehen weiter und weiter. Wir erklimmen die wundervolle Stiege, die Sterne werden größer als zuvor, der Gesang der Könige verhallt, und zuletzt gelangen wir zu den sieben goldenen Bäumen und zum Garten des irdischen Paradieses. In einem greifengezogenen Wagen erscheint die eine, um deren Stirn Olivenlaub geschlungen ist, gehüllt in einen weißen Schleier, von einem grünen Mantel bedeckt, in einem Gewande, strahlend in Farben wie lebendiges Feuer. In uns erwacht die alte Flamme. Unser Blut jagt schrecklich durch die Pulse. Wir erkennen sie: Beatrice, die Frau, die wir ehrfürchtig verehrten. Da schmilzt unser eiserstarrtes Herz. Wilde Tränen der Angst brechen aus unseren Augen, wir neigen die Stirn zur Erde, denn wir wissen, wir haben gesündigt. Wir tun Buße, wir werden gereinigt, wir trinken aus Lethes Quell und baden im Quell der Eunoe – dann hebt uns die Gebieterin unserer Seele zu des Himmels Paradies empor. Aus der ewigen Perle, dem Mond, neigt sich das Antlitz Piccarda Donatis zu uns herab. Ihre Schönheit verwirrt uns einen Augenblick. Da sie gleich einem Stein, der durch Wasser hinabgleitet, entschwebt, schauen wir sehnsüchtigen Blickes ihr nach. Das süße Gestirn der Venus ist voll von Liebenden. Cunizza, Ezzelins Schwester, Sordellos Herzensbeherrscherin, ist da, und Folco, der leidenschaftliche Sänger der Provence, der aus Kummer um Azalais die Welt verließ, und die Kanaanitische Dirne, deren Seele die erste war, die Christus erlöste. Joachim von Flora steht in der Sonne, und in der Sonne erzählt Thomas von Aquino die Geschichte des heiligen Franziskus, Bonaventura die Geschichte des heiligen Dominikus. Durch die Glutrubinen des Mars nähert sich Cacciaguida. Er berichtet von dem Pfeile, der vom Bogen der Verbannung geschnellt ward. Er erzählt uns, wie salzigbitter das Brot, gereicht von andern, schmeckt, wie steil die Stufen im Haus eines Fremden sind. Auf dem Saturn singen die Seelen nicht. Selbst sie, die uns führt, wagt nicht zu lächeln. Auf goldener Leiter steigen die Flammen empor und sinken. Endlich erblicken wir die prunkend mystische Rose. Beatrice richtet ihren Blick auf Gottes Antlitz und bleibt darin versunken. Die selige Erscheinung wird uns zuteil. Wir erkennen jetzt die Liebe, die Sonne und Sterne bewegt.

Ja, wir können die Erde um sechshundert Umläufe zurückschieben, mit dem großen Florentiner eins zu werden, mit ihm am nämlichen Altar zu knien, seine Verzückung und seinen Hohn zu teilen. Sind wir der vergangenen Tage überdrüssig geworden, begehren wir, die eigene Zeit mit all ihren Müdigkeiten und Sünden vor uns erstehen zu lassen – gibt es da nicht Bücher genug, die uns in einer einzigen Stunde das Leben stärker empfinden lassen, als das Leben selbst es in vielen schmachvollen Jahren vermag? Dir zur Hand liegt ein kleines Buch, gebunden in nilgrünes, mit vergoldeten Wasserlinien verziertes Leder, geglättet mit hartem Elfenbein. Es ist jenes Buch, das Gautier so geliebt hat: Baudelaires Meisterwerk. Schlag es auf, dort, wo jenes Madrigal steht, das mit den Worten beginnt:

»Que m'importe que tu sois sage?
Sois belle! et sois triste!«

und du wirst merken, wie du den Kummer nunmehr andächtig verehrst, so wie du nie die Freude verehrtest. Nimm dann jenes Gedicht vor, das von dem Mann handelt, der sich selbst martert. Lass seine zarte Musik sich dir ins Herz stehlen und dein Denken färben, dann wirst du für einen Augenblick der sein, der dieses Lied geschrieben hat. Nein, viele dürre Mondnächte, viele sonnenlosunfruchtbare Tage lang wird, nicht bloß für einen Augenblick, eine Verzweiflung, die nicht dir selbst gehört, in dir hausen, an deinem Herzen wird die Not eines andern nagen. Lies das ganze Buch, lass es deiner Seele eines seiner Geheimnisse offenbaren. Dann wird sie mehr zu erfahren begierig werden. Sie wird sich mit vergiftetem Honig nähren, sie wird versuchen, seltsame Verbrechen, woran sie schuldlos ist, zu bereuen. Sie wird für fruchtbare Verzückungen, die sie niemals gekannt hat, büßen. Und wenn du dieser Blumen des Bösen müde geworden bist, wende dich zu den Blüten im Garten der Perdita; in ihren taugebadeten Kelchen kühle deine glühende Stirn und lass deine

Seele durch ihre Lieblichkeit heil und stark werden. Oder weck aus seiner vergessenen Gruft den süßen Syrer Meleager, und bitte den Liebhaber Heliodors, er möge vor dir seine Musik erschallen lassen. Auch in seinem Gesang blühen ja Blumen, rote Granatblüten, Iris, duftend nach Myrrhen, runder Asphodill, dunkelblaue Hyazinthen und Majoran und gefederte Kamillen. Lieb war ihm der Wohlgeruch, der aus den Bohnenfeldern am Abend steigt, lieb der Duft der Ähren, die auf syrischen Hügeln wachsen, lieb der frische, grüne Thymian, des Weinbechers Zier. Wandelte seine Geliebte im Garten, dann war es, als glitten Lilien über Lilien hin. Sanfter als die schlafbeschwerten Blumenblätter des Mohns waren ihre Lippen, sanfter als Veilchen, und nicht minder duftend. Der flammenlichte Krokus schoss, sie zu betrachten, aus dem Grase hervor. Für sie sammelte die schmächtige Narzisse den kühlen Regen. Um ihretwillen vergaßen die Anemonen die sizilischen Winde, die sie umschmeicheln. Und weder Krokus noch Anemone noch Narzisse waren so herrlich wie sie.

Es ist etwas Seltsames um diese Empfindungsübertragung. Wir fühlen die Krankheit des Dichters, der Sänger beschert uns sein Leid. Tote Lippen künden uns ihre Botschaft, Herzen, die zu Staub zerfielen, teilen uns ihren Jubel mit. Wir eilen, den blutenden Mund der Fantina zu küssen, wir folgen Manon Lescaut über die ganze Welt. Unser ist die Liebesraserei des Tyrers, unser das Grauen des Orestes. Keine Leidenschaft, die wir nicht empfinden könnten, keine Freude, die uns nicht zu erfüllen vermöchte. Wir dürfen die Stunde der Weihe, die Stunde der Freiheit wählen. Leben? Leben?! Wenden wir uns nicht an das Leben, um zu unserer Erfüllung, zu unserer Erfahrung zu gelangen. Es ist ein Ding, beschränkt durch Umstände, unzusammenhängend in seinen Äußerungen, ohne jene feine Beziehung von Form und Geist, die einzig und allein dem künstlerischen und kritischen Temperament zu genügen vermag. Wir müssen für seine Siege einen viel zu hohen Preis bezahlen, wir erkaufen das geringste seiner Geheimnisse um einen abenteuerlich großen Betrag.

Ernst: Wir müssen also alles von der Kunst empfangen?

Gilbert: Alles – denn die Kunst verletzt uns nicht. Die Tränen, die wir im Schauspiel vergießen, sind ein Beispiel jener köstlichen, zwecklosen Erregungen, die zu erwecken Aufgabe der Kunst ist. Wir weinen, doch wir fühlen uns nicht verwundet. Wir härmen uns, aber unser Harm ist nicht bitter. Im wirklichen Dasein des Menschen ist der Kummer, wie Spinoza irgendwo bemerkt, ein Tor, das zu einer geringeren Vollkommenheit führt. Allein der Kummer, mit dem die Kunst uns erfüllt, »reinigt und weiht uns zugleich« – um den großen griechischen Kunstkritiker noch einmal zu zitieren. Durch die Kunst, und nur durch die Kunst erreichen wir unsere Vollendung, durch die Kunst, und nur durch die Kunst schützen wir uns vor den schmutzigen Gefahren unseres gegenwärtigen Daseins. Das liegt nicht nur in der Tatsache begründet, dass nichts von alledem, was man ersinnt, der Ausführung wert ist und dass man alles Erdenkliche zu ersinnen vermag, sondern in dem geheimnisvollen Gesetz, wonach die Empfindungskräfte nicht minder als die Kräfte der sinnlichen Sphäre in ihrem Umfang und ihrer Stärke begrenzt sind. Man kann bis zu einer gewissen Grenze empfinden, weiter nicht. Und was liegt daran, mit welchen Wonnen das Leben uns lockt, durch welche Pein es unsere Seele verstümmeln und vernichten will, was liegt daran, wenn man nur im Betrachten der Lebensläufe jener, die nie gelebt haben, das wahre Geheimnis der Freude fand, wenn man seine Tränen um den Tod derer vergoss, die gleich Cordelia und der Tochter Brabantios niemals sterben können?

Ernst: Halt hier einen Augenblick inne. Ich glaube, in all dem, was du gesagt hast, ist etwas durchaus Unmoralisches enthalten.

Gilbert: Jede Kunst ist unmoralisch.

Ernst: Jede Kunst?

Gilbert: Jawohl – denn Erregung um ihrer selbst willen, das ist das Ziel der Kunst, und Erregung als Antrieb zum Handeln ist das Ziel des Lebens, und jener praktischen Organisation des Lebens, die wir Gesellschaft nennen. Die Gesellschaft, die Wurzel und Grundlage aller Moral, hat nur den Zweck, die menschliche Kraft zu konzentrieren. Um ihre eigene Fortdauer, ihr gesundes Bestehenbleiben zu sichern, verlangt sie von jedem Bürger – sie verlangt es ohne Zweifel mit Recht –, dass er irgendwelche nutzbringende Arbeit zum Wohl der Gesamtheit verrichte, dass er sich schinde und plage, damit des Tages Werk geleistet werde. Die Gesellschaft findet oft für den Verbrecher Verzeihung, niemals für den Träumer. Die wundervollen, nutzlosen Erregungen, die die Kunst in uns wachruft, scheinen ihr hassenswert. So völlig beherrscht die Tyrannei dieses schrecklichen, gesellschaftlichen Ideals die Leute, dass sie einen in Privatzirkeln und an anderen allgemein zugänglichen Orten mit der lauten, im Stentortone vorgebrachten Frage: »Was treibst du?« überfallen. Doch ist die Frage: »Was denkst du?« die einzige, die ein zivilisiertes Wesen je einem andern zuflüstern dürfte. Sie meinen es ja gewiss sehr gut, diese ehrenfesten, tüchtigen Leute. Das ist vielleicht der Grund, warum sie uns so furchtbar langweilen. Jemand sollte sie darüber aufklären, dass, solange die Betrachtung in den Augen der Leute als schweres Verbrechen gilt, sie in den Augen der höchst kultivierten als die einzige menschenwürdige Beschäftigung gelten wird.

Ernst: Die Betrachtung?

Gilbert: Jawohl, die Betrachtung. Ich sagte vorhin: Es ist weit schwerer, über etwas zu reden, als es zu tun. Gestatte mir nun die Bemerkung: Gar nichts zu tun, das ist die allerschwierigste Beschäftigung auf dieser Welt, die schwierigste und die, die am meisten Geist voraussetzt. Plato, der sich um die Weisheit leidenschaftlich bemühte, erkannte darin die vornehmste Lebensbetätigung. Aristoteles, der um Erkenntnis leidenschaftlich rang, war der nämlichen Anschauung. Zu der gleichen Erkenntnis gelangten der Heilige und der Mystiker des Mittelalters.

Ernst: Wir sind also auf der Welt, um nichts zu tun?

Gilbert: Nichts zu tun, leben die Auserwählten. Alles Tun ist begrenzt und abhängig. Unbegrenzt und völlig frei ist bloß der Traum dessen, der ruht und lauscht, wie es ihm eben gefällt, der in der Einsamkeit wandelt und sinnt. Aber wir, geboren an der Neige dieses wundervollen Jahrhunderts, wir sind zugleich zu überbildet und zu kritisch, allzu geistig verfeinert, allzu sehr auf erlesene Genüsse erpicht, um das Durchdenken des Lebens für das Leben selbst hinzunehmen. Uns ist die »città divina« ohne Farbe, die »fruitio Dei« sagt uns nichts. Die Metaphysik genügt unseren Stimmungen nicht mehr, und religiöse Verzückungen sind nicht mehr zeitgemäß. Die Welt, die den Universitätsphilosophen zu einem »Betrachter aller Zeiten und aller Wesen macht«, ist keineswegs eine wirklich ideelle, sondern einfach eine Welt der abstrakten Ideen. Treten wir in diese Welt, dann verschmachteten wir inmitten der kühlen mathematischen Denkformeln. Die Höfe der Stadt Gottes sind jetzt nicht für uns geöffnet. Die Unwissenheit bewacht ihre Pforten. Um sie zu passieren, müssen wir alles Göttliche, das in unserer Natur liegt, ausliefern. Genug, dass unsere Väter gläubig waren. Sie haben die Glaubensfähigkeit der Rasse erschöpft. Sie haben uns jenen Skeptizismus, den sie so fürchteten, als Vermächtnis hinterlassen. Hätten sie ihn in Worte gefasst, dann wäre er nicht in unser Denken gedrungen. Nein, Ernst, nein – wir finden nicht mehr den Weg zum Heiligen. Vom Sünder kann man weit mehr lernen. Wir finden uns nicht zum Philosophen zurück, und der Mystiker führt uns irre. Wer würde, wie Mr. Pater irgendwo überzeugend ausführt, die Rundung eines einzigen Rosenblatts für jenes gestaltlose, nicht greifbare Sein, das Plato so hochstellt, hingeben? Was bedeutet für uns die Erleuchtung Philos, Eckharts Abgrund, Böhmes visionäres Gesicht, der ungeheure Himmel selbst, der sich vor dem geblendeten Blick Swedenborgs auftat? Dies alles sagt uns weniger als der gelbe Kelch einer einzigen Narzisse des Feldes, weit weniger als die geringste der sichtbaren Künste; denn wie die Natur Materie ist, die sich zum Geist durchgerungen hat, so ist Kunst Geist, der im Gewand der Materie erscheint. Daher spricht, selbst in den niedrigsten ihrer Offenbarungen, die Kunst zu den Sinnen und zur Seele zugleich. Das Verschwommene stößt immer die ästhetische Empfindung ab. Die Griechen waren ein Volk von Künstlern, weil ihnen der Sinn fürs Grenzenlose fehlt. Wir ersehnen wie Aristoteles, wie Goethe, nachdem er Kant gelesen hatte, das Sinnfällige; nur das Sinnfällige vermag uns zu genügen.

Ernst: Was schlägst du also vor?

Gilbert: Ich glaube, durch die Entwicklung des kritischen Geistes werden wir imstande sein, nicht nur unser geistiges Leben, sondern auch das gesamte Leben der Rasse zu erleben und auf diese Weise völlig modern zu werden, modern in der wahren Bedeutung dieses Wortes. Denn der, dem nur die Gegenwart gegenwärtig ist, weiß nichts von der Zeit, in der er lebt. Um das neunzehnte Jahrhundert zu durchleben, muss man alle Jahrhunderte, die ihm vorausgingen und zu seiner Gestaltung beitrugen, durchgelebt haben. Um das geringste von sich selbst zu wissen, muss man die anderen bis ins Innerste kennen. Es darf keine Stimmung geben, die man nicht mitzuempfinden, keine abgestorbene Lebensform, die man nicht lebendig zu machen vermag. Ist das unmöglich? Ich glaube nicht. Das wissenschaftliche Prinzip der Vererbung hat uns darüber aufgeklärt, dass alles Handeln völlig mechanisch vor sich geht. Auf diese Weise hat es uns von der behindernden Last moralischer Verantwortlichkeit, die wir uns selbst auferlegt hatten, befreit und uns gewissermaßen das Fortbestehen des kontemplativen Lebens verbürgt. Es hat uns bewiesen, dass wir nie weniger frei sind, als in dem Augenblick, da wir zu handeln versuchen. Es hat um uns das Netz des Jägers gestellt und unseres Schicksals Weissagung auf die Wände geschrieben. Da es in uns lebt, können wir es nicht erspähen. Wir können es nur in einem Spiegel erblicken, der die Seele widerspiegelt. Es ist die Nemesis ohne ihre Maske. Es ist unser letztes Schicksal und unser schrecklichstes. Es ist der einzige der Götter, dessen wirklichen Namen wir kennen.

Und dennoch, mag es auch in der Sphäre des tätigen und äußerlichen Lebens die Tatkraft ihrer Freiheit, das Handeln seines Willens beraubt haben: Im

Bannkreis der Persönlichkeit, dort, wo die Seele webt, kommt es zu uns, dieses schreckliche Gespenst, und hält manche Gaben in seinen Händen – die Gaben des seltsamen Wesens und der verfeinerten Empfänglichkeit, die Gaben wildleidenschaftlicher Glut und kühler Gleichgültigkeit, die vielfältigen Gaben der einander widerstreitenden Gedanken, der einander bekriegenden Leidenschaften. So leben wir nicht unser eigenes Leben, sondern das Leben der Toten, und die Seele, die in uns wohnt, ist kein einzelnes geistiges Wesen, das uns das Gepräge des Individuellen gewährt, das, zu unserem Dienste geschaffen, zu unserer Freude in uns einkehrt. Sie ist ein Wesen, das an furchtbaren Stätten geweilt, das in alten Grüften gehaust hat. Sie krankt an vielen Gebrechen und bewahrt die Erinnerung an seltsame Sünden. Sie ist weiser als wir, und ihre Weisheit ist bitter. Sie erfüllt uns mit unerfüllbaren Wünschen; sie lässt uns Dingen nachjagen, von denen wir wissen, dass wir sie niemals erreichen können. Doch einen Nutzen mag sie uns, mein lieber Ernst, gewähren: sie kann uns aus einer Umgebung führen, deren Schönheit durch den Nebel der Vertraulichkeit getrübt wird, deren unedle Hässlichkeit, deren gemeines Bestreben die Vollendung unserer Entwicklung stört. Sie kann uns helfen, aus der Zeit, in die wir geboren sind, zu flüchten, in andere Zeiten zu tauchen, in deren Sphäre wir uns zu Hause fühlen. Sie kann uns lehren, dem Reiche unserer Erfahrungen zu entfliehen und die Erfahrungen derer zu erleben, die größer sind als wir. Des Leopardi Leid, das wider das Leben laut aufstöhnte, wird unser eigenes Leid. Theokritos spielt auf seiner Flöte, und wir lachen mit den Lippen der Nymphen und Hirten. Im Wolfsfell des Pierre Vidal fliehen wir vor den Hunden, und in Lancelots Rüstung reiten wir von der Laube der Königin fort. Wir haben in der Kutte Abälards das Geheimnis unserer Liebe geflüstert und, bekleidet mit Villons beflecktem Gewand, pressten wir unsere Schmach in Lieder. Wir sehen mit den Augen Shelleys die Dämmerung. Wandern wir mit Endymion dahin, so schwillt der Mond in Liebe zu unserer Jugend. Wir empfinden die Qual des Atys, den schwächlichen Zorn und den edlen Kummer des Dänenprinzen. Meinst du, wir danken der Fantasie die Fähigkeit, so zahllos viele Leben zu leben? Allerdings: Der Fantasie – und die Fantasie ist das Ergebnis der Vererbung. Sie ist nichts als verdichtete Rassenerfahrung.

Ernst: Wo liegt aber in alldem die Aufgabe des kritischen Geistes?

Gilbert: Die Kultur, die durch diese Übertragung der Rassenerfahrung ermöglicht wird, kann nur durch den kritischen Geist zur Vollkommenheit gelangen; sie fällt in der Tat, man darf es sagen, mit ihm in eins zusammen. Denn wer ist der richtige Kritiker, wenn nicht der, der in sich die Träume und Gedanken und Empfindungen von Myriaden Generationen hegt, er, dem keine Nuance des Denkens fremd, kein Empfindungsimpuls dunkel ist? Und wer ist wahrhaft gebildet, wenn nicht der, dem es durch verfeinerte Bildung und wählerische Ablehnung gelungen ist, seinen Instinkt so bewusst und scharfsinnig zu gestalten, dass er das erlesene Werk vom gemeinen zu unterscheiden vermag? Wer außer dem Mann, der durch inniges Sichversenken und Vergleichen zu den Geheimnissen des Stils und der Schulen durchgedrungen ist und ihre Ziele begreift und ihren Stimmen lauscht und den Geist jener uneigennützigen Neugier zur Entfaltung bringt, der die wahre

Wurzel und die wahre Blüte des geistigen Lebens bildet? Wer sonst hat so geistige Klarheit gewonnen und lebt – man darf es ohne Fantasterei behaupten – mit den Unsterblichen, da er das »Beste, was die Welt weiß und was sie gedacht hat«, in sich aufgenommen hat?

Ja, Ernst, das kontemplative Leben, jenes Leben, das nicht das Handeln, sondern das Sein und nicht nur das Sein, sondern das Werden sich zum Ziel gesetzt hat – dieses Leben vermag uns der kritische Geist zu gewähren. Die Götter leben also: in ihre eigene Vollkommenheit versunken, wie Aristoteles erzählt, oder, wie Epikur es ausmalt, mit dem ruhigen Blicke des Zuschauers die Tragikomödie der Welt betrachtend, die sie selbst geschaffen haben. Auch unser Leben könnte dem ihren gleichen, auch wir könnten den mannigfaltigen Szenen, die Menschen und Natur uns darbieten, mit den nämlichen Empfindungen zusehen. Wir könnten uns vergeistigen, wenn wir uns vom Handeln frei machten, wir könnten zur Vollkommenheit gelangen, wenn wir es ablehnten, Energie zu betätigen. Ich habe oft den Eindruck, als ob Browning etwas Ähnliches gefühlt hat. Shakespeare stößt seinen Hamlet ins tätige Leben, er lässt ihn seine Sendung durch Kraftanspannung vollführen – Browning würde uns vielleicht einen Hamlet beschert haben, der seine Sendung durch Denken erfüllt hätte. Zufälligkeiten und Ereignisse waren ihm unwirklich und unwesentlich. Er machte die Seele zum Protagonisten in der Tragödie des Lebens, er betrachtete die Handlung als das einzig undramatische Element eines Dramas. Für uns aber bildet ohne Zweifel der ΒΙΟΣ ΘΕΩΡΗΤΙΚΟΣ das wahre Ideal. Wir können die Welt von der hohen Zinne des Denkens betrachten. Ruhig, in sich ruhend und in sich vollendet, so betrachtet der ästhetische Kritiker das Leben, und kein zufällig abgeschnellter Pfeil kann in die Fugen seines Panzers dringen. Er wenigstens bleibt heil. Er hat entdeckt, wie man leben sollte.

Ist eine solche Art des Lebens unmoralisch? Jawohl – denn alle Künste sind unmoralisch, außer jenen niedrigen Formen der sinnlichen oder lehrhaften Kunst, die zu bösen oder guten Handlungen anzuregen suchen. Handlungen gehören, wie immer sie auch beschaffen sein mögen, ins Gebiet der Ethik. Ziel der Kunst ist einfach, eine Stimmung zu erzeugen. Ist eine solche Art des Lebens etwas Unpraktisches? Ach – es ist nicht so einfach, unpraktisch zu sein, wie sich der unwissende Philister vorstellt. Wäre das der Fall, dann stünde es um England gut. Kein Land der Welt bedarf so sehr der unpraktischen Leute wie unser Land. Hierzulande ist das Denken durch die stete Verbindung mit praktischen Erwägungen um seine Würde gebracht worden. Kann man von Leuten, die sich im Wirbel und Gewühl des Alltags bewegen, vom lärmenden Politiker, vom schwatzenden Sozialreformer, oder von jenen armen, kurzsichtigen Priestern, deren Blick durch die Leiden jenes unwesentlichen Teiles der Gesellschaft, in den das Schicksal sie gestellt hat, getrübt ist – kann man von solchen Leuten im Ernst ein uninteressiertes Urteil über irgendetwas verlangen? Jeder Beruf bedeutet ein Vorurteil. Die Notwendigkeit, sich einer Karriere zuzuwenden, zwingt jeden, Partei zu ergreifen. Wir leben in einer Zeit, in der man zu viel arbeitet und zu wenig erzogen ist, in einer Zeit, in der die Menschen vor lauter Fleiß ganz dumm werden. Und so hart es klingen mag, ich muss es aussprechen: Die Menschen verdienen ihr

Schicksal. Der sichere Weg dazu, nichts vom Leben zu erfahren, ist, eine nützliche Beschäftigung zu ergreifen.

Ernst: Eine reizende Lehre, Gilbert!

Gilbert: Vielleicht. Aber das eine ist sicher: Sie hat wenigstens das geringere Verdienst, wahr zu sein. Dass der Wunsch, anderen Gutes zu erweisen, Pedanten üppig in die Halme schießen lässt, ist das allergeringste der dadurch hervorgerufenen Übel. Der Pedant ist ein höchst interessantes psychologisches Studienobjekt, und wenn auch unter allen Posen die moralische die ärgerlichste ist, so bedeutet es immerhin etwas, überhaupt eine Pose zu besitzen. Man erkennt dadurch ausdrücklich an, wie wichtig es ist, das Leben von einem bestimmten, überlegten Standpunkt zu behandeln. Die Tatsache, dass Nächstenliebe und Mitgefühl wider die Natur streiten, da sie das Überleben des Unpassenden fördern, mag vielleicht dem Mann der Wissenschaft das Vergnügen an diesen beiden leicht zu erringenden Tugenden verkümmern. Der Nationalökonom mag seine Stimme dawider erheben, weil sie den in den Tag Hineinlebenden dem Sparsamen gleichstellen und auf diese Art das Leben seines stärksten, weil gemeinsten, Antriebs zum Fleiß berauben. Doch in den Augen des Denkers liegt der wirkliche Schaden, den die Mitleidsgefühle hervorgerufen, darin, dass sie unser Wissen eindämmen und uns auf diese Weise hindern, irgendein soziales Problem zu lösen. Wir bemühen uns gegenwärtig, die nahende Krise, die nahende Revolution, wie meine Freunde, die Fabier, sie nennen, durch Almosenspenden hintanzuhalten. Nun, wenn die Revolution oder die Krise einmal da ist, werden wir infolge unserer Unwissenheit machtlos sein. Mein lieber Ernst, täuschen wir uns nicht. England wird nicht eher ein kultiviertes Land werden, bis es die Provinz Utopia seinen Besitzungen hinzugefügt hat. Es könnte mehr als eine seiner Kolonien mit Nutzen für ein so herrliches Reich dahingehen. Die Unpraktischen, die über den Augenblick hinüberschauen, über den Tag hinauszudenken vermögen – das sind die Menschen, deren wir bedürfen. Die das Volk zu leiten versuchen, bringen das nur dadurch zuwege, dass sie selbst dem Mob folgen. Durch den Ruf des Predigers in der Wüste müssen den Göttern die Wege bereitet werden.

Du bist aber vielleicht der Meinung, im Schauen und Betrachten bloß um des Schauens und Betrachtens willen liege etwas Egoistisches. Wenn du das glaubst, so sprich es ja nicht aus. Nur ein durchaus selbstsüchtiges Zeitalter, wie es das unsere ist, kann die Selbstaufopferung zur Gottheit erheben. Nur ein durchaus habsüchtiges Zeitalter wie das, in dem wir leben, kann jene seichten Tugenden des Gefühls, die in sich selbst sogleich den Lohn finden, über die schönen Tugenden des Geistes stellen. Sie verfehlen auch ihr Ziel, diese Philanthropen und Gefühlsweichlinge unserer Tage, die stets von den Pflichten gegen die Nebenmenschen schwätzen. Denn die Entwicklung der Rasse ist von der Entwicklung des Individuums bedingt, und dort, wo man aufgehört hat, in der Kultivierung seines Ichs das Ideal zu erblicken, senkt sich sofort das geistige Niveau und geht oft ganz verloren. Kommst du bei Tisch neben einen Menschen zu sitzen, der sein Leben mit der Erziehung seines Selbst verbracht hat – ich gebe zu, das ist heutzutage ein seltener Typus, aber man trifft ihn gelegentlich noch einmal –, dann erhebst du dich vom Mahl, bereichert mit dem Gefühle, dass ein hohes Ideal für einen Augenblick deine Tage berührt und geheiligt hat. Aber ach! Mein lieber Ernst, neben einem Menschen zu sitzen, der sein Leben mit dem Versuch, andere zu erziehen, verbracht hat?! Wie schrecklich ist die Erfahrung, die man da gewinnt! Wie schauderhaft ist die Unwissenheit, die unvermeidlich aus der verhängnisvollen Gewohnheit, Meinungen einprägen zu wollen, entspringt! Wie beschränkt ist der Gesichtskreis eines solchen Menschen! Wie sehr ermüdet er uns, wie sehr muss er sich selbst durch sein endloses Wiederholen, durch sein widerliches Wiederanfangen ermüden! Wie sehr fehlt ihm jede Voraussetzung geistigen Wachstums! In was für einem Kreise falscher Schlüsse drehte er sich hin und her!

Ernst: Du redest, Gilbert, so seltsam ergriffen. Hat dich jüngst diese schreckliche Erfahrung, wie du sie nennst, betroffen?

Gilbert: Ihr entgehen nur wenige. Man sagt, der Schulmeister sei im Aussterben. Ach – ich wünschte, es wäre so! Doch der Typus, von dem er gewissermaßen nur ein Vertreter und keineswegs der wichtigste ist – dieser Typus scheint wirklich unser Leben zu beherrschen. Und wie auf ethischem Gebiet der Philanthrop am meisten Schaden stiftet, so ist in der geistigen Sphäre der ein Schädling, der sich mit der Erziehung der anderen so sehr beschäftigt, dass er niemals Zeit zur Selbsterziehung findet. Nein, mein lieber Ernst: Entwicklung seines Ichs ist das wahre Mannesideal. Goethe hat das erkannt, daher sind wir Goethe größeren Dank schuldig als irgendeinem Mann seit den Tagen der Griechen. Die Griechen haben dieses Ideal erkannt; sie haben dem modernen Denken den Begriff des kontemplativen Lebens wie die kritische Methode, durch die ein solches Dasein einzig und allein zur Erfüllung gebracht werden kann, überliefert. Dadurch allein ist die Renaissance zu ihrer Größe gelangt, dadurch allein haben wir den Humanismus gewonnen. Dadurch allein könnte auch unser Zeitalter groß werden. Denn Englands wirkliche Schwäche liegt nicht in der Unvollkommenheit der Geschütze, nicht in unbefestigten Küsten, nicht in der Armut, die durch finstere Gassen schleicht, nicht in der Trunkenheit, die in wüsten Höfen lärmt – sie liegt einfach in der Tatsache, dass die Ideale unseres Landes dem Gefühl, nicht dem Geist entspringen.

Ich bestreite keineswegs, dass ein solches geistiges Ideal schwer zu erreichen ist. Noch weniger leugne ich, dass es bei den Massen vielleicht noch unbeliebt ist und viele Jahre lang bleiben wird. Es fällt dem Menschen so leicht, Mitgefühl mit dem Leiden zu hegen, es fällt ihm so schwer, Gedanken zu lieben. In der Tat, die Alltagsmenschen verstehen so wenig, was das Denken überhaupt ist, dass sie glauben, eine Theorie zu verurteilen, wenn sie sie als gefährlich bezeichnen, während gerade solche Theorien die einzigen sind, die einen wirklichen geistigen Wert besitzen. Ein Gedanke, der nicht Gefahren in sich birgt, ist unwert, überhaupt ein Gedanke zu sein.

Ernst: Gilbert, du machst mich ganz irre. Du hast vorhin gesagt, die Kunst sei ihrem Wesen nach etwas Unmoralisches. Gehst du nun so weit, zu behaupten, alles Denken sei dem Wesen nach gefährlich?

Gilbert: Ja, in der Sphäre des wirklichen Lebens ist das der Fall. Die Sicherheit der Gesellschaft beruht auf Gewohnheit und unbewusstem Instinkt. Der Fortbestand der Gesellschaft als eines gesunden Organismus ist durch das völlige Fehlen der Intelligenz bei ihren Mitgliedern bedingt. Die Mehrzahl der Menschen weiß das ganz genau. Daher werden sie natürlich Anhänger jenes herrlichen Systems, das die Menschen zur Würde von Maschinen erhebt. Aus diesem Grund rebellieren sie so wild gegen das Eindringen des geistigen Elements in irgendeine Frage des Lebens. Man ist wirklich versucht, den Menschen als ein mit Vernunft begabtes Wesen zu bezeichnen, das stets außer sich gerät, sobald von ihm etwas Vernünftiges verlangt wird. Allein, verlassen wir das Gebiet des praktischen Lebens, reden wir nicht mehr von den abscheulichen Philanthropen. Überlassen wir sie der Gnade des mandeläugigen Weisen am gelben Flusse, Chuang Tsu. Er war es, der nachwies, dass diese geschäftigen, aggressiven Leutchen die einfachen, ursprünglich im Menschen schlummernden Tugendkräfte vernichtet haben. Doch ist das ein langwieriges Thema. Kehren wir wiederum zu jener Sphäre zurück, wo der kritische Geist sich frei bewegen darf.

Ernst: Zur geistigen Sphäre?

Gilbert: Ja. Du erinnerst dich, dass ich behauptet habe, der Kritiker sei auf seine Weise nicht minder schöpferisch als der Künstler. Ja, des Künstlers Werk ist vielleicht nur von Wert, sofern es dem Kritiker die Anregung zu einer neuen Nuance des Denkens oder der Empfindung bietet – einer Nuance, der der Kritiker in gleicher oder vielleicht größerer Erlesenheit der Form Gestalt zu geben und durch das Anwenden eines neuen Ausdrucksmittels eine neue und vollendetere Schönheit zu gewähren vermag. Nun, ich glaube, du bist gegen meine Theorie ein wenig skeptisch. Oder tue ich dir da unrecht?

Ernst: Ich bin in diesem Punkt keineswegs Skeptiker. Doch muss ich zugeben: ich empfinde sehr deutlich, dass dieses Werk, das der Kritiker nach deiner Darstellung hervorbringt – und es ist ohne Zweifel ein schöpferisches Werk –, notwendigerweise ein rein subjektives ist, während die größten Schöpfungen immer objektiv sind, objektiv und unpersönlich.

Gilbert: Der Unterschied zwischen dem objektiven und subjektiven Werk besteht nur in äußerlicher Form. Dieser Unterschied ist ein zufälliger, kein wesentlicher. Jede künstlerische Schöpfung ist durchaus subjektiv. Sogar die Landschaft war Carot, da er sie betrachtete – er sagt es selbst –, nichts als eine Stimmung der eigenen Seele. Die großen Gestalten des griechischen oder englischen Dramas, die ein eigenes wirkliches Dasein, losgelöst vom Dichter, der sie geformt und gebildet hat, zu führen scheinen, diese Gestalten sind – wenn man sie bis ins letzte zergliedert – nichts, als die Dichter selbst – die Dichter, nicht wie sie zu sein, sondern, wie sie nicht zu sein glaubten. Durch diesen Glauben wurden sie seltsamerweise, wenn auch nur einen Augenblick lang, wirklich. Denn wir können nie aus uns selbst heraus. Auch liegt in der Schöpfung nichts, was nicht im Schöpfer gelegen hätte. Ja ich möchte sagen: Je objektiver eine Schöpfung scheint, desto subjektiver ist sie in Wirklichkeit. Shakespeare mag Rosenkranz und Güldenstern in den staubigen Straßen Londons begegnet sein, er mag gesehen haben, wie die Diener der feindlichen Häuser auf offenen Plätzen aufeinander mit den Fäusten losschlugen, doch Hamlet ist aus seiner Seele, Romeo aus seiner Leidenschaft hervorgewachsen. Sie waren Bestandteile seines Wesens; er gab ihnen sichtbaren Ausdruck. Sie waren in ihm treibende Kräfte und wühlten ihn so heftig auf, dass er sie gewissermaßen gewaltsam sich betätigen lassen musste und das keineswegs auf dem niedrigeren Felde des wirklichen Daseins, denn dort wären sie gehemmt und behindert worden, sie wären nie zu ihrer Entfaltung gelangt, sondern in jenem Traumlande der Kunst, wo die Liebe wirklich im Tod reiche Erfüllung findet, wo man den Lauscher hinter dem Vorhang ersticht und im neu geschaufelten Grabe ringt, wo man den schuldbeladenen König den Tod zu trinken zwingt, wo man den Geist des eigenen Vaters erschaut, wie er im Mondesschimmer in voller Stahlrüstung von Nebelmauer zu Nebelmauer schreitet. Das Handeln hätte in seiner Begrenztheit Shakespeare nicht befriedigt, auch hätte es sein Wesen nicht zum Ausdruck gebracht. Wie er imstande war, alles zu vollbringen, weil er nichts zu verrichten hatte, so enthüllt er sich uns in seinen Stücken völlig, eben weil er nie über sich selbst redet. In diesen Dramen offenbart er uns sein wahres Wesen, seine wahren Anlagen weit erschöpfender als selbst in jenen seltsamen, köstlichen Sonetten, in denen er seines Herzens verschlossenen Schrein dem hellen Blick öffnet. Ja, die objektive Form ist in Wahrheit die allersubjektivste. Der Mensch ist am wenigsten er selbst, wenn er in eigener Person spricht. Gib ihm eine Maske, und er wird die Wahrheit reden.

Ernst: Der Kritiker wird also, da er an die subjektive Form gebunden ist, sein Wesen notwendigerweise nicht so völlig auszudrücken imstande sein wie der Künstler. Dem Künstler stehen ja immer alle objektiven und unpersönlichen Formen zur Verfügung.

Gilbert: Das ist keineswegs notwendigerweise und sicher dann nicht der Fall, wenn er erkennt, dass jede Art der Kritik auf ihrer höchsten Entwicklungsstufe nichts als eine Stimmung ausspricht, und dass wir niemals uns selber getreuer sind als in den Augenblicken der Inkonsequenz. Der ästhetische Kritiker, nur dem Grundsatz der Schönheit in allen Dingen ergeben, wird immer nach neuen Eindrücken spähen und aus den verschiedenen Schulen das Geheimnis ihres Zaubers schöpfen. Er neigt sich darum vielleicht vor fremden Altären oder lächelt, wenn es seiner Laune gefällt, fremdartigen, neuen Göttern zu. Was die anderen Leute unsere Vergangenheit nennen, bekümmert offenbar diese anderen sehr viel, uns selbst sehr wenig. Wer immer ins Vergangene zurückblickt, ist nicht wert, eine Zukunft vor sich zu haben, in die er zu blicken vermag. Hat man einmal für eine Stimmung den Ausdruck gefunden, dann ist man damit fertig geworden. Du lachst? Glaube mir, es ist so. Gestern hat uns der Realismus entzückt. Man hat von ihm jenen »nouveau frisson« empfangen, den hervorzubringen sein Zweck gewesen ist. Man analysierte, erklärte ihn und wurde seiner überdrüssig. Mit der sinkenden Sonne kamen in der Malerei die »Luministen«, und die »Symbolisten« in der Dichtkunst. Der Geist des Mittelalters, der nicht so sehr einer bestimmten Epoche als vielmehr einer besonderen Gefühlsweise angehört, brach in dem aus seinen Wunden blutenden Russland plötzlich hervor. Dieser Geist berührte uns einen Augenblick lang durch den furchtbaren Zauber des Leidens. Heutzutage ist der allgemeine Ruf: Romantik! Und schon zittern die Blätter im Tal, und auf purpurnen Hügeln wandelt die Schönheit zarten, goldenen Fußes dahin. Die alten Schaffensformen währen natürlich fort, die Künstler reproduzieren sich selbst, oder einer reproduziert den anderen in ermüdender Wiederholung. Die kritische Kunst aber schreitet stets weiter, der Kritiker entwickelt sich immer.

Auch ist der Kritiker keineswegs an die subjektive Form des Ausdrucks gebunden. Er kann sich der dramatischen wie der epischen Methode bedienen. Er mag die Dialogform anzuwenden wie der, der Milton ein Zwiegespräch mit Marvel über das Wesen der Komödie und Tragödie führen und Sidney und Lord Brooke sich im Schatten der Eichen Penshursts über literarische Gegenstände unterhalten ließ. Er kann auch die erzählende Form wählen, wie Mr. Pater das mit Vorliebe tut. Jedes seiner »Imaginary Porträts« – das ist doch der Titel seines Buches? – bietet uns in dichterisch-fantastischem Gewande ein feines und erlesenes Stück Kritik. Da ist eine Abhandlung über den Maler Watteau, eine andere über die Philosophie Spinozas; eine handelt von den heidnischen Elementen der Frührenaissance, die letzte und eindringlichste von der Quelle der sogenannten »Aufklärung«, deren Licht im letzten Jahrhundert über Deutschland aufging und der unsre eigne Kultur so viel verdankt. Die Dialogform, jene wundervolle literarische Form, die die schöpferischen Kritiker von Plato bis zu Lucian und von Lucian bis Giordano Bruno und von Bruno bis zu dem großen alten Heiden, an dem Carlyle solches Entzücken fand, immer gebrauchten, wird als Ausdrucksweise ihre anziehende Kraft für den Denker niemals verlieren. Er findet so die Möglichkeit, sich zu verhüllen und zu enthüllen; er kann jedem Traum Gestalt, jeder Stimmung Wirklichkeitsfülle gewähren. Er kann das Objekt von jedem Gesichtspunkt aus darlegen. Er kann uns das Werk wie ein Bildhauer rings in der Runde zeigen und so zu der reichen, lebendigen Wirkung jener Seitenaussichten gelangen, die sich mit einem Mal im Verfolgen der Hauptidee vor uns auftun und sie völlig erhellen. Er kann auch immer noch jene nachträglichen glücklichen Einfälle nutzen, die um den Kern des Gedankenplans erst die geschlossene Fülle breiten und dennoch etwas von dem zarten Reiz des Zufälligen hineinbringen.

Ernst: Er gewinnt auch dadurch die Möglichkeit, einen Gegner zu fingieren und ihn, wenn es ihm gefällt, durch irgendein absurd sophistisches Argument zu bekehren.

Gilbert: Ach – es ist so leicht, andere, so schwer, sich selbst zu bekehren. Um zu seinem eigenen Glauben zu gelangen, muss man mit fremden Lippen reden. Um die Wahrheit zu erfahren, muss man eine Unzahl von Lügen ersinnen. Denn was ist die Wahrheit? In Fragen der Religion die Anschauung, die den Sieg gewann; in der Wissenschaft die jüngste Aufsehen erregende Erkenntnis; in der Kunst unsere letzte Stimmung. Du siehst jetzt wohl ein, mein lieber Ernst: Dem Kritiker stehen so viele objektive Formen des Ausdrucks wie dem Künstler zu Gebote. Ruskin hat seine kritische Lehre ins Gewand dichterischer Prosa gehüllt und wirkt geistig durch seine Umkehrungen und Widersprüche. Browning hat seine kritischen Anschauungen in Blankverse gegossen, er ließ Dichter und Maler uns ihre Geheimnisse offenbaren. Renan wendet die Dialogform, Mr. Pater die Romanform an, und Rossetti hat in der Musik seiner Sonette die Farben Giorgiones und die Linien Ingrès und seine eigenen Linien und Farben widerklingen lassen. Er empfand mit dem Instinkt des Künstlers, der sich auf vielerlei Art zu äußern vermag, dass die höchste Kunst das Schrifttum ist, das feinste und vollkommenste Mittel das Wort.

Ernst: Gut, du hast jetzt nachgewiesen, dass dem Kritiker alle objektiven Formen zu Gebote stehen. Nun möchte ich von dir erfahren, welche Eigenschaften den wahren Kritiker charakterisieren.

Gilbert: Welche sind es nach deiner Meinung?

Ernst: Nun, ich möchte meinen, ein Kritiker sollte vor allem gerecht sein.

Gilbert: Ach – nur nicht gerecht! Ein Kritiker kann unmöglich gerecht sein, in der gewöhnlichen Bedeutung des Wortes. Man kann nur über Dinge, die einen nicht interessieren, eine vorurteilsfreie Meinung abgeben. Darum ist auch eine derartige Meinung stets völlig wertlos. Wer die beiden Seiten einer Frage sieht, sieht überhaupt nichts. Die Kunst ist eine Leidenschaft; in Kunstdingen wird das Denken notwendigerweise durch die Empfindung gefärbt und ist darum eher fließend als fest bestimmt. Da es von zarten Stimmungen und erlesenen Augenblicken bedingt ist, kann man es nicht in die Starrheit einer wissenschaftlichen Formel oder eines theologischen Dogmas zwängen. Die Kunst spricht zur Seele, und diese kann ebenso sehr eine Gefangene des Geistes wie des Leibes sein. Man sollte sich natürlich von Vorurteilen frei halten. Doch ist es, wie ein großer Franzose schon vor hundert Jahren bemerkt, unser Beruf, in diesen Dingen manche Vorliebe zu besitzen, und in dem Augenblick, wo man Vorliebe hegt, hört man bereits auf, gerecht zu sein. Nur ein Auktionar kann in gleich unbefangener Weise alle Kunstschulen bewundern. Nein, Gerechtigkeit ist nicht eine der Eigenschaften des wahren Kritikers. Sie bildet nicht einmal eine Voraussetzung der Kritik. Jede Kunstform, mit der wir in Berührung kommen, beherrscht uns für den Augenblick so sehr, dass sie jede andere ausschließt. Wir müssen uns dem in Rede stehenden Werk, wie es auch sei, vollständig ausliefern, wenn wir sein Geheimnis ergründen wollen. Solange wir damit beschäftigt sind, dürfen und können wir nichts anderes denken.

Ernst: Der wahre Kritiker wird doch zum Mindesten vernünftig sein, nicht wahr?

Gilbert: Vernünftig? Man kann auf zweierlei Wegen dazu gelangen, die Kunst zu hassen, mein lieber Ernst. Entweder man hasst sie wirklich oder man liebt sie in den Grenzen der Vernunft. Denn die Kunst ruft – wie Plato, nicht ohne Bedauern, erkannte – im Zuhörer und Zuschauer eine Art göttlichen Wahnsinns hervor. Sie entspringt nicht der Eingebung, aber sie wirkt wie eine Eingebung auf andere. Die Vernunft ist keineswegs die Fähigkeit, an die sie sich wendet. Liebt man die Kunst überhaupt, dann muss man sie mehr als alles auf der Welt lieben. Wider eine solche Liebe würde sich aber die Vernunft empören, wenn man ihrer Stimme Gehör schenkte. Die Verehrung der Schönheit ist nichts Gesundes. Sie ist zu herrlich, als dass sie gesund wäre. Die, in deren Dasein diese Note vorherrscht, werden stets der Welt nur als Schwärmer erscheinen.

Ernst: Der Kritiker wird aber zumindest aufrichtig sein.

Gilbert: Ein wenig Aufrichtigkeit ist ein gefährlich Ding, viel davon ist geradezu verderblich. Der wahre Kritiker wird allerdings dem Grundsatz der Schönheit immer aufrichtig ergeben sein. Er wird aber die Schönheit in jedem Jahrhundert, in jeder Schule suchen. Er wird sich nie durch eine bestimmte Gewohnheit des Denkens oder eine feststehende Art der Weltbetrachtung Grenzen ziehen lassen. Er wird sich selbst in vielen Formen und auf tausend verschiedenen Wegen verwirklichen, er wird immer nach neuen Erregungen und neuen Gesichtspunkten spähen. Durch beständigen Wechsel, und durch beständigen Wechsel allein, wird er zu seiner Einheit gelangen. Er wird sich nie dazu herbeilassen, der

Sklave seiner eigenen Meinung zu werden. Denn was ist Geist anders, als Bewegung im Reich des Intellekts? Im Wachstum liegt des Denkens und des Lebens Kern. Lass dich, mein lieber Ernst, nicht durch Worte schrecken. Was man Unaufrichtigkeit nennt, ist nichts als ein Mittel, unsere Persönlichkeit vielfältig zu gestalten.

Ernst: Ich fürchte, ich habe mit meinen Anregungen wenig Glück gehabt.

Gilbert: Von den drei Eigenschaften, die du erwähntest, greifen zwei, Aufrichtigkeit und Gerechtigkeit, ins moralische Gebiet hinüber oder berühren wenigstens seine Grenzen. Das erste aber, was man von einem Kritiker verlangen darf, ist die Erkenntnis, dass Kunst und Ethik zwei ganz bestimmte, voneinander völlig gesonderte Gebiete sind. Verwirren sich die Grenzen, dann kehrt das Chaos wieder. Im England unserer Tage werden diese Grenzen allzu häufig verwischt. Unsere modernen Puritaner können freilich das Schöne nicht ganz zerstören, aber sie können durch ihren außerordentlich ausgebildeten Sinn für moralische Verlockungen die Schönheit doch wenigstens für einen Augenblick beflecken. Die Meinung dieser Leute findet – ich muss es zu meinem Bedauern bemerken – hauptsächlich durch den Journalismus Ausdruck. Ich bedauere das deshalb, weil man sehr viel zugunsten des modernen Journalismus anführen könnte. Er vermittelt uns die Meinungen der Ungebildeten und hält uns dadurch mit der Unbildung des Gemeinwesens in stetem Zusammenhang. Der Journalismus verzeichnet sorgsam die laufenden Ereignisse unseres zeitgenössischen Lebens und zeigt uns auf diese Weise, von wie geringer Bedeutung dies alles in Wahrheit ist. Er bespricht unaufhörlich das Unnötige und lässt daher in uns die

Erkenntnis reifen, welche Dinge für unsere Kultur wesentlich sind und welche nicht. Doch sollte der Journalismus dem armseligen Tartüff nicht gestatten, Artikel über moderne Kunst zu verfassen. Er stellt sich damit nur selbst als Toren hin. Doch haben Tartüffs Artikel und Chadbands Notizen wenigstens eine gute Folge. Sie erbringen uns den Nachweis für die außerordentliche Begrenztheit des Feldes, das zu beherrschen, Ethik und ethische Betrachtungen beanspruchen dürfen. Die Wissenschaft steht außerhalb des Bereichs der Moral, denn ihr Auge ist den ewigen Wahrheiten zugewandt. Die Kunst steht außerhalb des moralischen Bereichs, denn ihr Blick haftet an den herrlichen, unsterblichen, ewig wechselvollen Dingen. Bloß die niedrigeren, weniger geistigen Sphären fallen ins Gebiet der Moral. Doch mag man die Puritaner, diese Maulhelden, noch immer gelten lassen, denn sie haben ihre komische Seite. Wer kann sich aber bei dem ernsthaften Vorschlag eines Durchschnittsjournalisten, den Stoffkreis des Künstlers zu begrenzen, des Lachens erwehren? Grenzen werden wohl, und ich hoffe bald, gezogen werden – nämlich dem Wirken einiger unserer Zeitungen und Zeitungsschreiber. Denn sie bieten uns die nackten, gemeinen, widrigen Tatsachen des Lebens. Sie verzeichnen mit gemeiner Gier die Sünden der Unbedeutenden, sie geben uns mit der Gewissenhaftigkeit der Ungebildeten genaue und prosaische Details über das Gehabe von Leuten, die keinerlei Interesse beanspruchen dürften. Wer vermöchte aber dem Künstler Grenzen zu ziehen, ihm, der von dem Leben die Tatsachen empfängt und sie zu herrlichen Schönheitsgestalten modelt und daraus Träger des Mitleids oder der Ehrfurcht schafft? Ihm, der ihre Farbe, das Geheimnisvoll-Wunderbare, das in den

Tatsachen liegt, nicht minder als ihre wirkliche ethische Bedeutung offenbart? Ihm, der aus alledem eine Welt baut, wirklicher als die Wirklichkeit selbst und von vornehm-erhabenerem Gepräge? Wer sollte diesem Grenzen ziehen? Keineswegs die Apostel dieses neuen Journalismus, der nichts ist als die alte Plattheit, dieses Wort »groß« geschrieben. Keineswegs die Apostel dieses neuen Puritanismus, der bloß das Gewimmer der Heuchler ist, und der ebenso schlecht schreibt, wie er redet. Schon der Gedanke daran erweckt Lachen. Lassen wir diese Schädlinge. Betrachten wir wiederum jene künstlerischen Eigenschaften, die für den Kritiker notwendig sind.

Ernst: Und was für Eigenschaften sind dies? Sag es mir selbst.

Gilbert: Temperament ist das erste Erfordernis für den Kritiker – ein Temperament von besonderer Empfänglichkeit für das Schöne und für die bunten Eindrücke, die die Schönheit in uns erweckt. Unter welchen Voraussetzungen, durch welche Mittel dieses Temperament in der Rasse oder im Einzelnen erzeugt wird – das wollen wir jetzt nicht erörtern. Genug, wir halten fest: Es gibt ein solches Temperament. In uns lebt ein Schönheitssinn, gesondert von den anderen Sinnen und darüber schwebend, gesondert von der Vernunft und edler als sie, gesondert von der Seele und an Wert ihr gleich. Ein Sinn, der einige zum Schaffen treibt, andere – es sind wohl die feineren Geister – zur Betrachtung. Um aber zur Reinheit und zur Vollendung zu gelangen, bedarf dieser Sinn einer gewissen erlesenen Umgebung. Ohne diese Umgebung hungert er oder wird stumpf. Du erinnerst dich wohl an jene entzückende Stelle, wo uns Plato schildert, wie ein junger Grieche erzogen werden sollte. Mit welchem Nachdruck weist er auf die Wichtigkeit der Umgebung hin! Er führt aus, der junge Mensch müsse inmitten herrlicher Gebilde und Töne heranwachsen, dass die Schönheit der äußeren Dinge seine Seele zur Aufnahme geistiger Schönheit vorbereite. Unmerklich und unbewusst soll er jene wirkliche Liebe zur Schönheit entwickeln, die, wie Plato zu erinnern nicht müde wird, das wahre Ziel der Erziehung ist. In ihm soll allmählich jenes Temperament entfacht werden, das ihn ganz natürlicher- und einfacherweise dahin führen wird, das Gute dem Bösen vorzuziehen, Gemeines und Unsittliches von sich zu stoßen, mit zartem, instinktiven Geschmack allem Heiteren, Anmutigen und Lieblichen zu folgen. Dieser Geschmack wird endlich notwendigerweise zu einem kritischbewussten werden, zunächst aber muss er einfach als kultivierter Instinkt vorhanden sein. »Wer aber diese innerliche Bildung erfahren hat, wird klar und deutlich die Schwächen und Fehler in Kunst und Natur herausfinden; er wird mit untrüglichem Geschmack das Gute lobpreisen und daran seine Freude finden. Er wird es in seine Seele pflanzen und auf solche Weise selbst gut und edel werden. Er wird das Böse schon in den Tagen der Jugend hassen, noch bevor er den Grund dieses Hasses zu erkennen vermag.« Ist der kritisch bewusste Geist später in ihm zur Entwicklung gelangt, dann wird er ihn »als einen Freund, der ihm durch seine Erziehung schon lange vertraut war, wiedererkennen und begrüßen«. Ich brauche wohl kaum zu sagen, mein lieber Ernst, wie weit wir in England von diesem Ideal abgeirrt sind. Ich kann mir das Lächeln vorstellen, das auf den glatten Philistergesichtern strahlen würde, wenn einer den Mut fände, zu sagen, das wahre Ziel der Erziehungsmittel sei die Entwicklung des Temperaments, die Pflege des Geschmacks und das Erwecken des kritischen Geistes.

Doch bleibt selbst uns noch ein wenig Lieblichkeit der Umgebung. Was liegt an der Langweiligkeit der Erzieher und Professoren? Dürfen wir doch in den grauen Kreuzgängen des Magdalen-College umherschlendern, dem flötengleichen Gesang in der Kapelle Waynfleetes lauschen oder auf grünen Matten liegen, mitten unter den seltsam schlangenartig gefleckten Blüten der Kaiserkrone, den Blick auf die vergoldete Wetterfahne der Türme gerichtet, die die sonnendurchglühte Mittagsstunde noch schöner vergoldet. Dürfen wir doch unter der fächerförmig gewölbten, schattigen Decke der Christchurch die Stufen emporwandeln und durch das geschnitzte Tor in das St.-Johns-College eintreten. Der Schönheitssinn wird auch keineswegs bloß in Oxford oder Cambridge gebildet, entwickelt, zur Reife gebracht. Über ganz England hat sich die Renaissance der dekorativen Künste verbreitet. Die Tage der Hässlichkeit sind vorüber. Selbst in den Häusern der Reichen waltet Geschmack, und die Häuser der Nichtreichen sind anmutig und behaglich geworden; es ist eine Freude, darin zu leben. Caliban, der arme, lärmende Caliban meint, ein Ding sei überhaupt nicht mehr vorhanden, wenn er aufgehört hat, dazu Grimassen zu schneiden. Doch er hat nur deshalb das Grimassieren aufgegeben, weil man ihm schärferen, kühneren Hohn, als der seine war, entgegengestellt hat; so ist er für einen Augenblick zum Schweigen gezwungen, zu jenem Schweigen, das für immer seine roh verzerrten Lippen schließen sollte. Bisher hat man nur das eine geleistet: Man hat den Weg gesäubert. Es ist ja immer schwieriger, niederzureißen als schaffend aufzubauen. Hat man Plattheit und Dummheit umzustürzen, dann erfordert der Vernichtungsplan nicht nur Mut, sondern auch Verachtung. Trotzdem ist das Werk, mein ich, bis zu einem gewissen Grade getan. Wir haben uns des Schlechten entledigt. Nun ist es unseres Amtes, das Schöne hervorzubringen. Die Aufgabe der ästhetischen Bewegung ist es zwar, die Menschen zur Betrachtung, nicht zum Schaffen zu leiten; doch der schöpferische Instinkt ist im Kelten sehr lebendig, und der Kelte weist in der Kunst den Weg. So liegt kein Grund vor, warum in künftigen Jahren diese seltsame Renaissance nicht allmählich auf ihre Art ebenso mächtig erblühe, wie vor vielen Jahrhunderten jene Neugeburt der Kunst in den Städten Italiens erblüht ist. Gewiss, wir müssen uns zur Heranbildung unseres Temperaments an die dekorativen Künste halten, an die Künste, die uns berühren, nicht an jene, die uns belehren. Moderne Gemälde zu betrachten, gewährt ohne Zweifel großes Vergnügen. Wenigstens ist das zuweilen der Fall. Allein man kann in ihrer Umgebung nicht leben. Diese Bilder sind zu gescheit, zu bestimmt, zu bewusst. Ihre Absichten sind zu klar, ihre Technik ist allzu offenkundig. Was sie uns zu sagen haben, erschließt sich uns nur zu bald – dann langweilen sie uns wie Verwandte.

Ich liebe die Arbeiten mancher impressionistischen Pariser und Londoner Maler sehr. Zartheit und Noblesse sind dieser Schule noch immer eigen. Manche ihrer Gruppierungen und Farbenzusammenklänge erinnern uns fast an die Schönheit der unsterblichen »Symphonie en Blanc Majeur« Gautiers, dieses reine Meisterwerk der Farbe und Musik, das wohl vielen ihrer besten Gemälde Richtung und Titel gab. Einer Gesellschaft, die das Unzureichende mit sympathetischem Eifer begrüßt, die das Bizarre mit dem Schönen, das Platte mit dem Wahren verwechselt, erscheinen sie außerordentlich vollendet. Sie verfertigen Radierungen, die den geschliffenen Glanz von Epigrammen besitzen, und Pastelle, die wie Paradoxe blenden. Was ihre Porträts betrifft, so mag der gemeine Geschmack noch so viel an ihnen auszusetzen haben, niemand kann leugnen, dass sie den ganz besonderen, wundersamen Reiz besitzen, der Werke reiner Erfindung auszeichnet. Doch werden uns selbst die Impressionisten, so ernst und emsig sie auch sein mögen, nicht helfen. Mir sind sie wert. Ihr heller Ton mit seinen Variationen in Lila hat eine neue Ära der Farbe eingeleitet. Der Augenblick schafft zwar nicht den Menschen, aber er schafft ohne Zweifel den Impressionisten, und was spricht nicht alles für das Festhalten des Augenblicks durch die Kunst, für »das Denkmal des Augenblicks«, wie Rossetti es nannte? Auch die Kraft der Anregung ist ihnen eigen. Sie haben zwar nicht den Blinden die Augen geöffnet, doch haben sie die Kurzsichtigen lebhaft ermuntert. Ihre Führer besitzen zwar die ganze Unerfahrenheit des Alters, doch sind die Jungen unter ihnen viel zu klug, als dass sie stets Empfindsamkeit bekundeten. Sie fahren gleichwohl fort, die Malerei als eine Art Selbstbiografie, erfunden zum Gebrauch der Ungebildeten, zu behandeln. Sie schwätzen uns immer auf ihrer grauen, griesigen Leinwand über ihr höchst gleichgültiges Selbst und ihre höchst gleichgültigen Anschauungen allerlei vor; sie verwischen durch ihr vulgäres Übertreiben das Beste, das einzig Bescheidene, das sie an sich haben, jene feine Verachtung der Natur. Man wird endlich der Werke solcher Persönlichkeiten müde, deren Persönlichkeit stets geräuschvoll auftritt und in der Regel keinerlei Interesse erweckt. Weit mehr wäre zugunsten der jüngeren Pariser Schule der »Archaicistes«, wie sie sich nennen, zu sagen. Die lassen den Künstler nicht ganz von der Gnade des Wetters abhängen, sie finden ihr Ideal nicht in bloßen Luftwirkungen. Ihr Streben ist vielmehr auf die fantasievolle Schönheit der Zeichnung, auf die Lieblichkeit erlesener Farben gerichtet. Sie lehnen den langweiligen Realismus jener Schule ab, die bloß malt, was sie erblickt. Sie versuchen, Dinge, die des Sehens wert sind, zu sehen, und das nicht bloß mit wirklichen, leiblichen Augen, sondern mit dem edleren Gesicht der Seele, dessen Blick das Geistige weit sicherer, das Künstlerische weit herrlicher umfasst. Sie arbeiten jedenfalls, was das dekorative Element betrifft, unter jenen Voraussetzungen, deren jede Kunst zu ihrer Vollendung bedarf; sie haben genug Schönheitsinstinkte, um jenes gemeine und törichte Sichbeschränken auf völlige Modernität der Form, das so viele Impressionisten verdorben hat, zu verwerfen. Noch immer ist die Kunst, die sich freimütig als dekorative bezeichnet, die, mit der man zu leben vermag. Unter allen unseren Künsten ist sie die einzige, die in uns Gefühl und Stimmung weckt. Die Farbe allein, unbefleckt durch Bedeutung, mit Bestimmtheit der Form verbunden, findet tausend Zugänge zur Seele. Die Harmonie, die den zarten Verhältnissen von Linien und Flächen innewohnt, spiegelt sich im Geiste wider. Das Wiederholen des nämlichen Musters erfüllt uns mit Ruhe. Die Wunder der Zeichnung erregen die Fantasie. Schon in der Anmut des angewandten Materials liegen Kulturelemente verborgen. Das ist aber noch nicht alles. Die dekorative Kunst erklärt offen, sie betrachte die Natur nicht als wahres Schönheitsideal, sie verwerfe die

Nachahmungsmethode der landläufigen Malerei; dadurch macht sie die Seele nicht bloß für die Werke der echten Fantasie empfänglich, sie bringt in ihr jenes Formempfinden zur Entfaltung, auf dem die schöpferische nicht minder als jede kritische Tat beruht. Denn der wirkliche Künstler ist der, der vorwärtsschreitet, nicht vom Gefühle zur Form, sondern von der Form zu Denken und Leidenschaft. Er fasst keineswegs zuerst eine Idee und sagt dann: »Ich will meine Gedanken in ein geschlossenes, metrisches Gebilde, das vierzehn Zeilen umfasst, gießen.«

Ihm schwebt die Schönheit des Sonettengerüstes vor, er wird von gewissen musikalischen Klängen und Reimmöglichkeiten berührt. Die Form an sich regt ihn zu dem geistigen Gehalt an, womit er sie füllt und ihr die gedankliche und seelische Vollendung gewährt. Von Zeit zu Zeit entrüstet sich die Welt über irgendeinen entzückend artistischen Poeten, weil er, um ihre abgedroschenen einfältigen Phrasen zu wiederholen, »nichts zu sagen hat«. Hätte er etwas zu sagen, dann würde er es vermutlich aussprechen, und das Ergebnis wäre sehr langweilig. Eben weil er keine neue Botschaft zu künden hat, kann er Schönes schaffen. Er schöpft seine Eingebung aus der Form, aus der Form allein, wie es dem Künstler ziemt. Eine wirkliche Leidenschaft würde ihn vernichten. Was wirklich geschieht, ist für die Kunst verdorben. Schlechte Poesie entspringt immer echtem Gefühl. Natürlich sein heißt, ganz einleuchtend sein, und das ganz Einleuchtende ist stets das Unkünstlerische.

Ernst: Ich möchte wissen, ob du wirklich alles glaubst, was du da sagst.

Gilbert: Warum staunst du darüber? Nicht in der Kunst allein ist der Körper die Seele. In jeder Sphäre des

Lebens nehmen alle Dinge von der Form ihren Ausgang. Die rhythmischen Bewegungen des Tanzes rufen, Plato sagt es uns, sowohl Rhythmus als Harmonie in unserem Geist hervor. Aus den Formen zieht der Glaube seine Nahrung, so verkündete Newman in einem seiner großen Augenblicke der Offenherzigkeit, in denen wir den Mann bewundern und erkennen. Er hatte recht, er wusste vielleicht gar nicht, wie furchtbar recht er hatte. Glaubensbekenntnisse haben Geltung, nicht weil sie vernünftig sind, sondern weil sie wiederholt werden. Ja, die Form ist alles. Die Form ist das Geheimnis des Lebens. Finde den Ausdruck für eine Sorge, und sie wird dir teuer werden. Finde den Ausdruck für eine Freude, und du fühlst ihre Entzückungen noch tiefer. Willst du Liebe empfinden? Sprich ihre Litanei herunter, die Worte werden das Gefühl gebären, aus dem – so meint die Welt – erst die Worte strömen. Zernagt Kummer dein Herz? Lerne vom Prinzen Hamlet und von der Königin Konstantia den Kummer ausdrücken und du wirst finden: Das bloße Aussprechen gewährt bereits eine Art Trost. Die Form, die Wiege der Leidenschaft, ist zugleich der Tod des Leidens. Um zur Sphäre der Kunst zurückzukehren: Die Form erzeugt nicht bloß das kritische Temperament, sondern auch den ästhetischen Instinkt, den untrüglichen Instinkt, der uns alle Dinge unter den Bedingungen der Schönheit offenbart. Beginne die Form zu verehren und kein Geheimnis der Kunst wird dir verborgen bleiben. Sei dessen eingedenk, dass in der Kritik und im Schaffen das Temperament alles ist, und dass man die Kunstschulen nicht nach der Zeit, in der sie wirkten, sondern nach den Temperamenten, an die sie sich wenden, historisch gruppieren sollte.

Ernst: Deine Erziehungstheorie ist entzückend. Doch welchen Einfluss wird ein Kritiker, der in dieser köstlichen Umgebung herangebildet ward, üben? Meinst du wirklich, ein Künstler sei je durch die Kritik beeinflusst worden?

Gilbert: Der Einfluss des Kritikers wird lediglich in der Tatsache bestehen, dass er existiert; er wird den ungetrübten Typus darstellen. In ihm wird sich die Kultur des Jahrhunderts erfüllt sehen. Du darfst kein anderes Ziel von ihm verlangen, als dass er sich selbst vollende. Der Geist hat, wie man richtig bemerkt hat, nur den einen Wunsch, sich selbst in voller Kraft zu fühlen. Der Kritiker mag allerdings den Wunsch hegen, Einfluss zu üben; in diesem Fall wird er sich aber nicht mit dem einzelnen Individuum, sondern mit dem Zeitalter befassen. Er wird versuchen, es zur Bewusstheit zu erwecken, es heranzubilden, neue Wünsche und Bestrebungen in ihm zu entfachen, ihm den eigenen weiteren Blick, die eigenen edleren Stimmungen einzuprägen. Die Kunst von heute wird ihn weniger als die Kunst von morgen beschäftigen, weit weniger als die Kunst von gestern. Müht sich auch heutzutage der eine oder der andere ab, welche Bedeutung haben diese Emsigen? Sie leisten ohne Zweifel ihr Bestes. Darum geben sie uns natürlicherweise das Schlechteste. Immer sind die übelsten Werke mit den besten Absichten begonnen worden. Und überdies, mein lieber Ernst – wenn ein Mann das Alter von vierzig Jahren erreicht hat oder Akademieprofessor geworden ist oder zum Mitglied des »Athenäum Klubs« gewählt wurde oder als populärer Romanschriftsteller gilt, dessen Bücher auf den Vorstadtbahnhöfen sehr begehrt werden, dann mag es einen amüsieren, ihn bloßzustellen, man wird aber nie das Vergnügen haben, ihn zu bekehren. Glücklicherweise für ihn! Denn bekehrt zu werden, ist zweifellos weit schmerzhafter als Bestrafung; es ist Strafe in ihrer schlimmsten und moralischsten Form. Diese Tatsache erklärt das vollständige Fehlschlagen aller Bestrebungen der Gesellschaft, das interessante Phänomen, den Gewohnheitsverbrecher, zu bessern.

Ernst: Ist aber der Dichter nicht möglicherweise der beste Beurteiler der Dichtung, der Maler der beste Kritiker des Gemäldes? Jede Kunst muss sich zunächst an den Künstler wenden, der in ihr wirkt. Sein Urteil wird ohne Zweifel den meisten Wert besitzen?

Gilbert: Alle Künste wenden sich einfach an das künstlerische Temperament – niemals an die Spezialisten. Die Kunst erhebt den Anspruch, umfassend und in all ihren Offenbarungen gleichwohl einheitlich zu sein. In der Tat ist der Künstler sehr weit davon entfernt, der beste Kunstrichter zu sein – ein wirklich großer Künstler ist vielmehr überhaupt nicht imstande, zu urteilen, er hat kaum über die eigene Schöpfung eine Meinung. Eben jenes Versunkensein in die Fülle der Gesichte, das ihn zum Künstler macht, begrenzt durch die Tiefe der Stimmung seine Fähigkeit, scharfsinnig zu urteilen. Des Schaffens Gewalt treibt ihn blind dem eigenen Ziele zu. Die Räder seines Wagens wirbeln den Staub ringsum wie Wolken auf. Die Götter bleiben einander verborgen. Sie können ihre Anbeter erkennen – das ist alles.

Ernst: Du behauptest, ein großer Künstler vermöge nicht die Schönheit eines Werkes zu verstehen, das von seiner *eigenen* Art verschieden ist?

Gilbert: Er vermag es unmöglich. Wordsworth sah in »Endymion« nur ein nettes Stück Heidentum. Shelley mit seiner Abneigung gegen die Wirklichkeit war, abgestoßen durch Wordsworths Form, taub für dessen Botschaft. Byron, die große, leidenschaftliche, menschlich-unvollkommene Natur, wusste nicht den Dichter der Wolke, noch den Dichter des Sees zu würdigen; ihm entging das Wunderbare an der Erscheinung Keats. Des Euripides Realismus war Sophokles verhasst. Diese niedertropfenden, warmen Tränen bargen für ihn keinen musikalischen Klang. Milton mit seiner Empfindung für großen Stil konnte Shakespeares Art so wenig verstehen, wie Sir Joshua Gainsboroughs Weise. Schlechte Künstler bewundern immer gegenseitig ihre Werke. Das nennen sie die große, von Vorurteilen freie Gesinnung. Aber ein wirklich großer Künstler kann sich das Leben, die Schönheit nicht anders, als auf seine Manier dargestellt, denken. Das Schaffen nimmt all sein kritisches Vermögen für sich in Anspruch. Für die Welt der anderen bleibt nichts übrig. Gerade darum ist, wer ein Werk nicht zu tun vermag, dessen recht eigentlicher Beurteiler.

Ernst: Meinst du das im Ernst?

Gilbert: Jawohl, denn das Schaffen begrenzt, das Betrachten erweitert das Gesichtsfeld.

Ernst: Wie steht es aber mit den technischen Fragen? Jeder Kunst ist ohne Zweifel ihre besondere Technik eigen?

Gilbert: Ganz gewiss. Jede Kunst hat ihre Grammatik und ihr Handwerkszeug. Darin liegt nichts Geheimnisvolles; der Unzureichende kann immer fehlerfrei sein. Sind aber auch die Gesetze, auf denen die Kunst beruht, genau bestimmt, so müssen sie, um zur rechten Verwirklichung zu gelangen, durch die Fantasie in solche Schönheit gewandelt werden, dass sie uns alle wie Ausnahmen anmuten. Technik ist wirklich Persönlichkeit. Das ist der Grund, warum der Künstler sie nicht lehren, der Schüler sie nicht lernen, aber der ästhetische Kritiker sie verstehen kann. Für den großen Dichter gibt es nur eine Musik – die eigene. Für den großen Maler besteht nur eine Art des Malens, jene, die er selbst übt. Der ästhetische Kritiker, und nur er allein, weiß alle Formen und Arten zu würdigen. An ihn geht die Sendung der Kunst.

Ernst: Nun, ich denke, ich bin mit meinen Fragen an dich zu Ende. Jetzt muss ich bekennen, …

Gilbert: Ach – sag nur nicht, dass du mit mir übereinstimmst. Wenn mir jemand erklärt, er sei meiner Ansicht, empfinde ich, dass ich gewiss im Unrecht bin.

Ernst: Dann will ich lieber verschweigen, ob ich dir recht gebe oder nicht. Doch möchte ich eine andere Frage an dich richten. Du hast mir deutlich gemacht, die Kritik sei eine schöpferische Kunst. Welches ist ihre Zukunft?

Gilbert: Der Kritik gehört die Zukunft. Das Stoffgebiet, das dem schöpferischen Künstler zu Gebote steht, wird jeden Tag begrenzter, sowohl der Ausdehnung wie der Mannigfaltigkeit nach. Die Vorsehung und Mr. Walter Besant haben, was klar auf der Oberfläche lag, ausgeschöpft. Soll das produktive Element überhaupt noch Bestand haben, dann kann das nur unter der Voraussetzung geschehen, dass es viel kritischer wird, als dies heutzutage der Fall ist. Die alten Pfade und staubigen Landstraßen sind allzu oft durchwandert worden. Ihren Zauber haben plumpe Füße totgetreten; sie haben das Neue, Überraschende, das für die Dichtung so wichtig ist, verloren. Wer uns jetzt durch Poesie aufrütteln will, muss uns entweder völlig neue Hintergründe zeigen oder die Menschenseele in ihrem innersten Weben enthüllen.

Jenes wird vorläufig von Mr. Rudyard Kipling geleistet. Blättert man in seinen »Plain Tales from the Hills«, dann gewinnt man das Gefühl, als säße man unter einem Palmenbaum und läse in dem durch Blitze der Gemeinheit erhellten Buch des Lebens. Der Farbenglanz der Basare blendet unsern Blick. Die müde gehetzten, armseligen Anglo-Inder stehen in reizvollem Gegensatz zu ihrer Umgebung. Eben weil dieser Erzähler des Stils ermangelt, hat seine Schilderung den eigentümlich journalistischen Realismus. Vom literarischen Standpunkt ist Mr. Kipling ein Genie, das mir und mich verwechselt. Vom Standpunkt des Lebens ist er ein Reporter, der die Gemeinheit besser kennt, als irgendjemand vor ihm. Dickens kannte ihre Kleidung und ihre Komödien. Mr. Kipling kennt ihr Wesen und ihre Tragik. Er ist unter den Künstlern zweiten Ranges der erste; er hat ganz wundervolle Dinge durch Schlüssellöcher erspäht, seine Hintergründe sind wirkliche Kunstwerke. Was die zweite Voraussetzung betrifft, so hatten wir ja Browning, wir haben Meredith noch immer. Auch wäre auf dem Gebiet psychologischer Durchforschung noch manche Aufgabe zu lösen. Manchmal wird die Meinung laut, unsere Dichtung werde zu krankhaft. Soweit das psychologische Element infrage kommt, muss man sagen, sie kann nie krankhaft genug werden. Wir haben nur die Oberfläche der Seele berührt, sonst nichts. In einer einzelnen schimmernden Zelle des Gehirns sind Dinge angehäuft, wundervolle und schreckensreicher, als selbst jene träumten, die, gleich dem Verfasser von »Le Rouge et le Noir«, sich mühten, die Seele in ihre innersten Schlupfwinkel zu verfolgen, sie zum Geständnis ihrer liebsten Sünden zu zwingen. Doch ist selbst die Zahl der unverwerteten Hintergründe begrenzt. Auch ist es nicht unmöglich, dass die weitere Entwicklung der Gewohnheit der Selbstbetrachtung eben der schöpferischen Fähigkeit, der sie neues Material herbeischaffen will, verhängnisvoll wird. Ich selbst neige der Ansicht zu, dass dem Schaffen das Urteil gesprochen ist. Es entspringt aus einem allzu primitiven, allzu natürlichen Instinkt. Wie dem auch sei, das eine ist gewiss, dass der Stoffkreis, der den Schaffenden offen steht, stets begrenzter wird, während das Gebiet des Kritikers täglich an Umfang wächst. Der Geist kann immer neue Stellungen, neue Standpunkte einnehmen. Die Pflicht, dem Chaos Gestalt zu geben, wird durch den Fortschritt der Welt keineswegs geringer. Nie gab es eine Zeit, die der Kritik mehr als die unsere bedurft hätte. Nur durch sie wird sich die Menschheit bewusst, bis zu welchem Punkt sie vorgeschritten ist.

Vor einigen Stunden, mein lieber Ernst, hast du mich um meine Meinung über den Nutzen der Kritik gefragt. Du hättest mich ebenso gut nach dem Nutzen des Denkens fragen können. Die Kritik, so führt Arnold aus, schafft die geistige Atmosphäre des Zeitalters. Die Kritik ist es – ich hoffe, dies einmal breiter auszuführen –, die aus dem Geist ein feines Werkzeug bildet. Wir sind dazu erzogen worden, das Gedächtnis mit einer Fülle zusammenhangloser Tatsachen zu beschweren, wir haben uns viel Mühe gegeben, das emsig erworbene Wissen weiterzuleiten. Wir lehren die Menschen, sich zu erinnern, wir lehren sie nie, zu wachsen. Wir ließen uns niemals den Versuch einfallen, eine feinere Art des Auffassens und Urteilens in unserem Geiste zu entwickeln. Die Griechen taten dies, und wenn wir mit dem kritischen Intellekt der Griechen in Berührung gelangen, können wir uns dem Bewusstsein nicht verschließen, dass, wenn auch unser Stoffgebiet in jeder Richtung weiter und bunter als das ihre geworden ist, sie allein den Weg kritischer Deutung erkannt haben. England hat das eine getan: Es hat die öffentliche Meinung erfunden und in die Herrschaft eingesetzt. Das ist ein Versuch, die Unwissenheit der Gemeinschaft zu organisieren und zur Würde physischer Macht zu erheben. Die Weisheit aber blieb dieser Gemeinschaft immer verborgen. Als Denkwerkzeug betrachtet, ist der englische Geist ungeschlacht und unentwickelt. Er kann nur auf eine Weise geläutert werden: durch das Wachsen des kritischen Instinkts.

Der kritische Geist ist es allein, dessen gesammelte Kraft die Kultur ermöglicht. Er greift nach der schwerfälligen Menge schöpferischer Werke und presst aus ihrem Niederschlag eine feinere Essenz. Wer könnte sich, ohne sein Formempfinden zu verlieren, durch den ungeheuerlichen Bücherwust durchringen, den die Welt hervorgebracht hat, Bücher, in denen das Denken stammelt oder die Unwissenheit streitet? Der Faden, der uns durch dieses ermüdende Labyrinth führen soll, liegt in den Händen der Kritik. Ja noch mehr. Dort, wo keine Überlieferung besteht und geschichtliche Aufzeichnungen verloren gegangen sind oder niemals niedergeschrieben wurden, vermag der kritische Geist aus dem geringsten Bruchstück der Sprache oder der Kunst die Vergangenheit mit der nämlichen Sicherheit wieder ins Leben zu rufen, mit der der Mann der Wissenschaft aus einem winzigen Knochen oder der bloßen Fußspur auf einem Felsen die beschwingten Drachen und Rieseneidechsen, unter deren Tritt einst die Erde bebte, für uns erstehen lässt und Behemoth aus seiner Höhle lockt und den Leviathan noch einmal über das sich bäumende Meer schwimmen heißt. Die prähistorische Geschichte ist Sache des philologischen und archäologischen Kritikers. Ihm enthüllt sich der Ursprung der Dinge. Die bewussten Überlieferungen eines Zeitalters führen fast immer irre. Durch die philologische Kritik erfahren wir über Jahrhunderte, die uns keine Aufzeichnungen bewahrten, weit mehr, als über jene Zeiten, die uns ihre Schriftrollen hinterließen. Sie leistet uns, was weder Physik noch Metaphysik zu leisten vermögen. Sie kann uns die genaue Geschichte des Denkens in seinem Werdegang zeigen. Sie gibt uns, was die Geschichte nicht zu geben vermag. Sie offenbart uns die Gedanken des Menschen aus der Zeit, ehe er das Schreiben lernte. Du hast mich nach dem Einfluss des kritischen Geistes gefragt. Ich glaube, ich habe diese Frage bereits beantwortet. Doch wäre darüber noch das folgende zu bemerken: Der kritische Geist macht aus uns Kosmopoliten. Die Manchesterschule versuchte, den Traum der Menschheitsverbrüderung dadurch zu verwirklichen, dass sie die Vorteile des Friedens für den Handel auseinandersetzte. Sie wollte die wundervolle Welt zu einem allgemeinen Marktplatz für den Käufer und Verkäufer herabwürdigen. Sie wandte sich an die niedrigsten Instinkte und hatte keinen Erfolg. Krieg folgte auf Krieg. Die Glaubenssätze des Kaufmanns hinderten Frankreich und Deutschland nicht, in blutigen Schlachten aneinanderzuprallen. In unseren Tagen gibt es eine andere Gruppe von Leuten, die sich an die Empfindsamkeit oder an die seichten Dogmen eines unklaren Systems abstrakter Ethik wenden. Sie haben ihre Friedensgesellschaften, die den Sentimentalen so teuer sind, ihre Vorschläge, ein unbewaffnetes internationales Schiedsgericht einzurichten – ein sehr volkstümlicher Vorschlag bei denen, die nie in der Geschichte gelesen haben. Aber die bloße mitfühlende Empfindung wird uns nicht helfen. Sie ist zu veränderlich und allzu eng mit den Leidenschaften verknüpft. Und ein Schiedsgericht, das, zur allgemeinen Wohlfahrt der Nation, der Macht beraubt sein soll, seine Entscheidung auch durchzusetzen, wird kaum großen Nutzen stiften. Nur eins ist noch schlimmer als die Ungerechtigkeit, und das ist: Gerechtigkeit ohne das Schwert in der Hand. Recht ohne Macht ist ein Übel.

Nein, die Empfindungen werden uns nicht zu Kosmopoliten machen, so wenig dies der Gewinngier gelang. Nur durch stetes Kultivieren der Gewohnheit, geistige Kritik zu üben, werden wir imstande sein, uns über die Rassenvorurteile zu erheben. Goethe – du wirst wohl meine Bemerkung nicht missverstehen – war ein Deutscher unter Deutschen. Er liebte sein Vaterland – niemand liebte es mehr. Sein Volk war ihm wert, und er war sein geistiger Führer. Und doch, als der eherne Schritt Napoleons über die Weinhänge und Kornfelder stampfte, blieben seine Lippen stumm. »Wie kann man Lieder des Hasses schreiben, ohne zu hassen?«, sagte er zu Eckermann. »Wie könnte ich, dem bloß Kultur und Barbarei von Bedeutung sind, eine Nation hassen, die zu den kultiviertesten der Erde gehört, der ich einen großen Teil meiner eigenen Kultur verdanke?« Dieser Ton, den Goethe in der modernen Welt als erster anstimmte, wird, denk ich, der Ausgangspunkt für das Weltbürgertum der Zukunft sein. Der kritische Geist wird die Rassenvorurteile zerstören, indem er immer wieder die Einheit des menschlichen Denkens in der Mannigfaltigkeit der Formen betont. Werden wir zu einem

Krieg wider ein anderes Volk gereizt, dann werden wir uns erinnern, dass wir einen Bestandteil, vielleicht den wichtigsten, unserer eigenen Kultur zu zerstören suchen. Solange man den Krieg als etwas Verruchtes betrachtet, wird er seinen Zauber behalten. Wird man ihn für etwas Gemeines ansehen, dann wird er seine Popularität verlieren. Der Wandel wird allerdings nur langsam vor sich gehen, man wird sich dessen gar nicht bewusst werden. Man wird nicht sagen: »Wir wollen nicht wider Frankreich Krieg führen, weil seine Prosa vollendet ist«, sondern um der vollendeten französischen Prosa willen wird man dies Land nicht hassen. Die geistige Kritik wird Europa weit inniger verbinden, als der Kaufherr oder der Gefühlsschwärmer dies vermochten. Sie wird uns jenen Frieden bescheren, der dem Verstehen entspringt.

Das ist jedoch keineswegs alles. Die Kritik ist es, die keinen Standpunkt als den endgültigen anerkennt und die es ablehnt, sich durch ein seichtes Schibboleth einer Sekte oder Schule zu binden. Eben dadurch erweckt sie jenen heitern philosophischen Geist, der die Wahrheit um ihrer selbst willen liebt und darum nicht weniger liebt, weil er ihre Unerreichbarkeit kennt. Wie sehr entbehren wir in England dieses Geistes, und wie sehr bedürfen wir seiner! Der englische Geist lebt in steter Raserei. Der Intellekt der Rasse wird in den gemeinen und stumpfsinnigen Kämpfen der Politiker zweiten oder der Theologen dritten Ranges vergeudet. Einem Mann der Wissenschaft war es vorbehalten, uns das erhabene Beispiel jener »süßen Vernünftigkeit« zu gewähren, worüber Arnold so klug und ach! mit so wenig Wirkung gesprochen hat. Der Verfasser des »Ursprunges der Arten« besaß ohne Zweifel diesen philosophischen Geist. Betrachtet man Englands Durchschnitts-Kathederhelden und Tribünenredner, dann wird man nur die Verachtung Julians oder Montaignes Gelassenheit empfinden können. Der Fanatiker beherrscht uns, und sein ärgstes Laster ist die Aufrichtigkeit. Was sich dem freien Spiel des Geistes auch nur nähert, ist bei uns tatsächlich ganz unbekannt. Die Leute erheben ihr Geschrei wider den Sünder, doch ist es nicht der Sünder, sondern der Dummkopf, der uns zur Schande gereicht. Es gibt keine Sünden außer der Dummheit.

Ernst: Ach – was für ein Widerspruchsgeist du bist!

Gilbert: Der künstlerische Kritiker und der Mystiker befinden sich immer im Widerspruch zu dem herrschenden Geiste. Gut zu sein – nach den herkömmlichen Begriffen – ist offenbar ganz leicht. Dazu bedarf es nur einer gewissen Menge gemeiner Ängstlichkeit, eines gewissen Mangels an fantasievollem Denken und einer gewissen niedrigen Vorliebe für bürgerliche Anständigkeit. Die Ästhetik steht höher als die Ethik. Sie gehört einer geistigeren Sphäre an. Die Schönheit eines Dinges zu begreifen, das ist das Höchste, zu dem wir gelangen können. Selbst der Farbensinn ist für die Entwicklung des Individuums wichtiger, als die Unterscheidung von Gut und Böse. Die Ästhetik steht tatsächlich in der Sphäre bewusster Kultur zur Ethik im nämlichen Verhältnis, in dem die künstliche Zuchtwahl in der Sphäre der äußeren Welt zur natürlichen Auslese steht. Die Ethik macht, wie die natürliche Zuchtwahl, unser Dasein unmöglich. Die Ästhetik macht, wie die künstliche Zuchtwahl, das Dasein lieblich und wundervoll, füllt es mit neuen Formen, verleiht ihm Fortschritt, Buntheit, Wechsel. Und wenn wir die wahre Kultur, die wir anstreben, erreichen, dann gelangen wir zu jener Vollkommenheit, von der die Heiligen träumten, zur Vollkommenheit der Erlesenen, denen das Sündigen unmöglich ist; nicht weil sie etwa die Entsagung des Aszeten üben, sondern weil sie alles, was sie wünschen, tun können, ohne der Seele zu schaden, weil sie überhaupt nichts wünschen können, was der Seele schadet. Die Seele ist ja ein Wesen von solcher Göttlichkeit, dass es in Elemente einer reicheren Erfahrung, einer vornehmeren Empfänglichkeit, einer neuen Art des Denkens solche Handlungen und Leidenschaften umzuformen vermag, die alle bei der gemeinen Seele gemein, bei der unerzogenen unedel oder bei der schmachbedeckten schimpflich wären. Ist dies gefährlich? Jawohl – es ist gefährlich, alle Ideen sind es, wie ich dir sagte. Allein, die Nacht ist müde geworden. Das Licht der Lampe flackert. Noch muss ich dir eins sagen: Du hast gegen den Kritizismus eingewendet, er sei unfruchtbar. Das neunzehnte Jahrhundert bildet in der Geschichte einen Wendepunkt, und dies ist einfach zwei Männern zu danken: Darwin und Renan. Jener ist der Kritiker des Buchs der Natur, dieser der Bücher Gottes gewesen. Das nicht einzusehen, heißt die Bedeutung einer der wichtigsten Epochen in der Geschichte des Fortschritts der Welt verkennen. Das Schaffen läuft immer hinter dem Zeitalter her. Die Kritik ist es, die uns führt. Der kritische Geist und der Weltgeist sind das nämliche.

Ernst: Doch wer im Besitz dieses Geistes oder von diesem Geist besessen ist, der wird, nehme ich an, nichts tun?

Gilbert: Wie Persephone, von der uns Landor erzählt, die süße, sinnende Persephone, um deren weißen Fuß Asphodill und Amarant blühen, wird er dasitzen, zufrieden, »in jener tiefen, regungslosen Ruhe, die die Sterblichen bemitleiden, aber an der die Götter sich erfreuen«. Er wird auf die Welt hinausschauen und ihr Geheimnis verstehen. Er wird durch die Berührung mit göttlichen Dingen göttlich werden. Sein Leben, und nur das seine, wird vollendet erscheinen.

Ernst: Du hast mir heute Nacht manches Seltsame gesagt, Gilbert! Du hast mir gesagt, es sei schwerer, über etwas zu reden, als es zu tun, und es sei das allerschwierigste auf der Welt, überhaupt nichts zu tun. Du hast mir gesagt, alle Kunst sei unmoralisch und alles Denken gefährlich; die Kritik sei schöpferischer als das Schaffen, und die höchste Kritik sei die, die im Kunstwerk Dinge entdeckt, die der Künstler selbst nicht hineingelegt hat. Du hast mir gesagt, eben weil jemand ein Werk nicht auszuführen vermöge, sei er sein geeigneter Richter, der wahre Kritiker sei unaufrichtig, unehrlich und nicht vernünftig. Mein Freund, du bist ein Träumer!

Gilbert: Jawohl, ich bin ein Träumer. Denn ein Träumer ist der, der seinen Weg nur im Mondschein findet. Und seine Strafe ist, dass er vor der übrigen Welt die Dämmerung sieht.

Ernst: Seine Strafe?

Gilbert: Und seine Belohnung. Doch sieh, es dämmert bereits. Schlag die Vorhänge zurück, öffne die Fenster weit. Wie kühl die Morgenluft weht! Piccadilly liegt uns zu Füßen wie ein weißes, silbernes Band. Herrlicher Purpurduft hängt über dem Park, die Schatten der weißen Häuser sind in Purpur gehüllt. Es ist zu spät, zu schlafen. Komm, gehen wir nach Covent Garden hinab und betrachten die Rosen. Komm! Ich bin des Denkens müde.

Der Verfall der Lüge

Eine Betrachtung
Ein Dialog

Personen: Cyrill und Vivian.
Schauplatz: Die Bibliothek eines Landhauses in Nottinghamshire.

Cyrill (kommt von der Terrasse durch die offene Glastür): Mein lieber Vivian, sperr dich doch nicht den ganzen Tag in der Bibliothek ein! Es ist ein wundervoll schöner Nachmittag. Die Luft ist köstlich. Auf den Wäldern liegt ein Duft, wie der purpurne Hauch auf einer Pflaume. Komm, wir wollen uns ins Gras legen, Zigaretten rauchen und die Natur genießen.

Vivian: Die Natur genießen! Die Fähigkeit hab ich zum Glück völlig verloren. Es heißt zwar allgemein, die Kunst lehre uns, die Natur inniger lieben; sie enthülle uns ihre Geheimnisse und setze uns in den Stand, wenn wir Corot und Constable sorgsam studiert haben, in der Natur Dinge zu sehen, die früher unserer Beobachtung entgangen waren. Meine eigene Erfahrung ist aber: Je mehr wir die Kunst studieren, desto weniger haben wir für die Natur übrig. In Wirklichkeit offenbart uns die Kunst nur die Planlosigkeit der Natur, ihre merkwürdige Plumpheit, ihre ungewöhnliche Eintönigkeit, ihre gänzliche Unfertigkeit. Die Natur hat freilich gute Vorsätze, aber sie vermag sie, wie Aristoteles einmal sagt, nicht auszuführen. Wenn ich eine Landschaft betrachte, werde ich wider meinen Willen all ihrer Mängel gewahr. Diese Unvollkommenheit der Natur ist gleichwohl für uns ein Glück, da wir sonst überhaupt keine Kunst hätten. Die Kunst ist ein lebhafter Protest, ein tapferer Versuch von unserer Seite, der Natur die ihr gebührende Stelle anzuweisen. Man redet oft von der unbegrenzten Mannigfaltigkeit in der Natur – das ist aber bloß ein Märchen. In der Natur trifft man diese Mannigfaltigkeit nicht. Sie findet sich nur in der Einbildung, in der Fantasie oder in der herangebildeten Blindheit des Betrachters.

Cyrill: Schön – du brauchst ja nicht die Landschaft zu betrachten. Du kannst im Grase liegen und rauchen und plaudern.

Vivian: Die Natur ist aber so unbequem. Das Gras ist rau und klumpig und feucht und voll schrecklicher schwarzer Insekten. Der schlechteste Arbeiter bei Morris schafft dir noch eine bequemere Sitzgelegenheit, als es die gesamte Natur vermag. Die Natur muss sich verkriechen vor den Möbeleinrichtungen »der Straße, die von Oxford ihren Namen trägt«, wie sie der Dichter, den du so liebst, einmal trivial genannt hat. Ich beklage dies keineswegs. Wäre die Natur bequem, dann hätten die Menschen nie die Architektur erfunden, und ich ziehe Häuser der freien Luft vor. In einem Haus fühlen wir uns mit allem im richtigen Verhältnis. Alles ist uns unterwürfig, für uns und zu unserem Behagen eingerichtet. Selbst der Egoismus, der zu einer richtigen Auffassung der menschlichen Würde unentbehrlich ist, entspringt durchaus dem Leben innerhalb der vier Pfähle. Außerhalb des Hauses wird man allgemein und unpersönlich. Man verliert seine Individualität. Die Natur ist auch so gleichgültig, so von oben herab. Wenn ich hier im Park spazieren gehe, hab ich immer das Gefühl, ich bin der Natur nicht mehr als das Vieh, das am Abhang weidet oder die Kletten, die im Graben blühen. Es ist doch klipp und klar: Die Natur hasst die Vernunft. Nachdenken ist die ungesundeste Beschäftigung auf der Welt, und die Menschen sterben daran wie an irgendeiner anderen Krankheit. Zum Glück ist das Denken, in England wenigstens, nicht ansteckend. Unsere strotzende Volkskraft verdanken wir ganz und gar unserer nationalen Beschränktheit. Ich hoffe nur, wir werden dies mächtige, historische Bollwerk unseres Glücks noch viele Jahre behaupten; doch fürchte ich, wir beginnen überbildet zu werden; wenigstens macht sich jeder, der nicht die Fähigkeit, etwas zu lernen, besitzt, sogleich ans Lehren – daher stammt wohl auch unser Enthusiasmus für Erziehung. Inzwischen wäre es besser, du kehrtest zu deiner langweiligen, unwohnlichen Natur zurück und ließest mich meine Korrekturbogen durchsehen.

Cyrill: Einen Artikel schreiben?! Das klingt nicht sehr konsequent, nach allem, was du eben sagtest.

Vivian: Wer bemüht sich um Konsequenz? Der Dummkopf und der Doktrinär, diese langweiligen Leute, die ihre Prinzipien so lang in bittere Handlungen umsetzen, bis sie durch die Wirklichkeit ad absurdum geführt werden. Ich wahrhaftig nicht. Wie Emerson schreib ich über die Pforte meiner Bibliothek das Wort: »Laune«. Übrigens enthält mein Artikel eine sehr heilsame und wertvolle Warnung. Befolgt man sie, dann könnte eine neue Renaissance der Kunst entstehen.

Cyrill: Welches ist das Thema?

Vivian: Ich will meinen Artikel »Der Verfall der Lüge: Ein Protest« betiteln.

Cyrill: Der Lüge? Ich sollte meinen, unsere Politiker hätten diese Gewohnheit beibehalten.

Vivian: Ich versichere dir, dies ist keineswegs der Fall. Die Politiker gelangen nie über das Niveau der Verdrehung hinaus, sie lassen sich überdies noch dazu herab, zu beweisen, zu diskutieren, zu disputieren. Wie sehr unterscheidet sich von ihnen das Temperament des echten Lügners mit seinen freimütigen, furchtlosen Erzählungen, seiner herrlichen Verantwortungslosigkeit, seinem gesunden, natürlichen Geringschätzen der Beweise irgendwelcher Art! Was ist übrigens eine erlesene Lüge? Einfach jede Behauptung, die in sich selbst den Beweis trägt. Wer so wenig Einbildungskraft besitzt, dass er eine Lüge erst besonders beweisen muss, könnte lieber gleich die Wahrheit sagen. Nein, die Politiker helfen uns nicht. Einiges mag vielleicht zugunsten des Advokatenstandes angeführt werden. Auf seine Mitglieder fiel der Mantel der Sophisten. Ihre erkünstelte Leidenschaft, ihre unechte Rhetorik sind entzückend. Sie bringen es zuwege, die schlechtere Sache als die bessere erscheinen zu lassen, als kämen sie eben aus der Schule des Leontiners; sie sollen sogar von widerstrebenden Geschworenenbänken Freisprüche für ihre Klienten selbst dann erwirkt haben, wenn deren Unschuld, wie dies manchmal der Fall ist, klar und zweifellos zutage lag. Aber die Advokaten werden durch das Prosaische in Schranken gehalten, sie schämen sich sogar nicht, an Präzedenzfälle zu erinnern. Trotz ihrer Bemühungen gelangt die Wahrheit ans Licht. Selbst die Zeitungen sind entartet. Man kann ihnen jetzt völlig vertrauen. Man fühlt es, wenn man sich durch ihre Spalten durchwindet. Nur das Unlesenswerte ereignet sich. Ich fürchte, zugunsten des Advokaten oder des Journalisten wird sich nicht viel anführen lassen. Das, wofür ich eintrete, ist übrigens die Lüge in der Kunst. Soll ich dir vorlesen, was ich geschrieben habe? Es könnte dir sehr nützlich sein.

Cyrill: Sehr gern, doch gib mir erst eine Zigarette. Ich danke. Nebenbei, für welche Zeitschrift hast du diesen Artikel gedacht?

Vivian: Für die »Retrospective Review«. Ich glaube, ich habe dir schon gesagt, die Erlesenen haben sie wieder ins Leben gerufen.

Cyrill: Was verstehst du unter den »Erlesenen«?

Vivian: Selbstverständlich die »Tired Hedonists«. Das ist der Name eines Klubs, dem ich angehöre. Wir pflegen bei unseren Zusammenkünften welke Rosen im Knopfloch zu tragen, wir haben eine Art Kultus für Domitian eingerichtet. Ich fürchte, du wirst in diesen Klub nicht aufgenommen – du liebst zu sehr die einfachen Vergnügungen.

Cyrill: Ich würde vermutlich wegen meiner Lebensfreude abgewiesen werden?

Vivian: Vermutlich. Außerdem bist du ein bisschen zu alt. Wir nehmen niemand auf, der das herkömmliche Alter besitzt.

Cyrill: Ich glaube, dass ihr einander ziemlich anödet.

Vivian: Ziemlich. Das ist eins der Ziele des Klubs. Jetzt werde ich dir aber, wenn du mir versprichst, mich nicht zu oft zu unterbrechen, meinen Artikel vorlesen.

Cyrill: Ich werde genau aufmerken.

Vivian (liest mit sehr klarer, wohllautender Stimme): »Der Verfall der Lüge: Ein Protest. – Eine der Hauptursachen, die man für die erstaunliche Trivialität eines großen Teiles der Literatur unserer Tage anführen kann, ist zweifellos der Verfall des Lügens als einer Kunst, einer Wissenschaft und eines geselligen

Vergnügens. Die antiken Geschichtsschreiber boten uns wundervolle Dichtungen als Tatsachen dar; die modernen Erzähler langweilen uns mit Tatsachen, die sie als Dichtungen ausgeben. Das politische Blaubuch wird immer mehr zum Vorbild für die Art und Weise des modernen Erzählers. Dieser hat sein langweiliges ›document humain‹, seinen elenden kleinen ›coin de la création‹, den er mit seinem Mikroskop durchspäht. Man trifft ihn in der Libraire Nationale oder im Britischen Museum, dort liest er schamlos sein Material zusammen. Er hat nicht einmal den Mut, die Gedanken der anderen zu denken, er wendet sich mit allem direkt ans Leben; endlich kommt er zwischen Enzyklopädien und persönlicher Erfahrung nieder; er hat seine Figuren dem Kreis der Familie oder der Waschfrauen entlehnt; er hat eine Menge nützlichen Wissens aufgespeichert, von dem er sich niemals, selbst in seinen gedankenvollsten Augenblicken nicht, völlig zu befreien vermag.

Der Verlust, den unsere gesamte Literatur durch dieses falsche Ideal unserer Zeit erlitten hat, kann gar nicht hoch genug eingeschätzt werden. Die Leute sprechen ganz leichthin von dem ›geborenen Lügner‹, wie man von dem ›geborenen Dichter‹ spricht. Aber man irrt in beiden Fällen. Das Lügen und das Dichten sind Künste – Künste, wie Plato sagte, die miteinander in einem gewissen Zusammenhange stehen –, die das sorgsamste Studium, die uninteressierteste Hingabe erfordern. Beide haben in der Tat ihre ganz besondere Technik, wie die materiellen Künste, die Malerei und die Bildhauerkunst, ihre subtilen Geheimnisse der Form und Farbe, ihre geheimen Kunstgriffe, ihre wohlüberlegten, wohldurchdachten künstlerischen Methoden. Wie man den Dichter an der ihm eigenen, zarten Musik erkennt, so kann man den Lügner an seiner Rhythmenfülle erkennen; bei keinem von beiden entscheidet allein die zufällige Eingebung des Augenblicks. Hier, wie überall, muss der Reife die Übung vorhergehen. Allein, während heutzutage die Kunst, Verse zu schreiben, eine viel zu alltägliche geworden ist, zu der, wenn irgend möglich, die Lust benommen werden sollte, ist die Kunst des Lügens allmählich von ihrer Höhe herab in Verruf geraten. Mancher junge Mann tritt ins Leben mit einer natürlichen Gabe der Übertreibung. Würde diese Gabe in entsprechender und erfreulicher Umgebung gepflegt oder durch Nachahmung der besten Muster gefördert, dann könnte etwas wirklich Großes und Wundervolles daraus entstehen. In der Regel aber erreicht ein solcher nichts. Er verfällt entweder dem leichtfertigen Hang zur Genauigkeit …«

Cyrill: Aber lieber Freund!

Vivian: Bitte, unterbrich mich nicht inmitten des Satzes. »Er verfällt entweder dem leichtfertigen Hang zur Genauigkeit oder er beginnt, die Gesellschaft der zu Jahren Gekommenen und Wohlinformierten aufzusuchen. Beides wird für seine Einbildungskraft verhängnisvoll, wie es für jeden verhängnisvoll wäre; so entwickelt er in kurzer Zeit eine krankhafte Neigung, die Wahrheit zu sagen, er untersucht alles, was in seiner Gegenwart gesagt wird, auf die Wahrheit, er trägt kein Bedenken, denen zu widersprechen, die um vieles jünger sind als er selbst, und er schreibt schließlich Romane, die so lebenswahr sind, dass niemand an ihre Wahrscheinlichkeit zu glauben vermag. Dies ist kein vereinzelt herausgegriffener Fall. Es ist einfach ein Beispiel von vielen; und wenn nichts unternommen wird, die heutige ungeheuerliche Anbetung der Tatsachen auszurotten oder wenigstens einzuschränken, so wird die Kunst unfruchtbar werden, die Schönheit wird aus unserem Lande verschwinden.

Selbst Mr. Robert Louis Stevenson, dieser entzückende Meister zarter und schwärmerischer Prosa, ist durch dieses moderne Laster – ich finde keinen anderen Ausdruck dafür – befleckt. Man kann wirklich eine Geschichte dadurch um ihre Wahrscheinlichkeit bringen, dass man versucht, sie allzu lebenswahr erscheinen zu lassen; ›The Black Arrow‹ ist unkünstlerisch genug, sich nicht eines einzigen Anachronismus rühmen zu können, während die Verwandlung des Dr. Jekyll sich fast wie ein Experiment aus der medizinischen Wochenschrift liest. Was Mr. Rider Haggard betrifft, der das Zeug zu einem ganz prachtvollen Lügner besitzt oder wenigstens einmal besaß, so fürchtet er jetzt so sehr, der Genialität bezichtet zu werden, dass er es für notwendig hält, eine persönliche Erinnerung zu erfinden, wenn er uns irgendetwas Wunderbares berichtet und in einer Fußnote auf diese Erinnerung, als auf eine Art feiger Bestätigung, zu verweisen. Auch unsere anderen Erzähler sind nicht viel besser. Mr. Henry James dichtet wie unter dem Zwang peinvoller Pflicht und vergeudet für geringe Motive und fast unmerkbare ›Gesichtspunkte‹ seinen feineren literarischen Stil, seine glücklichen Redewendungen, seine flinke und beißende Satire. Mr. Hall Caine hat, das ist wahr, einen Zug ins Grandiose, doch überschreit er sich. Er ist so laut, dass man nicht hören kann, was er spricht. Mr. James Payn versteht sich auf die Kunst, Dinge zu verhüllen, die des Enthüllens nicht wert sind. Er jagt mit der Begeisterung eines kurzsichtigen Detektivs hinter dem weithin Sichtbaren einher. Je weiter man in die Lektüre seiner Bücher dringt, desto unerträglicher wird allmählich die ängstliche Haltung des Verfassers. Die Rosse des Phaetons des Mr. William Black fliegen nicht der Sonne zu. Sie erschrecken nur den Abendhimmel so sehr, dass er die grelle Tönung eines Farbendrucks annimmt. Wenn sie nahen, flüchten die Bauern sogleich und nehmen ihre Zuflucht zu Dialektwendungen. Mr. Oliphant schwätzt angenehm über Pfarrer, Tennispartien, Häuslichkeit und ähnlich langweilige Dinge. Mr. Marion Crawford hat sich am Altare der Heimatkunst geopfert. Er gleicht jener Dame in der französischen Komödie, die unausgesetzt vom ›beau ciel d'Italie‹ faselt. Überdies ist er jetzt der übeln Gewohnheit verfallen, Plattitüden über Moral von sich zu geben. Er erzählt uns immer, gut sein bedeute, gut sein, böse sein bedeute, böse sein. Manchmal wirkt er fast erbaulich. ›Robert Elsmere‹ ist selbstverständlich ein Meisterwerk, aber des ›genre ennuyeux‹, der einzigen literarischen Gattung, an der die Engländer wirklichen Gefallen zu finden scheinen. Ein junger nachdenklicher Freund aus unserem Kreis sagte uns, dieser Roman erinnere ihn an die Art von Gesprächen, die man im Haus einer ernsthaften Nonkonformistenfamilie beim Nachmittagstee führt, und wir halten dies für sehr wohl möglich. In der Tat, ein solches Buch konnte nur in England hervorgebracht werden. In England finden abgestorbene Gedanken eine Heimstätte. Was die breite, täglich anwachsende Schule jener Romanschriftsteller betrifft, denen die Sonne stets im East End aufgeht, so kann über sie nur das eine gesagt werden: Sie sehen das Leben ungeschliffen und setzen es uns roh vor.

In Frankreich, das freilich ein so langweiliges Produkt wie ›Robert Elsmere‹ nicht hervorgebracht hat, stehen die Dinge nicht viel besser. Guy de Maupassant mit seiner scharfen, ätzenden Ironie und seinem herben, lebhaften Stil entkleidet das Leben seiner letzten, armseligen Lumpen, mit denen es noch bedeckt war; er zeigt es uns voll von Geschwüren und eiternden Wunden. Er schreibt düstere kleine Tragödien, in denen jede Gestalt lächerlich erscheint; er bietet uns bittere Komödien dar, bei denen man vor Tränen nicht zu lachen vermag. E. Zola hat, getreu dem von ihm in einer seiner programmatischen Schriften niedergelegten stolzen Grundsatz, ›L'homme de génie n'a jamais d'esprit‹, sich bemüht, zu beweisen, dass er zwar kein Genie, dafür aber die Fähigkeit, Langeweile zu verbreiten, besitzt – und wie sehr gelingt ihm dieser Beweis! Er ist nicht ohne Kraft. In der Tat, manchmal enthalten seine Schriften, z. B. ›Germinal‹, beinahe etwas Episches. Aber sein Werk ist verfehlt vom Beginn bis zum Schluss, nicht vom moralischen, sondern vom künstlerischen Gesichtspunkt. Vom moralischen Standpunkt ist es ganz gewiss untadelhaft. Der Verfasser ist völlig lebenswahr, er beschreibt die Dinge genau, wie sie vor sich gegangen sind. Kann ein Moralist mehr verlangen? Wir teilen keineswegs die moralische Entrüstung unserer Zeit gegen Zola. Diese Entrüstung ist nichts anderes, als die Erbitterung des entlarvten Tartüff. Aber was kann man vom Standpunkt der Kunst zugunsten des Verfassers von ›L'Assommoir‹, ›Nana‹ und ›Pot-Bouille‹ sagen? Nichts. Ruskin hat einmal von den Charakteren in den Romanen Georg Eliots behauptet, sie glichen den Passagieren eines Pentonviller Omnibus, aber die Charaktere bei Zola sind noch weit unerfreulicher. Ihre Laster und ihre Tugenden langweilen uns gleicherweise. Die Aufzeichnung ihrer Lebensschicksale ist ganz ohne

Interesse. Wer empfindet Teilnahme für ihr Schicksal? Von der Literatur verlangen wir Vornehmheit, Zauber, Schönheit und Kraft der Fantasie. Wir wollen uns nicht durch die Schilderung des Treibens in den unteren Volksschichten anöden und anekeln lassen. A. Daudet steht auf höherer Stufe. Er hat Witz, einen hellen Ton, einen kurzweiligen Stil. Doch hat er jüngst literarischen Selbstmord verübt. Niemand kann sich mehr für Delobelle mit seinem ›Il faut lutter pour l'art‹, oder für Valmajour mit seinem ewigen Wiederholen des Nachtigallenrefrains oder für den Poeten in ›Jack‹ mit seinen ›mots cruels‹ interessieren, seit wir aus den ›Vingt Ans de ma Vie littéraire‹ erfahren haben, dass diese Gestalten direkt aus dem Leben geschöpft sind. Für uns haben sie dadurch ihre ganze Lebenskraft, die wenigen anziehenden Eigenschaften verloren, die sie besaßen. Nur solche Gestalten sind wirklich, die niemals gelebt haben; besitzt ein Romanschriftsteller so wenig Geschmack, dass er seine Figuren dem Leben entnimmt, dann sollte er sich wenigstens den Schein geben, als wären sie erfunden, er sollte sich nicht rühmen, sie seien dem Leben nachgebildet. Ein Charakter in einem Roman wird nicht durch die Existenz gleichgearteter Personen im Leben gerechtfertigt, sondern durch die Persönlichkeit des Dichters. Sonst ist der Roman kein Kunstwerk. Was Paul Bourget angeht, den Meister des ›roman psychologique‹, so nimmt er irrtümlicherweise an, die Männer und Frauen unserer modernen Gesellschaft könnten bis ins endlose, eine unendliche Anzahl von Kapiteln hindurch, analysiert werden. An den Menschen der guten Gesellschaft – und M. Bourget verlässt das Faubourg St. Germain selten, es sei denn, dass er nach London kommt – interessiert in der Tat nur die Maske, die jeder trägt, nicht die Wirklichkeit, die hinter der Maske verborgen liegt. Das Bekenntnis ist demütigend, doch wir sind alle aus demselben Stoff. Falstaff hat manches von Hamlet, und Hamlet hat nicht wenig von Falstaff. Der fette Ritter hat seine melancholischen Stimmungen, der junge Prinz wird manchmal von derb-humoristischer Laune angewandelt. Wir unterscheiden uns voneinander nur durch Unwesentliches, durch die Tracht, Manieren, durch den Tonfall der Stimme, durch religiöse Anschauungen, persönliches Auftreten, Gewohnheiten und dergleichen. Je mehr man die Menschen analysiert, desto mehr sieht man jede Veranlassung, sie zu analysieren, schwinden. Früher oder später trifft man auf das schreckliche, weltumfassende Ungetüm, das wir die menschliche Natur nennen. In der Tat, wer unter armen Leuten tätig gewesen ist, weiß nur zu gut, dass das Wort von der Brüderschaft der Menschen nicht einem Dichterhirn entsprungen ist, dass es eine demütigende, erniedrigende Wahrheit ist. Ein Schriftsteller, der sich um die Analyse der obern Klassen bemüht, könnte ebenso gut über Zündhölzchenverkäuferinnen und Obstfrauen schreiben.« Ich will dich aber, mein lieber Cyrill, gerade mit diesen Dingen nicht länger aufhalten. Ich gebe ganz gern zu, dass moderne Romane manche Vorzüge besitzen. Ich behaupte nur, dass sie, als Ganzes betrachtet, völlig ungenießbar sind.

Cyrill: Das ist freilich eine sehr starke Einschränkung, doch muss ich sagen, dass ich manches in deiner Kritik etwas ungerecht finde. Ich liebe »The Deemster«, »The Daughter of Heth«, »Le Disciple« und »Mr. Isaacs« sehr, und »Robert Elsmere« verehre ich geradezu. Allerdings betrachte ich diesen Roman keineswegs als ernsthaftes Werk. Es scheint mir als

Darstellung der Probleme, die dem ernsten Christen entgegentreten, ebenso lächerlich wie veraltet. Es ist einfach Arnolds »Literature and Dogma« ohne die Literatur. Es steht so weit hinter dem Zeitalter zurück wie Paleys »Evidences« oder Colensos Methode der biblischen Exegese. Der unglückliche Held, der eine Morgendämmerung, die längst aufging, feierlich ankündigt und ihre wahre Bedeutung so sehr verkennt, dass er vorschlägt, das alte Geschäft gewissermaßen unter einer neuen Firma fortzuführen – dieser Held spielt eine keineswegs ergreifende Rolle. Doch enthält das Buch einige kluge Karikaturen und eine Menge entzückender Zitate, und Greens Philosophie versüßt die manchmal recht bittere Pille der Dichtung dieses Autors auf höchst erfreuliche Weise. Ich kann auch mein Erstaunen darüber nicht unterdrücken, dass du über zwei Erzähler, die du immer liest, über Balzac und George Meredith, kein Wort gesprochen hast. Diese beiden sind doch wohl Realisten, nicht wahr?

Vivian: Ach – Meredith! Wer kann sein Wesen beschreiben? Sein Stil ist Chaos, durch blitzartige Lichter erhellt. Als Schriftsteller meistert er alles, außer der Sprache – als Romanschriftsteller kann er alles, nur nicht erzählen – als Künstler ist er alles, nur nicht deutlich. Bei Shakespeare spricht jemand – ich glaube Probstein – über einen merkwürdigen Menschen, der immer seine Schienbeine über den eigenen Witz zerbricht – ich meine, man könnte diesen Ausspruch zur Grundlage einer Kritik der Methode Merediths nehmen. Allein, was er auch ist, einen Realisten darf man ihn gewiss nicht nennen. Ich möchte lieber sagen, er ist ein Sohn des Realismus, der sich mit seinem Vater entzweit hat. Aus freier Wahl ist er zum Romantiker geworden. Er hat sich geweigert, das Knie vor Baal zu beugen. Übrigens würde, selbst wenn sich dieses Mannes Feinsinn nicht gegen die geräuschvolle Diktatur des Realismus empört hätte, sein Stil an sich ausgereicht haben, das Leben in respektvoller Entfernung zu halten. Durch diesen Stil hat er um seinen Garten eine Hecke voll von Dornen, rot von wundervollen Rosen, gezogen. Was Balzac betrifft, so war er eine sehr merkwürdige Verbindung künstlerischen Temperaments mit wissenschaftlichem Geist. Diesen hat er seinen Schülern hinterlassen, das künstlerische Temperament ist ihm allein geblieben. Der Abstand zwischen einem Buch wie Zolas »L'Assommoir« und Balzacs »Illusions Perdues« ist nicht geringer, als der Abstand zwischen unerfinderischem Realismus und erfinderischer Wirklichkeit. »Alle Charaktere Balzacs«, bemerkte Baudelaire, »sind mit derselben Lebensglut begabt, die ihn selbst beseelte. Alle seine Dichtungen leuchten in tiefen Farben wie Träume. Jede seiner Figuren ist ein Kämpfer, von straffer Willenskraft strotzend. Selbst seine Küchenjungen haben Genie.« Stete Beschäftigung mit Balzac lässt unsere lebenden Freunde zu Schatten, unsere Bekannten zu Schatten von Schatten verblassen. Seine Gestalten leben in einer Art glühend feuerfarbener Atmosphäre. Sie beherrschen uns und bieten dem Zweifel Trotz. Der Tod des Lucien de Rubemprés ist für mich eine der herbsten Tragödien, die mir in meinem Leben begegnet ist. Von diesem Kummer habe ich mich nie völlig zu befreien vermocht. Er sucht mich in den freudigsten Augenblicken heim. Ich muss, wenn ich lache, plötzlich daran denken. Aber Balzac ist nicht mehr Realist als etwa Holbein. Er schuf Leben, doch ahmt er es keineswegs nach. Doch gebe ich zu, dass er der Modernität der Form viel zu viel Bedeutung beimaß, darum wird keines seiner Bücher als Meisterwerk der Kunst neben »Salammbô« oder »Esmond« oder »The Cloister and the Hearth« oder dem »Vicomte de Bragelonne« bestehen können.

Cyrill: Du bist also ein Feind der Modernität der Form?

Vivian: Allerdings. Wir müssen da einen ungebührlich hohen Preis für ein sehr geringes Ergebnis bezahlen. Absolute Modernität der Form bringt immer etwas Gewöhnliches mit sich, und zwar notwendigerweise. Das Publikum glaubt immer, die Kunst müsse sich für unser alltägliches Leben interessieren und es zum Gegenstand der Darstellung machen, weil es sich selbst dafür interessiert. Aber schon die Tatsache, dass sich das Publikum für diese Dinge interessiert, lässt sie zur Kunstbehandlung völlig untauglich erscheinen. Jemand hat einmal gesagt: Schön ist nur, was uns nichts angeht. Solang uns ein Ding Nutzen gewährt oder zu den Lebensnotwendigkeiten zählt oder uns irgendwie bewegt, Leid oder Freude erregt, unser Mitgefühl in lebhafter Weise wachruft oder einen lebendigen Teil der Umgebung bildet, in der wir leben, solange liegt es außerhalb der eigentlichen Sphäre der Kunst. Der Stoff an und für sich sollte uns mehr oder weniger gleichgültig sein. Wir sollten hier keine Vorliebe, keine Vorurteile, keinerlei parteiisches Fühlen besitzen. Eben weil Hekuba uns nichts bedeutet, sind ihre Kümmernisse ein so wundervolles Tragödienmotiv. Ich kenne in der ganzen Literaturgeschichte nichts Traurigeres als die künstlerische Laufbahn Charles Reades. Er verfasste ein wundervolles Buch, »The Cloister and the Hearth«, ein Buch, das so hoch über »Romola« steht, wie »Romola« über »Daniel Deronda«; und vergeudete dann den Rest seines Lebens mit dem törichten Versuche, modern zu sein; er lenkte die öffentliche Aufmerksamkeit auf die Zustände unserer Gefängnisse und die Leitung unserer Privatirrenhäuser. Schon Charles Dickens wirkte reichlich niederdrückend, als er unsere Teilnahme für die Opfer der Anwendung des Armengesetzes zu erwecken suchte. Aber ein Mann wie Charles Reades, ein Künstler, ein Gelehrter, einer, der mit wahrhafter Empfindung für Schönheit begabt war – dass ein Mann wie Charles Reades gegen die Missstände von heute wütet und tobt wie ein gemeiner Pamphletist, ein sensationslüsterner Zeitungsschreiber, das ist ein Anblick, über den die Engel weinen könnten. Glaube mir, mein lieber Cyrill, Modernität der Form und Modernität des Gegenstandes sind ganz und gar vom Übel. Wir haben die Alltagslivree unseres Zeitalters mit dem Gewande der Musen verwechselt. Wir verbringen unsere Tage in schmutzigen Straßen, in hässlichen Vororten unserer grässlichen Großstädte, während wir auf den Hügeln mit Apollo wandeln sollten. Wir sind sicherlich ein verkommenes Geschlecht, denn wir haben unsere Erstgeburt für ein Gericht von Tatsachen verkauft.

Cyrill: In dem, was du sagst, liegt gewiss etwas Wahres. Mag die Lektüre eines ganz modernen Romanes uns noch so viel Unterhaltung bieten – lesen wir ihn ein zweites Mal, so empfinden wir nur selten künstlerische Befriedigung. Das aber ist vielleicht der beste Prüfstein, ob ein Buch zur Literatur gehört oder nicht. Kann man ein Buch nicht wieder zu seiner Freude lesen, dann hat es keinen Sinn, es überhaupt zu lesen. Wie stellst du dich aber zu der Frage der Rückkehr zum Leben und zur Natur? Dies ist ja das Wunderheilmittel, das man uns immer empfiehlt.

Vivian: Ich werde dir vorlesen, was ich zu dieser Frage bemerke. Die betreffende Stelle folgt zwar in meinem Artikel später, aber ich kann sie dir ebenso gut gleich zitieren:

»Der allgemeine Ruf unserer Zeit lautet: ›Kehren wir zur Natur und zum Leben zurück, diese Mächte werden unsere Kunst zur Wiedergeburt führen, sie werden rotes Blut durch ihre Adern leiten; sie werden ihren Schritt beflügeln, ihrer Hand Kraft verleihen!‹ Aber leider – unsere wohlgemeinten Bestrebungen gehen irre. Die Natur bleibt immer hinter dem Zeitalter zurück. Und was das Leben betrifft, so ist es eine die Kunst zersetzende Säure, es ist der Feind, dessen Geschoss den Tempel der Kunst zerstört.«

Cyrill: Was meinst du mit der Bemerkung, die Natur bleibe immer hinter dem Zeitalter zurück?

Vivian: Ich habe mich vielleicht nicht ganz deutlich ausgedrückt. Ich meine: Sehen wir in der Natur nur den natürlichen, einfachen, der Kultur, die ihrer selbst bewusst ist, entgegengesetzten Instinkt, dann ist alles, was unter diesem Einfluss hervorgebracht wird, stets altmodisch, veraltet und unzeitgemäß. Es mag sein, dass ein wenig Natur die ganze Welt als verwandt zeigt, wie es heißt, aber etwas zu viel Natur zerstört jedes Kunstwerk. Betrachten wir dagegen die Natur als Zusammenfassung aller äußeren Erscheinungen, dann entdeckt man in ihr nichts anderes, als was man selbst in sie hineinträgt. Sie hat keine ihr eigentümliche suggestive Wirkung. Wordsworth suchte die Seen auf, aber er ist nie ein Seedichter gewesen. Er fand in den Felsen nur die Predigten, die er selbst dort bereits verborgen hatte. Moral predigend reiste er durchs Land. Doch seine wertvollen Werke schuf Wordsworth, nachdem er wieder heimgelangt war – nicht zur Natur, sondern zur Poesie. Der Poesie verdankt er »Laodamia« und die köstlichen Sonette und die »Great Ode«, wie sie nun dasteht. Die Natur hat ihm »Martha Ray« und »Peter Bell« und die Anrede an den Spaten des Mr. Wilkinson gegeben.

Cyrill: Ich glaube, über diese Anschauung ließe sich streiten. Ich bin geneigt, an die Anregung des Frühlingswaldes zu glauben. Freilich, der künstlerische Wert einer solchen Anregung ist ganz von der Beschaffenheit des empfangenden Temperaments bedingt – die Rückkehr zur Natur würde also einfach die Entwicklung zur großen Persönlichkeit bedeuten. Ich glaube, damit stimmst du überein. Doch fahre in deinem Artikel fort.

Vivian (lesend): »In ihren Anfängen hat die Kunst nur ein Ziel, sie will bloß in ganz abstrakter Weise schmücken, sie will uns nichts geben, als ergötzende Spiele der Fantasie, nur das Wesenlose, Unwirkliche lockt sie. Dies ist das erste Stadium. Dann wird das Leben durch dieses neue Wunder bezaubert; es fleht um Aufnahme in den Zauberkreis. Die Kunst betrachtet das Leben bloß als ein Stück ihres Rohmaterials, sie gestaltet es um, gießt es in neue Formen. Die Kunst ist für alles Tatsächliche ganz unempfindlich. Sie empfindet, fabuliert, träumt und stellt zwischen sich und die Wirklichkeit die undurchdringliche Schranke wundervoller Stilisierung, dekorativer oder idealer Behandlung. Das dritte Stadium ist, wenn das Leben die Oberhand gewinnt und die Kunst in die Wildnis hinausjagt. Das ist der wahre Verfall, und darunter leiden wir zu dieser Stunde.

Nimm zum Beispiel das englische Drama. Zuerst befand sich die dramatische Kunst in den Händen der Mönche und war abstrakt, ausschmückend, mythologisch. Dann zog sie das Leben in ihren Dienst und benutzte einige äußerliche Lebensformen; so brachte sie ein völlig neues Geschlecht von Wesen hervor, deren Qualen schrecklicher waren als alle Qualen, die der Mensch bisher gefühlt hatte, deren Jubel mächtiger klang, als der Jubel der Liebenden, ein Geschlecht, dem das leidenschaftliche Feuer der Titanen und die Ruhe der Götter zu eigen war, ein Geschlecht, begabt mit übermenschlicher Größe, seltsamen Lastern, seltsamen Tugenden. Und ihm verlieh die Kunst eine Sprache, verschieden von der des Alltags, voll herrlich widerhallender Musik und süßer Rhythmen, prächtig in feierlichen Kadenzen einherschreitend, anmutig durch den fantastischen Reim, von wundervollen Worten, wie von Edelsteinen glitzernd, reich prangend in der Erhabenheit des Ausdrucks. Die Kunst gab ihren Kindern ein wunderliches Gewand, sie gab ihnen Masken, auf ihr Geheiß stieg die Antike aus ihrer marmornen Gruft. Ein neuer Cäsar wandelte stolzen Schrittes durch die Straßen des wiedererstandenen Rom, mit purpurnem Segel, mit flötengeleitetem Ruder fuhr eine neue Kleopatra über den Fluss dem Antiochus entgegen. Alte Mythen und Legenden und Träume nahmen Gestalt und Wesen an. Die Geschichte wurde völlig wiedergeschrieben, und es gab nicht einen Dramatiker jener Zeit, der nicht erkannt hätte, dass das Ziel der Kunst nicht einfache Wahrheit, sondern reich gegliederte Schönheit ist. Darin hatte man vollständig recht. Die Kunst selbst ist nichts als eine Art Übertreibung; und das Auslesen, recht eigentlich die Seele der Kunst, ist nichts als eine Art gesteigerter Emphase.

Aber das Leben zertrümmerte bald diese Vollkommenheit der Form. Selbst bei Shakespeare finden wir schon den Anfang vom Ende. Es zeigt sich im allmählichen Verfall des Blankverses in seinen späteren Stücken, im Vorwalten der Prosa, in der übertriebenen Betonung des Charakterisierens. Die Stellen bei Shakespeare – und es gibt deren viele –, die im Ausdruck roh, gemein, übertrieben, fantastisch, sogar obszön erscheinen, haben alle ihren Ursprung im Leben, das nach einem Echo der eigenen Stimme rief und die Veredelung durch die Herrlichkeit jenes Stils verschmähte, durch den allein das Leben zum Ausdruck gelangen sollte. Shakespeare ist keineswegs ein vollkommener Künstler. Er ist zu sehr ins wirkliche Leben verliebt und entlehnt ihm dessen natürlichen Ausdruck. Er vergisst, dass die Kunst sich völlig preisgibt, wenn sie sich der Fantasie als ihres Hilfsmittels entäußert. Goethe sagt einmal: ›In der Beschränkung zeigt sich erst der Meister‹ – die Selbstbeschränkung aber, die wesentliche Voraussetzung jeder Kunst, liegt im Stil. Doch brauchen wir uns nicht länger mit dem Realismus Shakespeares zu beschäftigen. Der ›Sturm‹ ist die vollendetste Palinodie. Wir wollten nur eins ausführen, dass das herrliche Werk der Künstler aus der Zeit Elisabeths und Jakobs schon den Keim des Verfalls in sich trug. Wenn dieses Werk einen Teil seiner Kraft aus dem Verwenden des Lebens als Rohmaterial zog, so rührt seine ganze Schwäche nur davon her, dass er das Leben als künstlerische Form verwendet hat. Als unvermeidliches Ergebnis dieses Ersatzes des schöpferischen Prinzips durch das nachahmende, dieses Aufgebens des Fantasieelements, haben wir das moderne englische Melodrama. Die Gestalten dieser Stücke sprechen auch auf der Bühne die Sprache des Alltags; sie haben weder hohes Streben noch eine gebildete Sprachweise; sie sind unmittelbar aus dem

Leben geschöpft und geben seine Plattheit bis ins kleinste Detail wieder; sie stellen den Gang, die Manier, die Tracht, den Tonfall der Sprache des Volkes wirklich dar; diese Gestalten können, ohne Aufmerksamkeit zu erregen, in der dritten Klasse einer Eisenbahn fahren. Und wie langweilig sind diese Komödien bei alledem! Sie haben nicht einmal die Wirkung, dass sie in uns das Gefühl der Lebenswirklichkeit wecken, das sie anstreben und das allein ihre Richtung begründet. Als Methode ist der Realismus ganz und gar ein Fehlgriff.

Was vom Drama und Roman gilt, gilt nicht minder von den so genannten dekorativen Künsten. Die ganze Geschichte dieser Künste in Europa ist nichts anderes, als der Bericht von dem Kampfe zwischen dem Orientalismus mit seinem freimütigen Verwerfen jeglicher Nachahmung, seiner Vorliebe für künstlerische Konvention, seiner Abneigung gegen die Nachbildung der Gegenstände in der Natur und unserer eigenen Nachahmungssucht. Wo immer der Orientalismus gesiegt hat, zum Beispiel in Byzanz, Sizilien und Spanien, durch unmittelbare Berührung, oder im übrigen Europa durch den Einfluss der Kreuzzüge, sind überall herrliche Werke der Fantasie entstanden, die sichtbare Welt ist in Kunst umgewandelt, man hat Dinge erfunden, die dem Leben fehlten, woran das Leben sich ergötzte. Wo immer man zum Leben und zur Natur zurückgekehrt ist, wurde die Kunst vulgär, gemein, uninteressant. Die moderne Art des Tapezierens mit ihren atmosphärischen Effekten, ihren sorgsam ausgeklügelten Perspektiven, ihrer breiten Behandlung eines überflüssigen Himmelsgewölbes, ihrem sorgsamen, fleißigen Realismus, lässt jede Schönheit vermissen. Die Glasmalerei Deutschlands ist ganz abscheulich. Jetzt beginnt man in England erträgliche Teppiche zu weben. Diese Wandlung erklärt sich nur daraus, dass wir zur Art und zum Geiste des Orients den Weg zurückgefunden haben. Unsere Decken und Teppiche, die vor zwanzig Jahren in Mode waren, erscheinen heute mit ihren feierlichen, verstimmenden Wahrheitsansprüchen, ihrer schrankenlosen Anbetung der Natur, ihrer stumpfsinnigen Nachahmung des Sichtbaren selbst dem Philister lächerlich. Ein kultivierter Mohammedaner bemerkte einmal mir gegenüber: ›Ihr Christen seid so sehr damit beschäftigt, das vierte Gebot misszuverstehen, dass ihr nie daran gedacht habt, vom zweiten künstlerischen Gebrauch zu machen.‹ Er hatte vollständig recht. Es ergibt sich aus alledem die Wahrheit: Um die Kunst zu lernen, gehe man nicht in die Schule des Lebens, sondern der Kunst.«

Und jetzt erlaube, dass ich dir eine Stelle vorlese, die den ganzen Gegenstand völlig erschöpfend abschließt: »Es war nicht immer so. Wir brauchen nicht von den Dichtern zu sprechen, denn sie sind stets, mit der einen unglücklichen Ausnahme Wordsworths, ihrer hohen Sendung treu geblieben; man hat immer erkannt, dass sie durchaus unzuverlässig sind. Aber in den Werken Herodots, den man trotz der seichten und unrühmlichen Versuche moderner Halbwisser, seine Geschichtswerke als tatsächlich wahr hinzustellen, den ›Vater der Lüge‹ nennen darf; in den veröffentlichten Reden Ciceros und den Biografien des Sueton; bei Tacitus, wo er am vollendetsten ist, in der ›Naturgeschichte‹ des Plinius; in dem ›Periplus‹ Hannos; in allen frühen Chroniken; in den Lebensbeschreibungen der Heiligen; bei Froissart und Sir Thomas Mallory; in den Reiseschilderungen des Marco Polo; bei Olaus

Magnus und Aldrovandus und in Konrad Lycosthenes herrlichem ›Prodigiorum et Ostentorum Chronicon‹; in der Selbstbiografie Benvenuto Cellinis, in den Memoiren des Casanuova; in Defoes ›History of the Plague‹, in Boswells ›Life of Johnson‹; in Napoleons Depeschen; in den Werken unseres Carlyle, dessen ›Französische Revolution‹ einer der bezauberndsten historischen Romane ist, die je geschrieben worden sind – in all diesen Werken nehmen die Tatsachen die ihnen geziemende untergeordnete Stellung ein, oder sie sind völlig ausgeschlossen, weil sie ja nur langweilen würden. Jetzt ist das alles anders. Tatsachen haben nicht nur in der Geschichte Fuß gefasst, sie haben auch das Reich der Fantasie erobert, sie sind ins Königtum der Dichtung eingebrochen. Überall spürt man ihren eisigen Hauch. Sie verpöbeln die Menschheit. Amerikas roher Geschäftsgeist, sein materieller Sinn, seine Gleichgültigkeit gegenüber der poetischen Seite der Dinge, sein Mangel an Fantasie und hohen, unsterblichen Idealen rührt lediglich davon, dass dieses Land zu seinem Nationalheros einen Mann erhoben hat, der selbst bekannte, nicht lügen zu können. Man geht nicht zu weit, wenn man behauptet, dass die Anekdote von Georg Washington und dem Kirschbaum in kurzer Zeit mehr Schaden gestiftet hat, als irgendeine moralische Geschichte in der gesamten Literatur.«

Cyrill: Aber lieber Junge!

Vivian: Ich versichere dir, es ist so. Und das amüsanteste daran bleibt die Tatsache: Die Geschichte vom Kirschbaum ist vom Anfang bis zum Ende Fabel. Du darfst jedoch nicht glauben, dass ich an der künstlerischen Zukunft Amerikas oder unseres eigenen Landes ganz verzweifle. Höre nur das folgende:

»Es unterliegt keinem Zweifel, dass in diesen Dingen noch vor dem Ende des Jahrhunderts eine Umwandlung eintreten wird. Ermüdet durch die langweilige und lehrhafte Unterhaltung derer, die weder den zum Übertreiben erforderlichen Witz noch das zum Erfinden nötige Genie besitzen, jener intelligenten Leute überdrüssig, deren Erinnerungen stets aus ihrem Gedächtnis fließen, deren Mitteilungen immer im Voraus durch das Streben nach Wahrscheinlichkeit eingeengt erscheinen, deren Erzählungen in jedem Augenblick von jedem beliebigen Philister, der gerade dabei war, bekräftigt werden können, muss die Gesellschaft früher oder später zu ihrem verlorenen Führer, dem gebildeten und fesselnden Lügner zurückkehren. Wir wissen nicht, wer der erste gewesen ist, der, ohne auf die wilde Jagd jemals wirklich gezogen zu sein, den verwundert zuhörenden Höhlenbewohnern beim Sonnenuntergang erzählt hat, wie er das Megatherium aus der purpurnen Finsternis seiner Jaspishöhle gehetzt, oder das Mammut im Einzelkampf gefällt und dessen vergoldete Hauer heimgebracht habe, und auch keiner unserer modernen Anthropologen kann bei all seiner gerühmten Wissenschaft uns das sagen. Welchem Geschlecht er auch entspross, wie immer sein Name gewesen ist – er ist sicherlich der wahre Begründer des gesellschaftlichen Verkehrs gewesen. Denn das Ziel des Lügners ist einfach, zu entzücken, zu unterhalten, Freude zu bereiten. Auf ihm ruht recht eigentlich die zivilisierte Gesellschaft. Ohne den Lügner bleibt eine Tafelrunde, selbst in den Palästen der Großen, so langweilig, wie eine Vorlesung in der ›Royal Society‹ oder eine Debatte bei den ›Incorporated Authors‹ oder eine Posse von Mr. Burnand.

Der Lügner wird nicht nur von der Gesellschaft willkommen geheißen werden – auch die Kunst wird aus dem Gefängnis des Realismus brechen und ihn begrüßen und auf seine falschen, wundervollen Lippen Küsse pressen. Die Kunst weiß ja, dass er allein das große Geheimnis ihrer Sendung kennt, das Geheimnis nämlich, dass Wahrheit nur eine Frage des Stils ist. Das Leben aber – das arme, beweisbare, uninteressante menschliche Leben – wird müde werden, sich zum Nutzen von Herbert Spencer und der wissenschaftlichen Historiker und der Statistiker immer von Neuem zu wiederholen; es wird sanft dem Lügner folgen und auf seine einfache, ungelehrte Weise manche der Wunderdinge hervorzubringen suchen, von denen der Lügner erzählt.

Ohne Zweifel wird es immer Kritiker geben, die nach dem Beispiel eines gewissen Mitarbeiters der ›Saturday Review‹ den Märchenerzähler ob seiner mangelhaften Kenntnisse der Naturgeschichte streng tadeln werden. Selbst jeglicher Erfindungsgabe bar, werden sie ein Werk der Fantasie nach ihrem eigenen Unvermögen messen und ihre tintenbeschmutzten Hände erschreckt zur Abwehr erheben, wenn ein ehrlicher Gentleman wie Sir John Mandeville, der nie über die Eibenbäume seines Gartens hinausgekommen ist, ein entzückendes Buch Reiseabenteuer zu Papier bringt oder wie der große Raleigh eine ganze Weltgeschichte schreibt, ohne das Mindeste von der Vergangenheit zu wissen. Zu ihrer eigenen Entschuldigung werden diese Entrüsteten unter dem Schilde des Mannes Schutz suchen, der Prospero, den Magier, schuf und ihm Caliban und Ariel als Diener zugesellte, der erlauschte, wie die Tritonen an den Korallenriffen der Zauberinseln in ihre Hörner blasen, der den Gesang der Elfen in dem Wald bei Athen vernahm, der in düsterem Zuge die Geisterkönige über die dunkle schottische Heide schreiten ließ, der Hekate mit den Schicksalsschwestern in einer Höhle verbarg. Sie werden sich auf Shakespeare berufen – das ist so ihre Gewohnheit, sie werden den abgedroschenen Satz von der Kunst, die dem Leben den Spiegel vorhält, zitieren, ohne zu bedenken, dass dieser unglückliche Ausspruch von Hamlet in der Absicht geäußert wird, den Umstehenden sein völliges Unverständnis in Dingen der Kunst zu beweisen.«

Cyrill: Hm! Bitte, reich mir noch eine Zigarette.

Vivian: Mein lieber Freund, sag, was du willst, diese Bemerkung bei Shakespeare hat nur die Bedeutung einer dramatischen Redewendung; sie hat mit Shakespeares wirklicher Ansicht über Kunst so wenig gemein, wie etwa Jagos Reden die wirkliche Anschauung Shakespeares über Moral bekunden. Aber lass mich mit dieser Stelle zu Ende kommen:

»Die Kunst gelangt in sich, nicht außerhalb ihrer selbst, zur Vollendung. Man darf sie nicht nach irgendeinem äußerlichen Standpunkt der Ähnlichkeit beurteilen. Die Kunst ist eher ein Schleier als ein Spiegel. Blumen nennt sie ihr eigen, von denen die Wälder nichts wissen, Vögel, die kein Waldland je geschaut. Sie lässt Welten entstehen und vergehen, sie vermag den Mond an einem scharlachroten Faden herabzuziehen. Ihr sind jene Formen zu eigen, die wirklicher sind als der lebendige Mensch, jene großen Urbilder, von denen alle bestehenden Dinge nur sehr unvollkommene Abbilder sind. Die Natur hat in ihren Augen weder Gesetze noch Stil. Die Kunst vermag, sobald es ihr beliebt, Wunder zu wirken. Sie ruft – und allerlei Fabelwesen tauchen aus der Tiefe. Sie kann dem Mandelbaum gebieten, dass er im Winter blühe, und über das reife Kornfeld

Schnee breiten. Ein Wort von ihr, und der Frost legt seinen silbernen Finger auf den glühenden Mund des Juni, und es brechen die beflügelten Löwen aus den Höhlen der lydischen Hügel hervor. Die Dryaden spähen ihr aus dem Dickicht nach, wenn sie vorübergeht, die braunen Faune lächeln sie seltsam an, wenn sie sich ihnen nähert, Götter mit Habichtköpfen neigen sich vor ihr in Ehrfurcht, und die Zentauren traben ihr zur Seite.«

Cyrill: Mit alldem bin ich einverstanden. Ich sehe es ein. Ist das der Schluss?

Vivian: Nein. Die Abhandlung enthält noch einen Absatz, doch der gibt lediglich praktische Folgerungen und schlägt einige Methoden zur Wiederbelebung der verloren gegangenen Kunst des Lügens vor.

Cyrill: Schön: Bevor du mir den vorliest, möchte ich dir noch eine Frage stellen. Was meinst du mit deiner Bemerkung, »das Leben, das arme, beweisbare, uninteressante, menschliche Leben, wird den Versuch machen, die Wunder der Kunst wieder hervorzubringen«? – Ich begreife sehr wohl, dass du die Kunst nicht als Spiegel betrachtet wissen willst. Du meinst, das Genie würde dadurch zu einer fotografischen Platte herabgewürdigt werden. Du meinst aber wohl nicht im Ernst, das Leben ahme die Kunst nach, das Leben sei der Spiegel und die Kunst die Wirklichkeit?

Vivian: Ich bin in der Tat dieser Meinung. So paradox es klingen mag – und paradoxe Dinge sind immer gefährlich –, es ist darum doch nicht minder wahr, dass das Leben die Kunst weit mehr nachahmt als die Kunst das Leben. Wir alle haben es in England miterlebt, *wie ein* gewisser, seltsamer, bezaubernder Typus der Schönheit, der von zwei schöpferischen Malern erfunden und ausgebildet wurde, das Leben beeinflusst hat. Begibt man sich jetzt in irgendeinen privaten Zirkel oder in einen Kunstsalon, überall begegnet man hier den rätselhaften Augen, von denen Rossetti träumte, dem schlanken Elfenbeinhals, dem seltsamen, gerade geschnittenen Kinn, dem losen, schattigen Haar, das er so glühend liebte, dort der süßen Jungfräulichkeit der »Golden Stair«, dem blütenzarten Mund, der müden Lieblichkeit der »Laus Amoris«, dem leidenschaftsblassen Antlitz der »Andromeda«, den zarten Händen, der geschmeidigen Anmut des Vivien in »Merlins Dream«. Und so ist es immer gewesen. Ein großer Künstler erfindet einen Typus. Das Leben versucht, ihn nachzuahmen, ihn wiederzugeben – in populärer Form, wie ein unternehmender Verleger. Weder Holbein noch van Dyck haben im Leben ihre Modelle gefunden. Sie trugen ihre Typen in sich, und das Leben mit seiner Bereitwilligkeit nachzuahmen, kam den Meistern mit Modellen zu Hilfe. Die Griechen mit ihrem schnell auffassenden künstlerischen Instinkt haben das sehr wohl erkannt, darum stellen sie ins Brautgemach die Bildsäule des Hermes oder des Apoll, auf dass die junge Frau Kinder gebäre von solchem Liebreiz, wie die Werke der Kunst, auf die ihr Blick in ihrer Lust gefallen ist und ihren Qualen. Die Griechen wussten, dass das Leben aus der Kunst nicht bloß besondere Geistigkeit, Tiefe des Denkens oder der Empfindung, seelische Erregung oder Beruhigung schöpft, sondern dass es sich auch nach den Formen und Farben der Kunst umgestalten, die Feierlichkeit des Phidias nicht minder als die Grazie des Praxiteles neu hervorbringen kann. Eben darum, bloß aus sozialen Gründen, hassten sie den Realismus. Sie fühlten, dass die Menschen dadurch hässlich werden, und sie hatten völlig recht. Wir versuchen, die Lebensumstände der Rasse dadurch zu verbessern, dass wir für gute Luft, freies Licht, gesundes Wasser sorgen und abscheuliche, kahle Bauten errichten, die den niedern Ständen als brauchbare Wohnungen dienen sollen. Diese Einrichtungen bringen vielleicht Gesundheit, aber gewiss keine Schönheit hervor. Dazu bedarf es der Kunst, und die wahren Schüler des großen Künstlers sind nicht die Nachahmer seiner Manier, sondern die, die seinen Werken selbst ähnlich werden, einerlei ob diese plastisch sind, wie in den Tagen der Griechen oder Gemälde wie in unserer Zeit. Mit einem Wort, das Leben ist der beste, der einzige Schüler der Kunst.

Wie mit den sinnfälligen Künsten, ist es auch mit der Literatur bestellt. Das zeigt sich am schlagendsten und populärsten im Falle jener dummen Jungen, die nach der Lektüre der Abenteuer des »Jack Sheppard« oder »Dick Turpin« die Standplätze unglücklicher Obstfrauen plündern, zur Nacht in Konditoreien einbrechen und alte Herren, die nach Hause gehen, in den Straßen der Vororte mit schwarzen Masken und ungeladenen Revolvern bedrohen. Dieses interessante Phänomen, das immer nach dem Erscheinen einer neuen Auflage eines der erwähnten Bücher zu bemerken ist, schreibt man zumeist dem Einfluss der Literatur auf die Einbildungskraft zu. Das ist ein Irrtum. Die Einbildungskraft ist ihrem Wesen nach schöpferisch und sucht immer nach neuer Ausdrucksform. Die Diebsstreiche des kleinen Jungen sind die notwendige Folge des Nachahmungsinstinkts des Lebens. Das Leben versucht hier, wie das seine Gewohnheit ist, die Dichtung nachzubilden, und wir bemerken, wie diese Nachbildung in fortschreitender Skala das ganze Leben umfasst. Schopenhauer hat den Pessimismus, der unser modernes Denken charakterisiert, zergliedert, aber Hamlet hat ihn erfunden. Die Menschen sind schwermütig geworden, weil eine Theaterfigur einmal an Melancholie krankte. Der Nihilist, dieser seltsame Märtyrer ohne Glauben, der sich ohne Enthusiasmus pfählen lässt, der für etwas stirbt, woran er nicht glaubt, ist lediglich ein Produkt der Literatur. Er ist von Turgenjew erfunden, von Dostojewski weiter ausgeführt worden. Robespierre ist aus den Werken Rousseaus hervorgewachsen, genau wie unser »Volkspalast« aus den »débris« eines Romanes entstand. Das Schrifttum greift immer dem Leben vor. Es ahmt das Leben nicht nach, sondern formt es nach Belieben. Das neunzehnte Jahrhundert, wie wir es kennen, ist fast nur die Erfindung Balzacs. Unsere Luciens de Rubempré, unsere Rastignacs und De Marsays debütierten zuerst auf der Bühne der »Comédie Humaine«. Wir sind nichts als die mit Fußnoten und überflüssigen Ergänzungen versehene Ausgestaltung der witzigen oder fantastischen oder schöpferisch-visionären Gesichte eines großen Romanciers. Ich fragte einmal eine Dame, die mit Thackeray intim bekannt war, ob er für Becky Sharp ein Modell benützt habe. Sie erzählte mir, Becky sei eine völlig erfundene Figur, aber der Einfall dazu sei ihm durch eine in der Nähe des Kensingtonplatzes wohnende Gouvernante gekommen. Diese Gouvernante war die Gesellschafterin einer sehr selbstsüchtigen und sehr reichen, alten Frau. Ich erkundigte mich, was aus der Gouvernante geworden sei. Die Dame antwortete: Merkwürdigerweise ist die Gouvernante einige Jahre nach dem Erscheinen von »Vanity-Fair« mit dem Neffen jener Frau, in deren Haus sie lebte, durchgegangen und hat dadurch eine Zeit lang die Gesellschaft sehr in Atem gehalten, ganz im Stil und in der Art und Weise der Mrs. Rawdon Crawley. Schließlich wurde sie vom Unglück heimgesucht; sie verschwand irgendwo auf dem Kontinent und ward noch hier und da in Monte Carlo oder in andern Spielorten gesehen. Jener vornehme Mann, nach dessen Vorbild der nämliche große, empfindsame Dichter den Colonel Newcome zeichnete, starb wenige Monate, nachdem die »Newcomes« es zur vierten Auflage gebracht hatten, mit dem Wort »Adsum« auf den Lippen. Mr. Stevenson hatte eben seine seltsame psychologische Erzählung von der Verwandlung veröffentlicht. Einer meiner Freunde, Mr. Hyde, hielt sich um diese Zeit im Norden Londons auf und schlug, da er rasch zu einer Haltestelle der Eisenbahn gelangen wollte, den, wie er meinte, nächsten Weg dahin ein. Er verlor die Richtung und fand sich plötzlich in einem Netzwerk kleiner, finsterer Gässchen. Ein bisschen aufgeregt, nahm er ein sehr energisches Tempo; da lief ihm plötzlich aus einem Bogengang ein Kind entgegen, direkt zwischen die Beine. Es fiel aufs Pflaster; er strauchelte darüber und riss es nieder. Das Kind, sehr erschreckt und ein wenig verletzt, begann zu schreien, und in wenigen Augenblicken wimmelte die Straße von allerlei derbem Volk, das aus den Häusern wie Enten hervortrottete. Man umringte ihn und fragte nach seinem Namen. Er war bereits im Begriff, ihn zu nennen, als er sich plötzlich des Unfalls auf dem Markt erinnerte, von dem in der Geschichte des Mr. Stevenson erzählt wird; da wurde er von solchem Schrecken gepackt, als erlebe er jetzt in eigener Person diese furchtbare, glänzend geschriebene Szene, als sei ihm zufälligerweise das nämliche begegnet, was Mr. Hyde in der Dichtung mit Überlegung begeht – und er lief, so rasch er konnte, davon. Er wurde jedoch sehr energisch verfolgt und fand endlich in einem chirurgischen Ambulatorium Zuflucht, dessen Tor gerade offen stand. Dort erzählte er einem jungen Assistenten, der glücklicherweise zugegen war, sein Erlebnis ganz genau. Der Menschenknäuel fand sich bewogen, abzuziehen, sobald man ihm eine kleine Summe Geldes gegeben hatte. Kaum war die Luft wieder rein, eilte Mr. Hyde fort. Im Weggehen fiel ihm ein Name auf einer Messingplatte an der Tür des Sprechzimmers des Chirurgen in die Augen. Der Name lautete »Jekyll«, oder er hätte wenigstens so lauten sollen.

Hier stellt sich die Nachahmung natürlich als Werk des Zufalls dar. In jenem Falle, den ich nun erzählen werde, tritt sie bewusst hervor. Im Jahre 1879 – ich hatte eben Oxford verlassen – begegnete ich an einem Empfangsabend im Haus eines fremden Ministers einer Dame von sehr seltsamer, exotischer Schönheit. Wir befreundeten uns bald und steckten den ganzen Tag zusammen. Was mich an ihr am meisten anzog, war nicht ihre Schönheit, sondern ihr Charakter, vielmehr das völlig Ungreifbare ihres Charakters. Sie schien keinerlei bestimmte Persönlichkeit zu besitzen, doch war ihr die Gabe eigen, viele Charaktertypen vorstellen zu können. Zuweilen gab sie sich ganz der Kunst hin, wandelte ihr Wohngemach in ein Atelier um und brachte zwei oder drei Tage der Woche in einer Bildergalerie oder in Museen zu. Dann war sie plötzlich auf Rennplätzen zu sehen, trug sich ganz sportmäßig und sprach nur über Wetten. Sie gab die Religion für den Mesmerismus, den Mesmerismus für die Politik, und die Politik für die melodramatischen Erregungen der Philanthropie auf. Sie war wirklich eine Art Proteus, und in ihren Wandlungen zeigten sich so viele Fehler wie bei jenem Seegott, da ihn Odysseus endlich festhielt. Eines Tages begann in einer der französischen Revuen eine Erzählung in Fortsetzungen. Zu jener Zeit pflegte ich noch ernsthafte Erzählungen zu lesen, und ich erinnere mich noch genau des Schreckens und des Staunens, die mich erfassten, als ich zu der Beschreibung der Heldin gelangte. Sie glich so völlig meiner Freundin, dass ich ihr die Zeitschrift brachte. Sie erkannte sich sogleich darin und schien durch die Ähnlichkeit betroffen. Ich muss nebenbei bemerken, dass die Geschichte aus den Schriften eines verstorbenen russischen Autors übersetzt war, sodass der Verfasser seine Gestalt unmöglich meiner Freundin nachgebildet haben konnte. Um mich kurz zu fassen: Ich hielt mich einige Monate später in Venedig auf und fand zufällig die Revue, von der ich sprach, im Lesezimmer des Hotels. Ich nahm das Heft zur Hand, um zu sehen, welches Schicksal die Heldin dieser Geschichte gefunden habe. Es war eine höchst traurige Geschichte: Das Mädchen ging mit einem Mann durch, der tief unter ihr stand, nicht nur, was soziale Stellung, sondern auch, was Charakter und Intellekt betrifft. Ich schrieb noch an diesem Abend meiner Freundin, indem ich ihr meine Ansichten über Giovanni Bellini mitteilte und ihr vom wundervollen Eis im Café Florio und von dem künstlerischen Werte der Gondeln erzählte; ich fügte in einem Postskriptum bei, ihr Ebenbild in der Erzählung habe recht töricht gehandelt. Ich weiß nicht, warum ich diesen Zusatz machte, doch erinnere ich mich wohl, dass ich die schreckliche Empfindung nicht loswerden konnte, meine *Freundin werde* genau ebenso handeln.

Noch ehe mein Brief sie erreicht hatte, war sie wirklich mit einem Mann durchgegangen, der sie nach sechs Monaten verließ. Ich begegnete ihr im Jahre 1884 in Paris; sie lebte dort mit ihrer Mutter. Ich forschte, ob die Erzählung irgendwie ihre Handlungsweise beeinflusst habe. Sie erzählte mir, eine seltsame Macht habe sie gezwungen, der Heldin der Geschichte Schritt um Schritt auf ihrem seltsamen und verhängnisvollen Weg zu folgen, sie habe mit einem Gefühl wirklicher Angst die letzten Kapitel der Erzählung erwartet. Als sie erschienen waren, fühlte sie, dass sie die Erzählung ins Leben umsetzen müsse – sie hat es auch getan. Das ist ein klares und äußerst tragisches Beispiel jenes Instinkts, von dem ich sprach.

Ich will aber nicht länger bei einzelnen Fällen verweilen. Persönliche Erfahrungen bilden einen sehr trügerischen und sehr begrenzten Kreis. Was ich ausführen möchte, ist nur – und dies kann als allgemeines Gesetz gelten –, dass das Leben die Kunst weit mehr nachahmt, als die Kunst das Leben. Ich bin überzeugt, du wirst mir recht geben, wenn du darüber nachdenkst. Das Leben hält der Kunst den Spiegel entgegen und bringt den nämlichen seltsamen Typus, den der Maler oder der Bildhauer ersonnen hat, wieder hervor, oder er lässt den Traum des Dichters zur Tat werden. Wissenschaftlich gesprochen ist die Grundlage des Lebens – die Energie des Lebens, würde Aristoteles sagen – einfach das Verlangen, sich auszudrücken; die Kunst bietet stets eine Reihe von Formen dar, durch die man jenen Ausdruck finden kann. Das Leben bemächtigt sich ihrer und benutzt sie, sei es auch zum eigenen Verderben. Mancher junge Mann hat nach dem Beispiel Rollas Selbstmord begangen, mancher starb von eigener Hand, weil Werther von eigener Hand starb. Bedenke, wie viel wir der Nachahmung Christi schulden, wie viel der Nachahmung Cäsars!

Cyrill: Diese Theorie ist wirklich sehr merkwürdig, aber du musst, um sie zu vervollständigen, beweisen, dass die Natur, nicht weniger als das Leben, nur eine Nachahmung der Kunst ist. Wärst du imstande, das zu beweisen?

Vivian: Mein lieber Freund – ich bin bereit, alles zu beweisen.

Cyrill: Die Natur folgt also dem Landschaftsmaler und gewinnt von ihm ihre Wirkungen?

Vivian: Gewiss. Woher, wenn nicht von den Impressionisten, kommen jene wundervollen braunen Nebel, die durch unsere Straßen kriechen, die Gaslampen verschleiern und die Häuser in ungeheuerliche Schatten verwandeln? Wem sonst, als ihnen und ihrem Meister verdanken wir den anmutig-silbernen Duft, der über unseren Flüssen lagert, der die geschwungene Brücke, die schwankende Barke zu lieblich graziösen Linien verschwimmen lässt? Die seltsame Wandlung des Klimas, die in London während der letzten zehn Jahre Platz griff, ist einfach ein Ergebnis dieser besonderen Kunstrichtung. Du lächelst? … Betrachte den Gegenstand von einem wissenschaftlichen oder metaphysischen Standpunkt, und du wirst finden, dass ich recht habe. Denn was ist die Natur? Die Natur ist keineswegs die große Mutter, die uns gebar – sie ist unsere Schöpfung. In unserem Geist allein wird sie beseelt, lebendig. Die Dinge sind, weil wir sie sehen; was und wie wir sehen, hängt von den Künstlern ab, die uns beeinflusst haben. Ein Ding betrachten heißt noch keineswegs, es wirklich sehen. Man sieht es so lange nicht, als man nicht seine Schönheit erkennt, dann erst gewinnt es Wirklichkeit. Jetzt sehen die Leute die Nebel, aber nicht, weil wirklich Nebel da sind, sondern weil wir erst durch die Dichter und Maler für die geheimnisvolle Anmut dieser Eindrücke den Blick gewonnen haben. Es hat vielleicht schon seit Jahrhunderten in London Nebel gegeben. Ich bin sogar überzeugt, dass das der Fall ist. Aber niemand hat den Blick dafür gehabt, und so haben wir nichts darüber erfahren. Es hat keine Nebel gegeben, bis die Kunst sie erfand. Jetzt allerdings, man muss es zugeben, sind sie uns schon zur Last geworden. Sie sind zur Manieriertheit einer Schule geworden, und ihr übertriebener Realismus hat bei stumpfsinnigen Leuten die Bronchitis zur Folge. Wo die Gebildeten Eindrücke erhaschen, ziehen sich die Ungebildeten einen Katarrh zu. Seien wir also menschenfreundlich, fordern wir die Kunst auf, ihre wundervollen Augen anderswohin zu lenken. Das ist auch in der Tat bereits geschehen. Das weiße, zitternde Sonnenlicht, das man jetzt in Frankreich gewahr wird, das weiße Licht mit seinen seltsamen malvenfarbenen Flecken und seinen ruhelosen violetten Schatten ist die letzte Schöpfung der Kunst; und im Ganzen betrachtet, bringt es die Natur ausgezeichnet hervor. Früher präsentierte sie uns Corots und Daubignys, jetzt bietet sie uns erlesene Monets und entzückende Pisaros dar. Es gibt in der Tat Augenblicke, wenige allerdings, aber immerhin, es gibt Augenblicke, wo die Natur völlig modern wird. Allerdings darf man ihr nicht immer vertrauen. Sie befindet sich wirklich in ziemlich peinlicher Lage. Die Kunst bringt irgendeine unvergleichliche, ganz einzige Wirkung hervor und wendet sich dann anderen Schöpfungen zu. Die Natur dagegen vergisst, dass ewiges Wiederholen die feinste Form der Beleidigung werden kann; sie wiederholt eine Wirkung so lange, bis sie uns völlig langweilig geworden ist. Heute spricht zum Beispiel kein wirklich gebildeter Mensch mehr von der Schönheit des Sonnenuntergangs. Sonnenuntergänge sind ganz aus der Mode. Sie gehören der Zeit an, als Turner das Feinste und Höchste in der Kunst bedeutete. Heutzutage bekundet man durch die Bewunderung eines Sonnenunterganges Provinzgeschmack, trotzdem gibt es noch immer Sonnenuntergänge. Gestern Abend quälte mich Mrs. Arundel, ich möchte ans Fenster treten und den »grandiosen Himmel«, wie sie sich ausdrückte, betrachten. Selbstverständlich fügte ich mich ihrem Wunsch. Sie gehört zu jenen allerliebsten kleinen Philisterfrauen, denen man keinen Wunsch versagen kann. Was erblickte ich nun? Einen Turner zweiter Güte, einen Turner aus seiner schlechten Zeit. Dabei schienen alle Mängel des Malers noch grell auf die Spitze getrieben. Ich gebe natürlich gern zu, dass das Leben sehr oft denselben Fehler begeht. Es bringt unechte Renés und falsche Vautrins hervor, ebenso wie die Natur uns einen Tag einen zweifelhaften Cuyp, einen anderen Tag einen mehr als zweifelhaften Rousseau vorsetzt. Doch irritiert uns die Natur durch solche Fälschungen noch weit mehr. Sie erscheint so dumm, so flach, so unnütz. Ein unechter Vautrin kann noch immer entzückend sein – ein zweifelhafter Cuyp jedoch ist ganz abscheulich. Aber ich will mit der Natur nicht so streng ins Gericht gehen. Ich wünschte allerdings, dass der Kanal, besonders bei Hastings, nicht ganz so häufig einem Henry Moore gliche: graue Perlen mit gelben Lichtern; doch wird die Natur ohne Zweifel bunter in ihren Formen werden, wenn einmal die Kunst buntere Formen zeigt. Dass die Natur die Kunst nachahmt, wird heute wohl auch ihr ärgster Feind nicht mehr leugnen. Dadurch allein hat die Natur noch mit der zivilisierten Menschheit einen gewissen Zusammenhang … Nun, habe ich meine Theorie zu deiner Zufriedenheit bewiesen?

Cyrill: Du hast sie zu meiner Unzufriedenheit bewiesen, und das ist noch besser. Aber selbst wenn wir den seltsamen Nachahmungstrieb des Lebens und der Natur zugeben, wirst du doch einräumen müssen, dass die Kunst die Stimmung, den Geist ihres Zeitalters ausdrückt, die sittliche und soziale Atmosphäre, von der sie umgeben, unter deren Einwirkung sie entstanden ist?

Vivian: Keineswegs! Die Kunst drückt nie etwas anderes aus, als sich selbst. Das ist der Fundamentalsatz meiner neuen ästhetischen Lehre; eben aus diesem Grunde, nicht wegen des lebendigen Zusammenhangs zwischen Form und Stoff, den Mr. Pater betont, ist die Musik der Typus aller Künste. Allerdings sind die Nationen und die einzelnen mit ihrer natürlichen, gesunden Eitelkeit, diesem Geheimnis unseres Lebens, immer von der Vorstellung besessen, sie seien es selbst, von denen die Musen reden. Die sanfte Würde, mit der die nachahmende Kunst auftritt, bedeutet für sie den Spiegel ihrer eigenen, trüben Begierden. Sie vergessen stets, dass der Besinger des Lebens nicht Apollo, sondern Marsyas ist. Der Wirklichkeit entrückt, den Blick den Schatten der Höhle abgewandt, enthüllt uns die Kunst ihre eigene Vollendung; die verblüffte Menge betrachtet verwundert, wie sich die herrliche, vielblättrige Rose entfaltet, und meint, sie sehe der Entfaltung ihrer eigenen Seele zu, ihr eigener Geist finde in einer neuen Form den Ausdruck. Dies ist aber keineswegs der Fall. Eben die höchste Form der Kunst schüttelt die Schwere menschlichen Geistes von sich ab, sie gewinnt durch ein neues Mittel oder einen neuen Stoff mehr, als durch irgendeine Begeisterung für

Kunst oder eine erhabene Leidenschaft oder durch ein großes Erwachen des menschlichen Bewusstseins. Die Kunst entwickelt sich nur in der ihr eigenen Linie. Sie ist keineswegs das Symbol irgendeiner Zeit. Die Zeiten sind vielmehr ihre Symbole. Selbst die, die meinen, Zeit und Heimat und Volk finde sich in der Kunst widergespiegelt, müssen zugeben, dass, je mehr sich die Kunst der Nachahmung zuneigt, sie desto weniger den Geist der Zeit ausdrückt. Die verruchten Gesichter der römischen Kaiser blicken uns aus rissig dunklem Porphyr und fleckigem Jaspis, dem Material, dessen sich die realistischen Künstler jener Tage am liebsten bedienten, entgegen. Wir meinen, in diesen grausamen Lippen, diesen schweren, sinnlichen Kinnladen liege das Geheimnis des Untergangs des Kaisertums. Doch ist dies gewiss nicht richtig. Die Laster des Tiberius konnten diese erlauchteste Kultur ebenso wenig vernichten, wie die Tugenden der Antonine sie zu erhalten vermochten. Sie kam aus anderen, weit weniger anziehenden Gründen zu Fall. Die Sybillen und Propheten der Sixtina mögen in der Tat zur Erklärung der Wiedergeburt jenes befreiten Geistes, den wir die Renaissance nennen, beitragen; doch was verkünden uns die trunkenen Lümmel und schwankenden holländischen Bauern von der großen Seele Hollands? Je abstrakter, je ideeller eine Kunst ist, desto mehr enthüllt sie uns die Seele ihrer Zeit. Wollen wir eine Nation durch ihre Kunst verstehen, dann müssen wir die Architektur oder die Musik betrachten.

Cyrill: Da stimm ich dir völlig bei. Der Geist eines Zeitalters drückt sich am besten in den abstrakten und ideellen Künsten aus, denn der Geist selbst ist abstrakt und ideell. Doch müssen wir uns, um den sichtbaren Ausdruck eines Zeitalters, seine Physiognomien, wie man sich ausdrückt, zu gewahren, an die nachahmenden Künste halten.

Vivian: Ich bin nicht dieser Ansicht. Die nachahmenden Künste zeigen uns ja doch nur die Verschiedenartigkeit des Stils der einzelnen Künstler oder bestimmter Schulen. Du glaubst doch sicher nicht, dass die Menschen des Mittelalters irgendwelche Ähnlichkeit mit seinen farbigen Glasfiguren hatten oder mit seinen Skulpturen und Holzschnitzereien oder seinen Metallarbeiten, Teppichen, illuminierten Handschriften. Die Menschen waren vermutlich ganz gewöhnlicher Art, sie hatten in ihrem Äußeren weder einen grotesk hervorstechenden noch fantastischen Zug. Das Mittelalter, wie wir es aus der Kunst kennen, ist nichts als eine bestimmte Stilform, und es ist durchaus nicht einzusehen, warum nicht auch ein Künstler des neunzehnten Jahrhunderts in diesem Stile schaffen könnte. Kein großer Künstler sieht die Dinge, wie sie wirklich sind, sonst wäre er kein großer Künstler. Nimm ein Beispiel aus unseren Tagen. Ich weiß, du bist ein Freund des Japanertums. Meinst du nun wirklich, dass die Japaner in der Tat so sind, wie sie uns in der Kunst dargestellt werden? Wenn du das glaubst, dann hast du die japanische Kunst nie verstanden. Das japanische Volk ist die völlig bewusste, überlegte Schöpfung einzelner individueller Künstler. Stell irgendein Gemälde Hokusais oder Hockeis oder eines anderen großen Malers dieses Landes neben einen wirklichen japanischen Herrn oder eine japanische Dame, und du wirst merken, dass zwischen ihnen nicht die mindeste Ähnlichkeit besteht. Der durchschnittliche Menschenschlag Japans gleicht durchaus dem englischen Typus; die Leute sind ebenso alltäglich und haben nichts Außergewöhnliches, Merkwürdiges an sich. In der Tat ist das ganze Japan bloß eine Erfindung. Es gibt kein derartiges Land, kein derartiges Volk. Einer unserer liebenswürdigsten Maler begab sich jüngst ins Land der Chrysanthemen, er hoffte närrischerweise, die Japaner kennenzulernen. Doch entdeckte er sie nicht, er fand keine Gelegenheit, etwas anderes zu malen als einige Laternen und Fächer. Die Einwohner zu finden, gelang ihm durchaus nicht, wie seine entzückende Ausstellung in der Galerie der Herren Dowdeswell nur allzu deutlich bekundet. Er wusste nicht, dass die Japaner, wie ich bemerkte, nur eine Stilform sind, ein erlesener Kunsteinfall. Willst du also japanische Stimmungen genießen, dann hast du es nicht nötig, dich in ein Touristengewand zu stecken und nach Tokio zu reisen. Im Gegenteil, du wirst daheimbleiben und dich in das Werk gewisser japanischer Künstler versenken. Hast du das Wesen ihres Geistes erfasst, hast du dir die besondere Art ihrer schöpferischen Wahrnehmung ganz zu eigen gemacht, dann magst du dich eines Nachmittags in den Park begeben oder nach Piccadilly hinabschlendern; gewahrst du nicht dort irgendein ganz japanisches Motiv, dann wirst du es nirgendswo erblicken. Oder, um wieder zur Vergangenheit zurückzukehren, betrachten wir ein anderes Beispiel, die alten Griechen. Meinst du, die griechische Kunst offenbare uns das Wesen des griechischen Volkes? Meinst du, die athenischen Frauen glichen den erhabenen, würdevollen Figuren des Parthenonfrieses oder den wundervollen Göttinnen in seinen Giebelfeldern? Urteilst du nach der Darstellung der Kunst, dann musst du dies wirklich glauben. Aber lies einen Schriftsteller, der Autorität genießt, Aristophanes zum Beispiel! Da wirst du die

Entdeckung machen, dass die athenischen Damen geschnürt einhergingen, dass sie hochgestöckelte Schuhe trugen, dass sie ihr Haar gelb färbten, ihr Gesicht schminkten und völlig das Gehabe der albernen Mode- oder Halbwelt-Geschöpfe unserer Tage zur Schau trugen. Tatsache ist, dass wir durch das Medium der Kunst in die Zeiten zurückblicken, die Kunst aber hat uns glücklicherweise niemals die Wahrheit entschleiert.

Cyrill: Was sagst du aber zu den modernen Porträts der englischen Maler? Sie ähneln doch gewiss den Menschen, die sie vorstellen wollen?

Vivian: Ganz gewiss. Sie ähneln ihnen so sehr, dass in hundert Jahren niemand an diese Ähnlichkeit glauben wird. Die einzigen Porträts, deren Echtheit uns überzeugt, sind die, die uns sehr wenig von der dargestellten Persönlichkeit, jedoch sehr viel vom Künstler berichten. Holbeins Zeichnungen der Männer und Frauen seiner Zeit erwecken in uns den Eindruck völliger Lebenswahrheit. Doch ist dies nur deshalb der Fall, weil Holbein das Leben zwang, sich den Bedingungen, die er setzte, zu fügen, sich in den Grenzen, die er zog, zu halten, den Typus, den er erdachte, hervorzubringen, die Gestalt anzunehmen, die er gebot. Der Stil allein macht uns die Dinge glaubhaft – bloß der Stil. Die meisten unserer modernen Porträtmaler sind dazu verdammt, völlig vergessen zu werden. Sie malen nie, was sie selbst sehen. Sie malen, was das Publikum sieht, und das Publikum sieht überhaupt nichts.

Cyrill: Gut, aber nach alledem möchte ich den Schluss deines Artikels hören.

Vivian: Mit Vergnügen. Ob dieser Artikel freilich Gutes stiften wird, weiß ich nicht. Unser Zeitalter ist ohne Zweifel das langweiligste und prosaischste. Deshalb treibt selbst der Schlaf mit uns ein falsches Spiel; er hat die Tore aus Elfenbein geschlossen und die Tore aus Horn geöffnet. Ich habe nie etwas Niederdrückenderes gelesen als die Aufzeichnungen der Träume der breiten mittleren Volksschichten unseres Landes, wie sie etwa Mr. Myers in zwei umfänglichen Bänden gesammelt hat oder wie man sie in den Sitzungsberichten der »Physical Society« niedergelegt findet. Nicht einmal ein künstlerischer Albdruck ist ihrem Schlaf gewährt. Ihre Träume sind alltäglich, langweilig und gemein. Was die Kirche betrifft, so kann ich mir wirklich für die Kultur eines Landes nichts Besseres wünschen als die Existenz einer Körperschaft, deren Pflicht es ist, an das Übernatürliche zu glauben, täglich Wunder zu wirken, die Kraft, Mythen zu bilden, eine für die Fantasie so wesentliche Kraft, uns zu erhalten. Doch bringt in der englischen Kirche nicht die Fähigkeit, zu glauben, sondern die Fähigkeit, zu zweifeln, den Erfolg. Unsere Kirche ist die einzige, in der am Altar der Zweifler steht, die einzige, die den heiligen Thomas als den wahren Apostel betrachtet. Mancher würdige Geistliche, der sein Leben bloß mit bewunderungswürdigen Werken der Barmherzigkeit verbringt, führt ein unbekanntes, unbeachtetes Dasein; doch braucht nur irgendein platter, ungebildeter Kandidat, der eben von irgendeiner Universität kommt, das Katheder zu betreten und seine Zweifel über die Arche Noahs oder Bileams Esel oder Jonas und den Walfisch zu äußern, und ganz London strömt, ihn zu hören, herbei, sitzt da und starrt offenen Mundes in Bewunderung den herrlichen Denker an. Die Ausbreitung des gesunden Menschenverstandes in der englischen Kirche ist durchaus zu bedauern. Man hat da wirklich einer niedrigen Form des Realismus herabwürdigendes Entgegenkommen bewiesen. Überdies ist das eine Dummheit und entspringt völliger psychologischer Unkenntnis. Die Menschen glauben zuweilen das Unmögliche, niemals das Unwahrscheinliche. Doch muss ich dir jetzt den Schluss meines Artikels vorlesen:

»Was uns zu tun obliegt, was wir auf alle Fälle tun sollen, ist, die alte Kunst des Lügens wieder zum Leben zu erwecken. Durch Volkserziehung könnte vielleicht manches gebessert werden, durch Amateure, die im häuslichen Kreis, bei literarischen Zusammenkünften, bei Teegesellschaften, in diesem Sinne wirken. Doch ist dies nur die freundliche, anmutige Seite der Lügenhaftigkeit, wie sie vermutlich bei den kretischen Gelagen geübt wurde. Es gibt noch viele andere Arten. Das Lügen zum Beispiel um irgendeines persönlichen Vorteils willen, das Lügen aus moralischer Absicht, wie man es gewöhnlich bezeichnet – diese Art des Lügens, auf die man jetzt ein wenig geringschätzig herabblickt, war in der Antike sehr verbreitet und beliebt. Athene lacht, als Odysseus seine ›fein ausgedachten Worte‹ vorbringt, wie Mr. William Morris sich ausdrückt; der Ruhm der Lüge leuchtet auf der bleichen Stirn des schuldlosen Helden in der Tragödie des Euripides; das Lügen stellt die junge Braut in einer der feinsten Oden des Horaz auf eine Stufe mit den edelsten Frauen der Vergangenheit. Später wurde, was zunächst nur ein natürlicher Instinkt gewesen, zum Rang einer selbstbewussten Wissenschaft erhoben. Sorgsam erwogene Regeln wurden für die Leitung der Menschheit in diesem Sinn aufgestellt, eine bedeutsame literarische Schule erwuchs um sie herum. In der Tat, erinnert man sich der glänzenden philosophischen Behandlung dieser ganzen Frage durch

Sanchez, dann muss man bedauern, dass noch niemand daran gedacht hat, eine wohlfeile, gekürzte Ausgabe der Werke dieses Kasuisten zu veranstalten. Eine kurze Einführung in die Kunst, ›Wann und wie man lügen sollte‹, ein anziehend geschriebenes und nicht zu weitläufiges Handbuch, würde ohne Zweifel starken Absatz finden, es würde vielen ernsthaften, tiefsinnigen Menschen einen wirklichen Dienst erweisen. Das Lügen in der Absicht, die Jugend zu vervollkommnen, dieses Lügen, das die Grundlage häuslicher Erziehung bildet, wird noch unter uns geübt, und seine Vorzüge sind in den ersten Büchern der ›Republik‹ Platos so wundervoll auseinandergesetzt, dass ich mich über diesen Gegenstand nicht weiter zu verbreiten brauche. Für eine solche Art des Lügens haben alle guten Mütter besonders Talent, allein auch dieses bedarf noch der Entwicklung, und das ist leider von der Schulbehörde übersehen worden. Das Lügen um eines monatlichen Gehalts willen kennt man allerdings in den Zeitungsredaktionen sehr genau, und der Beruf eines Leitartikelschreibers hat seine Vorteile. Doch soll dies eine ziemlich langweilige Beschäftigung sein, und das Lügen liegt hier wohl nur darin, dass man die Dinge mit einer gewissen Prahlerei verschleiert. Es gibt nur eine einzige, über jeden Vorwurf erhabene Art des Lügens, das Lügen um des Lügens selbst willen, und die höchste Entwicklungsstufe dieser Art des Lügens bildet, wie wir ausgeführt haben, das Lügen in der Kunst. Wie die Schwelle der Akademie nur überschreiten darf, wer Plato mehr liebt als die Wahrheit, so bleibt denen, die nicht die Schönheit mehr als die Wahrheit lieben, das Allerheiligste der Kunst verborgen. Der solide, dumme britische Intellekt brütet in der Einsamkeit der Wüste, wie die Sphinx in der herrlichen Erzählung Flauberts, und die Fantasie, La Chimère, tanzt um ihn herum und lockt ihn mit ihrer falschen Flötenstimme. Jetzt erhört er sie vielleicht noch nicht, aber eines Tages, wenn wir alle durch die Plattheit der modernen Dichtung zu Tode gelangweilt sind, wird man ihre Stimme vernehmen und sich ihrer Schwingen bedienen.

Und wenn dieser Tag aufdämmert oder die Sonne sich zum Untergang rötet, wie freudevoll werden wir da alle sein! Tatsachen werden für schimpflich gelten, die Wahrheit wird man über ihre Fesseln trauern sehen, und die Dichtung mit ihren Wundern zieht wieder ins Land. Die Welt wird unseren betroffenen Augen ganz verwandelt erscheinen. Aus dem Meer werden sich Behemoth und Leviathan erheben und um die hohen Galeeren schwimmen, wie man es auf den entzückenden Landkarten jener Tage, da geografische Bücher noch wirklich lesbar waren, dargestellt findet. Drachen werden über die verödeten Gefilde schweifen, der Phönix wird sich aus seinem Feuernest in die Weiten schwingen. Wir werden unsere Hand auf den Basilisken legen und die Juwelen im Kopfe der Kröte erblicken. Den goldenen Hafer fressend, wird der Hippogryph in unserem Stalle stehen, über unsere Häupter hin wird das Blaukehlchen schweben und von dem Wundervollen und dem Unmöglichen singen, von dem Lieblichen, das nie geschah, von dem, was nicht ist, doch sein sollte. Doch bevor dies alles Wirklichkeit wird, müssen wir die verloren gegangene Kunst des Lügens pflegen.«

Cyrill: Pflegen wir sie also sogleich. Doch um jeden Irrtum zu vermeiden, bitte ich dich, mir ganz kurz die Grundsätze der neuen ästhetischen Lehre zu eröffnen.

Vivian: Ganz kurz gefasst sind es die folgenden:

Die Kunst drückt nie etwas anderes aus als sich selbst. Sie führt ein völlig unabhängiges Dasein, wie das Denken, und entwickelt sich nur nach ihrem eigenen Gesetz. Sie ist in einem realistischen Zeitalter nicht notwendigerweise realistisch, noch geistig in einem Zeitalter des Glaubens. So weit ist die Kunst davon entfernt, das Geschöpf ihrer Zeit zu sein, dass sie sich gewöhnlich im direkten Gegensatze zu ihr befindet; die einzige Geschichte, die sie uns überliefert, ist die Geschichte ihres eigenen Werdens. Manchmal tritt sie in ihre früheren Fußstapfen und belebt eine alte Form wieder, wie in der archaistischen Bewegung der späten griechischen Architektur oder in der präraffaelitischen Bewegung unserer Tage. Manchmal greift die Kunst ihrer Zeit vor und fördert in einem Jahrhundert Werke zutage, die zu verstehen, zu schätzen, zu genießen ein weiteres Jahrhundert erfordert. In keinem Falle stellt sie ihre eigene Zeit dar. Aus der Kunst einer Zeit auf die Zeit selbst zu schließen, ist der große Irrtum, den alle Historiker begehen.

Der zweite Grundsatz ist: Alle schlechte Kunst hat ihren Ursprung in der Rückkehr zum Leben und zur Natur und darin, dass man diese beiden zum Ideal erhebt. Das Leben und die Natur mögen als ein Stück künstlerischen Rohmaterials zur Verwendung gelangen, doch ehe sie der Kunst wirklich von Nutzen sein können, müssen sie in künstlerische Formen gebracht werden. In dem Augenblick, da die Kunst sich der Fantasie entäußert, gibt sie sich selbst völlig auf. Als Methode betrachtet ist der Realismus ein völliger Irrtum; zwei Dinge sollte jeder Künstler vermeiden: Modernität der Form und Modernität des Themas. Für uns, die wir im neunzehnten Jahrhundert leben, mag jedes Jahrhundert, außer unserem eigenen, zur Darstellung taugen. Wundervoll sind nur Dinge, die mit uns in keinem Zusammenhang stehen. Eben weil uns Hekuba nichts bedeutet – ich zitiere mich selbst –, ist ihr Leid ein so außerordentlich wertvolles tragisches Motiv. Auch kann nur das Moderne aus der Mode kommen. Zola hat sich hingesetzt, uns ein Bild des zweiten Kaiserreichs zu entwerfen. Wer interessiert sich heute noch für das zweite Kaiserreich? Es ist aus der Mode. Das Leben überholt den Realismus, aber die Poesie schreitet immer dem Leben voraus.

Die dritte Lehre ist, dass das Leben die Kunst weit mehr nachahmt, als die Kunst das Leben. Dies erklärt sich nicht nur aus dem Nachahmungstrieb des Lebens, sondern aus der Tatsache, dass dem Leben der Wunsch innewohnt, sich auszudrücken, und dass die Kunst dem Leben wundervolle Möglichkeiten zur Erfüllung dieses Wunsches bietet. Diese Lehre ist noch nirgends verkündet worden, doch erweist sie sich als sehr fruchtbar und wirft auf die Geschichte der Kunst ein völlig neues Licht.

Zieht man aus alledem die Schlussfolgerungen, so ergibt sich, dass auch die äußere Natur die Kunst nachahmt. Die einzigen Effekte, die sie uns zu zeigen vermag, sind solche, die wir bereits durch die Dichtkunst oder die Malerei erblickt haben. Dies ist das Geheimnis des Reizes der Natur und zugleich die Erklärung ihrer Schwäche.

Die letzte Offenbarung ist, dass das Lügen, das Erfinden schöner Unwahrheiten, das eigentliche Ziel der Kunst ist. Aber darüber habe ich wohl ausführlich genug gesprochen. Und nun komm auf die Terrasse hinaus, »da wandelt der milchweiße Pfau wie ein Gespenst« und der Abendstern »tönt die Dämmerung silbern«. Um die Zwielichtstunde ist die Natur von wundervoll berückendem Zauber, da ist sie nicht ohne Lieblichkeit, doch ist vielleicht ihre Bestimmung nur, uns die Aussprüche der Dichter zu erläutern. Komm! Wir haben lange genug geplaudert.

Feder, Pinsel und Gift

Eine Studie in Grün

Man hat gegen Künstler und Schriftsteller immer den Vorwurf erhoben, dass sie der Ganzheit, der Rundung des Wesens ermangeln. Dies muss auch notwendigerweise als Regel gelten. Eben die Konzentration des visionären Blicks, die Energie des Strebens, die das künstlerische Temperament kennzeichnet, schließt eine gewisse Begrenztheit in sich. Wer in die Schönheit der Form versunken ist, dem scheint nichts anderes von Belang. Doch gibt es viele Ausnahmen von dieser Regel. Rubens hat als Gesandter gewirkt, Goethe als Staatsminister, Milton als Cromwells lateinischer Sekretär. Sophokles hatte in seiner Vaterstadt ein bürgerliches Amt inne. Die Humoristen, Essayisten und Erzähler des modernen Amerika haben, so scheint es, vor allem den einen Lieblingswunsch, diplomatische Vertreter ihres Landes zu werden; und Charles Lambs Freund, Thomas Griffiths Wainewright, von dem diese kurzen Memoiren handeln, besaß ein außerordentlich künstlerisches Temperament und hat gleichwohl noch anderen Mächten als der Kunst gedient: Er war nicht bloß ein Poet und Maler, ein Kunstkritiker und Antiquar, ein Prosaschriftsteller, ein Liebhaber schöner Dinge und ein Dilettant in allen anmutigen Künsten, sondern auch ein Fälscher von mehr als alltäglichen Gaben; überdies hat er als geschickter, verschwiegener Giftmischer weder in unserer, noch in früherer Zeit einen Rivalen gefunden.

Dieser merkwürdige Mann, der mit »Feder, Pinsel und Gift«, wie ein großer Dichter unserer Tage sehr hübsch von ihm sagte, so wundervoll umzugehen wusste, wurde in Chiswick im Jahre 1794 geboren. Sein Vater war der Sohn eines ausgezeichneten Rechtsanwalts an Grays Inn und Hatton Garden. Seine Mutter war die Tochter des berühmten Dr. Griffiths, des Herausgebers und Begründers der »Monthly Review«. Dieser hatte sich auch mit Thomas Davies, dem berühmten Buchhändler – von dem Johnson sagte, er sei kein Buchhändler, sondern ein Gentleman, der sich mit dem Verkaufe von Büchern abgebe – dem Freunde Goldsmiths und Wedgwoods, einer der namhaftesten Persönlichkeiten seiner Tage, zu einem anderen literarischen Unternehmen vereinigt. Mrs. Wainewright starb bei seiner Geburt, kaum einundzwanzig Jahre alt. In einem Nachruf, der nach ihrem Tode im »Gentlemans Magazine« erschien, wird von ihrem »liebenswürdigen Charakter und ihren zahlreichen Fähigkeiten« gesprochen; der Verfasser fügt artig hinzu: »Man sagt, sie habe die Schriften Lockes besser als irgendeiner unserer Zeitgenossen verstanden.« Wainewrights Vater überlebte seine junge Frau nicht lange; das Kind ward, aller Wahrscheinlichkeit nach, beim Großvater erzogen. Später, nach dem Tod der Eltern im Jahre 1803, übernahm sein Oheim, den er später vergiftete, die Erziehung. Seine Knabenjahre verbrachte er in Linden House zu Turnham Green, einem jener schönen Wohnhäuser aus der Zeit König Georgs, die leider durch das Eindringen der vorstädtischen Bauunternehmer verdrängt worden sind. Seinen lieblichen Gärten und wohlbestandenem Park verdankt er die einfache und leidenschaftliche Liebe für die Natur, die ihn sein ganzes Leben hindurch begleitet und die ihn für die intime Wirkung der Dichtungen Wordsworths so besonders empfänglich gemacht hat. Zur Schule ging er in der Anstalt Charles Burneys in Hammersmith. Burney war der Sohn des Musikhistorikers und ein naher Verwandter des künstlerisch begabten Jungen, der bestimmt war, sein berühmtester Schüler zu werden. Er scheint ein recht gebildeter Mann gewesen zu sein; in späteren Jahren hat Mr. Wainewright oft von ihm als einem Philosophen, Archäologen und ausgezeichneten Lehrer mit Liebe gesprochen. Er war ein Lehrer, der auf die intellektuelle Ausbildung besondern Wert legte, aber dabei doch nicht die Wichtigkeit früher moralischer Schulung übersah. Unter der Leitung Burneys hat er zuerst sein künstlerisches Talent entwickelt und Mr. Hazlitt erzählt uns, ein Skizzenbuch, dessen er sich in der Schule bediente, sei noch vorhanden und bekunde bedeutendes Talent und natürliches Empfinden. Die Malerei war in der Tat die erste Kunst, die ihn bezaubert hat. Erst viel später kam er auf den Gedanken, durch die Feder oder das Gift den Ausdruck seines Wesens zu finden.

Vorher jedoch scheint er durch knabenhafte Träume von der Romantik und Ritterlichkeit des Soldatenlebens angelockt und Gardist geworden zu sein. Aber das sorglose und ausschweifende Leben seiner Gefährten vermochte das verfeinerte künstlerische Temperament des Mannes, der zu anderen Dingen bestimmt war, nicht zu befriedigen. Er wurde bald des Dienstes überdrüssig. »Die Kunst«, erzählt er in Worten, die uns durch ihre leidenschaftliche Aufrichtigkeit und ihre eigentümliche Glut noch immer bewegen, »die Kunst berührte den Abtrünnigen; durch ihre reine und hohe Macht klärten sich die schädlichen Nebel; mein Gefühl, welk, überhitzt und trüb geworden, erhob sich zu kühler, neuer Blüte, einfach und herrlich für den, der einfältigen Herzens war.« Doch es war nicht die Kunst allein, die solche Veränderungen bewirkte. »Die Schriften Wordsworths«, fährt er in seiner Erzählung fort, »haben viel zur Klärung jenes trüben Wirbels beigetragen, der bei solchen Wandlungen notwendigerweise zu entstehen pflegt. Ich habe über diesen Schriften Tränen des Glücks und der Dankbarkeit vergossen.« Er schied also aus dem Heer mit seinem rauen Lagerleben und den derben Gesprächen der Offiziersmessen. Er kehrte nach Linden House zurück, ganz erfüllt von dem neu gewonnenen Enthusiasmus für höhere Bildung. Eine schwere Krankheit, die ihn, um seinen Ausdruck zu gebrauchen, »wie ein Tongefäß zerbrach«, streckte ihn eine Zeit lang nieder. So wenig Bedenken er trug, anderen Schmerz zuzufügen, sein eigener überzarter Organismus war gegen Schmerzen sehr empfindlich. Er bebte vor dem Schmerz, als vor einer Gewalt, die unser menschliches Leben stört und lähmt; er ist allem Anschein nach durch das schreckliche Tal der Melancholie gewandert, aus dem so viele große, vielleicht größere Geister nicht mehr den Ausweg gefunden haben. Doch er war jung – er zählte nicht mehr als fünfundzwanzig Jahre – er tauchte bald aus den »toten schwarzen Wassern«, wie er diesen Zustand nannte, empor, empor in die freiere Luft humanistischer Bildung. Von seiner Krankheit, die ihn an das Tor des Todes geführt hatte, genesen, fasste er den Plan, der Literatur als Kunst zu leben. »Mit John Woodvill rufe ich aus«, schreibt er, »in einem solchen Element sich zu bewegen, Treffliches zu schauen, zu hören, niederzuschreiben, das wäre ein göttliches Leben!«

»Wer so des Lebens tiefste Fülle schlürft,
Wird von des Todes Schatten kaum gestreift.«

Man vermag sich dem Eindruck nicht zu entziehen: So äußert sich wirkliche Leidenschaft für die Literatur. »Treffliches zu schauen, zu hören, niederzuschreiben«, das war sein Bestreben.

Scott, der Herausgeber des »London Magazine«, gewonnen durch das Genie des jungen Mannes oder unter dem Einfluss des seltsamen Zaubers, den er auf jeden, der ihn kennenlernte, ausübte, forderte Wainewright auf, eine Reihe von Artikeln über künstlerische Fragen zu verfassen. Unter einigen fantastischen Pseudonymen begann er daraufhin, an der Literatur der damaligen Zeit mitzuwirken. Janus Wetterhahn, Egomet Bonmot und Van Vinkvooms, so hießen manche der grotesken Masken, unter denen er seinen Ernst verbarg oder seinen leichten Sinn verhüllte. Eine Maske sagt uns mehr als ein Gesicht. Diese Vermummungen haben seine Persönlichkeit vertieft. In unglaublich kurzer Zeit scheint er sich durchgesetzt zu haben. Charles Lamb spricht von dem »lieben fröhlichen Wainewright, dessen Prosa ersten Ranges ist«, wir hören, dass er Macready, John Forster, Maginn, Talfourd, Sir Wentworth Dilke, den Dichter John Clare und andere zu einem petit-dîner einlud. Wie Disraeli fasste er den Vorsatz, die Stadt durch sein Dandytum in Aufregung zu bringen, und seine wundervollen Ringe, seine antiken Gemmen, die ihm als Busennadeln dienten, seine matt zitronenfarbenen Glacéhandschuhe waren wohlbekannt; Hazlitt betrachtete sie sogar als Zeichen des Beginns eines neuen literarischen Stils. Seine vollgelockten Haare, die schönen Augen, seine vornehmen weißen Hände ließen ihn sogleich als einen Mann erscheinen, der sich auf gefährliche und entzückende Weise von den anderen unterschied. Er hatte manches von dem Wesen Lucien de Rubemprés in der Erzählung Balzacs. Zuweilen erinnert er uns an Julien Sorel. De Quincey lernte ihn einmal kennen. Es war bei einem Diner bei Charles Lamb. »In der Gesellschaft – es waren lauter Schriftsteller – saß ein Mörder«, so erzählt er uns, und er schildert, wie er an diesem Tag sich unpässlich fühlte, so sehr, dass ihm die Gesichter von Männern und Frauen Widerwillen erregten und wie er doch nicht umhin konnte, mit lebhaftem Interesse über den Tisch auf den jungen Schriftsteller zu blicken, dessen affektiertes Gehabe so viel unaffektiertes Gefühl zu verhüllen schien. Er grübelt dann weiter, »wie sehr sein Interesse gewachsen«, und dadurch seine Stimmung umgewandelt worden wäre, wenn er gewusst hätte, welches furchtbaren Verbrechens jener Gast, dem Lamb so viel Aufmerksamkeit schenkte, sich schon damals schuldig gemacht hatte.

Sein Lebenswerk ordnet sich in natürlicher Weise in drei Abschnitte, die Swinburne aufgestellt hat, und man kann zum Teil zugeben, dass er, wenn wir von dem, was er in der Kunst des Vergiftens geleistet hat, absehen, uns kaum etwas hinterlassen hat, was seinen Ruhm rechtfertigt.

Doch ist es nur Art des Philisters, eine Persönlichkeit mit dem gemeinen Maßstabe der Leistung zu messen. Dieser junge Dandy wollte lieber jemand sein als etwas vollbringen. Er erkannte, dass das Leben selbst eine Kunst ist und seine Stilformen hat, genau wie die Künste, die das Leben auszudrücken versuchen. Doch ist auch sein Lebenswerk nicht ohne Interesse. William Blake erzählt uns, er habe vor einem seiner Bilder verweilt und habe es »sehr schön« gefunden. Seine Essays haben viel von dem, was später verwirklicht worden ist, gewissermaßen vorweggenommen. Er hat manches, was mit der modernen Kultur nur lose zusammenhängt, von vielen aber als das Wesentliche betrachtet wird, vorausempfunden. Er schreibt über die Gioconda und über Dichter der französischen Frühzeit und über die italienische Renaissance. Er liebt griechische Gemmen und persische Teppiche, elisabethanische Übersetzungen von Amor und Psyche und der Hypnerotomachia, Bucheinbände und erste Ausgaben und breitrandige Stiche. Er hat einen sehr feinen Sinn für den Wert einer schönen Umgebung und wird nicht müde, die Räume zu beschreiben, in denen er wohnte oder gern gewohnt hätte. Er besaß jene seltsame Vorliebe für das Grün, die stets, wenn sie bei Einzelnen auftritt, ein feines künstlerisches Temperament bekundet, bei Völkern jedoch eine gewisse Schlaffheit oder vielleicht gar den Niedergang der Moral ankündigen soll. Wie Baudelaire liebte er die Katzen sehr; er war, wie Gautier, von dem »süßen Marmorungeheuer«, dem zweigeschlechtigen, das wir noch jetzt in Florenz und im Louvre sehen, entzückt.

In seinen Schilderungen und seinen Winken für die dekorative Kunst findet sich allerdings manche Bemerkung, die bezeugt, dass auch er sich nicht völlig vom falschen Geschmack seiner Zeit freizumachen wusste. Doch es ist klar, dass er einer der Ersten war, die erkannten, worauf es beim ästhetischen Eklektizismus hauptsächlich ankommt, nämlich auf das Zusammenklingen alles wirklich Schönen, völlig unabhängig von Zeit, Ort, Schule oder Manier. Er erkannte, dass wir beim Ausschmücken eines Zimmers, das ein Raum zum Bewohnen, nicht zur Parade sein soll, keineswegs die Vergangenheit mit archäologischer Genauigkeit wiederherstellen müssen. Wir sollen uns auch nicht mit dem Gefühl, zu peinlicher historischer Genauigkeit verpflichtet zu sein, beschweren. Seine künstlerische Empfindung hatte da völlig recht. Alles Schöne gehört der nämlichen Zeit an.

Und so finden wir in seiner eigenen Bücherei, wie er sie schildert, die zarte, tönerne, griechische Vase mit ihren minutiös gemalten Figuren und dem matten ΚΑΛΟΣ, in feinen Linien darauf gezeichnet; dahinter hängt ein Stich nach der »Delphischen Sibylle« Michelangelos oder der »Pastorale« Giorgiones. Hier ein Stück einer florentinischen Majolika, dort eine rote Lampe aus einem römischen Grab. Auf dem Tisch liegt ein Stundenbuch »in einer Hülle aus gediegenem, vergoldetem Silber, geschmückt mit anmutigen Sinnbildern und mit kleinen Brillanten und Rubinen besetzt«; dicht daneben hockt ein kleines, hässliches Ungeheuer, etwa ein Lar, ausgegraben auf den sonnigen Gefilden des korngesegneten Sizilien. Einige dunkle, antike Bronzen kontrastieren »mit dem blassen Schimmer zweier edler Christi-Kruzifixi, deren einer in Elfenbein geschnitten, der andere in Wachs modelliert ist«. Er besitzt seine mit Edelsteinen gezierten Präsentierteller, seine zarte Louis-Quatorze-Bonbonniere mit einem Miniaturbild Petitots, seine hoch gepriesenen »Filigran-Teekannen aus braunem Biskuit«, seine zitronenfarbene Saffian-Briefschatulle, seinen »pomonagrünen« Stuhl.

Man kann sich ihn vorstellen, wie er inmitten seiner Bücher, Abgüsse und Stiche daliegt, ein wahrer Kunstliebhaber und feiner Kenner, wie er seine erlesene Sammlung von Marc Antonios und sein »Liber Studiorum« Turners, das er sehr warm bewunderte, durchblättert oder mit einem Vergrößerungsglas einige seiner antiken Gemmen und Kameen prüft, »den Kopf Alexanders auf einem doppelschichtigen Onyx« oder »jenes herrliche altissimo relievo auf Karneol, den Jupiter Ägiochus«. Er war stets ein besonderer Liebhaber von Stichen und gibt einige sehr nützliche Winke über die besten Methoden zum Anlegen einer Sammlung. Doch verlor er niemals, wie sehr er auch die moderne Kunst zu schätzen wusste, den Blick für die Bedeutung der

Reproduktionen der großen Meisterwerke der Vergangenheit. Seine Bemerkungen über den Wert der Gipsabgüsse sind ganz bewundernswert.

Als Kunstkritiker beschäftigte er sich vor allem mit den Gesamteindrücken, die durch ein Kunstwerk hervorgerufen werden, und sicherlich liegt der Anfang aller ästhetischen Kritik darin, dass man seine persönlichen Impressionen ausdrückt. Abstrakte Erörterungen über das Wesen der Schönheit waren nicht seine Sache. Die historische Methode, die seitdem so reiche Frucht getragen hat, war seiner Zeit noch fremd, doch ließ er nie die große Wahrheit aus den Augen, dass sich die Kunst zunächst weder an den Intellekt noch an die Gefühle, sondern nur an das künstlerische Temperament wendet. Er führt mehr als einmal aus, dass dieses Temperament, dieser »Geschmack«, wie er es nennt, unbewusst durch den innigen Kontakt mit Meisterwerken gebildet und gereift wird und sich endlich zu einer Art treffenden Urteils entwickelt. Allerdings gibt es in der Kunst, ebenso wie in der Kleidung, Moden und vielleicht vermag niemand, sich vom Einfluss der Gewohnheit und der Neuheit ganz zu befreien. Er wenigstens vermochte dies nicht; er bekennt freimütig, wie schwer es halte, die richtige Meinung über das Werk eines Zeitgenossen zu gewinnen. Aber im Ganzen, muss man sagen, war sein Geschmack trefflich und gesund. Er bewunderte Turner und Constable zu einer Zeit, als diese Künstler noch nicht so sehr wie heutzutage im Mund der Leute waren. Er erkannte, dass die höchst entwickelte Landschaftskunst mehr als »bloßen Fleiß und genaues Kopieren« voraussetze. Über Cromes »Heideszene bei Norwich« bemerkt er: Diese Darstellung bekundet, »wie sehr die genaue Beobachtung der Elemente in ihren wilden Stimmungen einem höchst uninteressanten Fleck Landes zugutekommt«. Über die typische Landschaftsmalerei seiner Tage sagt er, sie sei einfach eine Aufzählung von Tal und Hügel, Baumstümpfen, Buschwerk, Wasser, Matten, Villen und Häusern; kaum mehr als Topografie, etwa ein gemaltes Landkartenwerk, in dem Regenbogen, Schauer, Nebel, Lichtkreise, die Strahlenfülle, die durch zerrissene Wolken bricht, Stürme, das Licht der Sterne, die wertvollsten Hilfsmittel für den wirklichen Maler, fehlen. Er hatte einen tiefen Hass gegen alles allzu deutliche, Gemeinplätzige in der Kunst; er war entzückt, Wilkie bei Tisch zu unterhalten, um die Gemälde Sir Davids aber kümmerte er sich so wenig, wie um die Gedichte Crabbes. Der nachahmenden, realistischen Richtung seiner Tage brachte er keine Sympathien entgegen. Er gesteht auch offen, seine große Bewunderung Fuselis wurzle darin, dass dieser kleine Schweizer es nicht für notwendig halte, dass ein Künstler nur das male, was er erblickt. Eigenschaften, die er von einem Gemälde verlangte, waren Komposition, Schönheit und Adel der Linie, Reichtum der Farbengebung, Macht der Fantasie. Doch war er durchaus kein Doktrinär. »Ich bin der Ansicht, kein Kunstwerk kann nach anderen Gesetzen als nach jenen, die aus ihm selbst fließen, beurteilt werden; ob es mit sich im Einklänge steht oder nicht, das ist die Frage.« Dies ist einer seiner glänzenden Aphorismen. Und seine kritische Beurteilung so verschiedener Künstler wie Landseer und Martin, Stothard und Etty bekundet, dass er es versucht – um eine jetzt klassisch gewordene Redewendung zu gebrauchen –, »die Dinge so zu sehen, wie sie wirklich an sich sind«. Gleichwohl fühlt er sich, wie ich früher ausführte, beim Kritisieren der Werke seiner Zeitgenossen nicht ganz in seinem Element. »Das Gegenwärtige«, bemerkt er, »bringt mich in eine ähnlich angenehme Verwirrung wie

Ariost, wenn man ihn zum ersten Mal liest … Das Moderne blendet mich. Ich muss es durch das Fernrohr der Zeit betrachten. Elia klagt, der Wert einer Dichtung im Manuskript sei ihm nicht ganz klar; »der Druck«, sagt er treffend, »entscheidet alles«. Fünfzig Jahre Verblassen bringen bei einem Gemälde die nämliche Wirkung hervor. Ihm ist es lieber, über Watteau und Lancret, über Rubens und Giorgione, über Rembrandt, Correggio und Michelangelo zu schreiben; am meisten äußert er sich über griechische Kunst. Die Gotik berührte ihn kaum, aber die klassische und die Renaissance-Kunst standen ihm stets sehr nahe. Er erkannte sehr wohl, wie viel unsere englische Schule durch das Studium griechischer Vorbilder gewinnen könne; er versäumt es nie, die jungen Studenten auf die im hellenischen Marmor, in der hellenischen Technik schlummernden künstlerischen Möglichkeiten hinzulenken. In seinen Urteilen über die großen italienischen Meister, bemerkte de Quincey, »schien ein Ton von Aufrichtigkeit und ursprünglicher Empfindungswärme durchzubrechen, wie er nur bei denen sich zeigt, die aus sich selbst, nicht bloß aus Büchern schöpfen«. Das höchste Lob, das wir ihm erteilen können, ist, dass er den Versuch wagte, den großen Stil als bewusste Überlieferung wieder neu zu erwecken. Doch er sah wohl ein, dass weder Vorlesungen über Kunst noch Kunstkongresse noch »Projekte zur Förderung der schönen Künste« das bewirken können. »Das Publikum«, führt er sehr klug und im wahren Geist von Toynbee Hall aus, »muss stets die besten Modelle vor Augen haben.«

Wie man von ihm, dem Maler, erwarten durfte, geht er in seiner Kritik sehr oft auf technische Details ein. Über Tintorettos Gemälde »St. Georg, die ägyptische Prinzessin vom Drachen befreiend« bemerkt er:

»Das Kleid der Sabra, warm lasiert mit preußischem Blau, hebt sich vom blassgrünen Hintergrund durch einen roten Schleier ab; die vollen Farbentöne finden gewissermaßen ihren wundervollen Widerhall in den gedämpft-purpurfarbenen Stoffen und dem bläulichen Eisenpanzer des Heiligen; überdies halten der lebhaften Azurdraperie des Vordergrundes die Indigoschatten des wilden Waldes, der das Schloss umhegt, die Waage.«

Anderswo spricht er gelehrt über »einen zarten Schiavone mit seinen vielfach durchbrochenen Schattierungen, bunt wie ein Tulpenbeet«, über ein glühendes, durch Morbidezza ausgezeichnetes Porträt des seltenen Maroni«. Von einem anderen Bild sagt er, dass es »in seinem Inkarnat weich sei«.

In der Regel aber beschäftigt er sich nur mit dem Gesamteindruck eines Werkes. Er versucht, seine Impression in Worte zu übersetzen, gewissermaßen jene Eindrücke literarisch auszuprägen, die Fantasie und Geist empfingen. Er hat als einer der ersten die so genannte Kunstschriftstellerei des neunzehnten Jahrhunderts zur Entwicklung gebracht, jene literarische Form, die in Ruskin und Browning ihre vollendetsten Vertreter gefunden hat. Seine Schilderung des »Repas Italien« des Lancret, eines Gemäldes, in dem »ein dunkelgelocktes Mädchen, verliebt in allerlei Schabernack, auf der mit Maßliebchen übersäten Wiese liegt«, ist in mancher Hinsicht äußerst reizvoll. Wir geben hier die Beschreibung der »Kreuzigung« Rembrandts wieder. Sie ist für seinen Stil äußerst charakteristisch:

»Finsternis – rußige, furchtbare Finsternis – bedeckt die ganze Szene: Nur über dem verwunschenen Wald strömt, wie durch einen schrecklichen Spalt in der düstern Himmelsdecke, eine Regenflut herab, hagelartiges, schmutzgefärbtes Wasser – grauliches Gespensterlicht verbreitend, ein Licht, noch schauerlicher, als die greifbare Nacht. Schon keucht die Erde heftig, schwer! Das dunkle Kreuz erbebt! Die Winde halten an, die Luft steht still – Murren, Dröhnen grollt unter ihren Füßen. Aus der ärmlichen Menge fliehen manche bereits den Hügel hinab. Die Rosse wittern das nahende Grauen, sie sind vor Angst nicht mehr zu lenken. Jäh naht der Augenblick, da, fast zerrissen durch die eigene Schwere, ohnmächtig durch den Verlust des Bluts, das jetzt in Bächen aus seinen geöffneten Adern rieselt, Schläfen und Brust beinahe vom Schweiß ertränkt, die schwarze Zunge ausgedörrt von glühendem Todesfieber, Jesus aufschreit: ›Mich dürstet!‹ Man hebt den todbringenden Essig zu seinen Lippen empor.

Sein Haupt sinkt, der heilige Leichnam schwankt und fühlt das Kreuz nicht länger. Eine schmale rote Flamme schießt hell durch die Luft und verblasst. Karmel und Libanon bersten. Das Meer wälzt von den Sandbänken herab schwarz rollende Fluten. Die Erde klafft, Grüfte speien die Leichen aus. Tote und Lebende werden in unnatürlicher Verbindung durcheinander geschüttelt und rasen durch die heilige Stadt. Neue Schrecken erwarten sie hier. Der Vorhang des Tempels – der undurchdringliche Vorhang – ist vom Scheitel bis zum Fuß geborsten. Jenes furchtbare Heiligtum, das die Mysterien der Hebräer bewahrt – die schicksalsschwere Bundeslade mit ihren Tafeln und dem siebenarmigen Leuchter – wird durch überirdische Flammen der gottverlassenen Menge erschlossen.

»Rembrandt hat diese Skizze niemals gemalt, und das mit vollem Recht. Sie hätte ohne den verwirrenden Schleier der Unbestimmtheit, der unserer Einbildungskraft ein so weites Gebiet eröffnet, beinahe den ganzen Reiz des Geheimnisvollen eingebüßt. Jetzt wirkt sie wie ein Ding aus einer andern Welt. Schwarz gähnt ein Abgrund zwischen uns. Mit den

Sinnen ist sie nicht zu fassen. Nur die Seele vermag ihr zu nahen.«

Diese Stelle, »niedergeschrieben in Grauen und Ehrfurcht« – so berichtet der Autor – enthält manches Furchtbare, manches ganz Entsetzliche, aber sie ist nicht ohne eine gewisse rohe Kraft oder wenigstens nicht ohne eine gewisse rohe Gewalt des Worts. Eben unser Zeitalter, das solcher Kraft ermangelt, sollte sie höchlich zu schätzen wissen. Doch scheint es erfreulicher, zu seiner Beschreibung des Bildes Giulio Romanos »Cephalus und Procris« überzugehen:

»Man sollte die Klagen des Moschus um Bion, den süßen Hirten, lesen, bevor man dieses Gemälde betrachtet, oder man sollte das Gemälde als Vorbereitung für die Klagelieder studieren. Wir finden hier und dort beinah das Nämliche dargestellt. Über beide Opfer murmeln die hohen Haine und Wälder der Niederung; die knospenden Blumen hauchen müden Duft; die Nachtigall trauert auf felsigem Gestein, die Schwalbe in lang gewundenen Tälern; die Satyrn und dunkel verschleierten Faune stöhnen; des Waldes Quellnymphen zerfließen in Tränen. Schafe und Böcke verlassen ihre Weide; die Oreaden, die gern auf unwegsamen Spitzen senkrechter Felsen klimmen, eilen hernieder von ihren singenden, windumschmeichelten Pinien, Dryaden neigen sich aus den Zweigen der verschlungenen Bäume herab, die Flüsse weinen um die weiße Procris mit vielen hervorstürzenden Tränen:

›Den fernhinglänzenden Ozean füllend
mit ihrem Laut.‹

Die goldenen Bienen auf dem thymianduftenden Hymettus werden still; das schallende Horn des Geliebten der Aurora wird niemals mehr das kalte Zwielicht auf den Höhen des Berges zerstreuen. Der Vordergrund unseres Gemäldes ist ein grasreiches, durch die Sonne verbranntes Gelände, wie gewelltes Land hinansteigend und sich senkend, noch unebener durch die vielen Wurzeln, in denen sich der Fuß verfängt, durch Strünke von Bäumen, die vor der Zeit gefällt wurden und die dennoch wieder leichte, grüne Sprösslinge hervortreiben.

Dieses Gelände steigt jäh zur Rechten zu einem dichten Hain empor, den kein Sternenschimmer zu durchdringen vermag; an seinem Eingang sitzt der kummerbetäubte thessalische König. Er hält auf seinen Knien den elfenbeinglänzenden Leib. Vor einem Augenblick hat dieser noch das raue Gezweig mit der sanften Stirn geteilt, den Boden mit seinen Dornen und Blumen eifersuchtbeschwingten Schrittes getreten – jetzt liegt dieser Körper da, hilflos schwer, entseelt, kaum dass die spielenden Lüfte das dichte Haar wie im Spott heben.

Heimlich drängen sich aus dem benachbarten Gehölz erstaunte Nymphen heran, laut schreiend.

›Und fellumgürtete Satyrn, efeuumwunden,
stützen herbei;
Und seltsames Mitleid klinget hervor aus
sanfter Schalmei.‹

Laelaps liegt unten in der Tiefe; sein Keuchen bekundet, wie furchtbar schnell der Tod ihn überfällt. Dieser Gruppe gegenüber hält der tugendreiche Eros mit niedergeschlagenen Flügeln den Köcher dem herannahenden Trupp des Waldvolks entgegen, Faunen, Böcken, Ziegen, Satyrn und Satyrweibchen, die ihre Kinder mit zitternden Fingern fester an sich pressen. Von links her traben sie alle heran auf versunkenem

Weg zwischen dem Vordergrund und einem felsigen Gemäuer, an dessen niedrigster Erhebung eine Quellnymphe aus ihrer Urne unglückmurmelndes Wasser hervorströmt. Höher und weiter entfernt als die Ephidryas, erscheint, die Locken raufend, ein anderes Weib zwischen den weinumhegten Baumpfeilern eines unberührten Hains. Die Mitte des Bildes umfassen schattige Matten, die sich zur Strommündung herabsenken, jenseits dehnt sich die unendliche Macht des strömenden Ozeans. Die rosige Aurora, die Auslöscherin der Sterne, taucht daraus empor und treibt ihre taubesprengten Rosse. Sie peitscht sie wütend zur Eile, die Todesangst ihres Nebenbuhlers zu erspähen.«

Würde diese Schilderung sorgsam neu geschrieben, dann wäre sie ganz wundervoll. Der Gedanke, aus einem Gemälde ein Prosagedicht zu formen, ist ausgezeichnet. Ein guter Teil der besten modernen Literatur hat in diesem nämlichen Wunsch seinen Ursprung. In einem sehr hässlichen und empfindlichen Zeitalter borgen die Künste nicht vom Leben, sondern von den Nachbarkünsten.

Auch seine Neigungen waren erstaunlich mannigfaltiger Art. Er interessierte sich zum Beispiel sehr lebhaft für alles, was mit dem Theater zusammenhing. Er betonte sehr oft, man müsse sich bei den Kostümen und den Dekorationen archäologischer Genauigkeit befleißigen. »In der Kunst«, bemerkt er in einem seiner Essays, »ist alles, was überhaupt wert ist, getan zu werden auch wert, auf richtige Art getan zu werden.« Er führt aus, dass, wenn man einmal Anachronismen zulasse, man sehr schwer die Grenze des Erlaubten finde. In der Literatur kämpfte er, wie Lord Beaconsfield bei einem bekannten Anlass, »auf der Seite der Engel«. Er war einer der ersten Bewunderer von Keats und Shelley – »des bebend sensitiven und dichterischen Shelley«, wie er ihn nennt. Seine Bewunderung für Wordsworth war aufrichtig und tief. Er wusste William Blake völlig zu schätzen. Eine der besten Abschriften der »Songs of Innocence and Experience«, die wir überhaupt besitzen, wurde eigens für ihn angefertigt. Er liebte Alain Chartier und Ronsard und die Dramatiker der elisabethanischen Zeit und Chaucer und Chapman und Petrarca. Für ihn waren alle Künste eins. »Unsere Kritiker«, bemerkt er sehr verständig, »scheinen gar nicht zu erkennen, dass Dichtkunst und Malerei dem gleichen Ursprung entfließen, dass jeder wirkliche Fortschritt in der ernsthaften Erforschung der einen Kunst eine entsprechende Vervollkommnung in der anderen zur Folge hat.« Und er führt anderswo aus, dass jemand, der Michelangelo nicht bewundere und dabei von seiner Liebe für Milton schwärme, entweder sich selbst oder seine Zuhörer betrüge. Seinen Mitarbeitern am »London Magazin« bewies er sehr viel Großmut. Er lobte Barry Cornwall, Allan Cunningham, Hazlitt, Elton und Leigh Hunt ganz ohne die spöttische Bosheit eines Freundes. Einige seiner Skizzen über Charles Lamb sind in ihrer Art bewundernswert. Sie entnehmen in echt schauspielerhafter Weise ihren Stil dem Gegenstand:

»Kann ich über dich das Mindeste sagen, was nicht alle wissen? Dass du die Fröhlichkeit eines Knaben mit der reifen Kenntnis des Mannes vereintest; dass du ein Herz besaßest, voller Güte wie irgendeins, das uns Tränen ins Auge trieb.

Wie viel Witz bewies er, da er euch missverstand. Wie geschickt ließ er in die passende Stunde den unpassenden Scherz fließen! Seine Rede war, wenn er sich von Geziertheit fernhielt, selbst bis zur Dunkelheit gedrängt, wie die Sprache jener geliebten Dichter der elisabethanischen Zeit. Gleich Körnern feinen Goldes breiteten sich seine Aussprüche über weite Flächen. Er hatte wenig für unechten Ruhm übrig, und eine beißende Bemerkung über das ›Gehabe der Männer von Genie‹ stand ihm stets zu Gebote. Sir Thomas Brown war einer seiner ›Busenfreunde‹, ebenso Burton und Fuller. In seinen verliebten Launen spielte er mit jener unvergleichlichen Herzogin der vielfachen Parfüms; die tollen Komödien von Beaumont und Fletcher brachten ihm helle Träume. Er ließ, gleichsam aus plötzlicher Inspiration, kritische Lichter darauf fallen; doch ließ man ihn am besten seinen eigenen Weg gehen. Fing ein anderer an, sich über seine Lieblingsdichter zu äußern, dann war er imstande, ihm ins Wort zu fallen, er machte irgendeinen Zusatz, man wusste nicht, ob aus Missverständnis oder Bosheit. Bei C… bildeten eines Abends jene dramatischen Dichter vor allem das Thema des Gesprächs. Ein Herr X. rühmte die leidenschaftliche Glut, den erlauchten Stil einer Tragödie – ich weiß nicht, welcher –, da unterbrach ihn Elia sogleich mit der Bemerkung: ›Das war gar nichts, die lyrischen Partien sind das Erhabene gewesen – ja die lyrischen Partien!‹«

Eine Seite seiner literarischen Bestrebungen verdient besonderer Erwähnung. Man darf sagen, der moderne Journalismus hat ihm so viel wie irgendeinem Mann aus dem Anfange des Jahrhunderts zu danken. Er war der Vorkämpfer des so genannten »asiatischen« Stils, er fand sein Ergötzen an malenden Beiworten und pompösen Übertreibungen. Ein Stil, dessen üppiger Glanz den Gegenstand verhüllt – das ist die HauptErrungenschaft einer sehr wichtigen und viel bewunderten Schule der Artikelschreiber aus der Fleet Street. Janus Wetterhahn hat diese Schule, man darf es behaupten, begründet. Er erkannte auch, dass es nicht schwer fällt, das Publikum für die eigene Persönlichkeit zu interessieren, wenn man nur immer von ihr redet. So erzählt dieser außerordentliche junge Mann in seinen Zeitungsartikeln der Mitwelt, was er Mittag speist, wo er seine Kleider machen lässt, welcher Weinsorte er den Vorzug gibt, wie es mit seiner Gesundheit bestellt ist – genau, als ob er Wochenchroniken für irgendeine sehr verbreitete Zeitung unserer Tage verfasste. Besaß auch diese Seite seiner Tätigkeit am wenigsten Wert, so übte sie gleichwohl den sichtbarsten Einfluss. Heutzutage ist ein Publizist ein Mann, der die Öffentlichkeit mit den Details der Ungesetzlichkeiten langweilt, die er in seinem Privatleben verübt.

Wie die meisten künstlerischen Menschen bekundet er besondere Vorliebe für die Natur. »Drei Dinge«, sagt er irgendwo, »sind mir besonders wert: bequem auf einer Höhe zu sitzen, die eine reiche Aussicht beherrscht; im Sonnenglanze ringsum durch dichte Bäume beschattet zu werden; und die Einsamkeit so recht mit dem Bewusstsein zu genießen, dass Menschen in der Nähe sind. Dies alles beschert mir das Land.« Er schildert uns, wie er über süß duftenden Ginster wandert und Collins »Ode an den Abend« laut vor sich hinspricht, um den erlesenen Geist des Augenblicks zu erhaschen. Er schildert, wie er sein Antlitz »in ein vom Tau der Mainacht feuchtes Primelbeet drückt«; er erzählt, welche Freude er empfindet, wenn er die sanften Kühe »durch das Zwielicht heimwärts ziehen sieht« und das »entfernte Geläute der Lämmerherden« vernimmt. Eine seiner Redewendungen: »Der Polyanthus glühte in seinem kalten Erdenbett wie ein einsames Bild des Giorgione auf einer dunkeln, eichenen Wand«, ist für sein Empfinden seltsam bezeichnend. Auch die nachfolgende Bemerkung ist in ihrer Art sehr hübsch:

»Das kurz geschnittene, zarte Gras war bedeckt mit Maßliebblüten, sie standen dicht wie die Sterne einer

Sommernacht. Das raue Gekrächze emsiger Krähen klang, sanfter tönend, ein wenig entfernt, aus einem hohen, düstern Ulmenhain hernieder. Zuweilen wurde die Stimme eines Knaben laut, der die Vögel von den neu besäten Feldern fortscheuchte. Die blauen Tiefen waren dunkelultramarin gefärbt. Über den sanften Himmel strich nicht eine Wolke. Nur um seinen Rand flutete ein Streifen des Lichts, ein Nebelhäutchen, dem gegenüber sich das nahegelegene Dorf mit der alten Steinkirche deutlich glänzend weiß abhob. Ich musste an Wordsworths ›Verse im März geschrieben‹ denken.«

Wir dürfen jedoch nicht vergessen, dass eben der hochgebildete junge Mann, der diese Zeilen niederschrieb und sich für den Einfluss Wordsworths so empfänglich zeigte, zugleich, wie ich in der Einleitung dieser Denkschrift bemerkte, einer der heimlich-verschwiegensten Giftmischer seines Zeitalters gewesen ist. Er berichtet uns nicht, wodurch er zu diesem seltsamen Verbrechen zuerst angeregt wurde. Das Tagebuch, in dem er sorgfältig die Ergebnisse seiner schrecklichen Versuche und das Verfahren, das er anwandte, aufzeichnete, ist uns leider verloren. Selbst in seinen späteren Lebenstagen bewahrte er über dieses Thema völliges Stillschweigen; er zog es vor, über Wordsworths »Ausflug« und »Gedichte, die aus Leidenschaften entspringen«, zu plaudern. Es unterliegt aber keinem Zweifel, dass das Gift, dessen er sich bediente, Strychnin gewesen ist. Er verbarg in einem der herrlichsten Ringe, auf die er so stolz war, die er trug, um die feine Modellierung seiner vornehmen Elfenbeinhand hervorzuheben, Kristalle der indischen nux vomica, eines Giftes, das – so erzählt uns einer seiner Biografen – »beinahe geschmacklos, schwer zu entdecken und fast unendlicher Verdünnung fähig ist«. Seiner Mordtaten, berichtet de Quincey, sind mehr gewesen, als man je durch die Gerichtsverhandlungen erfuhr. Das ist gewiss, und einige dieser Morde sind der Aufzeichnung wert. Das erste Opfer war sein Onkel Thomas Griffiths. Er vergiftete ihn im Jahre 1829 in der Absicht, in den Besitz von Linden House, einer Stätte, die er seit jeher sehr liebte, zu gelangen. Im August des nächsten Jahres hat er Mrs. Abercrombie, die Mutter seiner Gattin, im folgenden Dezember die liebliche Helene Abercrombie, seine Schwägerin, vergiftet. Das Motiv des Mordes der Mrs. Abercrombie steht nicht ganz fest. Er hat die Tat vielleicht aus einer Laune begangen oder um irgendein fürchterliches Machtgefühl, das in ihm lebte, zu befriedigen oder weil sie Argwohn gegen ihn hatte oder vielleicht aus gar keinem bestimmten Grund. Was jedoch Helene Abercrombie betrifft, so haben er und seine Gattin diesen Mord verübt, um eine Summe von ungefähr 18 000 Pfund Sterling zu erlangen; sie hatte nämlich ihr Leben bei verschiedenen Gesellschaften für diese Summe versichert. Die näheren Umstände waren die folgenden. Am 12. Dezember reiste er in Gesellschaft seiner Frau und seines Kindes von Linden House nach London und bezog in der Conduit Street (Regent Street Nr. 12) eine Wohnung. In ihrer Begleitung befanden sich die beiden Schwestern Helene und Madeleine Abercrombie. Am Abend des 14. besuchten sie gemeinsam das Theater, beim Abendessen fühlte sich Helene unwohl. Den Tag darauf erkrankte sie ernstlich, und Dr. Locock vom Hanover-Platz wurde an ihr Lager berufen. Sie lebte noch bis Montag, den 20. An diesem Tag brachten ihr nach der Morgenvisite des Arztes Mr. und Mrs. Wainewright ein vergiftetes Gelee; dann machten sie einen Spaziergang. Nach ihrer Rückkehr war Helene Abercrombie bereits eine Leiche. Sie war ungefähr zwanzig Jahre alt, ein schlankes, anmutiges, hellblondes Mädchen. Eine sehr reizende Rötelzeichnung von der Hand ihres Schwagers ist noch vorhanden; sie zeigt, wie sehr sein künstlerischer Stil damals von Sir Thomas Lawrence beeinflusst ward, einem Maler, für dessen Art er stets große Bewunderung hegte. De Quincey meint, Mrs. Wainewright sei in Wahrheit nicht Mitwisserin des Mordes gewesen. Hoffen wir, dass sie es nicht war. Das Verbrechen sollte in der Einsamkeit und ohne Helfershelfer bleiben.

Die Versicherungsgesellschaften ahnten wohl den wahren Zusammenhang der Dinge und lehnten die Auszahlung der Police ab, wobei sie sich auf gewisse fachtechnische Mängel stützten; die Deklaration sei falsch gewesen, auch seien die Prämien nicht eingezahlt worden. Mit erstaunlichem Mut brachte nunmehr der Giftmischer eine Klage beim Gerichtshofe von Chancery wider die »Imperial Company« ein; vereinbart wurde, dass ein Urteilsspruch alle Fälle erledigen solle. Das Gericht gelangte fünf Jahre lang zu keinem Ergebnis, endlich wurde nach einer entgegengesetzt lautenden Entscheidung das Urteil zugunsten der Gesellschaft gefällt. Der Richter in dieser Angelegenheit war Lord Abinger. Egomet Bonmot war durch Mr. Erle und Sir William Follet vertreten; für die Gegenseite erschienen der Kronanwalt und Sir Frederick Pollock. Der Kläger war unglücklicherweise außerstande, bei einem der Gerichtstage anwesend zu sein. Die Weigerung der Gesellschaft, ihm die 18000 Pfund Sterling zu bezahlen, hatte ihn in höchst peinliche pekuniäre Schwierigkeiten gestürzt. In der Tat, wenige Monate nach der Ermordung der Helene Abercrombie war er schuldenhalber in den Straßen Londons in dem Augenblick verhaftet worden, als er der hübschen Tochter eines seiner Freunde eine Serenade darbrachte. Über diese Schwierigkeiten kam er allmählich hinweg, doch hielt er es bald für geratener, bis zu dem Augenblick, wo mit seinen Gläubigern ein Übereinkommen getroffen wäre, zu verschwinden. Er begab sich also nach Boulogne, um dem Vater der erwähnten jungen Dame einen Besuch abzustatten; während seines Aufenthalts daselbst überredete er ihn, sein Leben bei der Pelican Company für den Betrag von 3000 Pfund Sterling zu versichern. Kaum waren die notwendigen Förmlichkeiten erfüllt, kaum war die Police ausgestellt, so schüttete er ihm einige Strychninkristalle in den Kaffee, während sie eines Abends nach dem Speisen zusammensaßen. Durch diese Tat gewann er keinerlei materiellen Vorteil. Seine Absicht war nur, sich an der Gesellschaft, die es als erste abgelehnt hatte, ihm den Lohn seines Verbrechens auszubezahlen, zu rächen. Sein Freund starb am darauf folgenden Tag vor seinen Augen. Er reiste von Boulogne plötzlich ab, um Skizzen von malerischen Gegenden der Bretagne anzufertigen. Er war dann eine Zeit lang der Gast eines alten französischen Edelmanns, der ein wundervolles Landhaus bei St. Omer besaß. Von hier aus begab er sich nach Paris; dort hielt er sich einige Jahre auf und führte, wie die einen sagen, ein üppiges Leben; die anderen meinen, »er sei mit dem Gift in der Tasche umhergeschlichen und von allen, die ihn kannten, gefürchtet worden«. Im Jahre 1837 kehrte er heimlich nach England zurück. Ein seltsamer Zauber hatte seine Schritte in die Heimat gelenkt. Er folgte einer geliebten Frau.

Es war im Monat Juni, er hielt sich gerade in einem der Hotels von Covent Garden auf. Sein Wohnzimmer war zu ebener Erde, er hatte vorsichtigerweise die Vorhänge herabgelassen, um nicht gesehen zu werden. Er hatte nämlich vor dreizehn Jahren, zu jener Zeit, als er seine erlesene Sammlung von Majoliken und Marc Antonios anlegte, die Namen einiger seiner Kuratoren gefälscht, um dadurch in den Besitz einer Summe Geldes zu gelangen, die ihm seine Mutter hinterlassen hatte. Er wusste, dass dieser Betrug entdeckt worden war und dass er durch seine Rückkehr nach England sein Leben gefährde. Trotzdem kehrte er zurück. Soll man sich darüber wundern? Ich sagte, jene Frau war sehr schön, und überdies liebte sie ihn nicht.

Er wurde bloß durch Zufall entdeckt. Ein Lärm auf der Straße erweckte seine Aufmerksamkeit. Er zog in seinem künstlerischen Interesse am modernen Leben einen Augenblick den Vorhang auf. Da rief jemand: »Da ist Wainewright, der Fälscher!« Es war Forrester, der Geheimpolizist.

Am 5. Juli ward er nach Old Bailey geschafft. Der folgende Bericht über den Prozess erschien in der »Times«:

»Vor den Richtern Mr. Vaughan und Mr. Baron Alderson stand Thomas Griffiths Wainewright, ein Mann von zweiundvierzig Jahren – er trägt einen Schnurrbart und macht den Eindruck eines Gentlemans –, unter der Anklage der Fälschung einer Vollmacht über einen Betrag von 2259 Pfund Sterling. Seine Absicht war, den Generaldirektor und die Gesellschaft der Bank von England zu betrügen.

Die Anklage wider den Häftling umfasste fünf Punkte. Der Angeklagte erklärte sich beim Verhör vor Mr. Sergeant Arbin im Laufe des Vormittags in sämtlichen Punkten für nicht schuldig. Dem Gerichtshof gegenüber bat er, seine früheren Angaben widerrufen zu dürfen; er bekannte sich in zwei Punkten nebensächlicher Natur für schuldig.

Der Anwalt der Bank führte aus, es seien noch drei Anklagepunkte vorhanden, die Bank bestehe aber nicht darauf, dass Blut fließe. Daher wurde die Verurteilung nur aufgrund der beiden weniger wichtigen

Fakten ausgesprochen. Die Verhandlung schloss damit, dass der ›Rekorder‹ das Urteil verkündete, wonach über den Angeklagten die Strafe der Deportation auf Lebensdauer verhängt wurde.«

Man brachte ihn nach Newgate zurück, damit er sich hier für den Transport in die Kolonien vorbereite. In einem der Essays aus seiner ersten Zeit findet man eine seltsame Stelle, in der Wainewright sich vorstellt, er liege, ein zum Tode Verurteilter, im Kerker, weil er der Versuchung nicht habe widerstehen können, einige Marc Antonios aus dem Britischen Museum zur Vervollständigung seiner Sammlung zu stehlen. Das Urteil, das ihn jetzt traf, bedeutete für einen Menschen seiner Kultur gewissermaßen den Tod. Er beklagte sich darüber zu Freunden bitterlich und bemerkte, wie manche denken werden, nicht ohne Grund, das Geld sei tatsächlich sein eigen gewesen, da es ihm von seiner Mutter bestimmt gewesen sei. Ferner sei die Fälschung, wie sie nun einmal vorlag, vor dreizehn Jahren begangen worden. Dieser Umstand bilde zumindest, um seinen Ausdruck zu gebrauchen, eine »Circonstance attenuante«. Die Fortdauer der Persönlichkeit ist ein sehr subtiles Problem der Metaphysik, und unser englisches Gesetz löst dieses Problem ohne Frage auf sehr rohe und einfache Art. Es liegt aber ein dramatisches Moment in der Tatsache, dass diese schwere Strafe um einer Missetat willen über ihn verhängt wurde, die keineswegs sein ärgstes Verbrechen war, wenn man seinen verhängnisvollen Einfluss auf die moderne journalistische Prosa bedenkt.

Während seines Aufenthalts in diesem Gefängnis trafen ihn zufällig Dickens, Macready und Hablot Browne. Sie hatten eben einen Rundgang durch die Londoner Gefängnisse gemacht, um künstlerische Anregungen zu gewinnen, und in Newgate wurden sie plötzlich Wainewrights gewahr. Er blickte sie, wie uns Forster erzählt, trotzig an, doch war Macready »entsetzt, einen Mann, den er in früheren Jahren intim gekannt, bei dem er gespeist hatte, in ihm zu erkennen«.

Andere waren neugieriger; so kam es, dass seine Zelle kurze Zeit hindurch ein Treffpunkt der feinen Welt wurde. Viele Schriftsteller besuchten ihren alten Kameraden von der Feder. Er war aber keineswegs mehr der frohgemute Janus, den Charles Lamb bewundert hatte. Er scheint ganz und gar zum Zyniker geworden zu sein. Dem Agenten einer Versicherungsgesellschaft, der ihn eines Nachmittags besuchte und meinte, jetzt sei der geeignete Augenblick zu Bemerkungen von der Art wie »das Verbrechen sei doch eine verfehlte Spekulation«, antwortete er: »Sir! Ihr Geschäftsleute spekuliert und wartet das Ergebnis eurer Spekulationen ab. Einigen ist Erfolg beschieden, andere missglücken. Meine Spekulationen sind zufälligerweise fehlgeschlagen. Ihre haben Erfolg gehabt. Das ist, mein Herr, der einzige Unterschied zwischen Ihnen, der Sie mich besuchen, und mir. Doch möchte ich Ihnen sagen, dass eins mir bis zum Schluss gelungen ist. Ich bin mein ganzes Leben entschlossen gewesen, mich als Gentleman zu zeigen. Das habe ich stets getan. Und das tue ich noch. An diesem Ort ist es Brauch, dass der Reihe nach jeden Insassen die Verpflichtung trifft, am Morgen die Zelle rein zu fegen. Meine Zellenmitbewohner sind ein Maurer und ein Straßenfeger, aber sie reichen mir niemals den Besen!« Als ihm ein Freund den an Helene Abercrombie verübten Mord vorwarf, zuckte er mit den Achseln und sagte: »Jawohl, es war fürchterlich, eine solche Tat zu begehen, aber sie hatte sehr dicke Fesseln.«

Von Newgate wurde er auf das Schiffsgefängnis nach Portsmouth gebracht und von hier auf der »Susanna« mit dreihundert anderen Verbrechern nach Vandiemensland transportiert. Die Reise scheint ihm furchtbar gewesen zu sein. In einem Brief an einen Freund beklagt er sich bitter über den Schimpf, der ihm, einem Genossen von Dichtern und Künstlern, dadurch angetan werde, dass man ihn mit Bauernlümmeln zusammenpferche. Dass er seine Gefährten mit einem solchen Ausdruck bezeichnete, darf uns nicht wundernehmen. Das Verbrechen entsteht in England selten aus schlechter Veranlagung. Sein Motiv ist beinahe stets der Hunger. Vermutlich war an Bord nicht ein sympathischer Zuhörer, nicht einmal eine psychologisch interessante Natur.

Seine Kunstliebe jedoch verließ ihn trotz alledem keinen Augenblick. In Hobart Town richtete er sich ein Atelier ein und begann auch wieder mit dem Skizzieren und dem Porträtmalen. Sein Gespräch, seine Manieren scheinen an Reiz nichts verloren zu haben. Auch die Gewohnheit des Vergiftens gab er nicht auf. Man berichtet von zwei Fällen, in denen er den Versuch unternahm, Leute, die ihn beleidigt hatten, aus dem Weg zu räumen. Doch scheint seine Hand ihre Geschicklichkeit eingebüßt zu haben. Beide Versuche sind ihm vollkommen misslungen. Im Jahre 1844 überreichte er, da ihm die gesellschaftlichen Zustände Tasmaniens durchaus nicht behagten, dem Gouverneur des Distrikts, Sir John Eardley Wilmot, eine Bittschrift um einen Entlassungsschein. Er bemerkt darin über sich selbst, er werde von Gedanken gequält, die nach Form und Gestaltung verlangten, es sei ihm hier ganz unmöglich, sein Wissen zu vermehren und sich in der Kunst der nutzbringenden oder auch nur gefälligen Rede zu üben. Sein Bittgesuch ward jedoch abgeschlagen, und der Genosse Coleridges fand darin seinen Trost, dass er jene wundervollen »Paradis Artificiels« niederschrieb, in deren Geheimnis nur die Opiumesser ganz eindringen. Im Jahre 1852 starb er an einem Schlaganfall; er hatte keinen anderen Gefährten um sich als eine Katze, für die er besondere Liebe hegte. Seine Verbrechen scheinen auf seine Kunst ganz außerordentlich eingewirkt zu haben. Sie gaben seinem Stil ein streng persönliches Gepräge; eine Eigentümlichkeit, deren seine Erstlingswerke ermangelten. In einer Anmerkung zu der Lebensbeschreibung von Dickens erwähnt Forster, dass Lady Blessington von ihrem Bruder, dem Major Power, der eine militärische Stellung in Hobart Town einnahm, ein Ölporträt einer jungen Dame von Wainewrights klugem Pinsel erhalten habe. Man sagt, »er habe den Versuch gemacht, dem Bildnis eines hübschen, kindlichen Mädchens Züge seiner eigenen Verruchtheit zu geben«. Zola berichtet uns in einer seiner Novellen von einem jungen Mann, der einen Mord begangen hat und sich dann der Kunst zuwendet; er malt impressionistische Porträts sehr ehrenhafter Leute in einem grünlichen Ton, und alle haben merkwürdige Ähnlichkeit mit seinem Opfer. Die Entwicklung von Wainewrights Stil scheint mir weit mehr und weit Subtileres zu besagen. Man kann sich sehr wohl eine starke Persönlichkeit vorstellen, die aus der Sünde emporgewachsen ist.

Diese seltsame, berückende Persönlichkeit, die vor einigen Jahren das literarische London geblendet und im Leben und in unserem Schrifttum so glänzend debütiert hat, ist ohne Zweifel ein sehr fesselndes Problem. W. Carew Hazlitt, sein jüngster Biograf, dem ich eine Reihe von Tatsachen dieser Denkschrift verdanke – sein kleines Buch ist wirklich in seiner Art ganz unschätzbar –, vertritt die Meinung, Wainewrights Leidenschaft für Kunst und Natur seien nur affektiert gewesen; andere haben ihm alles literarische Können abgesprochen. Diese Ansicht scheint mir durchaus falsch oder wenigstens irrig. Dass jemand ein Giftmischer ist, spricht noch nicht gegen seine Prosa. Bürgerliche Tugenden bilden nicht die wahre Grundlage der Kunst, sie können nur Künstlern zweiten Ranges zur Reklame dienen.

Mag sein, dass de Quincey Wainewrights kritisches Können zu hoch gewertet hat. Ich kann die Bemerkung abermals nicht unterdrücken, dass in den Werken, die er veröffentlicht hat, sich manche zu alltägliche, zu gemeinplätzige Wendung findet, die – im Übeln Sinn des Übeln Wortes – allzu journalistisch klingt. Hier und da drückt er sich außerordentlich vulgär aus, auch ermangelt er stets der Selbstzucht des echten Künstlers. Allein, wir müssen für einige seiner Fehler die Zeit, in der er lebte, verantwortlich machen. Wie dem auch sei, eine Prosa, die Charles Lamb »prächtig« genannt hat, ist nicht ohne historisches Interesse. Für mich unterliegt es keinem Zweifel, dass er wirkliche Liebe für Kunst und Natur empfunden hat. Es gibt keinen wesentlichen Zwiespalt zwischen Kultur und Verbrechen. Wir können nicht die ganze Weltgeschichte zu dem Zweck umschreiben, um unserer moralisierenden Empfindung, wie die Welt sein sollte, Genüge zu tun.

Natürlich steht er unserer Zeit viel zu nahe, als dass man über ihn ein rein künstlerisches Urteil gewinnen könnte. Es ist unmöglich, ein heftiges Vorurteil gegen einen Mann zu unterdrücken, der Lord Tennyson oder Mr. Gladstone hätte vergiften können. Doch vermöchten wir sehr wohl zu einer vorurteilslosen Beurteilung seiner Stellung und seines Werts zu gelangen, hätte er nur ein anderes Kleid getragen und eine andere Sprache gesprochen als wir, hätte er im Rom der Kaiserzeit oder der italienischen Renaissance oder im Spanien des siebzehnten Jahrhunderts oder in irgendeinem anderen Land, in irgendeinem anderen Jahrhundert als hierzulande und in dieser Zeit gelebt. Ich weiß, es gibt sehr viele Geschichtsschreiber oder wenigstens Schriftsteller, die geschichtliche Gegenstände behandeln, die der Meinung sind, man müsse die Geschichte mit dem Maßstab moralischer Wertung messen; es sind Leute, die Lob und Tadel mit der gravitätischen Würde eines erfolgreichen Schulmeisters verteilen. Dies ist aber eine lächerliche Gewohnheit und zeigt nur, dass der moralische Instinkt zu solcher Ausbildung gelangen kann, dass er überall dort erscheint, wo man seiner nicht bedarf. Kein Mensch, der wirklich historischen Sinn besitzt, denkt daran, Nero zu tadeln, Tiberius auszuschelten oder Cäsar Borgia eine Zensur zu erteilen. Diese Persönlichkeiten sind für uns Theaterfiguren geworden. Sie erfüllen uns vielleicht mit Grauen, mit Schrecken oder Verwunderung, aber sie erbittern uns nicht. Sie stehen mit uns in keinem unmittelbaren Zusammenhang. Wir haben von ihnen nichts zu fürchten. Sie sind bereits in die Sphäre von Kunst und Wissenschaft hinübergegangen, und weder Kunst noch Wissenschaft kennt moralische Zustimmung oder Verwerfung. So wird es wohl auch eines Tages dem Freunde Charles Lambs ergehen. Gegenwärtig, empfinde ich, ist er uns noch zu nahe, als dass man ihn mit jener erlesenen, feinsinnigen, uninteressierten Neugierde betrachten könnte, der wir so manche entzückende Studie über die großen Verbrecher der italienischen Renaissance aus der Feder von John Addington Symonds, von Miss A. Mary F. Robinson, Miss Vernon Lee und anderen ausgezeichneten Autoren verdanken. Gleichwohl hat die Kunst ihn nicht vergessen. Er ist der Held von Dickens' »Hunted Down«, der Varney in Bulwers »Lucretia«. Wir stellen mit Genugtuung fest, dass die Dichtkunst dem Mann, der mit der Feder, dem Pinsel und dem Gift so gut umzugehen wusste, ihre Huldigung nicht versagt hat. Die Dichtung anzuregen, bedeutet mehr als eine bloße Tatsache.

Die Wahrheit der Masken

Bemerkungen über die Illusion

In einigen der ziemlich heftigen Angriffe, die jüngst gegen den Glanz der Ausstattung, der jetzt in England unsere Wiedererweckung Shakespeares kennzeichnet, erhoben wurden, hat die Kritik, so scheint es, stillschweigend angenommen, Shakespeare selbst sei das Kostüm seiner Schauspieler mehr oder minder gleichgültig gewesen; könnte er Mrs. Langtrys Darstellung von »Antonius und Cleopatra« sehen, dann würde er vermutlich sagen, auf das Stück allein komme es an, alles andere sei Leder und Stoff. Und über die Frage der historischen Genauigkeit des Kostüms hat Lord Lytton in einem Artikel im »Nineteenth Century« das Kunstdogma ausgesprochen: Archäologische Genauigkeit wäre bei der Darstellung der Shakespeare'schen Stücke durchaus nicht am Platz, der Versuch, sie einzuführen, sei eine der albernsten Pedanterien eines Zeitalters, das vom Entlehnen lebe.

Lord Lyttons Standpunkt werde ich später prüfen. Was jedoch die Theorie betrifft, Shakespeare habe auf die Garderobe in seinem Theater wenig geachtet, so wird jeder, der sich die Mühe nimmt, Shakespeares Methode zu studieren, erkennen, dass es keinen Dramatiker der französischen, englischen oder athenischen Bühne gibt, der um der Illusionswirkung willen auf das Kostüm seiner Schauspieler so viel Gewicht wie gerade Shakespeare gelegt hätte.

Ihm war wohl bekannt, wie sehr das künstlerische Temperament immer durch die Schönheit des Kostüms bezaubert wird. Eben darum flicht er stets in seine Stücke Maskenzüge und Tänze ein, bloß der Freude wegen, die sie dem Auge gewähren. Wir besitzen noch für die drei großen Prozessionen in »Heinrich dem Achten« seine szenischen Vorschriften, die durch minutiöse Genauigkeit im Detail, bis herab zu den Kragen Seiner Eminenz und den Perlen im Haar Anna Boleyns, ausgezeichnet sind. Wahrhaftig, es würde einem modernen Direktor nicht schwerfallen, die Festzüge genau nach Shakespeares Anweisungen auf die Szene zu stellen. Diese waren so peinlich genau, dass einer der Hofbeamten jener Zeit in einem Bericht über die letzte Aufführung dieses Stücks am »Globe-Theater« einem Freund gegenüber sich tatsächlich über ihren Realismus beklagte, besonders darüber, dass man die Ritter des Hosenbandordens in der Tracht und mit den Insignien des Ordens auf die Bühne bringe. Dies habe den Zweck, die wirklichen Zeremonien lächerlich zu machen. Genau im nämlichen Geist hat die französische Regierung vor einiger Zeit dem M. Christian, diesem entzückenden Schauspieler, verboten, in Uniform auf der Bühne zu erscheinen; dass ein Oberst karikiert werde, schädige den Ruhm der Armee. Und auch sonst wurde der Prunk, der die englische Bühne unter Shakespeares Einfluss auszeichnete, von den Kritikern seiner Zeit zum Gegenstand des Angriffs genommen, in der Regel allerdings nicht aus Gründen der demokratischen Tendenzen des Realismus, sondern zumeist aus jenen moralischen Motiven, die stets die letzte Zuflucht derer bilden, denen Schönheitssinn mangelt.

Was ich jedoch nachträglich betonen möchte, ist keineswegs, dass Shakespeare durch die Verbindung malerischen Beiwerks mit der Poesie seine Schätzung des reizvollen Kostüms zu erkennen gab, sondern dass er die Bedeutung des Kostüms als eines Mittels, gewisse dramatische Wirkungen hervorzubringen, erkannte. Die Illusion in manchen seiner Stücke, wie z. B. »Maß für Maß«, »Wie es euch gefällt«, »Die beiden Edelleute von Verona«, »Ende gut, alles gut«, »Cymbeline« u. a. hängt von der Verschiedenartigkeit der Kleidung ab, die der Held oder die Heldin trägt. Die entzückende Szene in »Heinrich dem Sechsten«, die von den modernen Wunderkuren handelt, die der Glaube verrichtet, diese Szene verliert ihre Wirkung gänzlich, wenn Gloster nicht in Schwarz und Scharlach gekleidet auftritt. Und bei der Lösung des Knotens in den »Lustigen Weibern von Windsor« ist die Farbe des Gewandes der Anna Page von wesentlicher Bedeutung. Für die Verwendung der Verkleidung bei Shakespeare gibt es zahllose Beispiele. Posthumus verbirgt seine Leidenschaft unter eines Bauern Kleid und Edgar seinen Stolz unter den Lumpen eines Wahnsinnigen. Porzia bedient sich der Tracht eines Anwalts, Rosalinde erscheint »durchaus wie ein Mann« gekleidet. Pisanios Mantelsack verwandelt Imogen in den Jüngling Fidele. Jessica entflieht, als Knabe verkleidet, aus dem Haus ihres Vaters, Julia knüpft ihr blondes Haar in fantastische Liebesknoten und legt Hose und Wams an. Heinrich der Achte wirbt um seine Dame als Schäfer, Romeo als Pilger; Prinz Heinz und Poins erscheinen zuerst als Wegelagerer in steifleinenem Anzug, dann mit weißen Schürzen und Lederjoppen als Kellner in einer Schenke. Und tritt uns Fallstaff nicht als Straßenräuber, als altes Weib, als »Herne, der Jäger«, als Wäsche, die ins Waschhaus gebracht wird, entgegen? Auch die Beispiele der Steigerung der dramatischen Situation durch die Anwendung des Kostüms sind nicht weniger zahlreich. Nach der Ermordung Duncans erscheint Macbeth in seinem Nachtgewand, als sei er eben vom Schlaf aufgestanden. Timon, der das Stück in Pracht eröffnete, endet in

Lumpen. König Richard schmeichelt den Londoner Bürgern durch seine geringe und schäbige Rüstung, und kaum dass er durch Blut zum Thron geschritten ist, zieht er durch die Straßen, angetan mit Krone und den Insignien des Hosenbandordens. Der Höhepunkt des »Sturms« ist in dem Augenblick erreicht, da Prospero die Tracht eines Zauberers von sich wirft, Ariel nach seinem Hut und Degen entsendet und sich als der große italienische Herzog zu erkennen gibt. Selbst der Geist in »Hamlet« ändert seine geheimnisvolle Tracht je nach der Wirkung, die er zu üben gedenkt. Julia würde ein moderner Stückeschreiber vermutlich in ihrem Sterbehemd zur Schau gestellt haben; er hätte damit nur eine Schauerszene gewonnen. Shakespeare aber gibt ihr reiche und prunkvolle Gewänder, deren Lieblichkeit die Gruft zu einer »Festhalle voller Licht«, das Grab zu einem Brautgemach wandelt und Romeos Reden über den Triumph der Schönheit über den Tod veranlasst und begründet.

Selbst geringfügige Details der Kleidung, wie die Farbe der Strümpfe eines Majordomus, das Muster im Taschentuch einer Frau, die Ärmel eines jungen Soldaten, die Hüte einer Dame von Welt werden in Shakespeares Händen Momente von wirklich dramatischer Bedeutung. Die Handlung eines Stückes hängt zuweilen völlig davon ab. Viele andere Dramatiker haben sich des Kostüms als eines Mittels, den Zuhörern den Charakter einer Person sogleich bei ihrem Auftreten klarzumachen, bedient, doch keiner so glänzend wie Shakespeare im Falle des Gecken Parolles, dessen Kleidung, beiläufig gesagt, nur ein Archäologe verstehen kann. Der Scherz, dass Herr und Diener vor dem Publikum die Kleider wechseln oder dass Schiffbrüchige über die Verteilung eines Haufens kostbarer Gewänder in Zank geraten und dass etwa ein Kesselflicker in seinem Rausch wie ein Herzog aufgeputzt wird, kann als Teil der wichtigen Rolle betrachtet werden, die das Kostüm von der Zeit des Aristophanes bis zu Mr. Gilbert in der Komödie gespielt hat. Doch hat aus bloßen Einzelheiten des Anzugs und des Schmucks keiner solch ironische Gegensätze, solch unmittelbare tragische Wirkungen, so viel Mitleid und so viel Pathos zu gewinnen gewusst wie Shakespeare. Von Kopf zu Fuß bewaffnet, schreitet der tote König auf den Schlachtgefilden von Elsinore einher, weil etwas im Staate Dänemark faul ist. Shylocks Judenkaftan bildet mit einen Teil des Schimpfs, unter dem diese verletzte, verbitterte Seele sich krümmt. Arthur, um sein Leben flehend, findet keinen besseren Fürsprecher als das Tuch, das er Hubert gegeben hat.

»Habt ihr das Herz? Als euch der Kopf
nur schmerzte,
So band ich euch mein Schnupftuch um die Stirn,
(Mein bestes, eine Fürstin stickt' es mir,)
Und niemals fordert ich's euch wieder ab.«

Und Orlandos blutbeflecktes Tuch wirft den ersten düsteren Schatten in jenes köstliche Waldidyll und zeigt uns die Tiefe des Gefühls, das unter dem fantastischen Witz, den eigenwilligen Scherzen der Rosalinde verborgen liegt.

»Es war an meinem Arm noch gestern Abend;
Da küsst ich's: wenn's nur nicht zu meinem Herrn,
Zu sagen geht, ich küsste sonst noch was«,

sagt Imogen und scherzt über den Verlust des Armbands, das bereits auf dem Weg nach Rom war, ihr die Treue des Gatten zu rauben. Der kleine Prinz spielt, zum Tower schreitend, mit dem Dolch im Gürtel seines Oheims. Duncan schickt in der Nacht, da er gemordet wird, der Lady Macbeth einen Ring, und der Ring der Porzia wandelt die Tragödie des Kaufmanns in die Komödie einer Frau. York, der große Rebell, stirbt, eine papierne Krone auf dem Haupt; Hamlets schwarzes Gewand bedeutet im Stück eine Art Farbenmotiv, wie das Trauerkleid der Chimène im Cid, und der Höhepunkt der Rede des Antonius ist erklommen, als er Cäsars Gewand vorweist:

»Noch erinnere ich mich
Des ersten Males, dass es Cäsar trug,
In seinem Zelt, an einem Sommerabend,
Er überwand den Tag die Nervier.
Hier schauet! fuhr des Cassius Dolch herein;
Seht, welchen Riss der tück'sche Casca machte!
Hier stieß der viel geliebte Brutus durch.
Wie? weint ihr, gute Herzen, seht ihr, gleich
Nur unsers Cäsars Kleid verletzt?«

Die Blumen, mit denen sich Ophelia in ihrem Wahnsinn schmückt, sprechen eine so leidenschaftliche Sprache wie die Veilchen, die auf einem Grab blühen. Mehr als Worte vermögen, ergreift uns König Lears irrendes Wandern auf der Heide durch seinen fantastischen Putz. Und als Cloten, verletzt durch den Vergleich, den seine Schwester zwischen ihm und ihres Gatten Kleidung zieht, das Gewand dieses Gatten selbst anlegt, um an ihr die schmachvolle Untat zu begehen, da fühlen wir, dass im ganzen modernen französischen Realismus, selbst in der »Therese Raquin«, diesem Meisterstück des Schaurigen, es keine Stelle gibt, die sich an furchtbarer und tragischer Symbolik mit der seltsamen Szene in »Cymbeline« messen könnte.

Auch im Dialog werden einige der lebhaftesten Momente durch das Kostüm angeregt. Rosalindes:

> »Denkst du, weil ich wie ein Mann ausstaffiert bin, dass auch meine Gemütsart in Wams und Hosen ist?«

Constantias:

> »Der Gram füllt aus die Stelle meines Kindes
> Und gibt den leeren Kleidern seine Form;«

und der rasche scharfe Schrei Elisabeths:

> »Ah! durchschneidet meine Schnüre!«

sind nur wenige der sehr zahlreichen Beispiele, die man anführen könnte. Eine der feinsten Wirkungen, die ich von der Bühne herab je empfing, danke ich Salvini, im letzten Akt des »Lear«. Er riss von der Mütze Kents die Feder herab – und legte sie auf Cordelias Lippen in dem Augenblick, als er die Worte zu sprechen hat:

> »Die Feder regt sich! Ja. Sie lebt!«

Mr. Booth, dessen Lear viele herrliche Momente der Leidenschaft besaß, riss – ich erinnere mich noch daran – aus seinem archäologisch fehlerhaften Hermelinpelz zu diesem Zweck ein paar Haare. Die Wirkung aber, die Salvini erzielte, war schöner und zugleich lebensechter. Und alle, die im letzten Akt von »Richard dem Dritten« Mr. Irving sahen, haben ohne Zweifel nicht vergessen, wie sehr Pein und Schrecken seines Traums durch den Gegensatz gesteigert wurde, der zwischen der vorausgegangenen Ruhe und Stille und dem Vortrag solcher Verse liegt, wie:

»Nun, ist mein Sturmhut leichter als er war?
Und alle Rüstung mir ins Zelt gelegt? Sieh zu,
Dass meine Schäfte fest und nicht zu schwer sind.«

Zeilen, die für die Zuhörer doppelte Bedeutung haben; denn sie erinnerten sich der letzten Worte, die Richards Mutter ihm nachrief, da er nach Bosworth zog:

»Drum nimm mit dir den allerschwersten Fluch,
Der mehr am Tag der Schlacht dich mög ermüden
Als all die volle Rüstung, die du trägst.«

Was die Hilfsmittel, die Shakespeare zu seiner Verfügung hatte, betrifft, muss bemerkt werden, dass er sich zwar mehr als einmal über die Kleinheit der Bühne beklagt, auf der er große historische Stücke darstellen sollte, über den Mangel an Dekorationen, der ihn zwinge, manche sehr wirksame Vorgänge, die vor aller Augen sich ereignen sollten, wegzulassen – trotz alledem schreibt er als Dramatiker, der eine sehr reiche Theatergarderobe zu seiner Verfügung hatte und sich darauf verlassen konnte, dass seine Schauspieler auf ihre Kostümierung Mühe verwenden würden. Selbst jetzt ist es schwer, ein Stück wie die »Komödie der Irrungen« aufzuführen. Wir danken dem pittoresken Zufall, dass Miss Ellen Terrys Bruder ihr ähnelt, eine recht gute Aufführung von »Was Ihr wollt«. In der Tat bedarf man zur Inszenierung irgendeines Shakespeare'schen Stücks in dem Sinne, wie er es selbst gewünscht hätte, eines tüchtigen Requisitenarbeiters, eines geschickten Perückenmachers, eines Theaterschneiders, der Sinn für Farbe und Kenntnis der Gewebe besitzt, eines Kenners der Schminkmethoden, eines Fechtmeisters, eines Tanzmeisters und eines Künstlers, der persönlich die ganze Aufführung leitet. Denn Shakespeare verwendet auf die Schilderung der Kleidung und des Auftretens jeder Figur sehr viel Mühe. »Racine verabscheut die Wirklichkeit«, sagt Auguste Vacquerie irgendwo; »er hält es unter seiner Würde, sich mit dem Kostüm abzugeben. Würde man sich an die Vorschriften des Dichters halten, dann müsste man Agamemnon mit einem Zepter und Achilles mit einem Degen ausstaffieren.« Bei Shakespeare jedoch ist das ganz anders. Er gibt uns Winke über das Kostüm der Perdita, des Florizel und Autolycus, der Hexe in »Macbeth« und des Apothekers in »Romeo und Julia«; er lässt es an sorgfältigen Beschreibungen seines feisten Ritters und an umständlichen Schilderungen des seltsamen Aufzugs, in dem Petruchio seine Hochzeit zu begehen hat, nicht fehlen. Rosalinde, erzählt er uns, soll schlank sein und einen Speer und einen kleinen Dolch tragen; Celia ist kleiner und soll ihr Gesicht braun schminken, damit sie sonnverbrannt aussehe. Die Kinder, die die Feen im Windsorwalde mitspielen, sollen in Weiß und Grün gekleidet werden – eine Verbeugung, nebenbei gesagt, vor der Königin Elisabeth, deren Lieblingsfarben dies waren – und mit weißen und grünen Girlanden und vergoldeten Masken sollen die Engel zu Katharina nach Kimbolton kommen. Bottom erscheint in grobem Wollstoff, Lysander unterscheidet sich von Oberon dadurch, dass er in athenischer Tracht auftritt, und Launce hat Löcher in seinen Stiefeln. Die Herzogin von Gloucester steht im Büßerhemd da, hinter ihr der Gatte in Trauerkleidung. Das buntscheckige Kleid des Narren, der Scharlach des Kardinals, die französischen Lilien, gestickt auf englische Röcke – dies alles wird im Dialog zu witzigen oder spöttischen Bemerkungen benutzt. Wir kennen die Zierrate auf der Rüstung des Dauphins und dem Schwert der Pucelle, wir kennen den Helmbusch Warwicks und die Farbe der Nase Bardolphs. Porzia hat goldblondes, Phöbe schwarzes Haar, Orlando hat kastanienbraune Locken, und Sir Andrew Aguecheeks Haar hängt, gleich Flachs auf dem Rocken, herab und will sich nicht kräuseln. Manche seiner Figuren sind dick, manche mager, einige sind gerade gewachsen, andere bucklig, einige von lichter, andere von dunkler Haarfarbe und einige sollen ihr Gesicht schwarz färben. Lear hat einen weißen Bart, Hamlets Vater einen grauen, und Benedikt muss im Verlauf des Stücks rasiert werden. In der Tat, über die Bühnenbärte verbreitet sich Shakespeare sehr ausführlich; er erzählt uns von den vielen verschiedenen Farben, die zur Anwendung kommen. Er gibt den Schauspielern den Wink, stets darauf zu achten, dass ihre Bärte festsitzen. Es kommt ein Tanz von Schnittern mit ihren Strohhüten und von Bauern vor, die in ihren haarigen Kleidern den Satyrn gleichen; eine Maskerade der Amazonen, eine Maskerade der Russen und eine Maskerade in klassischen Trachten; unsterbliche Szenen mit einem Weber, dem der Kopf eines Esels aufgesetzt ist; ein Raufhandel wegen der Farbe eines Rocks, den der Lordmayor von London schlichten muss; eine Szene zwischen einem erzürnten Gatten und der Putzmacherin seiner Frau wegen eines Ärmelschlitzes.

Was die Metaphern Shakespeares, die der Kleidung entnommen sind, was die aphoristischen Bemerkungen betrifft, die er darüber macht, seine Sticheleien auf die lächerlich großen Damenhüte und die vielen Beschreibungen des mundus muliebris vom Lied des Autolycus im »Wintermärchen« bis herab zu der Schilderung des Gewands der Herzogin von Mailand in »Viel Lärm um nichts« – solche Dinge finden sich bei Shakespeare zu häufig, als dass man sie zitieren könnte. Doch darf man vielleicht erinnern, dass in der Szene Lears mit Edgar die ganze Philosophie der Kleidung enthalten ist – eine

Stelle, die vor der grotesken Weisheit und den manchmal bombastischen metaphysischen Ausführungen des »Sartor Resartus« den Vorzug der Kürze und des Stils besitzt. Ich denke jedoch, aus allem, was ich sagte, ergibt sich bereits klar, dass Shakespeare sich für das Kostüm sehr interessierte. Ich meine das nicht in jenem törichten Sinn, in dem man etwa aus seiner Kenntnis der Urkunden und Asphodills den Schluss gezogen hat, er sei der Blackstone und Paxton der elisabethanischen Zeit gewesen. Aber er erkannte, dass das Kostüm dazu dienen kann, gewisse Eindrücke im Zuschauer wachzurufen und gewisse Charaktertypen auszudrücken und dass es eins der wichtigsten Hilfsmittel für den wahren Illusionisten ist. Ja, ihm war Richards Missgestalt so wert wie die Anmut der Julia; er stellt den groben Kittel des Volksmannes neben das seidene Gewand des Lords; er erkennt die Bühnenwirkung, die man aus beiden ziehen kann; er findet an Caliban so viel Gefallen wie an Ariel, an Lumpen so viel wie an goldenen Gewändern, er erfasst die künstlerische Schönheit des hässlichen.

Die Schwierigkeit, die Ducis bei der Übersetzung Othellos darin fand, dass einem so gewöhnlichen Ding, wie es ein Taschentuch ist, solche Bedeutung beigemessen wird und sein Versuch, die Derbheit des Ausdrucks dadurch abzuschwächen, dass er den Mohren den Ruf ausstoßen ließ: »Le bandeau! Le bandeau!«, mag als Beispiel für den Unterschied zwischen der tragédie philosophique und dem Drama des wirklichen Lebens dienen. Der Augenblick, da das Wort mouchoir im Théâtre Française zum ersten Mal gebraucht wurde, leitete in der romantisch-realistischen Bewegung, deren Vater Hugo heißt und deren enfant terrible Zola ist, eine neue Ära ein, genau wie zu Beginn des Jahrhunderts der Klassizismus darin seinen stärksten Ausdruck gefunden hat, dass Talma sich weigerte, griechische Helden in gepuderter Perücke zu spielen. Dies bildet, beiläufig bemerkt, eins der vielen Beispiele für das Streben nach archäologischer Genauigkeit des Kostüms, das die großen Schauspieler unserer Zeit auszeichnet.

In einer Kritik über die Wichtigkeit, die dem Geld in der »Comédie Humaine« beigemessen wird, sagt Gautier, Balzac gebühre der Ruhm, einen neuen Helden »le heros metallique«, für die Dichtung entdeckt zu haben. Von Shakespeare kann man behaupten, dass er der erste war, der den dramatischen Wert von Wämsern erkannte und dass eine Peripetie von einer Krinoline abhängen kann.

Der Brand des Globe-Theaters – ein Ereignis, das, nebenbei bemerkt, durch die Leidenschaft, Illusion zu erwecken, die Shakespeares Bühnenleitung auszeichnet, verursacht wurde – hat uns bedauerlicherweise vieler wichtiger Dokumente beraubt; doch findet man in dem noch erhaltenen Inventar der Garderobe eines Londoner Theaters zur Zeit Shakespeares eine Reihe besonderer Kostüme erwähnt: Kostüme für Kardinäle, Hirten, Könige, Clowns, Mönche und Narren; grüne Röcke für das Gefolge Robin Hoods und ein grünes Kleid für Maid Marian, ein weißes und goldenes Wams für Heinrich den Fünften und ein Staatskleid für Longshanks; überdies Chorhemden, Chorröcke, Damastmäntel, Gold- und Silber-, Taffet-, Kalikogewänder, Samt-, Seiden- und Friesröcke, Jacken aus gelbem und schwarzem Leder, rote, graue Anzüge, französische Pierrotkostüme, ein Gewand, »um unsichtbar zu werden«, das für 70 Mark billig scheint, und vier unvergleichliche Reifröcke. All dies zeigt den Wunsch, jeder Figur das ihr entsprechende Kleid zu geben. Da sind auch spanische, maurische und dänische Kostüme verzeichnet, ebenso Helme, Lanzen, gemalte Schilde, Kaiserkronen und päpstliche Tiaren, Kostüme für türkische Janitscharen, römische Senatoren und für all die Götter und Göttinnen des Olymps; sie erweisen zur Genüge die tüchtigen archäologischen Bemühungen des Theaterdirektors. Es ist richtig, dass auch eines Korsetts für Eva Erwähnung getan wird, doch haben die Ereignisse dieses Stückes vermutlich nach dem Sündenfall gespielt.

Wahrhaftig, jeder, der sich die Mühe nimmt, das Zeitalter Shakespeares zu studieren, wird finden, dass das Interesse für Archäologie eines seiner Merkmale ist. Nach jenem Wiederaufleben der klassischen Form der Architektur, das eines der Kennzeichen der Renaissance ist, und nachdem man in Venedig und an anderen Stätten die Meisterwerke der griechischen und römischen Literatur zu drucken angefangen hatte, erwachte ganz natürlich das Interesse für den Schmuck und die Trachten der antiken Welt. Diese Dinge studierten die Künstler nicht um der Kenntnisse willen, die sie daraus schöpfen konnten, sondern der Schönheit wegen, die sie hervorbringen wollten. Die seltsamen Werke, die durch Ausgrabungen unaufhörlich ans Licht gebracht wurden, ließ man nicht in Museen vermodern, damit ein stumpfsinniger Konservator sie betrachte oder ein Polizist, der nichts zu tun hat, sich vor ihnen langweile. Man benützte sie als Motive zur Hervorbringung einer neuen Kunst, die nicht bloß schön, sondern auch ungewöhnlich sein sollte.

Infessura berichtet uns, dass im Jahre 1485 einige Arbeiter bei Ausgrabungen auf der appischen Straße einen alten römischen Sarkophag fanden mit der Inschrift: »Julia, Tochter des Claudius«. Als man das Behältnis öffnete, entdeckte man in seinem Marmorschoße die Leiche einer wundervollen Jungfrau, die etwa fünfzehn Jahre alt sein mochte und durch die Geschicklichkeit des Einbalsamierers vor dem Verderben und dem Verfall der Zeit bewahrt worden war. Ihre Augen waren halb offen, ihr Haar umkräuselte sie in goldenen Locken, und von ihren Lippen und Wangen war die Blüte des Mädchentums noch nicht geschwunden. Man brachte sie aufs Kapitol – da bildete sich um sie plötzlich ein neuer Kult, von allen Seiten strömten Leute herbei, um vor dem seltsamen Grabmal ihre Andacht zu verrichten. Der Papst ließ endlich, aus Furcht, die, die das Geheimnis der Schönheit in einer heidnischen Gruft gefunden hätten, möchten vergessen, welche Geheimnisse Judäas raues Felsengrab berge, den Leichnam zur Nachtzeit wegschaffen und insgeheim bestatten. Mag diese Erzählung eine Legende sein oder nicht, ihr Wert wird deshalb nicht geringer; sie zeigt uns die Stellung der Renaissance gegenüber der Antike. Die Archäologie galt dieser Zeit nicht bloß als Wissenschaft für den Antiquar; sie galt ihr als Mittel, den trockenen Staub der Vorzeit in den Atem und die Schönheit des Lebens selbst zu verwandeln, mit neuem Wein der Romantik Formen zu füllen, die sonst alt und abgenützt gewesen wären. Von Niccola Pisanos Katheder bis zu Mantegnas »Triumph des Caesar« und dem Tafelgeschirr, das Cellini für König Franz entwarf, kann man den Einfluss dieses Geistes nachweisen. Dieser war jedoch nicht bloß auf die unbeweglichen Künste beschränkt – jene Künste, die nur einen Augenblick festhalten –, sein Einfluss trat auch bei den großen griechisch-römischen Maskenzügen zutage, die die stete Unterhaltung der heiteren Höfe jener Zeit bildeten. Auch in den öffentlichen Festzügen und Umzügen, mit denen die Bürger der großen Handelsstädte die Fürsten bei ihren gelegentlichen Besuchen zu begrüßen pflegten, merkt man diesen Geist. Diese Aufzüge galten, nebenbei erwähnt, für so wichtige Ereignisse, dass man sie in mächtigen Druckwerken, die veröffentlicht wurden, festhielt – eine Tatsache, die das allgemeine Interesse, das man damals an diesen Dingen nahm, bekundet.

Die Verwertung archäologischer Kenntnisse auf der Schaubühne ist keineswegs eingebildete Pedanterie, vielmehr etwas durchaus Berechtigtes und Schönes. Denn auf der Bühne treffen nicht bloß alle Künste zusammen, hier findet auch die Kunst den Weg zum Leben zurück. In archäologischen Romanen scheint zuweilen durch die Anwendung fremder und veralteter Ausdrücke die Wirklichkeit unter allerlei gelehrten Dingen vermummt. Ich darf wohl sagen: Vielen Lesern von Notre Dame de Paris ist die Bedeutung solcher Bezeichnungen wie la casaque à mahoitres, les voulgiers, le gallimard taché d'encre, les craaquiniers und ähnliche wenig klargeworden. Wie anders auf dem Theater! Die alte Welt erwacht aus ihrem Schlummer, die Geschichte schreitet in festlichem Zuge an unserem Blick vorüber, ohne dass wir genötigt wären, unsere Zuflucht zu einem Wörterbuch oder einer Enzyklopädie zu nehmen. Es liegt wirklich nicht die geringste Notwendigkeit vor, dem Publikum die Gewährsmänner für die Inszenierung eines Stücks bekannt zu geben. Aus Materialien, die der Mehrzahl des Publikums vermutlich nicht sehr vertraut sind, hat Mr. E. W. Godwin, einer der künstlerisch feinsten Geister im England dieses Jahrhunderts, die wundersame Anmut des Bühnenbilds im ersten Akt des »Claudian« gewonnen. Er hat uns das Leben von Byzanz im vierten Jahrhundert deutlich gemacht – nicht durch trockene Vorlesungen und eine Reihe langweiliger Beispiele, nicht durch eine Erzählung, die eines Glossariums zu ihrer Erklärung bedarf, sondern durch die lebensvolle Darstellung der großen Stadt in ihrem ganzen ruhmvollen Glanz. Die Kostüme waren wahrheitsgetreu bis herab zu den geringsten Details von Farbe und Zeichnung; dennoch ist dies alles nicht so unnatürlich hervorgehoben wie naturgemäß in einer bruchstückweisen Vorlesung, sondern die Details sind der Größe des Kompositionsplans und der Einheit künstlerischer Wirkung untergeordnet. Mr. Symonds sagt von dem großen Gemälde des Mantegna, das sich jetzt in Hampton Court befindet, der Künstler habe ein antiquarisches Motiv zu Linienmelodien umgeformt. Das gleiche hätte man mit Recht von Godwins Bühnenbilde sagen können. Nur die Narren nannten es pedantisch, nur die, die weder zu sehen noch zu hören vermögen, sagten, die Leidenschaftlichkeit des Stücks werde durch seine szenische Ausschmückung zerstört. Dieses szenische Bild war nicht bloß in seiner malerischen, sondern auch in seiner dramatischen Wirkung vollendet, denn es ersetzte langweilige Schilderungen, es offenbarte uns durch die Farbe und Art des Gewandes des Claudian und seiner Begleiter das ganze Wesen, das ganze Leben des Mannes, all seine Neigungen vom philosophischen System, das er liebte, bis herab zu den Pferden, auf die er beim Rennen wettete.

In der Tat ist die archäologische Wissenschaft nur dann wirklich reizvoll, wenn sie in irgendeine Kunstform umgegossen wird. Ich will die Dienste des emsigen Gelehrten durchaus nicht unterschätzen, doch fühle ich, dass Keats von Lemprières Doktrinär weit wertvolleren Gebrauch gemacht hat als Professor Max Müller, der dieselbe Mythologie als eine »Krankheit der Sprache« behandelt. »Endymion« ist jeder gesunden oder, wie in diesem Falle, ungesunden Theorie über eine Epidemie unter den Adjektiven vorzuziehen. Und wer fühlt nicht, dass der Hauptruhmestitel des Buchs Piranesis über Vasen ist, Keats zu seiner »Ode an eine griechische Urne« angeregt zu haben? Die Kunst, die Kunst allein, kann die Archäologie zu etwas Herrlichem machen. Die Kunst des Theaters kann dies auf die unmittelbarste und lebendigste Art, denn sie vermag in einer ausgezeichneten Aufführung die Illusion des wirklichen Lebens mit den Wundern der unwirklichen Welt zu verbinden. Doch das sechzehnte Jahrhundert war nicht bloß das Zeitalter des Vitruv, es war auch die Zeit des Vecellio. In jeder Nation scheint plötzlich das Interesse für die Trachten ihrer Nachbarn erwacht zu sein. Europa begann seine eigenen Trachten zu durchforschen, die Zahl der Bücher, die über Nationalkostüme publiziert wurden, ist ganz außerordentlich groß. Zu Beginn des Jahrhunderts erreichte die »Nürnberger Chronik« mit ihren zweitausend Illustrationen die fünfte Auflage, und noch vor Ende des Jahrhunderts waren über siebzehn Auflagen der Münsterschen »Kosmografie« veröffentlicht. Außer diesen beiden Büchern erschienen noch Werke von Michael Colyns, von Hans Weigel, von Amman und von Vecellio selbst; alle diese waren mit trefflichen Abbildungen versehen, einige der Zeichnungen bei Vecellio sind vermutlich von der Hand Tizians.

Auch schöpfte man seine Kenntnisse nicht bloß aus Büchern und Abhandlungen. Es entwickelte sich die Gewohnheit, Reisen ins Ausland zu unternehmen. Der kaufmännische Verkehr zwischen den Ländern nahm an Ausdehnung zu. Immer häufigere diplomatische Missionen gewährten jeder Nation viele Möglichkeiten, die Trachtenbuntheit der Zeitgenossen zu studieren. Nachdem beispielsweise die Gesandten des Zaren, des Sultans und des Prinzen von Marokko England verlassen hatten, veranstalteten Heinrich der Achte und seine Freunde verschiedene Maskenspiele im Kostüm ihrer Besucher. Später erblickte London, vielleicht zu häufig, den finsteren Glanz des spanischen Hofs. Aus allen Ländern kamen Gesandte zu Elisabeth. Deren Trachten gewannen – Shakespeare berichtet es uns – für das englische Kostüm große Bedeutung.

Das Interesse beschränkte sich auch keineswegs auf klassische Gewänder oder auf die Kostüme fremder Nationen. Die Theaterleute stellten insbesondere über die früher in England selbst üblichen Trachten Nachforschungen an. Wenn Shakespeare im Prolog zu einem seiner Stücke seinem Bedauern darüber Ausdruck gibt, dass er nicht in der Lage war, Helme aus jener Periode vorzuweisen, spricht er als Theaterleiter, nicht nur als Dichter, der elisabethanischen Zeit. In Cambridge wurde beispielsweise zu Shakespeares Lebzeiten ein Stück, »Richard der Dritte«, aufgeführt, in dem die Schauspieler in den wirklichen Kostümen der Zeit auftraten. Man hatte sich diese Kostüme aus der großen Sammlung historischer Gewänder im Tower beschafft, die stets dem Besuch der Theaterleiter offen stand und diesen bisweilen zur Verfügung gestellt wurde. Ich kann den Gedanken kaum unterdrücken, dass diese Aufführung, soweit das Kostüm infrage kommt, eine viel künstlerischere gewesen sein muss, als die Garricksche Darstellung des Shakespeare'schen Dramas über diesen Gegenstand. Garrick trat darin in einem seltsam fantastischen Gewande auf, die anderen Schauspieler trugen Kostüme aus der Zeit Georgs des Dritten. Insbesondere Richmond wurde in der Uniform eines jungen Gardisten sehr bewundert.

Welchen Nutzen sollte die Schaubühne aus der Archäologie, die unsere Kritiker so seltsam erschreckt hat, ziehen als den, dass sie, und nur sie allein, uns die Architektur und das äußere Gepräge der Zeit, in der die Handlung des Stücks vor sich geht, vermitteln kann? Sie setzt uns in die Lage, einen Griechen wie einen

Griechen, einen Italiener wie einen Italiener angezogen zu sehen, die Bogengänge Venedigs und die Balkone Veronas zu unserer Freude zu schauen. Spielt das Stück in einer der großen Epochen der Geschichte unseres Vaterlandes, so vermag man dadurch diese Zeit in ihrem eigenen Gewande und den König in dem Kleid, in dem er lebte, zu betrachten.

Ich würde, nebenbei bemerkt, gerne wissen, was Lord Lytton noch vor Kurzem dazu gesagt hätte, wenn im Prinzesstheater bei der Aufführung des Dramas seines Vaters, »Brutus«, sobald der Vorhang aufgezogen, der Titelheld in einem Sessel aus der Zeit der Königin Anna gelehnt hätte, geschmückt mit einer wallenden Perücke und angetan mit einem geblümten Morgenrock, einem Kostüm, das man im letzten Jahrhundert als für das antike Rom besonders passend ansah. In jenen ruhigen Tagen des Theaters bedrohte noch kein Archäologe den Frieden der Bühne oder beunruhigte die Kritiker. Unsere unkünstlerischen Großväter saßen friedlich in einer niederdrückend anachronistischen Atmosphäre und betrachteten mit dem sanften Behagen dieses prosaischen Zeitalters einen bepuderten Jago, der Schönheitspflästerchen trug, einen Lear mit Spitzenmanschetten, eine Lady Macbeth in einer weiten Krinoline. Ich begreife, dass man die Archäologie wegen ihres allzu realistischen Gepräges angreift. Man schießt aber weit übers Ziel, wenn man sie als pedantisch bekämpft. Es ist überhaupt töricht, sie aus irgendwelchen Gründen zu befehden. Man könnte ebenso gut über den Äquator zu Gericht sitzen. Die Archäologie bedeutet als eine Wissenschaft weder etwas Gutes, noch etwas Schlimmes; sie ist einfach eine Tatsache. Ihr Wert hängt gänzlich von dem Gebrauch ab, den man davon macht, und nur ein Künstler kann sie benutzen. Wir wenden uns wegen des Materials an den Archäologen, wegen der Art, wie man es verwendet, an den Künstler.

Beim Entwerfen der Szenerie und der Kostüme eines Shakespeare'schen Stücks hat der Künstler zunächst die Zeit, in der das Drama spielt, möglichst genau zu fixieren. Dieses Datum sollte mehr aus dem allgemeinen Geiste des Stücks, als aus den darin vorkommenden historischen Bemerkungen gewonnen werden. Die meisten Aufführungen des »Hamlet«, die ich gesehen habe, waren in eine viel zu frühe Zeit verlegt. Hamlet ist seinem Wesen nach ein Student aus den Tagen der Wiederbelebung der Wissenschaft, und wenn auch die Anspielung auf den jüngst erfolgten Einbruch der Dänen in England das Stück ins neunte Jahrhundert zurückverlegt, so wird es hinwiederum durch den Gebrauch der Rapiere in eine viel spätere Epoche versetzt. Steht das Datum dann einmal fest, hat uns der Archäologe die Tatsachen in die Hand zu geben, der Künstler hat sie in Wirkungen umzuwandeln. Man hat bemerkt, die Anachronismen in den Stücken selbst bezeugten, dass Shakespeare wenig Wert auf historische Genauigkeit gelegt habe, man hat daraus, dass Hektor in sehr unangebrachter Weise Aristoteles zitiert, viel Kapital geschlagen. Andererseits sind wirklich nur wenig Anachronismen da, auch scheinen sie nicht sehr bedeutend. Wäre Shakespeares Aufmerksamkeit von einem anderen Künstler auf diese Dinge gerichtet worden, er hätte sie vermutlich verbessert. Denn wenn man sie auch kaum als Flecken bezeichnen kann, die großen Schönheiten seines Werks liegen keineswegs darin. Wäre dem so, dann könnte der Reiz dieser Anachronismen nur herausgearbeitet werden, wenn das betreffende Stück ganz im Stile des richtigen Datums ausgestattet würde. Betrachtet man Shakespeares Stücke im Ganzen, so fällt ihre außerordentliche Treue sowohl in den Personen wie den Verwicklungen der Fabel ins Auge. Viele seiner »dramatis personae« sind Menschen, die tatsächlich gelebt haben. Einige von ihnen sind seinen Zuhörern wohl im wirklichen Leben begegnet. Der häufigste Angriff, den man gegen Shakespeare gerichtet hat, war ja, er habe Lord Cobham karikiert. Was die Verwicklungen seiner Fabeln betrifft, so hat Shakespeare sie stets entweder der verbürgten Geschichte oder den alten Balladen und Überlieferungen entnommen, die im Publikum zur Zeit der Elisabeth als Geschichte galten und die selbst heute kein gelehrter Historiker als völlig unwahr verwerfen würde. Und er hat nicht nur statt fantastischer Erfindungen Tatsachen zur Grundlage vieler seiner Dichtungen genommen, er verleiht auch jedem Stück den allgemeinen Charakter, mit einem Wort, die soziale Atmosphäre der Zeit, um die es sich handelt. Er erkannte, dass Dummheit eine der ständigen charakteristischen Eigenschaften der gesamten europäischen zivilisierten Menschheit bildet, darum findet er keinen Unterschied zwischen dem Londoner Mob seiner Tage und dem römischen Mob der heidnischen Zeit, zwischen einem einfältigen Wächter in Messina und einem albernen Friedensrichter in Windsor. Hat er es aber mit höheren Charakteren zu tun, mit jenen Ausnahmeerscheinungen einer Zeit, die so erlesen sind, dass sie Zeittypen werden, dann gibt er ihnen Siegel und Stempel ihrer Zeit. Virgilia ist eine jener römischen Frauen, auf deren Grabmal geschrieben stand »Domi mansit, lanam fecit«, so wie Julia das romantische Mädchen der Renaissance ist. Er bleibt wahr, selbst in den Charaktereigentümlichkeiten der Rasse. Hamlet besitzt die Fantasiefülle und Unentschlossenheit der nordischen Völker, und die Prinzessin Katharina ist so völlig Französin, wie die Heldin von »Divorçons«. Heinrich der Fünfte ist ganz Engländer und Othello ein echter Mohr.

Entnimmt Shakespeare seine Stoffe der Geschichte vom vierzehnten bis zum sechzehnten Jahrhundert, dann ist es ganz wunderbar, wie genau er sich an die Tatsachen hält – er folgt wirklich Holinshed mit erstaunlicher Treue. Die unaufhörlichen Kriege zwischen Frankreich und England sind mit außerordentlicher, bis zu den Namen der belagerten Städte herab gewahrter Genauigkeit dargestellt, die Einschiffungs- und Landungshäfen, die Örtlichkeiten und Daten der Schlachten, die Ehrentitel der Feldherren auf beiden Seiten, die Liste der Getöteten und Verwundeten. Aus der Zeit der Bürgerkriege der roten und weißen Rose gibt er uns die sorgsam ausgearbeiteten Stammbäume der sieben Söhne Eduards des Dritten. Die Ansprüche der rivalisierenden Häuser York und Lancaster auf den Thron werden des breiten erörtert. Wenn die englische Aristokratie schon den Dichter Shakespeare nicht liest, sollte sie ihn doch gewissermaßen als eine Art alter Pairskalender lesen. Es gibt kaum einen einzigen Titel im Oberhaus, natürlich mit Ausnahme der uninteressanten Titel der hohen richterlichen Beamten, der sich nicht bei Shakespeare mit vielen Details der Familiengeschichte, glaubwürdigen und unwahrscheinlichen, vorfände. Wahrhaftig, müssen die Schuljungen die genauen Einzelheiten der Kämpfe zwischen der roten und weißen Rose nun einmal erfahren, dann könnten sie ihre Aufgaben ebenso gut aus Shakespeare, wie aus Schulbüchern lernen und zwar, ich brauche es kaum zu sagen, auf weit unterhaltendere Weise. In den Tagen Shakespeares selbst erkannte man diesen Nutzen seiner Stücke an. »Die historischen Stücke bringen jenen, die in den Chroniken nicht zu lesen vermögen, historische Kenntnisse bei«, sagt Heywood in einer Abhandlung über die Schaubühne. Und doch waren gewiss die Chroniken aus dem sechzehnten Jahrhundert eine viel angenehmere Lektüre als die Leitfäden aus dem neunzehnten.

Selbstverständlich hängt der ästhetische Wert der Shakespeare'schen Stücke auch nicht im entferntesten von den darin enthaltenen Tatsachen, sondern nur von ihrer Wahrheit ab, und die Wahrheit hat mit den Tatsachen nichts gemein. Sie findet sie oder wählt sie aus, wie es ihr gefällt. Die Art aber, wie Shakespeare von den Tatsachen Gebrauch macht, bildet einen höchst interessanten Teil seiner Arbeitsmethode. Sie zeigt uns die Stellung, die er der Bühne gegenüber einnahm und seine Beziehung zur großen Kunst der Illusion. Er wäre sicher sehr erstaunt gewesen, seine Stücke den »Feenmärchen« gleichgestellt zu sehen, wie Lord Lytton dies tut. Denn es war eines seiner Ziele, für England ein historisches Nationaldrama zu schaffen. Dieses sollte Ereignisse zum Gegenstand haben, die dem Publikum wohl bekannt waren, deren Helden im Gedächtnis des Volkes lebten. Der Patriotismus gehört, ich brauche dies wohl nicht erst zu bemerken, keineswegs zu den notwendigen Eigentümlichkeiten der Kunst; doch hat er für den Künstler die Bedeutung, dass er ein universelles Empfinden anstelle des persönlichen setzt und für das Publikum, dass ihm ein Kunstwerk in einer höchst anziehenden und volkstümlichen Form dargeboten wird. Es ist erwähnenswert, dass Shakespeares erster und letzter Erfolg historische Stücke gewesen sind.

Aber man fragt vielleicht, was dies alles mit Shakespeares Verhalten dem Kostüm gegenüber zu tun haben soll. Ich antworte darauf, dass ein Dramatiker, der auf die historische Genauigkeit der Tatsachen so viel Gewicht legte, die historische Genauigkeit des Kostüms als höchst wichtige Unterstützung seiner Methode, die

Illusion hervorzurufen, betrachtet hätte. Und ich trage kein Bedenken, zu erklären, dass dies auch der Fall gewesen ist. Die Erwähnung von Helmen im Prolog zu »Heinrich dem Fünften« mag man als dichterische Erfindung betrachten, obwohl Shakespeare oft

»den einen Helm,
Der einst die Luft von Azincourt erschreckte,«

dort gesehen haben musste, wo er noch heute in der düsteren Halle der Westminsterabtei neben dem Sattel des »Sprössling des Ruhms« hängt, neben dem zerhauenen Schild mit seinem zerrissenen blauen Samtfutter und den verblassten goldenen Lilien. Aber die Verwendung von Waffenröcken in »Heinrich dem Sechsten« erklärt sich ganz aus archäologischen Überlieferungen; denn man trug solche Waffenröcke im sechzehnten Jahrhundert nicht, und des Königs Waffenrock hing, glaub ich, noch in Shakespeares Tagen über seinem Grab in der Kapelle des heiligen Georg zu Windsor. Bis zum unglückseligen Sieg der Philister im Jahre 1645 waren ja die Kapellen und Kathedralen in England die großen Nationalmuseen für das Wissen der Vergangenheit. Hier wurden Rüstungen und Gewänder der Helden der englischen Geschichte aufbewahrt. Ein gut Teil blieb freilich im Tower, und selbst in den Tagen der Elisabeth wurden Reisende dorthin geführt, um die seltsamen Reliquien vergangener Tage zu beschauen, zum Beispiel den ungeheuren Speer des Charles Brandon, der noch jetzt, glaub ich, die Bewunderung der Besucher vom Lande erweckt. Man wählte jedoch in der Regel die Kathedralen und Kirchen als die geeignetsten Schreine zur Aufbewahrung der historischen Altertümer. In Canterbury zeigt man uns noch immer den Helm des schwarzen Prinzen, in Westminster die Kleider unserer Könige und in der alten St.-Pauls-Kirche das Banner, das über dem Schlachtfeld von Bosworth geweht, und das Richmond selbst hier aufgehängt hatte.

Wohin Shakespeare in London auch blicken mochte, überall fand er Gelegenheit, das Gepräge vergangener Zeiten mit allem, was ihnen eigentümlich war, zu erblicken, und es darf nicht bezweifelt werden, dass er von diesen Gelegenheiten Gebrauch gemacht hat. Die Verwendung von Lanzen und Schilden im offenen Kampf zum Beispiel, das so häufig in seinen Stücken wiederkehrt, ist der archäologischen Rüstkammer, keineswegs der militärischen Ausrüstung seiner Tage entnommen. Rüstungen, die ja regelmäßig in seinen Schlachtszenen vorkommen, waren seiner Zeit ebenfalls nicht mehr eigentümlich; damals mussten sie bereits jäh den Feuerwaffen weichen. Warwicks Helmbusch, der in »Heinrich dem Sechsten« von solcher Bedeutung ist, erscheint in einem Stück des fünfzehnten Jahrhunderts völlig am Platz, denn zu dieser Zeit trug man noch den Helmbusch, jedoch keineswegs mehr in einem Drama aus den Tagen Shakespeares selbst; damals war der Federbusch an seine Stelle getreten – eine Mode, die, wie uns in »Heinrich dem Achten« erzählt wird, aus Frankreich gekommen war. Wir dürfen, was die historischen Stücke betrifft, überzeugt sein, dass man bei diesen archäologische Kenntnisse anwandte. Aber auch in den anderen war es nach meiner Überzeugung ebenso. Das Erscheinen Jupiters auf seinem Adler, den Donnerkeil in den Händen, der Juno mit ihren Pfauen und der Iris mit ihrem buntfarbigen Bogen, das Amazonen-Maskenfest und die Masken der »Fünf Helden« – das alles deutet auf archäologische Kenntnisse hin. Ebenso ist ohne Zweifel die Vision, die Posthumus im Gefängnis des Sicilius Leonatus schaut –

»ein alter Mann, in der Tracht eines Kriegers, führt eine alte Frau« – gleichen Ursprungs. Über das »athenische Gewand«, das Lysander von Oberon unterscheidet, hab ich bereits gesprochen. Doch eins der bezeichnendsten Beispiele ist die Tracht des Coriolan, die Shakespeare direkt Plutarch entnimmt. Dieser Geschichtsschreiber erzählt uns in seiner Lebensschilderung des großen Römers von dem Eichenkranz, mit dem Caius Marcius bekränzt wurde und von dem seltsamen Gewande, in dem er, nach alter Sitte, um die Gunst seiner Wähler werben musste. Über beides verbreitet er sich ausführlich und forscht dem Ursprung und der Deutung der alten Bräuche nach. Shakespeare bekundet wahren Künstlergeist, indem er dem antiken Historiker die Tatsachen entnimmt und sie in dramatische und malerische Wirkungen umgießt: Das Kleid der Demut, das wölfische Kleid, wie Shakespeare es nennt, bildet den Mittelpunkt des Stücks. Ich könnte noch andere Beispiele anführen, doch genügt dieses eine für meinen Zweck. Daraus ergibt sich klar, dass wir Shakespeares eigene Methode, seine eigenen Wünsche am besten ausführen, wenn wir seine Stücke genau im Gewande ihrer Zeit, im Einklange mit den besten Gewährsmännern inszenieren.

Wäre dies selbst nicht der Fall, so liegt doch kein Grund vor, warum wir Unvollkommenheiten, die der Shakespeare'schen Inszenierung anhaften mochten, noch weiter bewahren sollten. Wir könnten ebenso gut die Julia durch einen jungen Mann spielen lassen oder uns der Errungenschaft des Szenenwechsels begeben. In einem großen dramatischen Kunstwerk sollten nicht bloß durch den Schauspieler Leidenschaften von heute zum Ausdruck gebracht, diese sollten uns auch in einer dem modernen Geiste entsprechenden Gestalt vermittelt werden. Racine führte seine Römerstücke in der

Tracht Ludwigs des Vierzehnten auf einer Bühne vor, auf der die Zuschauer gedrängt saßen; wir verlangen andere Voraussetzungen, um uns seiner Kunst erfreuen zu können. Peinliche Genauigkeit des Details erscheint uns erforderlich, um vollkommene Illusion zu erzielen. Wir müssen nur darauf achten, dass die Details nicht überwiegen. Sie müssen sich vielmehr stets dem Hauptmotiv des Stückes unterordnen. Doch bedeutet solche Unterordnung in der Kunst keineswegs Geringschätzung der Wahrheit. Es bedeutet nur, dass die Tatsachen zu Wirkungen umgewandelt werden, jedem Detail die seinem Wert gebührende Stellung angewiesen wird. »Die kleinen Details der Geschichte und des häuslichen Lebens«, sagt Hugo, »müssen vom Dichter peinlich genau studiert und dargestellt werden. Doch sollen sie nur dem Zweck dienen, die Lebensechtheit des Ganzen zu steigern und selbst die verborgensten Eigentümlichkeiten des Werks mit jener mächtigen Lebensfülle zu durchdringen, die die Personen wahrer erscheinen und darum die Ereignisse erschütternder wirken lässt. Diesem Ziel muss alles untergeordnet werden. Der Mensch steht im Vordergrunde, das übrige durchaus in zweiter Linie.«

Diese Stelle ist nicht ohne Interesse, weil sie von dem ersten großen französischen Dramatiker stammt, der sich archäologischer Genauigkeit auf der Bühne befliss, dessen Dramen in den Details durchaus korrekt sind und die man dennoch allgemein ihrer leidenschaftlichen Empfindung, nicht ihrer pedantischen Genauigkeit, ihrer Lebenskraft, nicht ihrer Wissensfülle wegen kennt. Zwar hat er sich bei der Anwendung merkwürdiger oder seltsamer Ausdrücke zu mancherlei Konzessionen herbeigelassen. Ruy Blas spricht von M. de Priego als von einem »sujet du roi«, statt von dem »noble du roi«, Angelo Malipieri spricht von »la croix rouge«, anstatt von »la croix de gueules«. Doch sind dies Konzessionen, die dem Publikum, oder vielmehr einem Teil des Publikums, gemacht werden. »Ich bitte hier denkende Zuschauer um Entschuldigung«, sagt er in einer Randbemerkung zu einem seiner Stücke, »hoffen wir, dass eines Tages ein venezianischer Edelmann sein Wappen auf dem Theater ohne Gefahr wird benennen dürfen. Zu diesem Fortschritt wird man gelangen.« Und wenn auch seine Schilderung des Helmbusches nicht ganz zutreffend erscheint, so war dieser selbst doch ganz exakt gearbeitet. Man wird allerdings einwenden, das Publikum nehme von diesen Dingen keine Notiz. Doch darf man nicht vergessen, dass die Kunst kein anderes Ziel hat als ihre eigene Vollkommenheit und dass sie nur nach ihren eigenen Gesetzen vorgeht; eben jenes Stück, das Hamlet selbst als »Kaviar für das Volk« bezeichnet, preist er hoch. Übrigens hat sich das Publikum in England jetzt eine gewisse Umwandlung gefallen lassen. Man schätzt neuerdings die Schönheit weit mehr, als dies noch vor wenigen Jahren der Fall war. Ist man auch nicht mit den Quellen und den archäologischen Daten vertraut, so genießt man doch alles Schöne, was geboten wird. Und darauf allein kommt es an. Weit besser, sich einer Rose zu erfreuen, als ihre Wurzel unter das Mikroskop zu legen. Die archäologische Genauigkeit bildet nur eine Voraussetzung der Illusionswirkung auf dem Theater, sie ist keineswegs das Wesentliche. Und Lord Lyttons Vorschlag, die Kostüme sollten nur Schönheit, keineswegs Genauigkeit besitzen, beruht auf einem Missverstehen der Eigentümlichkeit des Kostüms und seiner Bedeutung für die Schaubühne. Sein Wert ist ein doppelter – ein malerischer und dramatischer; jener hängt von der Farbe, dieser von dem Zuschnitt und seiner Eigenart ab. Die beiden sind aber sehr innig miteinander verbunden. Sooft man in unseren Tagen die historische Genauigkeit vernachlässigt und die in einem Stück vorkommenden verschiedenartigen Gewänder verschiedenen Zeiten entnommen hat, ist das Ergebnis gewesen, dass aus der Bühne ein Chaos der Kostüme, eine Karikatur der Jahrhunderte, ein Maskenball geworden ist. Jede dramatische und malerische Wirkung wurde vernichtet, denn die Tracht des einen Zeitalters steht nicht im künstlerischen Einklang mit der Tracht des anderen, und die Kostüme verwirren heißt, das Drama selbst verwirren. Das Kostüm ist der Weiterbildung, der Entwicklung fähig, es ist ein sehr bedeutsames, vielleicht das bedeutsamste Kennzeichen der Sitten, Gewohnheiten und Lebensweise eines jeden Jahrhunderts. Die puritanische Verachtung der Farbe, der Ausschmückung und der Anmut der Erscheinung hat die große Empörung der mittleren Klassen gegen die Schönheit im siebzehnten Jahrhundert mit verursacht. Ein Historiker, der dies nicht beachtete, würde uns ein höchst ungenaues Gemälde der Zeit darbieten. Ein Dramatiker, der diese Tatsache nicht benützte, würde eine der wichtigsten Möglichkeiten illusionistischer Wirkung preisgeben. Die Verweichlichung in der Kleidung, die die Regierung Richards des Zweiten kennzeichnet, bildete ein ständiges Thema der Autoren jener Zeit. Shakespeare, der zweihundert Jahre später schrieb, gewinnt aus der Vorliebe des Königs für Fröhlichkeit der Erscheinung und fremde Moden manche Pointen des Stücks – man erinnere sich an Einzelheiten, von John of Gaunts Vorwürfen bis zu der Rede Richards selbst, im dritten Akt, bei seiner Thronentsetzung. Und dass Shakespeare Richards Gruft in der Westminsterabtei kannte, scheint aus der Rede Yorks zu erhellen:

»Seht, seht den König Richard selbst erscheinen,
So wie die Sonn', errötend missvergnügt,
Aus feurigem Portal des Ostens tritt,
Wenn sie bemerkt, dass neid'sche Wolken streben,
Zu trüben ihren Glanz.«

Wir können ja noch auf dem Gewand des Königs sein Lieblingssymbol erkennen – die Sonne, die aus Wolken hervorbricht. In der Tat drücken sich in jedem Zeitalter die gesellschaftlichen Zustände in der Kleidung so deutlich aus, dass die Aufführung eines Stückes, das im sechzehnten Jahrhundert spielt, in den Trachten des vierzehnten Jahrhunderts, oder umgekehrt, ihrer Lebens Unwahrheit wegen unecht erscheinen würde. So wertvoll der schöne Effekt auf der Schaubühne ist, die höchste Schönheit ist mit der Genauigkeit des Details nicht bloß vergleichbar, sie hängt geradezu davon ab. Ein völlig neues Kostüm zu erfinden ist, außer in der Burleske oder in der Posse, beinahe unmöglich. Aus den Kostümen verschiedener Jahrhunderte aber eine neue Tracht zu kombinieren, wäre ein gefährliches Experiment. Wie Shakespeare über den künstlerischen Wert solcher Vermischung dachte, mag man aus seinen beständigen satirischen Ausfällen gegen die Gecken der elisabethanischen Zeit schließen, die sich einbildeten, sie seien gut angezogen, weil sie ihre Wämser aus Italien, ihre Hüte aus Deutschland und ihre Hosen aus Frankreich bezogen. Und es sollte vermerkt werden, dass die schönsten szenischen Wirkungen, die auf unserer Schaubühne gewonnen wurden, die gewesen sind, die sich durch ihre vollkommene Genauigkeit auszeichneten, wie die Neuaufführungen aus dem achtzehnten Jahrhundert durch Mr. und Mrs. Bancroft auf dem Haymarket-Theater, Mr. Irvings herrliche Aufführung von »Viel Lärm um nichts« und Mr. Barretts

»Claudian«. Überdies muss – und dies ist vielleicht die vollständigste Antwort auf Lord Lyttons Theorie – daran erinnert werden, dass sowohl in Fragen des Kostüms wie des Dialogs Schönheit keineswegs das erste Ziel des Dramatikers bildet. Des Dramatikers Ziel ist in erster Linie das Hervorheben des Charakteristischen. Er wünscht so wenig, dass alle seine Personen herrlich angezogen seien, wie er etwa wünschen würde, dass sie alle Charakterschönheit besitzen oder schönes Englisch sprechen. Der wahre Dramatiker zeigt uns das Leben unter künstlerischen Gesichtspunkten, jedoch nicht die Kunst in der Form des Lebens. Die griechische Tracht war die schönste, die die Welt je gesehen hat und die englische des vergangenen Jahrhunderts eine der abscheulichsten. Trotzdem können wir bei einem Stück Sheridans keineswegs die nämlichen Kostüme wie bei einem Drama von Sophokles verwenden. Denn wie Polonais in seinen ausgezeichneten Bemerkungen, denen zu danken ich hier die günstige Gelegenheit finde, ausführt: Eins der ersten Erfordernisse der Kleidung ist, dass sie etwas besage. In dem affektierten Stil der Kleidung des achtzehnten Jahrhunderts drückten sich die affektierten Manieren, die affektierte Art der Konversation der damaligen Gesellschaft charakteristisch aus. Der realistische Dramatiker wird diese bezeichnenden Züge bis herab zu den geringfügigsten Details sehr hoch zu schätzen wissen. Das Material hierfür kann er bloß aus der Archäologie gewinnen. Doch genügt es keineswegs, dass ein Kostüm historisch genau sei. Es muss auch der Erscheinung und der Gestalt des Schauspielers und seiner vermutlichen Stellung im Stück wie der Haltung, die er darin notwendigerweise einzunehmen hat, entsprechen. Bei Mr. Hares Aufführung von »Wie es euch gefällt« auf dem St.-James-Theater wurde die Pointe der Klage des Orlando, dass er wie ein

Bauer, nicht wie ein Edelmann erzogen worden sei, durch die Überladenheit seines Anzugs ganz um ihre Wirkung gebracht. Auch war die prunkvolle Kleidung des verbannten Herzogs und seiner Freunde durchaus nicht am Platz. Mr. Lewis Wingfields Erklärung, die Luxusgesetze jener Zeit seien der Grund dieses Prunks, reicht, wie ich fürchte, kaum aus. Geächtete Männer, die sich im Walde verborgen halten und vom Weidwerk leben, dürften sich nicht sehr um die Regeln der Toilette bekümmern. Sie waren vermutlich wie das Gefolge Robin Hoods gekleidet, mit dem sie im Verlaufe des Stückes sogar verglichen werden. Dass sie in ihrem Auftreten keineswegs reichen Edelmännern glichen, kann man aus den Worten Orlandos, als er auf sie losstürmt, erkennen. Er hält sie irrigerweise für Räuber und ist ganz erstaunt, dass sie ihm in höfisch-gebildeten Ausdrücken antworten. Die Aufführung des nämlichen Stückes durch Lady Archibald Campbell unter der Leitung E. W. Godwins war, soweit die Ausstattung infrage kommt, weit mehr von künstlerischen Gesichtspunkten beherrscht. Mir wenigstens schien es so. Der Herzog und seine Gefährten trugen wollene Waffenröcke, lederne Jacken, hohe Stiefel, Stulphandschuhe, breitrandige Hüte und Kapuzen. Da sie in einem wirklichen Wald agierten, fanden sie gewiss ihre Bekleidung sehr bequem. Jede Person im Stück trug eine passende Kleidung. Das Braun und Grün der Gewänder harmonierte vortrefflich mit den Farnkräutern, durch die sie schritten, mit den Bäumen, unter denen sie lagen, mit der lieblichen englischen Landschaft, die das ländliche Spiel umschloss. Die vollkommene Natürlichkeit der Szene entsprang der vollkommenen Genauigkeit und Angemessenheit jedes Kleidungsstücks. Die Archäologie konnte nicht auf eine strengere Probe gestellt werden und nicht siegreicher daraus hervorgehen. Die ganze Aufführung bewies ein für alle Mal, dass ein Gewand immer unwirklich, unnatürlich und theatralisch im Sinne von gekünstelt erscheint, wenn es nicht archäologisch genau und künstlerisch angemessen ist.

Es genügt aber auch keineswegs, dass ein Kostüm historisch genau und künstlerisch angemessen ist und in herrlichen Farben schimmert; der ganze Bühnenraum muss Farbenschönheit zeigen. Solange der Hintergrund von einem Künstler gemalt wird und die Vordergrundfiguren unabhängig davon von einem anderen entworfen werden, besteht immer die Gefahr, dass das Bühnenbild der harmonischen Wirkung ermangle. Man sollte für jede Szene ein Farbenschema wie für die Ausschmückung eines Zimmers anlegen, man sollte die Gewänder, die zur Benützung gelangen sollen, zu allen möglichen Kombinationen vermischen und wieder mischen und das Nichtzusammenklingende entfernen. Was die besonderen Farbenarten betrifft, so wird die Bühne oft zu grell gemacht, zum Teil dadurch, dass die Kostüme allzu sehr den Eindruck des Neuen hervorrufen. Eine gewisse Schäbigkeit, die im modernen Leben bloß das Streben der niederen Volksschichten nach einer gewissen Haltung ausdrückt, ist nicht ohne künstlerischen Wert. Moderne Farben gewinnen oft sehr, wenn sie ein wenig verblasst sind. Auch die blaue Farbe wird zu häufig benützt: Sie ist nicht bloß bei Gaslicht von zweifelhafter Wirkung; es fällt überhaupt schwer, sich in England ein durchaus gutes Blau zu verschaffen. Das feine chinesische Blau, das wir alle so sehr bewundern, braucht zwei Jahre, um zu färben. Das englische Publikum will aber auf eine Farbe nicht so lange warten. Pfauenblau wurde natürlich auf der Bühne mit Vorteil zur Anwendung gebracht, hauptsächlich im Lyzeumtheater; doch sind alle Versuche, die ich kenne, ein gutes Lichtblau oder ein gutes Dunkelblau zu erzielen, fehlgeschlagen. Der Wert der schwarzen Farbe wird kaum genügend gewürdigt. Mr. Irving hat sie im »Hamlet« als Grundnote der Inszenierung mit großer Wirkung zur Anwendung gebracht; aber als neutrale, den Ton hebende Farbe ist ihre Bedeutung noch nicht erkannt. Dies scheint erstaunlich, da Schwarz ja die allgemein übliche Farbe der Kleidung eines Jahrhunderts ist, in dem wir, wie Baudelaire sagt, alle »irgendein Begräbnis feiern«. Der Archäologe der Zukunft wird vermutlich unsere Zeit als eine Epoche bezeichnen, welche die Schönheit des Schwarzen erkannte. Ich glaube aber nicht, dass dies wirklich, soweit es sich um Bühnen- und Hausdekoration handelt, der Fall ist. Der dekorative Wert des Schwarzen ist so bedeutend, wie der von Weiß oder Gold. Es vermag die Farben zu sondern und harmonisch zu verbinden. In modernen Stücken ist der schwarze Rock des Helden an sich von Bedeutung, und man sollte ihm einen entsprechenden Hintergrund geben. Das geschieht aber nur selten. In der Tat war der einzige treffliche Hintergrund eines in unserer Kleidung spielenden Stücks, den ich jemals gesehen habe, in einer dunkelgrau und cremeweiß gehaltenen Szene des ersten Aktes der »Princesse Georges« in der Aufführung von Mrs. Langtry. In der Regel verschwindet der Held im bric-à-brac und unter Palmenbäumen; er verliert sich in den goldenen Abgründen der Louis-Quatorze-Möbel, er schrumpft inmitten der Mosaiken zu einer bloßen Mücke zusammen, während doch der Hintergrund nur immer Hintergrund bleiben und die Farbe der Wirkung untergeordnet werden sollte. Dies wird freilich nur dann möglich sein, wenn ein Geist die ganze Aufführung leitet. Mögen auch die Werke der Kunst verschieden sein, das Wesen künstlerischer Wirkung ist Einheit.

Monarchie, Anarchie und Revolution mögen um ihre Berechtigung, Nationen zu regieren, streiten – ein Theater jedoch sollte einem gebildeten Despoten unterstehen. Mag man auch die Arbeit teilen, der lenkende Geist muss einheitlich sein. Wer das Kostüm eines Zeitalters versteht, versteht auch notwendigerweise seine Architektur und sein Milieu; es fällt nicht schwer, aus der in einer gewissen Zeit üblichen Form der Stühle zu schließen, ob man Krinolinen trug oder nicht. In der Kunst gibt es keine Spezialität. Jede wirkliche künstlerische Aufführung sollte das Gepräge des nämlichen Meisters tragen, eines Meisters, der nicht bloß jedes Detail selbst zeichnen und gruppieren, sondern auch die Art und Weise, wie jedes Kostüm zu tragen ist, vollständig kontrollieren müsste.

Mademoiselle Mars erklärte bei der ersten Aufführung von »Hernani«, ihren Partner nur unter der Bedingung »Mon Lion!« zu nennen, dass man ihr gestatte, ein gewisses kleines, damals auf den Boulevards sehr fashionables Barett zu tragen. Manche jungen Schauspielerinnen unserer Tage bestehen noch immer darauf, unter griechischen Gewändern steife Unterröcke zu tragen; dabei geht die ganze Zartheit der Linien und Farben des Kostüms verloren; solchen Frevel sollte man nicht dulden. Man sollte auch weit mehr Kostümproben abhalten, als das jetzt geschieht. Schauspieler wie etwa Mr. Forbes Robertson, Mr. Conway, Mr. George Alexander und andere – der älteren Künstler zu geschweigen – bewegen sich bequem und elegant in der Tracht jedes Jahrhunderts. Doch gibt es auch nicht wenige, die in einem Gewand ohne Seitentaschen nicht zu wissen scheinen, was sie mit ihren Händen beginnen sollen; sie tragen ihre Röcke, als wären es Kostüme. Nun sind es allerdings für den, der sie entwirft, Kostüme, für den, der sie trägt, sollten es aber Kleider sein.

Auch ist es an der Zeit, die unsere Bühne beherrschende Anschauung, dass die Griechen und Römer stets, auch im Freien, bloßen Hauptes einhergingen, zu zerstören. Diesen Irrtum haben die Theaterleiter aus den Tagen Elisabeths nicht begangen: Sie statteten vielmehr ihre römischen Senatoren sowohl mit langen Gewändern wie auch mit Hüten aus.

Häufigere Kostümproben hätten noch eine weitere Bedeutung: Die Schauspieler würden dadurch lernen, dass es gewisse Gesten und Bewegungen gibt, die einem bestimmten Kostümstil nicht bloß angemessen, sondern geradezu von ihm bedingt sind. Der maßlose Gebrauch, den man beispielsweise im achtzehnten Jahrhundert von den Armen machte, war das natürliche Ergebnis der weiten Reifröcke. Das würdeschwere Auftreten Burleighs war seiner Halskrause nicht minder als seiner Kunsteinsicht zu danken. Solange überdies sich ein Schauspieler nicht in seiner Kleidung heimisch fühlt, ist er auch in seiner Rolle nicht heimisch.

Darüber, dass die Schönheit des Kostüms im Zuschauer künstlerisches Temperament und jene Freude an der Schönheit um ihrer selbst willen erzeugt, ohne die große Kunstschöpfungen nicht verstanden werden können, will ich hier nicht sprechen. Doch kann man den Wert, den Shakespeare dieser Frage bei der Aufführung seiner Tragödien beilegte, daraus ermessen, dass er diese stets bei künstlichem Licht und in einem schwarz verhängten Theaterraum spielte.

Ich wollte nur darauf hinweisen, dass die Anwendung der Archäologie keine pedantische Methode ist, sondern eine Methode, künstlerische Illusionen hervorzurufen, dass man dadurch die Möglichkeit gewinnt, Charaktere ohne Schilderung zu erklären und dramatische Situationen und Effekte hervorzubringen. Man muss, meine ich, beklagen, dass so viele Kritiker eine der wichtigsten Bewegungen unseres modernen Theaters angegriffen haben, ehe diese Bewegung noch zu ihrer Vollendung gelangte. Dass sie einmal dahin gelangen wird, empfinde ich ebenso deutlich wie etwa, dass man in Zukunft von den Kritikern mehr verlangen wird, als dass sie sich an Macready erinnern oder Benjamin Webster gesehen haben: Wir werden von ihnen die Pflege des Schönheitssinnes verlangen. »Pour être plus difficile, la tâche n'en est que plus glorieuse.« Und wenn sie diese Bewegung schon nicht bestärken, so sollten sie sich ihr doch nicht entgegenstellen, denn Shakespeare hätte ihr unter allen Dramatikern am meisten Beifall gezollt. Ist doch ihre Methode, die Illusion des Wahren hervorzurufen und ihr Ergebnis, dass sie die Illusion der Schönheit hervorruft.

Nicht, dass ich etwa mit allem, was ich in diesem Essay sage, übereinstimme. Mit vielem stimme ich durchaus nicht überein. Der Essay vertritt bloß einen künstlerischen Standpunkt, und in der ästhetischen Kritik ist der Standpunkt alles. In der Kunst gibt es keine allgemeine Wahrheit. Eine Wahrheit ist in der Kunst alles das, dessen Gegenteil nicht minder wahr ist. Wie wir nur in der Kunstkritik und durch sie die platonische Lehre von den Ideen erfassen können, so können wir nur in der Kunstkritik und durch sie das Hegesche System des Widerspruchs begreifen. Die Wahrheiten der Metaphysik sind Maskenwahrheiten.

Die Seele des Menschen unter dem Sozialismus

Der Hauptvorzug, den die Herrschaft der sozialistischen Gesellschaftsordnung mit sich brächte, wäre ohne Zweifel, dass der Sozialismus uns von der gemeinen Nötigung, für andere zu leben, befreien würde, die bei der gegenwärtigen Einrichtung der Gesellschaft so schwer auf fast allen lastet. Es ist in der Tat kaum einer, der sich diesem Zwang zu entziehen vermag.

Dann und wann im Verlaufe des Jahrhunderts hat ein großer Naturforscher wie Darwin, ein großer Dichter wie Keats, ein feiner kritischer Kopf wie Renan, ein überlegener Künstler wie Flaubert es zuwege gebracht, sich so zu isolieren, sich außerhalb der lärmenden Ansprüche der anderen zu stellen, »unter dem Schutze der Mauer zu stehen«, wie Plato sagt, und auf diese Weise die ihm erreichbare Stufe der Selbstvollendung zu erklimmen – zu seinem eigenen unvergleichlich großen Gewinn und zu dem unvergleichlich großen, dauernden Gewinn der ganzen Welt. Das sind aber nur Ausnahmen. Die meisten Menschen verderben ihr Leben durch einen gewissen ungesunden, übertriebenen Altruismus – sind einfach genötigt, es so zu verderben. Sie sehen sich umgeben von scheußlicher Armut, von scheußlicher Hässlichkeit, von scheußlichem Hunger. Wie sollte nicht durch dies alles ihr Empfinden erschüttert werden? Die Empfindungen des Menschen werden rascher erregt als sein Verstand; es ist, wie ich jüngst in einem Artikel über das Wesen der Kritik ausgeführt habe, weit leichter, Mitgefühl mit Leiden zu hegen, als Gedanken zu lieben. So tritt man naturgemäß in bewundernswerter, doch irregeleiteter Absicht sehr ernsthaft und sehr sentimental an die Aufgabe heran, die Übel ringsum zu heilen. Aber die Heilmittel heilen die Krankheit nicht – sie verlängern sie bloß. Ja, die Heilmittel sind ein Teil der Krankheit selbst.

Man versucht gegenwärtig, das Problem der Armut dadurch zu lösen, dass man die Armen am Leben erhält oder – so will es eine sehr vorgeschrittene Schule – sie amüsiert.

Aber das ist keine Lösung, sondern nur eine Verschlimmerung der Schwierigkeit. Das wahre Ziel ist, die Gesellschaft auf einer Grundlage neu aufzurichten, die die Armut ausschließt. Die altruistischen Tugenden haben wirklich die Erreichung dieses Zieles zu verhindern gewusst. Gerade wie die ärgsten Sklavenhalter die waren, die ihre Sklaven mit Güte behandelten und so zu verhindern wussten, dass die Gräuel des Systems von denen, die darunter litten, erkannt und von denen, die sie beobachteten, verstanden wurden, so sind in dem gegenwärtigen England gerade die Wohltäter die größten Schädlinge. Wir haben schließlich das seltsame Schauspiel erlebt, dass Männer, die das Problem wirklich durchdacht haben und das Leben kennen, Männer von Bildung, die im East End wohnen, auftreten und das Gemeinwesen inständig bitten, doch seine altruistischen Anwandlungen von Barmherzigkeit und Fürsorge einzudämmen. Sie tun das aus der Erwägung heraus, dass eine solche Barmherzigkeit erniedrigt und demoralisiert. Diese Männer haben vollkommen recht. Die Barmherzigkeit ruft eine Menge von Sünden hervor.

Ferner ist noch Folgendes zu sagen: Es ist unsittlich, Privateigentum zur Milderung der furchtbaren Übelstände zu verwenden, zu denen die Einrichtung des

Privateigentums geführt hat. Das ist sowohl unsittlich als auch unehrlich.

Unter der Herrschaft des Sozialismus wird dies alles natürlich anders sein. Es wird keine Menschen mehr geben, die, bekleidet mit stinkenden Fetzen, in stinkenden Höhlen wohnen und ungesunde, durch den Hunger verkümmerte Kinder in völlig menschenunwürdiger, abstoßender Umgebung aufziehen. Die Sicherheit der Gesellschaft wird nicht mehr, wie das jetzt der Fall ist, vom Stande des Wetters abhängen. Kommt ein Frost, dann wird man nicht mehr die hunderttausend Arbeiter sehen, die jetzt in einem Zustand unsäglich abscheulichen Elends durch die Straßen irren oder ihre Nachbarn jammernd um Almosen anbetteln oder vor den Toren der ekelhaften Asyle wimmeln, um ein Stück Brot und ein schmutziges Obdach für die Nacht zu erlangen. Jedes Mitglied der Gesellschaft wird an ihrer allgemeinen Wohlfahrt, an ihrem allgemeinen Glück teilnehmen; bricht Frost herein, so wird er niemand Schaden bringen.

Auf der anderen Seite wird der Wert des Sozialismus einfach nur darin bestehen, dass er zum Individualismus hinüberleitet.

Der Sozialismus, Kommunismus oder wie man diese Organisation auch nennen möge, wird dadurch, dass er das Privateigentum in allgemeinen Reichtum umwandelt, dadurch, dass er anstelle der Konkurrenz die Kooperation, das Zusammenarbeiten setzt, der Gesellschaft die ihr eigentümliche Form eines gesunden Organismus zurückgeben und die materielle Wohlfahrt eines jeden Mitgliedes dieser Gemeinschaft sichern. Er wird in der Tat dem Leben seine richtige Grundlage und seine richtige Umgebung verleihen. Um aber das Leben auf die höchste Spitze der Vollendung zu heben, bedarf es noch eines weiteren. Es bedarf des Individualismus. Ist der Sozialismus auf Autorität gegründet, richtet er Regierungen ein, die mit ökonomischer Machtfülle ausgestattet sind, genau wie jetzt mit politischen Befugnissen, sollen wir, kurz gesagt, industrielle Tyrannei haben, dann wird dieser jüngste Zustand der Menschheit weit schlimmer sein als der bisherige. Heutzutage sind eben durch die Herrschaft des Privateigentums sehr viele imstande, ihre Individualität in einer gewissen, freilich sehr beschränkten Weise zur Entfaltung zu bringen. Sie brauchen entweder nicht für ihren Lebensunterhalt zu arbeiten oder sind doch in der Lage, die ihnen zusagende Sphäre der Betätigung, die ihnen Freude gewährt, zu wählen. Das sind die Dichter, die Philosophen, die Gelehrten, die Gebildeten – mit einem Wort, die wirklichen Menschen, die zur Selbstvollendung gelangt sind, in denen die Menschheit ihre eigene teilweise Vollendung erreicht. Außerdem aber gibt es sehr viele, die, da sie keinen Privatbesitz haben und daher immer am Rande des nackten Elends schweben, genötigt sind, die Arbeit von Lasttieren zu verrichten, Arbeit, die ihnen gar nicht zusagt, und zu der sie nur durch die unabweisbare, unvernünftige, erniedrigende Tyrannei der Not gezwungen werden. Das sind die Armen; in ihrem Kreise fehlt jede Grazie, jede Anmut der Rede oder Bildung, jede Verfeinerung der Genüsse, jede Lebensfreudigkeit. Ihre gesammelte Kraft verschafft der Menschheit manche materielle Wohlfahrt, doch einzig und allein materiellen Vorteil, der Arme selbst ist völlig ohne Bedeutung. Er ist nur ein winziges Atom einer Kraft, die ihn nicht bloß nicht beachtet, sondern zermalmt; ja ihn mit Vorliebe zermalmt, weil er dann viel fügsamer ist.

Natürlich ist der unter der Voraussetzung des Privateigentums erblühte Individualismus, so mag man einwenden, nicht immer oder auch nicht in der Regel etwas Erlesenes oder Wundervolles, auch haben die Armen, ermangeln sie gleich der Kultur und Anmut, doch manche Tugenden. Diese beiden Einwände wären an sich völlig richtig. Das Privateigentum ist sehr häufig ein demoralisierendes Element, und das ist natürlich einer der Gründe, weshalb der Sozialismus diese Einrichtung abzuschaffen bemüht ist. Das Eigentum ist in der Tat etwas durchaus Schädliches. Vor einigen Jahren zogen Leute im Lande umher und sagten, das Eigentum bedinge auch Pflichten. Diese Anschauung wurde so häufig und in so langweiliger Weise wiederholt, dass die Kirche anfing, das nämliche zu behaupten. Jetzt wird diese Lehre von der Kanzel gepredigt. Sie ist vollkommen richtig. Der Besitz erzeugt nicht nur Pflichten, er schafft so viele, dass eine Fülle davon eine Qual ist. Man muss sich fortwährend um Geschäfte bekümmern, unausgesetzt werden Ansprüche erhoben, man hat nicht einen Augenblick Ruhe. Brächte der Besitz nur Freude, dann könnte man ihn noch hinnehmen. Aber die damit verknüpften Pflichten machen ihn völlig unerträglich. Im Interesse der Reichen müssen wir uns seiner entledigen. Man kann die Tugenden der Armen bereitwillig anerkennen und muss sie doch sehr bedauern. Man erzählt uns oft, die Armen seien für Wohltaten dankbar. Einige sind es ohne Zweifel, aber die Besten unter den Armen sind nie dankbar. Sie sind undankbar, unzufrieden, ungehorsam, Rebellen. Sie sind es mit vollem Recht. Sie empfinden, dass die Mildtätigkeit eine lächerlich unzulängliche Art teilweiser Rückerstattung oder ein sentimentales Almosen ist, gewöhnlich mit dem unverschämten Versuch des sentimentalen Wohltäters verbunden, über das Privatleben der Beschenkten tyrannische Herrschaft zu üben. Warum sollten die Armen für die Krumen, die von der Tafel des Reichen fallen, dankbar sein? Sie sollten mit bei dem Mahle sitzen, das beginnen sie jetzt zu merken. Was die Frage der Unzufriedenheit belangt: Wer mit solcher Umgebung und einer so erbärmlichen Lebensführung zufrieden wäre, müsste völlig vertiert sein. Der Ungehorsam ist für jeden, der die Geschichte gelesen hat, die ursprüngliche Tugend des Menschen. Durch den Ungehorsam ist man zum Fortschritt gelangt, durch den Ungehorsam und durch die Empörung. Manchmal lobt man die Armen für ihre Sparsamkeit. Aber den Armen Sparsamkeit zu empfehlen, ist grotesk und beleidigend zugleich. Es ist, als riete man einem Verhungernden, weniger zu essen. Ein Stadt- oder Landarbeiter, der sparen wollte, beginge damit etwas völlig Unsittliches. Der Mensch sollte sich keineswegs zu dem Nachweise hergeben, dass er wie ein schlecht genährtes Stück Vieh zu leben vermag. Er sollte lieber stehlen oder im Armenhaus eine Zuflucht suchen, was ja viele auch für eine Art Diebstahl halten. Was das Betteln anlangt, so ist es sicherer, zu betteln, als zu nehmen, aber es ist vornehmer, zu nehmen, denn zu betteln. Nein, ein Armer, der undankbar, nicht sparsam, unzufrieden, ein Rebell ist, ist vielleicht eine Persönlichkeit, es steckt möglicherweise viel in ihm. Er stellt jedenfalls einen gesunden Protest dar. Die tugendreichen Armen muss man wohl bemitleiden, aber man kann sie unmöglich bewundern. Sie haben mit dem Feinde paktiert, sie haben ihr Erstgeburtsrecht um eine Schüssel sehr schlechter Suppe hingegeben. Sie sind gewiss auch außerordentlich dumm. Ich begreife sehr wohl, dass ein Mann sich mit Gesetzen einverstanden erklärt, die das Privateigentum schützen und seine Anhäufung gestatten, solange er selbst dadurch imstande ist, ein Leben der Schönheit und Geistigkeit in irgendeiner Form zu führen. Doch ist es mir gänzlich unfassbar, wie jemand, dessen Leben durch diese Gesetze zerstört und verunstaltet wird, deren Fortdauer ruhig mit anzusehen vermag.

Gleichwohl findet sich die Erklärung unschwer. Die Sache verhält sich einfach folgendermaßen. Elend und Armut haben etwas so völlig Erniedrigendes, sie üben auf das Wesen des Menschen eine so lähmende Wirkung aus, dass keine Klasse der Gesellschaft sich je wirklich ihres Leidens deutlich bewusst wird. Andere müssen sie darüber aufklären und diesen glauben sie oft gar nicht. Was manche große Unternehmer wider die Agitatoren vorgebracht haben, ist fraglos richtig. Agitatoren sind Eindringlinge, die in irgendeine völlig zufriedene Gesellschaftsschicht einbrechen und die Saat der Unzufriedenheit unter sie säen. Eben darum sind Agitatoren so absolut notwendig. Ohne sie gäbe es in unserem völlig unvollkommenen Gemeinwesen kein Fortschreiten zur Kultur hin. Die Sklaverei wurde in Amerika keineswegs infolge irgendeiner Bewegung unter den Sklaven selbst oder infolge des leidenschaftlichen Verlangens der Sklaven nach Freiheit abgeschafft. Man hat die Sklaverei nur wegen des völlig ungesetzlichen Benehmens einiger in Boston und an anderen Orten wirkenden Agitatoren aufgehoben, die selbst weder Sklaven noch Sklavenhalter waren, noch Leute, die überhaupt irgendetwas mit dieser Frage zu schaffen hatten. Es sind ohne Zweifel die Abolitionisten gewesen, die die Fackel in Brand setzten, die ganze Frage aufrollten. Und so paradox es klingt, die Agitatoren haben bei den Sklaven selbst nicht nur keinerlei Unterstützung, sondern kaum Sympathien gefunden. Als am Ende des Krieges die Sklaven die Freiheit gewonnen hatten, so vollständig gewonnen hatten, dass sie die Freiheit hatten, zu verhungern, da bedauerten viele bitterlich die neue Lage der Dinge. Für den Denker bedeutet nicht der Tod der Marie Antoinette, die sterben musste, weil sie Königin war, den tragischen Höhepunkt der französischen Revolution, sondern die Erhebung der ausgehungerten Bauern der Vendee, die freiwillig aufstanden, um für die hässliche Sache des Feudalismus zu sterben.

Es ist also klar, mit dem autoritativen Sozialismus kommt man nicht weiter. Denn während unter dem gegenwärtigen System immerhin eine nicht geringe Zahl von Menschen ihr Leben mit einer gewissen Fülle von Freiheit und Glück und einer gewissen Betonung ihres Ichs zu leben vermag, würde unter einem industriellen Kasernensystem oder einem System der wirtschaftlichen Tyrannei niemand irgendwelche Freiheit besitzen. Zu bedauern bleibt, dass ein Teil unserer Gemeinschaft tatsächlich im Zustand der Sklaverei dahinlebt, aber es wäre kindisch, dieses Problem dadurch zu lösen, dass man die ganze Gemeinschaft in die Sklaverei zwingt. Jedem muss die Freiheit gewahrt bleiben, seine Arbeit selbst zu wählen, keinerlei Art von Zwang darf auf ihn ausgeübt werden; sonst ist diese Arbeit weder für ihn selbst, noch an sich oder für die anderen von Nutzen. Unter Arbeit aber verstehe ich jede Art von Tätigkeit.

Heutzutage wird meiner Meinung nach wohl kaum ein Sozialist ernsthaft vorschlagen, ein Inspektor solle jeden Morgen in jedem Haus vorsprechen, um sich zu überzeugen, dass die Bürger alle aufgestanden sind und sich an ihre achtstündige Handarbeit begeben haben. Die Menschheit ist über dieses Stadium hinausgelangt und bestimmt eine solche Art des Lebens für diejenigen, die man höchst willkürlicherweise Verbrecher nennt. Doch ich gestehe, dass eine große Zahl der sozialistischen Anschauungen, denen ich begegnet bin, mir von Ideen autoritativer Macht oder gar des wirklichen Zwanges befleckt scheinen. Von autoritativer

Macht und Zwang darf aber nicht die Rede sein. Alle Vereinigung muss völlig freiwillig vor sich gehen. Nur in freiwilliger Vereinigung ist der Mensch vornehm.

Die Frage mag aufgeworfen werden, wie der Individualismus, der jetzt mehr oder minder zu seiner Entwicklung des Privateigentums bedarf, aus der Aufhebung des Privateigentums Nutzen ziehen könnte. Die Antwort ist sehr einfach. Es ist wahr, auch unter den gegenwärtigen Umständen haben es einige wenige Männer, die eigenes Vermögen besaßen, wie Byron, Shelley, Browning, Viktor Hugo, Baudelaire u. a. zustande gebracht, ihre Persönlichkeit mehr oder minder völlig zum Ausdruck zu bringen. Nicht einer dieser Männer hat auch nur einen Tag seines Lebens um Lohn gearbeitet. Sie waren von der Armut verschont. Sie hatten daher ungeheuer viel vor anderen voraus. Die Frage ist, ob es für den Individualismus von Vorteil wäre, wenn ein solcher Vorzug aufgehoben würde. Nehmen wir an, er sei aufgehoben. Wie steht es dann mit dem Individualismus? Welchen Nutzen wird er daraus ziehen?

Er wird den folgenden Nutzen daraus schöpfen: Unter den neuen Verhältnissen wird der Individualismus weit freier, weit vornehmer, weit kräftiger sein, als dies jetzt der Fall ist. Ich spreche nicht von dem großen, in der Fantasie zur Verwirklichung gelangten Individualismus der Dichter, die ich eben nannte, ich spreche von dem großen, tatsächlichen Individualismus, der in der Menschheit im allgemeinen gebunden liegt und entfaltungsmöglich wäre. Denn die Anerkennung des Privateigentums hat den Individualismus wirklich geschädigt und dadurch getrübt, sodass man den Menschen mit seinem Besitz verwechselt. Sie hat den Individualismus völlig irregeleitet. Sie hat bewirkt, dass Gewinn, nicht Wachstum sein Ziel geworden ist. So zwar, dass die Menschen meinten, das wichtigste sei das Haben, und nicht wussten, dass es das wichtigste ist, zu sein. Die wahre Vollendung des Menschen liegt nicht in dem, was er besitzt, sondern in dem, was er ist. Das Privateigentum hat den wahren Individualismus vernichtet und einen falschen aufgestellt. Es hat einen Teil der Gemeinschaft von dem Besitz der Individualität durch Aushungerung ausgeschlossen. Es hat den anderen Teil der Gemeinschaft von dem Besitz der Individualität dadurch ferngehalten, dass es ihn auf den unrichtigen Weg geleitet und überlastet hat. In der Tat, die Persönlichkeit des Menschen ist so vollkommen von seinem Besitz absorbiert worden, dass die englischen Gesetze Vergehen wider das Eigentum weit schärfer ahnden, als wider die Person; noch immer gewährt nur das Eigentum die vollen Bürgerrechte. Der Fleiß, der notwendig ist, um Geld zu machen, wirkt gleichfalls sehr demoralisierend. In einer Gesellschaft wie der unsrigen, in der das Eigentum unermessliche Auszeichnung, gesellschaftliche Stellung, Ehre, Ansehen, Titel und andere angenehme Dinge dieser Art verschafft, setzt es sich der von Natur aus ehrgeizige Mensch zum Ziel, dieses Eigentum anzuhäufen, und er häuft müde und gelangweilt Schätze auf Schätze, wenn er schon längst mehr erworben hat, als er bedarf oder benutzen oder genießen oder vielleicht sogar übersehen kann. Der Mensch bringt sich durch Überarbeitung um, nur um Eigentum zu gewinnen; und bedenkt man die ungeheuren Vorteile, die das Eigentum gewährt, so darf man sich in der Tat darüber kaum verwundern. Man muss nur bedauern, dass die Gesellschaft so eingerichtet ist, dass der Mensch in eine Bahn gedrängt wird, in der er das Wunderbare, Eigenartige, Köstliche seiner Natur nicht zu entfalten vermag, in der er in der Tat die wahre Freudigkeit des Lebens entbehrt. Auch ist seine Existenz unter den gegenwärtigen Verhältnissen sehr unsicher. Ein sehr reicher Kaufmann kann in jedem Augenblick seines Lebens – er ist es oft – gänzlich von Dingen abhängig sein, über die er keinerlei Gewalt hat. Weht der Sturm ein wenig stärker, schlägt das Wetter um, ereignet sich sonst irgendetwas Alltägliches, dann sinkt vielleicht sein Schiff, seine Spekulationen gehen fehl, er ist plötzlich ganz arm geworden, seine gesellschaftliche Stellung ist völlig dahin. Nur eines sollte aber imstande sein, uns zu schädigen: das eigene Ich. Nichts sollte imstande sein, uns zu berauben – denn wir besitzen in Wirklichkeit nichts als das, was wir in uns haben. Was außerhalb unseres Selbst liegt, sollte völlig belanglos erscheinen.

Die Vernichtung des Privateigentums wird den wahren, den herrlichen, den gesunden Individualismus zur Folge haben. Niemand wird sein Leben mit der Anhäufung von Dingen und deren Symbolen vergeuden. Man wird leben. Wirklich zu leben – das ist das allerseltenste auf dieser Welt. Die meisten Menschen existieren nur, sonst nichts.

Die Frage ist, ob wir jemals eine Persönlichkeit sich völlig ausleben gesehen haben, ausgenommen in dem imaginären Reiche der Kunst. Auf dem Gebiete der Handlung haben wir es bisher nie gesehen. Cäsar, so erzählt uns Mommsen, war der vollständige und vollendete Mensch. Aber wie tragisch unsicher war Cäsars Dasein! Überall, wo es einen Mann gibt, der Autorität ausübt, gibt es auch einen, der seiner Autorität widerstrebt. Cäsar war ein sehr vollkommener Mensch, aber diese Vollkommenheit bewegte sich auf zu gefährlichen Bahnen. Mark Aurel war der vollendete Mensch, sagt Renan. Gewiss – der große Kaiser war ein vollkommener Mensch. Aber wie unerträglich waren die endlosen Anforderungen, die man an ihn stellte. Er wankte unter der Last des Kaisertums. Er wusste, wie unmöglich es für die Kraft eines Einzelnen war, das Gewicht dieser titanischen, allzu riesenhaften Weltmacht zu tragen. Vollkommen ist für mich der Mensch, der sich unter vollkommenen Verhältnissen zu entwickeln vermag – ein Mensch, der nicht verwundet, gehetzt, gelähmt, ewig von Gefahren umringt ist. Die meisten Persönlichkeiten sind gezwungen gewesen, Rebellen zu sein. Die Hälfte ihrer Kraft ist in Kämpfen aufgerieben worden. Byrons Persönlichkeit z. B. rieb sich wund in dem Kriege wider die Dummheit, Heuchelei und Philistrosität der Engländer. Solche Kämpfe steigern keineswegs immer die Kraft, sie steigern sehr häufig bloß die Schwäche. Byron hat uns nie das zu geben vermocht, was er uns hätte geben können. Shelley ist es besser gegangen. Wie Byron verließ er England, sobald als möglich. Man kannte ihn nicht genau genug. Hätten die Engländer eine Ahnung von der Größe seines Dichtertums besessen, sie wären mit Zähnen und Nägeln über ihn hergefallen, sie hätten ihm das Leben nach Kräften unerträglich gemacht. Allein Shelley war in der Gesellschaft keine markante Figur; so vermochte er es, sich bis zu einem gewissen Grade in Sicherheit zu bringen. Doch ist selbst bei Shelley die Note der Empörung oft zu laut. Die Note der vollkommenen Persönlichkeit ist nicht Empörung, sondern Friede.

Wie wundervoll wird die wahre menschliche Persönlichkeit sein, wenn sie sich einmal ganz rein vor unserem Blick entfalten darf. Sie wird natürlich und einfach vor uns erblühen, wie eine Blume oder wie ein Baum. Sie wird nicht mit sich zerfallen sein, sie wird nie überreden oder streiten, sie wird nichts beweisen wollen. Sie wird alles wissen. Sie wird Weisheit besitzen, ohne dass sie sich um Wissen zu mühen braucht; ihr Wert wird nicht mit dem Maßstab des Materiellen gemessen werden. Sie wird nichts und dennoch alles besitzen, und was man ihr auch nimmt, sie wird doch noch haben, so reich wird sie sein. Sie wird sich nicht immer um andere kümmern oder von ihnen verlangen, dass sie ihr gleichen, sie wird die anderen eben darum lieben, weil sie sich von ihr unterscheiden. Und gerade weil sie unbekümmert um die anderen dahinlebt, wird sie allen helfen, wie uns etwas Schönes hilft, weil es nichts anderes sein will, als was es ist. Die Persönlichkeit des Menschen wird dann sehr wunderbar sein – sehr wunderbar, wie die Persönlichkeit eines Kindes.

In ihrer Entwicklung wird die Persönlichkeit durch das Christentum gefördert werden, wenn die Menschen danach verlangen; aber wenn die Menschen nicht danach verlangen, wird sie sich darum nicht weniger sicher entwickeln. Denn sie wird sich nicht länger um Vergangenes quälen, noch darum sorgen, ob etwas geschehen ist oder nicht. Und sie wird keine anderen Gesetze, als ihre eigenen, anerkennen, keine andere Autorität, als die eigene. Doch wird sie denen Liebe bewahren, die sich um ihre Vertiefung bemüht haben und ihrer oft gedenken. Und Christus war einer von diesen.

Über der Pforte der antiken Welt stand geschrieben: »Erkenne dich selbst!« Über der Pforte unserer neuen Welt sollte geschrieben stehen: »Sei du selbst!« Die Botschaft des Heilands an die Menschen lautete einfach: »Sei du selbst!« Dies ist das Geheimnis Christi.

Sooft Jesus von den Armen spricht, meint er nur die Persönlichkeiten, sooft er von den Reichen redet, meint er einfach Leute, die ihre Persönlichkeit nicht zur Entfaltung gebracht haben. Jesus lebte in einer Gemeinschaft, die die Anhäufung von Privateigentum genau ebenso gestattete, wie dies heute der Fall ist; das

Evangelium, das er predigte, war keineswegs, es sei für den Menschen ein Vorteil, sich von ärmlicher, ungesunder Speise zu nähren, zerlumpte und schmutzige Kleider zu tragen, in schrecklichen, ungesunden Wohnungen zu nächtigen, oder es sei von Nachteil, unter gesunden, angenehmen, anständigen Verhältnissen zu leben. Eine solche Anschauung wäre in jenem Lande und in jener Zeit falsch gewesen und wäre natürlich heute und in unserem England noch irriger; denn je mehr die Menschheit nördlichen Regionen zustrebt, umso wichtiger werden die materiellen Lebensvoraussetzungen. Unsere Gesellschaft ist bei Weitem komplizierter und weist bei Weitem schärfere Gegensätze von Luxus und Elend auf, als irgendeine Gesellschaft der antiken Welt. Jesus hat dem Menschen einfach dieses gesagt: »Deine Persönlichkeit ist etwas Wundervolles. Entfalte sie, sei du selbst! Glaube nicht, dass du durch das Besitzen oder Anhäufen äußerlicher Güter zu deiner Vollendung gelangen wirst. In dir selbst liegt deine Vollendung. Wenn du das nur einsähest, würdest du nicht nach Reichtum streben. Was man Reichtum nennt, das kann dir gestohlen werden, wirklicher Reichtum nie. In der Schatzkammer deiner Seele sind unermesslich wertvolle Kostbarkeiten, die niemand dir zu rauben vermag. Richte dein Leben auf solche Art ein, dass Äußerliches dir nicht zu schaden vermag und wage es nur, deine Habe von dir zu werfen. Sie bringt Befangenheit im Gemeinen, unendliche Mühsal, stetes Ungemach mit sich. Persönlicher Besitz behindert die Persönlichkeit auf Schritt und Tritt.« Es ist wohl zu beachten, dass Jesus nirgends sagt, die Verarmten seien notwendigerweise gut oder die Wohlhabenden notwendigerweise schlecht. Das wäre vollkommen unrichtig. Die Reichen sind, als Klasse betrachtet, besser als die Armen. Sie sind sittlicher, geistiger, von feinerem

Anstand. Nur eine Klasse unter uns beschäftigt sich noch mehr mit dem Geld als die Reichen, nämlich die Armen. Diese können eben an nichts anderes denken. Darin liegt gerade ihr Elend.

Was Jesus sagen will ist nur, der Mensch gelange nicht durch das, was er hat, nicht einmal durch das, was er tut, sondern nur durch das, was er ist, zu seiner Vollendung. Und so wird der reiche Jüngling, der dem Heiland naht, als ein sehr trefflicher Bürger hingestellt, der kein Gesetz seines Staates gebrochen, keine Vorschrift seiner Religion verletzt hat. Er ist völlig achtbar in der gewöhnlichen Bedeutung dieses außergewöhnlichen Wortes. Jesus sagt zu ihm: »Du solltest dich deines Besitzes entledigen. Er hindert dich an deiner Vollendung. Er ist ein Netz, das dich umstrickt. Er ist eine Bürde. Deine Persönlichkeit bedarf seiner nicht. In dir, nicht außerhalb deines Selbst, wirst du deinem wirklichen Ich und allen Gütern begegnen, deren du wirklich bedarfst.« Seinen Jüngern sagt er ganz das nämliche. Er rät ihnen, jeder möge sich auf sich selbst besinnen, sich nicht um anderes quälen. Was ist an anderem gelegen? Der Mensch ist in sich vollkommen. Wenn sie in die Welt hinaustreten, dann wird die Welt ihnen entgegentreten, das ist unvermeidlich. Die Welt hasst Individualitäten. Das soll sie aber nicht weiter bekümmern. Sie sollen still in sich ruhend sein. Nimmt ihnen jemand den Mantel, dann sollen sie ihm auch den Rock geben, nur um zu beweisen, dass materielle Dinge von keiner Bedeutung sind. Schmäht sie jemand, so sollen sie nicht antworten. Was liegt daran? Was man über einen Menschen sagt, ändert ihn nicht. Er ist, was er ist. Die öffentliche Meinung ist von keinerlei Wert. Selbst wenn man tatsächlich Gewalt anwenden sollte, sollen sie ihrerseits nicht wieder Gewalt üben. Das hieße, sich auf die nämliche niedrige Stufe begeben. Der Mensch kann schließlich auch im Gefängnis völlig frei sein. Seine Seele kann frei sein. Seine Persönlichkeit kann ungetrübt bleiben. Er kann im Frieden leben. Vor allem aber sollen sie sich nicht in die Angelegenheiten der anderen mischen oder sich über diese irgendwelches Urteil anmaßen. Um die Persönlichkeit liegt immer ein geheimnisvoller Schleier. Man wird den Menschen keineswegs stets nach seinen Handlungen beurteilen dürfen. Der eine beobachtet das Gesetz getreu und ist dennoch treulos, ein zweiter verletzt das Gesetz und ist dennoch edel. Mancher hat nie etwas Schlechtes begangen und bleibt dennoch im Inneren schlecht. Man begeht vielleicht ein Verbrechen wider die Gesellschaft und bringt vielleicht eben durch dieses Verbrechen erst den wahren Sinn seines Wesens zur Entfaltung.

Da war ein Weib, das war im Ehebruch ergriffen. Die Geschichte ihrer Liebe wird uns nicht berichtet, aber diese Liebe war ohne Zweifel sehr groß; denn Jesus sagte, ihre Sünden seien ihr vergeben, nicht, weil sie bereue, sondern weil ihre Liebe so stark und wundervoll wäre. Später, kurze Zeit vor Christi Tod, als er beim Mahle saß, trat dieses Weib ein und goss Wohlgerüche auf des Heilands Haar. Seine Jünger suchten dieses Bestreben zu hindern und sagten, das sei Verschwendung, die Summe, die die Wohlgerüche kosteten, hätte man zu einem Werk der Barmherzigkeit, zur Linderung der Not armer Leute verwenden sollen. Jesus stimmte dieser Anschauung nicht zu. Er erklärte, die materiellen Bedürfnisse des Menschen seien groß und dauernd. Aber die geistigen Bedürfnisse seien noch größer und in einem göttlichen Augenblick und indem sie die Form ihres Ausdrucks selbst wähle, könne eine Persönlichkeit zu ihrer Vollkommenheit gelangen. Man verehrt dieses Weib noch heute als eine Heilige.

Ja, es liegt sehr viel Anregendes im Individualismus. Der Sozialismus hebt zum Beispiel das Familienleben auf. Mit der Vernichtung des Privateigentums muss die Ehe in ihrer gegenwärtigen Form verschwinden. Das ist ein Teil des Programms. Der Individualismus nimmt diesen Grundsatz auf und verfeinert ihn. Er wandelt die Vernichtung gesetzlichen Zwanges in eine Form der Freiheit um, die der vollen Entfaltung der Persönlichkeit dienen und die Liebe zwischen Mann und Weib wundervoller, herrlicher, prächtiger gestalten soll. Jesus wusste dies. Er verwarf die Ansprüche des Familienlebens, die auch zu seinen Tagen und in der Gesellschaft seiner Zeit in sehr ausgeprägter Weise bestanden. »Wer ist meine Mutter? Wer sind meine Brüder?«, fragte er, da man ihm berichtete, dass diese mit ihm zu sprechen begehrten. Als einer seiner Jünger bat, sich entfernen zu dürfen, um den Vater zu bestatten, war seine furchtbare Antwort: »Lass die Toten die Toten begraben!« Er ließ keinen Anspruch gelten, den man an die Persönlichkeit stellte.

Ein dem Heiland ähnliches Leben führt nur, wer ganz und gar er selbst bleibt. Ein solcher mag ein großer Dichter sein oder ein großer Gelehrter; oder ein junger Universitätsstudent oder ein Schafhirte auf der Heide; oder ein Schöpfer von Dramen wie Shakespeare oder ein Gottgrübler wie Spinoza oder ein Kind, das im Garten spielt oder ein Fischer, der seine Netze in die See senkt. Er sei was immer – was liegt daran, wenn er nur alle Möglichkeiten seiner Seele zur Entfaltung bringt.

Alle Nachahmung in moralischen Dingen und im Leben ist vom Übel. Durch die Straßen Jerusalems *schleicht jetzt* ein Wahnsinniger und schleppt auf seinen Schultern ein hölzernes Kreuz. Er ist das Sinnbild jener Existenzen, welche durch die Nachahmung verstümmelt werden. Vater Damien war Christus ähnlich, da er auszog, mit den Aussätzigen zu leben, denn durch solchen Dienst brachte er das Gebot seines innersten Wesens völlig zum Ausdruck. Doch war er nicht christusgleicher als Wagner, als dieser in Musik seiner Seele, oder Shelley, der seiner Seele in Liedern die Verwirklichung gab. Man spreche nicht von einem Typus des Menschen. Es gibt so viele fertige Menschentypen, als es unfertige Menschen gibt. Du magst dich von den Rufen derer verlocken lassen, die von Mitleid faseln und dabei dennoch innerlich frei bleiben. Fügst du dich aber den Forderungen der Gleichmacher, so ist deine innere Freiheit völlig dahin.

Zum Individualismus sollen wir also durch den Sozialismus gelangen. Als natürliche Konsequenz ergibt sich, dass der Staat jeden Gedanken, herrschen zu wollen, aufgeben muss. Er muss ihn deshalb aufgeben, weil man zwar, wie ein Weiser einmal viele Jahrhunderte vor Christus sagte, die Menschheit sich selbst überlassen kann; aber die Menschheit regieren, das kann man nicht. Jede Art der Regierung ist ein Missgriff. Der Despotismus ist ungerecht gegen alle, auch den Despoten selbst, der vermutlich zu besseren Dingen bestimmt war. Oligarchien sind ungerecht gegen die vielen, Ochlokratien sind ungerecht gegen die wenigen. Man hat einmal große Erwartungen auf die Demokratie gesetzt; aber die Demokratie ist nichts als ein Niederprügeln des Volkes durch das Volk für das Volk. Dies hat man erkannt. Ich muss sagen, es war hohe Zeit, denn jede Art autoritativer Gewalt ist etwas Erniedrigendes. Die Gewalt ausüben, werden nicht minder erniedrigt, denn die Gewalt erdulden. Wenn diese heftig, brutal, grausam ausgeübt wird, so bringt sie eben dadurch eine günstige Wirkung hervor, indem sie nämlich den Geist des Aufruhrs und des Individualismus wachruft, der sie vernichten soll. Wird dagegen diese Gewalt mit einem gewissen Anschein von Güte geübt, teilt sie Belohnungen und Preise aus, dann wirkt sie furchtbar entsittlichend. Die Leute werden sich in diesem Falle weniger des entsetzlichen Druckes, der auf ihnen lastet, bewusst, sie wandeln durch ihr Leben in einem gewissen sattzufriedenen Behagen, wie gut gehaltene Haustiere, ohne sich darüber klar zu werden, dass sie höchstwahrscheinlich die Gedanken anderer Menschen denken, nach den Anschauungen anderer Menschen leben, dass sie gewissermaßen nur die abgelegten Kleider der anderen tragen, dass sie niemals, auch nicht einen Augenblick lang, ganz sie selbst sind. »Wer frei sein will«, sagt ein feiner Denker, »darf sich nicht den andern anpassen.« Die autoritative Gewalt aber, die zu einem solchen Anpassen verleitet, bringt unter uns eine sehr rohe Form übersättigten Barbarentums hervor.

Mit der autoritativen Macht wird auch das Bestrafen verschwinden. Das wird ein großer Gewinn sein – in der Tat, ein Gewinn von unberechenbarem Wert. Studiert man die Geschichte nicht nach den gereinigten Ausgaben für Gymnasialschüler und Examenskandidaten, sondern nach den Originalwerken der betreffenden Zeit, so wird man tief deprimiert, nicht durch die Verbrechen, die die Bösen begangen, sondern durch die Strafen, die die Guten über sie verhängt haben. Eine Gemeinschaft verroht weit mehr durch die zur Gewohnheit gewordene Anwendung der Strafe, als durch das gelegentliche Vorkommen von Verbrechen. Daraus ergibt sich klar, dass, je mehr Strafen verhängt werden, desto mehr Verbrechen geschehen; und die meisten modernen Gesetzgeber haben dies deutlich anerkannt und es sich zur Aufgabe gestellt, die Bestrafung auf das möglichst geringe Maß zu beschränken. Überall, wo die Strafen wirklich vermindert worden sind, sind die

Ergebnisse außerordentlich günstig gewesen. Je weniger Strafen, desto weniger Verbrechen. Bestraft man einmal überhaupt nicht mehr, dann wird folgerichtig auch das Verbrechen völlig zu existieren aufhören oder es wird, wenn es doch auftritt, von den Ärzten als eine sehr bedauerliche Form des Wahnsinns behandelt werden, die man durch sorgfältige und liebreiche Pflege zu heilen vermag. Diejenigen, die man heutzutage Verbrecher nennt, sind keineswegs Verbrecher. Der Hunger, nicht die Sünde erzeugt in unseren Tagen das Verbrechen. Darum sind unsere Verbrecher, als Klasse betrachtet, vom psychologischen Standpunkt so völlig uninteressant. Sie sind keineswegs wunderbare Macbeths und schreckliche Vautrins. Sie sind nur, was die gewöhnlichen achtbaren Alltagsmenschen wären, wenn sie nicht genug zu essen hätten. Mit der Vernichtung des Privateigentums wird auch die Voraussetzung für Verbrechen wegfallen, diese werden sich nicht mehr als nötig erweisen, sie werden nicht mehr vorhanden sein. Doch sind natürlich nicht alle Verbrechen Verbrechen wider das Eigentum; allerdings bedroht das englische Gesetz, welches den Menschen mehr nach dem beurteilt, was er hat, als nach dem, was er ist, Eigentumsdelikte mit den schärfsten, schrecklichsten Strafen, vielleicht mit Ausnahme des Mordes, wenn man den Tod für schlimmer als Zuchthaus hält, eine Anschauung, der unsere Verbrecher wohl kaum alle beistimmen. Aber auch die Verbrechen, die nicht wider das Eigentum gerichtet sind, entspringen aus dem Elend, der Erbitterung, der Verzweiflung, Zuständen, die durch unser verfehltes privatwirtschaftliches System erzeugt werden, die verschwinden müssen, sobald dieses System vernichtet ist. Wenn jedes Mitglied der Gesellschaft seine Bedürfnisse zu befriedigen vermag und von den Mitmenschen unbehelligt gelassen wird, hat es auch seinerseits kein Interesse daran, seine Mitmenschen zu behelligen. Die Eifersucht, die Quelle so vieler Verbrechen des modernen Lebens, ist eine Empfindung, die mit unseren Begriffen von Eigentum auf das Innigste zusammenhängt und unter der Herrschaft des Sozialismus und Individualismus aussterben wird. Bezeichnend ist, dass in kommunistischen Vereinigungen das Gefühl der Eifersucht völlig unbekannt bleibt.

Da nun die Aufgabe des Staates nicht im Regieren besteht, könnte gefragt werden, worin denn die Aufgabe des Staates liege? Der Staat soll eine freie, die Arbeit organisierende Vereinigung, Erzeuger und Verteiler des Notwendigen sein. Sache des Staates ist es, das Nützliche zu schaffen; Sache des Individuums ist es, das Schöne hervorzubringen. Und da ich einmal das Wort »Arbeit« ausgesprochen habe, kann ich die Bemerkung nicht unterdrücken, dass heutzutage sehr viel sehr Törichtes über die Würde der Handarbeit geschrieben und gesagt wird. Die Handarbeit ist keineswegs notwendigerweise etwas, das Würde verleiht, zumeist ist sie etwas völlig Erniedrigendes. Irgendetwas zu tun, das in einem nicht das Gefühl der Freude wachruft, ist geistig und sittlich demütigend zugleich. Die meisten Arten der Arbeit sind aber völlig freudeleere Tätigkeiten und sollten als solche betrachtet werden. Eine schmutzige Straßenkreuzung während acht Stunden des Tages bei scharfem Ostwind reinzukehren, ist eine widerliche Beschäftigung. Sie mit geistiger, sittlicher oder auch körperlicher Würde auszuüben, scheint mir unmöglich. Die Straße mit Freude zu kehren, das wäre geradezu schrecklich. Der Mensch ist für Besseres auf der Welt als für das Wegfegen des Schmutzes. Jede derartige Arbeit sollte durch Maschinen geleistet werden.

Ich zweifle auch nicht, dass dies einmal der Fall sein wird. Bisher ist der Mensch bis zu einem gewissen

Grad der Sklave der Maschine gewesen, und es liegt etwas Tragisches in der Tatsache, dass er dem Hunger verfiel, sobald er eine Maschine für das Verrichten einer Arbeit erfand. Diese Tatsache ist jedoch nur das Ergebnis unseres Systems des Privateigentums und des freien wirtschaftlichen Wettbewerbes. Irgendeiner ist Eigentümer einer Maschine, die die Arbeit von fünfhundert Menschen leistet. Fünfhundert Menschen sind dadurch arbeitslos geworden, sie fallen dem Hunger und dem Diebstahl anheim. Was die Maschine produziert, nimmt der eine für sich in Anspruch, behält es und besitzt auf diese Weise fünfhundertmal mehr, als er besitzen sollte und als er vermutlich, dies ist von noch größerer Bedeutung, wirklich begehrt. Wäre die Maschine das Eigentum aller, so wäre der durch die Maschine geschaffene Nutzen ein allgemeiner. Dies wäre für die Gemeinschaft von unabsehbarem Vorteil. Alle mechanische Arbeit, alle einförmige, stumpfsinnige Arbeit, jede wirkliche Arbeit, die unter unerfreulichen Verhältnissen verrichtet wird, muss durch die Maschine geleistet werden. Die Maschine soll für uns in den Kohlenbergwerken arbeiten und alle sanitären Verrichtungen leisten, sie soll unsere Dampfer heizen, sie soll an regnerischen Tagen Botendienste tun und alles Hässliche, Widrige vollführen. Gegenwärtig konkurriert die Maschine mit dem Menschen. Unter richtigen Verhältnissen wird sie dem Menschen dienen. Dies ist ohne Zweifel die Zukunft der Maschine, und wie die Bäume wachsen, während der Landwirt schläft, so wird die Menschheit sich vergnügen oder sich einer gebildeten Muße erfreuen – Muße, nicht Arbeit, ist das Ziel des Menschen – oder wundervolle Schöpfungen genießen oder einfach die Welt mit Bewunderung und Entzücken betrachten, während die Maschine die notwendige, freudelose Arbeit besorgt. Es ist eine Tatsache, dass die Zivilisation der Sklaven bedarf. Mit dieser Anschauung hatten die Griechen ganz recht. Solange nicht Sklaven die hässlichen, schrecklichen, stumpfsinnigen Arbeiten verrichten, sind Kultur und Beschaulichkeit so ziemlich unmöglich. Aber die Versklavung der Menschheit ist unrecht, unsicher und entsittlichend. Von dem mechanischen Sklaventum, von dem Sklaventum der Maschine, hängt die Zukunft der Welt ab. Wenn Männer der Wissenschaft nicht länger genötigt sein werden, in die traurigen Quartiere des Ostendes von London hinabzusteigen und schlechten Kakao und noch schlechtere Wolldecken unter die hungernde Bevölkerung zu verteilen, werden diese Männer die frohe Muße finden, herrliche Dinge zu ihrer eigenen Freude und zur Freude der ganzen Welt zu ersinnen. Für jede Stadt, wenn es nötig sein sollte, für jedes Haus, wird man mächtige Kraftreservoirs errichten, diese Kraft wird man in Wärme, Licht oder Bewegung, je nach den Lebensnotwendigkeiten umwandeln. Ist das utopisch gedacht? Eine Weltkarte, die das Land Utopia nicht enthielt, verdiente diesen Namen nicht, denn ihr fehlt das einzige Land, in dem die Menschheit immer landet. Und wenn sie dort landet, dann späht sie wieder aus, und sobald sie ein reicheres Land vor sich sieht, segelt sie weiter. Der Fortschritt ist nur die Verwirklichung von Utopien.

Ich habe also ausgeführt, dass die Gesellschaft durch ein organisiertes Maschinensystem das Notwendige herstellen wird, während das Schöne durch das Individuum geschaffen werden wird. Dies ist nicht bloß eine Notwendigkeit, es ist der einzig mögliche Weg, auf dem wir beides zu erlangen vermögen. Ein Individuum, das für die Bedürfnisse der anderen zu arbeiten hat, das auf deren Wünsche und Ansprüche zu achten genötigt ist, vermag sein Werk nicht mit Interesse zu vollführen und kann daher in sein Werk nicht sein Bestes hineinlegen. Andererseits sinkt die Kunst in dem Augenblick, da eine Gemeinschaft oder irgendwelche regierende Gewalt einer solchen Gemeinschaft oder überhaupt eine Regierung dem Künstler Vorschriften zu machen versucht, oder sie nimmt stereotype Formen an, oder sie wird zu einer niedrigen, unedlen Art des Handwerks. Ein Kunstwerk ist das besondere Ergebnis eines besonderen Temperamentes. Seine Schönheit zeigt sich darin, dass der Schöpfer ist, was er ist. Er hat nichts mit den Bedürfnissen der anderen zu schaffen. In der Tat, in dem Augenblick, da ein Künstler auf die Bedürfnisse der anderen zu achten beginnt und ihre Wünsche zu befriedigen trachtet, hört er auf, ein Künstler zu sein, er wird ein langweiliger oder unterhaltender Handwerker, ein ehrlicher oder unehrlicher Händler. Er hat keinen Anspruch mehr darauf, als Künstler zu gelten. Die Kunst ist die stärkste Form des Individualismus, welche die Welt kennt. Ich bin geneigt zu glauben, dass es die einzige wirkliche Form des Individualismus ist, die man überhaupt kennt. Das Verbrechen, von dem man etwa meinen könnte, es habe unter gewissen Umständen den Individualismus hervorgebracht, muss von anderen Menschen Notiz nehmen und sich um sie bekümmern. Es gehört dem Bereich der Handlung an. Der Künstler allein kann ohne Rücksicht auf seine Mitmenschen, ohne irgendwelches Dazwischentreten etwas Schönes gestalten; und wenn er nicht allein zu seiner eigenen Freude formt, so ist er überhaupt kein Künstler.

Es ist bemerkenswert, dass gerade die Tatsache, dass die Kunst eine gesteigerte Form des Individualismus bedeutet, bei dem Publikum den Versuch zeitigt, über die Kunst eine ebenso unsittliche wie lächerliche, ebenso verderbliche wie verächtliche Autorität zu üben. Die Schuld fällt nicht ganz dem Publikum zur Last. Das Publikum ist stets, in jedem Zeitalter, schlecht erzogen worden. Das Publikum hat immer von der Kunst Volkstümlichkeit, Eingehen auf seine Geschmacklosigkeit, das Umschmeicheln seiner lächerlichen Eitelkeit, das Aussprechen des oft Gesagten, die Darstellung des oft Dargestellten, woran es sich schon längst hätte sattsehen sollen, gefordert. Es will von der Kunst unterhalten werden, wenn es sich von zu üppigem Mahle beschwert fühlt, es will sich von ihr zerstreuen lassen, wenn es der eigenen Dummheit müde geworden ist. Nun sollte aber die Kunst nie versuchen, volkstümlich zu sein. Das Publikum sollte vielmehr versuchen, künstlerisch zu empfinden. Das ist ein sehr wesentlicher Unterschied. Wenn man einem Mann der Wissenschaft sagen würde, die Resultate seiner Forschungen, die Schlussfolgerungen, zu denen er gelangte, müssten so sein, dass sie den allgemein angenommenen Standpunkt über den Gegenstand nicht widerlegten oder das allgemeine Vorurteil nicht zerstörten oder die Empfindlichkeit derer nicht verletzten, die von der Wissenschaft nichts verstehen; wenn man einem Philosophen das Spekulieren in den höchsten Sphären des Denkens nur unter der Voraussetzung gestattete, dass er zu denselben Schlussfolgerungen gelange, zu denen die gelangt sind, die niemals in irgendwelcher Sphäre gedacht haben – nun, eine solche Zumutung würde heutzutage den Mann der Wissenschaft und den Philosophen nur heiter stimmen. Gleichwohl ist es nur wenige Jahre her, dass man Philosophie und Wissenschaft einer rohen öffentlichen Kontrolle unterwarf, einer autoritativen Gewalt in der Tat, der Autorität der allgemeinen Unwissenheit der Gemeinschaft oder dem Terrorismus und Machthunger einer geistlichen oder weltlichen herrschenden Klasse. Wir sind jetzt zwar bis zu einem sehr hohen Grade von jedem durch den Staat oder die Kirche oder durch die Regierung geübten Versuch, in den Individualismus des spekulativen Denkens einzubrechen, befreit, aber die Versuche, in den Individualismus der schöpferischen Kunst sich einzumengen, haben noch nicht aufgehört. Ja, sie haben nicht bloß nicht aufgehört, sie sind aggressiv, beleidigend und roh geworden.

In England sind die Künste am besten davongekommen, um die sich das Publikum nicht bekümmert. Die Lyrik ist ein Beispiel für meine Ansicht. Wir konnten in England eine überaus erlesene Lyrik hervorbringen, weil das Publikum so etwas nicht liest und daher keinen Einfluss auf diese Kunst übt. Das Publikum schmäht die Poeten mit Vorliebe, weil diese ein individuelles Leben führen, aber nachdem es ausgeschmäht hat, lässt es sie in Frieden. Beim Roman und dem Drama aber, Kunstformen, an denen das Publikum Anteil nimmt, ist das Ergebnis der Volksautorität vollkommen lächerlich. Kein Land produziert so schlecht geschriebene schöne Literatur, solch platte, ordinäre Machwerke in Romanform, so einfältige, gemeine Theaterstücke wie England. Es kann gar nicht anders sein. Das Niveau des Volkstümlichen kann kein Künstler erreichen. Es ist zu leicht und zu schwer zugleich, ein volkstümlicher Romanschriftsteller zu werden. Es ist zu leicht, denn die Forderungen des Publikums an Erfindung, Stil, Psychologie, Lebens- und Literaturbeherrschung sind für die geringsten Fähigkeiten, den völlig ungebildeten Geist erreichbar. Es ist zu schwer, denn der Künstler müsste, um solchen Wünschen zu genügen, seinem Temperament Gewalt antun, er dürfte nicht länger aus der künstlerischen Freude am Schreiben seine Werke verfassen, sondern nur zur Zerstreuung halbgebildeter Leute; er müsste seine Eigenart unterdrücken, seine Bildung vergessen, seinen Stil zerstören, alles Wertvolle, das ihn auszeichnet, tilgen. Im Drama liegen die Dinge ein wenig günstiger, denn das Publikum, das unsere Theater besucht, liebt allerdings das platte, doch liebt es nicht das langweilige Genre. Burleske und Farce, diese beiden volkstümlichen Gattungen, sind ganz bestimmte Formen der Kunst. Im Gewande der Burleske und der Farce kann man ein entzückendes Werk hervorbringen; bei Werken dieser Art erfreut sich der Künstler in England sehr großer Freiheit. Aber wenn man die höheren Formen des Dramas in Betracht zieht, dann merkt man sogleich das Ergebnis der Volksüberwachung. Eines hasst das Publikum vor allem, nämlich Neuheit. Jeder Versuch, das Stoffgebiet der Kunst zu erweitern, ist dem Publikum höchst verhasst und doch beruht die Lebensfähigkeit und der Fortschritt der Kunst in sehr hohem Grade auf der steten Ausdehnung des Stoffkreises. Das Publikum hasst die Neuheit, weil es sich davor fürchtet. Für das Publikum bedeutet jede Neuheit eine Form des Individualismus, ein starkes Betonen des Künstlers, dass er sich den Stoff selbst wählt und ihn auf eigene Art behandelt. Es hat daher mit seiner Haltung völlig recht. Kunst ist Individualismus, und der Individualismus ist eine zerstörende, zersetzende Kraft. Darin liegt sein unermesslicher Wert, denn, was der Individualismus zerstört, ist die Eintönigkeit des Typischen, die Sklaverei des Hergebrachten, die Tyrannei der Gewohnheit, das Herabdrücken des Menschen zur Maschine. In der Kunst lässt das Publikum das Vergangene gelten, weil es nicht zu ändern ist, keineswegs deshalb, weil es besonders geschätzt wird. Sie schlucken ihre Klassiker herunter, doch finden sie daran niemals Geschmack. Sie lassen sie als etwas Unvermeidliches gelten und, da sie sie nicht zu verderben vermögen, schwätzen sie über sie.

Seltsamer-, oder gar nicht seltsamerweise, je nach dem Standpunkt, von dem aus man die Sache betrachtet, ruft dieses Geltenlassen der Klassiker sehr viel Schaden hervor. Die unkritische Bewunderung der Bibel und Shakespeares in England erweist diese meine Anschauung. Bei der Bibel macht sich die kirchlich-autoritative Gewalt geltend – ich brauche daher bei diesem Thema nicht zu verweilen.

Was aber Shakespeare betrifft, ist es ganz klar, dass das Publikum weder die Schönheiten noch die Mängel seiner Dramen wirklich erkennt. Würden die Leute die Schönheiten erkennen, dann könnten sie unmöglich der Entwicklung unseres Dramas widerstreben; würden sie die Mängel erkennen, dann könnten sie sich gleichfalls nicht dieser Entwicklung entgegenstellen. Die Sache verhält sich so, dass das Publikum die Klassiker seines Landes nur als Mittel benutzt, den Fortschritt der Kunst aufzuhalten. Sie würdigen die Klassiker zu Autoritäten herab. Sie benützen sie als Knüttel, um den freien Ausdruck der Schönheit in neuen Formen zu verhindern. Sie fragen den Schriftsteller immer, warum er nicht wie irgendein anderer schreibt oder den Maler, warum er nicht wie ein anderer malt, wobei sie ganz den Umstand vergessen, dass keiner von beiden, wenn er es täte, länger ein Künstler bliebe. Eine neue Art der Schönheit ist ihnen durchaus verhasst; sooft eine solche erscheint, werden sie böse und geraten so sehr in Verwirrung, dass sie sich stets der beiden törichten Ausdrücke bedienen – des einen, das Kunstwerk sei ganz unverständlich, des anderen, das Kunstwerk sei ganz unmoralisch. Sie scheinen damit Folgendes zu meinen: Wenn sie sagen, ein Werk sei völlig unverständlich, wollen sie damit ausdrücken, der Künstler habe etwas Schönes gesagt oder geschaffen, das neu ist. Wenn sie ein Werk als völlig unsittlich bezeichnen, wollen sie damit betonen, der Künstler habe etwas Schönes gesagt oder geschaffen, das wahr ist. Die zuerst erwähnte Bezeichnung bezieht sich auf den Stil, die zuletzt genannte auf den Stoff. Aber offenbar bedienen sie sich dieser Worte in ganz unklarer Weise, wie der Mob sich fertiger Pflastersteine bedient. Es gibt beispielsweise keinen einzigen wirklichen Dichter oder Prosaschriftsteller in diesem Jahrhundert, dem das britische Publikum nicht feierlich das Diplom der Immoralität verliehen hätte. Solche Diplome bedeuten bei uns das nämliche, wie in Frankreich die formelle Aufnahme in die Akademie; sie machen erfreulicherweise eine solche Einrichtung in England ganz überflüssig.

Natürlich ist das Publikum sehr sorglos in dem Gebrauche dieses Wortes. Dass man Wordsworth einen unmoralischen Dichter nennen würde, war zu erwarten. Wordsworth war eben ein Dichter. Aber dass man Charles Kingsley einen unmoralischen Romanschriftsteller genannt hat, ist merkwürdig. Kingsleys Prosa ist nicht von besonderer Feinheit. Doch ist das Wort nun einmal im Umlauf, und man macht davon den bestmöglichen Gebrauch. Der Künstler lässt sich natürlich dadurch nicht beirren. Der wirkliche Künstler glaubt an sich, weil er durchaus er selbst ist. Doch kann ich mir vorstellen, dass ein Künstler, der ein Kunstwerk hervorgebracht hat, das in England gleich bei seinem Erscheinen von dem Publikum durch dessen Sprachrohr, die öffentliche Presse, als ein ganz verständliches und höchst moralisches Werk anerkannt würde, sich ernsthaft fragen müsste, ob er sich in seiner Schöpfung wirklich selbst ausgedrückt habe und ob dieses Werk daher seiner nicht völlig unwert und entweder zweiten Ranges sei oder überhaupt keinen Kunstwert besitze.

Vielleicht tue ich übrigens dem Publikum dadurch unrecht, dass ich diesem nur Worte wie »unmoralisch«,

»unverständlich«, »exotisch« und »ungesund« in den Mund lege. Es gibt da noch ein anderes Wort, das gerne gebraucht wird. Dieses Wort lautet »krankhaft«. Man bedient sich des Ausdrucks nicht häufig. Der Sinn des Wortes ist so einfach, dass man vor seinem Gebrauche zurückschreckt. Manchmal bedient man sich seiner dennoch, und hier und da begegnet man ihm in verbreiteten Zeitungen. Es ist natürlich lächerlich, dieses Wort auf ein Kunstwerk anzuwenden. Denn was ist Krankheit sonst, als eine Gefühlsstimmung oder geistige Erregung, der man nicht Ausdruck zu geben vermag? Das Publikum ist in seiner Gesamtheit krankhaft, denn es findet für gar nichts den Ausdruck. Der Künstler ist nie krankhaft. Er drückt nur alles aus. Er steht außerhalb seines Stoffes und bringt durch ihn unvergleichliche und künstlerische Wirkungen hervor. Einen Künstler krankhaft zu heißen, weil er das Krankhafte sich zum Thema nimmt, ist so töricht, als wenn man Shakespeare wahnsinnig nennen würde, weil er den König Lear geschrieben hat.

Im Ganzen ist es für einen Künstler in England nur von Vorteil, angegriffen zu werden. Dadurch wird seine Individualität gekräftigt. Er wird noch vollkommener, als er ist. Allerdings sind die Angriffe sehr derb, sehr unverschämt und sehr verächtlich. Doch erwartet schließlich kein Künstler Anmut von der Gemeinheit oder Stil von dem Intellekt der Vorstadt. Gemeinheit und Dummheit sind zwei sehr lebendige Erscheinungsformen unseres modernen Lebens. Man muss das natürlich bedauern. Aber Gemeinheit und Dummheit sind nun einmal da. Sie sind ein Gegenstand des Studiums wie alles andere. Und man muss billigerweise bei den modernen Journalisten anerkennen, dass sie einen immer, wenn man ihnen im Privatleben begegnet, für das um Entschuldigung bitten, was sie gegen einen öffentlich geschrieben haben. In den letzten Jahren hat der sehr begrenzte Wortschatz der Kunstschmähungen, der dem Publikum zu Gebote steht, durch zwei neue Adjektiva Bereicherung erfahren. Das eine ist das Wort »ungesund«, das andere das Wort »exotisch«. Das letztere drückt nur den Zorn des gewöhnlichen Pilzes wider die unsterbliche, entzückende und überaus liebliche Orchidee aus. Es ist ein Zoll der Anerkennung, aber einer Anerkennung ohne Bedeutung. Das Wort »ungesund« jedoch lässt eine Analyse zu. Es ist ein ziemlich interessantes Wort. Es ist in der Tat so interessant, dass die Leute, die es gebrauchen, seinen Sinn nicht kennen.

Was ist damit gemeint? Was ist ein gesundes oder ein ungesundes Kunstwerk? Alle Bezeichnungen, mit denen man ein Kunstwerk bedenkt, beziehen sich, vorausgesetzt, dass man sie mit Vernunft anwendet, auf seinen Stil oder seinen Stoff, oder auf beides. Vom Standpunkt des Stils ist ein gesundes Kunstwerk dasjenige, dessen Stil die Schönheit des angewandten Materials durchschimmern lässt – bestehe dieses Material nun aus Worten oder aus Bronze, aus Farbe oder Elfenbein – und diese Schönheit als Mittel ästhetischer Wirkung benutzt. Vom Standpunkt des Stofflichen ist ein gesundes Kunstwerk dasjenige, dessen Stoffwahl nur durch das Temperament des Künstlers bestimmt wird und unmittelbar aus diesem hervorgeht. Mit einem Wort, ein gesundes Kunstwerk ist dasjenige, das Vollkommenheit und Persönlichkeit in sich vereinigt. Form und Inhalt können natürlich in einem Kunstwerk nicht getrennt werden; sie bilden immer eine Einheit. Aber zum Zweck der Analyse können wir diese beiden verstandesmäßig sondern und die Einheitlichkeit des ästhetischen Eindrucks für einen Augenblick beiseitelassen. Ein ungesundes Kunstwerk ist dagegen ein solches Werk, dessen Stil platt, altmodisch und gemein ist, dessen Gegenstand mit Absicht gewählt ist, nicht weil der Künstler daran irgendwelche Freude fand, sondern weil er denkt, dass ihn das Publikum dafür bezahlen wird. In der Tat ist der populäre Roman, den das Publikum gesund nennt, immer ein höchst ungesundes Gebilde; und was man als ungesunden Roman bezeichnet, ist stets ein herrliches und gesundes Kunstwerk.

Ich brauche wohl nicht zu sagen, dass ich nicht einen Augenblick den Missbrauch dieser Worte durch das Publikum und durch die öffentliche Presse bedauere. Ich sehe nicht ein, wie diese bei ihrem vollständigen Mangel an Einsicht in das Wesen der Kunst sie in dem richtigen Sinne gebrauchen könnten. Ich konstatiere bloß den Missbrauch; die Erklärung für seinen Ursprung und der Anschauung, die hinter alledem liegt, ist höchst einfach. Dies alles wurzelt in dem barbarischen Begriff der Autorität. Es hat seinen Grund in dem Unvermögen einer durch die Autorität verdorbenen Gemeinschaft, den Individualismus zu verstehen oder zu schätzen. Kurz gesagt, dies alles rührt von dem ungeheuerlichen und unwissenden Wesen her, das man öffentliche Meinung nennt, einem Wesen, das schlimm und wohlmeinend ist, wenn es Handlungen zu kontrollieren versucht, das aber schändlich und übel meinend wird, wenn es das Reich des Denkens oder der Kunst zu kontrollieren versucht.

In der Tat, man kann zugunsten der physischen Kraft der Öffentlichkeit viel mehr vorbringen, als zugunsten ihrer Meinung. Jene mag nicht ohne Schönheit sein, diese aber muss albern erscheinen. Man hat oft gesagt, Kraft sei kein Beweis. Das hängt jedoch völlig von dem ab, was man beweisen will. Viele der wichtigsten Probleme der letzten Jahrhunderte, wie z. B. die Fortdauer des persönlichen Regimes in England oder des Feudalismus in Frankreich, sind völlig durch das Argument körperlicher Kraft gelöst worden. Gerade das Gewaltsame einer Revolution lässt das Volk einen Moment lang groß und glänzend erscheinen. Es war ein fataler Augenblick, als man erkannte, dass die Feder mächtiger sei als der Pflasterstein und dass diese Waffe ebenso wirksam im Angriff sein könne wie ein Stück Ziegel.

In diesem Augenblick spähte man nach dem Journalisten aus; man fand ihn, brachte ihn zur Entwicklung und schuf aus ihm den betriebsamen, gut bezahlten Sklaven. Dies ist für beide Teile sehr bedauerlich. Hinter der Barrikade kann viel Vornehmes und Heroisches stehen. Aber was steht hinter dem Leitartikel anderes als Vorurteil, Dummheit, Heuchelei und Geschwätz? Und wenn diese vier sich vereinen, bilden sie zusammen eine furchtbare Macht und bilden die neue Autorität.

In früheren Jahren bediente man sich der Folter, jetzt bedient man sich der Presse. Das ist sicherlich ein Fortschritt. Aber es ist auch ein großes Übel, es schädigt und demoralisiert uns. Irgendjemand – war es Burke? – hat den Journalismus den vierten Stand genannt. Das war ohne Zweifel seinerzeit richtig. Gegenwärtig ist aber der Journalismus tatsächlich der einzige Stand. Er hat die anderen drei völlig aufgefressen. Die weltlichen Lords sagen nichts, die geistlichen Lords haben nichts zu sagen und das Haus der Gemeinen hat auch nichts zu sagen und sagt es. Wir werden vom Journalismus beherrscht. In Amerika regiert der Präsident vier Jahre lang, und der Journalismus herrscht in alle Ewigkeit. Zum Glück hat der Journalismus in Amerika seine Autorität bis zum derbsten und rohesten Extrem getrieben. So hat er natürlich einen Geist der Empörung geweckt. Man amüsiert sich dort über den Journalismus oder wendet sich mit Ekel von ihm ab, je nach dem Temperament. Aber er ist nicht mehr die Macht, die er vordem war. Man nimmt ihn nicht mehr ernst. In England, wo sich der Journalismus, von wenigen wohlbekannten Fällen abgesehen, nicht zu solchen Exzessen der Rohheit hat hinreißen lassen, bildet er noch einen wesentlichen Faktor, eine sehr beachtenswerte Macht. Die tyrannische Herrschaft, die der Journalismus sich über das Privatleben des Einzelnen anmaßt, scheint mir ganz außerordentlich. Das Publikum ist eben von unersättlicher Neugierde erfüllt, alles zu wissen, außer dem, was wissenswert ist. Der Journalismus, der dies weiß, erfüllt in richtiger Geschäftskenntnis dieses Verlangen. In früheren Jahrhunderten nagelte man die Ohren von Journalisten an Pumpen. Das war sehr hässlich. In unserem Jahrhundert haben die Journalisten ihre eigenen Ohren an die Schlüssellöcher genagelt. Das ist weit ärger. Und was die Sache noch schlimmer macht, die Journalisten, die am meisten Tadel verdienen, sind keineswegs die unterhaltenden Zeitungsschreiber, die für die so genannten »Gesellschaftsblätter« schreiben. Den meisten Schaden richten die ernsthaften, nachdenklichen, würdigen Journalisten an, die heutzutage feierlich irgendein kleines nebensächliches Ereignis aus dem Privatleben eines großen Staatsmannes, eines Mannes, der in politischen Fragen den Ton angibt, weil er eine politische Macht begründet hat, vor den Blick des Publikums zerren, das Publikum einladen, dieses Ereignis zu besprechen, sich darüber ein Urteil anzumaßen, darüber eine Meinung abzugeben, und zwar nicht bloß eine theoretische Meinung, sondern vielmehr es auffordern, selbst handelnd einzugreifen, dem Staatsmann in jeder Richtung Vorschriften zu erteilen, seiner Partei, seinem Vaterlande vorzuschreiben, kurz, sich als lächerlich, kränkend und schädlich zu erweisen. Von dem Privatleben eines Mannes oder einer Frau sollte das Publikum nichts erfahren. Das geht das Publikum gar nichts an. In Frankreich macht man diese Dinge besser. Dort gestattet man nicht, dass die Einzelheiten eines Ehescheidungsprozesses zur Unterhaltung oder zur Kritik des Publikums veröffentlicht werden. Dort erfährt das Publikum nur, dass die Scheidung ausgesprochen wurde und zwar auf Verlangen des einen oder des anderen Teiles oder beider Ehegatten. In Frankreich zieht man dem Journalisten Grenzen und gewährt dafür dem Künstler fast absolute Freiheit. Hierzulande genießt der Journalist absolute Freiheit, der Künstler dagegen wird eingeschränkt. Die öffentliche Meinung in England versucht also den Schöpfer des in seiner Wirkung Schönen zu fesseln, zu hindern, zu knechten und zwingt den Journalisten, hässliche oder abstoßende, empörende Dinge umständlich zu erzählen, sodass wir tatsächlich die ernsthaftesten Journalisten von der Welt und die unanständigsten Zeitungen besitzen. Es ist nicht übertrieben, von einem Zwang zu sprechen. Es gibt möglicherweise einige Journalisten, denen das Publizieren des Scheußlichen wirklich Freude bereitet oder die, arme Teufel, nach Skandalaffären ausspähen, denn diese bilden eine Art steter Grundlage für ihr Einkommen. Aber es gibt gewiss andere Journalisten, Männer von Erziehung und Bildung, die nur mit wirklichem Widerwillen derartiges veröffentlichen, die das Unwürdige einer solchen Handlungsweise kennen und nur deshalb so handeln, weil die ungesunden Verhältnisse, unter denen ihr Beruf geübt wird, sie nötigt, die Wünsche des Publikums zu erfüllen und zwar, um den Konkurrenzkampf mit den anderen Journalisten zu bestehen, in einer das rohe Gelüste des Volkes möglichst zufriedenstellenden Weise. Eine solche Stellung ist für jeden Menschen von Erziehung höchst erniedrigend, und ich zweifle nicht, dass die meisten dies bitter empfinden.

Aber lassen wir diese sehr schmutzige Seite des Gegenstandes nunmehr außer Acht und kehren wir zu der Frage der öffentlichen Aufsicht über das Gebiet der Kunst zurück, das heißt der öffentlichen Meinung, die dem Künstler die Form vorschreibt, deren er sich bedienen, die Art und Weise wie, und das Material, aus dem sein Werk hergestellt werden soll. Ich habe ausgeführt, dass in England die Künste sich am besten frei gemacht haben, an denen das Publikum keinen Anteil nimmt. Das Publikum nimmt aber an dem Drama Anteil, und da ein gewisser Fortschritt während der letzten zehn oder fünfzehn Jahre im Drama zu verzeichnen ist, so dürfte es nicht unwichtig sein, zu betonen, dass dieser Fortschritt nur wenigen individuellen Künstlern zu danken ist, die es abgelehnt haben, sich der Geschmacklosigkeit des Volkes als Richtschnur anzubequemen und die Kunst nur als einen Gegenstand der Nachfrage und des Angebots zu betrachten. Mit seiner wundervollen und lebendigen Persönlichkeit, mit seinem wirklich farbenreichen Stil, mit seiner außerordentlichen Gabe, nicht nur der Nachahmung, sondern des Empfindens und geistigen Schaffens wäre Mr. Irving, hätte er sich bloß zum Ziele gesetzt, die Wünsche des Publikums zu befriedigen, imstande gewesen, die gemeinsten Stücke in der gemeinsten Manier in Szene zu setzen und damit so viel Erfolg und Geld zu verdienen, als er sich nur immer wünschen mochte. Dies aber war keineswegs sein Ziel. Sein Ziel war, zu seiner Vollendung als Künstler unter bestimmten Voraussetzungen und in bestimmten Kunstformen zu gelangen. Zuerst hat er sich an die wenigen gewandt – jetzt hat er die vielen erzogen. Er hat im Publikum sowohl Geschmack als Temperament erweckt.

Das Publikum weiß seinen künstlerischen Erfolg außerordentlich zu schätzen. Ich frage mich gleichwohl oft verwundert, ob es den Leuten klar wird, dass dieser Erfolg lediglich der Tatsache zu danken ist, dass Irving nicht ihren Standpunkt einnahm, sondern seinen eigenen behauptet hat. Wäre ihr Niveau maßgebend gewesen, dann wäre aus dem Lyzeum-Theater eine Schaubude zweiten Ranges geworden, wie es gegenwärtig einige volkstümliche Theater in London sind. Ob die Leute das nun einsehen oder nicht, sicher ist, dass Geschmack und Temperament bis zu einem gewissen Grad im Publikum geweckt worden sind und dass das Publikum also imstande ist, solche Eigenschaften zu entfalten. Daraus erwächst das Problem: Warum wird das Publikum nicht kultivierter? Die Fähigkeit ist vorhanden. Was hindert die Leute daran?

Was sie daran hindert, ich muss es wiederholen, ist ihr Wunsch, über den Künstler und über Kunstwerke autoritative Gewalt auszuüben. Einzelne Theater, wie das Lyzeum- und das Haymarket-Theater, scheint das Publikum wirklich in der passenden Stimmung aufzusuchen. In beiden Theatern hat es individuelle Künstler gegeben, denen es gelungen ist, unter ihren Zuhörern – und jedes Londoner Theater hat seinen eigenen Kreis von Zuhörern – den Zustand der Seele wachzurufen, an den sich die Kunst wendet. Und was ist dies für ein Zustand? Es ist der Zustand der Empfänglichkeit. Das ist alles.

Wer sich einem Kunstwerk irgendwie mit der Absicht nähert; über das Werk und den Künstler Autorität zu üben, naht dem Werk in einem Geiste, der es ihm unmöglich macht, überhaupt irgendwelchen künstlerischen Eindruck von dem Werk zu gewinnen. Das Kunstwerk soll den Betrachter meistern – nicht der Betrachter das Kunstwerk. Der Betrachter soll empfänglich sein. Er soll die Geige sein, auf der der Meister spielt. Und je völliger er seine eigenen, törichten Ansichten, seine eigenen, albernen Vorurteile, seine lächerlichen Anschauungen über das, was die Kunst bedeuten oder nicht bedeuten sollte, zu unterdrücken vermag, desto eher wird er das Kunstwerk erfassen und würdigen können. Die Richtigkeit dieser Meinung liegt, soweit es sich um das englische Durchschnittspublikum der Theater, Männlein und Weiblein, handelt, klar auf der Hand. Sie gilt aber nicht minder für die so genannten »Gebildeten«. Denn die Vorstellungen des Gebildeten über die Kunst sind natürlich aus der Vergangenheit geschöpft, während doch das neue Werk gerade dadurch schön ist, dass es ist, was die Kunst bisher niemals war; daran das Richtmaß der Vergangenheit zu legen heißt, es mit einem Maße messen, von dessen Verwerfung die wahre Vollendung der Kunst abhängt. Eine Natur, die mithilfe der Fantasie und in ihrer Sphäre neue und herrliche Eindrücke zu empfangen vermag, ist allein imstande, ein Kunstwerk zu schätzen. Und wie dies für das richtige Genießen der Bildhauerkunst und der Malerei gilt, so gilt es noch mehr für das Genießen solcher Künste wie das Drama. Denn Gemälde und Statue stehen nicht im Kampf mit der Zeit. Die Zeitfolge ist für sie ohne Belang. Ihre Einheit kann in einem Augenblick erfasst werden. In der Literatur jedoch ist das alles anders. Ehe die Einheit der Wirkung erreicht wird, muss Zeit verfließen. Und so kann im ersten Akt eines Dramas irgendetwas vorgehen, dessen wirkliche künstlerische Bedeutung dem Zuhörer erst im dritten oder vierten Akt klar wird. Soll da der einfältige Kerl wütend werden und schimpfen, das Spiel stören und die Künstler belästigen? Nein, der Biedermann soll schön ruhig dasitzen und die entzückenden Empfindungen der Überraschung, der Neugier, der Spannung kennenlernen. Er soll nicht in das Theater gehen, um sich in gemeiner Weise aufzuregen. Er soll in das Theater gehen, um eine künstlerische Empfindung zu durchleben. Er soll in das Theater gehen, um ein künstlerisches Temperament sich zu erwerben. Er ist nicht der Richter des Kunstwerkes. Er ist lediglich Zuschauer, dem man das Betrachten eines Werkes gestattet, einer, der im Schauen eines erlesenen Werkes sein ganzes Selbst, das auf ihm lastet, zu vergessen hat, das Selbstgefühl seiner Unwissenheit, das Selbstgefühl seiner Bildung. Diese Besonderheit des Dramas ist wohl noch kaum genügend gewürdigt worden. Ich verstehe sehr wohl, dass unser modernes Londoner Publikum, führte man ihm »Macbeth« zum ersten Mal vor, gegen die Einführung der Hexen im ersten Akte mit ihren grotesken Redewendungen und ihren lächerlichen Worten zum großen Teil sehr entschieden Stellung nehmen würde. Doch wenn das Stück zu Ende ist, begreift man, dass das Gelächter in »Macbeth« nicht minder furchtbar ist, als das Gelächter des Wahnsinns in »Lear«, noch furchtbarer, als das Lachen des Jago in der Tragödie des Mohren. Kein Kunstbetrachter bedarf der Stimmung der Empfänglichkeit mehr, als der Zuschauer eines Dramas. In dem Augenblick, wo er Autorität auszuüben versucht, wird er der ausgesprochene Feind der Kunst und seiner selbst. Die Kunst kümmert sich nicht darum. Er selbst ist es, der darunter leidet.

Um den Roman ist es nicht anders bestellt. Die Autorität des Volkes und das Anerkennen dieser Volksautorität sind verhängnisvoll. Thackerays »Esmond« ist ein wundervolles Kunstwerk, weil der Dichter es nur zu seinem eigenen Vergnügen schrieb. In seinen anderen Romanen, in »Pendennis«, »Philip«, zuweilen selbst in »Vanity Fair«, scheint er sich des Publikums allzu bewusst zu werden; er verdirbt seine Schöpfung dadurch, dass er sich an die Sympathien des Publikums wendet oder sich darüber direkt lustig macht. Ein wahrer Künstler nimmt von dem Publikum keinerlei Notiz. Das Publikum existiert nicht für ihn. Er hat keine mohnbestreuten oder honigsüßen Kuchen, um das Ungetüm in Schlummer zu wiegen oder seine Begierde zu stillen. Das überlässt er den volkstümlichen Romanschriftstellern. Wir haben jetzt in England einen unvergleichlichen Romandichter, Herrn George Meredith. Es gibt in Frankreich feinere Künstler, aber Frankreich hat keinen Dichter, dessen Lebensanschauung so breit, so mannigfaltig, so wahr im dichterischen Sinne wäre. Es gibt in Russland Erzähler, die eine lebhaftere Empfindung für die Darstellung des Leidens besitzen. Merediths Domäne bleibt das philosophische Element in der Dichtung. Seine Figuren leben nicht bloß, sie führen ein geistiges Dasein. Man erblickt sie von unendlich vielen Standpunkten aus. Sie wirken suggestiv. Seele lebt in ihnen, webt um sie. Sie geben Aufschlüsse und sind symbolisch. Und der, der sie gebildet hat, diese Gestalten mit ihrer wundervollen Beweglichkeit, hat sie zu seiner eigenen Freude geschaffen, hat nie das Publikum gefragt, was es wünsche, ja sich nie darum bekümmert; er hat dem Publikum niemals gestattet, ihm Vorschriften zu erteilen oder ihn irgendwie zu beeinflussen – vielmehr hat er seine eigene Persönlichkeit immer mehr vertieft, sein eigenes, individuelles Werk hervorgebracht. Zuerst gesellte sich niemand zu ihm. Das bekümmerte ihn nicht. Dann kamen die wenigen. Das hat ihn nicht verändert. Jetzt ist die Menge gekommen. Er ist der nämliche geblieben. Er ist ein unvergleichlicher Romanschriftsteller.

Mit den dekorativen Künsten steht es nicht anders. Das Publikum hielt mit wirklich pathetischer Zähigkeit an dem fest, was ich als die direkte Überlieferung der großen Ausstellungen der internationalen Gewöhnlichkeit betrachte, Überlieferungen, die in ihren Folgen so schrecklich waren, dass die Häuser, in denen man lebte, wirklich nur für Blinde bewohnbar waren. Da begann man, schöne Dinge herzustellen, die Hand des Färbers lieferte herrliche Farben, herrliche Muster ersann der Geist des Künstlers, man wies auf den Nutzen dieser schönen Dinge, auf deren Wert und Bedeutung hin. Das Publikum war darüber sehr ungehalten. Es verlor seine gute Laune. Es redete Unsinn. Niemand kümmerte sich darum. Niemand erschien deshalb um ein Jota geringer, niemand beugte sich der Macht der öffentlichen Meinung. Und gegenwärtig ist es fast unmöglich, in ein modernes Haus zu treten, ohne einigen Spuren der Schätzung guten Geschmackes, des Wertes einer anmutigen Umgebung, einer Spur von Schönheit zu begegnen. Heutzutage sind die Wohnhäuser wirklich in der Regel ganz reizend. Man ist bis zu einem gewissen, sehr hohen Grade kultiviert geworden. Allerdings muss festgestellt werden, dass der außerordentliche Erfolg der Umwälzung in der herkömmlichen Ausschmückung des Heims, des Hausgerätes und der Gebrauchsgegenstände nicht der Mehrzahl des Publikums zu verdanken ist, das etwa in diesen Dingen einen so erlesenen Geschmack entwickelt hätte. Man dankt ihn vor allem dem Umstande, dass die Kunsthandwerker das Vergnügen, Schönes hervorzubringen, so hoch schätzten, die Hässlichkeit und Gewöhnlichkeit, die sich in den bisherigen Wünschen des Publikums aussprach, so lebhaft empfanden, dass sie einfach das Publikum aushungerten. Es wäre gegenwärtig ganz unmöglich, einen Raum so auszustatten, wie man Räume noch vor wenigen Jahren auszustatten pflegte, ohne jedes Stück in einer Auktion gebrauchter Möbel aus irgendeiner Herberge dritten

Ranges erstehen zu müssen. Sachen dieser Art werden eben nicht mehr hergestellt. Wie sehr sich die Leute auch dagegen stemmen, ihre Umgebung kann nicht mehr ganz ohne Anmut bleiben. Zu ihrem Heil hat ihre Anmaßung der Autorität in diesen Kunstzweigen nichts auszurichten vermocht.

Es leuchtet also ein, dass jede Art der Autorität in diesen Dingen vom Übel ist. Manchmal fragen die Leute, unter welcher Regierungsform ein Künstler am angemessensten lebe. Darauf gibt es nur eine Antwort. Für den Künstler gibt es nur eine passende Regierungsform, nämlich gar keine Regierung. Es ist lächerlich, über ihn und seine Kunst Autorität auszuüben. Man hat behauptet, dass Künstler unter der Herrschaft des Despotismus erfreuliche Werke hervorgebracht haben. Das ist nicht ganz richtig. Die Künstler haben Despoten aufgesucht, keineswegs als Untertanen, um sich tyrannisieren zu lassen, sondern als wandernde Wundertäter, als blendende, vagabundierende Persönlichkeiten, um gastlich aufgenommen und umschmeichelt zu werden und um die Ruhe zum Schaffen zu gewinnen. Zugunsten des Despoten ist zu sagen, dass dieser vielleicht als ein Einzelner Kultur besitzt, während diese dem Mob, als einem Ungeheuer, völlig fehlt. Ein Kaiser und König wird sich vielleicht bücken, um dem Maler den Pinsel aufzuheben, wenn sich aber die Demokratie bückt, tut sie es nur, um mit Kot zu bewerfen. Und doch braucht sich die Demokratie nicht so tief wie der Kaiser zu bücken. Sie braucht sich, wenn sie mit Kot werfen will, überhaupt nicht zu bücken. Doch es ist nicht notwendig, zwischen dem Monarchen und dem Pöbel zu unterscheiden. Jede Autorität ist in gleicher Weise ein Übel.

Es gibt eine dreifache Art des Despotismus. Den Despoten, der über den Leib tyrannische Herrschaft übt, den Despoten, der die Seele tyrannisiert, den Despoten, der Seele und Leib zugleich tyrannisch beherrscht. Den ersten nennt man den Fürsten. Den zweiten nennt man den Papst, den dritten nennt man das Volk. Der Fürst kann gebildet sein. Viele Fürsten waren es. Doch droht vom Fürsten Gefahr. Man denkt an Dante auf dem bitteren Fest in Verona, an Tasso in der Tollhauszelle Ferraras. Es ist für den Künstler besser, nicht in der Umgebung von Fürsten zu leben. Der Papst ist vielleicht gebildet. Viele Päpste besaßen Bildung und zwar gerade die schlechten Päpste. Die schlechten Päpste liebten die Schönheit fast so leidenschaftlich, ja mit ebenso viel Leidenschaft, wie die guten Päpste das Denken hassten. Der Schlechtigkeit der Päpste verdankt die Menschheit vieles. Die guten Päpste haben an der Menschheit viel Böses verschuldet. Aber wenn auch der Vatikan zwar die Rhetorik seines Donnerns bewahrt, aber die Zuchtrute seiner Blitze verloren hat, so ist es für den Künstler doch besser, nicht bei Päpsten zu leben. Ein Papst war es, der zu einem Konklave der Kardinäle sich über Cellini äußerte, dass das für alle geltende Gesetz, die über alle geübte Macht für seinesgleichen nicht passten. Doch es war auch ein Papst, der Cellini ins Gefängnis warf und ihn dort so lange verwahrte, bis er vor Wut in Wahnsinn verfiel, unwirkliche Visionen aus sich heraus gebar und sich in die goldene Sonne, die in sein Zimmer schien, so sehr verliebte, dass er den Plan zur Flucht fasste, von Turm zu Turm kroch, in der Dämmerung schwindlig aus der Höhe fiel und sich verletzte. Er ward von einem Winzer mit Weinlaub bedeckt und in einem Karren zu einem Beschützer der Künste gebracht, der sich seiner annahm. Von den Päpsten droht Gefahr. Was aber das Volk betrifft, was soll man von ihm und seiner Autorität sagen? Vielleicht ist über das Volk und seine Autorität schon genug gesprochen worden. Die Autorität des Volkes ist etwas Blindes, Taubes, Hässliches, Groteskes, Tragisches, Amüsantes, Ernsthaftes und Obszönes. Es ist für den Künstler unmöglich, mit dem Volk zu leben. Jeder Despot besticht. Das Volk besticht und brutalisiert. Wer hat es gelehrt, Autorität zu üben? Es war geschaffen zu leben, zu lauschen und zu lieben. Jemand hat ihm großes Unrecht zugefügt. Es hat sich selbst dadurch geschädigt, dass es seine Untergebenen nachahmte. Es hat das Zepter des Fürsten an sich gerissen. Wie sollte es imstande sein, es zu gebrauchen? Es hat die dreifache Tiara des Papstes ergriffen. Wie sollte es ihre Last tragen? Es gleicht einem Clown mit einem gebrochenen Herzen. Es gleicht dem Priester, dessen Seele noch nicht geboren ward. Wer die Schönheit liebt, mag das Volk bemitleiden. Wenn es schon die Schönheit selbst nicht liebt, so mag es doch mit sich selbst Mitleid hegen. Wer hat das Volk gelehrt, den Tyrannen zu spielen?

Es wäre noch vielerlei darüber zu sagen. Man könnte ausführen, wie die Renaissance dadurch zu ihrer Größe gelangte, dass sie sich nicht bestrebte, ein soziales Problem zu lösen, dass sie sich um Dinge dieser Art überhaupt nicht bekümmerte, sondern das Individuum in Freiheit und Schönheit und Natürlichkeit sich entfalten ließ und so große und individuelle Menschen hervorbrachte. Man könnte auf Ludwig XIV. hinweisen, der den modernen Staat schuf und dadurch den Individualismus des Künstlers zertrümmerte, der den Dingen durch die Einförmigkeit ihrer Wiederholung den Reiz nahm, sie verächtlich machte durch ihre Gleichförmigkeit und in ganz Frankreich die feine Freiheit des Ausdrucks ertötete, die das Überlieferte zu neuer Schönheit umgeformt, neue Gebilde in Übereinstimmung mit der Antike geschaffen hatte. Aber die

Vergangenheit ist ohne Bedeutung, die Gegenwart ist ohne Gewicht. Mit der Zukunft allein haben wir es zu tun. Was du warst, wärest du besser nie gewesen. Was du bist, solltest du nicht sein. Was du werden wirst, das ist der wahre Künstler.

Es wird natürlich eingewandt werden, dass ein solcher Plan, wie er hier dargelegt ist, etwas durchaus Unpraktisches ist und der menschlichen Natur widerspricht. Das ist völlig richtig. Er ist unpraktisch und widerspricht der menschlichen Natur. Und eben deshalb verdient er, ausgeführt zu werden, eben deshalb schlägt man ihn vor. Denn was ist ein praktischer Plan? Ein praktischer Plan ist einer, der entweder bereits besteht oder der unter den gegenwärtigen Verhältnissen ausgeführt werden könnte. Aber gerade die gegenwärtigen Verhältnisse sind es, die man bekämpft; und jeder Plan, der sich den gegenwärtigen Verhältnissen anpasst, ist falsch und töricht. Diese Verhältnisse werden abgeschafft werden, und das Wesen des Menschen wird sich verändern. Man weiß über die Natur des Menschen nur das eine mit Sicherheit, dass sie sich verändert. Veränderlichkeit ist die einzige Eigenschaft, die wir von ihr zu behaupten vermögen. Irreführend sind die Systeme, die auf der Beständigkeit der menschlichen Natur sich aufbauen, nicht auf ihrem Wachstum und ihrer Entwicklung. Der Irrtum Ludwigs XIV. bestand darin, dass er meinte, die menschliche Natur bleibe stets die gleiche. Das Ergebnis dieses Irrtums war die Französische Revolution. Es war ein wundervolles Ergebnis. Alle Ergebnisse aus Irrtümern der Regierungen sind ganz wundervoll.

Es ist auch zu beachten, dass der Individualismus nicht mit irgendwelchem matten Geschwätz über Pflichten an uns herantritt, das nichts anderes bedeutet, als dass man das tun soll, was die anderen wollen, weil sie es wollen; noch mit dem abscheulichen Geschwätz von Selbstaufopferung, diesem Überbleibsel der barbarischen Sitte der Selbstverstümmelung. Der Individualismus tritt an den Menschen überhaupt mit keinen Forderungen heran. Er entspringt in natürlicher und unvermeidlicher Weise aus dem Menschen selbst. Zu diesem Punkt strebt alle Entwicklung hin. Zu dieser Differenzierung wächst sich jeder Organismus aus. Er bedeutet die Vollendung, die in jeder Lebensform schlummert, zu der sich jede Lebensform hin entwickelt. So übt der Individualismus keinen Zwang auf den Menschen aus. Im Gegenteil, er sagt dem Menschen, er solle keinen Zwang auf sich ausüben lassen. Er versucht nicht, die Menschen zu zwingen, gut zu sein. Er weiß, dass die Menschen gut sind, wenn man sie nur in Frieden lässt. Der Mensch wird den Individualismus aus sich selbst heraus entwickeln. Der Mensch entwickelt schon jetzt den Individualismus in dieser Weise. Die Frage, ob der Individualismus etwas Praktisches ist, gleicht der Frage, ob die »Entwicklung« praktisch ist. Entwicklung ist das Gesetz des Lebens, und es gibt keine andere Entwicklung als zum Individualismus hin. Wo sich diese Tendenz nicht ausdrückt, liegt immer künstlich aufgehaltenes Wachstum vor, Krankheit oder Tod.

Der Individualismus wird auch selbstlos und ungekünstelt sein. Es ist darauf hingewiesen worden, dass eines der Ergebnisse der außerordentlichen Tyrannei der Autorität sich darin zeige, dass die Worte in ihrer natürlichen und einfachen Bedeutung völlig entstellt wurden und dass man sie dazu missbrauchte, das Gegenteil ihres natürlichen Sinnes zu besagen. Was in der Kunst für wahr gilt, bleibt auch für das Leben wahr. Man nennt jetzt einen Menschen, der sich nach seiner Neigung kleidet, gekünstelt. Aber wenn er das tut, so handelt er in völlig natürlicher Weise. Die Künstlichkeit liegt hier darin, dass man sich nach dem Geschmack seiner Mitmenschen kleidet, der vermutlich, da er ja der der Mehrzahl ist, sehr dumm sein wird. Oder man nennt den Menschen selbstisch, wenn er sein Leben auf eine Art führt, die ihm zur vollen Betätigung seiner eigenen Persönlichkeit am meisten geeignet dünkt; vorausgesetzt natürlich, dass die Selbstentwicklung wirklich das erste Ziel seines Lebens bildet. Aber jeder sollte sein Leben auf solche Weise einrichten. Die Selbstsucht besteht nicht darin, dass man sein Leben so lebt, wie man wünscht, sondern darin, dass man von anderen erwartet, dass sie so leben, wie man wünscht. Selbstlosigkeit heißt, andere in Frieden lassen und sich nicht in ihr Tun mengen. Die Selbstsucht ist immer bestrebt, um sich herum eine völlige Gleichheit des Typus hervorzurufen. Die Selbstlosigkeit erkennt das Reizvolle der unendlichen Mannigfaltigkeit der Typen an, nimmt sie hin, ist damit zufrieden, ja freut sich sogar darüber. Es ist keineswegs selbstsüchtig, auf seine Weise zu denken. Wer nicht auf seine Weise denkt, denkt überhaupt nicht. Es ist äußerst selbstsüchtig, von dem Mitmenschen zu verlangen, dass er in derselben Weise denke, dieselben Meinungen hege. Warum sollte er das? Wenn er denken kann, wird er wahrscheinlich verschieden denken. Wenn er nicht denken kann, ist es lächerlich, überhaupt von ihm Gedanken irgendwelcher Art zu verlangen. Eine rote Rose ist doch nicht selbstsüchtig, weil sie eine rote Rose sein will. Sie wäre schrecklich selbstsüchtig, wenn sie von allen anderen Blumen des Gartens verlangte, dass sie sowohl rot als auch Rosen seien. Unter der Herrschaft des Individualismus werden die Leute ganz natürlich und völlig selbstlos sein, sie werden die Bedeutung der Worte kennen und diese in ihrem eigenen freien, herrlichen Dasein zur Betätigung bringen. Auch werden die Menschen nicht mehr Egoisten sein wie jetzt. Denn ein Egoist ist der, der Ansprüche an andere macht, und der Individualist wird gar nicht den Wunsch danach hegen. Es wird ihm kein Vergnügen bereiten. Wenn der Mensch einmal weiß, was Individualismus ist, dann wird er auch wissen, was Mitgefühl ist und wird dieses frei und ohne Zwang betätigen. Gegenwärtig besitzt der Mensch noch kaum veredeltes Mitgefühl. Er empfindet bloß mit dem Leiden, und diese Form des Mitgefühls ist keineswegs die höchste. Jedes Mitgefühl ist etwas Schönes, aber die am wenigsten schöne Art ist das Mitgefühl mit dem Leiden. Es ist mit Egoismus befleckt. Es trägt den Keim der Krankheit in sich. Es liegt darin auch eine gewisse Angst für die eigene Sicherheit. Wir fürchten, selbst in den gleichen Zustand wie die Aussätzigen oder der Blinde zu geraten; wir fürchten, dass dann niemand für uns sorgen werde. Es hat auch eine seltsame Begrenztheit. Man sollte mit der Fülle des Lebens Sympathie empfinden, nicht bloß mit seinen Schmerzen und Krankheiten, sondern mit der Bejahung, Schönheit, Kraft, Gesundheit und Freiheit des Daseins. Je weiter das Mitgefühl reicht, desto schwerer ist dies natürlich. Es verlangt mehr Selbstlosigkeit. Jedermann vermag mit den Leiden eines Freundes Sympathie zu empfinden, aber es setzt ein erlesenes Wesen voraus – es setzt in der Tat das Wesen eines echten Individualisten voraus –, an dem Erfolg eines Freundes teilzunehmen. In dem modernen Ungestüm der Konkurrenz, im Kampf um den Platz im Leben findet sich natürlich solche Teilnahme selten, sie wird auch sehr durch das unsittliche, jetzt allgemein verbreitete Ideal der Gleichförmigkeit des Typus und durch die Anpassung an die Regel erstickt, ein Ideal, das jetzt am schädlichsten in England wirkt.

Mitgefühl mit dem Leiden wird selbstverständlich immer bestehen. Es ist einer der primären Instinkte des Menschen. Die Tiere, die individuell sind, das heißt die höher organisierten Tiere, teilen diese Empfindung mit uns. Aber man muss hier daran erinnern, dass zwar das Mitgefühl mit der Freude die Summe der Lebensfreudigkeit in der Welt steigert, das Mitgefühl mit dem Leiden dagegen keineswegs die Fülle des Leidens wirklich verringert. Der Mensch kann dadurch das Übel wohl leichter ertragen, aber das Übel selbst bleibt. Das Mitgefühl mit den Opfern der Schwindsucht heilt die Schwindsucht nicht – das ist Aufgabe der Wissenschaft. Und wenn einmal der Sozialismus das Problem der Armut und die Wissenschaft das Problem der Krankheit gelöst hat, dann werden dem Reich der Sentimentalen engere Grenzen gezogen sein, und das Mitgefühl der Menschen wird ein umfassendes, ein gesundes, natürliches sein. Der Mensch wird an der Betrachtung des freudigen Daseins der anderen selbst Freude finden.

Denn nur durch die Freude wird der Individualismus der Zukunft sich entfalten. Christus hat keinen Versuch gemacht, die Gesellschaft neu aufzubauen; so ist es natürlich, dass der von ihm gepredigte Individualismus sich nur durch Leiden oder in der Einsamkeit verwirklichen ließ. Die Ideale, die wir Christus verdanken, sind die Ideale eines Menschen, der die Gesellschaft ganz aufgegeben hat oder der ihr völligen Widerstand entgegensetzt. Aber der Mensch ist von Natur aus ein geselliges Wesen. Selbst die Thebais wurde schließlich bevölkert. Und wenn auch der Mönch seine Persönlichkeit auslebt, ist es oft eine ärmliche Persönlichkeit, die er so auslebt. Andererseits hat die furchtbare Wahrheit, dass der Mensch durch das Leiden sich selbst verwirklichen könne, auf die Welt eine wunderbar bezaubernde Wirkung ausgeübt. Seichte Redner und seichte Denker schwätzen oft von den Tribünen und Kanzeln herab über die Genusssucht der Welt und jammern darüber. Aber in der Weltgeschichte ist nur selten ihr Ideal das der Freude und der Schönheit gewesen. Die Anbetung des Leidens hat in der Welt weit öfter geherrscht. Das Mittelalter mit seinen Heiligen und Märtyrern, mit seiner Vorliebe für die Selbstquälerei, seiner wilden Leidenschaft für die Selbstverwundung, seinem Losgehen mit Messern und seinen Geißelungen – das Mittelalter ist das wirkliche Christentum, der Christus des Mittelalters ist der wirkliche Christus. Als die Renaissance über der Welt aufdämmerte und die neuen Ideale von Lebensschönheit und Lebensfreudigkeit mit sich führte, verstanden die Menschen Christus nicht mehr. Selbst die Kunst zeigt uns das. Die Maler der Renaissance stellten Christus als ein Knäblein dar, das mit einem anderen Knaben in einem Palast oder einem Garten spielt oder im Arm der Mutter ruht und ihr oder einer Blume oder einem glänzenden Vogel zulächelt; oder sie malten ihn als vornehme, würdevolle Gestalt, die erhaben die Welt durchschreitet; oder als eine wundervolle Gestalt, die sich in einer Art Ekstase vom Tod zum Leben erhebt. Selbst wenn sie den gekreuzigten Christus malen, bilden sie ihn als den herrlichen Gott, über den die bösen Menschen Leiden verhängt haben. Aber er beschäftigte die Menschen nicht sehr. Was diese entzückte, war die Darstellung von Männern und Frauen, die sie bewunderten, war, die Lieblichkeit dieser lieblichen Erde zu zeigen. Sie haben viele religiöse Gemälde gemalt, in der Tat viel zu viele, und die Einförmigkeit der Typen und Motive ermüdet; sie war für die Kunst nicht vorteilhaft. Sie war das Ergebnis der Autorität des Volkes in Sachen der Kunst und ist zu bedauern. Aber ihre Seele war nicht dabei. Raffael war ein großer Künstler, als er sein

Bildnis des Papstes schuf. Als Maler seiner Madonnen und Christusknäblein ist er es durchaus nicht. Christus hatte der Renaissance keine Botschaft zu bringen, der Renaissance, die so wundervoll war, weil sie ein Ideal brachte, das von dem seinen völlig verschieden gewesen. Um den wirklichen Christus zu finden, müssen wir uns in die Kunst des Mittelalters vertiefen. Da erscheint er als der Verstümmelte und Gemarterte; als einer, der nicht mit lieblichem Gewande bekleidet ist, denn auch dies könnte Freude gewähren: Er ist ein Bettler mit einer wundervollen Seele; er ist ein Aussätziger mit einer göttlichen Seele; er bedarf weder des Besitzes noch der Gesundheit; er ist ein Gott, der seine Vollkommenheit durch Leiden gewinnt.

Die Entwicklung des Menschen schreitet langsam vorwärts. Die Ungerechtigkeit der Menschen ist groß. Es war notwendig, das Leiden als eine Form, sich selbst zu verwirklichen, hinzustellen. Selbst jetzt ist noch für manche Stätte der Welt die Botschaft Christi notwendig. Keiner, der im modernen Russland lebt, könnte seine Vollkommenheit anders als durch das Leiden gewinnen. Einige wenige russische Künstler haben sich in der Kunst zu verwirklichen gewusst, in Romanen, deren Charakter das mittelalterliche Gepräge bewahrt, denn die vorherrschende Note ist die Verwirklichung des Menschen durch das Leiden. Aber für die, die keine Künstler sind und kein anderes Leben als das äußerlich tätige kennen, führt nur ein Tor zur Vollendung: Das Leiden. Ein Russe, der unter dem gegenwärtigen russischen Regierungssystem glücklich zu leben vermag, glaubt entweder, der Mensch habe keine Seele oder es sei diese Seele der Entwicklung unwert. Der Nihilist, der jede Autorität verwirft, da er diese als Übel erkannt hat und der alles Leiden willkommen heißt, weil er dadurch seine Persönlichkeit verwirklicht, ist ein echter

Christ. Für diesen bedeutet das christliche Ideal die Wahrheit.

Und doch bäumte sich Christus nicht wider die Autorität auf. Er ließ die Regierungshoheit des römischen Kaisertums gelten und zahlte Tribut. Er ertrug die Gewalt der jüdischen Kirche und widersetzte sich ihrer Gewaltsamkeit nicht durch irgendwelche eigene Gewaltsamkeit. Er hatte, wie ich früher sagte, keinen Plan, die Gesellschaft neu aufzubauen. Aber die moderne Welt besitzt solche Pläne. Sie schlägt vor, die Armut und das daraus erwachsende Leiden zu vernichten. Sie will des Leidens und der daraus fließenden Qualen Herr werden. Sie hat sich dem Sozialismus und der Wissenschaft als ihren Methoden anvertraut. Ihr Ziel ist ein Individualismus, der sich durch Freude ausdrückt. Dieser Individualismus wird weiter, an Fülle reicher, lieblicher sein als irgendeine bisherige Form des Individualismus. Das Leiden ist nicht die letzte Stufe der Vollendung. Es ist nur ein vorläufiger Zustand und ein Protest. Es steht im Zusammenhange mit schlechten, ungesunden, ungerechten Verhältnissen. Wenn einmal die Schlechtigkeit, die Krankheit und die Ungerechtigkeit aus der Welt verschwunden sein werden, dann wird es fürder keinen Platz mehr finden. Es wird sein Werk vollbracht haben; es war ein bedeutendes Werk, aber es ist bereits beinahe vorüber. Sein Reich verliert jeden Tag an Umfang.

Auch wird es niemand entbehren. Denn wonach der Mensch gestrebt hat, das ist in der Tat weder Leid noch Freude, sondern einfach das Leben. Der Mensch ist bestrebt, ein vollempfundenes, ganzes Leben zu führen. Wenn er das vermag, ohne wider die anderen Zwang zu üben oder selbst Zwang zu erdulden, wenn ihm jede Art seiner Lebensbetätigung Freudigkeit erweckt, dann wird er gesunder, kräftiger, kultivierter werden, dann wird er mehr er selbst sein. In der Freude drückt sich die Natur aus, ihr stimmt sie bei. Der Glückliche lebt im Einklange mit sich und seiner Umgebung. Der neue Individualismus, in dessen Diensten der Sozialismus, ob er nun will oder nicht, arbeitet, wird vollkommene Harmonie sein. Er wird die Erfüllung dessen bringen, wonach die Griechen sich sehnten und was sie nicht zu erreichen vermochten, außer in Gedanken, weil sie Sklaven besaßen und diesen Nahrung gaben; er wird die Erfüllung dessen sein, wonach sich die Renaissance sehnte, was sie nur in der Kunst völlig zu verwirklichen vermochte, weil sie Sklaven hielt und diese Hungers sterben ließ. Er wird etwas Vollendetes sein, und durch ihn wird jeder Mensch zu seiner Vollendung gelangen. Der neue Individualismus ist das neue Griechentum.

Sätze und Weisheiten zum Gebrauch für die Jugend

Die erste Pflicht im Leben besteht darin, so künstlich wie möglich zu sein. Worin die zweite Pflicht besteht, hat bisher niemand entdeckt.

*

Verruchtheit ist ein Mythos, den gute Menschen erfunden haben, um die seltsame Anziehungskraft zu erklären, die von den anderen ausgeht.

*

Wenn man nur wüsste, wer die Armen sind, gäbe es keinerlei Schwierigkeit, das Problem der Armut zu lösen.

*

Diejenigen, die zwischen Seele und Körper irgendeinen Unterschied machen, besitzen weder das eine noch das andere.

*

Eine wirklich gut gesteckte Blume im Knopfloch ist die einzige Brücke zwischen Kunst und Natur.

*

Religionen sterben, sobald sie erwiesen sind. Wissenschaft ist die Niederlegung toter Religionen.

*

Die Wohlerzogenen widersprechen den anderen. Die Klugen widersprechen sich selbst.

*

Nichts, was tatsächlich geschieht, ist von geringster Bedeutung.

*

Stumpfheit ist das Mündigwerden der Ernsthaftigkeit.

*

In allen unwichtigen Fragen ist Stil, nicht Aufrichtigkeit das Wesentliche. In allen wichtigen Fragen ist Stil, nicht Aufrichtigkeit das Wesentliche.

*

Wenn man die Wahrheit sagt, kann man sicher sein, dass man früher oder später durchschaut wird.

*

Vergnügen ist das einzige, wofür man leben sollte. Nichts altert so schnell wie das Glück.

*

Den Geschäftstüchtigen bleibt man allenfalls dadurch in Erinnerung, dass man seine Rechnungen nicht bezahlt.

*

Kein Verbrechen ist vulgär, jede Form von Vulgarität aber ist ein Verbrechen. Vulgarität ist das Benehmen der anderen.

*

Nur die Geistlosen kennen sich selbst.

*

Zeit ist die Verschwendung von Geld.

*

Man sollte immer ein bisschen zweifelhaft sein.

*

Allen guten Vorsätzen hängt etwas Verhängnisvolles an. Sie werden ausnahmslos zu früh gefasst.

*

Es gibt nur eine Möglichkeit, wieder aufzukommen dafür, gelegentlich ein bisschen zu gut gekleidet zu sein, nämlich immer und in jeder Hinsicht über die Maßen gebildet zu sein.

*

Frühreif zu sein heißt, vollkommen zu sein.

*

Jede Beschäftigung mit irgendwelchen Vorstellungen darüber, welches Benehmen richtig oder falsch ist, zeugt von eingeschränkter geistiger Entwicklung.

*

Ehrgeiz ist die letzte Zuflucht des Versagens.

*

Eine Wahrheit hört auf, wahr zu sein, wenn mehr als eine Person an sie glaubt.

*

In Prüfungen stellen die Dummen Fragen, welche die Klugen nicht beantworten können.

*

Die Kleider der alten Griechen waren im Wesentlichen unkünstlerisch. Nichts als der Körper sollte den Körper enthüllen.

*

Man sollte entweder ein Kunstwerk sein oder ein Kunstwerk tragen.

*

Nur die äußerlichen Qualitäten sind von Bestand. Alle tieferen Wesenszüge des Menschen sind rasch durchschaut.

*

Fleiß ist die Wurzel aller Hässlichkeit.

*

Die Zeiten sind durch ihre Zeitwidrigkeit in der Geschichte lebendig.

*

Nur die Götter kennen den Geschmack des Todes. Apollo starb, doch Hyazinth, von dem die Menschen sagen, er sei von jenem erschlagen worden, lebt weiter. Nero und Narziss wirken für immer in uns fort.

*

Die Alten glauben alles. Menschen mittleren Alters ist alles verdächtig. Die Jungen wissen alles.

*

Die Voraussetzung für Vollkommenheit ist Müßiggang. Ziel der Vollkommenheit ist Jugend.

*

Nur die großen Meister des Stils bringen es jemals fertig, dunkel zu sein.

*

Es liegt etwas Tragisches darin, dass es in England im Augenblick eine derart große Anzahl von jungen Menschen gibt, die das Leben mit einem vollkommenen Charakter beginnen und am Ende irgendeinem nützlichen Broterwerb nachgehen.

*

Sich selbst zu lieben, ist der Beginn einer lebenslangen Liebesbeziehung.

Märchen

Das Granatapfelhaus

Der junge König

Es war die Nacht vor dem festgesetzten Tage seiner Krönung, und der junge König weilte einsam in seinem schönen Gemach. Seine Höflinge hatten sich von ihm verabschiedet, dem zeremoniösen Gebrauch der Zeit gemäß die Häupter bis zur Erde neigend, und alle hatten dann die große Halle des Palastes aufgesucht, um daselbst noch einige letzte Unterweisungen vom Oberzeremonienmeister zu empfangen. Waren unter ihnen doch einige, die sich noch ganz natürlich bewegten! Und dass dies bei einem Höfling ein sehr schweres Vergehen ist, bedarf wohl keiner Worte.

Der Knabe – denn er war noch ein Knabe mit seinen sechzehn Jahren – war über ihr Fortgehen nicht betrübt, sondern hatte sich mit einem tiefen Seufzer der Erleichterung auf die weichen, gestickten Kissen seines Lagers zurückgeworfen und ruhte da, flammenäugig und die Lippen halb geöffnet gleich einem braunen Waldesfaun oder einem jungen Tier der Wildnis, das die Jäger just gefangen haben.

Und Jäger waren es ja auch gewesen, die ihn gefunden hatten, rein durch Zufall auf ihn gestoßen waren, als er nacktfüßig, die Flöte in der Hand, hinter der

Herde des armen Ziegenhirten herging, der ihn aufgezogen und für dessen Sohn er sich stets gehalten hatte. Doch er war des alten Königs einziger Tochter Kind, gezeugt in geheimem Ehebund mit einem Mann, der tief unter ihr im Range stand: Einem Fremden, sagten manche, der durch den wunderbaren Zauber seines Lautenspieles die Liebe der jungen Prinzessin gewonnen hatte – während andere von einem Künstler aus Rimini sprachen, dem die Prinzessin viel, vielleicht zu viel Ehre erwiesen hatte, und der plötzlich aus der Stadt verschwunden war, sein Werk im Dome unvollendet lassend. Er war, als er erst eine Woche alt gewesen, von der Seite seiner Mutter, da sie schlief, weggestohlen und in die Obhut eines gemeinen Bauern und seines Weibes gegeben worden, die ohne leibliche Kinder waren und in einem entlegenen Teil des Waldes lebten, mehr denn einen Tagesritt von der Stadt entfernt.

Gram oder, wie der Hofarzt feststellte, die Pest oder wie manche vermuteten, ein schnell wirkendes italienisches Gift, in einem Becher gewürzten Weines dargereicht, tötete noch in der Stunde des Erwachens das bleiche Mädchen, das ihn geboren hatte. Und als der treue Bote, der das Kind quer auf dem Sattelbügel trug, von seinem müden Rosse stieg und an die raue Tür der Hirtenhütte pochte, wurde der Prinzessin Leib in ein offenes Grab gesenkt, das man auf einem verlassenen Kirchhof außerhalb der Stadttore gegraben hatte – ein Grab, worin, so sagte man, schon ein anderer Leichnam ruhte, der eines jungen Mannes von wunderbarer, fremdartiger Schönheit, dessen Hände mit einem geknoteten Seile auf den Rücken gebunden waren und dessen Brust von vielen roten Wunden durchbohrt war.

So wenigstens lautete die Geschichte, die man im Volk einander flüsternd anvertraute. Sicher war es, dass der alte König, als er auf dem Sterbebett lag, sei's, dass ihn seine große Sünde reute oder auch nur, weil er nicht wollte, dass das Königreich an einen falle, der nicht seines Stammes war, nach dem Knaben gesandt und ihn in Gegenwart des Rates als seinen Erben anerkannt hatte.

Und es scheint, dass sich in jenem schon vom ersten Augenblicke seiner Anerkennung an die seltsame Leidenschaft für Schönheit offenbarte, die einen so großen Einfluss auf sein Leben ausüben sollte. Die ihn durch die Flucht der Gemächer geleiteten, die man zu seinem Gebrauch hergerichtet hatte, sprachen oft von dem Schrei der Lust, der über seine Lippen brach, als er die prunkvollen Gewänder und das kostbare Geschmeide sah, die für ihn bereitet waren und von der fast wilden Freude, mit der er sein raues Lederwams und seinen groben Schafwollmantel von sich schleuderte. Manchmal freilich vermisste er die herrliche Freiheit seines Lebens im Walde und war stets geneigt, über das lästige Hofzeremoniell zu schelten, das einen so großen Teil jedes Tages in Anspruch nahm. Der herrliche Palast jedoch – Joyeuse nannte man ihn –, dessen Herr er nun war, schien ihm eine eigens zu seiner Wonne erschaffene neue Welt. Sobald er einer Ratsversammlung oder dem Audienzsaale entfliehen konnte, eilte er die breite Freitreppe mit ihren ehernen Löwen aus Gold und ihren Stufen aus hellem Porphyr hinab und schritt von Raum zu Raum, von Gang zu Gang, wie einer, der in der Schönheit Linderung für Schmerz, Genesung aus Krankheit sucht.

Auf diesen Entdeckungsreisen, wie er sie nannte – und es waren für ihn tatsächlich Fahrten durch ein Wunderland – begleiteten ihn zuweilen die schlanken, blondhaarigen Pagen des Hofes in ihren wehenden Mänteln mit lustig flatternden Bändern. Meist aber blieb er allein, denn sein lebhafter, sicherer Instinkt verriet ihm, einer Eingebung vergleichbar, dass die Geheimnisse der Kunst sich am besten im Geheimen offenbaren und dass die Schönheit, wie ja auch die Weisheit die liebt, die sie in Einsamkeit verehren.

Manch seltsame Geschichte über ihn ging zu jener Zeit von Mund zu Mund. Man erzählte, dass ein behäbiger Bürgermeister, der gekommen war, um eine blumige, kunstvolle Ansprache im Namen der Bürger seiner Stadt an ihn zu halten, ihn in wirklicher Anbetung auf den Knien vor einem großen Bild gefunden habe, das soeben aus Venedig angelangt war und neuer Götter Dienst zu künden schien. Bei anderer Gelegenheit hatte man ihn während vieler Stunden vermisst und ihn erst nach langem Suchen in einem kleinen Gemach in einem der nördlichen Türme des Schlosses entdeckt, wie er einem Verzückten gleich eine griechische Gemme anstarrte, in die die Gestalt des Adonis eingeschnitten war. Er war gesehen worden, so erzählte das Gerücht, wie er die heißen Lippen auf die Marmorstirn einer antiken Statue drückte, die man im Bett des Stromes beim Bau der steinernen Brücke ausgegraben hatte und die als Inschrift den Namen des bythinischen Sklaven Hadrians trug. Eine ganze Nacht hatte er damit verbracht, die Wirkung des Mondlichtes auf einem Silberbildnis des Endymion zu betrachten.

Sicher übte alles, was selten und kostbar war, großen Zauber auf ihn aus und in der Begierde, sich das zu verschaffen, hatte er viele Kaufleute ausgesandt; einige, um mit dem rauen Fischervolk der Nordmeere um Bernstein zu feilschen; einige nach Ägypten, um jene grünen Wundertürkise zu suchen, die man nur in den Königsgräbern findet und die Zauberkräfte besitzen sollen; wieder andere nach Persien, um seidene Teppiche zu erstehen und bemaltes Tongeschirr; und manche nach Indien, um Schleiergewebe zu kaufen und getöntes Elfenbein, Mondsteine und Armgeschmeide aus Nephrit, Sandelholz und blaues Email und Tücher aus feiner Wolle.

Was ihn jedoch am meisten beschäftigt hatte, war das Gewand, das er zu seiner Krönung tragen wollte, der Mantel aus Gold gewebt, die Krone rubinbesetzt und das Zepter mit Reihen und Ringen aus Perlen. An dieses dachte er auch heute Abend, als er zurückgelehnt auf seinem reichen Lager ruhte und dem großen Tannenscheite zusah, wie es sich im offenen Feuer des Kamins selbst verzehrte. Die Zeichnungen für den Krönungsornat, von der Hand der berühmtesten zeitgenössischen Künstler entworfen, waren ihm vor schon vielen Monden vorgelegt worden, und er hatte Befehl erteilt, dass die Handwerker Tag und Nacht an ihrer Ausführung schaffen sollten und dass man die ganze Welt durchforsche nach Juwelen, die ihrer Arbeit würdig wären. Er sah sich im Geiste bereits in dem strahlenden Gewand vor dem Hochaltar des Domes stehen. Ein Lächeln spielte um seinen Knabenmund und ließ einen hellen Schimmer in seinen dunklen Waldaugen aufleuchten.

Nach einiger Zeit erhob er sich und blickte, gegen das geschnitzte Schutzdach des Kamins gelehnt, in dem matt erleuchteten Gemach umher. Die Wände waren mit reichen Stickereien bekleidet, die den Triumph der Schönheit darstellten. Die eine Ecke füllte ein breiter Schrank, mit Achat und Lapislazuli eingelegt, und dem Fenster gegenüber stand ein anderer, eigentümlich gearbeiteter Schrank mit lackierten Holzfüllungen, goldbestäubt und goldgeschmückt, und darauf herrliche Becher aus venezianischem Glas und eine Schale aus dunkel-geädertem Onyx.

Blasse Mohnblüten waren in die Seidendecke des Bettes gestickt, als wären sie den müden Händen des

Schlafes entfallen, und hohe Stäbe geschnitzten Elfenbeins hoben den samtenen Baldachin, auf dem gleich weißem Schaume große Büschel von Straußenfedern ragten, zu den bleichen Silberreliefs der Decke empor. Ein lachender Narziss aus grüner Bronze hielt einen geschliffenen Spiegel hoch über seinen Kopf. Auf dem Tisch stand eine flache Schüssel aus Amethyst.

Draußen konnte er die Riesenkuppel des Domes sehen, die wie eine dunkle Blase über die schattenverhüllten Häuser emporragte und die müden Schildwachen, die auf der nebeligen Terrasse am Strome auf und nieder schritten. Fern, in einem Obstgarten, schlug eine Nachtigall. Zarter Jasmingeruch drang durch das offene Fenster. Er strich sich die braunen Locken aus der Stirn. Dann griff er zur Laute und ließ die Finger über die Saiten gleiten. Seine schweren Lider senkten sich, und eine seltsame Müdigkeit kam über ihn. Nie zuvor hatte er so stark, so voll tiefer Freude den Zauber und das Geheimnis schöner Dinge empfunden.

Als die Mitternacht vom Turme schlug, ergriff er eine Glocke. Seine Pagen traten ein und entkleideten ihn mit vieler Förmlichkeit, gossen Rosenwasser über seine Hände und streuten Blumen auf sein Kissen. Wenige Augenblicke darauf hatten sie das Gemach verlassen, und er schlief ein.

Und wie er so schlief, träumte er einen Traum. Und dies war sein Traum:

Es war ihm, als stünde er in einem langen, niedrigen Dachzimmer inmitten surrender, klappernder Webstühle. Das kümmerliche Tageslicht blickte durch die vergitterten Fenster und ließ ihn die hageren Gestalten der Weber sehen, die sich über ihre Rahmen beugten. Blasse, kränklich aussehende Kinder kauerten auf den großen Querbalken. Wenn die Webschiffchen durch den Einschlag schossen, hoben sie das schwere Richtscheit auf; und setzten die Schiffchen aus, so ließen sie das Richtscheit fallen und pressten die Fäden aneinander. Ihre Gesichter waren vom Hunger schmal und ihre dünnen Arme und Hände zitterten. An einem Tisch saßen abgemagerte Weiber und nähten. Ein furchtbarer Geruch erfüllte den Raum. Die Luft war schwer und drückend, und von den Wänden tropfte und rann es feucht.

Der junge König trat zu einem der Weber, stellte sich neben ihn und sah ihm zu.

Und der Weber blickte ihn zornig an und sprach: »Warum siehst du mir so zu? Bist du ein Aufseher, den unser Herr über uns gesetzt hat?«

»Wer ist dein Herr?«, fragte der junge König.

»Unser Herr?«, rief der Weber bitter. »Er ist ein Mensch wie ich. Wahrlich, ein kleiner Unterschied nur ist zwischen ihm und mir: Er trägt schöne Kleider, während ich in Lumpen gehe und dass er, während ich schwach bin vor Hunger, höchstens einmal Schmerzen hat, wenn er sich überfrisst!«

»Das Land ist frei«, sprach der junge König. »Und du bist keines Menschen Sklave.«

»Im Kriege«, erwiderte der Weber, »macht sich der Starke den Schwachen und im Frieden macht der Reiche den Armen zum Sklaven! Wir müssen arbeiten, um zu leben – sie aber geben uns so kärglichen Lohn, dass wir sterben. Wir quälen uns für sie den lieben, langen Tag – sie aber häufen Gold in ihren Truhen. Unsere Kinder welken vor der Zeit dahin, und die Gesichter derer, die wir lieben, werden hart und böse. Wir keltern die Trauben, und andere trinken den Wein. Wir säen das Korn, aber unser Tisch ist leer. Wir tragen Ketten, wenn auch kein Auge sie sieht und sind Sklaven, wenngleich man uns Freie heißt.«

»Ist es bei allen so?«, fragte jener.

»Bei allen«, erwiderte der Weber. »Bei den Jungen und bei den Alten, bei den Frauen und bei den Männern, bei den kleinen Kindern wie bei jenen, die vom Alter gebeugt sind. Die Kaufleute pressen uns aus, und wir müssen handeln nach ihrem Gebot. Der Priester geht vorüber und betet seinen Rosenkranz – mit uns aber hat keiner Mitleid. Durch unsere sonnenlosen Gassen schleicht sich die Armut mit hungrigen Augen, und die Sünde mit gedunsenem Gesicht folgt hinter ihr. Frühmorgens weckt uns das Elend und nachts sitzt die Schande an unserem Bett. Doch was soll dir das alles?! Du bist keiner von den Unsern – du siehst zu glücklich aus!« Finster blickend wandte er sich ab und warf das Schiffchen durch den Webstuhl, und der junge König sah, dass ein Goldfaden eingefädelt war.

Und ihn befiel tiefes Entsetzen, und er sprach zum Weber: »Was für ein Gewand webest du da?«

»Das Krönungsgewand des jungen Königs«, erwiderte jener. »Doch was soll das dir?«

Und der junge König stieß einen lauten Schrei aus und erwachte, und siehe! Er war in seinem Gemach, und durch das Fenster sah er den großen Mond honigfarben in der dämmerigen Luft hangen.

Und wieder schlief er ein und träumte, und dies war sein Traum:

Ihm war, als läge er auf dem Deck einer großen Galeere, die von hundert Sklaven gerudert wurde. Auf einem Teppich, ihm zur Seite, saß der Herr der Galeere. Er war schwarz wie Ebenholz, und sein Turban war aus roter Seide. Große Silberringe zogen seine dicken Ohrlappen nieder, und in den Händen hielt er zwei elfenbeinerne Waagschalen.

Die Sklaven waren nackt bis auf einen zerlumpten Lendenschurz, und jeder Mann war an seinen Nachbar gekettet. Heiße Sonnenglut brannte auf sie herab, und Neger liefen den Quergang auf und nieder und striemten sie mit Peitschenhieben. Sie streckten die mageren Arme und zogen die schweren Ruder durch das Wasser. Salziger Gischt rann schäumend von den Riemenblättern.

Endlich erreichten sie eine kleine Bucht und fingen an zu loten. Ein leichter Wind wehte von der Küste und hüllte das Deck und das große lateinische Segel in eine Wolke feinen, roten Staubes. Drei Araber kamen auf wilden Mauleseln angeritten und schleuderten Speere nach ihnen. Der Besitzer der Galeere ergriff einen bunten Bogen und schoss einen von ihnen durch die Kehle. Schwer stürzte der vornüber in die Brandung, und seine Gefährten sprengten davon. Ein in einen gelben Schleier gehülltes Weib folgte langsam auf einem Kamel und blickte von Zeit zu Zeit nach dem Leichnam zurück.

Sobald sie Anker geworfen und das Segel eingezogen hatten, stiegen die Neger in den Kielraum hinab und holten eine lange Strickleiter herauf, die mit großen Bleigewichten beschwert war. Der Besitzer der Galeere warf sie über Bord und befestigte das Ende an zwei eisernen Haken. Dann ergriffen die Neger den jüngsten der Sklaven. Sie schlugen seine Fesseln entzwei, verstopften ihm die Nasenlöcher und Ohren mit Wachs und banden einen großen Stein um seine Hüften. Müde kroch er die Leiter hinab und verschwand im Meere. Einige Luftblasen stiegen da, wo er versunken, auf. Etliche der anderen Sklaven spähten neugierig über Bord. Vorne, am Bug der Galeere, saß ein Haifischbeschwörer und rührte eintönig die Trommel.

Nach einiger Zeit tauchte der Sklave aus dem Wasser auf und klammerte sich keuchend an die Leiter; seine

Rechte hielt eine Perle. Die Neger entrissen sie ihm und stießen ihn ins Meer zurück. Die Sklaven schliefen über ihren Rudern ein.

Wieder und wieder tauchte er auf, und jedes Mal brachte er eine schöne Perle mit empor. Der Besitzer der Galeere wog sie und steckte sie in einen kleinen grünen Ledersack.

Der junge König versuchte zu sprechen, aber die Zunge schien ihm am Gaumen zu kleben und seine Lippen versagten den Dienst. Die Neger schwatzten miteinander und fingen an, sich um eine Schnur schimmernder Perlen zu streiten. Zwei Kraniche umkreisten unablässig das Schiff.

Ein letztes Mal kam der Taucher herauf, und die Perle, die er brachte, war schöner als alle Perlen des Ormuz, denn sie war an Form dem Vollmond gleich und weißer als der Morgenstern. Aber sein Gesicht war sonderbar bleich und als er auf dem Deck niedersank, quoll ihm das Blut aus Nase und Ohren. Ein kurzes Zittern – dann lag er still. Die Neger zuckten die Achseln und warfen den Körper über Bord.

Und der Besitzer der Galeere lachte, streckte die Hand nach der Perle aus und da er sie sah, drückte er sie an seine Stirn und neigte sich tief. »Sie soll«, sprach er, »für das Zepter des jungen Königs sein«, und er gab den Negern ein Zeichen, die Anker zu lichten.

Und da der junge König dies vernahm, stieß er einen lauten Schrei aus und erwachte, und durch das Fenster sah er die langen, grauen Finger der Dämmerung nach den verblassenden Sternen greifen.

Und wieder schlief er ein und träumte, und dies war sein Traum:

Ihm war, als wanderte er durch einen düsteren Wald, worin seltsame Früchte wuchsen und schöne, giftige

Blumen. Nattern züngelten nach ihm, da er vorüberging, und schillernde Papageien flogen kreischend von Zweig zu Zweig. Riesige Schildkröten lagen schlafend im heißen Schlamme, und die Bäume waren voll von Affen und Pfauen.

Weiter und weiter ging er, bis er den Waldessaum erreichte. Dort ward er einer ungeheuren Menschenmenge gewahr, die im Bette eines ausgetrockneten Stromes sich abmühte. Wie Ameisen schwärmten sie um die Felsblöcke. Sie gruben tiefe Gruben in den Boden und stiegen in sie hinab. Einige von ihnen spalteten die Felsen mit großen Äxten, andere wühlten im Sande. Sie rissen den Kaktus mit der Wurzel aus und zertraten die scharlachroten Blüten. Sie eilten hin und her, schrien sich zu, und kein einziger ging müßig.

Aus dem Dunkel einer Höhle blickten Tod und Habsucht auf sie, und der Tod sprach: »Ich bin müde. Gib mir ein Drittel von ihnen, so will ich meines Weges ziehen.«

Die Habsucht aber schüttelte das Haupt. »Es sind meine Knechte«, entgegnete sie. Und der Tod sprach zu ihr: »Was hältst du da in deiner Hand?«

»Drei Getreidekörner habe ich«, entgegnete sie. »Was sollen sie dir?«

»Gib mir eines davon!«, rief der Tod. »Ich will es in meinen Garten pflanzen. Nur eines davon, so will ich meines Weges gehen.«

»Gar nichts will ich dir geben«, sprach die Habsucht und verbarg die Hand in den Falten ihres Gewandes.

Und der Tod lachte und nahm eine Schale, tauchte sie in einen Wassertümpel, und der Schale entstieg das Sumpffieber. Es lief durch die große Menschenmenge, und ein Dritteil von ihnen lag tot. Ein kalter Nebel folgte ihm und die Wasserschlangen liefen ihm zur Seite.

Und da die Habsucht sah, dass ein Drittteil der Menge tot war, schlug sie sich an die Brust und weinte. Sie schlug ihre welken Brüste und schrie laut:

»Du hast ein Drittteil meiner Knechte erschlagen«, schrie sie. »Hebe dich von hinnen! In den Bergen der Tatarei wütet der Krieg, und die Könige beider Parteien rufen dich. Die Afghanen haben den schwarzen Ochsen geschlachtet und ziehen in die Schlacht. Sie haben mit ihren Speeren gegen die Schilde geschlagen und ihre ehernen Helme aufgesetzt. Was ist dir mein Tal, dass du darin verweilst? Geh von dannen und kehre nicht wieder zurück!«

»Nein«, entgegnete der Tod. »Ehe du mir nicht eins deiner Getreidekörner gibst, gehe ich nicht!« Aber die Habsucht schüttelte den Kopf und biss die Zähne fest zusammen. »Nichts will ich dir geben«, murmelte sie.

Und der Tod lachte und nahm einen schwarzen Stein vom Boden auf und schleuderte ihn in den Wald hinein, und aus dem Dickicht wilden Schierlings trat das Fieber in einem Flammenkleide. Es schritt durch die Menschenmenge und berührte sie, und jedermann, den es berührte, starb. Das Gras verdorrte unter seinen Füßen, wo es ging.

Und die Habsucht erschauerte und streute Asche auf ihr Haupt. »Du bist grausam«, rief sie. »Du bist grausam. In den mauerumgürteten Städten Indiens herrscht Hungersnot und die Zisternen von Samarkand sind versiegt, Hungersnot herrscht in den mauerumgürteten Städten Ägyptens und die Heuschrecken sind aus der Wüste gekommen. Der Nil ist nicht über seine Ufer getreten, und die Priester haben Isis und Osiris geflucht. Geh zu jenen, die deiner bedürfen, doch lass mir meine Knechte.«

»Nein«, entgegnete der Tod. »Ehe du mir nicht ein Getreidekorn gegeben hast, werde ich nicht gehen!«

»Nichts will ich dir geben«, entgegnete die Habsucht.

Und wieder lachte der Tod und pfiff durch die Finger, und ein Weib kam durch die Luft geflogen. »Pest« stand auf ihrer Stirn geschrieben und eine Schar magerer Geier umkreiste sie. Sie bedeckte das Tal mit ihren Schwingen, und kein Sterblicher blieb am Leben.

Und die Habsucht floh schreiend durch den Wald. Der Tod aber schwang sich auf sein rotes Ross und sprengte davon. Sein Ritt war schneller denn der Wind.

Und aus dem Schlamm im Talgrund krochen Drachen und furchtbare, schuppige Tiere, und Schakale kamen über den Sand gelaufen und witterten mit gierigen Nüstern.

Und der junge König weinte und sprach: »Wer waren jene Männer und wonach suchten sie?«

»Sie suchten nach Rubinen für eines Königs Krone«, antwortete einer, der hinter ihm stand. Und der junge König erschrak und wandte sich um. Da sah er einen Mann, der wie ein Pilger gekleidet war und einen Spiegel aus Silber in seiner Hand trug.

Und er erblasste und sprach: »Welches Königs?«

Da antwortete der Pilger: »Blick in diesen Spiegel und du wirst ihn sehen.«

Und er blickte in den Spiegel und sah sein eigenes Angesicht. Da schrie er laut auf und erwachte. Das helle Sonnenlicht strömte in das Gemach. Und auf den Bäumen im Lustgarten sangen die Vögel.

Und der Kämmerer und die Würdenträger des Staates traten ein und huldigten ihm. Und die Pagen brachten ihm das Gewand aus Goldgewebe und legten Krone und Zepter vor ihn hin.

Und der junge König betrachtete die Kostbarkeiten, und sie waren schön – schöner als alles, was er je gesehen hatte. Aber er entsann sich seiner Träume, und er sprach zu seinen Großen: »Nehmt diese Dinge fort, denn ich will sie nicht tragen.«

Und die Höflinge staunten und einige lachten, denn sie glaubten, er scherze.

Doch er sprach streng zu ihnen und sagte: »Nehmt diese Dinge weg und verbergt sie vor mir. Wenn es auch der Tag meiner Krönung ist, so will ich sie doch nicht tragen. Denn auf dem Webstuhle der Sorge und von den bleichen Händen der Not ist dieses mein Gewand gewoben worden. Blut ist im Herzen des Rubins und der Tod im Herzen der Perle.« Und er erzählte ihnen seine drei Träume.

Und als die Höflinge sie hörten, blickten sie einander an und flüsterten und sagten: »Wahrlich, er ist wahnsinnig geworden! Denn, was ist ein Traum anderes als ein Traum und ein Gesicht mehr als ein Gesicht? Sie sind nicht Dinge der Wirklichkeit, dass man auf sie achte. Und was haben wir mit dem Leben jener zu schaffen, die für uns arbeiten? Soll ein Mensch nicht Brot essen, ehe er den Sämann gesehen, und Wein schlürfen, bevor er den Winzer befragt hat?«

Und der Kanzler sprach zum jungen König und sagte: »Herr, ich bitte dich, lass ab von all den düsteren Gedanken und kleide dich in dieses schöne Gewand und setze diese Krone auf dein Haupt. Denn wie soll das Volk wissen, dass du ein König bist, wenn du nicht eines Königs Kleid trägst?«

Und der junge König blickte ihn an. »Ist dem wirklich so?«, fragte er. »Werden sie mich nicht als König erkennen, wenn ich eines Königs Kleid nicht trage?«

»Sie werden dich nicht erkennen, o Herr!«, rief der Kanzler.

»Ich wähnte, es habe Männer gegeben, die königlich waren«, entgegnete er. »Doch vielleicht ist es, wie du sagst. Aber dennoch will ich dies Gewand nicht tragen, noch mich mit dieser Krone krönen lassen, sondern wie ich in den Palast gekommen bin, will ich ihn wieder verlassen!«

Und er befahl ihnen allen, ihn allein zu lassen, einen Pagen ausgenommen, den er als seinen Gefährten genommen hatte, einen Knaben, der ein Jahr jünger als er selbst. Ihn behielt er zu seiner Bedienung bei sich. Und als er sich in klarem Wasser gebadet hatte, öffnete er eine große bemalte Truhe und nahm das Lederwams und den groben Schaffellmantel heraus, die er getragen hatte, da er am Hügelhange die zottigen Ziegen des Hirten hütete. Die legte er an, und in die Hand nahm er den rauen Hirtenstab.

Und der kleine Page öffnete erstaunt die großen blauen Augen weit und sprach lächelnd zu ihm: »Herr, wohl sehe ich dein Gewand und auch dein Zepter, wo aber ist deine Krone?«

Und der junge König pflückte einen Zweig wilder Rosen, der auf den Altan niederhing, und bog ihn sich zum Reif und drückte ihn sich aufs Haupt.

»Dies soll meine Krone sein«, entgegnete er.

Und also angetan trat er aus seinem Gemach in die große Halle, wo die Edelleute ihn erwarteten.

Und die Edelleute spotteten und etliche riefen ihm zu: »Herr, das Volk harrt eines Königs, und du zeigst ihm einen Bettler.« Und andere waren voller Entrüstung und sprachen: »Er bringt Schande über unser Land, und er ist nicht würdig, unser Herr zu sein.« Er aber erwiderte nicht ein einziges Wort, sondern ging an ihnen vorüber und schritt die helle Treppe aus Porphyr hinab und hinaus durch die ehernen Tore und bestieg sein Pferd und sprengte dem Dome zu, während der kleine Page ihm zur Seite lief.

Und das Volk lachte und schrie: »Da reitet des Königs Hofnarr vorbei!«, und sie verhöhnten ihn.

Und er zog die Zügel an und sprach: »Nein – ich bin es, euer König!«, und er erzählte ihnen seine drei Träume.

Ein Mann aber trat aus der Menge und sprach voll Bitterkeit und sagte: »Herr, weißt du nicht, dass das Leben des Armen aus dem Überfluss des Reichen entsteht? Euer Prunk nährt uns, und eure Laster geben uns Brot. Für einen harten Herrn zu arbeiten, ist bitter; noch bitterer aber ist es, keinen Herrn zu haben, für den man arbeiten darf. Meinst du etwa, dass uns die Raben speisen werden? Und was vermagst du gegen diese Dinge? Willst du dem Käufer gebieten: ›Du sollst für so und so viel kaufen‹, und dem Verkäufer: ›Du sollst zu diesem Preis verkaufen?‹ Ich meine, nein. Darum kehre zurück in deinen Palast und kleide dich wieder in Purpur und feines Linnen. Was hast du mit uns zu schaffen und dem, was wir leiden?«

»Sind nicht der Reiche und der Arme Brüder?«, fragte der junge König.

»Seit jeher sind sie Brüder«, entgegnete der Mann. »Und der Name des reichen Bruders ist Kain.«

Da füllten sich die Augen des jungen Königs mit Tränen und er ritt vorwärts, vom Murren des Volkes begleitet. Und den kleinen Pagen ergriff Angst und er verließ ihn.

Und als er vor das hohe Portal des Domes kam, streckten die Kriegsleute die Hellebarden vor und sprachen: »Was suchst du hier? Keiner tritt durch diese Tür ein, außer dem König.«

Und sein Angesicht rötete sich vor Zorn und er sprach zu ihnen: »Ich bin der König!«, und er stieß die Hellebarden zur Seite und schritt hinein.

Doch als der alte Bischof ihn in seinem Hirtenkleide kommen sah, erhob er sich verwundert von seinem

Throne, schritt ihm entgegen und sprach zu ihm: »Mein Sohn, ist dies eines Königs Kleid? Wo ist die Krone, mit der ich dich krönen und wo das Zepter, das ich in deine Hand legen soll? Wahrlich, dieser Tag sollte für dich ein Tag der Freude und nicht ein Tag der Erniedrigung sein.«

»Soll sich die Freude in das Gespinst des Leides kleiden?«, fragte der junge König. Und er erzählte ihm seine drei Träume.

Und als der Bischof sie vernommen hatte, runzelte er die Stirn und sprach: »Mein Sohn, ich bin ein alter Mann und stehe im Winter meiner Tage und ich weiß, dass in der weiten Welt viel schlimme Dinge geschehen. Die wilden Räuber steigen von den Bergen herab, rauben die kleinen Kinder und verkaufen sie den Mauren. Die Löwen lauern den Karawanen auf und stürzen sich auf die Kamele. Die wilden Eber entwurzeln das Korn im Tale und die Füchse benagen den Wein auf den Hügeln. Die Seeräuber verwüsten die Küsten und verbrennen dem Fischer die Schiffe und rauben ihm die Netze. In den salzigen Sümpfen leben die Aussätzigen; ihre Häuser sind aus geflochtenem Rohr, und keiner darf ihnen nahen. Die Bettler wandern durch die Städte und essen ihr Brot mit den Hunden. Kannst du erreichen, dass all dies nicht geschieht? Willst du den Aussätzigen zu deinem Bettgenoss wählen und den Bettler an deine Tafel setzen? Soll der Löwe tun, wie du gebietest und sollen die wilden Eber dir gehorchen? Ist Er, der das Elend schuf, nicht weiser als du? Darum lobe ich dich nicht für das, was du getan hast, sondern ich befehle dir, in den Palast zurückzureiten und Freude über dein Angesicht zu breiten und deinen Leib mit der Gewandung, die einem König ziemt, zu kleiden. Und mit der Krone aus Gold will ich dich krönen und das Perlenzepter will ich dir in die Hände legen. Deiner Träume aber gedenke nicht mehr. Die Bürde dieser Welt ist zu groß, als dass ein Mann sie tragen könnte, und der Kummer der Welt ist zu schwer, als dass ein Herz ihn erleidet.«

»Sprichst du so in diesem Haus?«, fragte der junge König und ging am Bischof vorbei und schritt die Stufen des Altars hinan und stand vor dem Bild Christi.

Er stand vor dem Bild Christi, und zu seiner rechten Hand und zu seiner linken waren die herrlichen Goldgefäße, die Kelche voll gelben Weins und die Phiolen mit dem heiligen Öl. Er kniete nieder vor dem Bild Christi, und die hohen Kerzen brannten hell vor dem juwelenbesetzten Schrein und die Wolken des Weihrauches kräuselten sich in schmalen, blauen Ringen durch den Dom. Er neigte das Haupt im Gebet, und die Priester in ihren starren Goldgewändern schlichen sich fort vom Altar.

Und plötzlich ertönte ein wildes Lärmen von der Straße her, und herein stürzten die Edelleute mit gezückten Schwertern und wehendem Federschmuck und Schilden aus blankem Stahl. »Wo ist dieser Träumer der Träume?«, riefen sie. »Wo ist dieser König, der wie ein Bettler einhergeht – der Knabe, der Schmach über unser Land bringt? Wir wollen ihn töten, denn wahrlich, er ist nicht würdig, über uns zu herrschen.«

Und wieder beugte der König das Haupt und betete. Und als er sein Gebet beendet hatte, stand er auf und wandte sich und blickte sie traurig an.

Und siehe! Durch die gemalten Fenster strömte das Sonnenlicht auf ihn herab, und die Sonnenstrahlen woben um ihn ein Prunkgewebe, weit herrlicher als das Gewand, das zu seiner Lust gefertigt ward. Und der tote Stab erblühte und trug Lilien, die weißer waren als Perlen. Der trockene Zweig blühte auf und trug Rosen, die röter waren denn Rubine. Weißer als herrliche

Perlen waren die Lilien, und ihre Stiele waren von schimmerndem Silber. Röter als Blutrubinen waren die Rosen, und ihre Blätter waren aus getriebenem Golde. Er stand da in eines Königs Gewand, und die Türen des juwelengeschmückten Schreins sprangen auf, und dem Kristall um die vielstrahlige Monstranz entströmte ein herrliches, mystisches Licht. Er stand da in eines Königs Gewand und Gottes Herrlichkeit erfüllte den Raum. Und die Heiligen schienen sich in den geschnitzten Nischen zu bewegen. Im Prunkgewande eines Königs stand er vor ihnen, und die Orgel ließ ihre Musik ertönen, die Trompeter bliesen auf ihren Trompeten, und die Sängerknaben sangen.

Das Volk aber sank in Ehrfurcht auf die Knie, und die Edelleute steckten ihre Schwerter in die Scheide und huldigten ihm. Und das Angesicht des Bischofs wurde bleich und seine Hand erzitterte: »Ein Größerer als ich hat dich gekrönt!«, rief er und er kniete vor ihm nieder.

Und der junge König stieg die Stufen des Hochaltars herab und schritt heimwärts, mitten durch die Menge. Kein Mensch aber wagte, ihm ins Angesicht zu schauen, denn es war wie das Angesicht eines Engels.

Der Geburtstag der Infantin

Es war der Geburtstag der Infantin. Just zwölf Jahre war sie alt geworden, und die Sonne schien hell auf die Gärten des Palastes nieder. Wenn sie auch eine wirkliche Prinzessin und Infantin von Spanien war, so hatte sie doch in jedem Jahr nur einen Geburtstag, ganz wie armer Leute Kinder. Deshalb war es denn auch für das ganze Land von allergrößter Wichtigkeit, dass ihr hierfür ein wirklich schöner Tag beschert werde. Und ein wirklich schöner Tag war es diesmal gewiss.

Die hohen, gestreiften Tulpen reckten sich kerzengerade auf ihren Stielen gleich dichten Reihen von Soldaten und blickten herausfordernd über das Gras zu den Rosen hinüber und sprachen: »Jetzt sind wir genauso prächtig wie ihr.« Die purpurfarbenen Schmetterlinge flatterten umher auf goldbestäubten Flügeln und statteten den Blumen, einer nach der anderen, Besuche ab. Die kleinen Eidechsen krochen aus den Mauerritzen hervor und lagen da, im weißen Sonnenglast sich badend; und die Granatäpfel brachen auf und barsten unter der Glut und wiesen ihre blutend roten Herzen. Selbst die blassen, gelben Zitronen, die in reicher Fülle vom morschen Spalier und längs den dunklen Bogengängen herabhingen, schienen im herrlichen Sonnenscheine farbensatter, und die Magnolienbäume befreiten ihre großen kugelrunden Blüten aus dem umschließenden Elfenbein und erfüllten die Luft mit süßem schweren Duft.

Das Prinzesschen selbst ging mit seinen Gespielen die Terrasse auf und nieder und spielte Versteck hinter den runden Vasen aus Stein und den alten moosbewachsenen Statuen. An gewöhnlichen Tagen war ihr nur gestattet, mit Kindern ihres eigenen Ranges zu spielen, und sie musste daher immer allein spielen. Ihr Geburtstag aber war eine Ausnahme, und der König hatte Befehl erteilt, dass sie alle jungen Freunde und Freundinnen, die sie wollte, zu sich bitten dürfe, um mit ihnen fröhlich zu sein. Es lag eine würdevolle Anmut über diesen schlanken spanischen Kindern, wie sie so umherhuschten, die Knaben mit ihren breiten Federhüten und den kurzen, flatternden Mänteln, die Mädchen mit langen Gewändern aus Brokat, deren Schleppe sie rafften, und riesigen Fächern in Schwarz und Silber, mit denen sie die Augen vor der Sonne schützten. Doch die anmutreichste von allen war die

Infantin, und sie war am geschmackvollsten gekleidet nach der etwas beschwerlichen Mode jener Zeit. Ihr Gewand war aus grauem Atlas, der Rock und die weit gebauschten Ärmel waren mit schwerer Silberstickerei besetzt und das steife Mieder mit Reihen schöner Perlen. Zwei winzige Pantöffelchen mit großen, rosafarbenen Rosetten guckten unter ihrem Kleide hervor, wenn sie ging. Rosenfarbig und perlgrau war ihr mächtiger Gazefächer, und im Haar, das wie ein Glorienschein verblassten Goldes starr um ihr blasses Gesichtchen stand, trug sie eine schöne weiße Rose.

Von einem Fenster des Palastes aus sah der tieftraurige, melancholische König ihnen zu. Hinter ihm stand sein Bruder, Don Pedro von Aragonien, den er hasste, und sein Beichtvater, der Großinquisitor von Granada, saß neben ihm. Trauriger noch als gewöhnlich war der König. Denn als er auf die Infantin niedersah, die sich bald mit kindlicher Ernsthaftigkeit vor den versammelten Höflingen verneigte, bald hinter ihrem Fächer über die grimmige Herzogin von Albuquerque lachte, von der sie stets begleitet ward, musste er der jungen Königin gedenken, ihrer Mutter, die erst vor kurzer Zeit – wie es ihm schien – aus dem heiteren Frankreich gekommen und in der düsteren Pracht des spanischen Hofes dahingewelkt war. Just sechs Monate nach der Geburt ihres Kindes war sie gestorben, noch ehe sie die Mandelbäume zum zweiten Male in den Gärten blühen sah oder des zweiten Jahres Frucht von dem alten, knorrigen Feigenbaume gepflückt hatte, der inmitten des jetzt grasüberwachsenen Hofes stand. So groß war seine Liebe zu ihr gewesen, dass er es sogar nicht ertrug, dass das Grab sie ihm verberge. Sie war von einem maurischen Arzte einbalsamiert worden, dem man zum Lohn für diesen Dienst das Leben schenkte, das, wie die Leute sagten, wegen Ketzerei und des Verdachtes der Zauberei bereits dem Heiligen Amte verfallen gewesen. Und noch ruhte ihr Leichnam auf der stickereibedeckten Bahre in der dunklen Marmorkapelle des Palastes, just so, wie ihn die Mönche hineingetragen hatten, an jenem windigen Märzentag vor fast zwölf Jahren. Einmal in jedem Monat besuchte sie der König, in einen schwarzen Mantel gehüllt, eine verdunkelte Laterne in der Hand, kniete neben ihr nieder und schluchzte: »Mi reina! Mi reina!« Und bisweilen durchbrach er den Zwang der strengen Etikette, die in Spanien jede einzelne Lebenshandlung beherrscht und selbst dem Gram eines Königs Schranken setzt. Dann umklammerte er in wilder Schmerzensraserei die blassen, juwelenbedeckten Hände und versuchte durch seine irren Küsse, das kalte, bemalte Gesicht zum Leben zu erwecken.

Heute war ihm, als sähe er sie wieder, wie er sie zum ersten Mal im Schloss zu Fontainebleau gesehen, als er selbst erst fünfzehn Jahre alt und sie noch jünger war. Sie waren damals durch den päpstlichen Nunzius in Gegenwart des französischen Königs und des ganzen Hofes feierlich einander verlobt worden, und er war in den Eskurial zurückgekehrt mit einer kleinen Locke blonden Haares und der Erinnerung an zwei kindliche Lippen, die sich niederbeugten, seine Hand zu küssen, als er in den Wagen stieg.

Späterhin war dann die Hochzeit gefolgt, die man hastig in Burgos vollzogen, einer kleinen Stadt an der Grenze der beiden Länder, und der große feierliche Einzug in Madrid, mit der üblichen Feier der Hochmesse in der Kirche La Atocha und einem außergewöhnlich prächtigen Autodafé, zu welchem die Geistlichkeit nahezu dreihundert Ketzer, unter denen sich auch viele Engländer befanden, der weltlichen Gerichtsbarkeit zur Verbrennung überliefert hatte.

Wahrlich, er hatte sie wild geliebt und, wie viele dachten, zum Verderben seines Landes, das damals mit England um den Besitz der Herrschaft über die neue Welt im Kriege lag. Kaum je hatte er ihr gestattet, sich aus seinen Augen zu entfernen. Um ihretwillen hatte er alle ernsten Staatsgeschäfte vergessen oder schien sie wenigstens vergessen zu haben. Mit jener furchtbaren Blindheit, mit der die Leidenschaft ihre Knechte schlägt, war es ihm entgangen, dass die auserlesenen Zeremonien, durch die er sie zu erheitern suchte, nur das seltsame Leid, an dem sie krankte, vertieften. Als sie starb, glich er eine Zeit lang einem, der der Vernunft beraubt ist. Auch unterliegt es keinem Zweifel, dass er in aller Form abgedankt und sich in das große Trappistenkloster zu Granada, dessen Prior er dem Namen nach bereits war, zurückgezogen hätte, hätte er nicht gefürchtet, die kleine Infantin der Willkür seines Bruders zu überlassen, dessen Grausamkeit sogar in Spanien berüchtigt war, und den viele verdächtigten, den Tod der Königin durch ein Paar vergifteter Handschuhe herbeigeführt zu haben, das er ihr zum Geschenk machte, als sie zu Gast auf seinem Schloss in Aragonien weilte. Selbst nach Ablauf der drei Jahre öffentlicher Trauer, die er durch einen königlichen Erlass dem ganzen Lande vorgeschrieben hatte, duldete er nie, dass seine Minister ihm von einer neuen Ehe sprachen. Und als der Kaiser selbst zu ihm sandte und ihm die Hand der lieblichen Erzherzogin von Böhmen, seiner Nichte, zum Ehebündnis anbot, hieß er die Gesandten ihrem Herrn melden, der König von Spanien sei bereits dem Leide angetraut. Und sei dieses auch nur eine unfruchtbare Braut, so liebe er es doch mehr als alle Schönheit – eine Antwort, die seiner Krone die reichen Provinzen der Niederlande kostete, die kurz darauf auf Anstiften des Kaisers sich unter der Führerschaft einiger Fanatiker der reformierten Kirche wider ihn empörten.

Sein ganzes Eheleben, mit all seiner wilden, feuerfarbenen Wonne und der furchtbaren Qual seines jähen Endes, schien ihm heute wiedergekehrt, als er dem Spiel der Infantin auf der Terrasse zusah. Ihr Wesen hatte ganz den reizvollen Übermut, der auch der Königin zu eigen gewesen war. Das war die gleiche eigenwillige Art, den Kopf zu werfen, der gleiche, stolz geschwungene, wunderbare Mund, das gleiche hinreißende Lächeln – ein vrai sourire de France –, wie sie so hin und wieder zum Fenster aufblickte oder ihre kleine Hand den stattlichen spanischen Granden zum Kuss hinhielt. Aber das gellende Lachen der Kinder tat seinen Ohren weh. Und das helle, schonungslose Sonnenlicht spottete seines Grames. Ein dumpfer Geruch seltsamer Spezereien, wie man sie zum Einbalsamieren benutzt, schien ihm – oder war es nur Wahn? – die reine Morgenluft zu trüben. Er barg das Antlitz in den Händen und als die Infantin wieder nach oben sah, waren die Fenster verhängt, und der König hatte sich zurückgezogen.

Sie verzog enttäuscht das Mündchen und zuckte die Achseln. Er hätte an ihrem Geburtstage doch wahrlich bleiben können. Was lag denn an den dummen Staatsgeschäften? Oder war er in die düstere Kapelle gegangen, worin Tag und Nacht die Kerzen brannten und die sie selber nie betreten durfte? Wie töricht von ihm, während doch die Sonne so strahlend schien und jedermann so glücklich war! Überdies würde er nun das Schein-Stiergefecht versäumen, zu dem schon die Trompete lud; von dem Puppenspiel und den anderen Herrlichkeiten gar nicht zu reden. Ihr Onkel und der Großinquisitor waren viel vernünftiger. Die waren auf die Terrasse herausgekommen und hatten ihr niedliche

Schmeicheleien gesagt. Sie warf das holde Köpfchen in den Nacken, ergriff Don Pedro bei der Hand und schritt bedächtig die Stufen herab, einem großen Zelt aus Purpurseide zu, das man am Ende des Gartens errichtet hatte. Die anderen Kinder folgten in strenger Rangordnung: Die die längsten Namen hatten, gingen zuerst.

Eine Reihe von Edelknaben, fantastisch als Toreadore verkleidet, kam ihr entgegen, sie zu begrüßen. Und der junge Graf von Tierra-Nueva, ein wunderschöner Knabe von ungefähr vierzehn Jahren, der das Haupt mit der vollen Anmut eines geborenen Hidalgos und Granden von Spanien entblößte, führte sie feierlich hinan zu einem kleinen Stuhl aus Gold und Elfenbein, der auf einem erhöhten Platz vor der Arena stand. Die Kinder setzten sich im Kreis, ließen ihre großen Fächer in ihren kleinen Händen auf- und niederwippen und flüsterten miteinander. Don Pedro aber und der Großinquisitor standen lachend am Eingang. Selbst die Herzogin – die Camerera-Mayor nannte man sie –, eine dünne Dame mit harten Zügen und einer gelben Halskrause, sah nicht so übellaunig wie gewöhnlich aus, und etwas wie ein frostiges Lächeln huschte über ihr runzeliges Gesicht und zuckte um ihre dünnen, blutleeren Lippen.

Es war auch wahrhaftig ein ganz wunderbares Stiergefecht, viel schöner, fand die Infantin, als das ernsthafte Stiergefecht, zu dem man sie einmal in Sevilla gelegentlich eines Besuches geführt, den der Herzog von Parma ihrem Vater abgestattet hatte. Einige der Knaben sprengten auf Steckenpferden mit prächtigen Schabracken umher und schleuderten lange Wurfspieße, an denen lustige Wimpel von hellen Bändern flatterten. Andere waren zu Fuß und schwangen ihre scharlachroten

Mäntel dem Stier entgegen und setzten behände über die Schranken, wenn er auf sie losging. Auch der Stier gebärdete sich ganz wie ein ernsthafter Stier, obgleich er nur aus Weidengeflecht und einem darüber gespannten Fell bestand und bisweilen hartnäckig auf seinen Hinterbeinen die Runde um die Arena machte, was sich ein lebendiger Stier auch nicht im Traum einfallen lässt. Er lieferte ein prächtiges Gefecht, und die Kinder wurden so aufgeregt, dass sie auf die Bänke sprangen, mit ihren Spitzentaschentüchern winkten und »Bravo, Toro! Bravo, Toro!« just so verständnisvoll riefen, als wären sie erwachsene Leute. Schließlich aber, nach einem langen Kampf, in dem einige der Steckenpferde durch und durch durchbohrt und ihre Reiter abgeworfen wurden, zwang der junge Graf von Tierra-Nueva den Stier in die Knie und stieß – nachdem er von der Infantin Erlaubnis erhalten hatte, ihm den coup de grâce zu geben – sein Holzschwert so heftig in den Hals des Tieres, dass er ihm den Kopf vom Rumpfe trennte und das lachende Gesichtchen des kleinen Monsieur de Lorraine sichtbar wurde, dessen Vater Frankreichs Botschafter in Madrid war.

Dann wurde die Arena unter großem Beifallslärmen geräumt und die toten Steckenpferde von zwei maurischen Pagen in gelben und schwarzen Livreen weggeschleppt. Und nach einer kurzen Pause, über die ein französischer Seiltänzer auf dem straffen Seil hinweghalf, traten italienische Marionetten auf in der halbklassischen Tragödie »Sophonisbe«, auf der Bühne eines kleinen Theaters, das man zu diesem Zweck errichtet hatte. Sie spielten so gut und ihre Gebärden waren so außerordentlich natürlich, dass am Schluss der Vorstellung die Augen der Infantin feucht von Tränen waren. Einige der Kinder weinten so heftig, dass sie mit Süßigkeiten getröstet werden mussten. Ja, der Großinquisitor selbst fühlte sich so ergriffen, dass er Don Pedro gegenüber die Bemerkung nicht unterdrücken konnte, es erschiene ihm höchst unstatthaft, dass solche Geschöpfchen aus Holz und farbigem Wachs, die man doch rein mechanisch an Drähten bewege, so unglücklich sein und von so fürchterlichem Missgeschick betroffen werden dürften.

Ein afrikanischer Gaukler folgte. Er trug einen großen, flachen Korb herein, der mit einem roten Tuch überdeckt war, stellte ihn in der Mitte der Arena nieder und zog aus seinem Turban eine seltsame Flöte aus Rohr, auf der er blies. Nach wenigen Augenblicken begann sich das Tuch zu bewegen, und als die Flöte schriller und schriller wurde, streckten zwei grüngoldenschimmernde Schlangen die wunderlichen flach gedrückten Köpfe hervor, richteten sich langsam auf und wiegten sich hin und her nach den Klängen der Musik, wie sich Pflanzen auf den Wassern wiegen. Den Kindern aber machten die gefleckten Köpfe und die schnell züngelnden Zungen Angst, und sie freuten sich, als der Gaukler einen winzigen Orangenbaum aus dem Sande hervorwachsen ließ, der schöne, weiße Blüten trug und daneben Büschel wirklicher Früchte. Und als er den Fächer der kleinen Tochter des Marquis de Las-Torres nahm und ihn in einen blauen Vogel verwandelte, der zwitschernd in dem Zelt umherflog, kannten ihre Wonne und ihr Erstaunen keine Grenzen mehr.

Auch das feierliche Menuett, das die Tänzerknaben der Kirche von Nuestra-Señora-del-Pilar tanzten, war entzückend. Die Infantin hatte nie vorher diese wundervolle Zeremonie gesehen, die alljährlich einmal zur Maienzeit vor dem Hochaltar der Jungfrau und ihr zu Ehren stattfindet. Hatte doch überhaupt kein Mitglied der königlichen Familie Spaniens je die große Kathedrale zu Saragossa wieder betreten, seit einst ein wahnsinniger Priester, von dem viele sagten, er habe im Solde Elisabeths von England gestanden, versucht hatte, dem Prinzen von Asturien eine vergiftete Hostie zu reichen. Nur vom Hörensagen kannte sie den Tanz unser Lieben Frauen, wie man ihn nannte. Er war wirklich ein herrliches Schauspiel. Die Knaben trugen altmodische Hofgewänder aus weißem Samt, und ihre merkwürdigen dreispitzigen Hüte waren silbergefranst und von riesigen Straußenfederwedeln überschattet. Wie sie sich so im Sonnenlicht hin- und herbewegten, trat das blendende Weiß ihrer Gewandung durch den Gegensatz zu ihren dunkelbraunen Gesichtern und ihren langen schwarzen Haaren noch mehr hervor. Da war auch nicht einer, den nicht der würdevolle Ernst, mit dem sie durch die verschlungenen Figuren des Tanzes glitten und die erlesene Anmut ihrer langsamen Bewegungen und stolzen Verbeugungen bezaubert hätte. Und als sie die Vorführung beendet und ihre großen Federhüte tief vor der Infantin gesenkt hatten, nahm diese ihre Huldigung mit viel Artigkeit entgegen und tat ein Gelübde, dass sie unserer Lieben-Frau-del-Pilar zum Dank für das Vergnügen, das sie ihr gewährt, eine große Wachskerze stiften wolle.

Eine Schar hübscher Ägypter, wie man in jenen Zeiten die Zigeuner nannte, betrat dann die Arena. Sie ließen sich mit gekreuzten Beinen in der Runde nieder und begannen, gedämpft die Zither zu schlagen. Ihre Körper folgten wiegend der Melodie, und sie sangen fast unhörbar ein leises, träumerisches Lied. Als sie Don Pedros gewahr wurden, blickten sie ihn finster an, und auf den Gesichtern einiger malte sich Entsetzen: Hatte er doch vor wenigen Wochen erst zwei ihres Stammes wegen Hexerei auf dem Marktplatz von Sevilla hängen lassen! Die süße Infantin aber entzückte sie, wie sie sich so zurücklehnte und mit ihren großen, blauen Augen über den Fächer hinweg sah; und es war ihnen, als könne eine, die so lieblich sei, niemals gegen einen Menschen grausam sein. So spielten sie ganz leise, die Saiten ihrer Zithern mit den langen, spitzen Nägeln kaum berührend, und ihre Köpfe nickten, als wollten sie in Schlaf versinken. Plötzlich aber sprangen sie auf mit einem Schrei, der so gellend war, dass alle Kinder erschraken und Don Pedros Hand nach dem Achatknopf seines Dolches fuhr, wirbelten in tollem Kreistanz durch die Arena, schlugen die Tamburine und sangen in ihrer seltsamen, gutturalen Sprache ein wildes Liebeslied. Auf ein anderes Zeichen warfen sie sich dann wieder zu Boden und lagen reglos stille, sodass nichts das Schweigen brach als der dumpfe Zitherlaut. Nachdem sie dies mehrmals wiederholt hatten, verschwanden sie für einen Augenblick und kehrten mit einem braunen, zottigen Bären an einer Kette zurück und trugen auf ihren Schultern ein paar kleine Berberaffen. Der Bär stand mit tiefem Ernst auf dem Kopf, und die Äffchen mit den runzligen Gesichtern führten allerlei lustige Streiche mit zwei Zigeunerkindern auf, die ihre Herren zu sein schienen. Sie fochten mit winzigen Schwertern, feuerten Gewehre ab und exerzierten richtig, genau wie des Königs Leibgarde. Die Zigeuner hatten wirklich einen großen Erfolg!

Aber den lustigsten Teil der ganzen Morgenunterhaltung bildete zweifellos der Tanz eines kleinen Zwerges; wie er so, auf krummen Beinchen watschelnd, in die Arena stolperte und seinen schweren, missgestalteten Kopf von einer Seite zur andern warf, brachen die Kinder in einen lauten Schrei des Entzückens aus, und die Infantin selber lachte so laut, dass die Camerera sich verpflichtet fühlte, sie daran zu erinnern, dass es in Spanien wohl schon Fälle gegeben habe, wo eines Königs Tochter vor ihresgleichen geweint habe, aber dass noch nie eine Prinzessin von königlichem Geblüte so vergnügt gewesen sei und noch dazu vor niedriger Geborenen. Der Zwerg war aber einfach ganz unwiderstehlich. Und selbst am spanischen Hofe, der stets wegen seiner ausgebildeten Leidenschaft für das Grauenvolle bekannt war, hatte man nie ein so fantastisch-scheußliches kleines Ungeheuer gesehen. Zudem war es sein Debut. Er war am vorhergehenden Tage erst entdeckt worden. Zwei Granden, die in einem entlegenen Teil des dichten Korkeichenwaldes jagten, der die Stadt umgab, hatten ihn durch Zufall aufgestöbert und ihn als Überraschung für die Infantin in den Palast gebracht. War doch sein Vater, ein armer Kohlenbrenner, herzlich froh, ein so hässliches und nutzloses Kind loszuwerden! Das Belustigendste an ihm war wohl seine völlige Ahnungslosigkeit gegenüber der eigenen Lächerlichkeit. Er schien sogar ganz glücklich und voll der besten Laune zu sein. Wenn die Kinder lachten, lachte er mit, frei und fröhlich wie irgendeins von ihnen, und nach jedem Tanz machte er vor jedem eine höchst possierliche Verbeugung, lächelte und nickte ihnen zu, ganz als wäre er ihresgleichen und nicht ein kleines missgestaltetes Geschöpf, das die Natur in einer tollen Laune zum Gespött der anderen geformt hatte. Vollends bezauberte die Infantin ihn. Er konnte die Augen nicht von ihr wenden und schien nur für sie zu tanzen. Und als sie zum Schluss der Vorstellung die schöne weiße Rose aus ihrem Haar löste – sie erinnerte sich daran, dass die großen Damen des Hofes es so bei dem berühmten italienischen Tenore Caffarelli machten, den der Papst aus seiner Kapelle eigens nach Madrid gesandt hatte, damit er die Schwermut des Königs durch die Lieblichkeit seiner Stimme heile – und sie ihm in die Arena hinunter mit ihrem lieblichsten Lächeln zuwarf, teils zum Scherz und teils um die Camerera zu ärgern, fasste er die Sache ganz ernsthaft auf, drückte die Blume an seine rauen, wulstigen Lippen, legte die Hand aufs Herz und sank vor ihr aufs Knie, wobei er von einem Ohr bis zum andern grinste und ihr freudefunkelnde Blicke aus den kleinen Äuglein zuwarf.

Dies erschütterte die Ernsthaftigkeit der Infantin so sehr, dass sie hellauf lachte und immer noch lachte, als der kleine Zwerg schon längst aus der Arena hinausgelaufen war. Auch drückte sie ihrem Oheim den Wunsch aus, man möge den Tanz doch auf der Stelle wiederholen lassen. Die Camerera jedoch entschied, unter dem Vorwande, die Sonne sei zu heiß, dass es für Ihre Hoheit besser sei, unverzüglich in den Palast zurückzukehren, wo man bereits ein wundervolles Fest für sie bereitet habe, bei dem auch ein wirklicher Geburtstagskuchen nicht fehle, auf dem bunter Zuckerguss mit ihren Initialen sei und über dem eine hübsche kleine Silberflagge wehe. Dementsprechend erhob sich die Infantin mit großer Würde und ging in ihre Gemächer zurück, nachdem sie den Befehl erteilt, dass nach der Siestastunde der kleine Zwerg von Neuem vor ihr tanzen solle und dem jungen Grafen von Tierra-Nueva ihren Dank für die reizende Veranstaltung übermittelt hatte. Die Kinder folgten ihr, in derselben Ordnung, in der sie gekommen waren.

Als nun der kleine Zwerg hörte, dass er ein zweites Mal vor der Infantin, noch dazu auf ihren eigenen, ausdrücklichen Befehl, tanzen solle, war er so über alle Maßen stolz, dass er in den Garten hinauslief, die weiße Rose in überströmender Freude wieder und wieder küsste und die ungeschlachtesten und linkischsten Gebärden des Entzückens machte.

Die Blumen waren höchst entrüstet, dass er wagte, sich in ihr schönes Heim zu drängen. Und wie sie ihn so auf den Wegen hin- und herspringen und in so lächerlicher Weise die Arme über dem Kopf schwingen sahen, konnten sie ihre Empfindungen nicht länger zurückhalten.

»Er ist doch wahrhaftig zu hässlich, als dass er da spielen dürfte, wo wir sind!«, riefen die Tulpen.

»Er sollte Mohnsaft trinken und sich zu tausendjährigem Schlaf legen«, sprachen die großen Scharlachlilien und ereiferten und erhitzten sich nicht wenig.

»Er ist einfach ein Scheusal!«, schrie der Kaktus. »Seht nur, wie verkümmert und verstümmelt er ist! In welchem Missverhältnis sein Kopf zu seinen Beinen steht! Weiß Gott, mir wird ganz stachelig zumute. Kommt er mir nahe, will ich ihn mit meinen Stacheln stechen.«

»Und dabei hat er sich wahrhaftig eine meiner schönsten Blüten angeeignet!«, rief der weiße Rosenbusch. »Ich habe sie selber der Infantin heute Morgen als Geburtstagsgeschenk gegeben. Er hat sie ihr gestohlen.« Und er schrie, so laut er nur konnte: »Dieb! Dieb! Dieb!«

Selbst die roten Geranien, die für gewöhnlich gar nicht stolz taten und von denen man wusste, dass sie eine Menge armer Verwandter hatten, wandten sich voll Ekel ab, als sie ihn erblickten. Und als die Veilchen in aller Bescheidenheit bemerkten, dass er wohl furchtbar hässlich, daran aber doch unschuldig sei, betonten sie nicht ganz zu Unrecht, dass ja eben gerade dies sein Hauptfehler sei und dass kein Grund vorliege, jemanden zu bewundern, bloß weil er unverbesserlich sei. Und wirklich kam es selbst einigen der Veilchen zum Bewusstsein, dass die Hässlichkeit des kleinen Zwerges recht aufdringlich war und dass er weit besseren Geschmack gezeigt hätte, wenn er Trauer oder mindestens Nachdenklichkeit zur Schau getragen hätte, anstatt so lustig herumzuhüpfen und sich in solchen absonderlichen und albernen Stellungen zu gefallen.

Die alte Sonnenuhr jedoch, die eine sehr hervorragende Persönlichkeit war und einst die Stunden des Tages keinem geringeren als Kaiser Karl V. höchstselbst angezeigt hatte, war über das Aussehen des kleinen Zwerges so entsetzt, dass sie beinahe vergessen hätte, zwei volle Minuten mit ihren langen Schattenfingern anzuzeigen und sich dem großen, milchweißen Pfauen gegenüber, der sich auf der Balustrade sonnte, nicht der Bemerkung enthalten konnte, es zeige sich wieder einmal, dass die Kinder eines Königs Könige und die Kinder eines Kohlenbrenners eben Kohlenbrenner wären. Und es sei töricht zu behaupten, dem sei nicht so. Eine Feststellung, mit der der Pfau völlig übereinstimmte und zu der er sein »gewiss! Gewiss«! so laut und schrill hervorstieß, dass die Goldfische, die im Becken der kühlplätschernden Fontäne wohnten, die Köpfe aus dem Wasser reckten und die großen, steinernen Tritonen fragten, was in aller Welt es denn da gäbe.

Nur allein die Waldvögel konnten ihn leiden. Sie hatten ihn oft im Wald gesehen, wie er, gleich einem Kobold, hinter den wirbelnden Blättern hertanzte oder auch sich in die Höhlung eines alten Eichenbaumes verkroch und seine Nüsse mit den Eichhörnchen teilte. Sie nahmen ihm seine Hässlichkeit nicht im geringsten übel. War doch selbst die Nachtigall, die des Nachts in den Orangenhainen so süß sang, dass sich der Mond bisweilen niederbeugte, um zu lauschen, schließlich nicht gerade sehr ansehnlich. Auch war er stets gütig gegen sie gewesen; und während jenes fürchterlich grimmen Winters, als es gar keine Beeren mehr an den Bäumen gegeben hatte und der Boden stahlhart gewesen war und die Wölfe bis vor die Stadtmauern gekommen waren, um Nahrung zu suchen, hatte er ihrer nicht ein einziges Mal vergessen, sondern ihnen stets die Krumen seiner kleinen schwarzen Brotrinde gegeben und immer mit ihnen geteilt, wie ärmlich auch sein Frühstück gewesen war.

Darum flogen sie in der Runde um ihn her, streiften im Flug ganz leise seine Wangen mit den Flügeln und schwätzten miteinander. Und der kleine Zwerg war so froh, dass er ihnen die schöne weiße Rose zeigen und ihnen erzählen musste, dass sie die Infantin selbst ihm geschenkt habe, weil sie ihn liebe!

Sie verstanden kein Sterbenswort von dem, was er sagte. Aber das tat nichts, denn sie legten die Köpfchen schief und blickten ihn verständnisvoll an, was ganz denselben Zweck erfüllt wie wirkliches Verstehen und viel leichter ist.

Auch die Eidechsen hatten eine große Vorliebe für ihn. Und als er vom Laufen müde war und sich ins Gras warf, um auszuruhen, spielten und krochen sie alle auf ihm herum und versuchten, ihn, so gut sie nur konnten, zu unterhalten. »Es kann nicht jeder so schön wie eine Eidechse sein!«, riefen sie. »Das wäre zuviel verlangt. Aber, mag es auch töricht klingen, so über die Maßen hässlich ist er gar nicht. Natürlich muss man die Augen schließen und darf ihn nicht anschauen.« Die Eidechsen waren geborene Philosophen und hockten oft Stunden und Stunden zusammen über einem Gedanken, wenn sonst nichts zu tun war oder wenn ihnen das Wetter zu regnerisch schien, um auszugehen.

Die Blumen jedoch waren sehr verstimmt über ihr Benehmen und das Benehmen der Vögel.

»Das zeigt nur wieder«, sagten sie, »welche verpöbelnde Wirkung dieses unaufhörliche Umherfliegen und Herumlaufen hat. Wohlerzogene Leute bleiben stets am selben Platz, wie wir. Uns hat noch niemand die Wege auf- und niederhüpfen oder wie toll im Gras hinter den Libellen herjagen sehen. Tut uns Luftveränderung not, so senden wir nach dem Gärtner, und er trägt uns auf ein anderes Beet. So ist es geziemend, und so soll es sein. Aber Vögel und Eidechsen haben für Ruhe kein Verständnis. Die Vögel haben ja nicht einmal eine ständige Adresse. Sie sind die reinsten Vagabunden, wie die Zigeuner, und man sollte sie genau wie diese behandeln.«

So streckten sie die Nase in die Luft und blickten sehr hochmütig drein und waren sehr froh, als sie nach einiger Zeit sahen, wie sich der kleine Zwerg aus dem Gras erhob und über die Terrasse weg dem Palast zuschritt.

»Man sollte ihn wahrhaftig hinter Schloss und Riegel halten, solange er lebt«, sprachen sie. »Schaut doch nur diesen buckligen Rücken und die krummen Beinchen an!« Und sie kicherten alle zusammen.

Der kleine Zwerg aber wusste von alldem nichts. Er hatte die Vögel und Eidechsen unendlich gern und fand, dass die Blumen die herrlichsten Geschöpfe der Welt seien. Natürlich die Infantin ausgenommen, denn die hatte ihm ja die schöne weiße Rose geschenkt, die liebte ihn! Das war ganz etwas anderes ... Wie sehr wünschte er, er wäre ihr gefolgt! Sie hätte ihn zu ihrer Rechten gesetzt und ihn angelächelt, und er wäre nie von ihrer Seite gewichen, sondern ihr Genosse geworden und hätte sie allerlei herrliche Spiele gelehrt. Wenn er auch noch nie zuvor in einem Palast gewesen, so wusste er doch eine Menge wunderbarer Dinge. Er konnte aus Binsen kleine Käfige bauen, in denen die Grashüpfer singen, aus langstieligem Rohr die Flöte schneiden, die Pan zu hören liebt. Er kannte jedes Vogels Ruf und konnte den Star vom Baumwipfel locken oder den Reiher aus dem Sumpf. Er kannte die Spur jedes Tieres und ersah aus den leichten Fußstapfen den Lauf des Hasen und aus den zerstampften Blättern den Weg des Ebers. Alle Tänze des Windes kannte er – den tollen Tanz im roten Gewand mit dem Herbst, den leichten Tanz in blauen Sandalen über das Korn hin, den Tanz mit weißen Schneewehen im Winter und den Blütentanz durch die Gärten im Lenz. Er wusste, wo die Waldtauben ihr Nest bauen; und einst, als ein Vogelsteller die Vogeleltern weggefangen hatte, hatte er die Jungen selbst aufgezogen und ihnen in der Höhlung einer gespaltenen Ulme einen kleinen Taubenschlag gebaut. Sie waren ganz zahm geworden und gewohnt, ihm jeden Morgen aus der Hand zu fressen. Die würden ihr gefallen und auch die Kaninchen, die in dem hohen Farnkraut umherliefen und die Holzhäher mit ihren stahlfarbenen Federn und schwarzen Schnäbeln und die Igel, die sich zu Stachelballen einrollen konnten und die großen, klugen Schildkröten, die langsam herumkrochen, die Köpfe schüttelten und an den jungen Blättern nagten. Ja, gewiss, in den Wald musste sie kommen und dort mit ihm spielen. Dort wollte er ihr sein eigenes kleines Bett geben und bis zum Morgengrauen Wache vor dem Fenster halten, dass das wilde Hornvieh ihr nicht Schaden tat und auch die hageren Wölfe der Hütte nicht zu nahe kamen.

Beim Morgengrauen aber würde er dann an die Läden klopfen und sie wecken, und sie würden hinausziehen und miteinander tanzen, den ganzen, langen Tag. Es war im Wald wirklich gar nicht einsam. Bisweilen ritt ein Bischof durch auf seinem weißen Maultier und las in einem schön gemalten Buch. Bisweilen zogen auch in ihren grünen Samtmützen und ihren Wämsen aus gegerbtem Hirschleder die Falkeniere vorbei, mit bekappten Falken auf der Faust. Zur Zeit der Weinlese kamen die Winzer mit purpurroten Händen und Füßen und trugen Kränze von glattem Efeu und tropfende Schläuche voll Wein. Und die Köhler saßen nachts rings um ihre riesigen Meiler und sahen die trockenen Klötze langsam im Feuer zu Asche verkohlen, in der sie Kastanien brieten. Und die Räuber kamen aus ihren Höhlen und trieben Kurzweil mit ihnen. Einmal hatte er auch eine schöne Prozession gesehen, die sich den langen staubigen Weg nach Toledo aufwärts wand. Die Mönche schritten unter lieblichem Gesang voran und trugen helle Fahnen und Kreuze aus Gold. Ihnen folgten in silberner Rüstung mit Luntenschloss und Pike Soldaten. Und in deren Mitte schritten drei barfüßige Männer in wunderlichen, gelben Gewändern, die über und über mit seltsamen Zeichen bemalt waren, und sie trugen brennende Kerzen in den Händen. Gewiss, es gab schon viel zu sehen im Wald. Und wenn sie müde war, wollte er eine weiche Moosbank für sie finden oder sie auf seinen Armen tragen. Denn er war sehr stark, wenngleich er wusste, dass er nicht groß war. Er würde ihr ein Halsgeschmeide aus roten Zaunbeeren machen, das gerade so hübsch sein würde wie die weißen Beeren, mit denen ihr Kleid bestickt war, und wenn sie deren müde war, brauchte sie sie nur wegzuwerfen – er würde ihr schon andere suchen. Eicheln würde er ihr bringen und taubetropfte Anemonen und winzige Glühwürmchen als Sterne in das bleiche Gold ihres Haares.

Wo aber war sie? Er fragte die weiße Rose, und sie gab ihm keinen Bescheid. Der ganze Palast schien in Schlaf verfallen. Selbst da, wo die Läden nicht geschlossen waren, hatte man die Fenster mit schweren Vorhängen verhängt, um der Sonnenglut den Eingang zu wehren. Er wanderte auf und nieder, nach einer Stelle spähend, wo er sich Einlass erzwingen könnte und erblickte endlich eine kleine, verborgene Tür, die offenstand. Er schlüpfte hinein und fand sich in einer prächtigen Halle, viel prächtiger, fürchtete er, als selbst der Wald. Sah er doch Gold, wohin er blickte! Der Boden war aus großen bunten Steinen gebildet, die sich zu regelmäßigem Linienspiele zusammenfügten. Aber die kleine Infantin sah er nicht, nur ein paar wunderschöne, weiße Statuen, die von ihren Jaspispiedestalen auf ihn niedersahen, mit traurigen leeren Augen und seltsam lächelnden Lippen.

Am Ausgang des Saales hing ein reich gestickter Vorhang aus schwarzem Samt, der mit Sonnen und Sternen nach des Königs eigenem Entwurf übersät und in der Farbe gestickt war, die er vor allem liebte. Vielleicht verbarg sie sich dahinter. Er wollte jedenfalls nachsehen …

So stahl er sich leise zu dem Vorhang hin und zog ihn beiseite. Nein, es war nur ein anderes Zimmer dahinter – ein hübscheres freilich, dachte er, als das, was er eben verlassen. Die Wände waren mit handgefertigter Arrasstickerei behängt, die in vielen Gestalten eine Jagd darstellte und das Werk eines flämischen Künstlers war, der mehr als sieben Jahre daran geschaffen hatte. Sie hing einst im Gemache von Jean Le Fou, wie man ihn nannte, jenes wahnsinnigen Königs, der die Jagd so leidenschaftlich liebte, dass er oft in seinem Wahn versucht hatte, die sich bäumenden Riesenpferde an der Wand zu besteigen und den Hirsch herunterzureißen, den die großen Jagdhunde ansprangen; der ins Jagdhorn stieß und mit seinem Dolch nach der bleichen fliehenden Hindin stach. Jetzt wurde der Raum als Ratssaal benutzt, und auf dem Tisch, der in der Mitte stand, lagen die roten Mappen der Minister, auf die die goldenen Tulpen Spaniens eingepresst waren und das Wappen und die Embleme des Hauses Habsburg.

Der kleine Zwerg blickte verwundert um sich und wagte kaum, weiterzugehen. Die seltsam schweigsamen Reiter, die so behände und lautlos durch das Dickicht jagten, schienen ihm gleich jenen furchtbaren Phantomen, von denen er die Köhler hatte reden hören, den Comprachos, die nur des Nachts jagen und Menschen, denen sie begegnen, in Hindinnen verwandeln und verfolgen. Dann aber dachte er an die hübsche Infantin und fasste Mut. Er wollte sie allein antreffen und ihr sagen, dass auch er sie liebe. Vielleicht war sie im nächsten Gemach. Er lief über die weichen, maurischen Teppiche und öffnete die Tür. Doch auch hier war sie nicht. Das Gemach war ganz leer.

Es war ein Thronsaal, der zum Empfang fremder Gesandter diente, wenn der König, was in letzter Zeit allerdings nur selten geschah, sie selbst zu empfangen geruhte. Dasselbe Gemach, in dem vor vielen Jahren Botschafter Englands erschienen waren, um ein Ehebündnis zwischen ihrer Königin, damals eine der katholischen Herrscherinnen Europas, mit dem ältesten Sohne des Kaisers vorzubereiten. Die Tapeten waren aus vergoldetem Kordovaleder, und ein schwerer, goldener Kronleuchter mit Armen für dreihundert Wachskerzen hing von der schwarz und weißen Decke herab. Unter einem großen Baldachin aus Goldstoff, auf dem die Löwen und Türme Kastiliens, Perle an Perle, eingestickt waren, stand der Thron, mit einem reichen Tuch aus schwarzem Samt verhangen, das mit Silbertulpen besetzt und mit Silber und Perlen reich umsäumt war. Auf der zweiten Stufe des Thrones stand der Knieschemel der Infantin mit seinen Kissen aus silbergewebtem Tuch. Und tiefer noch und außerhalb des Baldachins stand der Stuhl des päpstlichen Nunzius, der allein das Recht besaß, in des Königs Gegenwart zu sitzen, wenn eine der öffentlichen Feierlichkeiten vor sich ging, und dessen Kardinalshut mit seinen verschlungenen scharlachroten Troddeln auf einem purpurroten Taburett davor lag. An der Wand, dem Thron gegenüber, hing ein lebensgroßes Bildnis Karls V. im Jagdgewand mit einer großen Dogge ihm zur Seite, und ein Bild Philipps II., wie er die Huldigung der Niederlande entgegennimmt, nahm die Mitte der anderen Wand ein. Zwischen den Fenstern stand ein Schrank aus schwarzem Ebenholz, mit Elfenbeinplatten eingelegt, in die die Gestalten aus Holbeins Totentanz geschnitten waren – von der Hand dieses großen Künstlers selbst – wie viele wissen wollten.

Dem kleinen Zwerg aber galt all diese Pracht nichts. Für alle Perlen auf dem Baldachin hätte er seine weiße Rose nicht hingegeben, nicht ein weißes Blütenblatt seiner Rose für den Thron selbst. Sein Sinnen galt nur, die Infantin zu sehen, ehe sie in das Zelt hinabging, und sie zu bitten, mit ihm fortzugehen, sobald er seinen Tanz beendet hätte. Hier im Palast war die Luft dumpf und stickig, im Wald aber blies der Wind frei, und der Sonnenschein, mit ewig regen Händen von Gold, bewegte die zitternden Blätter. Auch Blumen gab es ja im Wald, Blumen, die vielleicht weniger prunkvoll als die im Garten waren, die dafür aber umso lieblicher dufteten. Im Frühling Hyazinthen, die mit wogendem Purpur die kühlen Täler und grasreichen Hügel erfüllten, gelbe Primeln, die in kleinen Büscheln rund um die knorrigen Wurzeln der Eichen wuchsen, helles Schellkraut und blauen Ehrenpreis, und gold- und fliederfarbene Schwertlilien. Graue Kätzchen hingen an den Haselstauden und der Fingerhut trug schwer an dem Gewichte seiner gesprenkelten, bienenbelebten Kämmerchen. Die Kastanie wiegte ihre Türme aus weißen Sternen und der Hagedorn seine bleichen, schönen Monde. Ja, ohne Zweifel: Sie würde mit ihm kommen, wenn er sie nur finden könnte! Sie würde mit ihm ziehen in den schönen Wald, und den ganzen lieben Tag lang würde er zu ihrem Vergnügen tanzen.

Ein Lächeln leuchtete bei dem Gedanken in seinen Augen auf. Und er betrat das nächste Gemach.

Von allen Gemächern war dies das hellste und schönste. Die Wände waren mit rosa geblümtem Luccadamast bekleidet, auf dem sich Vögelmuster reihten und verstreute, kleine Silberblüten. Die Einrichtung war aus schwerem Silber, mit blühenden Kränzen behangen und schwebenden Liebesgöttern. Vor den beiden Kaminen standen mächtige Schirme, bestickt mit Papageien und Pfauen. Der Fußboden aus meergrünem Onyx schien sich in weite Fernen hinzudehnen.

Hier war er nicht allein. Im Schatten der Tür, am äußersten Ende des Raumes, erblickte er eine schmächtige Gestalt, die ihn ansah. Sein Herz erbebte. Ein Freudenschrei rang sich von seinen Lippen, und er trat ins helle Sonnenlicht hinaus. Nun, da er ging, bewegte sich auch die Gestalt. Und nun sah er sie genau.

Die Infantin? … Ein Scheusal war es, das widerlichste Scheusal, das er je erblickt hatte. Nicht gerade gewachsen wie alle anderen Leute, sondern bucklig und krummbeinig, mit großem, wackelnden Kopfe und einer Mähne von schwarzen Haaren. Der kleine Zwerg runzelte die Stirn, und auch das Scheusal runzelte die seine. Er lachte, und es lachte mit ihm und stemmte die Hände in die Hüften, just wie er selbst es tat. Er verneigte sich höhnisch, und es gab ihm seine tiefe Verbeugung zurück. Er ging darauf zu, und es kam ihm entgegen, jeden Schritt nachahmend, den er machte – innehaltend, wenn er selber innehielt. Er schrie vor Entzücken laut auf und lief vorwärts und streckte die Hand aus, und die Hand des Scheusals berührte die seine, und sie war kalt wie Eis. Ihn beschlich Angst, und er hob die Hand, und die Hand des Scheusals folgte schnell der seinen. Er versuchte weiterzugehen, aber etwas Glattes und Hartes hielt ihn auf. Das Gesicht des Scheusals war nun dicht vor seinem eigenen und Entsetzen stand darauf geschrieben. Er strich sich das Haar aus der Stirn. Es ahmte ihm nach. Er schlug danach, und es gab Schlag für Schlag zurück. Er zeigte ihm seinen Abscheu, und es schnitt ihm scheußliche Fratzen. Er fuhr zurück, und es entfernte sich.

Was war das? Einen Augenblick besann er sich, dann blickte er ringsum in dem Gemach. Seltsam! Alles schien sein Doppelbild in dieser unsichtbaren Mauer von klarem Wasser zu besitzen. Ja, Bild für Bild wiederholte sich und Sofa für Sofa. Der schlafende Faun, der im Alkoven neben der Tür lag, hatte seinen Zwillingsbruder, der schlummerte; und die silberne Venus, die im Sonnenlichte stand, streckte die Arme nach einer Venus aus, die gleich lieblich anzusehen war wie sie.

Trieb das Echo hier sein Spiel? Er hatte ihm einst im Tale zugerufen und es hatte ihm Wort für Wort zurückgeworfen. War's möglich, dass es das Auge höhnte, wie es die Stimme verspottete? War's möglich, dass es eine Scheinwelt herzauberte, die der wirklichen so völlig glich? War's möglich, dass die Schatten der Dinge Farbe und Leben besitzen und Bewegung? War's möglich, dass …?

Er zuckte zusammen, dann nahm er die schöne weiße Rose von der Brust, wandte sich um und küsste sie. Das Scheusal hatte auch eine Rose, Blatt für Blatt der seinen gleich! Es küsste sie mit gleichen Küssen und presste sie mit schrecklichen Gebärden an das Herz.

Als die Wahrheit ihm endlich aufdämmerte, stieß er einen wilden Schrei der Verzweiflung aus und warf sich schluchzend auf den Fußboden. Er also war es, der missgeformt und bucklig war, hässlich anzusehen, eine

Zwerggestalt! Er selber war das Scheusal! Und über ihn hatten die Kinder alle so laut gelacht. Und auch die kleine Prinzessin, von der er geglaubt hatte, sie liebe ihn – auch sie hatte nur seine Hässlichkeit verhöhnt und sich über seine krummen Glieder lustig gemacht.

Warum hatte man ihn nicht im Walde gelassen, wo es keinen Spiegel gab, der ihm sagen konnte, wie abscheulich er war? Warum hatte ihn sein Vater nicht lieber getötet, als ihn zu seiner Schande verkauft?! … Heiße Tränen rannen über seine Wangen, und er riss die weiße Rose in Stücke. Das ausgestreckt daliegende Scheusal tat dasselbe und streute die bleichen Blütenblätter in die Luft. Es wälzte sich am Boden, und wenn er nach ihm blickte, spähte es mit schmerzverzerrtem Antlitz nach ihm hin. Er kroch fort, um es nicht mehr zu sehen und bedeckte sich die Augen mit den Händen. Wie ein verwundetes Tier schleppte er sich in den Schatten und blieb dort stöhnend liegen.

In diesem Augenblick aber kam die Infantin selbst mit ihren Gespielen durch die offene Flügeltür herein. Und da sie den hässlichen, kleinen Zwerg am Boden liegen sahen, der mit geballten Fäusten in höchst fantastischer und erregter Weise um sich schlug, brachen sie in helles, kindlichfrohes Lachen aus und umringten ihn alle und sahen ihm zu.

»Sein Tanzen war unterhaltend«, sagte die Infantin. »Aber sein Spiel jetzt ist noch viel unterhaltender. Er spielt beinahe so gut wie die Marionetten. Nur selbstverständlich nicht ganz so natürlich.« Und sie bewegte langsam ihren großen Fächer und klatschte Beifall.

Der kleine Zwerg aber blickte kein einziges Mal auf, und seine Seufzer wurden leiser und leiser und plötzlich entrang sich ein seltsamer Laut seiner Kehle. Er grub sich die Nägel ins Fleisch. Dann fiel er wiederum zurück und lag ganz unbeweglich.

»Das war großartig«, sagte die Infantin nach einer Pause. »Aber jetzt musst du mir etwas vortanzen!«

Da riefen alle Kinder: »Ja, du musst aufstehen und tanzen, denn du bist nicht minder geschickt als die Berberaffen und viel, viel komischer.«

Der kleine Zwerg aber antwortete nicht.

Und die Infantin stampfte mit dem Füßchen auf und rief ihren Oheim herbei, der mit dem Kanzler auf der Terrasse promenierte und einige Berichte las, die soeben aus Mexiko angelangt waren, wo man kürzlich die Heilige Inquisition eingeführt hatte.

»Mein lustiger kleiner Zwerg schmollt!«, rief sie. »Weck ihn mir auf und sag ihm, dass er für mich tanzen soll.«

Die Kinder lächelten einander zu und schlenderten herein, und Don Pedro beugte sich nieder und schlug den Zwerg mit seinem gestickten Handschuh auf die Backe. »Du sollst tanzen«, sprach er. »Petit monstre – tanzen sollst du. Die Infantin des spanischen Königreiches und beider Indien will unterhalten sein.« Aber der kleine Zwerg regte sich nicht.

»Man wird nach einem Peitschenmeister senden«, sprach Don Pedro müde und ging wieder auf die Terrasse hinaus. Der Kanzler aber blickte ernst und kniete neben dem kleinen Zwerge nieder und legte die Hand auf dessen Herz. Nach wenigen Augenblicken zuckte er die Achseln, stand auf, verneigte sich tief vor der Infantin und sprach: »Mia bella princessa! Ihr lustiger kleiner Zwerg wird nie mehr tanzen. Es ist schade, da er doch so hässlich ist, dass er selbst dem König ein Lächeln hätte entlocken können.«

»Und warum wird er nie mehr tanzen?«, fragte lächelnd die Infantin.

»Weil ihm das Herz gebrochen ist«, erwiderte der Kanzler.

Da runzelte die Infantin die Stirn, und ihre niedlichen Rosenlippen kräuselten sich in hübscher Verachtung.

»In Zukunft lassen Sie die, die zu mir zum Spielen kommen, kein Herz haben!«, rief sie und lief in den Garten hinaus.

Der Fischer und seine Seele

Allabendlich fuhr der junge Fischer hinaus auf das Meer und versenkte seine Netze in die Flut.

Wenn der Wind vom Land her blies, fing er nichts oder selbst im besten Fall nur wenig. War's doch ein beißender, schwarzflügeliger Wind, dem raue Wellen sich entgegenbäumten. Doch wenn der Wind landeinwärts blies, stiegen die Fische aus der Tiefe und schwammen in die Maschen seiner Netze. Und er trug sie auf den Marktplatz und verkaufte sie.

Allabendlich fuhr er hinaus auf das Meer. Und an einem Abend war sein Netz so schwer, dass er es kaum ins Boot hereinziehen konnte. Da lachte er und sprach zu sich selber: »Wahrlich, entweder habe ich alle Fische gefangen, die da schwimmen oder ein dunkles Ungeheuer geangelt, das die Menschen angaffen werden. Vielleicht auch etwas Grausiges, wonach die große Königin Verlangen tragen wird.« Und er nahm seine Kräfte zusammen und zog an den groben Tauen, bis auf seinen Armen die Adern dick hervortraten, wie Linien blauen Emails rund um ein ehernes Gefäß. Er zog an den dünnen Stricken und näher und näher kam der Kreis von flachen Korken, und endlich stieg das Netz an die Oberfläche des Wassers.

Aber es lag kein Fisch darin und auch kein Ungeheuer. Auch nichts Grauenvolles, nur ein kleines Meermädchen, das fest schlief.

Ihr Haar war wie ein nasses Flies von Gold, und jedes einzelne Haar war wie ein Faden feinen Goldes in einer Glasschale. Ihr Leib war wie weißes Elfenbein, und ihr Schuppenschwanz war aus Silber und Perlen und rings umwunden von grünen Meeralgen. Den Seemuscheln glichen ihre Ohren und ihre Lippen Seekorallen. Die kalten Wellen umspielten ihre kalten Brüste, und Salz glitzerte auf ihren Augenlidern.

Sie war so schön, dass der junge Fischer bei ihrem Anblick voll Staunen verstummte und die Hand ausstreckte und das Netz ganz nahe an sich zog. Tief beugte er sich über Bord und schloss sie in die Arme. Doch da er sie berührte, stieß sie einen Schrei aus, gleich dem Schrei der erschreckten Möwe, und erwachte und blickte ihn mit entsetzten Malven- und Amethyst-Augen an und rang mit ihm, sich ihm zu entwinden. Er aber hielt sie fest an sich gepresst und wollte sie nicht lassen.

Und da sie sah, dass sie ihm auf keinerlei Art entrinnen konnte, begann sie zu weinen und sprach: »Ich bitte dich, lass mich frei, denn ich bin die einzige Tochter eines Königs, und mein Vater ist alt und allein.«

Der junge Fischer aber erwiderte: »Ich lasse dich nicht, es sei denn, du gelobest mir, zu mir zu kommen, sooft ich dich rufe und für mich zu singen. Denn die Fische lauschen gern dem Gesang des Meervolkes, und meine Netze werden sich dann füllen.«

»Willst du mich in Wahrheit freilassen, wenn ich dir dies gelobe?«, rief die Meermaid.

»Ich will dich in Wahrheit freilassen«, erwiderte der junge Fischer.

Da versprach sie ihm, was er von ihr verlangte und beschwor es mit dem Eid des Meervolkes. Und er löste die Arme von ihr, und sie stieg hinab zum Wassergrunde und zitterte in seltsamer Furcht.

Allabendlich fuhr der junge Fischer hinaus aufs Meer und rief das Meermädchen, und sie stieg auf aus den Fluten und sang für ihn. Rund um sie her schwammen die Delfine und ihr zu Häupten flatterten die wilden Seemöwen.

Sie aber sang einen seltsam schönen Sang. Sie sang vom Meervolk, das seine Herden von Höhle zu Höhle treibt und kleine Kälbchen auf den Schultern trägt; von den Tritonen, die lange grüne Bärte haben und behaarte Brüste und auf den gewundenen Muscheln blasen, wenn der König vorüberzieht; von dem Palast des Königs, der ganz aus Bernstein ist, ein Dach aus durchsichtigen Smaragden hat und mit glänzenden Perlen gepflastert ist; und von den Gärten des Meeres, in denen die breit gefiederten Fächer von Korallen den ganzen Tag lang auf- und niedergehen und die Fische gleich Silbervögeln hin und her gleiten, die Anemonen fest in den Felsen wurzeln und die rosenroten Nelken im gewellten, gelben Sand.

Sie sang von den Riesenwalen, die aus den nördlichen Meeren kommen und scharfe Eiszapfen an ihren Kiemen hängen haben; von den Sirenen, die von solch wunderbaren Dingen singen, dass die Kauffahrer die Ohren mit Wachs verstopfen müssen, um sie nicht zu hören, in die Tiefe zu springen und zu ertrinken; von gesunkenen Galeeren mit hohen Masten und erstarrten Seefahrern, die in das Tauwerk verklammert sind, und den Makrelen, die durch die offenen Luken ein und aus schwimmen; von den kleinen Entenmuscheln, die große Reisende sind und sich in die Kiele der Schiffe einbohren und so rund um die Welt segeln; und vom Tintenfisch, der am Klippenrand lebt und die langen schwarzen Arme ausstreckt und die Nacht herbeirufen kann, wenn er will. Sie sang vom Nautilos, der sein eigenes Boot hat, das aus Opal geschnitten ist und mit einem seidenen Segel gesteuert wird, von den glücklichen Meermännern, die die Harfe spielen und die große Seeschlange in Schlaf versenken können; von den kleinen Kindern, die glatte Meerschweine fangen und lachend auf ihren Rücken reiten; von den Meerjungfrauen, die im weißen Schaum liegen und nach dem Seefahrer die Arme ausstrecken; und von den Seelöwen mit den gebogenen Fangzähnen und den Seepferden mit den wogenden Mähnen.

Und wie sie so sang, kamen alle Thunfische aus der Tiefe herbei, um ihr zu lauschen, und der junge Fischer warf sein Netz aus und fing sie, und wieder andere traf er mit dem Speer. Und wenn sein Boot sich vollgefüllt hatte, stieg die Meermaid, ihm zulächelnd, hinab in das Meer.

Niemals aber kam sie ihm so nahe, dass er sie berühren konnte. Oft rief er sie und bat sie. Doch sie wollte nicht. Und wenn er sie zu ergreifen versuchte, tauchte sie ins Wasser, wie wohl ein Seehund taucht, und an diesem Tag sah er sie nicht wieder. Täglich aber schien der Klang ihrer Stimme seinen Ohren süßer. So süß klang ihre Stimme ihm, dass er sein Netz und seine Geschicklichkeit vergaß und sich um sein Handwerk nicht mehr kümmerte.

Mit roten Flossen und Augen von gewölbtem Gold zogen die Thunfische in Scharen vorüber – er aber achtete ihrer nicht. Sein Speer lag unbenützt an seiner Seite, und seine Körbe aus geflochtenen Weidenruten blieben leer. Mit offenen Lippen und Augen, die vor Staunen dunkel wurden, saß er müßig in seinem Boot und lauschte. Lauschte, bis die Meeresnebel über ihn hinkrochen und der wandelnde Mond seine braunen Glieder mit Silber färbte.

Eines Abends aber rief er sie und sprach: »Kleines Meermädchen, kleines Meermädchen, ich liebe dich. Nimm mich zum Bräutigam, denn ich liebe dich!«

Doch das Meermädchen schüttelte den Kopf: »Du hast eine Menschenseele«, erwiderte sie. »Nur wenn du deine Seele von dir wegjagen wolltest – dann könnte ich dich lieben.«

Und der junge Fischer sprach zu sich selbst: »Was frommt mir meine Seele? Ich kann sie nicht sehen, ich kann sie nicht fassen, ich kenne sie nicht einmal. Wahrlich, ich will sie fortjagen, und große Seligkeit wird meiner harren.«

Und ein Freudenschrei rang sich von seinen Lippen, und aufrecht stehend in seinem bunt bemalten Boot streckte er die Arme dem Meermädchen entgegen.

»Ich will meine Seele von mir jagen«, rief er. »Und du sollst meine Braut sein. Dein Bräutigam will ich sein, und in den Tiefen der See wollen wir zusammen wohnen, und du sollst mir all das, wovon du gesungen hast, zeigen, und ich will alles tun, was du begehrest, und nichts mehr soll unser Leben scheiden.«

Und das kleine Meermädchen lachte laut auf vor Glückseligkeit und verbarg das Antlitz in den Händen.

»Doch wie soll ich meine Seele von mir jagen?«, rief der junge Fischer. »Sag mir, wie ich es beginnen soll und siehe, so will ich es tun!«

»Ach – das weiß ich nicht«, sprach das kleine Meermädchen. »Das Meervolk hat keine Seele.« Und sie stieg hinab in die Tiefe und sah ihn sehnsuchtsvoll an.

Früh am nächsten Morgen schon, ehe die Sonne noch eine Manneshand breit über dem Hügel stand, ging der junge Fischer zum Haus des Priesters und pochte dreimal an die Tür.

Ein Novize spähte durch das Türfenster heraus und da er sah, wer draußen stand, zog er den Riegel zurück und sprach: »Tritt ein!«

Und der junge Fischer trat ein und kniete auf den süß duftenden Binsen des Bodens nieder und rief den Priester an, der in dem heiligen Buche las und sprach zu ihm: »Vater, ich liebe eine vom Meervolk, und meine Seele hindert mich an der Erfüllung meiner Sehnsucht. Sag mir, wie ich meine Seele von mir jagen kann. Denn in Wahrheit, ich brauche sie nicht. Was soll mir meine Seele? Ich kann sie nicht sehen, ich kann sie nicht fassen, ich kenne sie nicht.«

Und der Priester schlug sich die Brust und entgegnete: »Wehe! Weh! Aus dir spricht Wahnsinn! Vielleicht auch hast du von einem giftigen Kraut genossen. Ist doch das Edelste im Menschen die Seele, und sie ist uns von Gott geschenkt worden, dass wir sie auf edle Art gebrauchen sollen. Es gibt nichts Herrlicheres als eine Menschenseele, und kein irdisch Ding kann sich damit vergleichen. Sie wieget alles Gold der Erde auf und ist kostbarer als die Rubine der Könige. Darum, mein Sohn, wende deine Gedanken ab von dieser Sünde, die eine von denen ist, die nicht vergeben werden kann. Denn das Meervolk ist verloren und verloren sind alle die, die sich mit ihm einlassen. Sie sind wie das Vieh auf dem Feld, das nicht Gutes vom Bösen unterscheidet. Und nicht für sie ist unser Herr gestorben.«

Die Augen des jungen Fischers füllten sich mit Tränen, als er die strengen Worte des Priesters vernahm, und er erhob sich von den Knien und sprach zu ihm: »Vater, die Faune leben im Wald und sind froh; und auf den Felsen sitzen die Meermänner mit ihren Harfen aus rotem Gold. Lass mich einer von ihnen sein, ich beschwöre dich – denn ihre Tage verstreichen wie die Tage der Blumen. Meine Seele aber? Was frommt mir meine Seele, wenn sie zwischen mir und dem steht, was ich liebe?«

»Die Liebe des Leibes ist gemein«, rief der Priester, die Stirn runzelnd. »Und gemein und böse sind die heidnischen Wesen, die Gott durch seine Welt wandern lässt. Verflucht seien die Faune des Waldlandes, und verflucht seien die Sänger der See. Ich habe sie zur Nachtzeit gehört und sie haben versucht, mich von meinem Gebet zu locken. Sie pochen ans Fenster und lachen, sie flüstern mir das Märchen von ihrer verderblichen Lust ins Ohr. Sie versuchen mich mit Versuchung – und wenn ich beten will, grinsen mich Fratzen an. Sie sind verloren, sag ich dir, sie sind verloren. Für sie gibt es nicht Himmel noch Hölle, und nicht hier noch dort werden sie Gottes Namen preisen.«

»Vater!«, rief der junge Fischer. »Du weißt nicht, was du sprichst. Einst fing ich in meinen Netzen die Tochter eines Königs. Sie ist schöner als der Morgenstern und weißer als der Mond. Für ihren Leib gäbe ich gern meine Seele hin und für ihre Liebe meine Seligkeit. Sage mir, wonach ich dich frage, und lass mich in Frieden ziehen.«

»Hebe dich hinweg!«, schrie der Priester. »Deine Buhle ist verloren und du wirst mit ihr verloren sein.« Und er gab ihm keinen Segen, sondern trieb ihn von seiner Tür.

Und der junge Fischer ging hinab auf den Marktplatz. Und er ging langsam und ließ den Kopf hängen wie einer, der in Sorgen ist. Und als die Kaufleute ihn kommen sahen, flüsterten sie miteinander, und einer von ihnen kam ihm entgegen und rief ihn beim Namen und sprach: »Was hast du zu verkaufen?«

»Ich will dir meine Seele verkaufen«, antwortete er. »Ich bitte dich, kaufe sie mir ab, denn ich bin ihrer müde. Wozu brauche ich meine Seele? Ich kann sie nicht sehen, ich kann sie nicht fassen, ich kenne sie nicht.«

Die Kaufleute aber höhnten ihn und sagten: »Was frommt uns wohl eine Menschenseele? Sie ist kein Stück geprägten Silbers wert. Verkaufe uns deinen Leib zu eigen, und wir wollen dich in den Purpur des Meeres hüllen, einen Ring an deinen Finger stecken und dich zum Liebling der großen Königin machen. Aber rede uns nicht von deiner Seele, denn für uns ist sie nichts, noch hat sie irgendeinen Wert für uns.«

Da sprach der junge Fischer zu sich: »Wie seltsam ist doch all dies! Der Priester sprach zu mir: ›Die Seele wiegt alles Gold der Welt auf.‹ Und die Kaufleute sagen, sie sei kein geprägtes Stück Silber wert.«

Und er verließ den Marktplatz und stieg nieder an das Ufer der See und begann darüber nachzusinnen, was er tun solle.

Und zur Mittagsstunde erinnerte er sich, dass ihm einst einer seiner Gefährten, der ein Meerfenchelsucher war, von einer jungen Hexe erzählt hatte, die am Ende der Bucht in einer Höhle wohne und sehr geschickt in Zauberkünsten sei. Und er machte sich auf und lief zu ihr; so sehr gelüstete es ihn, seine Seele loszuwerden. Und eine Wolke Staubes folgte ihm, als er den Ufersand entlang eilte.

Aus dem Jucken ihrer Hand ersah die junge Hexe sein Kommen. Und sie lachte und löste ihr rotes Haar. Von ihrem roten Haar umwogt, stand sie am Eingang der Höhle, und in den Händen hielt sie einen Zweig von wildem Schierling, der blühte.

»Was willst du? Was willst du?«, rief sie, als er keuchend den Abhang hinanklomm und sich vor ihr neigte. »Fische im Netz, wenn der Wind ungünstig steht? Ich habe ein kleines Rohrpfeifchen: blas ich darauf, so kommen die Meeräschen in die Bucht gesegelt. Aber es hat einen Preis, schöner Knabe. Es hat einen Preis. –

Was willst du? Was willst du? Einen Sturm, der Schiffe scheitern lässt und Kisten voll reicher Schätze an das Ufer spült? Ich habe mehr Stürme als der Wind, denn ich diene einem, der stärker ist als der Wind. Und mit einem Sieb und einem Eimer Wasser kann ich die großen Galeeren auf den Grund des Ozeans senden. Aber ich habe meinen Preis, schöner Knabe. Ich habe meinen Preis. – Was willst du? Was willst du? Ich kenne eine Blume, die im Tale wächst. Keiner kennt sie als ich. Purpurblätter hat sie und einen Stern in ihrem Herzen, und ihr Saft ist weiß wie Milch. Berührtest du mit dieser Blume die strengen Lippen der Königin, so würde sie dir über die ganze Welt hin folgen. Aus dem Bett des Königs stünde sie auf, und über die ganze Welt hin folgte sie dir. Doch die hat ihren Preis, schöner Knabe! Die hat ihren Preis. – Was willst du? Was willst du? Ich kann eine Kröte im Mörser zerstoßen und eine Brühe daraus brauen und diese Brühe mit eines toten Mannes Hand umrühren. Spritzest du sie auf deinen Feind, während er schläft, so wird er sich in eine schwarze Viper verwandeln, und seine eigene Mutter wird ihn erschlagen. Mit einem Spinnrad kann ich den Mond vom Himmel ziehen und in einem Kristall dir den Tod zeigen. – Was willst du? Was willst du? Nenne mir deinen Wunsch, und ich will ihn dir erfüllen, und du wirst mir den Preis zahlen, schöner Knabe, du wirst den Preis zahlen.«

»Mein Wunsch steht nur nach einer kleinen Sache«, sprach der junge Fischer. »Doch hat der Priester mir darob gezürnt und mich davongejagt. Nach einer kleinen Sache nur steht mein Wunsch und doch haben die Kaufleute mich verhöhnt und sie mir verweigert. Drum bin ich zu dir gekommen, wenngleich dich die Menschen böse schelten. Und welchen Preis du auch fordern magst – ich will ihn bezahlen.«

»Und was wünschest du?«, fragte die Hexe und trat dicht an ihn heran.

»Ich möchte meine Seele von mir fortjagen«, erwiderte der junge Fischer.

Die Hexe erbleichte und schauderte und verhüllte das Angesicht mit ihrem blauen Mantel. »Schöner Knabe, schöner Knabe«, murmelte sie. »Du verlangst Entsetzliches.«

Er schüttelte die braunen Locken und lachte. »Ich brauche meine Seele nicht«, erwiderte er. »Ich kann sie nicht sehen, ich kann sie nicht fassen, ich kenne sie nicht.«

»Was willst du mir geben, wenn ich es dir sage?«, fragte die Hexe und blickte ihn verlangend an mit ihren schönen Augen.

»Fünf Stücke Goldes«, sprach er. »Die Hütte aus Schilfrohr, worin ich lebe und das bemalte Boot, in dem ich segle. Nur sage mir, wie ich meine Seele loswerden kann, und ich will dir alles geben, was ich besitze.«

Sie lachte höhnisch auf und schlug ihn mit dem Zweig des Schierlings. »Ich kann die Blätter des Herbstes in Gold verwandeln«, erwiderte sie. »Ich kann die bleichen Mondstrahlen zu Silber spinnen, wenn ich will. Der, dem ich diene, ist reicher als alle Könige der Erde und herrscht über alle ihre Länder.«

»Was soll ich dir dann geben«, rief er. »Wenn dein Preis nicht Gold ist noch Silber?«

Die Hexe glättete sein Haar mit ihrer schmalen, weißen Hand: »Tanzen sollst du mit mir, schöner Knabe«, flüsterte sie und lächelte ihm zu, während sie sprach.

»Sonst nichts?«, rief der junge Fischer verwundert und sprang auf die Füße.

»Sonst nichts«, entgegnete sie. Und wieder lächelte sie ihm zu.

»So wollen wir bei Sonnenuntergang an heimlicher Stelle miteinander tanzen«, sprach er. »Und haben wir getanzt, so wirst du mir sagen, was zu wissen mich verlangt.«

Sie schüttelte den Kopf. »Erst wenn der Mond voll ist! Erst wenn der Mond voll ist!«, flüsterte sie. Dann spähte sie im Kreise umher und lauschte. Ein blauer Vogel flog kreischend von seinem Nest auf und kreiste über den Dünen, und drei bunte Vögel rauschten durch das harte, graue Gras und schrien einander zu. Kein Laut sonst war zu hören, außer dem Rauschen der Wogen, die sich nagend über die glatten Kiesel unten wälzten. Da streckte sie die Hand aus und zog ihn eng an sich heran und legte ihre heißen Lippen dicht an sein Ohr.

»Heute Nacht musst du mit mir auf den Bergesgipfel kommen«, flüsterte sie. »Es ist Sabbat und Er wird dort sein.«

Der junge Fischer erschrak und sah sie an. Doch sie wies ihm die weißen Zähne und lachte.

»Wer ist Er, von dem du sprichst?«, fragte er.

»Was kümmert es dich?«, erwiderte sie. »Komm heute Nacht! Unter den Ästen der Hagebuche sollst du stehen und auf mich warten. Läuft ein schwarzer Hund auf dich zu, schlag ihn mit einer Weidenrute, und er wird fortgehen. Spricht eine Eule zu dir, gib ihr keine Antwort. Sobald der Mond voll ist, will ich bei dir sein, und dann wollen wir zusammen im Grase tanzen.«

»Doch schwörst du, mir dann zu sagen, wie ich meine Seele von mir fortjagen kann?«, fragte er.

Sie trat in das volle Sonnenlicht hinaus und durch ihr rotes Haar strich der Wind. »Bei den Hufen des Bockes schwöre ich es!«, gab sie zur Antwort.

»Du bist die beste aller Hexen«, rief der junge Fischer. »Darum will ich auch wahrlich heute mit dir auf dem Bergesgipfel tanzen. Ich wollte zwar, du hättest Gold oder Silber von mir erbeten – doch soll dir der Preis werden, nach dem du verlangst, denn es ist ja nur eine Kleinigkeit.«

Er lüftete die Mütze vor ihr und neigte tief das Haupt und lief zurück in die Stadt, von großer Freude erfüllt.

Und die Hexe blickte ihm nach, wie er so lief. Und als er ihrem Blick entschwunden war, trat sie wieder in ihre Höhle, nahm einen Spiegel aus einem Kasten von geschnitztem Zedernholz, stellte ihn auf einen Balken und verbrannte auf glühender Kohle Eisenkraut davor und starrte in die Ringel des Rauches. Und nach einer Weile krampfte sie zornig die Hände ineinander. »Er soll mein sein!«, murrte sie leise. »Ich bin so schön wie sie.«

Am Abend, als der Mond aufgegangen war, kletterte der junge Fischer zum Berggipfel hinan und stellte sich unter die Äste der Hagebuche. Wie ein Schild aus geglättetem Metall ruhte zu seinen Füßen das Meer, und die Schatten der Fischerboote zogen durch die kleine Bucht. Eine große Eule mit gelben Schwefelaugen rief seinen Namen, er aber antwortete nicht. Ein schwarzer Hund lief auf ihn zu und fletschte die Zähne, er schlug ihn mit einer Weidenrute, und winselnd schlich er sich fort.

Um Mitternacht kamen die Hexen wie Fledermäuse durch die Luft geflogen. »Pfui!«, kreischten sie, als sie den Boden berührten. »Es ist einer hier, den wir nicht kennen.« Und sie schnüffelten herum und schwatzten miteinander und gaben sich Zeichen. Als letzte von allen aber kam die junge Hexe, und ihr Rothaar flatterte im Wind. Sie trug ein goldgewebtes Gewand, das mit Pfauenaugen bestickt war und eine kleine Haube aus grünem Samt auf dem Kopfe.

»Wo ist er? Wo ist er?«, kreischten die Hexen, als sie sie sahen. Sie aber lachte nur auf und lief auf die Hagebuche zu, nahm den jungen Fischer an der Hand und führte ihn hinaus ins helle Mondlicht und hub zu tanzen an.

In rasendem Wirbeltanze drehten und drehten sie sich, und die junge Hexe sprang so hoch, dass er die scharlachroten Absätze ihrer Schuhe sehen konnte. Da drang, mitten in den Tanz hinein, der Hufschlag eines galoppierenden Pferdes. Doch kein Pferd war zu sehen, und der Fischer fürchtete sich.

»Schneller!«, schrie die Hexe und schlang ihm die Arme um den Nacken, und ihr Atem brannte auf seinem Gesicht. »Schneller! Schneller!«, rief sie, und die Erde schien unter seinen Füßen wie ein fliegendes Spinnrad, und seine Gedanken verwirrten sich, und eine große Angst befiel ihn, als ob etwas Furchtbares auf ihn laure, und zuletzt wurde er gewahr, dass unter dem Schatten des Felsens eine Gestalt stand, die vorher noch nicht da gewesen war.

Es war ein Mann in einem schwarzen Samtgewand, nach spanischer Art geschnitten. Sein Gesicht war seltsam bleich. Seine Lippen aber waren wie eine stolze rote Blume. Er schien müde und lehnte sich zurück, achtlos mit dem Knauf seines Dolches spielend. Auf dem Gras neben ihm lagen ein Federhut und ein Paar Reithandschuhe mit goldenen Spitzen besetzt und mit Perlen bestickt, die ein seltsames Symbol bildeten. Ein kurzer, zobelbesetzter Mantel hing ihm von der Schulter, und seine zarten weißen Hände waren mit Ringen übersät. Schwere Lider schatteten seine Augen.

Der junge Fischer starrte ihn an wie einer, den ein Zauber bannt. Endlich trafen sich ihre Blicke, und wohin er auch tanzte, immer fühlte er die Augen des

Mannes auf sich ruhen. Er hörte die Hexe lachen, fasste sie um den Leib und drehte sie in tollem Wirbel.

Plötzlich bellte ein Hund im Wald, und die Tänzer hielten ein und traten zwei und zwei vor den Mann hin, knieten nieder und küssten seine Hände. Während sie dies taten, glitt ein leises Lächeln um seine stolzen Lippen, wie Vogelschwingen über das Wasser streifen und es lächeln machen. Aber es lag Verachtung darin, und immerzu sah er den jungen Fischer an.

»Komm, lass uns ihn anbeten!«, flüsterte die Hexe und nahm ihn bei der Hand, und ein heißes Verlangen, zu tun, wie sie begehrte, ergriff ihn, und er folgte ihr. Doch als er nähertrat, schlug er, ohne zu wissen warum, auf seiner Brust das Kreuzeszeichen und rief den heiligen Namen an.

Kaum hatte er dies getan, da kreischten die Hexen wie Falken auf und flogen von dannen, und das bleiche Gesicht, das ihn ansah, zuckte in einem Krampf des Schmerzes zusammen. Der Mann schritt auf ein kleines Gehölz zu und pfiff. Eine silbergezäumte Stute lief ihm entgegen. Und als er sich in den Sattel schwang, wendete er sich nochmals um und blickte den jungen Fischer traurig an. Auch die Hexe mit dem roten Haare versuchte fortzufliegen, aber der Fischer erhaschte sie beim Handgelenk und hielt sie fest.

»Gib mich frei«, rief sie. »Und lass mich gehen! Hast du doch genannt, was nicht genannt werden darf und das Zeichen gemacht, das wir nicht ansehen dürfen.«

»Nein!«, erwiderte er. »Ich lasse dich nicht, ehe du mir das Geheimnis verraten hast!«

»Welches Geheimnis?«, sprach die Hexe und rang mit ihm wie eine wilde Katze und biss sich auf die schaumbedeckten Lippen.

»Du weißt es«, antwortete er.

Ihre grasgrünen Augen wurden tränenschwer, und sie sprach zum jungen Fischer: »Verlange von mir, was du willst, nur das nicht.«

Er lachte und hielt sie nur umso fester.

Und als sie sah, dass sie sich nicht befreien konnte, flüsterte sie ihm zu: »Sag, bin ich nicht ebenso schön wie die Töchter des Meeres und so begehrenswert wie jene, die in den blauen Wassern wohnen?« Und sie lehnte sich an ihn und schmiegte ihr Antlitz dicht an das seine.

Er aber stieß sie stirnrunzelnd von sich und sprach: »Brichst du das Versprechen, das du mir gegeben hast, so erschlage ich dich, du falsche Hexe!«

Sie wurde grau wie eine Blume am Judasbaum und erschauerte. »Sei's denn!«, murmelte sie. »Es ist ja deine Seele und nicht meine. Tu, was du willst, mit ihr.« Und sie zog aus dem Gürtel ein kleines Messer, das einen Griff von grüner Vipernhaut trug und gab es ihm.

»Was soll mir das?«, fragte er sie verwundert.

Einen Augenblick lang schwieg sie, und ein Ausdruck des Entsetzens glitt über ihr Gesicht. Dann strich sie sich das Haar aus der Stirn, und seltsam lächelnd sprach sie zu ihm:

»Was die Menschen den Schatten des Körpers nennen, ist nicht der Schatten des Körpers, sondern der Körper der Seele. Gehe hinab an das Ufer des Meeres und wende deinen Rücken dem Mond zu und schneide rings um deine Füße den Schatten ab, der deiner Seele Körper ist, und heiße deiner Seele dich verlassen, so wird sie es tun.«

Der junge Fischer zitterte. »Sprichst du wahr?«, murmelte er.

»Ich sprach wahr. Und ich wollte, ich hätte es dir nicht gesagt!«, rief sie und umfing schluchzend seine Knie.

Er schob sie von sich und ließ sie im hohen Gras liegen, steckte das Messer in seinen Gürtel, schritt an den Abhang des Berges und begann hinabzuklettern.

Und die Seele in ihm rief und sprach: »Höre! Ich habe all die Jahre in dir gewohnt und dir gedient. Schicke mich jetzt nicht von dir! Denn was hab ich dir Böses getan?«

Und der junge Fischer lachte. »Du hast mir nichts Böses getan, doch brauche ich dich nicht«, antwortete er. »Die Welt ist weit. Auch gibt es einen Himmel und eine Hölle und jenes dämmerdunkle Zwielichthaus, das zwischen beiden liegt. Geh, wohin du willst, aber störe mich nicht, denn mich ruft meine Geliebte.«

Und seine Seele flehte ihn jammernd an, er aber achtete ihrer nicht, sondern sprang von Klippe zu Klippe, sicheren Fußes wie eine wilde Ziege, und endlich erreichte er die Ebene und das gelbe Ufer des Meeres.

Mit bronzefarbenen Gliedern und wohlgestaltet, wie eine Statue von Griechenhand geschaffen, so stand er auf dem Sand, dem Mond den Rücken zugewandt. Aus dem Schaum der Wellen aber streckten sich ihm winkend weiße Arme entgegen, und aus den Wogen stiegen dunkle Gestalten, die ihm huldigten. Vor ihm lag sein Schatten, der seiner Seele Körper war, und hinter ihm hing der Mond in der honigfarbenen Luft.

Und seine Seele sprach zu ihm: »Musst du mich wirklich von dir treiben, so jage mich nicht ohne ein Herz davon. Die Welt ist grausam, gib mir dein Herz mit auf den Weg!«

Er schüttelte den Kopf und lächelte. »Womit sollte ich wohl meine Geliebte lieben, gäbe ich dir mein Herz?«, fragte er.

»Nicht also – sei barmherzig«, sprach seine Seele. »Gib mir dein Herz, denn die Welt ist sehr grausam, und ich fürchte mich.«

»Mein Herz gehört meiner Geliebten«, erwiderte er. »Und nun zögere nicht länger. Fort mit dir!«

»Soll ich nicht auch lieben?«, fragte seine Seele.

»Hebe dich fort, denn ich kann dich nicht mehr brauchen!«, rief der junge Fischer, und er nahm das kleine Messer mit dem Griff aus grüner Vipernhaut und schnitt den Schatten rings um seine Füße ab. Da erhob sich dieser und stand vor ihm und sah ihn an und glich ihm selbst in allen Dingen.

Er wich zurück und stieß das Messer in den Gürtel und ein Gefühl des Schauderns überkam ihn. »Hebe dich weg«, murmelte er. »Und lass mich dein Antlitz nicht mehr sehen.«

»Nein – wir müssen uns wiedersehen«, erwiderte die Seele. Ihre Stimme war leise und glich dem Ton einer Flöte, und ihre Lippen bewegten sich kaum, da sie sprach.

»Wie sollten wir uns wiedersehn?«, rief der junge Fischer. »Du wirst mir nicht in die Tiefen des Meeres folgen.«

»Einmal in jedem Jahr will ich an diese Stelle kommen und dich rufen«, sprach die Seele. »Vielleicht bedarfst du meiner.«

»Wozu sollte ich dich nötig haben?«, rief der junge Fischer. »Doch sei dem so, wenn du es willst.« Und er tauchte hinab in das Wasser, und die Tritonen bliesen auf ihren Hörnern, und die kleine Meermaid stieg empor, ihm entgegen, und schlang die Arme um seinen Hals und küsste ihn auf den Mund.

Und die Seele stand einsam am Ufer und blickte nach ihnen hin. Und als sie im Meere versunken waren, zog sie weinend ihres Weges, über das Sumpfland hin.

Und als ein Jahr verstrichen war, kam die Seele zum Ufer des Meeres herab und rief den jungen Fischer, und er stieg empor aus der Tiefe und sprach: »Warum rufst du mich?«

Und die Seele antwortete: »Komm näher, dass ich zu dir spreche, denn Wunderbares habe ich geschaut.«

Und er kam näher und legte sich ins seichte Wasser und stützte das Haupt in die Hand und lauschte.

Und die Seele sprach zu ihm: »Als ich dich verlassen hatte, wandte ich mein Antlitz gen Osten und wanderte. Von Osten kommt alle Weisheit. Sechs Tage lang wanderte ich und am Morgen des siebenten Tages kam ich an einen Hügel, der im Lande der Tataren liegt. Ich lagerte mich in den Schatten eines Tamariskenbaumes, um mich vor der Sonne zu schützen. Das Land war trocken und von der Hitze versengt. Die Leute schleppten sich über die Ebene hin wie Fliegen, die auf einer Scheibe blanken Kupfers kriechen.

Als es Mittag geworden war, stieg eine Wolke toten Staubes am flachen Horizont auf. Als die Tataren sie erblickten, spannten sie ihre bemalten Bogen und sprangen auf ihre kleinen Pferde und sprengten ihr entgegen. Die Weiber flohen schreiend zu den Wagen und verbargen sich hinter den Vorhängen aus Fellen.

In der Dämmerung kamen die Tataren zurück, aber fünf von ihnen fehlten; und von denen, die zurückkamen, waren nicht wenige verwundet. Sie schirrten ihre Pferde vor die Wagen und fuhren eilig davon. Drei Schakale kamen aus einer Höhle und spähten ihnen nach. Dann zogen sie die Luft mit den Nüstern ein und trabten in entgegengesetzter Richtung davon.

Als der Mond aufging, sah ich ein Lagerfeuer in der Ebene brennen und lenkte den Schritt darauf zu. Auf Teppichen lagerte eine Schar von Kaufleuten. Ihre Kamele waren hinter ihnen an Pfählen festgebunden, und die Neger, die ihre Knechte waren, errichteten Zelte aus gegerbten Tierhäuten auf dem Sand und umgaben sie mit einer hohen Mauer aus Stachelreisig.

Als ich in ihre Nähe kam, erhob sich der Führer der Kaufleute und zog das Schwert und fragte nach meinem Begehr.

Ich erwiderte, ich sei ein Fürst in meinem Heimatlande, und sei soeben den Tataren entflohen, die versucht hätten, mich zu ihrem Sklaven zu machen.

Der Häuptling lachte und zeigte mir fünf Köpfe, die an langen Bambusrohren staken.

Dann fragte er mich, wer Gottes Prophet sei. Ich gab zur Antwort: ›Mohammed.‹

Als er den Namen des falschen Propheten hörte, neigte er sich tief und nahm mich bei der Hand und setzte mich an seine Seite. Ein Neger brachte mir Stutenmilch in einer hölzernen Schale und ein Stück gebratenen Lammfleisches.

Bei Tagesanbruch machten wir uns auf die Reise. Ich ritt auf einem rothaarigen Kamel, dem Führer zur Seite, und ein Läufer lief vor uns her und trug einen Speer. Zu beiden Seiten schritt Kriegsvolk, und die Maultiere folgten mit den Waren. Es waren vierzig Kamele in der Karawane und der Maultiere waren zweimal vierzig an Zahl.

Wir zogen vom Land der Tataren in das Land derer, die den Mond anbeten. Wir sahen die Greifen auf den weißen Felsen ihr Gold bewachen und die schuppigen Drachen in ihren Höhlen schlafen. Als wir über das Gebirge schritten, hielten wir den Atem an, damit sich der Schnee nicht lockere und uns verschütte, und jedermann band sich einen Schleier aus Gaze vor die Augen. Als wir durch die Täler zogen, schossen die Zwerge aus ihren Höhlen auf den Bäumen mit Pfeilen nach uns, und zur Nachtzeit hörten wir die Wilden ihre Trommeln rühren. Als wir zum Turm der Affen kamen, setzten wir ihnen Früchte vor und sie taten uns kein Leid.

Als wir zu dem Turm der Schlangen kamen, gaben wir ihnen warme Milch in zinnernen Schalen, und sie ließen uns vorüberziehen. Dreimal kamen wir auf unserer Reise an die Ufer des Oxus. Wir setzten auf hölzernen Flößen mit großen Blasen luftgefüllter Häute darüber. Die Flusspferde wüteten gegen uns und wollten uns töten. Als die Kamele sie sahen, zitterten sie.

Die Könige jeder Stadt heischten Zoll von uns, doch keiner ließ uns durch die Tore ziehen. Über die Mauern hinüber warfen sie uns Brot zu, kleine honiggebackene Maiskuchen und Kuchen aus feinem Mehl mit Datteln gefüllt. Für je hundert Körbe voll gaben wir ihnen eine Bernsteinperle.

Wenn die Einwohner der Dörfer uns kommen sahen, vergifteten sie die Brunnen und flohen auf die Hügelhöhen. Wir kämpften mit den Magadaern, die alt zur Welt kommen und von Jahr zu Jahr jünger werden und die sterben, wenn sie kleine Kinder sind; und mit den Laktroen, die behaupten, die Söhne von Tigern zu sein und sich gelb und schwarz bemalen; und mit den Auranthen, die ihre Toten in den Wipfeln der Bäume begraben und selber in dunklen Höhlen wohnen, damit die Sonne, die ihr Gott ist, sie nicht töte; und mit den Krimnieren, die ein Krokodil anbeten und ihm Ohrringe aus grünem Glas geben und es mit Butter und jungem Geflügel füttern; und mit den Agazonbaten, die Hundeköpfe haben; und mit den Sibanern, die Pferdefüße haben und schneller laufen als Pferde. Ein Drittteil unserer Schar fand im Kampf den Tod, und ein Drittteil starb an Entbehrung. Die Übriggebliebenen murrten wider mich und sagten, ich habe Unheil über sie gebracht. Ich zog eine Hornnatter unter einem Stein hervor und ließ mich von ihr beißen. Als sie sahen, dass ich nicht erkrankte, befiel sie Furcht.

Im vierten Monat erreichten wir die Stadt Illel. Nacht war es, als wir an den Hain gelangten, der vor den Mauern liegt, und die Luft war schwül, denn der Mond stand unter dem Zeichen des Skorpions. Wir pflückten die reifen Granatäpfel von den Bäumen, brachen sie auf und schlürften ihren süßen Saft. Dann lagerten wir uns auf unsere Teppiche und erwarteten die Dämmerung.

Und als es dämmerte, standen wir auf und klopften an das Tor der Stadt. Es war aus rotem Erz und mit getriebenen Seeungetümen und geflügelten Drachen geschmückt. Die Wächter schauten von den Wällen herab und fragten nach unserem Begehr. Der Dolmetscher der Karawane antwortete, wir kämen von der syrischen Insel und brächten viele Waren. Sie nahmen Geiseln und sagten, sie wollten uns das Tor am Mittag öffnen und hießen uns bis dahin warten.

Als es Mittag war, öffneten sie das Tor, und als wir einzogen, liefen die Leute in Scharen aus den Häusern, um uns zu sehen, und ein Ausrufer lief durch die ganze Stadt und blies auf einer Muschel. Wir standen auf dem Marktplatz und die Neger banden die Ballen bunten Tuches auf und öffneten die geschnitzten Truhen aus Sykomorenholz. Und als sie mit ihrer Arbeit fertig waren, breiteten die Kaufleute ihre seltenen Waren aus: das gewachste Linnen aus Ägypten und das farbige Linnen aus dem Lande der Äthiopier, die purpurnen Schwämme von Tyrus und die blauen Tapeten aus Sidon; die kühlen Bernsteinschalen und die schönen Gefäße aus Glas und die seltsamen Gefäße aus gebranntem Ton. Vom Dach eines Hauses herab beobachtete uns eine Schar Frauen. Eine der Frauen trug eine Maske von vergoldetem Leder.

Und am ersten Tage kamen die Priester und trieben Tauschhandel mit uns, und am zweiten Tage kamen die Edelleute, und am dritten kamen die Arbeiter und die Sklaven. Und so ist dies in ihrem Lande Brauch bei allen Kaufleuten, solange sie in der Stadt weilen.

Wir aber verweilten einen Monat lang. Und als der Mond abnahm, wurde ich müde und wanderte fort durch die Straßen der Stadt und kam zu dem Garten ihres Gottes. Lautlos glitten die Priester in ihren gelben Gewändern zwischen den grünen Bäumen hin, und auf einem Pflaster von schwarzem Marmor stand das rosenrote Haus, in dem der Gott seine Wohnung hat. Die Türen waren aus goldbestaubtem Lack, und Stiere und Pfauen waren in leuchtendem Golde und erhabener Arbeit darauf abgebildet. Das Ziegeldach war aus meergrünem Porzellan und die hervorspringenden Dachtraufen waren mit kleinen Glöckchen umkränzt. Wenn die weißen Tauben vorüberflatterten, berührten sie die Glöckchen mit ihren Schwingen, sodass sie erklangen.

Vor dem Tempel war ein Teich mit klarem Wasser, dessen Grund mit geädertem Onyx ausgelegt war. Ich lagerte mich an seinen Rand und strich mit meinen weißen Fingern über die breiten Blätter. Einer der Priester kam auf mich zu und trat hinter mich. Er trug Sandalen an den Füßen, eine aus weicher Schlangenhaut, die andere aus Vogelgefieder. Auf seinem Kopf war eine Mitra aus schwarzem Filz mit silbernen Halbmonden besät. Siebenfaches Gelb war in sein Kleid verwoben und sein gekräuseltes Haar war mit Antimon gefärbt.

Nach einer kleinen Weile sprach er zu mir und fragte nach meinem Begehr.

Ich sagte ihm, dass ich den Gott zu sehen verlange.

›Der Gott ist auf der Jagd‹, sprach der Priester und blickte mich seltsam mit den schmalen, geschlitzten Augen an.

›Sage mir, in welchem Wald, so will ich zu ihm reiten‹, erwiderte ich. Er glättete die weichen Fransen seiner Tunika mit seinen langen spitzigen Fingern. ›Der Gott schläft‹, murmelte er.

›Sage mir, auf welchem Lager, so will ich bei ihm wachen‹, erwiderte ich.

›Der Gott ist beim Festmahl!‹, rief er.

›Ist der Wein süß, so will ich mit ihm trinken und schmeckt er bitter, so will ich gleichfalls mit ihm trinken‹, war meine Antwort.

Er neigte voll Staunen den Kopf und nahm mich bei der Hand, hob mich auf und führte mich in den Tempel.

Und im ersten Gemach sah ich ein Götzenbild auf einem Thron von Jaspis sitzen, der mit großen Perlen aus dem Osten eingesäumt war. Es war aus Ebenholz geschnitzt, und seine Gestalt glich der Gestalt eines Mannes. Auf seiner Stirn saß ein Rubin, und dickes Öl tropfte aus seinem Haare auf die Schenkel nieder. Seine Füße waren vom Blut eines frisch geschlachteten Lammes rot und seine Lenden gürtete ein kupfernes Gehenk, das mit sieben Beryllen besetzt war.

Und ich sprach zum Priester: ›Ist dies der Gott?‹ Und er erwiderte: ›Dies ist der Gott.‹

›Zeige mir den Gott‹, rief ich, ›oder wahrlich, ich töte dich‹, und ich berührte seine Hand und sie verdorrte.

Und der Priester flehte und sprach: ›Es heile der Herr seinen Knecht, und ich will ihm den Gott zeigen.‹

Da hauchte ich meinen Atem auf seine Hand, und sie ward wieder stark, er aber zitterte und führte mich in ein zweites Gemach, und ich sah ein Götzenbild in einem Lotuskelche aus Nephrit stehen, der mit großen Smaragden behangen war. Es war aus Elfenbein geschnitzt und seine Größe war zweifache Mannesgröße. An seiner Stirn hing ein Chrysolith und seine Brüste waren mit Myrrhen und Zimt gesalbt. In einer Hand hielt es ein krummes Zepter aus Nephrit, in der anderen einen runden Kristall. Es trug Kothurne von Kupfer und sein dicker Hals war mit einem Kranz von Selenithen umwunden.

Und ich sprach zum Priester: ›Ist dies der Gott?‹ Und er erwiderte: ›Dies ist der Gott.‹

›Zeig mir den Gott!‹, rief ich, ›oder wahrlich, ich erschlage dich.‹ Und ich berührte seine Augen, da wurden sie blind.

Und der Priester flehte mich an und sprach: ›Es heile der Herr seinen Knecht und ich will ihm den Gott zeigen.‹

Da hauchte ich mit meinem Atem auf seine Augen, und das Licht kam ihm wieder. Und er erzitterte von Neuem und führte mich in das dritte Gemach. Und siehe! Kein Götzenbild stand darin, noch sonst ein Bildnis – nur ein Spiegel von rundem Metall, auf einem Altar von Stein.

Und ich sprach zum Priester: ›Wo ist der Gott?‹

Und er antwortete mir: ›Wir haben keinen Gott – nur diesen Spiegel, den du siehst; denn dies ist der Spiegel der Weisheit, und er spiegelt alle Dinge wider, die im Himmel und auf Erden sind, nur das Gesicht dessen nicht, der hineinschaut. Dieses spiegelt er nicht wider, auf dass er, der hineinschaut, weise sei. Es gibt viele andere Spiegel, aber sie sind die Spiegel der Meinungen. Dieser nur ist der Spiegel der Weisheit. Und die, die diesen Spiegel besitzen, wissen alle Dinge, und es gibt nichts Verborgenes für sie. Und die, die ihn nicht besitzen, haben nicht die Weisheit. Darum ist dies der Gott und darum beten wir ihn an.‹ Und ich blickte in den Spiegel, und es war, wie er gesprochen hatte.

Und ich tat etwas Seltsames. Doch ist meine Tat ohne Schaden, denn in einem Tal, das nur eine Tagesreise fern von hier liegt, habe ich den Spiegel der Weisheit versteckt. Nimm mich wieder in dich auf, lass mich dir dienen, und du wirst weiser sein als alle Weisen, und die Weisheit selbst wird dein sein. Nimm mich wieder in dich auf, und keiner wird dir an Weisheit gleichen.«

Der junge Fischer aber lachte. »Liebe ist besser als Weisheit«, rief er. »Und das kleine Meermädchen liebt mich.«

»Nein – es gibt nichts Höheres als die Weisheit!«, sprach die Seele.

»Die Liebe ist besser«, erwiderte der junge Fischer, und er tauchte in die Tiefe und weinend zog die Seele ihres Weges, über das Sumpfland hin.

Und als das zweite Jahr verstrichen war, stieg die Seele wieder zum Ufer des Meeres herab und rief den jungen Fischer, und er kam aus der Tiefe und sprach: »Was rufest du mich?«

Und die Seele erwiderte: »Komm näher, dass ich zu dir spreche, denn Wunderbares habe ich gesehen.«

Da kam er näher und lagerte sich ins seichte Wasser und stützte den Kopf in die Hand und lauschte.

Und die Seele sprach zu ihm: »Da ich dich verließ, wandte ich mein Antlitz südwärts und wanderte. Aus dem Süden kommt jedwede Kostbarkeit. Sechs Tage lang zog ich die Heerstraßen entlang, die zur Stadt Asthar führen, die staubigen, rot gefärbten Heerstraßen, auf denen die Pilger wandern, und am Morgen des siebenten Tages hob ich die Augen auf, und siehe! Zu meinen Füßen breitete sich die Stadt, denn sie liegt in einem Tale.

Neun Tore führen in diese Stadt, und vor jedem Tor steht ein Pferd aus Erz, das wiehert, wenn die Beduinen von den Bergen herabkommen. Die Mauern sind mit Kupfer beschlagen und die Dächer auf den Wachttürmen erzgedeckt. In jedem Turme steht ein Bogenschütze mit einem Bogen in der Hand. Bei Sonnenaufgang schlägt er mit seinem Pfeil an ein Schallbecken, und bei Sonnenuntergang bläst er in ein Horn von Horn.

Als ich eintreten wollte, hielten mich die Wachen an und fragten, wer ich sei. Ich gab zur Antwort, dass ich ein Derwisch sei und auf dem Weg in die Stadt Mekka, wo ein grüner Schleier wäre, in den von Engelhand der Koran in Silberlettern gestickt sei. Sie waren voll Staunens und baten mich, einzutreten.

Drinnen aber geht es zu wie in einem Basar. Wahrlich, du hättest mit mir sein sollen: Quer über die engen Straßen flattern lustig Laternen aus Papier gleich großen Schmetterlingen. Bläst der Wind über die Dächer, so steigen und fallen sie wie bunte Seifenblasen. Vor ihren Läden sitzen die Kaufleute auf seidenen Teppichen. Sie tragen gerade, schwarze Bärte, und ihre Turbane sind mit Goldzechinen übersät, und lange Ketten aus Bernstein und geschnitzten Pfirsichsteinen gleiten durch ihre kalten Finger. Einige von ihnen verkaufen Galbanum und Narden und seltsame Wohlgerüche von den Inseln des Indischen Ozeans und dick träufelndes Öl von roten Rosen und Myrrhen und winzige, nagelförmige Nelken. Wenn man stehen bleibt, um mit ihnen zu reden, werfen sie kleine Stückchen Weihrauch auf ein Kohlenbecken und machen damit die Luft lieblich. Einen Syrier hab ich gesehen, der hielt in den Händen eine dünne Rute, die einem Rohre glich. Graue Rauchfäden wanden sich daraus empor und als sie brannte, glich ihr Duft der rosenfarbenen Mandelblüte im Lenz. Andere verkaufen silberne Armspangen, die über und über mit milchig blauen Türkisen besetzt sind und metallene Knöchelspangen, die mit winzigen Perlen gefranst sind und goldgefasste Tigerklauen und die gleichfalls goldgefassten Klauen der goldgelben Katze, des Leoparden, und Ohrringe aus durchlöcherten Smaragden und Fingerringe aus Nephrit. Aus den Teehäusern kommt der Klang der Gitarre, und die Opiumraucher blicken mit weißen, starr lächelnden Gesichtern auf die Vorübergehenden hinaus.

Wahrlich – du hättest bei mir sein sollen. Die Weinverkäufer erkämpfen sich mit den Ellbogen den Weg durch die Menge und tragen große schwarze Schläuche auf den Schultern. Die meisten von ihnen verkaufen Wein aus Schiraz, der süß wie Honig ist. Sie schenken ihn in kleine Metallschalen und streuen Rosenblätter darauf. Auf dem Marktplatze stehen die Obstverkäufer, die aller Art Früchte verkaufen: reife Feigen mit ihrem weichen Purpurfleische, Melonen, die nach Moschus duften und gelb wie Topase sind, Zitronen und Rosenäpfel und Bündel weißer Trauben, runde, rotgoldene Orangen und längliche Zitronen aus grünem Gold. Einmal sah ich einen Elefanten vorüberschreiten. Sein Rüssel war mit Karmin und Gelbwurz gefärbt und über seine Ohren war ein Netz hellroter Seidenschnüre gezogen. Er stand vor einer der Buden still und fing an, die Orangen zu fressen, und der Mann lachte bloß. Du kannst dir nicht vorstellen, welch seltsames Volk dies ist. Wenn sie froh sind, gehen sie zu einem Vogelverkäufer und kaufen von ihm einen gefangenen Vogel und schenken ihm die Freiheit, damit ihre Freude noch größer sei. Und sind sie traurig, so geißeln sie sich mit Dornen, dass ihr Gram nicht geringer werde.

Eines Abends begegnete ich einigen Negern, die durch den Basar eine schwere Sänfte trugen. Sie war aus vergoldetem Bambusrohr, und die Stangen waren aus hellrotem Lack mit erzenen Pfauen eingelegt. Vor den Fenstern hingen dünne Vorhänge aus Musselin, die mit Käferflügeln und winzigen Staubperlen bestickt waren. Und da sie vorüberzog, sah eine blasse Zirkassierin heraus und lächelte mir zu. Ich folgte, und die Neger beschleunigten die Schritte und murrten. Ich aber achtete dessen nicht. Ich fühlte eine große Neugierde in mir erwachen.

Endlich hielten sie vor einem viereckigen weißen Haus. Es hatte keine Fenster, nur eine kleine Tür, wie die Tür eines Grabes. Sie setzten die Sänfte nieder und klopften dreimal mit einem kupfernen Hammer an. Ein Armenier in einem Kaftan aus grünem Leder spähte durch das Türfenster und als er sie erblickte, öffnete er und breitete einen Teppich auf den Boden, und die Frau stieg aus. Beim Hineingehen wandte sie sich um und lächelte mir wieder zu. Ich hatte noch nie jemand gesehen, der so bleich war. Als der Mond aufging, kehrte ich zur selben Stelle zurück und suchte nach dem Haus, doch es war nicht mehr da. Als ich das sah, wusste ich, wer die Frau war und warum sie mir zugelächelt hatte.

Wahrlich, du hättest mit mir sein sollen. Am Fest des Neumonds kam der junge Kaiser aus seinem Palast heraus und trat in die Moschee, zu beten. Sein Haar und sein Bart waren mit Rosenblättern gefärbt, und seine Wangen mit feinem Goldstaub bestäubt. Seine Fußsohlen und seine Hände waren gelb von Safran.

Bei Sonnenaufgang ging er aus seinem Palast heraus in einem Gewand von Silber, und bei Sonnenuntergang kehrte er dahin zurück in einem Gewand von Gold.

Das Volk warf sich zu Boden und verhüllte das Angesicht. Ich aber wollte das nicht tun. Ich stand bei dem Brettverschlage eines Dattelhändlers und wartete. Als der Kaiser mich sah, zog er die gemalten Augenbrauen in die Höhe und blieb stehen. Ich verharrte regungslos und erwies ihm keine Huldigung. Das Volk staunte ob meiner Kühnheit und riet mir, aus der Stadt zu fliehen. Ich achtete seiner nicht, sondern ging hin und setzte mich zu den Verkäufern fremder Götter, die man um ihres Gewerbes willen verabscheut. Als ich ihnen erzählte, was ich getan, schenkte mir jeder von ihnen einen Gott und bat mich, von ihnen zu gehen.

In der Nacht, als ich in dem Teehaus, das in der Straße der Granatäpfel steht, auf einem Kissen ruhte, kamen die Wachen des Kaisers und führten mich in sein Schloss. Als ich hineingegangen war, schlossen sie alle Türen hinter mir und legten eine Kette davor. Im Innern war ein großer Hof, um den ringsum eine Säulenhalle lief. Die Wände waren aus weißem Alabaster, hier und da mit blauen und grünen Ziegeln eingelegt. Die Säulen waren aus grünem Marmor und das Pflaster aus einer Art pfirsichblütenfarbenen Marmors. Ich hatte niemals Ähnliches gesehen.

Da ich durch den Hof ging, schauten von einem Altan zwei verschleierte Frauen herab und fluchten mir. Die Wachen eilten vorwärts, und die Schäfte ihrer Lanzen dröhnten auf dem spiegelglatten Pflaster. Sie öffneten ein Tor aus gedrechseltem Elfenbein, und ich befand mich in einem wasserreichen Garten mit sieben Terrassen. Er war mit Tulpen und Mohnblumen und silberknospenden Aloen bepflanzt. Gleich einer schlanken Säule aus Kristall hing ein Springbrunnen in der dämmerigen Luft. Die Zypressen glichen erloschenen Fackeln. Von einer herab sang eine Nachtigall.

Am Ende des Gartens stand ein kleines Zelt. Als wir uns näherten, kamen zwei Eunuchen heraus, uns entgegen. Ihre fetten Leiber schwankten, da sie gingen, und sie spähten mit ihren gelblidrigen Augen neugierig nach mir hin. Einer von ihnen nahm den Hauptmann der Wache beiseite und flüsterte mit leiser Stimme mit ihm. Der andere kaute indessen duftende Pastillen, die er mit gezierter Handbewegung einer länglichen Dose von lilafarbigem Email entnahm.

Nach einigen Augenblicken entließ der Hauptmann der Wache die Soldaten. Sie gingen zum Palast zurück. Die Eunuchen folgten ihnen langsam und pflückten im Vorübergehen die süßen Maulbeeren von den Bäumen. Einmal drehte sich der ältere der beiden um und lächelte mir mit bösem Lächeln zu.

Dann winkte mich der Hauptmann der Wache an den Eingang des Zeltes heran. Ohne zu zittern schritt ich hin, lüftete den schweren Vorhang und trat ein.

Da lag der junge Kaiser, auf ein Lager gefärbter Löwenfelle hingestreckt, und ein Geierfalke hockte auf seiner Faust. Hinter ihm stand ein Nubier mit steifem Turban, bis zu den Hüften nackt, in den gespaltenen Ohren schwere Ohrgehänge. Auf einem Tisch neben dem Ruhebett lag ein mächtiger Säbel aus Stahl.

Als der Kaiser mich erblickte, runzelte er die Stirn und sprach: ›Wie nennst du dich? Weißt du nicht, dass ich Kaiser bin in dieser Stadt?‹ Ich aber gab keine Antwort.

Er deutete mit dem Finger auf den Säbel, und der Nubier ergriff ihn und stürzte vor und hieb nach mir mit großer Wucht. Die Schneide sauste auf mich nieder und tat mir kein Leid. Der Mann stürzte zappelnd zu Boden, und als er wieder aufstand, schlugen seine Zähne vor Grauen aufeinander, und er verbarg sich hinter dem Lager.

Der Kaiser sprang auf die Füße und nahm von einem Waffenständer seine Lanze und warf sie nach mir. Ich fing sie im Flug auf und brach den Schaft in zwei Stücke. Er schoss nach mir mit einem Pfeil, ich aber hob die Hände; da blieb er mitten in der Luft hängen. Dann zog er aus seinem weißen Ledergürtel einen

Dolch und bohrte ihn tief dem Nubier in den Hals, auf dass der Sklave von seiner Schande nicht erzähle. Der Mann krümmte sich wie eine zertretene Natter und roter Schaum rann ihm von den Lippen.

Sobald er tot war, wandte der Kaiser sich mir zu. Und als er sich den hellen Schweiß mit einem kleinen Tuch aus purpurgestickter Seide von der Stirne gewischt hatte, sprach er zu mir: ›Bist du ein Prophet, dass ich dich nicht töten kann oder der Sohn eines Propheten, dass ich dich nicht zu verwunden vermag? Ich bitte dich, verlass noch heute Nacht meine Stadt, denn solange du in ihr weilst, bin nicht ich ihr Herr.‹

Und ich erwiderte ihm: ›Für die Hälfte deiner Schätze will ich gehen. Gib mir die Hälfte deiner Schätze, so werde ich von hinnen gehen.‹

Er nahm mich bei der Hand und führte mich hinaus in den Garten. Als der Hauptmann der Leibwache meiner ansichtig ward, staunte er. Als die Eunuchen mich sahen, zitterten ihre Knie und sie stürzten vor Angst zu Boden.

Das Schloss birgt ein Gemach, das Wände aus rotem Porphyr hat und eine erzgeschuppte Decke, von der Lampen niederhängen.

Der Kaiser berührte eine der Wände und sie öffneten sich, und wir gingen einen Gang entlang, der von vielen Fackeln erhellt war. Zu beiden Seiten standen in Nischen hohe Weinkrüge, mit Silberstücken bis an den Rand gefüllt. Als wir die Mitte des Ganges erreicht hatten, sprach der Kaiser das Wort, das sonst keiner sprechen darf. Von einer geheimen Feder bewegt, schwang ein granitenes Tor zurück, und er verhüllte die Augen mit den Händen, auf dass seine Augen nicht geblendet würden.

Du vermagst nicht zu ahnen, welch wunderbarer Ort dies war; da lagen Riesenschalen von Schildkrot, mit Perlen angefüllt, und große ausgehöhlte Mondsteine, in denen sich rote Rubinen türmten. Das Gold stand in Koffern aus Elefantenhaut aufgespeichert und Goldstaub in ledernen Flaschen. Da gab es Opale und Saphire, diese in kristallenen Schalen, in Nephritschalen jene. Runde grüne Smaragden waren auf dünnen Elfenbeinplatten geschichtet, und in einer Ecke reihten sich seidene, hochgefüllte Säcke, einige voll mit Türkisen, andere mit Beryllen. Die elfenbeinernen Hörner waren mit purpurnen Amethysten hochgefüllt und die Hörner aus Erz mit Chalzedonen und Narden. Die Pfeiler aus Zedernholz hingen schwer von Schnüren gelber Luchssteine. In den flachen länglichen Schilden häuften sich Karfunkel; einige von der Farbe des Weines, von der Farbe des Grases andere. Und noch habe ich dir nicht ein zehntel all dessen, was da war, geschildert.

Und als der Kaiser die Hände vom Gesicht genommen hatte, sprach er zu mir: ›Dies ist mein Schatzhaus und die Hälfte von allem sei dein, so wie ich dir versprochen habe. Auch will ich dir Kamele und Kameltreiber schenken, und sie sollen tun nach deinem Geheiß und deinen Teil des Schatzes tragen, wohin du auch zu gehen verlangst. Heute Nacht aber noch soll all dies geschehen, denn ich möchte nicht, dass die Sonne, die mein Vater ist, sieht, dass in meiner Stadt ein Mann lebt, den ich nicht zu töten vermag.‹

Ich aber erwiderte ihm: ›Das Gold, das hier ist, bleibe dein, und auch das Silber bleibe dein. Dein auch mögen die kostbaren Juwelen bleiben und die Gegenstände ohne Preis. Ich trage nach all diesem nicht Begehr. Auch will ich nichts von dir nehmen als den kleinen Ring, den du am Finger deiner Hand trägst!‹

Und der Kaiser runzelte die Stirne. ›Es ist nur ein Ring aus Blei‹, rief er, ›und hat keinerlei Wert. Drum nimm deine Hälfte des Schatzes und meide meine Stadt.‹

›Nein‹, erwiderte ich. ›Nichts anderes will ich nehmen, als diesen Ring aus Blei. Weiß ich doch, was drauf geschrieben steht und was es bedeutet.‹

Da bebte der Kaiser und blickte mich an und sprach: ›Nimm alle meine Schätze und geh aus meiner Stadt. Auch die Hälfte, die noch mein ist, soll dein sein.‹

Ich aber tat etwas Seltsames. Doch davon will ich nicht sprechen, denn in einer Höhle, nur eine Tagesreise von hier entfernt, habe ich den Ring des Reichtums versteckt. Eine Tagesreise von hier entfernt liegt er verborgen und harret dein. Wer diesen Ring besitzt, ist reicher als alle Könige der Welt. Darum komm und nimm ihn, und alle Schätze der Erde sind dein.«

Der junge Fischer aber lachte. »Die Liebe ist besser als Reichtum«, rief er. »Und das kleine Meermädchen liebt mich.«

»Nein, nichts ist besser als Reichtum«, sprach die Seele.

»Die Liebe ist besser«, erwiderte der junge Fischer. Und er tauchte hinab in die Tiefe. Die Seele aber zog weinend ihres Weges über das Sumpfland hin.

Und da das dritte Jahr verstrichen war, kam die Seele herab zum Ufer des Meeres und rief den jungen Fischer. Und er stieg empor aus der Tiefe und sprach: »Warum rufest du mich?«

Und die Seele erwiderte: »Komm näher, dass ich zu dir sprechen kann, denn Wunderbares habe ich gesehen.«

Und er kam näher und streckte sich in dem seichten Wasser aus und stützte das Haupt in die Hand und lauschte.

Und die Seele sprach zu ihm:

»In einer Stadt, die ich kenne, ist eine Herberge, die am Flussufer steht. Dort saß ich mit Matrosen zusammen, die zweifarbigen Wein tranken und Gerstenbrot aßen und kleine gesalzene Fische, die man auf Lorbeerblättern mit Essig reicht.

Und als wir so saßen und guter Dinge waren, gesellte sich ein alter Mann zu uns, der einen Lederteppich trug und eine Laute mit zwei Bernsteinhörnern. Und als er den Teppich auf den Boden gebreitet hatte, schlug er mit einem Federkiel auf die Drahtsaiten seiner Laute, und ein Mädchen mit verschleiertem Antlitz eilte herein und begann vor uns zu tanzen. Ihr Antlitz war mit einem Gazeschleier bedeckt, doch ihre Füße waren nackt. Nackt waren ihre Füße, und sie glitten gleich zwei weißen Tauben über den Teppich hin. Nie habe ich so Wunderbares gesehen. Und die Stadt, in der sie tanzte, liegt nur eine Tagesreise weit von hier.«

Und als der Fischer die Worte seiner Seele hörte, erinnerte er sich, dass das kleine Meermädchen keine Füße hatte und nicht tanzen konnte. Und es überfiel ihn eine große Sehnsucht, und er sprach zu sich selber: »Eine Tagesreise nur ist es dorthin und ich kann ja zu meiner Geliebten zurückkehren.« Und er lachte, erhob sich aus dem seichten Wasser und schritt dem Ufer zu.

Und als er das trockene Ufer erreicht hatte, lachte er von Neuem und breitete die Arme aus nach seiner Seele, und die Seele stieß einen lauten Jubelschrei aus und eilte auf ihn zu und kehrte in ihn zurück. Und der junge Fischer sah vor sich auf dem Sande den Schatten seines Körpers, der der Körper der Seele ist.

Und seine Seele sprach zu ihm: »Lass uns nicht zögern, sondern unverzüglich fort von hier gehen, denn die Meergötter sind eifersüchtig und haben Ungeheuer, die ihrem Gebot gehorchen.«

So eilten sie von dannen und wanderten die ganze Nacht hindurch unter dem Monde und den nächsten

Tag hindurch wanderten sie unter der Sonne dahin. Und am Abend des Tages gelangten sie in eine Stadt.

Und der junge Fischer sprach zu seiner Seele: »Ist dies die Stadt, worin sie tanzt, von der du mir erzählt hast?«

Und seine Seele erwiderte ihm: »Nicht diese Stadt ist es, sondern eine andere. Nichtsdestoweniger lass uns eintreten.«

So betraten sie denn die Stadt und gingen durch die Straßen, und da sie durch die Straße der Goldschmiede kamen, erblickte der junge Fischer einen schönen Silberbecher, der in einer Bude zur Schau gestellt war. Und seine Seele sprach zu ihm: »Nimm diesen Silberbecher und verbirg ihn.«

Da nahm er den Becher und verbarg ihn in den Falten seines Gewandes, und sie gingen eilends aus der Stadt.

Und als sie eine Meile weit gegangen und fern der Stadt waren, runzelte der junge Fischer die Stirn und warf den Becher fort und sprach zu seiner Seele: »Warum hast du mich geheißen, diesen Becher zu nehmen und ihn zu verbergen? War es doch ein Unrecht, das ich tat.«

Seine Seele aber erwiderte ihm: »Sei ruhig, sei ruhig!«

Und am Abend des zweiten Tages kamen sie in eine Stadt, und der junge Fischer sprach zu seiner Seele: »Ist das die Stadt, in der sie tanzt, von der du mir gesprochen hast?«

Und seine Seele erwiderte ihm: »Nicht diese Stadt ist es, sondern eine andere. Aber lass uns immerhin eintreten.«

So schritten sie hinein und schritten durch die Straßen, und als sie durch die Straße der Sandalenhändler gingen, sah der junge Fischer ein Kind bei einem Wasserkrug stehen, und seine Seele sprach zu ihm: »Schlage dies Kind!« Da schlug er das Kind, bis es weinte. Und da er dies getan, gingen sie eilends hinaus aus der Stadt.

Und als sie eine Meile weit gegangen und fern der Stadt waren, wurde der junge Fischer zornig, und sprach zu seiner Seele: »Warum befahlst du mir, dieses Kind zu schlagen? War es doch ein Unrecht, das ich tat.«

Doch seine Seele entgegnete ihm: »Sei ruhig, sei ruhig!«

Und am Abend des dritten Tages kamen sie in eine Stadt, und der junge Fischer sprach zu seiner Seele: »Ist das die Stadt, in der sie tanzt, von der du mir gesprochen hast?«

Und seine Seele erwiderte ihm: »Es kann sein, dass dies die Stadt ist, darum lass uns eintreten.«

So gingen sie hinein und schritten durch die Straßen. Doch nirgends konnte der junge Fischer den Fluss gewahren, noch die Herberge, die am Flussufer stand. Und die Einwohner der Stadt blickten ihn neugierig an und Furcht packte ihn, und er sprach zu seiner Seele: »lass uns von hinnen gehen, denn die, die mit weißen Füßen tanzt, ist nicht hier.«

Und seine Seele erwiderte: »Nein – doch lass uns hier verweilen, denn die Nacht ist dunkel, und Räuber werden auf dem Wege sein.«

So setzte er sich auf dem Marktplatz nieder und ruhte. Und nach einer Weile kam ein Kaufmann vorbei, der hatte einen Mantel aus Tatarentuch um und trug eine Laterne aus durchlöchertem Horn an der Spitze eines gegliederten Rohres. Und der Kaufmann sprach zu ihm: »Weshalb sitzest du hier auf dem Marktplatz, da doch die Buden verschlossen und die Ballen verschnürt sind?«

Und der junge Fischer erwiderte ihm: »Ich kann in dieser Stadt keine Herberge finden. Auch habe ich keinen Verwandten, der mir Obdach gäbe.«

»Sind wir nicht alle Verwandte?«, sprach der Kaufmann. »Und hat nicht Gott uns alle erschaffen? Folge mir, hat mein Haus doch Raum für Gäste.«

Und der junge Fischer stand auf und folgte dem Kaufmann in sein Haus. Und als er durch den Garten von Granatapfelbäumen gegangen und in das Haus getreten war, brachte ihm der Kaufmann in einer kupfernen Schale Rosenwasser, dass er seine Hände wasche und reife Melonen, dass er seinen Durst stille und setzte eine Schüssel mit Reis und ein Stück gebratenen Lammes vor ihn hin. Und als er mit der Mahlzeit zu Ende war, führte ihn der Kaufmann in das Gastzimmer und hieß ihn schlafen und rasten. Und der junge Fischer dankte ihm und küsste den Ring an seiner Hand und ließ sich nieder auf die Teppiche aus gefärbtem Ziegenhaar. Und als er sich mit einer Decke aus schwarzer Lammwolle zugedeckt hatte, schlief er ein.

Doch drei Stunden, ehe der Morgen graute, da es noch Nacht war, weckte ihn seine Seele und sprach zu ihm: »Stehe auf und gehe in das Gemach des Kaufmanns, in das Gemach, darin er schläft, und töte ihn und nimm ihm sein Gold, denn wir brauchen es.«

Und der junge Fischer stand auf und schlich zu dem Gemache des Kaufmanns. Und zu Füßen des Kaufmanns lag ein krummes Schwert und die Lade zu Häupten des Kaufmanns enthielt neun Beutel voll Goldes. Und er streckte die Hand aus und berührte das Schwert, und als er es berührte, fuhr der Kaufmann aus dem Schlaf empor und sprang auf, ergriff das Schwert und rief dem jungen Fischer zu: »Erwiderst du Gutes mit Bösem und zahlst du mit Blutvergießen für die Güte, die ich dir erwies?«

Und es sprach die Seele zu dem jungen Fischer: »Schlag ihn nieder!« Da traf er ihn so hart, dass er bewusstlos hinstürzte. Dann ergriff er die neun Beutel Goldes und floh hastig durch den Garten von Granatapfelbäumen und kehrte sein Angesicht dem Sterne zu, der der Stern des Morgens ist. Und da sie eine Meile weit gegangen und von der Stadt entfernt waren, schlug sich der junge Fischer an die Brust und sprach zu seiner Seele: »Weshalb hießest du mich, den Kaufmann töten und sein Geld rauben? Wahrlich, du bist böse!«

Doch seine Seele entgegnete ihm: »Sei ruhig, sei ruhig!«

»Nein!«, rief der junge Fischer. »Ich kann nicht Ruhe finden, denn ich verabscheue all das, wozu du mich verlockt. Ich verabscheue auch dich und ich gebiete dir: Sag mir, warum du solches an mir getan hast!«

Da entgegnete ihm die Seele: »Als du mich von dir jagtest in die Welt hinaus, gabst du mir kein Herz. So lernte ich diese Dinge und lernte sie lieben.«

»Was sagst du da?«, murmelte der junge Fischer.

»Du weißt es«, entgegnete seine Seele. »Du weißt es wohl. Hast du vergessen, dass du mir kein Herz mitgabst? Ich glaube es kaum. Drum quäle dich nicht, noch mich, sondern sei ruhig. Denn es gibt keinen Schmerz, den du nicht bereiten wirst, und keine Lust, die du nicht empfangen wirst.«

Und als der junge Fischer diese Worte hörte, erbebte er und sprach zu seiner Seele: »Wehe, du bist böse! Du hast mich meine Liebe vergessen lassen und hast mich mit Versuchungen versucht und hast meine Füße den Pfad der Sünde geführt.«

Und seine Seele entgegnete ihm: »Hast du vergessen, dass du mir kein Herz mitgabst, als du mich von dir jagtest in die Welt hinaus? Komm, lass uns in eine andere Stadt gehen und fröhlich sein! Sind doch neun Beutel voll Gold unser!«

Der junge Fischer aber nahm die neun Beutel voll Gold, schleuderte sie zu Boden und trat sie mit Füßen. »Hebe dich weg!«, rief er. »Nichts will ich fortan mit dir zu schaffen haben, noch will ich weiter deine Wege wandern. Nein, so wie ich einmal schon dich von mir gejagt habe, will ich dich jetzt von mir jagen, denn du hast mir nichts Gutes getan.«

Und er stellte sich mit dem Rücken gegen den Mond, und mit dem kleinen Messer, dessen Griff aus grüner Schlangenhaut war, versuchte er, vor seinen Füßen den Schatten des Körpers abzuschneiden, der der Körper der Seele ist.

Doch seine Seele wich nicht. Sie folgte nicht seinem Befehl, sondern sprach: »Die Zauberformel, die dich die Hexe gelehrt, frommt dir nicht länger, denn ich kann dich nimmer verlassen, und nimmer vermagst du mich von dir zu jagen. Einmal im Leben kann der Mensch seine Seele davonjagen, doch wer sie wieder aufnimmt, muss sie für immer behalten, und dies ist seine Strafe und sein Lohn.«

Und der junge Fischer erbleichte und krampfte die Hände ineinander und rief: »Sie war eine falsche Hexe, da sie mir das nicht gesagt hat.«

»Schilt sie nicht falsch!«, erwiderte die Seele. »Sie war dem treu, zu dem sie betet und dessen Magd sie ewig sein wird.«

Und als der junge Fischer begriff, dass er nicht mehr seiner Seele ledig werden könne und dass er eine schlechte Seele in sich trüge, die ewig bei ihm bleiben würde, fiel er zu Boden und weinte bitterlich.

Und als es Tag war, erhob sich der junge Fischer wieder und sprach also zu seiner Seele: »Ich will mir die Hände binden, dass sie nicht handeln können nach deinem Geheiß und meine Lippen versiegeln, dass sie nicht deine Worte sprechen! Und ich will zu der Stelle zurückkehren, wo die, die ich liebe, ihre Wohnung hat. Zum Meer will ich heimkehren und zu der kleinen Bucht, wo sie zu singen pflegt. Und ich will sie rufen und ihr das Böse eingestehen, das ich getan, und das Böse, das du in mir geweckt hast.«

Und seine Seele versuchte ihn und sprach: »Wer ist denn deine Liebe, dass du zu ihr zurückkehren solltest? Die Welt hat viele, die schöner sind als sie. In Samaris sind Tänzerinnen, die tanzen wie alle Vögel und Tiere. Ihre Füße sind mit Henna bemalt und in den Händen halten sie kleine kupferne Glocken. Sie lachen beim Tanz, und ihr Lachen ist so hell wie das Lachen des Wassers. Folge mir und ich will dich zu ihnen führen, denn was soll all deine Furcht vor der Sünde und vor sündigen Dingen? Ist Köstliches nicht für den da, der es kostet? Ist Gift in dem Süßen, das man schlürfet? Klage nicht, sondern folge mir in eine andere Stadt! Ganz nah von hier liegt eine kleine Stadt, in der ein Garten mit Tulpenbäumen steht. In diesem lieblichen Garten wohnen weiße Pfauen und Pfauen mit blau gefiederter Brust. Wenn sie ihr Rad sonnenwärts spreizen, gleicht es Scheiben aus Elfenbein und Scheiben aus Gold. Und die, die sie füttern, tanzen zu ihrer Lust. Sie tanzen auf den Händen und ein anderes Mal wieder tanzen sie mit den Füßen. Ihre Augen sind mit Antimon gefärbt und ihre Nasenflügel wie Schwalbenschwingen geschweift. Von einem Häkchen, in einem ihrer Nasenflügel, hängt eine Blume herab, die ist aus einer Perle geschnitten. Sie lachen beim Tanz, und die Silberringe um ihre Knöchel klingen gleich Silberglöckchen. Also quäle dich nicht länger, sondern folge mir in jene Stadt.«

Der junge Fischer aber antwortete der Seele nicht, sondern verschloss mit dem Siegel des Schweigens die Lippen und band sich mit engem Knoten die Hände und wanderte zurück zu der Stelle, von der er gekommen war, hin zu der kleinen Bucht, wo seine Geliebte zu singen pflegte. Und immer versuchte ihn seine Seele auf dem Weg. Er aber gab ihr keine Antwort, noch tat er irgendetwas von dem Bösen, wozu sie ihn verleiten wollte: So groß war die Macht der Liebe, die er in sich trug.

Und als er am Ufer des Meeres angelangt war, lockerte er die Stricke von seinen Händen und löste das Siegel des Schweigens von den Lippen und rief die kleine Meermaid. Sie aber kam nicht auf seinen Ruf, obgleich er den ganzen Tag lang nach ihr rief und flehte.

Und seine Seele spottete seiner und sprach: »Wahrhaftig! Geringe Freude nur schenkt deine Liebe dir. Du gleichst einem, der zur Zeit der Wassernot Wasser in ein durchlöchertes Gefäß gießt. Du gibst alles, was du besitzest, hin, und nichts wird dir dafür zurückgegeben. Dir wäre besser, du folgtest mir, denn ich weiß, wo das Tal der Lust liegt und welche Dinge dort geschehen.«

Der junge Fischer aber antwortete seiner Seele nicht, sondern baute sich in einem Felsenspalt eine Hütte aus Flechtwerk und wohnte dort ein langes Jahr. Und jeden Morgen rief er das Meermädchen und zur Mittagsstunde rief er sie wieder, und wenn die Nacht sank, sprach er ihren Namen. Doch niemals stieg sie aus dem Meere auf, ihm entgegen. Und an keiner Stelle der See konnte er sie finden, wenngleich er sie in den Höhlen suchte und in den grünen Wassern, in den Tiefen der Fluten und in den Brunnen, die unten am Grunde der Tiefe sind.

Und immer wieder versuchte seine Seele ihn mit Bösem und flüsterte ihm Entsetzliches zu. Aber sie vermochte nichts gegen ihn – so groß war die Macht seiner Liebe. Und als das Jahr verstrichen war, dachte die Seele bei sich: »Ich habe meinen Herrn mit Bösem versucht, doch seine Liebe ist stärker als ich. So will ich ihn denn mit Gutem versuchen – vielleicht, dass er mir dann folgt.«

Und so sprach sie zum jungen Fischer und sagte: »Ich habe dir von den Freuden dieser Welt erzählt, und du hast dein Ohr mir verschlossen. Lass mich dir nun von dem Leid der Welt erzählen, vielleicht wirst du diesem lauschen. Denn in Wahrheit, das Leid ist der Herr dieser Welt und keiner ist, der seinem Netze zu entschlüpfen vermöchte. Die einen haben keine Kleidung, die andern haben kein Brot. Witwen sitzen in Purpur und Witwen sitzen in Lumpen. Hin und her über die Sümpfe ziehen die Aussätzigen und grausam sind sie gegeneinander. Die Landstraße auf und nieder schleichen die Bettler, und ihre Ränzel sind leer. Durch die Straßen der Stadt schreitet die Hungersnot, und vor ihren Toren lauert die Pest. Komm, lass uns gehen und all dem Linderung schaffen und es ändern! Warum sollst du hier verweilen und deine Liebe rufen, da du doch siehst, dass sie deinem Ruf nicht folgt? Und was ist Liebe, dass du also hohen Wert auf sie legst?«

Der junge Fischer aber gab keine Antwort, so groß war die Macht seiner Liebe. Und jeden Morgen rief er das Meermädchen und zur Mittagsstunde rief er sie wieder, und nachts sprach er ihren Namen. Doch nie stieg sie aus dem Meer auf, ihm entgegen, und an keiner Stelle des Meeres konnte er sie finden, ob er auch nach ihr suchte in den Flüssen der See und in den Tälern, die unter den Wogen liegen, und in dem Meer, das die Nacht purpurn färbt, und in dem Meer, das die Dämmerung grau färbt.

Und als das zweite Jahr verstrichen war, sprach die Seele zu dem jungen Fischer, da es Nacht ward und er einsam in seiner Hütte von Flechtwerk saß: »Siehe! Ich habe dich mit Bösem versucht und habe dich mit Gutem versucht, und deine Liebe ist stärker als ich, darum will ich dich nicht länger versuchen. Doch flehe ich dich an, lass mich in dein Herz, auf dass ich mit dir eins werde, wie ich vorher eins war mit dir.«

»Wahrlich – du darfst hinein«, sprach der junge Fischer. »Denn du musst Furchtbares gelitten haben in den Tagen, da du ohne Herz durch die Welt geirrt bist.«

»Ach«, rief die Seele. »Ich kann nirgends Einlass finden, so übervoll von Liebe ist dein Herz.«

»Und doch wollte ich, ich könnte dir helfen«, sprach der junge Fischer.

Und da er so sprach, klang ein lauter Schmerzensschrei vom Meer her, ein Schrei, wie die Menschen ihn vernehmen, wenn vom Meervolk einer gestorben ist. Und der junge Fischer sprang auf und verließ seine Hütte aus Flechtwerk und lief ans Ufer hinab. Und die schwarzen Wogen liefen eilends ans Land und trugen ihm eine Last zu, die weißer als Silber war. Weiß wie die Brandung war sie und wiegte sich wie eine Blume auf den Wogen, und die Brandung hob sie von den Wogen, und der Gischt hob sie von der Brandung, und das Ufer nahm sie auf, und der junge Fischer sah zu seinen Füßen die Leiche des kleinen Meermädchens liegen. Tot lag sie da, zu seinen Füßen.

Schluchzend wie einer, den das Leid zu Tode getroffen hat, warf er sich neben sie nieder und küsste das kalte Rot des Mundes und spielte mit dem nassen Bernstein ihres Haares. Nieder auf den Sand, ihr zur Seite warf er sich und weinte wie einer, der in Freuden erzittert, und mit seinen braunen Armen presste er sie an seine Brust. Kalt waren ihre Lippen, doch er küsste sie; salzig schmeckte der Honig ihres Haares, aber er kostete ihn mit bitterer Freude. Er küsste die geschlossenen Lider, und der wilde Schaum, der auf den Augenhöhlen lag, war nicht so salzig wie seine Tränen.

Und der Toten beichtete er alles. In die Muscheln ihrer Ohren goss er den herben Wein seiner Geschichte. Er schlang die kleinen Hände sich um den Nacken und streichelte mit seinen Fingern das schlanke Rohr ihrer Kehle. Bitter, bitter war seine Freude, und voll seltsamer Fröhlichkeit war sein Schmerz.

Die schwarze See kam näher, und der weiße Gischt stöhnte wie ein Aussätziger. Mit weißen Klauen von Gischt kroch die See ans Ufer. Aus dem Palast des Meerkönigs drang wieder der Schrei der Trauer, und weit draußen auf dem Meere bliesen die Tritonen heiser auf ihrem Horn.

»Fliehe!«, sprach seine Seele. »Denn immer näher wälzt sich das Meer, und wenn du zögerst, wird es dich verschlingen. Fliehe fort, denn ich fürchte mich; sehe ich doch, dass dein Herz wieder gegen mich verschlossen ist, um deiner großen Liebe willen. Flieh an einen sicheren Ort. Wahrlich, du darfst mich nicht ohne Herz in eine andere Welt jagen!«

Der junge Fischer aber lauschte seiner Seele nicht, sondern rief das kleine Meermädchen an und sprach: »Liebe ist weiser als Weisheit. Liebe ist kostbarer als Reichtum und lieblicher als die Füße der Menschentöchter. Die Feuer können sie nicht zerstören, und die Wasser können sie nicht löschen. Ich rief nach dir bei der Morgendämmerung, doch du kamst nicht auf meinen Ruf. Der Mond vernahm deinen Namen, du aber achtetest meiner nicht. Zum Unheil hatte ich dich verlassen, und zu meinem eigenen Verderben bin ich fortgewandert. Doch war deine Liebe immer in mir und immer war sie stark, sodass nichts dagegen ankommen konnte, wenngleich ich das Böse gesehen habe und das

Gute. Und nun, da du gestorben bist, wahrlich, will auch ich mit dir sterben.«

Und seine Seele flehte, er möge sich retten. Er aber wollte nicht – so groß war seine Liebe. Und die See wälzte sich heran und warf ihre Wellen über ihn, und da er wusste, dass das Ende nahe war, küsste er mit wahnsinnigen Lippen die kalten Lippen des Meermädchens, und das Herz in seinem Leibe brach. Und als sein Herz durch die Größe seiner Liebe brach, fand die Seele ihren Weg hinein und war in ihm, wie zuvor. Und das Meer bedeckte den jungen Fischer mit seinen Wogen.

Am andern Morgen aber zog der Priester aus, das Meer zu segnen, denn es war stürmisch gewesen. Und mit ihm zogen die Mönche und die Musikanten und die Kerzenträger und die Schwinger der Weihrauchfässer und eine große Menge.

Und als der Priester das Ufer erreichte, sah er den jungen Fischer ertrunken in der Brandung liegen, und von seinem Arm umklammert lag der Leichnam des kleinen Meermädchens. Da trat er finster zurück und schlug das Zeichen des Kreuzes und sprach laut und sagte: »Ich will das Meer nicht segnen, noch was in ihm ist! Verflucht sei das Meervolk und verflucht seien alle, die sich mit ihm einlassen. Er aber hat um der Liebe willen Gott vergessen und hier liegt er vom Gericht Gottes samt seiner Buhle erschlagen! Nehmt seinen Leib und den Leib seiner Buhle auf und verscharrt sie in einer Ecke des Schindangers und setzt keinen Stein darüber, noch sonst ein Wahrzeichen irgendeiner Art, auf dass keiner den Platz ihrer Ruhestatt wisse. Denn verflucht waren sie im Leben und verflucht seien sie auch im Tod!«

Da tat das Volk, wie er befohlen hatte. Und in einer Ecke des Schindangers, wo keine süßen Gräser wuchsen, gruben sie eine tiefe Grube und senkten die toten Leiber hinein.

Und als das dritte Jahr dahingegangen war, an einem Tag, der ein heiliger Tag, zog der Priester in die Kapelle, um dem Volk die Wundmale des Herrn zu zeigen und zu dem Volke über Gottes Zorn zu sprechen.

Und als er sich in sein Gewand gekleidet hatte und eintrat und sich vor dem Altare neigte, sah er, wie der Altar mit seltsamen Blumen bedeckt war, die er nie zuvor gesehen. Seltsam anzuschauen waren sie und von wunderlicher Schönheit. Und ihre Schönheit verwirrte ihn, und ihr Duft stieg süß in seine Nase. Freude erfüllte ihn, und er wusste nicht, worüber er sich freute.

Und als er das Tabernakel geöffnet und der Monstranz, die darin stand, Weihrauch dargebracht und dem Volk die schöne Hostie gezeigt und sie dann wiederum unter dem Tuch der Tücher verborgen hatte, begann er zum Volke zu sprechen. Und er wollte zu ihm sprechen von Gottes Zorn, aber die Schönheit der weißen Blumen verwirrte ihn, und ihr Duft stieg ihm süß in die Nase, und andere Worte drängten sich auf seine Lippen, und er sprach nicht vom Zorne Gottes, sondern von dem Gotte, dessen Name Liebe ist. Und weshalb er also sprach, wusste er nicht.

Und als seine Worte verklungen waren, weinte das Volk, und der Priester ging in die Sakristei zurück, und seine Augen waren voll Tränen. Und die Diakone traten herein und fingen an, ihm das heilige Gewand von seinen Schultern zu nehmen. Sie nahmen ihm die Alba ab und den Gurt, die Armstreifen und die Stola. Er aber stand wie in einem Traum.

Und als sie fertig waren, blickte er sie an und sprach: »Was sind das für Blumen, die auf dem Altare stehen, und woher sind sie?«

Sie antworteten ihm: »Wir wissen nicht die Art der Blumen, doch kommen sie aus der Ecke des Schindangers.«

Da begann der Priester zu zittern, ging in sein Haus und betete.

Und am frühen Morgen, da es noch dämmerte, zog er aus mit den Mönchen und mit den Musikanten und mit den Kerzenträgern und mit den Schwingern der Weihrauchfässer und mit einer großen Menge und kam zum Ufer der See und segnete das Meer und alle die wilden Geschöpfe, die in ihm sind. Auch die Faune segnete er und die kleinen Wesen, die im Wald tanzen, und die helläugigen Wesen, die durch das Blattwerk spähen. Alle Geschöpfe in Gottes Welt segnete er. Und das Volk war voll Freude und Staunen. Nie wieder aber wuchsen irgendwelche Blumen in der Ecke des Schindangers, sondern das Feld blieb unfruchtbar, wie es zuvor gewesen war, noch kam das Meervolk wieder in die Bucht, wie es ehedem zu tun pflegte, denn es zog in einen anderen Teil des Meeres.

Das Sternenkind

Es waren einmal zwei arme Holzhauer, die durch einen großen Tannenwald nach Hause gingen. Es war Winter, und die Nacht war bitterkalt. Der Schnee lag hoch auf dem Erdboden und auf den Ästen der Bäume. Der Frost brach unaufhörlich Zweig um Zweig, zu beiden Seiten des Weges, den sie gingen. Und als sie zum Bergbache kamen, hing dieser regungslos in den Lüften, denn der Eiskönig hatte ihn geküsst.

Es war so kalt, dass selbst die Tiere und die Vögel nicht wussten, wie sie sich schützen sollten.

»Hu«, heulte der Wolf, der, den Schwanz zwischen die Beine geklemmt, durch das Unterholz schlich. »Das Wetter ist ja einfach ungeheuerlich. Warum tut die Regierung dagegen nichts?«

»Witte-witt, witte-witt!«, zwitscherten die grünen Hänflinge. »Die alte Erde ist tot, und man hat sie aufgebahrt in ihrem weißen Grabtuch.«

»Die Erde will Hochzeit feiern, und dies ist ihr bräutliches Kleid«, gurrten die Turteltauben einander zu. Ihre kleinen, rosigen Füßchen waren ganz frostzernagt, aber sie empfanden es als ihre Pflicht, die Sache romantisch anzusehen.

»Unsinn!«, knurrte der Wolf. »Ich sage euch, an allem trägt die Regierung schuld. Und wenn ihr mir nicht glaubt, so fress ich euch!« Der Wolf war ausgesprochen praktisch veranlagt, und an guten Gründen fehlte es ihm nie.

»Ich meinerseits«, sagte der Specht, ein geborener Philosoph, »kümmere mich kein Atom um theoretische Erklärungen! Wie eine Sache ist, so ist sie. Und augenblicklich ist es schrecklich kalt.«

Und es war wirklich schrecklich kalt. Die kleinen Eichhörnchen, die in den hohen Tannenbäumen lebten, rieben sich einander die Näschen, um sich warm zu machen, und die Kaninchen rollten sich in ihren Löchern zusammen und wagten keinen Blick vor die Türe. Das einzige Volk, das hocherfreut schien, war das der großohrigen Eulen. Ihre Federn waren vom Reif ganz steif, aber sie achteten dessen nicht und rollten ihre großen, gelben Augen und riefen einander durch den Wald zu: »Tuwitt! tuhu! tuwitt! tuhu – was für wunderbares Wetter wir haben!«

Fürbass schritten die zwei Holzhauer, bliesen munter auf ihre Finger und stapften mit den schweren, eisengenagelten Stiefeln durch den harten Schnee. Einmal sanken sie in eine tiefe Schneewehe ein und kamen aus ihr so weiß heraus, wie Müller, wenn ihre Steine mahlen. Ein andermal glitten sie auf dem harten, glatten Eis des gefrorenen Sumpfes aus, und das Reisig fiel aus ihren Bündeln; sie mussten es aufsuchen und wieder zusammenbinden. Ein andermal wieder glaubten sie, den Weg verloren zu haben, und großes Entsetzen packte sie, da sie ja wussten, wie grausam der Schnee gegen die ist, die in seinen Armen einschlafen. Doch sie setzten ihr Vertrauen auf den guten heiligen Martin, der über allen Wanderern wacht und wandten ihre Schritte wieder zurück und gingen dann behutsam. Und zu guter Letzt erreichten sie den Waldsaum und sahen tief zu ihren Füßen unten im Tal die Lichter des Dorfes, in dem sie wohnten.

So überfroh waren sie über ihre Erlösung, dass sie einander laut zulachten und in der Erde eine Silberblüte, im Monde eine Goldblume zu sehen vermeinten. Doch nachdem sie einander zugelacht hatten, wurden sie wieder traurig, denn sie gedachten ihrer Armut, und der eine sprach zu dem andern: »Worüber freuten wir uns nur so sehr, da wir doch sehen, dass das Leben den Reichen gehört und nicht den Armen, wie wir sind? Es wäre besser gewesen, wir wären im Wald vor Kälte gestorben, oder es hätte sich ein wildes Tier auf uns gestürzt und uns zerfleischt.«

»Wahrlich«, sprach sein Gefährte. »Manchem ist vieles gegeben und anderen wenig. Die Ungerechtigkeit hat die Welt eingeteilt und nichts ist gleichmäßig verteilt außer der Sorge.« Doch indem sie einander noch ihr Leid klagten, begab sich etwas Wunderbares. Vom Himmel fiel ein leuchtend heller, schöner Stern. Er glitt nieder vom Wolkenrand, vorüber an den anderen Sternen in ihrer Bahn. Und da sie ihm verwundert nachblickten, schien es ihnen, als fiele er hinter einem dichten Weidengestrüpp nieder, das nur einen Steinwurf entfernt dicht bei einer kleinen Schafhürde stand.

»Hurra! Das ist ein Topf voll Gold für den, der ihn findet«, riefen sie und fingen an zu laufen, so gierig waren sie nach dem Gold.

Und der eine von ihnen lief rascher als sein Gefährte und überholte ihn und erzwang sich einen Weg durch die Büsche. Und als er hinter ihnen angelangt war, siehe! Da lag wahrhaftig ein goldenes Ding im weißen Schnee. Er stürzte darauf zu und ergriff es, sich niederbeugend, mit beiden Händen; und es war ein Mantel aus Goldgewebe, mit Sternen seltsam durchwirkt und in viele Falten gerafft. Und er rief seinem Gefährten zu, dass er den Schatz gefunden habe, der vom Himmel gefallen sei. Und als sein Gefährte herbeigekommen war, setzten sie sich in den Schnee nieder und lockerten die Falten des Mantels, damit sie die Goldstücke untereinander verteilen könnten. Aber ach! Es war nicht Gold darin noch Silber, noch irgendein Schatz, sondern nur ein kleines Kind, das schlief.

Und der eine sprach zu dem anderen: »Das ist ein bitteres Ende unseres Hoffens. Wir haben eben kein Glück – denn was kann ein Kind einem Mann nützen? Wir wollen es hier lassen und unseres Weges gehen, denn wir sind arme Leute und haben leibliche Kinder, deren Brot wir fremden Kindern nicht geben dürfen.«

Sein Gefährte aber erwiderte: »Nein – übel wäre es getan, das Kind hier im Schnee umkommen zu lassen. Und wenngleich ich so arm bin wie du und viele Münder zu füttern und nur wenig im Topf habe, so will ich es dennoch heimnehmen mit mir, und mein Weib soll für es sorgen.«

So hob er denn das Kind ganz sanft auf, hüllte es in den Mantel, um es vor der grimmigen Kälte zu schützen und schritt bergab dem Dorfe zu, während sein

Gefährte über seine Torheit und die Weichheit seines Herzens staunte.

Und als sie zu dem Dorfe kamen, sprach sein Gefährte zu ihm: »Du hast das Kind, darum gib mir den Mantel; denn es ist nur billig, dass wir teilen.«

Er aber antwortete: »Nein, denn der Mantel ist weder mein noch dein, sondern gehört allein dem Kind.«

Und er wünschte ihm Lebewohl, schritt seinem Haus zu und klopfte an. Und als sein Weib die Tür öffnete und sah, dass ihr Mann gesund zu ihr zurückgekehrt war, schlang sie die Arme um seinen Nacken und küsste ihn und nahm das Reisigbündel von seinem Rücken, streifte den Schnee von seinen Schuhen und hieß ihn hereinkommen.

Er aber sprach zu ihr: »Ich habe im Walde etwas gefunden und habe es dir gebracht, damit du dafür sorgest.« Und er rührte sich nicht von der Schwelle.

»Was ist es?«, rief sie. »Zeige es mir, denn unser Haus ist leer und es ist Not an vielen Dingen.« Da zog er den Mantel zur Seite und zeigte ihr das schlafende Kind.

»Ach, guter Freund«, sprach sie murrend. »Haben wir selbst nicht Kinder genug, dass du noch durchaus einen Wechselbalg anbringen musst, um mit an unserem Herd zu sitzen? Und wer weiß, ob er nicht Unheil über uns bringen wird? Und womit sollen wir ihn nähren?« Und sie ward zornig gegen ihn.

»Es ist aber doch ein Sternenkind«, entgegnete er. Und er erzählte ihr von der wundersamen Art, wie er es gefunden.

Sie aber wollte sich nicht beschwichtigen lassen, sondern höhnte ihn, sprach zornig und schrie:

»Unseren Kindern fehlt es an Brot, und wir sollen anderer Leute Kinder füttern? Wer sorgt denn für uns? Und wer gibt uns Speise?«

»Sprich nicht also! Gott sorgt selbst für die Sperlinge und ernähret sie!«, erwiderte er.

»Sterben etwa die Sperlinge nicht Hungers im Winter?«, fragte sie. »Und ist es nicht Winter jetzt?« Und der Mann antwortete nichts, noch rührte er sich von der Schwelle.

Und ein schneidender Wind drang vom Wald her durch die offene Tür, die in den Angeln erbebte, und das Weib erschauerte und sprach zum Mann: »Willst du nicht die Tür schließen? Es dringt ein eisiger Wind in das Haus und mich friert.«

»Und streicht nicht immer ein eisiger Wind durch ein Haus, in dem ein hartes Herz wohnt?«, fragte er. Und das Weib antwortete ihm nichts, sondern schlich sich näher an das Feuer heran. Und nach einer Weile wandte sie sich um und sah ihn an, und ihre Augen waren voll Tränen. Da trat er rasch ein und gab ihr das Kind in die Arme, und sie küsste es und legte es in ein kleines Bettchen, in dem das jüngste ihrer eigenen Kinder schlief. Am andern Morgen aber nahm der Holzhauer den seltsamen Mantel aus Gold und barg ihn in einer großen Truhe; und die Kette aus Bernstein, die um den Hals des Kindes hing, nahm das Weib und barg sie gleichfalls in der Truhe.

So wuchs das Sternenkind mit den Kindern des Holzhauers heran und saß am selben Tisch mit ihnen und war ihr Spielgenoss. Und mit jedem Jahre ward es schöner anzusehen, sodass alle, die in dem Dorf wohnten, staunten, denn, während sie dunkel und schwarzhaarig waren, war es weiß und zart wie gedrechseltes Elfenbein, und seine Locken glichen dem Blütenstaub der Narzisse. Seine Lippen waren wie die Blütenblätter einer roten Blume und seine Augen wie Veilchen am Ufer eines klaren Baches, und sein Leib war wie die Narzissen auf dem Feld, auf das kein Mäher kommt.

Aber seine Schönheit brachte ihm Unheil, denn es ward auch stolz und grausam und selbstsüchtig. Die Kinder des Holzhauers und die anderen Kinder des Dorfes verachtete es, sagte, sie seien von niederer Herkunft, während es vornehm sei, da es von einem Stern herstamme. Und es machte sich zum Herrn über sie und nannte sie seine Diener. Nicht kannte es Mitleid mit den Armen, noch mit denen, die blind oder missgestaltet oder sonst wie bresthaft waren. Es warf vielmehr Steine nach ihnen und trieb sie auf die Landstraße hinaus und hieß sie anderswo ihr Brot erbetteln, sodass die Geächteten kein zweites Mal den Weg zum Dorfe nahmen, um Almosen zu erbitten. Es glich einem, der in die Schönheit verliebt ist, und spottete über die Schwächlichen und hässlichen und verlachte sie. Sich selber aber liebte es. Und zur Sommerzeit, wenn die Winde ruhten, lag es ganz still neben dem Brunnen in des Priesters Garten und betrachtete das Wunder seines eigenen Angesichts und lachte voll Freude an seiner eigenen Schönheit.

Oft schalten es der Holzhauer und sein Weib und sagten: »Wir haben an dir nicht getan wie du an jenen tust, die verlassen sind und keinen haben, der ihnen hilft. Weshalb bist du so grausam gegen alle jene, die Erbarmen brauchen?«

Oft sandte der alte Priester nach ihm und versuchte, es die Liebe zu allem Lebenden zu lehren. Er sprach zu ihm: »Die Fliege ist deine Schwester, tu ihr nichts Böses. Die wilden Vögel, die durch den Wald streichen, sind frei, fange sie nicht zu deiner Lust. Gott schuf die Blindschleiche und den Maulwurf und jedem ward sein Ort. Wer bist du, dass du Schmerz in Gottes Welt bringst? Selbst das Vieh auf dem Felde preist Ihn.«

Doch das Sternenkind achtete nicht auf seine Worte, sondern verzog den Mund und blickte höhnisch und ging zu seinen Gefährten zurück und stellte sich an ihre Spitze. Und seine Gefährten folgten ihm, denn es war schön und schnellen Fußes und konnte tanzen und pfeifen und musizieren. Und wohin auch das Sternenkind sie führte, folgten sie ihm, und was das Sternenkind gebot, das taten sie. Und wenn es mit einem spitzen Schilfrohr die trüben Augen des Maulwurfs durchbohrte, so lachten sie, und wenn es nach den Aussätzigen Steine warf, lachten sie auch. Und in allen Dingen herrschte es über sie, und ihre Herzen wurden hart, wie seines war.

Eines Tages nun geschah es, dass ein armes Bettlerweib durch das Dorf des Weges kam. Ihre Kleider waren zerrissen und zerlumpt, und ihre Füße bluteten von der rauen Straße, die sie gewandert war, und sie war in einer wirklich schlimmen Lage. Und da sie müde war, setzte sie sich unter einen Kastanienbaum, um zu rasten.

Kaum hatte das Sternenkind sie gesehen, so sprach es zu seinen Gespielen: »Seht ihr, da sitzt ein schmutziges Bettelweib unter dem schönen, grünblätterigen Baum. Kommt, wir wollen es von hinnen treiben, denn es ist hässlich und missgestaltet.« Darauf trat es näher und warf nach ihm mit Steinen und spottete seiner. Die Bettlerin aber sah es an, und Grauen war in ihrem Blick, und sie wandte ihn nicht von ihm. Und als der Holzhauer, der in einer nahen Schonung Holz spaltete, sah, was das Sternenkind tat, lief er hinzu, verwies es ihm und sprach: »Wahrlich, du bist harten Herzens und kennst kein Erbarmen. Was hat dir dies arme Weib Böses getan, dass du es in dieser Weise behandelst?«

Und das Sternenkind wurde rot vor Wut, und stampfte mit den Füßen auf den Boden und entgegnete: »Wer bist du, dass du von mir Rechenschaft forderst über mein Tun? Ich bin dein Sohn nicht und schulde dir keinen Gehorsam.«

»Wahr sprichst du«, entgegnete der Holzhauer. »Doch ich hatte Mitleid mit dir, als ich dich im Wald fand.«

Als nun die Frau diese Worte hörte, stieß sie einen lauten Schrei aus und sank bewusstlos nieder. Und der Holzhauer trug sie in sein Haus und sein Weib sorgte für sie, und als sie aus der Ohnmacht erwachte, in die sie gefallen war, setzten sie ihr Speis und Trank vor und baten sie, vorlieb zu nehmen.

Sie aber wollte weder essen noch trinken, sondern sagte zum Holzhauer: »Sagtest du nicht, dass jenes Kind im Wald gefunden sei? Und war das nicht just heute vor zehn Jahren?«

Und der Holzhauer erwiderte: »Du sagst es. Ich habe es im Wald gefunden. Und heute sind es zehn Jahre her.«

»Und welch Kennzeichen trug es an sich?«, rief sie. »Trug es nicht um den Hals eine Kette von Bernstein? War es nicht in einen Mantel aus goldenem Gewebe, mit Sternen durchwirkt, gehüllt?«

»Wahrlich«, erwiderte der Holzhauer. »Es war also, wie du sagst.« Und er nahm den Mantel und die Bernsteinkette aus der Truhe, in der sie lagen und zeigte sie ihr.

Sie aber brach bei dem Anblicke in Freudentränen aus und sagte: »Es ist mein kleiner Sohn, den ich im Walde verloren habe. Ich flehe dich an, hole ihn auf der Stelle. Denn um ihn zu suchen, habe ich die weite Welt durchwandert.«

Da gingen der Holzhauer und sein Weib und riefen das Sternenkind herbei und sagten zu ihm: »Tritt in das Haus, du sollst darin deine Mutter finden, die deiner harrt.« Es lief hinein voll Staunen und Entzücken, doch als es die sah, die dort wartete, lachte es hämisch und sagte: »Wo ist meine Mutter? Sehe ich doch niemand als dieses gemeine Bettelweib.«

Und das Weib antwortete ihm: »Ich bin deine Mutter.«

»Das schwatzt der Wahnsinn aus dir!«, schrie zornig das Sternenkind. »Ich bin dein Sohn nicht, du Bettlerin, denn du bist hässlich und zerlumpt. Drum gehe schleunigst von hinnen und lass mich dein scheußliches Gesicht nicht länger schauen!«

»Aber du bist wirklich mein kleiner Sohn, den ich im Wald gebar«, rief sie, fiel auf die Knie und streckte die Arme nach ihm aus. »Die Räuber haben dich mir gestohlen und dich dem Tod preisgegeben«, stöhnte sie. »Ich aber erkannte dich wieder, sobald ich dich erblickte. Und auch die Kennzeichen habe ich wiedererkannt, den Mantel aus Goldgewebe und die Bernsteinkette. Darum bitte ich dich: komm mit mir! Bin ich doch durch die ganze Welt gewandert, dich zu suchen. Komm mit mir, mein Sohn, denn ich habe deine Liebe nötig!«

Doch das Sternenkind rührte sich nicht von seinem Platz, sondern schloss die Tore seines Herzens noch fester. Und nichts war zu hören als das Schluchzen des Weibes, das vor Gram weinte.

Endlich aber sprach es zu ihr, und seine Stimme war hart und bitter: »Bist du in Wahrheit meine Mutter«, sagte es, »so wäre es besser gewesen, du wärest fortgeblieben und nicht hierhergekommen, um Schande über mich zu bringen. Wähnte ich doch, das Kind eines Sternes zu sein und nicht einer Bettlerin Kind, wie du mir sagst. Darum gehe fort von hier und lass dich nicht mehr von mir erblicken!«

»Ach, mein Sohn«, rief sie. »Willst du mich nicht küssen, eh ich gehe? Hab ich doch so viel gelitten, nur um dich zu finden.«

»Wahrlich nicht«, sprach das Sternenkind. »Allzu scheußlich bist du anzusehen. Eher sollen meine Lippen eine Natter oder eine Kröte küssen als dich!«

Da stand das Weib auf und ging hinaus in den Wald und weinte bitterlich. Das Sternenkind aber freute sich, dass es gegangen und lief zurück zu seinen Spielgenossen, um mit ihnen zu spielen.

Als sie aber seiner ansichtig wurden, verhöhnten sie es und sprachen: »Du bist ja so scheußlich wie eine Kröte und ekelhaft wie eine Natter! Fort mit dir! Wir wollen dich nicht mit uns spielen lassen.« Und sie trieben es aus dem Garten hinaus.

Das Sternenkind aber runzelte die Stirn und sprach zu sich: »Was sagen sie nur zu mir? Ich will zum Wasser des Brunnens gehen und hineinschauen – das soll mir von meiner Schönheit erzählen.«

So ging es zum Wasserbrunnen und sah hinein. Doch siehe! Sein Kopf glich dem Kopfe einer Kröte und sein Leib war schuppenbedeckt wie eine Schlange. Und es warf sich nieder ins Gras und schluchzte und sprach zu sich: »Wahrlich, das ist durch meine Sünde über mich gekommen. Habe ich doch meine Mutter verleugnet und sie weggejagt. War ich doch stolz und grausam gegen sie. Nun will ich gehen und sie suchen in der ganzen Welt und will nicht rasten, eh ich sie gefunden habe.«

Da aber trat die kleine Tochter des Holzhauers zu ihm, legte ihre Hand auf seine Schulter und sagte: »Was tut es, wenn du auch deine Schönheit verloren hast. Bleibe bei uns. Ich will deiner nicht spotten.«

Und es sprach zu ihr: »Nein, denn ich war grausam gegen meine Mutter, und dies Leiden ist als Strafe über mich gekommen. Darum muss ich von hinnen gehen und durch die Welt wandern, bis ich sie finde und sie mir Verzeihung gewährt.«

Und es lief in den Wald hinein und rief nach seiner Mutter, sie möge zu ihm kommen, aber es erhielt keine Antwort. Den ganzen Tag hindurch rief es nach ihr, und als die Sonne sank, legte es sich zum Schlaf in ein Laubbett und die Vögel und Tiere des Waldes flohen vor ihm, denn sie entsannen sich seiner Grausamkeit. Nichts Lebendes kam ihm nahe, außer der Kröte, die nach ihm spähte, und der trägen Natter, die vorüberkroch.

Am Morgen stand es auf und pflückte etliche bittere Beeren von den Bäumen, aß sie und schlug bitterlich weinend den Weg durch den großen Wald ein. Und alles, was ihm begegnete, fragte es, ob es vielleicht seine Mutter gesehen habe.

Es sprach zum Maulwurf: »Du kennst die Tiefen der Erde, sag mir, ist meine Mutter dort?« Doch der Maulwurf antwortete: »Du hast meine Augen geblendet, wie sollte ich es wissen?«

Es sprach zum Hänfling: »Du fliegst über die Wipfel der hohen Bäume hin und kannst die ganze Welt übersehen. Sag mir, kannst du meine Mutter sehen?« Und der Hänfling erwiderte: »Du hast meine Flügel gestutzt in böser Lust, wie könnte ich fliegen?«

Und zum kleinen Eichhörnchen, das im Tannenbaum wohnte und einsam war, sprach es: »Wo ist meine Mutter?« Und das Eichhörnchen erwiderte: »Du hast meine Mutter erschlagen. Suchst du deine, um sie auch zu erschlagen?«

Und das Sternenkind weinte und neigte das Haupt und bat Gottes Geschöpfe um Vergebung und wanderte hin durch den Wald, das Bettelweib zu suchen. Und am dritten Tage erreichte es die andere Seite des Waldes und stieg nieder in die Ebene.

Und wenn es durch die Dörfer schritt, verspotteten es die Kinder und warfen Steine nach ihm, und die

Landleute wollten es nicht einmal in der Scheune schlafen lassen, damit es nicht Meltau über das aufgespeicherte Korn bringe, so scheußlich war es anzusehen. Und ihre Knechte jagten es fort und keiner war, der Erbarmen mit ihm hatte. Auch konnte es nirgends von dem Bettelweib vernehmen, das seine Mutter war, obgleich es drei lange Jahre durch die Welt wanderte und auch oft vermeinte, sie vor sich auf dem Weg zu sehen und sie dann rief und hinter ihr herlief, bis die scharfen Kiesel seine Füße bluten machten.

Sie einzuholen aber vermochte es nicht, und die, die am Weg wohnten, leugneten stets, sie oder irgendjemand, der ihr glich, gesehen zu haben, und sie verhöhnten seinen Gram.

Drei Jahre lang wanderte es über die Erde, und es fand auf der Erde weder Liebe noch Güte noch Erbarmen. Es war eben eine Welt, wie es sich selbst geschaffen hatte in den Tagen seines großen Stolzes.

Und eines Abends kam es vor das Tor einer stark befestigten Stadt, die an einem Fluss lag. Und obwohl es müde war und seine Füße wund, wollte es doch hineingehen. Aber die Soldaten, die die Wache hielten, kreuzten ihre Hellebarden vor dem Eingange und fuhren es rau an: »Was hast du in der Stadt zu suchen?«

»Ich suche meine Mutter«, erwiderte es. »Und ich bitte euch, lasst mich vorbei, denn vielleicht ist sie in der Stadt hier.«

Sie aber höhnten es, und einer von ihnen schüttelte den schwarzen Bart, stieß den Schild auf die Erde und rief: »Wahrhaftig, deine Mutter wird nicht sehr erfreut sein, wenn sie dich sieht, denn du bist missgestalteter als die Kröte im Sumpf oder die Natter, die im Schlamm kriecht. Scher dich fort von hier, deine Mutter wohnt nicht in dieser Stadt.«

Und ein anderer, der ein gelbes Banner in der Hand hielt, sagte zu ihm: »Wer ist deine Mutter, und warum suchst du sie?«

Und es antwortete: »Meine Mutter ist eine Bettlerin, wie ich ein Bettler bin. Und ich habe schlecht an ihr gehandelt und bitte euch, erlaubt mir, einzutreten, damit sie mir verzeihe, falls sie in dieser Stadt weilt.« Aber sie wehrten ihm und verwundeten es mit ihren Speeren. Und da es sich weinend von ihnen wandte, kam einer, dessen Rüstung mit goldenen Blumen eingelegt war und dessen Helmzier ein ruhender Löwe war, der Flügel hatte. Und dieser fragte die Krieger, wer es gewesen sei, der Einlass begehrt habe, und sie antworteten ihm: »Ein Bettler war es, eines Bettlers Kind, und wir haben es fortgejagt.«

»Nicht also«, rief er lachend. »Dies hässliche Wesen wollen wir als Sklaven verkaufen, und der Erlös soll uns einen Humpen süßen Weines schaffen.«

Und ein alter Mann mit bösem Gesicht, der gerade vorüberging, rief sie an und sprach: »Für diesen Preis will ich ihn kaufen!« Und als er den Preis gezahlt hatte, nahm er das Sternenkind bei der Hand und führte es in die Stadt hinein.

Und nachdem sie durch viele Straßen gegangen waren, kamen sie an eine kleine Pforte, die in eine Mauer gebrochen war und die ein Granatapfelbaum verdeckte. Und der alte Mann berührte die Pforte mit einem Ring aus geschnittenem Jaspis und sie sprang auf. Fünf eherne Stufen schritten sie hinab in einen Garten voll schwarzen Mohns und grüner Krüge gebrannten Tones. Und der alte Mann zog aus seinem Turban ein Tuch aus gemusterter Seide und verband damit dem Sternenkind die Augen und trieb es vor sich her.

Und als das Tuch ihm von den Augen gelöst wurde, fand sich das Sternenkind in einem Turmverlies, das von einer Hornlaterne erhellt wurde. Und der alte Mann setzte ihm auf einem Holzbrett schimmliges Brot vor und sprach: »Da iss!« und fauliges Wasser in einer Schale und sprach: »Da trink!« Und als es gegessen und getrunken hatte, ging der alte Mann hinaus, schloss die Tür hinter sich ab und befestigte sie mit einer eisernen Kette.

Und am nächsten Tage kam der alte Mann, der der schlauste Zauberer Libyens war und seine Kunst von einem, der in den Gräbern am Nil hauste, erlernt hatte, zu ihm herein, blickte ihn finster an und sprach: »In einem Wald, unfern der Tore dieser Giaurenstadt, liegen drei Klumpen Goldes verborgen: Der eine ist aus weißem Gold, der andere aus gelbem Gold und das Gold des dritten ist rot. Heute sollst du mir den Klumpen weißen Goldes bringen. Und bringst du ihn nicht, so will ich dich mit hundert Riemen schlagen. Mach dich hurtig auf den Weg, und bei Sonnenuntergang werde ich dich an der Pforte des Gartens erwarten. Achte wohl, dass du das weiße Gold mir bringst, oder es wird dir übel ergehen. Denn du bist mein Sklave, und ich habe dich für den Preis eines Humpens süßen Weins gekauft.«

Und er verband dem Sternenkind die Augen mit einem Tuch aus gemusterter Seide und führte es durch das Haus und den Garten voll Mohn und die fünf ehernen Stufen hinan. Und nachdem er die kleine Tür mit seinem Ring geöffnet hatte, stieß er es auf die Straße.

Und das Sternenkind ging zum Tore der Stadt hinaus und kam in den Wald, von dem ihm der Zauberer gesprochen hatte. Und der Wald war von außen schön anzusehen und schien voll singender Vögel und süß duftender Blumen zu sein. Und das Sternenkind betrat ihn frohgemut, doch nützte ihm die Schönheit wenig, denn wohin es sich auch wandte, schossen scharfe Dornen und Hecken vom Boden auf und umklammerten es, und böse Nesseln stachen es und die Disteln verletzten es mit ihren Dolchen, sodass es in großer Not war. Auch vermochte es nirgends den Klumpen weißen Goldes zu finden, von dem der Zauberer gesprochen hatte, obschon es ihn vom Morgen bis zur Mittagsstunde und von Mittag bis zum Sonnenuntergang suchte. Und beim Sonnenuntergang wandte es das Antlitz rückwärts und weinte bitterlich, denn es wusste, welch Geschick seiner harrte.

Doch als es den Saum des Waldes erreicht hatte, vernahm es aus dem Dickicht einen Schrei, wie von einem, der in Not ist. Da vergaß es seinen eigenen Kummer und lief zur Stelle hin und sah einen kleinen Hasen, der sich in einer Falle gefangen hatte, die ihm ein Jäger gestellt hatte. Und das Sternenkind fühlte Mitleid mit dem Kleinen und befreite ihn und sagte zu ihm: »Ich bin selbst nur ein Sklave, aber ich kann dir doch die Freiheit schenken.«

Und der Hase antwortete ihm und sprach: »Wahrlich, du hast mir die Freiheit geschenkt! Doch was kann ich dir dafür schenken?«

Da sprach das Sternenkind zu ihm: »Ich suche einen Klumpen weißen Goldes, doch kann ich ihn nirgends finden. Und bringe ich ihn meinem Herrn nicht, so wird er mich schlagen.«

»Komm mit mir«, sagte der Hase. »Und ich will dich zu der Stelle führen, denn ich weiß, wo er versteckt liegt und zu welchem Zwecke.«

So ging das Sternenkind mit dem Hasen und siehe! In einer Spalte im Stamm eines großen Eichenbaumes sah es den Klumpen weißen Goldes, den es suchte. Und es war voll Freude und griff danach und sagte zu dem Hasen: »Den Dienst, den ich dir getan, hast du mir viele Male vergolten. Und was ich dir an Güte erwies, hast du mir hundertfach zurückgezahlt.«

»Nein«, entgegnete der Hase. »Aber wie du an mir getan hast, habe auch ich an dir getan.« Und schnell lief er davon, und das Sternenkind schritt der Stadt zu.

Nun saß am Tor der Stadt ein Aussätziger. Eine Kapuze aus grauem Linnen hing über seinem Gesicht, und durch die Augenlöcher glühten seine Augen wie rote Kohlen. Als er das Sternenkind kommen sah, schlug er auf ein hölzernes Becken und rasselte mit seiner Klapper und rief ihm zu und sprach: »Gib mir ein Geldstück, oder ich muss Hungers sterben. Denn sie haben mich aus der Stadt gestoßen, und es ist keiner, der mit mir Erbarmen hätte.«

»Ach«, klagte das Sternenkind. »Ich habe in meinem Quersack nichts als einen Klumpen Goldes. Und wenn ich den nicht meinem Herrn bringe, schlägt er mich, denn ich bin sein Sklave.«

Der Aussätzige aber bat und flehte es an, bis das Sternenkind Mitleid hatte und ihm den Klumpen weißen Goldes gab.

Und als es zu des Zauberers Haus kam, öffnete ihm der Zauberer und führte es hinein und sprach zu ihm: »Hast du den Klumpen weißen Goldes?« Das Sternenkind erwiderte: »Ich habe ihn nicht.« Da fiel der Zauberer über das Kind her und peitschte es und setzte ihm einen leeren Holzteller hin und sagte: »Da iss!«, und stellte ihm einen leeren Becher hin und sagte: »Da trink!«, und warf es wieder in das Turmverlies.

Am nächsten Morgen aber kam der Zauberer von Neuem und sprach: »Wenn du mir heute nicht den Klumpen gelben Goldes bringst, so will ich wahrlich an dir tun, wie man an Sklaven tut und dir dreihundert Hiebe aufzählen.«

Da ging das Sternenkind in den Wald und suchte den ganzen langen Tag den Klumpen gelben Goldes, doch konnte es ihn nirgends finden. Und als die Sonne sank, setzte es sich auf den Boden und begann zu weinen. Und als es schluchzte, kam der kleine Hase zu ihm, den es aus der Falle befreit hatte.

Und der Hase sprach zu ihm: »Warum weinst du? Und was suchst du hier im Walde?«

Und das Sternenkind erwiderte: »Ich suche den Klumpen gelben Goldes, der hier verborgen liegt, und wenn ich ihn nicht finde, wird mich mein Herr schlagen und an mir tun, wie man an Sklaven tut.«

»Folge mir!«, rief der Hase. Und es lief durch den Wald, bis es zu einem Wassertümpel kam. Und auf dem Grund des Tümpels lag der Klumpen gelben Goldes.

»Wie soll ich dir danken?!«, sprach das Sternenkind. »Siehe, schon zum zweiten Male hast du mir geholfen.«

»Nicht also – du hast zuerst mit mir Erbarmen gehabt«, sprach der Hase, und lief leichtfüßig davon.

Und das Sternenkind nahm den Klumpen gelben Goldes und steckte ihn in seinen Quersack und eilte der Stadt zu. Doch der Aussätzige sah es kommen und lief ihm entgegen und sank in die Knie und schrie: »Gib mir ein Geldstück oder ich muss Hungers sterben!«

Das Sternenkind sprach zu ihm: »Ich trage in meinem Quersack nur einen Klumpen gelben Goldes. Und bringe ich den nicht meinem Herrn, wird er mich schlagen und an mir tun, wie man an Sklaven tut.«

Doch der Aussätzige bat es so sehr, dass das Sternenkind Erbarmen mit ihm hatte und ihm den Klumpen gelben Goldes gab.

Und als es zum Haus des Zauberers kam, öffnete ihm der Zauberer und ließ es ein und sprach: »Hast du den Klumpen gelben Goldes?« Und das Sternenkind sagte zu ihm: »Ich habe ihn nicht.« Da fiel der Zauberer über das Kind her und schlug es und belud es schwer mit Ketten und warf es wieder in das Turmverlies.

Und am Morgen darauf kam der Zauberer von Neuem zu ihm und sagte: »Wenn du mir heute den Klumpen rot gleißenden Goldes bringst, will ich dir die Freiheit schenken. Doch bringst du ihn mir nicht, dann wahrlich, will ich dich töten!«

So ging das Sternenkind in den Wald und suchte den ganzen langen Tag hindurch nach dem Klumpen roten Goldes, doch konnte es ihn nirgends finden. Und gegen Abend setzte es sich nieder und weinte. Und wie es so weinte, kam der kleine Hase zu ihm.

Und der Hase sprach zu ihm: »Der Klumpen roten Goldes, den du suchest, ist in der Höhle, die hinter dir liegt. Deshalb weine nicht mehr, sondern sei froh!«

»Wie soll ich dir's lohnen?!«, rief das Sternenkind. »Denn siehe! Zum dritten Male hast du mir geholfen!«

»Nicht also – du warst es, der zuerst Mitleid mit mir hatte«, erwiderte der Hase und lief schnell davon.

Und das Sternenkind trat in die Höhle und fand in ihrem entlegensten Winkel den Klumpen roten Goldes und legte ihn in seinen Rucksack und eilte der Stadt zu.

Und der Aussätzige sah es kommen und trat in die Mitte des Weges und schrie auf und sprach zu ihm: »Gib mir den Klumpen roten Goldes – oder ich muss sterben.« Und das Sternenkind hatte wieder Mitleid mit ihm und gab ihm den Klumpen roten Goldes und sprach: »Deine Not ist größer als die meine.« Doch sein Herz war schwer, denn es wusste, welch bitteres Los seiner harrte.

Doch siehe! Als es durch das Tor der Stadt schritt, beugten sich die Wächter tief vor ihm und huldigten ihm und sprachen: »Wie herrlich anzusehen ist unser

Herr!« Und eine Menge Bürgersleute folgte ihm und rief laut: »Wahrlich, niemand auf der ganzen Welt gleicht ihm an Schönheit«, sodass das Sternenkind weinte und zu sich selber sprach: »Sie verhöhnen mich und spotten meines Elends.« Und so groß war der Zusammenlauf des Volkes, dass es die Richtung seines Weges verlor und sich plötzlich auf einem großen Platz fand, auf dem ein Königspalast stand.

Und die Tore des Palastes öffneten sich, und die Priester und hohen Würdenträger der Stadt eilten ihm entgegen. Und sie beugten sich tief vor ihm und sprachen: »Du bist unser Herr, auf den wir gewartet haben und unseres Königs Sohn!«

Da antwortete das Sternenkind und sprach: »Ich bin nicht eines Königs Sohn, sondern das Kind eines armen Bettelweibes, und wie könnt ihr sagen, ich sei schön, da ich doch weiß, dass ich hässlich anzuschauen bin!«

Da hielt der, dessen Rüstung mit goldenen Blumen verziert war und auf dessen Helmzier ein ruhender Löwe war, der Flügel hatte, den Schild empor und rief: »Warum sagt mein Herr, dass er nicht schön sei?«

Und das Sternenkind blickte hinein und siehe! Sein Antlitz war wie es ehedem gewesen, und all seine Schönheit war ihm zurückgekommen. In seinen Augen aber sah es etwas, was es selbst zuvor noch nie darin gesehen hatte.

Und die Priester und die hohen Würdenträger knieten nieder und sprachen zu ihm: »Es war von altersher prophezeiet, dass am heutigen Tage der kommen würde, der über uns herrschen soll. So nehme denn unser Herr diese Krone und dieses Zepter und in seiner Gerechtigkeit und Gnade sei er König über uns!«

Er aber sprach zu ihnen: »Ich bin nicht würdig, denn ich habe die Mutter, die mich geboren hat, verleugnet und kann nicht Ruhe finden, ehe ich sie gefunden habe und ehe ich weiß, dass sie mir vergeben hat. Darum lasst mich gehen, denn ich muss von Neuem die Welt durchwandern und darf hier nicht verweilen, ob ihr mir gleich Krone und Zepter bietet!«

Und da es so sprach, wandte es das Antlitz ab von ihnen, der Straße zu, die zu dem Tor der Stadt führte. Und siehe! In der Mitte der Menge, die sich um die Soldaten drängte, sah es das Bettelweib, das sich seine Mutter genannt hatte. Und an ihrer Seite stand der Aussätzige, der am Wege gesessen hatte.

Da löste sich ein Freudenschrei von seinen Lippen, und es stürzte auf sie zu und kniete nieder und küsste die Wunden an den Füßen seiner Mutter und netzte sie mit seinen Tränen. Es neigte das Haupt in den Staub und schluchzte wie einer, dem das Herz brechen will, und sprach zu ihr: »Mutter, ich habe dich in der Stunde meines Stolzes verleugnet – nimm mich hin in der Stunde meiner Demut. Mutter, ich gab dir Hass – gib du mir Liebe! Mutter, ich verschmähte dich – nimm jetzt dein Kind auf!« Doch das Bettelweib antwortete ihm kein Wort.

Und das Sternenkind streckte die Hände aus und umklammerte die weißen Füße des Aussätzigen und sprach zu diesem: »Dreimal hatte ich Erbarmen mit dir; bitte du meine Mutter, dass sie zu mir spreche.« Doch der Aussätzige antwortete ihm kein Wort.

Und wieder hub es an zu schluchzen und sprach: »Mutter, mein Leid ist größer, als ich zu tragen vermag. Gib mir deine Verzeihung und lass mich heimkehren in den Wald.«

Da legte das Bettelweib die Hände auf sein Haupt und sprach zu ihm: »Stehe auf!« Und der Aussätzige legte die Hände auf sein Haupt, und auch er sprach zu ihm: »Stehe auf!«

Da stand es auf und sah die beiden an. Und siehe! Sie waren ein König und eine Königin.

Und die Königin sprach zu ihm: »Dies ist dein Vater, dem du geholfen hast!«

Und der König sagte: »Dies ist deine Mutter, deren Füße du mit deinen Tränen genetzt hast!« Und sie fielen ihm um den Hals und küssten es und führten es in den Palast und kleideten es in schöne Gewänder und setzten ihm die Krone aufs Haupt und gaben ihm das Zepter in die Hand. Und es herrschte über die Stadt, die am Ufer des Stromes lag und war ihr Herr.

Gerechtigkeit und Erbarmen zeigte es allen und verbannte den bösen Zauberer. Und dem Holzhauer und seinem Weib sandte es viel reiche Gaben und erwies auch ihren Kindern hohe Ehren. Es duldete nicht, dass irgendeiner grausam gegen die Vögel oder sonst ein Tier sei, sondern lehrte Liebe und Güte und Barmherzigkeit und gab dem Armen Brot und gab den Nackten Kleidung. Und Friede und Überfluss waren im Lande.

Doch es herrschte nicht lange, denn sein Leid war allzu groß und das Feuer seiner Prüfung allzu verzehrend gewesen, sodass es nach Ablauf von drei Jahren starb. Und der nach ihm kam, herrschte böse.

Der glückliche Prinz und andere Märchen

Der glückliche Prinz

Hoch über der Stadt stand auf einer hohen Säule die Statue des glücklichen Prinzen. Sie war über und über mit dünnen Blättchen von feinem Gold vergoldet, zwei glänzende Saphire hatte sie als Augen, und ein großer, roter Rubin glühte am Schwertknauf.

Er wurde wirklich viel bewundert.

»Er ist so schön wie ein Wetterhahn«, bemerkte einer der Stadträte, dem viel daran lag, als Kenner in Kunstdingen zu gelten. »Wenn auch nicht ganz so nützlich«, fügte er hinzu, aus Furcht, man könnte ihn für unpraktisch halten, was er wirklich und wahrhaftig nicht war.

»Warum nimmst du dir kein Beispiel an dem glücklichen Prinzen?«, fragte eine verständige Mutter ihren kleinen Buben, der weinte, weil er den Mond nicht haben konnte. »Dem glücklichen Prinzen fällt es nicht ein, zu weinen, wenn er etwas nicht kriegen kann.«

»Ich bin froh, dass es jemanden in der Welt gibt, der ganz glücklich ist«, murmelte ein enttäuschter Mann, der die wundervolle Bildsäule betrachtete.

»Er sieht just aus wie ein Engel«, sagten die Waisenkinder, die in ihren hellroten Mänteln und den reinlichen weißen Schürzen aus der Kathedrale kamen.

»Woher wisst ihr das«, sagte der Mathematikprofessor. »Da ihr nie einen Engel gesehen habt?«

»O doch, in unseren Träumen«, antworteten die Kinder; und der Mathematikprofessor runzelte die Stirn und blickte sehr finster drein, denn er hatte es nicht gern, wenn Kinder träumten.

Eines Nachts flog ein kleiner Schwälberich über die Stadt. Seine Freunde waren schon vor sechs Wochen nach Ägypten gezogen, aber er blieb zurück, denn er liebte das wunderschönste Rohr im Schilfe. Zeitig im Frühjahr hatte er es erblickt, als er den Fluss hinunter flog, hinter einer dicken, gelben Motte her, und die schlanke Taille des Rohrs hatte ihm so gefallen, dass er stehen blieb, um mit ihm zu plaudern.

»Soll ich dich lieben?«, sagte der Schwälberich, der gerne geradeswegs auf sein Ziel losging, und das Rohr machte ihm eine tiefe Verbeugung. So flog er rund um das Rohr herum und berührte das Wasser mit seinen Flügeln und zeichnete silberne Kreise hinein. So machte er ihm den Hof, und das dauerte den ganzen Sommer hindurch.

»Es ist ein lächerliches Verhältnis!«, zwitscherten die anderen Schwalben. »Das Rohr hat kein Geld und viel zu viel Verwandtschaft.«

Und in der Tat war der ganze Fluss voll Schilf. Und als dann der Herbst kam, flogen alle Schwalben davon.

Als sie fortgeflogen waren, fühlte sich das Schwälbchen sehr einsam und begann seinen Minnedienst etwas langweilig zu finden. »Es plaudert sich schlecht mit ihm, und ich fürchte sehr, dass es kokett ist, denn es flirtet immer mit dem Wind.« Tatsache war, dass das Rohr, sooft der Wind blies, die graziösesten Verbeugungen machte. »Ich gebe zu, dass es häuslich ist«, fuhr das Schwälbchen fort. »Aber ich liebe das Reisen, und mein Weib muss also auch das Reisen ebenfalls gern haben.«

»Willst du mit mir kommen?«, sagte das Schwälbchen endlich zu ihm; aber das Rohr schüttelte den Kopf, denn es hing zu sehr an seiner Heimat.

»Du hast deinen Scherz mit mir getrieben«, schrie das Schwälbchen. »Ich reise zu den Pyramiden. Leb wohl!« Und das Schwälbchen flog fort.

Den ganzen Tag flog es, und als die Nacht hereinbrach, kam es zur Stadt. »Wo soll ich absteigen?«, sagte es. »Ich hoffe, die Stadt hat Empfangsvorbereitungen getroffen!«

Dann sah das Schwälbchen die Statue auf der hohen Säule.

»Hier will ich absteigen!«, rief es aus. »Das ist ein schönes Plätzchen, und frische Luft gibt es hier genug.« Und es ließ sich nieder, gerade zwischen den Füßen des glücklichen Prinzen.

»Ich habe ein goldenes Schlafzimmer«, sagte das Schwälbchen leise zu sich selbst, wie es sich umsah, und es bereitete sich zum Schlafen vor. Aber gerade als es seinen Kopf unter die Flügel stecken wollte, fiel ein schwerer Wassertropfen nieder. »Wie seltsam!«, rief das Schwälbchen aus. »Am Himmel steht keine einzige Wolke, die Sterne sind ganz hell und klar und doch regnet es. Das Klima im nördlichen Europa ist wirklich schrecklich. Das Rohr liebte ja den Regen, aber das war nichts als Egoismus.«

Ein zweiter Tropfen fiel.

»Zu was ist die Bildsäule denn nütze, wenn sie nicht den Regen abhalten kann«, sagte es. »Ich schaue mich lieber nach einem guten Schornstein um!« Und das Schwälbchen beschloss, fortzufliegen.

Aber bevor es seine Flügel geöffnet hatte, fiel ein dritter Tropfen, und es blickte empor und sah – ach, was sah es?

Die Augen des glücklichen Prinzen waren voll Tränen, und die Tränen rollten nieder an den goldenen

Wangen. Und sein Gesicht war so schön im Mondlicht, dass das Schwälbchen tiefes Mitleid empfand.

»Wer bist du?«, fragte es.

»Ich bin der glückliche Prinz.«

»Warum weinst du dann?«, fragte das Schwälbchen. »Ich bin schon ganz durchnässt.«

»Als ich noch lebte und ein menschliches Herz besaß«, antwortete die Statue, »wusste ich nicht, was Tränen sind, denn ich lebte im Palast Sanssouci, dessen Schwelle die Sorge nicht betreten darf. Tagsüber spielte ich mit meinen Gefährten im Garten, und am Abend führte ich den Tanz an in der großen Halle. Rings um den Garten lief eine sehr hohe Mauer, aber ich kümmerte mich nicht darum, was hinter der Mauer lag, denn alles um mich her war eitel Schönheit. Meine Hofleute nannten mich den glücklichen Prinzen, und ich war wirklich glücklich, wenn Vergnügen Glück bedeutet. So lebte ich, und so starb ich. Und nun, da ich gestorben bin, haben sie mich hier so hoch hinaufgestellt, dass ich alle Hässlichkeit und all das Elend meiner Stadt sehen kann, und obzwar mein Herz aus Blei ist, kann ich nichts anderes tun als weinen.«

»Schau, er ist nicht durch und durch aus Gold«, sprach das Schwälbchen zu sich selbst. Aber es war doch zu höflich, um laut irgendeine persönliche Bemerkung zu machen.

»Weit von hier«, fuhr die Bildsäule mit einer tiefen, klangvollen Stimme fort, »weit von hier steht ein armes Häuschen in einer kleinen Straße. Eines der Fenster ist offen und ich kann eine Frau sehen, die an einem Tisch sitzt. Ihr Gesicht ist schmal und verhärmt, und sie hat raue, rote Hände, ganz zerstochen von der Nadel, denn sie ist eine Näherin. Sie stickt für die lieblichste von den Ehrendamen der Königin

Passionsblumen auf ein Seidengewand, das sie auf dem nächsten Hofball tragen soll. In einem Bett in einer Ecke des Zimmers liegt ihr kleiner Bub krank. Ihn schüttelt das Fieber, und er möchte Apfelsinen haben. Seine Mutter aber kann ihm nichts geben als Wasser aus dem Fluss, und so weint er. Schwälbchen, Schwälbchen, kleines Schwälbchen, willst du ihr den Rubin aus meinem Schwertgriff bringen? Meine Füße sind auf dem Piedestal festgemacht, und ich kann mich nicht bewegen.«

»Man erwartet mich in Ägypten«, sagte das Schwälbchen. »Meine Freunde fliegen den Nil auf und ab und sprechen mit den großen Lotosblumen. Bald werden sie schlafen gehen im Grab des großen Königs. Der König liegt selbst dort in einer gemalten Truhe. Er ist in gelbes Linnen gehüllt und einbalsamiert mit Spezereien. Um seinen Hals liegt eine Kette von blassem, grünem Nephrit, und seine Hände gleichen welken Blättern.«

»Schwälbchen, Schwälbchen, kleines Schwälbchen«, sagte der Prinz. »Willst du nicht eine Nacht für mich verweilen und mein Bote sein? Der Knabe hat so großen Durst, und die Mutter ist so traurig.«

»Weißt du, ich liebe Buben nicht«, antwortete das Schwälbchen. »Als ich im letzten Sommer am Fluss wohnte, waren zwei rohe Buben dort, die Söhne des Müllers, und die warfen immer Steine nach mir. Natürlich trafen sie mich nicht. Wir Schwalben fliegen viel zu schnell, und überdies stamme ich aus einer Familie, die wegen ihrer Flinkheit berühmt ist. Trotzdem war es ein Zeichen mangelnden Respekts.«

Aber der glückliche Prinz blickte so traurig drein, dass das Schwälbchen betrübt wurde. »Es ist zwar kalt hier«, sagte es. »Aber ich will eine Nacht für dich verweilen und dein Bote sein.«

»Ich danke dir, kleine Schwalbe«, sagte der Prinz.

Und die Schwalbe pickte den großen Rubin aus dem Schwert des Prinzen und nahm den Stein in ihren Schnabel und flog damit über die Dächer der Stadt.

Sie flog am Turm der Kathedrale vorbei, wo die weißen Marmorengel stehen, sie flog vorbei am Palast und hörte Tanz und Musik. Ein schönes Mädchen kam mit dem Geliebten auf den Balkon heraus. »Wie wundervoll die Sterne sind«, sagte er zu ihr. »Und wie wundervoll ist die Macht der Liebe!«

»Ich hoffe, mein Kleid wird für den Hofball rechtzeitig fertig sein«, antwortete sie. »Ich habe Passionsblumen hineinsticken lassen, aber die Schneiderinnen sind so faul.«

Sie flog über den Fluss und sah die Laternen an den Masten der Schiffe hängen. Sie flog über das Getto und sah die alten Juden miteinander handeln und sah, wie sie Geld in kupfernen Schalen wogen. Dann kam sie zu dem armen Häuschen und schaute hinein. Der Knabe hustete fieberisch in seinem Bett, und die Mutter war vor Müdigkeit eingeschlafen. Sie hüpfte ins Zimmer und legte den großen Rubin auf den Tisch just neben den Fingerhut der Frau. Dann flog sie mit leichtem Flügelschlag um das Bett herum, und ihre Flügel fächelten die Stirne des Knaben. »Ach, die Kühle«, sagte das Kind. »Jetzt wird mir gewiss besser.« Und der Knabe sank in einen erquickenden Schlaf.

Dann flog das Schwälbchen zurück zum glücklichen Prinzen und erzählte ihm, was es getan hatte. »Es ist seltsam«, fügte es hinzu. »Aber nun ist mir ganz warm, trotzdem es so kalt ist.«

»Das kommt daher, weil du eine gute Tat getan hast«, sagte der Prinz. Und das kleine Schwälbchen begann nachzudenken, und dann schlief es ein. Denken machte es immer schläfrig.

Als der Tag anbrach, flog es zum Fluss und nahm ein Bad. »Welch ein seltsames Phänomen«, sagte der Professor der Ornithologie, der gerade über die Brücke ging. »Eine Schwalbe im Winter!« Und er schrieb darüber einen langen Bericht an das Lokalblatt. Jedermann sprach davon, aber der Bericht war so voll Gelehrsamkeit, dass niemand ihn recht verstand.

»Heute Nacht gehe ich nach Ägypten«, sagte das Schwälbchen, und es war höchst vergnügt bei dieser Aussicht. Es besuchte alle öffentlichen Monumente und saß lange Zeit auf der Spitze des Kirchturms. Wohin es kam, zwitscherten die Sperlinge und sagten zueinander: »Welch ein vornehmer Fremdling!« Das freute das Schwälbchen sehr.

Als der Mond aufging, flog es zurück zum glücklichen Prinzen. »Hast du was zu bestellen in Ägypten?«, rief es ihm zu. »Ich reise jetzt!«

»Schwälbchen, Schwälbchen, kleines Schwälbchen«, sagte der Prinz. »Willst du nicht noch eine Nacht bei mir bleiben?«

»Man erwartet mich in Ägypten«, antwortete das Schwälbchen. »Morgen werden meine Freunde bis zum zweiten Katarakt fliegen. Dort liegt das Nilpferd im hohen Ried, und auf einem großen granitnen Thron sitzt der Gott Memnon. Die ganze Nacht blickt er zu den Sternen, und wenn der Morgenstern erscheint, stößt er einen Freudenschrei aus, und dann ist er stumm. Und zu Mittag kommen die gelben Löwen ans Wasser. Sie haben Augen wie grüne Berylle, und ihr Brüllen ist lauter als das Brüllen des Katarakts.«

»Schwälbchen, Schwälbchen, kleines Schwälbchen«, sagte der Prinz. »Weit, weit am andern Ende der Stadt sehe ich einen jungen Mann in einer Dachstube. Er sitzt an einem Schreibtisch, der über und über mit Papieren bedeckt ist, und in einem Glas neben ihm steckt ein Strauß verwelkter Veilchen. Sein Haar ist braun und lockig, und seine Lippen sind rot wie ein Granatapfel, und er hat große, verträumte Augen. Er versucht, an einem Stück für den Theaterdirektor zu arbeiten, aber er kann vor Kälte nicht mehr schreiben. Im Kamin ist kein Feuer, und der Hunger hat ihn schwach gemacht.«

»Ich will noch eine Nacht für dich verweilen«, sagte das Schwälbchen, das wirklich ein gutes Herz hatte. »Soll ich ihm auch einen Rubin bringen?«

»Ach, ich habe keinen Rubin mehr«, sagte der Prinz, »meine Augen sind alles, was ich noch habe. Sie sind aus kostbaren Saphiren gemacht, die man vor vielen Tausend Jahren aus Indien gebracht hat. Picke eines meiner Augen aus und bringe es ihm. Er wird es zu einem Juwelier tragen und sich Nahrung und Holz dafür kaufen und sein Stück vollenden.«

»Teurer Prinz«, sagte das Schwälbchen. »Das kann ich nicht tun!« Und es begann zu weinen.

»Schwälbchen, Schwälbchen, kleines Schwälbchen«, sagte der Prinz. »Tu, wie ich dir befehle.«

Da pickte das Schwälbchen dem Prinzen das Auge aus und flog damit zur Dachkammer des Studenten. Es war leicht hineinzukommen, denn im Dache war ein Loch. Durch dieses Loch schoss es herein und kam so ins Zimmer. Der junge Mann hatte seinen Kopf in den Händen vergraben, und so hörte er nicht das Flattern der Flügel, und als er aufsah, fand er den schönen Saphir auf den verwelkten Veilchen.

»Man beginnt mich zu schätzen«, rief er aus. »Dieser Stein kommt von irgendeinem meiner Bewunderer. Nun kann ich mein Stück vollenden!« Und er blickte ganz glücklich drein.

Am nächsten Tage flog das Schwälbchen zum Hafen hinunter, setzte sich auf den Mast eines großen Schiffes und sah zu, wie die Matrosen große Kisten an Seilen aus dem Schiffsraum hervorholten. »Ahoi!«, schrien sie, sooft eine Kiste hervorkam. »Ich reise nach Ägypten«, rief das Schwälbchen, aber niemand kümmerte sich darum, und als der Mond aufging, flog es zurück zu dem glücklichen Prinzen.

»Ich komme, um dir Lebewohl zu sagen«, rief es ihm zu.

»Schwälbchen, Schwälbchen, kleines Schwälbchen, willst du nicht noch eine Nacht bei mir bleiben?«

»Es ist Winter«, antwortete das Schwälbchen. »Und der kalte Schnee wird bald da sein. In Ägypten ist die Sonne warm und die Palmbäume sind grün, und die Krokodile liegen im Schlamm und blicken faul um sich. Meine Genossen bauen sich ein Nest im Tempel von Baalbek, und rote und weiße Tauben schauen zu und gurren. Mein teurer Prinz, ich muss dich verlassen, aber ich werde dich nie vergessen, und im nächsten Frühjahr bringe ich dir zwei schöne Juwelen mit anstelle derer, die du weggegeben hast. Der Rubin wird röter sein als eine rote Rose, und der Saphir wird so blau sein wie das weite Meer.«

»Unten auf dem Platz«, sagte der glückliche Prinz, »steht ein kleines Zündholzmädchen. Sie hat ihre Zündhölzchen in die Gosse fallen lassen, und nun sind sie alle hin. Ihr Vater wird sie schlagen, wenn sie kein Geld nach Hause bringt, und sie weint. Sie hat nicht Schuhe noch Strümpfe, und ihr kleiner Kopf ist bloß. Picke mein anderes Auge aus und gib es ihr, und ihr Vater wird sie nicht schlagen.«

»Ich will für dich noch eine Nacht verweilen«, sagte das Schwälbchen. »Aber ich kann dein anderes Auge nicht auspicken. Dann wärest du ja ganz blind.«

»Schwälbchen, Schwälbchen, liebes Schwälbchen«, sagte der Prinz. »Tu, was ich dir befehle.«

Da pickte das Schwälbchen dem Prinzen das andere Auge aus und flog damit nieder. Es schoss an dem Zündholzmädchen vorbei und ließ das Juwel in ihre Hand fallen. »Welch ein entzückendes Stückchen Glas!«, rief das kleine Mädchen und lief lachend nach Hause.

Dann kam das Schwälbchen zurück zum Prinzen. »Nun bist du blind«, sagte es. »Und darum werde ich immer bei dir bleiben.«

»Nein, kleines Schwälbchen«, sagte der Prinz. »Du musst fort nach Ägypten.«

»Ich will immer bei dir bleiben«, sagte das Schwälbchen, und schlief zu des Prinzen Füßen.

Den ganzen nächsten Tag saß es auf des Prinzen Schulter und erzählte ihm Geschichten von all den fremden Ländern, die es gesehen hatte. Es erzählte ihm von den roten Ibissen, die in langen Reihen an den Ufern des Nils stehen und Goldfische mit ihren Schnäbeln fangen; von der Sphinx, die so alt ist wie die Welt und in der Wüste lebt und alles weiß; von den Kaufleuten, die langsam neben den Kamelen einhergehen und Bernstein-Kügelchen durch die Finger gleiten lassen; vom König der Mondberge, der so schwarz ist wie Ebenholz und einen großen Kristall anbetet; von der großen grünen Schlange, die auf einem Palmbaum schläft und zwanzig Priester hat, die sie mit Honigkuchen füttern; und von den Pygmäen, die auf breiten flachen Blättern über einen großen See segeln und immer mit den Schmetterlingen Krieg führen.

»Liebes, kleines Schwälbchen«, sagte der Prinz. »Du erzählst mir von wunderbaren Dingen, aber wunderbarer als alles ist das Leid der Männer und Frauen. Das Mysterium des Elends ist das größte von allen. Fliege über meine Stadt, kleines Schwälbchen, und erzähle mir, was du da siehst.«

So flog denn das Schwälbchen über die große Stadt und sah, wie die Reichen glücklich waren in den schönen Häusern, indes die Bettler vor den Toren saßen. Es flog in dunkle Gässchen und sah die bleichen Gesichter hungernder Kinder, die mit verlorenem Blick die schwarze Straße hinabschauten. Unter dem Brückenbogen lagen zwei kleine Knaben, einer in des andern Arm und versuchten, sich zu wärmen. »Wir haben solchen Hunger«, sagten sie. »Ihr dürft hier nicht liegen!«, schrie der Wächter, und sie wanderten in den Regen hinaus.

Da flog das Schwälbchen zurück und erzählte dem Prinzen, was es gesehen hatte.

»Ich bin bedeckt mit feinem Gold«, sagte der Prinz. »Das musst du ablösen, Blättchen für Blättchen. Dann gib es meinen Armen. Die Lebenden glauben immer, dass Gold sie glücklich machen kann.«

Das Schwälbchen pickte Blättchen für Blättchen des feinen Goldes ab, bis der glückliche Prinz ganz stumpf und grau aussah. Und Blättchen für Blättchen des feinen Goldes brachte das Schwälbchen den Armen, und die Gesichter der Kinder wurden rosig, und sie lachten und spielten in den Straßen und riefen: »Nun haben wir Brot!«

Dann kam der Schnee, und nach dem Schnee kam der Frost. Die Straßen sahen aus, als wären sie aus Silber gemacht, so glänzten und glitzerten sie; lange Eiszapfen hingen gleich kristallenen Dolchen von den Dachtraufen der Häuser, und die kleinen Buben trugen scharlachrote Mäntel und liefen Schlittschuh auf dem Eis. Dem armen kleinen Schwälbchen wurde kälter und kälter, aber es wollte den Prinzen nicht verlassen, es liebte ihn zu sehr. Es pickte Brotkrumen vor des Bäckers Tür auf, wenn der Bäcker just nicht hinsah, und versuchte sich zu erwärmen, indem es mit den Flügeln schlug.

Aber endlich wusste das Schwälbchen, dass es sterben müsse. Es hatte gerade noch so viel Kraft, um noch einmal auf die Schulter des Prinzen zu flattern. »Lebewohl, teurer Prinz!«, murmelte es. »Willst du mich deine Hand küssen lassen?«

»Ich bin froh, dass du endlich nach Ägypten gehst, kleines Schwälbchen!«, sagte der Prinz. »Du bist zu lange hier geblieben. Aber du musst mich auf die Lippen küssen, denn ich liebe dich!«

»Ich gehe nicht nach Ägypten«, sagte das Schwälbchen. »Ich gehe zum Haus des Todes. Der Tod ist der Bruder des Schlafes, nicht wahr?« Und das Schwälbchen küsste den glücklichen Prinzen auf die Lippen und fiel tot nieder zu seinen Füßen.

In diesem Augenblicke ertönte ein merkwürdiges Knacken in der Bildsäule, als ob etwas gebrochen sei. Tatsächlich war das bleierne Herz ganz entzweigesprungen. Der Frost war wirklich furchtbar streng …

Früh am nächsten Morgen spazierte der Bürgermeister unten auf dem Platz in Gesellschaft der Stadträte. Als sie an der Säule vorüberkamen, sah er an der Statue hinauf.

»O du meine Güte«, sagte er. »Wie schäbig der glückliche Prinz ausschaut!«

»Schrecklich schäbig!«, riefen die Stadträte, die immer mit dem Bürgermeister einer Meinung waren; und sie gingen hinauf, um die Sache näher in Augenschein zu nehmen.

»Der Rubin ist aus dem Schwertgriff herausgefallen, seine Augen sind fort, und die Vergoldung ist weg«, sagte der Bürgermeister. »Er sieht wirklich aus wie ein Bettler.«

»Ganz wie ein Bettler«, sagten die Stadträte.

»Und da liegt noch ein toter Vogel zu seinen Füßen«, fuhr der Bürgermeister fort. »Wir müssen wirklich einen Erlass herausgeben, dass Vögel hier nicht sterben dürfen.« Und der Stadtschreiber notierte sich die Anregung.

Und so wurde die Statue des glücklichen Prinzen von ihrer Säule heruntergenommen.

»Da sie nicht mehr schön ist, hat sie weiter keinen Zweck mehr«, sagte der Professor der Kunstgeschichte an der Universität.

Dann wurde die Statue in einem Ofen geschmolzen, und der Bürgermeister rief eine Ratssitzung ein, um zu entscheiden, was mit dem Metall zu geschehen habe. »Wir müssen natürlich eine andere Statue haben«, sagte er. »Und das soll mein Bildnis sein.«

»Mein Bildnis!«, sagte jeder der Stadträte, und sie gerieten in Streit. Als ich zuletzt von ihnen hörte, stritten sie noch immer.

»Wie merkwürdig«, sagte der Aufseher der Arbeiter beim Schmelzofen. »Dieses zerbrochene Herz will im Ofen nicht schmelzen. Wir müssen es wegwerfen.« So warfen sie es auf einen Misthaufen, wo das tote Schwälbchen auch schon lag.

»Bringe mir die beiden kostbarsten Dinge aus der Stadt«, sagte Gott zu einem seiner Engel. Und der Engel brachte ihm das bleierne Herz und den toten Vogel.

»Du hast gut gewählt«, sagte Gott. »Denn im Garten des Paradieses wird dieser kleine Vogel immerdar singen, und in meiner goldenen Stadt wird der glückliche Prinz mich preisen.«

Die Nachtigall und die Rose

»Sie würde mit mir tanzen, hat sie gesagt, wenn ich ihr rote Rosen brächte!«, rief der junge Student. »Aber in meinem Garten ist keine rote Rose.«

Die Nachtigall hörte ihn aus ihrem Neste in der Steineiche, und sie guckte durch die Blätter und wunderte sich.

»Keine einzige rote Rose in meinem ganzen Garten!«, rief er aus, und seine schönen Augen füllten sich mit Tränen. »Ach, von welchen kleinen Dingen hängt das Glück zuweilen ab. Ich habe alles gelesen, was die weisen Männer geschrieben haben, alle Geheimnisse der Philosophie sind mir offenbar, und weil ich keine rote Rose habe, ist mein Leben verpfuscht.«

»Das ist endlich einmal ein treuer Liebhaber«, sagte die Nachtigall. »Jede Nacht habe ich von ihm gesungen, obwohl ich ihn nicht kannte. Nacht für Nacht habe ich seine Geschichte den Sternen erzählt, und nun sehe ich ihn von Angesicht. Sein Haar ist dunkel wie die blühende Hyazinthe, und seine Lippen sind rot wie die Rose seiner Wünsche. Aber die Leidenschaft hat seinem Gesicht die Farbe des bleichen Elfenbeins gegeben, und das Leid hat ihm sein Siegel auf die Stirn gedrückt.«

»Der Prinz gibt morgen Abend einen Ball«, murmelte der junge Student. »Und die, die ich liebe, wird dort sein. Wenn ich ihr eine rote Rose bringe, wird sie mit mir tanzen, bis der Morgen anbricht. Wenn ich ihr eine rote Rose bringe, werde ich sie in meinen Armen halten, sie wird ihren Kopf an meine Schulter lehnen, und ihre Hand wird in meiner Hand liegen. Aber es gibt keine rote Rose in meinem Garten, und so werde ich einsam dasitzen, und sie wird an mir vorübergehen. Sie wird sich um mich nicht kümmern, und mein Herz wird brechen.«

»Das ist wirklich ein treuer Liebhaber«, sagte die Nachtigall. »Was ich singe, leidet er. Was Freude für mich ist, ist Schmerz für ihn. Die Liebe ist wirklich etwas Wunderbares. Sie ist kostbarer als Smaragden und wertvoller als der feinste Opal. Man kann sie nicht kaufen für Perlen und Granatäpfel, und sie ist auf dem Markt nicht zu haben. Sie ist den Händlern nicht feil, und sie kann auf der Goldwaage nicht gewogen werden.«

»Die Musikanten werden auf der Galerie sitzen«, sagte der Student. »Und sie werden die Saiten ihrer Instrumente streichen, und meine Geliebte wird tanzen, dass ihre Füße nicht den Boden berühren werden, und die Hofleute in den bunten Kleidern werden sich um sie drängen. Aber mit mir wird sie nicht tanzen, denn ich habe keine rote Rose für sie!« Und er warf sich ins Gras und vergrub sein Angesicht in den Händen und weinte.

»Warum weint er denn?«, fragte eine kleine Eidechse, die mit dem Schwänzlein in der Luft vorüberrannte.

»Warum weint er denn?«, sagte ein Schmetterling, der hinter einem Sonnenstrahl einhertanzte.

»Ja, warum wohl?«, flüsterte ein Gänseblümchen zu seinem Nachbar mit seiner weichen, tiefen Stimme.

»Er weint um eine rote Rose!«, sagte die Nachtigall.

»Um eine rote Rose?«, riefen alle. »Wie lächerlich!« Und die kleine Eidechse, die ein bisschen zynisch veranlagt war, lachte laut auf.

Aber die Nachtigall verstand den geheimnisvollen Kummer des armen Jungen, und sie saß schweigend in ihrem Baum und dachte über das Geheimnis der Liebe nach.

Plötzlich breitete sie ihre braunen Flügel zum Flug aus und erhob sich in die Luft. Sie flog wie ein Schatten durch den Hain und segelte wie ein Schatten durch den Garten.

In der Mitte des Grasplatzes stand ein schöner Rosenbaum, und als sie ihn erblickte, flog sie darauf zu und setzte sich auf einen Zweig.

»Gib mir eine rote Rose«, sagte sie. »Und ich will dir mein süßestes Lied singen.«

Aber der Baum schüttelte den Kopf.

»Meine Rosen sind weiß, so weiß wie der Schaum des Meeres und weißer als der Schnee auf den Bergen. Aber geh zu meinem Bruder, der um die alte Sonnenuhr wächst, vielleicht wird er dir geben, was du wünschest.«

So flog denn die Nachtigall zum Rosenstrauch, der sich um die alte Sonnenuhr rankte. »Gib mir eine rote Rose«, sagte sie. »Und ich will dir mein süßestes Lied singen.« Aber der Strauch schüttelte den Kopf.

»Meine Rosen sind gelb«, antwortete er. »So gelb wie das Haar der Meerjungfrau, die auf einem Bernsteinthron sitzt, und gelber als die Narzissen, die auf den Wiesen blühen, bevor der Schnitter kommt mit seiner Sense. Aber geh zu meinem Bruder, der unter dem Fenster des Studenten steht, vielleicht wird er dir geben, was du wünschest.«

Da flog die Nachtigall zum Rosenstrauch, der unter dem Fenster des Studenten wuchs.

»Gib mir eine rote Rose«, sagte sie. »Und ich will dir mein süßestes Lied singen.«

Aber der Strauch schüttelte den Kopf.

»Meine Rosen sind rot«, sagte er. »So rot wie die Füße der Taube und röter als die korallnen Fächer, die die Meerflut in tiefer Höhle auf und nieder bewegt. Aber der Winter hat meine Adern erstarrt, und der Frost hat meine Knospen geknickt, und der Sturm hat meine Zweige gebrochen, und so werde ich dieses Jahr keine Rosen mehr tragen.«

»Eine rote Rose ist alles, was ich haben will«, sagte die Nachtigall. »Eine einzige rote Rose. Gibt es denn keine Mittel, mir sie zu verschaffen?«

»Es gibt ein Mittel«, antwortete der Rosenstrauch. »Aber es ist so schrecklich, dass ich kaum wage, es zu sagen.«

»Sag es mir nur«, sagte die Nachtigall. »Ich fürchte mich nicht.«

»Wenn du eine rote Rose haben willst«, sagte der Strauch, »so forme sie aus Tönen im Licht des Mondes und färbe sie mit deinem eigenen Herzblut. Du musst mir dein Lied singen, indes ein Dorn sich in deine Brust drückt. Die ganze Nacht musst du singen für mich, und der Dorn muss dein Herz durchbohren. Und dein Lebensblut muss durch meine Adern fließen und mein werden.«

»Der Tod ist ein hoher Preis für eine rote Rose«, rief die Nachtigall. »Und das Leben ist allen teuer. Es ist so schön, im grünen Walde zu sitzen und zu sehen, wie die Sonne im goldenen Wagen herauffährt und wie der Mond kommt mit seiner Perlenkutsche. Süß sind die Glockenblumen, die im Wald versteckt sind, und das Heidekraut, das auf dem Hügel blüht. Aber die Liebe ist mehr als das Leben, und was ist das Herz eines Vogels im Vergleich zu dem Herzen eines Menschen!«

Und so breitete sie die braunen Flügel zum Fluge aus und erhob sich in die Luft. Sie flog wie ein Schatten durch den Garten und segelte wie ein Schatten durch den Hain.

Der junge Student lag noch immer im Gras, wo sie ihn verlassen hatte, und die Tränen waren in seinen schönen Augen noch nicht getrocknet.

»Sei glücklich!«, rief die Nachtigall. »Du sollst deine rote Rose haben. Ich will sie formen aus Tönen im Licht des Mondes, und mit meinem eigenen Herzblut will ich sie färben. Alles, was ich von dir dafür verlange, ist, dass du ein treuer Liebhaber wirst, denn die Liebe ist weiser als die Philosophie, so weise diese sein mag und mächtiger als die Macht, so mächtig diese sein mag. Flammenfarbig sind ihre Flügel, und von der Farbe der Flamme ist ihr Leib. Ihre Lippen sind süß wie Honig, und ihr Atem ist gleich Weihrauch.«

Der Student blickte auf und hörte zu, aber er konnte nicht verstehen, was die Nachtigall ihm sagte, denn er wusste nur die Dinge, die in den Büchern geschrieben stehen.

Aber der Eichbaum verstand jedes Wort und wurde sehr traurig, denn er liebte die kleine Nachtigall, die ihr Nest in seinen Zweigen gebaut hatte.

»Sing mir noch ein letztes Lied«, flüsterte er. »Ich werde sehr einsam sein, wenn du fort bist.«

So sang denn die Nachtigall dem Eichbaum, und ihre Stimme war dem Wasser gleich, das aus silberner Vase sprudelt.

Als sie ihr Lied geendet hatte, stand der Student auf und zog ein Notizbuch und einen Bleistift aus der Tasche.

»Sie hat Technik«, sagte er zu sich selbst, als er aus dem Hain schritt. »Das ist unleugbar; aber hat sie auch Gefühl? Ich glaube kaum. Sie gleicht den meisten Künstlern: Alles ist Stil, kein wahres Gefühl. Sie würde sich für andere nicht aufopfern. Sie denkt ausschließlich an ihre Musik und jedermann weiß, dass die Künste egoistisch sind. Aber man muss zugeben, dass sie einige schöne Töne in der Kehle hat. Jammerschade, dass sie keinen tieferen Sinn haben und praktisch nichts bedeuten!« Und er ging in sein Zimmer und legte sich auf sein schmales Feldbett und begann über seine Liebe nachzudenken; und nach kurzer Zeit schlief er ein.

Und als der Mond am Himmel stand, flog die Nachtigall zum Rosenstrauch und drückte ihre Brust gegen den Dorn. Die ganze Nacht sang sie, den Dorn in ihrer Brust, und der kalte, kristallene Mond beugte sich herab und lauschte. Die ganze Nacht sang sie, und der

Dorn drang immer tiefer in ihre Brust, und ihr Lebensblut verebbte immer mehr und mehr.

Sie sang zuerst von der Geburt der Liebe im Herzen eines Jünglings und eines Mädchens. Und auf dem obersten Zweig des Rosenstrauches erblühte eine wunderbare Rose, und Blatt fügte sich an Blatt wie Ton an Ton. Sie war bleich zuerst wie der Nebel, der über dem Fluss hängt, bleich wie die Füße des Morgens und silbern wie die Schwingen der Dämmerung. Wie der Schatten einer Rose in einem Silberspiegel, wie der Schatten einer Rose in einem Teich, so war die Rose, die da erblühte am obersten Zweig des Rosenstrauches.

Aber der Strauch rief der Nachtigall zu, den Dorn tiefer einzudrücken. »Drücke ihn tiefer, kleine Nachtigall«, rief der Strauch. »Sonst kommt der Tag, ehe die Rose vollendet ist.«

So drückte die Nachtigall den Dorn tiefer in ihre Brust, und lauter und lauter erscholl ihr Lied, denn sie sang von der Geburt der Leidenschaft in der Seele eines Mannes und einer Jungfrau.

Und ein zarter Hauch von Rot kam über die Blätter der Rose, wie die Wange des Bräutigams sich rötet, wenn er die Lippen der Braut küsst. Aber der Dorn hatte ihr Herz noch nicht erreicht, und so blieb das Herz der Rose weiß, denn nur das Herzblut einer Nachtigall gibt dem Herzen der Rose das tiefe Rot.

Und der Strauch rief der Nachtigall zu, den Dorn tiefer einzudrücken. »Drück ihn tiefer, kleine Nachtigall«, rief der Strauch. »Sonst kommt der Tag, ehe die Rose vollendet ist.«

Da drückte die Nachtigall den Dorn tiefer in ihre Brust, und der Dorn berührte ihr Herz, und sie fühlte den heftigen Stich eines Schmerzes. Der Schmerz war groß, und wilder und wilder wurde ihr Gesang, denn sie sang von der Liebe, die der Tod vollendet, von der Liebe, die im Grabe nicht stirbt.

Und die wunderbare Rose wurde rot wie die Rose des Ostens. Rot war der Kranz der Blätter, und rot wie ein Rubin war ihr Herz.

Aber die Stimme der Nachtigall wurde schwächer, und ihre kleinen Flügel begannen zu schlagen, und ein Schleier legte sich über ihre Augen. Schwächer und schwächer wurde ihr Gesang, und sie fühlte, wie sie etwas in der Kehle würgte.

Dann brach noch einmal das Lied aus ihr hervor. Der weiße Mond hörte es und vergaß die Dämmerung und verharrte am Himmel. Die rote Rose hörte es, und alle ihre Blätter zitterten vor Wonne und öffneten sich der kalten Morgenluft. Das Echo trug es in seine purpurne Höhle auf den Hügeln und weckte die schlafenden Schläfer aus ihren Träumen. Es schwebte durch das Schilf am Fluss, und das Schilf gab die Botschaft weiter bis zum Meer.

»Schau, schau«, rief der Strauch. »Jetzt ist die Rose vollendet.« Aber die Nachtigall gab keine Antwort, denn sie lag tot im hohen Gras mit dem Dorn in ihrem Herzen.

Um Mittag öffnete der Student sein Fenster und blickte hinaus.

»Welch ein seltsames Glück«, rief er. »Da ist ja eine rote Rose. Ich habe in meinem ganzen Leben keine ähnliche Rose gesehen. Sie ist so schön, dass sie sicher einen langen lateinischen Namen hat.« Und er lehnte sich zum Fenster hinaus und pflückte sie.

Dann setzte er sich den Hut auf und rannte hinüber zum Haus des Professors, mit der Rose in der Hand.

Des Professors Töchterlein saß im Torweg und wand blaue Seide auf eine Haspel, und ihr kleiner Hund lag zu ihren Füßen.

»Sie sagten mir, dass Sie mit mir tanzen würden, wenn ich Ihnen eine rote Rose brächte«, sagte der Student. »Hier ist die schönste rote Rose der ganzen Welt. Sie werden sie heute Nacht an Ihrem Herzen tragen, und wenn wir zusammen tanzen, wird sie Ihnen sagen, wie sehr ich Sie liebe.«

Aber das junge Mädchen runzelte die Stirne. »Ich glaube nicht, dass die Rose zu meiner Toilette passen wird«, antwortete sie. »Und überdies hat mir der Neffe des Kammerherrn einige echte Juwelen geschickt, und jedermann weiß, dass Juwelen mehr kosten als Blumen.«

»Sie sind wirklich höchst undankbar, auf mein Wort!«, sagte der Student ärgerlich und warf die Rose auf die Straße, wo sie in die Gosse fiel, und ein Karrenrad fuhr darüber hinweg.

»Undankbar?«, sagte das Mädchen. »Sie gebrauchen starke Ausdrücke, mein Herr. Und überdies, wer sind Sie denn eigentlich? Nur ein Student. Ich glaube nicht einmal, dass Sie silberne Schnallen an Ihren Schuhen haben wie der Neffe des Kammerherrn.« Und sie stand von ihrem Stuhl auf und ging ins Haus.

»Die Liebe ist doch ein dummes Ding«, sagte der Student, als er heimging. »Sie ist nicht halb soviel nütze als die Logik, denn sie beweist nichts und erzählt einem immer Geschichten von Dingen, die doch nicht eintreffen und macht einen an Dinge glauben, die doch nicht wahr sind. Alles in allem ist sie sehr unpraktisch, und heutzutage heißt praktisch sein alles. Ich kehre daher zur Philosophie zurück und werde Metaphysik studieren.«

So ging er denn auf sein Zimmer und suchte ein dickes, verstaubtes Buch hervor und begann zu lesen.

Der selbstsüchtige Riese

Jeden Nachmittag pflegten die Kinder, wenn sie aus der Schule kamen, in den Garten des Riesen zu gehen und dort zu spielen.

Es war ein großer, schöner Garten mit weichem grünen Gras. Da und dort im Gras standen schöne Blumen gleich Sternen, und zwölf Pfirsichbäume waren da, die im Frühling zarte, rot-weiße Blüten trugen und im Herbste von Früchten schwer waren. Die Vögel saßen auf den Bäumen und sangen so süß, dass die Kinder zuweilen im Spielen innehielten, um ihnen zuzuhören. »Wie glücklich wir doch sind!«, riefen sie einander zu.

Eines Tages kam der Riese zurück. Er hatte seinen Freund, den Menschenfresser, in Cornwall besucht und war bei ihm sieben Jahre lang geblieben. Als die sieben Jahre um waren, hatte er ihm alles gesagt, was er ihm zu sagen hatte, denn sein Konversationstalent war beschränkt, und so beschloss er denn, auf sein Schloss zurückzukehren. Als er ankam, sah er die Kinder im Garten spielen.

»Was treibt ihr hier?«, rief er höchst verdrießlich. Und die Kinder liefen davon. »Mein Garten ist mein Garten«, sagte der Riese. »Das muss jedermann einsehen, und ich allein darf drin spielen.« So baute er eine hohe Mauer um den Garten und pflanzte eine Warnungstafel auf.

> Das Betreten des Gartens
> ist bei Strafe verboten!

Es war eben ein sehr selbstsüchtiger Riese.

Die armen Kinder wussten nun nicht, wo sie spielen sollten. Sie versuchten, auf der Straße zu spielen, aber die Straße war sehr staubig und voll harter Steine, und das liebten sie nicht. Sie wanderten um die hohe Mauer herum, wenn die Schule aus war und sprachen über den schönen Garten, der dahinter lag. »Wie glücklich waren wir da!«, sagten sie.

Dann kam das Frühjahr, und im ganzen Land waren kleine Blüten und Vögel. Nur im Garten des egoistischen Riesen war immer noch Winter. Die Vögel hatten keine Lust, darin zu singen, da keine Kinder da waren, und die Bäume vergaßen zu blühen. Einmal steckte allerdings eine schöne Blume ihr Köpfchen aus dem Gras. Als sie aber die Warnungstafel sah, taten ihr die Kinder so leid, dass sie in die Erde zurückschlüpfte und schlafen ging. Die einzigen Leute, die zufrieden waren, waren der Schnee und der Frost. »Der Frühling hat den Garten vergessen«, riefen sie. »So werden wir das ganze Jahr leben!« Der Schnee bedeckte das Gras mit seinem großen weißen Mantel, und der Frost malte alle Bäume silberfarben. Dann luden sie den Nordwind ein, zu ihnen zu kommen, und er kam. Er war ganz in Pelze gewickelt und schrie den ganzen Tag im Garten herum und blies die Schornsteine von den Häusern. »Hier ist gut sein«, sagte er. »Wir müssten den Hagel auch einladen, uns zu besuchen.« So kam der Hagel. Jeden Tag drei Stunden lang rasselte er auf dem Dach des Hauses, bis er die meisten Dachziegel zerbrochen hatte, und dann lief er im Garten herum, so rasch er konnte. Er war ganz grau gekleidet, und sein Atem war wie Eis.

»Ich verstehe nicht, warum der Frühling so spät kommt«, sagte der selbstsüchtige Riese, der am Fenster saß und in seinen kalten, weißen Garten hinausblickte. »Ich hoffe, das Wetter wird sich bald ändern!«

Aber der Frühling kam nicht und der Sommer auch nicht. Der Herbst bescherte jedem Garten goldene Früchte, aber dem Garten des Riesen gab er keine. »Er ist zu selbstsüchtig«, sagte der Herbst. So war es dort denn immer Winter, und der Nordwind, der Hagel und der Schnee tanzten unter den Bäumen umher.

Eines Morgens lag der Riese wach in seinem Bett, als er eine wunderbare Musik hörte. Es klang so süß an sein Ohr, dass er glaubte, des Königs Musikanten zögen vorüber. Es war aber nur ein Hänfling, der draußen vor dem Fenster sang. Doch es war so lange her, dass er einen Vogel in seinem Garten hatte singen hören, dass ihm die Stimme des Hänflings klang wie die schönste Musik der Welt. Dann hörte der Hagel auf, über seinem Kopfe zu tanzen, und der Nordwind brüllte nicht mehr, und ein wunderbarer Duft drang durchs offene Fenster zu ihm. »Ich glaube, der Frühling kommt endlich!«, sagte der Riese. Und er sprang aus dem Bette und sah hinaus.

Was sah er da?

Da sah er etwas Wunderbares. Durch ein kleines Loch in der Mauer waren die Kinder in den Garten geschlüpft, und nun saßen sie in den Zweigen der Bäume. In jedem Baum, den er sehen konnte, saß ein kleines Kind. Und die Bäume waren so glücklich, die Kinder wiederzuhaben, dass sie sich mit Blüten bedeckt hatten und ihre Arme über den Köpfen der Kinder sanft hin und her bewegten. Die Vögel flogen umher und zwitscherten voll Entzücken, und die Blumen guckten durch das grüne Gras und lachten. Es war ein entzückender Anblick. Nur in einem Winkel des Gartens war noch Winter. Es war die entfernteste Ecke des Gartens, und dort stand ein kleiner Bub. Er war so klein, dass er die Zweige des Baumes nicht erreichen konnte, und so ging er um den Stamm herum und weinte bitterlich. Der arme Baum war noch ganz bedeckt mit Schnee und Eis, und der Nordwind blies und brüllte um ihn her. »Klettre herauf, kleiner Bub«, sagte der Baum und bog seine Zweige, so tief er konnte. Aber der Bub war zu klein.

Und des Riesen Herz schmolz, als er hinaussah. »Wie selbstsüchtig ich doch gewesen bin!«, sagte er. »Nun weiß ich, warum der Frühling nicht kommen wollte. Ich will den armen, kleinen Buben auf die Spitze des Baumes setzen, und dann will ich die Mauer niederreißen, und mein Garten soll für ewige Zeiten ein Spielplatz sein.« Es tat ihm wirklich leid, dass er so selbstsüchtig gewesen war.

So schlich er denn die Treppe hinunter und öffnete ganz leise die Haupttür und ging in den Garten hinaus. Als ihn aber die Kinder erblickten, erschraken sie so, dass sie alle davonrannten, und gleich war wieder Winter im Garten. Nur der kleine Bub lief nicht fort, denn seine Augen waren so voll Tränen, dass er den Riesen nicht kommen sah. Und der Riese stahl sich leise hinter ihn und nahm ihn sanft in seine Hand und setzte ihn auf den Baum hinauf. Und mit einem Male bedeckte sich der Baum mit Blüten, und die Vögel kamen und sangen, und der kleine Bub streckte seine beiden Arme aus, schlang sie um des Riesen Hals und küsste ihn. Und als die anderen Kinder sahen, dass der Riese gar nicht mehr böse sei, kamen sie zurückgelaufen, und mit ihnen kam der Frühling. »Das ist nun euer Garten, liebe Kinder!«, sagte der Riese und nahm eine große Axt und schlug die Mauer nieder. Und als die Leute mittags zum Markt gingen, sahen sie, wie der Riese mit den Kindern in seinem Garten spielte, und der Garten war der schönste der Welt.

Den ganzen Tag spielten sie, und am Abend kamen sie zum Riesen, um ihm Lebewohl zu sagen.

»Wo ist aber euer kleiner Gefährte«, sagte er. »Der Bub, den ich den Baum hinaufgehoben habe?« Der Riese liebte ihn am meisten, weil er ihn geküsst hatte.

»Das wissen wir nicht«, sagten die anderen Kinder. »Er ist fortgegangen!«

»Ihr müsst ihm sagen, dass er ja sicher morgen wiederkommt.« Aber die Kinder sagten, dass sie nicht wüssten, wo er wohne, und dass sie ihn nie vorher gesehen hätten. Und da wurde der Riese sehr traurig.

Jeden Nachmittag, wenn die Schule aus war, kamen die Kinder und spielten mit dem Riesen. Aber der kleine Bub, den der Riese liebte, wurde nicht mehr gesehen. Der Riese war sehr nett zu allen Kindern, aber doch sehnte er sich nach seinem ersten kleinen Freunde und sprach oft von ihm. »Wie gerne möchte ich ihn sehen!«, pflegte er zu sagen.

Jahre gingen vorüber, und der Riese wurde sehr alt und schwach. Er konnte nicht mehr herumtollen, und so saß er in seinem riesigen Lehnstuhl, schaute den Kindern bei ihren Spielen zu und bewunderte seinen Garten. »Ich habe viele schöne Blumen«, sagte er. »Aber die Kinder sind doch die schönsten Blumen von allen.«

Eines Wintermorgens sah er aus seinem Fenster, als er sich gerade anzog. Er hasste jetzt den Winter nicht, denn er wusste, dass der Frühling schlief und dass die Blumen ihm blieben. Plötzlich rieb er sich ganz verwundert die Augen und schaute und schaute. Was er sah, war wirklich höchst wunderbar. In der fernsten Ecke des Gartens stand ein Baum, ganz bedeckt mit herrlichen weißen Blüten. Seine Zweige waren aus eitel Gold, und silberne Früchte hingen an ihnen nieder, und darunter stand der kleine Bub, den er so geliebt hatte.

Der Riese lief in großer Freude die Treppen hinunter und hinaus in den Garten. Er eilte durch das Gras und näherte sich dem Kind. Aber als er ganz nahe gekommen war, wurde sein Gesicht ganz rot vor Wut, und er sagte: »Wer hat gewagt, dich zu verwunden?« Denn in den Handtellern des Kindes waren die Male von zwei Nägeln, und die Male von zwei Nägeln waren auf den kleinen Füßen.

»Wer hat gewagt, dich zu verwunden?«, schrie der Riese. »Sag es mir, und ich nehme ein großes Schwert und haue ihn nieder!«

»Nein«, antwortete das Kind. »Denn dies sind die Wunden der Liebe.«

»Wer bist du?«, sagte der Riese, und ein seltsames Weh befiel ihn, und er kniete vor dem kleinen Kinde nieder.

Und das Kind lächelte und sagte: »Du hast mich einmal in deinem Garten spielen lassen, heute sollst du mit mir kommen in meinen Garten, und das ist das Paradies.«

Und als die Kinder nachmittags in den Garten liefen, fanden sie den Riesen tot unter dem Baum, ganz bedeckt mit weißen Blüten.

Der treue Freund

Eines Morgens steckte die alte Wasserratte den Kopf aus dem Loch. Sie hatte glänzende Kugeläuglein und einen grauen, borstigen Backenbart, und ihr Schwanz war wie ein langes Stück schwarzes Gummi. Die kleinen Enten schwammen gerade im Teich herum und sahen aus wie eine Gesellschaft gelber Kanarienvögel, und ihre Mutter, die ganz weiß war mit echten roten Füßen, versuchte ihnen beizubringen, wie man auf dem Kopf im Wasser stehen könne.

»Ihr werdet nie in die feine Gesellschaft kommen, wenn ihr nicht auf dem Kopfe stehen könnt«, sagte sie ihnen. Und von Zeit zu Zeit zeigte sie ihnen, wie es gemacht werden müsse. Aber die kleinen Entlein gaben nicht acht darauf. Sie waren so jung, dass sie noch nicht wussten, wie vorteilhaft es ist, in der feinen Gesellschaft zu verkehren.

»O die ungehorsamen Rangen!«, schrie die alte Wasserratte, »Die verdienten wirklich zu ersaufen!«

»Nicht doch«, antwortete die Ente. »Aller Anfang ist schwer, und Eltern können nie geduldig genug sein.«

»Ach, ich verstehe nichts von elterlichen Gefühlen«, sagte die Wasserratte. »Ich bin kein Familienmensch. Ich war nie verheiratet und habe gar keine Lust, es je zu sein. Die Liebe ist ja in ihrer Art eine ganz nette Sache, aber die Freundschaft steht viel höher. Ich kenne nichts in der Welt, was edler und seltener ist als eine treue Freundschaft.«

»Und wie, bitte, stellen Sie sich die Pflichten einer treuen Freundschaft vor?«, fragte ein grüner Hänfling, der in der Nähe auf einem Weidenbaum saß und dem Gespräch zugehört hatte.

»Ja, das möchte ich eigentlich auch ganz gerne wissen«, sagte die Ente. Und sie schwamm fort zum Ende des Teiches und stellte sich auf den Kopf, um den Kindern ein gutes Beispiel zu geben.

»Was ist das für eine dumme Frage?«, schrie die Wasserratte. »Der treue Freund muss mir natürlich treu sein!«

»Und was geben Sie ihm für seine Treue?«, sagte der kleine Vogel und schwang sich auf einen Silberzweig und wippte mit seinen dünnen Flügelchen.

»Ich verstehe Sie nicht!«, antwortete die Wasserratte.

»Ich will Ihnen eine Geschichte über dieses Thema erzählen«, sagte der Hänfling.

»Betrifft die Geschichte mich?«, fragte die Wasserratte. »Dann will ich gerne zuhören, denn ich habe Romane sehr gern.«

»Sie können die Sache auch auf sich beziehen«, antwortete der Hänfling. Und er flog herab und ließ sich am Ufer nieder und erzählte die Geschichte vom treuen Freund.

»Es war einmal«, so sagte der Hänfling, »ein braver kleiner Bursche namens Hans.«

»War er sehr vornehm?«, fragte die Wasserratte.

»Nein«, antwortete der Hänfling. »Ich glaube nicht, dass er sich durch irgendetwas von anderen unterschied, es sei denn durch sein gutes Herz und sein lustiges, rundes, gutmütiges Gesicht. Er lebte in einem kleinen Häuschen ganz allein und arbeitete jeden Tag in seinem Garten. In der ganzen Gegend gab es keinen schöneren Garten. Federnelken wuchsen darin und Levkojen und Hirtentäschel und Frauenhaar. Da gab es rote und gelbe Rosen, lila Krokus und goldene, purpurne und weiße Veilchen. Akelei und Kresse, Majoran und Thymian, Schlüsselblumen und Lilien und Narzissen trieben und blühten der Ordnung nach, wie es die Monate verlangten, und eine Blume trat anstelle der anderen Blume, sodass immer schöne Sachen zu sehen waren und es immer wunderbar duftete.

Der kleine Hans hatte eine Menge Freunde, aber der treueste von allen war der dicke Hugo, der Müller. Ja, der reiche Müller war dem kleinen Hans so ergeben, dass er niemals an dem Garten vorbeigehen konnte, ohne sich über den Zaun zu lehnen und einen großen Strauß zu pflücken oder eine Handvoll duftender Kräuter oder seine Taschen mit Pflaumen oder Kirschen, je nach der Obstsaison, zu füllen.

›Wahre Freunde müssen alles gemeinsam haben‹, *pflegte der Müller* zu sagen. Und der kleine Hans nickte und lächelte und war sehr stolz, einen Freund zu haben, der so edel dachte.

Freilich, manchmal meinten die Nachbarn, es sei sonderbar, dass der reiche Müller dem Hans niemals etwas schenke, obwohl er hundert Säcke feinsten Mehls in seiner Mühle hatte und sechs Milchkühe und eine große Herde wolliger Schafe; aber Hans kümmerte sich nicht um solche Dinge, und nichts machte ihm mehr Vergnügen, als wenn er dem Müller zuhören konnte, wenn dieser die wunderbarsten Dinge von der Uneigennützigkeit der wahren Freundschaft erzählte.

So arbeitete der kleine Hans weiter in seinem Garten. Während des Frühlings, des Sommers und des Herbstes war er sehr glücklich, aber wenn der Winter kam und er keine Früchte und Blumen auf den Markt bringen konnte, litt er nicht wenig vor Hunger und Kälte und musste oft zu Bett gehen, ohne etwas zu beißen zu haben, als einige getrocknete Birnen und ein paar harte Nüsse. Im Winter fühlte er sich überdies sehr einsam, denn der Müller besuchte ihn nie.

›Es hat keinen Zweck, wenn ich den kleinen Hans besuche, solange der Schnee liegt‹, pflegte der Müller zu seiner Frau zu sagen. ›Denn wenn Leute Sorgen haben, muss man sie allein lassen und nicht durch Besuche stören. Das ist wenigstens meine Ansicht von Freundschaft, und ich bin überzeugt, dass ich recht habe. Ich will lieber warten, bis der Frühling kommt, und dann werde ich ihm einen Besuch machen, und dann wird er mir einen großen Korb mit Primeln schenken können, und das wird ihn gewiss riesig freuen.‹

›Du bist wirklich sehr rücksichtsvoll‹, antwortete seine Frau, die in einem bequemen Armstuhl am großen Kaminfeuer saß. ›Man kann gar nicht rücksichtsvoller sein. Es ist wirklich ein Genuss, dich über Freundschaft reden zu hören. Ich bin überzeugt, der Herr Pfarrer selbst kann nicht so schöne Dinge darüber sagen wie du, wenn er auch in einem dreistöckigen Haus lebt und einen goldenen Ring am kleinen Finger trägt.‹

›Aber könnten wir den kleinen Hans nicht zu uns einladen?‹, sagte der jüngste Sohn des Müllers. ›Wenn der arme Hans in Not ist, will ich ihm die Hälfte meiner Suppe geben und ihm meine weißen Kaninchen zeigen.‹

›Du dummer Bub‹, schrie der Müller. ›Ich weiß wirklich nicht, warum wir dich in die Schule schicken. Du scheinst dort gar nichts zu lernen. Siehst du, wenn der kleine Hans herkäme und unser warmes Feuer sähe und unser gutes Essen und unser großes Fass mit rotem Wein, da könnte er neidisch werden, und der Neid ist eine höchst schreckliche Sache, die leicht einen Charakter verdirbt. Ich möchte um keinen Preis schuld daran sein, dass Hansens Charakter Schaden litte. Ich bin sein bester Freund und werde immer über ihn wachen und Sorge tragen, dass er nicht in Versuchung komme. Überdies könnte Hans, wenn er herkäme, mich vielleicht um einiges Mehl auf Borg bitten, und das könnte ich nicht tun. Denn Mehl und Freundschaft sind zwei ganz verschiedene Dinge, und man soll sie nicht vermischen. Sieh, die Worte werden doch ganz verschieden geschrieben und bedeuten auch etwas ganz Verschiedenes. Das muss doch jeder einsehen.‹

›Wie ausgezeichnet du sprichst!‹, sagte die Müllerin und goss sich ein großes Glas warmes Bier ein. ›Ich bin schon ganz schläfrig, gerade als ob ich in der Kirche säße.‹

›Eine Menge Leute handeln gut, aber sehr wenige Leute sprechen gut, und das zeigt klar, dass Sprechen viel schwieriger ist, und es ist auch viel vornehmer.‹ Und er blickte strenge über den Tisch hinüber zu seinem kleinen Sohn, der sich so schämte, dass er den Kopf tief herabbeugte, ganz rot wurde und dicke Tränentropfen in seinen Tee fallen ließ. Er war aber so jung, dass ihr ihm deswegen nicht gram sein dürft.«

»Ist das das Ende der Geschichte?«, fragte die Wasserratte.

»Gewiss nicht«, antwortete der Hänfling. »Das ist erst der Anfang.«

»Dann sind Sie weit hinter Ihrer Zeit zurück«, sagte die Wasserratte. »Jeder gute Geschichtenerzähler von heute beginnt mit dem Ende, kommt dann auf den Anfang zu sprechen und endet mit der Mitte. Das ist die neue Methode. Unlängst ging ein Kritiker mit einem jungen Mann um den Teich herum, und da habe ich alles darüber erfahren. Er sprach über sein Thema mit großer Ausführlichkeit, und ich bin überzeugt, dass er vollkommen recht hat, denn er hatte eine blaue Brille und einen kahlen Kopf, und sooft der junge Mann eine Bemerkung machte, antwortete er mit ›Pah‹! Aber bitte, fahren Sie in Ihrer Geschichte fort. Ich habe den Müller schon riesig gerne. Ich habe nämlich auch eine große Menge schöner Gefühle in mir, und so sympathisieren wir sehr.«

»Gut!«, sagte der Hänfling und sprang von einem Fuß auf den andern. »Sobald der Winter vorüber war und die Primeln ihre bleichen gelben Sterne zu öffnen begannen, sagte der Müller zu seiner Frau, dass er nun hinuntergehen wolle, um den kleinen Hans zu besuchen.

›Was du doch für ein gutes Herz hast!‹, rief sein Weib. ›Du denkst wirklich immer an andere. Und vergiss nicht den großen Korb mitzunehmen für die Blumen.‹

So band denn der Müller die Flügel der Windmühle mit einer schweren Eisenkette fest und ging mit dem Korb am Arm den Hügel hinab. ›Guten Morgen, kleiner Hans‹, sagte der Müller.

›Guten Morgen‹, sagte Hans, auf seinen Spaten gelehnt, und lächelte von einem Ohr zum anderen.

›Und wie ist es dir den ganzen Winter über ergangen?‹, sagte der Müller.

›Ach‹, rief Hans. ›Es ist wirklich sehr lieb von dir, dass du danach fragst. Ich habe eine recht harte Zeit hinter mir, aber nun ist ja der Frühling da, und ich bin ganz glücklich, denn allen meinen Blumen geht es gut.‹

›Wir haben oft von dir gesprochen, Hans‹, sagte der Müller. ›Und uns immer gefragt, wie es dir wohl ginge.‹

›Das war sehr lieb von euch‹, sagte Hans. ›Ich dachte beinahe, ihr hättet mich vergessen.‹

›Wie kannst du so was sagen, Hans!‹, rief der Müller. ›Die Freundschaft vergisst niemals. Das ist ja das Wunderbare an der Freundschaft. Aber ich glaube fast, dass du die Poesie des Lebens nicht verstehst. Übrigens stehen ja deine Primeln ganz herrlich!‹

›Ja, sie stehen gut‹, sagte Hans. ›Und es ist für mich ein großes Glück, dass ich ihrer so viele habe. Ich will sie nämlich auf den Markt bringen und sie der Tochter des Bürgermeisters verkaufen; und mit dem Geld will ich dann meinen Schubkarren zurückkaufen.‹

›Deinen Schubkarren zurückkaufen? Hast du ihn denn verkauft? Wie kann man so eine Dummheit machen?‹

›Weißt du‹, sagte Hans. ›Ich musste es tun. Schau, der Winter war eine sehr böse Zeit für mich, und ich hatte wirklich kein Geld, mir Brot zu kaufen. So verkaufte ich zuerst die Silberknöpfe an meinem Sonntagsrock, dann meine silberne Kette, dann verkaufte ich meine große Pfeife, und dann endlich verkaufte ich meinen Schubkarren. Aber nun werde ich alles wieder zurückkaufen.‹

›Hans‹, sagte der Müller. ›Ich werde dir meinen Schubkarren schenken. Er ist zwar nicht in sehr gutem

Zustand. Die eine Seite fehlt, und etwas ist schlecht in den Speichen. Aber trotzdem will ich ihn dir schenken. Ich weiß, das ist sehr großmütig von mir, und eine Menge Leute werden mich für verrückt halten, dass ich ihn weggebe, aber ich bin nun einmal nicht so wie die andern. Ich glaube, dass Großmut das Wesen der Freundschaft ist, und überdies habe ich für mich einen neuen Schubkarren gekauft. Mach dir also keine weiteren Sorgen, ich gebe dir meinen Schubkarren.‹

›Das ist wirklich sehr großmütig von dir!‹, sagte der kleine Hans, und sein drolliges, rundes Gesicht glühte über und über vor Freude. ›Ich kann ihn leicht ausbessern, denn ich habe ein Brett im Haus.‹

›Ein Brett‹, sagte der Müller. ›Das ist just, was ich für das Dach meiner Scheune brauche. Das Dach hat nämlich ein großes Loch, und das Korn wird nass werden, wenn ich es nicht verstopfe. Wie gut, dass du mich erinnert hast! Es ist doch merkwürdig, wie eine gute Handlung immer eine andere nach sich zieht. Ich habe dir meinen Schubkarren gegeben, und du gibst mir nun dein Brett. Natürlich ist der Schubkarren viel mehr wert als dein Brett, aber treue Freundschaft kümmert sich um solche Dinge nicht. Geh, hole das Brett gleich, und ich werde sofort meine Scheune ausbessern.‹

›Gewiss‹, rief der kleine Hans, und er lief in die Hütte und zog das Brett heraus.

›Es ist kein sehr großes Brett‹, sagte der Müller, indem er es betrachtete. ›Und ich fürchte sehr, dass, wenn ich damit mein Dach ausgebessert haben werde, nichts für dich übrig bleiben wird, um den Schubkarren auszubessern. Aber das ist natürlich nicht meine Schuld. Und nun, da ich dir meinen Schubkarren geschenkt habe, wirst du gewiss mir gern einige Blumen schenken. Hier ist der Korb, und nun, bitte, fülle ihn mir ordentlich.‹

›Ganz voll?‹, sagte der kleine Hans und sah sorgenvoll drein, denn er wusste, dass ihm für den Markt keine Blume übrig bleiben könnte, wenn er den Korb gefüllt haben würde; und er hätte doch gerne seine Silberknöpfe zurückgehabt!

›Natürlich!‹, antwortete der Müller. ›Da ich dir meinen Schubkarren geschenkt habe, ist es doch gewiss nicht viel verlangt, wenn ich dich um ein paar Blumen bitte. Vielleicht habe ich unrecht, aber ich sollte doch glauben, dass Freundschaft, wahre Freundschaft ganz frei von jedem Eigennutz ist.‹

›Mein teurer Freund, mein bester Freund‹, rief der kleine Hans. ›Ich gebe dir gern alle Blumen in meinem Garten. Mir liegt an deiner Meinung tausendmal mehr als an allen silbernen Knöpfen der Welt.‹

Und er lief und pflückte alle seine schönen Primeln und füllte den Korb des Müllers damit.

›Leb wohl, kleiner Hans‹, sagte der Müller und stieg den Hügel hinauf, mit dem Brett auf der Schulter und dem gefüllten Korb in der Hand.

›Leb wohl‹, sagte der kleine Hans, und er begann höchst vergnügt weiterzugraben, denn er freute sich sehr über seinen Schubkarren. Am nächsten Tag band er gerade Geißblatt am Eingang hoch, als er hörte, wie der Müller ihn von der Straße aus rief. So sprang er denn von der Leiter und lief hinunter in den Garten und blickte über die Mauer.

Da stand der Müller mit einem großen Mehlsack auf der Schulter.

›Lieber, kleiner Hans‹, sagte der Müller. ›Möchtest du nicht diesen Mehlsack für mich zum Markt bringen?‹

›Ach, es tut mir furchtbar leid‹, sagte Hans. ›Aber heute habe ich wirklich sehr viel zu tun. Ich muss alle meine Schlingpflanzen befestigen, meine Blumen begießen und mein Gras schneiden.‹

›Na, hör einmal‹, sagte der Müller. ›In Anbetracht der Tatsache, dass ich dir meinen Schubkarren geschenkt habe, ist es nicht gerade sehr freundlich von dir, mir meine Bitte abzuschlagen.‹

›Das darfst du nicht sagen‹, rief der kleine Hans. ›Ich möchte um alles in der Welt nicht meine Freundespflicht vernachlässigen!‹ Und er lief, holte seinen Mantel und trabte davon, mit dem schweren Sack auf den Schultern.

Es war ein sehr heißer Tag, und die Straße war schrecklich staubig, und bevor Hans den sechsten Meilenstein erreicht hatte, war er so müde, dass er sich sehr gerne niedergesetzt hätte, um auszuruhen. Aber er ging tapfer weiter, und endlich erreichte er den Markt. Nachdem er eine Zeit lang gewartet hatte, verkaufte er den Sack Mehl um einen sehr guten Preis, und dann kehrte er sofort nach Hause zurück, denn er fürchtete sich, länger zu verweilen, da er sonst beim Heimweg leicht Räubern hätte begegnen können.

›Ei, das war ein schwerer Tag‹, sagte der kleine Hans, als er zu Bett ging. ›Aber ich bin froh, dass ich dem Müller seine Bitte nicht abgeschlagen habe, denn er ist mein bester Freund, und überdies schenkt er mir seinen Schubkarren.‹

Früh am nächsten Morgen kam der Müller herunter, um sich sein Geld für den Sack Mehl zu holen, aber der kleine Hans war so müde, dass er noch im Bett lag.

›Das nenne ich aber faul!‹, sagte der Müller. ›In Anbetracht, dass ich dir meinen Schubkarren schenken will, könntest du wohl etwas fleißiger sein. Faulheit ist eine große Sünde, und ich habe es nicht gern, wenn meine Freunde faul und träge sind. Du darfst nicht böse sein, wenn ich so offen zu dir rede. Natürlich bin ich nur zu meinen Freunden so aufrichtig. Aber ist es nicht gerade das Schönste in der Freundschaft, dass man immer sagen kann, was man denkt? Jeder andere kann liebenswürdige Sachen sagen, kann schmeicheln und dem andern nach dem Munde reden, aber ein wahrer Freund sagt immer unangenehme Dinge und scheut sich nicht, dem andern wehzutun. Ja, noch mehr: Der wahre Freund tut das mit Vorliebe, denn er weiß, dass er damit eine gute Tat begeht.‹

›Sei nicht bös‹, sagte der kleine Hans und rieb sich die Augen und warf die Nachtmütze in die Ecke. ›Aber ich war so müde, dass ich noch ein bisschen im Bett bleiben wollte, um den Vögeln zuzuhören. Weißt du, ich arbeite immer besser, wenn ich ein bisschen dem Gesang der Vögel gelauscht habe.‹

›Das freut mich zu hören‹, sagte der Müller und klopfte Hans auf den Rücken. ›Denn du musst gleich, sobald du angezogen bist, auf die Mühle kommen und mein Scheunendach für mich ausbessern.‹

Der kleine Hans brannte schon darauf, an seine Gartenarbeit zu gehen, denn er hatte seine Blumen seit zwei Tagen nicht begossen. Aber er wollte dem Müller doch nichts abschlagen, weil er ein gar so guter Freund war.

›Du, höre einmal, wäre es sehr unfreundlich von mir, wenn ich dir sagte, dass ich was Wichtiges zu tun habe?‹, fragte er sehr scheu und schüchtern.

›Na, hör mal!‹, sagte der Müller. ›Ich verlange doch bei Gott nicht viel von dir, in Anbetracht des Umstandes, dass ich dir meinen Schubkarren schenke; aber natürlich, wenn du nicht willst, dann gehe ich und mache es selbst.‹

›Was fällt dir ein‹, rief der kleine Hans und sprang aus dem Bett, zog sich an und ging hinauf zur Scheune.

Dort arbeitete er den ganzen Tag bis zum Sonnenuntergang. Und bei Sonnenuntergang kam der Müller, um nachzuschauen, wie weit er sei.

›Hast du schon das Loch im Dach ausgebessert, kleiner Hans?‹, rief fröhlich der Müller.

›Es ist ganz ausgebessert‹, antwortete der kleine Hans und kam die Leiter herab.

›Ach‹, sagte der Müller. ›Es gibt doch nichts Wundervolleres als die Arbeit, die einer für den andern tut.‹

›Es ist wahrhaftig ein großer Genuss, dich reden zu hören‹, antwortete der kleine Hans und setzte sich nieder und wischte sich die Stirn. ›Ein sehr großer Genuss. Aber ich glaube, dass ich niemals so schöne Gedanken haben werde wie du.‹

›Oh, das kommt alles mit der Zeit‹, sagte der Müller. ›Du musst dich nur recht zusammennehmen. Einstweilen hast du nur die Praxis der Freundschaft, eines Tages wirst du auch die Theorie begreifen.‹

›Glaubst du wirklich?‹, sagte der kleine Hans.

›Ich zweifle nicht daran‹, sagte der Müller. ›Da du aber jetzt mein Dach ausgebessert hast, rate ich dir, nach Hause zu gehen und dich auszuruhen. Denn morgen brauche ich dich. Du musst meine Schafe auf den Berg treiben.‹

Der arme kleine Hans traute sich nicht, ein Wort zu sagen, und früh am nächsten Morgen brachte der Müller seine Schafe zu seiner Hütte, und Hans ging mit ihnen auf den Berg. Er brauchte den ganzen Tag zum Hin- und Rückweg. Und als er nach Hause kam, war er so müde, dass er in seinem Stuhl einschlief und vor hellem Tag nicht erwachte.

›Wie schön ich es heute in meinem Garten haben werde!‹, sagte er sich und ging sofort an die Arbeit.

Aber er kam nie dazu, nach seinen Blumen zu sehen, denn sein Freund, der Müller, kam jeden Augenblick und schickte ihn auf lange Wege oder brauchte ihn zur Aushilfe in der Mühle.

Zuweilen war der kleine Hans sehr traurig, denn er fürchtete, seine Blumen könnten glauben, dass er sie ganz vergessen hätte. Aber er tröstete sich immer mit dem Gedanken, dass der Müller doch sein bester Freund sei. ›Überdies‹, sagte er sich ›schenkt er mir doch seinen Schubkarren, und das ist doch gewiss sehr großmütig von ihm.‹

So arbeitete der kleine Hans weiter für den Müller, und der Müller sprach immer eine Menge schöner Sachen über die Freundschaft, und Hans trug alles in ein Notizbuch ein. Und abends pflegte er in diesem Notizbuch zu lesen, denn er lernte sehr leicht.

Nun geschah es, dass er eines Abends vor seinem Kamin saß, als ein heftiger Schlag gegen die Türe dröhnte. Es war eine sehr stürmische Nacht, und der Wind tobte und brauste so heftig um das Haus, dass Hans zuerst glaubte, es sei das Unwetter, das so an der Tür rüttle. Aber ein zweiter Schlag folgte dem ersten und dann ein dritter, noch heftiger als die früheren.

›Es ist irgendein armer Reisender‹, sagte der kleine Hans und lief zur Tür.

Draußen stand der Müller mit der Laterne in der einen und einem dicken Stock in der anderen Hand.

›Lieber kleiner Hans‹, schrie der Müller. ›Ich bin in großer Verzweiflung. Mein kleiner Bub ist von der Leiter gefallen und hat sich verletzt, und ich muss den Doktor holen. Aber er wohnt so weit, und die Nacht ist so bös, dass es mir einfiel, ob es nicht viel besser wäre, wenn du statt meiner gingst. Du weißt, dass ich dir meinen Schubkarren schenke, und so ist es nur ganz in der Ordnung, dass du mir auch etwas zu Gefallen tust.‹

›Gewiss‹, rief der kleine Hans. ›Ich danke dir, dass du an mich gedacht hast, und ich werde mich gleich auf den Weg machen. Aber du musst mir deine Laterne borgen, denn die Nacht ist stockfinster und ich könnte leicht in den Graben fallen.‹

›Es tut mir sehr leid‹, sagte der Müller. ›Aber es ist meine neue Laterne und es könnte ihr was passieren. Und das wäre für mich ein großer Schaden.‹

›Ach, lass nur, ich gehe auch ohne Laterne!‹, rief der kleine Hans, und er nahm seinen Pelzrock vom Nagel und seine warme scharlachene Mütze, wand sich ein Tuch um den Hals und machte sich auf die Strümpfe.

Das Unwetter war wahrhaftig schrecklich. Die Nacht war so schwarz, dass Hans nicht die Hand vor den Augen sehen konnte, und der Sturm war so heftig, dass er Mühe hatte, sich auf den Beinen zu halten.

Aber er ging tapfer vorwärts und nach einem Marsch von drei Stunden kam er zum Haus des Doktors und klopfte an die Tür.

›Wer ist da?‹, rief der Doktor und steckte den Kopf aus dem Schlafzimmerfenster.

›Der kleine Hans, Herr Doktor.‹

›Und was willst du, kleiner Hans?‹

›Der Sohn des Müllers ist von der Leiter gefallen und hat sich verletzt, und der Müller bittet Euch, gleich zu ihm zu kommen.‹

›Gut‹, sagte der Doktor, ließ sich ein Pferd aus dem Stall holen, zog sich die hohen Stiefel an, nahm seine Laterne, kam die Stiegen herab und ritt davon in der Richtung der Mühle, und der kleine Hans schleppte sich hinterdrein.

Aber der Sturm wurde heftiger und immer heftiger, und der kleine Hans konnte nicht mehr sehen, wo er ging und mit dem Pferd nicht mehr Schritt halten. Schließlich verlor er seinen Weg, irrte im Moor herum, wo es sehr gefährlich war, denn es waren da viele tiefe Löcher, und da ertrank denn der arme kleine Hans. Am nächsten Tag wurde seine Leiche in einem großen

Wassertümpel von einigen Ziegenhirten gefunden, und sie brachten sie zur Hütte.

Alle Leute gingen zum Leichenbegängnis des kleinen Hans, denn man liebte ihn allgemein. Der Hauptleidtragende war der Müller.

›Da ich sein bester Freund war‹, sagte der Müller, ›schickt es sich, dass ich an erster Stelle gehe.‹ So ging er denn an der Spitze des Zuges in einem langen schwarzen Rock, und dann und wann wischte er sich die Augen mit einem großen Taschentuch.

›Der kleine Hans ist gewiss ein großer Verlust für uns‹, sagte der Schmied, als das Leichenbegängnis vorüber war und sie alle behaglich im Wirtshaus saßen und Würzwein tranken und süße Kuchen verzehrten.

›Ach, für mich ist es ein besonders großer Verlust!‹, sagte der Müller. ›Ich hatte ihm meinen Schubkarren so gut wie geschenkt, und nun weiß ich wirklich nicht, was ich damit machen soll. Er steht mir im Haus sehr im Weg und er ist in so schlechtem Zustand, dass ich gar nichts dafür kriegen würde, wenn ich ihn verkaufen wollte. Ich werde in Zukunft gewiss nichts mehr verschenken. Man hat nur Schaden davon, wenn man großmütig ist.‹«

»Und dann?«, sagte die Wasserratte nach einer langen Pause.

»Das ist das Ende meiner Geschichte«, sagte der Hänfling.

»Und was wurde aus dem Müller?«, fragte die Wasserratte.

»Das weiß ich wirklich nicht«, sagte der Hänfling. »Und es ist mir auch höchst gleichgültig.«

»Da sieht man, dass Ihr keine gütige Natur seid«, sagte die Wasserratte.

»Ich glaube beinahe, Ihr versteht die Moral der Geschichte nicht«, sagte der Hänfling.

»Die was?«, schrie die Wasserratte.

»Die Moral.«

»Wollen Sie damit sagen, dass die Geschichte eine Moral hat?«

»Gewiss!«, sagte der Hänfling.

»So?«, sagte die Wasserratte sehr ärgerlich. »Das hätten Sie auch gleich sagen können, ehe Sie zu erzählen anfingen, dann hätte ich gewiss nicht zugehört, sondern ›Pah!‹ gesagt, wie der Kritiker. Übrigens, das kann ich noch tun.«

So sagte sie denn »Pah!« mit voller Stimme, schlug mit dem Schweif und ging in ihr Loch zurück.

»Was sagst du zur Wasserratte?«, sagte die Ente, die einige Minuten später herangepaddelt kam, zum Hänfling. »Sie hat eine ganze Menge guter Eigenschaften, aber ich habe nun einmal die Gefühle einer Mutter, und ich kann keinen verstockten Junggesellen sehen, ohne dass mir die Tränen in die Augen steigen.«

»Ich glaube, dass ich die Wasserratte geärgert habe«, sagte der Hänfling. »Ich habe ihr eine Geschichte mit einer Moral erzählt.«

»Ach, das ist immer eine gefährliche Sache«, sagte die Ente.

Und da bin ich ganz ihrer Meinung.

Die besondere Rakete

Man rüstete zur Hochzeit des Königssohnes, und so gab es große Festlichkeiten. Er hatte ein ganzes Jahr auf die Braut gewartet, und endlich war sie gekommen. Sie war eine russische Prinzessin, und den ganzen Weg von Finnland her war sie in einem von sechs Renntieren gezogenen Schlitten gefahren. Der Schlitten hatte die Form eines großen goldenen Schwans, und zwischen den Flügeln des Schwanes lag die kleine Prinzessin selbst. Ihr langer Hermelinmantel reichte ihr bis zu den Füßen, auf ihrem Kopfe saß eine kleine, aus Silber gewebte Haube, und sie war so bleich wie der Schneepalast, in dem sie immer gelebt hatte. So bleich war sie, dass alle Leute darob sich verwunderten, als sie durch die Straßen fuhr. Sie ist wie eine weiße Rose, sagten alle und sie warfen Blumen von den Balkonen.

Am Tor des Schlosses stand der Prinz und erwartete sie. Er hatte verträumte, veilchenfarbene Augen, und sein Haar glich gesponnenem Gold. Als er sie sah, ließ er sich auf ein Knie nieder und küsste ihre Hand.

»Dein Bild war schön«, murmelte er. »Aber du bist noch schöner als dein Bild.« Und die kleine Prinzessin errötete.

»Sie glich vorhin einer weißen Rose«, sagte ein junger Page zu seinem Nachbar. »Aber nun ist sie wie eine rote Rose.« Und der ganze Hof war entzückt.

In den nächsten drei Tagen gingen alle umher und sagten: »Rote Rose, weiße Rose, weiße Rose, rote Rose!« Und der König gab Befehl, dass die Löhnung des Pagen verdoppelt werden sollte. Da er aber überhaupt keine Löhnung bekam, so nützte ihm das nicht viel, aber man betrachtete es als große Ehre, und der Staatsanzeiger nahm pflichtschuldigst Notiz davon.

Als die drei Tage vorüber waren, wurde die Hochzeit gefeiert. Es war eine wunderbare Zeremonie, und die Braut und der Bräutigam gingen zusammen unter einem Baldachin aus Purpursamt, der über und über mit kleinen Perlen bestickt war. Dann gab es eine Hoftafel, die fünf Stunden dauerte. Der Prinz und die Prinzessin saßen ganz oben in der großen Halle und tranken aus einer Schale von klarem Kristall. Nur treu Liebende durften aus dieser Schale trinken, denn wenn falsche Lippen ihren Rand berührten, wurde sie grau und trübe und wolkig.

»Es ist ganz klar, dass sie einander lieben«, sagte der kleine Page. »So klar wie Kristall.« Und der König verdoppelte ein zweites Mal sein Gehalt. »Welch eine Ehre!«, riefen alle Hofleute.

Nach dem Bankett sollte ein großer Ball sein. Die Braut und der Bräutigam sollten den Rosentanz zusammen tanzen, und der König hatte versprochen, die Flöte zu spielen. Er spielte sehr schlecht, aber niemand hatte je gewagt, ihm das zu sagen, denn er war ja der König. Er kannte eigentlich nur zwei Melodien und war nie ganz sicher, welche er gerade spielte. Aber das schadete nichts, denn alle Leute schrien, was immer er auch tat: »Entzückend, entzückend!«

Der letzte Punkt des Programms war ein großes Feuerwerk, das genau um Mitternacht abgebrannt werden sollte. Die kleine Prinzessin hatte noch nie ein Feuerwerk gesehen, und so hatte der König dem königlichen Hoffeuerwerker den Auftrag gegeben, am Tag der Hochzeit alle seine Künste spielen zu lassen.

»Wie sieht ein Feuerwerk aus?«, fragte die Prinzessin, als sie am Morgen auf der Terrasse spazieren gingen.

»Ein Feuerwerk ist wie das Nordlicht«, antwortete der König, der immer auf Fragen antwortete, die an andere Leute gerichtet waren. »Ich selbst ziehe es sogar den Sternen vor, denn man weiß immer, wann so ein Feuerwerk losgeht, und es ist so schön wie mein eigenes Flötenspiel. Das Feuerwerk musst du unbedingt sehen.«

Am Ende der königlichen Gärten war daher ein großes Gerüst errichtet worden, und sobald der königliche Hoffeuerwerker alles in Ordnung gebracht hatte, begannen die Feuerwerkskörper miteinander zu reden.

»Die Welt ist wirklich sehr schön!«, sagte ein kleiner Schwärmer. »Seht doch nur diese gelben Tulpen an. Sie könnten nicht schöner sein, wenn es wirkliche Raketen wären. Ich bin sehr froh, dass ich Reisen gemacht habe. Das Reisen bildet in wunderbarer Weise den Geist und räumt mit allen Vorurteilen auf.«

»Die königlichen Gärten sind nicht die Welt, du närrischer Schwärmer«, sagte eine dicke römische Kerze. »Die Welt ist ein riesiger Platz, und man braucht mindestens drei Tage, um sie gründlich kennenzulernen.«

»Jeder Winkel, den man liebt, ist für einen die Welt«, sagte ein nachdenkliches Feuerrad, das in seiner Jugend an einer alten Holzschachtel befestigt worden war und sich nun seines gebrochenen Herzens rühmte. »Aber die Liebe ist nicht mehr modern, die Dichter haben sie getötet. Sie haben so viel darüber geschrieben, dass niemand ihnen mehr glaubt, was mich gar nicht wundert. Wahre Liebe leidet und schweigt. Ich erinnere mich, dass einmal – aber wozu darüber reden? Die Romantik gehört der Vergangenheit an.«

»Unsinn«, sagte die römische Kerze. »Die Romantik stirbt niemals. Sie gleicht dem Mond und lebt ewig. Braut und Bräutigam zum Beispiel lieben einander herzinniglich. Ich habe alles über sie heute Morgen von einer braunen Patrone gehört, die zufälligerweise in derselben Lade lag wie ich und die neuesten Hofnachrichten kannte.«

Aber das Feuerrad schüttelte den Kopf: »Die Romantik ist tot, die Romantik ist tot, die Romantik ist tot«, murmelte es. Es gehörte eben zu jenen Leuten, die glauben, dass, wenn man eine Sache immer und immer sehr oft wiederholt, sie endlich wahr wird.

Plötzlich hörte man ein scharfes trockenes Husten, und alle blickten sich um. Das Husten kam von einer schlanken, hochmütig blickenden Rakete, die am Ende eines langen Stockes angebunden war. Sie hustete immer, bevor sie eine Bemerkung machte, um die Aufmerksamkeit auf sich zu lenken.

»Hm, hm«, sagte sie, und jeder spitzte die Ohren, mit Ausnahme des armen Feuerrades, das immer noch den Kopf schüttelte und murmelte: »Die Romantik ist tot!«

»Ruhe, Ruhe!«, schrie der Schwärmer. Er hatte politische Anwandlungen und hatte an den Wahlen hervorragenden Anteil genommen. So kannte er denn die gebräuchlichen parlamentarischen Ausdrücke.

»Ganz tot!«, flüsterte das Feuerrad und schlief ein.

Sobald tiefe Stille eingetreten war, hustete die Rakete ein drittes Mal und begann. Sie sprach mit einer tiefen, klaren Stimme, als ob sie ihre Memoiren diktierte und blickte immer über die Schulter der Person fort, mit der sie gerade redete. Alles in allem hatte sie höchst vornehme Manieren.

»Wie glücklich doch der Königssohn ist«, bemerkte sie. »Dass er just an dem Tag heiratet, an dem ich losgelassen werden soll. Wenn man die ganze Sache mit Absicht angelegt hätte, hätte sie für ihn gar nicht besser ausfallen können; aber Prinzen haben eben immer Glück.«

»O Gott«, sagte der kleine Schwärmer. »Ich dachte, die Sache läge umgekehrt, und dass wir zu Ehren des Prinzen abgebrannt werden sollten.«

»Das trifft vielleicht bei Ihnen zu«, sagte die Rakete. »Ich bin sogar überzeugt, dass dem so ist. Aber bei mir liegen die Dinge doch anders. Ich bin eine ganz besondere Rakete und stamme von ganz besonderen Eltern. Meine Mutter war das berühmteste Feuerrad ihrer Zeit und war berühmt wegen ihres graziösen Tanzens. Als sie vor dem Publikum auftrat, drehte sie sich neunzehnmal um sich selbst, bevor sie ausging, und jedes Mal warf sie sieben rote Sterne in die Luft. Sie hatte dritthalb Fuß im Durchmesser und war aus dem besten Schießpulver gemacht. Mein Vater war eine Rakete wie ich und von französischer Abkunft. Er flog so hoch, dass man allgemein fürchtete, er würde nie mehr zur Erde zurückkommen. Er kam schließlich doch herunter, denn er war liebenswürdig von Natur, und er löste sich in einem höchst glänzenden Schauer von goldenem Regen auf. Die Zeitungen besprachen seine Leistung in den schmeichelhaftesten Worten, ja der Staatsanzeiger nannte ihn sogar einen Triumph der pylotechnischen Kunst.«

»Pyrotechnisch, pyrotechnisch meinen Sie wohl«, sagte ein bengalisches Licht. »Ich weiß, es heißt Pyrotechnik, denn es steht so auf meiner Kapsel.«

»Ich aber sage pylotechnisch«, antwortete die Rakete sehr gemessen, und das bengalische Licht war so geknickt, dass es sofort die kleinen Schwärmer zu brüskieren begann, um zu zeigen dass es doch auch Amt und Würden hätte.

»Ich sagte also«, fuhr die Rakete fort – »was sagte ich denn?«

»Sie sprachen über sich selbst«, sagte die römische Kerze.

»Natürlich. Ich wusste, dass ich ein interessantes Thema behandelte, als ich so roh unterbrochen wurde. Ich hasse die Rohheit und schlechte Manieren, denn ich bin sehr empfindlich. Niemand in der ganzen Welt ist wohl so empfindlich wie ich.«

»Was heißt empfindlich?«, sagte der Schwärmer zur römischen Kerze.

»Empfindlich ist jemand, der, weil er selbst Hühneraugen hat, immer anderen Leuten auf die Zehen tritt«, antwortete die römische Kerze, und der Schwärmer platzte beinahe vor Lachen.

»Bitte, worüber lachen Sie nur?«, fragte die Rakete. »Ich lache doch nicht!«

»Ich lache, weil ich glücklich bin«, antwortete der Schwärmer.

»Das ist ein sehr eigennütziger Grund«, sagte die Rakete ärgerlich. »Welches Recht haben Sie, glücklich zu sein? Sie sollten an andere Leute denken. Sie sollten zum Beispiel an mich denken. Ich denke immer an mich und ich erwarte, dass jedermann das gleiche tut. Das nennt man Sympathie. Es ist eine sehr schöne Tugend, und ich besitze sie im hohen Grade. Nehmen Sie zum Beispiel an, es würde mir heute Nacht etwas passieren. Welch ein Unglück wäre das für die ganze Welt! Der Prinz und die Prinzessin würden nie mehr glücklich sein, und ihr ganzes eheliches Leben wäre gestört. Und was den König betrifft, so weiß ich, er käme nicht darüber hinweg. In der Tat, wenn ich beginne über die Bedeutung meiner Stellung nachzudenken, bin ich fast zu Tränen gerührt.«

»Wenn Sie aber anderen Leuten ein Vergnügen machen wollen, so bleiben Sie gefälligst trocken«, sagte die römische Kerze.

»Gewiss!«, rief das bengalische Licht, das nun besser aufgelegt war. »Das lehrt schon der gemeine Menschenverstand.«

»Der gemeine Menschenverstand?«, sagte die Rakete verächtlich. »Ihr vergesst, dass ich ganz und gar nicht gemein bin, sondern etwas ganz Besonderes. Gemeinen Menschenverstand kann jeder haben, vorausgesetzt, dass er keine Fantasie hat. Aber ich habe Fantasie, denn ich denke niemals an die Dinge, wie sie wirklich sind. Ich denke immer an sie, als ob sie ganz anders wären. Was nun mein Trockenbleiben betrifft, so ist niemand hier, der überhaupt meine gefühlvolle Natur begreifen kann. Glücklicherweise ist mir das höchst gleichgültig. Die einzige Sache, die einen im Leben aufrechterhält, ist das Bewusstsein der ungeheuren Inferiorität aller anderen, und das ist ein Gefühl, das ich immer gepflegt habe. Aber niemand unter euch hat ein Herz. Ihr lacht und seid glücklich, just so, als ob der Prinz und die Prinzessin nicht eben geheiratet hätten.«

»Warum auch nicht?«, rief ein kleiner Feuerball. »Das ist doch eine sehr freudige Angelegenheit, und wenn ich in die Luft steigen werde, will ich allen Sternen davon erzählen. Ihr werdet sehen, wie die Sterne blinzeln werden, wenn ich ihnen von der hübschen Braut berichte.«

»Das nenne ich eine banale Weltanschauung«, sagte die Rakete. »Aber ich habe von Ihnen nichts anderes erwartet. In Ihnen ist nichts, Sie sind hohl und leer. Können nicht vielleicht der Prinz und die Prinzessin in eine Gegend ziehen, wo ein tiefer Fluss ist, können sie nicht vielleicht einen einzigen Sohn haben, einen kleinen blond gelockten Knaben mit Veilchenaugen, wie der Prinz sie hat? Kann das Kind nicht eines Tages mit der Amme spazierengehen? Kann nicht vielleicht die Amme unter einem Fliederbusch einschlafen? Kann nicht der kleine Bub in einen tiefen Fluss fallen und ertrinken? Welch ein schreckliches Unglück! O über die Ärmsten, die ihr einziges Kind verlieren! Es ist zu schrecklich! Ich werde nie darüber hinwegkommen.«

»Aber sie haben ja gar nicht ihren einzigen Sohn verloren«, sagte die römische Kerze. »Es ist ihnen überhaupt kein Unglück zugestoßen.«

»Das habe ich ja auch gar nicht gesagt«, erwiderte die Rakete. »Ich sagte nur, dass ihnen ein Unglück zustoßen könnte. Wenn sie ihren einzigen Sohn verloren hätten, hätte es gar keinen Zweck, ein Wort weiter über die Sache zu verlieren. Ich hasse Leute, die wegen vergossener Milch weinen. Wenn ich aber daran denke, dass sie den einzigen Sohn verlieren könnten, bin ich im höchsten Affekt.«

»Das glaube ich«, sagte das bengalische Licht. »Sie sind wirklich die affektierteste Person, die ich kenne.«

»Und Sie sind die roheste Person, die ich kenne«, erwiderte die Rakete. »Und Sie können meine Freundschaft für den Prinzen überhaupt nicht begreifen.«

»Aber Sie kennen ihn ja überhaupt nicht«, brummte die römische Kerze.

»Ich habe nie behauptet, dass ich ihn kenne«, antwortete die Rakete. »Und ich glaube sogar, dass ich durchaus nicht sein Freund wäre, wenn ich ihn kennen würde. Es ist sehr gefährlich, seine Freunde zu kennen.«

»Denken Sie lieber daran, trocken zu bleiben«, sagte der kleine Feuerball. »Das ist die Hauptsache.«

»Eine Hauptsache vielleicht für Sie, aber ich weine, wann es mir passt.« Und richtig brach die Rakete in wirkliche Tränen aus, die gleich Regentropfen an ihrem Stock herunterrannen und beinahe zwei kleine Käferchen ersäuft hätten, die gerade daran dachten, hübsch gemeinsam nach Hause zu gehen, und sich nach einem trockenen Nestchen umsahen.

»Sie scheint in der Tat eine recht romantische Natur zu sein«, sagte das Feuerrad. »Denn sie weint, wo gar kein Anlass zum Weinen ist.« Und das Feuerrad seufzte tief und träumte von der hölzernen Schachtel.

Aber die römische Kerze und das bengalische Licht waren sehr empört und riefen in einem fort: »Unsinn! Unsinn!« so laut sie nur konnten. Sie waren nämlich sehr praktische Naturen, und wenn ihnen etwas nicht in den Kram passte, so nannten sie es gleich Unsinn.

Dann ging der Mond auf wie ein wunderbarer silberner Schild. Und die Sterne begannen zu leuchten, und Musik drang aus dem Palast.

Der Prinz und die Prinzessin führten den Tanz. Sie tanzten so schön, dass die hohen weißen Lilien durch das Fenster guckten und zusahen, und der große rote Mohn wiegte den Kopf und schlug den Takt.

Dann schlug es von der Turmuhr zehn und dann elf und dann zwölf, und mit dem letzten Schlag der Mitternacht strömte alles auf die Terrasse hinaus, und der König schickte nach dem königlichen Hoffeuerwerker.

»Lasst das Feuerwerk beginnen«, sagte der König, und der königliche Hoffeuerwerker machte einen tiefen Bückling und stieg hinab bis ans Ende des Gartens. Er hatte sechs Diener mit sich und jeder trug eine flammende Fackel am Ende einer langen Stange.

Es gab nun wirklich ein wunderbares Schauspiel.

»Zzzz! Zzzz!«, machte das Feuerrad, als es sich zu drehen begann. »Bumbum!«, machte die römische Kerze. Dann tanzten die Schwärmer über den ganzen Platz, und die bengalischen Lichter tauchten alles in Rot. »Leb wohl!«, rief der Feuerball, als er emporstieg und kleine blaue Funken streute. »Bang, bang!«, antworteten die Feuerfrösche, die sich riesig freuten. Und alles hatte einen großen Erfolg, mit Ausnahme der besonderen Rakete. Die war so nass vom Weinen, dass sie überhaupt nicht losging. Das beste in ihr war das Schießpulver, und das war von Tränen so durchnässt, dass es zu nichts mehr nütze war. Ihre ganze arme Verwandtschaft, die sie sonst keines Blickes würdigte, flog in die Luft empor gleich wunderbaren goldenen Blumen mit feurigen Blüten.

»Hurra, hurra!«, schrie der Hof, und die kleine Prinzessin lachte vor Vergnügen.

»Gewiss hebt man mich für eine ganz besondere Gelegenheit auf«, sagte die Rakete. »Das ist offenbar der Sinn des Ganzen.« Und sie sah hochmütiger drein denn je.

Am nächsten Tag kamen die Arbeiter, um alles fortzuräumen. »Das ist gewiss eine Deputation«, sagte die Rakete. »Ich will sie mit gebührender Würde empfangen.« Und sie steckte die Nase in die Luft und runzelte ernst die Stirn, als denke sie weiß Gott über was nach. Aber die Arbeiter nahmen keine Notiz von ihr, und erst als sie sich schon entfernen wollten, bemerkte sie einer. »Schau«, rief er, »eine schlechte Rakete!« Und er warf sie über die Mauer in den Graben.

»Schlechte Rakete, schlechte Rakete?«, sagte sie, als sie durch die Luft wirbelte. »Unmöglich. Die rechte Rakete, das wollte der Mann offenbar sagen. Schlecht und recht klingt sehr ähnlich und bedeutet oft auch dasselbe.« Und damit fiel sie in den Schlamm.

»Hier ist es nicht sehr hübsch«, bemerkte sie. »Das ist gewiss ein eleganter Badeort und man hat mich hergeschickt um meiner Gesundheit willen. Meine Nerven sind auch sehr zerrüttet und ich brauche Ruhe.«

Da schwamm ein kleiner Frosch mit glänzenden Äuglein in einem grünscheckigen Rock zu ihr hin.

»Ein neuer Ankömmling, wie ich sehe«, sagte der Frosch. »Schließlich gibt es doch nichts Besseres als Schlamm. Habe ich nur Regenwasser und einen Graben, dann bin ich ganz glücklich. Glauben Sie, dass es heute Nachmittag regnen wird? Ich hoffe bestimmt darauf, aber der Himmel ist ganz blau und wolkenlos. Wie schade!«

»Hm, hm!«, sagte die Rakete und begann zu husten.

»Welch eine entzückende Stimme Sie haben«, rief der Frosch. »Sie klingt beinahe wie Gequak – und Quaken ist natürlich das musikalischste Geräusch der Welt. Sie werden ja heute Abend unseren Gesangverein hören. Wir sitzen im alten Ententeich beim Pächterhaus, und sobald der Mond aufgeht, beginnen wir. Unser Gesang ist so hinreißend, dass alles wach in den Betten bleibt, um uns zuzuhören. Gestern hörte ich, wie die Frau des Pächters zu ihrer Mutter sagte, dass sie unsertwegen nicht eine Sekunde schlafen könnte. Es ist doch sehr angenehm, wenn man so beliebt ist.«

»Hmhm, hmhm!«, sagte die Rakete und war sehr ärgerlich, dass sie kein Wort erwidern konnte.

»Eine entzückende Stimme, in der Tat!«, fuhr der Frosch fort. »Ich hoffe, Sie kommen heute Abend hinüber zum Ententeich. Ich muss jetzt nach meinen Töchtern sehen. Ich habe sechs sehr schöne Töchter und ich fürchte, es könnte ihnen der Hecht begegnen. Das ist ein grässliches Ungeheuer und würde keinen Augenblick zögern, sie zum Frühstück zu verspeisen. Also auf Wiedersehen, ich habe mich sehr gefreut, dass ich mich mit Ihnen unterhalten konnte.«

»Eine nette Unterhaltung«, sagte die Rakete. »Sie haben die ganze Zeit allein gesprochen. Das nenne ich keine Unterhaltung.«

»Einer muss zuhören«, antwortete der Frosch. »Und ich besorge das Sprechen gern allein. Man erspart damit Zeit und vermeidet eine Diskussion.«

»Aber ich liebe Diskussionen«, sagte die Rakete.

»Ach, lassen Sie doch«, sagte der Frosch liebenswürdig. »Diskussionen sind sehr gewöhnlich, denn in guter Gesellschaft haben alle Leute genau dieselben Ansichten. Also nochmals auf Wiedersehen. Dort sehe ich meine Töchter.« Und der kleine Frosch schwamm fort.

»Sie machen einen ganz nervös«, sagte die Rakete. »Und haben gar keine Lebensart. Ich hasse Leute, die immer über sich selber sprechen wie Sie, wenn man von sich sprechen will wie ich. Das nenne ich eigennützig, und Eigennutz ist eine verabscheuungswürdige Sache, besonders für jemand von meinem Temperament, denn ich bin wegen meines sympathischen Wesens bekannt. Sie sollten sich wirklich an mir ein Beispiel nehmen. Sie könnten kein besseres Vorbild finden. Da Sie nun eine solche Gelegenheit haben, sich zu bilden, sollten Sie sie rasch benützen, denn ich gehe in kürzester Zeit an den Hof zurück. Ich bin sehr gut angeschrieben bei Hofe. Mir zu Ehren haben der Prinz und die Prinzessin gestern geheiratet. Natürlich wissen Sie von all den Dingen nichts, denn Sie sind ja bloß ein Provinzler.«

»Sie regen sich unnütz auf, wenn Sie mit ihm sprechen«, sagte eine Libelle, die an der Spitze eines großen braunen Rohrkolbens saß. »Er ist nämlich schon fort.«

»Das ist sein Schade und nicht meiner«, antwortete die Rakete. »Ich werde nicht aufhören zu reden, nur weil er nicht zuhört. Ich höre mich selbst sehr gerne, es gehört zu meinen größten Genüssen. Ich führe oft lange Selbstgespräche und ich bin so klug, dass ich oft kein einziges Wort von dem verstehe, was ich spreche.«

»Dann sollten Sie Vorträge über Philosophie halten«, sagte die Libelle, und sie breitete ein Paar entzückender Florflügel aus und erhob sich in die Luft.

»Wie dumm von ihm, dass er nicht dageblieben ist«, sagte die Rakete. »Solch eine Gelegenheit, seinen Geist zu bilden, findet er nicht oft. Übrigens, was geht's mich an?! Ein Genie wie das meine findet doch eines Tages gewiss die richtige Anerkennung.« Und sie versank etwas tiefer im Schlamm.

Nach einiger Zeit kam eine große weiße Ente herangeschwommen. Sie hatte gelbe Beine und Schwimmfüße und galt wegen ihres Watschelns als große Schönheit. »Quak, quak, quak«, sagte sie. »Wie komisch Ihre Gestalt doch ist! Darf ich mir die Frage erlauben, ob Sie so geboren wurden oder ob Sie durch ein Unglück so geworden sind?«

»Es ist sonnenklar, dass Sie immer auf dem Lande gelebt haben«, antwortete die Rakete. »Sonst würden Sie wissen, wer ich bin. Aber ich entschuldige Ihre Unbildung. Man kann wirklich von anderen Leuten nicht erwarten, dass sie so besonders sind, wie man selbst. Sie werden gewiss überrascht sein zu hören, dass ich bis in den Himmel fliegen kann und dann in einem Schauer von goldenem Regen herunterkomme.«

»Na, davon halte ich nicht viel«, sagte die Ente. »Da ich den praktischen Zweck der Sache nicht einsehen kann. Wissen Sie, wenn Sie Felder pflügen könnten wie der Ochs oder einen Wagen ziehen wie das Pferd oder die Schafe bewachen wie der Schäferhund, das wäre etwas.«

»Meine Liebe«, rief die Rakete in einem sehr hochmütigen Ton. »Ich sehe, Sie gehören zu den unteren Klassen. Eine Person von meinem Rang ist niemals nützlich. Wir haben gewisse Talente, und das ist mehr als genügend. Ich habe persönlich gar keine Sympathie für irgendeine Beschäftigung, am allerwenigsten für die Beschäftigungen, die Sie zu empfehlen scheinen. Ich war immer der Ansicht, dass Handarbeit nur die Zuflucht von Leuten ist, die nichts anderes zu tun haben.«

»Schön, schön«, sagte die Ente, die von sehr friedfertigem Naturell war und niemals mit irgendjemand Streit anfing. »Jeder hat eben seinen Geschmack. Ich hoffe übrigens, dass Sie sich bei uns niederlassen werden.«

»O nein«, rief die Rakete. »Ich bin bloß zu Besuch, ein vornehmer Besuch. Ich finde diesen Ort eigentlich langweilig. Es ist hier weder Gesellschaft noch Einsamkeit. Es ist alles so vorstädtisch. Ich werde wahrscheinlich an den Hof zurückkehren, denn ich weiß, dass ich bestimmt bin, in der Welt großes Aufsehen zu machen.«

»Auch ich habe einmal daran gedacht, mich dem öffentlichen Leben zu widmen«, bemerkte die Ente. »So viel Dinge müssten gründlich reformiert werden. Vor einiger Zeit habe ich auch bei einer Versammlung die Rednertribüne bestiegen und wir haben Resolutionen angenommen, die alles verurteilten, was wir nicht mochten. Aber sie scheinen nicht sehr gewirkt zu haben. Nun bin ich nur für Häuslichkeit und kümmere mich um meine Familie.«

»Ich bin für die Öffentlichkeit geschaffen«, antwortete die Rakete. »Und ebenso alle meine Verwandten, selbst die bescheidensten unter ihnen. Sooft wir erscheinen, erregen wir große Aufmerksamkeit. Ich bin selbst noch nicht in die Öffentlichkeit getreten, aber wenn ich dies tun werde, wird es ein wunderbarer Anblick sein. Was aber das häusliche Leben betrifft, so wird man dadurch rasch alt, und unser Geist wird von höheren Dingen abgelenkt.«

»Ach, die höheren Dinge im Leben, die sind schön«, sagte die Ente. »Und das erinnert mich daran, wie hungrig ich bin.« Und sie schwamm die Strömung hinunter und sagte: »Quak, quak, quak«.

»Kommen Sie zurück, kommen Sie zurück«, schrie die Rakete. »Ich habe Ihnen eine Menge zu sagen.« Aber die Ente schenkte ihr keine Aufmerksamkeit. »Ich bin froh, dass sie fort ist«, sagte die Rakete zu sich selbst. »Sie ist entschieden sehr kleinbürgerlich veranlagt.« Und sie sank ein bisschen tiefer in den Schlamm und begann über die Einsamkeit des Genies nachzudenken, als zwei kleine Buben in weißen Kitteln gelaufen kamen mit einem Kessel und trockenem Reisig.

»Das muss die Deputation sein«, sagte die Rakete und suchte sehr würdevoll dreinzusehen.

»Hallo!«, schrie einer der Buben. »Sieh doch den alten Stock. Wie ist der hergekommen?« Und er fischte die Rakete aus dem Graben.

»Alter Stock?!«, sagte die Rakete. »Unmöglich. Gewaltiger Stock wollte er offenbar sagen. Gewaltiger Stock ist sehr schmeichelhaft. Er hält mich gewiss für einen Würdenträger bei Hofe.«

»Wir wollen ihn ins Feuer schmeißen«, sagte der andere Bub. »Er soll helfen, den Kessel warm zu machen.«

Sie schichteten also das Reisig zusammen und legten die Rakete drauf und zündeten das Feuer an.

»Das ist großartig«, schrie die Rakete. »Sie lassen mich los bei hellem Tagslicht, sodass jedermann mich sehen kann.«

»Jetzt werden wir uns schlafen legen«, sagten die Buben. »Und wenn wir aufwachen, wird das Wasser im Kessel sieden.« Und sie legten sich ins Gras und schlossen die Augen.

Die Rakete war sehr nass, und so dauerte es lange, bis sie Feuer fing. Aber endlich brannte sie doch.

»Nun gehe ich los!«, schrie sie, und sie machte sich steif und starr. »Ich weiß, ich werde viel höher steigen als die Sterne, viel höher als der Mond, viel höher als die Sonne. Ich werde wirklich so hoch steigen, dass – fzzz! fzzz! fzzz!« Und sie stieg geradeaus in die Luft. »Entzückend«, schrie sie. »Nun werde ich ewig so weitersteigen. Ich mache wunderbare Wirkung.«

Aber niemand sah sie.

Dann begann sie, ein merkwürdiges Prickeln im ganzen Körper zu fühlen.

»Nun werde ich gleich explodieren!«, schrie sie. »Ich werde die ganze Welt in Brand setzen und solch einen Lärm machen, dass man ein ganzes Jahr von nichts anderem sprechen wird.« Und in diesem Augenblick explodierte sie auch. Krach! machte das Schießpulver. Aber niemand hörte den Knall. Nicht einmal die beiden kleinen Buben, denn sie schliefen fest.

Und alles, was von der Rakete übrig blieb, war der Stock, und dieser fiel auf den Rücken einer Gans, die eben am Rand des Grabens spazierte.

»Großer Gott«, schrie die Gans. »Es fängt an, Stöcke zu regnen«, und sie schoss ins Wasser.

»Ich wusste ja, dass ich ein großes Aufsehen machen würde«, keuchte die Rakete und ging aus.

Gedichte in Prosa

Der Künstler

Eines Abends erwachte in seiner Seele der Wunsch, ein Bild zu formen, das »die Lust des Augenblicks« darstellen sollte. Und er ging in die Welt, um Bronze zu suchen, denn er konnte nur in Bronze denken.

Aber alle Bronze der ganzen Welt war verschwunden. Nirgends in der ganzen Welt war Bronze zu finden, mit Ausnahme der bronzenen Figur des »Ewigen Leides«.

Und diese Figur hatte er selbst gemacht, mit seinen eigenen Händen geformt, und er hatte sie auf ein Grab gesetzt, und in diesem Grabe lag alles, was er im Leben geliebt hatte. Auf das Grab dessen, was er am meisten im Leben geliebt hatte, hatte er dies Werk seiner Kunst gesetzt, damit es zeuge für die Liebe des Mannes, die nie stirbt, und ein Symbol des Leides sei, das ewig dauert. Und in der ganzen Welt gab es keine andere Bronze als die Bronze dieser Figur.

Und er nahm die Figur, die er geformt hatte, und legte sie in den Schmelzofen und übergab sie dem Feuer.

Und aus dem bronzenen Bilde des Leidens, das ewig währt, formte er das Bild »der Lust, die einen Augenblick verweilt«.

Der Wohltäter

Es war Nacht, und Er war allein.

Und Er sah in weiter Ferne die Mauern einer runden Stadt, und Er ging auf die Stadt zu.

Und als Er näher kam, hörte Er in der Stadt den Tanzschritt freudiger Füße und das Lachen aus dem Munde des Frohsinns und den lauten Klang vieler Harfen. Und Er klopfte ans Tor, und einer von der Torwache öffnete Ihm.

Und Er sah ein Haus, das war ganz aus Marmor, und schöne Marmorsäulen standen davor. Und Blumengewinde hingen an den Säulen, und drinnen und draußen waren Fackeln aus Zedernholz. Und Er betrat das Haus.

Und Er ging durch die Halle aus Chalzedon und die Halle aus Jaspis, und so kam Er in die große Festhalle. Auf purpurnem Lager sah Er einen Jüngling liegen, dessen Haar war mit roten Rosen bekränzt, und dessen Lippen waren rot von Wein.

Und Er trat hinter ihn und berührte seine Schultern und sprach zu ihm: »Warum lebst du so?«

Und der Jüngling drehte sich um und erkannte Ihn und antwortete und sagte: »Ich war einst ein Aussätziger, und du hast mich geheilt. Wie anders sollte ich leben?«

Und Er schritt aus dem Haus und ging wieder auf die Straße.

Und nach einer Weile sah Er ein Weib mit bemaltem Gesicht und vielfarbiger Kleidung, und ihre Füße waren besetzt mit Perlen. Und hinter ihr ging langsam ein junger Mann wie ein Jäger, und sein Kleid war zweifarbig. Und das Angesicht des Weibes war wie das schöne Antlitz eines Götzenbildes, und die Augen des jungen Mannes glänzten vor Begierde.

Und Er folgte langsam und berührte die Hand des jungen Mannes und sprach zu ihm: »Warum blickst du so auf dieses Weib?«

Und der junge Mann drehte sich um und erkannte Ihn und sagte: »Ich war einst ein Blinder, und du gabst mir das Augenlicht. Zu was sonst soll ich es nützen?«

Und Er lief vor und berührte das bemalte Kleid des Weibes und sprach zu ihm: »Kennst du keinen andern Weg, als den Weg der Sünde?«

Und das Weib drehte sich um und erkannte Ihn, lachte und sprach: »Du vergabst mir doch meine Sünden, und dieser Weg ist ein Weg der Freude.«

Und Er ging hinaus aus der Stadt.

Und als Er die Stadt verlassen hatte, sah Er am Wegrande einen jungen Mann sitzen, der weinte.

Und Er ging auf ihn zu und berührte die langen Locken seines Haares und sprach zu ihm: »Warum weinst du?«

Und der junge Mann blickte auf und erkannte Ihn und gab zur Antwort: »Ich war gestorben, und du hast mich vom Tode auferweckt. Was soll ich anderes tun, als weinen!«

Der Schüler

Als Narzissus starb, wandelte sich der Teich seiner Lust aus einer Schale süßen Wassers in eine Schale salziger Tränen. Und die Oreaden kamen weinend durch den Hain, um bei dem Teiche zu singen und ihn zu trösten. Und als sie sahen, dass der Teich sich gewandelt hatte und aus der Schale süßen Wassers eine Schale salziger Tränen geworden war, lösten sie die grünen Flechten ihrer Haare und riefen dem Teiche zu: »Wir wundern uns nicht, dass du so um Narzissus trauerst, denn er war so schön.«

»War denn Narzissus schön?«, fragte der Teich.

»Wer weiß das besser als du!«, antworteten die Oreaden. »An uns ging er immer vorüber, aber dich suchte er auf und lag an deinem Rande und blickte zu dir hinab und im Spiegel deiner Gewässer spiegelte er seine eigene Schönheit.«

Und der Teich antwortete: »Ich aber liebte Narziss, weil ich im Spiegel seiner Augen, wenn er am Ufer lag und niederschaute zu mir, meine eigene Schönheit gespiegelt sah.«

Der Meister

Und als Dunkelheit über die Erde gekommen war, zündete Joseph von Arimathia eine Fackel von Fichtenholz an und stieg nieder vom Hügel ins Tal, denn er hatte in seinem Haus zu tun.

Und er sah auf den Kieseln im Tal der Verzweiflung einen Jüngling knien, der war nackt und weinte. Sein Haar hatte die Farbe des Honigs, und sein Körper glich einer weißen Blume. Aber er hatte seinen Leib mit Dornen zerrissen und sein Haar mit Asche gekrönt. Und jener, der so große Reichtümer hatte, sprach zum Jüngling, der nackend war und weinte: »Ich wundere mich nicht, dass dein Kummer so groß ist, denn sicherlich war Er ein gerechter Mann.«

Und der Jüngling antwortete: »Nicht um ihn vergieße ich Tränen, sondern ich weine um meinetwillen. Auch ich habe Wasser in Wein verwandelt und ich habe die Aussätzigen geheilt und den Blinden das Augenlicht gegeben. Ich bin über das Wasser geschritten, und die Teufel vertrieb ich aus den Gräbern. Ich habe die Hungrigen in der Wüste genährt, wo es keine Nahrung gab, und ich erweckte die Toten aus ihrem engen Haus.

Und auf mein Gebet vor einer großen Menge Volkes verdorrte ein unfruchtbarer Feigenbaum. Alles, was jener Mann getan hat, habe ich auch getan, und doch haben sie mich nicht gekreuzigt.«

Das Haus des Gerichts

Stille war es im Haus des Gerichtes. Und der Mensch trat nackt vor Gott.

Und Gott öffnete das Lebensbuch des Menschen, und Gott sprach zu dem Menschen: »Dein Leben ist böse gewesen, und du warst grausam gegen die, die Hilfe heischten. Und gegen die, die in Not waren, warst du bitter und hartherzig. Die Armen schrien zu dir, und du hörtest sie nicht, und der Ruf meiner Mühseligen fand bei dir taube Ohren. Du hast das Erbe der Vaterlosen an dich gerissen und die Füchse in deines Nachbars Weinberg gesandt. Du nahmst das Brot der Kinder und gabst es den Hunden zum Fraße. Und meine Aussätzigen, die in Sümpfen wohnten und im Frieden lebten und mich priesen, die jagtest du fort auf die Landstraße. Und auf meine Erde, aus der ich dich geschaffen habe, hast du unschuldiges Blut vergossen.«

Und der Mensch gab Antwort und sprach: »So tat ich.«

Und wieder öffnete Gott das Buch des Lebens.

Und Gott sprach zu dem Menschen: »Dein Leben ist böse gewesen, und du hast die Schönheit gesucht, die ich offenbart habe, und du gingst vorüber an dem Guten, das ich verborgen habe. Die Wände deines Zimmers waren bedeckt mit Bildern, und vom Lager deiner Verruchtheit standst du auf beim Ton der Flöten. Du erbautest sieben Altäre den Sünden, für die ich gelitten habe, und aßest von der Speise, die nicht gegessen werden soll. Und der Purpur deines Gewandes war bestickt mit den drei Zeichen der Schande. Deine Götzenbilder waren weder von Gold noch von Silber, die dauern, sondern vom Fleische, das stirbt und vergeht. Du beflecktest ihr Haar mit Narden, und du gabst ihnen Granatäpfel in die Hände. Du beflecktest ihre Füße mit Safran und breitetest Teppiche vor ihnen aus. Mit Antimon beflecktest du ihre Augenlider und besudeltest ihren Leib mit Myrrhen. Du beugtest dich bis auf den Boden vor ihnen, und die Throne deiner Götzenbilder standen in der Sonne. Du zeigtest der Sonne deine Schande und dem Monde deine Narrheit.«

Und der Mensch gab Antwort und sprach: »So tat ich.«

Und ein drittes Mal öffnete Gott das Buch des Lebens.

Und Gott sprach zum Menschen: »Böse ist dein Leben gewesen, und mit Bösem vergaltst du Gutes, und mit Übeltat vergaltst du Wohltat. Die Hände, die dich nährten, hast du verwundet, und die Brüste, die dir Nahrung gaben, hast du verachtet. Der zu dir mit Wasser kam, ging dürstend von dir, und die Geächteten, die dich in ihren Zelten verbargen bei Nacht, verrietst du vor dem Morgengrauen. Den Feind, der dich verschonte, erschlugst du im Hinterhalt, und den Freund, der mit dir ging, verkauftest du um Geld, und allen, die dir Liebe brachten, gabst du nur Wollust dafür.«

Und der Mensch antwortete: »So tat ich.«

Und Gott schloss das Buch des Lebens und sprach: »Gewiss will ich dich zur Hölle schicken, ja, in die Hölle will ich dich schicken.«

Und der Mensch schrie: »Das kannst du nicht.«

Und Gott sprach zu dem Menschen: »Warum kann ich dich nicht zur Hölle schicken? Aus welchem Grunde nicht?«

»Weil ich schon immer in der Hölle gelebt habe«, antwortete der Mensch.

Und Schweigen herrschte im Haus des Gerichtes.

Und nach einer Weile sprach Gott und sagte zum Menschen: »Da ich sehe, dass ich dich nicht in die Hölle schicken kann, so werde ich dich wahrhaftig in den Himmel schicken. Ja, in den Himmel werde ich dich schicken.«

Und der Mensch schrie: »Das kannst du nicht.«

Und Gott sprach zu dem Menschen: »Warum kann ich dich nicht in den Himmel schicken? Aus welchem Grunde nicht?«

»Weil ich niemals und in keinerlei Weise imstande war, mir ihn vorzustellen«, antwortete der Mensch.

Und Schweigen herrschte im Haus des Gerichtes.

Der Lehrer der Weisheit

Von Kindheit an war er voll der vollkommenen Erkenntnis Gottes, und als er noch ein Knabe war, kamen viele von den Heiligen und auch heilige Frauen, die in der freien Stadt seiner Geburt wohnten und wunderten sich über die tiefe Weisheit seiner Antworten. Und nachdem ihm die Eltern Kleid und Ring der Mannheit gegeben hatten, küsste er sie und verließ sie und ging hinaus in die Welt, um der Welt von Gott zu sprechen. Denn es gab zu jener Zeit viele in der Welt, die überhaupt nichts wussten von Gott oder eine unvollkommene Kenntnis von ihm hatten oder falsche Götter anbeteten, die in Hainen wohnen und sich um ihre Getreuen nicht kümmern. Und er wandte sein Angesicht der Sonne zu und wanderte. Und er ging ohne Sandalen, wie er die Heiligen hatte gehen sehen, und er hatte an seinem Gürtel eine lederne Tasche und eine Wasserflasche von gebranntem Ton.

Und wie er auf der Landstraße dahinging, erfüllte ihn die Freude, die da kommt von der vollkommenen Erkenntnis Gottes, und ohne Unterbrechung sang er Lieder zu Gottes Preis; und nach einer Weile erreichte er ein fremdes Land, wo es viele Städte gab.

Und er kam durch elf Städte. Und manche Städte lagen in Tälern und andere an den Ufern großer Flüsse und andere wieder auf Hügeln. Und in jeder Stadt fand er einen Schüler, der ihn liebte und ihm folgte. Und auch eine große Menge Volkes folgte ihm in jeder Stadt, und die Erkenntnis Gottes breitete sich aus im ganzen Lande, und viele der Regierenden wurden bekehrt, und die Priester in den Tempeln, wo die Götzenbilder standen, fanden, dass ihr halber Gewinn verloren sei. Und wenn sie mittags auf die Trommel schlugen, kamen gar keine oder nur sehr wenige mit Pfauen und Fleischopfern, wie dies vor seinem Kommen Sitte gewesen war im Lande.

Aber je mehr Volk ihm folgte, je größer die Zahl seiner Schüler wurde, desto größer ward sein Kummer. Und er wusste nicht, warum sein Kummer so groß war. Denn er sprach immer über Gott, schöpfend aus der Fülle vollkommener Erkenntnis Gottes, wie Gott selbst sie ihm gegeben hatte.

Und eines Abends ging er hinaus aus der elften Stadt, einer Stadt in Armenien, und seine Schüler und eine große Menschenmenge folgte ihm; und er ging hinaus auf einen Berg und setzte sich auf einen Felsblock auf dem Berge, und seine Schüler standen rings um ihn her, und die Menge kniete im Tale.

Und er neigte seinen Kopf auf seine Hände und weinte und sagte zu seiner Seele: »Warum bin ich so voll von Kummer und Furcht, und warum ist es mir, als wäre jeder meiner Schüler ein Feind, der im Mittag wandelt?«

Und seine Seele antwortete ihm und sprach: »Gott erfüllte dich mit seiner vollkommenen Erkenntnis, und du gabst diese Erkenntnis weiter an andere. Die Perle von großem Werte hast du geteilt, und das Kleid ohne Naht hast du auseinandergerissen. Der die Weisheit weitergibt, beraubt sich selbst. Er ist wie einer, der seinen Schatz einem Räuber gibt. Ist Gott nicht weiser als du? Wer bist du, dass du das Geheimnis weitergibst, das Gott dir gesagt hat? Einst war ich reich, und du hast mich arm gemacht. Einst sah ich Gott, und nun hast du ihn mir verhüllt.«

Und wieder weinte er, denn er wusste, dass seine Seele die Wahrheit sprach, und dass er anderen die Erkenntnis Gottes gegeben hatte und dass er war wie einer, der sich anklammert an Gottes Gewand, und dass sein Glauben ihn verließ in dem Maße, wie die Zahl jener wuchs, die an ihn glaubten.

Und er sprach zu sich selbst: »Ich will nicht mehr von Gott sprechen; wer die Weisheit weitergibt, beraubt sich selbst.« Und einige Stunden später kamen seine Schüler zu ihm und beugten sich zur Erde und sprachen: »Meister, sprich uns von Gott, denn du hast die vollkommene Erkenntnis Gottes, und niemand außer dir hat diese Erkenntnis.«

Und er antwortete ihnen und sprach: »Ich will zu euch sprechen von allen Dingen im Himmel und auf Erden, aber von Gott will ich nicht zu euch sprechen. Nicht jetzt, noch später will ich von Gott zu euch sprechen.«

Und da wurden sie böse und sprachen zu ihm: »Du hast uns in die Wüste geführt, auf dass wir dich hören sollten. Willst du uns hungrig fortschicken, uns und die große Menge, die dir gefolgt ist?«

Und er antwortete ihnen und sprach: »Ich will nicht von Gott zu euch reden.«

Und die Menge murrte gegen ihn und sprach: »Du hast uns in die Wüste geführt und gabst uns keine Nahrung. Sprich uns von Gott, und das wird uns genügen.«

Aber er antwortete ihnen mit keinem Worte. Denn er wusste, dass er seinen Schatz weggeben würde, wenn er von Gott zu ihnen spräche.

Und seine Schüler gingen traurig fort, und die Menge kehrte in die Häuser zurück. Und viele starben auf dem Wege.

Und als er allein war, stand er auf und wandte sein Angesicht dem Monde zu und wanderte sieben Monde und sprach zu niemand und gab niemand Antwort. Und als der siebente Mond erfüllet war, erreichte er die Wüste, die da heißt die Wüste des großen Stromes. Und dort fand er eine Höhle, in der ein Zentaur einst gewohnt hatte, und er nahm sie als Wohnort und machte sich eine Matte aus Schilf, darauf zu liegen und wurde ein Einsiedler. Und jede Stunde pries der Einsiedler Gott, dass er ihm erlaubt hatte, noch einige Erkenntnis von ihm und seiner wunderbaren Größe zu bewahren.

Als nun eines Abends der Einsiedler vor der Höhle saß, aus der er seine Wohnstätte gemacht hatte, sah er einen jungen Mann mit bösem und schönem Gesicht, der in schlechtem Kleide und mit leeren Händen vorüberging. Jeden Abend ging der junge Mann mit leeren Händen vorbei, und jeden Morgen kehrte er mit Purpur und Perlen wieder. Denn er war ein Räuber und beraubte die Karawanen der Kaufleute.

Und der Einsiedler sah ihn an und hatte Mitleid mit ihm. Aber er sprach kein Wort. Denn er wusste, dass, wer ein Wort spricht, den Glauben verliert.

Und eines Morgens, als der junge Mann mit den Händen voll Purpur und Perlen wiederkehrte, blieb er stehen und runzelte die Stirn und stampfte mit dem Fuß auf den Sand und sprach zum Einsiedler: »Was siehst du mich so an, wenn ich vorübergehe? Was ist es, was ich in deinen Augen sehe? Denn kein Mann hat jemals mich in solcher Weise angesehen. Und dein Blick ist wie ein Stachel und eine Qual für mich.«

Und der Einsiedler antwortete und sprach: »Was du in meinen Augen siehst, ist Mitleid. Mitleid blickt aus meinen Augen auf dich.«

Und der junge Mann lachte voll Hohn und schrie dem Einsiedler zu mit Bitterkeit in der Stimme und sprach: »Ich habe Purpur und Perlen in meinen Händen, und du hast bloß eine Matte von Schilf, darauf zu liegen. Was für Mitleid kannst du für mich haben, und aus welchem Grunde hast du dieses Mitleid?«

»Ich habe Mitleid mit dir«, sagte der Einsiedler. »Weil du nicht die Erkenntnis Gottes hast.«

»Ist diese Erkenntnis Gottes eine kostbare Sache?«, fragte der junge Mann und kam ganz nahe zur Öffnung der Höhle.

»Sie ist kostbarer als aller Purpur und alle Perlen der ganzen Welt!«, antwortete der Einsiedler.

»Und du hast sie?«, fragte der junge Räuber und kam noch näher.

»Einmal besaß ich sie«, antwortete der Einsiedler. »Ich besaß die vollkommene Erkenntnis Gottes. Aber in meiner Narrheit trennte ich mich von ihr und teilte sie mit anderen. Aber immer noch ist die Erkenntnis, die mir geblieben ist, kostbarer denn Purpur und Perlen.«

Und als dies der junge Räuber hörte, warf er Purpur und Perlen fort, die er in Händen trug, und zog ein kurzes Schwert von gekrümmtem Stahl und sagte: »Gib mir sofort diese Erkenntnis Gottes, die du hast, oder ich töte dich. Warum sollte ich den nicht erschlagen, der einen Schatz besitzt, der größer ist als meiner?«

Und der Einsiedler breitete die Arme aus und sprach: »Wäre es nicht besser für mich, in den innersten Vorhof Gottes zu treten und Ihn zu preisen, als in der Welt zu leben und keine Kenntnis von Ihm zu haben? Töte mich, wenn du willst, aber meine Erkenntnis Gottes gebe ich nicht fort.«

Und der junge Räuber kniete nieder und flehte ihn an, aber der Einsiedler wollte nicht von Gott zu ihm sprechen, noch ihm seinen Schatz geben, und der junge Räuber stand auf und sprach zum Einsiedler: »Sei dem, wie du willst. Ich aber will zur Stadt der sieben Sünden gehen, die nur drei Tagereisen von hier entfernt ist, und für meinen Purpur werden sie mir Freuden geben, und für meine Perlen werden sie mir Lust verkaufen.«

Und er nahm seinen Purpur und seine Perlen und ging eilends davon.

Und der Einsiedler schrie auf und folgte ihm und beschwor ihn. Drei Tage folgte er dem Räuber und bat ihn, umzukehren und nicht die Stadt der sieben Sünden zu betreten.

Dann und wann blickte sich der junge Räuber nach dem Einsiedler um und rief ihn an und sprach: »Willst du mir deine Erkenntnis Gottes geben, die kostbarer ist als Purpur und Perlen? Wenn du also tust, will ich die Stadt nicht betreten.«

Und immer antwortete der Einsiedler: »Alles, was ich habe, will ich dir geben, nur dies eine nicht. Denn dies eine fortzugeben, ist mir nicht erlaubt.«

Und in der Dämmerung des dritten Tages kamen sie an die großen scharlachnen Tore der Stadt der sieben Sünden. Und aus der Stadt heraus scholl der Lärm von lautem Gelächter.

Und der junge Räuber lachte zur Antwort und wollte ans Tor klopfen. Da aber lief der Einsiedler vor und packte ihn an seinem Gewand und sprach zu ihm: »Strecke deine Hände aus und lege deine Arme um meinen Hals und drücke dein Ohr an meine Lippen, und ich will dir geben, was mir von der Erkenntnis Gottes geblieben ist.«

Und der junge Räuber blieb stehen.

Und als der Einsiedler seine Erkenntnis Gottes fortgegeben hatte, da fiel er zu Boden und weinte, und eine tiefe Finsternis verhüllte ihm die Stadt und den jungen Räuber, sodass er sie nicht mehr sah.

Und als er so lag und weinte, da wurde er gewahr, dass einer neben ihm stand. Und der, der neben ihm stand, hatte Füße von Erz, und sein Haar glich feiner Wolle. Und er hob den Einsiedler auf und sprach zu ihm: »Bis jetzt hattest du die vollkommene Erkenntnis Gottes. Nun sollst du Gottes vollkommene Liebe haben. Warum weinest du also?«

Und er küsste ihn.

Lady Windermeres Fächer

Ein Schauspiel,
das von einer guten Frau handelt

Personen

LORD WINDERMERE
LADY WINDERMERE, seine Gattin
MRS. ERLYNNE
LORD DARLINGTON
HERZOGIN VON BERWICK
LADY AGATHE CARLISLE, deren Tochter
LORD AUGUSTUS LORTON, Bruder der Herzogin
MR. CECIL GRAHAM
LADY JEDBURGH, seine Tante
MR. CHARLES DUMBY
MR. HOPPER
LADY PLYMDALE
MRS. COWPER-COWPER
PARKER } bei Lord Windermere
ROSALIE }

Erster Akt: Boudoir in Lord Windermeres Haus
Zweiter Akt: Salon in Lord Windermeres Haus
Dritter Akt: Lord Darlingtons Wohnung
Vierter Akt: Wie im ersten Akt

Zeit: Gegenwart – Ort: London

Die Handlung des Schauspiels wickelt sich innerhalb vierundzwanzig Stunden ab, beginnt an einem Dienstagnachmittag um fünf Uhr und endigt am folgenden Tage um halb zwei nachmittags

Erster Akt

Boudoir in Lord Windermeres Haus in der Carlton House Terrasse. Eine Tür in der Mitte, eine rechts. Schreibtisch mit Büchern und Papieren rechts. Sofa mit kleinem Tisch links, ebenso ein Fenster auf die Terrasse hinaus. Ein zweiter Tisch rechts.

LADY WINDERMERE *(am Tisch rechts; ordnet Rosen in einer Blumenschale)*.

PARKER *(eintretend)*: Sind Mylady heute Nachmittag zu Hause?

LADY WINDERMERE: Ja – wer ist denn da?

PARKER: Lord Darlington, Mylady.

LADY WINDERMERE *(nach einigem Zögern)*: Führen Sie den Herrn herein – und außerdem, ich bin für jeden Besuch zu Hause – hören Sie – für jeden.

PARKER: Sehr wohl, Mylady. *(Geht zur Mitte ab.)*

LADY WINDERMERE: Wie gut, dass ich ihn noch einmal vor heute Abend sehe! Ich bin direkt froh, dass er gekommen ist.

PARKER *(meldet)*: Lord Darlington!

LORD DARLINGTON *(eintretend)*: Guten Tag, Lady Windermere. *(Parker ab.)*

LADY WINDERMERE: Wie geht es Ihnen, Lord Darlington? Nein – die Hand kann ich Ihnen nicht geben, meine Hände sind von den Rosen ganz nass. Herrliche Blumen, nicht wahr? Sie sind heute Morgen aus Selby gekommen.

LORD DARLINGTON: Wirklich vollendet schön. *(Bemerkt einen Fächer auf dem Tisch.)* Und was für ein wunderbarer Fächer! Darf ich mir ihn ansehen?

LADY WINDERMERE: Bitte sehr. Hübsch, nicht wahr? Mein Name steht drauf und auch sonst manches. Ich habe ihn auch eben erst zu sehen bekommen. Meines Mannes Geburtstagsgeschenk. Heute ist nämlich mein Geburtstag.

LORD DARLINGTON: Nein? Nicht möglich!

LADY WINDERMERE: Jawohl, heute werde ich majorenn. Ein überaus wichtiger Tag in meinem Leben, nicht wahr? Deswegen gebe ich auch heute Abend eine Gesellschaft. Aber wollen Sie nicht Platz nehmen? *(Ordnet noch immer die Blumen.)*

LORD DARLINGTON *(sich setzend)*: Hätte ich doch nur eine Ahnung von Ihrem Geburtstag gehabt, Lady Windermere! Die ganze Straße vor Ihrem Haus hätte ich mit Blumen bestreut, damit Sie darauf wandeln könnten. Blumen sind ja für Sie geschaffen. *(Kurze Pause.)*

LADY WINDERMERE: Lord Darlington, Sie haben mich erst gestern Abend beim Minister des Äußeren geärgert. *(Parker von hinten mit dem Teeservice auf einem Tablett.)* Ich fürchte fast, Sie wollen mich wieder ärgern.

LORD DARLINGTON: Ich, Lady Windermere?

LADY WINDERMERE: Dorthin, Parker. So – schon gut. *(Trocknet ihre Hände mit dem Taschentuch, geht zum Teetisch, setzt sich.)* Kommen Sie nicht zu mir herüber, Lord Darlington? *(Parker ab.)*

LORD DARLINGTON *(nimmt einen Stuhl mit hinüber)*: Ich bin ganz untröstlich, Lady Windermere. Sie müssen mir sagen, was ich verbrochen habe. *(Setzt sich.)*

LADY WINDERMERE: Hören Sie also: Sie haben den ganzen Abend über die Unterhaltung nur mit wunderschönen, einstudierten Komplimenten bestritten.

LORD DARLINGTON *(lächelnd)*: Du lieber Gott, heutzutage sind wir eben alle geistig so schlecht bei Kasse, dass Komplimente für uns gangbare Münze sind. Vielleicht sind sie überhaupt das Einzige, womit wir noch zahlen können.

LADY WINDERMERE *(kopfschüttelnd)*: Nein – ich sage das in vollem Ernst. Sie dürfen nicht lachen – ich meine es wirklich ganz ernsthaft. Ich mag keine Komplimente. Und ich seh auch nicht ein, wieso sich ein Mann einbildet, einer Frau einen riesigen Gefallen zu tun, wenn er ihr eine Unmasse Dinge erzählt, die er gar nicht meint.

LORD DARLINGTON: Oh, bitte – bei mir war alles so gemeint, wie ich's gesagt habe. *(Nimmt den von ihr gereichten Tee.)*

LADY WINDERMERE *(nachdrücklich)*: Das will ich nicht hoffen. Es täte mir leid, wenn ich mit Ihnen bös werden müsste, Lord Darlington. Ich habe Sie sehr gern – das wissen Sie. Aber ich könnte Sie nicht mehr gern haben, wenn ich denken müsste, Sie wären ebenso wie die meisten Männer. Glauben Sie mir, Sie sind viel besser als die meisten Männer, aber manchmal kommt es mir vor, als ob Sie etwas darin suchten, schlimmer zu erscheinen.

LORD DARLINGTON: Wir haben eben alle unsere kleinen Eitelkeiten, Lady Windermere.

LADY WINDERMERE: Und warum machen Sie gerade diese zu Ihrer Spezialität?

LORD DARLINGTON: Ach, heutzutage laufen so viele eingebildete Menschen, die sich für gut ausgeben, in der Gesellschaft herum, dass es eigentlich auf ein sanftes und bescheidenes Wesen schließen lässt, wenn man sich als Bösewicht hinstellt. Und dann noch eins: wenn man gut zu sein vorgibt, nimmt die Welt einen fürchterlich ernst; trägt man aber Schlechtigkeit zur Schau, dann tut sie es nicht. So ist nun einmal der Optimismus in seiner erstaunlichen Beschränktheit.

LADY WINDERMERE: Liegt Ihnen denn nicht daran, von der Welt ernst genommen zu werden, Lord Darlington?

LORD DARLINGTON: Nein – von der Welt nicht. Was für Leute sind denn das, die die Welt ernst nimmt? Alle albernen Menschen, die man sich nur denken kann, von den großen Tieren in Amt und Würden bis hinunter zu den langweiligsten Schwätzern. Mir wär es lieb, von Ihnen ernst genommen zu werden, Lady Windermere – von Ihnen mehr als von irgendjemand sonst auf der Welt.

LADY WINDERMERE: Wieso – warum gerade von mir?

LORD DARLINGTON *(nach einigem Zögern)*: Weil ich glaube, wir könnten sehr gute Freunde werden. Lassen Sie uns aufrichtige Freunde sein – vielleicht werden Sie einmal einen Freund brauchen.

LADY WINDERMERE: Warum sagen Sie mir das?

LORD DARLINGTON: Wir alle brauchen mitunter Freunde.

LADY WINDERMERE: Ich glaube, wir sind schon gute Freunde, Lord Darlington. Das können wir auch immer bleiben, solange Sie nicht –

LORD DARLINGTON: Was nicht?

LADY WINDERMERE: Solange Sie mir nicht dumme, überspannte Sachen sagen und damit alles verderben. Sie halten mich jetzt wohl für eine Puritanerin? Etwas von einer Puritanerin hab ich ja auch wirklich an mir. Ich bin dazu erzogen worden und bin froh darüber. Meine Mutter starb, als ich noch ein kleines Kind war. Ich habe immer bei Lady Julia gelebt, wie Sie wissen, der ältesten Schwester meines Vaters. Sie war sehr streng mit mir, aber sie hat mir das beigebracht, was die Welt immer vergisst – den

Unterschied zwischen Recht und Unrecht. Für Kompromisse war sie nicht zu haben. Und ich – mache auch keine!

LORD DARLINGTON: Aber meine beste Lady Windermere –

LADY WINDERMERE *(sich auf dem Sofa zurücklehnend)*: Ich komme Ihnen recht veraltet vor – meinetwegen, ich bin es. Es würde mir leid tun, mit einem Zeitalter wie dem unseren auf gleichem Niveau zu stehen.

LORD DARLINGTON: Sie halten unser Zeitalter also für sehr schlecht?

LADY WINDERMERE: Ja. Heutzutage scheinen die Menschen das Leben als eine Spekulation aufzufassen. Es ist aber keine Spekulation – es ist ein Sakrament. Des Lebens Ideal heißt Liebe. Seine Läuterung heißt Opferfreudigkeit.

LORD DARLINGTON *(lächelnd)*: Oh, alles lieber, als geopfert werden!

LADY WINDERMERE *(sich vorneigend)*: Sagen Sie das nicht.

LORD DARLINGTON: Ich sage es doch. Ich fühle es – ich weiß es.

PARKER *(durch die Mitteltür eintretend)*: Die Leute wollen wissen, ob sie die Teppiche für heute Abend auf die Terrasse legen sollen, Mylady.

LADY WINDERMERE: Es wird doch wohl nicht regnen, Lord Darlington, was meinen Sie?

LORD DARLINGTON: An Ihrem Geburtstag will ich von Regen nichts wissen!

LADY WINDERMERE: Sie sollen die Teppiche gleich hinlegen, Parker. *(Parker ab.)*

LORD DARLINGTON *(noch sitzend)*: Sie glauben also – ich wähle natürlich nur einen angenommenen Fall als Beispiel –, dass bei einem jung verheirateten Paar, sagen wir nach zweijähriger Ehe, wenn der Gatte sich plötzlich einer Frau zuwendet – einer Frau von –

von – also von mehr als zweifelhaftem Ruf – wenn er sie andauernd besucht, mit ihr in Restaurants gesehen wird, wahrscheinlich auch ihre Rechnungen bezahlt – sind Sie der Ansicht, dass die Frau sich dann nicht zu trösten suchen sollte?

LADY WINDERMERE *(stirnrunzelnd)*: Sich trösten?

LORD DARLINGTON: Ja. Ich meine, sie sollte es tun, ich finde, dass sie das Recht dazu besitzt.

LADY WINDERMERE: Weil der Mann gemein ist, soll die Frau auch gemein sein?

LORD DARLINGTON: Gemeinheit ist ein entsetzliches Wort, Lady Windermere.

LADY WINDERMERE: Die Sache ist auch entsetzlich, Lord Darlington.

LORD DARLINGTON: Wissen Sie – ich fürchte, dass gerade gute Menschen sehr viel Unheil auf dieser Welt anrichten. Ihre gefährlichste Schädlichkeit besteht sicherlich darin, dass sie dem Schlechten eine so ungeheuerliche Bedeutung zumessen. Es ist einfach absurd, die Menschen in gute und schlechte einzuteilen. Die Leute sind entweder nett oder langweilig. Ich halte mich an die netten. Und Sie, Lady Windermere, können es nicht ändern, dass Sie auch dazugehören.

LADY WINDERMERE: So, Lord Darlington. *(Erhebt sich, geht nach rechts, bleibt vor ihm stehen.)* Behalten Sie ruhig Platz. Ich will nur noch meine Blumen fertig machen. *(Geht zum Tisch hinten rechts.)*

LORD DARLINGTON *(erhebt sich und rückt den Stuhl zurecht)*: Ich muss sagen, Lady Windermere, auf unser modernes Leben sind Sie nicht gut zu sprechen. Gewiss, es lässt sich ja viel dagegen anführen – das gebe ich zu. Die meisten Frauen zum Beispiel sind heutzutage ein bisschen sehr gewinnsüchtig.

LADY WINDERMERE: Reden Sie doch lieber gar nicht von solchen Menschen.

LORD DARLINGTON: Schön! Lassen wir also die geschäftstüchtigen Menschen beiseite – sie sind ja auch wirklich scheußlich. Ist es aber Ihre feste Überzeugung, dass man Frauen, die das begangen haben, was die Welt einen Fehltritt nennt, niemals verzeihen soll?

LADY WINDERMERE *(beim Tisch)*: Nein, niemals!

LORD DARLINGTON: Und den Männern? Sollen für die Männer dieselben Gesetze gelten wie für die Frauen?

LADY WINDERMERE: Sicherlich!

LORD DARLINGTON: Ich halte das Leben für ein viel zu kompliziertes Ding, als dass man alles auf eine so starre Formel bringen könnte.

LADY WINDERMERE: Wenn wir diese starre Formel wirklich hätten, würde sich das Leben für uns viel einfacher gestalten.

LORD DARLINGTON: Sie gestehen keine Ausnahme zu?

LADY WINDERMERE: Keine.

LORD DARLINGTON: Was für eine entzückende Puritanerin Sie doch sind, Lady Windermere!

LADY WINDERMERE: Das Eigenschaftswort war überflüssig.

LORD DARLINGTON: Es ist mir so entschlüpft. Ich kann allem widerstehen – nur der Versuchung nicht.

LADY WINDERMERE: Sie posieren moderne Schwäche!

LORD DARLINGTON *(sie ansehend)*: Es ist wirklich auch nur Pose, Lady Windermere.

PARKER *(von hinten links, meldend)*: Die Herzogin von Berwick und Lady Agathe Carlisle.

HERZOGIN *(mit Agathe nach vorn; Lady Windermere die Hand reichend)*: Liebe Margarete, wirklich sehr erfreut. Sie erinnern sich doch noch an Agathe, nicht wahr? *(Nach links vorn.)* Wie geht es Ihnen, Lord Darlington? Mit meiner Tochter will ich Sie lieber gar nicht bekannt machen, Sie sind ein viel zu gefährlicher Bösewicht!

LORD DARLINGTON: Sagen Sie das nicht, Herzogin! Als Bösewicht habe ich vollständig Fiasko gemacht. Es gibt sogar eine Menge Leute, die behaupten, ich hätte in meinem ganzen Leben niemals etwas Böses getan. Allerdings sagen sie das nur hinter meinem Rücken.

HERZOGIN: Ist er nicht ein schrecklicher Mensch? Agathe, das ist Lord Darlington. *(Darlington nach vorn rechts.)* Du darfst von allem, was er sagt, kein einziges Wort glauben! *(Herzogin, zum Sofa hinüber, setzt sich.)* Nein, danke, keinen Tee. Wir haben eben bei Lady Markby Tee getrunken – und schlechten dazu. Einfach nicht zu genießen. Ich habe mich eigentlich gar nicht darüber gewundert, denn er wird ihr von ihrem Schwiegersohn geliefert. Agathe freut sich so sehr auf Ihren Ball heute Abend, liebe Margarete.

LADY WINDERMERE: Oh, auf einen Ball dürfen Sie sich nicht gefasst machen. *(Sich links vorn niederlassend.)* Nur eine kleine Tanzerei zur Feier meines Geburtstags – klein und früh zu Ende.

LORD DARLINGTON *(vorn links stehend)*: Sehr klein, sehr früh zu Ende und sehr erlesen, Frau Herzogin.

HERZOGIN *(auf dem Diwan)*: Natürlich sehr erlesen, das kennen wir doch bei Ihnen gar nicht anders, liebe Margarete. Ihr Haus ist tatsächlich eins der wenigen, in das ich Agathe mitnehmen kann und wo ich mir auch um meinen lieben Gatten keine Sorgen zu machen brauche. Ich weiß wirklich nicht, wohin es mit unserer Gesellschaft schließlich noch kommen soll! Gerade die gräulichsten Menschen scheinen überall hinzugehen. Jedenfalls kommen sie alle zu meinen Gesellschaften – die Männer sind ja ganz aus dem Häuschen, wenn man sie nicht einlädt. Wahrhaftig, man sollte einmal dagegen Front machen.

LADY WINDERMERE: Ich werde es tun, liebe Herzogin. Ich will niemand in meinem Haus sehen, über den irgendwelcher Skandal im Umlauf ist.

LORD DARLINGTON *(vorn rechts)*: Sagen Sie das nicht, Lady Windermere, sonst könnte ich ja niemals bei Ihnen empfangen werden! *(Setzt sich.)*

HERZOGIN: Ach, bei Männern kommt es nicht so genau darauf an. Bei Frauen steht die Sache ganz anders. Uns kann man nichts nachsagen – wenigstens einigen von uns. Aber wir werden tatsächlich beiseite gedrängt. Unsere Männer würden unser Vorhandensein total vergessen, wenn wir nicht von Zeit zu Zeit ein wenig mit ihnen nörgelten – nur um sie daran zu erinnern, dass wir gesetzlich dazu durchaus berechtigt sind.

LORD DARLINGTON: Es ist ein eigen Ding um das Mariagespiel, Herzogin – übrigens ein Spiel, das immer mehr aus der Mode kommt –, die Frauen haben alle Honneurs in den Händen und verlieren doch unweigerlich den letzten Trick.

HERZOGIN: Der letzte Trick? Soll das der Gatte sein, Lord Darlington?

LORD DARLINGTON: Das wäre eigentlich gar kein so übler Name für den modernen Ehemann.

HERZOGIN: Mein lieber Lord Darlington, Sie sind doch wirklich durch und durch verdorben.

LADY WINDERMERE: Lord Darlington ist nur oberflächlich.

LORD DARLINGTON: Ach, Lady Windermere, sagen Sie das nicht!

LADY WINDERMERE: Warum reden Sie dann so oberflächlich über das Leben?

LORD DARLINGTON: Weil ich das Leben für eine viel zu wichtige Sache halte, als dass man immer ernst darüber sprechen sollte. *(Nach hinten gehend.)*

HERZOGIN: Was soll das heißen? Als ein Zugeständnis an mein mangelhaftes Auffassungsvermögen, Lord Darlington, erklären Sie mir doch bitte, was Sie eigentlich damit meinen.

LORD DARLINGTON *(zum Tisch kommend)*: Lieber nicht, Herzogin. Leicht verständlich sein, heißt heutzutage, sich in die Karten gucken zu lassen. Auf Wiedersehen! *(Reicht der Herzogin und Agathe die Hand; nach rückwärts.)* Also, Lady Windermere – auf Wiedersehen! Ich darf doch heute Abend kommen, nicht wahr? Sie erlauben es mir doch?

LADY WINDERMERE *(mit Darlington rückwärts)*: Natürlich. Aber Sie dürfen nicht überspannte Dinge sagen, an die Sie selbst nicht glauben.

LORD DARLINGTON *(lächelnd)*: Ah, ich verstehe – Sie fangen an, mich zu bessern. Jede Besserung bringt Gefahren mit sich, Lady Windermere! *(Verbeugung und ab.)*

HERZOGIN *(sich erhebend)*: Was für ein entzückender, schlimmer Mensch! Ich mag ihn sehr gern, aber ich bin wirklich froh, dass er fort ist! Wie reizend Sie aussehen. Woher bekommen Sie nur Ihre Kleider? Nun muss ich Ihnen aber auch sagen, wie furchtbar leid Sie mir tun, liebe Margarete. *(Sich zu ihr aufs Sofa setzend.)* Agathe, Liebling!

LADY AGATHE: Ja, Mama. *(Erhebt sich.)*

HERZOGIN: Willst du dir nicht einmal das Fotografiealbum dort drüben ansehen?

LADY AGATHE: Ja, Mama. *(Zum Tisch links.)*

HERZOGIN *(sich auf Agathens Stuhl setzend)*: Das gute Kind – sie schwärmt so für Ansichten aus der Schweiz – noch ganz unverdorbener Geschmack, nicht wahr? Also, meine liebe Margarete, Sie tun mir wirklich riesig leid!

LADY WINDERMERE *(lächelnd)*: Warum, Herzogin?

HERZOGIN: Wegen dieser entsetzlichen Frau. Bei alledem versteht sie sich auch noch so gut anzuziehen – das macht die Sache noch viel schlimmer, und ein schlechtes Beispiel gibt es außerdem. Augustus – Sie wissen, mein verrufener Bruder, der Stein des Anstoßes für die ganze Familie – Augustus also ist rein betört von ihr. Einfach skandalös, denn sie ist in der Gesellschaft ganz unmöglich. Es gibt ja genug Frauen mit einer Vergangenheit; sie soll aber mindestens ein Dutzend haben.

LADY WINDERMERE: Von wem reden Sie eigentlich?

HERZOGIN: Von Mrs. Erlynne.

LADY WINDERMERE: Mrs. Erlynne? Von der habe ich nie etwas gehört. Was hat sie denn mit mir zu tun?

HERZOGIN: Sie armes Kind! Agathchen, Liebling!

LADY AGATHE: Ja, Mama?

HERZOGIN: Willst du nicht auf die Terrasse hinausgehen und dir den Sonnenuntergang ansehen?

LADY AGATHE: Ja, Mama. *(Geht hinaus.)*

HERZOGIN: Süßes Geschöpf! Sie schwärmt so für Sonnenuntergänge. Das beweist Verfeinerung des Gemüts, finde ich. Das bleibt ewig wahr, über die Natur geht doch nichts, was meinen Sie?

LADY WINDERMERE: Worum handelt es sich also, Herzogin? Weshalb erzählen Sie mir von dieser Person?

HERZOGIN: Wissen Sie denn wirklich nichts? Ich versichere Sie, uns geht die Sache allen furchtbar nahe. Erst gestern Abend bei Lady Jansen meinte jedermann, wie unglaublich es eigentlich wäre, dass von allen Männern in London gerade Windermere sich derartig benimmt.

LADY WINDERMERE: Mein Mann? Was hat denn er mit einer Frau dieser Art zu schaffen?

HERZOGIN: Ja, das frage ich mich eben auch. Das ist es ja gerade. Er besucht sie fortwährend und bleibt gleich stundenlang bei ihr. Und wenn er bei ihr ist, empfängt sie niemand sonst. Nicht dass sie viel Damenbesuch bekäme – aber sie hat eine große Anzahl männlicher Bekannter von zweifelhaftem Ruf – in erster Linie meinen eigenen Bruder, wie ich Ihnen schon sagte – und das macht die Sache für Windermere doppelt unangenehm. Bisher war er in unseren Augen immer ein vorbildlicher Ehemann – an der Geschichte ist aber, fürchte ich, kaum mehr zu zweifeln. Meine kleinen Nichten – Sie kennen die Savilleschen Mädchen doch, nicht wahr? Nette, häusliche Geschöpfe – hässlich, fürchterlich hässlich, aber so gut, so gut – also die Mädchen sitzen immer am Fenster mit ihren Handarbeiten und machen so allerlei hässliches Zeug für die Armen – ich finde das sehr lobenswert und nützlich von ihnen in unserer sozialistisch angehauchten Zeit – diese schreckliche Person hat ein Haus in der Curzon Street gemietet, gerade gegenüber von Savilles – und dazu in einer so anständigen Straße. Ich weiß wirklich nicht, wo das alles hinaus soll! Die Mädchen also erzählen mir, dass Windermere vier- oder fünfmal die Woche zu ihr kommt – sie sehen es doch mit ihren eigenen Augen. Sie können ja nichts dafür, und wenn sie auch niemals Klatsch und Skandal herumtragen, so – na, so machen sie doch ihre Bemerkungen darüber. Das Schlimmste bei der Sache ist: ich habe gehört, die Person soll eine Menge Geld von irgendjemand bekommen haben. Was sie vor sechs Monaten besaß, als sie nach London kam, das scheint so gut wie nicht der Rede wert gewesen zu sein, und jetzt hat sie das entzückende Haus in Mayfair, fährt jeden Nachmittag mit ihrem eigenen Wagen im Park spazieren – und alles – na, und das alles eben – seitdem sie mit unserem guten Windermere bekannt ist.

LADY WINDERMERE: Nein, das kann ich nicht glauben!

HERZOGIN: Aber es ist wahr, liebstes Kind. Ganz London weiß es. Deshalb hatte ich auch die Empfindung, als ob ich besser täte, Ihnen die Augen zu öffnen. Ich rate Ihnen, Windermere schleunigst von hier fortzuschaffen – nach Homburg oder nach Aix – irgendwohin, wo er Ablenkung findet und Sie ihn den ganzen Tag unter Augen haben. Ich versichere Sie, liebe Freundin, in den ersten Jahren meiner Ehe musste ich mich bei verschiedenen Gelegenheiten krank stellen und die ekelhaftesten Mineralwässer heruntertrinken – nur um meinen Mann aus London wegzubekommen. Er war so ungeheuer leicht empfänglich – allerdings muss ich sagen, er hat niemals irgendwo größere Summen ausgegeben. Dazu hat er denn doch zu strenge Grundsätze –

LADY WINDERMERE *(unterbrechend)*: Nein, das ist ganz unmöglich, Herzogin! Das ist ganz unmöglich! *(Erhebt sich und geht auf und ab.)* Wir sind ja erst zwei Jahre verheiratet – unser Kind ist erst sechs Monate alt. *(Setzt sich.)*

HERZOGIN: Ach ja, das süße Baby. Was macht er denn, der kleine Liebling? Ist es ein Junge oder ein Mädchen? Hoffentlich doch ein Mädchen! … Ach nein, jetzt erinnere ich mich, ein Junge. Das tut mir leid. Jungen sind so ungezogen. Mein Junge ist über alle Maßen unsittlich. Sie würden es nicht für möglich halten, wie spät er nach Hause kommt. Und dabei ist er erst ein paar Monate von Oxford zurück – ich weiß wirklich nicht, was ihnen da eigentlich beigebracht wird.

LADY WINDERMERE: Sind denn alle Männer schlecht?

HERZOGIN: Ja – alle, liebe Freundin, alle durch die Bank, ohne jede Ausnahme. Und sie werden auch niemals besser. Männer werden älter, aber nie vernünftig.

LADY WINDERMERE: Windermere und ich haben uns aber doch aus Liebe geheiratet.

HERZOGIN: Jawohl, so fangen wir alle an. Bei meinem Mann waren es nur seine unaufhörlichen brutalen Selbstmorddrohungen, die mich dazu gebracht haben, ihn zu nehmen – und ehe ein Jahr um war, lief er schon hinter jedem Weiberrock her – ganz gleich, von welcher Farbe, welchem Schnitt und welchem Stoff. Tatsächlich, noch bevor die Flitterwochen vorüber waren, hab ich ihn dabei erwischt, wie er meiner Kammerjungfer Augen machte – einem sehr hübschen, aber riesig anständigen Mädchen. Ich habe sie natürlich sofort entlassen, ohne Zeugnis – ach richtig, jetzt erinnere ich mich, ich hab sie dann meiner Schwester empfohlen! Ihr Mann, Sir George, ist nämlich sehr kurzsichtig, und da dachte ich mir, ihm könnte sie nichts schaden. Aber sie hat ihm doch geschadet – eine höchst fatale Geschichte ist draus geworden. *(Erhebt sich.)* Und jetzt, liebes Kind, muss ich aber wirklich gehen. Wir sind zum Diner eingeladen. Sie müssen sich Windermeres kleine Irrung nicht so sehr zu Herzen nehmen. Gehen Sie nur ein bisschen mit ihm auf Reisen, dann wird er schon reumütig zu Ihnen zurückkehren.

LADY WINDERMERE: Zu mir zurückkehren?

HERZOGIN: Jawohl, meine Liebe! Diese gräulichen Weiber machen uns unsere Männer abspenstig, aber sie kehren dann immer wieder zu uns zurück – allerdings etwas beschädigt. Machen Sie nur ja keine Szene – das kann kein Mann vertragen.

LADY WINDERMERE: Wirklich sehr freundlich von Ihnen, mir all das zu sagen. Aber ich kann doch nicht daran glauben, dass mir mein Mann untreu ist!

HERZOGIN: Liebes, gutes Kind, so war ich früher auch. Jetzt weiß ich, dass alle Männer Scheusale sind. *(Lady*

Windermere läutet.) Das Einzige, was wir machen können, ist, die Kerle gut zu füttern. Ein guter Koch tut Wunder. Und den haben Sie ja, soviel ich weiß. Beste Margarete, Sie werden doch nicht weinen wollen?

LADY WINDERMERE: Sie brauchen keine Angst zu haben, Herzogin, ich weine nicht.

HERZOGIN: Daran tun Sie sehr recht, liebe Freundin. Tränen sind die Zuflucht hässlicher Frauen und das Verderben der hübschen. Agathe, mein Liebling!

LADY AGATHE *(eintretend)*: Ja, Mama? *(Am Tisch links.)*

HERZOGIN: Komm, verabschiede dich von Lady Windermere und dank ihr schön für den reizenden Empfang. *(Nach vorn.)* Ich muss Ihnen ja auch übrigens noch für die Einladung an Mr. Hopper danken – das ist der reiche junge Australier, um den man sich jetzt so reißt. Sein Vater hat mit irgendeinem Nahrungsmittel in runden Blechbüchsen ein großes Vermögen gemacht – sehr schmackhaft, glaube ich –, so ein Zeug, denke ich mir, wie es die Dienstboten nie essen wollen. Aber der Sohn ist ein sehr interessanter Mensch. Mir will's scheinen, als ob er an Agathens anregender Unterhaltung viel Gefallen fände. Es würde uns natürlich sehr leid tun, wenn wir uns von ihr trennen müssten, aber ich finde, eine Mutter, die sich nicht in jeder Saison wenigstens von einer Tochter trennt, hat die richtige Liebe nicht. *(Parker öffnet die Tür.)* Abends sind wir ja bei Ihnen. Und denken Sie an meinen Rat – schaffen Sie den armen Kerl schleunigst aus London fort, das ist das Einzige, was Sie tun können. Nochmals auf Wiedersehen. Komm, Agathe. *(Mit Agathe durch die von Parker offen gehaltene Tür ab. Parker ab.)*

LADY WINDERMERE: Entsetzlich! Jetzt weiß ich, was Lord Darlington mit dem angenommenen Beispiel eines jung verheirateten Paars nach zweijähriger Ehe meinte. Nein, es kann nicht wahr sein. Sie hat von enormen Geldsummen gesprochen, die er dieser Frau gegeben haben soll. Ich weiß ja, wo Arthur sein Bankbuch aufbewahrt – in einem der Schreibtischfächer. Damit könnte ich es leicht herausfinden. Und ich werde es herausfinden. *(Öffnet eine Schublade.)* Nein, es ist sicher nur ein abscheuliches Missverständnis, irgendein alberner Klatsch. *(Zur Mitte zurück.)* Er liebt nur mich – nur mich liebt er! … Warum sollte ich aber nicht nachsehen? Ich bin seine Gattin; ich habe das Recht dazu. *(Zum Schreibtisch zurück; nimmt und prüft das Bankbuch Seite für Seite; lächelt; Seufzer der Erleichterung.)* Ich wusste es ja. Kein wahres Wort ist an der ganzen dummen Geschichte. *(Legt das Bankbuch in die Schublade zurück; erschrickt, nimmt ein zweites Buch heraus.)* Noch ein Buch – privat – verschlossen?! … *(Versucht vergeblich, es zu öffnen; erblickt ein Papiermesser, zerschneidet den Deckel des Buchs, liest auf der ersten Seite.)* Mrs. Erlynne – sechshundert Pfund, Mrs. Erlynne – siebenhundert Pfund, Mrs. Erlynne – vierhundert Pfund. O mein Gott, also ist's doch wahr! Entsetzlich! *(Wirft das Buch zu Boden.)*

LORD WINDERMERE *(von rechts eintretend)*: Ist der Fächer schon geschickt worden? *(Erblickt das Buch.)* Margarete, du hast mein Bankbuch aufgeschnitten. Dazu hast du kein Recht!

LADY WINDERMERE: Du hältst es für ein Unrecht, dass man dir auf die Spur gekommen ist, nicht wahr?

LORD WINDERMERE: Ich halte es für unrecht, wenn eine Frau ihrem Mann nachspioniert.

LADY WINDERMERE: Ich habe dir nicht nachspioniert. Bis vor einer halben Stunde hatte ich von der Existenz dieser Frau keine Ahnung. Jemand, der Mitleid mit mir hatte, war freundlich genug, mir das zu erzählen, was jeder Mensch in London schon weiß – von deinen täglichen Besuchen in der Curzon Street, von deiner sinnlosen Verliebtheit, von den ungeheuren Geldsummen, die du für dies elende Weib verschwendest. *(Nach vorn.)*

LORD WINDERMERE: Margarete – so darfst du von Mrs. Erlynne nicht sprechen, du weißt nicht, wie ungerecht das ist.

LADY WINDERMERE *(sich ihm zuwendend)*: Du bist ja um Mrs. Erlynnes Ehre sehr besorgt! Ich wollte, du wärst um meine ebenso besorgt gewesen.

LORD WINDERMERE: Deine Ehre ist nicht angetastet. Du kannst doch keinen Augenblick glauben, dass – *(Legt das Bankbuch in den Schreibtisch.)*

LADY WINDERMERE: Ich glaube, dass du dein Geld auf recht sonderbare Weise ausgibst – das ist alles. Du darfst nicht denken, dass mir an dem Geld etwas liegt – meinetwegen kannst du alles vergeuden, was wir besitzen. Etwas ganz anderes kränkt mich – dass du, der mich geliebt hat, du, der mich gelehrt hat, dich zu lieben, von der Liebe, die sich freudig schenkt, zur käuflichen übergegangen bist. Das ist das Furchtbare! *(Aufs Sofa.)* Und ich fühle mich erniedrigt – du fühlst nichts dergleichen. Ich fühle mich beschmutzt und besudelt! Du kannst dir keinen Begriff davon machen, wie widerwärtig mir die letzten sechs Monate jetzt vorkommen – die Erinnerung an jeden deiner Küsse ist mir vergiftet.

LORD WINDERMERE *(sich ihr nähernd)*: Das darfst du nicht sagen, Margarete. Ich habe auf der ganzen Welt nie jemand geliebt als dich!

LADY WINDERMERE *(sich erhebend)*: Was ist dir dann diese Frau? Warum mietest du ein Haus für sie?

LORD WINDERMERE: Ich habe ihr kein Haus gemietet.

LADY WINDERMERE: Du hast ihr das Geld dazu gegeben – das kommt aufs selbe heraus.

LORD WINDERMERE: Margarete – soweit ich Mrs. Erlynne kenne –

LADY WINDERMERE: Gibt es auch einen Mr. Erlynne – oder ist der ein Mythus?

LORD WINDERMERE: Ihr Mann ist vor vielen Jahren gestorben. Sie steht ganz allein in der Welt.

LADY WINDERMERE: Keine Verwandten? *(Pause.)*

LORD WINDERMERE: Keine.

LADY WINDERMERE: Eigentlich eigentümlich!

LORD WINDERMERE: Margarete, ich wollte dir gerade sagen – und ich bitte dich, mich anzuhören –, soweit ich Mrs. Erlynne kenne, hat sie vollkommen einwandfrei gelebt. Wenn vor Jahren –

LADY WINDERMERE: Bitte – keine Einzelheiten aus ihrem Leben!

LORD WINDERMERE: Ich will dir keine Einzelheiten über ihr Leben geben – nur das eine will ich dir sagen: Mrs. Erlynne war früher einmal hochgeehrt, geliebt und geachtet. Sie stammt aus gutem Haus. Sie hat in der Gesellschaft eine Stellung eingenommen und hat sie verloren – von sich geworfen, wenn du so willst. Das gerade macht die Sache noch bitterer. Unglück kann man ertragen – das kommt von außen, ist ein Werk des Zufalls. Für seine eigenen Fehler aber büßen zu müssen, das hinterlässt im Leben einen Stachel … Es ist übrigens schon zwanzig Jahre her. Sie war damals noch ein halbes Kind – nicht einmal so lang verheiratet wie du.

LADY WINDERMERE: Sie interessiert mich nicht, und du solltest diese Frau niemals mit mir in einem Atem nennen. Das ist eine Geschmacklosigkeit. *(Setzt sich.)*

LORD WINDERMERE: Margarete, du könntest diese Frau retten – sie möchte wieder in die Gesellschaft zurück, und sie hofft dabei auf deine Hilfe. *(Nähert sich ihr.)*

LADY WINDERMERE: Auf meine Hilfe?

LORD WINDERMERE: Ja, auf deine.

LADY WINDERMERE: Wie unverschämt von ihr! *(Pause.)*

LORD WINDERMERE: Margarete, ich wollte dich um einen großen Gefallen bitten, und ich bitte dich auch jetzt noch darum, wenn du auch etwas entdeckt hast, was ich dir zu verbergen beabsichtigte – dass ich nämlich Mrs. Erlynne eine größere Summe geliehen habe. Ich bitte dich, ihr eine Einladung für heute Abend zu schicken. *(An ihrer Seite.)*

LADY WINDERMERE: Du bist wahnsinnig! *(Erhebt sich.)*

LORD WINDERMERE: Ich bitte dich dringend darum. Die Leute mögen ja über sie reden – sie tun es, selbstverständlich –, aber mit Bestimmtheit kann keiner etwas Nachteiliges gegen sie vorbringen. Sie ist schon in verschiedenen Häusern empfangen worden – nicht gerade von Leuten, zu denen du gehen würdest, das gebe ich zu –, aber immerhin in Familien, bei denen Damen aus der sogenannten guten Gesellschaft heutzutage verkehren. Das genügt ihr aber nicht. Sie möchte auch von dir einmal empfangen werden.

LADY WINDERMERE: Das soll wohl eine Art Triumph für sie sein?

LORD WINDERMERE: Keineswegs. Nur kennt sie dich als eine hochangesehene Frau, und weiß daher, dass sie Aussicht auf ein glücklicheres und gesicherteres Leben hat als früher, wenn sie einmal von dir empfangen worden ist. Weitere Bemühungen, in engeren Verkehr mit dir zu treten, wird sie nicht machen. Willst du einer Frau, die wieder in die Höhe kommen möchte, nicht behilflich sein?

LADY WINDERMERE: Nein! Wenn eine Frau wirklich bereut, wird sie niemals wieder in die Gesellschaft zurückkehren wollen, die ihren Ruin heraufbeschworen oder mit angesehen hat.

LORD WINDERMERE: Ich bitte dich darum.

LADY WINDERMERE *(zur Tür rechts)*: Ich muss mich jetzt umkleiden. Erwähne diese Angelegenheit heute Abend nicht wieder, Arthur. *(Zu ihm zurück.)* Glaubst du, weil ich keinen Vater und keine Mutter habe, weil ich allein in der Welt stehe, kannst du mich behandeln, wie es dir beliebt? Du irrst, ich habe Freunde – viele Freunde.

LORD WINDERMERE: Was du da sprichst, Margarete, ist töricht und unbedacht. Ich will nicht mit dir streiten – aber ich muss darauf bestehen, dass du Mrs. Erlynne für heute Abend eine Einladung schickst.

LADY WINDERMERE: Ich werde das nicht tun!

LORD WINDERMERE: Du weigerst dich?

LADY WINDERMERE: Aufs Entschiedenste!

LORD WINDERMERE: Margarete, tu es um meinetwillen. Es ist ihre letzte Chance.

LADY WINDERMERE: Was geht das mich an?

LORD WINDERMERE: Wie hartherzig gute Frauen doch sind.

LADY WINDERMERE: Wie schwach schlechte Männer doch sind.

LORD WINDERMERE: Margarete, keiner von uns mag für die Frau, die wir heiraten, gut genug sein, das – ist vollkommen wahr. Aber du kannst unmöglich auf den Gedanken kommen, ich wäre jemals imstande – nein, schon die bloße Voraussetzung ist ungeheuerlich.

LADY WINDERMERE: Warum solltest du anders sein als alle übrigen Männer? Mir ist gesagt worden, in ganz London wäre kaum ein einziger Ehemann, der sein Leben *nicht* in irgendeiner schändlichen Leidenschaft vergeudet.

LORD WINDERMERE: Zu denen gehöre ich nicht.

LADY WINDERMERE: Dessen bin ich nicht so sicher.

LORD WINDERMERE: Im Innersten deines Herzens bist du doch sicher. Reiße die Kluft zwischen uns beiden nicht immer mehr auf. Gott weiß, die letzten Minuten haben uns weit genug voneinander getrennt. Setz dich und schreibe die paar Zeilen.

LADY WINDERMERE: Nichts in der Welt kann mich dazu bringen.

LORD WINDERMERE *(an den Schreibtisch gehend)*: Dann schreibe ich. *(Läutet; setzt sich nieder, schreibt.)*

LADY WINDERMERE: Du lädst diese Frau ein? *(Nähert sich ihm.)*

LORD WINDERMERE: Ja! *(Zum eintretenden Parker.)* Parker –

PARKER: Mylord befehlen?

LORD WINDERMERE: Dieser Brief soll sofort an Mrs. Erlynne, Curzon Street 84a, gebracht werden. *(Übergibt dem Diener das Schreiben.)* Keine Antwort. *(Parker ab.)*

LADY WINDERMERE: Arthur, wenn diese Frau hierherkommt, so werde ich sie beleidigen!

LORD WINDERMERE: Margarete!

LADY WINDERMERE: Es ist mein voller Ernst.

LORD WINDERMERE: Mein großes Kind, wenn du das tust, gibt es in ganz London keine Frau, der du nicht leid tätst.

LADY WINDERMERE: In ganz London ist nicht eine ehrbare Frau, die mir nicht zustimmt. Wir sind ohnedies viel zu duldsam gewesen. Wir müssen ein Exempel statuieren. Ich beabsichtige, gleich heute Abend den Anfang damit zu machen. *(Nimmt den Fächer.)* Den Fächer hier habe ich heute von dir als Geburtstagsgeschenk bekommen: Wenn die Frau meine Schwelle überschreitet, schlage ich ihr mit diesem Fächer ins Gesicht.

LORD WINDERMERE: Margarete, das könntest du ja gar nicht!

LADY WINDERMERE: Du kennst mich noch nicht. *(Läutet.)*

PARKER *(eintretend)*: Mylady befehlen?

LADY WINDERMERE: Ich esse heute auf meinem Zimmer – das heißt, ich werde überhaupt nicht essen. Sorgen Sie dafür, dass um halb elf Uhr alles fertig ist. Noch eins, Parker! Bemühen Sie sich, die Namen der Gäste heute Abend recht deutlich auszusprechen. Sie melden manchmal so schnell, dass mir die Namen entgehen. Mir liegt besonders viel daran, sie ganz deutlich zu hören, damit ich mich dann nicht täusche. Verstehen Sie, Parker?

PARKER: Jawohl, Mylady.

LADY WINDERMERE: So – weiter nichts. *(Parker ab. Zu Lord Windermere.)* Wenn diese Frau hierherkommt – ich warne dich –

LORD WINDERMERE: Margarete, du wirst uns ins Unglück bringen!

LADY WINDERMERE: Uns?! Von diesem Augenblick an trennen sich unsere Wege. Wenn dir aber daran liegt, einen öffentlichen Skandal zu vermeiden, so schreibe dieser Person sofort, dass ich ihr verbiete, mein Haus zu betreten.

LORD WINDERMERE: Ich werde das nicht tun – ich kann nicht. Sie muss kommen.

LADY WINDERMERE: Dann werde ich das, was ich gesagt habe, auch ausführen. Du lässt mir keine Wahl. *(Ab.)*

LORD WINDERMERE *(ihr nachrufend)*: Margarete, Margarete! *(Pause.)* Großer Gott! Was soll ich tun? Ich habe ja nicht den Mut, ihr zu sagen, wer diese Frau in Wirklichkeit ist. Sie würde sterben vor Scham. *(Lässt sich auf einen Stuhl fallen und verbirgt das Gesicht in den Händen.)*

(Vorhang.)

Zweiter Akt

Salon in Lord Windermeres Haus. Tür rechts hinten zum Ballsaal, in dem die Musik spielt. Tür links, durch die die Gäste eintreten. Tür links hinten auf die erleuchtete Terrasse. Palmen, Blumen, festliche Beleuchtung. Zahlreiche Gäste im Zimmer. Lady Windermere empfängt.

HERZOGIN: Sonderbar, dass Lord Windermere nicht da ist. Auch Mr. Hopper verspätet sich offenbar sehr. Hast du die fünf Tänze für ihn reserviert, Agathe? *(Nach vorn.)*

LADY AGATHE: Ja, Mama.

HERZOGIN *(auf dem Sofa)*: Lass einmal deine Karte sehen. Ich bin froh, dass Lady Windermere wieder Tanzkarten eingeführt hat. Die einzige Kontrolle für eine Mutter. Du liebe, kleine, einfältige Person! *(Streicht zwei Namen durch.)* Ein hübsches Mädchen darf nicht so häufig gerade mit jüngeren Söhnen Walzer tanzen – das wirkt so emanzipiert! Während der beiden letzten Tänze kannst du mit Mr. Hopper auf die Terrasse gehen. *(Mr. Dumby kommt mit Lady Plymdale aus dem Ballsaal.)*

LADY AGATHE: Ja, Mama.

HERZOGIN *(sich fächelnd)*: Die Luft ist so angenehm auf der Terrasse.

PARKER *(meldet)*: Mrs. Cowper-Cowper, Lady Stutfield, Sir James Ropston, Mr. Guy Berkeley. *(Die Gemeldeten treten ein.)*

MR. DUMBY: Guten Abend, Lady Stutfield. Das wird wohl der letzte Ball in dieser Saison sein?

LADY STUTFIELD: Wahrscheinlich, Mr. Dumby. Die Saison war diesmal wirklich reizend, nicht wahr?

DUMBY: Ganz reizend! Guten Abend, Herzogin! Das wird wohl der letzte Ball in dieser Saison sein?

HERZOGIN: Wahrscheinlich, Mr. Dumby. Die Saison war diesmal recht langweilig, nicht wahr?

DUMBY: Scheußlich langweilig, scheußlich langweilig.

MRS. COWPER-COWPER: Guten Abend, Mr. Dumby. Das wird wohl der letzte Ball in der Saison sein!

DUMBY: O das glaub ich kaum. Wahrscheinlich werden wir noch zwei haben. *(Zu Lady Plymdale zurück.)*

PARKER *(meldet)*: Mr. Rufford, Lady Jedburgh und Miss Graham, Mr. Hopper. *(Die Gemeldeten treten ein.)*

MR. HOPPER *(eintretend)*: Guten Abend, Lady Windermere. Guten Abend, Herzogin. *(Verbeugung zu Lady Agathe.)*

HERZOGIN: Wie nett von Ihnen, mein lieber Mr. Hopper, dass Sie so früh kommen! Wir alle wissen, dass Sie eine sehr gesuchte Persönlichkeit in London sind.

MR. HOPPER: Großartiger Platz, dieses London. Hier sind die Leute nicht annähernd so exklusiv wie in Sydney.

HERZOGIN: Ja – wir kennen eben Ihren Wert, Mr. Hopper. Wenn's nur mehr Leute wie Sie gäbe – es ließe sich viel besser leben. Wissen Sie, Mr. Hopper – meine liebe Agathe und ich, wir interessieren uns so riesig für Australien. Es muss doch reizend sein da drüben – wenn all die kleinen Kängurus so herumhüpfen! Agathe hat es auch schon auf der Landkarte gefunden. Was für eine komische Form es hat, das Australien! Gerade wie eine große Kiste. Aber das macht ja nichts. Es ist noch ein sehr junges Land, nicht wahr?

MR. HOPPER: Ist es nicht gleichzeitig mit den anderen erschaffen worden, Herzogin?

HERZOGIN: Wie geistreich Sie sind, Mr. Hopper! Sie haben eben Ihren ganz besonderen Esprit für sich. Aber ich will Sie nicht aufhalten.

MR. HOPPER: Ich möchte gern mit Lady Agathe tanzen, Herzogin.

HERZOGIN: Da hoffe ich nur, dass sie noch einen Tanz frei hat. Hast du noch einen Tanz frei, Agathe?

LADY AGATHE: Ja, Mama.

HERZOGIN: Den nächsten?

LADY AGATHE: Ja, Mama.

MR. HOPPER: Darf ich darum bitten? *(Lady Agathe verbeugt sich zustimmend.)*

HERZOGIN: Dass Sie mir nur gut auf meine kleine Plaudertasche aufpassen. *(Hopper mit Agathe in den Ballsaal ab.)*

LORD WINDERMERE *(von links)*: Margarete, ich habe dir etwas zu sagen.

LADY WINDERMERE: Gleich. *(Die Musik bricht ab.)*

PARKER *(meldet)*: Lord Augustus Lorton!

LORD LORTON *(tritt ein)*: Guten Abend, Lady Windermere.

HERZOGIN: Sir James, wollen Sie mich, bitte, in den Ballsaal führen? Augustus hat heute bei uns gegessen – für den Augenblick habe ich wirklich genug von ihm. *(Sir James Ropston reicht ihr den Arm und führt sie in den Ballsaal.)*

PARKER *(meldet)*: Mr. und Mrs. Arthur Bowden, Lord und Lady Paisley, Lord Darlington. *(Die Gemeldeten treten ein.)*

LORD LORTON *(zu Lord Windermere)*: Ich habe dringend mit dir zu reden, alter Junge. Ich bin vor Kummer schon zum Skelett abgemagert. Ich weiß, man sieht es mir nicht an. Keiner von uns Männern scheint, was er wirklich ist! ... Verdammt – ich möchte wissen, wer sie ist. Wo kommt sie her? Warum hat sie keine gottverdammte Verwandtschaft? Verdammter Blödsinn natürlich – die Verwandtschaft. Aber sie gibt einer Frau einen so verdammt respektabeln Anstrich.

LORD WINDERMERE: Du sprichst offenbar von Mrs. Erlynne, nicht wahr? Ich habe sie erst vor sechs Monaten kennengelernt. Bis dahin hatte ich von ihrer Existenz keine Ahnung.

LORD LORTON: Aber seitdem bist du ein gut Teil von ihrer Existenz!

LORD WINDERMERE *(kühl)*: Ganz recht, seitdem bin ich viel mit ihr zusammengekommen. Ich war eben noch bei ihr.

LORD LORTON: Himmel, ja – die Weiber ziehen scheußlich über sie her. Ich habe heute bei Arabella gegessen. Donnerwetter – du hättest nur hören sollen, was sie von Mrs. Erlynne gesagt hat. Keinen guten Faden hat sie an ihr gelassen. Berwick und ich meinten, es schadete nicht viel, da die Dame eine großartige Figur hätte. Da hättest du Arabellas Gesicht sehen sollen! … Aber, sieh mal, alter Junge, ich weiß wirklich nicht, wie ich mich zu Mrs. Erlynne stellen soll. Himmel ja, ich könnte mit ihr verheiratet sein – mit so verdammter Gleichgültigkeit behandelt sie mich. Verdammt gescheit und gebildet ist sie auch. Sie kann alles erklären. Beim Himmel, sie hat eine Menge Erklärungen für dich – und alle sind verschieden.

LORD WINDERMERE: Meine Freundschaft mit Mrs. Erlynne bedarf keiner Erklärung.

LORD LORTON: Hm! … Na schön – aber, hör mal, alter Freund – meinst du, sie wird jemals in die verdammte, sogenannte gute Gesellschaft kommen? Würdest du sie bei deiner Frau einführen? Es hat ja keinen Zweck, wie die Katze um den heißen Brei herumzugehen. Würdest du sie deiner Frau vorstellen?

LORD WINDERMERE: Mrs. Erlynne kommt heute Abend hierher.

LORD LORTON: Deine Frau hat ihr eine Einladung geschickt?

LORD WINDERMERE: Mrs. Erlynne hat eine Einladung erhalten.

LORD LORTON: Dann ist ja alles mit ihr in bester Ordnung, alter Junge! Warum hast du mir denn das nicht gleich gesagt? Du hättest mir einen Haufen Unannehmlichkeiten und verdammter Missverständnisse erspart. *(Lady Agathe und Mr. Hopper kommen vom Ballsaal und gehen auf die Terrasse ab.)*

PARKER *(meldet)*: Mr. Cecil Graham!

MR. GRAHAM *(begrüßt Lady Windermere, dann Lord Windermere mit einem Händedruck)*: Guten Abend, Arthur. Warum fragst du mich nicht, wie es mir geht? Ich hab's gern, wenn mich die Leute fragen, wie es mir geht. Das zeigt doch ein gewisses Interesse für meinen Gesundheitszustand. Heute Abend, zum Beispiel, fühle ich mich gar nicht wohl. Ich habe mit meiner Familie gegessen. Möchte wissen, warum die eigene Familie einem immer so langweilig ist. Mein Vater fühlte sich nach dem Essen zu einer Moralpredigt veranlasst. Ich habe ihm gesagt, er wäre alt genug, alles besser zu wissen. Habe aber immer die Erfahrung gemacht, dass die Menschen, sobald sie alt genug sind, um etwas besser zu wissen, überhaupt nichts mehr wissen. *(Zu Lord Lorton, der sich ihm nähert.)* Hallo, wie steht's, Gusti? Ich höre, du willst dich wieder verheiraten? Dachte, du hättest genug von solchen Scherzen!

LORD LORTON: Du bist im höchsten Grade abgeschmackt, alter Junge – im höchsten Grade abgeschmackt.

GRAHAM: Übrigens, Gusti, wie steht die Sache eigentlich? Bist du zweimal verheiratet und einmal geschieden, oder zweimal geschieden und einmal verheiratet? Ich behaupte: zweimal geschieden und einmal verheiratet – das scheint mir entschieden viel wahrscheinlicher!

LORD LORTON: Ich habe ein scheußlich schlechtes Gedächtnis – kann mich wirklich gar nicht erinnern, wie es eigentlich gewesen ist. *(Nach hinten.)*

LADY PLYMDALE: Lord Windermere, ich habe eine dringende Frage an Sie.

LORD WINDERMERE: Es tut mir sehr leid – verzeihen Sie gütigst –, ich muss zu meiner Frau.

LADY PLYMDALE: An so etwas dürfen Sie nicht einmal im Traum denken. Heutzutage ist es für einen Ehemann äußerst gefährlich, wenn er sich öffentlich um seine Frau kümmert. Die Leute glauben dann immer, er schlägt sie, wenn sie allein sind. Die Welt ist gegen alles, was wie ein glückliches Eheleben aussieht, misstrauisch geworden. Ich werde also meine Frage beim Souper an Sie stellen. *(Zur Tür des Ballsaals.)*

LORD WINDERMERE: Margarete, ich muss dringend mit dir sprechen.

LADY WINDERMERE: Lord Darlington, wollen Sie einen Augenblick meinen Fächer halten? Danke. *(Er entfernt sich.)*

LORD WINDERMERE: Margarete, was du vor dem Essen gesagt hast, ist doch völlig ausgeschlossen, nicht wahr?

LADY WINDERMERE: Die Person kommt doch heute Abend nicht etwa hierher?

LORD WINDERMERE: Mrs. Erlynne kommt hierher, und wenn du ihr in irgendeiner Weise zu nahe trittst, bringst du damit Schande und Kummer über uns beide. Bedenke das! Ach, Margarete, wenn du mir doch nur vertrauen wolltest. Eine Frau muss ihrem Mann vertrauen!

LADY WINDERMERE: London ist voll von Frauen, die ihren Männern vertrauen. Man kann sie immer daran erkennen, dass sie so vollständig unglücklich aussehen. So eine möchte ich nicht werden! *(Nach rückwärts.)* Lord Darlington, wollen Sie mir meinen Fächer zurückgeben? Ich danke! … Ein nützliches Ding, so ein Fächer, nicht wahr? … Heute Abend brauche ich einen Freund, Lord Darlington. Ich wusste nicht, dass ich so bald einen nötig haben würde.

LORD DARLINGTON: Lady Windermere, ich wusste, dass dieser Augenblick eines Tages kommen musste. Warum aber gerade heute Abend?

LORD WINDERMERE: Ich werde es ihr sagen. Ich muss. Wenn sich hier eine Szene abspielen würde, es wäre fürchterlich. Margarete! …

PARKER *(meldet)*: Mrs. Erlynne! *(Lord Windermere zuckt zusammen; Mrs. Erlynne tritt würdevoll und in geschmackvoller Toilette ein; Lady Windermere umklammert ihren Fächer, lässt ihn dann zu Boden fallen und verbeugt sich kühl. Mrs. Erlynne gibt den Gruß voll Anmut zurück und rauscht ins Zimmer.)*

LORD DARLINGTON: Sie haben Ihren Fächer fallen lassen, Lady Windermere! *(Nimmt ihn auf und gibt ihn ihr.)*

MRS. ERLYNNE: Guten Abend, Lord Windermere, nochmals guten Abend. Wie reizend Ihre süße Frau heute Abend aussieht! Wie ein Gemälde.

LORD WINDERMERE *(leise)*: Es war doch sehr gewagt von Ihnen, dass Sie gekommen sind.

MRS. ERLYNNE *(lächelnd)*: Das Klügste, was ich in meinem ganzen Leben getan habe. Übrigens – Sie müssen sich heute Abend recht viel mit mir beschäftigen. Ich habe Angst vor den Weibern. Einigen von ihnen müssen Sie mich auch vorstellen. Mit den Männern kann ich immer noch fertig werden. *(Zu Lord Augustus Lorton.)* Guten Abend, Lord Augustus. Sie haben mich in letzter Zeit arg vernachlässigt. Seit gestern habe ich Sie nicht mehr zu Gesicht bekommen. Ich fürchte, Sie sind unbeständig. Alle Welt hat mir's gesagt.

LORD LORTON: Hören Sie, Mrs. Erlynne – wirklich – lassen Sie mich erklären …

MRS. ERLYNNE: Nein, mein lieber Lord Augustus, Sie können nichts erklären. Darin liegt ja gerade der Hauptreiz Ihrer Persönlichkeit.

LORD LORTON: Na – wenn Sie überhaupt Reize an mir finden, Mrs. Erlynne … *(Sie unterhalten sich. Lord Windermere geht unruhig im Zimmer umher und beobachtet Mrs. Erlynne.)*

LORD DARLINGTON *(zu Lady Windermere)*: Wie blass Sie sind!

LADY WINDERMERE: Feige Menschen sind immer blass.

LORD DARLINGTON: Sie sind halb ohnmächtig. Kommen Sie auf die Terrasse hinaus.

LADY WINDERMERE *(zu Parker)*: Parker – meinen Mantel.

MRS. ERLYNNE *(auf Lady Windermere zugehend)*: Wie reizend Ihre Terrasse illuminiert ist, Lady Windermere. Das erinnert mich an Fürst Dorians Villa in Rom. *(Lady Windermere antwortet mit einem kühlen Neigen des Kopfes; dann mit Darlington ab.)* Oh, wie geht es Ihnen denn, Mr. Graham? Ist das nicht Ihre Tante, Lady Jedburgh? Ich möchte sie so gern kennenlernen.

GRAHAM *(nach verlegenem Zögern)*: Aber gewiss, natürlich, wenn Sie wünschen. Tante Karoline, gestatte, dass ich dir Mrs. Erlynne vorstelle!

MRS. ERLYNNE: Ich freue mich so, Sie kennenzulernen, Lady Jedburgh. *(Setzt sich mit ihr aufs Sofa.)* Ihr Neffe und ich sind sehr gute Freunde. Ich interessiere mich lebhaft für seine politische Karriere. Ich meine, er wird es sicher zu etwas bringen. Er denkt wie ein Tory und spricht wie ein Radikaler, und das ist heutzutage so wichtig. Dabei ist er auch noch ein glänzender Redner. Aber wir wissen ja alle, von wem er das geerbt hat. Lord Allandale hat mir erst gestern im Park gesagt, Mr. Graham spricht fast so gut wie seine Tante.

LADY JEDBURGH: Sehr liebenswürdig von Ihnen, mir so nette Dinge zu sagen. *(Mrs. Erlynne redet lächelnd weiter.)*

DUMBY *(zu Graham)*: Du hast also Mrs. Erlynne Lady Jedburgh vorgestellt?

GRAHAM: Musste, alter Kerl – war nicht anders zu machen. Die Frau tut ja mit einem, was sie will. Wie sie's anstellt, weiß ich nicht.

DUMBY: Wenn sie mich nur um Gottes willen nicht anspricht! *(Tänzelt zu Lady Plymdale.)*

MRS. ERLYNNE *(zu Lady Jedburgh)*: Nächsten Donnerstag? Mit dem größten Vergnügen. *(Erhebt sich, spricht lachend zu Lord Windermere.)* Wirklich, eine wahre Last, gegen alte Damen immer so höflich sein zu müssen. Aber sie legen nun einmal Wert darauf.

LADY PLYMDALE *(zu Dumby)*: Wer ist denn die Dame in der schönen Toilette, die da mit Windermere spricht?

DUMBY: Hab keine blasse Ahnung. Sie sieht aus wie die Luxusausgabe eines schlechten französischen Romans, bearbeitet für den Geschmack des englischen Publikums.

MRS. ERLYNNE: Ist das der arme Dumby, der sich da mit Lady Plymdale unterhält? Sie soll fürchterlich eifersüchtig auf ihn sein. Er scheint es nicht besonders eilig zu haben, mich heute Abend zu begrüßen. Wahrscheinlich hat er Angst vor ihr. Diese Weiber mit strohgelbem Haar sind fürchterlich eifersüchtig. Wissen Sie was, Windermere – mit Ihnen werde ich zuerst tanzen. *(Lord Windermere beißt sich auf die Lippen und runzelt die Stirn.)* Da wird Lord Augustus eifersüchtig werden. Lord Augustus! *(Er nähert sich.)*

Lord Windermere besteht darauf, dass ich mit ihm zuerst tanze, und da wir hier in seinem Haus sind, kann ich wohl nicht gut nein sagen. Ich möchte aber viel lieber mit Ihnen tanzen, das wissen Sie ja.

LORD LORTON *(mit tiefer Verbeugung)*: Wenn's nur wahr wäre, Mrs. Erlynne.

MRS. ERLYNNE: Das wissen Sie ja viel zu gut. Ich könnte mir jemand denken, der durchs ganze Leben mit Ihnen tanzte und es geradezu entzückend fände.

LORD LORTON *(die Hand auf seine weiße Weste legend)*: Ich danke Ihnen, danke sehr! Sie sind die anbetungswürdigste aller Frauen.

MRS. ERLYNNE: Wie hübsch gesagt – so einfach und so aufrichtig! Gerade so hab ich's gerne. Dafür sollen Sie mir auch so lange mein Bukett halten. *(Geht an Lord Windermeres Arm auf den Ballsaal zu.)* Sieh da, Mr. Dumby! Wie geht es? Schade, dass ich die drei letzten Male, als Sie mich besucht haben, nicht zu Hause war. Kommen Sie doch Freitag zum Lunch!

DUMBY *(ungezwungen)*: Von Herzen gern. *(Lady Plymdale sieht ihn empört an. Mrs. Erlynne, Lord Windermere und Lord Lorton, mit ihrem Bukett in der Hand, ab in den Ballsaal.)*

LADY PLYMDALE *(zu Dumby)*: Einfach abscheulich von dir. Ich kann dir nie wieder ein Wort glauben. Warum hast du mir gesagt, du kenntest sie nicht? Was denkst du dir eigentlich dabei, wenn du sie dreimal hintereinander besuchst? Zum Lunch gehst du mir natürlich nicht – ich hoffe, du verstehst mich doch?

DUMBY: Meine beste Laura, ich denke ja nicht im Traum dran.

LADY PLYMDALE: Nicht einmal ihren Namen hast du mir gesagt! Wer ist sie denn?

DUMBY *(hüstelnd und sich übers Haar fahrend)*: Eine Mrs. Erlynne.

LADY PLYMDALE: Die Person ist das?

DUMBY: Jawohl – so wird sie wenigstens von jedermann genannt.

LADY PLYMDALE: Das ist ja sehr interessant. Die muss ich mir doch wirklich einmal ganz genau ansehen! *(Geht zur Tür des Ballsaals und späht hinein.)* Die skandalösesten Geschichten habe ich von ihr gehört. Sie soll den armen Windermere ruinieren, erzählt man. Und Lady Windermere, die so viel darauf gibt, ganz tadellos zu sein, lädt so etwas ein! Das ist ja außerordentlich amüsant! Wenn es etwas durch und durch Dummes anzustellen gibt, braucht man sich nur nach einer durch und durch anständigen Frau umzusehen. Du wirst am Freitag doch zu ihr gehen!

DUMBY: Warum?

LADY PLYMDALE: Weil du meinen Mann mit hinnehmen sollst. In letzter Zeit ist er so beängstigend liebenswürdig zu mir, dass er mir geradezu auf die Nerven fällt. Diese Frau ist gerade das Richtige für ihn. Er wird seine Liebenswürdigkeiten bei ihr anbringen, solange es ihr passt – und lässt mich dann wenigstens in Ruhe. Ich versichere dich, Frauen dieser Art sind im höchsten Grade nützlich. Sie bilden das Fundament für das Eheleben anderer Leute.

DUMBY: Du bist und bleibst ein unergründliches Rätsel.

LADY PLYMDALE *(ihn ansehend)*: Ich wollte, du wärst eins.

DUMBY: Das bin ich ja – mir selbst. Ich bin der einzige Mensch auf der Welt, den ich ganz genau kennen möchte. Fürs Erste habe ich aber keine Aussichten dazu! *(Zusammen in den Ballsaal.)*

LADY WINDERMERE *(mit Lord Darlington von der Terrasse kommend)*: Ja! Es ist schamlos und empörend, dass sie hergekommen ist. Jetzt weiß ich, was Sie heute Nachmittag meinten. Warum haben Sie's mir nicht geradeheraus gesagt? Sie hätten das tun sollen.

LORD DARLINGTON: Ich konnte es nicht. Ein Mann darf derartige Dinge von einem anderen Mann nicht erzählen. Hätte ich aber geahnt, dass er Sie veranlassen würde, die Frau für heute Abend einzuladen – ich glaube, ich hätte es Ihnen doch gesagt. Auf alle Fälle wäre Ihnen dann dieser Affront erspart geblieben.

LADY WINDERMERE: Ich habe sie nicht eingeladen. Er bestand auf ihrem Kommen – gegen meine Bitten, gegen meine Befehle. Mein Haus scheint mir entehrt! Ich fühlte, dass jede Frau höhnisch über mich lächelte, als sie mit meinem Mann tanzte. Womit habe ich das verdient? Ich habe ihm rückhaltlos mein ganzes Leben gegeben. Er hat es angenommen, hat es ausgenützt, hat es zerstört. Vor mir selbst bin ich erniedrigt. Und ich habe keinen Mut – ich bin ein feiges Geschöpf. *(Sie setzt sich auf die Ottomane.)*

LORD DARLINGTON: Wenn ich Sie recht kenne, dann weiß ich auch, dass Sie außerstande sind, mit einem Mann zusammenzuleben, der Sie derart behandelt. Welches Leben erwartet Ihrer Sie an seiner Seite? Sie würden fühlen, dass er Sie stündlich belügt, dass sein Blick falsch ist, seine Stimme, seine Berührung, seine Leidenschaft falsch ist. Zu Ihnen würde er kommen, wenn er der anderen müde wäre. Ihnen würde die Aufgabe zufallen, ihn zu trösten. Er würde zu Ihnen kommen, wenn eine andere ihn sattbekommen hat, und dann wäre es Ihre Sache, ihn mit neuen Reizen an sich zu fesseln. Sie müssten die Maske für sein wirkliches Leben abgeben, den Deckmantel für seine Geheimnisse.

LADY WINDERMERE: Sie haben recht, Sie haben fürchterlich recht! … Aber was soll ich jetzt anfangen? Sie haben gesagt, Sie wollten mein Freund sein, Lord Darlington. Sagen Sie mir, was soll ich tun? Seien Sie jetzt mein Freund.

LORD DARLINGTON: Zwischen Mann und Weib gibt es keine Freundschaft. Nur Leidenschaft, Feindschaft, Liebe – aber keine Freundschaft. Ich liebe Sie!

LADY WINDERMERE: O nein – nein! *(Erhebt sich.)*

LORD DARLINGTON: Ja! Ich liebe Sie! Sie sind mir mehr als irgendetwas auf der Welt. Was gibt Ihnen Ihr Mann? Nichts. Alles Empfinden, dessen er fähig ist, gibt er diesem elenden Weibe, das er in Ihre Nähe, in Ihr Heim gedrängt hat, um Sie in aller Augen bloßzustellen. Ich bringe Ihnen mein Leben dar …

LADY WINDERMERE: Lord Darlington!

LORD DARLINGTON: Mein Leben, mein ganzes Leben. Nehmen Sie es und machen Sie damit, was Sie wollen! … Ich liebe Sie – liebe Sie mehr als irgendetwas unter der Sonne. Von dem Augenblick an, da ich Sie sah, habe ich Sie geliebt, blind, anbetend, wahnsinnig! Bis heute haben Sie es nicht gewusst – jetzt wissen Sie es! Verlassen Sie dies Haus sofort! Ich sage Ihnen nicht, dass die Welt nichts bedeutet, das Gerede dieser Welt, das Gerede der Gesellschaft – es bedeutet sogar sehr viel – viel zu viel. Aber es gibt Augenblicke, in denen man vor die Wahl gestellt wird, sein eigenes Leben zu leben, ganz, vollkommen, erschöpfend – oder eine falsche, hohle, erniedrigende Existenz weiterzuschleppen, wie es die Welt in ihrer Heuchelei verlangt. Dieser Augenblick ist jetzt für Sie gekommen! Wählen Sie, Geliebte, wählen Sie!

LADY WINDERMERE *(starrt ihn an und weicht zurück)*: Ich habe nicht den Mut dazu.

LORD DARLINGTON *(ihr folgend)*: Doch, Sie haben den Mut. Sechs Monate des Schmerzes, der Schande sogar, mögen vielleicht kommen – wenn Sie aber seinen Namen nicht mehr tragen, wenn Sie den meinen tragen, dann wird alles wieder gut werden. Margarete, Teure, eines Tages auch mein Weib – ja, eines Tages wirst du mein Weib werden! Du weißt es längst! Was bist du jetzt? Diese Frau nimmt die Stelle ein, die dir zu Recht gebührt. O komm – komm aus diesem Haus mit erhobenem Haupt, mit einem Lächeln auf den Lippen, mit Mut in den Augen! Ganz London wird wissen, warum du es getan hast. Wer will dich deshalb tadeln? Keiner! Und wenn sie es tun – was liegt daran? Unrecht? Was ist denn Unrecht? Unrecht ist es, wenn ein Mann seine Frau um eines schamlosen Weibes willen vernachlässigt. Unrecht ist es, wenn eine Frau bei dem Mann bleibt, der sie so entehrt. Du hast gesagt, du würdest dich niemals auf Kompromisse einlassen. So gib dich auch jetzt nicht dazu her! Sei du selbst!

LADY WINDERMERE: Ich fürchte mich, ich selbst zu sein. Lassen Sie mich erst nachdenken. Lassen Sie mich noch etwas warten. Mein Mann kann ja vielleicht doch wieder zu mir zurückkehren. *(Sie setzt sich aufs Sofa.)*

LORD DARLINGTON: Und dann nähmen Sie ihn in Gnaden wieder auf! Sie sind doch nicht, was ich dachte. Sie sind genau wie alle andern Frauen. Sie wollen lieber alles über sich ergehen lassen, als der Meinung einer Welt in die Augen sehen, deren Anerkennung Sie ja doch missachten. In einer Woche werden Sie mit dieser Frau im Park spazieren fahren. Sie wird Ihr ständiger Gast, Ihre beste Freundin sein. Sie werden lieber alles ertragen, als diese empörende Fessel mit einem Ruck zu sprengen … Sie haben recht. Sie besitzen keinen Mut – nicht den geringsten!

LADY WINDERMERE: Lassen Sie mir wenigstens Zeit zum Überlegen. Jetzt kann ich Ihnen nicht antworten. *(Sie streicht mit der Hand nervös über die Stirn.)*

LORD DARLINGTON: Es muss aber jetzt geschehen – oder niemals.

LADY WINDERMERE *(sich erhebend)*: Gut also – dann niemals. *(Pause.)*

LORD DARLINGTON: Sie brechen mir das Herz.

LADY WINDERMERE: Das meine ist schon gebrochen. *(Pause.)*

LORD DARLINGTON: Morgen verlasse ich England. Es ist das letzte Mal, dass ich Sie anblicke. Sie werden mich niemals wiedersehen. Einen kurzen Augenblick lang haben unsere Lebenswege sich gekreuzt, unsere Seelen sich berührt. Sie dürfen einander niemals wieder begegnen, niemals wieder berühren. Leben Sie wohl, Margarete! *(Ab.)*

LADY WINDERMERE: Ach, wie bin ich allein im Leben – wie mutterseelenallein. *(Die Tanzmusik hört auf.)*

HERZOGIN *(kommt an Lord Paisleys Arm lachend mit einigen andern Gästen aus dem Ballsaal)*: Liebe Margarete, ich habe mich geradezu prachtvoll mit Mrs. Erlynne unterhalten. Was ich heute Nachmittag von ihr gesagt habe, tut mir jetzt wirklich leid. Wenn Sie sie eingeladen haben, dann muss mit ihr natürlich alles in Ordnung sein! Eine überaus anziehende Frau! Und was für vernünftige Ansichten vom Leben sie hat. Sie sagt, sie finde es sehr verkehrt, wenn man sich mehr als einmal verheirate. Ich brauche mir also über den guten Augustus keine grauen Haare wachsen zu lassen. Ich begreife gar nicht, wie sich die Leute über sie abfällig äußern können. Das sind natürlich nur wieder meine gräulichen Nichten, die Savilleschen Mädchen, die fortwährend Skandalgeschichten in Umlauf setzen. Trotz alledem, meine Liebe, würde ich doch nach Homburg gehen – wahrhaftig, Sie sollten es tun. Sie ist nämlich ein klein wenig zu anziehend. Wo steckt denn nur Agathe? *(Lady Agathe mit Hopper von der Terrasse.)* Ah, da kommt sie ja. Mr. Hopper –

mit Ihnen bin ich sehr, sehr böse. Sie haben Agathe auf die Terrasse geführt, und sie ist so außerordentlich zart.

HOPPER: Ach, das tut mir aber leid, Herzogin! Wir wollten ursprünglich nur einen Augenblick hinaus, und dann sind wir so ins Gespräch geraten.

HERZOGIN: Wohl über unser liebes Australien, nicht wahr?

HOPPER: Jawohl.

HERZOGIN *(Agathe herbeiwinkend)*: Agathe, mein Liebling!

AGATHE: Ja, Mama!

HERZOGIN *(beiseite)*: Hat Mr. Hopper sich endgültig? …

AGATHE: Ja, Mama.

HERZOGIN: Und was hast du ihm geantwortet, mein liebes Kind?

AGATHE: Ja, Mama.

HERZOGIN *(liebevoll)*: Mein Engelskind, du findest doch immer das rechte Wort! Mr. Hopper – James –, Agathe hat mir schon alles verraten. Wie schlau ihr doch beide euer Geheimnis verborgen habt.

HOPPER: Sie haben also nichts dagegen, wenn ich Agathe mit nach Australien nehme?

HERZOGIN *(empört)*: Nach Australien? Ach, sprechen Sie nicht von dieser ordinären Gegend!

HOPPER: Agathe meinte aber, sie würde sehr gern mit mir gehen.

HERZOGIN *(streng)*: Hast du das gesagt, Agathe?

AGATHE: Ja, Mama.

HERZOGIN: Du sagst doch immer die albernsten Sachen! Ich bin jedenfalls der Meinung, dass der Grosvenor Square ein viel zuträglicherer Aufenthaltsort ist. Es gibt ja allerdings auch auf dem Grosvenor Square eine Menge minderwertiger Leute, aber wenigstens kriechen doch keine scheußlichen Kängurus umher. Aber darüber werden wir ja morgen weiter reden. James, Sie können Agathe hinunterbringen. Sie kommen doch natürlich zum Lunch, nicht wahr, James? Um halb zwei statt um zwei! Der Herzog wird Ihnen sicherlich dies oder jenes zu sagen haben.

HOPPER: Würde mich sehr freuen, ein Stündchen mit dem Herzog zu plaudern. Er hat noch kein Sterbenswort mit mir gesprochen.

HERZOGIN: Morgen wird er Ihnen aber, glaube ich, eine ganze Menge zu sagen haben. *(Agathe mit Hopper ab.)* Und nun gute Nacht, Margarete. Ich fürchte, es ist wieder die alte, alte Geschichte, teure Freundin. Liebe – na, nicht gerade Liebe auf den ersten Blick, aber Liebe bei Saisonschluss – was ja so viel zufriedenstellender ist.

LADY WINDERMERE: Gute Nacht, Herzogin. *(Herzogin an Lord Paisleys Arm ab.)*

LADY PLYMDALE: Meine liebe Margarete, das war aber eine hübsche Frau, mit der Ihr Gatte getanzt hat. Da wäre ich an Ihrer Stelle ganz eifersüchtig geworden. Sind Sie sehr intim mit ihr befreundet?

LADY WINDERMERE: Nein.

LADY PLYMDALE: Ach, nicht möglich?! … Gute Nacht, liebe Margarete. *(Mit einem Blick auf Dumby ab.)*

DUMBY: Fürchterliches Benehmen hat dieser junge Hopper.

GRAHAM: Ach, Hopper ist ein Naturbursche – die schlimmsten Burschen, die ich kenne.

DUMBY: Doch eine sehr vernünftige Frau, die Lady Windermere. Eine Menge verheirateter Frauen hätten sich gegen Mrs. Erlynnes Erscheinen verwahrt. Aber Lady Windermere besitzt eben die ungewöhnliche Gabe des gewöhnlichen, gesunden Menschenverstands.

GRAHAM: Und Windermere weiß sehr gut, dass nichts der Unschuld so ähnlich sieht wie eine Unverschämtheit.

DUMBY: Jawohl, jawohl! … Unser guter Windermere wird allmählich ganz modern. Hätte ich ihm niemals zugetraut. *(Verbeugung vor Lady Windermere und ab.)*

LADY JEDBURGH: Gute Nacht, Lady Windermere. Das muss ich sagen, eine ganz entzückende Frau, Mrs. Erlynne. Sie kommt Donnerstag zum Lunch. Kommen Sie doch auch. Ich erwarte noch den Bischof und unsere liebe Lady Merton.

LADY WINDERMERE: Ich bin leider schon vergeben, Lady Jedburgh.

LADY JEDBURGH: Ach, wie schade! Komm, Kind! *(Mit Miss Graham ab.)*

MRS. ERLYNNE *(kommt mit Lord Windermere)*: Wirklich, ein reizender Ball! All das erinnert mich an frühere Zeiten. *(Setzt sich aufs Sofa.)* Soweit ich sehe, gibt es noch gerade so viel alberne Menschen in der guten Gesellschaft wie damals. Mit Freuden konstatiere ich, dass sich nichts geändert hat. Margarete natürlich ausgenommen – die ist sehr hübsch geworden. Als ich sie zum letzten Mal sah – vor zwanzig Jahren – war sie ein kleines, in Flanell gewickeltes Scheusal. Ich versichere Sie, ein rechtes kleines Scheusal. Die liebe, gute Herzogin! Und diese entzückende Lady Agathe! Gerade die Sorte Mädchen, für die ich schwärme! Nein, wirklich, Windermere, wenn ich schon die Schwägerin der Herzogin werden soll …

LORD WINDERMERE *(an ihrer Seite sitzend)*: Sind Sie denn …? *(Graham mit dem Rest der Gäste ab. Lady Windermere beobachtet mit Schmerz und Empörung ihren Gatten und Mrs. Erlynne, die ihre Gegenwart nicht bemerken.)*

MRS. ERLYNNE: Aber natürlich! Er wird mich morgen Mittag besuchen. Er wollte mir heute Abend einen Antrag machen – er hat es sogar eigentlich getan. Fortwährend hat er mir Anträge gemacht. Der arme Augustus! Sie wissen ja, wie er sich immer wiederholt. Ein scheußliche Gewohnheit! Ich habe ihm also gesagt, dass ich ihm morgen antworten werde. Nehmen werde ich ihn natürlich. Ich vermute sogar, dass ich ihm eine bewunderungswürdige Gattin sein werde – was man so unter einer Gattin versteht. Es steckt eine Menge Gutes in Lord Augustus. Zum Glück liegt es aber auf der Oberfläche. Das ist ja auch der angemessene Platz für gute Eigenschaften. Sie werden mir doch selbstverständlich bei der Sache behilflich sein?

LORD WINDERMERE: Ich soll doch hoffentlich nicht Lord Augustus zureden?

MRS. ERLYNNE: O nein – das besorge ich selbst. Aber Sie werden mir eine kleine Summe aussetzen, nicht wahr, Windermere?

LORD WINDERMERE *(stirnrunzelnd)*: War es das, was Sie heute Abend mit mir besprechen wollten?

MRS. ERLYNNE: Ja.

LORD WINDERMERE *(ungeduldig)*: Hier will ich über diese Angelegenheit nicht sprechen.

MRS. ERLYNNE *(lachend)*: Dann können wir ja auf der Terrasse davon sprechen. Sogar Geschäfte sollten einen malerischen Hintergrund haben – ist es nicht so, Windermere? Mit dem passenden Hintergrund können Frauen alles tun.

LORD WINDERMERE: Kann das morgen nicht ebenso gut geschehen?

MRS. ERLYNNE: Nein – morgen will ich seinen Antrag annehmen. Ich denke mir, es wird einen sehr guten Eindruck machen, wenn ich ihm sagen kann, ich hätte – ja, was soll ich sagen? – ich hätte also zweitausend Pfund jährlich geerbt – von einem Vetter dritten Grades, oder meinem zweiten Mann, oder sonst einem entfernten Verwandten ähnlicher Art. Das wäre noch eine Extraanziehungskraft, nicht wahr? Hier haben Sie doch eine prachtvolle Gelegenheit, mir einmal ein Kompliment zu sagen, Windermere. Aber Sie besitzen im Komplimentemachen nicht die geringste Fertigkeit. Ich fürchte, Margarete ermutigt Sie nicht genügend zu dieser ausgezeichneten Gewohnheit. Das ist ein großer Fehler von ihr. Sobald Männer aufhören, etwas Nettes zu sagen, hören sie auch auf, etwas Nettes zu denken. Aber, Spaß beiseite – was meinen Sie zu zweitausend Pfund? Oder sagen wir lieber zweitausendfünfhundert. Heutzutage ist der Nettoüberschuss ausschlaggebend. Windermere, halten Sie die Welt nicht auch für einen riesig amüsanten Ort? Mir kommt sie so vor. *(Mit ihm auf die Terrasse. Musik im Ballsaal.)*

LADY WINDERMERE: In diesem Haus ist meines Bleibens nicht länger. Ein Mann, der mich liebt, hat mir heute Abend sein ganzes Leben zu Füßen gelegt. Ich habe es nicht angenommen. Das war töricht. Jetzt will ich ihm das meine darbieten – ich will es ihm schenken. Ich will zu ihm gehen. *(Legt den Mantel um, geht zur Tür, wendet sich um; setzt sich an den Tisch, schreibt einen Brief, steckt ihn in ein Kuvert und lässt ihn auf auf dem Tisch liegen.)* Arthur hat mich nie verstanden. Wenn er dies liest, wird er mich verstehen. Mit seinem Leben mag er jetzt anfangen, was ihm beliebt. Mit dem meinen habe ich getan, was ich für das Beste – was ich für das Rechte halte. Er hat das Band unserer Ehe zerrissen – nicht ich. Ich breche jetzt nur ihre Fesseln. *(Ab.)*

PARKER *(tritt ein und geht zum Ballsaal).*

MRS. ERLYNNE *(von rechts)*: Ist Lady Windermere im Ballsaal?

PARKER: Mylady ist soeben hinausgegangen.

MRS. ERLYNNE: Hinausgegangen? Sie ist nicht auf der Terrasse.

PARKER: Nein, Madame. Mylady sind aus dem Haus gegangen.

MRS. ERLYNNE *(zuckt zusammen, betrachtet den Bedienten mit verständnisloser Miene)*: Aus dem Haus?

PARKER: Jawohl, Madame. Mylady haben mir gesagt, sie hätten einen Brief für Mylord auf dem Tisch zurückgelassen.

MRS. ERLYNNE: Einen Brief für Lord Windermere?

PARKER: Jawohl, Madame.

MRS. ERLYNNE: Es ist gut. *(Parker ab; Musik hält inne.)* Aus dem Haus gegangen? Einen Brief für ihren Mann? *(Geht zum Schreibtisch, betrachtet den Brief, nimmt ihn auf und legt ihn schaudernd zurück.)* Nein, nein! Das ist ja unmöglich. So kann sich das Leben in seinen tragischen Konflikten nicht wiederholen! O mein Gott – warum kommt mir diese fürchterliche Vermutung in den Sinn? Warum muss ich mich jetzt gerade an den einen Augenblick in meinem Dasein erinnern, den ich mehr als alle anderen vergessen möchte? Wiederholt das Leben seine Tragödien also doch? *(Reißt den Brief auf, liest, sinkt mit einer Gebärde des Schreckens auf einen Sessel.)* Entsetzlich, entsetzlich! Dieselben Worte, die ich vor zwanzig Jahren an ihren Vater gerichtet habe – und wie bitter bin ich dafür gestraft worden. Nein, erst heute Abend trifft mich die Strafe – jetzt trifft sie mich.

LORD WINDERMERE *(auf sie zugehend)*: Haben Sie sich von meiner Frau verabschiedet?

MRS. ERLYNNE *(den Brief in ihrer Hand zerknitternd)*: Ja.

LORD WINDERMERE: Wo ist sie denn?

MRS. ERLYNNE: Sie ist sehr abgespannt, sie hat sich zur Ruhe gelegt, sie sagte, sie hätte Kopfschmerzen.

LORD WINDERMERE: Dann muss ich nach ihr sehen. Entschuldigen Sie mich, ich bitte, einen Augenblick.

MRS. ERLYNNE *(sich hastig erhebend)*: O nein, nein! Es ist nichts Ernstliches. Sie ist nur sehr müde – sonst nichts. Außerdem sind ja noch Gäste im Speisesaal. Sie möchten sie bei ihnen entschuldigen, hat sie gesagt. Und dann wollte sie nicht gestört werden. *(Lässt den Brief fallen.)* Sie hat mich gebeten, Ihnen das mitzuteilen.

LORD WINDERMERE *(den Brief aufhebend)*: Sie haben etwas verloren.

MRS. ERLYNNE: Ach ja, ich danke Ihnen – das gehört mir. *(Streckt die Hand nach dem Brief.)*

LORD WINDERMERE *(das Papier betrachtend)*: Aber das ist doch die Handschrift meiner Frau, nicht wahr?

MRS. ERLYNNE *(rasch den Brief nehmend)*: Ja … das ist … das ist eine Adresse. Wollen Sie mir, bitte, meinen Wagen kommen lassen?

LORD WINDERMERE: Gewiss! *(Ab.)*

MRS. ERLYNNE: Was soll ich nur tun? Was soll ich nur tun? Mir ist, als fühlte ich etwas von einer Liebe in mir erwachen, die ich bisher nicht gekannt habe. Was hat das zu bedeuten? Nein, die Tochter darf nicht wie die Mutter werden – das wäre fürchterlich. Wie kann ich sie aber retten? Wie kann ich mein Kind retten? Ein einziger Augenblick kann ihr ganzes Dasein vernichten. Niemand weiß das besser als ich. Windermere muss aus dem Haus gebracht werden – das ist unumgänglich notwendig. Wie soll ich das aber anfangen? Irgendwie muss ich es möglich machen!

LORD LORTON *(kommt mit dem Bukett)*: Ich bin in Angst und Sorge, schöne Frau – soll ich keine Antwort auf meine Frage erhalten?

MRS. ERLYNNE: Hören Sie mich an, Lord Augustus! Sie müssen Lord Windermere heute Abend mit in Ihren

Klub nehmen – und zwar gleich. Halten Sie ihn dort so lange wie nur irgend möglich auf. Verstehen Sie mich?

LORD LORTON: Sie haben aber doch gesagt, ich solle immer hübsch nach Hause gehen.

MRS. ERLYNNE *(ungeduldig)*: Tun Sie, was ich Ihnen sage.

LORD LORTON: Und mein Lohn?

MRS. ERLYNNE: Ihr Lohn? Ihr Lohn? Ach – danach fragen Sie mich morgen! Heute Abend aber lassen Sie Windermere nicht aus den Augen. Wenn Sie es doch tun, werde ich Ihnen das nie verzeihen. Ich spreche nie wieder ein Wort mit Ihnen. Ich will nichts mehr mit Ihnen zu tun haben. Denken Sie daran, Sie müssen Windermere in Ihrem Klub zurückhalten und ihn heute Nacht nicht so bald nach Hause kommen lassen. *(Ab.)*

LORD LORTON: Nein, wahrhaftig – ganz, als ob ich schon ihr Mann wäre. Wirklich, ganz so! *(Folgt ihr völlig verwirrt.)*

(Vorhang.)

Dritter Akt

Lord Darlingtons Wohnung. Großes Sofa vor dem Kamin. Im Hintergrund ist ein Vorhang vors Fenster gezogen. Türen links und rechts. Rechts ein Tisch mit Schreibutensilien. In der Mitte ein Tisch mit Gläsern, Siphon und Likörsatz. Links ein Tisch mit Zigarren und Zigaretten. Die Lampen brennen.

LADY WINDERMERE *(am Kamin stehend)*: Warum kommt er nur nicht? Dieses Warten ist fürchterlich. Er müsste doch schon hier sein. Warum ist er nicht da und entfacht mit leidenschaftlichen Worten Glut in meinem Herzen? Ich bin kalt – kalt wie eine leblose Sache, die nichts von Liebe kennt … Jetzt muss Arthur meinen Brief schon gelesen haben. Wenn er mich liebte, wäre er mir nachgeeilt, mit Gewalt hätte er mich zurückgehalten. Aber er liebt mich nicht. Dies Weib hat ihn in ihren Netzen gefangen – er steht unter ihrem Zauber, unter ihrer Herrschaft. Wenn eine Frau einen Mann an sich fesseln will, braucht sie nur seine niedrigsten Instinkte zu wecken. Wir machen Götter aus unseren Männern, und sie wenden uns den Rücken. Die anderen Weiber machen sie zu Tieren, und vor ihnen kriechen sie und hängen mit hündischer Treue an ihnen. Wie widerwärtig das Leben doch ist! … Es war Wahnsinn, dass ich hergegangen bin, furchtbarer Wahnsinn! Und doch, was ist schlimmer, frage ich mich, in der Gewalt eines Mannes zu sein, der uns liebt, oder die Frau eines Mannes zu bleiben, der uns im eigenen Haus entehrt? Welches Weib weiß das? Welches Weib auf Gottes weiter Welt? Wird er mich immer lieben – dieser Mann, dem ich jetzt mein Leben zum Geschenk mache? Was bringe ich ihm denn? Lippen, die die Sprache der Freude verlernt haben, Augen, die von Tränen blind sind, kalte Hände und ein eisiges Herz. Nichts bringe ich ihm, nichts! Ich muss wieder zurück – nein, ich kann ja nicht zurück! Mein Brief hat mich ihnen wehrlos in die Hände gegeben. Arthur würde mich nie wieder aufnehmen! Dieser verhängnisvolle Brief! … Nein! Morgen verlässt Lord Darlington England. Ich gehe mit ihm – mir bleibt keine andere Wahl! *(Setzt sich, springt auf, nimmt ihren Mantel.)* Nein! Nein! Ich will wieder zurück zu Arthur – dann mag er mit mir anfangen, was er will. Ich kann hier nicht mehr bleiben. Es war ja wahnsinnig von mir, hierher zu gehen. Ich muss fort!

Und er – Lord Darlington – – Da kommt er! Was soll ich tun? Was kann ich ihm sagen? Wird er mich überhaupt wieder gehen lassen? Ich habe gehört, Männer könnten gewalttätig, fürchterlich sein. – Ach! *(Verbirgt ihr Gesicht in den Händen.)*

MRS. ERLYNNE *(eintretend)*: Lady Windermere! *(Lady Windermere zuckt zusammen, sieht auf, weicht voll Missachtung zurück.)* Dem Himmel sei Dank, ich komme noch zur rechten Zeit! Sie müssen sofort ins Haus Ihres Mannes zurückkehren.

LADY WINDERMERE: Ich muss?

MRS. ERLYNNE *(in gebieterischem Ton)*: Ja, Sie müssen! Es ist keine Sekunde zu verlieren. Lord Darlington kann jeden Augenblick hier sein.

LADY WINDERMERE: Kommen Sie nicht in meine Nähe!

MRS. ERLYNNE: Sie stehen am Rande des Elends, am Rande eines entsetzlichen Abgrunds – Sie dürfen hier nicht länger bleiben. Mein Wagen wartet an der Straßenecke. Sie müssen mit mir kommen und sofort nach Hause fahren. *(Lady Windermere nimmt ihren Mantel ab und legt ihn aufs Sofa.)* Was tun Sie?

LADY WINDERMERE: Mrs. Erlynne – wären Sie nicht hierhergekommen, hätte ich den Weg zurückgefunden. Jetzt aber, wo ich Sie vor mir sehe, fühle ich, dass mich nichts auf der Welt dazu bringen kann, mit Lord Windermere länger unter einem Dache zu leben. Sie flößen mir Entsetzen ein. In Ihrem Wesen liegt etwas, was die wildeste – Wut in mir aufwühlt. Ich weiß ganz gut, warum Sie hier sind. Mein Mann schickt Sie mir nach, um mich wieder zurückzulocken – damit ich Ihnen als Deckmantel für Ihre Beziehungen dienen soll, welcher Art sie auch sein mögen.

MRS. ERLYNNE: Sie glauben doch nicht etwa? … Nein, das können Sie nicht!

LADY WINDERMERE: Gehen Sie zu meinem Mann zurück, er gehört zu Ihnen und nicht zu mir. Er fürchtet wahrscheinlich einen Skandal – Männer sind ja solche Feiglinge. Sie schlagen jedem Gesetz der Welt ins Gesicht und fürchten sich dann vor der Zunge der Welt! Er soll sich nur darauf gefasst machen. Er soll seinen Skandal haben, den schlimmsten Skandal, den London seit Jahren erlebt hat. In jedem Schmutzblatt soll er seinen Namen sehen – an allen Anschlagsäulen den meinen!

MRS. ERLYNNE: Nein – nein –

LADY WINDERMERE: Ja – das soll er! Wäre er selbst gekommen – ich gestehe es ein, ich wäre zurückgekehrt in das Leben der Erniedrigung, das Sie und er mir bereitet haben. Ich wollte sogar schon gehen – aber nein, er bleibt zu Hause und schickt Sie als Vermittlerin – oh, das ist infam, das ist infam!

MRS. ERLYNNE: Lady Windermere, Sie tun mir entsetzlich unrecht – Sie tun auch Ihrem Mann entsetzlich unrecht. Er hat keine Ahnung davon, dass Sie hier sind – er vermutet Sie sicher und ruhig zu Hause. Er meint, Sie lägen in Ihrem Zimmer und schliefen. Den sinnlosen Brief, den Sie ihm geschrieben haben, hat er nicht gelesen.

LADY WINDERMERE: Nicht gelesen?

MRS. ERLYNNE: Nein, er hat keine Ahnung von ihm.

LADY WINDERMERE: Sie müssen mich für recht einfältig halten. *(Auf sie zugehend.)* Sie belügen mich!

MRS. ERLYNNE *(ihre Erregung niederkämpfend)*: Ich lüge nicht – ich sage die reine Wahrheit.

LADY WINDERMERE: Wenn mein Mann den Brief nicht gelesen hat – wie kommt es dann, dass Sie hier sind? Wer hat Ihnen denn gesagt, dass ich das Haus verlassen habe, das Sie schamlos genug waren zu betreten? Wer hat Ihnen denn gesagt, wohin ich gegangen bin? Mein Mann hat Sie hergeschickt, um mich wieder zu ködern.

MRS. ERLYNNE: Ihr Mann hat den Brief nicht zu Gesicht bekommen. Ich habe ihn liegen sehen – ich habe ihn geöffnet. Ich – habe ihn gelesen.

LADY WINDERMERE: Sie wollen einen Brief geöffnet haben, der an meinen Mann gerichtet ist? Das würden Sie nicht wagen.

MRS. ERLYNNE: Wagen? Wenn es gilt, Sie vom Rande des Abgrunds zurückzureißen, in den Sie stürzen müssen, dann gibt es nichts auf der Welt, was ich nicht wagte – nichts auf Gottes weiter Welt. Hier ist Ihr Brief. Ihr Mann hat ihn nicht gelesen und soll ihn nie lesen. *(Zum Kamin gehend.)* Es wäre besser, er wäre nie geschrieben worden. *(Zerreißt ihn und wirft ihn ins Feuer.)*

LADY WINDERMERE *(mit tiefer Verachtung in Blick und Tonfall)*: Woher weiß ich denn überhaupt, dass das mein Brief war? Sie scheinen sich einzubilden, dass ich auf den törichtsten Betrug hereinfalle.

MRS. ERLYNNE: Mein Gott – warum halten Sie alles, was ich Ihnen sage, für unwahr? Welchen Zweck könnte denn mein Kommen haben, wenn nicht den, Sie vor dem fürchterlichen Elend zu bewahren – vor den Folgen eines hässlichen Missverständnisses. Was ich hier eben verbrannt habe, das war Ihr Brief. Ich schwöre es Ihnen.

LADY WINDERMERE: Sie waren vorsichtig genug, ihn ins Feuer zu werfen, ehe ich mich davon überzeugt habe. Ich kann Ihnen nicht glauben. Wie können Sie, deren ganzes Leben eine Lüge ist, je ein wahres Wort sprechen? *(Setzt sich.)*

MRS. ERLYNNE *(hastig)*: Sie mögen von mir denken und sagen, was Sie wollen, aber Sie müssen zu Ihrem Mann zurück, den Sie lieben.

LADY WINDERMERE *(verstockt)*: Ich liebe ihn nicht.

MRS. ERLYNNE: Sie lieben ihn, und Sie wissen auch, dass er Sie liebt.

LADY WINDERMERE: Er hat kein Verständnis für das, was Liebe ist – ebenso wenig wie Sie. Aber ich sehe jetzt, was Sie wollen. Für Sie wäre es vorteilhafter, wenn Sie mich zurückbringen könnten. Gütiger Himmel, wie würde mein Leben sich dann gestalten! Von der Gnade eines Weibes leben zu müssen, das keinen Funken Barmherzigkeit und Mitgefühl hat – eines Weibes, mit dem zusammenzutreffen eine Schande, das zu kennen eine Erniedrigung ist, eines gemeinen Weibes, das sich zwischen Mann und Frau drängt.

MRS. ERLYNNE *(verzweifelt)*: Lady Windermere, Lady Windermere, sagen Sie nicht so fürchterliche Dinge! Sie wissen ja nicht, wie grausam das ist – wie grausam und wie ungerecht. Hören Sie, was ich Ihnen sage. Sie müssen mich anhören! Kehren Sie nur erst zu Ihrem Gatten zurück, und ich will Ihnen versprechen, nie, unter keinem Vorwand, mit ihm in Verbindung zu treten, ihn nie wieder zu sehen, nie wieder seine oder Ihre Wege zu kreuzen. Das Geld, das er mir gegeben hat, hat er mir nicht aus Liebe gegeben, sondern aus Hass, nicht aus Verehrung, sondern aus Missachtung. Wenn ich eine Art Einfluss auf ihn habe, …

LADY WINDERMERE *(sich erhebend)*: Sie geben also diesen Einfluss zu?

MRS. ERLYNNE: Ja, und ich will Ihnen auch erklären, worauf er beruht: Auf seiner Liebe zu Ihnen, Lady Windermere.

LADY WINDERMERE: Und das soll ich Ihnen glauben?

MRS. ERLYNNE: Sie müssen es glauben, denn es ist wahr. Seine Liebe zu Ihnen ist es, die ihn dazu gebracht hat, sich mir zu beugen, mir, nennen Sie es, wie Sie wollen – meiner Tyrannei, meinen Drohungen, oder was Ihnen sonst beliebt. Es ist nur seine Liebe zu Ihnen. Er will Ihnen – ja – Schande will er Ihnen ersparen – Schmach und Schande.

LADY WINDERMERE: Was wollen Sie damit sagen? Sie sind unverschämt! Was habe ich mit Ihnen zu schaffen?

MRS. ERLYNNE *(unterwürfig)*: Nichts. Das weiß ich. Ich sage Ihnen ja auch nur, dass Ihr Gatte Sie liebt, dass Sie niemals in Ihrem ganzen Leben wieder solche Liebe finden werden – dass es eine solche Liebe auf der Welt überhaupt nicht wieder gibt – und dass, wenn Sie diese Liebe von sich stoßen, dass dann der Tag kommen muss, an dem Sie vor Sehnsucht nach Liebe vergehen werden – und man sie dann Ihnen verweigert. O mein Gott, Arthur liebt Sie doch!

LADY WINDERMERE: Arthur?! Und Sie behaupten, es bestünden keinerlei Beziehungen zwischen Ihnen beiden?

MRS. ERLYNNE: Lady Windermere, so wahr ein Gott im Himmel lebt, Ihr Gatte hat sich keines Unrechts gegen Sie schuldig gemacht. Wäre ich jemals auf den Gedanken gekommen, dass ein solcher ungeheuerlicher Verdacht sich in Ihre Seele schleichen könnte – ich wäre lieber gestorben, als dass ich Ihren oder seinen Lebensweg gekreuzt hätte – ja gestorben – mit tausend Freuden gestorben.

LADY WINDERMERE: Sie reden ja fast, als ob Sie ein Herz hätten. Frauen Ihrer Art haben aber kein Herz. Sie lassen sich kaufen und verkaufen. *(Setzt sich.)*

MRS. ERLYNNE *(bäumt sich mit einer Gebärde des Schmerzes auf, sammelt sich, geht zu Lady Windermere hinüber. Während des Sprechens streckt sie die Hände nach ihr aus, wagt sie aber nicht zu berühren)*: Sie können von mir denken, was Sie wollen. Ich bin keiner Teilnahme wert. Aber Sie dürfen Ihr schönes, junges Leben um meinetwillen nicht zerstören! Sie ahnen ja nicht, was Ihnen alles bevorsteht, wenn Sie dies Haus nicht sofort verlassen. Sie wissen nicht, was es heißt, in die Tiefe hinabzustürzen, verachtet, bespöttelt, gemieden, über die Achsel angesehen zu werden – ausgestoßen zu sein aus der Gesellschaft! Überall findet man verschlossene Türen, auf ekelhaften Schleichwegen muss man sich einschleichen, man vergeht vor Angst, dass einem die Maske jeden Augenblick vom Gesicht gerissen wird. Und immer das Lachen der Welt zu hören, dies fürchterliche Hohnlachen der Welt – ein Lachen, tausendmal tragischer als alle Tränen, die die Welt jemals vergossen hat! Sie wissen nicht, was das alles bedeutet! Man zahlt für seine Sünden, und dann zahlt man wieder, und sein ganzes Leben lang muss man zahlen. Von alledem dürfen Sie niemals etwas erfahren. Ich aber – wenn Leiden eine Buße ist – habe in diesem Augenblick alle meine Fehler gebüßt, wie schlimm sie auch gewesen sein mögen. Sie haben heute in einem Menschen, der nie von einem Herzen wusste, das Herz erweckt – und dann gebrochen. Aber darauf kommt es nicht an. Mein eigenes Leben mag ich ja zugrunde gerichtet haben – aber Ihr Leben lasse ich Sie nicht zerstören. Sie – mein Gott, Sie sind ja noch ein halbes Kind – Sie wären verloren. Sie sind nicht eine Frau, die sich wieder in die Höhe zu bringen wüsste. Sie besitzen weder die Schlauheit noch den Mut dazu. Sie können Ehrlosigkeit nicht ertragen. Nein! Kehren Sie um, Lady Windermere. Gehen Sie zu dem Mann, der Sie liebt, und den Sie lieben. Sie haben ein Kind, Lady Windermere! Kehren Sie um, Lady Windermere, zu dem Kind, das vielleicht gerade jetzt in Freude oder Schmerz nach Ihnen ruft! *(Lady Winder-*

mere erhebt sich.) Gott hat Ihnen das Kind gegeben. Er fordert von Ihnen, dass Sie sein Leben schön gestalten, dass Sie über ihm wachen. Was wollen Sie Gott antworten, wenn sein Leben zerstört ist – durch Sie zerstört ist! Zurück, Lady Windermere, zurück in Ihr Heim – Ihr Gatte liebt Sie. Keinen Augenblick ist die Liebe zu Ihnen aus seinem Herzen gewichen. Aber selbst wenn er tausend Liebschaften hätte, Sie müssten bei Ihrem Kind ausharren. Wenn er hart gegen Sie wäre – Sie müssten bei Ihrem Kind ausharren. Wenn er Sie misshandelte, Sie müssten bei Ihrem Kind ausharren! Wenn er Sie verließe, Ihr Platz ist bei Ihrem Kind!

LADY WINDERMERE *(bricht in Tränen aus und verbirgt ihr Gesicht in den Händen).*

MRS. ERLYNNE *(zu ihr eilend)*: Lady Windermere – –

LADY WINDERMERE *(hilflos wie ein Kind die Hände ausstreckend)*: Bringen Sie mich nach Hause.

MRS. ERLYNNE *(will sie umarmen, hält sich gewaltsam zurück; ein Schimmer verklärter Freude gleitet über ihre Züge)*: Kommen Sie! Wo ist Ihr Mantel? *(Holt ihn vom Sofa.)* Legen Sie ihn um. So, und nun kommen Sie schnell. *(Sie gehen zur Tür.)*

LADY WINDERMERE: Halt – hören Sie da nicht Stimmen?

MRS. ERLYNNE: Nein! Nein! Es ist niemand da!

LADY WINDERMERE: Doch – es ist jemand da. Hören Sie! O mein Gott, das ist die Stimme meines Mannes! Er kommt hierher. Retten Sie mich! … Ha – das ist eine abgekartete Sache – Sie haben ihn holen lassen. *(Stimmengewirr draußen.)*

MRS. ERLYNNE: Schweigen Sie! Zu Ihrer Rettung bin ich hier – wenn ich Sie retten kann. Aber ich fürchte fast, es ist zu spät. Dorthin! *(Sie zeigt auf den Fenstervorhang.)* Bei der ersten Gelegenheit schlüpfen Sie hinaus – bei der ersten Möglichkeit, die sich Ihnen zeigt.

LADY WINDERMERE: Und Sie?

MRS. ERLYNNE: Kümmern Sie sich nicht um mich! Ich werde mit ihnen schon fertig werden.

LADY WINDERMERE *(verbirgt sich hinter dem Vorhang).*

LORD LORTON *(draußen)*: Ach Unsinn, Unsinn, lieber Windermere – du musst mit hereinkommen.

MRS. ERLYNNE: Lord Augustus? Dann bin ich es, die verloren ist! *(Zögert, sieht sich um, erblickt die Türe rechts, geht durch diese ab.)*

DUMBY *(mit Lord Darlington, Lord Windermere, Lord Lorton und Graham eintretend)*: Blödsinn – uns schon so früh die Türen im Klub vor der Nase zuzuschlagen. Es ist ja erst zwei Uhr. *(Lässt sich in einen Stuhl sinken.)* Der schönste Teil vom Abend fängt ja eigentlich erst an. *(Gähnt und schließt die Augen.)*

LORD WINDERMERE: Es ist ja sehr nett von Ihnen, Lord Darlington, dass Sie Lord Augustus gestatten, Ihnen unsere Gesellschaft aufzudrängen – aber ich fürchte, ich kann nicht mehr lange bleiben.

LORD DARLINGTON: Ach wirklich? Schade. Aber eine Zigarre nehmen Sie doch wenigstens, nicht wahr?

LORD WINDERMERE: Danke bestens. *(Setzt sich.)*

LORD LORTON: Nicht im Traum darfst du daran denken, jetzt nach Hause zu gehen, alter Junge. Ich habe noch eine Menge Sachen mit dir zu besprechen – lauter verdammt wichtige Sachen. *(Setzt sich zu ihm an den Tisch links.)*

GRAHAM: Na – wissen wir ja alle, worum es sich handelt. Gusti redet doch von nichts anderem als von Mrs. Erlynne.

LORD WINDERMERE: Das geht dich ja auch weiter nichts an, Cecil, nicht wahr?

GRAHAM: Nein. Deswegen interessiert es mich ja eben. Meine eigenen Angelegenheiten langweilen mich immer zu Tode. Darum ziehe ich fremde vor.

LORD DARLINGTON: Wollt ihr denn nichts trinken, Kinder? Cecil, nimmst du etwas Sodawasser und Whisky?

GRAHAM: Ich danke. *(Geht mit Darlington zum Tisch.)* Mrs. Erlynne hat heute Abend sehr hübsch ausgesehen, nicht wahr?

LORD DARLINGTON: Ich gehöre nicht zu ihren Bewunderern.

GRAHAM: Früher gehörte ich auch nicht dazu – aber jetzt bin ich einer. Sie hat mich tatsächlich gezwungen, sie meiner armen, guten Tante Karoline vorzustellen. Ich glaube, sie wird sogar bei ihr lunchen.

LORD DARLINGTON *(erstaunt)*: Nicht möglich!

GRAHAM: Ja, wirklich.

LORD DARLINGTON: Ihr müsst mich einen Augenblick entschuldigen. Ich reise morgen weg und muss daher noch ein paar Briefe erledigen. *(Setzt sich an den Schreibtisch.)*

DUMBY: Kluge Frau, diese Mrs. Erlynne.

GRAHAM: Wach auf, Dumby! ... Ich dachte, du schliefst.

DUMBY: Ich schlafe auch – schlafe ja überhaupt meistens.

LORD LORTON: Eine sehr kluge Frau. Weiß ganz genau, was für ein verdammter Narr ich bin. Sie weiß es ebenso gut wie ich selbst. *(Zu Graham, der lachend auf ihn zukommt.)* Ja, du hast gut lachen, mein Junge – es ist aber doch eine große Sache, wenn man einer Frau in den Weg läuft, die einen durch und durch versteht.

DUMBY: Eine gefährliche Sache ist das! So was endet immer mit einer Ehe.

GRAHAM: Aber ich dachte, Gusti, du wolltest sie nie in deinem Leben wiedersehen? ... Du hast mir's doch erst gestern Abend im Klub gesagt. Du hast mir erzählt, dir wäre zu Ohren gekommen – *(Spricht im Flüsterton weiter.)*

LORD LORTON: Ach das – das hat sie aufgeklärt!

GRAHAM: Und die Wiesbadner Geschichte?

LORD LORTON: Die hat sie auch aufgeklärt.

DUMBY: Und ihr Einkommen, Gusti, hat sie das auch aufgeklärt?

LORD LORTON *(in sehr ernstem Ton)*: Das will sie mir morgen erklären. *(Graham zum Mitteltisch.)*

DUMBY: Scheußlich geschäftsmäßig – die Weiber heutzutage. Unsere Großmütter haben sich ja wohl auch dann und wann mal einen kleinen Seitensprung gestattet – aber, hol's der Teufel, ihre Enkelinnen lassen sich auf nichts ein, wenn es ihnen nicht etwas abwirft.

LORD LORTON: Du willst sie durchaus als eine schlechte Frau hinstellen. Das ist sie nicht.

GRAHAM: Ach – schlechte Weiber plagen einen zu Tode, und gute langweilen einen zu Tode. Das ist der einzige Unterschied zwischen ihnen.

LORD LORTON *(den Zigarrenrauch vor sich hin paffend)*: Mrs. Erlynne hat eine Zukunft vor sich.

DUMBY: Mrs. Erlynne hat eine Vergangenheit hinter sich.

LORD LORTON: Mir sind nun einmal Frauen mit einer Vergangenheit lieber. Man kann sich so verdammt nett mit ihnen unterhalten.

GRAHAM: Na, da wirst du ja genug Gesprächsstoff mit ihr haben, Gusti. *(Erhebt sich, geht auf ihn zu.)*

LORD LORTON: Du wirst anzüglich, alter Junge – du wirst sogar verdammt anzüglich.

GRAHAM *(ihm die Hand auf die Schulter legend)*: Lass nur gut sein, Gusti. Deine gute Figur und deinen guten Ruf bist du schon los. Jetzt verlier nicht auch noch deine gute Laune – sonst hast du überhaupt nichts Gutes mehr!

LORD LORTON: Mein lieber Junge, wenn ich nicht der gutmütigste Mensch in ganz London wäre …

GRAHAM: Dann würden wir dich mit etwas mehr Respekt behandeln – das wolltest du doch sagen, Gusti? *(Geht beiseite.)*

DUMBY: Die Jugend von heute ist geradezu himmelschreiend. Sie hat absolut keine Achtung mehr vor gefärbtem Haar. *(Lord Lorton sieht sich ärgerlich im Kreis um.)*

GRAHAM: Mrs. Erlynne hat einen kolossalen Respekt vor unserem lieben Gusti.

DUMBY: Dann gibt Mrs. Erlynne ihren Geschlechtsgenossinnen ein nachahmenswertes Beispiel. Es ist geradezu brutal, wie die meisten Frauen heutzutage mit Männern umgehen, die nicht mit ihnen verheiratet sind.

LORD WINDERMERE: Dumby, du machst dich lächerlich, und du, Cecil, hast heute eine reichlich lose Zunge! Mrs. Erlynne solltest du lieber in Ruhe lassen. Im Grunde genommen weißt du ja gar nichts von ihr – und doch erzählst du fortwährend Skandalgeschichten über sie.

GRAHAM *(auf ihn zugehend)*: Mein lieber Arthur, ich erzähle nie Skandalgeschichten. Ich wiederhole nur Klatsch.

LORD WINDERMERE: Was ist denn der Unterschied zwischen Skandal und Klatsch?

GRAHAM: Klatsch ist etwas ganz Reizendes – die ganze Weltgeschichte ist ja nichts anderes als Klatsch. Skandal aber ist ein durch Moralfexerei langweilig gemachter Klatsch. Ich für mein Teil moralisiere nie. Ein moralisierender Mann ist gewöhnlich ein Heuchler – eine moralisierende Frau ist unweigerlich hässlich. Nichts auf der Welt kleidet eine Frau so schlecht, als wenn sie Ethik predigt. Und das wissen auch die meisten Frauen – glücklicherweise!

LORD LORTON: Ganz meine Ansicht, lieber Junge, ganz meine Ansicht!

GRAHAM: Das tut mir, offen gestanden, leid, Gusti. Wenn andere meine Meinung teilen, dann habe ich immer das Gefühl, im Unrecht zu sein.

LORD LORTON: Lieber, bester Junge, als ich in deinem Alter war …

GRAHAM: Das bist du aber niemals gewesen, Gusti, und wirst es auch niemals sein. Darlington, gib uns doch mal Karten her. Du spielst doch auch, Arthur, nicht wahr?

LORD WINDERMERE: Nein, ich danke schön.

DUMBY *(seufzend)*: Grundgütiger Himmel, wie die Ehe einen Mann doch herunterbringt! Sie ist ebenso entsittlichend wie Zigaretten – nur noch viel kostspieliger.

GRAHAM: Du spielst doch natürlich mit, Gusti?

LORD LORTON *(sich zum Trinken eingießend)*: Kann nicht, lieber Freund, habe Mrs. Erlynne feierlich versprochen, nie wieder Karten zu spielen oder zu trinken. *(Trinkt.)*

GRAHAM: Mein geliebter Gusti, lass dich jetzt bloß nicht noch auf den Irrpfad der Tugend locken! In gebessertem Zustand wärst du unerträglich langweilig. Das ist ja das Schlimmste bei den Weibern: sie wollen uns zu Tugendbolden machen. Sind wir aber, wenn sie uns kennenlernen, schon tugendhaft, dann haben sie überhaupt nichts für uns übrig. Sie wollen uns lieber heillos schlecht vorfinden und hoffnungslos anständig zurücklassen.

LORD DARLINGTON *(vom Schreibtisch aufstehend)*: Wenn sie uns aufgabeln, sind wir immer schlecht.

DUMBY: Schlecht sind wir, glaube ich, wirklich nicht. Wir sind alle gut – Gusti natürlich ausgenommen.

LORD DARLINGTON: Nein, wir waten alle in der Gosse – aber einige von uns blicken sehnsüchtig zu den Sternen auf. *(Setzt sich an den Mitteltisch.)*

DUMBY: Wir waten alle in der Gosse, aber einige blicken sehnsüchtig zu den Sternen auf? … Mein Ehrenwort – du bist heute Abend sehr romantisch.

GRAHAM: Viel zu romantisch. Du musst verliebt sein. Wie heißt das Mädel?

LORD DARLINGTON *(mit instinktivem Blick auf Lord Windermere)*: Die Frau, die ich liebe, ist nicht frei – wenigstens glaubt sie, nicht frei zu sein.

GRAHAM: Aha – also eine verheiratete Frau. Es geht doch nichts in der Welt über die hingebende Liebe einer verheirateten Frau – das ist eine Sache, von der ein verheirateter Mann keine Ahnung hat.

LORD DARLINGTON: O nein, sie liebt mich nicht. Sie ist eine anständige Frau – die einzige anständige Frau, der ich im Leben begegnet bin.

GRAHAM: Die einzige anständige Frau, der du im Leben begegnet bist?

LORD DARLINGTON: Jawohl.

GRAHAM *(eine Zigarette anzündend)*: Du bist wirklich ein Glückspilz, das muss ich sagen. Ich habe Hunderte von anständigen Frauen kennengelernt. Es kommt mir wirklich so vor, als ob mir überhaupt nur anständige Frauen in den Weg liefen. Die Welt ist ja vollgepfropft mit anständigen Frauen. Sie kennenzulernen, ist ja simpler Elementarunterricht.

LORD DARLINGTON: Die Frau, von der ich spreche, besitzt noch Reinheit und Unschuld – alles, was wir Männer längst verloren haben.

GRAHAM: Aber, bester Junge, was in aller Welt sollten wir mit Reinheit und Unschuld anfangen? Ein gut sitzender Frack ist tausend Mal mehr wert.

DUMBY: Nach alledem liebt sie dich also eigentlich gar nicht?

LORD DARLINGTON: Nein, sie liebt mich nicht.

DUMBY: Dann gratuliere ich, lieber Junge. Auf dieser Erde gibt es nur zwei Sorten von Tragödien. Die eine besteht darin, dass man das, was man haben will, nicht bekommt – die andere darin, dass man es kriegt. Die zweite ist bei Weitem die schlimmere, sie ist die wahre Tragödie. Aber das ist mir ja sehr interessant, dass sie dich nicht liebt. Cecil, wie lange könntest du eine Frau lieben, die dich nicht liebt?

GRAHAM: Eine Frau, die mich nicht liebt? Oh, die könnt ich mein ganzes Leben lang lieben.

DUMBY: Ich auch. Nur findet man so schwer eine.

LORD DARLINGTON: Wie kann man nur so eingebildet sein, Dumby?

DUMBY: Als Einbildung war es gar nicht gemeint – es war ein Ausfluss aufrichtigen Bedauerns. Ich bin in meinem Leben leidenschaftlich, bis zum Wahnsinn angebetet worden – leider. Es war furchtbar lästig. Hin und wieder möchte ich doch auch ein bisschen Zeit für mich selbst haben.

LORD LORTON *(sich umsehend)*: Zeit zu deiner Erziehung offenbar, nicht wahr?

DUMBY: Nein – Zeit, all das zu vergessen, was ich gelernt habe. Das ist viel, viel wichtiger. *(Lord Lorton rückt unruhig hin und her.)*

LORD DARLINGTON: Was für Zyniker ihr Kerle doch seid!

GRAHAM: Was ist eigentlich ein Zyniker?

LORD DARLINGTON: Ein Mensch, der von allem den Preis und von nichts den Wert kennt.

GRAHAM: Und ein sentimentaler Mensch, mein lieber Darlington, ist einer, der überall einen lächerlich hohen Wert sieht und nie den Marktpreis kennt.

LORD DARLINGTON: Du hast für mich immer etwas Erheiterndes, Cecil. Du redest ja, als ob du ein Mann von Erfahrung wärst.

GRAHAM: Bin ich auch. *(Zum Kamin.)*

LORD DARLINGTON: Dazu bist du viel zu jung.

GRAHAM: Das ist ein großer Irrtum. Die Erfahrung ist eine Frage des Lebensinstinktes. Den besitze ich. Gusti hat ihn nicht. Erfahrung ist der Name, den Gusti seinen Fehlern beilegt. Das ist alles. *(Lord Lorton sieht sich empört im Kreis um.)*

DUMBY: Erfahrung ist der Name, mit dem jeder seine Dummheiten bezeichnet.

GRAHAM: Man sollte eben keine begehen. *(Sieht Lady Windermeres Fächer auf dem Sofa.)*

DUMBY: Ohne Dummheiten wäre das Leben recht langweilig.

GRAHAM: Der Frau, die du liebst, hältst du natürlich unverbrüchliche Treue, nicht wahr – der bewussten anständigen Frau?

LORD DARLINGTON: Cecil – wenn man eine Frau wirklich liebt, dann bedeuten einem alle anderen auf der Welt gar nichts mehr. Die Liebe macht einen ganz anderen Menschen aus uns. Ich bin ein anderer Mensch geworden.

GRAHAM: Donnerwetter! Das ist ja riesig interessant! Gusti! Ich habe dir etwas zu sagen. *(Lord Lorton hört nicht.)*

DUMBY: Gusti etwas zu sagen hat keinen Sinn. Da kannst du ebenso gut mit einem Stück Holz sprechen.

GRAHAM: Ich spreche besonders gern mit Holzstücken – die sind das Einzige auf der Welt, was mir nicht widerspricht. Gusti!

LORD LORTON: Was ist denn los? Was ist denn los? *(Erhebt sich; geht zu Graham.)*

GRAHAM: Komm doch mal her! Ich will was von dir. *(Leise zu ihm.)* Jetzt hat Darlington fortwährend Moralpredigten gehalten und von der Reinheit der wahren Liebe geredet und solches Zeug – und dabei hat er die ganze Zeit ein Weib in seiner Wohnung.

LORD LORTON: Nein! Wirklich? Nicht möglich, nicht möglich!

GRAHAM *(leise)*: Jawohl – da liegt ihr Fächer. *(Deutet darauf.)*

LORD LORTON *(kichernd)*: Ei verflucht! Ei verflucht!

LORD WINDERMERE *(an der Tür)*: Ich muss jetzt aber wirklich gehen, Lord Darlington. Schade, dass Sie so bald verreisen. Wenn Sie wiederkommen, besuchen Sie uns doch? Meine Frau und ich werden uns sehr freuen.

LORD DARLINGTON *(mit Windermere nach hinten)*: Ich denke, ich werde viele Jahre wegbleiben. Gute Nacht!

GRAHAM: Arthur –

LORD WINDERMERE: Was denn?

GRAHAM: Ich muss mit dir noch einen Augenblick sprechen. So komm doch einmal her.

LORD WINDERMERE *(seinen Überzieher anziehend)*: Ich kann wirklich nicht – ich muss fort.

GRAHAM: Es ist etwas sehr Wichtiges, wird dich kolossal interessieren.

LORD WINDERMERE *(lächelnd)*: Irgendein Unsinn natürlich, Cecil!

GRAHAM: Nein, durchaus nicht – wirklich nicht.

LORD LORTON *(zu Windermere gehend)*: Du darfst jetzt noch nicht gehen, lieber Freund. Ich habe noch eine Unmasse mit dir zu besprechen. Cecil will dir ja auch noch was zeigen.

LORD WINDERMERE *(vorkommend)*: Na, meinetwegen. Worum handelt es sich also?

GRAHAM: Darlington hat ein Weib in seiner Wohnung. Da liegt ihr Fächer. Amüsant, nicht wahr? *(Pause.)*

LORD WINDERMERE: Um Gottes willen! *(Ergreift den Fächer. Dumby erhebt sich.)*

GRAHAM: Was ist denn los?

LORD WINDERMERE: Lord Darlington!

LORD DARLINGTON *(sich ihm zuwendend)*: Ja?

LORD WINDERMERE: Wie kommt der Fächer meiner Frau in Ihre Wohnung? Lass los, Cecil – rühr mich nicht an.

LORD DARLINGTON: Der Fächer Ihrer Gattin?

LORD WINDERMERE: Jawohl – da ist er.

LORD DARLINGTON *(auf ihn zugehend)*: Das weiß ich nicht.

LORD WINDERMERE: Sie müssen es wissen! Ich verlange eine Erklärung. *(Zu Graham.)* Lass mich doch los, du Dummkopf.

LORD DARLINGTON *(beiseite)*: Sie ist also wirklich da?

LORD WINDERMERE: Sie sollen mir Rede stehen, mein Herr! Wie kommt der Fächer meiner Frau hierher? Antworten Sie! Ich werde Ihre Wohnung durchsuchen, und wenn meine Frau da ist – dann – dann werde ich … *(Will suchen.)*

LORD DARLINGTON: Sie werden meine Wohnung nicht durchsuchen. Dazu haben Sie kein Recht. Ich verbiete es Ihnen.

LORD WINDERMERE: Sie Schurke! Ich werde Ihre Wohnung nicht verlassen, ehe ich nicht jeden Winkel durchsucht habe. Was bewegt sich dort hinter der Gardine? *(Stürzt zum Vorhang.)*

MRS. ERLYNNE *(von rechts eintretend)*: Lord Windermere!

LORD WINDERMERE: Sie – Mrs. Erlynne? *(Alle wenden sich ihr verwundert zu; Lady Windermere gleitet hinter der Gardine hervor und entschlüpft.)*

MRS. ERLYNNE: Ich habe beim Weggehen aus Ihrem Haus den Fächer Ihrer Gattin irrtümlich mit meinem vertauscht. Es ist mir wirklich unangenehm! *(Nimmt den Fächer aus seiner Hand. Lord Windermere misst sie mit Verachtung. Lord Darlington schwankt zwischen Staunen und Ärger. Lord Lorton wendet sich ab. Die übrigen lachen einander verstohlen an.)*

(Vorhang.)

Vierter Akt

Szenerie des ersten Aktes.

LADY WINDERMERE *(auf dem Sofa liegend)*: Wie soll ich's ihm sagen? Ich kann es nicht. Es wäre mein Tod. Was wohl geschehen sein mag, nachdem ich aus dem entsetzlichen Zimmer fort war? Vielleicht hat sie ihnen den wahren Grund ihrer Anwesenheit gesagt – und was für eine fürchterliche Bewandtnis es mit meinem Fächer hat. O Gott – wenn er alles weiß, wie soll ich ihm wieder unter die Augen treten? Er wird es mir nie verzeihen. *(Läutet.)* Man lebt dahin und wiegt sich in Sicherheit – fern von aller Versuchung, von aller Sünde, von allem Wahn – und dann auf einmal ... Ach – das Leben ist grauenhaft. Das Leben beherrscht uns – nicht wir das Leben!

ROSALIE: Mylady haben geläutet?

LADY WINDERMERE: Jawohl. Haben Sie ausfindig machen können, wann Lord Windermere gestern nach Hause gekommen ist?

ROSALIE: Mylord sind erst um fünf Uhr zurückgekommen.

LADY WINDERMERE: Um fünf? Er hat heute Morgen an meine Tür geklopft, nicht wahr?

ROSALIE: Jawohl, Mylady – um halb zehn. Ich habe ihm gesagt, Mylady seien noch nicht wach.

LADY WINDERMERE: Hat er etwas gesagt?

ROSALIE: Jawohl, Mylady – etwas über Myladys Fächer. Ich habe es nicht recht verstanden, was Mylord sagten. Haben Mylady den Fächer denn verloren? Ich kann ihn nirgends finden, und Parker sagt, in einem der Zimmer wäre er nicht liegen geblieben. Er hat überall gesucht – auch auf der Terrasse.

LADY WINDERMERE: Das macht nichts. Parker soll sich darum nicht beunruhigen. Es ist gut, Rosalie. *(Rosalie ab.)*

LADY WINDERMERE: Sie wird ihm sicher alles sagen. Ich kann mir wohl denken, dass ein Mensch einen erhabenen Akt der Selbstaufopferung ausführt – spontan, ohne die Folgen zu bedenken, in einer edelmütigen Aufwallung – und dann hinterher merkt, dass es ihm doch zu teuer zu stehen kommt. Warum sollte sie zwischen ihrem und meinem Ruin schwanken? … Wie seltsam doch das alles ist! Ich wollte sie in meinem Haus öffentlich bloßstellen – sie nimmt in einem fremden die öffentliche Bloßstellung auf sich, um mich zu retten … Eine bittere Ironie liegt in den Dingen, eine bittere Ironie in unserer Art, von guten und schlechten Frauen zu reden … Oh, welch harte Lehre! Das Schlimmste dabei ist, dass wir unsere Lehren im Leben erst dann erhalten, wenn sie uns nicht mehr von Nutzen sind. Ja, selbst wenn sie's ihm nicht sagt – so muss ich es tun. Oh, mein Gott, welche Schande für mich, welch entsetzliche Schande! Es gestehen ist dasselbe wie es noch einmal durchleben. Was wir tun, ist die erste Tragödie im Leben – was wir dann sagen, die zweite. Vielleicht sind Worte sogar die schlimmere. Worte sind mitleidlos … Oh, mein Gott! *(Sie zuckt zusammen, da Lord Windermere eintritt.)*

LORD WINDERMERE: Margarete *(küsst sie)*, du siehst ja so blass aus?

LADY WINDERMERE: Ich habe sehr schlecht geschlafen.

LORD WINDERMERE *(sich zu ihr aufs Sofa setzend)*: Das tut mir wirklich leid. Ich bin scheußlich spät nach Hause gekommen, und ich wollte dich nicht noch wecken. Du weinst ja, liebes Kind?

LADY WINDERMERE: Ja, ich weine – ich habe dir etwas zu sagen, Arthur.

LORD WINDERMERE: Mein liebes Kind, dir fehlt offenbar etwas. Du hast dich überanstrengt. Lass uns aufs Land gehen. In Selby wirst du dich erholen. Die Saison ist ja ohnedies so gut wie vorüber. Es hat keinen Zweck, noch länger in der Stadt zu bleiben. Armer Liebling! Wir können gleich heute reisen, wenn es dir passt. *(Erhebt sich.)* Den 3-Uhr-40-Zug erreichen wir noch ganz bequem. Ich will sofort an Fannen telegrafieren. *(Setzt sich an den Schreibtisch und schreibt ein Telegramm.)*

LADY WINDERMERE: Ja, lass uns gleich heute gehen … Nein – heute kann ich nicht. Ich muss noch mit jemand sprechen, ehe ich fortgehe – jemand, der gut zu mir gewesen ist.

LORD WINDERMERE *(sich erhebend und über die Sofalehne neigend)*: Gut zu dir?

LADY WINDERMERE *(geht zu ihm)*: Viel mehr als das. Ich werde dir alles erzählen, Arthur. Aber du musst mich lieb haben, Arthur – du musst mich lieben, wie du mich früher geliebt hast.

LORD WINDERMERE: Früher? Du denkst wohl an die scheußliche Person, die gestern Abend bei uns war? *(Setzt sich zu ihr.)* Du kannst doch unmöglich noch immer glauben, dass … Nein, das ist ja nicht möglich.

LADY WINDERMERE: Ich glaube nichts. Ich weiß jetzt, wie kindisch ich war und wie unrecht ich dir getan habe.

LORD WINDERMERE: Es war sehr freundlich von dir, dass du sie gestern Abend empfangen hast – aber du sollst sie nie wieder zu Gesicht bekommen.

LADY WINDERMERE: Warum denn nicht? *(Pause.)*

LORD WINDERMERE *(ihre Hand haltend)*: Ich dachte, Mrs. Erlynne gehöre zu den Frauen, an denen mehr gesündigt worden ist, als sie gesündigt haben – wie die Phrase lautet. Ich dachte, sie wollte wieder ehrbar werden, sich den Platz zurückerobern, den sie in einem Augenblick der Verblendung verloren hat, wieder ein anständiges Leben führen. Ich habe ihr alles geglaubt, was sie mir gesagt hat. Ich habe mich aber in ihr getäuscht. Sie ist schlecht – so schlecht, wie ein Weib nur sein kann.

LADY WINDERMERE: Arthur, Arthur, so hart solltest du über keine Frau urteilen. Ich bin jetzt nicht mehr der Ansicht, dass die Menschen in gute und böse eingeteilt werden dürfen wie in zwei verschiedene Rassen. Die sogenannten anständigen Frauen sind innerlich vielleicht auch leichtsinnig, voll selbstgefälliger Rechthaberei, Eifersucht, Sünde. Die aber, die für schlechte Frauen gelten, tragen Leid und Kummer, Reue, Mitgefühl, Aufopferungsfähigkeit im Herzen. Ich glaube wirklich nicht, dass Mrs. Erlynne eine schlechte Frau ist. Ich weiß es sogar, dass sie es nicht ist.

LORD WINDERMERE: Geliebtes Kind, die Frau ist einfach unmöglich. Ganz gleich, was für Unannehmlichkeiten sie uns auch zu bereiten sucht – du darfst nie wieder mit ihr zusammenkommen. Sie ist überall unmöglich.

LADY WINDERMERE: Ich will sie aber sehen. Sie soll wieder zu uns kommen.

LORD WINDERMERE: Niemals!

LADY WINDERMERE: Das erste Mal ist sie als dein Gast hergekommen – jetzt will ich sie als meinen Gast empfangen. Das ist nur recht und billig.

LORD WINDERMERE: Wäre sie doch lieber niemals gekommen!

LADY WINDERMERE *(sich erhebend)*: Das zu sagen, Arthur, ist jetzt zu spät. *(Zur Mitte.)*

LORD WINDERMERE *(sich erhebend)*: Margarete, wenn du eine Ahnung hättest, wohin Mrs. Erlynne gegangen ist, nachdem sie unser Haus verlassen hatte – du würdest niemals wieder unter einem Dach mit ihr zusammenkommen. Geradezu unerhört und schamlos ist die ganze Sache.

LADY WINDERMERE: Arthur, ich kann es nicht länger ertragen – ich muss es dir sagen! Gestern Abend …

PARKER *(mit Lady Windermeres Fächer und einer Karte auf einem Tablett, tritt ein)*: Mrs. Erlynne hat vorgesprochen, um Myladys Fächer zurückzubringen, den sie gestern Abend versehentlich mitgenommen hat. Mrs. Erlynne hat etwas auf die Karte geschrieben.

LADY WINDERMERE: Oh – Mrs. Erlynne soll doch die Güte haben, näher zu treten. *(Liest die Karte.)* Ich werde mich sehr freuen. *(Parker ab.)* Sie wünscht mich zu sprechen, Arthur.

LORD WINDERMERE *(die Karte nehmend und lesend)*: Margarete, ich bitte dich, tu es nicht. Für alle Fälle lass mich sie zuerst empfangen. Sie ist eine sehr gefährliche Frau, vielleicht die gefährlichste Frau, die ich kenne. Du weißt wirklich nicht, was du damit tust.

LADY WINDERMERE: Die Höflichkeit erfordert es doch, dass ich sie empfange.

LORD WINDERMERE: Liebes Kind, du stehst vielleicht vor einem großen Kummer – fordere ihn nicht unnötig heraus. Ich muss unbedingt mit ihr sprechen, ehe du sie siehst.

LADY WINDERMERE: Warum wäre das so unumgänglich notwendig?

PARKER *(meldet)*: Mrs. Erlynne! *(Ab.)*

MRS. ERLYNNE: Guten Tag, Lady Windermere! *(Zu Lord Windermere.)* Wie geht es Ihnen? Die Sache mit Ihrem Fächer ist mir sehr unangenehm. Ich kann gar nicht begreifen, wie ich mich so habe täuschen können. Eine unglaubliche Dummheit von mir. Da ich nun gerade hier vorbeifahren musste, dachte ich mir, ich könnte die Gelegenheit gleich benützen, Ihnen Ihr Eigentum mit vielen Entschuldigungen für meine Unachtsamkeit zurückzuerstatten – und mich gleich von Ihnen zu verabschieden.

LADY WINDERMERE: Verabschieden? Sie wollen fort, Mrs. Erlynne? *(Setzt sich mit ihr aufs Sofa.)*

MRS. ERLYNNE: Ja, ich habe mich entschlossen, wieder im Ausland zu leben. Das englische Klima sagt mir nicht sonderlich zu. Mein – Herz wird davon angegriffen, und das hab ich nicht gern. Ich ziehe das Leben im Süden vor. In London gibt es zu viel Nebel und zu viel seriöse Menschen, Lord Windermere. Ob nun die seriösen Menschen eine Folge des Nebels sind oder ob die seriösen Leute den Nebel hervorbringen – das weiß ich nicht, aber die ganze Sache geht mir doch sehr auf die Nerven. Und so reise ich denn heute Nachmittag mit dem Pariser Express ab.

LADY WINDERMERE: Heute Nachmittag schon? Und ich wollte Sie doch noch unter allen Umständen besuchen.

MRS. ERLYNNE: Wie freundlich von Ihnen – aber ich fürchte, ich muss fort.

LADY WINDERMERE: Soll ich Sie denn niemals wiedersehen, Mrs. Erlynne?

MRS. ERLYNNE: Wohl kaum. Unsere Lebenswege liegen zu weit auseinander. Aber wenn Sie etwas für mich tun wollen, dann möchte ich Sie um eins bitten: Ich hätte so gern ein Bild von Ihnen, Lady Windermere. Wollen Sie mir eins schenken? Sie glauben gar nicht, wie dankbar ich Ihnen dafür wäre.

LADY WINDERMERE: Aber gewiss, mit Vergnügen. *(Erhebt sich und geht an den Schreibtisch.)* Da steht eins auf dem Tisch, ich will es Ihnen zeigen.

LORD WINDERMERE *(beiseite zu Mrs. Erlynne)*: Es ist geradezu unerhört, dass Sie hier einzudringen wagen – nach Ihrem Betragen von gestern Nacht.

MRS. ERLYNNE *(zuckt lächelnd die Schultern)*: Erst Manieren, dann Moral, mein lieber Windermere.

LADY WINDERMERE *(zurück)*: Das Bild ist, fürchte ich, gar zu geschmeichelt – so hübsch bin ich nicht. *(Zeigt ihr das Bild.)*

MRS. ERLYNNE: Sie sind noch viel hübscher. Haben Sie aber nicht eins, auf dem Sie mit Ihrem kleinen Jungen sind?

LADY WINDERMERE: Gewiss, das habe ich auch. Wäre Ihnen ein solches lieber?

MRS. ERLYNNE: Ja.

LADY WINDERMERE: Wenn Sie mich einen Augenblick entschuldigen wollen, werde ich's Ihnen holen. Ich habe die Bilder oben.

MRS. ERLYNNE: Es tut mir wirklich leid, Lady Windermere, dass ich Ihnen so viel Mühe mache.

LADY WINDERMERE *(an der Tür)*: Das macht mir gar keine Mühe, Mrs. Erlynne.

MRS. ERLYNNE: Ich danke Ihnen herzlich! *(Lady Windermere ab.)* Sie scheinen heute Morgen sehr schlechter Laune zu sein, Windermere. Warum eigentlich? Ihre Frau und ich, wir vertragen uns ja prächtig.

LORD WINDERMERE: Es ist mir furchtbar, Sie mit ihr zusammen zu sehen. Und außerdem, Mrs. Erlynne, Sie haben mir nicht die Wahrheit gesagt.

MRS. ERLYNNE: Ich habe ihr nicht die Wahrheit gesagt – wollen Sie sagen.

LORD WINDERMERE: Manchmal wünschte ich, Sie hätten es getan. Dann wäre mir all das Elend, die Aufregung und Qual der letzten sechs Monate erspart geblieben. Ehe aber meine Frau erfahren hätte, dass ihre Mutter, die man sie als tot zu betrauern gelehrt hat, am Leben ist, dass sie sich als geschiedene Frau unter angenommenem Namen in der Welt umhertreibt und das Leben für einen Raubzug ansieht – habe ich mich lieber herbeigelassen, Sie mit Geld zu versehen, damit Sie Rechnung auf Rechnung, eine Extravaganz nach der anderen bezahlen könnten – habe ich mich dem ausgesetzt, was gestern eingetreten ist, dem ersten Streit, den ich je mit meiner Frau gehabt habe. Sie können nicht begreifen, was das für mich bedeutet. Wie sollten Sie auch? Aber ich kann es Ihnen sagen: Die einzigen bitteren Worte, die jemals über ihre süßen Lippen gekommen sind, sind Ihretwegen gefallen! Ich vermag es nicht zu ertragen, wenn ich Sie in ihrer Nähe sehe. Sie besudeln die Unschuld, die in ihr lebt. Früher habe ich geglaubt, Sie wären trotz all Ihrer Fehler aufrichtig und ehrlich. Sie sind es aber nicht.

MRS. ERLYNNE: Mit welchem Recht sagen Sie das?

LORD WINDERMERE: Sie haben mich veranlasst, Ihnen eine Einladung zum Ball meiner Frau zu verschaffen …

MRS. ERLYNNE: Für den Ball meiner Tochter – ja!

LORD WINDERMERE: Sie sind hierhergekommen – und kaum eine Stunde, nachdem Sie dies Haus verlassen haben, werden Sie schon in der Wohnung eines Mannes angetroffen. Sie sind vor aller Augen bloßgestellt. *(Nach hinten.)*

MRS. ERLYNNE: Jawohl.

LORD WINDERMERE *(sich umwendend)*: Daher habe ich ein Recht, Sie als das zu betrachten, was Sie sind – als ein verdorbenes, lasterhaftes Weib. Ich habe das Recht, Ihnen zu verbieten, mein Haus jemals wieder zu betreten – jemals wieder einen Versuch zu machen, sich meiner Frau zu nähern …

MRS. ERLYNNE *(kühl)*: Meiner Tochter, wollen Sie sagen.

LORD WINDERMERE: Sie haben kein Recht auf sie als Tochter! Sie haben sie verlassen, schmählich im Stich gelassen, als sie noch ein Kind in der Wiege war – um eines Liebhabers willen, der Sie dann verlassen hat.

MRS. ERLYNNE *(sich erhebend)*: Rechnen Sie das ihm als Verdienst an oder mir, Lord Windermere?

LORD WINDERMERE: Ihm – da ich Sie jetzt kenne.

MRS. ERLYNNE: Nehmen Sie sich in Acht – Sie sollten vorsichtiger sein.

LORD WINDERMERE: Ach – ich werde mich mit Ihnen auf keine Debatten einlassen. Ich kenne Sie durch und durch.

MRS. ERLYNNE *(ihm ins Auge sehend)*: Das bezweifle ich!

LORD WINDERMERE: Ich kenne Sie doch. Zwanzig Jahre Ihres Lebens haben Sie ohne Ihr Kind gelebt – ohne einen einzigen Gedanken an Ihr Kind. Eines Tages lesen Sie in der Zeitung, dass sie einen reichen Mann geheiratet hat. Sie haben Ihre widerliche Chance sofort erfasst. Sie wussten, ich würde alles über mich ergehen lassen, um ihr die Schmach zu ersparen, ein Weib wie Sie als Mutter kennenzulernen. Und dann haben Sie Ihr – Erpressungssystem angefangen.

MRS. ERLYNNE *(achselzuckend)*: Sie sollten keine so hässlichen Worte gebrauchen, Windermere – das ist unfein. Ich habe eine Möglichkeit für mich gesehen – das ist allerdings richtig – und sie ergriffen.

LORD WINDERMERE: Ja, und diese Möglichkeit haben Sie sich damit verdorben, dass Sie sich gestern Abend erwischen ließen.

MRS. ERLYNNE *(wehmütig lächelnd)*: Jawohl – gestern Abend habe ich alles verdorben.

LORD WINDERMERE: Und dann Ihre taktlose Unvorsichtigkeit, den Fächer meiner Frau mitzunehmen und in Darlingtons Zimmer liegen zu lassen – das ist einfach unverzeihlich. Schon seinen bloßen Anblick kann ich jetzt nicht mehr vertragen. Meine Frau darf ihn nie wieder in die Hand nehmen. Das Ding kommt mir wie besudelt vor. Sie hätten ihn behalten und nicht wiederbringen sollen.

MRS. ERLYNNE: Ich glaube, ich werde ihn sogar behalten. Er ist ganz besonders hübsch. *(Nimmt den Fächer.)* Ich will Margarete bitten, ihn mir zu schenken.

LORD WINDERMERE: Hoffentlich tut sie's!

MRS. ERLYNNE: Oh – ich bin fest davon überzeugt, sie hat nichts dagegen.

LORD WINDERMERE: Ich wollte, sie gäbe Ihnen bei dieser Gelegenheit auch ein Miniaturbild, das sie jeden Abend vor ihrem Gebet küsst – das Bildchen eines jungen Mädchens mit unschuldigem Gesicht und prachtvollem dunklem Haar –

MRS. ERLYNNE: Ach richtig – jetzt erinnere ich mich. Wie lang das schon her ist! *(Setzt sich.)* Das ist vor meiner Heirat gemalt worden. Dunkle Haare und unschuldige Gesichter waren damals gerade modern, Windermere. *(Pause.)*

LORD WINDERMERE: Was denken Sie sich eigentlich dabei, dass Sie heute Morgen herkommen? Was bezwecken Sie damit? *(Setzt sich.)*

MRS. ERLYNNE *(mit einem Unterton von Ironie)*: Ich will mich doch natürlich von meiner lieben Tochter verabschieden. *(Lord Windermere beißt sich ärgerlich auf die Lippe. Mrs. Erlynne betrachtet ihn aufmerksam; ihr Tonfall und Wesen wird ernst. In ihrer Sprechweise liegt etwas tief Tragisches. Für einen kurzen Augenblick offenbart sie ihr Innerstes.)* Sie brauchen nicht zu denken, dass ich jetzt eine große Rührszene vor ihr aufführen werde, mich an ihrer Brust ausweine, ihr erzähle, wer ich bin, und was noch alles dazu gehört.

Mein Ehrgeiz steht nicht nach Mutterrollen. Nur einmal in meinem Leben habe ich das Muttergefühl kennengelernt, das war gestern Abend. Furchtbar war das – es hat wehgetan, zu weh. Zwanzig Jahre lang, wie Sie sehr richtig sagen, habe ich ohne Kind gelebt. Ich will auch weiter ohne mein Kind leben. *(Verbirgt ihr Gefühl durch ein leichtfertiges, erzwungenes Lächeln.)* Und dann noch eins, mein lieber Windermere – wie könnte ich mich denn zu einer erwachsenen Tochter bekennen?! Margarete ist einundzwanzig Jahre alt – ich habe nie mehr als neunundzwanzig, höchstens dreißig Jahre zugegeben. Neunundzwanzig bei rosa Lampenschirmen – dreißig, wenn keine da waren. Sie sehen, das würde allerlei Schwierigkeiten machen! Nein, lassen Sie Ihre Frau nur ruhig das Andenken an ihre verstorbene, fleckenlose Mutter in Ehren halten. Warum sollte ich ihr ihre Illusionen zerstören? Es wird mir schwer genug, meine eigenen zu bewahren! Erst gestern Abend habe ich wieder eine verloren. Ich dachte nämlich, ich hätte kein Herz und merkte auf einmal, dass ich doch eins habe. Kleidet mich aber nicht, Windermere. Ich weiß nicht, woran es liegt, aber es passt nicht zu den modernen Toiletten. Es macht alt *(nimmt einen Handspiegel vom Tisch und sieht hinein)* und verdirbt einem in kritischen Momenten die ganze Karriere.

LORD WINDERMERE: Mich ergreift Abscheu vor Ihnen – aufrichtiger Abscheu.

MRS. ERLYNNE *(erhebt sich)*: Mir scheint, Windermere, es wäre Ihnen lieber, wenn ich mich in ein Kloster zurückzöge oder Krankenschwester würde oder so etwas, wie es die Leute immer in albernen modernen Romanen machen. Das ist sehr töricht von Ihnen, Arthur. Im wirklichen Leben macht man solche Sachen nicht – wenigstens nicht, solange man noch einigermaßen gut aussieht. Nein – der wahre Trost liegt heutzutage nicht in der Reue, sondern im Amüsement. Die Reue ist vollkommen veraltet. Und außerdem, wenn eine Frau wirklich zu bereuen anfängt, muss sie sich eine schlechte Schneiderin anschaffen – sonst glaubt es ihr niemand. Dazu könnte mich nichts auf der Welt bringen. Nein, ich werde ganz aus eurem Leben verschwinden. Dass ich es gekreuzt habe, war ein Fehler, das hab ich gestern Abend herausgefunden.

LORD WINDERMERE: Ein verhängnisvoller Fehler.

MRS. ERLYNNE *(lächelnd)*: Beinah verhängnisvoll.

LORD WINDERMERE: Jetzt tut es mir leid, dass ich meiner Frau die ganze Geschichte nicht von vornherein erzählt habe.

MRS. ERLYNNE: Ich bedauere meine schlechten Handlungen – Sie Ihre guten. Das ist der Unterschied zwischen uns beiden.

LORD WINDERMERE: Ich traue Ihnen nicht. Ich werde meiner Frau doch alles sagen. Besser, sie erfährt es – und zwar von mir. Ein unermesslicher Schmerz für sie, eine fürchterliche Demütigung – aber sie muss es erfahren.

MRS. ERLYNNE: Sie wollen es ihr sagen?

LORD WINDERMERE: Ich werde es ihr sagen.

MRS. ERLYNNE: Wenn Sie das tun, häufe ich so viel Schande auf meinen Namen, dass es jeden Augenblick ihres Daseins vergällen soll. Es wird sie zugrunde richten und sie elend machen. Wenn Sie sich unterstehen, es ihr zu sagen, dann gibt es keine Niedrigkeit, die mir zu niedrig wäre, keinen Schmutz, in den ich nicht versinken würde! … Sie sollen es ihr nicht sagen – ich verbiete es Ihnen.

LORD WINDERMERE: Warum?

MRS. ERLYNNE *(nach einer Pause)*: Wenn ich Ihnen jetzt sagen wollte, dass ich sie gern habe, dass ich sie vielleicht sogar liebe – Sie würden mir ins Gesicht lachen, nicht wahr?

LORD WINDERMERE: Ich würde es für eine Komödie halten. Mutterliebe bedeutet Hingebung, Selbstlosigkeit, Opferfreudigkeit. Was wissen Sie von solchen Dingen?

MRS. ERLYNNE: Sie haben ganz recht. Was weiß ich von solchen Dingen? Sprechen wir also nicht mehr davon! Meiner Tochter aber zu sagen, wer ich bin – das gebe ich einfach nicht zu. Außerdem ist das mein Geheimnis und nicht Ihres. Wenn ich mich dazu entschließe, es ihr zu sagen, so sage ich's ihr, ehe ich das Haus verlasse – wenn nicht, werde ich es ihr niemals sagen.

LORD WINDERMERE *(ärgerlich)*: Dann darf ich Sie wohl ersuchen, unser Haus sofort zu verlassen. Ich werde Sie bei Margarete entschuldigen.

LADY WINDERMERE *(mit der Fotografie in der Hand zu Mrs. Erlynne. Lord Windermere stellt sich hinters Sofa und beobachtet Mrs. Erlynne angstvoll)*: Es tut mir leid, Mrs. Erlynne, dass ich Sie so lange habe warten lassen. Ich konnte die Fotografie nirgends finden. Schließlich habe ich sie im Ankleidezimmer meines Mannes entdeckt – er hat sie mir gestohlen.

MRS. ERLYNNE *(nimmt die Fotografie und betrachtet sie)*: Das wundert mich nicht – sie ist auch wirklich reizend. *(Setzt sich mit ihr aufs Sofa, betrachtet das Bild noch einmal.)* Und das ist also Ihr kleiner Junge! Wie heißt er denn?

LADY WINDERMERE: Gerard – nach meinem geliebten Vater.

MRS. ERLYNNE: Ach, wirklich? *(Legt die Fotografie beiseite.)*

LADY WINDERMERE: Ja – und wenn es ein Mädchen gewesen wäre, dann hätte ich es nach meiner Mutter genannt. Sie hieß ebenso wie ich – Margarete.

MRS. ERLYNNE: Ich heiße auch Margarete.

LADY WINDERMERE: Ach!

MRS. ERLYNNE: Ja. *(Pause.)* Ihr Gatte hat mir erzählt, Sie halten das Andenken Ihrer Mutter sehr in Ehren, Lady Windermere.

LADY WINDERMERE: Wir haben alle unsere Ideale im Leben, oder sollten doch welche haben. Mein Ideal ist meine Mutter.

MRS. ERLYNNE: Ideale sind gefährliche Dinge. Tatsachen sind viel besser. Sie verwunden uns zwar oft, aber sie sind doch besser.

LADY WINDERMERE *(kopfschüttelnd)*: Nein – wenn ich meine Ideale verlieren müsste, würde ich damit alles verlieren.

MRS. ERLYNNE: Wirklich alles?

LADY WINDERMERE: Ja, alles. *(Pause.)*

MRS. ERLYNNE: Hat Ihr Vater oft mit Ihnen über Ihre Mutter gesprochen?

LADY WINDERMERE: Nein, es tat ihm immer zu weh. Er hat mir erzählt, dass sie einige Monate nach meiner Geburt gestorben ist. Seine Augen füllten sich mit Tränen, wenn er von ihr sprach. Dann hat er mich schließlich gebeten, ihren Namen niemals wieder zu erwähnen – schon ihn zu hören, ging ihm nahe. Mein Vater – mein Vater ist wirklich vor Kummer gestorben. Sein Leben war wohl das trostloseste Dasein, das ich je gesehen habe.

MRS. ERLYNNE *(sich erhebend)*: Ich glaube, jetzt muss ich gehen, Lady Windermere.

LADY WINDERMERE *(sich erhebend)*: Ach nein – bitte, noch nicht.

MRS. ERLYNNE: Ich glaube, es ist doch besser. Mein Wagen muss schon wieder zurück sein. Ich habe meinen Kutscher mit ein paar Zeilen zu Lady Jedburgh geschickt.

LADY WINDERMERE: Arthur, willst du so gut sein, nachzusehen, ob Mrs. Erlynnes Wagen schon zurück ist?

MRS. ERLYNNE: Bitte, bemühen Sie sich nicht, Lord Windermere.

LADY WINDERMERE: Doch, Arthur – bitte, sieh nach. *(Lord Windermere zögert einen Augenblick und betrachtet Mrs. Erlynne prüfend. Diese bleibt völlig teilnahmslos. Er verlässt das Zimmer.)* Was soll ich – was kann ich Ihnen sagen? Sie haben mich gestern Abend gerettet. *(Geht zu ihr.)*

MRS. ERLYNNE: Still – sprechen Sie nicht davon.

LADY WINDERMERE: Ich muss davon sprechen. Ich kann Sie nicht in dem Glauben lassen, dass ich dieses Opfer von Ihnen anzunehmen beabsichtige. Ich werde es nicht tun – es ist zu groß! Ich werde meinem Mann alles sagen. Das ist meine Pflicht.

MRS. ERLYNNE: Es ist nicht Ihre Pflicht! Außerdem haben Sie außer gegen ihn auch anderen gegenüber Verpflichtungen. Sie sagten, Sie seien mir etwas schuldig?

LADY WINDERMERE: Ich schulde Ihnen alles.

MRS. ERLYNNE: Dann zahlen Sie Ihre Schuld mit Stillschweigen. Nur auf diese Weise kann ich belohnt werden. Verderben Sie nicht das einzige Gute, was ich im Leben getan habe, dadurch, dass Sie es jemandem erzählen. Versprechen Sie mir, dass die Ereignisse der gestrigen Nacht unser beider Geheimnis bleiben sollen. Bringen Sie kein Unglück in das Dasein Ihres Mannes. Warum wollen Sie seine Liebe vernichten? Das dürfen Sie nicht tun. Liebe ist so leicht getötet! Geben Sie mir Ihr Wort, Lady Windermere, dass Sie es ihm nie sagen werden. Ich bestehe darauf.

LADY WINDERMERE *(senkt das Haupt)*: Es ist Ihr Wille, nicht meiner.

MRS. ERLYNNE: Ja, es ist mein Wille. Denken Sie auch immer an Ihr Kind. Ich stelle Sie mir gern als Mutter vor – es wäre mir lieb, wenn Sie selbst immer daran dächten, dass Sie Mutter sind.

LADY WINDERMERE *(aufstehend)*: Daran will ich jetzt immer denken. Nur einmal im Leben habe ich meine Mutter vergessen – das war gestern Abend. Ach, wenn ich mich ihrer erinnert hätte, wäre ich nicht so wahnsinnig, so kopflos gewesen.

MRS. ERLYNNE *(erschauernd)*: Still – die letzte Nacht ist vorüber.

LORD WINDERMERE *(eintretend)*: Ihr Wagen ist noch nicht zurück, Mrs. Erlynne.

MRS. ERLYNNE: Das macht nichts – dann werde ich mir eine Droschke nehmen. Und nun also, meine liebe Lady Windermere – ich fürchte, nun geht es wirklich ans Abschiednehmen. Ach richtig – das hätte ich ja beinahe vergessen. Sie werden mich vielleicht für etwas überspannt halten – aber in den Fächer, den ich gestern Abend versehentlich mitgenommen hab, bin ich ganz verliebt. Möchten Sie ihn mir wohl schenken? Lord Windermere sagt, Sie dürfen es – ich weiß nämlich, dass es ein Geschenk von ihm ist.

LADY WINDERMERE: Aber gewiss, gewiss! Wenn er Ihnen Freude macht. Es steht aber mein Name Margarete darauf.

MRS. ERLYNNE: Wir haben ja denselben Vornamen.

LADY WINDERMERE: Richtig, das hatte ich ganz vergessen. Aber selbstverständlich – nehmen Sie ihn, bitte. Was für ein seltsamer Zufall, dass wir denselben Namen haben!

MRS. ERLYNNE: Wirklich, sehr seltsam. Vielen Dank – er wird mich immer an Sie erinnern.

PARKER *(tritt ein, meldet)*: Lord Augustus Lorton. Mrs. Erlynnes Wagen ist vorgefahren. *(Ab.)*

LORD LORTON *(eintretend)*: Guten Morgen, alter Junge. Guten Morgen, Lady Windermere. *(Bemerkt Mrs. Erlynne.)* Guten Morgen, Mrs. Erlynne.

MRS. ERLYNNE: Wie geht es Ihnen, Lord Augustus? Hoffentlich recht gut.

LORD LORTON *(kühl)*: Ja, danke, sehr gut, Mrs. Erlynne.

MRS. ERLYNNE: Aber Sie sehen nicht ganz wohl aus, Lord Augustus. Sie bleiben zu lange auf – das ist Ihnen nicht zuträglich. Sie sollten wirklich vorsichtiger sein. Adieu, Lord Windermere. *(Geht mit einer Verbeugung zu Lord Augustus an die Tür; wendet sich lächelnd nach ihm um.)* Lord Augustus – wollen Sie mich nicht zu meinem Wagen begleiten? Sie können den Fächer tragen.

LORD WINDERMERE: Wenn Sie gestatten …

MRS. ERLYNNE: Nein, mir liegt gerade an Lord Augustus. Ich habe eine besondere Mitteilung für unsere liebe Herzogin. Wollen Sie den Fächer nicht tragen, Lord Augustus?

LORD LORTON: Wenn Sie es ausdrücklich wünschen, Mrs. Erlynne …

MRS. ERLYNNE *(lachend)*: Allerdings wünsche ich es! Sie werden ihn mit so viel Grazie tragen – Sie würden alles mit Grazie tragen, mein lieber Lord Augustus. *(Bleibt einen Augenblick stehen, betrachtet Lady Windermere, ihre Blicke begegnen sich. Dann lächelnd, von Lord Augustus gefolgt, ab.)*

LADY WINDERMERE: Du wirst doch nie wieder etwas Hässliches über Mrs. Erlynne sagen, nicht wahr, Arthur?

LORD WINDERMERE *(ernst)*: Sie ist besser, als man vielleicht glaubt.

LADY WINDERMERE: Sie ist besser als ich.

LORD WINDERMERE *(streicht ihr lächelnd übers Haar)*: Du großes Kind! Du und sie – ihr gehört zwei ganz verschiedenen Welten an. In deine Welt ist das Böse nie gedrungen.

LADY WINDERMERE: Sage das nicht, Arthur. Dieselbe Welt ist uns allen gemeinsam – Gutes und Böses, Sünde und Unschuld schreiten Hand in Hand durch sie dahin. Wollten wir die Augen gegen die eine Hälfte des Daseins verschließen, um sicher und ungefährdet leben zu können – es wäre dasselbe, wie wenn wir uns selbst blendeten, um sicherer zwischen Abgründen und Klüften zu wandeln.

LORD WINDERMERE *(sich ihr nähernd)*: Warum sprichst du von solchen Dingen, mein Liebling?

LADY WINDERMERE *(sich aufs Sofa setzend)*: Weil ich meine Augen gegen das Leben verschlossen hatte und an den Rand des Abgrunds geraten war. Und eine Kluft hatte sich schon zwischen uns aufgetan …

LORD WINDERMERE: Zwischen uns ist niemals etwas getreten!

LADY WINDERMERE: Wir dürfen niemals etwas zwischen uns treten lassen. Ach, Arthur, wenn du mich nur nie weniger lieb haben wolltest, dann will ich dir auch nie mehr misstrauen. Ich will dir rückhaltlos vertrauen … Lass uns nach Selby gehen. Da draußen im Rosengarten blühen die Rosen weiß und rot.

LORD LORTON *(zurückkommend)*: Arthur, sie hat alles aufgeklärt. *(Lady Windermere starrt ihn entsetzt an; Lord Windermere zuckt zusammen; Lord Lorton führt Windermere nach vorn und spricht leise hastig auf ihn ein; Lady Windermere beobachtet sie mit Schaudern.)* Lieber Freund, sie hat die ganze verdammte Geschichte haarklein erklärt. Wir haben ihr alle furchtbar unrecht getan. Es war einzig und allein um meinetwillen, dass sie in Darlingtons Wohnung gekommen ist. Sie war vorher beim Klub vorgefahren. Tatsache nämlich ist, sie wollte mich aus meiner Ungewissheit befreien. Als man ihr dann erzählte, ich sei zu Darlington gegangen – da ist sie mir nachgefahren. Musste natürlich scheußlich erschrecken, als sie eine ganze Bande ins Haus kommen hörte, hat sich in ein anderes Zimmer geflüchtet. Ich kann dir sagen, im höchsten Grade schmeichelhaft für mich – die ganze Geschichte. Wir alle haben uns ihr gegenüber einfach bodenlos benommen. Sie ist gerade die rechte Frau für mich. Die einzige Bedingung, die sie stellt, ist, dass wir immer außerhalb Englands leben sollen. Kolossal angenehme Sache das. Die verdammten Klubs, das verdammte Klima, die verdammte Küche – überhaupt der ganze verdammte Kram! Hängt mir längst zum Hals heraus!

LADY WINDERMERE *(überrascht)*: Mrs. Erlynne hat doch nicht …?

LORD LORTON *(auf sie zugehend, mit tiefer Verbeugung)*: Doch, Lady Windermere! Mrs. Erlynne hat mir die Ehre erwiesen, meinen Antrag anzunehmen.

LORD WINDERMERE: Na, dann heiratest du sicher eine sehr kluge Frau.

LADY WINDERMERE *(ihres Gatten Hand ergreifend)*: Ach, Sie heiraten eine sehr gute Frau.

(Vorhang.)

Salome

Tragödie in einem Akt

Personen des Spiels
HERODES ANTIPAS, Tetrarch von Judäa
JOCHANAAN, der Prophet
DER JUNGE SYRIER, Hauptmann der Wache
TIGELLINUS, ein junger Römer
EIN KAPPADOZIER – EIN NUBIER
ERSTER SOLDAT – ZWEITER SOLDAT
DER PAGE DER HERODIAS
EIN SKLAVE
JUDEN – NAZARENER
NAAMAN, der Scharfrichter
HERODIAS, Gemahlin des Tetrarchen
SALOME, Tochter des Herodias
DIE SKLAVINNEN DER SALOME

Eine große Terrasse im Palast des Herodes, die an den Bankettsaal stößt. Einige Soldaten lehnen sich über die Brüstung. Rechts eine mächtige Treppe, links im Hintergrund eine alte Zisterne mit einer Einfassung aus grüner Bronze. Der Mond scheint sehr hell.

DER JUNGE SYRIER: Wie schön ist die Prinzessin Salome heute Nacht!

DER PAGE DER HERODIAS: Sieh die Mondscheibe! Wie seltsam sie aussieht. Wie eine Frau, die aus dem Grab aufsteigt. Wie eine tote Frau. Man könnte meinen, sie blickt nach toten Dingen aus.

DER JUNGE SYRIER: Sie ist sehr seltsam. Wie eine kleine Prinzessin, die einen gelben Schleier trägt und deren Füße von Silber sind. Wie eine kleine Prinzessin, deren Füße weiße Tauben sind. Man könnte meinen, sie tanzt.

DER PAGE DER HERODIAS: Wie eine Frau, die tot ist. Sie gleitet langsam dahin.

Lärm im Bankettsaal.

ERSTER SOLDAT: Was für ein Aufruhr! Was sind das für wilde Tiere, die da heulen?

ZWEITER SOLDAT: Die Juden. Sie sind immer so. Sie streiten über ihre Religion.

ERSTER SOLDAT: Warum streiten sie über ihre Religion?

ZWEITER SOLDAT: Ich weiß es nicht. Sie tun das immer. Die Pharisäer zum Beispiel sagen, dass es Engel gibt, und die Sadduzäer behaupten, dass es keine gibt.

ERSTER SOLDAT: Ich finde es lächerlich, über solche Dinge zu streiten.

DER JUNGE SYRIER: Wie schön ist die Prinzessin Salome heute Abend!

DER PAGE DER HERODIAS: Du siehst sie immer an. Du siehst sie zu viel an. Es ist gefährlich, Menschen auf diese Art anzusehn. Schreckliches kann geschehen.

DER JUNGE SYRIER: Sie ist sehr schön heute Abend.

ERSTER SOLDAT: Der Tetrarch sieht finster drein.

ZWEITER SOLDAT: Ja, er sieht finster drein.

ERSTER SOLDAT: Er blickt auf etwas.

ZWEITER SOLDAT: Er blickt auf jemanden.

ERSTER SOLDAT: Auf wen blickt er?

ZWEITER SOLDAT: Ich weiß nicht.

DER JUNGE SYRIER: Wie blass die Prinzessin ist. Niemals habe ich sie so blass gesehen. Sie ist wie der Schatten einer weißen Rose in einem silbernen Spiegel.

DER PAGE DER HERODIAS: Du musst sie nicht ansehn. Du siehst sie zu viel an.

ERSTER SOLDAT: Herodias hat den Becher des Tetrarchen gefüllt.

DER KAPPADOZIER: Ist das die Königin Herodias dort mit dem perlenbesetzten schwarzen Kopfputz und dem blauen Puder im Haar?

ERSTER SOLDAT: Ja, das ist Herodias, die Frau des Tetrarchen.

ZWEITER SOLDAT: Der Tetrarch liebt den Wein sehr. Er hat drei Sorten Wein. Den einen bringt man von der Insel Samothrake, er ist purpurn wie der Mantel des Cäsar.

DER KAPPADOZIER: Ich habe Cäsar nie gesehn.

ZWEITER SOLDAT: Der zweite kommt aus einer Stadt namens Zypern und ist gelb wie Gold.

DER KAPPADOZIER: Ich liebe Gold.

ZWEITER SOLDAT: Und der dritte ist ein Wein aus Sizilien. Dieser Wein ist rot wie Blut

DER NUBIER: Die Götter meines Landes lieben Blut sehr. Zweimal im Jahre opfern wir ihnen Jünglinge und Jungfrauen: fünfzig Jünglinge und fünfzig Jungfrauen. Aber ich fürchte, wir geben ihnen nie genug, denn sie sind sehr hart gegen uns.

DER KAPPADOZIER: In meinem Lande sind keine Götter mehr. Die Römer haben sie ausgetrieben. Einige sagen, sie hielten sich in den Bergen versteckt, aber ich glaube es nicht. Drei Nächte bin ich in den Bergen gewesen und habe sie überall gesucht. Ich fand sie nicht, und zuletzt rief ich sie beim Namen, aber sie kamen nicht. Sie sind wohl tot.

ERSTER SOLDAT: Die Juden beten einen Gott an, den man nicht sehen kann.

DER KAPPADOZIER: Ich kann das nicht verstehen.

ERSTER SOLDAT: Wirklich, sie glauben nur an Dinge, die man nicht sehen kann.

DER KAPPADOZIER: Das finde ich ganz und gar lächerlich.

DIE STIMME DES JOCHANAAN: Nach mir wird einer kommen, der ist stärker als ich. Ich bin nicht wert, ihm die Riemen an seinen Schuhen zu lösen. Wenn er kommt, werden die verödeten Stätten frohlocken. Sie werden aufblühen wie die Rosen. Die Augen der Blinden werden den Tag sehen, und die Ohren der Tauben werden geöffnet. Das Kind wird an der Höhle des Drachen spielen, es wird die Löwen an ihren Mähnen führen.

ZWEITER SOLDAT: Heiß ihn schweigen! Er sagt immer lächerliche Dinge.

ERSTER SOLDAT: Nein, nein, er ist ein heiliger Mann. Und er ist sehr sanft. Jeden Tag, wenn ich ihm zu essen gebe, dankt er mir.

DER KAPPADOZIER: Wer ist es?

ERSTER SOLDAT: Ein Prophet.

DER KAPPADOZIER: Wie ist sein Name?

ERSTER SOLDAT: Jochanaan.

DER KAPPADOZIER: Woher kommt er?

ERSTER SOLDAT: Aus der Wüste, wo er sich von Heuschrecken und wildem Honig nährte. Er trug ein Kleid von Kamelhaaren und um die Lenden einen ledernen Gürtel. Er war sehr schrecklich anzusehn. Eine große Schar war immer um ihn. Er hatte auch Jünger, die ihm folgten.

DER KAPPADOZIER: Wovon redet er?

ERSTER SOLDAT: Das kann man nie wissen. Manchmal sagt er Dinge, die einen erschrecken, aber es ist unmöglich zu verstehen, was er sagt.

DER KAPPADOZIER: Kann man ihn sehen?

ERSTER SOLDAT: Nein, der Tetrarch hat es verboten.

DER JUNGE SYRIER: Die Prinzessin verbirgt ihr Gesicht hinter dem Fächer. Ihre kleinen weißen Hände flattern wie Tauben, wenn sie in den Schlag fliegen. Sie sind wie weiße Schmetterlinge. Sie sind genau wie weiße Schmetterlinge.

DER PAGE DER HERODIAS: Was geht es dich an? Warum siehst du sie an? Du sollst sie nicht ansehn … Schreckliches kann geschehen.

DER KAPPADOZIER *auf die Zisterne zeigend*: Ein sonderbares Gefängnis.

ZWEITER SOLDAT: Es ist eine alte Zisterne.

DER KAPPADOZIER: Eine alte Zisterne? Das muss ein mörderischer Ort zum Wohnen sein.

ZWEITER SOLDAT: O nein! Zum Beispiel, des Tetrarchen Bruder, sein älterer Bruder, der erste Mann der Königin Herodias, war da zwölf Jahre gefangen. Es hat ihn nicht umgebracht. Nach Verlauf der zwölf Jahre musste man ihn erdrosseln.

DER KAPPADOZIER: Erdrosseln? Wer wagte das?

ZWEITER SOLDAT *deutet auf den Henker, einen riesigen Neger*: Der Mann dort, Naaman.

DER KAPPADOZIER: Fürchtete er sich nicht?

ZWEITER SOLDAT: O nein, der Tetrarch sandte ihm den Ring.

DER KAPPADOZIER: Was für einen Ring?

ZWEITER SOLDAT: Den Todesring. Da fürchtete er sich nicht.

DER KAPPADOZIER: Es ist aber doch etwas Schreckliches, einen König zu erdrosseln.

ERSTER SOLDAT: Wieso? Könige haben auch nur einen Hals wie andere Leute.

DER KAPPADOZIER: Ich finde es schrecklich.

DER JUNGE SYRIER: Die Prinzessin erhebt sich! Sie verlässt die Tafel. Sie ist sehr erregt. Sie kommt hierher. Ja, sie kommt auf uns zu. Wie blass sie ist. Ich habe sie nie so blass gesehn.

DER PAGE DER HERODIAS: Sieh sie nicht an. Ich bitte dich, sieh sie nicht an.

DER JUNGE SYRIER: Sie ist wie eine Taube, die sich verirrt hat … Sie ist wie eine Narzisse, die im Winde zittert … Sie ist wie eine silberne Blume.

SALOME *tritt ein.*

SALOME: Ich will nicht bleiben. Ich kann nicht bleiben. Warum sieht mich der Tetrarch fortwährend so an mit seinen Maulwurfsaugen unter den zuckenden Lidern? Es ist seltsam, dass der Mann meiner Mutter mich so ansieht. Ich weiß nicht, was es heißen soll. In Wahrheit – ich weiß es nur zu gut.

DER JUNGE SYRIER: Ihr habt das Fest verlassen, Prinzessin?

SALOME: Wie süß die Luft hier ist! Hier kann ich atmen. Da drinnen sitzen Juden aus Jerusalem, die sich einander über ihre närrischen Gebräuche in Stücke reißen, und Barbaren, die trinken und trinken und ihren Wein auf den Estrich schütten, und Griechen aus Smyrna mit bemalten Augen und Backen, mit ihrem gekräuselten Haar und ihren Säulenlocken, und schweigsame, listige Ägypter mit langen Achatnägeln und rostbraunen Mänteln, und brutale ungeschlachte Römer mit ihrer plumpen Sprache. O, wie ich diese Römer hasse! Sie sind grob und gemein und geben sich das Ansehen, als ob sie Fürsten wären.

DER JUNGE SYRIER: Wollt Ihr nicht sitzen, Prinzessin?

DER PAGE DER HERODIAS: Warum sprichst du zu ihr? O, es wird Schreckliches geschehen. Warum siehst du sie an?

SALOME: Wie gut ist es, in den Mond zu sehen. Er ist wie eine silberne Blume. Kühl und keusch. Wie eine Jungfrau. Ja, wie die Schönheit einer Jungfrau. Gewiss, wie eine Jungfrau, die rein geblieben ist. Die sich nie Männern preisgegeben hat wie die andern Göttinnen.

DIE STIMME DES JOCHANAAN: Siehe! Der Herr ist gekommen. Des Menschen Sohn ist nahe. Die Zentauren haben sich in die Ströme geflüchtet, und die Nymphen haben die Ströme verlassen und liegen unter den Blättern des Waldes begraben.

SALOME: Wer war das, der hier gerufen hat?

ZWEITER SOLDAT: Der Prophet, Prinzessin.

SALOME: Ach, der Prophet! Der, vor dem der Tetrarch Angst hat?

ZWEITER SOLDAT: Wir wissen davon nichts, Prinzessin. Es war der Prophet Jochanaan, der gerufen hat.

DER JUNGE SYRIER: Beliebt es Euch, dass ich Eure Sänfte holen lasse, Prinzessin? Die Nacht ist schön im Garten.

SALOME: Er sagt schreckliche Dinge über meine Mutter, nicht wahr?

ZWEITER SOLDAT: Wir verstehen nie, was er sagt, Prinzessin.

SALOME: Ja, er sagt schreckliche Dinge über sie.

Ein SKLAVE *tritt ein.*

DER SKLAVE: Prinzessin, der Tetrarch ersucht Euch, wieder zum Fest hineinzugehn.

SALOME: Ich will nicht hineingehn.

DER JUNGE SYRIER: Verzeihung, Prinzessin, aber wenn Ihr nicht hineingeht, kann Schlimmes geschehen.

SALOME: Ist dieser Prophet ein alter Mann?

DER JUNGE SYRIER: Prinzessin, es wäre besser, hineinzugehen. Gestattet, dass ich Euch führe.

SALOME: Ist der Prophet ein alter Mann?

ERSTER SOLDAT: Nein, Prinzessin, er ist ganz jung.

ZWEITER SOLDAT: Man kann es nicht sicher wissen. Welche sagen, es sei Elias.

SALOME: Wer ist Elias?

ZWEITER SOLDAT: Ein Prophet dieses Landes aus vergangenen Tagen, Prinzessin.

DER SKLAVE: Welche Antwort soll ich dem Tetrarchen von der Prinzessin bringen?

DIE STIMME DES JOCHANAAN: Jauchze nicht, du Land Palästina, weil der Stab dessen, der dich schlug, zerbrochen ist. Denn aus dem Samen der Schlange wird ein Basilisk kommen, und seine Brut wird die Vögel verschlingen.

SALOME: Welch seltsame Stimme! Ich möchte mit ihm sprechen.

ERSTER SOLDAT: Ich fürchte, das kann nicht sein, Prinzessin. Der Tetrarch duldet nicht, dass irgendwer mit ihm spricht. Er hat selbst dem Hohepriester verboten, mit ihm zu sprechen.

SALOME: Ich wünsche mit ihm zu sprechen.

ERSTER SOLDAT: Es ist unmöglich, Prinzessin.

SALOME: Ich will mit ihm sprechen.

DER JUNGE SYRIER: Wäre es nicht besser, wieder zum Bankett zu gehen?

SALOME: Bringt diesen Propheten heraus.

Der SKLAVE *geht ab.*

ERSTER SOLDAT: Wir dürfen nicht, Prinzessin.

SALOME *tritt an die Zisterne heran und blickt hinunter*: Wie schwarz es da drunten ist! Es muss schrecklich sein, in so einer schwarzen Höhle zu leben. Es ist wie eine Gruft … *Zu den Soldaten:* Habt ihr nicht gehört? Bringt den Propheten heraus. Ich möchte ihn sehen.

ZWEITER SOLDAT: Prinzessin, ich bitte Euch, verlangt das nicht von uns.

SALOME: Ich soll wohl warten, bis es euch beliebt?

ERSTER SOLDAT: Prinzessin, unser Leben gehört Euch, aber wir können nicht tun, was Ihr von uns begehrt. Und Ihr solltet das wirklich von uns nicht verlangen.

SALOME *einen Blick auf den jungen Syrier werfend*: Ah!

DER PAGE DER HERODIAS: O, was wird geschehen? Ich weiß, es wird Schreckliches geschehen.

SALOME *tritt an den jungen Syrier heran*: Du wirst das für mich tun, Narraboth, nicht wahr? Du wirst das für mich tun. Ich war dir immer gewogen. Du wirst es für mich tun. Ich möchte ihn bloß sehen, diesen seltsamen Propheten. Die Leute haben so viel von ihm gesprochen. Ich habe den Tetrarchen oft von ihm sprechen hören. Ich glaube, der Tetrarch hat Angst vor ihm. Hast du auch Angst vor ihm, Narraboth, du auch?

DER JUNGE SYRIER: Ich fürchte ihn nicht, Prinzessin; ich fürchte niemanden. Aber der Tetrarch hat es ausdrücklich verboten, dass irgendwer den Deckel zu diesem Brunnen aufhebt.

SALOME: Du wirst das für mich tun, Narraboth, und morgen, wenn ich in meiner Sänfte an dem Torweg, wo die Götzenbildhändler stehen, vorbeikomme, werde ich eine kleine Blume für dich fallen lassen, ein kleines grünes Blümchen.

DER JUNGE SYRIER: Prinzessin, ich kann nicht, ich kann nicht.

SALOME *lächelnd*: Du wirst das für mich tun, Narraboth. Du weißt, dass du das für mich tun wirst. Und morgen früh, wenn ich in meiner Sänfte an der Brücke vorbeikomme, wo man Götzenbilder kauft, werde ich unter den Musselinschleiern dir einen Blick zuwerfen, Narraboth, ich werde dich ansehn, kann sein, ich werde dir zulächeln. Sieh mich an, Narraboth, sieh mich an. Ah! wie gut du weißt, dass du tun wirst, um was ich dich bitte! Wie du es weißt … Ich weiß, du wirst das tun.

DER JUNGE SYRIER *gibt dem dritten Soldaten ein Zeichen*: Lass den Propheten herauskommen … Die Prinzessin Salome wünscht ihn zu sehen.

SALOME: Ah!

DER PAGE DER HERODIAS: O, wie seltsam der Mond aussieht! Wie die Hand einer toten Frau, die das Laken über sich ziehen will.

DER JUNGE SYRIER: Ja, sehr seltsam! Wie eine kleine Prinzessin, mit Augen wie Bernsteinaugen. Durch die Wolken von Musselin lächelt das Gesicht hervor wie eine kleine Prinzessin.

DER PROPHET *kommt aus der Zisterne. Salome sieht ihn an und weicht langsam zurück.*

JOCHANAAN: Wo ist er, dessen Sündenbecher jetzt voll ist? Wo ist er, der eines Tages im Angesichte alles Volkes in einem Silbermantel sterben wird? Heißt ihn herkommen, auf dass er die Stimme dessen höre, der in den Wüsten und in den Häusern der Könige gekündet hat.

SALOME: Von wem spricht er?

DER JUNGE SYRIER: Niemand kann es sagen, Prinzessin.

JOCHANAAN: Wo ist sie, die vor den gemalten Männerbildern gestanden hat, vor den bunt gemalten Bildern der Chaldäer, die sich hingab der Lust ihrer Augen und Gesandte ins Land der Chaldäer schickte?

SALOME: Er spricht von meiner Mutter.

DER JUNGE SYRIER: O nein, Prinzessin.

SALOME: Ja, er spricht von meiner Mutter.

JOCHANAAN: Wo ist sie, die sich den Hauptleuten Assyriens gab, mit ihren Wehrgehängen und bunten Kronen auf dem Kopf? Wo ist sie, die sich den jungen Männern der Ägypter gegeben hat, die in feinem Leinen und Hyazinthgesteinen prangen, deren Schilde von Gold sind und die Helme von Silber und die Leiber wie von Riesen? Geht, heißt sie aufstehn von dem Bett ihrer Gräuel, vom Bett ihrer Blutschande; auf dass sie die Worte dessen vernehme, der dem Herrn die Wege bereitet, und ihre Missetaten bereue. Und wenn sie gleich nicht bereut, sondern verstockt bleibt in ihren Sündengräueln, heißt sie herkommen, denn die Geißel des Herrn ist in seiner Hand.

SALOME: O, er ist schrecklich, er ist wirklich schrecklich!

DER JUNGE SYRIER: Bleibt nicht hier, Prinzessin, ich bitte Euch.

SALOME: Seine Augen sind von allem das Schrecklichste. Sie sind, als ob schwarze Löcher mit Fackeln in einen tyrischen Teppich gebrannt worden wären. Sie sind wie die schwarzen Höhlen, wo die Drachen leben, die schwarzen Höhlen Ägyptens, wo die Drachen hausen. Sie sind wie schwarze Seen, aus denen irres Mondlicht flackert … Glaubt ihr, dass er noch einmal sprechen wird?

DER JUNGE SYRIER: Bleibt nicht hier, Prinzessin. Ich bitte inständig, bleibt nicht hier.

SALOME: Wie abgezehrt er ist! Er ist wie eine dünne Elfenbeinfigur. Er ist wie ein Bildnis aus Silber. Gewiss ist er keusch wie der Mond. Er ist wie ein Mondenstrahl, wie ein Silberschaft. Sein Fleisch muss sehr kühl sein, kühl wie Elfenbein … Ich möchte ihn näher besehen.

DER JUNGE SYRIER: Nein, nein, Prinzessin.

SALOME: Ich muss ihn näher besehen.

DER JUNGE SYRIER: Prinzessin! Prinzessin!

JOCHANAAN: Wer ist dies Weib, das mich ansieht? Ich will ihre Augen nicht auf mir haben. Warum sieht sie mich an mit ihren Goldaugen unter den gleißenden Lidern? Ich weiß nicht, wer sie ist. Ich will nicht wissen, wer sie ist. Heißt sie gehen. Zu ihr will ich nicht sprechen.

SALOME: Ich bin Salome, die Tochter der Herodias, Prinzessin von Judäa.

JOCHANAAN: Zurück, Tochter Babylons! Komm dem Erwählten des Herrn nicht nahe! Deine Mutter hat die Erde erfüllt mit dem Wein ihrer Lüste, und das Unmaß ihrer Sünden schreit zu Gott.

SALOME: Sprich mehr, Jochanaan. Deine Stimme ist wie Musik in meinen Ohren.

DER JUNGE SYRIER: Prinzessin! Prinzessin! Prinzessin!

SALOME: Sprich mehr! Sprich mehr! Jochanaan, und sage mir, was ich tun soll.

JOCHANAAN: Tochter Sodoms, komm mir nicht nahe! Vielmehr bedecke dein Gesicht mit einem Schleier und streue Asche auf deinen Kopf und mach dich auf in die Wüste und suche des Menschen Sohn.

SALOME: Wer ist das, des Menschen Sohn? Ist er so schön wie du, Jochanaan?

JOCHANAAN: Weiche von mir! Ich höre die Flügel des Todesengels im Palaste rauschen.

DER JUNGE SYRIER: Prinzessin, ich flehe: Geh hinein.

JOCHANAAN: Engel des Herrn meines Gottes, was tust du hier mit deinem Schwert? Wen suchst du in diesem Palast? Der Tag dessen, der im Silbermantel sterben soll, ist noch nicht gekommen.

SALOME: Jochanaan!

JOCHANAAN: Wer spricht hier?

SALOME: Ich bin verliebt in deinen Leib, Jochanaan! Dein Leib ist weiß wie die Lilien auf einem Felde, das nie die Sichel berührt hat. Dein Leib ist weiß wie der Schnee, der auf den Bergen Judäas liegt und in die Täler herabkommt. Die Rosen im Garten der Königin von Arabien sind nicht so weiß wie dein Leib. Nicht die Rosen im Garten der Königin von Arabien, im Gewürzgarten der Königin von Arabien, nicht die Füße der Dämmerung, wenn sie auf die Blätter herabsteigt, nicht die Brüste des Mondes, wenn er auf dem Meere liegt … Nichts in der Welt ist so weiß wie dein Leib … Lass mich ihn berühren, deinen Leib!

JOCHANAAN: Zurück, Tochter Babylons! Durch das Weib kam das Übel in die Welt. Sprich nicht zu mir. Ich will dich nicht anhören. Ich höre nur auf die Stimme des Herrn, meines Gottes.

SALOME: Dein Leib ist grauenvoll. Er ist wie der Leib eines Aussätzigen. Er ist wie eine getünchte Wand, wo Nattern gekrochen sind; wie eine getünchte Wand, wo die Skorpione ihr Nest gebaut haben. Er ist wie ein übertünchtes Grab, voll widerlicher Dinge. Er ist grässlich, dein Leib ist grässlich. In dein Haar bin ich verliebt, Jochanaan. Dein Haar ist wie Weintrauben, wie Büschel schwarzer Trauben, die an den Weinstöcken Edoms hängen im Lande der Edomiter. Dein Haar ist wie die Zedern vom Libanon, wie die großen Zedern vom Libanon, die den Löwen und Räubern ihren Schatten spenden, wenn sie sich am Tage verbergen wollen. Die langen schwarzen Nächte, wenn der Mond sein Gesicht verbirgt, wenn den Sternen bange ist, sind nicht so schwarz wie dein Haar. Das Schweigen, das im Walde wohnt, ist nicht so schwarz. Nichts in der Welt ist so schwarz wie dein Haar … Lass mich es berühren, dein Haar!

JOCHANAAN: Zurück, Tochter Sodoms! Berühre mich nicht. Entweihe nicht den Tempel des Herrn, meines Gottes.

SALOME: Dein Haar ist grässlich. Es starrt von Staub und Unrat. Es ist wie eine Dornenkrone auf deinen Kopf gesetzt. Es ist wie ein Schlangenknoten um deinen Hals gewickelt Ich liebe dein Haar nicht … Deinen Mund begehre ich, Jochanaan. Dein Mund ist wie ein Scharlachband an einem Turm von Elfenbein. Er ist wie ein Granatapfel von einem Elfenbeinmesser zerteilt. Die Granatapfelblüten, die in den Gärten von Tyrus wachsen, die glühender sind als Rosen, sind nicht so rot. Die roten Fanfaren der Trompeten, die das Nahen von Königen künden und vor denen der Feind erzittert, sind nicht so rot. Dein Mund ist röter als die Füße der Männer, die den Wein in der Kelter stampfen. Er ist röter als die Füße der Tauben, die in den Tempeln wohnen und von den Priestern ihr Futter bekommen. Er ist röter als die Füße des Mannes, der aus dem Walde kommt, wo er einen Löwen erschlagen und goldfarbige Tiger erblickt hat. Dein Mund ist wie ein Korallenzweig, den die Fischer in der Dämmerung des Meeres gefunden haben, wie die Koralle, die sie für Könige bewahren! … Er ist wie der Purpur, den die Moabiter in den Gruben von Moab finden, wie der Purpur, den die Könige von ihnen haben. Er ist wie der Bogen des Perserkönigs, der mit Purpur bemalt und mit Korallen besetzt ist. Nichts in der Welt ist so rot wie dein Mund … Lass mich ihn küssen, deinen Mund!

JOCHANAAN: Niemals! Tochter Babylons! Tochter Sodoms! Niemals!

SALOME: Ich will deinen Mund küssen, Jochanaan. Ich will deinen Mund küssen.

DER JUNGE SYRIER: Prinzessin, Prinzessin, die wie ein Garten von Myrrhen ist, die die Taube aller Tauben ist, sieh diesen Mann nicht an, sieh ihn nicht an. Sprich nicht solche Worte zu ihm. Ich kann es nicht ertragen … Prinzessin, sprich nicht solche Dinge.

SALOME: Ich will deinen Mund küssen, Jochanaan.

DER JUNGE SYRIER: Ah! *Er tötet sich und fällt zwischen Salome und Jochanaan.*

DER PAGE DER HERODIAS: Der junge Syrier hat sich getötet. Der junge Hauptmann hat sich getötet. Der mein Freund war, hat sich getötet. Ich habe ihm eine kleine Nardenbüchse und silberne Ohrringe geschenkt, und nun hat er sich getötet. Ach, sagte er nicht, es wird Schlimmes geschehen? Ich sagte es auch, und es ist eingetroffen. Wohl wusste ich, dass der Mond etwas Totes suchte, aber ich wusste nicht, dass er es war, den er suchte. Ach, warum barg ich ihn nicht vor dem Mond! Hätte ich ihn in einer Höhle verborgen, dann hätte er ihn nicht gesehen.

ERSTER SOLDAT: Prinzessin, der junge Hauptmann hat sich getötet.

SALOME: Lass mich deinen Mund küssen, Jochanaan!

JOCHANAAN: Wird dir nicht bange, Tochter der Herodias? Habe ich dir nicht gesagt, dass ich im Palaste den Flügelschlag des Todesengels gehört habe, und ist er nicht gekommen, der Engel des Todes?

SALOME: Lass mich deinen Mund küssen!

JOCHANAAN: Tochter der Unzucht, es lebt nur Einer, der dich retten kann. Es ist Der, von dem ich sprach. Geh, such ihn. Er ist in einem Nachen auf dem See von Galiläa und redet zu seinen Jüngern. Knie nieder am Ufer des Sees, rufe ihn an und nenne ihn beim Namen. Wenn er zu dir kommt, und er kommt zu allen, die ihn anrufen, dann bücke dich zu seinen Füßen, dass er dir deine Sünden vergebe.

SALOME: Lass mich deinen Mund küssen!

JOCHANAAN: Sei verflucht! Tochter einer blutschänderischen Mutter, sei verflucht!

SALOME: Ich will deinen Mund küssen, Jochanaan!

JOCHANAAN: Ich will dich nicht ansehn. Du bist verflucht, Salome, du bist verflucht. *Er geht in die Zisterne hinab.*

SALOME: Ich will deinen Mund küssen. Jochanaan, ich will deinen Mund küssen! …

ERSTER SOLDAT: Wir müssen den Leichnam an einen andern Ort tragen. Der Tetrarch mag keine Toten sehen, außer wenn er selbst gemordet hat.

DER PAGE DER HERODIAS: Er war mein Bruder, ja er war mir näher als ein Bruder. Ich gab ihm eine kleine Nardenbüchse und einen Achatring, den er immer an der Hand trug. Abends gingen wir oft am Fluss spazieren und unter den Mandelbäumen, und er erzählte mir gern von seiner Heimat. Er sprach immer sehr leise. Der Klang seiner Stimme war wie der Klang der Flöte, wie wenn einer auf der Flöte spielt. Er hatte auch große Freude daran, im Fluss sein Bild zu betrachten. Ich habe ihn oft darum getadelt.

ZWEITER SOLDAT: Du hast recht, wir müssen den Leichnam verstecken. Der Tetrarch darf ihn nicht sehen.

ERSTER SOLDAT: Der Tetrarch wird nicht hierher kommen. Er kommt nie auf die Terrasse. Er hat zu große Angst vor dem Propheten.

HERODES, HERODIAS *und der ganze Hof treten ein.*

HERODES: Wo ist Salome, wo ist die Prinzessin? Warum kam sie nicht wieder zum Bankett, wie ich ihr befohlen hatte? Ah! Hier ist sie!

HERODIAS: Du sollst sie nicht ansehen! Fortwährend siehst du sie an!

HERODES: Wie der Mond heute Nacht aussieht! Es steckt Seltsames in ihm. Ist es nicht ein seltsames Bild? Es sieht aus wie ein wahnsinniges Weib, ein wahnsinniges Weib, das überall nach Buhlen sucht. Und nackt ist, ganz nackt. Die Wolken wollen seine Nacktheit bekleiden, aber das Weib lässt sie nicht. Es stellt sich nackt am Himmel zur Schau, wie ein betrunkenes Weib, das durch die Wolken taumelt … Gewiss, es sucht nach Buhlen. Sieht es nicht aus wie ein betrunkenes Weib? Es steckt heut etwas im Mond wie ein wahnsinniges Weib, nicht?

HERODIAS: Nein, der Mond ist wie der Mond, das ist alles. Wir wollen hineingehn … Wir haben hier nichts zu tun.

HERODES: Ich will hier bleiben! Manasseh, leg Teppiche hierher! Zündet Fackeln an! Bringt die Elfenbeintische heraus und die Tische von Jaspis! Die Luft ist süß hier. Ich will noch Wein mit meinen Gästen trinken. Wir müssen den Gesandten des Cäsar alle Ehren erweisen.

HERODIAS: Nicht um ihretwillen willst du bleiben.

HERODES: Doch; die Luft ist sehr süß. Komm, Herodias, unsere Gäste warten auf uns. Ah! Ich bin ausgeglitten! Ich bin in Blut getreten! Das ist ein böses Zeichen, das ist ein sehr böses Zeichen. Warum ist hier Blut? … Und dieser Tote? Was soll dieser Tote hier? Denkt ihr, ich sei wie der König von Ägypten, der seinen Gästen kein Fest gibt, ohne ihnen einen Leichnam zu zeigen? Wer ist der Tote? Ich will ihn nicht sehen.

ERSTER SOLDAT: Es ist unser Hauptmann, Herr. Es ist der junge Syrier, den Ihr erst vor drei Tagen zum Hauptmann der Leibwache ernannt habt.

HERODES: Ich erließ keinen Befehl, dass er getötet würde.

ERSTER SOLDAT: Er hat sich selbst getötet, Herr.

HERODES: Aus welchem Grund? Ich hatte ihn zum Hauptmann meiner Leibwache ernannt!

ZWEITER SOLDAT: Wir wissen es nicht, Herr. Aber mit eigener Hand hat er sich getötet.

HERODES: Das scheint mir seltsam. Ich habe gedacht, nur die römischen Philosophen töteten sich selbst. Nicht wahr, Tigellinus, die Philosophen in Rom töten sich selbst?

TIGELLINUS: Es gibt dort einige, die sich selbst töten. Es sind die Stoiker. Die Stoiker sind Leute ohne Bildung. Es sind lächerliche Leute. Ich für meinen Teil halte sie für ganz und gar lächerlich.

HERODES: Ich auch. Es ist lächerlich, sich selbst zu töten.

TIGELLINUS: Alle Welt in Rom lacht über sie. Der Kaiser hat eine Satire gegen sie geschrieben. Man trägt sie überall vor.

HERODES: Ah! Er hat eine Satire gegen sie geschrieben? Cäsar ist erstaunlich. Er kann alles … Es ist seltsam, dass der junge Syrier sich getötet hat. Es tut mir leid, dass er sich getötet hat. Es tut mir sehr leid. Denn er war schön zu sehen. Er war sehr schön. Er hatte so schmachtende Augen. Ich erinnere mich, ich sah seine schmachtenden Augen, wenn er Salome ansah. Wahrhaftig, ich dachte: Er sieht sie zu viel an.

HERODIAS: Es gibt noch andere, die sie zu viel ansehen.

HERODES: Sein Vater war ein König. Ich vertrieb ihn aus seinem Reich. Und seine Mutter, die eine Königin war, machtest du zur Sklavin, Herodias. Er war also sozusagen mein Gast, und darum ernannte ich ihn zu meinem Hauptmann. Es tut mir leid, dass er tot ist. He! Warum habt ihr den Leichnam hier liegen lassen? Er muss fortgebracht werden. Ich will ihn nicht sehen – fort mit ihm! Sie tragen den Leichnam weg. Es ist kalt hier. Es weht ein Wind. Weht nicht ein Wind?

HERODIAS: Nein, es weht kein Wind.

HERODES: Ich sage euch, es weht ein Wind – Und in der Luft höre ich etwas wie das Rauschen von Flügeln, wie das Rauschen von mächtigen Flügeln. Hört ihr es nicht?

HERODIAS: Ich höre nichts.

HERODES: Jetzt höre ich es nicht mehr. Aber ich habe es gehört. Es war das Wehen des Windes. Es ist vorüber. Horch, jetzt höre ich es wieder. Hört ihr es nicht? Es ist genau wie ein Rauschen von Flügeln.

HERODIAS: Ich sage dir, es ist nichts daran. Du bist krank. Wir wollen hineingehen.

HERODES: Ich bin nicht krank. Aber deine Tochter ist krank zu Tode. Niemals habe ich sie so blass gesehen.

HERODIAS: Ich habe dir gesagt, du sollst sie nicht ansehen.

HERODES: Schenkt mir Wein ein. *Es wird Wein gebracht.* Salome, komm, trink Wein mit mir. Ich habe hier einen köstlichen Wein. Cäsar hat ihn mir selbst geschickt. Tauche deine kleinen roten Lippen hinein, dann will ich den Becher leeren.

SALOME: Ich bin nicht durstig, Tetrarch.

HERODES: Hörst du, wie sie mir antwortet, diese deine Tochter?

HERODIAS: Sie hat recht. Warum stierst du sie immer an?

HERODES: Bringt reife Früchte. *Es werden Früchte gebracht.* Salome, komm, iss mit mir von diesen Früchten. Ich sehe den Abdruck deiner kleinen Zähne in einer Frucht so gern. Beiß nur ein wenig von dieser Frucht hier ab, dann will ich essen, was übrig ist.

SALOME: Ich bin nicht hungrig, Tetrarch.

HERODES *zu Herodias*: Du siehst, wie du diese deine Tochter erzogen hast.

HERODIAS: Meine Tochter und ich stammen aus königlichem Blut. Du aber, weißt du, dein Vater war Kameltreiber! Dein Vater war ein Dieb und ein Räuber obendrein!

HERODES: Du lügst!

HERODIAS: Du weißt wohl, dass es wahr ist.

HERODES: Salome, komm, setz dich zu mir. Du sollst auf dem Thron deiner Mutter sitzen.

SALOME: Ich bin nicht müde, Tetrarch.

HERODIAS: Du siehst, wie sie dich achtet.

HERODES: Bringt mir – Was wünsch ich denn? Ich hab es vergessen. Ah! Ah! Ich erinnere mich.

DIE STIMME DES JOCHANAAN: Siehe, die Zeit ist gekommen! Was ich vorhersagte, ist eingetroffen. Der Tag, von dem ich sprach, ist da.

HERODIAS: Heiß ihn schweigen. Ich will seine Stimme nicht hören. Dieser Mensch beschimpft mich fortwährend.

HERODES: Er hat nichts gegen dich gesagt. Überdies ist er ein sehr großer Prophet.

HERODIAS: Ich glaube nicht an Propheten. Kann jemand sagen, was sich in Zukunft ereignen wird? Niemand weiß das. Auch beschimpft er mich fortwährend. Aber ich glaube, du hast Angst vor ihm. Ich weiß wohl, dass du Angst vor ihm hast.

HERODES: Ich habe keine Angst vor ihm. Ich habe vor niemand Angst.

HERODIAS: Ich sage dir, du hast Angst vor ihm. Wenn du keine Angst vor ihm hast, warum lieferst du ihn nicht den Juden aus, die seit sechs Monaten nach ihm schreien?

EIN JUDE: Wahrhaftig, Herr, es wäre besser, ihn in unsere Hände zu geben.

HERODES: Genug, davon. Ich habe euch meine Antwort schon gegeben. Ich werde ihn nicht in eure Hände geben. Er ist ein heiliger Mann. Er ist ein Mann, der Gott geschaut hat.

EIN JUDE: Das kann nicht sein. Seit dem Propheten Elias hat niemand Gott gesehen. Er war der Letzte, der Gott von Angesicht zu Angesicht geschaut hat. In unseren Tagen zeigt Gott sich nicht. Gott verbirgt sich. Darum ist großes Übel über das Land gekommen.

EIN ANDERER JUDE: In Wahrheit weiß niemand, ob Elias in der Tat Gott gesehen hat. Möglicherweise war es nur der Schatten Gottes, was er sah.

EIN DRITTER JUDE: Gott ist zu keiner Zeit verborgen. Er zeigt sich zu allen Zeiten und an allen Orten. Gott ist in dem Schlimmen ebenso wie in dem Guten.

EIN VIERTER JUDE: Du solltest das nicht sagen. Es ist eine sehr gefährliche Lehre. Es ist eine Lehre, die aus Alexandria kommt, wo die griechische Philosophie gelehrt wird. Und die Griechen sind Heiden. Sie sind nicht einmal beschnitten.

EIN FÜNFTER JUDE: Niemand kann sagen, wie Gott wirkt. Seine Wege sind sehr dunkel. Es kann sein, dass die Dinge, die wir schlimm nennen, gut sind, und dass die Dinge, die wir gut nennen, schlimm sind. Wir wissen von nichts etwas. Wir können nur unser Haupt unter seinen Willen beugen, denn Gott ist sehr stark. Er bricht den Starken in Stücke, wie den Schwachen, denn jeder gilt ihm gleich.

ERSTER JUDE: Du sagst die Wahrheit. Fürwahr, Gott ist furchtbar. Er bricht den Starken und den Schwachen in Stücke, wie man Körner in einem Mörser zerreibt. Aber was diesen Menschen angeht, der hat Gott nie gesehen. Seit dem Propheten Elias hat niemand Gott gesehen.

HERODIAS: Heiß sie schweigen. Sie langweilen mich!

HERODES: Doch hab ich davon sprechen hören, Jochanaan sei in Wahrheit euer Prophet Elias.

DER JUDE: Das kann nicht sein. Seit den Tagen des Propheten Elias sind mehr als dreihundert Jahre vergangen.

HERODES: Welche sagen, der Mann sei der Prophet Elias.

EIN NAZARENER: Mir ist es sicher, dass er der Prophet Elias ist.

DER JUDE: Keineswegs, es ist nicht der Prophet Elias.

DIE STIMME DES JOCHANAAN: Siehe, der Tag ist nahe, der Tag des Herrn, und ich höre auf den Bergen die Schritte Dessen, der der Erlöser der Welt sein wird.

HERODES: Was soll das heißen: der Erlöser der Welt?

TIGELLINUS: Es ist ein Titel, den Cäsar führt.

HERODES: Aber Cäsar kommt nicht nach Judäa. Erst gestern hatte ich Briefe von Rom. Es stand nichts von dieser Sache darin. Und Ihr, Tigellinus, Ihr wart ja den Winter über in Rom. Ihr habt nichts von dieser Sache gehört, was?

TIGELLINUS: Herr, ich habe nichts von der Sache gehört. Ich wollte nur den Titel erklären. Es ist einer von Cäsars Titeln.

HERODES: Aber Cäsar kann nicht kommen. Er wird zu sehr von der Gicht geplagt. Es heißt, seine Füße seien wie die eines Elefanten. Es sprechen auch politische Erwägungen mit. Wer Rom verlässt, hat Rom verloren. Er wird nicht kommen. Indessen, Cäsar ist der Herr, er wird kommen, wenn es ihm so beliebt. Trotzdem glaube ich, er wird nicht kommen.

ERSTER NAZARENER: Herr, die Worte, die der Prophet sprach, haben sich nicht auf Cäsar bezogen.

HERODES: Wie? Nicht auf Cäsar bezogen?

ERSTER NAZARENER: Nein, Herr.

HERODES: Auf wen bezogen sie sich denn?

ERSTER NAZARENER: Auf den Messias, der gekommen ist.

EIN JUDE: Der Messias ist nicht gekommen.

ERSTER NAZARENER: Er ist gekommen, und allenthalben tut er Wunder.

HERODIAS: Oho! Wunder! Ich glaube nicht an Wunder. Ich habe ihrer zu viele gesehen. *Zu dem Pagen:* Meinen Fächer.

ERSTER NAZARENER: Der Mann tut wirkliche Wunder. Zum Beispiel hat er bei einer Hochzeit, die in einer kleinen Stadt in Galiläa stattfand, Wasser in Wein verwandelt. Zuverlässige Leute, die dabei waren, haben es mir berichtet. Ferner heilte er zwei Aussätzige, die vor dem Tore von Kapernaum saßen, durch einfaches Berühren.

ZWEITER NAZARENER: Nein, zwei Blinde heilte er in Kapernaum.

ERSTER NAZARENER: Nein, es waren Aussätzige. Aber er hat auch Blinde geheilt, und man hat ihn auf einem Berge im Gespräch mit Engeln gesehen.

EIN SADDUZÄER: Es gibt keine Engel.

EIN PHARISÄER: Es gibt Engel, aber ich glaube nicht, dass der Mann mit ihnen gesprochen hat.

ERSTER NAZARENER: Eine große Menge Volkes hat ihn gesehen, wie er mit Engeln sprach.

HERODIAS: Wie diese Menschen mich langweilen! Sie sind lächerlich! Sie sind alle miteinander lächerlich. *Zu dem Pagen:* Nun! Mein Fächer? *Der Page gibt ihr den Fächer.* Du blickst drein wie ein Träumer. Du sollst nicht träumen. Nur kranke Menschen träumen. *Sie schlägt den Pagen mit ihrem Fächer.*

ZWEITER NAZARENER: Dann geschah ferner das Wunder mit der Tochter des Jairus.

ERSTER NAZARENER: Jawohl, das ist gewiss. Niemand kann es bestreiten.

HERODIAS: Diese Menschen sind verrückt. Sie haben zu lange in den Mond gesehen. Befiehl ihnen, dass sie schweigen!

HERODES: Was ist das für ein Wunder mit der Tochter des Jairus?

ERSTER NAZARENER: Die Tochter des Jairus war tot Der Mann erweckte sie von den Toten.

HERODES: Wie! Er erweckt die Menschen vom Tode?

ERSTER NAZARENER: Jawohl, Herr, er erweckt die Toten.

HERODES: Ich will nicht, dass er das tue. Ich verbiete ihm, das zu tun. Ich erlaube niemandem, die Toten zu erwecken. Der Mann muss gefunden werden, und man soll ihm sagen, dass ich ihm verbiete, die Toten zu erwecken. Wo ist der Mann zurzeit.

ZWEITER NAZARENER: Herr, er ist überall, aber es ist schwer, ihn zu finden.

ERSTER NAZARENER: Es heißt, er sei jetzt in Samaria.

EIN JUDE: Man kann leicht sehen, dass er nicht der Messias ist, wenn er in Samaria ist. Nicht zu den Leuten von Samaria soll der Messias kommen. Die von Samaria sind verflucht. Sie bringen keine Opfer zum Tempel.

ZWEITER NAZARENER: Vor ein paar Tagen verließ er Samaria. Ich glaube, im Augenblick ist er in der Nähe von Jerusalem.

ERSTER NAZARENER: Nein, dort ist er nicht. Ich bin erst aus Jerusalem gekommen. In zwei Monaten haben sie keine Nachricht von ihm gehabt.

HERODES: Tut nichts! Er soll gefunden werden, und man soll ihm sagen: So spricht Herodes, der König: »Ich will nicht dulden, dass du die Toten erweckest.« – Wasser in Wein verwandeln, Aussätzige und Blinde heilen … derlei Dinge mag er tun, wenn er will. Ich sage nichts gegen diese Dinge. In Wahrheit, ich halte es für eine gute Tat, einen Aussätzigen zu heilen. Aber niemand soll die Toten erwecken … Es müsste schrecklich sein, wenn die Toten wiederkämen.

DIE STIMME DES JOCHANAAN: O über dies geile Weib! Diese Hure! Ha! Die Tochter Babylons mit ihren Goldaugen und ihren gleißenden Lidern! So sagt der Herr unser Gott: Eine Menge Menschen werden sich gegen sie sammeln. Und sie werden Steine nehmen und sie steinigen …

HERODIAS: Befiehl ihm, er soll schweigen!

DIE STIMME DES JOCHANAAN: Die Kriegshauptleute werden sie mit ihren Schwertern durchbohren, sie werden sie unter ihren Schilden zermalmen.

HERODIAS: Wahrhaftig, es ist schändlich!

DIE STIMME DES JOCHANAAN: Es ist so, dass ich alle Verruchtheit von der Erde austilgen werde, und dass alle Weiber lernen werden, nicht auf den Wegen ihrer Gräuel zu wandeln.

HERODIAS: Du hörst, was er gegen mich sagt? Du duldest es, dass er die schmähe, die dein Weib ist!

HERODES: Er hat deinen Namen nicht genannt.

HERODIAS: Was tut das zur Sache? Du weißt wohl, dass ich es bin, die er zu schmähen sucht. Und ich bin dein Weib – oder nicht?

HERODES: In der Tat, teure und vieledle Herodias, du bist mein Weib, und zuvor warst du das Weib meines Bruders.

HERODIAS: Nämlich du rissest mich aus seinen Armen.

HERODES: In der Tat war ich stärker als er … Aber wir wollen von dieser Sache nicht reden. Ich wünsche nicht, davon zu reden. Es handelt sich um die schrecklichen Worte, die der Prophet gesprochen hat. Am Ende bedeuten diese Worte, dass Schlimmes geschehen wird. Wir wollen von dieser Sache nicht reden. Edle Herodias, wir sind gegen unsere Gäste nicht aufmerksam. Füll du mein Glas, Vielgeliebte. He! Füllt die großen Pokale von Silber und die großen Pokale von Glas mit Wein. Ich will auf Cäsar trinken. Es sind Römer hier, wir müssen auf Cäsar trinken!

ALLE: Cäsar! Cäsar!

HERODES: Siehst du nicht, wie blass deine Tochter ist?

HERODIAS: Was kümmert es dich, ob sie blass ist oder nicht?

HERODES: Nie hab ich sie so blass gesehen.

HERODIAS: Du brauchst sie nicht anzusehen.

DIE STIMME DES JOCHANAAN: Es kommt ein Tag, da wird die Sonne finster werden wie ein schwarzes Tuch, und der Mond wird werden wie Blut, und die Sterne des Himmels werden auf die Erde fallen wie unreife Feigen vom Feigenbaum, und die Könige der Erde werden erzittern.

HERODIAS: Haha! Den Tag möcht ich sehen, von dem er spricht, wenn der Mond wie Blut wird und die Sterne wie unreife Feigen zur Erde fallen. Dieser Prophet schwatzt wie ein Betrunkener … aber ich kann den Klang seiner Stimme nicht ertragen. Ich hasse seine Stimme. Befiehl ihm, er soll schweigen.

HERODES: Ich will nicht. Ich kann nicht verstehen, was das sein soll, wovon er spricht, aber vielleicht ist es ein Zeichen.

HERODIAS: Ich glaube nicht an Zeichen. Er spricht wie ein Betrunkener.

HERODES: Kann sein, er ist trunken vom Weine Gottes.

HERODIAS: Was ist das für ein Wein, der Wein Gottes? Auf was für Weinbergen ist er gewachsen? In welcher Kelter findet man ihn?

HERODES *sieht von diesem Augenblicke ab fortwährend Salome an*: Tigellinus, als Ihr jüngst in Rom wart, sprach der Kaiser mit Euch über …?

TIGELLINUS: Worüber, Herr?

HERODES: Worüber? Ach, ich fragte Euch etwas, nicht? Ich habe vergessen, was ich Euch fragen wollte …

HERODIAS: Du fängst wieder an, meine Tochter anzusehn. Du sollst sie nicht ansehn. Ich habe es schon gesagt.

HERODES: Du sagst nichts anderes.

HERODIAS: Ich sage es nochmals.

HERODES: Und dann der Ausbau des Tempels, von dem sie so viel geredet haben, wird da etwas geschehn? Sie sagen, der Vorhang zum Allerheiligsten sei verschwunden, nicht wahr?

HERODIAS: Du hast ihn selber gestohlen. Du schwatzest in den Tag hinein und sinnloses Zeug. Ich will nicht hier bleiben. Wir wollen hineingehn.

HERODES: Tanz für mich, Salome.

HERODIAS: Ich will nicht haben, dass sie tanzt.

SALOME: Ich habe keine Lust zu tanzen, Tetrarch.

HERODES: Salome, Tochter der Herodias, tanz für mich.

HERODIAS: Sei still! Lass sie in Frieden.

HERODES: Ich befehle dir zu tanzen, Salome.

SALOME: Ich will nicht tanzen, Tetrarch.

HERODIAS *lachend*: Du siehst, wie sie dir gehorcht.

HERODES: Was kümmert es mich, ob sie tanzt oder nicht? Das gilt mir gleich. Heut Nacht bin ich glücklich. Ich bin ausnehmend glücklich. Ich bin nie so glücklich gewesen …

ERSTER SOLDAT: Der Tetrarch blickt finster drein. Sieht er nicht finster drein?

ZWEITER SOLDAT: Ja, er sieht finster drein.

HERODES: Warum sollte ich nicht glücklich sein? Cäsar, der der Herr der Welt ist, Cäsar, der der Herr über alles ist, liebt mich gar sehr. Er hat mir höchst kostbare Geschenke übersandt. Auch hat er mir versprochen, den König von Kappadozien, der mein Feind ist, nach Rom vorzuladen. Kann sein, dass er ihn in Rom ans Kreuz schlagen lässt, denn er ist imstande, alles zu tun, wonach ihm der Sinn steht. Cäsar ist in Wahrheit ein Herr. Darum tue ich wohl daran, glücklich zu sein. Ich bin sehr glücklich, nie bin ich so glücklich gewesen. Nichts in der Welt kann mein Glück stören.

DIE STIMME DES JOCHANAAN: Er wird auf seinem Throne sitzen. Er wird gekleidet sein in Scharlach und Purpur. In seiner Hand wird er einen goldenen Becher halten, der voll ist seiner Lästerungen. Und der Engel des Herrn wird ihn darniederschlagen. Er wird von den Würmern gefressen werden.

HERODIAS: Du hörst, was er über dich sagt. Er sagt, du wirst von den Würmern gefressen werden.

HERODES: Er spricht nicht von mir. Er spricht nie gegen mich. Er spricht von dem König von Kappadozien, der mein Feind ist. Der wird von den Würmern gefressen werden. Ich bin es nicht. Nie hat er ein Wort gegen mich gesprochen, dieser Prophet, außer, dass ich sündigte, als ich das Weib meines Bruders zum

Weibe nahm. Kann sein, er hat recht. Denn in der Tat, du bist unfruchtbar.

HERODIAS: Ich bin unfruchtbar, ich? Das sagst du, du, der fortwährend meine Tochter ansieht, du, der sich an ihrem Tanze weiden möchte? Du sprichst wie ein Narr. Ich habe ein Kind geboren. Du hast kein Kind gezeugt, nein, nicht mit einer einzigen deiner Sklavinnen. An dir liegt es, nicht an mir!

HERODES: Still, Weib! Ich sage, du bist unfruchtbar. Du hast mir kein Kind geboren, und der Prophet sagt, dass unsere Ehe keine rechte Ehe ist. Er sagt, dass es eine Ehe der Blutschande ist, eine Ehe, die Unheil bringen wird … Ich fürchte, er hat recht; es ist mir sicher, dass er recht hat. Aber es ist nicht die Stunde, von diesen Dingen zu sprechen. Ich möchte glücklich sein heute. Wahrhaftig, ich bin glücklich. Es gibt nichts, was ich misse.

HERODIAS: Ich bin froh, dass du heut Nacht so gut gelaunt bist. Es kommt nicht oft vor bei dir. Aber es ist spät. Wir wollen hineingehen. Vergiss nicht, dass wir bei Sonnenaufgang zur Jagd gehen. Alle Ehren müssen Cäsars Gesandten erwiesen werden, nicht?

ZWEITER SOLDAT: Der Tetrarch blickt finster drein.

ERSTER SOLDAT: Ja, er blickt finster drein.

HERODES: Salome, Salome, tanz für mich. Ich bitte dich, tanz für mich. Ich bin traurig heut Nacht. Als ich hierher kam, bin ich in Blut getreten, und das ist ein böses Zeichen; auch hört ich in der Luft ein Rauschen von Flügeln, ein Rauschen von riesengroßen Flügeln. Ich weiß nicht, worauf das deuten mag … Ich bin traurig heut Nacht. Drum tanz für mich. Tanz für mich, Salome, ich bitte gar sehr. Wenn du für mich tanzest, kannst du von mir begehren, was du willst, ich werde es dir geben. Ja, tanz für mich, Salome, und was du immer von mir begehren magst, das will ich dir geben, und wär's die Hälfte meines Königreichs.

SALOME *steht auf*: Willst du mir wirklich alles geben, was ich von dir begehre, Tetrarch?

HERODIAS: Tanze nicht, meine Tochter!

HERODES: Alles, was du von mir begehren wirst, und wär's die Hälfte meines Königreichs.

SALOME: Du schwörst es, Tetrarch?

HERODES: Ich schwöre es, Salome!

HERODIAS: Tanze nicht, meine Tochter!

SALOME: Wobei willst du das beschwören, Tetrarch?

HERODES: Bei meinem Leben, bei meiner Krone, bei meinen Göttern. Verlange, was du willst, ich will es dir geben, und wär's die Hälfte meines Königreichs, wenn du nur für mich tanzen willst. O Salome, Salome, tanz für mich!

SALOME: Du hast einen Eid geschworen, Tetrarch!

HERODES: Ich habe einen Eid geschworen!

HERODIAS: Meine Tochter, tanze nicht!

HERODES: Und wär's die Hälfte meines Königreichs. Du wirst unermesslich schön sein als Königin, Salome, wenn es dir gefällt, die Hälfte meines Königreichs zu begehren. Wird sie nicht schön sein als Königin? Ah, es ist kalt hier! Es geht ein eisiger Wind, und ich höre … warum hör ich in der Luft dies Rauschen von Flügeln? Ah! Es ist doch so, als ob ein ungeheurer schwarzer Vogel über die Terrasse schwebte. Warum kann ich ihn nicht sehen, diesen Vogel? Das Rauschen seiner Flügel ist schrecklich. Der sausende Wind von diesen Flügelschlägen ist schrecklich. Es ist ein schneidender Wind. Aber nein, er ist nicht kalt, er ist heiß. Es ist zum Ersticken. Gießt mir Wasser über die Hände. Gebt mir Schnee zu essen. Macht mir den Mantel los! Schnell, schnell, macht mir den Mantel los! Doch nein, lasst ihn. Mein Kranz drückt mich, die Rosen meines Kranzes. Die Blumen sind wie Feuer. Sie haben mir die Stirn verbrannt. *Er reißt das Gewinde vom Kopf und wirft es auf den Tisch.* Ah! Jetzt kann ich atmen. Wie rot diese Rosenblätter sind! Sie sind wie Blutflecken auf einem Gewande. Doch lassen wir's. Es ist töricht, in allem, was man sieht, nach Bedeutung zu spüren. Es bringt zu viel Entsetzen ins Leben. Es wäre besser zu sagen, dass Blutflecken so lieblich wie Rosenblätter sind. Es wäre ferner besser zu sagen, dass ... Aber wir wollen nicht davon sprechen. Ich bin jetzt glücklich. Ich bin über die Maßen glücklich. Hab ich nicht das Recht, glücklich zu sein? Deine Tochter will für mich tanzen. Wirst du nicht für mich tanzen, Salome? Du hast versprochen, für mich zu tanzen.

HERODIAS: Ich will nicht haben, dass sie tanzt.

SALOME: Ich will für dich tanzen, Tetrarch.

HERODES: Du hörst, was deine Tochter sagt. Sie will für mich tanzen. Du tust recht, wenn du für mich tanzest, Salome. Und wenn du für mich getanzt hast, vergiss nicht, von mir zu begehren, was zu begehren dir in den Sinn kommen mag. Alles, was du verlangst, werde ich dir geben, und wär's die Hälfte meines Königreichs. Ich habe es geschworen – oder nicht?

SALOME: Du hast es geschworen, Tetrarch.

HERODES: Und ich habe immer mein Wort gehalten. Ich bin keiner von denen, die ihre Eide brechen. Ich verstehe mich nicht aufs Lügen. Ich bin der Sklave meines Worts, und mein Wort ist das Wort eines Königs. Der König von Kappadozien trug immer Lügen im Mund, aber er ist kein echter König. Er ist ein Wicht. Er schuldet mir auch Geld, das er nicht heimzahlt. Er hat sogar meine Gesandten beleidigt.

Er hat Worte gesprochen, die kränkend waren. Aber Cäsar wird ihn ans Kreuz schlagen lassen, wenn er nach Rom kommt. Ich weiß, Cäsar wird ihn kreuzigen lassen. Und wenn er ihn nicht kreuzigen lässt, wird er doch sterben und von den Würmern gefressen werden. Der Prophet hat es prophezeit. Nun! Warum zögerst du, Salome?

SALOME: Ich warte, bis meine Sklavinnen mir Salben und die sieben Schleier bringen und die Sandalen von meinen Füßen lösen.

SKLAVINNEN *bringen Salben und die sieben Schleier und nehmen Salome die Sandalen ab.*

HERODES: Ah, du wirst mit nackten Füßen tanzen! 's ist gut! 's ist gut! Deine kleinen Füße werden wie weiße Tauben sein. Sie werden wie kleine weiße Blumen sein, die auf den Bäumen tanzen … Nein, nein, sie wird auf Blut tanzen! Da auf dem Boden ist Blut vergossen! Sie soll nicht auf Blut tanzen! Es wäre ein böses Zeichen.

HERODIAS: Was kümmert es dich, ob sie auf Blut tanzt? Du hast tief genug darin gewatet …

HERODES: Was kümmert es mich? Ah, sieh den Mond an! Er ist rot geworden. Er ist rot geworden wie Blut. Ah, der Prophet hat wahr prophezeit. Er prophezeite, dass der Mond wie Blut werden würde. Hat er das nicht prophezeit? Ihr alle habt gehört, wie er es prophezeite. Und jetzt ist der Mond wie Blut geworden. Seht ihr es nicht?

HERODIAS: O ja, ich sehe es gut, und die Sterne fallen wie unreife Feigen, nicht? Und die Sonne wird finster wie ein schwarzes Tuch, und die Könige der Erde erzittern. Das wenigstens kann man sehen. Darin wenigstens hat der Prophet recht behalten mit seinem Wort, denn fürwahr, die Könige der Erde zittern … Wir wollen hineingehen. Du bist krank. Sie werden in Rom sagen, dass du verrückt bist Wir wollen hineingehen, sage ich.

DIE STIMME DES JOCHANAAN: Wer ist Der, der von Edom kommt, wer ist Der, der von Bozra kommt, dessen Kleid mit Purpur gefärbt ist, der in der Schönheit seiner Gewänder leuchtet, der mächtig in seiner Größe wandelt? Warum ist dein Kleid mit Scharlach gefleckt?

HERODIAS: Wir wollen hineingehen. Die Stimme dieses Menschen macht mich wahnsinnig. Ich will nicht haben, dass meine Tochter tanzt, während er fortwährend dazwischenschreit. Ich will nicht, dass sie tanzt, während du sie auf solche Art ansiehst Mit einem Wort, ich will nicht haben, dass sie tanzt.

HERODES: Steh nicht auf, mein Weib, meine Königin, es wird dir nichts helfen. Ich gehe nicht hinein, bevor sie getanzt hat. Tanze, Salome, tanze für mich!

HERODIAS: Tanze nicht, meine Tochter!

SALOME: Ich bin bereit, Tetrarch.

SALOME *tanzt den Tanz der sieben Schleier.*

HERODES: Ah! Wundervoll! Wundervoll! Siehst du, sie hat für mich getanzt, deine Tochter. Komm her, Salome, komm her, du sollst deinen Lohn haben. Ah! Ich zahle denen königlichen Preis, die mir zur Lust tanzen wollen. Ich will dich königlich belohnen. Ich will dir alles geben, was dein Herz begehrt Was willst du haben? Sprich!

SALOME *kniend*: Ich möchte, dass sie mir gleich in einer Silberschüssel …

HERODES *lachend*: In einer Silberschüssel? Gewiss doch, in einer Silberschüssel! Sie ist reizend, nicht? Was ist es, das du in einer Silberschüssel haben möchtest, o süße, schöne Salome, du, die schöner ist als alle Töchter Judäas? Was sollen sie dir in einer Silberschüssel bringen? Sag es mir! Was es auch sein mag, du sollst es erhalten. Meine Reichtümer gehören dir. Was ist es, das du haben möchtest, Salome?

SALOME *steht auf*: Den Kopf des Jochanaan.

HERODIAS: Ah! Das sagst du gut, meine Tochter.

HERODES: Nein, nein!

HERODIAS: Das sagst du gut, meine Tochter.

HERODES: Nein, nein, Salome. Das ist es nicht, was du begehrst. Hör nicht auf die Stimme deiner Mutter. Sie hat dir immer schlechten Rat gegeben. Achte nicht auf sie.

SALOME: Ich achte nicht auf die Stimme meiner Mutter. Zu meiner eigenen Lust will ich den Kopf des Jochanaan in einer Silberschüssel haben. Du hast einen Eid geschworen, Herodes. Vergiss es nicht, du hast einen Eid geschworen!

HERODES: Ich weiß es. Ich habe einen Eid geschworen, bei meinen Göttern habe ich geschworen. Ich weiß es wohl. Aber ich beschwöre dich, Salome, verlange etwas anderes von mir. Verlange die Hälfte meines Königreichs von mir. Ich will sie dir geben. Aber verlange nicht von mir, was deine Lippen verlangt haben.

SALOME: Ich verlange von dir den Kopf des Jochanaan.

HERODES: Nein, nein, ich will ihn dir nicht geben.

SALOME: Du hast einen Eid geschworen, Herodes.

HERODIAS: Ja, du hast einen Eid geschworen. Alle haben es gehört. Du hast es vor allen geschworen.

HERODES: Still, Weib! Zu dir spreche ich nicht.

HERODIAS: Meine Tochter hat wohl daran getan, den Kopf des Jochanaan zu verlangen. Er hat mich mit Schimpf und Schande bedeckt. Er hat unsägliche Dinge gegen mich gesagt. Man kann sehen, dass sie ihre Mutter lieb hat. Gib nicht nach, meine Tochter. Er hat einen Eid geschworen, er hat einen Eid geschworen.

HERODES: Still! Sprich nicht zu mir! … Salome, ich beschwöre dich, sei nicht trotzig. Ich bin immer gut zu dir gewesen. Ich habe dich immer lieb gehabt … Kann sein, ich habe dich zu lieb gehabt. Darum verlange das nicht von mir. Das ist etwas Schreckliches, etwas Grauenvolles, was du von mir verlangst. Sicher, ich glaube, du willst scherzen. Der Kopf eines Mannes, der vom Rumpf getrennt ist, das ist ein übler Anblick, nicht? Es ziemt sich nicht, dass die Augen eines Mädchens auf so etwas fallen. Was für eine Lust könntest du darin finden? Du könntest keine Lust darin finden. Nein, nein, das begehrst du nicht. Horch, was ich sage. Ich habe einen Smaragd, einen großen Smaragd, einen runden, den Cäsars Freundin mir hergeschickt hat. Wenn du durch diesen Smaragd siehst, kannst du sehen, was weit weg vor sich geht. Cäsar selbst trägt solch einen Smaragd, wenn er in den Zirkus geht. Aber mein Smaragd ist der größere. Ich weiß es, er ist der größere. Er ist der größte Smaragd in der ganzen Welt. Den willst du haben, nicht wahr? Verlange ihn von mir, ich werde ihn dir geben.

SALOME: Ich fordere den Kopf des Jochanaan.

HERODES: Du hörst nicht zu. Du hörst nicht zu. Lass mich zu dir reden, Salome.

SALOME: Den Kopf des Jochanaan.

HERODES: Nein, nein, du möchtest das nicht haben. Du sagst das nur, um mich zu quälen, weil ich dich so angesehen und es den ganzen Abend nicht gelassen habe. Es ist wahr, ich habe dich angesehen und hab's den ganzen Abend nicht gelassen. Deine Schönheit hat mich verwirrt. Deine Schönheit hat mich maßlos verwirrt, und ich habe dich allzu viel angesehen. Aber ich will dich wahrhaftig nicht mehr ansehen. Man sollte gar nichts ansehen. Weder Dinge noch Menschen sollte man ansehen. Nur in Spiegel sieht es sich gut, denn Spiegel zeigen uns bloß Masken. O! O! Bringt Wein! Mich dürstet! … Salome, Salome, lass uns wie Freunde zueinander sein. Bedenk dich! … Ah! Was wollte ich sagen? Was war's! Ah! Ich weiß es wieder! … Salome – komm doch näher her zu mir, ich fürchte, du hörst sonst meine Worte nicht – Salome, du kennst meine weißen Pfauen, meine schönen weißen Pfauen, die im Garten zwischen den Myrten und den hohen Zypressenbäumen wandeln. Ihre Schnäbel sind mit Gold bemalt, und die Körner, die sie fressen, sind vergoldet, und ihre Füße sind mit Purpur gefärbt. Wenn sie ihren Schrei ausstoßen, kommt Regen, und der Mond zeigt sich am Himmelszelt, wenn sie ihr Rad entfalten. Zwei und zwei wandeln sie zwischen den Zypressenbäumen und den dunkeln Myrten, und für jeden ist ein Sklave da, der ihn pflegt. Manchmal fliegen sie über die Bäume weg, und zuweilen ruhen sie im Gras und rund um die Teiche. In der ganzen Welt gibt es keine so wunderbaren Vögel. Ich weiß, Cäsar selbst hat nicht so schöne Vögel, wie meine Vögel sind. Ich will dir fünfzig von meinen Pfauen geben. Sie werden dir folgen, wohin du gehen willst, und inmitten ihrer Schar wirst du wie der Mond sein in einer großen, weißen Wolke … Ich will sie dir geben, alle. Ich habe bloß hundert, und in der ganzen Welt lebt kein König, der Pfauen hat, wie meine Pfauen sind. Aber ich will sie dir alle geben. Nur musst du mich von meinem Eid entbinden und musst nicht von mir verlangen, was deine Lippen von mir verlangt haben.

Er leert seinen Becher.

SALOME: Gib mir den Kopf des Jochanaan!

HERODIAS: Gut gesagt, meine Tochter! Und du, du bist lächerlich mit deinen Pfauen!

HERODES: Still! Was kreischest du denn immer? Du kreischest wie ein Raubvogel. Du musst nicht so kreischen. Deine Stimme peinigt mich. Still, sag ich dir! … Salome, bedenke, was du tun willst. Es kann sein, dass der Mann von Gott gesandt ist. Er ist ein heiliger Mann. Der Finger Gottes hat ihn berührt. Gott hat schreckliche Worte in seinen Mund gelegt. Im Palast wie in der Wüste ist immer Gott bei ihm … Es kann wenigstens sein, dass er bei ihm ist. Man kann es nicht sagen, aber es ist möglich, dass Gott bei ihm ist und, ihm beisteht. Wenn er daher stirbt, kann mich vielleicht ein Unheil treffen. Er hat wirklich gesagt, an dem Tage, da er stirbt, wird irgendjemanden Unheil treffen. Wen sollte es treffen, wenn nicht mich? Denk daran, ich trat in Blut, als ich hierher kam. Und hörte ich nicht auch in der Luft ein Rauschen von Flügeln, ein Rauschen von ungeheuren Flügeln? Das sind schlimme Zeichen. Und es war noch anderes da. Ich bin sicher, es war noch anderes da, ich habe es nur nicht gesehen. Du möchtest nicht, dass mich ein Unheil trifft, Salome? Hör jetzt auf mich.

SALOME: Gib mir den Kopf des Jochanaan!

HERODES: Ach! Du willst nicht auf mich hören. Sei ruhig. Ich, siehst du, ich bin ruhig. Ich bin ganz und gar ruhig. Höre. Ich habe an diesem Ort Juwelen versteckt – Juwelen, die selbst deine Mutter nie gesehen hat! Juwelen, die wundervoll zu sehen sind. Ich habe ein Halsband mit vier Reihen Perlen. Sie sind wie Monde, die an silberne Strahlen gekettet sind. Ja, sie sind wie ein halbes Hundert Monde, die man in goldenem Netz gefangen hat. Auf der Elfenbeinbrust einer Königin haben sie geruht. Du sollst schön sein wie eine Königin, wenn du sie trägst Ich habe zwei Arten Amethyste; die einen sind wie dunkelschwarzer Wein, und die andern sind rot wie Wein, den man mit Wasser vermengt hat. Ich habe Topase, gelb wie die Augen der Tiger, und Topase, die sind hellrot wie die Augen einer Waldtaube, und grüne Topase, die sind wie Katzenaugen. Ich habe Opale, die immer funkeln, mit einem Feuer, das kalt wie Eis ist, Opale, die den Geist der Menschen traurig stimmen und die das Dunkel nicht ertragen können. Ich habe Onyxe gleich den Augäpfeln einer toten Frau. Ich habe Mondsteine, die ihre Farbe wechseln, wenn der Mond wechselt, und erblassen, wenn sie die Sonne sehen. Ich habe Saphire so groß wie ein Ei und so blau wie blaue Blumen. Das Meer wogt in ihnen, und der Mond wandelt nie das Blau ihrer Wellen. Ich habe Chrysolithe und Berylle und Chrysoprase und Rubine, ich habe Sardonyx- und Hyazinthsteine und Steine von Chalcedon – und ich will sie dir alle geben, alle, und will noch andere Dinge dazutun. Der König von Indien hat mir jetzt eben erst vier Fächer geschickt, die aus Papageifedern gefertigt sind, und der König von Numidien ein Gewand von Straußfedern. Ich habe einen Kristall, in den zu schauen keinem Weibe erlaubt ist, und junge Männer dürfen ihn nur betrachten, wenn sie vorher mit Ruten gestrichen wurden. In einem Perlmutterkästchen habe ich drei wunderbare Türkise. Wer sie an seiner Stirne trägt, kann Dinge schauen, die nicht wirklich sind, und wer sie in der Hand trägt, kann einer Frau die Fruchtbarkeit benehmen. Das sind große Schätze. Es sind unbezahlbare Schätze. Aber das ist nicht alles. In einem Kästchen aus Ebenholz habe ich zwei Becher aus Bernstein, die sind wie Äpfel von reinem Gold. Wenn ein Feind Gift in diese Becher gießt, werden sie Äpfel von Silber. In einem Kästchen, das mit Bernstein verziert ist, habe ich Sandalen, die mit Glas eingelegt sind. Ich habe Mäntel, die man aus dem Lande der Serer gebracht hat, und Armspangen, rundum mit Karfunkeln und Achaten besetzt, die aus der Stadt Euphrates kommen … Was begehrst du noch sonst, Salome? Sage mir, was du begehrst, ich will es dir geben. Alles, was du verlangst, will ich dir geben – nur eines nicht. Ich will dir alles geben, was mein ist – nur nicht das Leben dieses einen Mannes. Ich will dir den Mantel des Hohenpriesters geben. Ich will dir den Vorhang des Allerheiligsten geben …

DIE JUDEN: O! O!

SALOME: Gib mir den Kopf des Jochanaan!

HERODES *sinkt auf seinen Sitz zurück*: Man soll ihr geben, was sie verlangt! Sie ist in Wahrheit ihrer Mutter Kind!

DER ERSTE SOLDAT *tritt näher.* HERODIAS *zieht dem* TETRARCHEN *den Todesring vom Finger und gibt ihn dem Soldaten, der ihn auf der Stelle dem* HENKER *überbringt. Der Henker sieht erschrocken drein.*

HERODES: Wer hat meinen Ring genommen? Ich hatte einen Ring an der rechten Hand. Wer hat meinen Wein getrunken? Es war Wein in meinem Becher. Er war mit Wein gefüllt. Es hat ihn jemand ausgetrunken! O! Gewiss wird Unheil über einen kommen. Der Henker geht in die Zisterne hinunter. O! Warum hab ich einen Eid geschworen? Von jetzt ab soll kein König mehr einen Eid schwören. Wenn er ihn nicht hält, ist es schrecklich, und wenn er ihn hält, ist es auch schrecklich.

HERODIAS: Meine Tochter hat recht getan.

HERODES: Ich bin sicher, es wird ein Unheil geschehen.

SALOME *lehnt sich über die Zisterne und horcht*: Es ist kein Laut zu vernehmen. Ich höre nichts. Warum schreit er nicht, der Mann? Ah! Wenn einer mich zu töten käme, ich würde schreien, ich würde mich wehren, ich würde es nicht dulden … Schlag zu, schlag zu, Naaman, schlag zu, sag ich dir … Nein, ich höre nichts. Es ist alles still, eine schreckliche Stille. Ah! Es ist etwas zu Boden gefallen. Ich hörte etwas fallen. Es war das Schwert des Henkers. Er hat Angst, dieser Sklave. Er hat das Schwert fallen lassen. Er traut sich nicht, ihn zu töten. Er ist eine Memme, dieser Sklave! Schickt Soldaten hin. *Sie sieht den* PAGEN *der Herodias und redet ihn an.* Komm hierher. Du warst der Freund des Toten, nicht? Wohlan, ich sage dir, es sind noch nicht genug Tote. Geh zu den Soldaten und befiehl ihnen, hinabzusteigen und mir zu holen, was ich verlange, was mir der Tetrarch versprochen hat, was mein ist. *Der Page weicht zurück, sie wendet sich den* SOLDATEN *zu.* Hierher, ihr Soldaten! Geht ihr in diese Zisterne hinunter und holt mir den Kopf des Mannes. Tetrarch, Tetrarch, befiehl deinen Soldaten, dass sie mir den Kopf des Jochanaan holen.

Ein riesengroßer schwarzer Arm, der Arm des Henkers, streckt sich aus der Zisterne heraus, auf einem silbernen Schild den Kopf des Jochanaan haltend. SALOME *greift darnach.* HERODES *verhüllt sein Gesicht mit dem Mantel.* HERODIAS *fächelt sich zu und lächelt. Die* NAZARENER *sinken in die Knie und beginnen zu beten.*

SALOME: Ah! Du wolltest mich deinen Mund nicht küssen lassen, Jochanaan. Wohl! Ich will ihn jetzt küssen. Ich will mit meinen Zähnen hineinbeißen, wie man in eine reife Frucht beißen mag. Ja, ich will ihn küssen, deinen Mund, Jochanaan. Ich hab es gesagt; hab ich's nicht gesagt? Ich hab es gesagt. Ah, ich will ihn jetzt küssen … Aber warum siehst du mich nicht an, Jochanaan? Deine Augen, die so schrecklich waren, so voller Wut und Verachtung, sind jetzt geschlossen. Warum sind sie geschlossen? Öffne doch deine Augen! Erhebe deine Lider, Jochanaan! Warum siehst du mich nicht an? Hast du Angst vor mir, Jochanaan, dass du mich nicht ansehn willst? … Und deine Zunge, die wie eine rote, Gift sprühende Schlange war, sie bewegt sich nicht mehr, sie spricht kein Wort, Jochanaan, diese Scharlachnatter, die ihren Geifer auf mich spie. Es ist seltsam, nicht? Wie kommt es, dass die rote Natter sich nicht mehr rührt? … Du wolltest mich nicht haben, Jochanaan! Du wiesest mich von dir. Du sprachst böse Worte gegen mich. Du benahmst dich gegen mich wie gegen eine Hure, wie gegen ein geiles Weib, gegen mich, Salome, die Tochter der Herodias, Prinzessin von Judäa! Nun wohl, ich lebe noch, aber du bist tot, und dein Kopf gehört mir. Ich kann mit ihm tun, was ich will. Ich kann ihn den Hunden vorwerfen und den Vögeln der Luft. Was die Hunde übrig lassen, sollen die Vögel der Luft verzehren … Ah! Jochanaan, Jochanaan, du warst der Mann, den ich allein von allen Männern liebte! Alle andern Männer waren mir verhasst. Doch du warst schön! Dein Leib war eine Elfenbeinsäule auf silbernen Füßen. Er war ein Garten voller Tauben und Silberlilien. Er war ein silberner Turm, mit Elfenbeinschilden gedeckt. Nichts in der Welt war so weiß wie dein Leib. Nichts in der Welt war so schwarz wie dein Haar. In der ganzen Welt war nichts so rot wie dein Mund. Deine Stimme war ein Weihrauchgefäß, das seltene Düfte verbreitete, und wenn ich dich ansah, hörte ich geheimnisvolle Musik. O! Warum hast du mich nicht angesehen, Jochanaan! Mit deinen Händen als Mantel und mit dem Mantel deiner Lästerworte verhülltest du dein Gesicht. Du legtest über deine Augen die Binde Eines, der seinen Gott schauen wollte. Wohl, du hast deinen Gott gesehen, Jochanaan, aber mich, mich, mich hast du nie gesehen! Hättest du mich gesehen, so hättest du mich geliebt! Ich sah dich, und ich liebte dich! O, wie liebte ich dich! Ich liebe dich noch, Jochanaan! Ich liebe nur dich … Ich dürste nach deiner Schönheit; ich hungre nach deinem Leib; nicht Wein noch Äpfel können mein Verlangen stillen. Was soll ich jetzt tun, Jochanaan? Nicht die Fluten noch die großen Wasser können dies brünstige Begehren löschen. Ich war eine Fürstin, und du verachtetest mich, eine Jungfrau, und du nahmst mir meine Keuschheit. Ich war rein und züchtig, und du hast Feuer in meine Adern gegossen … Ah! Ah! Warum sahst du mich nicht an? Hättest du mich angesehen, du hättest mich geliebt. Ich weiß es wohl, du hättest mich geliebt, und das Geheimnis der Liebe ist größer als das Geheimnis des Todes …

HERODES: Sie ist ein Ungeheuer, deine Tochter; ich sage dir, sie ist ein Ungeheuer. In Wahrheit, was sie getan hat, ist ein großes Verbrechen. Mir ist gewiss, es ist ein Verbrechen gegen einen unbekannten Gott.

HERODIAS: Ich bin ganz zufrieden mit meiner Tochter. Sie hat recht getan. Und ich möchte jetzt hier bleiben.

HERODES *steht auf*: Ah! Da spricht meines Bruders Weib! Komm! Ich will nicht an diesem Orte bleiben. Komm, sag ich dir! Sicher, es wird Schreckliches geschehen. Manasseh, Issachar, Osias, löscht die Fackeln aus! Ich will all die Dinge nicht sehen, ich will nicht leiden, dass all die Dinge mich sehen. Löscht die Fackeln aus! Verbergt den Mond! Verbergt die Sterne! Wir wollen uns selber im Palast verbergen, Herodias. Ich fange an zu erzittern.

Die SKLAVEN *löschen die Fackeln aus. Die Sterne verschwinden. Eine große Wolke zieht über den Mond und verhüllt ihn völlig. Die Bühne wird ganz dunkel. Der* TETRARCH *beginnt die Treppe hinaufzusteigen.*

DIE STIMME DER SALOME: Ah, ich habe deinen Mund geküsst, Jochanaan; ich hab ihn geküsst, deinen Mund. Es war ein bitterer Geschmack auf deinen Lippen. Hat es nach Blut geschmeckt? … Nein; doch schmeckte es vielleicht nach Liebe … Sie sagen, dass die Liebe bitter schmecke … Doch, was tut's, was tut's? Ich habe deinen Mund geküsst, Jochanaan, ich hab ihn geküsst, deinen Mund!

Ein Strahl des Mondlichts fällt auf Salome und beleuchtet sie.

HERODES *wendet sich um und erblickt Salome*: Man töte dieses Weib!

Die SOLDATEN *stürzen vor und zermalmen* SALOME, *die Tochter der Herodias, Prinzessin von Judäa, unter ihren Schilden.*

Epistola

in Carcere et Vinculis (De Profundis)

I. M. Gefängnis
Reading

Lieber Bosie!

Nach langem, fruchtlosem Warten habe ich beschlossen, selbst an Dich zu schreiben, ebenso sehr in Deinem wie in meinem Interesse; denn der Gedanke widerstrebt mir, dass ich zwei lange Gefängnisjahre durchgemacht haben soll, ohne jemals eine einzige Zeile von Dir empfangen zu haben oder eine Nachricht oder auch nur einen Gruß, außer solchen, die mich schmerzten.

Unsere unselige, höchst beklagenswerte Freundschaft hat für mich mit Verderben und öffentlicher Schande geendet. Doch die Erinnerung an unsere frühere Zuneigung verlässt mich selten, und der Gedanke, dass Abscheu, Verbitterung und Verachtung für immer den Platz in meinem Herzen einnehmen könnten, den Liebe vordem innehatte, ist sehr traurig für mich; und Du selbst wirst wohl im Herzen fühlen, dass es besser ist, an mich, der ich in der Einsamkeit des Gefängnisses liege, zu schreiben, als ohne meine Genehmigung Briefe von mir zu veröffentlichen oder, ohne mich zu fragen, mir Gedichte zu widmen, mag auch die Welt nichts erfahren von Worten des Kummers oder der Leidenschaft, der Gewissensbisse oder der Gleichgültigkeit, die es Dir als Antwort oder Rechtfertigung zu schicken beliebt.

Zweifellos wird in diesem Brief, den ich über Dein und mein Leben zu schreiben habe, über die Vergangenheit und die Zukunft, über Süßes, das sich in Bitterkeit gewandelt, und über Bitteres, das vielleicht zur Freude werden kann, vieles stehen, was Deine Eitelkeit bis aufs Blut verletzt. Sollte dem so sein, dann lies den Brief immer wieder, bis er Deine Eitelkeit ertötet. Wenn Du darin etwas findest, das Dich Deinem Gefühl nach zu Unrecht beschuldigt, so vergiss nicht: Man soll dankbar dafür sein, dass es Fehler gibt, deren man zu Unrecht beschuldigt werden kann. Wenn eine einzige Stelle darin vorkommt, die Tränen Dir in die Augen treibt, dann weine, wie wir im Gefängnis weinen, wo der Tag, nicht minder als die Nacht, Tränen aufgespart ist. Es ist das Einzige, was Dich retten kann. Wenn Du zu Deiner Mutter gehst und Dich beklagst, wie damals, über die Verachtung, die ich in meinem Brief an Robbie gegen Dich äußerte, damit sie Dir schmeichle und Dich wieder in Selbstgefälligkeit und Überhebung einlulle, so bist Du völlig verloren. Wenn Du eine Ausrede für Dich findest, wirst Du bald hundert finden und ganz das sein, was Du vorher warst. Behauptest Du noch, wie Du es in Deiner Antwort an Robbie tatest, ich schriebe Dir »unwürdige Motive« zu? Ach, Du hattest keine Motive im Leben. Du hattest nur Gelüste. Ein Motiv ist ein geistiges Ziel. Behauptest Du noch, Du seist »sehr jung« gewesen, als unsere Freundschaft begann? Dein Gebrechen war nicht, dass Du so wenig, sondern dass Du so viel vom Leben wusstest. Die Morgenröte der Knabenzeit mit *ihrem zarten Fla*um, ihrem klaren, reinen Licht, ihrer unschuldigen, erwartungsvollen Freude hattest Du weit hinter Dir gelassen. Sehr geschwinden, laufenden Fußes warst Du von der Romantik zum Realismus gelangt. Die Gosse und was darin lebt hatten Dich zu fesseln begonnen. Daraus ging die Unannehmlichkeit hervor, in der Du Hilfe bei mir suchtest, und ich ließ sie Dir, unklugerweise nach dem, was dieser Welt als Klugheit gilt, aus Mitleid und Güte zuteilwerden. Du musst diesen Brief von A bis Z durchlesen, mag jedes Wort auch für Dich zum Feuer oder zum Messer des Wundarztes werden, sodass das zarte Fleisch brennt oder blutet. Bedenke: Der Tor in den Augen der Götter und der Tor in Menschenaugen sind etwas ganz anderes. Wer gar nichts von den Formen offenbarter Kunst, von der Entwicklung fortschrittlichen Denkens, von dem Gepränge des lateinischen Verses, von der klangvolleren Musik des vokalreichen Griechisch, von toskanischer Skulptur und elisabethanischer Lyrik weiß, kann doch der allerholdesten Klugheit voll sein. Der wahre Tor, den die Götter verspotten oder verderben, ist der, welcher sich selbst nicht kennt. Ich war ein solcher zu lange. Du warst ein solcher zu lange. Sei es nicht mehr! Fürchte Dich nicht! Das höchste Laster ist Seichtheit. Alles, was zum Bewusstsein kommt, ist richtig. Denke auch daran, dass alles, was Dich zu lesen betrübt, mich ärger betrübt niederzuschreiben. Gegen Dich sind die unsichtbaren Mächte sehr gut gewesen. Sie haben Dich die seltsamen, tragischen Gestalten des Lebens sehen lassen, wie man Schatten im Spiegel sieht. Das Haupt der Meduse, das lebendige Menschen in Stein verwandelt, war Dir vergönnt, bloß im Spiegel zu schauen. Du selbst bist frei zwischen Blumen dahingeschritten. Mir ist die schöne Welt der Farbe und der Bewegung genommen.

Ich will damit anfangen, Dir zu sagen, dass ich mir schreckliche Vorwürfe mache. Während ich hier in der dunklen Zelle in Sträflingskleidung sitze, ein entehrter, vernichteter Mann, mache ich mir Vorwürfe. In den qualvollen Nächten mit ihren Angstanfällen, in den langen, eintönigen Tagen mache ich mir selbst Vorwürfe. Ich mache mir Vorwürfe, dass ich eine ungeistige Freundschaft, eine Freundschaft, deren ursprünglicher Zweck es nicht war, Schönes zu schaffen und zu schauen, mein Leben völlig beherrschen ließ. Von Anbeginn war eine zu weite Kluft zwischen uns. Du bist in der Schule faul gewesen, schlimmer als faul auf der Universität. Es kam Dir nicht zum Bewusstsein, dass ein Künstler, zumal einer wie ich, will sagen: einer, bei dem der Wert der Arbeit von der inneren Kraft der Persönlichkeit abhängt, zur Entfaltung seiner Kunst den Umgang mit Ideen, ein geistiges Milieu, Ruhe, Frieden und Einsamkeit nötig hat. Du bewundertest meine Arbeiten, wenn sie fertig waren; Du ergötztest Dich an den glänzenden Erfolgen meiner Premierenabende und den glänzenden Festessen hernach; Du warst stolz darauf, ganz natürlicherweise, der intime Freund eines so hervorragenden Künstlers zu sein. Aber Du konntest die zum Schaffen künstlerischer Werke erforderlichen Bedingungen nicht verstehen. Ich spreche nicht in rhetorisch übertriebenen Phrasen, sondern in durchaus wahren, auf reinen Tatsachen beruhenden Worten, wenn ich Dir zu Gemüte führe, dass ich während der ganzen Zeit, die wir zusammen waren, nie eine einzige Zeile geschrieben habe. Ob in Torquay, Goring, London, Florenz oder sonst wo, mein Leben ist, solange Du an meiner Seite warst, völlig unfruchtbar und unschöpferisch gewesen. Und mit nur wenigen Unterbrechungen warst *Du leider* immer an meiner Seite.

Ich erinnere mich zum Beispiel: Im September 1893, um nur einen Fall von vielen herauszugreifen, mietete ich mehrere möblierte Zimmer, lediglich um ungestört zu arbeiten; ich hatte nämlich meinen Kontrakt mit John Hare gebrochen, dem ich ein Theaterstück zugesagt hatte und der auf schleunige Erledigung drängte. Während der ersten Woche ließest Du Dich nicht blicken. Wir hatten uns, nur zu natürlich, über den künstlerischen Wert Deiner Übersetzung der »Salome« gestritten. Du begnügtest Dich deshalb damit, mir törichte Briefe in der Angelegenheit zu senden. In dieser Woche schrieb und vollendete ich bis ins Kleinste den ersten Akt des »Idealen Gatten«, so wie er schließlich aufgeführt wurde. In der zweiten Woche kamst Du wieder, und mit meiner Arbeit war es tatsächlich aus. Ich begab mich jeden Vormittag um ½12 Uhr nach St. James's Place, um Gelegenheit zum Nachdenken und Schreiben zu haben ohne die von meinem Haushalt unzertrennliche Störung, so still und friedlich dieser auch war. Aber der Versuch war nutzlos. Um 12 Uhr kamst Du angefahren und bliebst, Zigaretten rauchend und plaudernd, bis ½2 Uhr; dann musste ich Dich zum Lunch ins Café Royal oder ins Berkeley mitnehmen. Der Lunch mit seinen Schnäpsen dauerte gewöhnlich bis ¼4 Uhr. Auf eine Stunde zogst Du Dich in White's Klub zurück. Zur Teezeit erschienst Du wieder und bliebst, bis es Zeit war, sich zum Diner umzuziehen. Du speistest mit mir, entweder im Savoy oder in der Tite Street. Wir trennten uns in der Regel erst nach Mitternacht, da ein Souper bei Willis den berauschenden Tag zum Abschluss bringen musste. Das war mein Leben während jener drei Monate, jeden einzigen Tag, mit Ausnahme der vier Tage, die Du verreist warst. Ich musste dann selbstverständlich nach Calais hinüberfahren und Dich zurückholen. Für einen Menschen meines Schlags und meines Temperaments war es eine gleichermaßen groteske und tragische Lage.

Du musst das jetzt gewiss begreifen. Du musst jetzt einsehen, dass Dein Unvermögen, allein zu sein, Dein begehrliches Wesen, das an die Rücksicht und die Zeit der anderen beständig Forderungen stellte, Deine Unfähigkeit zu anhaltender geistiger Konzentration, der unglückliche Zufall – denn ich möchte es nicht gern für mehr halten –, dass Du noch nicht imstande gewesen, Dir »Oxforder Sinnesart« in geistigen Dingen anzueignen, ich meine: nie ein Mensch gewesen bist, der mit Ideen anmutig spielen konnte, sondern bloß zu ungestümen Ansichten gelangt war – dass all das im Verein mit der Tatsache, dass Deine Wünsche und Interessen dem Leben, nicht der Kunst galten, für Deinen eigenen Bildungsfortschritt ebenso schädlich war wie für meine künstlerische Arbeit. Wenn ich meine Freundschaft mit Dir der Freundschaft mit noch jüngern Männern, wie John Gray und Pierre Louys, vergleiche, schäme ich mich. Mein wahres Leben, mein höheres Leben gehörte ihnen und ihresgleichen.

Von den grauenhaften Folgen meiner Freundschaft mit Dir spreche ich jetzt nicht. Ich denke bloß an ihr Wesen, solange sie währte. Sie war geistig entwürdigend für mich. Ansätze eines künstlerischen Temperaments im Keimen fanden sich bei Dir. Aber ich bin Dir entweder zu spät oder zu früh begegnet – ich weiß nicht, welches von beiden. Wenn Du weg warst, war alles in bester Ordnung mit mir. In dem Augenblick, Anfang Dezember des Jahres, auf das ich vorhin anspielte, als es mir gelungen war, Deine Mutter zu bestimmen, Dich aus England fortzuschicken, sammelte ich wieder das zerrissene, verwirrte Netz meiner Fantasie, bekam wieder Gewalt über mein Leben und beendete nicht nur die übrigen drei Akte des »Idealen Gatten«, sondern ersann auch zwei andere

Stücke von gänzlich verschiedener Grundform: die »Florentinische Tragödie« und »La Sainte Courtisane«, und hatte sie fast vollendet. Da plötzlich kamst Du unaufgefordert, unwillkommen, unter Umständen, die für mein Glück verhängnisvoll waren, nach Hause. Die beiden damals noch unvollendeten Werke vermochte ich nicht wieder aufzunehmen. Die Stimmung, aus der sie geflossen waren, konnte ich nie wiedererlangen. Du wirst jetzt, nachdem Du selbst einen Gedichtband veröffentlicht hast, imstande sein, die Wahrheit alles dessen, was ich hier gesagt habe, zu erkennen. Ob Du es kannst oder nicht: Es bleibt als grässliche Wahrheit im tiefsten Herzen unserer Freundschaft. Solange Du bei mir warst, warst Du der vollkommne Verderb meiner Kunst; und darüber, dass ich Dich beständig zwischen der Kunst und mir stehen ließ, empfinde ich Scham und Gram in vollstem Maße. Du konntest nicht wissen, konntest nicht verstehen, konntest nicht würdigen. Ich hatte kein Recht, es überhaupt von Dir zu erwarten. Deine Interessen galten lediglich Deinem Gaumen und Deinen Launen. Deine Wünsche richteten sich einfach auf Vergnügungen, auf gewöhnliche oder minder gewöhnliche Freuden. Die brauchte oder dachte Dein Temperament im Augenblick zu brauchen. Ich hätte Dir mein Haus und meine Arbeitsräume verbieten sollen, außer wenn ich Dich besonders einlud. Ich mache mir ob meiner Schwäche rückhaltlose Vorwürfe. Es war nur Schwäche. Eine einzige halbe Stunde in der Gesellschaft der Kunst bedeutete für mich stets mehr als ein Zyklus in Deiner Gesellschaft. Nichts war, zu keiner Zeit meines Lebens, jemals von der geringsten Bedeutung für mich neben der Kunst. Aber beim Künstler kommt Schwäche einem Verbrechen gleich, wenn es eine Schwäche ist, welche die Fantasie lähmt.

Ich mache mir Vorwürfe, dass ich Dich meinen völligen, schimpflichen finanziellen Zusammenbruch herbeiführen ließ. Ich erinnere mich eines Vormittags Anfang Oktober 1892, als ich in den vergilbenden Wäldern zu Bracknell bei Deiner Mutter saß. Damals wusste ich noch sehr wenig von Deiner wahren Natur. Ich hatte mich von einem Sonnabend bis Montag bei Dir in Oxford aufgehalten. Du warst zehn Tage bei mir in Cromer gewesen und hattest Golf gespielt. Die Unterhaltung kam auf Dich, und Deine Mutter begann, über Deinen Charakter mit mir zu sprechen. Sie erzählte mir von Deinen beiden Hauptfehlern: Deiner Eitelkeit und davon, dass Du, wie sie es ausdrückte, keine Ahnung vom Geld hättest. Ich entsinne mich genau, wie ich lachte. Ich ließ mir nicht träumen, dass die erste Eigenschaft mich ins Gefängnis, die zweite zum Bankrott bringen werde. Ich hielt Eitelkeit für eine Art anmutiger Blume, die ein junger Mensch trägt; was Verschwendungssucht betrifft – denn ich dachte, Deine Mutter meine nicht mehr als Verschwendung –, so lagen die Tugenden der Bedachtsamkeit und Sparsamkeit meinem eigenen Wesen und meinem Stamme fern. Aber eh unsere Freundschaft vier Wochen älter war, sah ich langsam, was Deine Mutter wirklich meinte. Dein Beharren auf einem Leben rücksichtslosen Vergeudens, Deine unablässigen Geldforderungen, Dein Anspruch, ich solle für alle Deine Vergnügungen zahlen, ob ich bei Dir war oder nicht, brachten mich nach einiger Zeit in ernste Geldschwierigkeiten; und was die Ausschweifung, für mich wenigstens, so einförmig uninteressant machte, während Dein beharrlicher Eingriff *in mein Leben* immer stärker wurde, war, dass das Geld wirklich für kaum etwas anderes ausgegeben wurde als für die Freuden des Essens, Trinkens und dergleichen. Dann und wann ist's eine Lust, seinen Tisch von Wein und Rosen rot zu haben; doch Du gingst über allen Geschmack und alle Mäßigkeit hinaus. Du fordertest ohne Höflichkeit und empfingst ohne Dank. Du dachtest allmählich, Du hättest eine Art Recht, auf meine Kosten und in einer üppigen Schwelgerei zu leben, an die Du durchaus nicht gewöhnt warst und die aus diesem Grunde Deine Begierden immer heftiger werden ließ; und zuletzt, wenn Du beim Spiel in einem Kasino in Algier Geld verlorst, telegrafiertest Du mir einfach nach London am nächsten Morgen, ich möchte den Betrag Deines Verlustes Deinem Bankguthaben überweisen, und dachtest an die Sache ganz und gar nicht mehr.

Wenn ich Dir sage, dass ich vom Herbst 1892 bis zum Zeitpunkt meiner Gefangenschaft mit Dir und für Dich mehr als 5000 Pfund in barem Gelde verausgabte, abgesehen von Schulden, die ich machte, so wirst Du eine Vorstellung von der Art Leben bekommen, die Du durchaus führen wolltest. Glaubst Du, ich übertreibe? Meine gewöhnlichen Ausgaben mit Dir für einen gewöhnlichen Tag in London – für Mittag-, Abendessen, Nachtmahl, Vergnügungen, Droschken und das übrige – schwankten zwischen 12 und 20 Pfund, und die wöchentlichen Ausgaben waren natürlich dementsprechend und schwankten zwischen 80 bis 130 Pfund. Während unseres Vierteljahres in Goring betrugen meine Ausgaben (die Miete selbstverständlich mitgerechnet) 1340 Pfund. Schritt für Schritt musste ich mit dem Konkursverwalter jeden Posten meines Lebens durchgehen. Es war gräulich. »Einfache Lebensweise und hoher Gedankenflug« war allerdings ein Ideal, das Du damals nicht hättest würdigen können, aber eine solche Verschwendung war eine Schande für uns beide. Eines der entzückendsten Soupers, deren ich mich erinnere, nahmen Robbie und ich zusammen in einem kleinen Café in Soho; es kostete ungefähr so viel Schilling, wie die Essen, die ich Dir gab, gewöhnlich Pfund kosteten. Bei diesem Essen mit Robbie entstand der erste und allerbeste meiner Dialoge. Idee, Titel, Behandlung, Form, alles wurde bei einem Menu zu 3 Francs 50 c. entworfen. Von den leichtsinnigen Schmausen mit Dir bleibt nichts zurück als die Erinnerung, dass zu viel gegessen und zu viel getrunken wurde. Und dass ich mich Deinem Begehren fügte, war schlecht für Dich. Du weißt das jetzt. Es hat Dich oft anspruchsvoll gemacht; manchmal recht rücksichtslos; immer ungnädig. Bei allzu vielen Gelegenheiten war es eine zu geringe Freude oder Ehre, Dich zu bewirten. Du vergaßest – ich will nicht sagen: die formelle Höflichkeit, zu danken, denn formelle Höflichkeiten zerren an einer engen Freundschaft –, sondern einfach die Anmut lieber Gesellschaft, den Zauber angenehmer Unterhaltung, jenes τερπνον καλὸν, wie die Griechen es nannten, und all die zarten Menschlichkeiten, die das Leben liebenswert machen und eine Begleitung dazu sind, die, ähnlich wie die Musik, keine Verstimmung aufkommen lässt und die misstönenden oder stummen Stellen mit Melodie erfüllt. Und wenn es Dir auch seltsam erscheinen mag, dass jemand in der schrecklichen Lage, in der ich mich befinde, zwischen einer Schande und der andern einen Unterschied macht, so bekenne ich doch unumwunden, dass die Torheit, all das Geld für Dich wegzuwerfen und Dich mein Vermögen zu Deinem Schaden ebenso wie zu meinem verschleudern zu lassen, mir und in meinen Augen meinem Bankrott eine Note gemeiner Liederlichkeit gibt, deren ich mich doppelt schäme. Ich war zu anderen Dingen geschaffen.

Am allermeisten jedoch mache ich mir Vorwürfe, dass ich Dich meine völlige ethische Erniedrigung über mich bringen ließ. Die Grundlage des Charakters ist Willenskraft, und meine Willenskraft wurde durchaus der Deinen untertan. Das klingt grotesk, ist aber trotzdem wahr. Diese unaufhörlichen Szenen, die für Dich geradezu ein physisches Bedürfnis zu sein schienen, worin Geist und Körper sich bei Dir verzerrten und Du ebenso schrecklich anzusehen wie anzuhören wurdest; diese grässliche Manie, die Du von Deinem Vater geerbt hast: die Manie, empörende, widerwärtige Briefe zu schreiben; der gänzliche Mangel, Deine Gefühlsregungen zu beherrschen, wie er in langen Verstimmungen mürrischen Schweigens von Dir nicht minder zur Schau gestellt wurde als in den plötzlichen Ausbrüchen einer fast epileptischen Wut – alle diese Dinge, worüber einer meiner Briefe an Dich, den Du im Savoy oder sonst einem Hotel herumliegen ließest, sodass er vom Anwalt Deines Vaters dem Gericht vorgelegt wurde, eine von Pathos nicht freie Beschwörung enthielt, wärst Du damals imstande gewesen, Pathos in seinem Grundwesen oder seinen Äußerungen zu erkennen – diese Dinge, sage ich, waren der Ursprung und die Veranlassung, dass ich Dir in Deinen täglich wachsenden Ansprüchen so verhängnisvoll nachgab. Du hast mich abgenutzt! Es war der Triumph der kleineren über die größere Natur. Es war ein Fall von jener Tyrannei der Schwachen über die Starken, die ich irgendwo in einem meiner Stücke als »die einzige Tyrannei von Dauer« bezeichne.

Und sie war unausbleiblich. In jedem Verhältnis des Zusammenlebens muss man ein moyen de vivre finden. In Deinem Falle musste man entweder Dir nachgeben oder Dich aufgeben. Es blieb keine andere

Wahl. Aus tiefer, wiewohl übel angebrachter Zuneigung zu Dir; aus großem Mitleid mit den Gebrechen Deiner Natur und Deines Naturells; aus meiner eigenen sprichwörtlichen Gutmütigkeit und keltischen Trägheit heraus; aus künstlerischer Abneigung gegen rohe Auftritte und hässliche Worte; aus der für mich damals bezeichnenden Unfähigkeit heraus, einem etwas nachzutragen; aus Widerwillen, das Leben bitter und unschön gestaltet zu sehen durch das, was mir, der seine Augen wirklich auf andere Dinge gerichtet hatte, bloße Lappalien, zu geringfügig für mehr als momentanes Nachdenken oder Interesse, schien – aus diesen Gründen, so einfach sie klingen mögen, gab ich Dir immer nach. Als natürliche Folge wuchsen Deine Ansprüche, Dein Herrschbestreben, Deine erpresserischen Forderungen immer unvernünftiger an. Dein schäbigster Beweggrund, Dein niedrigstes Gelüst, Deine gemeinste Leidenschaft wurden für Dich Gesetze, von denen sich das Leben anderer Menschen jederzeit sollte lenken lassen und denen sie, wenn nötig, skrupellos geopfert werden sollten. Da Dir bekannt war, dass Du bloß eine Szene zu machen brauchtest, um Deinen Willen stets durchzusetzen, war es nur natürlich, dass Du – fast unbewusst, wie ich nicht zweifle – die ordinäre Gewalttätigkeit bis zum Übermaß steigertest. Schließlich wusstest Du nicht, zu welchem Ziel Du eiltest oder welcher Zweck Dir vorschwebte. Nachdem ich Dich aus meinem Genius, meiner Willenskraft und meinem Vermögen erschaffen hatte, verlangtest Du in der Blindheit unersättlicher Gier mein gesamtes Sein. Du nahmst es. In dem einen zu allerhöchst und in tragischer Weise kritischen Augenblick meines ganzen Lebens, just bevor ich den beklagenswerten Schritt unternahm, meinen albernen Prozess einzuleiten, griff auf der einen Seite Dein Vater mich mit scheußlichen Karten an, die er in meinem Klub abgab, griffst Du auf der anderen Seite mich mit nicht minder widerwärtigen Briefen an. Der Brief, den ich von Dir am Morgen des Tages bekam, als ich mich von Dir zur Polizeiwache schleppen ließ, um den lächerlichen Haftbefehl gegen Deinen Vater zu beantragen, war einer der schlimmsten, die Du je geschrieben hast, und zwar aus dem schändlichsten Grunde. Zwischen euch beiden hatte ich den Kopf verloren. Mein Urteil verließ mich. Furcht nahm seine Stelle ein. Ich sah keine Möglichkeit des Entrinnens, wie ich offen sagen will, vor euch beiden. Blind schwankte ich dahin wie der Ochs zum Schlachthaus. Ich hatte einen riesenhaften psychologischen Irrtum begangen. Ich hatte immer gedacht, es habe nichts zu bedeuten, dass ich Dir in Kleinigkeiten nachgab; ich selbst könnte, wenn ein großer Augenblick käme, meine Willenskraft in ihrer natürlichen Überlegenheit wieder geltend machen. Es war nicht so. In dem großen Augenblick versagte meine Willenskraft vollständig. Im Leben gibt es tatsächlich nichts Großes oder Kleines. Alles ist von gleichem Wert und gleicher Größe. Meine Gewohnheit – im Anfang hauptsächlich eine Folge von Gleichgültigkeit –, Dir in allem nachzugeben, war unmerklich ein wesentlicher Teil von mir geworden. Ohne dass ich es wusste, hatte sie mein Temperament zu einer ständigen, unheilvollen Stimmung schematisiert. Darum sagt Pater in dem feinen Nachwort zur ersten Auflage seiner Essays: »Unterliegen ist Gewohnheiten annehmen.« Als er das aussprach, meinten die stumpfen Leute in Oxford, der Satz sei bloß eine eigensinnige Umkehrung des etwas langweiligen Wortlauts Aristotelischer Ethik, aber es ist eine wundervolle, schreckliche Wahrheit darin verborgen. Ich hatte meine Charakterstärke von Dir untergraben lassen, und bei mir hatte sich die Annahme einer Gewohnheit nicht nur als ein Unterliegen, sondern als der Untergang erwiesen. In ethischer Hinsicht warst Du für mich noch verderblicher gewesen als in künstlerischer.

Nachdem der Haftbefehl einmal ausgestellt war, lenkte Dein Wille selbstverständlich alles. Zu der Zeit, als ich in London hätte sein, sachverständigen Rat einholen und über die scheußliche Falle, in der ich mich hatte fangen lassen – die Gimpelschlinge, wie Dein Vater sie heute noch nennt –, ruhig hätte nachdenken sollen, da bestandest Du darauf, dass ich mit Dir nach Monte Carlo ginge, gerade diesem abstoßenden Ort auf Gottes Erdboden, damit Du den ganzen Tag wie die ganze Nacht, solange das Kasino geöffnet blieb, spielen könntest. Was mich betrifft – da Baccara keine Reize für mich hat –, so wurde ich draußen allein gelassen. Du lehntest es ab, auch nur fünf Minuten lang die Lage zu besprechen, in die Du und Dein Vater mich gebracht hatten. Meine Aufgabe war lediglich, Deine Hotelrechnung und Deine Verluste zu bezahlen. Die geringste Anspielung auf die Höllenpein, die mich erwartete, wurde als öde empfunden. Eine neue Champagnermarke, die man uns empfahl, interessierte Dich mehr.

Bei unserer Rückkehr nach London beschworen mich diejenigen meiner Freunde, denen es wirklich um mein Wohl zu tun war, ins Ausland zu flüchten und nicht einen unmöglichen Prozess herauszufordern. Du schobst ihnen gemeine Motive unter, weil sie solchen Rat erteilten, und mir Feigheit, weil ich darauf hörte. Du zwangst mich, zu bleiben; ich sollte die Sache, wenn möglich, vor Gericht durch geschmacklose, dumme Lügen dreist anfechten. Schließlich verhaftete man mich, und Dein Vater wurde der Held der Stunde, ja, mehr noch als der Held der Stunde nur: Deine Familie zählt jetzt, komisch genug, zu den Unsterblichen; denn mit der grotesken Wirkung, die gleichsam ein gotischer Bestandteil der Geschichte ist und Klio zu der am wenigsten ernsten sämtlicher Musen macht, wird Dein Vater allezeit unter den gütigen, rein gesinnten Eltern der Erbauungsliteratur fortleben. Dein Platz ist bei dem Kinde Samuel; und im tiefsten Schlamm von Malebolge sitze ich zwischen Gilles de Retz und dem Marquis de Sade.

Natürlich hätte ich mich von Dir losmachen sollen. Ich hätte Dich aus meinem Leben abschütteln sollen, wie einer von seinem Gewand etwas abschüttelt, das ihn gestochen hat. In der wundervollsten aller seiner Tragödien erzählt uns Aischylos von dem großen Herrn, der in seinem Haus ein Löwenjunges, λέοντος ἶνιν, aufzieht und es liebt, weil es seinem Lockruf leuchtenden Auges folgt und sich, wenn es Nahrung will, an ihn schmiegt: φαιδρωπῶς ποτὶ χεῖρα σαίνοντα γαστρὸς ἀνάγκαις, und das Geschöpf wächst heran und zeigt die eingeborene Art, ἦθος τὸ πρὸς τοκέων, und vernichtet den Herrn und sein Haus und alles, was er besitzt. Ich fühle, ich war so wie er. Aber mein Fehler war: nicht, dass ich mich nicht von Dir trennte, sondern, dass ich mich viel zu oft von Dir trennte. Soweit ich mich entsinnen kann, habe ich regelmäßig meine Freundschaft mit Dir alle drei Monate beendet. Und jedes Mal, wenn dies geschehen war, brachtest Du es durch dringende Bitten, Telegramme, Briefe, die Vermittlung Deiner Freunde, die Vermittlung der meinen und dergleichen dahin, mich umzustimmen und Dich wiederkommen zu lassen. Als Du Ende März 1893 mein Haus in Torquay verließest, hatte ich beschlossen, nie mehr mit Dir zu sprechen und Dir unter keinen Umständen mehr zu gestatten, bei mir zu sein, so empörend war der Auftritt gewesen, den Du am Abend vor Deiner Abreise machtest. Schriftlich und telegrafisch batest Du mich aus Bristol, Dir zu verzeihen und mit Dir zusammenzukommen. Dein Universitätslehrer, der dageblieben war, sagte mir, er glaube, Du seist zu Zeiten ganz und gar nicht verantwortlich zu machen für das, was Du sprächest und tätest, und die meisten, wenn nicht alle Studenten am Magdalen-College seien derselben Ansicht. Ich willigte ein, mit Dir zusammenzukommen, und verzieh Dir natürlich. Auf der Fahrt nach London batest Du mich, mit Dir ins Savoy zu gehen. Das war freilich ein verhängnisvoller Besuch für mich. Drei Monate später, im Juni, waren wir in Goring. Einige Deiner Oxforder Bekannten kamen auf Besuch von Sonnabend bis Montag. Am Vormittag ihrer Abreise machtest Du eine so schreckliche, so qualvolle Szene, dass ich Dir sagte, wir müssten uns trennen. Ich erinnere mich ganz gut, als wir auf dem ebenen Krocketplatz standen, von dem hübschen Rasen rings umgeben, wie ich Dir auseinandersetzte, dass wir einer dem anderen das Leben vergällten, dass Du das meine durchaus vernichtetest, und ich Dich offenbar auch nicht wirklich beglückte, und dass unwiderruflicher Abschied und völlige Trennung das eine Kluge, Philosophische wäre, das wir tun sollten. Du gingst schmollend nach dem Mittagessen und ließest einen von Beleidigungen strotzenden Brief dem Diener zurück, der ihn mir nach Deiner Abreise übergeben sollte. Ehe drei Tage verstrichen waren, batest Du telegrafisch aus London, ich möchte Dir verzeihen und Dich zurückkommen lassen. Ich hatte Dir zuliebe dort gemietet. Ich hatte Deine eigenen Dienstboten auf Dein Ersuchen engagiert. Es tat mir stets furchtbar leid, dass Du der grässlichen Gemütsverfassung zum Opfer fielst. Ich hatte Dich gern. Ich ließ dich also zurückkommen und verzieh dir. Drei Monate später jedoch, im September, spielten sich neue Szenen ab; der Anlass dazu war, dass ich dir die Schuljungenschnitzer in Deinem Übersetzungsversuch der »Salome« nachwies. Du musst es jetzt im Französischen so weit gebracht haben, zu wissen, dass die Übersetzung Deiner als eines Oxforder Akademikers ebenso unwürdig war wie des Werkes, das sie wiederzugeben vorhatte. Du wusstest es damals allerdings nicht, und in einem der heftigen Briefe, die Du mir in der Angelegenheit schriebst, sagtest Du, Du hättest mir gegenüber »keinerlei geistige Verpflichtung«. Ich weiß noch: Als ich diese Behauptung las, fühlte ich, dass es wirklich das einzig Wahre sei, das Du mir im ganzen Verlauf unserer Freundschaft geschrieben hattest. Ich sah ein, dass ein weniger gebildetes Wesen Dir viel besser getaugt hätte. Ich sage das keineswegs in Verbitterung, sondern einfach als Tatsache, die für allen geselligen Umgang gilt. In letztem Betracht ist das Band jedes geselligen Umgangs, ob nun in der Ehe oder in der Freundschaft, die Unterhaltung, und Unterhaltung muss eine gemeinsame Grundlage haben, und zwischen zwei Menschen von weit verschiedener Bildung ist die einzig mögliche gemeinsame Grundlage der Nullpunkt. Das Triviale im Denken und Handeln ist reizend. Ich hatte es zum Schlussstein einer sehr geistreichen, in Theaterstücken und Paradoxen ausgesprochenen Philosophie gemacht. Aber die Hohlheit und Torheit unseres Lebens ödeten mich oftmals sehr an. Nur im Schlamm sind wir uns begegnet; und so bestrickend, so schrecklich bestrickend auch das eine Thema war, um das Deine Unterhaltung unveränderlich kreiste, es wurde schließlich dennoch zu monoton für mich. Es langweilte mich oft zu Tode, und ich nahm es hin, wie Deine Vorliebe fürs Varieté oder Deine Manie für abgeschmackte Ausschweifungen im Essen und Trinken oder sonst eine Deiner für mich weniger reizvollen Eigenschaften, will sagen: wie etwas, womit man sich einfach abzufinden hatte – ein Teil des hohen Preises, den man für die Bekanntschaft mit Dir zahlen musste.

Als ich nach meiner Rückkehr aus Goring für vierzehn Tage nach Dinard ging, warst Du mir sehr böse, weil ich Dich nicht mitnahm, machtest deswegen vor meiner Abreise überaus unerquickliche Szenen im Albemarle-Hotel und schicktest mir ebenso unerquickliche Telegramme in ein Landhaus, wo ich etliche Tage weilte. Ich sagte Dir, wie ich mich erinnere, ich hielte es für Deine Pflicht, dass Du eine Zeit lang bei Deinen Verwandten bliebest, da Du den ganzen Sommer fern von ihnen zugebracht hättest. Aber tatsächlich, um vollkommen offen mit Dir zu sein, konnte ich Dich unter keinen Umständen bei mir sein lassen. Wir waren fast zwölf Wochen zusammen gewesen. Ich brauchte Ruhe und Befreiung von dem schrecklichen Druck Deiner Gesellschaft. Es war nötig für mich, ein wenig allein zu sein. Es war in geistiger Beziehung nötig. Und so – dass ich's nur gestehe – sah ich in Deinem Brief, aus dem ich zitiert habe, eine sehr gute Gelegenheit, die unselige Freundschaft, die zwischen uns aufgekommen war, zu beenden, und zwar ohne Bitternis zu beenden, wie ich es schon vor einem Vierteljahr an dem leuchtenden Junimorgen in Goring versucht hatte. Es wurde mir jedoch nahegelegt – ich fühle mich verpflichtet, es ehrlich zu sagen: von einem meiner eigenen Freunde, zu dem Du in Deiner misslichen Lage gegangen warst –, dass Du tief verletzt seist, vielleicht sogar gedemütigt, wenn man Dir Deine Arbeit wie einen Schulaufsatz zurückschicke; dass ich geistig viel zu viel von Dir erwartete; und dass Du doch, was Du auch schriebest oder tätest, ganz entschieden an mir hingest. Ich wollte nicht der Erste sein, der Dich in Deinen literarischen Anfängen hemmt oder entmutigt. Ich wusste ganz gut, dass keine Übersetzung, es sei denn, dass sie von einem Dichter herrührte, die Farbe und den Tonfall meines Werks in angemessener Weise wiederzugeben vermöchte. Anhänglichkeit schien mir, scheint mir noch, etwas Wundervolles, das man nicht leichthin wegwerfen soll. Deshalb nahm ich die Übersetzung und Dich zurück.

Genau drei Monate später, nach einer Reihe von Auftritten, die in einem mehr als üblich empörenden ihren Gipfel erreichten, als Du an einem Montagabend in Begleitung zweier Deiner Freunde zu mir in die Wohnung kamst, fand ich mich am nächsten Morgen buchstäblich auf der Flucht ins Ausland, um Dir zu entrinnen. Ich gab meiner Familie einen albernen Grund für meine plötzliche Abreise an und ließ meinem Diener eine falsche Adresse zurück aus Furcht, Du könntest mit dem nächsten Zug nachkommen. Und ich weiß noch, an diesem Nachmittag, als ich im Eisenbahnwagen saß und nach Paris sauste, dachte ich darüber nach, in was für eine unmögliche, schreckliche, gänzlich schiefe Lage mein Leben gelangt war, wenn ich, ein Mann von Weltruf, mich buchstäblich gezwungen sah, aus England fortzueilen, um eine Freundschaft loszuwerden, die alles Gute in mir, vom geistigen oder ethischen Standpunkt aus, völlig vernichtete. Dabei war der Mensch, vor dem ich mich auf der Flucht befand, kein schreckliches, aus Unrat oder Schlamm ins gesellschaftliche Leben eingedrungenes Geschöpf, mit dem ich mich eingelassen, sondern Du, ein junger Mann meines eigenen Ranges und Standes, der das gleiche College wie ich in Oxford besucht hatte und ein ständiger Gast in meinem Haus war. Die üblichen Telegramme mit Beschwörungen und Gewissensbissen folgten. Ich beachtete sie nicht. Schließlich drohtest Du damit, falls ich nicht einwilligte, mit Dir zusammenzukommen, unter keinen Umständen nach Ägypten zu reisen. Ich selbst hatte, mit Deinem Wissen und Zustimmen, Deine Mutter gebeten, Dich von England fort nach Ägypten zu schicken, weil Du Dein Leben in London zuschanden machtest. Ich wusste, dass es für sie, wenn Du nicht gingest, eine schreckliche Enttäuschung sein würde, und um ihretwillen kam ich mit Dir zusammen, und unter dem Einfluss großer Erregung, die Du sogar nicht vergessen haben kannst, verzieh ich die Vergangenheit, obschon ich von der Zukunft gar nichts sagte. Nach London am nächsten Tag zurückgekehrt, saß ich in meinem Zimmer und suchte traurig und ernst mit mir ins Kare zu kommen, ob Du wirklich das seist, als was Du mir erschienst, oder nicht: so voll schrecklicher Gebrechen, so durchaus verderblich für Dich selbst wie für andere, ein so verhängnisvoller Bekannter und Gesellschafter. Eine ganze Woche lang dachte ich darüber nach und fragte mich, ob ich im Grunde nicht ungerecht sei und Dich falsch einschätze. Am Ende der Woche ward ein Brief Deiner Mutter abgegeben. Er drückte in demselben Grade jedes Gefühl aus, das ich Dir gegenüber hegte. Sie sprach darin von Deiner blinden, übertriebenen Eitelkeit, die Dich Dein Heim verachten und Deinen älteren Bruder – diese candidissima anima – als »Philister« behandeln lasse; von Deiner Gemütsart, die ihr Angst einflöße, mit Dir über Dein Leben zu sprechen, das Leben, das Du, wie sie fühle, wie sie wisse, führtest; über Dein Verhalten in Geldangelegenheiten, das ihr in mehr als einer Hinsicht schmerzlich sei; von der Entartung und Veränderung, die mit Dir vorgegangen. Deine Mutter sah selbstverständlich, dass Erblichkeit Dir ein entsetzliches Vermächtnis aufgebürdet hatte, und räumte es offen ein: Er ist »das eine meiner Kinder, welches das unselige Douglastemperament geerbt hat«, schrieb sie von Dir. Zum Schluss äußerte sie, sie fühle sich zu der Erklärung verpflichtet, Deine Freundschaft mit mir habe ihrer Ansicht nach Deine Eitelkeit so gesteigert, dass sie der Quell aller Deiner Fehler geworden sei, und sprach die ernste Bitte aus, ich möchte nicht im Ausland mit Dir zusammenkommen. Ich antwortete ihr sogleich und sagte ihr, dass ich mit jedem ihrer Worte völlig übereinstimme. Ich fügte noch viel mehr hinzu. Ich ging so weit, wie es irgend möglich war. Ich sagte ihr, unsere Freundschaft stamme aus Deinen Oxforder Studententagen her, als Du an mich mit der Bitte herantratest, Dir in einer sehr ernsten Kalamität sehr besonderer Art zu helfen. Ich sagte ihr, Dein Leben sei beständig in der gleichen Weise heimgesucht gewesen. Die Schuld an Deiner Fahrt nach Belgien hättest Du Deinem Gefährten auf dieser Reise zugeschoben, und Deine Mutter hätte mir Vorwürfe gemacht, weil ich Dich mit ihm bekannt gemacht hätte. Ich schob die Schuld auf die richtigen Schultern zurück: die Deinen. Ich versicherte ihr zum Schluss, ich hätte nicht die geringste Absicht, Dich im Ausland zu treffen, und bat sie, sie möchte versuchen, Dich dort zu halten, entweder als Gesandtschaftsattaché, falls das möglich wäre, oder, wenn nicht, zur Erlernung fremder Sprachen; oder aus irgendeinem Grunde, der ihr gut dünke, mindestens zwei bis drei Jahre, in Deinem Interesse ebenso sehr wie in dem meinen. Inzwischen schriebst Du mir mit jeder Post aus Ägypten. Ich nahm nicht die geringste Notiz von irgendeiner Deiner Mitteilungen. Ich las sie und zerriss sie. Ich hatte mir fest vorgenommen, ich wollte nichts mehr mit Dir zu tun haben. An meinem Entschluss war nicht zu rütteln, und ich gab mich freudig der Kunst hin, deren Fortschritt ich Dich hatte unterbrechen lassen. Nach Ablauf eines Vierteljahres schreibt mir tatsächlich Deine Mutter selbst mit jener unglücklichen, für sie bezeichnenden Willensschwäche, die in der Tragödie meines Lebens ein nicht minder verhängnisvoller Bestandteil gewesen ist als die Gewalttätigkeit Deines Vaters, sagt mir – auf Dein Anstiften hin, wie ich natürlich nicht zweifelte –, Du seist überaus begierig, von mir zu hören, und sendet mir, damit ich keinen Vorwand hätte, nicht mit Dir in schriftliche Verbindung zu treten, Deine Athener Adresse, die ich selbstverständlich nur zu gut kannte. Ich gebe zu, ich war sprachlos vor Erstaunen über ihren Brief; ich konnte nicht begreifen, wie sie, nach dem, was sie mir im Dezember geschrieben und was ich ihr darauf geantwortet hatte, es auch nur versuchen konnte, meine unglückliche Freundschaft mit Dir wiederherzustellen oder zu erneuern. Ich bestätigte freilich ihren Brief und legte ihr abermals ans Herz, den Versuch zu machen, Dich bei einer auswärtigen Gesandtschaft anzubringen, um Deine Rückkehr nach England zu verhindern; aber an Dich schrieb ich nicht und nahm so wenig Notiz von Deinen Telegrammen wie vorher, ehe Deine Mutter an mich geschrieben hatte. Schließlich telegrafiertest Du an meine Frau und batest sie, ihren Einfluss bei mir aufzubieten und mich zum Schreiben an Dich zu veranlassen. Unsere Freundschaft war von jeher eine Quelle des Kummers für sie gewesen; nicht nur, weil sie Dich persönlich nie leiden mochte, sondern weil sie sah, wie Dein beständiger Umgang mich veränderte, und nicht zum Besseren. Immerhin, ganz so, wie sie stets höchst gütig und gastlich Dir gegenüber gewesen war, konnte sie den Gedanken nicht ertragen, dass ich lieblos – denn so kam es ihr vor – gegen einen meiner Freunde sei. Sie dachte, ja, wusste, dass das nicht in meinem Charakter lag. Auf ihr Bitten hin setzte ich mich mit Dir in Verbindung. Ich entsinne mich des Wortlauts meines Telegramms recht gut. Ich sagte, die Zeit heile jede Wunde, doch viele Monate noch möchte ich weder an Dich schreiben noch Dich sprechen. Du reistest unverzüglich nach Paris ab und schicktest mir von unterwegs leidenschaftliche Telegramme mit der Bitte, ich möchte Dich doch wenigstens einmal sprechen. Ich lehnte es ab. Du trafst in Paris spät an einem Samstagabend ein und fandest einen kurzen Brief von mir in Deinem Hotel vor, des Inhalts, ich möchte Dich nicht sprechen. Am nächsten Morgen empfing ich in der Tite Street ein zehn bis elf Seiten langes Telegramm von Dir. Du brachtest darin zum Ausdruck: einerlei was Du mir getan hättest, Du könntest nicht glauben, dass ich es glatt ablehne, Dich zu sprechen; Du erinnertest mich daran, dass Du zu dem Zweck, mich auch nur eine Stunde zu sprechen, sechs Tage und Nächte durch ganz Europa ohne Aufenthalt gefahren seist; Du beschworst mich auf eine – ich kann es nicht leugnen – überaus rührende Art und schlossest mit einer, wie mir schien, nicht einmal schwach verhüllten Selbstmord-Drohung. Du selbst hattest mir oft erzählt, wie viele Deiner Angehörigen ihre Hände mit ihrem eigenen Blut befleckt hatten: sicher Dein Onkel, wahrscheinlich Dein Großvater, neben anderen aus dem tollen, schlechten Stamm, dem Du entsprossen. Mitleid, meine alte Liebe zu Dir, Rücksicht auf Deine Mutter, für die Dein Tod unter so fürchterlichen Umständen ein für sie fast unverwindlicher Schicksalsschlag gewesen wäre, die grauenhafte Vorstellung, dass ein so junges Leben, eines, das bei all seinen hässlichen Fehlern noch Schönes verhieß, ein so empörendes Ende nehmen sollte, reine Menschenliebe – all das muss, wenn es der Entschuldigungen bedarf, mir als Entschuldigung dienen, dass ich Dir eine letzte Zusammenkunft zu gewähren einwilligte. Als ich in Paris ankam, brachst Du den ganzen Abend immer wieder in Tränen aus; wie Regen fielen sie über Deine Wangen, als wir zuerst bei Voisin dinierten, hernach bei Paillard soupierten. Deine ungeheuchelte Freude über das Wiedersehen mit mir, die sich darin äußerte, dass Du, sooft es ging, meine Hand hieltest, als ob Du ein folgsames, reuiges Kind wärst. Deine im Augenblick so schlichte und aufrichtige Zerknirschung ließen mich in eine Erneuerung unserer Freundschaft willigen. Zwei Tage nach unserer Rückkehr nach London sah Dich Dein Vater mit mir im Café Royal lunchen, setzte sich an meinen Tisch, trank von meinem Wein und begann diesen Nachmittag, durch einen an Dich gerichteten Brief, seinen ersten Angriff auf mich.

Es mag seltsam sein, aber noch einmal wurde mir, ich will nicht sagen: die Gelegenheit, doch die Pflicht, mich von Dir zu trennen, aufgezwungen. Ich brauche Dich kaum daran zu. erinnern, dass ich auf Dein Benehmen mir gegenüber in Brighton vom 10. bis 13. Oktober 1894 anspiele. Drei Jahre zurückblicken ist für Dich eine lange Zeit. Aber wir, die im Gefängnis leben und in deren Leben es kein anderes Ereignis als Leiden gibt, müssen die Zeit nach den Pulsschlägen des Schmerzes und dem Register bitterer Augenblicke messen. Wir haben an nichts anderes zu denken. Das Leiden ist – so wunderlich es Dir klingen mag – das Mittel, durch das wir existieren, weil es das einzige Mittel ist, durch das wir uns der Existenz bewusst werden; und die Erinnerung an Leiden in der Vergangenheit ist für uns nötig als Gewähr und Beweis unserer fortdauernden Identität. Zwischen mir und dem Gedächtnis an Freudiges liegt eine nicht minder tiefe Kluft als zwischen mir und Freudigem in seiner gegenwärtigen Wirklichkeit. Wäre unser gemeinsames Leben gewesen, wie die Welt es sich vorstellte: einfach aus Vergnügen, Liederlichkeit, Lachen bestehend, so wär ich nicht in der Lage, mir einen einzigen Vorfall zurückzurufen. Weil es voll tragischer, bitterer, in ihren Warnungen finsterer, in ihren eintönigen Auftritten und ungeziemenden Heftigkeiten langweiliger oder schrecklicher Momente und Tage war, kann ich jedes besondere Ereignis bis ins Kleinste sehen, ja, kann sonst wenig sehen oder hören. So sehr lebt man an diesem Ort vom Schmerz, dass meine Freundschaft mit Dir, in der Art, wie ich daran denken muss, mir stets als ein Präludium für die unterschiedlichen Angststimmungen vorkommt, die ich jeden Tag durchzumachen habe; nein, mehr: sogar nötig zu haben scheine, als wäre mein Leben, wofür ich und andere es auch gehalten haben mögen, die ganze Zeit eine wirkliche Symphonie des Leidens gewesen, die durch ihre rhythmisch verbundenen Sätze zu ihrer bestimmten Auflösung fortschreitet mit jener Unabwendbarkeit, die für die Behandlung jedes großen Themas in der Kunst bezeichnend ist.

Ich sprach von Deinem Benehmen mir gegenüber an drei aufeinanderfolgenden Tagen vor drei Jahren – nicht wahr? Ich war damit beschäftigt, mein letztes Stück in der Einsamkeit von Worthing zu vollenden.

Die beiden Besuche, die Du mir gemacht hattest, waren zu Ende. Da erschienst Du plötzlich ein drittes Mal und brachtest einen Gefährten mit, der, schlugst Du allen Ernstes vor, bei mir im Haus wohnen sollte. Ich lehnte das (Du musst jetzt zugeben: wie es ganz richtig war) aufs Entschiedenste ab. Ich hielt Dich selbstverständlich frei; ich hatte in diesem Punkt keine andere Wahl: aber an fremdem Ort, nicht bei mir zu Hause. Am nächsten Tag, einem Montag, kehrte Dein Genosse zu den Pflichten seines Berufs zurück, und Du bliebst bei mir. Von Worthing angeödet und noch mehr zweifellos von meinen vergeblichen Versuchen, meine Aufmerksamkeit auf mein Stück zu konzentrieren – das Einzige, was mich im Augenblick wirklich fesselte –, bestehst Du darauf, dass ich mit Dir nach Brighton ins Grand Hotel fahre. In der Nacht unserer Ankunft erkrankst Du an dem grässlichen, niederträchtigen Fieber, das man dummerweise Influenza nennt – Dein zweiter, wenn nicht Dein dritter Anfall. Ich brauche Dich nicht daran zu erinnern, wie ich Dich bediente und pflegte, nicht nur mit allen Annehmlichkeiten, wie Früchten, Blumen, Geschenken, Büchern und dergleichen, was man für Geld haben kann, sondern auch mit jener Zärtlichkeit und Liebe, die man – einerlei, wie Du darüber denkst – nicht für Geld haben kann. Abgesehen von einem einstündigen Spaziergang am Vormittag, einer einzigen Spazierfahrt am Nachmittag bin ich nie aus dem Hotel fort gewesen. Ich ließ besondere Trauben für Dich aus London kommen, da Dir die vom Hotel gelieferten nicht schmeckten, erfand allerlei Kurzweil, blieb bei Dir oder im Zimmer nebenan, saß jeden Abend bei Dir, um Dich zu beruhigen oder zu belustigen. Nach vier oder fünf Tagen bist Du wiederhergestellt, und ich miete möblierte Zimmer und suche, mein Stück zu vollenden. Selbstverständlich begleitest Du mich. Am Morgen nach dem Tag, als wir dort eingezogen, fühlte ich mich schwer krank. Du musst zu geschäftlichen Zwecken nach London fahren, versprichst aber, nachmittags wieder da zu sein. In London triffst Du Dich mit einem Freund und kommst erst spät am nächsten Tag nach Brighton zurück; da habe ich schon hohes Fieber, und der Arzt stellt fest, dass ich mir die Influenza bei Dir geholt habe. Nichts hätte für einen Kranken unbequemer sein können als möblierte Zimmer sich erweisen. Mein Wohnzimmer liegt im ersten Stock, mein Schlafzimmer im dritten. Es ist kein Diener da, der eine Handreichung leisten, nicht einmal jemand, der einen Gang tun oder holen könnte, was der Arzt verordnet. Du bist ja da. Ich weiß mich geborgen. Die folgenden beiden Tage lässt Du mich ganz allein, ohne Obhut, ohne Wartung, ohne alles. Es handelte sich nicht um Trauben, Blumen und reizende Gaben; es handelte sich um das Allernötigste: Ich konnte nicht einmal die Milch bekommen, die der Arzt verschrieben hatte; Limonade war mir streng verboten. Und als ich Dich bat, ein Buch in der Buchhandlung zu besorgen oder, wenn das, worauf ich es abgesehen, nicht vorrätig, etwas anderes auszusuchen, nimmst Du Dir nicht einmal die Mühe, hinzugehen. Und nachdem ich infolgedessen einen ganzen Tag ohne Lektüre geblieben war, erzählst Du mir ruhig, Du habest mir das Buch gekauft und man habe es zu schicken versprochen – eine Angabe, die, wie sich nachher zufällig herausstellte, Wort für Wort erlogen war. Während der ganzen Zeit lebst Du natürlich auf meine Kosten, fährst spazieren, speist im Grand Hotel und lässt Dich nur bei mir blicken, um Geld zu holen. Am Samstagabend, nachdem Du mich seit Vormittag völlig ohne Bedienung und allein gelassen, bat ich Dich, nach dem Abendessen wiederzukommen und ein wenig bei mir zu bleiben. In gereiztem Ton und unfreundlichen Wesens versprichst Du es. Ich warte bis elf Uhr; Du erscheinst nicht. Ich ließ dann ein paar Zeilen für Dich auf Deinem Zimmer, die Dich just an das Versprechen erinnern sollten, das Du mir gegeben und wie Du es gehalten hattest. Um drei Uhr morgens, da ich nicht schlafen konnte und von Durst geplagt war, machte ich mich im Dunkeln und Kalten nach dem Wohnzimmer auf in der Hoffnung, dort Wasser zu finden. Ich fand Dich. Du fielst mit allen Schimpfworten über mich her, die sich eine unmäßige Stimmung, eine undisziplinierte, zuchtlose Natur ausdenken konnte. Vermittels der schrecklichen Alchimie des Egoismus verwandeltest Du Deine Gewissensbisse in Wut. Du warfst mir Selbstsüchtigkeit vor, weil ich Dich in meiner Krankheit bei mir haben wollte: ich stünde zwischen Dir und Deinen Vergnügungen und suchte Dich Deiner Freuden zu berauben. Du sagtest mir – und ich weiß, dass es der Wahrheit entsprach –, Du seist um Mitternacht nach Hause gekommen, einfach, um Dich umzuziehen und wieder dahin zu gehen, wo neue Freuden, wie Du hofftest, Deiner warteten; aber durch den für Dich zurückgelassenen Brief, worin ich Dich erinnert hatte, dass Du mich den ganzen Tag und den ganzen Abend vernachlässigt, hätte ich Dich faktisch der Lust zu weiteren Genüssen beraubt und Dein Fassungsvermögen für neue Wonnen vermindert. Angeekelt ging ich wieder hinauf und blieb bis Tagesanbruch ohne Schlaf, und erst lange danach war ich imstande, etwas zu bekommen, das meinen Fieberdurst löschte. Um elf Uhr kamst Du in mein Zimmer. In dem vorangegangenen Auftritt musste ich die Wahrnehmung machen, dass ich Dir durch meinen Brief wenigstens in einer an mehr als den üblichen Ausschweifungen reichen Nacht Einhalt getan hatte. Am Morgen warst Du ganz Du selbst. Ich wartete natürlich darauf, zu hören, was für Entschuldigungen Du vorzubringen hättest und in welcher Weise Du meine Verzeihung erbitten würdest, die, wie Du im Herzen wusstest, unwandelbar Deiner harrte, was Du auch tatest; Dein unbedingtes Vertrauen, dass ich Dir stets verzeihen würde, war die Eigenschaft an Dir, die ich von jeher am besten leiden mochte, vielleicht die beste Eigenschaft an Dir, die ich leiden mochte. Weit davon entfernt, so zu handeln, wiederholtest Du mit erneutem Nachdruck und noch heftigerer Anmaßung den gleichen Auftritt. Schließlich befahl ich Dir, aus dem Zimmer zu gehen; Du machtest Miene, es zu tun, doch als ich den Kopf von dem Kissen erhob, in das ich ihn vergraben hatte, warst Du noch da und gingst mit rohem Lachen in hysterischer Wut plötzlich auf mich los. Ein Gefühl des Entsetzens packte mich – aus welcher genauen Veranlassung konnte ich nicht ausfindig machen; aber ich stand sofort aus dem Bett auf und wankte, barfüßig und wie ich gerade war, die zwei Treppen hinunter ins Wohnzimmer, das ich nicht eher verließ, bis mir der Inhaber der Wohnung – nach dem ich geklingelt hatte – die Versicherung, Du wärest aus meinem Schlafzimmer gegangen, und das Versprechen gegeben hatte, im Notfall in Rufweite zu bleiben. Nach Verlauf einer Stunde – währenddessen war der Arzt erschienen und fand mich selbstverständlich in einem Zustand völliger Nervenerschöpfung, ebenso bei höherer Temperatur, als ich sie zu Beginn gehabt hatte – kamst Du lautlos um Geld zurück, nahmst, was Du auf dem Toilettentisch und dem Kaminsims finden konntest, und verließest das Haus mit Deinem Gepäck. Brauche ich

Dir zu sagen, was ich während der folgenden beiden einsamen und elenden Krankheitstage von Dir dachte? Hab ich nötig darzulegen, dass ich klar einsah, es sei für mich entehrend, auch nur die Bekanntschaft mit einem solchen Menschen fortzusetzen, als der Du Dich erwiesen hattest? Dass ich erkannte, der Augenblick des Abschieds sei gekommen, und dass ich ihn wirklich als große Erleichterung empfand? Und dass ich wusste, fortan würden meine Kunst und mein Leben freier, besser und schöner in jeder denkbaren Beziehung sein? So krank ich war, ich fühlte mich beruhigt. Die Tatsache, dass die Trennung unwiderruflich sei, verschaffte mir Frieden.

Bis zum Dienstag war das Fieber gewichen; zum ersten Mal aß ich unten. Dienstag war mein Geburtstag. Unter den Telegrammen und Posteingängen auf meinem Tisch befand sich ein Brief in Deiner Handschrift. Ich öffnete ihn mit einem Gefühl der Wehmut. Ich wusste, die Zeit war vorbei, dass ein hübscher Satz, ein liebevoller Ausdruck, ein Wort des Bedauerns mich veranlassen würden, Dich wieder aufzunehmen. Aber ich war durchaus im Irrtum. Ich hatte Dich unterschätzt. Dein Geburtstagsbrief war eine fein ausgearbeitete Wiederholung der beiden Auftritte, durchtrieben und sorgfältig schwarz auf weiß zu Papier gebracht. Du machtest Dich mit gemeinen Späßen über mich lustig. Deine einzige Genugtuung in der ganzen Angelegenheit war, dass Du wieder ins Grand Hotel zogst und mir Deinen Lunch, ehe Du nach London abfuhrst, auf die Rechnung setzen ließest. Du beglückwünschtest mich zu meiner Vorsicht, vom Krankenbett aufzustehen, zu meiner plötzlichen Flucht treppabwärts. »Es war ein hässlicher Augenblick für Dich«, schriebst Du, »hässlicher, als Du Dir vorstellst.« Ach, ich fühlte es nur zu gut. Was wirklich damit gemeint war, weiß ich nicht: ob Du den Revolver bei Dir trugst, den Du Dir gekauft hattest, um Deinem Vater Furcht einzujagen, und den Du einmal, als Du ihn für ungeladen hieltest, in öffentlichem Restaurant in meiner Gesellschaft abgefeuert hattest; ob Du mit der Hand eine Bewegung nach einem gewöhnlichen Messer machtest, das zufällig zwischen uns auf dem Tisch lag; ob Du in Deiner Wut Deine Kleinheit und Deine geringere Körperkraft vergaßest und an eine ganz besonders persönliche Beschimpfung oder gar einen Angriff gedacht hattest, als ich krank dalag, konnte ich nicht sagen. Ich weiß es bis zum gegenwärtigen Augenblick nicht. Ich weiß nur, dass mich ein Gefühl höchsten Entsetzens beschlichen hatte und dass ich unter dem Eindruck stand, Du würdest, falls ich nicht sofort das Zimmer verließe und die Flucht ergriffe, etwas getan oder zu tun versucht haben, das selbst für Dich zeitlebens eine Quelle der Scham gewesen wäre. Nur einmal in meinem Leben hatte ich schon vorher ein solches Gefühl des Grauens vor einem menschlichen Wesen gehabt. Das war damals, als Dein Vater mit seinem Spießgesellen oder Freund zwischen uns in meiner Bibliothek in der Tite Street mit seinen kleinen Händen in epileptischer Wut in der Luft herumfuchtelte, alle unsauberen Schimpfwörter von sich gab, die sein unsauberes Hirn ausdenken konnte, und die abscheulichen Drohungen brüllte, die er nachher mit solcher Schläue ausführte. In diesem Fall war er freilich derjenige, der das Zimmer zuerst verlassen musste. Ich warf ihn hinaus. In Deinem Fall ging ich. Es war nicht das erste Mal, dass ich Dich vor Dir selbst bewahren musste.

Du schlossest Deinen Brief mit dem Satz: »Wenn Du nicht auf Deinem Piedestal stehst, bist Du nicht interessant. Das nächste Mal, wenn Du krank bist, will ich sofort verschwinden.« Ach, was für eine Grobheit der Denkfaser verrät das! Welchen völligen Mangel an Fantasie! Wie abgestumpft, wie gemein war das Temperament da schon geworden! »Wenn Du nicht auf Deinem Piedestal stehst, bist Du nicht interessant. Das nächste Mal, wenn Du krank bist, will ich sofort verschwinden.« Wie oft sind mir in der elenden, einsamen Zelle der verschiedenen Gefängnisse, in die man mich geschafft hat, diese Worte eingefallen! Ich habe sie mir immer wieder aufgesagt und in ihnen, ich hoffe: mit Unrecht, zum Teil das Geheimnis Deines seltsamen Schweigens gesehen. So an mich zu schreiben, da ich mir doch die Krankheit und das Fieber, woran ich litt, dadurch, dass ich Dich pflegte, zugezogen hatte, war in seiner Grobheit und Rohheit empörend von Dir; doch von jedem Menschengeschöpf auf der ganzen weiten Welt so an ein anderes zu schreiben, wäre Sünde, für die es keine Verzeihung gibt, gäbe es eine Sünde, für die es keine Verzeihung gibt.

Ich gestehe, ich fühlte mich, als ich Deinen Brief zu Ende gelesen hatte, fast besudelt, als ob ich durch den Umgang mit einem solchen Wesen mein Leben unheilbar beschmutzt und geschändet hätte. Es war allerdings geschehen, aber wie sehr, das sollte ich erst genau sechs Monate später erfahren. Ich machte mit mir aus, Freitag nach London zurückzufahren, Sir George Lewis privatim zu besuchen und ihn zu bitten, dass er Deinem Vater schreibe, ich hätte beschlossen, unter gar keinen Umständen mehr Dich mein Haus betreten, an meinem Tisch sitzen, mit mir plaudern, mit mir ausgehen oder irgendwo und zu irgendeiner Zeit in meiner Gesellschaft weilen zu lassen. Danach hätte ich Dir die von mir gewählte

Handlungsweise schriftlich zur Kenntnis gebracht; die Gründe dafür würdest Du selbst unausbleiblich begriffen haben. Ich hatte alles Donnerstagabend vorbereitet; da, am Freitagmorgen, als ich beim Frühstück saß, eh ich mich auf den Weg machte, öffnete ich zufällig die Zeitung und sah darin ein Telegramm, Dein älterer Bruder, das wirkliche Haupt der Familie, der Erbe des Titels, die Säule des Hauses, sei in einem Graben tot aufgefunden worden, sein abgefeuertes Gewehr neben ihm. Die grauenvollen Umstände der Tragödie, die, wie man jetzt weiß, auf einem unglücklichen Zufall beruhte, damals aber mit einer dunkleren Vermutung bemakelt war; das Ergreifende des plötzlichen Todes eines von allen, die ihn kannten, so geliebten Menschen, und noch dazu gleichsam am Vorabend seiner Vermählung; das Bild, das ich mir davon machte, wie Dein eigener Schmerz sein würde oder sein sollte; das Bewusstsein des Elends, das Deine Mutter erwartete durch den Verlust des einen, an den sie sich klammerte, um Trost und Lebensfreude bei ihm zu suchen, und der, wie sie mir einmal selbst erzählte, vom Tag seiner Geburt an sie niemals eine einzige Träne hatte vergießen lassen; das Bewusstsein Deiner eigenen Vereinsamung, da Deine anderen beiden Brüder nicht in Europa weilten und Du daher der Einzige warst, an den sich Deine Mutter und Deine Schwester halten konnten, nicht nur wenn sie Gesellschaft in ihrem Leid wünschten, sondern auch zur Erledigung der düsteren Verantwortlichkeiten voll schrecklicher Einzelheiten, die der Tod allemal im Gefolge hat; das bloße Gefühl für die Lacrimae rerum, für die Tränen, daraus die Welt gemacht ist, und für die Traurigkeit aller menschlichen Dinge – aus dem Zusammenströmen dieser Gedanken und Regungen, die sich in mein Hirn drängten, erwuchs unendliches Mitleid für Dich und Deine Angehörigen. Meine eigenen Sorgen und meine Verbitterung gegen Dich vergaß ich. Was Du mir in meiner Krankheit gewesen warst, konnte ich Dir in Deinem schmerzlichen Verlust nicht sein. Ich telegrafierte Dir sogleich mein tiefstes Mitgefühl, und in dem Brief, der folgte, lud ich Dich ein, in mein Haus zu kommen, sobald Du in der Lage seist. Ich empfand: In diesem besonderen Augenblick Dich aufzugeben, noch dazu in aller Form durch einen Anwalt, wäre zu schrecklich für Dich gewesen.

Bei Deiner Rückkehr nach London vom Tatort der Tragödie, wohin man Dich gerufen hatte, kamst Du sogleich sehr lieb und schlicht in Deinem Trauergewand tränenverschleierten Blicks zu mir. Du suchtest Trost und Hilfe, wie ein Kind. Ich öffnete Dir mein Haus, mein Heim, mein Herz. Ich machte Deinen Schmerz auch zu dem meinen, um Dir ihn tragen zu helfen. Nie hab ich, auch nur mit einem Wort, auf Dein Benehmen gegen mich, auf die empörenden Szenen und den empörenden Brief angespielt. Dein Kummer, der echt war, schien Dich mir näherzubringen, als Du mir je gestanden hattest. Die Blumen, die Du von mir an Deines Bruders Grab mitnahmst, sollten ein Sinnbild sein, nicht nur für die Schönheit seines Lebens, sondern für die Schönheit, die in jedem Leben schlummert und zum Licht gefördert werden kann.

Die Götter sind wunderlich. Nicht nur aus unseren Lastern machen sie Zuchtruten. Sie stürzen uns ins Verderben durch das, was in uns gut, edel, menschenfreundlich, liebreich ist. Ohne mein Mitleid und meine Zuneigung zu Dir und den Deinen flössen jetzt nicht an diesem schrecklichen Orte Tränen.

Natürlich sehe ich in all unseren Beziehungen nicht nur eine Schicksalsfügung, sondern ein Verhängnis – das Verhängnis, das immer rasch dahinschreitet, weil es auf dem Weg zum Blutvergießen ist. Durch Deinen Vater entstammst Du einem Geschlecht, mit dem die Ehe grauenvoll, die Freundschaft verderben bringend ist und das gewaltsam Hand an das eigene Leben oder das Leben anderer legt. In jedem kleinen Vorfall, in dem unsere Lebensstraßen sich kreuzten; in jedem Umstand von großer oder anscheinend geringfügiger Bedeutung, der Dich auf der Suche nach Vergnügen oder Hilfe zu mir kommen ließ; im Zufallsspiel, in den winzigen Begebenheiten, die in ihrer Tragweite nicht mehr erscheinen als der Staub, der im Sonnenstrahl tanzt, oder das Blatt, das vom Baum rieselt, kam Verderben nach, wie das Echo einem Schmerzensruf oder wie der Schatten, der mit den Raubtieren um die Wette läuft. Unsere Freundschaft beginnt tatsächlich damit, dass Du in einem überaus rührenden, reizenden Brief mich um Beistand bittest in einer für jedermann, für einen jungen Menschen in Oxford doppelt entsetzlichen Lage. Ich leiste Dir ihn und verliere schließlich, dadurch dass Du mich Sir George Lewis gegenüber als Deinen Freund ausgibst, seine Hochschätzung und Freundschaft, die sich in fünfzehn Jahren bewährt hat. Als ich seinen Rat, seine Hilfe, seine Achtung einbüßte, ging mir der eine große Schutz und Schirm meines Lebens verloren.

Du schickst mir ein sehr hübsches Gedicht aus dem akademischen Poetenkreis zur Begutachtung ein. Ich erwidere darauf mit einem Brief voll fantastischer literarischer Spielereien. Darin vergleiche ich Dich mit Hylas oder Hyakinthos, Jonquil oder Narkissos oder sonst einem, den der große Gott der Dichtkunst bevorzugte und mit seiner Liebe beehrte. Der Brief mutet an wie eine nach Moll transponierte Stelle aus einem Sonett Shakespeares. Er kann bloß von denen verstanden werden, die Platos »Symposion« gelesen oder den Geist einer gewissen ernsten Stimmung, die für uns in griechischen Marmorwerken zur Schönheit geworden, in sich aufgenommen haben. Es war – lass es mich offen sagen – die Art Brief, wie ich sie in einem glücklichen, obwohl launischen Moment jedem netten jungen Studenten beider Universitäten geschrieben haben würde, der mir ein von ihm verfasstes Gedicht gesandt hätte, in der Überzeugung, dass er genug Witz und Bildung besäße, die fantastischen Ausdrücke des Briefes richtig zu deuten. Sieh Dir die Geschichte dieses Briefes an! Er gelangt von Dir in die Hände eines widerlichen Burschen, von ihm an eine Erpresserbande. Abschriften davon werden in London herumgeschickt an meine Freunde und den Theaterdirektor, bei dem mein Werk aufgeführt wird. Jede Auslegung, nur nicht die richtige, wird meinem Brief gegeben. Die Gesellschaft packt ein Schauer infolge der albernen Gerüchte, ich hätte eine mächtige Summe dafür zahlen müssen, dass ich Dir einen schändlichen Brief geschrieben. Dies bildet die Grundlage für den schlimmsten Angriff Deines Vaters. Ich selbst lege das Original des Briefes dem Gericht vor, um zu zeigen, was daran ist. Er wird als empörender, tückischer Versuch, die Unschuld zu verführen, vom Anwalt Deines Vaters gebrandmarkt. Schließlich bildet er einen Teil einer Kriminalklage. Der Staatsanwalt macht ihn sich zunutze. Der Richter lässt sich in seinem Resümee mit wenig Wissen und viel Moral darüber aus. Das Ende vom Lied ist: Ich gehe dafür ins Gefängnis. Das habe ich davon, dass ich Dir einen reizenden Brief schrieb.

Während unseres Aufenthalts in Salisbury bist Du schrecklich beunruhigt über die schriftliche Drohung eines früheren Genossen von Dir; Du bittest mich, mit dem Briefschreiber zu sprechen und Dir zu helfen; ich tue es. Das Ergebnis ist: Verderben für mich. Ich sehe mich gezwungen, alles, was Du getan hast, auf meine Schultern zu nehmen und dafür einzustehen. Als es Dir misslingt, einen akademischen Grad zu erwerben, und Du von Oxford weggehen sollst, telegrafierst Du mir nach London und bittest mich, zu Dir zu kommen. Ich tue es auf der Stelle. Du ersuchst mich, Dich nach Goring mitzunehmen, da Du unter diesen Umständen nicht gern nach Hause gehen wolltest. In Goring siehst Du ein Haus, das Dich entzückt; ich miete es für Dich. Das Ergebnis in jeder Hinsicht ist: Verderben für mich. Eines Tages kommst Du zu mir und erbittest als persönlichen Gefallen, ich möchte etwas für ein Oxforder Studentenblatt schreiben, das einer Deiner Freunde gerade begründen soll, von dem ich in meinem ganzen Leben nichts gehört habe und nicht das Mindeste wusste. Dir zuliebe – was hab ich Dir zuliebe nicht alles getan? – schicke ich ihm eine Seite paradoxer Aussprüche, die ursprünglich für die »Saturday Review« bestimmt waren. Ein paar Monate später finde ich mich auf der Anklagebank des Old Bailey wegen des Rufs dieser Zeitschrift. Sie gehört mit zum Belastungsmaterial des Staatsanwalts. Man fordert mich auf, Deines Freundes Prosa und Deine eigenen Verse zu verteidigen. Jene kann ich nicht beschönigen; diese verteidige ich mit Rücksicht auf die bittere Not, auf Deine jugendliche Schriftstellerei wie Dein jugendliches Leben sehr stark und will es nicht wahrhaben, dass Du Unanständiges schreibest. Aber ich muss ins Gefängnis, trotz alledem, für Deines Freundes Studentenblatt und die »Liebe, die sich nicht getraut, ihren Namen zu nennen«. Weihnachten mache ich Dir ein

»sehr hübsches Geschenk«, wie Du es in Deinem Dankbrief bezeichnetest, an das Du, wie ich wusste, Dein Herz gehängt hattest, im Wert von 40 oder 50 Pfund allerhöchstens. Als der Krach meines Lebens kommt und ich ruiniert bin, legt der Büttel Beschlag auf meine Bücherei und lässt sie verkaufen, um das »sehr hübsche Geschenk« zu bezahlen. Dafür hat man die Zwangsversteigerung über mein Haus verhängt. Im schrecklichen Endstadium, als ich genarrt und durch Deine Narrheiten dahin getrieben werde, einen Prozess gegen Deinen Vater anzustrengen und ihn verhaften zu lassen, ist der letzte Strohhalm, an den ich mich in meinen kläglichen Fluchtbemühungen klammre, der schreckliche Kostenaufwand. Ich sage dem Anwalt in Deiner Gegenwart, dass ich kein Kapital besitze, dass ich unmöglich die schauderhaften Spesen aufbringen kann, und dass ich kein Geld zur Verfügung habe. Was ich sagte, ist, wie Du weißt, durchaus wahr gewesen. An jenem unseligen Freitag wäre ich, statt bei Humphreys im Büro zu sein, wo ich aus Schwäche in mein eigenes Verderben einwilligte, glücklich und frei in Frankreich gewesen, fern von Dir und Deinem Vater, ohne seine widerliche Karte zu beachten und mich um Deine Briefe zu kümmern, wenn ich imstande gewesen wäre, das Avondale-Hotel zu verlassen. Doch die Hotelangestellten wollten mich um keinen Preis gehen lassen. Du hattest zehn Tage dort mit mir gewohnt; ja, Du brachtest schließlich zu meiner großen und, wie Du zugeben wirst, berechtigten Entrüstung einen Genossen von Dir mit, der auch bei mir wohnen sollte. Meine Rechnung für die zehn Tage betrug annähernd 140 Pfund. Der Besitzer sagte, er könne nicht gestatten, dass mein Gepäck aus dem Hotel geschafft werde, bis ich volle Zahlung geleistet hätte. Das hat mich in London gehalten. Ohne die Hotelrechnung wäre ich am Donnerstagmorgen nach Paris gefahren.

Als ich dem Anwalt sagte, ich hätte kein Geld, wäre den Riesenkosten nicht gewachsen, schlugst Du Dich sofort ins Mittel. Du sagtest, Deine Angehörigen wären nur zu froh, alle nötigen Ausgaben zu bezahlen; Dein Vater hätte auf ihnen insgesamt wie ein Alb gelastet; sie hätten die Möglichkeit oft erörtert, ihn einer Irrenanstalt zu überweisen, um ihn unschädlich zu machen; er wäre eine tägliche Quelle der Plage und des Kummers für Deine Mutter und alle übrigen; die Familie würde mich, wenn ich mich nur dazu hergäbe, ihn einsperren zu lassen, als ihren Vorkämpfer und Wohltäter betrachten; und die reichen Verwandten Deiner Mutter würden es selbst als eine Herzensfreude ansehen, wenn es ihnen vergönnt wäre, sämtliche Kosten und Auslagen zu bezahlen, die bei einem solchen Kampf zu tragen wären. Der Anwalt war sofort dafür, und man drängte mich zum Polizeigericht. Es blieb mir keine Ausrede, nicht zu gehen. Ich wurde hineingenötigt. Selbstverständlich zahlen Deine Angehörigen die Kosten nicht; und als ich für bankrott erklärt werde, geschieht es durch Deinen Vater, und zwar für die Kosten – den schäbigen Rest – einige 700 Pfund. Gegenwärtig trifft meine Gattin, mir entfremdet durch die wichtige Frage, ob ich 60 oder 70 Schilling wöchentlich zum Leben bekommen soll, Anstalten zur Ehescheidung, für die selbstverständlich ganz neue Zeugenaussagen und eine ganz neue Verhandlung vonnöten sein werden, im Anschluss daran vielleicht ein ernsteres Gerichtsverfahren. Ich weiß natürlich nichts von den Einzelheiten. Ich kenne nur den Namen des Zeugen, auf dessen Aussage sich die Anwälte meiner Frau stützen. Es ist Dein eigener Oxforder Diener, den ich auf Dein besonderes Ersuchen hin für unseren Sommer in Goring angestellt hatte.

Doch wahrhaftig, ich brauche nicht weiter zu gehen mit mehr Beispielen für das seltsame Verhängnis, das Du in allem, ob groß oder klein, über mich anscheinend heraufbeschworen hast. Ich habe manchmal das Gefühl, als seist Du selbst lediglich eine von geheimer, unsichtbarer Hand geschaffene Marionette gewesen, die schreckliche Dinge zu schrecklichem Ende führen sollte. Aber sogar Marionetten haben Leidenschaften. Sie bringen eine neue Fabel in das, was sie darstellen, und verwickeln die vorgeschriebene, abwechslungsreiche Wirkung, einer ihrer eigenen Launen oder Lüste zuliebe. Vollkommen frei zu sein und zur selben Zeit vollkommen unter der Herrschaft des Gesetzes zu stehen ist das ewige, in jedem Augenblick von uns empfundene Paradoxon des Menschenlebens; und das, denke ich oft, ist die einzig mögliche Erklärung Deines Wesens, wenn es für das tiefe, furchtbare Geheimnis einer Menschenseele überhaupt eine Erklärung gibt, es sei denn eine, die das Geheimnis noch wunderbarer macht.

Natürlich hattest Du Deine Illusionen, lebtest in ihnen und sahst durch die wechselnden Nebel und farbigen Schleier alle Dinge verändert. Du dachtest, ich weiß es ganz gut, Deine treue Anhänglichkeit an mich, die bis zu völliger Ausschließung Deiner Familie und des Familienlebens ging, sei ein Beweis Deiner wundervollen Wertschätzung für mich und Deiner großen Zuneigung. Unbedingt, Dir kam es so vor. Doch vergiss nicht: Bei mir war Prachtliebe, hohe Lebensweise, unbegrenzte Freude, Geld ohne Maß. Dein Familienleben langweilte Dich. Der »kalte, billige Wein in Salisbury«, um einen Ausdruck Deiner Prägung zu gebrauchen, war Dir zuwider. Auf meiner

Seite und im Bund mit meinen geistigen Lockungen waren die Fleischtöpfe Ägyptens. Wenn Du mich nicht zur Gesellschaft haben konntest, waren die Gefährten, die Du Dir als Ersatz aussuchtest, nicht schmeichelhaft.

Du dachtest ferner: Wenn Du durch den Anwalt einen Brief an Deinen Vater schicken ließest, des Inhalts: eher als Deine ewige Freundschaft mit mir lösen, wollest Du das Taschengeld von 250 Pfund im Jahr aufgeben, das er, glaube ich, Dir damals, mit Abzügen für Deine Oxforder Schulden, bewilligte, dann setztest Du der Freundschaft ritterliches Wesen in die Tat um, schlügest den edelsten Ton der Selbstverleugnung an. Aber der Verzicht auf Deine kleine Rente bedeutete nicht, dass Du Lust hättest, auch nur eine Deiner überflüssigsten Üppigkeiten oder unnötigsten Ausschweifungen aufzugeben. Im Gegenteil: Deine Gier nach üppigem Leben war niemals so stark. Meine Ausgaben während der acht Tage in Paris für mich, Dich und Deinen italienischen Diener grenzten an 150 Pfund, wovon Paillard allein 85 verschlang. Bei dem Stil, in dem Du leben wolltest, hätte Dein ganzes Jahreseinkommen, wenn Du Deine Mahlzeiten allein verzehrt hättest und besonders sparsam in der Auswahl der wohlfeileren Gattung von Genüssen gewesen wärst, kaum drei Wochen gereicht. Die Tatsache, dass Du in einer Anwandlung, die lediglich renommistische Geste war, auf Dein Taschengeld, so viel es nun einmal betrug, verzichtet hattest, gab Dir wenigstens einen glaubwürdigen Grund für Deinen Anspruch, auf meine Kosten zu leben; oder das, was Du für einen glaubwürdigen Grund hieltest; und bei vielen Gelegenheiten hast Du Dich seiner im Ernst bedient und ihm kräftigsten Ausdruck gegeben; und die fortgesetzten Abzapfungen, die Du hauptsächlich an mir, doch auch in schrecklichem Umfang, wie ich weiß, an Deiner Mutter vornahmst, waren nie so peinlich, weil sie, wenigstens in meinem Fall, nie vom geringsten Dankeswort oder Mäßigkeitsgefühl begleitet waren.

Du dachtest ferner: Wenn Du Deinen eigenen Vater mit fürchterlichen Briefen, beleidigenden Telegrammen und frechen Postkarten angriffest, schlügest Du in Wirklichkeit die Schlachten Deiner Mutter, indem Du als ihr Vorkämpfer auf dem Plan erschienst und die zweifellos schrecklichen Kränkungen und Leiden ihres Ehelebens rächtest. Es war durchaus eine Illusion Deinerseits, eine Deiner schlimmsten sogar. Das Mittel für Dich, die Kränkungen Deiner Mutter an Deinem Vater zu rächen, wenn Du das für einen Teil der Sohnespflicht hieltest, war: Deiner Mutter ein besserer Sohn zu sein, als Du ihr gewesen; sie keine Angst haben zu lassen, mit Dir über ernste Dinge zu sprechen; keine Wechsel zu unterschreiben, deren Bezahlung ihr anheimfiel; artiger gegen sie zu sein und kein Leid über ihr Haupt zu bringen. Dein Bruder Francis entschädigte sie reich für das, was sie erduldet hatte, durch sein liebes, gütiges Wesen während der kurzen Jahre seines blumenhaften Lebens. Du hättest Dir ihn zum Vorbild nehmen sollen. Du irrtest auch in der Vermutung, es wäre für Deine Mutter eitel Wonne gewesen, wenn Du durch mich Deinen Vater ins Gefängnis gebracht hättest. Ich bin überzeugt, Du irrtest. Und willst Du wissen, was eine Frau wirklich fühlt, wenn ihr Gatte und der Vater ihrer Kinder in Gefängniskleidung, in einer Gefängniszelle ist, dann schreib an meine Frau und frage sie. Sie wird es Dir sagen.

Auch ich hatte meine Illusionen. Ich dachte, das Leben solle eine geistsprühende Komödie und Du eine der anmutigen Gestalten darin werden. Ich habe gefunden, dass es eine empörende, abstoßende Tragödie ist und dass der unheilvolle Anlass zur großen Katastrophe, unheilvoll in der Anspannung seines Strebens und in der Stärke eingeengter Willenskraft, Du warst, nachdem die Maske der Lust und Freude gefallen war, von der Du Dich, ebenso wie ich, hattest täuschen und in die Irre führen lassen.

Du kannst jetzt ein wenig von dem, was ich leide, verstehen – nicht wahr? Irgendeine Zeitung, die »Pall Mall Gazette«, glaube ich, hat bei der Beschreibung der Generalprobe eines meiner Stücke von Dir gesprochen als von meinem Schatten, der mich überallhin begleite. Die Erinnerung an unsere Freundschaft ist der Schatten, der hier neben mir geht; der mich nie zu verlassen scheint; der mich bei Nacht aufweckt und mir dieselbe Geschichte immer wieder erzählt, bis ihre ermüdende Wiederholung allen Schlaf bis Tagesanbruch verscheucht; bei Tagesanbruch beginnt er von Neuem; er folgt mir auf den Gefängnishof und lässt mich mit mir selbst reden, während ich im Kreis herumstapfe. Jede Einzelheit im Gefolge jedes schrecklichen Augenblicks muss ich mir zurückrufen. Nichts, was sich in jenen unseligen Jahren ereignet hat, ist der für den Schmerz oder die Verzweiflung bestimmten Gehirnkammer entschwunden. Jeder gepresste Ton Deiner Stimme, jedes Zupfen und jede Gebärde Deiner nervösen Hände, jedes bittere Wort, jeder vergiftete Satz ist mir gegenwärtig. Ich erinnere mich an die Straße oder den Fluss, an dem wir entlanggingen, an die Wand oder Waldung, die uns umgab, auf welcher Stelle des Zifferblattes die Zeiger der Uhr standen, welchen Weg die Schwingen des Windes wählten, an die Gestalt und Farbe des Mondes.

Ich weiß, es gibt auf alles, was ich zu Dir gesagt habe, eine Antwort, und die ist: dass Du mich geliebt, dass während der zweieinhalb Jahre, in denen die Parzen die Fäden unserer getrennten Lebensschicksale zu einem einzigen scharlachroten Muster woben, Du mich wirklich geliebt hast. Jawohl, ich weiß, Du hast es getan. Einerlei, wie Du Dich gegen mich benahmst – ich fühlte stets, dass im Herzen Du mich wirklich liebtest. Wenn ich auch ganz klar einsah, dass meine Stellung in der Kunstwelt, das Interesse, das meine Persönlichkeit von jeher geweckt hatte, mein Geld, der Überfluss, in dem ich lebte, die tausenderlei Dinge, die dazu beitrugen, ein Leben in so reizender, wundervoller Weise unwahrscheinlich zu gestalten wie das meine, insgesamt und jedes einzeln die Elemente waren, die Dich fesselten und an mich kletteten – so gab es doch neben all dem noch etwas mehr, eine seltsame Anziehungskraft für Dich: Du hast mich weit inniger geliebt als irgendeinen anderen Menschen. Aber auch Du hast, wie ich, eine schreckliche Tragödie in Deinem Leben gehabt, obwohl sie von entgegengesetzter Art wie die meine war. Willst Du erfahren, was sie gewesen ist? Dies: In Dir war der Hass immer stärker als die Liebe. Dein Hass gegen Deinen Vater war von solchem Wuchs, dass er Deine Liebe zu mir völlig überholte, über den Haufen rannte und in den Schatten stellte. Es fand überhaupt kein Kampf zwischen ihnen statt oder nur sehr wenig; von solchem Umfang und Riesenmaß war Dein Hass. Es kam Dir nicht zum Bewusstsein, dass für beide Leidenschaften in derselben Seele nicht Raum war. Sie können nicht in dem schönen, geschnitzten Haus zusammen wohnen. Die Liebe nährt sich von der Fantasie, durch die wir klüger werden, als wir wissen, besser, als wir fühlen, edler, als wir sind; durch die wir das Leben in seiner Gesamtheit sehen können; durch die und durch die allein wir andere in ihren realen wie in ihren idealen Beziehungen verstehen können. Nur Schönes und schön Ersonnenes kann die Liebe nähren. Aber alles nährt den Hass. Du hast in all den Jahren kein Glas Champagner getrunken, kein üppiges Gericht verzehrt, das Deinen Hass nicht genährt und gemästet hätte. Deshalb hast Du, um ihn zu befriedigen, mit meinem Leben gespielt wie mit meinem Geld, sorglos, rücksichtslos, unbekümmert um die Folgen. Wenn Du verlorst, war es, wie Du wähntest, nicht Dein Verlust. Wenn Du gewannst, waren, wie Du wusstest, für Dich der Triumph und die Vorteile des Sieges.

Der Hass macht die Menschen blind. Das hast Du nicht bemerkt. Die Liebe kann Geschriebenes auf dem fernsten Gestirn lesen; aber der Hass hat Dich so blind gemacht, dass Du nicht weiter sehen konntest als bis zum engen, ummauerten und schon lustverblühten Garten Deiner alltäglichen Wünsche. Deine schreckliche Fantasielosigkeit, das eine wirklich verhängnisvolle Gebrechen Deines Wesens, war ganz und gar die Folge des Hasses, der in dir lebte. Hinterlistig, lautlos und insgeheim. Hass hat an Deiner Natur genagt, wie die Flechte an der Wurzel einer blassen Pflanze beißt, bis Du allmählich nur noch die kärgsten Interessen und die kleinlichsten Zwecke sahst. Die Fähigkeit in Dir, deren Wachstum die Liebe gefördert haben würde, hat der Hass vergiftet und gelähmt. Als Dein Vater mich anzugreifen begann, tat er es zuerst als Dein Privatfreund, in einem Privatbrief an Dich. Sobald ich den Brief mit seinen unflätigen Drohungen und plumpen Gewalttätigkeiten gelesen hatte, sah ich sofort, dass eine schreckliche Gefahr am Horizont meiner beunruhigten Tage aufsteige. Ich sagte Dir, ich wolle nicht für euch beide in eurem alten Hass gegeneinander die Kastanien aus dem Feuer holen; ich in London sei natürlich viel edleres Wild für ihn als ein Sekretär des Auswärtigen Amts in Bad Homburg; es sei unbillig, mich auch nur einen Augenblick in eine solche Lage zu versetzen; ich hätte etwas Besseres im Leben zu tun, als mich mit einem Mann herumzubalgen, der betrunken, deklassiert und halb blöde sei, wie er. Du wolltest das nicht einsehn. Der Hass machte Dich blind. Du betontest, der Zwist hätte nichts mit mir zu schaffen; Du wolltest Deinem Vater nicht gestatten, Dir in Deinen Privatfreundschaften Vorschriften zu machen; es wäre höchst unbillig von mir, mich einzumischen. Du hattest bereits, ehe Du mit mir in der Angelegenheit sprachst, Deinem Vater ein törichtes, pöbelhaftes Antworttelegramm geschickt. Das verpflichtete Dich natürlich dann zu törichter, pöbelhafter Handlungsweise. Die verhängnisvollen Irrtümer des Lebens sind nicht menschlicher Unvernunft zuzuschreiben. Ein unvernünftiger Augenblick kann unser schönster Augenblick werden. Sie sind dem Umstand zuzuschreiben, dass der Mensch logisch ist. Dazwischen liegt ein großer Unterschied. Jenes Telegramm bildete die Voraussetzung für Dein ganzes künftiges Verhältnis zu Deinem Vater und folglich auch für mein ganzes Leben. Und das Groteske daran ist, dass es ein Telegramm war, dessen sich der gemeinste Straßenjunge geschämt hätte. Von kecken Telegrammen zu pedantischen Anwaltbriefen war der natürliche Weg, und die Folge der Briefe Deines Rechtsbeistands an Deinen Vater war, ihn noch weiter zu treiben. Du ließest ihm keine andere Wahl als weiterzugehen. Du zwangst es ihm als Ehrensache oder vielmehr Unehrensache auf, damit Deine Herausforderung umso mehr wirke. Das nächste Mal greift er mich also nicht mehr in einem Privatbrief und als Dein Freund, sondern öffentlich und als Mann der Öffentlichkeit an. Ich hab ihn aus meinem Haus zu jagen. Er geht von Restaurant zu Restaurant auf der Suche nach mir, um mich vor der ganzen Welt zu beschimpfen in einer Art und Weise, dass ich, wenn ich es ihm heimzahlte, vernichtet wäre und, wenn ich es ihm nicht heimzahlte, ebenso vernichtet wäre. Da gewiss war es für Dich an der Zeit, hervorzutreten und zu sagen, Du wollest mich nicht um deinetwillen so scheußlichen Angriffen, so niederträchtiger Verfolgung aussetzen, sondern gäbest gern und unverzüglich jeden Anspruch, den Du an meine Freundschaft hättest, auf. Das fühlst Du jetzt wohl. Aber damals ist Dir nie der Gedanke gekommen. Der Hass machte Dich blind. Alles, was Dir einfiel (abgesehen davon, dass Du Deinem Vater beleidigende Briefe und Telegramme schriebst), war: Dir eine lächerliche Pistole zu kaufen, die im Berkeley losgeht unter Umständen, die einen schlimmeren Skandal hervorrufen, als Dir je zu Ohren kam. Tatsächlich schien Dich der Gedanke, dass Du der Gegenstand eines furchtbaren Streites zwischen Deinem Vater und einem Mann meiner Stellung sein solltest, zu entzücken. Er gefiel wohl, nur zu natürlich, Deiner Eitelkeit und schmeichelte Deinem Eigendünkel. Dass Dein Vater möglicherweise Deinen Leib, der mich nicht interessierte, zugesprochen bekam und mir Deine Seele überließ, die ihn nicht interessierte – das wäre für Dich eine schmerzliche Lösung der Frage gewesen. Du wittertest die Gelegenheit zu einem öffentlichen Skandal und stürztest Dich darauf. Die Aussicht auf einen Kampf, in dem Du geborgen warst, ergötzte Dich. Ich erinnere mich, Dich nie in besserer Stimmung getroffen zu haben, als Du für den Rest des Jahres warst. Deine einzige Enttäuschung schien es zu sein, dass nichts faktisch geschah und dass keine weitere Begegnung oder Rempelei zwischen uns stattgefunden hatte. Du tröstest Dich damit, ihm Telegramme in solchem Ton zu schicken, dass der Elende Dir schließlich schrieb, er hätte seinen Dienstboten anbefohlen, ihm unter gar keinem Vorwand mehr Telegramme zu bringen. Das schüchterte Dich nicht ein. Du sahst die ungeheuren Möglichkeiten, die die offene Postkarte bietet, und machtest von ihnen in vollem Maß Gebrauch. Du hetztest ihn immer weiter auf der Jagd. Ich glaube nicht, dass er sie je wirklich abgebrochen hätte. Der Familieninstinkt war zu stark in ihm. Sein Hass gegen Dich war ebenso beharrlich wie Dein Hass gegen ihn, und ich war für euch beide das Schießpferd und zum Angriff ebenso geeignet wie zur Deckung. Seine Leidenschaft, von sich reden zu machen, war nicht bloß individuell, sondern ein Rassenmerkmal. Immerhin, wäre sein Interesse einen Augenblick erschlafft, so würden Deine Briefe und Postkarten es bald wieder zur alten Flamme angefacht haben. Es gelang ihnen. Und er ging natürlich noch weiter. Nachdem er mich als Privatmann und privat, als Mann der Öffentlichkeit und öffentlich angegriffen hat, beschließt er zu guter Letzt, seinen großen Endangriff auf mich, den Künstler, und zwar an der Stätte zu unternehmen, wo meine Kunst zur Darstellung gelangt. Er verschafft sich durch Betrug einen Platz zur Premiere eines meiner Stücke und ersinnt einen Anschlag, die Vorstellung zu stören, eine hundsföttische Rede gegen mich vor der Hörerschaft zu halten, meine Schauspieler zu beleidigen, anstößige oder unanständige Wurfgeschosse nach mir zu schleudern, wenn ich zum Schluss vor den Vorhang gerufen werde, um mich auf scheußliche Art durch mein Werk zu vernichten. Ganz von ungefähr, in der kurzen, zufälligen

Aufrichtigkeit einer mehr als gewöhnlichen Rauschstimmung, rühmt er sich seiner Absicht vor anderen. Die Polizei wird benachrichtigt, und man lässt ihn nicht ins Theater. Du hattest da Deine Chance. Da war die Gelegenheit für Dich. Fällt es Dir jetzt nicht bei, dass Du sie hättest nehmen sollen und vortreten und sagen, meine Kunst wenigstens wollest Du Deinethalben nicht vernichten lassen? Du wusstest, was meine Kunst mir war: die große Hauptnote, durch die ich mich offenbart hatte, zuerst mir selbst, dann der Welt; die große Leidenschaft meines Lebens; die Liebe, neben der alle anderen Äußerungen der Liebe wie Sumpfwasser neben rotem Wein waren oder wie der Glühwurm im Sumpf neben dem magischen Spiegelbild des Mondes. Begreifst Du noch immer nicht, dass Deine Fantasielosigkeit das eine wirklich verhängnisvolle Gebrechen Deines Wesens war? Was Du zu tun hattest, war ganz einfach und lag ganz klar vor Dir, aber der Hass machte Dich blind, und Du konntest nichts sehen. Ich konnte mich nicht bei Deinem Vater dafür entschuldigen, dass er mich beschimpft und nahezu neun Monate lang auf die widerlichste Weise verfolgt hatte. Ich konnte Dich aus meinem Leben nicht loswerden. Ich hatte es immer wieder versucht. Ich war so weit gegangen, England tatsächlich zu verlassen und ins Ausland zu reisen in der Hoffnung, Dir zu entrinnen. Alles hatte keinen Zweck gehabt. Du warst der Einzige, der etwas hätte tun können.

Der Schlüssel zur Lage ruhte durchaus bei Dir. Es war die eine große Gelegenheit, die Du hattest, mir einen kleinen Dank für all die Liebe und Freundlichkeit und Güte und Freigebigkeit und Pflege, die ich Dir erwiesen, abzustatten. Hättest Du mich auch nur zu einem Zehntel meines künstlerischen Wertes zu würdigen gewusst, Du hättest es getan. Aber der Hass machte Dich blind. Die Fähigkeit, »durch die und durch die allein wir andere in ihren realen wie in ihren idealen Beziehungen verstehen können«, war tot in Dir. Du dachtest einfach daran, wie Du Deinen Vater ins Gefängnis bringen könntest. Ihn auf der Anklagebank zu sehen – das war Deine einzige Idee. Der Ausdruck wurde eine der vielen »scies« Deiner täglichen Unterhaltung. Man bekam ihn bei jeder Mahlzeit zu hören. Nun wohl, Dein Wunsch ging in Erfüllung. Der Hass gab Dir jedes einzige Ding, das Du begehrtest. Er war Dir ein nachsichtiger Herr. Er ist's fürwahr allen, die ihm dienen. Zwei Tage saßest Du mit den Sheriffs auf hohem Sitz und weidetest Deine Augen am Anblick Deines Vaters, der auf der Anklagebank des Hauptkriminalgerichts saß. Und am dritten Tag nahm ich seinen Platz ein. Was war geschehen? In eurem widerlichen Hassspiel hattet ihr beide um meine Seele gewürfelt, und Du hattest durch Zufall verloren. Das war alles.

Du siehst, ich habe Dein Leben für Dich zu schreiben, und Du hast es zu begreifen. Wir kennen einander nun länger als vier Jahre. Die Hälfte der Zeit sind wir zusammen gewesen; die andere Hälfte hab ich im Gefängnis zubringen müssen als Folge unserer Freundschaft. Wo Du diesen Brief erhalten wirst, falls er Dich überhaupt je erreicht, weiß ich nicht. Rom, Neapel, Paris, Venedig, eine schöne Stadt an der See oder einem Strom beherbergt Dich, wie ich nicht zweifle. Du bist, wenn auch nicht mit all dem unnützen Überfluss, den Du bei mir hattest, so doch mit allem umgeben, was wonnesam für Auge, Ohr und Geschmack ist. Das Leben ist für Dich ganz allerliebst. Und doch, wenn Du klug bist und das Leben noch viel lieblicher finden willst und von anderer Beschaffenheit, dann wirst Du die Lektüre dieses schrecklichen Briefes – denn ich weiß, es ist ein solcher – zu einer so wichtigen Krise und einem Wendepunkt Deines Lebens werden lassen, wie es seine Niederschrift für mich ist. Dein blasses Gesicht pflegte durch Weingenuss oder vor Freude leicht zu erröten. Sollte es, wenn Du liest, was hier geschrieben steht, von Zeit zu Zeit vor Scham brennen wie unter Hochofenglut, dann wird es umso besser für Dich sein. Das höchste Laster ist Seichtheit. Alles, was zum Bewusstsein kommt, ist richtig.

Ich bin jetzt bis zur Untersuchungshaft gelangt – nicht wahr? Nachdem ich eine Nacht im Polizeigewahrsam geblieben, werde ich im grünen Wagen hingeschafft. Du warst sehr aufmerksam und gütig. Beinahe jeden Nachmittag, wenn nicht tatsächlich jeden Nachmittag bis zu Deiner Abreise ins Ausland, nahmst Du Dir die Mühe, vorzufahren und mich in Holloway zu besuchen. Du schriebst mir auch sehr liebe, freundliche Briefe. Aber dass nicht Dein Vater, sondern dass Du mich ins Gefängnis gebracht hattest, dass von Anfang bis zu Ende Du der Verantwortliche warst, dass durch Deine Schuld, für Dich und durch Dich ich dort war, das ist Dir nie eine Sekunde lang aufgedämmert. Selbst der Anblick meiner Person hinter den Stäben eines hölzernen Käfigs vermochte diese tote, fantasiearme Natur nicht anzuregen. Du hattest das Mitgefühl und die Sentimentalität des Zuschauers, der vor einem überaus rührenden Stück sitzt. Dass Du der wahre Autor der scheußlichen Tragödie warst, fiel Dir nicht ein. Ich sah: Von dem, was Du angerichtet hattest, kam Dir nichts zum Bewusstsein. Ich hatte keine Lust, der eine zu sein, der Dir sagt, was Dein eigenes Herz Dir hätte sagen sollen, was es Dir auch gesagt hätte, wenn Du nicht den Hass es hättest verhärten und empfindungslos machen lassen. Alles muss einem aus der eigenen Natur zuströmen. Es hat keinen Zweck, jemand etwas zu sagen, was er nicht fühlt und nicht verstehen kann. Wenn ich jetzt an Dich schreibe, wie ich es tue, so geschieht es, weil Dein eigenes Schweigen und Verhalten während meiner langen Gefängniszeit es nötig gemacht haben. Außerdem, wie sich die Dinge gestaltet hatten, war der Hieb auf mich allein gefallen. Das war mir eine Freude. Ich gab mich damit zufrieden, für viele Ursachen zu leiden, obwohl von jeher für meine Augen, da ich Dich beobachtete, etwas nicht wenig Verächtliches in Deiner völligen, vorsätzlichen Blindheit lag. Ich erinnere mich, wie Du stolzerfüllt einen Brief hervorzogst, den Du in einem Sensationsblatt über mich veröffentlicht hattest. Es war eine sehr vorsichtige, gemäßigte, sogar alltägliche Arbeit. Du appelliertest an den »englischen Gerechtigkeitssinn« oder etwas sehr Trauriges von dieser Gattung, zugunsten eines »Mannes, der am Boden lag«. Es war die Art Brief, die Du hättest schreiben können, wäre eine peinliche Anklage gegen eine ehrbare Person erhoben worden, mit der Du persönlich ganz unbekannt gewesen. Aber Du hieltest es für einen wunderbaren Brief. Du sahst darin einen Beweis fast abenteuerlicher Ritterlichkeit. Ich weiß, Du hast noch andere Briefe geschrieben an andere Zeitungen, die sie nicht abgedruckt haben. Doch dann sollten sie bloß berichten, dass Du Deinen Vater hasstest. Kein Hahn krähte danach, ob das der Fall war oder nicht. Der Hass – das hattest Du noch zu lernen – ist, intellektuell betrachtet, die ewige Verneinung. Vom Standpunkt des Gemüts aus betrachtet, ist er eine Form der Atrophie mit tödlichem Ausgang, nur nicht für sich selbst. An die Zeitungen zu schreiben, man hasse jemand, ist so, wie wenn man an die Zeitungen schreiben wolle, man habe eine geheime, schändliche Krankheit. Die Tatsache, dass der Mann, den Du hasstest, Dein eigener Vater war und dass das Gefühl gründlich erwidert wurde, machte Deinen Hass in keiner Weise vornehm oder schön. Wenn sie etwas bewies, so war es nur, dass es sich um eine angeborene Krankheit handelte.

Ich erinnere mich weiter: Als die Zwangsversteigerung über mein Haus verhängt und meine Bücher und Möbel mit Beschlag belegt und zum Verkauf ausgeboten wurden und der Bankrott vor der Tür stand, da schrieb ich Dir natürlich, um Dir davon Mitteilung zu machen. Ich erwähnte nicht, dass die Bezahlung etlicher meiner Spenden an Dich den Gerichtsvollzieher in das Haus gebracht hatte, in dem Du so oft gespeist. Ich dachte, mit Recht oder Unrecht, eine solche Nachricht werde Dich vielleicht ein wenig schmerzen. Ich sagte Dir nur die kahlen Tatsachen. Ich hielt es für schicklich, dass Du darum wissen solltest. Du antwortetest aus Boulogne in einem Ton fast lyrischen Frohlockens. Du schriebst, Du wissest, dass Dein Vater »schlecht bei Kasse« sei, dass er 1500 Pfund für die Kosten der Gerichtsverhandlung habe aufnehmen müssen und dass mein bevorstehender Bankrott ein »fabelhafter Triumph« über ihn sei, weil er dadurch nicht imstande sein werde, seine Spesen von mir hereinzubekommen! Begreifst Du jetzt, was der Hass, der einen blind macht, ist? Siehst Du ein, dass ich, als ich ihn eine in jedem Fall, nur nicht für sich selbst verderbliche Atrophie nannte, eine wirkliche, psychologische Tatsache wissenschaftlich beschrieb? – Dass alle meine reizenden Sachen verkauft werden sollten: meine Zeichnungen von Burne-Jones, von Whistler, mein Monticelli, meine Simeon Solomons, mein Porzellan, meine Bibliothek mit ihrer Sammlung von Widmungsexemplaren von fast allen Dichtern meiner Zeit: von Hugo bis Whitman, von Swinburne bis Mallarmé, von Morris bis Verlaine, mit ihren schön gebundenen Ausgaben der Werke meines Vaters und meiner Mutter, mit ihrer wundervollen Reihe von Universitäts- und Schulpreisen, ihren Luxusausgaben und dergleichen – das war schlechterdings nichts für Dich. Du sagtest, es öde Dich; das war alles. Du sahst darin nur die Möglichkeit, dass Dein Vater schließlich ein paar Hundert Pfund verliere, und diese erbärmliche Auffassung erfüllte Dich mit ekstatischer Freude. Was die Prozesskosten betrifft, so mag es Dich interessieren zu erfahren, dass Dein Vater im Orleansklub offen erklärte, wenn ihn die Sache zwanzigtausend Pfund gekostet hätte, würde er das Geld für durchaus gut angewandt gehalten haben; er hätte davon so viel Genuss und Wohlbehagen und Triumph gehabt. Die Tatsache, dass er in der Lage war, nicht nur mich auf zwei Jahre ins Gefängnis zu bringen, sondern auch mich für einen Nachmittag herauszuholen und zum öffentlichen Bankrotteur zu machen, war eine extra raffinierte Freude, die er nicht erwartet hatte. Es war die Krönung meiner Demütigung und seines vollkommenen, einwandfreien Sieges. Hätte Dein Vater nicht seine Kosten von mir beanspruchen können, so würdest Du, das weiß ich nur zu gut, voll Mitgefühl, soweit es Worten gegeben ist, für den gänzlichen Verlust meiner Bibliothek, einen für einen Schriftsteller unersetzlichen Verlust, den für mich von allen meinen materiellen Verlusten betrüblichsten, gewesen sein. Du hättest sogar, im Angedenken an die Geldsummen, die ich im Übermaß für Dich ausgegeben, und daran, wie Du jahrelang von mir gelebt hattest, Dir vielleicht die Mühe genommen, einige meiner Bücher für mich zurückzukaufen.

Die allerbesten gingen für weniger als 150 Pfund weg – ungefähr so viel, wie ich durchschnittlich in einer Woche für Dich ausgab. Aber die schadenfrohe Vorstellung, Dein Vater werde ein paar Groschen verlieren, ließ den Versuch gar nicht bei Dir aufkommen, mir einen kleinen Gegendienst zu leisten, der so unbedeutend, so leicht, so wenig kostspielig, so auf der Hand liegend und mir so ungeheuer erwünscht gewesen wäre, wenn Du ihn ausgeführt hättest. Hab ich nun recht, wenn ich sage, dass der Hass die Menschen blind macht? Siehst Du jetzt es ein? Wenn nicht, versuche, es einzusehen.

Wie klar ich es damals, so wie jetzt, sah, brauche ich Dir nicht zu erzählen. Aber ich sagte mir: ›Um jeden Preis muss ich mir die Liebe im Herzen erhalten. Wenn ich ohne Liebe ins Gefängnis gehe, was wird aus meiner Seele dann werden?‹ Die Briefe, die ich Dir damals aus Holloway schrieb, waren mein Bemühen, die Liebe meinem Wesen als Dominante zu erhalten. Ich hätte Dich, wenn ich gewollt hätte, mit bitteren Vorwürfen in Stücke reißen können. Ich hätte Dich mit Flüchen zerschmettern können. Ich hätte Dir einen Spiegel vorhalten und ein Bild von Dir zeigen können, das Du nicht als Dein eigenes erkannt hättest, bis Du ausfindig gemacht, dass es Deine grauenvollen Gebärden nachäffte, und dann hättest Du gewusst, wessen Gestalt es war, und hättest sie und Dich auf ewig gehasst. Ja, noch mehr. Die Sünden eines anderen wurden mir zur Last gelegt. Hätte ich gewollt, ich hätte mich in beiden Verhandlungen auf seine Kosten retten können – zwar nicht vor der Schande, aber vor dem Gefängnis. Wäre es mir eingefallen zu zeigen, dass die Belastungszeugen – die drei wichtigsten – von Deinem Vater und seinem Rechtsbeistand sorgfältig instruiert waren, nicht bloß was sie zu verschweigen, sondern auch was sie auszusagen hätten in der Art, wie sie die Handlungen und Taten eines anderen vorsätzlich, abgekartet und einstudiert rundweg auf mich übertrugen – ich hätte es erreichen können, dass jeder Einzelne von ihnen mit noch weniger Umständen vom Vorsitzenden aus dem Gerichtssaal entlassen worden wäre als der meineidige Lump Atkins. Ich hätte erhobenen Hauptes, die Hände in den Taschen, ein freier Mann hinausschreiten können. Man übte den stärksten Druck auf mich aus, es zu tun. Leute, deren einziges Interesse mein und meines Hauses Wohl war, rieten mir ernstlich zu, baten, beschworen mich. Aber ich lehnte es ab. Ich konnte mich nicht dazu verstehen. Ich habe meinen Entschluss niemals auch nur einen Augenblick bedauert, selbst nicht in den bittersten Zeiten meiner Haft. Eine solche Handlungsweise wäre unter meiner Würde gewesen. Die Sünden des Fleisches sind nichts. Es sind Krankheiten, die der Arzt heilt, wenn man sie überhaupt heilen lassen soll. Einzig die Sünden der Seele sind schmachvoll. Mir meine Freisprechung durch solche Mittel erwirkt zu haben, wäre zeitlebens eine Qual für mich gewesen. Aber glaubst Du wirklich, Du habest die Liebe verdient, die ich Dir damals erwies, oder ich hätte einen Augenblick geglaubt, dass Du sie verdientest? Glaubst Du wirklich, Du habest zu irgendeiner Zeit unserer Freundschaft die Liebe verdient, die ich Dir erwies, oder ich hätte einen Augenblick geglaubt, dass Du sie verdientest? Ich habe gewusst, dass Du sie nicht verdienst. Doch Liebe feilscht nicht auf dem Marktplatz und benutzt nicht die Waage des Krämers. Ihre Freude ist, wie die Freude des Geistes: sich lebendig zu fühlen. Das Streben der Liebe ist: zu lieben – nicht mehr und nicht weniger. Du warst mein Feind, ein Feind, wie kein

Mensch ihn je gehabt hat. Ich hatte Dir mein Leben geschenkt; um die allerniedrigsten, verächtlichsten menschlichen Leidenschaften zu befriedigen: Hass, Eitelkeit und Gier, hattest Du es weggeworfen. In weniger als drei Jahren hattest Du mich in jedem Betracht völlig vernichtet. In meinem eigenen Interesse blieb mir nichts zu tun, als Dich zu lieben. Ich wusste: Wenn ich mir gestattete, Dich zu hassen, dann würde in der trockenen Wüste des Daseins, durch die ich ziehen musste und noch immer ziehe, jeder Fels seinen Schatten verlieren, jeder Palmbaum verdorren, jeder Wasserquell an seinem Ursprung vergiftet sein. Fängst Du nun an, ein wenig zu verstehen? Erwacht Deine Fantasie aus dem langen Todesschlaf, darin sie gelegen? Du weißt schon, was der Hass ist. Fängt es an Dir aufzudämmern, was die Liebe und was der Liebe Wesen ist? Es ist nicht zu spät für Dich, es zu lernen, wenn ich auch, es Dich zu lehren, in die Sträflingszelle gehen musste.

Nach meiner fürchterlichen Verurteilung, als ich Gefängniskleidung anhatte und das Gefängnishaus sich um mich schloss, saß ich unter den Trümmern meines wundervollen Lebens, von Angst zermalmt, vor Schreck verwirrt, durch Schmerz betäubt. Aber ich wollte Dich nicht hassen. Jeden Tag sagte ich mir: ›Ich muss mir heut im Herzen die Liebe bewahren; wie soll ich sonst den Tag überstehen?‹ Ich erinnerte mich daran, dass Du es nicht böse gemeint hast, mit mir wenigstens; ich bemühte mich zu denken, dass Du nur aufs Geratewohl einen Bogen abgeschnellt und dass der Pfeil einen König zwischen den Scharnieren seines Harnischs durchbohrt hatte. Dich abzuwägen gegen das kleinste meiner Leiden, den geringsten meiner Verluste, das wäre, wie ich fühlte, ungerecht gewesen. Ich beschloss, auch Dich als einen

Dulder zu betrachten. Ich zwang mich in den Glauben, dass Dir endlich die Schuppen von den lange verblendeten Augen gefallen seien. Ich pflegte mir voll Schmerz vorzustellen, wie groß Dein Entsetzen gewesen sein müsse, als Du Deiner Hände schreckliches Werk anschautest. Es gab Zeiten, sogar in jenen dunklen Tagen, den dunkelsten meines ganzen Lebens, da es mich wahrhaft verlangte, Dich zu trösten; so sicher war ich, dass Dir endlich zum Bewusstsein gekommen sei, was Du getan hattest.

Es fiel mir da nicht bei, dass Du das höchste Laster: Seichtheit haben könntest. Ja, es war für mich ein wirklicher Kummer, als ich Dich das musste wissen lassen. Ich sah mich genötigt, die erste Gelegenheit zum Empfang eines Briefes Familienzwecken aufzusparen; denn mein Schwager hatte mich benachrichtigt, wenn ich nur einmal an meine Frau schreiben möchte, würde sie, um meinetwillen und unserer Kinder wegen, keine Ehescheidungsklage einreichen. Ich fühlte: Meine Pflicht war, das zu tun. Von anderen Gründen zu schweigen, konnte ich den Gedanken der Trennung von Cyril nicht ertragen, diesem meinem schönen, liebreichen, liebenswerten Kind, meinem Freund von allen Freunden, meinem Gefährten über alle Gefährten hinaus; ein einziges Haar von seinem goldenen Köpfchen hätte mir teurer und wertvoller sein sollen als – ich will nicht sagen: Du vom Scheitel bis zur Zehe, doch als der ganze Chrysolith der gesamten Welt, war es mir in der Tat auch immer, wiewohl ich zu spät erst es verstand.

Zwei Wochen nach Deinem Annäherungsversuch erhalte ich Nachricht über Dich. Robert Sherard, dieses tapferste und ritterlichste aller prächtigen Geschöpfe, besucht mich und sagt mir unter anderem, Du gingest damit um, in dem lächerlichen »Mercure de France« mit seiner albernen Ziererei der wahre Mittelpunkt literarischer Korruption zu sein, einen Aufsatz über mich nebst Proben aus meinen Briefen zu veröffentlichen. Er fragt mich, ob es wirklich auf meinen Wunsch geschehe. Ich war höchlich erstaunt und sehr verärgert und gab Auftrag, der Sache sofort Einhalt zu tun. Du hattest meine Briefe herumliegen lassen, sodass erpresserische Gesellen sie stehlen, Hoteldiener stibitzen, Hausmädchen verkaufen konnten. Das war einfach Dein Leichtsinn, weil es Dir an Wertschätzung für das gebrach, was ich Dir geschrieben hatte. Aber dass Du im Ernst daran dachtest, Auszüge aus den übrigen zu veröffentlichen, war fast unglaublich für mich. Und welche meiner Briefe waren es? Ich konnte nichts Näheres erfahren. Das war meine erste Kunde von Dir. Sie missfiel mir.

Die zweite Nachricht ließ nicht lange auf sich warten. Die Anwälte Deines Vaters hatten sich im Gefängnis eingefunden und machten mir die gerichtliche Eröffnung meines Konkurses wegen lumpiger 700 Pfund, die ihre Kostenaufstellung betrug. Man erklärte mich als zahlungsunfähigen Schuldner und ordnete an, ich solle dem Gericht vorgeführt werden. Ich hatte das sehr starke Gefühl, habe es noch und will auf die Sache zurückkommen, dass diese Kosten hätten von Deiner Familie bezahlt werden sollen. Du hattest persönlich die Verantwortung auf Dich genommen, indem Du die Erklärung abgabst, Deine Angehörigen würden es tun. Dies hatte den Anwalt bewogen, den Fall zu übernehmen in der Art, wie er es tat. Du warst durchaus verantwortlich. Auch unabhängig von Deiner verpflichtenden Zusage für Deine Angehörigen hättest Du das Gefühl haben müssen: Da Du mich ins Verderben gestürzt hattest, so war das Mindeste, das man hätte tun können, mir die weitere

Schande des Bankrotts zu ersparen wegen einer schlechterdings verächtlichen Summe, weniger als die Hälfte von dem, was ich in drei kurzen Sommermonaten in Goring für Dich ausgegeben habe. Doch davon hier nicht mehr. Ich empfing, wie ich nicht leugne, durch den Bürovorsteher des Anwalts eine Botschaft von Dir betreffs der Sache oder doch in Verbindung mit dem Anlass. An dem Tag, als er kam, um meine Darlegungen und Angaben in Empfang zu nehmen, beugte er sich über den Tisch – der Gefängniswärter war zugegen –, und nachdem er in ein Stück Papier, das er aus der Tasche zog, gesehen, sagte er zu mir mit leiser Stimme: »Prinz Fleur de Lys lässt Sie grüßen.« Ich starrte ihn an. Er wiederholte die Botschaft. Ich wusste nicht, was er meinte. »Der Herr ist gegenwärtig im Ausland«, fügte er geheimnisvoll hinzu. Da wurde mir alles blitzartig klar, und ich weiß noch, dass ich zum ersten und letzten Mal in meiner ganzen Gefängniszeit lachte. In diesem Lachen war alle Verachtung aller Welt. Prinz Fleur de Lys! Ich sah – und spätere Ereignisse zeigten mir, dass ich recht sah: Nichts, was sich zugetragen hatte, war Dir zum Bewusstsein gekommen. Du warst in Deinen Augen immer noch der anmutige Prinz einer trivialen Komödie, nicht die düstere Gestalt eines tragischen Schauspiels. Alles, was vorgefallen, war wie eine Feder nur für das Barett, das einen beschränkten Kopf schmückt, eine Blume, ins Wams zu stecken, worunter ein Herz schlägt, das der Hass, der Hass allein, wärmen kann, das die Liebe, die Liebe allein, kalt findet. Prinz Fleur de Lys! Du hattest gewiss ganz recht, unter angenommenem Namen mit mir in Verbindung zu treten. Ich selbst hatte damals überhaupt keinen Namen. In dem großen Gefängnis, worin ich damals eingekerkert war, war ich bloß die Zahl und der

Buchstabe einer kleinen Zelle in einem langen Gang, eine von tausend leblosen Nummern wie eines von tausend leblosen Leben. Aber es gab sicherlich viele wirkliche Namen in der wirklichen Geschichte, die weit besser zu Dir gepasst und an denen ich sogleich Dich unschwer erkannt hätte. Ich vermutete Dich nicht unter dem Flitter eines schimmernden Visiers, das nur für ein kurzweiliges Maskenfest passend war. Ach, wäre Deine Seele, wie um ihrer eigenen Vollendung willen sie es hätte sein sollen, von Leid verwundet, von Gewissensbissen gebeugt und vor Gram demütig gewesen, sie hätte nicht solche Vermummung gewählt, in ihrem Schatten Eingang zum Haus des Schmerzes zu suchen. Die großen Dinge des Lebens sind, was sie scheinen, und aus diesem Grund, so seltsam es Dir klingen mag, oft schwer zu deuten. Aber die kleinen Dinge des Lebens sind Symbole. Durch sie erhalten wir am leichtesten unsere bitteren Lehren. Die anscheinend zufällige Wahl eines fingierten Namens war symbolisch und wird es bleiben. Er hat Dich verraten.

Sechs Wochen später trifft eine dritte Nachricht ein. Ich werde aus dem Spital geholt, wo ich elend krank lag, um durch den Gefängnisdirektor eine besondere Botschaft von Dir zu erhalten. Er liest mir einen an ihn gerichteten Brief vor, worin Du Mitteilung machtest, Du habest vor, einen Aufsatz über den »Fall Oscar Wilde« im »Mercure de France« zu veröffentlichen (einer Zeitschrift, die, wie Du aus einem merkwürdigen Grund hinzufügtest, »der englischen ›Fortnightly Review‹ entspricht«) und seist begierig, meine Erlaubnis zur Veröffentlichung zu erlangen; es handle sich um Proben und eine Auswahl von … was für Briefen? Den Briefen, die ich aus dem Holloway-Gefängnis an Dich geschrieben hatte; den Briefen, die Du heilig und geheim hättest halten sollen, mehr als irgendetwas auf der ganzen Welt! Das waren tatsächlich die Briefe, die Du herausgeben wolltest, damit der schlaffe Dekadent sie anstaune, der gierige Feuilletonist sie ausschlachte, die kleinen Löwen des Quartier Latin das Maul aufrissen und sie verschlängen. Hätte nichts in Deinem Herzen gegen so gemeinen Frevel aufgeschrien, so hättest Du zum Mindesten an das Sonett denken sollen, das einer schrieb, der mit solchem Schmerz und Hohn zusah, wie die Briefe von John Keats in London öffentlich versteigert wurden, und hättest endlich die wahre Bedeutung meiner Verse verstehen sollen:

»Der, glaub ich, ist für Kunst erkaltet,
der den Kristall des Dichterherzens spaltet,
dass ekle Augen glotzend danach spähn.«

Denn was sollte Dein Aufsatz dartun? Dass ich Dich zu gerne gehabt hatte? Die Tatsache war ja dem Pariser Gamin bekannt. Sie lesen alle die Zeitungen, und die meisten von ihnen schreiben dafür. Dass ich ein Genie war? Die Franzosen verstanden das und die besondere Art meines Genies viel besser, als Du es tatest oder als man es von Dir hätte erwarten können. Dass Hand in Hand mit dem Genie oft eine eigentümliche Perversität der Leidenschaft und des Verlangens geht? Vortrefflich; aber der Gegenstand kommt eher einem Lombroso als Dir zu. Außerdem findet sich die vorliegende pathologische Erscheinung auch bei solchen, die kein Genie besitzen. Dass ich in Deinem Hasskrieg gegen Deinen Vater jedem von euch zugleich Schild und Waffe war? Nein, mehr: Dass auf der scheußlichen Jagd nach meinem Leben, die einsetzte, als der Krieg vorbei war, Dein Vater mich nie hätte zur Strecke bringen können, wäre mein Fuß nicht schon in Deinen Netzen gewesen? Ganz richtig; aber ich höre, Henri Bauer hat das schon ausgezeichnet gesagt. Zur Bestätigung seiner Ansicht, falls das Dein Vorhaben gewesen, brauchtest Du nicht meine Briefe zu veröffentlichen – wenigstens nicht die aus Holloway geschriebenen.

Wirst Du auf meine Fragen erwidern, ich selbst hätte Dich in einem meiner Briefe aus Holloway gebeten, Du möchtest, soweit Du dazu imstande wärest, den Versuch machen, mich bei einem kleinen Teil der Welt ein wenig ins rechte Licht zu setzen? Gewiss, ich hab es getan. Bedenke, wie und warum ich in diesem Augenblick hier bin. Glaubst Du, ich sei hier wegen meiner Beziehungen zu den Zeugen in meinem Prozess? Meine Beziehungen, die wirklichen oder vermeintlichen, zu Leuten jenes Schlages waren von keinem Interesse, weder für die Regierung noch für die Gesellschaft. Man wusste davon nichts und fragte noch weniger danach. Ich bin hier, weil ich versucht habe, Deinen Vater ins Gefängnis zu bringen. Mein Unterfangen schlug fehl, selbstverständlich. Mein Anwalt legte die Verteidigung nieder. Dein Vater drehte den Spieß um und brachte mich ins Gefängnis, wo ich noch bin. Deshalb fühlt man gegen mich Verachtung. Deshalb verhöhnen mich die Menschen. Deshalb muss ich jeden Tag, jede Stunde, jede Minute meiner schrecklichen Gefängniszeit absitzen. Deshalb wurden meine Gesuche abschlägig beschieden.

Du warst der Einzige, der, ohne sich irgendwie dem Spott, einer Gefahr oder einem Tadel auszusetzen, der ganzen Angelegenheit eine andere Farbe hätte geben, die Sache in ein unterschiedliches Licht rücken, bis zu einem gewissen Grad zeigen können, wie die Dinge wirklich lagen. Ich hätte selbstverständlich nicht erwartet oder auch nur gewünscht, dass Du angegeben hättest, wie und zu welchem Zweck Du meinen Beistand in Deinen Oxforder Unannehmlichkeiten gesucht hast oder wie und zu welchem Zweck, falls Du überhaupt einen hattest, Du nahezu drei Jahre mir faktisch nie von der Seite gewichen bist. Meine ständigen Versuche, eine Freundschaft abzubrechen, die für mich als Künstler, als Mann der Öffentlichkeit, sogar als Mitglied der Gesellschaft so verderblich war, hätten nicht so genau gebucht zu werden brauchen, wie sie hier aufgezeichnet sind. Ich hätte auch nicht verlangt, dass Du die Szenen beschriebest, die Du in fast eintöniger Weise wiederholt hast; oder dass Du Deine wundervolle Reihe von Telegrammen an mich in ihrer sonderbaren Mischung von Romantik und Finanz abdrucktest; oder dass Du die empörenderen oder herzloseren Stellen aus Briefen anführtest, wozu ich gezwungen war. Immerhin, ich dachte, es wäre gut gewesen, für Dich sowohl wie für mich, wenn Du Verwahrung eingelegt hättest gegen Deines Vaters Lesart von unserer Freundschaft – eine Lesart, nicht minder grotesk als giftig und in ihren Dich betreffenden Folgerungen ebenso albern wie entehrend mit Bezug auf mich. Sie ist jetzt tatsächlich historisch geworden; wird zitiert, geglaubt, gebucht; der Pastor hat sie zu seinem Text, der Moralprediger zu seinem unfruchtbaren Thema genommen; und ich, der bei allen Menschenaltern Anklang fand, musste meinen Urteilsspruch hinnehmen von einem, der ein Affe und ein Hanswurst ist. Ich habe in diesem Brief, nicht ohne Verbitterung, wie ich zugebe, gesagt, darin liege die Ironie der Dinge, dass Dein Vater als Held eines Traktätchens weiterlebe; dass Du mit dem Kinde Samuel auf einer Stufe stehest; und dass mein Platz zwischen Gilles de Retz und dem

Marquis de Sade sei. So ist es wohl am besten. Ich will mich nicht darüber beklagen. Eine der vielen Lehren, die man dem Gefängnis verdankt, ist die: dass die Dinge sind, was sie sind, und es in alle Zukunft bleiben werden. Ich zweifle auch nicht im Geringsten daran, dass der mittelalterliche Wüstling und der Verfasser der »Justine« bessere Gesellschafter sind als Sandford und Merton.

Aber zu der Zeit, als ich Dir schrieb, empfand ich, dass es in unser beider Interesse gut, zweckmäßig, richtig sei, uns nicht bei der Darstellung zu beruhigen, die Dein Vater durch seinen Rechtsbeistand zur Erbauung einer philisterhaften Welt hatte abgeben lassen, und deshalb bat ich Dich, etwas zu erdenken und zu schreiben, was der Wahrheit näherkomme. Es wäre wenigstens besser für Dich gewesen, als etwas über das häusliche Leben Deiner Eltern für die französischen Zeitungen hinzukritzeln. Was fragten die Franzosen danach, ob Deine Eltern ein glückliches Familienleben geführt hatten oder nicht! Ein für sie uninteressanterer Gegenstand ist schwer erfindlich. Was sie dagegen interessierte, war, wie ein Künstler meines Ranges, einer, der durch die Lehre und Bewegung, die er verkörperte, hervorragenden Einfluss auf die Richtung französischen Denkens ausgeübt hatte, nach einem solchen Leben, wie er es geführt, einen solchen Prozess hatte führen können. Hättest Du Dir für Deinen Aufsatz vorgenommen, die (wie ich fürchte: zahllosen) Briefe zu veröffentlichen, worin ich zu Dir von dem Verderben, das Du über mein Leben brachtest, gesprochen hatte; von dem Wahnsinn der Wutanfälle, die Du Gewalt über Dich gewinnen ließest, zu Deinem eigenen wie zu meinem Schaden; von meinem Wunsch oder vielmehr Entschluss, eine für mich in jeder Art so verhängnisvolle Freundschaft zu beenden: ich hätte es verstehen können, wenn ich auch die Veröffentlichung solcher Briefe nicht gestattet hätte. Als Deines Vaters Anwalt mich bei einem Widerspruch fassen wollte und einen von mir im März 1893 an Dich geschriebenen Brief dem Gericht plötzlich vorlegte – ich erklärte darin: eher als eine Wiederholung der scheußlichen Auftritte zu dulden, an denen Du anscheinend so schreckliches Wohlgefallen fändest, sei ich bereit, »mich von jedem Erpresser in London schröpfen zu lassen« –, da war es ein wirklicher Kummer für mich, dass diese Seite meiner Freundschaft mit Dir versehentlich gemeinen Blicken enthüllt wurde. Aber dass Du so schwer von Begriffen warst, so bar jedes Feingefühls und so stumpf im Erfassen des Seltenen, Zarten, Schönen, dass Du selbst die Briefe herauszugeben vorhattest, in denen und durch die ich den Geist und die Seele der Liebe lebendig zu erhalten suchte, damit sie in meinem Körper während der langen Jahre der Demütigung für diesen Körper wohnen könne – das war und ist noch für mich eine Quelle des tiefsten Schmerzes, der heftigsten Enttäuschung. Warum Du es tatest, weiß ich leider nur zu gut. Machte der Hass Deine Augen blind, so nähte die Eitelkeit Deine Augenlider mit eisernen Fäden zusammen. Die »Fähigkeit, durch die und durch die allein man andere in ihren realen wie in ihren idealen Beziehungen verstehen kann«, die hatte Dein enger Egoismus abgestumpft und langer Missbrauch unwirksam gemacht. Die Fantasie lag ebenso sehr im Gefängnis wie ich. Die Eitelkeit hatte die Fenster vergittert, und der Wärter hieß Hass.

All das hat sich in der ersten Novemberhälfte des vorletzten Jahres zugetragen. Ein breiter Lebensstrom fließt zwischen mir und einem so entfernten Zeitpunkt. Kaum, wenn überhaupt, kannst Du einen so weiten Zwischenraum überblicken. Mir aber kommt es vor, als wär es mir, ich will nicht sagen: gestern, nein, heute zugestoßen. Leiden ist ein sehr langer Augenblick. Es lässt sich nicht nach Jahreszeiten abteilen. Wir können nur seine Stimmungen aufzeichnen und ihre Wiederkehr buchen. Für uns schreitet die Zeit selbst nicht fort. Sie dreht sich. Sie scheint um einen Mittelpunkt zu kreisen: den Schmerz. Die lähmende Unbeweglichkeit eines Lebens, das in allem und jedem nach einer unverrückbaren Schablone geregelt ist, sodass wir essen und trinken und spazieren gehen und uns hinlegen und beten oder wenigstens zum Gebet niederknien nach den unabänderlichen Satzungen einer eisernen Vorschrift: Diese Unbeweglichkeit, die jeden Tag mit seinen Schrecken bis auf die kleinste Einzelheit seinem Bruder gleichen lässt, scheint sich den äußeren Gewalten mitzuteilen, deren ureigenes Wesen der beständige Wechsel ist. Von Saat und Ernte, von den Schnittern, die sich über das Getreide neigen, von den Winzern, die sich durch die Rebstöcke schlängeln, von dem Gras im Garten, über das sich die weiße Decke der abgefallenen Blüten breitet oder die reifen Früchte ausgestreut sind: Davon wissen wir nichts und können nichts wissen.

Für uns gibt es nur eine Jahreszeit: die Jahreszeit des Grams. Die Sonne selbst und der Mond scheinen uns genommen. Draußen mag der Tag in blauen und goldenen Farben leuchten – das Licht, das zu uns hereinkriecht durch das dicht beschlagene Glas des kleinen, mit Eisenstäben vergitterten Fensters, unter dem wir sitzen, ist grau und karg. In unserer Zelle herrscht stets Zwielicht, in unserem Herzen Mitternacht. Und im Bereich des Denkens stockt, ebenso wie im Kreislauf der Zeit, alle Bewegung. Was Du persönlich längst vergessen hast oder leicht vergessen kannst, trifft mich heute und wird mich morgen wiederum treffen. Das bedenke, und Du vermagst ein wenig zu verstehen, warum ich schreibe und so schreibe.

Eine Woche später schafft man mich hierher. Drei Monate verstreichen, da stirbt meine Mutter. Du weißt, niemand weiß es besser, wie sehr ich sie geliebt und verehrt habe. Ihr Tod war mir furchtbar; aber ich, einst der Sprache Meister, finde nicht Worte, meinen Kummer und meine Beschämung auszudrücken. Niemals, nicht einmal in den glücklichsten Tagen meiner künstlerischen Entwicklung, wär ich imstande gewesen, Worte zu finden, die eine so erhabene Last hätten tragen oder wohllautend und hoheitsvoll genug im purpurnen Zug meines unaussprechlichen Wehs hätten einherschreiten können. Von ihr und meinem Vater hatte ich einen Namen geerbt, dem sie Ruhm und Ehre verschafft, nicht nur in der Literatur, Kunst, Archäologie und Naturwissenschaft, sondern auch in der politischen Geschichte meines Vaterlands, in seiner nationalen Entwicklung. Ich hatte diesen Namen für ewig geschändet. Zu einem gemeinen Schimpfwort bei gemeinen Menschen gemacht. In den Schlamm gezerrt. Rohen Gesellen ausgeliefert, dass sie ihn verrohen lassen durften, Verrückten, dass er ihnen gleichbedeutend mit Verrücktheit werden durfte. Was ich damals gelitten habe und noch leide, kann keine Feder schreiben, kein Buch künden. Meine Frau, die in jenen Tagen sehr gütig und liebenswert gegen mich war, wollte es mir ersparen, dass ich die Nachricht von gleichgültigen Menschen, von fremden Lippen hörte, und kam trotz ihrem Kranksein den ganzen Weg von Genua nach England gereist, um mir die Botschaft eines so unersetzlichen, so unermesslichen Verlustes selbst zu überbringen. Von allen, die mir noch zugetan waren, erreichten mich

Beileidskundgebungen. Sogar Leute, die mich nicht persönlich gekannt hatten, ließen mir, als sie hörten, dass ein neuer Schmerz in mein Leben getreten sei, den Ausdruck ihres Anteils übermitteln.

Drei Monate verstreichen. Der tägliche Ausweis über meine Führung und Arbeit, der draußen an der Tür meiner Zelle hängt – auch mein Name und mein Urteil stehen darauf –, sagt mir, es ist Mai.

Meine Freunde kommen wieder zu Besuch. Ich erkundige mich, wie stets, nach Dir. Man erzählt mir, Du seist in Deiner Villa in Neapel und wollest einen Band Gedichte herausbringen. Am Schluss der Unterredung wird zufällig erwähnt, Du wollest ihn mir widmen. Die Neuigkeit trieb mir geradezu den Lebensekel hoch. Ich sagte nichts, ging aber schweigend, Verachtung und Hohn im Herzen, in meine Zelle zurück. Wie konntest Du Dir es träumen lassen, mir einen Band Gedichte zu widmen, ohne mich erst um Erlaubnis zu fragen? Träumen, sage ich? Wie konntest Du Dich unterstehen, etwas Derartiges zu tun? Wirst Du darauf zur Antwort geben, in den Tagen meiner Größe und meines Ruhms hätte ich eingewilligt, die Widmung Deines Frühwerks anzunehmen? Gewiss hab ich das getan, genauso wie ich mir die Huldigung jedes anderen jungen Mannes, der mit der schweren und schönen Kunst der Literatur beginnt, hätte gefallen lassen. Jede Huldigung ist für den Künstler köstlich und doppelt angenehm, wenn die Jugend sie darbringt. Der Lorbeer welkt, wenn ihn bejahrte Hände pflücken. Nur die Jugend hat das Recht, einen Künstler zu krönen. Darin liegt der wahre Vorzug, jung zu sein, wenn es die Jugend nur wüsste. Aber die Tage der Erniedrigung und Schande sind von denen der Größe und des Ruhms verschieden. Das hattest Du noch zu lernen.

Glück, Wohlleben und Erfolg mögen von rauer Oberfläche und aus gemeinem Stoffe sein: das Leid ist das Zarteste in aller Schöpfung. Es gibt nichts in der ganzen geistigen Welt, an das der Schmerz mit seinem schrecklichen, überaus feinen Pulsschlag nicht heranreicht. Das dünne, ausgehämmerte Zittergoldblättchen, das die Richtung der dem Auge nicht wahrnehmbaren Kräfte anzeigt, ist im Vergleich damit grob. Das Leid ist eine Wunde, die zu bluten anfängt, wenn eine andere Hand als die der Liebe daran rührt, und selbst dann von Neuem bluten muss, wenn auch nicht vor Schmerz.

Du konntest doch an den Direktor des Gefängnisses in Wandsworth schreiben und mich um Erlaubnis bitten zur Veröffentlichung meiner Briefe im »Mercure de France«, »der unserer englischen ›Fortnightly Review‹ entspricht«. Warum nicht an den Direktor des Gefängnisses in Reading schreiben und mich um Erlaubnis zur Widmung Deiner Gedichte bitten, eine wie fantastische Beschreibung von ihnen zu geben Dir auch beliebt hätte? Geschah es, weil in dem einen Fall ich der betreffenden Zeitschrift untersagt hatte, Briefe zu veröffentlichen, deren Urheberrechte, wie Dir selbstverständlich vollkommen bekannt war, durchaus bei mir ruhten und noch ruhen, während in dem anderen Fall Du dachtest, Du könnest Dein eigenmächtiges Vorgehen auskosten, ohne dass ich etwas davon erführe, bis es zum Eingreifen zu spät sei? Die bloße Tatsache, dass ich ein entehrter, vernichteter und zu Gefängnis verurteilter Mann war, hätte Dich, wenn Du meinen Namen auf die erste Seite Deines Werkes zu setzen wünschtest, es von mir als Gunst, Auszeichnung, Vorrecht erbitten lassen sollen. Das ist die Art, an Menschen heranzutreten, die im Unglück sind und in Schande sitzen.

Wo Leid ist, da ist geweihte Erde. Eines Tages wird die Menschheit begreifen, was das heißt. Vorher weiß sie nichts vom Leben. Robbie und Wesen seiner Art können es ermessen. Als ich zwischen zwei Polizisten aus dem Zuchthaus vor den Konkursgerichtshof geführt wurde, da wartete Robbie in dem langen, düsteren Korridor, um zum Erstaunen der ganzen Menge, die ob einer so lieben, schlichten Handlung verstummte, ernst den Hut vor mir abzuziehen, während ich in Handschellen gesenkten Hauptes an ihm vorüberging. Um kleinerer Dienste willen sind Menschen in den Himmel gekommen. Von diesem Geiste beseelt, von solcher Liebe erfüllt, knieten die Heiligen nieder, um den Armen die Füße zu waschen, neigten sie sich, um den Aussätzigen auf die Wange zu küssen. Ich habe nie ein Wort darüber zu ihm gesagt. Bis zur Stunde weiß ich nicht einmal, ob er eine Ahnung hat, dass ich seine Handlungsweise überhaupt bemerkte. Dafür kann man nicht in förmlichen Worten förmlichen Dank aussprechen. In der Schatzkammer meines Herzens lasse ich es lagern. Dort bewahre ich es als eine geheime Schuld, die ich zu meiner Freude wahrscheinlich nie zurückzahlen kann. Dort ist es einbalsamiert und behält sein liebliches Aussehen durch die Myrrhen und Narden vieler Tränen. Wenn alle Klugheit mir wertlos, die Philosophie unfruchtbar und die Redensarten und Sprüche derer, die mich zu trösten suchten, wie Staub und Asche im Mund erschienen, dann hat mir die Erinnerung an diesen kleinen, holden, stummen Akt der Liebe alle Brunnen des Mitleidens rauschen, die Wüste wie eine Rose aufblühen lassen, mich aus der Bitternis der einsamen Verbannung herausgehoben und in Einklang gebracht mit dem verwundeten, gebrochenen, großen Weltenherz. Wer fähig ist zu begreifen, nicht allein, wie schön Robbies Handlungsweise war, sondern warum sie mir so viel bedeutete und immer so viel bedeuten wird, der kann vielleicht einsehen, wie und mit welcher Gesinnung er mir nahen sollte.

Der erste Gedichtband, den ein junger Mensch im Lenz seines Mannesalters in die Welt hinausschickt, soll wie eine Frühlingsblüte oder -blume sein, wie der Hagedorn auf den Wiesen Oxfords oder wie die Primeln auf den Feldern Cumnors. Das Werk soll nicht mit dem Gewicht einer schrecklichen, empörenden Tragödie, eines schrecklichen, empörenden Skandals belastet sein. Hätte ich einem solchen Buch meinen Namen als Herold dienen lassen, es wäre ein schwerer künstlerischer Irrtum gewesen; es hätte das ganze Werk in ein falsches Milieu gestellt, und in der modernen Kunst hat das Milieu so großen Wert. Das moderne Leben ist kompliziert und relativ; dies sind seine beiden unterscheidenden Merkmale. Um das erste wiederzugeben, bedürfen wir des Milieus mit seinen zarten Nuancen und Andeutungen, seinen seltsamen Perspektiven; das zweite verlangt Hintergrund. Deswegen ist die Plastik für uns keine repräsentierende Kunst mehr, ist es die Musik, ist, war und wird die Literatur stets die höchste repräsentierende Kunst bleiben.

Ich habe so ausführlich über diese Sache zu Dir gesprochen, damit Du ihre volle Tragweite erfasst und verstehst, warum ich an Robbie auf der Stelle in Ausdrücken solchen Hohnes und der Geringschätzung über Dich schrieb, die Widmung rundweg verbot und den Wunsch äußerte, die auf Dich bezüglichen Worte sollten sorgfältig abgeschrieben und Dir geschickt werden. Ich fühlte, die Zeit war endlich gekommen, dass man Dich von dem, was Du angerichtet, ein wenig sehen, erkennen, begreifen lassen müsse. Blindheit kann so weit getrieben werden, dass sie grotesk wirkt, und eine fantasiearme Natur wird sich, wenn nicht etwas geschieht, sie aufzurütteln, zu völliger Fühllosigkeit versteinern: Der Leib mag noch essen und trinken und seine Freuden haben, doch die Seele, deren Haus er ist, stirbt völlig ab, wie die Seele des Branca d'Oria bei Dante. Mein Brief ist offenbar nicht eine Minute zu früh gekommen. Er traf Dich, soweit ich urteilen kann, wie ein Donnerkeil. Du nanntest Dich in Deiner Antwort an Robbie »unfähig zum Denken und Darstellen«. In der Tat, Dir fällt, scheint es, nichts Besseres ein, als Dich schriftlich bei Deiner Mutter zu beklagen. Sie natürlich, mit der Blindheit für Dein wahres Wohl, die ihr und Dein unseliges Schicksal gewesen ist, gewährt Dir jeden erdenklichen Trost und lullt Dich wieder in Deinen früheren unglücklichen, unwürdigen Zustand ein. Was mich dagegen betrifft, so lässt sie meine Freunde wissen, sie sei »sehr ungehalten« über meine strengen Bemerkungen an Deine Adresse. Ja, nicht nur meinen Freunden drückt sie ihre Gefühle der Ungehaltenheit aus, sondern auch denen, die nicht meine Freunde sind – eine sehr viel größere Zahl, wie ich Dich kaum zu erinnern brauche; und ich erfahre jetzt, und zwar durch Mittelspersonen, die Dir und den Deinen sehr wohl gesinnt sind, dass infolgedessen ein gut Teil des Mitgefühls, das aufgrund meiner hervorragenden Begabung und meiner schrecklichen Leiden langsam, aber sicher für mich aufgekommen war, mir gänzlich entzogen worden ist. Die Leute sagen: »Aha! Erst hat er den gütigen Vater ins Gefängnis zu bringen versucht, was ihm nicht gelungen ist; jetzt wendet er das Blättchen um und legt dem unschuldigen Sohn den Fehlschlag zur Last. Wie recht hatten wir doch, ihn zu verabscheuen! Wie sehr verdient er unsere Missachtung!« Es will mir scheinen: Wenn man in Gegenwart Deiner Mutter meinen Namen erwähnt und sie kein Wort des Leids oder des Bedauerns für ihren Anteil – keinen geringen – an dem Zusammenbruch meines Hauses hat, so wäre es schicklicher, sie schwiege. Und was Dich angeht – glaubst Du jetzt nicht, dass es, statt sich schriftlich bei ihr zu beschweren, für Dich in jeder Beziehung besser gewesen wäre, Du hättest an mich direkt geschrieben und den Mut gehabt, mir alles zu sagen, was Du zu sagen hattest oder wähntest?

Es ist jetzt fast ein Jahr her, seit ich jenen Brief geschrieben habe. Du kannst nicht während der ganzen Zeit »unfähig zum Denken und Darstellen« geblieben sein. Warum hast Du mir nicht geschrieben? Du sahst aus meinem Brief, wie tief verletzt, wie schändlich behandelt ich mich durch Dein gesamtes Verhalten fühlte. Mehr als das: Du sahst Deine ganze Freundschaft mit mir endlich in ihr wahres Licht gestellt, in einer nicht misszuverstehenden Weise. Oft in alten Tagen hatte ich zu Dir gesagt, Du wärest der Verderb meines Lebens. Du hattest immer gelacht. Als Edwin Levy am Urbeginn unserer Freundschaft Deine Art sah, mich für den heftigsten Anprall, die Scherereien und die Kosten Deines unglücklichen Oxforder Fehltritts, wenn wir es einmal so nennen wollen, in den Vordergrund zu schieben – bei ihm hatte man in dieser Sache Rat und Beistand gesucht – und mich eine geschlagene Stunde vor der Bekanntschaft mit Dir warnte, lachtest Du, als ich in Bracknell Dir meine lange und eindringliche Unterredung mit ihm schilderte. Als ich Dir erzählte, sogar der unglückliche junge Mann, der schließlich neben mir auf der Anklagebank saß, habe mich mehr als einmal gewarnt, Du würdest in weit verhängnisvollerer Weise gänzliches Verderben über mich bringen als irgendeiner der gemeinen Burschen, die ich töricht genug war zu kennen, lachtest Du, wenn auch nicht ganz so belustigt. Als meine vorsichtigeren oder weniger wohlgesinnten Freunde mich wegen meiner Freundschaft mit Dir entweder warnten oder verließen, lachtest Du höhnisch. Du lachtest unbändig, als ich, bei Gelegenheit des ersten beleidigenden Briefes, den Dir Dein Vater über mich schrieb, zu Dir sagte, ich wisse, dass ich bloß als Werkzeug in eurem furchtbaren Streit gebraucht und zwischen euch zu Schaden kommen würde. Aber alles ist so geworden, wie ich es voraussagte, wenn man das Ergebnis betrachtet. Du hattest keinen Vorwand, nicht zu sehen, wie sich alles entwickelt hatte. Warum hast Du mir nicht geschrieben? War es Feigheit? War es Dickhäutigkeit? Was war es? Die Tatsache, dass ich durch Dich gekränkt war und das Gefühl der Kränkung geäußert hatte, war nur ein Grund mehr zum Schreiben. Wenn Du meinen Brief für gerecht hieltest, hättest Du schreiben sollen. Wenn Du ihn im kleinsten Punkt für ungerecht hieltest, hättest Du schreiben sollen. Ich wartete auf einen Brief. Ich war überzeugt: Wenn alte Zuneigung, oft beteuerte Liebe, die tausend Akte übel vergoltener Freundlichkeit, mit denen ich Dich überschüttet, die tausend unbezahlten Schulden der Dankbarkeit, die Du bei mir hattest – wenn Dir all das nichts wäre, dann hätte die bloße Pflicht, das sprödeste von allen Banden zwischen Mensch und Mensch, Dich veranlassen sollen, zu schreiben. Du kannst nicht sagen, Du hättest im Ernst gedacht, ich dürfe lediglich Geschäftsnachrichten von Mitgliedern meiner Familie empfangen. Du wusstest durchaus, dass Robbie mir alle zwölf Wochen ein kleines Bündel literarischer Neuigkeiten schickt. Es kann nichts Entzückenderes geben als seine Briefe, die so witzig, so geschickt zusammengefasst, so leicht hingeworfen sind. Es sind wirkliche Briefe: Plaudereien unter vier Augen. Sie haben die Vorzüge einer französischen »causerie intime«; und in seiner feinen Art, mir zu huldigen, die sich bald an meine Urteilsgabe, bald an meinen Humor, dann wieder an meine angeborene Neigung zur Schönheit oder an meine Bildung wendet und mich auf hunderterlei Weise zart daran erinnert, dass ich einst vielen als Autorität in künstlerischen Stilfragen, einigen als die höchste Autorität galt, zeigt er, dass er den Takt der Liebe ebenso wie literarischen Takt besitzt. Seine Briefe sind die Boten gewesen zwischen mir und der herrlichen, unwirklichen Kunstwelt, in der ich ehedem König war und König geblieben wäre, hätte ich mich nicht in die unzulängliche Welt rauer, unvollkommener Leidenschaften, eines wahllosen Geschmackes, eines Verlangens ohne Grenzen und einer formlosen Gier locken lassen. Doch wenn alles gesagt ist, wirst Du gewiss verstehen oder Dir vorstellen können, dass zum Mindesten rein als psychologische Kuriosität es mich mehr interessiert hätte, etwas Näheres von Dir zu hören, als zu erfahren, dass Alfred Austin einen Band Gedichte zu veröffentlichen plane, dass George Street jetzt Theaterkritiken für die »Daily Chronicle« schreibe oder dass Mrs. Meynell von einem, der kein begeistertes Loblied singen kann, ohne zu stottern, als die neue Sybille des Stils ausgerufen worden sei.

Ach, wärest Du ins Gefängnis gekommen – ich will nicht sagen: durch meine Schuld, denn das wäre für mich ein unerträglicher Gedanke – sondern durch eigene Schuld, eigenes Irren, Vertrauen zu unwürdigen Freunden, Straucheln im Sumpf der Sinnlichkeit, missbrauchte Zuversicht, übel angewendete Liebe oder nichts oder alles dieses – glaubst Du, ich hätte zugegeben, dass Du Dich in Finsternis und Einsamkeit verzehrst, ohne auf noch so kleine Art zu versuchen, Dir die bittere Bürde Deiner Schmach tragen zu helfen? Glaubst Du, ich hätte Dich nicht wissen lassen, dass, wenn Du littest, auch ich litt; dass, wenn Du weintest, in meinen Augen ebenso Tränen waren; und dass, wenn Du im Haus der Fron lägest und von den Menschen verachtet wärest, ich aus meinem Gram ein Haus errichtet hätte, in dem sich bis zu Deiner Rückkunft wohnen ließ, eine Schatzkammer, in der alles, was Menschen Dir verweigert hätten, zu Deiner Heilung zurückgelegt war mit hundertfachem Zins? Hätte bittere Notwendigkeit oder Vorsicht, für mich noch bitterer, mir verwehrt, in Deiner Nähe zu sein, und mich der Freude Deiner Gegenwart beraubt, die nur durch Eisenstäbe und im Schein der Schande wahrnehmbar, so hätte ich jederzeit an Dich geschrieben in der Hoffnung, ein bloßer Ausdruck, ein einziges Wort, ein gebrochener Ton der Liebe dringe als Echo zu Dir. Hättest Du es abgelehnt, meine Briefe zu empfangen, so hätte ich trotzdem geschrieben, damit Du gewusst hättest, es harrten wenigstens immer Briefe Dein. Viele haben es bei mir so getan. Alle drei Monate schreiben mir Menschen oder nehmen sich vor, mir zu schreiben. Ihre Briefe und Mitteilungen werden aufgehoben. Sie gelangen in meine Hände, wenn ich das Gefängnis verlasse. Ich weiß, sie sind da. Ich weiß die Namen der Menschen, die geschrieben haben. Ich weiß, sie sind voll Mitgefühl und Freundlichkeit und Güte. Das genügt mir. Ich brauche nicht mehr zu wissen. Dein Schweigen ist grauenvoll gewesen. Es hat nicht Wochen und Monate nur gedauert, sondern Jahre – Jahre, mit denen sogar die rechnen müssen, die, wie Du, im Glück hastig leben und kaum die vergoldeten Füße der vorübertanzenden Tage zu erhaschen vermögen und auf der Jagd nach Freuden außer Atem sind. Es ist ein Schweigen, für das es keine Entschuldigung, ein Schweigen, für das es keine Beschönigung gibt. Ich wusste, Du hattest tönerne Füße. Wer wusste es besser? Als ich in meinen Aphorismen schrieb, nichts anderes als die tönernen Füße machten das Gold des Standbildes wertvoll, hab ich an Dich dabei gedacht. Aber Du hattest kein goldenes Standbild mit tönernen Füßen für Dich geschaffen. Aus dem Staub der gemeinen Heerstraße, den die Hufe des Hornviehs zu Kot zerstampfen, hast Du Dein vollkommenes Ebenbild für meine Blicke geformt, sodass, was auch mein heimliches Verlangen gewesen sein mochte, es mir jetzt unmöglich wäre, für Dich etwas anderes zu empfinden als Verachtung und Hohn (beides). Und, von allen anderen Gründen abgesehen, Deine Gleichgültigkeit, Deine Weltklugheit, Deine Dickhäutigkeit, Deine Vorsichtigkeit, wie immer Du es zu nennen beliebst, ist für mich doppelt bitter geworden durch die besonderen Umstände, die meinen Fall begleiteten oder ihm folgten.

Andere beklagenswerte Geschöpfe, die ins Gefängnis geworfen werden, sind, wenn ihnen die Schönheit der Welt geraubt ist, wenigstens bis zu einem gewissen Grad vor den tückischsten Schlingen, den bittersten Pfeilen der Welt sicher. Sie können sich im Dunkel ihrer Zelle verbergen und aus ihrer Schande noch eine Art unverletzliches Heiligtum machen. Der Welt ist Genüge geschehen, die Welt geht ihren Weg weiter; man lässt sie ungestört leiden. Nicht so bei mir. Ein Leid nach dem anderen hat auf der Suche nach mir an die Gefängnistüren geklopft; man hat ihm die Tore weit geöffnet und es hereingelassen. Meinen Freunden ist kaum oder gar nicht gestattet worden, mich zu besuchen. Aber meine Feinde haben jederzeit in vollem Maß Zutritt zu mir gehabt: zweimal, als ich vor dem Konkursgerichtshof öffentlich erscheinen musste, und dann noch zweimal, als ich von einem Kerker zum anderen öffentlich transportiert wurde, war ich unter unsagbar erniedrigenden Umständen den Blicken und dem Gespött der Menge preisgegeben. Der Bote des Todes hat mir seine Zeitung gebracht und ist davongegangen; völlig vereinsamt, ausgeschlossen von allem, was mich hätte trösten oder meinen Schmerz lindern können, habe ich die unerträgliche Pein des Elends und der Gewissensbisse erdulden müssen, die das Andenken an meine Mutter in mir hervorrief und noch immer hervorruft. Kaum hat die Zeit diese Wunde verharscht, nicht geheilt, da lässt mir meine Frau durch ihren Anwalt barsche, bittere, schroffe Briefe schreiben. Man droht mir mit Armut und macht sie mir gleichzeitig zum Vorwurf. Das kann ich ertragen. Ich kann mich an noch Schlimmeres gewöhnen. Aber meine beiden Kinder nimmt man mir auf gesetzlichem Weg. Das verursacht und wird mir stets unendlichen Schmerz, unendlichen Kummer, grenzenlosen Gram verursachen. Dass das Gesetz bestimmen kann und sich die Bestimmung anmaßt, mir stehe es nicht zu, bei meinen eigenen Kindern zu sein, ist mir etwas ganz Fürchterliches. Die Schande, im Kerker zu sitzen, ist im Vergleich damit ein Nichts. Ich beneide die andern Männer, die mit mir im Gefängnishof auf und ab schreiten. Ihre Kinder warten gewiss auf sie, freuen sich auf ihr Kommen, werden lieb und gut gegen sie sein.

Die Armen sind klüger, barmherziger, freundlicher, empfindungstiefer als wir. In ihren Augen ist das Gefängnis eine Tragödie im Leben eines Menschen, ein

Missgeschick, eine Fügung des Zufalls, etwas, das bei anderen Teilnahme weckt. Sie sprechen von einem, der im Gefängnis sitzt, als von einem, der einfach »im Unglück« ist. Das ist die Redensart, die sie immer gebrauchen, und der Ausdruck enthält die höchste Weisheit der Liebe. Bei Leuten unseres Standes ist es anders. Bei uns macht das Gefängnis einen zum Paria. Ich und meinesgleichen haben kaum noch ein Anrecht auf die Luft und die Sonne. Unsere Gegenwart besudelt die Freuden der anderen. Wir sind ungebetene Gäste, wenn wir wieder zum Vorschein kommen. Aufs Neue des Mondes Dämmerschein zu suchen, steht uns nicht zu. Unsere Kinder werden uns genommen. Diese holden Bande, die uns an die Menschheit knüpfen, werden zerrissen. Wir sind dazu verurteilt, einsam zu sein, während unsere Söhne noch am Leben sind. Uns verwehrt man das eine, das uns heilen und erhalten, das dem zerschlagenen Herzen Balsam und der Seele in ihrem Schmerz Frieden bringen könnte.

Und zu alldem kommt die grausame Tatsache hinzu, dass Du durch Deine Handlungen und Dein Schweigen, durch das, was Du getan und ungetan gelassen, es mir an jedem Tag meiner langen Kerkerzeit noch schwerer gemacht hast, ihn zu überstehen. Selbst Brot und Wasser der Gefängniskost hast Du durch Dein Benehmen verändert. Du hast mir das eine bitter, das andere brackig gemacht. Das Leid, das Du hättest teilen sollen, hast Du verdoppelt; den Schmerz, den Du zu erleichtern hättest suchen sollen, hast Du zur Qual angefacht. Ich hege keinen Zweifel, Du hast es nicht gewollt. Ich weiß, Du hast es nicht gewollt. Es war nichts anderes als »das eine wirklich verhängnisvolle Gebrechen Deines Wesens: Deine völlige Fantasielosigkeit«.

Und das Ende von allem ist, dass ich Dir zu vergeben habe. Ich muss es tun. Ich schreibe diesen Brief nicht, um Bitternis in Dein Herz zu legen, sondern um sie aus dem meinen auszureißen. Um meinetwillen muss ich Dir vergeben. Man kann nicht immer eine Natter in der Brust bewahren, dass sie an einem zehrt, und nicht jede Nacht aufstehen, um im Garten der Seele Dornen zu säen. Es wird gar nicht schwer für mich sein, es zu tun, wenn Du mir ein bisschen hilfst. Was Du mir auch in den alten Tagen zugefügt hast, ich habe Dir immer gern verziehen. Es hat Dir damals nicht gutgetan. Nur der, dessen Leben ganz fleckenlos ist, kann Sünden vergeben. Aber jetzt, da ich in Erniedrigung und Schande sitze, ist es anders. Meine Verzeihung sollte jetzt sehr viel für Dich bedeuten. Eines Tages wird es Dir zum Bewusstsein kommen. Ob es früh oder spät, bald oder gar nicht geschieht – mein Weg liegt klar vor mir. Ich kann Dich nicht durchs Leben gehen lassen mit der Bürde auf dem Herzen, einen Mann wie mich vernichtet zu haben. Der Gedanke könnte Dich bis zur Stumpfheit gleichgültig, bis zum Kranksein traurig machen. Ich muss Dir die Last abnehmen und sie auf meine eigenen Schultern legen.

Ich muss mir sagen, dass weder Du noch Dein Vater, und wenn man euch mit tausend multiplizierte, einen Menschen wie mich hätten zugrunde richten können; dass ich mich selbst zugrunde gerichtet habe; dass niemand, ob hoch oder niedrig, zugrunde gerichtet werden kann, außer von seiner eigenen Hand. Ich bin gern bereit, das zu sagen. Ich versuche, es zu sagen, mag man es mir auch gegenwärtig nicht zutrauen. Habe ich eine unbarmherzige Klage erhoben, so bedenke: Dies ist eine Klage, die ich ohn Erbarmen gegen mich selbst erhebe. So Schreckliches mir auch die Welt angetan hat: Ich habe weit Schrecklicheres an mir selbst getan.

Ich war ein Repräsentant der Kunst und Kultur meines Zeitalters. Ich hatte dies selbst schon an der Schwelle meines Mannesalters erkannt und meine Zeitgenossen später zur Anerkennung gezwungen. Wenige Menschen nehmen eine solche Stellung bei Lebzeiten ein, und wenigen wird sie so bestätigt. Gewöhnlich, wenn überhaupt, wird sie erst vom Historiker oder Kritiker bestimmt, lange nachdem der Mann, wie sein Zeitalter, dahingegangen sind. Bei mir war es anders. Ich habe sie selbst empfunden und andere empfinden lassen. Auch Byron war ein Repräsentant, aber er spiegelte die Leidenschaft seiner Zeit und ihren Leidenschaftsüberdruss. Ich vertrat etwas Edleres, Bleibenderes, etwas von vitalerer Bedeutung, von weiterem Umkreis.

Die Götter hatten mir fast alles verliehen. Ich besaß Genie, einen erlauchten Namen, eine hohe soziale Stellung, Ruhm, Glanz, intellektuellen Wagemut; ich habe die Kunst zu einer Philosophie, die Philosophie zu einer Kunst gemacht; ich habe die Menschen anders denken gelehrt und den Dingen andere Farben gegeben; alles, was ich sagte oder tat, setzte die Leute in Erstaunen. Ich nahm das Drama, die objektivste Form, die die Kunst kennt, und machte es zu einem so persönlichen Ausdrucksmittel wie das lyrische Gedicht oder das Sonett; zugleich erweiterte ich seinen Bezirk und bereicherte es in der Charakteristik. Drama, Roman, Gedicht in Prosa, Versgedicht, den geistreichen oder den fantastischen Dialog – alles, was ich berührte, hüllte ich in ein neues Gewand der Schönheit; der Wahrheit selbst gab ich das Falsche ebenso wie das Wahre als ihr rechtmäßiges Reich und zeigte, dass das Falsche und das Wahre lediglich intellektuelle

Daseinsformen sind. Die Kunst behandelte ich als die oberste Wirklichkeit, das Leben nur als einen Zweig der Dichtung. Ich erweckte die Fantasie meines Jahrhunderts, sodass es rings um mich Mythen und Legenden erschuf. Alle philosophischen Systeme fasste ich in einen Satz, das ganze Dasein in ein Epigramm zusammen. Daneben tat ich noch anderes. So ließ ich mich in lange Perioden eines sinnlosen, sinnlichen Wohlbehagens locken. Ich belustigte mich damit, ein Flaneur, ein Dandy, ein Modeheld zu sein. Ich umgab mich mit den kleineren Naturen und den geringeren Geistern. Ich ward zum Verschwender meines eigenen Genies und fand absonderliches Wohlgefallen daran, eine ewige Jugend zu vergeuden. Müde, auf den Höhen zu wandeln, stieg ich aus freien Stücken in die Tiefen und fahndete nach neuen Reizen. Was mir das Paradoxe in der Sphäre des Denkens war, wurde mir das Perverse im Bereich der Leidenschaft. Die Begierde war schließlich eine Krankheit oder Wahnsinn oder beides. Ich kümmerte mich nicht mehr um das Leben anderer. Ich vergnügte mich, wo es mir beliebte, und schritt weiter. Ich vergaß, dass jede kleine Handlung des Alltags den Charakter prägt oder zerstört, und dass man deshalb das, was man im geheimen Zimmer getan hat, eines Tages mit lauter Stimme vom Dach herunter rufen muss. Ich verlor die Herrschaft über mich. Ich war nicht mehr der Steuermann meiner Seele und wusste es nicht. Ich ließ mich vom Vergnügen knechten. Ich endete in gräulicher Schande. Jetzt bleibt mir nur eins: völlige Demut.

Ich habe fast zwei Jahre im Kerker gelegen. Wilde Verzweiflung ist bei mir zum Ausbruch gekommen; ein Wühlen im Jammer, dessen Anblick schon Mitleid erregte; schreckliche, ohnmächtige Wut; Bitterkeit und Verachtung; Seelenpein, die laut weinte; Elend, das keine Stimme finden konnte; Schmerz, der stumm blieb. Alle erdenklichen Leidensmöglichkeiten habe ich durchgemacht. Besser als Wordsworth selbst weiß ich, was er mit den Versen sagen wollte:

»Das Leiden ist beständig, trüb und finster
Und hat das Wesen der Unendlichkeit.«

Aber während ich zuzeiten in der Vorstellung selig war, dass meine Leiden endlos sein sollten, konnte ich es nicht ertragen, dass sie keine Bedeutung hatten. Jetzt finde ich an einem fernen Punkt in meinem Wesen etwas verborgen, das mir sagt, nichts in der Welt sei ohne Bedeutung, am allerwenigsten das Leiden. Dieses Etwas, das tief in mir vergraben liegt, wie ein Schatz auf einem Feld, ist die Demut.

Sie ist das letzte, das noch in mir, und das beste; das äußerste Ziel, an dem ich angelangt bin; der Ausgangspunkt einer neuen Entwicklung. Ganz aus mir selbst heraus ist sie gekommen; ich weiß darum, dass sie zur rechten Zeit gekommen. Sie hätte nicht eher, aber auch nicht später kommen können. Hätte mir einer davon gesprochen, ich hätte sie von mir gewiesen. Hätte man sie mir gebracht, ich hätte sie abgelehnt. Ich habe sie gefunden und will sie deshalb bewahren. Ich kann nicht anders. Sie ist das Einzige, was Lebenskeime in sich birgt, Keime eines neuen Lebens, einer Vita Nuova für mich. Von allen Dingen ist sie das Wunderbarste; man kann sie nicht verschenken und sich nicht von einem anderen schenken lassen. Man kann sie nicht erwerben, es sei denn, dass man allem entsage, was man sein Eigen nennt. Erst wenn man alles verloren hat, weiß man, dass man sie besitzt.

Jetzt, da ich überzeugt bin, dass sie in mir liegt, seh ich klar und deutlich, was ich tun soll, unbedingt tun muss. Und wenn ich mich eines solchen Ausdrucks bediene, brauche ich nicht zu versichern, dass damit keine Anspielung auf irgendein äußeres Gesetz oder Gebot gemeint ist. Für mich gibt es keine. Ich bin weit mehr Individualist, als ich es je war. Alles scheint mir ganz wertlos, was man nicht aus sich selbst hat. Meine Natur ist auf der Suche nach einer neuen Art der Selbstverwirklichung. Das ist das Einzige, was mich beschäftigt. Und das Erste, was ich zu tun habe, ist: mich von einer etwa vorhandenen Verbitterung gegen die Welt zu befreien.

Ich bin völlig mittellos, gänzlich obdachlos. Allein es gibt Härteres auf der Welt als das. Es ist mein heiliger Ernst, wenn ich sage: eh ich dies Gefängnis mit Groll gegen die Welt verlasse, will ich lieber herzlich gern von Tür zu Tür gehen und um Brot betteln. Wenn ich in den Häusern der Reichen nichts bekäme, würden mir die Armen etwas schenken. Wer viel besitzt, ist oft geizig; wer wenig hat, ist immer zum Teilen bereit. Mir wäre es ganz gleich, müsste ich im Sommer im kühlen Gras schlafen und, wenn der Winter käme, in einem warmen, dichten Heuschober oder unter dem Wetterdach einer großen Scheune Zuflucht suchen – vorausgesetzt, dass ich Liebe im Herzen hätte. Die äußeren Dinge des Lebens scheinen mir jetzt von gar keiner Bedeutung mehr. Daraus magst Du ersehen, wie weit ich es schon im Individualismus gebracht habe – oder vielmehr allmählich bringen werde, denn der Weg ist lang, und »wo ich gehe, sind Dornen«.

Ich weiß freilich, auf der Landstraße um Almosen betteln wird nicht mein Los sein, und wenn ich je bei Nacht im kühlen Gras liege, werde ich Sonette an den Mond schreiben. Verlasse ich das Gefängnis, dann wird Robbie draußen vor dem großen Tor mit den

Eisenpfosten auf mich warten, und er deutet nicht nur seine eigene Zuneigung sinnbildlich an, sondern auch die Zuneigung vieler anderer außer ihm. Ich soll, glaube ich, so viel bekommen, dass ich auf jeden Fall ungefähr anderthalb Jahre davon leben kann; wenn ich dann keine schönen Bücher schreibe, bin ich wenigstens in der Lage, schöne Bücher zu lesen. Gibt es eine größere Freude? Danach werde ich hoffentlich meine Schaffenskraft neu schaffen können.

Aber wäre es anders: hätte ich keinen Freund mehr auf der Welt; stünde mir nicht ein Haus mitleidig offen; müsste ich das Felleisen und den zerlumpten Mantel der baren Armut nehmen: Solang ich von aller Rachbegierde, Grausamkeit und Verachtung frei bin, könnte ich dem Leben mit viel größerer Ruhe und Zuversicht ins Auge schauen, als wenn mein Leib in Purpur und feines Linnen gekleidet und meine Seele krank vor Hass wäre.

Und ich werde wirklich keine Schwierigkeit haben. Wer wahrhaft Liebe begehrt, wird sie für sich bereitfinden.

Ich brauche nicht zu sagen, dass meine Aufgabe hier noch nicht endet. Sonst wäre sie verhältnismäßig leicht. Viel mehr steht mir bevor. Ich habe weit steilere Höhen zu ersteigen, viel dunklere Täler zu durchwandern. Und ich muss alles aus mir selbst haben. Nicht die Religion, nicht die Moral, nicht die Vernunft können mir irgendwie dabei helfen.

Die Moral hilft mir nicht. Ich bin ein geborener Antinomist. Ich gehöre zu denen, die für Ausnahmen, nicht für Gesetze geschaffen sind. Aber so gut ich einsehe, dass kein Unrecht in dem liegt, was man tut, sehe ich auch ein, dass ein gewisses Unrecht in dem liegt, was man wird. Diese Erkenntnis kommt einem zustatten.

Die Religion hilft mir nicht. Glauben andere an das Unsichtbare, so glaube ich an das, was man berühren und erblicken kann. Meine Götter bewohnen von Menschenhand erbaute Tempel; und innerhalb des Bereichs der wirklichen Erfahrung vervollständigt und vervollkommnet sich mein Evangelium – vielleicht allzu sehr: Denn wie die meisten oder alle von denen, die ihren Himmel auf dieser Erde suchen, habe ich auf ihr sowohl die Schönheit des Himmels wie die Gräuel der Hölle gefunden. Wenn ich überhaupt an Religion denke, ist es mir, als ob ich gern einen Orden für die gründen möchte, die nicht glauben können: Brüderschaft der Ungläubigen möchte man ihn nennen. Hier würde an einem Altar, auf dem keine Kerze brennte, ein Priester, in dessen Herzen der Friede keine Ruhestatt hätte, mit ungeweihtem Brot und einem Kelch, in dem kein Wein wäre, die Messe lesen. Um wahr zu sein, muss alles zur Religion werden. Und die Lehre der Agnostiker sollte ebenso ihr Ritual haben wie der Glaube. Sie hat ihre Märtyrer gesät, sie sollte ihre Heiligen ernten und Gott täglich dafür danken, dass er sich den Blicken der Menschen verborgen hat. Doch, ob Glaube, ob Agnostizismus – es darf nichts Äußerliches für mich sein. Ich muss seine Symbole selbst geschaffen haben. Transzendent ist nur, was sich seine eigene Form gestaltet. Finde ich sein Geheimnis nicht in mir, dann werde ich es nie finden; besitze ich es nicht schon, so wird es mir nie zuteilwerden.

Die Vernunft hilft mir nicht. Sie sagt mir, dass die Gesetze, deren Opfer ich geworden bin, verkehrt und ungerecht sind, dass das System, unter dem ich gelitten habe, verkehrt und ungerecht ist. Aber irgendwie habe ich diese beiden Dinge für mich gerecht und richtig zu machen. Und ganz so, wie man sich in der

Kunst nur damit abgibt, was einem ein besonderer Gegenstand in einem besonderen Moment ist, verhält es sich mit der ethischen Entwicklung des Charakters. Es ist meine Aufgabe, alles, was mich betroffen hat, zum Guten für mich zu wenden. Die Lattenpritsche, die ekelerregende Nahrung, die rauen Stricke, die man zu Werg zerzupft, bis einem vor Schmerz die Fingerspitzen empfindungslos werden, die Gesindeverrichtungen, mit denen jeder Tag beginnt und endet, die schroffen Befehle, die das Herkommen zu erfordern scheint, die abscheuliche Kleidung, die den Kummer grotesk erscheinen lässt, das Schweigen, die Einsamkeit, die Schande – alle diese Erfahrungen habe ich ins Geistige umzusetzen. Es gibt keine einzige körperliche Erniedrigung, die ich nicht zu einer geistigen Erhebung zu machen versuchen muss.

Ich wünsche dahinzugelangen, ganz schlicht und ohne Heuchelei sagen zu können, dass mein Leben zwei große Wendepunkte hatte: als mich mein Vater nach Oxford und als mich die Gesellschaft ins Gefängnis schickte. Ich will nicht sagen: Das Gefängnis war das Beste, was mich hätte treffen können; denn das würde zu sehr nach Verbitterung gegen mich schmecken. Ich möchte lieber sagen oder von mir gesagt wissen, ich sei ein so typisches Kind meiner Zeit gewesen, dass ich in meiner Perversität und um dieser Perversität willen das Gute meines Lebens in Schlechtes und das Schlechte meines Lebens in Gutes verkehrte.

Indes, was ich oder andere sagen, darauf kommt es wenig an. Das Wichtige, das, was vor mir liegt, was ich zu tun habe, wenn der kurze Rest meiner Tage nicht verstümmelt, vernichtet und unvollständig werden soll, ist: alles, was an sich getan worden ist, in mich aufzusaugen, zu einem Teil von mir zu machen, ohne

Murren, Bangen und Sträuben hinzunehmen. Das höchste Laster ist Seichtheit. Was zum Bewusstsein kommt, ist richtig.

Als meine Gefängniszeit eben begonnen hatte, gaben mir einige Leute den Rat, ich möge zu vergessen suchen, wer ich sei. Es war ein verderblicher Rat. Nur darin, dass mir zum Bewusstsein kommt, was ich bin, habe ich einen Trost gefunden. Jetzt raten mir andere, ich solle, wenn ich freigelassen werde, zu vergessen suchen, dass ich je im Gefängnis war. Ich weiß, das wäre ebenso verhängnisvoll. Es hieße, dass ich zeitlebens von einem unerträglichen Gefühl der Schande verfolgt würde, dass das, was für mich ebenso gut bestimmt ist wie für jeden anderen – die Schönheit der Sonne und des Mondes, der Festzug der Jahreszeiten, die Musik bei Tagesanbruch und das Schweigen langer Nächte, der Regen, der durch die Blätter rieselt, der Tau, der über das Gras schleicht und es versilbert – dass all das für mich befleckt und seine Heilkraft und seine Fähigkeit, Freude zu spenden, verloren sein sollte. Seine eigenen Erfahrungen bedauern, heißt seine eigene Entwicklung hemmen. Seine eigenen Erfahrungen verleugnen, heißt seinem eigenen Leben eine Lüge auf die Lippen legen. Es ist nicht weniger, als wollte man seine Seele verleugnen.

Denn ebenso wie der Körper alles Mögliche in sich aufnimmt, Gewöhnliches und Unreines nicht minder als das, was der Priester oder die Ekstase geweiht hat, und es in Rüstigkeit oder Kraft umwandelt, in das Spiel schöner Muskeln und die Formen des leuchtenden Fleisches, in die Rundungen und Farben des Haares, der Lippen, des Auges – so hat die Seele ihre nährende Tätigkeit und kann das, was an und für sich gemein, grausam und erniedrigend ist, in edle Regungen und Leidenschaften voll tiefer Bedeutung umsetzen – ja, noch mehr: gerade darin ihren erhabensten Stoff zur Betätigung finden und sich oft am vollkommensten durch das offenbaren, was ursprünglich eine entweihende oder zerstörende Absicht hatte.

Die Tatsache, dass ich in einem gemeinen Zuchthaus ein gemeiner Gefangener war, muss ich bedingungslos hinnehmen, und so merkwürdig es auch scheinen mag, eine von den Lehren, die ich mir beizubringen habe, ist, mich dessen nicht zu schämen. Ich muss es als Strafe hinnehmen, und wenn man sich einer Strafe schämt, dann ist es ebenso gut, als hätte man sie nie empfangen. Allerdings, ich bin für viel verurteilt worden, was ich nicht getan habe, aber auch für viel, was ich getan habe, und es gibt noch mehr in meinem Leben, für das ich niemals zur Rechenschaft gezogen wurde. Und wie ich schon in diesem Brief gesagt habe: Da die Götter wunderlich sind und uns für das, was gut und menschenfreundlich in uns ist, ebenso strafen wie für das, was schlecht und pervers ist, so muss ich die Tatsache hinnehmen, dass man gleichermaßen für das Gute wie für das Schlechte, das man tut, bestraft wird. Ich zweifle nicht daran, dass es durchaus mit Recht geschieht. Es hilft einem, oder sollte einem helfen, beides zu durchschauen und sich auf keins von beiden zu viel einzubilden. Wenn ich mich demnach meiner Strafe nicht schäme – und ich hoffe das –, dann werde ich frei denken, frei herumgehen und leben können.

Viele nehmen bei ihrer Entlassung das Gefängnis mit sich hinaus und verbergen es als geheimen Schimpf in ihrem Herzen und kriechen schließlich wie arme vergiftete Wesen in ein Loch und sterben. Es ist abscheulich, dass ihnen nichts anderes übrig bleibt, und es ist unrecht, schrecklich unrecht von der

Gesellschaft, sie dahin zu treiben. Die Gesellschaft maßt sich das Recht an, dem Individuum entsetzliche Strafen aufzuerlegen; aber sie besitzt auch das höchste Laster der Seichtheit, und es gelingt ihr nicht, sich über das, was sie getan hat, klar zu werden. Hat der Betreffende seine Strafe abgebüßt, dann überlässt sie ihn sich selbst, will sagen: Sie lässt ihn just in dem Augenblick fallen, wo ihre vornehmlichste Pflicht gegen ihn anfängt. Sie schämt sich tatsächlich ihrer eigenen Handlungen und meidet die Bestraften, wie Leute einem Gläubiger ausweichen, dem sie ihre Schulden nicht bezahlen können, oder einem, dem sie unersetzlichen, unwiderruflichen Schaden zugefügt haben. Ich kann meinerseits den Anspruch erheben, wenn ich mir vergegenwärtige, was ich gelitten habe, dass die Gesellschaft sich vergegenwärtige, was sie mir angetan hat, und dass auf beiden Seiten keine Verbitterung, kein Hass herrsche.

Selbstverständlich weiß ich, dass von einem Gesichtspunkt aus die Dinge sich für mich schwieriger gestalten werden als für andere, durch die Natur der Sache es sein müssen. Die armen Diebe und Vagabunden, die hier mit mir eingesperrt sind, sind in vieler Hinsicht glücklicher als ich. Der kurze Weg in grauer Stadt oder auf grünem Feld, der ihre Sünde sah, ist eng; sie brauchen, wollen sie Menschen finden, die von ihrem Verschulden nichts wissen, nicht weiter zu gehen, als ein Vogel zwischen Zwielicht und Morgendämmerung fliegt. Für mich dagegen ist die Welt zu einer Handbreite zusammengeschrumpft, und überall, wo ich mich hinwende, ist mein Name in ehernen Lettern an die Felsen geschrieben. Denn ich bin nicht aus dem Dunkel in das grelle Licht momentaner Verbrecherberühmtheit getreten, sondern von unsterblichem Ruhm zu ewiger Ehrlosigkeit gelangt, und manchmal scheint es mir, als hätte ich dargetan, wenn es dieses Beweises überhaupt bedurfte, dass vom Berühmten zum Berüchtigten nur ein Schritt ist, oder noch weniger als ein Schritt.

Immerhin, gerade in dem Umstand, dass die Menschen mich erkennen werden, wo ich mich auch zeige, und alles aus meinem Leben wissen, soweit seine Torheiten in Betracht kommen, kann ich noch Gutes für mich entdecken. Daraus erwächst mir die Notwendigkeit, mich wieder als Künstler durchzusetzen – und zwar so bald als irgend möglich. Kann ich auch nur ein schönes Kunstwerk hervorbringen, dann werde ich imstande sein, der Bosheit ihr Gift, der Feigheit ihr Hohnlächeln zu rauben und der Schmähsucht die Zunge an der Wurzel auszureißen.

Und sollte das Leben, wie es gewiss der Fall ist, für mich ein Problem sein, so bin ich für das Leben nicht minder ein Problem. Die Leute müssen mir gegenüber einen Modus finden, wie sie sich zu verhalten haben, und dadurch sich, wie mir, das Urteil sprechen. Ich brauche nicht zu sagen, dass ich nicht auf bestimmte Individuen anspiele. Die einzigen Menschen, die ich jetzt um mich wünsche, sind Künstler und solche, die gelitten haben: solche, die wissen, was Schönheit, und solche, die wissen, was Schmerz ist. Sonst interessiert mich niemand. Ich stelle auch keine Ansprüche an das Leben. Alles, was ich hier geäußert habe, zielt einfach auf meine eigene geistige Stellung gegenüber dem Leben in seiner Gesamtheit; und ich fühle, dass mich meiner Strafe nicht zu schämen, einer der ersten Punkte ist, die ich erreichen muss, um meiner eigenen Vollendung willen und weil ich so unvollkommen bin.

Dann muss ich lernen, glücklich zu sein. Einst wusste ich es, oder glaubte es zu wissen, instinktmäßig. Ehedem war immer Frühling in meinem Herzen. Mein Temperament war der Lebensfreude verwandt. Bis hoch zum Rand füllte ich mein Leben mit Vergnügen, wie man einen Becher bis zum Rand mit Wein füllt. Jetzt trete ich von einem völlig neuen Standpunkt an das Leben heran, und mir auch nur eine Vorstellung vom Glück zu machen, wird mir oft überaus schwer. Ich erinnere mich aus meinem ersten Semester in Oxford der Lektüre von Paters »Renaissance« – des Buches, das einen so seltsamen Einfluss auf mein Leben gewonnen hat –, wie Dante in den Tiefen des Inferno die ansiedelt, die eigenwillig in Traurigkeit leben; ich ging in die College-Bibliothek und schlug die Stelle in der »Göttlichen Komödie« nach, wo unter dem Höllenmoor diejenigen hausen, die »in der süßen Luft grämlich« waren und nun ewig in ihren Seufzern stöhnen:

Tristi fummo
Nell' aer dolce che dal sol s'allegra.

Ich wusste, die Kirche verurteilte accidia, aber die ganze Idee schien mir ziemlich fantastisch, so recht die Art Sünde, dachte ich mir, die ein lebensunkundiger Priester erfinden würde. Ebenso wenig begriff ich, wie Dante, der doch sagt: »Der Schmerz vereint uns wiederum mit Gott«, so schroff gegen die sein konnte, die in der Wonne der Wehmut schwelgten, wenn es wirklich solche gab. Ich ahnte nicht, dass dies eines Tages eine der größten Versuchungen meines Lebens werden sollte.

Während ich im Gefängnis in Wandsworth saß, sehnte ich den Tod herbei. Sterben war mein einziger Wunsch. Als ich nach einem Aufenthalt von zwei Monaten in der Krankenabteilung hierhergebracht wurde und meine physische Gesundheit sich allmählich besserte, schäumte ich vor Wut. Ich beschloss, an dem Tag meiner Entlassung Selbstmord zu begehen. Nach einiger Zeit legte sich diese Verstimmung, und ich setzte es mir in den Kopf, zu leben, aber Trübsal anzutun wie ein König seinen Purpur; nie wieder zu lächeln; jedes Haus, das ich betrat, zu einem Haus der Trauer zu machen; meine Freunde langsamen Schrittes in Schwermut neben mir gehen zu lassen; sie zu lehren, dass die Melancholie das wahre Geheimnis des Lebens ist; ihre Freude durch fremdes Leid zu vergällen; sie mit meinem eigenen Schmerz zu peinigen. Jetzt denke ich ganz anders. Ich sehe ein, es wäre undankbar und unliebenswürdig von mir, ein so langes Gesicht zu machen, dass meine Freunde, wenn sie mich besuchten, noch längere Gesichter machen müssten, um mir ihr Mitgefühl auszudrücken, oder, wenn ich sie bewirten wollte, sie einzuladen, sich schweigend zu bitteren Kräutern und einem Leichenschmaus niederzusetzen. Ich muss lernen, guter Dinge werden und glücklich sein.

Die beiden letzten Male, als ich meine Freunde hier empfangen durfte, gab ich mir Mühe, so heiter wie möglich zu sein und ihnen meine Frohlaune zu zeigen, um sie doch ein klein wenig dafür zu entschädigen, dass sie den ganzen Weg von London zu mir hergekommen waren. Ich weiß, es ist nur ein spärlicher Dank, aber keiner – davon bin ich durchdrungen – wäre ihnen lieber. Ich habe mich Sonnabend vor acht Tagen eine Stunde mit Robbie unterhalten und ließ es mir angelegen sein, ihn die herzliche Freude, die ich über unser Zusammensein empfand, so deutlich wie möglich merken zu lassen. Dass ich mit den Ansichten und Auffassungen, die ich mir hier im Stillen bilde, auf der rechten Fährte bin, das beweist mir die Tatsache, dass ich jetzt zum ersten Mal seit meiner Verurteilung wahres Verlangen nach dem Leben habe.

Vor mir liegt so viel, dass ich es als eine schreckliche Tragödie betrachten würde, wenn ich sterben müsste, eh es mir verstattet wäre, wenigstens einen kleinen Teil davon durchzuführen. Ich sehe neue Entwicklungen in der Kunst und im Leben, von denen jede eine ungebrauchte Form der Vollkommenheit ist. Ich sehne mich nach dem Leben, damit ich erforschen kann, was jetzt so gut wie eine neue Welt für mich ist. Willst Du wissen, was diese neue Welt ist? Du kannst es wohl erraten. Es ist die Welt, in der ich zuletzt gelebt habe. Das Leid also und alles, was man von ihm lernt, ist meine neue Welt.

Ich habe früher ausschließlich dem Vergnügen gelebt. Ich ging Schmerzen und Leiden jeder Art aus dem Weg. Sie waren mir beide zuwider. Ich hatte mir vorgenommen, sie so weit wie möglich nicht zu beachten, sie gewissermaßen als Formen der Unvollkommenheit zu behandeln. Sie gehörten nicht zu meinem Lebensgebäude. Für sie war in meiner Philosophie kein Platz. Meine Mutter, die das Leben durch und durch kannte, pflegte mir oft die Goetheschen Verse zu zitieren, die ihr vor langen Jahren Carlyle in ein Buch geschrieben hatte und die – wenn ich mich recht erinnere – in seiner Übersetzung folgendermaßen lauteten:

Who never ate his bread in sorrow,
 Who never spent the midnight hours
Weeping and waiting for the morrow –
 He knows you not, ye heavenly powers.

Diese Verse pflegte die edle Königin von Preußen, die Napoleon so brutal behandelt hat, in ihrer Erniedrigung und Verbannung zu zitieren; diese Verse hat meine Mutter im Ungemach ihres späteren Lebens oft angeführt. Ich lehnte es rundweg ab, die ungeheure Wahrheit, die darin verborgen liegt, mir zu eigen zu machen oder einzuräumen. Ich konnte sie nicht verstehen. Ich erinnere mich noch sehr wohl, wie ich damals meiner Mutter sagte, ich hätte keine Lust, mein Brot in Tränen zu essen, die Nächte zu durchweinen und einem noch traurigeren Morgen entgegenzuwachen.

Ich ahnte nicht, dass es zu den besonderen Dingen gehörte, die mir das Schicksal vorbehalten hatte: dass ich ein ganzes Jahr meines Lebens kaum etwas anderes tun sollte. Aber so ist mir mein Teil zugemessen worden; und während der letzten Monate ist es mir nach fürchterlichen Überwindungen und Kämpfen gelungen, einige Lehren zu begreifen, die im Herzen des Grams verborgen sind. Geistliche und Leute, die Redensarten ohne Sinn und Verstand anwenden, sprechen manchmal vom Leiden als einem Geheimnis. In Wahrheit ist es eine Offenbarung. Man erkennt Dinge, die einem nie aufgefallen sind. Man tritt unter einem anderen Gesichtswinkel an die Geschichte heran. Was man schwach, instinktiv von der Kunst geahnt hat, gewahrt man im Bereich des Denkens und Fühlens mit vollendeter Klarheit des Sehvermögens und mit absoluter Stärke der Vorstellungskraft.

Jetzt erkenne ich, dass der Schmerz als die edelste Regung, deren der Mensch fähig ist, gleichermaßen Urform und Prüfstein aller großen Kunst ist. Wonach der Künstler immer sucht, das ist die Daseinsart, in der Leib und Seele eins und unzertrennlich sind; in der das Äußere der Ausdruck des Inneren ist; in der sich die Form enthüllt. Solcher Daseinsarten gibt es etliche: Der junge Menschenleib und die Künste, die mit seiner Darstellung beschäftigt sind, können uns gelegentlich als Modell dienen; dann wieder mag uns der Gedanke erfreuen, dass in der Zartheit und Feinheit ihrer Eindrücke, in der Weise, wie sie einen Geist andeutet, der im Äußerlichen wohnt und sich aus Erde und Luft, aus Nebel und Städtebild sein Gewand schafft, die moderne Landschaftsmalerei in ihrer krankhaft reizbaren Harmonie von Stimmungen, Tönen und Farben das für uns koloristisch verwirklicht, was die Griechen zu so plastischer Vollendung gebracht. Die Musik, in der alles Stoffliche im Ausdruck aufgeht und nicht von ihm getrennt werden kann, ist ein kompliziertes Beispiel und eine Blume oder ein Kind ein einfaches Beispiel für das, was ich meine; aber der Schmerz ist der höchste Typ, im Leben sowohl wie in der Kunst.

Hinter Lust und Lachen mag ein Temperament stecken, rau, hart und knorrig: Hinter dem Schmerz ist stets nur Schmerz. Das Leid trägt keine Maske wie die Freude. Die Wahrheit in der Kunst ist keine Verbindung zwischen der wesenhaften Idee und der zufälligen Existenz; ist nicht die Ähnlichkeit von Gestalt und Schatten oder von dem Spiegelbild der Form und der Form selbst; ist kein Echo, das aus einem hohlen Hügel tönt, sowenig wie ein silberner Quell im Tal, dessen Wasser den Mond dem Mond und Narcissus dem Narcissus zeigt. Die Wahrheit in der Kunst ist die Übereinstimmung eines Dinges mit sich selbst; das Äußere Ausdruck des Inneren geworden; die Seele Fleisch; der Leib vom Geist belebt. Darum lässt sich keine Wahrheit dem Leiden vergleichen. Zuzeiten scheint mir das Leiden die einzige Wahrheit. Andere Dinge mögen Wahngebilde des Auges oder des Hungers sein, jenes zu blenden, diesen zu sättigen; aber aus dem Leiden sind die Welten erbaut, und bei der Geburt eines Kindes oder eines Sternes geht es nicht ohne Schmerz ab.

Ja, noch mehr: Das Leiden hat eine ungewöhnlich starke Wirklichkeit an sich. Ich habe von mir gesagt, ich sei ein Repräsentant der Kunst und Kultur meines Zeitalters gewesen. Es gibt keinen Elenden in diesem Haus des Elends, keinen meiner Mitgefangenen, der nicht ein Repräsentant des Lebensgeheimnisses wäre. Denn das Geheimnis des Lebens heißt Leiden. Hinter allem ist es verborgen. Kaum fangen wir zu leben an, so schmeckt uns das Süße so süß, das Bittere so bitter, dass wir unvermeidlich unser ganzes Verlangen auf Freuden richten und nicht nur »einen Monat oder zwei von Honig zehren« wollen, sondern unser ganzes Leben lang keine andere Nahrung kosten möchten, und wissen doch die ganze Zeit nicht, dass wir die Seele in Wirklichkeit verhungern lassen.

Ich erinnere mich, ich sprach einmal hierüber mit einem der herrlichsten Wesen, die ich je gekannt habe, einer Frau, deren reges Mitgefühl und edle Güte, sowohl vor wie seit der Tragödie meiner Kerkerhaft, sich unmöglich beschreiben, lassen; die mir, wenn sie es auch nicht weiß, wirklich mehr als irgendjemand auf der ganzen Welt beigestanden hat, die Last meiner Sorgen zu tragen, und zwar bloß durch die Tatsache, dass sie lebt, dass sie ist, was sie ist – teils ein Ideal, teils eine einflussreiche Macht: eine Andeutung dessen, was man werden könnte, wie eine wirkliche Stütze des Vorsatzes, dahinzugelangen; eine Seele, die der Alltagsluft Süßigkeit leiht und Geistiges einfach und natürlich erscheinen lässt wie das Licht der Sonne oder das Meer; für die Schönheit und Leid Hand in Hand gehen und dieselbe Botschaft haben. Ich besinne mich genau, wie ich ihr bei der Gelegenheit, die mir vorschwebt, sagte: es gäbe in einer engen

Gasse in London schon genug Kummer, zu beweisen, dass Gott die Menschen nicht liebe, und überall, wo jemand leide, sei es auch nur ein Kind, das in einem Gärtchen weine über ein Vergehen, dessen es sich schuldig oder nicht schuldig gemacht, da sei das ganze Antlitz der Schöpfung entstellt. Ich hatte völlig unrecht. Sie sagte mir das auch, doch ich konnte es nicht glauben. Ich lebte nicht in dem Vorstellungskreis, der einen zu solchem Glauben gelangen lässt. Jetzt dünkt mich, dass Liebe irgendeiner Art die einzig mögliche Erklärung ist für das ungeheure Maß von Weh, das es auf der Welt gibt. Eine andere Erklärung kann ich mir nicht denken. Ich bin überzeugt, es gibt keine andere; und wenn die Welt wirklich, wie ich vorhin sagte, aus Leid gebaut ist, so ist sie von der Hand der Liebe gebaut, weil auf keine Weise sonst die Seele des Menschen, für den die Welt erschaffen ist, zu dem ganzen Wuchs ihrer Vollendung gelangen könnte. Freude für den schönen Körper, Schmerz für die schöne Seele.

Wenn ich sage, ich sei hiervon überzeugt, so liegt allzu viel Stolz in meinen Worten. Weit in der Ferne kann man, wie eine Perle sonder Fehl, die Stadt Gottes sehen. Sie ist so wundervoll, dass man meinen möchte, ein Kind könne sie an einem Sommertag erreichen. Und ein Kind kann es. Aber mit mir und meinesgleichen verhält es sich anders. In einem einzigen Augenblick kann man etwas in seiner ganzen Stärke fühlen, aber es geht einem wieder verloren in den langen Stunden, die bleiernen Fußes folgen. Es ist so schwer, »Höhen zu behaupten, darauf mit Fug die Seele wandeln darf«. Unsere Gedanken gehören der Ewigkeit, doch wir bewegen uns langsam durch die Zeit. Wie langsam die Zeit für uns vergeht, die wir im Gefängnis sitzen – davon brauche ich nicht mehr zu reden, nicht von der Müdigkeit und Verzweiflung, die in unsere Zelle und die Zelle unseres Herzens mit so seltsamer Beharrlichkeit zurückschleichen, dass man gewissermaßen sein Haus für sie fegen und schmücken muss, wie für einen unerwünschten Gast, einen gestrengen Herrn oder Sklaven, dessen Sklave man durch Zufall oder eigene Wahl ist.

Vielleicht finden es meine Freunde jetzt schwer, es zu glauben, es ist aber trotzdem so: Sie, deren Leben Freiheit, Müßiggang und Wohlbehagen, haben es leichter, die Lehren der Demut zu erlernen als ich, der ich den Tag damit beginne, auf den Knien den Boden meiner Zelle aufzuwaschen. Denn das Leben im Gefängnis mit seinen zahllosen Entbehrungen und Einschränkungen macht einen zum Rebellen. Das Schrecklichste daran ist nicht, dass es einem das Herz bricht – Herzen sind dazu da, zu brechen –, sondern dass es einem das Herz in Stein verwandelt. Manchmal hat man das Gefühl, man könne den Tag überhaupt nur mit einer Stirn von Eisen und mit Hohn auf den Lippen überleben. Und wer sich im Zustand der Empörung befindet, kann nicht der Gnade teilhaftig werden, um den Ausdruck zu gebrauchen, dessen sich die Kirche mit Vorliebe bedient – und zwar mit Recht, möchte ich behaupten –, denn im Leben wie in der Kunst verschließt die aufrührerische Stimmung die Kanäle der Seele und sperrt die Luft des Himmels aus. Doch soll ich diese Lehren irgendwo erlernen, so muss es hier geschehen, und ich muss voller Freude sein, wenn meine Füße auf der rechten Straße sind und mein Angesicht »dem Tore zugekehrt, das schön genannt wird«, mag ich auch vielmals im Schmutz fallen und oft im Nebel irregehen.

Dieses Neue Leben, wie ich es bisweilen aus Liebe zu Dante gern nenne, ist natürlich überhaupt kein neues Leben, sondern einfach, vermittels Entwicklung und Evolution, die Fortsetzung meines früheren Lebens. Ich erinnere mich, dass ich in Oxford zu einem meiner Freunde sagte, als wir eines Morgens in dem Jahr, eh ich promovierte, auf den engen, von Vögeln umschwärmten Wegen um Magdalen-College wandelten, es gelüste mich, von der Frucht aller Bäume im Garten der Welt zu essen, und mit dieser Leidenschaft im Herzen träte ich in die Welt hinaus. Und so, auf mein Wort, trat ich hinaus, und so lebte ich. Mein einziger Fehler war, dass ich mich so ausschließlich auf die Bäume beschränkte, welche, wie mir schien, auf der Sonnenseite des Gartens standen, während ich den anderen Teil mit seinem Schatten und seiner Düsterheit mied. Misserfolg, Schande, Armut, Kummer, Verzweiflung, Leid, selbst Tränen, die Worte, die Lippen im Schmerze stammeln, die Reue, die Dornen auf unseren Pfad streut, das Gewissen, das verdammt, die Selbsterniedrigung, die straft, das Elend, das Asche auf sein Haupt gießt, die Seelenpein, die sich in Sackleinwand kleidet und Galle in ihr eigenes Getränk mischt – all dem wich ich ängstlich aus. Und da ich beschlossen hatte, nichts davon wissen zu wollen, so wurde ich gezwungen, sie alle der Reihe nach zu kosten, mich von ihnen zu nähren, eine Zeit lang auf jede andere Speise zu verzichten.

Keinen Augenblick bedaure ich, dem Vergnügen gelebt zu haben. Ich tat es bis zum Rande, wie man alles tun soll, was man tut. Es gab kein Vergnügen, das ich nicht genoss. Ich warf die Perle meiner Seele in einen Becher Wein. Ich schritt zum Klang der Flöten den Blumenpfad hinab. Ich lebte von Honig. Aber es wäre falsch gewesen, dieses Leben fortzusetzen, weil es einseitig gewesen wäre. Ich musste weiter. Die andere Hälfte des Gartens hatte auch ihre Geheimnisse für mich. Natürlich ist all das in meiner Kunst vorgebildet und wirft seine Schatten voraus. Spuren davon sind im »Glücklichen Prinzen«; auch in dem Märchen »Der junge König«, besonders an der Stelle, wo der Bischof zu dem knienden Jüngling spricht: »Ist Er, der das Elend schuf, nicht weiser als du?« – Worte, die mir, als ich sie schrieb, kaum mehr schienen als Worte; ein gut Teil davon ist hineingeheimnist in die mahnende Stimme, die sich wie ein Purpurfaden durch den Goldbrokat des »Dorian Gray« zieht; in vielen Farben schimmert es in der »Kritik als Kunst«; in allzu leicht lesbaren Lettern steht es in der »Seele des Menschen«; es ist einer der Refrains, deren wiederkehrendes Motiv »Salome« so sehr einem Musikstück gleichen lässt und wie eine Ballade zusammenschließt; in dem Prosagedicht von dem Mann, der aus dem Erz des Bildes der »Freude, die einen Augenblick lebt«, das Bild der »Sorge, die ewig währet«, zu schaffen hat, ist es Fleisch und Blut geworden. Anders hätte es auch gar nicht sein können. In jedem einzelnen Moment seines Lebens ist man das, was man sein wird, nicht minder als das, was man gewesen ist. Die Kunst ist ein Symbol, weil der Mensch ein Symbol ist.

Kann ich ganz dahingelangen, so ist es die letzte Verwirklichung des Künstlerlebens. Denn das Künstlerleben ist einfach Selbstentwicklung. Die Demut beim Künstler liegt darin, dass er alle Erfahrungen bedingungslos hinnimmt, genauso wie die Liebe beim Künstler einfach der Sinn für Schönheit ist, der der Welt ihren Körper und ihre Seele offenbart. In »Marius der Epikureer« sucht Pater das Künstlerleben mit dem religiösen Leben in der tiefen, holden und herben Bedeutung des Wortes in Einklang zu bringen. Aber Marius ist wenig mehr als ein Zuschauer – ein idealer Zuschauer allerdings, einer, dem es gegeben ist, »das Schauspiel des Lebens mit eigenen Empfindungen zu betrachten«, was Wordsworth als die wahre Bestimmung des Dichters bezeichnet; doch ein Zuschauer nur und vielleicht ein wenig zu sehr mit der Anmut der Bänke im Tempel beschäftigt, um zu gewahren, dass es der Leidenstempel ist, auf dem sein Blick ruht.

Ich sehe eine weit innigere, unmittelbarere Verbindung zwischen dem wahren Leben Christi und dem wahren Leben des Künstlers, und der Gedanke erfüllt mich mit großer Freude, dass ich, lange bevor sich das Leid meiner Tage bemächtigt und mich an sein Rad gebunden hatte, in der »Seele des Menschen« geschrieben habe: wer ein Christus ähnliches Leben führen wolle, müsse ganz und gar er selbst sein, und als Beispiele nicht nur den Schäfer auf der Heide und den Gefangenen in seiner Zelle angeführt habe, sondern auch den Maler, dem die Welt ein Mummenschanz, und den Dichter, dem die Welt ein Lied ist. Ich erinnere mich, ich sagte einmal zu André Gide, als wir in einem Pariser Café zusammensaßen, die Metaphysik besitze für mich nur geringes wirkliches Interesse und die Moral nicht das Mindeste; indessen ließe sich alles, was Plato und Christus gesagt hätten, ohne Weiteres auf das Gebiet der Kunst übertragen und fände hier seine vollkommne Erfüllung. In dieser Verallgemeinerung war das ebenso tief wie neu.

Die enge Verbindung von Persönlichkeit und Vollkommenheit, die wir in Christus entdecken können, ist es nicht allein, die den wirklichen Unterschied zwischen klassischer und romantischer Kunst bildet und Christus als den wahren Vorläufer der romantischen Bewegung im Leben erscheinen lässt, sondern die Grundlage seines Wesens war dieselbe, die das Wesen des Künstlers ausmacht: eine starke, lodernde

Fantasie. Er empfand in dem ganzen Bereich menschlicher Beziehungen jene Anteilnahme der Fantasie, die in der Kunst das einzige Geheimnis des Schaffens ist. Er begriff die Krankheit des Aussätzigen, das Dunkel des Blinden, das grimme Elend derer, die dem Vergnügen leben, die wundersame Armut der Reichen. Du hast mir in meinem Unglück geschrieben: »Wenn Du nicht auf Deinem Piedestal stehst, bist Du nicht interessant.« Wie weit warst Du von dem entfernt, was Matthew Arnold das »Geheimnis Jesu« nennt! Sie beide hätten Dich belehrt, dass alles, was einen anderen trifft, einen selbst trifft; und wenn Du eine Inschrift haben willst, die Du in der Frühe und am Abend lesen kannst, im Schmerz und in der Freude, dann schreib an die Wände Deines Hauses, dass es die Sonne vergolde und der Mond versilbere: »Alles, was einen andern trifft, trifft einen selbst.«

Christus gehört fürwahr unter die Dichter. Seine ganze Auffassung von der Menschheit entsprang geradeswegs der Fantasie und kann nur von ihr begriffen werden. Was Gott dem Pantheisten war, das war ihm der Mensch. Er hat zuerst die unterschiedlichen Rassen als eine Einheit erfasst. Vor ihm hatte es Götter und Menschen gegeben; und da er durch eine geheimnisvolle Sympathie fühlte, dass beide in ihm Fleisch geworden waren, nennt er sich den Sohn des einen oder den Sohn des anderen, wie es ihm eben beifiel. Mehr als irgendjemand in der Geschichte erweckt er in uns jene Stimmung für das Wunder, an die sich die Romantik allemal wendet. Die Idee hat für mich noch immer fast etwas Unglaubliches an sich, dass ein junger galiläischer Landmann sich vorstellt, er könne auf seinen Schultern die Last der ganzen Welt tragen: alles, was bereits getan und erduldet worden war, und alles, was dereinst noch getan und erduldet werden sollte: die Sünden Neros, Cesare Borgias, Alexanders VI. und dessen, der Kaiser von Rom und Sonnenpriester war; die Leiden derer, deren Zahl Legion ist und die zwischen Gräbern hausen, der unterdrückten Völker, der Kinder in Fabriken, der Diebe, der Sträflinge, der Enterbten, derer, die in ihrer Knechtschaft stumm sind und deren Schweigen nur von Gott vernommen wird; und sich nicht bloß vorstellt, sondern es auch tatsächlich durchsetzt, sodass noch im gegenwärtigen Augenblick alle, die mit seiner Person in Berührung kommen, selbst wenn sie weder vor seinem Altar sich neigen noch vor seinem Priester knien, doch irgendwie die Empfindung haben, dass die Hässlichkeit ihrer Sünde von ihnen genommen und die Schönheit ihres Leidens ihnen offenbart werde.

Ich hatte gesagt: Christus zählt zu den Dichtern. Das ist so. Shelley und Sophokles sind seine Brüder. Doch auch sein ganzes Leben ist das wundervollste Gedicht. Wenn man nach »Furcht und Mitleid« sucht, gibt es nichts im ganzen Sagenkreis der griechischen Tragödie, was sich damit messen könnte. Die makellose Reinheit des Protagonisten erhebt das ganze Gebäude zu einer Höhe romantischer Kunst, von der die Leiden des thebanischen Hauses und der Pelopiden schon durch ihre Gräuel ausgeschlossen sind, und zeigt, wie falsch der Ausspruch des Aristoteles in seiner Abhandlung über das Drama ist, der Anblick eines schuldlos Leidenden sei unausstehlich. Weder bei Äschylus noch bei Dante, den strengen Meistern der Zartheit, weder bei Shakespeare, dem am reinsten Menschlichen von allen großen Künstlern, noch in sämtlichen keltischen Mythen und Legenden, darinnen die Lieblichkeit der Welt durch einen Tränennebel blinkt und das Leben eines Menschen nicht mehr gilt als das Leben einer Blume, gibt es irgendetwas, das an ergreifender Einfachheit, die sich der Erhabenheit tragischer Wirkung paart und in ihr aufgeht, dem letzten Akt der Leidensgeschichte Christi gleich- oder auch nur nahekäme. Das schlichte Mahl mit seinen Jüngern, von denen ihn einer schon um des Gewinstes willen verkauft hat; die Seelenangst in dem ruhigen, mondbeglänzten Garten – der falsche Freund tritt dicht an ihn heran, um ihn mit einem Kuss zu verraten; der Freund, der noch an ihn glaubte und auf dem er wie auf einem Felsen eine Zufluchtsstätte für die Menschheit zu gründen gehofft hatte, verleugnet ihn, als der Hahn dem dämmernden Tag entgegenkräht – seine völlige Vereinsamung, seine Unterwürfigkeit und wie er sich allem fügt; daneben wiederum solche Szenen, da der Hohepriester der Orthodoxie im Zorn sein Gewand zerreißt und der Beamte des bürgerlichen Gerichtshofs Wasser holen lässt in der eitlen Hoffnung, sich von dem Fleck unschuldigen Blutes zu reinigen, der ihn zur Scharlachfigur der Geschichte macht; der Krönungsakt mit dem Dornenkranz – eine der wunderbarsten Begebenheiten in den Büchern aller Zeiten –, die Kreuzigung des Unschuldigen vor den Augen seiner Mutter und des Jüngers, den er lieb hatte – die Soldaten spielen und würfeln um seine Kleider – der schreckliche Tod, durch den er der Welt ihr ewigstes Symbol gab; und schließlich sein Begräbnis in der Gruft des reichen Mannes – sein Leichnam wird mit kostbaren Spezereien und Wohlgerüchen gesalbt und in ägyptische Leinwand gewickelt, als wär er eines Königs Sohn gewesen –: wenn man all das einzig und allein vom künstlerischen Standpunkt aus betrachtet, muss man dafür dankbar sein, dass der feierlichste Gottesdienst der Kirche die Darstellung der Tragödie ohne das Blutvergießen ist: die mystische Vorführung der Leidensgeschichte des Herrn mit Hilfe von Dialog, Kostüm und Gesten sogar; und der Gedanke ist für mich stets eine Quelle ehrfürchtiger Erhebung, dass der letzte Überrest des griechischen Chors, der der Kunst sonst verloren gegangen ist, sich in dem Ministranten findet, der dem Messe lesenden Priester antwortet.

Doch in seiner Gesamtheit ist das Leben Christi – so völlig können Leid und Schönheit in ihrer Bedeutung und ihrer Darstellung verschmelzen – wirklich ein Idyll, mag es auch damit enden, dass der Vorhang im Tempel zerreißt, Finsternis das Antlitz der Erde bedeckt und der Stein vor des Grabes Tür gewälzt wird. Man stellt sich ihn immer als einen jungen Bräutigam im Kreis seiner Jünger vor, wie er sich ja an einer Stelle beschreibt; als einen Hirten, der mit seinen Schafen durch ein Tal streift auf der Suche nach grünen Auen oder einem kühlenden Strom; als einen Sänger, der die Mauern der Stadt Gottes durch Musik aufbauen möchte; als einen Liebenden, für dessen Liebe die ganze Welt zu klein war. Seine Wunder dünken mich köstlich wie das Nahen des Lenzes und ebenso natürlich. Ich sehe durchaus keine Schwierigkeit darin, an einen solchen Zauber seiner Persönlichkeit zu glauben, dass seine bloße Gegenwart gequälten Seelen Frieden bringen konnte und dass die, welche sein Gewand oder seine Hände berührten, ihres Schmerzes vergaßen; oder dass, wenn er auf der Heerstraße des Lebens vorüberschritt, Leute, denen bisher des Lebens Geheimnis verborgen geblieben war, es deutlich sahen, und dass andere, die jedem Laut ihr Ohr verschlossen hatten außer dem der Lust, zum ersten Mal die Stimme der Liebe vernahmen und sie »musikalisch wie Phöbus' Leier« fanden; oder dass üble Leidenschaften bei seiner Ankunft flohen und Menschen, deren stumpfes, fantasieloses Leben nur eine Form des Todes gewesen war, gleichsam aus dem Grabe auferstanden, da er sie rief; oder dass die Menge, als er am Hang des Hügels predigte, ihres Hungers und Durstes und der Sorgen dieser Welt vergaß, und dass seinen Freunden, die ihm lauschten, als er beim Mahl saß, die grobe Nahrung wohlschmeckte, das Wasser wie trefflicher Wein mundete und das ganze Haus von dem süßen Duft der Narden erfüllt war.

Renan sagt irgendwo in seinem »Leben Jesu« – dem anmutigen fünften Evangelium, dem Evangelium, das man nach dem heiligen Thomas nennen möchte –: Christi großes Werk sei es gewesen, dass er sich die Liebe, die er bei Lebzeiten besessen, nach seinem Tod zu erhalten gewusst habe. Sicherlich, wenn sein Platz unter den Dichtern ist, so führt er den Reigen der Liebenden. Er erkannte, dass die Liebe an erster Stelle das Geheimnis der Welt sei, nach dem die Weisen ausgeschaut hatten, und dass man sich nur durch Liebe dem Herzen der Aussätzigen und den Füßen Gottes nähern könne.

Vor allem aber: Christus ist der höchste Individualist. Die Demut ist, wie die Künstler alle Erfahrungen hinnehmen, bloß eine Offenbarungsform. Nach der Seele des Menschen fahndet Christus immer. Er nennt sie »das Reich Gottes« – τὴν βασιλείαν τοῦ θεοῦ – und findet sie bei jedem. Er vergleicht sie mit Kleinigkeiten: einem winzigen Saatkorn, einer Handvoll Sauerteig, einer Perle. Aus dem Grund: weil man seine Seele nur dadurch ausbildet, dass man alle fremden Leidenschaften, alle erworbne Kultur und allen äußerlichen Besitz – ob gut oder schlecht – abstreift.

Mit der Hartnäckigkeit meines Willens und mehr noch mit dem Widerspruchsgeist meines Wesens bäumte ich mich gegen alles auf, bis ich nichts, gar nichts mehr auf der Welt hatte, als Cyril. Ich hatte meinen Namen, meine Stellung, mein Glück, meine Freiheit, mein Vermögen eingebüßt. Ich war ein Sträfling und bettelarm. Aber noch war mir ein holder Besitz geblieben: meine Söhne. Plötzlich wurden sie mir vom Gesetz genommen. Es war ein so betäubender Schlag, dass ich nicht aus noch ein wusste; ich warf mich auf die Knie, neigte das Haupt, weinte und sprach: »Der Leib eines Kindes ist wie der Leib des Herrn; ich verdiene sie beide nicht.« Dieser Augenblick hat mich, scheint's, gerettet. Damals erkannte ich, dass es nichts anderes für mich gäbe, als alles hinzunehmen. Seitdem – so merkwürdig es unzweifelhaft klingen wird – bin ich glücklicher gewesen. Ich hatte nämlich meine Seele in ihrem letzten Wesensgehalt gefunden. In vieler Hinsicht war ich ihr Feind gewesen, aber ich fand, dass sie wie ein Freund auf mich wartete. Wenn man mit der Seele in Berührung kommt, lässt sie einen einfältig werden wie ein Kind, was man nach Christi Worten sein soll.

Es ist tragisch, wie wenige Menschen vor ihrem Tod im Besitz ihrer Seele sind. Emerson sagt: »Nichts ist bei einem Menschen so selten wie eine eigene Willenshandlung.« Das trifft ganz zu. Die meisten Leute sind andere Leute. Ihre Gedanken sind die Meinungen anderer, ihr Leben Mimikry, ihre Leidenschaften ein Zitat. Christus war nicht nur der größte Individualist, sondern auch der erste in der Geschichte. Man hat versucht, aus ihm einen gewöhnlichen Philanthropen zu machen, vom Schlage der schauderhaften Philanthropen des 19. Jahrhunderts, oder hat ihn als Altruisten unter die Ungebildeten und Gefühlsschwärmer eingereiht. In Wirklichkeit war er weder das eine noch das andere. Gewiss, er hat Mitleid mit den Armen, den Eingekerkerten, den Niedrigen und Elenden; aber er hat viel mehr Mitleid mit den Reichen, den eingefleischten Hedonisten, mit denen, die ihre Freiheit verschwenden, indem sie Sklaven der Dinge werden, mit denen, die weiche Gewänder tragen und in königlichen Schlössern wohnen. Reichtum und Wohlleben schienen ihm größere Tragödien als Armut und Gram. Und was den Altruismus betrifft – wer wusste besser als er, dass es Anlage und nicht Willenskraft ist, was bei uns den Ausschlag gibt, und dass man nicht Trauben von Dornen oder Feigen von Disteln lesen kann?

Für andere leben als bestimmter, einem selbst bewusster Zweck: Das war nicht seine Lehre. Nicht die Grundlage seiner Lehre. Wenn er sagt: »Vergebet euren Feinden«, so sagt er es nicht dem Feind zuliebe, sondern um unser selbst willen, und weil Liebe schöner ist als Hass. Wenn er den reichen Jüngling auffordert: »Verkaufe, was du hast, und gib es den Armen«, so denkt er dabei nicht an die Lage der Armen, sondern an die Seele des Jünglings, die liebliche Seele, die der Reichtum ins Verderben zog. In seiner Lebensauffassung ist er eins mit dem Künstler, der weiß, dass infolge des unvermeidlichen Gesetzes der Selbstvollendung der Dichter singen, der Bildhauer in Bronze denken, der Maler die Welt zum Spiegel seiner Stimmungen machen muss, so unbedingt sicher, wie der Hagedorn im Frühling blühen, das Getreide im Herbst zur goldenen Frucht reifen und der Mond auf seiner vorgezeichneten Bahn von der Scheibe zur Sichel, von der Sichel zur Scheibe werden muss.

Hat Christus also nicht zu den Menschen gesprochen: »Lebet für andere«, so hat er vielmehr dargetan, dass gar kein Unterschied zwischen dem Leben der andern und unserem eigenen Leben besteht. Hierdurch gab er dem Menschen eine ausgedehnte, titanische Persönlichkeit. Seitdem er erschienen ist, ist die Geschichte jedes einzelnen Individuums die Weltgeschichte oder kann dazu werden. Freilich, die Kultur hat die Persönlichkeit des Menschen gesteigert. Die Kunst hat unseren Myriadengeist geschaffen. Wer das Künstlernaturell besitzt, der geht mit Dante ins Exil und lernt, wie salzig das Brot der anderen ist und wie steil ihre Stufen sind; der erlangt einen Augenblick die heitere Ruhe Goethes und weiß dennoch nur zu gut, dass Baudelaire zu Gott aufschrie:

»O Seigneur, donnez-moi la force et le courage
De contempler mon corps et mon cœur
sans dégout.«

Aus Shakespeares Sonetten holt er – sich selbst vielleicht zum Schaden – das Geheimnis seiner Liebe heraus und macht es sich zu eigen; er sieht mit anderen Augen das moderne Leben, weil er einem von Chopins Nocturnen gelauscht oder sich mit griechischen Künsten abgegeben oder die Geschichte der Leidenschaft eines toten Mannes zu einer toten Frau gelesen hat, deren Haar feinen Goldfäden, deren Mund einem Granatapfel glich. Aber das Mitfühlen des künstlerischen Temperaments richtet sich notwendigerweise auf das, was zum Ausdruck gelangt ist. In Worten oder Farben, in Tönen oder Marmor, hinter den gemalten Masken eines Äschyleischen Dramas oder durch die durchbohrten und aneinandergefügten Schilfrohre eines sizilianischen Hirten muss der Mensch und seine Sendung offenbart worden sein.

Dem Künstler ist Ausdruck die einzige Form, unter der er das Leben überhaupt begreifen kann. Für ihn ist tot, was stumm ist. Anders bei Christus. Mit einer wunderbar umfangreichen Fantasie, die einen geradezu mit heiliger Scheu erfüllt, erkor er die ganze Welt des Unausgesprochenen, die Welt des Schmerzes, die keine Stimme hat, zu seinem Königreich und machte sich zu ihrem ewigen Sprachrohr. Die, von denen ich schon gesprochen habe, die unter einem Druck stumm sind und »deren Schweigen nur von Gott vernommen wird«, wählte er sich zu Brüdern. Er suchte, das Auge des Blinden, das Ohr des Tauben und ein Notschrei auf den Lippen derer zu werden, denen die Zunge gebunden war. Sein Wunsch war es, den Myriaden, die keine Sprache gefunden hatten, eine Drommete zu sein, durch die sie zum Himmel rufen könnten. Und da er mit der Künstlernatur eines, dem Leiden und Kummer Formen waren, durch die er seinen Schönheitsbegriff verwirklichen konnte, empfand, dass eine Idee wertlos sei, bis sie Fleisch wird und zum Bild, so machte er aus sich das Bild des Leidenden, und als solches hat er die Kunst angeregt und beherrscht, wie es niemals einem griechischen Gott gelang.

Denn die griechischen Götter waren trotz dem Weiß und Rot ihrer schönen, geschmeidigen Glieder in Wirklichkeit nicht das, was sie zu sein schienen. Die geschwungene Stirn Apolls glich der Sonnenscheibe, die in der Dämmerung über einem Hügel steht, und seine Füße den Fittichen des Morgens; aber er selbst war grausam gegen Marsyas gewesen und hatte Niobe ihrer Kinder beraubt. In den Stahlschilden der Augen Athenes blitzte kein Erbarmen mit Arachne; die prunkvolle Hoheit und die Pfauen Heras waren alles, was wirklich vornehm an ihr war; und der Vater der Götter selbst hatte die Menschentöchter zu gern gehabt. Die beiden bedeutungsvollsten Gestalten der griechischen Mythologie waren in der Religion Demeter, eine irdische Gottheit, keine der Olympischen, und in der Kunst Dionys, der Sohn einer Sterblichen, für die der Augenblick seiner Geburt auch zum Augenblick ihres Todes geworden.

Aber das Leben selbst brachte aus seiner untersten, bescheidensten Schicht eine weit herrlichere Gestalt hervor als die Mutter Proserpinas oder den Sohn der Semele. Aus der Zimmermannswerkstatt in Nazareth war eine unendlich größere Persönlichkeit hervorgegangen als je eine in Mythe und Sage erstandene, eine Persönlichkeit, die seltsamerweise dazu bestimmt war, der Welt die geheimnisvolle Bedeutung des Weins und die wahre Schönheit der Lilien des Feldes zu enthüllen, wie es keiner je auf dem Kithäron oder in Enna getan hatte.

Die Worte Jesaias: »Er war der allerverachtetste und unwerteste, voller Schmerzen und Krankheit. Er war so verachtet, dass man das Angesicht vor ihm verbarg« hatten ihm wie eine Vorankündigung seiner selbst geklungen, und die Prophezeiung ward an ihm erfüllt. Wir brauchen einen solchen Ausdruck nicht zu scheuen. Jedes Kunstwerk ist die Erfüllung einer Prophezeiung; denn jedes Kunstwerk ist die Umwandlung einer Idee in ein Bild. Jedes menschliche Wesen sollte die Erfüllung einer Prophezeiung sein; denn jedes menschliche Wesen sollte die Verwirklichung eines Ideals sein, entweder in den Augen Gottes oder der Menschen. Christus fand den Typus und legte ihn fest, und der Traum eines Virgilischen Dichters in Jerusalem oder Babylon verkörperte sich im langen Lauf der Jahrhunderte in ihm, auf dessen Ankunft die Welt harrte. »Seine Gestalt war hässlicher denn anderer Leute und sein Ansehen denn der Menschen Kinder«: Das hatte Jesaia unter den Erkennungsmerkmalen des neuen Ideals aufgezeichnet; und sobald die

Kunst verstand, was damit gemeint war, brach sie auf wie ein Blumenkelch in Gegenwart dessen, an dem die Wahrheit in der Kunst zutage trat, wie nie zuvor. Denn ist nicht Wahrheit in der Kunst, wie ich schon sagte, das, worin »das Äußere Ausdruck des Inneren, worin die Seele Fleisch und der Leib vom Geist belebt« ist, worin die Form sich offenbart?

Für mich gehört es mit zum Bedauerlichsten in der Geschichte, dass die richtige christliche Renaissance, die den Dom in Chartres, den Legendenzyklus von König Arthur, das Leben des heiligen Franz von Assisi, die Kunst Giottos und Dantes »Göttliche Komödie« hervorgebracht hat, in ihrer eigenen Bahn sich nicht weiterentwickeln durfte, sondern gehemmt und verdorben wurde von der traurigen klassischen Renaissance, die uns Petrarca schenkte und Raffaels Fresken und Palladios Architektur und die formenstarre französische Tragödie und die St. Paulskirche und Popes Dichtung und alles, was von außen und nach toten Regeln gemacht ist, statt von innen zu kommen aus einem belebenden Geist. Allein überall, wo es eine romantische Bewegung in der Kunst gibt, ist irgendwie und unter irgendeiner Gestalt Christus oder Christi Seele. Er ist in »Romeo und Julia«, im »Wintermärchen«, in der provenzalischen Poesie, im »Alten Matrosen«, in der »Belle Dame sans merci« und in Chattertons »Ballade von der Barmherzigkeit«.

Wir verdanken ihm die unterschiedlichsten Dinge und Menschen. »Les Misérables« von Hugo, Baudelaires »Fleurs du Mal«, die Mitleidsnote in russischen Romanen, Verlaine und seine Gedichte, das bunte Glas, die Tapeten und die Quattrocento-Arbeiten von Burne-Jones und Morris gehören ebenso zu ihm wie der Glockenturm Giottos, Lancelot und Guinevere, Tannhäuser, die qualvollen romantischen Marmorwerke Michelangelos und der Spitzbogenstil. Auch die Liebe zu Kindern und Blumen. Für beide war in der klassischen Kunst nur wenig Raum übrig, kaum so viel, dass sie darin wachsen und spielen konnten; doch vom zwölften Jahrhundert an bis herab zu unseren Tagen sind sie immerwährend unter verschiedenen Formen und zu verschiedenen Zeiten erschienen – launenhaft und eigenwillig, wozu Kinder, wozu Blumen neigen. Der Lenz machte einem stets den Eindruck, als ob sich die Blumen versteckt hielten und nur ans Licht der Sonne träten, aus Furcht, Erwachsene möchten es müde werden, nach ihnen auszuschauen und nicht weiter suchen. Und das Leben eines Kindes war nicht mehr als ein Apriltag, an dem die Narzisse bald Regen, bald Sonnenschein hat.

Das Fantasiereiche in Christi eigenem Wesen macht ihn zum Puls und Mittelpunkt der Romantik. Die seltsamen Gestalten des poetischen Dramas und der Ballade werden von der Fantasie anderer erdacht, aber völlig aus seiner eigenen Fantasie erschuf sich Jesus von Nazareth. Der Prophetenruf Jesaias hatte wirklich mit seinem Erscheinen nicht mehr zu tun als das Lied der Nachtigall mit dem Aufgang des Mondes – nicht mehr, doch vielleicht auch nicht weniger. Er war sowohl die Verneinung wie die Bestätigung des Prophetenwortes. Auf jede Erwartung, die er erfüllte, kam eine andere, die er vernichtete. »In aller Schönheit«, sagt Bacon, »liegt eine absonderliche Proportion«, und von denen, die vom Geiste geboren, will sagen: die wie er dynamische Kräfte sind, sagte Christus, dass sie dem Wind gleichen, der »bläset, wo er will, aber du weißt nicht, von wannen er kommt und wohin er fährt«. Darum bezaubert er Künstler so. Ihm eigenen alle farbigen Lebenselemente: Rätsel, Neuheit, Pathos, Anregung, Verzückung, Liebe. Er spricht das für Wunder empfängliche Naturell an und erzeugt jene Stimmung, aus der heraus er einzig verstanden werden kann.

Und mit Freuden denke ich daran, dass, wenn er ganz und gar ›aus Einbildung besteht‹, die Welt aus demselben Stoff ist. Im »Dorian Gray« habe ich gesagt, die großen Sünden der Welt vollzögen sich im Hirn. Im Hirn vollzieht sich aber alles. Wir wissen jetzt, dass wir nicht mit dem Auge sehen und nicht mit dem Ohr hören. Auge und Ohr sind in Wirklichkeit zweckdienliche oder unzulängliche Leitungskanäle der Sinneseindrücke. Im Hirn ist der Mohn rot, duftet der Apfel, singt die Feldlerche.

Seit einiger Zeit studiere ich mit heißem Bemühen die vier Prosagedichte, die von Christus handeln. Zu Weihnachten gelang es mir, ein griechisches Testament aufzutreiben, und jeden Morgen, wenn ich meine Zelle gereinigt und mein Zinngeschirr geputzt hatte, las ich ein wenig in den Evangelien, ein Dutzend Verse, aufs Geratewohl herausgegriffen. Es ist eine entzückende Art, damit den Tag zu beginnen. Jeder, selbst wenn er ein stürmisches, schlecht geregeltes Leben führt, sollte es tun. Endlose Wiederholung – zur rechten Zeit und unzeitgemäß – hat uns die Frische, die Naivität, den schlichten, romantischen Zauber der Evangelien verdorben. Wir hören sie viel zu oft und viel zu schlecht lesen, und alle Wiederholung ist geisttötend. Kehrt man aber zum Griechischen zurück, so ist es, als träte man aus enger, dunkler Stube in einen Liliengarten.

Und mir wird die Freude verdoppelt durch die Erwägung, dass wir höchstwahrscheinlich die tatsächlichen Ausdrücke, ipsissima verba Christi vor uns haben. Früher herrschte allgemein die Ansicht, Christus habe Aramäisch gesprochen. Sogar Renan dachte es noch. Jetzt aber wissen wir, dass die Bauern in Galiläa zwei Sprachen redeten, wie heutzutage die irischen Bauern, und dass Griechisch in ganz Palästina, ja im ganzen Orient die übliche Verkehrssprache war. Ich konnte mich nie mit dem Gedanken befreunden, dass wir die eigenen Worte Christi nur durch die Übersetzung einer Übersetzung kennen sollten. Mit Entzücken denke ich jetzt daran, dass Charmides seiner Unterhaltung zugehört, Sokrates mit ihm philosophiert, Plato ihn verstanden haben könnte; dass er wirklich sagte: »Ἐγώ εἰμι ὁ ποιμὴν ὁ καλός«; dass, als er der Lilien auf dem Felde gedachte, die nicht arbeiten und nicht spinnen, sein Ausdruck unbedingt lautete: »Καταμάθετε τὰ κρίνα τοῦ ἀγροῦ πῶς αὐξάνει οὐ κοπιᾷ, οὐδὲ νήθει«; und dass sein letztes Wort, als er ausrief: »Mein Leben ist zu Ende, hat seine Erfüllung gefunden, ist vollendet«, genau hieß, wie Johannes uns mitteilt: »Τετέλεσται« – nichts weiter.

Beim Lesen der Evangelien – zumal dessen, das Johannes selbst verfasst hat oder sonst ein Gnostiker der Frühzeit, der seinen Namen als Deckmantel benutzte – erblicke ich darin, wie sich die Fantasie beständig geltend macht, die Grundlage alles geistigen und materiellen Lebens, sehe ich ferner, dass für Christus die Fantasie einfach eine Form der Liebe und die Liebe im vollsten Sinne des Wortes Herr war.

Ungefähr vor sechs Wochen erlaubte mir der Arzt, Weißbrot zu essen, statt des groben schwarzen oder braunen Brotes, der üblichen Gefängniskost. Es ist ein Leckerbissen. Es wird seltsam klingen, dass einem trocknes Brot ein Leckerbissen sein kann. Mir ist es das so sehr, dass ich nach jeder Mahlzeit sorgsam alle Krumen esse, die auf meinem Zinnteller übrig geblieben oder auf das raue Handtuch gefallen sind, das man über seinen Tisch deckt, um ihn nicht zu beschmutzen; ich tue es nicht aus Hunger – jetzt bekomme ich völlig ausreichend zu essen –, sondern einfach, damit nichts von dem, was man mir gibt, verschwendet werde. So soll man es mit der Liebe halten.

Christus besaß, wie alle bestrickenden Persönlichkeiten, die Gabe, nicht nur selbst Schönes zu sagen, sondern sich auch von anderen Schönes sagen zu lassen. Ich liebe die Geschichte, die uns Markus von dem griechischen Weib erzählt, das, als Jesus, um ihren Glauben zu prüfen, zu ihr sprach, er könne ihr nicht das Brot der Kinder Israels geben, ihm antwortete: »Die Hündlein – κυνάρια – unter dem Tisch essen von den Brosamen der Kinder.« Die meisten Menschen leben für Liebe und Bewunderung. Von Liebe und Bewunderung sollten wir leben. Erweist man uns Liebe, so sollten wir erkennen, dass wir ihrer ganz unwert sind. Niemand verdient, geliebt zu werden. Die Tatsache, dass Gott die Menschen liebt, zeigt uns, dass in der göttlichen Anordnung der ideellen Güter geschrieben steht, ewige Liebe solle dem ewig Unwürdigen geschenkt werden. Oder, wenn der Satz zu bitter klingt, sagen wir so: Jeder verdient Liebe, nur der nicht, der glaubt, dass er sie verdiene. Die Liebe ist ein Sakrament, das man kniend empfangen soll, und »Domine, non sum dignus« müsste auf den Lippen und im Herzen derer sein, die es erhalten.

Wenn ich je wieder schreibe, ich meine: ein Kunstwerk schaffe, möchte ich mich just über und durch zwei Themen äußern: Das eine heißt »Christus als Vorläufer der romantischen Bewegung im Leben«; das andere »Künstlerleben und Lebenskunst«. Das erste ist natürlich außerordentlich verlockend; denn ich erblicke in Christus nicht nur die wesentlichen Merkmale des höchsten romantischen Typus, sondern auch alles Zufällige, sogar die Eigenwilligkeiten des romantischen Temperaments. Er hat als Erster die Menschen aufgefordert, ein ›blumengleiches Leben‹ zu führen. Er hat den Ausdruck geprägt. Er sah in Kindern das Vorbild dessen, was man streben soll, zu werden. Er stellte sie älteren Leuten als Muster hin; das habe auch ich stets für den Hauptzweck der Kinder gehalten, sofern das Vollkommne einen Zweck haben soll. Dante beschreibt die Seele eines Menschen, wie sie aus der Hand des Schöpfers hervorgeht, »weinend und lachend wie ein kleines Kind«, und auch Christus erkannte, dass die Seele eines jeden »a guisa di fanciulla che piangendo e ridendo pargoleggia« sein soll. Er fühlte, dass das Leben wechselvoll, flüssig, handlungsreich, und dass es der Tod sei, es in irgendeine starre Form zwängen zu lassen. Er sah ein, dass die Menschen die materiellen Interessen des Tages nicht zu ernst nehmen dürften; dass es etwas Großes sei, unpraktisch zu sein; dass man sich nicht zu viel Gedanken über den Lauf der Welt machen dürfe. Die Vögel kümmerten sich ja auch nicht darum, warum also die Menschen? Es ist köstlich, wenn er sagt: »Sorget nicht für den anderen Morgen! Ist nicht das Leben mehr denn die Speise? Und der Leib mehr denn die Kleidung?« Ein Grieche hätte das letzte sagen können, so sehr spricht sich darin griechisches Fühlen aus. Aber Christus allein konnte beides sagen und damit für uns die Summe des Lebens zusammenfassen.

Seine Moral ist durchaus Liebe, eben was Moral sein soll. Hätte er nichts weiter gesagt als: »Ihr sind viele Sünden vergeben, denn sie hat viel geliebet«, es hätte sich verlohnt, für ein solches Wort zu sterben. Seine Gerechtigkeit ist durchaus poetische Gerechtigkeit, genau das, was Gerechtigkeit sein soll. Der Bettler kommt in den Himmel, weil er unglücklich gewesen ist. Ich kann mir keinen besseren Grund dafür denken. Die Leute, die eine Stunde am kühlen

Abend im Weinberg arbeiten, erhalten ebenso viel Belohnung wie die, welche sich den ganzen Tag über in der heißen Sonne abgemüht haben. Warum auch nicht? Wahrscheinlich hat keiner etwas verdient. Oder es waren vielleicht Menschen von verschiedener Art. Christus konnte die stumpfen, leblosen, mechanischen Systeme nicht ausstehen, die Menschen wie Dinge und folglich alle gleich behandeln. Gesetze gab es für ihn nicht, nur Ausnahmen, als ob jeder und jedes seinesgleichen nicht noch einmal auf der Welt hätte.

Das, was der Grundton der romantischen Kunst ist, war für ihn die eigentliche Basis des natürlichen Lebens. Eine andere sah er nicht. Und als man ein Weib zu ihm brachte, das auf frischer Tat im Ehebruch ergriffen war, und ihm ihr Urteil, wie es im Gesetz geschrieben stand, verwies und ihn fragte, was geschehen solle, da schrieb er mit dem Finger auf die Erde, wie wenn er sie nicht höre, und als sie von Neuem in ihn drangen, da blickte er schließlich auf und sprach: »Wer unter euch ohne Sünde ist, der werfe den ersten Stein auf sie.« Es verlohnte sich, für ein solches Wort zu leben.

Wie alle Dichternaturen liebte er Ungebildete. Er wusste, dass in der Seele eines Ungebildeten stets Raum für eine große Idee ist. Aber Dumme waren ihm unerträglich, besonders die, welche die Erziehung verdummt hat: Leute, die voll Ansichten sind, davon sie keine einzige wirklich verstehen – ein vornehmlich moderner Typus, den Christus zusammenfassend als den Typus dessen beschreibt, der den Schlüssel zum Wissen hat, ihn selbst nicht gebrauchen kann und anderen den Gebrauch nicht gestattet, wenn der Schlüssel auch dazu da ist, das Tor zum Reich Gottes zu öffnen.

Sein Hauptkrieg war gegen die Philister gerichtet. Diesen Krieg hat jedes Kind des Lichts zu führen. Das Philistertum war das Kennzeichen des Zeitalters und des Staates, darin er lebte. In ihrer schwerfälligen Unzugänglichkeit, ihrer stumpfen Ehrbarkeit, ihrer langweiligen Orthodoxie, ihrer Anbetung der Tagesgötzen, ihrer völligen Befangenheit in grob materialistischen Lebensfragen, ihrem lächerlichen Selbstdünkel und ihrer Wichtigtuerei waren die Juden in Jerusalem zur Zeit Christi genau das Seitenstück zum britischen Philister unserer Tage. Christus verspottete die »übertünchten Gräber« der Ehrbarkeit und hat diesen Ausdruck für alle Zeiten geprägt. Er behandelte den weltlichen Erfolg als etwas durchaus Verächtliches. Er sah gar nichts darin. Er betrachtete den Reichtum als eine Beschwer für den Menschen. Er wollte von einem Leben nichts wissen, das irgendeinem philosophischen oder ethischen System geopfert wird. Er setzte auseinander, dass Formen und Bräuche für den Menschen da seien, aber nicht der Mensch für Formen und Bräuche. Er hielt die Sabbatheiligung für etwas Nichtiges. Die kalte Philanthropie, das Schaugepränge der öffentlichen Wohltätigkeitsanstalten, der lästige Formalismus, den der Spießbürgerverstand so liebt, wurden von ihm mit äußerstem, unerbittlichem Hohn gegeißelt. Uns ist, was Orthodoxie heißt, bloß ein bequemes, geistloses Ja und Amen Sagen; ihnen aber und in ihrer Hand war es eine furchtbare, lähmende Tyrannei. Christus räumte damit auf. Er zeigte, dass der Geist allein von Wert sei. Es bereitete ihm hohe Lust, ihnen klarzumachen, dass sie zwar beständig das Gesetz und die Propheten läsen, in Wirklichkeit aber nicht die geringste Ahnung hätten, was beide bedeuteten. Im Gegensatz zu ihnen, die jeden einzelnen Tag mit seiner starren

Schablone vorgeschriebener Pflichten verzehnteten, ebenso wie sie Minze und Raute verzehnten, predigte er, wie es über alle Maßen wichtig sei, durchaus dem Augenblick zu leben.

Die er von ihren Sünden erlöste, die werden einfach um schöner Momente willen in ihrem Leben erlöst. Als Maria Magdalena Christus erblickt, zerbricht sie die kostbare Alabastervase, die einer ihrer sieben Liebhaber ihr geschenkt hat, und gießt die wohlriechenden Salben über seine ermüdeten, staubigen Füße aus; dieses einen Moments wegen sitzt sie für alle Zeiten mit Ruth und Beatrice unter den Gewinden aus schneeweißen Rosen im Paradies. Alles, was Christus in leise mahnendem Ton zu uns spricht, ist, dass jeder Augenblick schön, dass die Seele stets zur Ankunft des Bräutigams gerüstet sein und immer auf die Stimme des Liebenden warten soll, wobei das Philistertum einfach der Teil des menschlichen Wesens ist, der nicht von der Fantasie erhellt wird. Christus betrachtet alle lieblichen Einflüsse des Lebens als Lichtgattungen: Die Fantasie selbst ist das Weltlicht, τὸ φῶς τοῦ κόσμου. Die Welt ist von ihr erschaffen, und sie kann es doch nicht fassen; das kommt daher, dass die Fantasie nur eine Offenbarung der Liebe ist, und die Liebe und die Fähigkeit zu lieben unterscheiden ein Geschöpf vom anderen.

Aber wenn er es mit einem Sünder zu tun hat, ist Christus am romantischsten im Sinne von am wirklichsten. Die Welt hatte von jeher den Heiligen als die nächstmögliche Stufe zur Vollendung Gottes geliebt. Christus scheint vermöge eines göttlichen Instinkts den Sünder von jeher als die nächstmögliche Stufe zur Vollendung des Menschen geliebt zu haben. Sein vornehmlichster Zweck war nicht, die Leute zu bessern, sowenig wie es sein vornehmlichster Zweck war, Leiden zu lindern. Ihm kam es nicht darauf an, einen interessanten Dieb in einen langweiligen Ehrenmann zu verwandeln. Er hätte von der Gesellschaft zur Unterstützung haftentlassener Sträflinge und ähnlichen modernen Bestrebungen wenig gehalten. Die Bekehrung eines Zöllners zu einem Pharisäer wäre ihm nicht als Heldentat erschienen. Doch in einer von der Welt noch nicht begriffenen Weise erachtete er Sünde und Leiden als etwas an sich Schönes und Heiliges, als Grade der Vollendung.

Das klingt sehr gefährlich. Ist es auch – alle großen Ideen sind gefährlich. Dass dies Christi Glaube war, daran ist kein Zweifel möglich. Dass es der wahre Glaube ist, bezweifle ich selbst nicht.

Der Sünder muss natürlich bereuen. Aber warum? Einfach aus dem Grund, weil er sonst nicht imstande wäre, das, was er getan hat, zu begreifen. Der Moment der Reue ist der Moment der Weihe. Ja, noch mehr: ist das Mittel, durch das man seine Vergangenheit ändert. Die Griechen hielten das für unmöglich. In ihren Sinnsprüchen heißt es oft: »Nicht einmal die Götter können die Vergangenheit ändern.« Christus zeigte, dass der gemeinste Sünder dazu in der Lage sei; dass es das Einzige sei, was er tun könne. Hätte man Christus gefragt, er würde – ich bin dessen ganz sicher – gesagt haben, dass der verlorene Sohn, nachdem er sein Gut mit Dirnen verprasst und dann die Schweine gehütet und Hunger gelitten und nach den Trebern begehrt hatte, die sie aßen, in dem Augenblick, da er auf die Knie fiel und weinte, all das zu schönen und heiligen Momenten seines Lebens machte. Den meisten Menschen wird es schwer, diesen Gedanken zu fassen. Vielleicht muss man im Gefängnis gewesen sein, um ihn zu verstehen. Dann verlohnte es sich der Mühe, im Gefängnis zu sitzen.

Christi Gestalt hat etwas so Einziges. Gewiss, gerade so, wie es trügerische Lichtschimmer vor der Dämmerung gibt und Wintertage, an denen die Sonne plötzlich so hell scheint, dass sie den vorsichtigen Krokus verlocken, sein Gold vor der Zeit zu verschwenden, und ein törichter Vogel seinem Weibchen zuruft, das Nest auf kahlen Zweigen zu bauen: so gab es Christen vor Christus. Dafür müssten wir dankbar sein. Leider hat es nur seitdem keine mehr gegeben. Mit einer Ausnahme: Franz von Assisi. Aber ihm hatte Gott bei seiner Geburt die Seele eines Dichters verliehen, so wie er selbst, da er noch ganz jung war, in mystischer Ehe die Armut zu seiner Braut erkoren hatte; und mit der Seele eines Dichters und dem Leib eines Bettlers fand er den Weg zur Vollendung nicht schwer. Er verstand Christus und ward ihm dadurch ähnlich. Wir wollen nicht vom Liber Conformitatum belehrt sein, dass das Leben des heiligen Franz die wahre Imitatio Christi gewesen sei – ein Gedicht, im Vergleich mit dem das Buch jenes Namens bare Prosa ist.

In der Tat, das ist in letztem Betracht der Reiz, der von Christus ausgeht: Er gleicht völlig einem Kunstwerk. Er lehrt uns wirklich nichts, aber dadurch, dass wir mit ihm in Berührung kommen, werden wir etwas. Und jeder ist dazu prädestiniert. Einmal mindestens im Leben geht jeder Mensch mit Christus nach Emmaus.

Was das andere Thema betrifft, »Künstlerleben und Lebenskunst«, so wirst Du es zweifellos merkwürdig finden, dass ich es mir wähle. Die Menschen deuten auf das Zuchthaus in Reading und sagen: »Dahin führt einen das Künstlerleben.« Nun, es könnte zu noch schlimmeren Stätten führen. Banausen, denen das Leben eine scharfsinnige Spekulation ist, die sich aus einer sorgfältigen Berechnung der Mittel und

Wege ergibt, wissen immer, wohin sie gehen, und gehen dahin. Sie treten mit dem idealen Lebenszweck auf den Plan, Kirchendiener zu werden, und einerlei, auf welchen Posten man sie stellt, es gelingt ihnen. Mehr nicht. Wer danach trachtet, etwas zu werden, das nicht in ihm liegt: Parlamentsmitglied, ein erfolgreicher Gewürzkrämer, ein hervorragender Anwalt, Richter oder sonst etwas gleich Langweiliges, sieht allemal sein Streben von Erfolg gekrönt. Das ist seine Strafe. Wer eine Larve will, muss sie tragen.

Doch mit den treibenden Kräften des Lebens und denen, die diese Kräfte verkörpern, verhält es sich anders. Menschen, die nur auf die Entfaltung ihres eigenen Ichs aus sind, wissen niemals, wohin ihr Weg sie führt. Sie können es nicht wissen. In einer Bedeutung des Wortes ist es natürlich nötig, wie es das griechische Orakel verlangte, sich selbst zu kennen; das ist der erste Schritt zu allem Wissen. Aber die Erkenntnis, dass die Menschenseele unergründlich sei, ist der Weisheit letzter Schluss. Wir selbst sind das Endgeheimnis. Hat man die Sonne auf die Waagschale gelegt, den Lauf des Mondes gemessen und die sieben Himmel Stern für Stern auf der Karte verfolgt, so bleibt noch eins übrig: wir selbst. Wer kann die Bahn seiner eigenen Seele berechnen? Als der Sohn ausging, seines Vaters Eselinnen zu suchen, wusste er nicht, dass ein Mann Gottes mit dem Krönungssalböl auf ihn wartete und dass seine Seele bereits die Seele eines Königs war.

Ich hoffe, so lange am Leben zu bleiben und solche Werke zu schaffen, dass ich am Ende meiner Tage sprechen darf: »Da seht ihr es nun, wohin das Künstlerleben einen Menschen führt!« Zu dem Vollkommensten, das mir im Bereich meiner Erfahrung begegnet ist, gehört das Leben Verlaines und das des Fürsten

Kropotkin. Beides Männer, die jahrelang im Gefängnis gesessen haben: Verlaine der einzige christliche Dichter seit Dante; der andere ein Mann mit der Seele jenes schönen, weißen Christus, der aus Russland hervorzugehen scheint. Und während der letzten sieben oder acht Monate habe ich, trotz einer Reihe großer Unannehmlichkeiten, die ohne Unterbrechung von der Außenwelt an mich herangetreten sind, enge Fühlung unterhalten mit einem neuen Geist, der in diesem Gefängnis Menschen und Dinge beseelt und mir mehr, als ich es in Worten auszudrücken vermöchte, zugutegekommen ist. Habe ich im ersten Jahre meiner Haft nichts anderes getan und kann ich mich an nichts anderes erinnern, als dass ich in ohnmächtiger Verzweiflung die Hände rang und ausrief: »Was für ein Ende, was für ein entsetzliches Ende!«, so versuche ich jetzt, mir zu sagen und sage auch manchmal, wenn ich mich nicht selbst quäle, wirklich und aufrichtig: »Was für ein Anfang, was für ein wunderbarer Anfang!« Das mag es wahrhaft werden. Und wenn es dazu kommt, so verdanke ich viel der neuen Persönlichkeit, die das Leben aller an diesem Ort geändert hat. Die Dinge an sich sind von geringer Bedeutung – lasst uns wenigstens einmal der Philosophie für etwas danken, das sie uns gelehrt hat – ich meine nicht die Vorschriften, denn die sind nach eisernen Regeln bestimmt, sondern den Geist, der in ihnen waltet.

Du kannst das ermessen, wenn ich sage: Wär ich letzten Mai auf freien Fuß gesetzt worden, wie ich es versuchte, ich hätte diesen Ort voll Abscheu verlassen und alle Beamten hier mit so bitterem Hass, dass er mein Leben vergiftet hätte. Ich musste noch ein Jahr im Kerker bleiben, aber Menschlichkeit war für uns alle ins Gefängnis eingezogen; und wenn ich jetzt loskomme, werde ich mich stets der großen Freundlichkeit erinnern, die ich hier fast von allen erfahren habe, und am Tag meiner Entlassung werde ich vielen vielmals danken und sie bitten, sich meiner mitunter zu erinnern.

Die Gefängniseinrichtungen sind durch und durch verkehrt. Ich gäbe alles darum, wenn ich hierin später Wandel schaffen könnte. Ich habe auch vor, es zu versuchen. Aber nichts in der Welt ist so verkehrt, dass der Geist der Humanität, der der Geist der Liebe ist, der Geist Christi, den man nicht in Kirchen antrifft, es, wenn auch nicht ins rechte Geleis bringen, so doch ohne allzu große Verbitterung erträglich machen könnte.

Ich weiß ferner, dass draußen vieles meiner harrt, was entzückend ist: von dem angefangen, was der heilige Franz von Assisi »meinen Bruder den Wind und meine Schwester das Wasser« nennt – beides eine Wonne –, bis zu den Schaufenstern und den Sonnenuntergängen der Großstädte. Wenn ich eine Liste machen wollte von alledem, was mir noch bleibt, ich wüsste nicht, wo ich aufhören sollte: Denn wahrlich, Gott hat die Welt ebenso gut für mich wie für irgendjemand erschaffen. Vielleicht trete ich hinaus im Besitz von etwas, das ich zuvor nicht hatte. Ich brauche Dir nicht zu sagen, dass für mich Moralreformen ebenso bedeutungslos und abgeschmackt sind wie theologische Reformen. Aber während es unwissenschaftliche Heuchelei wäre, wollte man sich vornehmen, ein besserer Mensch zu werden, ist es das Vorrecht dessen, der gelitten, ein tieferer Mensch geworden zu sein. Und das bin ich, glaube ich, geworden.

Gäbe nach meiner Entlassung einer meiner Freunde ein Fest und lüde mich nicht dazu ein, so wäre mir gar nichts daran gelegen. Ich kann mit mir selbst ganz glücklich sein. Mit Freiheit, Blumen, Büchern und dem Mond – wer könnte nicht ganz glücklich sein? Außerdem passen Feste nicht mehr zu mir. Ich habe zu viele gegeben, um ihnen noch einen Reiz abzugewinnen. Dieser Teil des Lebens ist für mich vorüber, sehr zu meinem Glück, möchte ich sagen. Aber wenn nach meiner Entlassung einer meiner Freunde einen Kummer hätte und mir nicht gestatten wollte, ihn zu teilen, das würde ich schmerzlich empfinden. Wenn er mir die Tore des Trauerhauses verschlösse, würde ich immer wieder kommen und um Einlass bitten, damit ich an dem Anteil hätte, wozu ich befugt wäre. Wenn er mich für unwürdig hielte, für ungeeignet, mit ihm zu weinen, würde ich es als die grausamste Erniedrigung betrachten, als die schrecklichste Art, auf die mir ein Schimpf zugefügt werden könnte. Aber das wäre ja gar nicht möglich. Ich habe ein Recht, den Gram zu teilen; wer die Lieblichkeit der Welt schauen, ihren Gram teilen und etwas von dem Wunderbaren, das in beiden liegt, ermessen kann, der steht in unmittelbarer Berührung mit göttlichen Dingen und ist Gottes Geheimnis so nahegekommen, wie es irgendjemand vermag.

Vielleicht dringt auch in meine Kunst, nicht minder als in mein Leben, eine noch tiefere Note, eine Note von größerer Einheitlichkeit der Leidenschaft und stärkerer Unmittelbarkeit. Intensität, nicht Extensität ist das wahre Ziel der modernen Kunst. Wir haben es in der Kunst nicht mehr mit dem Typus zu tun, sondern mit der Ausnahme. Ich kann meine Leiden nicht in eine Form bringen, die sie gehabt haben – das brauche ich kaum zu sagen. Die Kunst fängt erst da an, wo die Nachahmung aufhört; aber etwas muss in mein Werk kommen: ein vollerer Wortklang vielleicht, reichere Melodie, seltsamere Wirkungen, ein schlichteres architektonisches Gefüge – auf jeden Fall ästhetische Werte.

Als Marsyas ›aus der Scheide seiner Glieder gezogen wurde‹ – della vagina delie membre sue, um eins von Dantes furchtbarsten, taciteischen Bildern zu gebrauchen –, da war es mit seinem Lied zu Ende, sagten die Griechen. Apollo war Sieger geblieben. Die Hirtenflöte war der Leier unterlegen. Aber vielleicht befanden sich die Griechen im Irrtum. Ich höre in der modernen Kunst vielfach den Schrei des Marsyas: bitter bei Baudelaire, süß und klagend bei Lamartine, geheimnisvoll bei Verlaine. In den hingehaltenen Auflösungen der Chopinschen Musik. In dem Missvergnügen, das die immer wiederkehrenden Frauengesichter bei Burne-Jones umwittert. Sogar Matthew Arnold, dessen Lied des Callicles von dem »Triumph der süßen, eindrucksvollen Leier« und dem »berühmten schließlichen Sieg« in so hellen Tönen von lyrischer Schönheit erzählt – sogar er hat in der angstvollen Unterstimme seiner Verse, aus denen Zweifel und Pein klingen, ein Gutteil davon; weder Goethe noch Wordsworth konnten ihm helfen, obwohl er sich abwechselnd beiden anschloss. Und wenn er »Thyrsis« zu beklagen oder von dem »Zigeuner-Studenten« zu singen versucht, muss er zur Hirtenflöte greifen, um seine Stimmung wiederzugeben. Ob nun der phrygische Faun verstummt ist oder nicht: Ich kann nicht schweigen. Mir ist Darstellen eine Notwendigkeit, wie Treiben und Blühen den schwarzen Ästen der Bäume, die über die Gefängnismauern ragen und so ruhelos im Wind schwanken. Zwischen meiner Kunst und der Welt klafft jetzt eine weite Kluft, aber nicht zwischen der Kunst und mir. Ich hoffe es wenigstens nicht.

Einem jeden von uns ist ein anderes Los beschieden. Dir: Freiheit, Freuden, Vergnügungen, Wohlbehagen; mir sind öffentliche Schande, lange Kerkerhaft,

Elend, Bankrott, Entehrung zugefallen, doch ich bin es nicht wert – noch nicht zum Mindesten. Ich erinnere mich, davon gesprochen zu haben, ich dächte, eine wirkliche Tragödie ertragen zu können, wenn sie mir im Purpurmantel und in der Maske eines edlen Schmerzes nahe; das Schreckliche der Moderne sei dagegen, dass sie die Tragödie ins Gewand der Komödie stecke, wodurch die großen Wirklichkeiten alltäglich, grotesk oder stillos erschienen. Das mit der Moderne hat seine Richtigkeit. Auf das gegenwärtige Leben ist es vermutlich immer zugetroffen. Man hat behauptet, alle Martyrien kämen dem Zuschauer gemein vor. Das neunzehnte Jahrhundert macht keine Ausnahme von der Regel.

Alles an meiner Tragödie ist scheußlich, gemein, abstoßend, stillos gewesen; schon unsere Kleidung lässt uns grotesk erscheinen. Wir sind die Hanswürste des Leids. Wir sind Clowns mit gebrochenem Herzen. Wir haben die besondere Bestimmung, auf die Lachmuskeln zu wirken. Am 13. November 1895 hat man mich von London hierher geschafft. Von zwei bis halb drei Uhr nachmittags musste ich an diesem Tag in Sträflingskleidung und Handschellen auf dem mittleren Bahnsteig der Station Clapham Junction stehen, den Blicken der Welt ausgesetzt. Ich war aus der Krankenabteilung geholt worden, ohne auch nur eine Minute vorher darauf vorbereitet zu werden. Unter allen möglichen Verworfenen war ich der Groteskeste. Als mich die Leute sahen, lachten sie. Mit jedem neuen Zug, der ankam, vermehrten sich die Zuschauer. Ihr Spaß kannte keine Grenzen. Das war natürlich so, ehe sie wussten, wer ich war. Sobald sie es erfahren hatten, *lachten* sie noch mehr. Eine halbe Stunde lang stand ich im grauen Novemberregen da, vom johlenden Pöbel umringt.

Noch ein Jahr, nachdem mir das widerfahren, habe ich jeden Tag zur selben Stunde gleich lange geweint. Das ist nicht so tragisch, wie es Dir wahrscheinlich klingt. Denen, die im Gefängnis sitzen, sind Tränen ein Teil ihrer täglichen Erfahrung. Ein Tag im Gefängnis, an dem man nicht weint, ist ein Tag, an dem unser Herz verhärtet, kein Tag, an dem unser Herz glücklich ist.

Nun denn, ich bedaure allmählich die Leute, die lachten, wirklich mehr als mich. Als sie mich sahen, stand ich natürlich nicht auf meinem Piedestal, ich stand am Pranger. Aber ein ganz fantasieloses Wesen kümmert sich nur um Leute auf dem Piedestal. Ein Piedestal kann etwas sehr Unwirkliches sein; der Pranger ist eine fürchterliche Wirklichkeit. Sie hätten auch den Schmerz besser auslegen sollen. Ich sagte schon: Hinter dem Schmerz birgt sich stets Schmerz. Es wäre noch richtiger zu sagen: Hinter dem Schmerz birgt sich stets eine Seele. Und eine Seele in ihrer Qual verspotten ist etwas Grausiges. Wer das tut, dessen Leben ist unschön. In dem merkwürdig einfachen Haushalt der Welt bekommt man nur, was man fortgibt; kann man denen, die nicht genug Fantasie haben, die bloße Außenseite der Dinge zu durchschauen und Mitleid zu empfinden, ein anderes Mitleid zollen als das der Verachtung?

Ich schreibe diesen Bericht über meine Überführung in dieses Gefängnis nur nieder, damit es einleuchte, wie schwer es mir wurde, meiner Strafe irgendetwas anderes als Verbitterung und Verzweiflung abzugewinnen. Immerhin muss ich es tun, und ab und zu habe ich Momente der Ergebung und Unterwürfigkeit. In der einzelnen Knospe mag sich der ganze Frühling verstecken, und das Nest der Lerche in den Ackerfurchen kann alle Wonne umspannen, die dereinst dem Fuß mancher rosigen Morgenröte voraufeilt. So ist vielleicht auch alle Schönheit, die mir das Leben noch aufspart, in einem Augenblick der Hingabe, der Erniedrigung und Demütigung enthalten. Wie dem auch sei, ich kann lediglich in den Geleisen meiner eigenen Entwicklung weiterschreiten und dadurch, dass ich alles hinnehme, was mir widerfahren ist, mich dessen würdig erzeigen.

Man pflegte mir nachzusagen, ich sei zu individuell. Ich muss ein viel größerer Individualist werden, als ich je war. Ich muss weit mehr aus mir herausholen, als ich je tat, und weniger von der Welt heischen. Im Grunde war mein Verderben nicht die Folge eines zu großen, sondern eines zu geringen Individualismus. Der einzige schändliche, unverzeihliche und für alle Zeiten verächtliche Schritt meines Lebens bestand darin, dass ich mir erlaubte, die Gesellschaft um Hilfe und Schutz anzugehen. Vom individualistischen Standpunkt aus wäre es schon schlimm genug gewesen, derart bei ihr Zuflucht zu suchen; aber welche Entschuldigung lässt sich je zu meinen Gunsten vorbringen? Sobald ich einmal die Kräfte der Gesellschaft in Gang gebracht hatte, wandte sie sich selbstverständlich gegen mich und sagte: ›Du hast die ganze Zeit meinen Gesetzen zum Trotz gelebt und rufst nun diese Gesetze zum Schutz an? Man wird dich diese Gesetze in vollem Maß spüren lassen. Du sollst die Folgen davon tragen.‹ Das Ergebnis ist, dass ich im Kerker sitze. Und ich hab im Laufe meiner drei Prozesse die schmachvolle Ironie meiner Stellung bitter empfunden.

Sicher ist nie ein Mensch so schändlich und durch so schändliche Werkzeuge gefallen wie ich. An einer Stelle des »Dorian Gray« heißt es: »Man kann in der Wahl seiner Feinde nicht vorsichtig genug sein.« Ich ließ es mir nicht träumen, dass ich durch Parias selbst zum Paria werden sollte. Deshalb verachte ich mich so.

Das Philisterhafte im Leben besteht nicht in dem Unvermögen, die Kunst zu begreifen. Reizende Menschen, wie Fischer, Hirten, Pflüger, Bauern und dergleichen, wissen nichts von der Kunst und sind doch das Salz der Erde. Der ist der wahre Philister, der den schwerfälligen, lästigen, blinden, mechanischen Kräften der Gesellschaft Vorschub leistet und sie unterstützt, ohne die dynamische Kraft, wenn er sie in einem Menschen oder in einer Bewegung trifft, zu erkennen.

Man hat es mir entsetzlich verdacht, dass ich die Schädlinge des Lebens zu Tisch lud und an ihrer Gesellschaft Vergnügen fand. Jedoch von dem Standpunkt aus, von dem ich ihnen als Künstler im Leben nahetrete, waren sie herrlich anregende Reizmittel. Es war, wie wenn man mit Panthern schwelgte; die Gefahr war der halbe Rausch. Ich kam mir vor wie ein Schlangenbeschwörer, wenn er die Kobra durch seinen Lockruf dahin bringt, sich von dem bunten Tuch oder aus dem Rohrkorb zu erheben, und sie auf seinen Befehl ihr Schild breiten und in der Luft hin und her schwingen lässt, wie eine Pflanze geruhig im Strom schwingt. Sie waren für mich die leuchtendsten vergoldeten Schlangen, ihr Gift ein Teil ihrer Vollkommenheit. Ich wusste nicht, dass sie ihren Angriff auf mich nach der Pfeife eines anderen und gegen Bezahlung unternehmen sollten. Ich schäme mich keineswegs, sie gekannt zu haben, sie waren höchst interessant; wessen ich mich aber schäme, das ist der gräulich philiströse Dunstkreis, in den ich geschleppt wurde. Meine Beschäftigung als Künstler rief mich zu Ariel. Ich machte mich daran, mit Caliban zu ringen. Statt prachtvoll farbige, musikalische Werke zu schreiben, wie »Salome«, die »Florentinische Tragödie« und »La Sainte Courtisane«, zwang ich mir lange Advokatenbriefe ab und sah mich genötigt, mich unter den Schutz ebender Dinge zu begeben, gegen die ich mich von jeher verwahrt hatte. Clibborn und Atkins waren wundervoll in ihrem niederträchtigen Krieg gegen das Leben. Sie zu bewirten war ein erstaunliches Wagestück; der ältere Dumas, Cellini, Goya, Edgar Allan Poe, Baudelaire würden genau dasselbe getan haben. Abscheulich ist mir die Erinnerung an endlose Besuche, die ich dem Rechtsanwalt Humphreys machte: in dem grässlich blendenden Licht eines kahlen Zimmers saß ich da mit ernsthaftem Gesicht und redete einem glatzköpfigen Herrn ernsthafte Lügen vor, bis ich wirklich vor Langeweile ächzte und gähnte. Da befand ich mich so recht im Mittelpunkt von Philistäa, von allem entfernt, was schön, glänzend, wunderbar, kühn ist. Ich war als Vorkämpfer der Ehrbarkeit, der Sittenstrenge im Leben und der Moral in der Kunst aufgetreten. Voilà où mènent les mauvais chemins.

Und das Sonderbare für mich ist, dass Du versucht haben musst, Deinen Vater in seinen Hauptwesenszügen nachzuahmen. Ich kann nicht begreifen, warum er Dir ein Vorbild war, wo er ein warnendes Beispiel hätte sein sollen; nur dass überall, wo Hass zwischen zwei Menschen besteht, ein Band oder eine Brüderschaft irgendwelcher Art ist. Vermöge eines seltsamen Gesetzes der Antipathie des Ähnlichen verabscheutet ihr einander wohl, nicht weil ihr in so vielen Punkten so verschieden, sondern weil ihr in etlichen so gleich wart. Im Juni 1893, als Du Oxford verließest, ohne akademischen Grad und mit Schulden, an sich gering, doch beträchtlich für einen Mann vom Einkommen Deines Vaters, schrieb er Dir einen sehr gemeinen, rohen, beleidigenden Brief. Der Brief, den Du als Antwort darauf sandtest, war in jeder Beziehung schlimmer und natürlich weit weniger entschuldbar, und deshalb warst Du äußerst stolz auf ihn. Ich erinnere mich noch ganz gut, Du sagtest zu mir mit Deinem dünkelhaftesten Gebaren, Du könnest Deinen Vater »in seinem eigenen Gewerbe« schlagen. Ganz richtig. Doch was für ein Gewerbe! Was für ein Wettbewerb! Du pflegtest Deinen Vater zu verlachen und zu höhnen, weil er sich aus dem Haus Deines Vetters, wo er wohnte, entfernte, um Schmutzbriefe aus einem benachbarten Hotel an ihn zu schreiben. Du pflegtest es mit mir ebenso zu halten. Du aßest mittags ständig mit mir in einem öffentlichen Restaurant, schmolltest oder führtest während des Essens einen Auftritt herbei, zogst Dich dann in White's Klub zurück und schriebst mir einen hundsgemeinen Brief. Der einzige Unterschied zwischen Dir und Deinem Vater war der, dass Du, nachdem Du Deinen Brief an mich durch Eilboten abgesandt hattest, einige Stunden später zu mir in die Wohnung kamst, nicht um Dich zu entschuldigen, sondern um zu erfahren, ob ich schon das Abendessen im Savoy bestellt hätte, und wenn nicht, warum nicht. Manchmal kamst Du tatsächlich, ehe der beleidigende Brief gelesen war. Ich erinnere mich einer Gelegenheit, da hattest Du mich gebeten, zum Lunch ins Café Royal zwei Deiner Freunde einzuladen, von denen ich einen nie im Leben gesehen hatte. Ich tat es und bestellte auf Deinen besonderen Wunsch ein besonders üppiges Mahl. Der Küchenchef – ich seh ihn noch – wurde geholt und ins einzelne gehende Weisungen für die Weine gegeben. Statt zum Essen zu kommen, schicktest Du mir ins Café einen Schmähbrief, der so der Zeit nach abgemessen war, dass er mich erreichte, nachdem wir eine halbe Stunde auf Dich gewartet hatten. Ich las die erste Zeile und wusste Bescheid, steckte den Brief in die Tasche und verständigte Deine Freunde, Du seist plötzlich erkrankt; der übrige Brief handle von den Krankheitserscheinungen. Tatsächlich las ich den Brief erst, als ich mich in der Tite Street abends zum Essen umzog. Ich hielt mitten in seinem Schlamm, voll unendlicher Trauer, wie Du Briefe schreiben konntest, die wirklich dem Schaum und Gischt auf den Lippen eines Epileptikers glichen, da wurde mir gemeldet, Du seist in der Diele und möchtest mich unbedingt fünf Minuten sprechen. Ich ließ Dich sogleich heraufholen. Du sahst, ich gebe es zu, verstört und bleich aus, wolltest mich um Rat und Beistand bitten, da Dir zu Ohren gekommen war, dass jemand aus dem Büro des Anwalts Lumley sich nach Dir in Cadogan-Place erkundigt hatte, und warst in Angst, Deine Oxforder Ungelegenheit oder eine neue Gefahr steige drohend herauf. Ich tröstete Dich, sagte Dir, wie es sich nachher herausstellte, wahrscheinlich sei es nur die Rechnung eines Geschäftsmannes, ließ Dich zum Essen bleiben und den Abend bei mir verbringen. Du erwähntest mit keiner Silbe Deinen grässlichen Brief; ich auch nicht. Ich behandelte ihn einfach als unglückliches Symptom eines unglücklichen Temperaments. Der Gegenstand wurde nicht berührt. Mir um ½3 einen widerwärtigen Brief zu schreiben und um ¼8 desselben Nachmittags zu mir zu stürzen auf der Suche nach Hilfe und Mitgefühl, war ein durchaus gewöhnlicher Vorfall in Deinem Leben. Du gingst noch über Deinen Vater in solchen Gepflogenheiten hinaus, wie auch in anderen. Als seine empörenden Briefe an Dich vor Gericht verlesen wurden, schämte er sich natürlich und tat so, als ob er weine. Wären Deine Briefe an ihn von seinem Anwalt vorgelesen worden, jedermann hätte noch mehr Entsetzen und Widerwillen empfunden. Und nicht nur stilistisch schlugst Du ihn »in seinem eigenen Gewerbe«, sondern in der Angriffsart ließest Du ihn weit hinter Dir. Du bedientest Dich des öffentlichen Telegramms und der offenen Postkarte. Ich meine, Du hättest solche Formen der Drangsalierung Leuten wie Alfred Wood überlassen sollen, deren einzige Einnahmequelle sie ist. Nicht? Was ihm und seinem Stand Beruf war, war Dir eine Freude – eine sehr üble. Du hast auch Deine schauderhafte Angewohnheit, beleidigende Briefe zu schreiben, niemals aufgegeben nach allem, was mir durch sie und ihretwegen widerfahren ist. Du siehst noch immer darin bei Dir ein Talent und wendest es meinen Freunden oder denen gegenüber an, die gut zu mir im Gefängnis gewesen sind, wie Robert Sherard und andere. Das ist schändlich von Dir. Als Robert Sherard von mir erfuhr, ich wünsche nicht, dass Du einen Aufsatz über mich im »Mercure de France« veröffentlichest, mit Briefen oder ohne, hättest Du ihm dankbar sein sollen, dass er meine Wünsche in dieser Sache ermittelt und Dich davor bewahrt hatte, mir, ohne es zu wollen, noch mehr Schmerz zuzufügen, als Du es bereits getan. Du musst doch bedenken: Ein gönnerhafter, philiströser Brief über »faire Behandlung« für einen »Mann, der am Boden liegt«, ist ganz schön und gut für eine englische Zeitung. Er setzt die Traditionen der englischen Presse hinsichtlich ihrer Haltung gegenüber Künstlern fort. Aber in Frankreich hätte ein solcher Ton mich der Lächerlichkeit, Dich der Verachtung preisgegeben. Ich hätte einen Aufsatz erst gestatten können, wenn ich seinen Zweck, sein Wesen, die Art, wie er angefasst wird, und dergleichen gekannt hätte. In der Kunst sind gute Absichten nicht vom geringsten Wert. Alle schlechte Kunst ist die Folge guter Absichten.

Auch ist Robert Sherard nicht der einzige Freund von mir, an den Du beißende und bittere Briefe gerichtet hast, weil man dachte, meine Wünsche und Gefühle sollten in Angelegenheiten berücksichtigt werden, die mich betreffen, wie die Veröffentlichung von Aufsätzen über mich, die Widmung Deiner Gedichte, die Rückgabe meiner Briefe und Geschenke und dergleichen. Du hast auch andere belästigt oder zu belästigen gesucht.

Kommt es Dir je in den Sinn, in einer wie furchtbaren Lage ich mich die letzten beiden Jahre, während meiner entsetzlichen Strafzeit, befunden hätte, wenn ich auf Dich als Freund angewiesen wäre? Denkst Du je daran? Fühlst Du je Dankbarkeit denen gegenüber, die durch maßlose Güte, grenzenlose Ergebenheit, heitere Freude am Schenken mir meine schwarze Last erleichtert, mich immer wieder besucht, mir schöne, teilnehmende Briefe geschrieben, meine Angelegenheiten für mich besorgt, für mein künftiges Leben Vorkehrungen getroffen und zu mir gehalten haben, der Verleumdung, Stichelei, dem offenen Hohn, ja selbst Beleidigungen zum Trotz? Ich verdanke ihnen alles. Sogar die Bücher in meiner Zelle hat Robbie von seinem Taschengeld bezahlt; aus derselben Quelle sollen mir, wenn ich entlassen werde, Kleider zukommen. Ich schäme mich nicht, zu nehmen, was in herzlicher Liebe geschenkt wird; ich bin stolz darauf. Ja wahrhaftig, ich denke an meine Freunde, an More Adey, Robbie, Robert Sherard, Frank Harris, Arthur Clifton, und daran, was sie mir *durch ihre Hilfe*, Liebe und Teilnahme gewesen sind. Das ist Dir wohl nie aufgegangen. Und doch – wenn Du einen Funken Einbildungskraft in Dir hättest –

wüsstest Du, dass es nicht einen Menschen gibt, der nicht gut zu mir war in meinem Gefängnisleben, bis herab zu dem Wärter, der mir ›Guten Morgen‹ und ›Gute Nacht‹ wünscht (keine seiner vorgeschriebenen Pflichten), bis herab zu den gemeinen Schutzmännern, die in ihrer vertraulichen, rauen Art mich zu trösten suchten, als ich zum Konkursgerichtshof und zurück im Zustand schrecklicher Seelennot fuhr – bis herab zu dem armen Dieb, der mich erkannte, als wir im Gefängnishof zu Wandsworth die Runde machten, und mir mit der heiseren Kerkerstimme, die man von langem unfreiwilligen Schweigen bekommt, die Worte zuflüsterte: »Sie tun mir leid; es trifft einen Ihresgleichen härter als unsereinen« – nicht einen von allen, sag ich, vor dem niederzuknien und ihm den Staub von den Schuhen zu wischen Du nicht zu stolz sein solltest.

Hast Du genug Einbildungskraft, zu sehen, was für eine furchtbare Tragödie es für mich war, Deiner Familie in den Weg gelaufen zu sein? Was für eine Tragödie es für jeden gewesen wäre, der eine große Stellung, einen großen Namen, irgendetwas von Bedeutung zu verlieren hatte? Unter den älteren Deiner Familienangehörigen ist kaum einer – mit Ausnahme von Percy, der wirklich ein guter Kerl ist –, der nicht in gewisser Beziehung zu meinem Untergang beigetragen hat.

Ich habe von Deiner Mutter nicht ohne Bitterkeit zu Dir gesprochen, und ich rate Dir dringend, sie diesen Brief sehen zu lassen, hauptsächlich in Deinem eigenen Interesse. Wenn es schmerzlich für sie ist, eine solche Anklage gegen einen ihrer Söhne zu lesen, so mag sie bedenken, dass meine Mutter, die geistig mit Elizabeth Barrett-Browning und historisch mit Madame Roland auf einer Stufe steht, an gebrochenem

Herzen starb, weil der Sohn, auf dessen Begabung und Kunst sie stolz gewesen war und in dem sie von jeher den würdigen Fortsetzer eines erlauchten Namens gesehen hatte, zu zweijähriger Tretmühle verurteilt worden war.

Du wirst mich fragen, in welcher Weise Deine Mutter zu meinem Verderben beitrug. Ich will es Dir sagen. Genauso, wie Du bestrebt warst, alle Deine unmoralischen Verantwortlichkeiten auf mich abzuwälzen, war es Deine Mutter, alle ihre moralischen Verantwortlichkeiten in Bezug auf Dich mir zuzuschieben. Statt geradezu mit Dir über Dein Leben zu sprechen, wie es Pflicht einer Mutter ist, schrieb sie immer privat an mich mit ernsten, furchtsamen Bitten, Dich nicht wissen zu lassen, dass sie an mich schreibe. Du siehst, in welche Stellung ich zwischen Dich und Deine Mutter gerückt wurde. Sie war so falsch, albern und tragisch wie die, in welche ich zwischen Dir und Deinem Vater geriet. Im August 1892 und am 8. November desselben Jahres hatte ich zwei lange Unterredungen mit Deiner Mutter über Dich. Beide Male fragte ich sie, warum sie nicht direkt mit Dir spreche. Beide Male gab sie mir dieselbe Antwort: »Ich habe Angst; er wird so ärgerlich, wenn man mit ihm spricht.« Das erste Mal kannte ich Dich so wenig, dass ich nicht verstand, was sie meinte. Das zweite Mal kannte ich Dich so gut, dass ich es durchaus verstand. (In der Zwischenzeit hattest Du einen Anfall von Gelbsucht gehabt, solltest auf Verordnung des Arztes hin eine Woche nach Bournemouth gehen und hattest mich veranlasst mitzukommen, weil Du das Alleinsein hasstest.) Aber die erste Pflicht einer Mutter ist: keine Angst zu haben, mit ihrem Sohn ernstlich zu sprechen. Hätte Deine Mutter ernstlich mit Dir gesprochen über die Unannehmlichkeit, in der sie Dich im Jahre 1892 sah, und Dich bewogen, Dich ihr anzuvertrauen, es wäre schließlich für euch beide viel besser und viel segensreicher gewesen. Alle diese versteckten, heimlichen Mitteilungen an mich waren verkehrt. Was hatte es für einen Zweck, dass Deine Mutter mir zahllose, auf dem Umschlag als »privat« bezeichnete Briefchen schickte mit der Bitte, Dich nicht so oft zum Essen einzuladen und Dir kein Geld zu geben, wobei jeder Brief mit einer ernsten Nachschrift endete: »Lassen Sie Alfred um keinen Preis wissen, dass ich an Sie geschrieben habe.« Was konnte aus einer solchen Korrespondenz Gutes entstehn? Hast Du je darauf gewartet, zum Essen eingeladen zu werden? Nie. Du nahmst die Mahlzeiten als etwas Selbstverständliches mit mir ein. Wenn ich dagegen Einspruch erhob, hattest Du immer eine Bemerkung: »Wenn ich nicht mit Dir esse, wo soll ich denn essen? Du glaubst doch nicht, dass ich zu Hause essen werde.« Das war unwiderlegbar. Und wenn ich Dich unter keinen Umständen mit mir essen lassen wollte, drohtest Du stets damit, eine Dummheit zu machen, und tatest es auch. Was für eine mögliche Folge konnten Briefe haben, wie Deine Mutter sie mir schickte, außer der, die eingetreten ist: ein törichtes, verhängnisvolles Abwälzen der moralischen Verantwortlichkeit auf meine Schultern! Von den mannigfachen Einzelheiten, in denen sich die Schwäche Deiner Mutter und ihr Mangel an Mut als so verderblich für sie, Dich und mich erwiesen, will ich nicht mehr sprechen; aber wahrhaftig, als sie hörte, dass Dein Vater in mein Haus drang, um eine widerliche Szene zu machen und einen öffentlichen Skandal herbeizuführen, da hätte sie sehen können, dass eine schwere Krise bevorstand, und Schritte tun sollen, sie zu vermeiden zu suchen. Doch ihr fiel nichts

Besseres ein, als den gescheiten George Wyndham mit seiner geschmeidigen Zunge zu mir zu schicken; sein Vorschlag war – was? Ich solle Dich allmählich »links liegen lassen«. Als ob für mich eine Möglichkeit gewesen wäre, Dich »allmählich« links liegen zu lassen! Ich hatte auf jede mögliche Art versucht, unsere Freundschaft zu beenden, war so weit gegangen, England tatsächlich zu verlassen und eine falsche Adresse im Ausland anzugeben in der Hoffnung, mit einem Schlag ein Band zu zerreißen, das mir lästig, verhasst und verderblich geworden war. Glaubst Du, ich hätte Dich »allmählich« links liegen zu lassen vermocht? Glaubst Du, damit wäre Deinem Vater Genüge geschehn? Du wusstest, dass es nicht der Fall war. Was Dein Vater wollte, war nicht der Abbruch unserer Freundschaft, sondern ein öffentlicher Skandal. Danach strebte er. Sein Name hatte jahrelang nicht in den Zeitungen gestanden. Er sah die Gelegenheit, vor dem britischen Publikum in einer ganz neuen Rolle zu erscheinen: in der des liebenden Vaters. Sein Humor war angereizt. Hätte ich meine Freundschaft mit Dir gelöst, es wäre eine schreckliche Enttäuschung für ihn gewesen, und das bisschen Stadtgespräch einer zweiten Ehescheidung, wenn sie in ihren Einzelheiten und ihrem Anlass auch noch so empörend war, hätte ihm nur schwachen Trost gespendet. Denn sein Ziel war: Popularität und sich aufzublähen als, wie man es nennt, Vorkämpfer der Sittenstrenge – im gegenwärtigen Zustand des britischen Publikums das sicherste Verfahren, für den Augenblick eine heroische Gestalt zu werden. Von diesem Publikum hab ich in einem meiner Stücke gesagt, es sei in der einen Hälfte des Jahres Caliban, in der anderen Tartüff; und Dein Vater, in dem beide Charaktere, wie man wohl sagen darf, ihre Verkörperung fanden, war somit abgestempelt als der eigentliche Vertreter des Puritanertums in seiner aggressiven und bezeichnendsten Form. Dich allmählich links liegen zu lassen hätte nichts genützt, selbst wenn es ausführbar gewesen wäre. Fühlst Du jetzt nicht, dass das Einzige, was Deine Mutter hätte tun sollen, war: Dich zu bitten, zu ihr zu kommen, mich und Deinen Bruder dabeizuhaben und auf das Bestimmteste zu erklären, die Freundschaft müsse unbedingt aufhören. Sie hätte in mir ihren wärmsten Fürsprecher gefunden und brauchte, da Drumlanrig und ich zugegen waren, keine Angst zu haben, mit Dir zu sprechen. Sie hat es nicht getan. Sie hatte Angst vor der Verantwortung und suchte sie auf mich abzuwälzen. Einen Brief hat sie allerdings an mich geschrieben. Er war nur kurz und sprach die Bitte aus, das Schreiben des Anwalts an Deinen Vater mit der Aufforderung, Weiteres zu unterlassen, nicht abzuschicken. Sie hatte ganz recht. Es war lächerlich von mir, Anwälte zurate zu ziehen und Schutz bei ihnen zu suchen. Doch sie machte jede Wirkung, die ihr Brief hätte haben können, durch ihr gewöhnliches Postskriptum zunichte: »Lassen Sie Alfred um keinen Preis wissen, dass ich an Sie geschrieben habe.« Du warst berauscht von dem Gedanken, dass ich an Deinen Vater sowohl wie Dich Advokatenbriefe schickte. Es geschah auf Deine Anstiftung hin. Ich konnte Dir nicht sagen, dass Deine Mutter stark dagegen war, denn sie hatte mich durch feierlichste Versprechungen gebunden, Dir nie ein Wort über ihre Briefe an mich zu sagen, und ich habe törichterweise mein Versprechen ihr gegenüber gehalten.

Siehst Du nicht, dass es falsch von ihr war, nicht mit Dir direkt zu sprechen? Dass all die Hintertreppenunterredungen mit mir und der Kolportage-Briefwechsel falsch waren? Niemand kann seine Verantwortung einem anderen zuschieben. Sie kehrt letzten Endes immer zu dem eigentlichen Besitzer zurück. Deine eine Vorstellung vom Leben, Deine eine Philosophie, sofern man auf Dein Konto eine Philosophie setzen darf, war: was Du auch tatest, ein anderer musste dafür bezahlen, ich meine nicht nur im finanziellen Sinne – das war einfach die praktische Anwendung Deiner Philosophie auf das Alltagsleben –, sondern im weitesten, vollsten Sinne übertragener Verantwortlichkeit. Die machtest Du zu Deinem Glaubensbekenntnis. Sie hatte großen Erfolg, soweit sie kam. Du zwangst mich in einen Prozess hinein, weil Du wusstest, dass Dein Vater Dein Leben oder Dich in keiner Weise angreifen und dass ich beide bis zum Äußersten verteidigen und alles auf meine Schultern nehmen würde, was man mir aufdrängte. Du hattest ganz recht. Dein Vater und ich, jeder selbstverständlich aus anderen Beweggründen, taten genau das, womit Du rechnetest. Doch irgendwie bist Du, trotz allem, nicht heil davongekommen. Die »Theorie vom Kinde Samuel«, wie man sie der Kürze halber nennen kann, ist ja sehr schön in den Augen von Hinz und Kunz. Sie mag in London weidlich verspottet und in Oxford ein bisschen belächelt werden, aber doch nur deswegen, weil es ein paar Menschen gibt, die Dich an jedem Ort kennen, und weil Du an jedem Ort Wegspuren zurückgelassen hast. Außerhalb einer kleinen Gruppe in diesen beiden Städten sieht die Welt in Dir den guten Mann, der von dem bösen, unmoralischen Künstler um ein Haar zu Missetaten verführt worden wäre, doch gerade noch im rechten Augenblick von seinem gütigen, liebenden Vater gerettet wurde. Das klingt herrlich. Und doch, Du weißt, Du bist nicht heil davongekommen. Ich meine damit nicht eine dumme, von einem dummen Geschworenen gestellte Frage, die von der Staatsanwaltschaft und dem Vorsitzenden natürlich mit Verachtung behandelt wurde. Darauf legte keiner Wert. Ich meine: vielleicht im Prinzip vor Dir selbst, in Deinen Augen. Eines Tages wirst Du über Dein Verhalten nachdenken müssen; Du bist nicht, kannst nicht ganz zufrieden sein mit der Wendung, die die Dinge genommen haben. Im Stillen musst Du mit reichlicher Scham an Dich denken. Eine eherne Stirn der Welt zu zeigen ist etwas Großartiges; aber dann und wann, wenn Du allein bist und keine Zuschauer hast, musst Du wohl die Maske abnehmen, um atmen zu können. Sonst fürwahr würdest Du ersticken.

Und ebenso muss Deine Mutter zuzeiten bedauern, dass sie ihre schwere Verantwortung auf jemand anders zu schieben suchte, der schon eine genügend große Last zu tragen hatte. Sie vertrat die Stelle beider Eltern an Dir. Hat sie wirklich die Pflichten auch nur eines Teiles erfüllt? Wenn ich mit Deiner Heftigkeit und Deinen Auftritten Nachsicht hatte, hätte sie auch damit fertig werden können. Als ich meine Frau zuletzt sah – es sind jetzt vierzehn Monate her –, sagte ich ihr, sie werde unserem Cyril Vater sowohl wie Mutter sein müssen. Ich erzählte ihr alles von der Art, wie Deine Mutter Dich behandelte, mit jeder in diesem Brief dargestellten Einzelheit, nur viel ausführlicher natürlich. Ich gab ihr die Gründe an für die zahllosen Briefe mit »privat« auf dem Umschlag, die in der Tite Street von Deiner Mutter eintrafen, so regelmäßig, dass meine Frau lachend sagte, wir müssten wohl einen Gesellschaftsroman oder etwas Ähnliches gemeinsam verfassen. Ich beschwor sie, an Cyril nicht so zu handeln wie Deine Mutter an Dir. Ich sagte ihr, sie solle ihn so erziehen, dass, wenn er unschuldiges Blut vergösse, er zu ihr käme und es ihr anvertraue, damit sie ihm erst die Hände reinwasche und nachher beibringe, wie er durch Reue oder Sühne seine Seele später reinwaschen könne. Ich sagte ihr, wenn sie fürchte, die Verantwortung für das Leben eines anderen, sei es selbst ihr eigenes Kind, auf sich zu nehmen, möge sie einen Vormund zu ihrer Unterstützung bestellen lassen. Das hat sie, wie ich mich zu sagen freue, getan. Ihre Wahl ist auf Adrian Hope gefallen, einen Mann von hoher Abkunft und Bildung und edlem Charakter, ihren Vetter, den Du einmal in der Tite Street getroffen hast, und bei ihm haben Cyril und Vyvyan gute Aussicht auf eine schöne Zukunft. Deine Mutter hätte, wenn sie Angst hatte, ernst mit Dir zu reden, jemand von ihren eigenen Verwandten auswählen sollen, auf den Du vielleicht gehört hättest. Aber sie hätte nicht Angst haben sollen. Sie hätte Dir tüchtig Bescheid sagen und die Stirn bieten sollen. Sieh Dir doch das Ergebnis an. Ist sie befriedigt und froh?

Ich weiß, sie misst mir die Schuld bei. Ich höre es, nicht von Leuten, die Dich kennen, sondern von Leuten, die Dich nicht kennen und nicht kennen wollen. Ich höre oft davon. Sie spricht zum Beispiel von dem Einfluss des älteren auf den jüngeren Mann. Sie bekennt sich mit Vorliebe zu diesem Standpunkt, da er bei der landläufigen Voreingenommenheit und Unwissenheit immer seine Wirkung tut. Ich brauche Dich nicht zu fragen, welchen Einfluss ich auf Dich hatte. Du weißt, ich hatte keinen. Du rühmtest Dich häufig dessen, dass ich keinen hatte – das Einzige, worauf stolz zu sein Du alle Ursache hattest. Was war tatsächlich an Dir, das sich beeinflussen ließ? Dein Verstand? Er war unentwickelt. Deine Fantasie? Sie war tot. Dein Herz? Es war noch nicht geboren. Von allen Menschen, die je meinen Weg gekreuzt haben, warst

Du der eine und Einzige, den ich in keiner Weise nach keiner Richtung hin zu beeinflussen vermochte.

Als ich hilflos und fieberkrank, von Dir angesteckt, zu Bett lag, hatte ich auf Dich nicht so viel Einfluss, dass ich Dich bewegen konnte, mir auch nur einen Becher Milch zum Trinken zu holen oder nachzusehen, dass es mir nicht an den üblichen Bedarfsgegenständen des Krankenzimmers fehle, oder Dir die Mühe zu nehmen, zweihundert Meter weit in eine Buchhandlung zu fahren und mir auf meine Kosten ein Buch zu beschaffen. Als ich mitten in der Arbeit des Schreibens war und Komödien verfasste, die Congreve an Geist, den jüngeren Dumas an Weltweisheit und jeden anderen wohl in jedem anderen Vorzug übertreffen sollten, hatte ich bei Dir nicht so viel Einfluss, Dich dahin zu bringen, dass Du mich ungestört ließest, wie es der Künstler sein soll. Überall, wo mein Schreibzimmer war, war es für Dich die übliche Diele, ein Raum, in dem sich rauchen, Weißwein mit Selterwasser trinken und über albernes Zeug plaudern ließ. Der »Einfluss des älteren auf den jüngeren Mann« ist eine famose Theorie, bis sie mir zu Ohren kommt. Dann wird sie grotesk. Wenn sie Dir zu Ohren kommt, lächelst Du wohl – vor Dir selbst bist Du gewiss dazu befugt.

Ich höre auch viel davon, was Deine Mutter über den Geldpunkt sagt. Sie bemerkt, was durchaus richtig ist, sie habe mich unaufhörlich ersucht, Dich nicht mit Geld zu versehen. Ich gebe es zu. Ihre Briefe waren zahllos, und die Nachschrift: »Bitte, lassen Sie Alfred nicht wissen, dass ich an Sie geschrieben habe« kommt in allen vor. Aber es machte mir keinen Spaß, für Dich jede Einzelheit bezahlen zu müssen, vom Rasieren in der Frühe bis zur Droschke um Mitternacht. Es war eine Mordsplage. Ich habe Dir deswegen immer und immer wieder Vorhaltungen gemacht. Ich habe Dir wiederholt gesagt – Du erinnerst Dich doch, nicht wahr? –, wie sehr es mir zuwider sei, dass Du in mir eine »nützliche« Person sähest, während der Künstler und die Kunst selbst ihrem innersten Wesen nach ganz nutzlos seien. Du wurdest sehr böse, sooft ich es zu Dir sagte. Die Wahrheit hat Dich immer böse gemacht. Die Wahrheit ist freilich ein Ding, das anzuhören und zu äußern höchst schmerzlich ist. Aber sie hat Dich Deine Anschauungen oder Deinen Lebenszuschnitt nicht ändern lassen. Jeden Tag musste ich für jede Einzelheit zahlen, die Du den ganzen Tag über tatest. Nur ein Mensch von sinnloser Gutmütigkeit oder unbeschreiblicher Torheit hätte es getan. Leider war ich die vollkommene Vereinigung von beidem. Wenn ich zu verstehen gab, Deine Mutter solle Dich mit dem nötigen Geld versorgen, hattest Du stets eine sehr hübsche, würdevolle Antwort. Du sagtest, die ihr von Deinem Vater ausgesetzte Rente – einige 1500 Pfund im Jahr, glaube ich – sei für die Bedürfnisse einer Dame ihres Standes ganz unzureichend und Du wollest sie nicht um mehr Geld angehen, als Du schon bekämest. Du hattest darin ganz recht, dass ihre Rente für eine Dame ihres Standes und Geschmacks durchaus unschicklich war; doch Du hättest das nicht zum Vorwand nehmen sollen, im Überfluss von mir zu leben: Es hätte im Gegenteil für Dich ein Fingerzeig zur Sparsamkeit in Deiner eigenen Lebensführung sein sollen. Tatsache ist: Du warst und bist vermutlich noch immer ein typischer Gefühlsschwärmer. Denn der ist ein Gefühlsschwärmer, der sich den Luxus einer Gemütsregung leisten möchte, ohne dafür zu bezahlen. Deiner Mutter Tasche schonen zu wollen war schön; es auf meine Kosten zu tun war hässlich.

Gefühlskräfte sind, wie ich an einer Stelle der »Intentions« sage, in ihrer Ausdehnung und Dauer ebenso begrenzt wie die Kräfte körperlicher Energie. Der kleine Becher, der ein gewisses Quantum fassen soll, kann so viel aufnehmen und nicht mehr, wenn auch alle Purpurfässer Burgunds bis zum Rand mit Wein gefüllt sind und die Kelterer bis an die Knie in der Traubenlese der gerölligen Weinberge Spaniens stehen. Kein Irrtum ist weiter verbreitet als der, dass Menschen, welche große Tragödien verursachen oder veranlassen, die der tragischen Stimmung entsprechenden Gefühle teilen; kein Irrtum verhängnisvoller, als das von ihnen zu erwarten. Der Märtyrer in seinem »Flammenhemd« erschaut vielleicht das Antlitz Gottes, aber dem, der die Reisigbündel aufschichtet oder das Holz lockert, damit der Wind hindurchblasen kann, bedeutet die ganze Szene nicht mehr als dem Metzger, wenn er einen Ochsen schlachtet, dem Köhler im Wald, wenn er einen Baum fällt, oder einem, der das Gras mit der Sense mäht, wenn eine Blume umsinkt. Große Leidenschaften sind für große Seelen, und große Ereignisse können nur von denen erkannt werden, die auf gleicher Höhe mit ihnen stehen.

Ich denke, wenn Du auf Dein Verhalten gegen das Einkommen Deiner Mutter und auf Dein Verhalten gegen mein Einkommen zurückschaust, wirst Du nicht stolz auf Dich sein, und vielleicht dürftest Du eines Tages, wenn Du diesen Brief Deiner Mutter nicht zeigst, ihr auseinandersetzen, dass in Deiner Art, von mir zu leben, meine Wünsche keinen Augenblick berücksichtigt wurden. Es war einfach eine besondere und für mich persönlich höchst betrübende Form, die Deine Verehrung für mich annahm. Dich für die kleinsten wie die größten Summen von mir abhängig zu machen, lieh Dir in Deinen eigenen Augen allen

Zauber der Kindheit, und indem Du mich beharrlich für jede Deiner Freuden zahlen ließest, dachtest Du, das Geheimnis ewiger Jugend gefunden zu haben. Ich bekenne, es schmerzt mich, wenn ich von den Bemerkungen Deiner Mutter über mich höre, und ich bin sicher, Du wirst mir bei etlichem Nachdenken zugeben: Wenn sie kein Wort des Bedauerns oder Mitleids für das Verderben hat, das Deine Sippe über mich heraufbeschworen, dann wäre es besser, sie schwiege. Selbstverständlich braucht sie nicht den Abschnitt dieses Briefes zu sehen, der von einer geistigen Entwicklung handelt, die ich durchgemacht habe, oder von einem Punkt der Wegfahrt, den ich hoffentlich erreiche. Es würde sie nicht interessieren. Aber die lediglich mit Deinem Leben beschäftigten Teile würde ich ihr zeigen, wenn ich Du wäre.

Wenn ich Du wäre, dann hätte ich keine Lust, unter falschen Vorspiegelungen geliebt zu werden. Es gibt keinen Grund, warum ein Mensch sein Leben der Welt zeigen soll. Die Welt versteht Dinge nicht. Aber mit Menschen, deren Liebe man will, ist es anders.

Ein guter Freund von mir, der sich in zehn Jahren bewährt hat, besuchte mich unlängst und sagte mir, er glaube von all dem, was gegen mich vorgebracht werde, kein einziges Wort; er gab mir zu verstehen, dass er von meiner Unschuld überzeugt sei und mich für das Opfer eines abscheulichen Komplotts halte. Ich brach in Tränen aus, als er so zu mir sprach, und sagte ihm, viele Punkte der Anklage, die mir schließlich zur Last gelegt wurden, seien völlig unwahr und mit empörender Tücke auf mich übertragen worden, mein Leben jedoch sei voll perverser Freuden und absonderlicher Leidenschaften gewesen, und wenn er sich nicht mit dieser Tatsache abfinde und sie sich deutlich vergegenwärtige, dann könne ich unmöglich länger sein Freund sein oder je wieder in seiner Gesellschaft weilen. Es war ein fürchterlicher Schlag für ihn; aber wir sind noch befreundet, und ich habe seine Freundschaft nicht unter falschen Vorspiegelungen erschlichen. Ich habe Dir gesagt: Die Wahrheit sprechen ist etwas Peinliches; Lügen sagen müssen ist viel schlimmer.

Es war während meines letzten Prozesses, ich saß auf der Sünderbank und lauschte Lockwoods niederschmetternder Anklage; sie hörte sich an wie eine Stelle aus Tacitus, ein Vers aus Dante, eine von Savonarolas Brandreden wider die römischen Päpste. Mich packte der Ekel bei dem, was mein Ohr vernahm. Da plötzlich fuhr's mir durch den Kopf: ›Wie großartig wär es, wenn ich all das selbst über mich aussagte!‹ Sofort leuchtete mir ein: Das, was von einem Menschen gesagt wird, ist nichts; es kommt darauf an, wer es sagt. Der höchste Augenblick eines Menschen – daran hege ich nicht den mindesten Zweifel – ist der, wenn er im Staub niederkniet, sich an die Brust schlägt und alle Sünden seines Lebens bekennt.

So auch mit Dir. Du würdest viel glücklicher sein, wenn Du Deine Mutter wenigstens ein bisschen von Deinem Leben durch Dich selbst erfahren ließest. Ich habe ihr ein gut Teil davon im Dezember 1893 erzählt, war aber natürlich zu Verschweigungen und Allgemeinheiten gezwungen. Es hat ihr anscheinend in ihrem Verhältnis zu Dir nicht mehr Mut eingeflößt. Im Gegenteil: Sie vermied es geflissentlicher denn je, die Wahrheit anzuschauen. Wenn Du selbst mit ihr sprächest, wäre es anders. Meine Worte sind vielleicht oft zu bitter für Dich, aber die Tatsachen kannst Du nicht leugnen. Die Dinge sind gewesen, wie ich gesagt habe, und wenn Du diesen Brief sorgfältig gelesen hast, wie Du es tun solltest, hast Du Dir Aug in Auge gegenübergestanden.

Ich habe Dir jetzt geschrieben, und zwar sehr ausführlich, damit Dir zum Bewusstsein komme, was Du mir vor meiner Gefängniszeit, während jener drei Jahre einer verhängnisvollen Freundschaft, warst; was Du mir während meiner Gefängniszeit gewesen bist, die nun in zwei Monden bereits vor ihrer Vollendung steht; und was ich mir selbst und anderen zu sein hoffe, wenn meine Gefängniszeit vorüber ist.

Ich kann meinen Brief nicht umbauen oder umschreiben. Du musst ihn nehmen, wie er steht, an vielen Stellen von Tränen verwischt, an einigen mit den Spuren des Leids oder der Leidenschaft, und ihn entziffern, so gut Du kannst, Tintenkleckse, Verbesserungen und alles. Was die Verbesserungen und Schreibfehler betrifft, so hab ich sie gemacht, damit meine Worte der deckende Ausdruck für meine Gedanken seien und keine Fehler durch Überflüssiges oder Unzulängliches entstünden. Die Sprache will, wie eine Geige, gestimmt sein; und genau wie zu viele oder zu wenige Schwingungen in der Stimme des Sängers oder im Beben der Saite den Ton unrein machen, so verdirbt ein Zuviel oder Zuwenig an Worten den Bericht. Wie er steht zum Mindesten, hat mein Brief seine ausdrückliche Bedeutung hinter jedem Satz. Es ist keine Rhetorik darin. Überall, wo ausgestrichene oder zugefügte Stellen sind, wenn auch noch so unbeträchtliche, noch so gefeilte, geschieht es, weil ich meinen wirklichen Eindruck wiederzugeben, für meine Stimmung den genauen Gegenwert zu finden suche. Was im Gefühl zuerst da ist, kommt in der Form zuletzt.

Ich will einräumen, dass es ein strenger Brief ist. Ich habe Dich nicht geschont. Ja, Du darfst sagen, wenn ich zugebe, dass es wirklich unbillig wäre, Dich gegen das kleinste meiner Leiden, den geringsten meiner Verluste abzuwiegen, ich hätte tatsächlich so gehandelt und Gran um Gran die sorgsamste Gewichtsprobe Deines Wesens angestellt. Das ist wahr. Aber Du musst bedenken: Du hast Dich selbst auf die Waagschale gelegt.

Du musst bedenken: Wenn Du mit einem einzigen Augenblick meiner Gefängniszeit zusammengetan wirst, dann schnellt die Schale, in der Du liegst, empor. Eitelkeit hat Dich die Waage wählen, Eitelkeit daran haften lassen. Da lag der eine schwere psychologische Irrtum unserer Freundschaft, ihr völliger Proportionsmangel. Du erzwangst Deinen Weg in ein für Dich zu großes Leben, dessen Bahn über Dein Sehvermögen hinausging, nicht minder als über Dein Vermögen zyklischer Bewegung, ein Leben, dessen Gedanken, Leidenschaften und Handlungen von starkem Gehalt, von weitem Interesse und mit wunder- oder grauenvollen Folgen fürwahr zu schwer befrachtet waren. Dein kleines Leben kleiner Launen und Stimmungen war in seiner eigenen kleinen Kreisbahn herrlich. Es war herrlich in Oxford, wo das Schlimmste, was Dich treffen konnte, eine Rüge vom Dekan oder ein Verweis vom Rektor war, und wo der Sieg von Magdalen im Wettrudern und das Abbrennen eines Freudenfeuers im Universitätshof zur Feier des hehren Ereignisses als höchstes der Gefühle galt. Dein Leben hätte sich in seiner eigenen Kreisbahn weiter abspielen sollen, nachdem Du Oxford verlassen hattest. In Dir selbst war alles in bester Ordnung. Du warst ein tadelloses Exemplar einer sehr modernen Gattung. Nur in Parallele zu mir passtest Du nicht. Deine rücksichtslose Verschwendung war ein Verbrechen. Jugend ist immer verschwenderisch. Dass Du mich zwangst, für Deine Verschwendungssucht zu bezahlen, war schändlich. Dein Wunsch, einen Freund zu haben, mit dem Du vom Morgen bis zur Nacht Deine Zeit hinbringen konntest, war reizend. Er war beinah idyllisch. Doch der Freund, an den Du Dich anschlossest, hätte nicht ein Schriftsteller, ein Künstler sein sollen, nicht jemand, dem Deine ständige Gegenwart ebenso sehr jedes schöne Werk vernichtete wie die Schöpferkraft lähmte. Es war kein Arg von Dir dabei, in ernsthafte Erwägung zu ziehen, dass die vollendetste Art, einen Abend zu verbringen, ein Champagner-Diner im Savoy war, darauf eine Loge in einem Varieté und ein Champagner-Souper bei Willis als »bonne bouche« zum Abschluss. Ganze Rudel entzückender junger Leute in London sind derselben Ansicht. Es ist nicht einmal eine Ausschweifung. Es ist der Befähigungsnachweis zum Eintritt in White's Klub. Doch Du hattest kein Recht, von mir zu verlangen, dass ich der Lieferant solcher Freuden für Dich werde. Es verriet Deinen Mangel an wirklicher Wertschätzung meines Genies.

Dein Streit mit Deinem Vater, was man auch darüber denken mag, hätte offenbar durchaus eine Frage zwischen euch zweien bleiben müssen. Er hätte in einem Hinterhof ausgetragen werden sollen. Das geschieht wohl in der Regel mit solchen Streitigkeiten. Dein Fehler lag darin, ihn mit Gewalt als Tragikomödie auf hohem Brettergerüst spielen zu lassen vor dem Forum der Geschichte, mit der ganzen Welt als Hörerschaft und mit mir selbst als Preis für den Sieger in dem verächtlichen Strauß. Die Tatsache, dass Dein Vater Dich und Du Deinen Vater verabscheutest, war nicht von Belang für das englische Publikum. Solche Gefühle sind im englischen Familienleben gang und gäbe und sollten auf den dafür bezeichneten Ort beschränkt bleiben: das traute Heim. Außerhalb dieses Kreises sind sie ganz fehl am Ort. Sie auf einen anderen Schauplatz zu verlegen ist eine Beleidigung. Das Familienleben lässt sich nicht wie eine rote Fahne behandeln, mit der man auf den Straßen prunkt, oder wie ein Horn, das man heiser vom First des Daches bläst. Du hobst Häusliches aus dem ihm zukommenden Bereich, ganz so, wie Du Dich aus dem Dir zukommenden Bereich hobst. Und wer sein eigentliches Feld aufgibt, der ändert bloß seine Umgebung, nicht seine Natur. Er eignet sich nicht die Gedanken oder Leidenschaften an, die in dem von ihm betretenen Kreis vorherrschen. Es liegt nicht in seiner Macht.

Von künstlerischem Gesichtspunkt aus kenne ich in der gesamten dramatischen Literatur nichts Unvergleichlicheres, in der Feinheit der Beobachtung Anregenderes als die Art, wie Shakespeare Rosenkranz und Güldenstern zeichnet. Sie sind Hamlets Universitätsfreunde; sind seine Gefährten gewesen. Sie bringen Erinnerungen an gemeinsam verlebte Tage mit. In dem Augenblick, da sie Hamlet im Stück begegnen, taumelt er unter der Last einer Bürde, die für einen Menschen seiner Gemütsart unerträglich ist. Der Tote ist gewaffnet aus dem Grabe auferstanden, um ihm eine Mission aufzuerlegen, die zu groß und gleichzeitig zu niedrig für ihn ist. Er ist ein Träumer und soll handeln. Er hat die Veranlagung eines Dichters, und man verlangt von ihm, er solle mit der gewöhnlichen Verknüpfung von Ursache und Wirkung ringen, mit dem Leben in seiner praktischen Gestalt, von dem er nichts weiß, nicht mit dem Leben in seinem idealen Wesen, von dem er so viel weiß. Er hat keine Ahnung, was er tun soll, und sein Wahnsinn besteht darin, Wahnsinn zu heucheln. Brutus benutzte die Schwermut als Mantel, das Schwert seiner Absicht, den Dolch seines Wissens darunter zu verbergen; aber Hamlets Tollheit ist lediglich eine Maske für seine Schwäche. Im Grimassenschneiden und Witzereißen erblickt er eine Gelegenheit zum Aufschub. Er spielt beständig mit der Tat, wie ein Künstler mit einer Theorie spielt. Er macht sich zum Beobachter seiner eigenen Handlungen, und wenn er seinen eigenen Worten lauscht, weiß er, es sind nur »Worte, Worte, Worte«. Statt einen Versuch zu wagen, der Held seiner eigenen Geschichte zu werden, bemüht er sich, der Zuschauer seiner eigenen Tragödie zu sein. Er glaubt an nichts, sich selbst mitgerechnet, und doch nützt ihm sein Zweifeln nicht, da es nicht dem Skeptizismus, sondern einem zwiespältigen Willen entspringt.

Von alledem begreifen Güldenstern und Rosenkranz nichts. Sie verbeugen sich und schmunzeln und lächeln, und was der eine sagt, echot der andere mit widerlichem Tonfall. Als schließlich, mithilfe des Spiels im Spiele und der Marionetten in ihrem Getändel, Hamlet den König in der »Schlinge seines Gewissens« fängt und den Unhold in seiner Angst vom Thron jagt, da sehen Güldenstern und Rosenkranz in seinem Betragen höchstens eine ziemlich peinliche Verletzung der Hofetikette. So weit ist es ihnen nur gegeben, »das Schauspiel des Lebens mit eigenen Empfindungen zu betrachten«. Sie sind in der Nähe seines Geheimnisses und wissen nichts davon. Und es hätte auch keinen Zweck, sie einzuweihen. Sie sind die kleinen Becher, die so viel fassen und nicht mehr. Gegen Ende wird angedeutet, dass sie bei einem hinterlistigen Anschlag, den sie gegeneinander planen, abgefasst werden und einen gewaltsamen, plötzlichen Tod gefunden haben oder finden werden. Aber ein tragisches Ende solcher Art, wenn Hamlets Humor ihm auch einen Anstrich von komödienhafter Überraschung und Gerechtigkeit gibt, kommt Burschen ihres Schlags wirklich nicht zu. Sie sterben nie. Horatio, der, um »Hamlet und seine Sache den Unbefriedigten zu erklären«,

> »sich noch verbannet von der Seligkeit
> und in der herben Welt mit Mühe atmet«

– Horatio stirbt, wenn auch nicht vor den Zuhörern, und hinterlässt keinen Bruder. Güldenstern und Rosenkranz jedoch sind unsterblich wie Angelo und Tartüff und sollten mit ihnen in einer Reihe stehen. Sie sind der Beitrag des modernen Lebens zum antiken Freundschaftsideal. Wer künftig ein neues Buch »De amicitia« schreibt, muss ihnen eine Nische anweisen und sie in ciceronianischer Prosa preisen. Sie sind stehende Typen für alle Zeiten. Sie schelten, hieße, es an der richtigen Würdigung fehlen lassen. Sie sind einfach, nicht an ihrem Platz: Das ist das Ganze. Seelengröße ist nicht ansteckend. Erhabene Gedanken und erhabene Gefühle stehen von Haus aus allein da.

Was eine Ophelia nicht verstehen konnte, vermochten Güldenstern und der »liebe« Rosenkranz, Rosenkranz und der »liebe« Güldenstern nicht zu begreifen. Ich will euch natürlich nicht vergleichen. Es ist ein weiter Unterschied zwischen euch. Was bei ihnen Zufall war, war bei Dir freie Wahl. Mit Vorbedacht und von mir unaufgefordert, drängtest Du Dich in meinen Bereich, rissest dort einen Platz an Dich, auf den Du weder ein Recht noch für den Du die Eignung besaßest, brachtest durch eine sonderbare Beharrlichkeit und dadurch, dass Du Deine Anwesenheit zu einem Bestandteil jedes einzelnen Tages werden ließest, es fertig, mein gesamtes Leben ganz für Dich in Anspruch zu nehmen, und wusstest nichts Besseres mit diesem Leben anzufangen, als es in Stücke zu brechen. So seltsam es Dir klingen mag, es war nur natürlich, dass Du es getan hast. Wenn man einem Kind ein für sein Hirnchen zu wundervolles oder für seine erst halb wachen Augen zu schönes Spielzeug gibt, zerbricht es, wenn es eigensinnig ist, das Spielzeug; wenn es sorglos ist, lässt es das Spielzeug fallen und läuft zu seinen Gefährten davon. So war es mit Dir. Nachdem Du mein Leben in der Gewalt hattest, wusstest Du nicht, was Du damit anfangen solltest. Du konntest es nicht wissen. Es war etwas zu Wundervolles, in Deinem Griff zu sein. Du hättest es aus der Hand gleiten lassen und wieder zu Deinen eigenen Spielkameraden gehen sollen. Doch leider warst Du eigensinnig, und so zerbrachst Du es. Das ist vielleicht, wenn alles gesagt ist, das letzte Geheimnis sämtlicher Geschehnisse. Denn Geheimnisse sind immer kleiner als ihre Offenbarungen. Durch die Verrückung eines Atoms wird vielleicht eine Welt erschüttert. Und um mich nicht mehr zu schonen als Dich, will ich noch dieses beifügen: So gefährlich für mich die Bekanntschaft mit Dir war, sie wurde verhängnisvoll durch den besonderen Augenblick, in dem sie erfolgte. Denn Du standest in dem Alter, in welchem alles, was man tut, nicht mehr ist als das Auswerfen der Saat, und ich stand in dem Alter, in welchem alles, was man tut, nicht weniger ist als das Einbringen der Ernte.

Es gibt noch ein paar andere Punkte, über die ich Dir schreiben muss. Der erste betrifft meinen Bankrott. Ich hörte vor einigen Tagen – mit großem Verdruss, wie ich zugebe –, dass es jetzt für Deine Familie zu spät sei, Deinen Vater abzufinden, dass es wider das Gesetz verstoße und dass ich noch geraume Zeit in meiner gegenwärtigen peinlichen Lage bleiben müsse. Es ist bitter für mich, denn es wird mir von rechtskundiger Seite versichert, ich könne nicht einmal ein Buch veröffentlichen ohne Genehmigung des Konkursverwalters, dem alle Abrechnungen vorgelegt werden müssten; ich könne keinen Kontrakt mit einem Theaterdirektor abschließen oder ein Stück aufführen lassen, ohne dass die Tantiemen an Deinen Vater und meine paar anderen Gläubiger gelangten. Selbst Du wirst jetzt wohl zugeben, dass der Plan, Deinen Vater »hineinzulegen«, indem man ihm gestattete, mich für bankrott erklären zu lassen, wirklich nicht der glänzende Erfolg auf der ganzen Linie geworden ist, wie Du ihn Dir vorgestellt hast.

Für mich wenigstens ist es schmerzlich gewesen, und mein Gefühl der durch meine Bettelarmut hervorgerufenen Demütigung hätte man eher berücksichtigen sollen als Deinen noch so ätzenden oder unvermuteten Humor. Die unleugbare Tatsache besteht: Dadurch, dass Du in meinen Bankrott willigtest und mich in den ursprünglichen Prozess hineinhetztest, hast Du Deinem Vater in die Karten gespielt und genau das getan, was er wollte.

Allein und ohne Unterstützung wäre er von Anbeginn machtlos gewesen. In Dir – wenn es auch nicht Deine Absicht war, einen so gräulichen Posten zu bekleiden – hat er stets seinen Hauptverbündeten gefunden.

Ich erfahre durch More Adey in einem Brief, Du habest letzten Sommer bei mehr als einem Anlass den Wunsch geäußert, mir »ein wenig von dem, was ich für Dich ausgab«, zurückzuzahlen. Wie ich in meiner Antwort an ihn sagte: leider habe ich meine Kunst, mein Leben, meinen Namen, meine Stellung in der Geschichte für Dich hingegeben; und wenn Deine Angehörigen alle wunderbaren Dinge auf der Welt zur Verfügung hätten oder das, was der Welt wunderbar scheint: Genie, Schönheit, Reichtum, hoher Rang und dergleichen, und sie mir alle zu Füßen legten, würden sie mir nicht ein Zehntel der kleinsten Dinge zurückzahlen, die mir genommen worden sind, oder eine Träne von den letzten Tränen, die ich vergossen habe. Jedoch man muss selbstverständlich für alles, was man tut, zahlen. Sogar einer, der bankrott ist, muss es.

Du stehst, wie es scheint, unter dem Eindruck, der Bankrott sei ein bequemes Mittel, wodurch man die Bezahlung seiner Schulden vermeiden, tatsächlich »seine Gläubiger hineinlegen« könne. Es ist ganz etwas anderes.

Es ist das Verfahren, wodurch die Gläubiger eines Mannes »ihn hineinlegen«, um bei Deinem Lieblingsausdruck zu bleiben, und wodurch das Gesetz, vermittels der Beschlagnahme seines gesamten Eigentums, ihn zwingt, jede seiner Schulden zu bezahlen, und, wenn er dazu nicht imstande ist, ihn mittellos lässt wie den gemeinsten Bettler, der in einem Bogengang steht oder eine Straße hinunterrutscht und seine Hand nach Almosen streckt, um die zu bitten er, in England wenigstens, Angst hat. Das Gesetz hat mir nicht nur alles genommen, was ich habe: meine Bücher, Möbel, Bilder, meine Urheberrechte an meinen veröffentlichten Werken, meine Urheberrechte an meinen Theaterstücken, alles tatsächlich vom »Glücklichen Prinzen« und »Lady Windermeres Fächer« an bis herab zu den Treppenläufern und dem Kratzeisen meines Hauses, sondern auch alles, was ich je besitzen werde. So zum Beispiel wurde mein Anteil an meinem Ehegut verkauft.

Glücklicherweise war ich in der Lage, ihn durch meine Freunde zurückzukaufen. Sonst wären, falls meine Frau stürbe, meine beiden Kinder bei meinen

Lebzeiten ebenso mittellos wie ich. Mein Anteil an unserem irischen Grundbesitz, den mir mein Vater vererbt hat, wird vermutlich als Nächstes an die Reihe kommen.

Sein Verkauf weckt sehr bittere Gefühle in mir, doch ich muss mich fügen.

Deines Vaters siebenhundert Pence – oder sind es Pfund? – stehen im Weg und müssen zurückerstattet werden. Selbst wenn man mich von allem entblößt, was ich besitze und je besitzen werde, und das Verfahren wegen hoffnungsloser Zahlungsunfähigkeit eingestellt wird, bleiben noch meine Schulden. Die Diners im Savoy: die klare Schildkrötensuppe; die köstlichen, in ihre zackigen sizilianischen Weinblätter gehüllten Ortolane; der schwere, bernsteinfarbene, ja, fast nach Bernstein duftende Champagner – Dagonet, 1880er, war, glaube ich, Dein Lieblingswein – sind alle noch zu bezahlen. Die Soupers bei Willis: die besonderen Cuvées von Perrier-Jouet, die man für uns immer reservierte; die ausgezeichneten Gänseleberpasteten, die direkt von Straßburg kamen; die wunderbare fine champagne, die immer auf dem Grund großer, glockenförmiger Gläser serviert wurde, damit die Blume desto besser gewürdigt werde von den wahren epikureischen Genießern dessen, was wirklich erlesen im Leben war – die können nicht unbezahlt bleiben, als böswillige Schulden eines unehrlichen Gastes. Selbst die zierlichen Manschettenknöpfe – vier herzförmige Mondsteine von silbrigem Hauch, mit Rubinen und Diamanten abwechselnd eingefasst – die ich entworfen und bei Henry Lewis in Auftrag gegeben hatte, als ein besonderes kleines Geschenk für Dich zur Feier des Erfolges meiner zweiten Komödie – selbst die – obwohl Du sie, glaube ich, ein paar Monate später für ein Butterbrot verkauft hast – sind noch zu bezahlen. Ich kann den Juwelier für die Geschenke, die ich Dir gemacht habe, nicht zu Schaden kommen lassen, einerlei, was Du damit angefangen hast. Du siehst also: Ich habe, selbst wenn das Verfahren eingestellt wird, noch meine Schulden zu bezahlen.

Und was von einem für bankrott Erklärten gilt, das gilt von jedem anderen im Leben. Für jedes einzelne Ding, das man tut, hat jemand zu zahlen. Selbst Du – mit all Deinem Verlangen, aller Pflichten ledig zu sein, Deiner Beharrlichkeit, jedes Ding von anderen geliefert zu bekommen, Deinen Versuchen, Ansprüche an Deine Liebe, Rücksicht oder Dankbarkeit zurückzuweisen – selbst Du wirst eines Tages ernsthaft darüber nachdenken müssen, was Du getan hast, und, sei er noch so vergeblich, einen Wiedergutmachungsversuch nicht unterlassen können. Die Tatsache, dass Du zur Ausführung nicht imstande bist, wird einen Teil Deiner Strafe bilden. Du kannst Deine Hände nicht von aller Verantwortung reinwaschen und achselzuckend oder lächelnd Dir vornehmen, zu einem neuen Freund oder einem frisch gedeckten Gelage fürbass zu gehen. Du kannst nicht alles, was Du über mich gebracht hast, als sentimentale Erinnerung behandeln, die man gelegentlich mit den Zigaretten und Likören aufträgt, als malerischen Hintergrund für ein modernes Leben der Freude, gleich einem alten Wandteppich, der in einer Kneipe hängt. Es mag für den Augenblick den Reiz einer neuen Speise oder eines frischen Weinjahrgangs haben, aber die Brocken eines Festmahls werden hart, und der Bodensatz einer Flasche ist bitter. Entweder heut oder morgen oder irgendeinen Tag wirst Du Dir das zum Bewusstsein bringen müssen. Sonst könntest Du sterben, ohne es getan zu haben, und was für ein armseliges, verhungertes, fantasieloses Leben hättest Du dann gehabt!

In meinem Brief an More hab ich einen Standpunkt durchblicken lassen, von dem aus an die Sache so bald wie möglich heranzutreten Du besser tätest. Er wird Dir sagen, was es ist. Es zu verstehen, wirst Du Deine Fantasie entwickeln müssen. Bedenke: Fantasie ist die Gabe, die einen befähigt, Dinge und Menschen in ihren realen wie in ihren idealen Beziehungen zu sehen. Wenn Du es nicht allein Dir zum Bewusstsein bringen kannst, sprich mit anderen darüber. Ich habe meine Vergangenheit Aug in Aug ansehen müssen. Sieh Du Deine Vergangenheit Aug in Aug an. Setze Dich ruhig hin und betrachte sie. Das höchste Laster ist Seichtheit. Alles, was zum Bewusstsein kommt, ist richtig. Sprich mit Deinem Bruder darüber. Der rechte Mensch dafür ist Percy. Lass ihn diesen Brief lesen und alle Umstände unserer Freundschaft erfahren. Wenn ihm die Dinge klar hingestellt werden, ist keines Urteil besser. Hätten wir ihm die Wahrheit gesagt, was wäre mir für eine Menge Leid und Schande erspart geblieben! Du erinnerst Dich, ich machte den Vorschlag, es zu tun, an dem Abend, als Du von Algier in London ankamst. Du lehntest es glatt ab. Wir hatten daher, als er sich nach dem Essen einfand, die Komödie zu spielen, Dein Vater sei ein Geisteskranker und albernen, unerklärbaren Wahnvorstellungen unterworfen. Es war eine herrliche Komödie, solange sie dauerte, umso mehr, als Percy alles ganz ernst nahm. Leider endete sie auf sehr empörende Art. Das, worüber ich jetzt schreibe, ist eine ihrer Folgen; und wenn es für Dich eine Belästigung ist, so vergiss bitte nicht, dass es die tiefste meiner Demütigungen ist, eine, durch die ich hindurchmuss. Ich habe keine andere Wahl. Auch Du hast keine.

Das Zweite, worüber ich mit Dir sprechen muss, betrifft die Bedingungen, Umstände und den Ort unserer Begegnung, wenn meine Strafzeit um ist. Aus Stellen Deines im Frühsommer des letzten Jahres an Robbie geschriebenen Briefes ersehe ich, dass Du in zwei Paketen meine Briefe und meine Geschenke an Dich versiegelt hast – wenigstens so viel von beiden noch übrig ist – und sie mir sehr gern persönlich einhändigen möchtest. Sie müssen natürlich unbedingt zurückgegeben werden. Du hast nicht verstanden, warum ich schöne Briefe an Dich schrieb, so wenig wie Du verstanden hast, warum ich Dir schöne Geschenke machte. Du begriffst nicht, dass jene nicht zur Veröffentlichung, so wenig wie diese dazu bestimmt waren, verpfändet zu werden. Außerdem gehören sie einem Abschnitt meines Lebens an, der lange vorüber ist, einer Freundschaft, die Du in ihrem wahren Wert nicht zu würdigen vermochtest. Du musst jetzt mit Erstaunen auf die Tage zurückblicken, da Du mein ganzes Leben in der Hand hattest. Auch ich blicke mit Erstaunen auf sie zurück und mit anderen, mit sehr verschiedenen Gefühlen.

Für einen, der so modern ist wie ich, so sehr »enfant de mon siècle«, wird es natürlich stets eine Lust sein, die Welt auch nur zu sehen. Ich zittere vor Freude, wenn ich daran denke, dass an dem Tag, an dem ich das Gefängnis verlasse, Goldregen und Flieder in den Gärten blühen, und dass ich sehen werde, wie der Wind das hängende Gold des einen ohne Rast und Ruh rütteln und das blasspurpurne Gefieder des anderen zausen wird, sodass die ganze Luft Arabien für mich sein soll. Linné sank auf die Knie und weinte vor Seligkeit, als er zum ersten Mal die lange Heide eines englischen Hochlands sah, das die würzigen Ginsterblüten gelb gefärbt hatten; und ich, dem Blumen ein Teil der Sehnsucht sind, ich weiß, dass Tränen meiner in den Blättern einer Rose harren. Von Jugend auf war es so mit mir. Es gibt nicht eine Farbe, die sich in dem Kelch einer Blume oder in der Rundung einer Muschel versteckt, auf die ich vermöge einer zarten Sympathie mit der Seele aller Kreatur nicht einginge. Wie Gautier bin ich stets einer von denen gewesen, »pour qui le monde visible existe«.

Immerhin weiß ich jetzt, dass hinter all dieser Schönheit, so überzeugend sie auch sein mag, ein Geist verborgen ist, von dem die bunten Formen und Gestalten nur Erscheinungsspielarten sind, und mit diesem Geist wünsche ich mich in Einklang zu bringen. Des deutlich vernehmbaren Ausdrucks der Menschen und Dinge bin ich überdrüssig geworden. Das Mystische in der Kunst, das Mystische im Leben, das Mystische in der Natur – das ist es, wonach ich suche, und in den großen Musiksymphonien, dem weihevollen Schmerz und den Tiefen des Meeres werde ich es vielleicht finden. Ja, es ist unbedingt nötig, dass ich es irgendwo finde.

Ich habe eigentümliches Verlangen nach den großen, einfachen Urdingen wie dem Meer, das mir ebenso wie die Erde eine Mutter ist. Mir will es scheinen, als sähen wir alle die Natur zu viel an und lebten zu wenig mit ihr. Ich erblicke viel gesunden Verstand in der Haltung der Griechen gegenüber der Natur. Sie schwatzten nie von Sonnenuntergängen, erörterten nie die Frage, ob die Schatten auf dem Gras wirklich violett seien oder nicht. Aber sie erkannten, dass das Meer für den Schwimmer und der Sand für die Füße des Wettläufers da sei. Sie liebten die Bäume um der Schatten willen, die sie werfen, und den Wald um seines Schweigens willen zur Mittagszeit. Der Winzer im Weinberg kränzte sein Haar mit Efeu, um die Sonnenstrahlen abzuwehren, wenn er sich über die jungen Schösslinge neigte, und für den Künstler und den

Athleten – die beiden Typen, die uns Hellas geschenkt hat – flochten sie die Blätter des bitteren Lorbeers und der wilden Petersilie, die sonst dem Menschen nichts getaugt hätten, zum Kranz.

Wir nennen unsere Zeit ein Utilitätszeitalter und wissen kein einziges Ding zu nützen. Wir haben vergessen, dass Wasser reinigen, Feuer läutern kann und dass die Erde unsere Allmutter ist. Infolgedessen ist unsere Kunst vom Mond und spielt mit Schatten, während die griechische Kunst von der Sonne ist und sich unmittelbar mit den Dingen befasst. Ich bin überzeugt, die Elemente haben läuternde Kraft, und ich will zu ihnen zurückkehren und in ihrer Gesellschaft leben.

Alle Prozesse sind Prozesse, bei denen es ums Leben geht, genauso wie alle Urteile Todesurteile sind; und dreimal ist mir der Prozess gemacht worden. Das erste Mal verließ ich den Gerichtssaal, um verhaftet zu werden, das zweite Mal, um in das Haftlokal zurückgeführt, das dritte Mal, um auf zwei Jahre in eine Gefängniszelle zu gehen. Die Gesellschaft, in ihrer jetzigen Form, wird keinen Platz für mich haben, hat mir keinen zu bieten; aber die Natur, deren süßer Regen auf Gerechte und Ungerechte gleichermaßen fällt, wird Felsschluchten im Gebirge für mich haben, wo ich mich verstecken kann, und geheime Täler, in deren Schweigen ich ungestört weinen darf. Sie wird die Nacht mit Sternen behängen, dass ich, ohne zu straucheln, im Finstern außer Landes gehen kann, und den Wind meine Fußtapfen verwehen lassen, dass niemand mich zu meinem Schaden verfolgen kann. Sie wird mich in großen Wässern entsühnen und mit bitteren Kräutern heilen.

Ich werde, wenn alles mit mir gut geht, gegen Ende Mai freikommen und hoffe dann, mit Robbie und

More Adey sogleich nach einem kleinen Platz an der See ins Ausland zu fahren.

Das Meer, sagt Euripides in einer seiner Iphigenien, spült die Flecken und Wunden der Welt hinweg.

Ich hoffe, mindestens einen Monat mit meinen Freunden zu verbringen und in ihrer gesunden, liebevollen Gesellschaft Frieden und Gleichgewicht, ein weniger geängstigtes Herz und eine sanftere Stimmung zu gewinnen. Nach Ablauf eines Monats, wenn die Junirosen in all ihrer üppigen Pracht sind, will ich, falls ich mich dazu imstande fühle, durch Robbie Anstalten treffen lassen zu einem Wiedersehen mit Dir in einer ruhigen Stadt des Auslands, wie Brügge, dessen graue Häuser, grüne Kanäle, kühle, stille Wege vor Jahren einen Zauber für mich hatten. Vorübergehend wirst Du Deinen Namen ändern müssen. Den kleinen Titel, der Dich so eitel machte – und wahrhaftig, er ließ Deinen Namen wie den Namen einer Blume klingen –, wirst Du ablegen müssen, wenn Du mich sehen willst; ganz so wie ich meinen Namen, der früher so musikalisch im Mund des Ruhms war, meinerseits aufzugeben habe. Wie beschränkt und erbärmlich, wie wenig seinen Lasten gewachsen ist dieses unser Jahrhundert! Es kann dem Erfolg seinen Palast aus Porphyr geben, aber für Leid und Schande hat es nicht einmal eine Strohhütte zum Wohnen. Alles, was es für mich tun kann, ist: mich aufzufordern, meinen Namen gegen einen anderen umzutauschen, während selbst das Mittelalter mir die Mönchskapuze oder das Gesichtstuch des Aussätzigen gegeben hätte, sodass ich dahinter in Frieden sein könnte.

Hoffentlich wird unsere Begegnung das werden, was eine Begegnung zwischen Dir und mir nach allem, was vorgefallen ist, sein soll. In alten Tagen war immer eine weite Kluft zwischen uns – die Kluft vollendeter Kunst und erworbener Kultur; jetzt ist eine noch weitere Kluft zwischen uns: die des Leidens, doch der Demut ist nichts unmöglich, und der Liebe wird alles leicht.

Was Deinen Brief an mich als Antwort hierauf betrifft, so mag er lang oder kurz sein, wie es Dir beliebt. Adressiere an den »Direktor, I. M. Gefängnis, Reading«. In einen zweiten, offenen Umschlag lege Deinen Brief an mich ein. Wenn Dein Papier sehr dünn ist, beschreibe nicht beide Seiten, weil dadurch das Lesen erschwert wird. Ich habe Dir mit vollster Freiheit geschrieben. Du kannst mir ebenso schreiben. Was ich von Dir erfahren muss, ist: warum Du nie den Versuch gemacht hast, mir seit August des vorletzten Jahres zu schreiben, besonders nachdem Du im Mai des letzten Jahres, also jetzt vor elf Monaten, erfuhrst und vor anderen daraus kein Hehl machtest, wie ich durch Dich litt und wie es mir zum Bewusstsein kam.

Ich habe Monat um Monat auf Nachricht von Dir gewartet. Selbst wenn ich nicht gewartet, sondern Dir die Türen versperrt hätte, hättest Du bedenken sollen, dass niemand für immer der Liebe die Türen versperren kann. Der ungerechte Richter in den Evangelien erhebt sich schließlich, um einen gerechten Spruch zu fällen, weil die Gerechtigkeit täglich kommt und an seine Tür klopft; und zur Nachtzeit gibt der Freund, in dessen Herzen keine wahre Freundschaft ist, schließlich dem Freund nach, »um seines unverschämten Geilens willen«. Auf keiner Welt gibt es ein Gefängnis, zu dem sich Liebe nicht den Eintritt erzwingen kann. Wenn Du das nicht verstanden hast, hast Du gar nichts von Liebe verstanden. Lass mich ferner alles von Deinem Aufsatz über mich für den »Mercure de France« wissen. Ich weiß einiges davon.

Zitiere lieber daraus. Er ist schon gesetzt. Lass mich auch den Wortlaut der Widmung Deiner Gedichte wissen. Wenn sie in Prosa ist, zitiere die Prosa; wenn in Versen, zitiere die Verse. Ich zweifle nicht, es wird Schönes darin stehen. Schreibe mir frank und frei über Dich, Dein Leben, Deine Freunde, Deine Beschäftigung, Deine Bücher. Erzähle mir von Deinem Gedichtband und seiner Aufnahme. Was Du auch für Dich zu sagen hast, sag es ohne Furcht. Schreibe nicht, was Du nicht meinst. Das ist alles. Wenn etwas in Deinem Brief falsch oder unecht ist, werde ich es am Klang sofort erkennen.

Nicht umsonst und nicht vergeblich bin ich in meinem lebenslänglichen Kult der Literatur zu einem geworden, der

> »Mit Laut und Silbe geizt, nicht minder als
> mit seinem Golde Midas.«

Bedenke auch, dass ich Dich noch kennenzulernen habe. Vielleicht haben wir einander noch kennenzulernen. Für Dich hab ich nur dieses letzte noch zu sagen: Habe keine Angst vor der Vergangenheit. Wenn Dir die Menschen sagen, sie sei unabänderlich, glaube ihnen nicht: Vergangenheit, Gegenwart und Zukunft sind ein Augenblick vor Gott, vor dem wir zu leben bemüht sein sollten. Zeit und Raum, Aufeinanderfolge und Ausdehnung sind bloß zufällige Gedankenverbindungen. Die Fantasie kann sie überschreiten und sich in einem freien Bezirk idealer Existenzen bewegen. Auch die Dinge sind ihrem Wesen nach das, was uns daraus zu machen beliebt. Ein Ding ist entsprechend der Art, wie wir es anschauen. »Wo andere«, sagt Blake, »nur die Dämmerung über den Berg kommen sehen, da sehe ich die Söhne Gottes vor Freude jauchzen.« Was die Welt und ich selbst als meine Zukunft auffassten, das habe ich unwiederbringlich verloren, als ich mich in den Prozess gegen Deinen Vater hetzen ließ; hatte sie wohl schon lange vorher verloren. Vor mir liegt meine Vergangenheit. Ich habe mich dahin zu bringen, dass ich sie mit anderen Augen ansehe, habe Gott dahin zu bringen. Das kann ich nicht, wenn ich sie unbeachtet lasse, geringschätzig behandle, lobe oder verleugne. Es lässt sich nur erreichen, wenn ich sie als einen unvermeidlichen Teil der Entwicklung meines Lebens und Wesens hinnehme: indem ich vor allem, was ich erduldet, den Kopf neige. Wie weit ich von dem wahren Seelengleichmut entfernt bin, zeigt Dir ganz deutlich dieser Brief mit seinen wechselvollen, unsicheren Stimmungen, seiner Verachtung und seiner Bitterkeit, seinem Streben und dem Unvermögen, dieses Streben in die Tat umzusetzen. Vergiss aber nicht, in einer wie schrecklichen Schule ich an meiner Aufgabe sitze. Und so unvollständig, so unvollkommen ich bin, Du magst noch viel von mir zu gewinnen haben. Du wolltest bei mir die Lebensfreude und die Kunstfreude lernen. Vielleicht bin ich dazu berufen, Dich etwas viel Wundervolleres zu lehren: die Bedeutung des Schmerzes und seine Schönheit.

Dein Dich liebender Freund
Oscar Wilde

Aus dem Gefängnis

Der Fall des Wärters Martin

Grausamkeiten des Gefängnislebens

An den Redakteur der »Daily Chronicle«

Sehr geehrter Herr!

Ich ersehe zu meinem großen Bedauern aus den Spalten Ihres Blattes, dass der Wärter Martin am Gefängnis in Reading von der Aufsichtsbehörde entlassen worden ist, weil er einem kleinen hungrigen Kind Kekse gegeben hat. Ich habe die drei Kinder an dem Montag vor meiner Entlassung selbst gesehen. Sie waren eben abgeurteilt worden und standen in einer Reihe in der Haupthalle, hatten schon ihre Gefängniskleidung an und trugen ihre Laken unterm Arm, ehe man sie in die ihnen angewiesenen Zellen führte. Zufällig kam ich auf einem der Gänge vorüber auf dem Weg zum Empfangszimmer, wo ich einen Freund sprechen sollte. Es waren ganz kleine Kinder, das jüngste – das betreffende, dem der Wärter Kekse gegeben – ein Knirps, für den man offenbar keine passende Kleidernummer zu finden vermocht hatte. Ich hatte natürlich schon viele Kinder im Gefängnis gesehen während der beiden Jahre, die meine Strafzeit dauerte. Besonders das Gefängnis in Wandsworth barg stets eine große Zahl

Kinder. Aber das kleine Kind, das ich Montag, den 17., nachmittags in Reading sah, war winziger als irgendeins. Ich brauche nicht zu sagen, wie tief unglücklich ich beim Anblick dieser Kinder in Reading war, denn ich wusste, welche Behandlung ihrer wartete. Die Grausamkeit, die man Tag und Nacht an Kindern in englischen Gefängnissen verübt, kann niemand glauben, nur der, der sie miterlebt hat und die Brutalität des Systems kennt.

Heutzutage versteht man nicht, was Grausamkeit ist. Man hält sie für eine Art schrecklicher mittelalterlicher Leidenschaft und bringt sie in Zusammenhang mit entarteten Menschen, wie Ezzelin da Romano und anderen, denen es wirklich wahnsinniges Vergnügen bereitete, zu quälen. Aber Menschen vom Schlage Ezzelins sind nur abnorme Vertreter eines perversen Individualismus. Die gewöhnliche Grausamkeit ist einfach Dummheit. Ist der völlige Mangel an Einbildungskraft. Ist in unserer Zeit die Folge stereotyper Systeme, unverrückbarer Regeln, die Folge von Dummheit. Überall, wo Zentralisation herrscht, herrscht Dummheit. Das Unmenschliche im modernen Leben ist der Bürokratismus. Autorität ist ebenso verderblich für die, welche sie ausüben, wie für die, an denen sie ausgeübt wird. Die Gefängnisbehörde und das von ihr durchgeführte System sind die Hauptquelle der Grausamkeit, die man einem Kind im Gefängnis zufügt. Die Leute, die am System festhalten, haben ausgezeichnete Absichten. Die es durchführen, sind ebenfalls menschenfreundlich in ihren Absichten. Die Verantwortung wird auf die Vorschriften der Disziplin geschoben. Man glaubt, weil etwas Regel sei, sei es auch recht.

Es ist schrecklich, wie Kinder gegenwärtig behandelt werden, hauptsächlich von Leuten, die sich nicht auf die besondere Psychologie der Kindesnatur verstehen. Das Kind kann eine Bestrafung durch ein Einzelwesen, wie den Vater oder Vormund, verstehen und mit einer gewissen Ergebung hinnehmen. Dagegen kann es eine Bestrafung durch die Gesellschaft nicht verstehen. Es kann nicht begreifen, was Gesellschaft heißt. Bei Erwachsenen liegt der Fall natürlich umgekehrt. Wer im Gefängnis ist oder gewesen ist, kann verstehen und versteht, was die Kollektivkraft des Namens Gesellschaft bedeutet; einerlei, was wir von ihrem System und ihren Rechten denken, wir können uns dazu zwingen, die Gesellschaft gelten zu lassen. Die Bestrafung, die uns von einem Einzelwesen zugefügt wird, ist jedoch etwas, das kein Erwachsener duldet oder zu dulden braucht.

Das Kind also, wenn es seinen Eltern von Leuten fortgenommen wird, die es nie gesehen hat und von denen es nichts weiß, wenn es sich in einer einsamen, unwohnlichen Zelle befindet, von fremden Gesichtern bewacht, von den Vertretern eines Systems, das es nicht verstehen kann, nach Willkür kommandiert und bestraft wird, fällt sogleich dem ersten, ausgeprägtesten Gefühl des modernen Gefängnislebens zum Opfer – dem Gefühl der Angst. Die Angst eines Kindes im Gefängnis ist grenzenlos. Ich erinnere mich, in Reading einmal, als ich zur Freistunde ging, in der schwach beleuchteten Zelle, der meinen gerade gegenüber, einen kleinen Jungen gesehen zu haben. Zwei Wärter – keine unfreundlichen Männer – redeten auf ihn ein, augenscheinlich etwas schroff, oder gaben ihm vielleicht einen nützlichen Rat für sein Verhalten. Einer war bei ihm in der Zelle, der andere stand draußen. Das Gesicht des Kindes war vor lauter Angst eine weiße Masse. In seinen Augen lag die Angst eines gehetzten Tieres. Am nächsten Morgen hörte ich ihn zur Frühstücksstunde weinen und rufen, man möge ihn herauslassen. Das Weinen galt seinen Eltern. Von Zeit zu Zeit konnte ich die tiefe Stimme des diensttuenden Wärters hören, der ihm zuredete, sich ruhig zu verhalten. Und er war noch nicht für schuldig befunden worden des kleinen Vergehens, dessen man ihn angeklagt hatte. Er war einfach in Untersuchungshaft. Das erkannte ich daran, dass er seine eigenen Kleider trug, die recht sauber aussahen. Er trug jedoch Gefängnisstrümpfe und -schuhe. Das verriet, dass er ein sehr armer Junge war, dessen eigene Schuhe, wenn er überhaupt welche hatte, sich in schlechtem Zustand befanden. Richter und Polizeirichter, eine ganz unwissende Sippe im Allgemeinen, behalten Kinder oft eine Woche in Untersuchungshaft und erlassen ihnen dann vielleicht die Strafe, die sie verhängen dürfen. Das nennen sie »ein Kind nicht ins Gefängnis schicken«. Es ist natürlich eine alberne Auffassung von ihnen. Für einen kleinen Jungen ist es eine unverständliche Spitzfindigkeit des gesellschaftlichen Standpunkts, ob er als Untersuchungsgefangener oder nach der Verurteilung im Gefängnis ist. Ihm ist das Grässliche, überhaupt da zu sein. Der Menschheit müsste es als etwas Grässliches gelten, dass er überhaupt da ist.

Diese Angst, die das Kind ergreift und beherrscht, wie sie auch den Erwachsenen packt, wird natürlich durch das einsame Zellensystem unserer Gefängnisse unsagbar verstärkt. Jedes Kind ist dreiundzwanzig Stunden von vierundzwanzig in seiner Zelle eingeschlossen. Das ist das Entsetzliche. Ein Kind in einer schwach beleuchteten Zelle dreiundzwanzig von vierundzwanzig Stunden einzusperren, ist ein Beispiel für die Grausamkeit der Dummheit. Wenn ein Einzelwesen, Vater oder Vormund, das dem Kind antäte, würde man ihn streng bestrafen. Die Gesellschaft zum Schutz der Kinder gegen Grausamkeit würde sich sofort der Sache annehmen. Überall würde man den, der sich solcher Grausamkeit schuldig gemacht, aufs Tiefste verabscheuen. Schwere Strafe würde ihn zweifellos treffen. Aber unsere eigene gegenwärtige Gesellschaft begeht selbst Schlimmeres, denn für ein Kind ist es weit schlimmer, von einer fremden abstrakten Gewalt, für deren Rechte es kein Einsehen hat, so behandelt zu werden, als dieselbe Behandlung von seinem Vater oder seiner Mutter zu erfahren, oder von jemand, den es kennt. Die unmenschliche Behandlung eines Kindes ist immer unmenschlich, einerlei, durch wen sie erfolgt. Aber unmenschliche Behandlung durch die Gesellschaft ist für das Kind schrecklicher, weil es keine Berufung dagegen gibt. Ein Vater oder Vormund wird unter Umständen gerührt und lässt dann das Kind aus der dunkeln, einsamen Stube, in die er es gesperrt hat, heraus. Ein Wärter kann das nicht. Die meisten Wärter haben Kinder sehr gern. Aber das System verbietet ihnen, dem Kine Beistand zu leisten. Täten sie es, wie es der Wärter Martin getan hat, man würde sie entlassen.

Das zweite, worunter ein Kind im Gefängnis leidet, ist Hunger. Die Nahrung, die es erhält, besteht aus einem, meist schlecht gebackenen, Stück Gefängnisbrot und einem Blechkrug Wasser zum Frühstück um halb acht Uhr. Um zwölf Uhr bekommt es sein Mittagessen: einen Napf Brei aus grobem Maismehl, und um halb sechs ein Stück trockenes Brot und einen Krug Wasser zum Abendessen. Diese Kost hat bei einem starken erwachsenen Mann immer irgendeine Krankheit zur Folge, in erster Linie natürlich Diarrhö und, damit verbunden, Schwäche. Tatsächlich werden in großen Gefängnissen konstipierende Mittel regelmäßig von den Wärtern als etwas ganz Selbstverständliches verteilt. Ein Kind jedoch ist in der Regel überhaupt außerstande, die Nahrung zu sich zu nehmen. Wer auch nur das Geringste von Kindern versteht, weiß, wie leicht die Verdauung eines Kindes durch einen Weinkrampf oder durch Kummer und seelische Leiden gestört wird. Ein Kind, das den ganzen Tag und vielleicht die halbe Nacht in einer einsamen, schwach beleuchteten Zelle geweint hat und von Angst verzehrt wird, kann einfach nicht so grobe, grässliche Kost essen. Das kleine Kind, dem der Wärter Martin Kekse gab, weinte am Dienstagmorgen vor Hunger und war durchaus unfähig, das Brot und das Wasser, das es zum Frühstück erhalten hatte, zu sich zu nehmen. Martin ging aus, nachdem er das Frühstück verabreicht hatte, und kaufte lieber dem Kinde die paar Kekse, als dass er es verhungern sehen wollte. Es war eine edle Tat von ihm, und sie wurde als solche von dem Kind erkannt; denn ohne etwas vom Gefängnisreglement zu wissen, erzählte es ganz unbefangen einem der Oberwärter, wie gut der jüngere Wärter zu ihm gewesen sei. Die Folge davon war natürlich eine Anzeige und die Entlassung.

Ich kenne Martin außerordentlich gut, ich stand während der letzten sieben Wochen meiner Gefängniszeit unter seiner Aufsicht. Bei seiner Bestallung in Reading erhielt er den Flügel C, wo ich eingekerkert war; ich sah ihn also ununterbrochen. Mir fiel die ungewöhnliche Güte und Menschenfreundlichkeit auf, mit der er zu mir und den anderen Gefangenen sprach. Gütige Worte bedeuten viel im Gefängnis, und ein freundliches »Guten Morgen« oder »Guten Abend« machen einen so glücklich, wie man es im Gefängnis nur sein kann. Er war stets artig und aufmerksam. Zufällig kenne ich noch einen Fall, in dem er sich einem Gefangenen gegenüber sehr freundlich erwies, und ich trage kein Bedenken, ihn anzuführen. Zum Grässlichsten im Gefängnis gehören die schlechten sanitären

Einrichtungen. Ein Gefangener darf seine Zelle nach ½6 Uhr unter keinen Umständen mehr verlassen. Leidet er nun an Diarrhö, so muss er seine Zelle als Klosett benutzen und die Nacht in einer höchst übel riechenden, ungesunden Luft zubringen. Einige Tage vor meiner Entlassung machte Martin um halb acht mit einem Oberwärter die Runde, um das Werg und die Gerätschaften der Sträflinge einzusammeln. Ein frisch Verurteilter, der infolge der Nahrung, wie es stets eintrifft, an heftiger Diarrhö litt, bat den Oberwärter um die Erlaubnis, den Napf auszuleeren, weil es in seiner Zelle grässlich roch und die Möglichkeit vorlag, dass er abermals im Laufe der Nacht erkranke. Der Oberwärter lehnte rundweg ab: es verstoße gegen die Bestimmungen; der Mann müsse die Nacht in diesem schrecklichen Zustand verbringen. Martin jedoch wollte den Unglücklichen nicht in einer so widerlichen Lage lassen und sagte daher, er selbst wolle den Napf ausleeren, was er auch tat. Ein Wärter, der einem Gefangenen den Napf leert, verstößt selbstverständlich gegen die Bestimmungen; Martin aber erwies dem Mann diesen freundlichen Dienst aus der schlichten Menschlichkeit seiner Natur heraus, und der Mann war natürlich sehr dankbar dafür.

Was die Kinder betrifft, so hat man in letzter Zeit viel über den verderblichen Einfluss des Gefängnisses auf junge Kinder geredet und geschrieben. Alles, was man anführt, ist wahr. Ein Kind wird durch das Gefängnisleben von Grund auf verdorben. Aber der verderbliche Einfluss geht nicht von den Gefangenen aus. Sondern von dem ganzen Gefängnissystem – dem Direktor, dem Geistlichen, den Wärtern, der einsamen Zelle, der Isolierung, der empörenden Kost, den Bestimmungen der Gefängniskommission, der sogenannten Hausordnung, dem Leben. Man achtet mit denkbar größter Sorgfalt darauf, das Kind dem Anblick sämtlicher Gefangenen über sechzehn Jahren zu entziehen. Kinder sitzen in der Kirche hinter einem Vorhang und müssen ihren Spaziergang in kleinen, von der Sonne nicht beschienenen Höfen machen – manchmal einem Steinlager, manchmal einem Hof hinter einer Fabrik –, nur damit sie die älteren Gefangenen nicht während der Freistunde zu sehen bekommen. Aber der einzige wirklich menschliche Einfluss im Gefängnis geht von den Gefangenen aus. Ihre Heiterkeit unter schrecklichen Umständen, ihr Mitgefühl füreinander, ihre Demut, ihr artiges Wesen, das freundliche Lächeln, mit dem sie sich grüßen, wenn sie einander begegnen, die völlige Ergebung in ihre Strafe sind samt und sonders ganz wunderbar, und ich selbst danke ihnen manche heilsame Lehre. Ich schlage nicht vor, die Kinder sollten in der Kirche nicht hinter einem Vorhang sitzen und sollten in einem Winkel des gemeinsamen Hofes ihren Spaziergang machen. Ich stelle lediglich fest, dass der schlechte Einfluss auf Kinder nicht von den Gefangenen ausgeht und niemals ausgehen kann, sondern von dem Gefängnissystem selbst herrührt und immer herrühren wird. Kein einziger Mann im Gefängnis zu Reading hätte nicht gern die Strafe der drei Kinder für sie abgesessen. Zuletzt habe ich sie am Dienstag nach ihrer Verurteilung gesehen. Um halb zwölf Uhr hatte ich etwa mit zwölf anderen Männern Freistunde; da gingen die drei Kinder in unserer Nähe vorüber, unter Aufsicht eines Wärters, als sie aus dem feuchten, öden Hof kamen, wo sie ihren Spaziergang gemacht hatten. Ich sah das größte Mitleid und aufrichtige Teilnahme in den Augen meiner Gefährten, als ihr Blick auf sie fiel. Gefangene sind im Allgemeinen außerordentlich gut und teilnahmsvoll. Das Leiden, und besonders das gemeinsame Leiden, stimmt Menschen freundlich, und

Tag für Tag, wenn ich im Hof herumschritt, fühlte ich mit Freuden und Behagen, was Carlyle einmal »den stillen rhythmischen Zauber menschlicher Kameradschaft« nennt. Hierin, wie in allen anderen Dingen, sind Philanthropen und ähnliche Leute im Irrtum. Nicht die Gefangenen bedürfen der Reform. Sondern die Gefängnisse.

Natürlich soll überhaupt kein Kind unter vierzehn Jahren die Bekanntschaft des Gefängnisses machen. Es ist sinnwidrig und hat, wie vieles Sinnwidrige, durchaus tragische Folgen. Müssen sie jedoch im Gefängnis sein, so sollen sie sich tagsüber in einer Werkstatt oder einem Schulzimmer unter Leitung eines Wärters aufhalten. Bei Nacht lasse man sie in einem Schlafsaal unter Obhut eines Nachtwärters ruhen. Sie sollen mindestens drei Stunden täglich spazieren gehen dürfen. Die dunkeln, schlecht gelüfteten, übel riechenden Gefängniszellen sind für das Kind, ja für jedermann, schrecklich. Man atmet beständig schlechte Luft im Gefängnis. Die Kost, die Kinder erhalten, soll aus Tee, Butterbrot und Suppe bestehen. Die Gefängnissuppe ist sehr gut und bekömmlich. Ein Beschluss des Unterhauses könnte die Behandlung der Kinder in einer halben Stunde endgültig regeln. Hoffentlich werden Sie Ihren Einfluss dazu aufbieten. Die Art, wie Kinder jetzt behandelt werden, ist wirklich eine Schmach für die Humanität und den gesunden Menschenverstand. Sie entspringt der Dummheit.

Ich möchte jetzt auf noch etwas Schreckliches aufmerksam machen, das in englischen Gefängnissen, ja in den Gefängnissen der ganzen Welt vorherrscht, wo das System des Schweigens und der Einzelhaft zur Anwendung kommt. Ich meine die große Zahl derer, die im Gefängnis verrückt oder schwachsinnig werden. In Zuchthäusern ist dies natürlich ganz allgemein; aber es kommt auch in gewöhnlichen Gefängnissen vor, so in dem, wo ich meine Strafe verbüßte.

Etwa vor einem Vierteljahr bemerkte ich unter den Gefangenen, die mit mir ihren Spaziergang machten, einen jungen Mann, der mir blöde oder nur halb bei Verstand zu sein schien. Jedes Gefängnis hat natürlich seine schwachsinnigen Kunden, die immer wiederkommen und sozusagen im Gefängnis leben. Dieser junge Mann kam mir aber mehr als gewöhnlich verblödet vor infolge seines albernen Grinsens, der idiotischen Art, wie er mit sich lachte, und der eigentümlichen Unruhe seiner beständig zupfenden Hände. Er fiel allen anderen Gefangenen durch sein seltsames Benehmen auf. Dann und wann fehlte er beim Spaziergang, woraus ich schloss, dass ihm Strafhaft in seiner Zelle auferlegt war. Schließlich bekam ich heraus, dass er unter Beobachtung stand und Tag und Nacht von Wärtern überwacht wurde. Sooft er sich zum Spaziergang einfand, schien er hysterisch und ging weinend oder lachend herum. In der Kirche musste er unter Beobachtung zweier Wärter sitzen, die die ganze Zeit kein Auge von ihm wandten. Manchmal vergrub er den Kopf in den Händen – ein Verstoß gegen die Kirchenvorschriften; dann wurde sein Kopf sofort von einem Wärter hochgeschlagen, damit er seine Augen fortwährend auf den Abendmahlstisch richte. Manchmal weinte er – ohne jedes Geräusch –, aber die Tränen strömten ihm übers Gesicht, und seine Kehle zuckte hysterisch. Manchmal grinste er idiotisch in sich hinein und schnitt Fratzen. Mehr als einmal wurde er aus der Kirche in seine Zelle geführt, und natürlich wurde er fortwährend bestraft. Da die Bank, auf der ich in der Kirche gewöhnlich saß, unmittelbar hinter der Bank stand, auf der der Unglückliche den Eckplatz einnahm, hatte ich reichlich Gelegenheit, ihn zu beobachten. Ich sah ihn natürlich auch beständig auf den Spaziergängen, und ich merkte, dass er dem Wahnsinn nahe war und die ganze Zeit als Simulant behandelt wurde.

Letzten Sonnabend vor acht Tagen war ich gegen ein Uhr in meiner Zelle mit dem Reinigen und Putzen des Blechgeschirrs beschäftigt, das ich zum Mittagessen benutzt hatte. Plötzlich fuhr ich auf: Die Stille des Gefängnisses unterbrach das grässlichste, empörendste Kreischen oder vielmehr Heulen; denn ich dachte zuerst, ein Tier, ein Ochse oder eine Kuh, werde draußen vor den Gefängnismauern von ungeschickter Hand geschlachtet. Bald kam mir jedoch zum Bewusstsein, dass das Heulen aus dem Erdgeschoss des Gefängnisses drang; da wusste ich, dass ein Elender gepeitscht werde. Ich brauche nicht zu sagen, wie furchtbar und schrecklich es mir war, und ich dachte darüber nach, wer es wohl sei, der auf so empörende Weise gezüchtigt werde. Plötzlich wurde mir klar, dass man den unglücklichen Irren peitschte. Meine Empfindungen bei der Sache brauchen nicht aufgezeichnet zu werden; sie haben mit der Frage nichts zu tun.

Den nächsten Tag, Sonntag, den 16., sah ich den Ärmsten auf dem Spaziergang; sein kränkliches, hässliches, jämmerliches Gesicht war durch Tränen und hysterische Anfälle fast bis zur Unkenntlichkeit geschwollen. Er ging im inneren Kreise mit den Alten, den Bettlern und Lahmen, sodass ich ihn die ganze Zeit beobachten konnte. Es war mein letzter Sonntag im Gefängnis, ein vollendet herrlicher Tag, der schönste, den wir im ganzen Jahr gehabt haben, und da ging im wundervollen Sonnenschein dieses arme Geschöpf – einst nach Gottes Ebenbild geschaffen –, grinste wie ein Affe und machte mit den Händen die närrischsten Gebärden, als ob er auf einem unsichtbaren Saiteninstrument in der Luft spielte oder die Zählmarken für ein seltsames Spiel in Ordnung brächte und austeilte. Währenddessen gruben seine hysterischen Tränen, ohne die ihn keiner von uns je gesehen hat, schmutzige Rinnen in sein weißes, gedunsenes Gesicht. Die grässliche, bedächtige Grazie seiner Gesten machte ihn zum Gaukler, zu einer lebendigen Groteskfigur. Alle anderen Gefangenen beobachteten ihn, ohne dass einer lächelte. Jeder wusste, was ihn betroffen hatte: Dass er zum Wahnsinn getrieben wurde – ja, schon wahnsinnig war. Eine halbe Stunde darauf wurde er von dem Wärter aufgefordert, hineinzugehen und vermutlich bestraft. Wenigstens fand er sich am Montag nicht zum Spaziergang ein; ich glaube allerdings, ihn unter Aufsicht eines Wärters an der Ecke des Steinlagers flüchtig wahrgenommen zu haben.

Am Dienstag – meinem letzten Tag im Gefängnis – sah ich ihn beim Spaziergang. Er trieb es noch schlimmer und wurde wieder hineingeschickt. Seitdem weiß ich nichts von ihm; aber ich erfuhr von einem Gefangenen, der auf dem Spaziergang neben mir schritt, dass ihm Sonnabend Nachmittag nach einer Verfügung der Besuchskommission auf den amtlichen Bericht des Arztes hin vierundzwanzig Peitschenhiebe in der Küche verabfolgt worden waren. Das Geheul, das uns allen Entsetzen eingejagt, kam von ihm.

Dieser Mann ist zweifellos dem Wahnsinn verfallen. Gefängnisärzte verstehen nichts von Geisteskrankheiten. Im Allgemeinen sind es unwissende Menschen. Die Pathologie des Geistes ist ihnen unbekannt. Wird jemand wahnsinnig, so behandeln sie ihn als Simulanten. Sie haben ihn immer wieder bestraft. Naturgemäß verschlimmert sich sein Zustand. Wenn die gewöhnlichen Strafen erschöpft sind, meldet der Arzt den Fall der Behörde. Die Folge davon ist Rutenstrafe. Freilich, das Peitschen wird nicht mit einer neunschwänzigen

Katze ausgeführt. Es geschieht mit Birkenreisern. Als Instrument dient eine Rute; aber das Resultat für den elenden, blöden Menschen kann man sich vorstellen.

Er hat oder hatte die Nummer A. 2.11. Es gelang mir auch, seinen Namen zu erfahren. Er heißt Prince. Es müsste sofort etwas für ihn geschehen. Er ist Soldat, und das Kriegsgericht hat ihn verurteilt. Zu sechs Monaten. Drei stehen noch aus.

Darf ich Sie ersuchen, Ihren Einfluss zu gebrauchen, damit dieser Fall amtlich geprüft werde, und dafür zu sorgen, dass man den irrsinnigen Gefangenen anständig behandle?

Ein Bericht der medizinischen Kommission ist ganz wertlos. Man kann sich nicht darauf verlassen. Die Ärzte vom Aufsichtsrat verstehen augenscheinlich den Unterschied zwischen Blödsinn und Wahnsinn nicht – zwischen dem völligen Fehlen einer Funktion oder eines Organs und den Krankheitserscheinungen einer Funktion oder eines Organs. Dieser A. 2.11 ist gewiss imstande, seinen Namen anzugeben, die Art seines Vergehens, Tag und Monat, das Datum, wann seine Strafe begann und wann sie abläuft, und jede gewöhnliche einfache Frage zu beantworten; aber dass sein Geist krank ist, lässt keinen Zweifel zu. Augenblicklich ist es ein grauenvoller Kampf zwischen dem Kranken und dem Arzt. Der Arzt kämpft für eine Theorie; der Kranke für sein Leben. Mir liegt daran, dass der Kranke gewinnt. Aber man lasse den Fall von Sachverständigen prüfen, die etwas von Geisteskrankheiten verstehen, und von Leuten mit humaner Gesinnung, die noch etwas gesunden Menschenverstand und Mitleid haben. Es liegt kein Grund vor, den Gefühlsschwärmer zur Einmischung aufzurufen. Er richtet immer Unheil an.

Der Fall ist ein hervorragendes Beispiel für die mit einem albernen System verbundene Grausamkeit; denn der jetzige Direktor in Reading ist ein Mann von vornehmem, menschenfreundlichem Wesen und erfreut sich bei allen Gefangenen großer Zuneigung und Hochschätzung. Er hat die Stelle seit Juli vorigen Jahres inne, und wenn er auch nicht die Vorschriften des Gefängnissystems ändern kann, so hat er doch den Geist geändert, in dem sie unter seinem Vorgänger ausgeführt wurden. Er ist gleich beliebt bei Gefangenen und Wärtern. Ja, er hat die ganze Stimmung des Gefängnislebens völlig geändert. Das System jedoch ist natürlich für ihn unerreichbar, soweit eine Abänderung des Reglements infrage kommt. Unzweifelhaft sieht er täglich vieles, was er für ungerecht, albern und grausam hält. Aber die Hände sind ihm gebunden. Selbstverständlich ist mir seine wahre Auffassung des Falles A. 2. 11 nicht bekannt, ebenso wenig, was er über unser gegenwärtiges System denkt. Ich beurteile ihn lediglich nach der durchgreifenden Verwandlung, die er in Reading hervorgebracht hat. Unter seinem Vorgänger wurde das System mit der größten Strenge und Dummheit durchgeführt.

27. Mai [1897].

Lest es nicht, wenn ihr heute glücklich sein wollt

An den Redakteur der »Daily Chronicle«

Sehr geehrter Herr!

Wie ich erfahre, gelangt die Gefängnisreformvorlage diese Woche zur ersten oder zweiten Lesung; und da Ihre Zeitung die einzige in England gewesen ist, die wirkliches, wesentliches Interesse an dieser wichtigen Frage genommen hat, werden Sie mir als einem, der eine lange persönliche Erfahrung vom Leben in einem englischen Zuchthaus gehabt hat, hoffentlich gestatten darzulegen, welche Reformen unserem jetzigen albernen, barbarischen System dringend nötig sind.

Aus einem Leitartikel, der etwa vor acht Tagen in Ihrem Blatt erschien, ersehe ich, dass die angeregte Hauptreform in einer Vermehrung der Inspektoren und der offiziellen Besucher besteht, die Zutritt zu unseren englischen Gefängnissen bekommen sollen.

Eine derartige Reform hat gar keinen Zweck. Aus einem höchst einfachen Grund. Die Inspektoren und Polizeirichter, die Gefängnisse besuchen, gehen dorthin in der Absicht, sich davon zu überzeugen, dass das Gefängnisreglement vorschriftsmäßig angewandt werde. Sie haben keine andere Absicht und haben auch keine Gewalt, selbst wenn sie den Wunsch hätten, eine einzige Bestimmung des Reglements zu ändern. Kein Sträfling hat je auch nur im geringsten Trost, Beachtung oder Fürsorge bei irgendeinem der offiziellen Besucher gefunden. Sie wollen nicht den Gefangenen helfen, sondern sehen darauf, dass die Vorschriften eingehalten werden. Der Zweck ihres Kommens ist, sich über die gewaltsame Durchführung eines törichten, unmenschlichen Gesetzbuches zu vergewissern. Und da sie eine Beschäftigung haben müssen, so lassen sie sich dies sehr angelegen sein. Ein Gefangener, der das kleinste Vorrecht genossen hat, fürchtet die Ankunft der Inspektoren. Und am Tag der Gefängnisbesichtigung sind die Gefängnisbeamten ungewöhnlich roh gegen die Sträflinge. Sie wollen damit natürlich die glänzende Disziplin beweisen, die bei ihnen herrscht.

Die notwendigen Reformen sind sehr einfach. Sie betreffen die körperlichen und geistigen Bedürfnisse jedes unglücklichen Gefangenen.

Was die ersten angeht, so gibt es drei beständige, in englischen Gefängnissen gesetzlich anerkannte Strafen:

1. Hunger,
2. Schlaflosigkeit,
3. Krankheit.

Die Nahrung, die Gefangene bekommen, ist ganz unangebracht. Meist ist sie empörend ihrer Zubereitung nach. Immer ist sie unzureichend. Jeder Gefangene hat Tag und Nacht Hunger zu leiden. Eine gewisse Ration wird jedem Gefangenen grammweise sorgfältig zugewogen. Es ist eben genug, nicht zum Leben, sondern das Dasein zu fristen. Aber man wird immer von Schmerz und Übelkeit, wie sie der Hunger erzeugt, gepeinigt.

Die Folge der Kost – die meistens aus dünner Mehlsuppe, Talg und Wasser besteht – ist Unwohlsein, das sich in beständiger Diarrhö äußert. Diese Krankheit, die schließlich bei der Mehrzahl der Gefangenen zu einem chronischen Leiden wird, ist in jeder Strafanstalt eine feststehende Einrichtung. In Wandsworth zum Beispiel – wo ich zwei Monate eingesperrt war, bis man mich in die Krankenabteilung schaffen musste, wo ich abermals zwei Monate blieb – machen die Wärter zwei- bis dreimal täglich mit konstipierenden Mitteln die Runde und verteilen sie an die Gefangenen als etwas Selbstverständliches. Hat diese Behandlung erst ungefähr eine Woche gedauert, so ist die Medizin, wie sich zu sagen erübrigt, ganz und gar wirkungslos. Der arme Gefangene bleibt dann die Beute einer Krankheit, die ihn in denkbar größtem Maß schwächt, entmutigt und erniedrigt; und wenn er, wie es oft vorkommt, infolge seiner Körperschwäche die vorgeschriebenen Umdrehungen an der Kurbel oder der Tretmühle nicht zu leisten vermag, so wird er wegen Faulheit angezeigt und mit der größten Strenge und Rohheit bestraft. Das ist noch nicht alles.

Es kann nichts Schlimmeres geben als die hygienischen Einrichtungen englischer Gefängnisse. Früher war jede Zelle mit einer Art Klosett versehen. Diese Klosetts sind jetzt abgeschafft. Sie existieren nicht mehr. Ein kleines Blechgefäß wird stattdessen jedem Gefangenen gestellt. Dreimal am Tag darf er seine Exkremente ausschütten. Aber er darf die Gefängnisaborte nur während der einen Freistunde benutzen. Und nach fünf Uhr abends darf er seine Zelle unter keiner Bedingung mehr verlassen. Ein Diarrhökranker befindet sich also in einer so ekelerregenden Lage, dass es unnötig ist und unschicklich wäre, dabei zu verweilen. Das Elend und die Qualen, die Gefangene infolge der empörenden hygienischen Einrichtungen durchzumachen haben, spotten jeder Beschreibung. Und die durch ein gänzlich unwirksames Ventilationssystem noch verschlechterte, an sich schon verdorbene Luft der Gefängniszellen ist so widerwärtig und ungesund, dass die Wärter, wenn sie morgens aus der frischen Luft kommen und jede Zelle öffnen und besichtigen, nicht selten von heftiger Übelkeit befallen werden. Ich habe dies selbst mehr als dreimal gesehen, und verschiedene Wärter haben mit mir darüber gesprochen und es eine der mit ihrem Beruf verbundenen Widerwärtigkeiten genannt.

Die Sträflingskost müsste zweckentsprechend und gesund sein, aber nicht derart, dass sie beständige Diarrhö im Gefolge hat, die aus einer akuten Krankheit allmählich zum chronischen Leiden wird.

Die hygienischen Einrichtungen in englischen Gefängnissen müssten von Grund auf geändert werden. Jeder Gefangene soll, wenn nötig, die Aborte benutzen und seine Exkremente ausgießen dürfen. Das jetzige Ventilationssystem der Zellen ist ganz zwecklos. Die Luft kommt durch verstopftes Gitterwerk und durch einen kleinen Ventilator in dem winzigen Fenster, das mit seinen Querstäben viel zu eng und zu schlecht angelegt ist, als dass es eine genügende Menge frischer Luft hereinließe. Man darf aus seiner Zelle nur eine Stunde hinaus von den vierundzwanzig, die den langen Tag bilden, und so atmet man dreiundzwanzig Stunden die denkbar verpestetste Luft.

Was die Schlaflosigkeit betrifft, so gibt es diese Strafe nur in chinesischen und englischen Gefängnissen. In China wird sie verhängt, indem man den Gefangenen in einen engen Bambuskäfig sperrt; in England vermittels der Lattenpritsche. Der Zweck der Lattenpritsche ist, Schlaflosigkeit zu erzeugen. Sie hat keinen anderen Zweck, und es gelingt ihr ausnahmslos. Selbst wenn einem mit der Zeit eine harte Matratze bewilligt wird, was im Verlauf der Haft geschieht, leidet man noch an Schlaflosigkeit. Denn Schlaf ist, wie alles Gesunde, Gewohnheitssache. Jeder Gefangene, der auf einer Lattenpritsche gelegen hat, leidet an Schlaflosigkeit. Es ist eine empörende, dumme Strafe.

Lassen Sie mich, bitte, auch über die geistigen Bedürfnisse etwas sagen.

Das gegenwärtige Gefängnissystem scheint es fast darauf abgesehen zu haben, die geistigen Fähigkeiten vollkommen zu vernichten. Der Wahnsinn, zu dem es führt, ist, wenn nicht sein Zweck, so doch gewiss seine Folge. Dies ist eine verbürgte Tatsache. Die Gründe dafür liegen auf der Hand. Allen menschlichen Verkehrs beraubt, ohne Bücher, von jedem menschenfreundlichen und vermenschlichenden Einfluss abgesondert, zu ewigem Schweigen verdammt, jedes Umgangs mit der Außenwelt bar, wie ein unvernünftiges Tier behandelt, viehischer noch als ein Stück Vieh, kann der Unselige, der in einem englischen Gefängnis eingekerkert ist, kaum dem Wahnsinn entgehen. Ich möchte nicht bei diesen Gräueln verweilen, noch weniger ein vorübergehendes sentimentales Interesse für die Sache erwecken. Ich will daher mit Ihrer Erlaubnis nur ausführen, was geschehen müsste.

Jeder Gefangene müsste eine genügende Anzahl guter Bücher bekommen. Gegenwärtig darf man, während des ersten Vierteljahres der Strafzeit, überhaupt keine Bücher lesen, mit Ausnahme der Bibel, des Gebet- und des Gesangbuches. Hernach erhält man wöchentlich ein Buch. Das ist nicht nur unzulänglich, sondern die Bücher einer gewöhnlichen Gefängnisbibliothek sind auch vollkommen unbrauchbar. Es sind in der Hauptsache Werke dritten Ranges, schlecht geschriebene, sogenannte religiöse Bücher, offenbar für Kinder bestimmt und für Kinder wie für jeden anderen durchaus ungeeignet. Man müsste Gefangene zum Lesen ermutigen, müsste ihnen alle Bücher geben, die sie haben wollen, und diese sorgfältig auswählen. Gegenwärtig trifft der Gefängnisgeistliche die Auswahl.

Unter dem jetzigen System darf ein Gefangener nur viermal im Jahr Besuch empfangen, jedes Mal zwanzig Minuten. Das ist ganz verkehrt. Der Gefangene müsste seine Freunde einmal monatlich sehen dürfen, und dann ziemlich lange. Die jetzt übliche Art, den Gefangenen vor seinen Freunden zur Schau zu stellen, müsste geändert werden. Unter dem gegenwärtigen System ist der Gefangene entweder in einem großen eisernen Käfig eingesperrt oder in einer großen Holzkiste mit einer kleinen, von einem Drahtgeflecht bedeckten Öffnung, die er als Guckloch benutzen darf. Seine Freunde werden in einem ähnlichen, etwa drei bis vier Fuß entfernten Käfig untergebracht, und zwei Wärter stehen dazwischen, hören der Unterhaltung zu, soweit sich eine anspinnt, unterbrechen oder untersagen sie nach Gutdünken. Ich schlage Folgendes vor: Man lasse einen Gefangenen seine Verwandten und Freunde in einem Zimmer empfangen. Die jetzt gültigen Vorschriften sind unsagbar empörend und qualvoll. Der Besuch seiner Verwandten und Freunde bedeutet für jeden Gefangenen gesteigerte Demütigung, Vermehrung seiner Seelenpein. Viele Gefangene wollen lieber ihre Freunde überhaupt nicht sehen, als einer solchen Tortur Vorschub leisten. Und das überrascht mich nicht. Wenn man seinen Anwalt empfängt, geschieht es in einem Zimmer mit einer Glastür, während der Wärter draußen bleibt. Wenn ein Mann Weib und Kinder, seine Eltern oder Freunde empfängt, gestatte man ihm dasselbe Vorrecht. Zur Schau gestellt zu werden wie ein Affe im Käfig, vor Menschen, die einen gern haben und die man gern hat, ist eine überflüssige, grässliche Erniedrigung.

Man lasse jeden Gefangenen mindestens einmal monatlich schreiben und Briefe empfangen. Jetzt darf man nur viermal im Jahr schreiben. Das genügt gar nicht. Eine der Tragödien des Gefängnislebens ist, dass es das Herz in Stein verwandelt. Die Gefühle natürlicher Liebe wollen, wie alle anderen Gefühle, genährt sein. Sie sterben leicht an Entkräftung. Ein kurzer Brief, viermal jährlich, reicht nicht aus, die zarteren, menschenfreundlicheren Regungen am Leben zu erhalten, durch die die Natur schließlich für alle edlen, schönen Einflüsse, die ein von Grund aus zerstörtes Leben heilen können, empfindlich bleibt.

Man schaffe die Sitte ab, dass Gefangenenbriefe verstümmelt und von lästigen Stellen gesäubert werden. Wenn ein Sträfling jetzt sich in einem Brief irgendwie über das Gefängnissystem beklagt, wird dieser Teil seines Briefes mit der Schere ausgeschnitten. Beklagt er sich aber, wenn er durch die Stäbe des Käfigs oder die Öffnung der Holzkiste mit seinen Freunden spricht, so wird er von den Wärtern roh behandelt und jede Woche angezeigt, bis sein nächster Besuchstag fällig ist; man erwartet von ihm, dass er bis dahin nicht klüger, aber schlauer geworden ist, und das wird man ja immer. Es gehört zu dem wenigen, das man im Gefängnis lernt. Zum Glück ist das andere in einigen Fällen von größerer Bedeutung.

Wenn ich noch ein wenig länger Ihre Zeit in Anspruch nehmen darf, kann ich noch dies sagen: Sie haben in Ihrem Leitartikel angeregt, der Gefängnisgeistliche solle außerhalb der Strafanstalt keine Tätigkeit ausüben. Aber das ist belanglos. Die Gefängnisgeistlichen haben gar keinen Zweck. Als Stand sind sie gutmütige, aber törichte, ja alberne Männer. Sie helfen keinem Gefangenen. Alle sechs Wochen etwa wird die Zellentür einmal aufgeschlossen, und der Geistliche tritt ein. Man steht natürlich stramm. Er fragt einen, ob man die Bibel gelesen hat. Man antwortet »ja« oder »nein«, je nachdem. Er zitiert dann ein paar Bibelstellen, geht wieder hinaus und schließt die Tür ab. Manchmal lässt er ein Traktätchen da.

Die Beamten, die außerhalb der Strafanstalt keine weitere Tätigkeit haben und keine Privatpraxis ausüben dürften, sind die Gefängnisärzte. Gegenwärtig haben sie meistens, wenn nicht immer, eine große Privatpraxis und bekleiden noch an anderen Instituten Stellen. Infolgedessen wird die Gesundheit der Gefangenen völlig vernachlässigt und der hygienische Zustand des Gefängnisses gänzlich ignoriert. Als Stand halte ich und habe ich von frühester Jugend an Ärzte für den bei Weitem menschenfreundlichsten Beruf der bürgerlichen Gesellschaft gehalten. Aber ich muss die Gefängnisärzte ausnehmen. Sie sind, soweit ich ihnen begegnet bin und was ich von ihnen in der Krankenabteilung und auch sonst gesehen habe, roh in ihrem Wesen, schroff ihrem Temperament nach und durchaus gleichgültig gegen die Gesundheit der Gefangenen oder ihr Wohlbefinden. Wäre den Gefängnisärzten Privatpraxis verboten, so müssten sie sich einigermaßen für die Gesundheit und den hygienischen Zustand ihrer Patienten interessieren.

Ich habe in meinem Brief einige der unserem englischen Gefängnissystem nötigen Reformen anzudeuten gesucht. Sie sind einfach, praktisch und menschenfreundlich. Sie sind freilich nur ein Anfang. Aber es ist Zeit, einen Anfang zu machen, und er kann nur gemacht werden durch einen starken Druck auf die öffentliche Meinung, die in Ihrem einflussreichen Blatt Ausdruck findet und von ihm unterstützt wird.

Doch selbst um diese Reformen wirksam zu machen, muss viel geschehen. Und die erste und vielleicht die schwierigste Aufgabe ist: die Gefängnisdirektoren zu Menschen, die Wärter zu Gesitteten und die Geistlichen zu Christen zu machen.

Der Verfasser der »Zuchthausballade«.
23. März [1898].

Die Ballade vom Zuchthaus in Reading

In memoriam C. T. W., weiland Reiter in der königlichen Leibgarde, hingerichtet in Ihrer Majestät Gefängnis am 7. Juli 1896

Er trug nicht mehr den roten Rock,
Denn Blut und Wein sind rot;
Die klebten an des Mannes Hand,
Als man ihn bei der Toten fand.
Das arme Weib, das er geliebt,
Im Bett schlug er sie tot.

Er schritt mit andern Sträflingen
Im Zeug von schäbigem Grau,
Die Kricketmütze auf dem Kopf,
Sein Gang war leicht und lau;
Doch nie noch sah ich einen starren
So sehnend ins Himmelsblau.

Nie sah ich eines Menschen Blick
So heiß nach oben glühn,
Auf jenes kleine blaue Zelt –
»Himmel« nennt's der Gefangene kühn –
Und die Silberwölkchen, die segelgleich
Daran vorüberziehn.

Ich schritt mit anderen in Pein
In einem andern Ring
Und dachte mir, ob jener dort
Wohl schwere Tat beging?
Dann raunt mir eine Stimme zu:
»Der hängt am Galgen flink!«

Mein Gott! Die schwere Kerkermauer
Schwankte auf einmal,
Der Himmel über mir war so weiß
Wie ein Helm aus glühendem Stahl;
Doch ob meine Seele auch leidgebeugt,
Vergaß sie der eigenen Qual.

Jetzt wusste ich, welch ein Geschick
Ihm Schritt und Atem trieb,
Weshalb er mit dem Fieberblick
Am Lichtglanz haften blieb.
Der Mann erschlug sein liebstes Glück,
Drum war der Tod ihm lieb.

So mordet jeder, was er liebt,
Damit ihr es nur hört,
Der tut es mit dem bösen Blick,
Der schmeichelnd es zerstört:
Der Feigling tötet mit dem Kuss,
Der Tapfre mit dem Schwert!

Die morden es, wenn sie noch jung,
Und jene, wenn sie alt,
In Wut und Wollust viele,
Mit des Goldes Allgewalt;
Doch wer ein Messer dazu nimmt,
Macht die Toten am schnellsten kalt.

Der liebt zu wenig, der zu lang,
Der schachert, wo er kann,
Der tut die Tat in Tränen bang,
Und der als ganzer Mann.
Denn jeder tötet, was er liebt –
Doch stirbt nicht jeder dran.

Nicht jeder stirbt den Schandentod
Am schwarzen Hochgericht,
Mit einem Strick um sein Genick,
Ein Tuch vor dem Gesicht,
Und schwingt ins Leere nicht hinein,
Sobald die Planke bricht!

Er sitzt nicht bei der stummen Wacht,
Die wartet Tag um Tag,
Die ihn belauscht selbst in der Nacht,
Wenn er weinen und beten mag,
Damit er nicht ein Ende macht
Vor seinem Henkerstag.

Er sieht beim Morgengrauen nicht
Die Schreckgestalten nahn;
Den Sheriff mit dem Steingesicht,
Schneeweiß den Herrn Kaplan,
In blankem Schwarz den Gouverneur,
Gelbhäutig, streng, profan.

Fährt nicht empor in jähem Schreck,
Rasch in sein Sträflingskleid;
Da steht der Arzt schon mit der Uhr,
Zum Studium bereit:
Die Uhr, die tickt und tackt und tickt
Und hämmert: »Es ist Zeit!«

Er kennt ihn nicht, den eklen Durst
In der Kehle wie Sand so seicht,
Wenn der Henker mit behandschuhter Faust
Über die Schwelle schleicht,
Und ihn dreifach schnürt mit dem Ledergurt,
Der allen Durst verscheucht.

Er beugt sein Haupt nicht vor und hört
Das letzte Protokoll,
Und – während ihn die Angst belehrt,
dass er noch lebensvoll –
Sieht seinen eigenen Sarg er stehen
Dort, wo er sterben soll.

Er harrt und starrt nicht in die Luft
Durch ein kleines Dach von Glas,
Und betet wie ein armer Schuft,
Leise ohn Unterlass,
Bis ihn erlöst aus seiner Gruft
Der Kuss des Kaiphas!

Sechs Wochen ging der Gardehusar
Im Zeug von schäbigem Grau,
Die Kricketmütze auf dem Haar,
Sein Gang war leicht und lau;
Und immer starrt sein Augenpaar
Hinauf ins Himmelsblau.

Wie kann der Blick von dieser Welt
So heiß nach oben glühn,
Auf jenes kleine blaue Zelt,
Das uns wie der Himmel schien,
Auf die Wanderwolken, die silberhell
Daran vorüberziehn?

Er rang die Hände nicht empor,
Wie ein feiger, flehender Schuft,
Der noch zu hoffen wagt, der Tor,
In seiner Kerkergruft;
Nur die Sonne sah er im Nebelflor
Und trank die Morgenluft.

Er rang die Hände nicht und schrie
Den blöden Jammerschrei,
Trank nur die Luft, als wäre sie
Schmerzstillende Arznei;
Mit offnem Mund trank er das Licht
Als ob es Kraftwein sei.

Es war so seltsam ihn zu sehn
Mit seinem leichten Schritt
So sacht und schnell vorübergehn,
Wie im Paradetritt –
Den Mann mit solcher Riesenschuld,
Der solchen Tod erlitt.

Der Eichenbaum und Ulmenbaum
Sind lieblich anzuschaun,
Doch grässlich ragt vom Wurm zernagt
Des Galgenbaumes Graun;
Ob alt oder grün muss der Mensch dahin
Als Frucht an den hängenden Taun!

Ein hoher Platz ist der Ehrenplatz,
Nach dem der Streber strebt;
Doch der höchste Stand mit dem Hals im Band
Am Hochgerüste schwebt –
Wo im Sündenstrick er den letzten Blick
Hinauf zum Himmel hebt.

Beim Geigenschall tanzt man so drall,
Wenn lockend das Leben ruft,
Und Flötenklang mit Lautensang
Sind fein wie Blumenduft;
Doch es ist nicht fein, wenn die flinken Bein
Tanzen frei in der Luft!

Ich und die Mitgefangenen,
Wir gingen im andern Ring,
Es dachte keiner mehr daran,
Was selber er beging;
Wir sahen immer nur den Mann,
Der bald am Galgen hing.

Mit neugierigem, kranken Blick
Wurde er angestiert,
Wir grübelten, ob nicht jedem von uns
Der gleiche Gang gebührt?
Wer weiß denn gleich, wann ins Höllenreich
Seine blinde Seele irrt?

Doch schließlich sah ich ihn nicht mehr
Zwischen den andern gehn,
Da wusste ich, er sollte nun
Vor seinem Richter stehn,
Dass wir auf Gottes schöner Welt
Uns nimmer wiedersehn.

Wie Schiffe, die dem Tod geweiht,
Sich kreuzen ohne Signal,
So tauschten wir keinen Flaggengruß
Kein leuchtendes Fanal;
Wir trafen uns nie in heiliger Nacht,
Nur immer am Tag der Qual.

Denn beide umschloss eine Kerkerwand,
Ein ausgestoßenes Paar,
Das von der Welt verworfen
Und von Gott verlassen war;
Der Eisenring, der uns umfing,
Ist der Sünde Schlingenhaar!

Beim Schuldturmwart sind die Steine hart
Und die feuchte Wand ist hoch,
Da sog er nur die Himmelsluft
Durchs bleierne »Wolkenloch«;
An jeder Seite ein Wärter geht,
Immer und immer noch.

Dort sitzt er bei der stummen Wacht,
Die wartet Tag um Tag,
Die ihn belauscht selbst in der Nacht,
Wenn er weinen und beten mag;
Damit er nicht selbst ein Ende macht
Vor seinem Henkerstag!

Der Gouverneur hält streng auf Zucht
Und Ordnung unterdes;
Der Doktor meint, der Tod sei nur
Ein »natürlicher Prozess«;
Zweimal pro Tag kommt der Herr Kaplan
Und liest etwas »Biblisches«.

Und zweimal täglich raucht der Mann
Und trinkt zwei Pinten Bier;
Sein Herz ist stark, im Rückenmark
Sitzt weder Furcht noch Gier;
Er meinte nur, die hanfne Schnur
Sei ihm die liebste Zier.

Doch warum er so seltsam sprach,
Fragten die Wärter nicht,
Denn wem ein Wächteramt verliehn
Als seine Lebenspflicht,
Der trägt ein Siegel vor dem Mund,
Eine Maske vorm Gesicht.

Sonst stiege ihm wohl manches Mal
Das Mitleid plötzlich hoch –
Doch was kann Menschenmitleid tun
In einem Mörderloch?
Welch mildes Wort an solchem Ort
Nützt dem Verbrecher noch?

Mit gleichem Fleiß im gleichen Kreis,
In gleichem Takt und Ton,
So traten wir die Runde durch,
Eine närrische Prozession;
Mit kahlem Kopf und Blei am Fuß,
Des Teufels Bataillon!

Wir rissen mit Nägeln blutig und stumpf,
Zu Fetzen das teerharte Tau;
Dann Gitter poliert und Türen geschmiert,
Bis alles blank und genau.
Wir haben gefegt und geseift und gespült
Tagtäglich im ganzen Bau.

Wir säumten die Säcke und klopften den Stein
Und drehten die Drehscheibe wieder,
Traten die Tretmühle im Verein
Und brüllten die geistlichen Lieder;
Und dennoch kroch in uns hinein
Die Angst und duckte sich nieder.

Sie schlich so sacht, dass jeder Tag
Wie eine Schlammwelle kroch;
Bis wir einmal, nach der Tagsfron,
Vor Feierabend noch,
Ganz frisch gegrabene Erde sahn
Und ein offenes langes Loch.

Ein neu gegrabenes gelbes Grab,
Gähnend nach Menschenleben;
Der dampfende Dreck brüllte nach Blut
Zum Asphaltpflaster daneben:
Da wussten wir, wenn der Morgen kam,
Sollte einer von uns – schweben.

Wir traten hinein im dumpfen Verein
Und dachten an Tod und Hölle;
Der Henker mit seinem Sack hinterdrein
Ging leise von Stelle zu Stelle,
Und jeder Mann zog zitternd ein
In seine bezifferte Zelle.

In dieser Nacht, die wir durchwacht,
Da schlichen von Tor zu Tor
Gespenstige Schritte schlürfend
Durch den leeren Korridor,
Und ohne Rast durch den Eisenpalast
Guckten graue Gesichter hervor.

Er lag indessen wie im Traum
Im süßen Märchenland;
Es ging den Wächtern allesamt
Über den Verstand,
Dass er immer ruhig noch schlief,
Mit dem Henker so nah zur Hand.

Doch dem, der nicht mehr weinen kann,
Dem bleibt der Schlummer aus;
Drum hielten wir – Narr, Schuft und Lump
Die lange Wache aus:
Und heimlich schlich von Mann zu Mann
Das Grauen durch das Haus.

Denn grauenhaft ist das Gefühl
Von eines andern Schuld;
Tief bis ins Herz bohrt sich der Schmerz
Vom eigenen Sündenkult!
Es rinnt dabei wie flüssig Blei
Die Träne um fremde Schuld.

Die Wärter gingen auf weichen Socken,
In Schuhen von Filz, und spähten hinein
Durch jede verriegelte Tür und erschrocken
Sahen sie drinnen im Halblichtschein
Graue Gestalten am Boden hocken,
Betende Sträflinge mit sich allein.

Wir beteten die ganze Nacht,
Ein Leichenbitterchor!
Das tiefste Schwarz der Mitternacht
War unser Trauerflor,
Wie aus dem Schwamm der Essigduft
Stieg Reue draus hervor.

Der graue Hahn rief und der rote Hahn rief
Den Tag, der nimmer kam;
Gebückte Gefangene hockten tief
In den Ecken, lendenlahm;
Denn keiner schlief, weil sein Schatten lief
Umher so wundersam.

Sie glitten schnell, sie glitten hell,
Mit Bücken und Nicken und Neigen,
Verhöhnten den Mond wie mit Hundegebell
Und spöttischem Verbeugen:
So tanzten die Schatten von Zelle zu Zell'
Ihren grässlichen Ringelreigen.

Im Takt und Schritt, zu zweit und dritt,
Die Schemen, Hand in Hand,
So tanzten sie den Totentritt
Wie eine Saraband';
Spielten Grotesken und Arabesken,
Wie der Wirbelwind im Sand.

Mit Pirouetten wie Marionetten
Im wirbelnden Trippeltanz,
Die Seelen zu töten mit schrillenden Flöten
Im wütenden Mummenschanz:
Sie sangen so lang und pfiffen so bang,
Sie pfiffen den Totentanz.

»Oho! Oho! Die Welt ist weit,
Doch Glieder in Ketten sind lahm!«
So riefen sie. »Drum seid gescheit,
Bleibt alle züchtig und zahm.
Denn der verliert, der nach Sünde giert,
Im heimlichen Haus der Scham!«

Nicht Luft und Schaum im leeren Raum
Ist, was so schwirrt und schnarrt:
Von Fleisch und Blut eine Höllenbrut,
Wenn die Fußkette klirrt und knarrt.
Bei Christi Kreuz! Das klappert so,
Dass uns das Blut erstarrt.

Rundum, rundum im Takt herum
In wiegendem Walzertritt;
Verschämt mit Gezier nach Grisettenmanier
Treppauf im Trippelschritt;
Beim Beten sogar half die Tänzerschar
Und betete zärtlich mit!

Der Morgenwind hub klagend an,
Noch eh die Nacht zerronnen,
Die wie Riesengespinst ihre Fäden spann,
Bis jede Masche gesponnen:
Das Grauen vor Gerechtigkeit
Und vor dem Licht der Sonnen.

Der wimmernde Wind pfiff so geschwind,
Als rief er nach Menschenknochen;
Wir fühlten die Qual wie ein Zahnrad von Stahl,
Wie die Minuten krochen.
O klagender Wind, du Seneschall,
Was hatten wir denn verbrochen?

Doch endlich hob sich ein Schattenriss
Wie ein Gitter gegossen in Blei,
Schräg auf der weißen Wandfläche ab
An meinem Bett vorbei:
Da wusste ich, dass für einen von uns
Der Tag gekommen sei.

Punkt sechs Uhr, nach Gefängnisbrauch,
›Zellen auskehren und fegen‹;
Ein Flügelschlag wie Eiseshauch
Schlug uns daraus entgegen;
Denn der Toten Herr gleich hinterher
Begann sich schon zu regen.

Er kam nicht daher in Purpur schwer
Noch ritt er auf mondweißem Zelter;
Drei Ellen Strick für das Genick
Und ein Schiebebrettchen hält er,
Die Schling' in der Hand für die heimliche Schand',
Der heimliche Vergelter.

Es war, als ob wir durch Morast
Im Finstern vorwärtstasten;
Wir wagten nicht mal durch Gebet
Die Seele zu entlasten.
Etwas war tot in jedem von uns:
Das Hoffen und das Hasten.

Denn der Menschen grimme Gerechtigkeit
Hat einen harten Sinn;
Sie schreitet mit Unersättlichkeit
Über Schwache und Starke hin;
Mit eiserner Ferse tritt sie zu,
Die Vatermörderin!

Wir warteten auf den Glockenschlag
Der achten Morgenstunde;
Der achte Schlag ist der Schicksalschlag
Zum Antreten in der Runde:
Denn das Geschick dreht seinen Strick
Für Menschen wie für die Hunde.

Wir hatten weiter nichts zu tun,
Als das Zeichen abzuwarten,
Und lagen herum, gefühllos, stumm,
Wie Steine im öden Garten;
Doch wie Trommelwirbel klopfte uns
Das Herz an die Rippen beim Warten.

Mit heiserm Klang, so jammerbang
Begann die Uhr zu schlagen;
Das klang so bang wie der letzte Sang
Von Heulen und Wehklagen,
Wie das Angstgestöhn im Windeswehn
In des Aussatzkranken Plagen.

Wie Albdruck kommt, so grass und grau
In einem schweren Traum,
So sahen wir das hanfene Tau
Baumeln am schwarzen Baum,
Sein letztes Gebet im Wind verweht,
Ein erstickter Schrei in den Raum!

Und alle Not, die ihm gebot
Zu schreien den letzten Schrei,
Die Reue heiß und der blutige Schweiß,
Meine Seele war mit dabei;
Denn wer mehr als ein Leben lebt,
Der leidet und stirbt für drei.

Am Tag einer Hinrichtung
Fällt aus der Gottesdienst;
Des Kaplans Herz ist viel zu schwach
Für einen solchen Dienst.
Es spricht aus seinen Augen nur,
Was keinem bringt Gewinst.

Man hielt uns still bis zur Mittagsstund;
Da tönte der Glocken Gebelle,
Die Schließer mit klimperndem Schlüsselbund
Öffneten jede Zelle;
Da trampelten wir die Treppe hinunter
Aus unserer Eisenhölle.

Wir gingen in Gottes süße Luft
Zu einer Leichenschau;
Schneeweiß war das Antlitz von manchem Schuft,
Und manches Gesicht war grau;
Sie schauten aus ihrer Sündengruft
So traurig ins Himmelsblau.

Nie sah ich Männer mit solchem Blick
So heiß nach oben glühn,
Auf jenes kleine blaue Stück,
Das uns wie der Himmel schien,
Auf die Wölkchen hell, die leicht und schnell
Daran vorüberziehn.

Es waren darunter etliche
Mit niedergeschlagenem Blick,
Die wussten, dass sie viel eher
Verdient den Todesstrick –
Denn sie hatten Tote ermordet –
Er nur sein lebendes Glück.

Denn wer zum zweiten Mal Sünde begeht,
Stört tote Seelen auf;
Ihr Blut bahnt sich durchs Sterbehemd
Noch einmal seinen Lauf
Und spritzt in roten Bächen
Umsonst, umsonst herauf.

Wie Clown und Affe angetan,
Mit krummen Pfeilen bemalt,
So trampelten wir im Kreis herum
Auf dem glitschigen Asphalt;
Immer wieder im Kreis herum,
Dumpf und stumpf und kalt.

Wir gingen schweigend Mann an Mann.
Durch den Schädel, schwer und leer,
Stürmten Erinnerung und Wahn
Wie ein Wirbelwind daher.
Entsetzen zog unserm Zug voran,
Und die Angst kroch hinterher.

Die Wärter stelzten auf und ab,
Als trieben sie Ochsen zum Teich,
Stramm und prall ihre Uniform,
Denn sie trugen Sonntagszeug;
Doch an den Stiefeln klebte Kalk –
Gelbweißer Leichenteig.

Denn dort, wo die Erde offen stand,
War gar kein Grab gewesen;
Es war nur ein Haufen Schmutz und Sand,
Und dann, zum raschen Lösen
Brennenden Kalk als Leichentuch,
Gegen das Verwesen.

Denn der Mann hat ein Leichenhemd so fein,
Wie wenige es haben;
Tief unten im Hof und ganz allein
Sein Totenhemd sie ihm gaben:
Da liegt er nun nackt, mit der Kette am Bein
In sein Flammentuch eingegraben!

Die ganze Zeit frisst die Flüssigkeit
Seinen Leib, dass der Kalk ihn benage;
Die Knochen verzehrt sie in der Nacht
Und das weiche Fleisch bei Tage:
So frisst sie abwechselnd Knochen und Fleisch,
Und das Herz frisst sie auch ohne Frage.

Drei Jahre lang bleibt auf dem Fleck
Ganz kahl der Erde Schoß;
Man säet und pflanzt da nichts, und der Dreck
Liegt unfruchtbar und bloß,
Und starrt verwundert zum Himmel auf,
Mit Augen stumm und groß.

Sie glauben, des Mörders Herz befleckt
Jedes Samenkorn beim Sprießen.
Es ist nicht wahr! Gottes gute Welt
Ist gütiger, als sie wissen.
Rote Rosen würden noch röter erblühn,
Weiße Rosen noch weißer uns grüßen!

Aus seinem Munde die Rosen rot,
Aus seinem Herzen die weißen –
Denn wer kann wissen, wie Christi Gebot
Die Zukunft mag deuten und heißen?
Der dürre Stab grünte in Pilgers Not,
Trotz des großen Papstes Verheißen!

Nicht weiße noch rote Rosen fein
Blühn in der Zuchthausluft;
Nur Scherben, Kiesel und Feuerstein
Sind die Blumen der Schandengruft;
Die gibt man uns hier, nicht den Sonnenschein
Und den süßen Blumenduft.

Nie werden Rosen rot und weiß
Entblätternd niederfallen
Auf diesen Streifen Schmutz und Sand
Neben den Gittertrallen,
Zum Zeichen, dass Gottes Sohn einst starb
Für alle, die gefallen.

Doch wenn das kalte Gitterwerk
Ihn immer noch umschließt,
Die Seele nachts nicht schwärmen kann,
Die in Ketten geschmiedet ist,
Nur bitter weinen in ihrer Schmach
Auf solchem Haufen Mist –

So hat sein Leid ein Ende doch,
Das Herz bleibt hier verschont,
Nicht peinigt es zum Wahnsinn
Ein Schmerz, noch ungewohnt.
Die dunkle Erde, wo er liegt,
Kennt Sonne nicht noch Mond.

Sie hängten ihn wie ein totes Vieh,
Ohne Sang, ohne Glockengebimmel;
Nicht mal ein Requiem sandten sie
Für seine Seele zum Himmel;
Sie scharrten schnell nur seinen Leib
In ein Loch unter freiem Himmel.

Sie streiften ab sein Linnenkleid,
Sie gaben den Leib den Fliegen,
Höhnten den roten geschwollenen Hals,
Als machte es ihnen Vergnügen,
Warfen sein Leichentuch über ihn
Und ließen so ihn liegen.

Der Priester kniet nicht zum Gebet
Vor dem entehrten Grab,
Er schmückt es nicht mit dem heiligen Kreuz,
Das Christ dem Sünder gab –
Weil dieser gerade von denen war.
Für die Christ kam herab!

Doch es ist gut, er hat mit Blut
Bezahlt des Lebens Zoll;
Und fremder Zähren heilige Flut
Füllt nun die Schale voll
Des Mitleids – denn Geächtete
Sind immer trauervoll.

Ich weiß nicht, ob die Gesetze gerecht,
Oder ob sie verkehrt und verquer sind;
Die im Stockhaus sitzen, ob gut oder schlecht,
Wissen nur, dass die Mauern schwer sind,
dass jeder Tag ist wie ein Jahr,
Ein Jahr, dessen Tage leer sind.

Ich weiß nur, dass noch jedes Gesetz,
Das Mann ersann für Mann,
Seit der Erste Bruderblut vergoss
Und die traurige Welt begann,
Den Häckerling sichtet von der Spreu,
Doch den Weizen nicht schützen kann!

Dies weiß ich auch, und weiser wär's,
Wenn jedermann es wüsste:
Menschenkerker, von Menschen gebaut,
Sind furchtbare Schandgerüste,
Mit Eisen vergittert, dass tief erbittert
Der Heiland werden müsste.

Mit Gittern sperrt man das Mondlicht aus
Und die Sonne bei Tagsfron;
So verstecken sie ihr Höllenhaus,
Darin zu der Menschheit Hohn
Dinge geschehen, die nimmer gesehen
Gottes Sohn und – des Menschen Sohn.

Wie giftige Saat die schnödeste Tat
Keimt auf in der Stockhausluft,
Wo alles was gut ist im Menschen
Erstickt und es bleibt der Schuft.
Die bleiche Qual bewacht das Portal,
Bis Verzweiflung die Runde ruft.

Sie lassen hungern das verschüchterte Kind,
Stockprügel bekommt der Narr,
Mit Peitschen wird der Schwache »kuriert«
Und der Greis in weißem Haar;
Vor Wut und Groll wird mancher toll,
Und schlecht, wer's noch nicht war.

Jede enge Zelle in unserer Hölle
Ist eine stinkende Latrine;
Der verpestende Hauch des lebenden Tods
Erstickt die gemarterten Sinne;
Und alles zerbricht, nur die Gierde nicht
In der menschlichen Maschine.

Das Brackwasser, das man zu trinken kriegt,
Schleicht durch die Kehle wie Schleim,
Das bittere Brot, das man sorgsam wiegt,
Schmeckt nach Kreide, Kalk und Leim,
Und selbst der Schlaf nirgends ruhig liegt
In diesem Höllen-Heim.

Doch mögen Hunger und grimmer Durst
In dir wie Nattern zücken,
Du fragst nicht viel nach Kerkerkost
Oder nach Magendrücken,
Weil alle Steine, die tags du geklopft,
Dir nachts das Herz zerdrücken.

Mit steter Mitternacht im Hirn
Und Zwielicht in der Zelle,
So dreht an der Kurbel, zupft am Zwirn
Jeder in seiner Hölle;
Und das Schweigen ist noch entsetzlicher
Als eherner Glocken Gebelle.

Keine menschliche Stimme verirrt sich je
Und spricht ein freundlich Wort,
Das Auge, das durch die Luke stiert,
Ist mitleidlos verdorrt;
Vergessen von allen, verfaulen, verfallen
Leib und Seele an diesem Ort.

So rosten wir in Ketten hin,
Entwürdigt und allein;
Und mancher flucht, und mancher schluchzt,
Und mancher lässt es sein;
Doch Gottes ewige Güte bricht
Zuletzt ein Herz von Stein.

Und jedes Menschenherz, das bricht
In Kerkerhof oder Zelle,
Ist wie der geborstene Schrein im Licht
Von des Herrn himmlischer Helle,
Der ausgießt den köstlichen Nardenduft
Über des Aussätzigen unreine Schwelle!

O selig, die durch ein brechend Herz
Frieden und Gnade finden!
Wer tröstet die Seele im Todesschmerz
Und reinigt sie von Sünden?
Wie anders als durch ein brechend Herz
Kann Herr Jesus Einlass finden?

Und der mit geschwollenem Purpurhals
Und der glotzenden Augen Gegleiß,
Harrt auf die heilige Hand, die geholt
Den Dieb ins Paradeis,
Wo ein gebrochenes Menschenherz
Unser Herr zu trösten weiß.

Der Mann in Rot, der den Tod gebot,
Gab ihm drei Wochen Frist,
Drei Wochen, um in seiner Not
Zu heilen den inneren Zwist,
Und abzuwaschen die letzte Spur
Vom Blut im Blute des Christ.

So wusch er in blutiger Tränen Flut
Die Hand, die gehalten den Stahl,
Denn Blut allein kann löschen Blut
In heilender Todesqual:
So ward aus Kains grellrotem Mal
Das Siegel des Heiligen Gral!

In Readinghölle ist eine Stelle,
Da liegt ein Bett der Schand',
Und darin schläft ein armer Soldat
Von Kalk zerfressen im Sand,
In sein brennendes Leichentuch gehüllt,
Ohne Namen und Kreuz am Rand.

Und da, bis Christus die Toten weckt,
Mag er liegen, wo er blieb;
Wir wollen ihm keine Träne weihn,
Keinen Seufzer schwer und trüb.
Der Mann erschlug sein liebstes Glück,
Drum war der Tod ihm lieb.

Denn jeder tötet, was er liebt,
Damit ihr es nur hört;
Der tut es mit dem bösen Blick,
Durch Schmeichelwort betört:
Der Feige tötet mit dem Kuss,
Der Tapfre mit dem Schwert!